안데르센 자서전

안데르센의 생가

1805년 4월 2일 안데르센이 태어난 곳이다. 안데르센 탄생 100주년을 맞은 1905년, 오덴세 시는 이곳을 안데르센 기념관으로 개조하여 그의 편지와 원고, 유품 등과 함께 전 세계에서 출간된 그의 책을 전시하고 있다. 기념관의 상징 문양은 안데르센이 취미로 즐겨 했던 종이 오리기 작품 중 하나이다.

안데르센이 유년기를 보낸 집
1807년부터 1819년까지 안데르센이 코펜하겐으로 떠나기 전에 유년 시절을 보낸 곳이다. 가난했던 그
의 가족은 이 집에서도 사진 오른쪽 창문 두 개만큼의 좁은 방에 세들어 살았다.

덴마크 화가가 그린 안데르센의 유년 시절

안데르센은 구두 수선공이던 아버지와 남의 집 빨래를 해주던 어머니와 함께 이 집의 단칸방에서 유년기를 보냈다.

"우리 가족의 방은 구두를 만드는 작업대와 어른 침대와 내가 쓰는 아기 침대만으로도 가득했다. 그 작은 방에서 나는 어린 시절을 보냈다."

안데르센 초상화

가난한 구두 수선공의 아들로 태어나 배우를 꿈꾸었던 아이, 제대로 된 교육을 받지 못해 맞춤법과 철자 틀린 시를 썼던 소년, 작품에 대해 '창조적인 내용이 없으며 허황된 이야기'라는 비평가들의 혹평에 괴로워했던 청년, 그가 바로 오늘날 아동문학의 거장으로 추앙받고 있는 안데르센이다.

안데르센 기념관의 벽화

안데르센 기념관 중앙 홀의 벽면은 안데르센의 일대기를 그린 벽화로 장식되어 있다. 안데르센이 고

향을 떠나 객지를 떠돌며 고생하고, 성공하여 고향으로 돌아오기까지의 행적을 한눈에 살필 수 있다.

기념관에 복원된 안데르센의 서재

안데르센이 말년을 보낸 서재를 안데르센 기념관에 그가 원래 썼던 가구들로 복원했다. 평생을 독신
으로 지낸 안데르센은 자기 소유의 집이 없었고, 늘 여행을 다니거나 지인들의 집에 번갈아 머물렀다.

안데르센의 유품

안데르센의 손때가 묻은 여행용 가방과 지팡이, 우산,
구두. 자서전 대부분의 내용이 여행기라 해도 과언이 아
닐 만큼 그의 인생은 여행의 연속이었다.

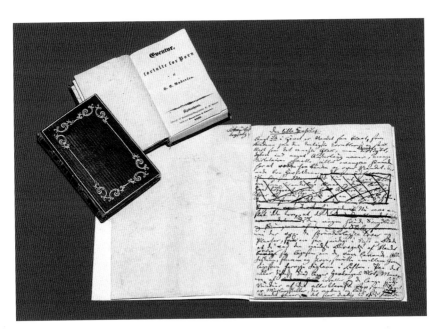

〈어린이들에게 들려주는 놀라운 이야기〉의 초판본과 〈인어공주〉의 자필 원고
〈어린이들에게 들려주는 놀라운 이야기〉가 처음 출간되었을 때, 안데르센은 많은 비평가들로부터 "더 이상 그런 책을 쓰는 데 시간을 낭비하지 않는 게 좋겠다" 는 식의 혹평을 받았다.

1835년 출간된 책의 표지와 안데르센의 작품
알려진 것 중 가장 오래된 책 표지이다. 그림과 종이 공작은 안데르센이 직접 그리고 만든 것이다.

멜키오르 부인의 초상화

안데르센에 대한 멜키오르 집안의 애정은 늘 한결같았다. 특히 멜키오르 부
인은 건강이 악화되어가던 말년의 안데르센을 성심껏 돌보았다. 안데르센
은 1875년 8월 4일 멜키오르의 별장에서 세상을 떠났다. 살아서든 죽어서든
멜키오르 가족의 집은 안데르센에게 편안한 안식처였던 셈이다.

예니 린드의 초상화

안데르센이 '스웨덴의 나이팅게일'이라 불렸던 스웨덴의 오페라 가수 예니 린드는 안데르센이 무한한 애정을 느꼈던 여성이다. 자서전 곳곳에도 예니 린드에 관한 이야기가 언급되어 있고, 그의 동화 중 〈나이팅게일〉은 그녀에게 영감을 받아서 쓴 작품이라고 한다.

안데르센 동화집에 실린 삽화들

안데르센의 동화는 〈인어공주〉〈미운 오리 새끼〉〈성냥팔이 소녀〉 등 아동문학의 최고봉으로 꼽히는 수많은 걸작들을 포함, 130여 편에 이른다. 그의 동화가 갖는 특색은 서정적인 정서와 아름다운 환상의 세계, 따뜻한 휴머니즘이다.

안데르센의 스케치

1833년부터 그 이듬해까지 처음 이
탈리아를 여행했을 때 그린 성 베
드로 성당의 돔 지붕이다. 이 여행
은 안데르센의 소설 〈즉흥시인〉의
바탕이 되기도 했다.

안데르센의 편지

안데르센은 "여행은 인생이다"라고
말했다. 그는 유럽 전역을 누비며 고
국의 친구들에게 자신의 안부와 여행
중의 경험, 인상을 편지로 전했다. 편
지에는 여행지에서 채취한 나뭇잎이
나 꽃잎 등을 동봉하기도 했다.

안데르센의 종이 공작품

1874년 안데르센은 멜키오르 부인을 위해 가장 크고 가장 복잡한 이 작품을 만들었다. 이 정교한 작품은 자신의 말년을 지켜준 멜키오르 부인에 대한 감사와 우정의 증표였다.

인어공주 조각상

코펜하겐 북서쪽 바닷가는 인어상을 찾아오는 사람들로 늘 북적인다. 1913년 조각가 에드바르트 에릭슨이 탄생시킨 이 인어상은 높이 80cm에 불과하지만, 오늘날까지 많은 이들의 사랑을 받고 있다. 1964년에는 이 조각상의 머리 부분을 도둑맞는 사건이 발생하기도 했다.

안데르센 동상

1867년 오덴세 의회는 덴마크를 대표하는 작가의 반열에 오른 안데르센에게 명예시민증을 수여한다.

"가난한 소년이던 내가 고향을 떠난 지 올해로 48년이 지났습니다. 신이 내리신 수많은 시련의 시간들에 감사하며, 또 신이 내게 허락하신 축복의 나날들에 감사하는 마음뿐입니다. 내 요람의 땅 오덴세는 말할 것도 없겠지요."

안데르센
자서전

The Fairy Tale of My Life

한스 크리스티안 안데르센 지음

이경식 옮김

Human & Books

차 례

일러두기

1. 이 책은 Cooper Square Press의 〈The Fairy Tale of My Life〉를 번역한 것입니다.
2. 책·신문·잡지·작품 등은 모두 〈 〉로 표시하였습니다.
3. 내용의 이해를 돕기 위한 옮긴이의 설명은 본문 속에 처리하여 작은 글씨로 '옮긴이' 주임을 밝혀놓았습니다.
4. 본문에 나오는 인명과 지명 등은 한글맞춤법 외래어표기법에 준하여 표기하였습니다.
5. 이 책의 1부는 1846년에, 2부는 1855년에, 3부는 1869년에 발표되었고, 각 부의 제목은 한국어판에서 새로 붙인 것입니다.

1_ 놀라운 이야기의 탄생

1805년 4월 ~ 1846년 7월

1805. 4 ~ 1819. 9

내 인생은 멋진 이야기다. 행복하고 온갖 신나는 일로 가득하다. 만일, 내가 어릴 적 이 가난하고 우정 없는 세상에 처음 발을 디뎠을 때 착한 요정이 나타나 내게 이런 말을 했다면 어땠을까?

"어떤 인생을 살아갈지 네 마음대로 선택하려무나. 살면서 네가 이루고 싶은 게 있으면 그것도 얘기하렴. 인생의 모든 단계에서 네가 원하는 대로 살 수 있게, 내가 옆에서 널 지켜주고 안내할 테니까."

그 어떤 착한 요정이 나를 지켜주고 안내했다 하더라도 지금보다 더 행복하고 신나는 인생을 살지는 못했을 것이다. 내 인생이 내게 들려준 얘기를 세상 사람들에게 그대로 들려주고 싶다. 사랑하는 신이 있어, 그가 언제나 모든 걸 훌륭하게 가르쳐준다고….

1805년 오덴세의 작고 누추한 방에 갓 결혼한 젊은 부부가 살았다. 둘은 서로를 끔찍이도 사랑했다. 남자는 구두 수선공이었고 겨우 스물두 살이었다. 그는 재능이 많을뿐더러 시적인 심성을 지니고 있었다. 아내는 남자보다 몇 살 더 많았지만 삶이 어떤 건지 또 세상이 어떤 건지 알지 못했다. 하지만 마음만은 늘 사랑으로 가득 차 있었다. 남자는 구두 만드는 작업대와 침대도 손수 만들었다. 그 침대는 얼마 전 트람페 백작이 정장을 차려 입고 누웠던 관으로 만든 것이었다. 침대 위에 놓인 검은 천 조각이 그 사실을 일러주었다.

상장喪章과 촛불에 둘러싸인 귀족의 시신 대신, 1805년 4월 2일, 첫 울음을 우는 갓난아기가 그 침대에 뉘어졌다. 바로 나, 한스 크리스티안 안데르센이다. 내가 세상에 태어나던 첫날, 아버지는 침대 곁에 앉아 하루 종일 홀베르크(1684~1754년. 외국 문학의 영향을 받고 있던 18세기 덴마크 문학을 독자적인 경지로 끌어올린 노르웨이 출신 극작가 - 옮긴이)의 시를 큰 소리로 낭독했고 나는 내내 울기만 했다고 한다.

"잠을 잘래, 아니면 조용히 들을래?"

아버지는 그렇게 농담을 했지만, 나는 계속 울었다. 세례를 받으러 교회에 가서도 계속 그렇게 울었다. 얼마나 크게 울었던지, 세례를 해주던 목사는, 성격이 급한 사람이었던지 이렇게 말했다고 한다.

"쪼끄만 녀석이 왜 이렇게 고양이 같은 소리로 울어댈까?"

어머니는 섭섭한 마음에 이 말을 평생 잊지 못했다. 내 대부代父가 되어주었던 가난한 이민자인 고마르 씨는 속상해하는 어머니에게, 아기 때 큰 소리로 많이 울면 나중에 커서 아름다운 목소리로 노래를 부를 거라는 말로 위로했다.

우리 가족의 방은 구두를 만드는 작업대와 어른 침대와 내가 쓰는 아기 침대만으로도 가득 찼다. 그 작은 방에서 나는 어린 시절을 보냈다. 벽에는 그림들이 붙어 있었고, 아버지의 작업대는 책이며 악보들이 수북하게 놓였고, 작은 부엌은 반짝거리는 접시와 냄비들로 가득했다. 사다리를 타고 지붕으로 올라갈 수도 있었다. 지붕으로 올라가면 이웃집 홈통과 우리집 홈통 사이에 흙이 가득 담긴 커다란 상자가 놓여 있었다. 그건 어머니의 정원이었다. 어머니는 정원에 채소를 길렀다. 내가 쓴 〈눈의 여왕〉에서도 이 정원이 꽃을 피운다.

　나는 철없는 어린애였다. 버릇도 없었다. 어머니는 당신에 비하면 내가 얼마나 행복한지 모른다는 말을 자주 했다. 나를 귀족 가문의 아이 부럽지 않게 키웠다는 말도 늘 했다. 어머니는 어릴 때 아버지에게 등을 떠밀려 거지처럼 동냥을 하러 다녔다. 한번은 동냥질이 너무 하기 싫어 다리 밑에서 하루 종일 울었다고 한다. 이런 어머니의 모습을 나중에 내 글에 담았다. 〈즉흥시인〉에 등장하는 늙은 도미니카와 〈어느 바이올리니스트〉에 나오는 크리스티안의 어머니로….

　아버지는 내가 하는 얘기는 무조건 다 들어주었다. 아버지에게 나는 눈에 넣어도 아프지 않은 존재였다. 아버지는 나를 진정으로 사랑했다. 일요일이면 나를 위해 만화경을 만들었고, 또 인형을 만들어 인형극을 펼쳐 보였다. 아버지는 내게 홀베르크의 희곡과 〈아라비안나이트〉를 읽어주었다. 내가 기억하는 한, 아버지는 오직 이럴 때만 정말이지 쾌활해 보였다. 아버지는 일생을 사는 동안 구두 수선공으로서 행복하다고 느낀 적이 한 번도 없었던 사람이다. 아버지의 부모님은 시골에서 괜찮게 살았다. 하지만 불행이 여러 번 이들 부부를 덮쳤다. 가축은 죽고, 집은 불에 타 쓰러졌다. 마지막에는 남자가 미쳐버렸다. 이런 일을 당하자 아내는 남편을 데리고 오덴세로 이사를 했다. 오덴세에서 아내는 아들을 구두 수선공에게 견습생으로 맡겼다. 아들은 어머니의 뜻을 따라야 했지만 그가 배우길 원한 건 구두가 아니었다. 아들은 문법학교에 다니고 싶었고 라틴 어를 배우고 싶었다. 그러던 어느 날, 아들에게 기회가 왔다. 몇몇 사람들이 어린 소년에게 새 인생을 헤쳐 나갈 기회를 주겠노라고 나선 것이다. 그들은 돈을 모아 아들의 하숙비와 수업료를 대겠다고 했다. 하지만 말뿐이었다. 불쌍한 아들 나의 아버지는 그토록 간절하게 바라던 소원이 산산조각 나는 걸 지켜보아야만 했다. 아버지는 이 일을 결코 잊지 못했다. 어릴 때 아버지가 눈물 흘리는 걸 본 기억이 난다. 문법학교 학생이 새 구두를 맞추려고 찾아왔을 때다. 그 학생은 책을 보여주며 학교에서 배운 걸 자랑했다. 학생이 돌아간 뒤 아버지는 나를 으스러져라 껴안고 이렇게 말했다.

"나도 학교에 갔어야 하는데!"

그날 저녁 내내 아버지는 아무 말도 하지 않았다.

아버지는 동년배 친구들과 잘 어울리지 않았다. 일요일이면 나를 데리고 숲으로 갔다. 아버지는 바깥에 나가면 말이 없었다. 그저 말없이 앉아 깊은 생각에 잠기곤 했다. 그러면 나는 혼자 여기저기 내달리기도 하고 스트로베리를 실에 꿰거나 꽃을 따 목걸이를 만들었다. 일 년에 단 두 번, 그것도 5월에, 나무들이 일제히 연초록으로 신록을 준비할 때쯤이면 어머니도 함께 따라가곤 했다. 이때 어머니는 면으로 만든 가운을 걸쳤다. 어머니가 면 가운을 걸친 건 이때와 성찬식에 참석할 때뿐이었다. 그건 어머니의 외출복이었다. 집으로 돌아올 때면 어머닌 늘 숲에서 너도밤나무 가지를 한 아름 꺾어 안고 와선 집 근처에다 심었다.

한 해가 끝나갈 무렵이면 세인트 존 교회의 나뭇가지에 햇살이 가늘게 쪼개지는 걸 바라보았다. 또, 그 쪼개진 햇살들의 폭이 얼마나 넓은지 보고서 우리가 얼마나 오래 살 건지 점치곤 했다. 연푸른 나뭇가지들은 벽에 걸린 그림들과 함께 우리의 작은 방을 예쁘게 장식했다. 어머닌 방을 깔끔하게 정리했고, 홑이불과 커튼이 늘 새하얗다는 사실을 자랑스러워했다.

내가 기억하는 것들 가운데 정말 잊을 수 없는 게 하나 있다. 실제로는 별 일이 아니었지만 내 영혼에 결코 지울 수 없는 강한 인상을 남긴 사건이었다. 아마도, 어릴 땐 누구나 한 번쯤 그런 기억이 있겠지만, 어떤 환상 같은 게 작용하지 않았나 싶다. 가족 나들이를 간 날이었다. 어떤 나들이였는지, 또 어디로 간 나들이였는지 독자는 상상도 못할 것이다. 그곳은, 오덴세의 어린 아이라면 누구나 두려운 눈으로 흘끔흘끔 바라보다 혹시라도 건물 앞에 설라치면 다리가 저절로 후들후들 떨리는 그런 건물이었다. 아마 파리에 사는 어린아이라면 바스티유 감옥을 그런 눈으로 볼 것이다. 그곳은 오덴세 교도소였다.

부모님은 거기에 있던 죄수 한 명과 알고 지내던 사이였는데, 교도소가 특별히 마련한 가족 모임에 부를 사람이 없어 우리를 대신 초대했고, 거기에 가족의 일원인 나도 당연히 따라갔다. 그때 나는 아직, 때때로 아버지의 등에 업혀야 할 만큼 어린 나이였다.

교도소는 나에게 강도와 도둑 이야기로 가득한 커다란 이야기책이었다. 그래서 가끔 그 앞에 서서, 물론 안전하게 멀찌감치 떨어져서, 안에서 들려오는 노랫소리에 귀를 기울이곤 했다. 남자들뿐 아니라 여자들도 물레질을 하면서 노래를 불렀다.

쇠로 만든 커다란 빗장이 걸린 문이 열렸다. 안에서 다시, 짤랑거리는 커다란 열쇠뭉치 가운데 하나로 그 문을 잠갔다. 그 다음 가파른 계단을 올라갔다. 죄수 두 명이 우리 가족을 기다리고 있었다. 그들은 내게 뭘 먹여보려고 애를 썼지만 난 아무것도 먹지 않았다. 맛있는 것이었지만 모두 밀쳐냈다. 어머니는 내가 아파서 그런다고 했다. 어머니는 나를 침대에 뉘었다. 침대에 누워, 물레를 돌리면서 부르는 여자의 콧노래를 들었다. 바로 곁에서 부르는 듯 나지막하면서도 생생했다. 떠들썩하고 흥겨운 노랫소리도 들었다. 그 소리가 환상이었던지 아니면 실제로 누가 노래를 불렀던지 지금도 알 수가 없다. 하지만 내가 겁에 질려 있었고, 거기 있는 동안 내내 긴장했던 것만은 분명하다. 그 와중에도 나는 도둑들이 득실거리는 성에 몰래 들어간 내 모습을 상상하며 머릿속으로 이야기를 만들었다. 턱이 덜덜 떨리게 무서우면서도 재미있었다. 밤이 늦어서야 우리는 집으로 돌아왔다. 비가 내렸다. 아버지의 등에 업힌 내 얼굴에 빗줄기가 세게 내리쳤다.

내가 어릴 적 오덴세는 지금과 전혀 달랐다. 지금은 오덴세 시내 전역에 물도 공급되고 코펜하겐보다 못할 게 하나도 없지만, 그때는 백년도 넘게 시대에 뒤쳐졌다. 수도 코펜하겐에서는 진즉에 사라지고 없는 수많은 관습들이 여전히 남아 있었다. 길드 (guild: 중세 시대부터 생겨난 상공업자들의 동업자 조직 – 옮긴이)에 속한 사람들은 펄럭이는 현수막을 앞세우고 리본으로 장식한 레몬 열매를 칼에 꿰어 높이 들고 줄을 지어 행진했다. 여러 개의 종과 목검으로 장식한 어릿광대가 인기를 누렸다. 이들 가운데 한 사람인 한스 스트루가 굉장히 인기였다. 나이가 제법 많은 사람이었는데 수다스럽게 떠드는 게 장기였다. 코만 빼고 얼굴을 새까맣게 분장해 코가 더욱 빨갛게 보였다. 어머니는 그 광대를 무척 좋아해, 그 사람이 혹시 우리 가족과 먼 친척이라도 되지 않을까 열심히 알아보았다. 귀족의 자존심으로 그따위 '바보'와 결코 친척 관계를 맺고 싶지 않다며 어머니에게 항의하던 기억이 지금도 생생하다.

사순절의 첫 번째 월요일이면 푸주한이 살진 황소를 끌고 거리를 걸어갔다. 꽃목걸이를 목에 건 그 황소 위에는 흰 옷을 입고 날개를 단 어린아이가 타고 있었다.

선원들은 노래를 부르고 깃발을 흔들며 행진했다. 선원들은 나란히 정박한 두 척의 배 사이에 널빤지를 가로질러 놓은 다음 그 위에서 두 사람이 레슬링을 했다. 마지막까지 물에 빠지지 않고 남은 사람이 우승자였고 그날의 영웅이었다.

그러나 특히 내 기억에 남아 가끔 다른 사람에게 얘기하곤 하는 게 있다. 바로 1808년 핀 섬에 진주한 스페인 군인들이다. 그때 덴마크는 나폴레옹과 동맹을 맺고 있었는데 나폴레옹이 스웨덴과 전쟁을 선포했다. 그리고 아무도 몰랐던 일이지만, 프랑스군과 스페인의 지원 부대가 해군대장 폰테코르보 왕자의 지휘하에 스웨덴으로 건너가기 위해 핀 섬에 들어와 있었다. 나는 그때 겨우 세 살이었지만 흑갈색의 남자들이 거리를 부산하게 오가던 일이며, 시장에서 주교가 지켜보는 가운데 대포를 쏘던 일 따위를 생생하게 기억하고 있다. 외국 병사들은 보도에 길게 늘어서 기도 했고 반쯤 불에 탄 세인트 존 교회에 짚을 깔고 눕기도 했다. 콜딩 성은 불탔고, 폰테코르보 왕자가 오덴세에 왔다. 오덴세에는 그의 아내와 아들 오스카가 머물고 있었다. 학교 건물은 모두 군인들이 차지했고, 예배 의식은 광장의 나무그늘 아래나 거리에서 치러졌다. 어른들 얘기로는, 프랑스 병사들은 거만하지만 스페인 병사들은 부드럽고 친절하다고 했다. 이들 사이에는 무서운 적대감이 감돌았다.

스페인 병사에 대한 기억 몇 가지가 생생하게 남아 있다. 스페인 병사 한 명이 어느 날 나를 안아들고, 내 입술이 자기 가슴에 달린 은빛 휘장에 닿게끔 밀착시켰다. 그러자 어머니가 화를 냈다. 왜 아들에게 가톨릭 교도 같은 행위를 하느냐고 항의했다.(덴마크 인들은 대부분 루터 교 신자였다 – 옮긴이) 하지만 난 그 휘장이 좋았다. 그 외국 병사는 나와 춤을 추었고, 나에게 키스를 했고, 눈물을 흘렸다. 아마도 고향에 있는 자식 생각이 났던 모양이다. 또 어떤 병사는 프랑스 병사를 살해한 죄목으로 사형을 당했다. 나는 그 병사가 사형장으로 걸어가는 걸 보았다. 여러 해 뒤에 나는 이 기억을 바탕으로 〈병사〉라는 시를 썼다. 그 시는 차미소가 독일어로 번역을 했는데 사람들이 아주 좋아했다. 한데 나중에 보니, 내 이름은 빠져버린 채 〈병사들의 노래〉란 제목으로 처음부터 독일 노래였던 걸로 다들 알고 있었다.

스페인 병사만큼이나 생생한 인상을 남긴 사건이 또 있다. 내가 여섯 살이 되던 해인 1811년에 큰 혜성이 나타났다. 어머니는 그 혜성이 지구를 멸망시킬 거라고 했다. 그렇지 않으면, 〈여자 마법사의 예언들〉이란 책에 나오는 것처럼 끔찍한 일이 일어날 거라고 했다. 나는 이 미신 같은 이야기를 귀담아 들었고 사실로 믿었다. 어머니와 이웃집 여자들과 함께 성 크누드 교회 마당에 서서 긴 꼬리를 끌고 날아오는 무시무시한 불덩어리를 바라보았다.

사람들은 모두 악마의 저주와 종말의 순간을 얘기하며 불안해했다. 이때 아버지가 끼어들었다. 아버지는 혜성을 과학적 근거를 들어 사리에 맞게 설명했다. 어머니가 한숨을 쉬었고 다른 여자들은 고개를 저었다. 아버지는 껄껄 웃고는 가버렸다. 나는 아버지가 우리와 믿음을 달리한다는 생각 때문에 걷잡을 수 없는 두려움에 떨었다. 저녁때 어머니와 할머니가 얘기를 나누었다. 두 분이 무슨 얘기를 나누었는지 기억나지 않지만, 나는 할머니의 무릎에 앉아 할머니의 맑은 눈을 바라보며 이제 곧 닥칠 심판의 순간을 기다렸다.

할머니는 날마다 당신의 손자인 나를 보러 우리집에 왔다, 올 때마다 금방 갔지만. 할머니에게 나는 행복이자 기쁨이었다. 할머니는 조용하고 인정이 많은 분이었다. 눈빛은 부드럽고 품위가 있었다. 하지만 할머니의 삶은 시련의 연속이었다. 그럭저럭 괜찮게 살던 시골 농부의 아내였다가 이제는 정신이 불안한 남편과 함께 가난에 찌들어 살고 있었다. 마지막 남은 재산인 할머니의 집은 찌든 가난의 상징일 뿐이었다. 나는 한 번도 할머니의 눈물을 본 적이 없다. 하지만 할머니가 조용히 한숨을 쉴 때 더할 수 없이 깊은 인상을 받았다. 할머니의 한숨소리는 지금도 내 가슴에 남아 있다. 할머니는 당신의 할머니가 카젤이라는 큰 도시에서 얼마나 부자였으며 또 귀부인이었는지 이야기했다. 그리고 부모의 반대에도 불구하고 "희극 배우질이나 하는 남자"와 결혼해. 할머니는 그런 표현을 썼다. 부모님 곁을 도망쳐 나온 죄로 자손들이 가난하게 산다며 참회를 했다. 부자였다는 당신 할머니의 성을 할머니가 뭐라고 불렀는지 아무리 애를 써도 기억이 나지 않는다. 하지만 할머니의 처녀 적 성은 노메센이다. 할머니는 정신병원에 딸린 정원을 청소하는 일을 했는데, 일요일 저녁이면 꽃을 들고 우리집에 왔다. 병원에 문병 온 사람들이 가져온 꽃을 얻어온 것이다. 어머니는 이 꽃으로 찬장을 장식했다. 하지만 할머니의 뜻대로 꽃은 모두 내 것이었고, 꽃을 장식하는 건 내 권리였다. 나는 꽃을 유리잔에 넣어두곤 했다. 이런 일이 얼마나 즐거웠는지 모른다. 할머니는 당신의 모든 영혼을 바쳐 나를 사랑했다. 나도 그걸 알았고, 이해했다.

할머니는 일 년에 두 번 병원의 정원에서 나뭇잎을 태웠다. 그럴 때마다 할머니는 나를 데리고 갔다. 나는 쌓아둔 나뭇잎 더미 위에 누워서 놀았다. 가지고 놀 꽃이 많아 심심하지 않았다. 그리고 무엇보다 중요한 건, 집에서보다 더 맛있는 걸 먹을 수 있어 좋았다.

병원에서는 특별히 위험하지 않은 환자들은 마음대로 마당을 돌아다닐 수 있게 허락했다. 이 환자들은 정원에 있는 우리에게 다가오기도 했다. 나는 호기심과 두려움 속에서 그들이 하는 얘기에 귀를 기울였고, 뒤를 졸졸 따라다니기도 했다. 한번은, 언제 갑자기 흉포한 야수로 돌변할지도 모르는 사람들이 있는 곳으로 가보리라 마음먹었다. 환자들 시중을 드는 사람들을 몰래 살금살금 따라갔다. 짜릿한 모험이었다. 환자들이 있는 방으로 들어가려면 긴 복도를 지나가야 했다. 한데 앞서가던 사람들이 갑자기 다 사라져버리고 나만 혼자 남게 되었다. 어디선가 아름다운 목소리로 노래하는 소리가 들렸다. 그 방으로 다가가 바닥에 엎드려 문틈으로 안을 훔쳐보았다. 거의 벌거벗다시피 한 여자가 밀짚 침대에 누워 있는 게 보였다. 머리카락이 어깨까지 치렁치렁한 여자는 노래를 부르고 있었다. 그런데 갑자기 여자가 벌떡 일어나더니 내가 훔쳐보고 있는 문으로 돌진해왔다. 음식을 들여가고 내오는 좁은 문이 벌컥 열리며 긴 손이 나를 노리고 뻗쳐왔다. 여자의 손가락이 내 옷깃에 스치는 걸 느꼈다. 나는 공포에 떨며 비명을 질렀다. 사람들이 왔을 때 난 이미 넋이 나가 있었다. 반은 죽은 거나 다름없었다. 여러 해가 지나도 그때 내가 본 영상과 느낌은 내 영혼에서 지워지지 않았다.

낙엽을 태우는 장소 바로 옆에 가난하고 늙은 여인네들이 물레질을 하는 방이 있었다. 거길 기웃거리곤 하던 나는 얼마 지나지 않아 그들과 친해졌다. 그들과 함께 있으면서, 내게 사람을 감동시키는 남다른 재주가 있다는 사실을 깨달았다. 나는 그들이 나누는 이야기 속에서 우연히 인간의 몸이 어떻게 되어 있는지 들었다. 물론 그게 뭔지는 전혀 알지 못했다. 하지만 그 모든 것들이 신비하고 매혹적이어서 분필로 문에다 사람의 창자를 마구 그렸다. 심장도 그리고 폐도 그렸다. 썩 인상적인 그림이었다. 나는 아주 똑똑한 아이로 통했다. 물론 그리 오래 가진 못했지만… 사람들은 내 그림을 보고는 재미있다며 다른 이야기를 또 들려주었다. 이들의 이야기는 천일야화가 되었고, 나는 세상을 점점 더 풍성하게 이해할 수 있었다. 한동안 이 늙은 여인네들이 들려준 이야기와 정신병원에서 본 환자들의 모습에 사로잡혀, 어두워지면 무서워서 집 밖으로 한 발자국도 못 나갔다. 그래서 해가 지면 나 혼자 먼저 꽃 장식 커튼이 달린 부모님의 긴 침대에 누워 있어도 되었다. 방이 좁아 내 침대를 일찌감치 펴면 다른 일을 할 수 없으니 부모님도 어쩔 수가 없었다. 그 침대에 누워 있으면 우리집에서 일어나는 일들이 현실이 아니라 마치 꿈만 같았다. 나는 그 침대에서 깨어 있는 듯 자고 또 자는 듯 깨어 있었다.

나는 정신이 약한 할아버지를 아주 많이 무서워했다. 딱 한 번, 할아버지가 내게 말을 붙인 적이 있는데, '당신'이라는 뜨악한 호칭으로 나를 불렀다. 할아버지는 나무를 조각해 이상한 형상을 만드는 일에 몰두했다. 사람인데 머리가 짐승이거나, 괴물인데 날개가 달렸거나 뭐 그런 것들이었다. 할아버지는 이런 것들을 챙겨들고 교외로 나갔다. 거기 가면 농부의 아내들이 할아버지를 친절하게 대해주었다. 할아버지가 이 이상한 장난감을 아이들은 물론이고 어른들에게도 나눠주기 때문이었다. 하루는 길거리에서 아이들이 할아버지를 졸졸 따라가며 놀려대는 걸 보았다. 무섭고 창피해서 얼른 몸을 숨겼다. 내가 할아버지에게서 살과 피를 물려받았다는 사실을 알고 있었기 때문이다.

나는 다른 아이들과 거의 어울려 놀지 않았다. 학교에 다닐 때도 그 아이들이 하는 놀이는 흥미가 없어 그냥 문을 닫고 집에 들어박혔다. 집에선 놀거리가 충분히 많았다. 모두 아버지가 만들어준 것들이었다. 내가 제일 좋아한 놀이는 인형 옷을 만드는 것이었다. 마당에 내가 심은 까치밥나무 앞에 작대기를 꽂아서

오덴세에 있는 안데르센의 생가.

(1868년. 석판화)

어머니의 앞치마를 펼쳐놓고, 앞치마 위로 햇살에 물든 나뭇잎을 바라보는 것도 좋아했다. 나는 기묘한 몽상가였던 셈이다. 그리고 툭하면 눈을 감고 돌아다니곤 했다. 그래서 사람들은 내가 눈이 나쁜 줄 알았다. 하지만 내 시력은 무척 좋은 편이었다.

기초학교의 나이 든 여선생이 내게 말하기와 쓰기, '제대로 읽기'(이 학교에서는 이런 이상한 표현을 썼다)를 가르쳤다. 그 선생은 팔걸이가 달렸고 등이 높은 의자를 벽시계 가까이에 두고 앉기를 좋아했다. 그 여자는 늘 커다란 회초리를 들고 다녔다. 학생은 대부분 여자아이들이었다. 철자를 외울 때 가능한 한 가장 높은 음으로 고함을 지르는 게 그 학교의 전통이었다. 그 여자는 감히 나를 때리지 못했다. 어머니가 내 몸에 손을 대지 않는다는 조건으로 나를 그 학교에 보냈기 때문이다. 한데, 어느 날 선생이 회초리로 나를 때렸다. 나는 곧바로 책을 챙겨들고 인사도 하지 않고 집으로 돌아와 다른 학교로 보내달라고 했다. 어머니는 남학생들 위주인 카르스텐 학교로 나를 보냈다. 거기에 여학생이 한 명 있었다. 나보다 나이가 조금 많고 키가 작은 아이였다. 우리는 잘 어울려 좋은 친구가 되었다. 그 아이는 일하러 나가 돈을 버는 게 얼마나 도움이 되는지 자주 얘기했다. 그리고 자기는 특별히 수학을 배우러 학교에 다닌다고 했다. 자기 엄마가 말하길, 수학을 잘하면 큰 장원莊園에서 젖을 짜는 일자리를 얻을 수도 있다고 했다는 말과 함께. 그때 나는 이렇게 말했다.

"내가 백작이 되면 내 성에서 일하게 해줄게!"

여자아이는 깔깔거리며 웃고는 가난한 꼬마 주제에 어떻게 백작이 되느냐고 했다. 어느 날 나는 성을 하나 그려서 보여주며 내 성이라고 말했다. 태어날 때 가난한 집 아이와 실수로 뒤바뀌는 바람에 구두 수선공의 아들로 살고 있다는 말도 했다. 그리고 또, 이런 사실은 하나님이 아무도 모르게 천사들을 내게만 살짝 보내 가르쳐줘서 알았다는 말도 했다. 정신병원에서 물레질을 하던 나이 든 여자들에게 했듯이, 그 여자아이의 마음을 사로잡기 위해 눈을 동그랗게 뜨고 여자아이를 바라보았다. 하지만 내 뜻대로 되지 않았다. 여자아이는 나를 보고 이상하다는 듯 웃더니 옆에 있던 다른 아이들에게 이렇게 말했다.

"쟤도 자기 할아버지처럼 바본가 봐."

몸서리를 쳤다. 여자아이에게 잘 보이고 싶었지만, 그 아이는 오히려 할아버지처럼 나도 미쳤다고 생각했다.

그 일로 우리 둘 사이는 멀어지고 말았다. 나는 학교에서 제일 작았다. 다른 아이들이 뛰어놀 때, 카르스텐 선생은 내가 혹시라도 넘어질까 봐 늘 내 손을 잡았다. 그는 나를 무척 아끼고 사랑해 케이크며 꽃을 주기도 했고 뺨을 톡톡 두들겨주기도 했다. 나이 많은 학생 한 명이 배운 걸 잘 이해하지 못해, 다른 아이들이 빙 둘러앉은 한가운데 책상을 놓고 책을 든 채 올라가 있는 벌을 받았다. 내가 슬픈 눈으로 벌 받는 학생을 바라보자, 선생은 이런 내 모습을 보곤 곧바로 그 학생을 용서했다.

이분은 나중에 토르센의 전신국장이 되어, 거기에서 여러 해 동안 살았다. 전해들은 이야기지만, 이분이 손님을 맞이할 때면 늘 기분 좋게 웃으면서 이렇게 얘기했다고 한다.

"근데 말입니다, 나같이 변변찮은 사람이 우리나라에서 제일 유명하고 훌륭한 시인을 처음 가르쳤던 선생이라고 하면 믿으시겠습니까? 안데르센이 바로 내가 가르친 학생입니다!"

추수기가 되면 어머니는 들로 이삭을 주우러 나갔다. 성서에
서 룻이 들판으로 이삭을 주우러 나간 것처럼 나도 어머니를 따
라나섰다. 우리가 간 곳의 농장 관리인은 거만하고 성격이 고약
하기로 소문난 사람이었다. 이삭을 줍고 있는데 그 건장한 사내
가 기다란 채찍을 휘두르며 다가왔다. 어머니나 다른 여자들은
다들 놀라서 후다닥 달아나기 시작했다. 나는 나무로 만든 신발
을 신고 있었는데 허겁지겁 어른들을 따라 달리다 보니 신발이
벗겨졌다. 허둥대다 결국 신발을 찾지 못해 맨발로 달렸다. 가시
가 발을 찔러 달릴 수가 없었다. 그래서 그만 나 혼자 처지고 말
았다. 농장 관리인이 다가오더니 채찍을 치켜들고 내리치려고
했다. 나는 그를 똑바로 쳐다보며 나도 모르게 고함을 질렀다.

"아저씨가 뭔데 날 때려요! 하나님이 보고 계시잖아요!"

농장 관리인은 잠시 나를 바라보더니 금방 얼굴을 부드럽게
풀었다. 그는 내 뺨을 두드리고는 내 이름을 물어보고, 돈을 주
었다.

어머니에게 달려가 돈을 보여주었더니 어머니가 다른 여자들
에게 이렇게 말했다.

"얘가 내 아들 한스 크리스티안이랍니다. 정말 신기한 아이지
뭐예요, 누구나 다 얘한테는 친절하다니까요. 그렇게 못된 인간
도 얘한테 돈까지 줬잖아요."

성장하는 동안 내 안에는 신앙심과 미신이 동시에 돈독해졌
다. 나는 가난하다거나 부족하다는 생각은 하지 않았다. 우리는
말 그대로 하루 벌어 하루 먹고 사는 형편이었지만, 우리 가족이

가진 것만으로도 나는 풍족했다. 내가 입고 다니는 옷만 하더라도 그랬다. 나는 말쑥한 편이었다. 어떤 나이 든 아주머니가 아버지가 입던 옷을 줄여주었다. 어머니는 비단 조각 서너 개를 핀으로 가슴에 달아주었다. 조끼도 훌륭했다. 커다란 스카프를 목에 둘러 나비넥타이처럼 묶었다. 머리는 비누로 깨끗이 씻은 뒤 곱슬하게 말았다. 청년기 이전으로만 보자면 나의 전성기라고 해도 좋았다.

그렇게 차려입고 난생 처음 부모님과 함께 극장에 갔다. 오덴세에는 그때 이미 상당한 수준의 극장이 있었다. 아마도 트람페 백작이나 한 백작을 중심으로 모이는 사람들을 위해 지어졌던 것 같다. 내가 본 최초의 연극은 홀베르크의 〈시골 정치인〉이었다. 이 연극은 독일어로 공연되었고, 프랑크가 연출한 작품이었다. 그는 오페라와 희극도 연출했는데, 그가 자주 무대에 올린 작품은 〈도나우의 처녀〉였다.

극장과 거기 모인 수많은 사람들을 보고 받았던 인상은 내게 잠재된 시적인 천재성과 아무런 상관이 없었다. 그렇게 많은 사람들이 모인 걸 보고 나는 이렇게 외쳤다.

"우와아! 여기 모인 사람들 숫자만큼 버터 통이 많이 있으면 버터를 실컷 먹을 수 있겠다!"

극장은 내가 제일 좋아하는 장소가 되었다. 하지만 아주 가끔밖에 공연을 볼 수가 없었던지라 나는 공연 홍보지를 나눠주는 사람을 사귀어 날마다 그것을 얻어 보았다. 공연 홍보지를 들고 등장인물의 이름과 간략한 인물 소개를 뚫어지게 바라보고 앉아 혼자서 줄거리를 상상했다. 무의식적이긴 하지만 그때 나는 이미 창작을 했던 셈이다.

아버지는 역사책과 성서를 읽기도 했지만 희곡과 소설을 즐겨 읽었다. 책을 다 읽은 뒤에는 내용을 곰곰이 생각했다. 어머니에게 책 이야기를 하기도 했지만 어머니는 조금도 이해하지 못했다. 그러자 아버지는 점점 더 말을 잃어갔다. 어느 날 아버지는 성서를 덮으면서 말했다.

"예수도 우리하고 똑같은 사람이었어. 하지만 괴짜는 분명한 괴짜였어!"

어머니는 그 말을 듣고 무서워 벌벌 떨다가 이윽고 울음을 터뜨렸다. 나 역시 비탄에 잠겨 아버지의 죄를 용서해달라고 신에게 기도했다. 어느 날 아버지는 또 이런 말도 했다.

"우리 마음속에 있는 악마보다 더 사악한 건 없어."

나는 아버지와 아버지의 영혼을 진심으로 불쌍하게 생각하고 기도했다. 어느 날 아침, 아버지의 팔에 세 줄로 긁힌 자국이 나 있는 걸 보았다. 나나 어머니나 이웃집 아주머니들은 모두 의견이 같았다. 그건 손톱으로 긁힌 자국이 아니라, 간밤에 악마가 찾아와 자신의 존재를 아버지에게 보여주기 위해 남기고 간 흔적이었다.

아버지는 친구가 별로 없었다. 한가할 때면 나를 숲으로 데리고 가곤 했다. 아버지는 시골 생활을 무척 동경했던 것이다. 한데 바로 그즈음, 영주의 장원에서 구두 수선공을 구한다고 했다. 마을에 상점도 열 생각이라고 했다. 집도 공짜로 빌릴 수 있고 게다가 정원이 딸리고 젖소를 키울 목장도 있었다. 거기 들어가 일만 열심히 하면 남부럽지 않게 살 수 있었다. 어머니와 아버지는 그 자리를 잡으려고 애가 달았다. 다행히 아버지는 기회를 잡았다. 장원에서는 춤출 때 신는 신발을 만들어 오라고 했다. 그걸 보고 결정하겠다는 것이었다. 신발에 들어갈 비단 조각을 보내왔지만 가죽은 아버지가 따로 사야 했다. 이틀 동안 우리 가족은 이 신발 얘기만 했다. 내가 그 작은 정원을 얼마나 간절히 원했는지 아무도 모를 것이다. 꽃도 심고 나무도 심고 또 따뜻한 햇살을 받으며 앉아 닭 우는 소리를 들으리라⋯. 우리 가족에게 이보다 더 큰 행복은 없다고 생각했다. 부디 우리의 소원을 들어달라고 열심히 기도했다. 마침내 신발이 완성되었다. 우리 가족은 경건한 마음으로 신발을 바라보았다. 그 신발에 우리의 미래가 달려 있었다. 아버지는 손수건으로 신발을 고이 싸서 안고 집을 나섰다. 어머니와 나는 아버지가 활짝 웃는 얼굴로 돌아오기만을 가슴 졸이며 기다렸다. 하지만 아버지는 화가 나서 돌아왔다. 얼굴은 창백했다. 아버지는 귀부인이 신발을 신어보지도 않았다며 분통을 터뜨렸다. 비단에 얼룩이 묻어 마음에 들지 않는다고 했다는 것이다. 아버지는 칼을 꺼내 신발을 싹둑 잘라서 던져버렸다고 했다.

우리 가족이 시골에서 살 수 있는 희망은 어디에도 없었다. 우리는 서로의 눈물이 섞일 만큼 부둥켜안고 함께 울었다. 신이 우리 소원을 쉽게 들어줄 걸로만 알았다. 아마 그랬다면, 나는 분명 평생 농부로 살았을 것이다. 내 인생은 지금껏 살아온 내 인생과 전혀 다를 것이다. 그후로 나는 종종 나 자신에게 묻곤 했다. 너는, 신이 너와 너의 미래를 위해 네 부모님이 누릴 수도 있었을 행복을 포기하게 했다고 생각하지 않니?

그 사건 뒤로 아버지는 더 자주 숲을 찾았다. 그에겐 쉴 곳이 필요했지만 그런 곳은 없었다. 독일에서 벌어지는 전쟁 소식을 아버지는 신문에서 하나도 빼놓지 않고 읽었다. 나폴레옹은 아버지의 영웅이었다. 새로 일어서는 나폴레옹의 모습은 아버지에게 가장 큰 아름다움이었다. 그때 덴마크는 프랑스와 동맹을 맺고 있었다. 전쟁이 임박했다고들 얘기했다. 아버지는 장교가 되어 돌아오리란 꿈을 안고 군에 지원했다. 어머니는 울었다. 하지만 동네 여자들은 병사들에게 시큰둥했다. 좋은 일이 생기는 것도 아닌데 괜히 나서서 총을 맞는 바보가 어디 있냐는 것이었다.

군대가 떠나던 날 아침, 아버지는 유쾌하게 떠들고 노래했다. 아버지가 내게 작별을 고하며 키스할 때 그 열정적인 몸짓과 말을 하나도 빼놓지 않고 자세히 눈과 귀에 담아두었다. 나는 그때 홍역에 걸려 혼자 방에 누워 있었다. 행군을 알리는 북소리가 울리고, 어머니는 아버지를 따라 울면서 오덴세의 문이 있는 곳까지 걸어갔다. 떠들썩한 소리가 멀어진 뒤, 할머니가 내 곁에 왔다. 할머니는 부드러운 눈빛으로 나를 바라보며, 설사 내가 죽는다 하더라도 신의 뜻이기에 그건 나쁜 일이 아니라고 말했다. 신의 뜻은 언제나 옳다고….

그날은, 내가 기억하는 한 슬픔이 진정 어떤 건지 깨달은 내 생애 최초의 날이다.

아버지가 소속된 연대는 홀슈타인에서 전진을 멈추었다. 전쟁이 끝나, 지원병들은 모두 집으로 돌아가야 했다. 모든 것은 다시 옛날로 돌아왔다. 나는 다시 인형과 놀았고, 연기를 했다. 연기는 언제나 독일어로 했는데 왜냐하면 내가 본 연극이 모두 독일어였기 때문이다. 하지만 내가 말하던 독일어는 내 마음대로 지어낸, 말도 안 되는 내 멋대로 독일어였다. 하지만 그 가운데 딱 하나 진짜 독일어가 있었다. 'Besen'. 아버지가 홀슈타인에서 배워온 수많은 방언 가운데서 내가 하나 골라낸 말이었다. 그걸 보고 아버지가 말했다.

"여행은 내가 했는데 배워서 얻은 건 내가 아니라 너구나. 하나님은 네가 얼마나 멀리까지 여행을 떠날지 알고 계신다. 하지만 그건 너한테 달렸다. 내 말 명심해라, 한스 크리스티안."

하지만 어머니의 생각은 달랐다. 어머니 생각에 따르자면 난 집을 떠나지 말아야 했다. 그리고 아버지처럼 건강을 잃지 말아야 했다.

아버지의 건강에 심각한 문제가 생겼다. 어느 날 아침 아버지는 극도의 흥분 상태에서 나폴레옹과 전쟁 이야기만 큰 소리로 떠들었다. 아버지는 나폴레옹이 자기에게 군대를 지휘하라는 명령을 내렸다는 환각에 빠져 있었다. 어머니는 곧바로 용하다고 소문난 점쟁이 여자에게 나를 보냈다. 그 여자는 오덴세에서 제법 멀리 떨어진 곳에 살고 있었다. 점쟁이는 이런저런 질문을 한 뒤 털실로 내 팔 길이를 재고, 이상한 부적을 만들고, 마지막으로 초록색 나뭇가지를 내 가슴에 얹었다. 그 나뭇가지는 그리스도를 괴롭히던 나무와 같은 종류라고 했다. 여자는 주문을 외우듯이 내게 말했다.

"이제 가거라, 집을 향해, 강가로…. 만일 네 아버지가 이번에 죽을 운명이라면, 지금 네 앞에 아버지의 유령이 나타날 것이다."

내가 얼마나 겁을 먹고 가슴이 터질 것처럼 답답했을지 상상이나 할 수 있을까? 미신으로 가득 찬 내 머리가 얼마나 무서운 상상을 더 했을까? 집에 도착하자 어머니가 물었다.

"유령을 만나지 않았구나, 그렇지?"

내가 유령을 만나지 않았다는 사실을 확신하게끔 어머니에게 몇 번이나 같은 얘기를 반복해야 했다. 하지만 아버지는 사흘 뒤에 세상을 떠났다. 아버지의 시체가 침대 하나를 다 차지하는 바람에 어머니와 나는 한 침대에서 잤다. 귀뚜라미가 밤새 울었다. 어머니가 말했다.

"그 사람은 죽었단다. 그러니까 아무리 불러봐야 소용이 없어. 그 사람은 얼음 아가씨가 데리고 가버렸어."

어머니가 무슨 얘길 하는지 잘 알았다. 어느 겨울날, 우리집 유리창에 성에가 끼었다. 그러자 아버지가 유리창을 가리키며, 처녀가 팔을 뻗치고 있는 모양 같지 않느냐며 농담처럼 말했다.

"나를 데려가려고 왔나 보다."

이제 아버지는 죽어 침대에 누웠고, 어머니가 그 일을 기억해냈다. 나 역시 그때 아버지의 표정을 생생하게 기억한다.

아버지는 성 크누드 교회 마당에 묻혔다. 교회의 제단에서 왼쪽 문으로 나오면 바로 그 앞에 아버지의 무덤이 있었다. 할머니는 아버지의 무덤에 장미를 심었다. 지금은 같은 자리에 낯선 사람 둘의 무덤이 있다.

아버지가 죽은 뒤 나는 완전히 외톨이가 되었다. 어머니는 빨래 일을 하러 나갔다. 나는 혼자 집에서 연극을 하고 인형 옷을 만들고 희곡을 읽었다. 나는 늘 옷을 단정하고 깔끔하게 입는다는 말을 들었다. 키가 많이 자랐다. 내 머리카락은 길고 노란색이었으며 밝게 빛났다. 나는 늘 모자를 쓰지 않고 다녔다.

　이웃에 성직자의 미망인인 분케플로드 부인이 시누이와 함께 살고 있었다. 이분은 기꺼이 문을 열어 나를 맞아주었다. 소위 교육을 받은 사람들 가운데서 나를 따뜻하게 맞아준 사람은 분케플로드 부인이 처음이었다. 고인이 된 그 성직자는 시를 써 덴마크 문단에서 명성을 얻은 사람이었다. 그가 지은 실 잣는 노래는 당시 사람들이 즐겨 부르던 노래였다. 지금은 다들 잊어버렸을지도 모르는 그 노래는 이랬다.

　　　딸그락 딸그락, 물레가 돌아가네
　　　물레 노래를 부르는구나
　　　청춘이 부르는 노래는 어느새
　　　사랑의 노래가 되는구나

　이때 나는 난생 처음으로 시인이라는 단어를 들었다. 그 단어에는 무한한 존경심이 담겨 있었고 어쩐지 성스러운 느낌마저 들었다. 아버지가 홀베르크의 희곡을 읽어주긴 했지만, 이건 그게 아니었다. 시였다. 분케플로드 부인의 시누이는 말을 시작할 때마다 "시인이셨던 우리 오빠는"이라고 했다. 그때마다 눈빛이 반짝거렸다. 이때 나는 처음으로 시인이 된다는 건 영광스러운 일이란 사실을 알았다. 그리고 또 분케플로드 부인의 집을 드나들면서 난생 처음으로 셰익스피어의 희곡을 읽었다. 지금 생각해보면 엉터리 번역이었던 것 같다. 하지만, 대담한 묘사와 영웅적인 사건들, 교활한 인물들, 유령 등등, 셰익스피어의 희곡은 내 취향에 딱 맞았다. 나는 곧바로 내 작은 인형 극장에서 셰익스피어의 연극을 공연했다. 나는 〈햄릿〉의 유령을 보았고 〈리어왕〉의 고통에 함께 아파했다. 그때는 사람이 많이 죽을수록 연극이 더 흥미진진하게 전개된다고 생각했다. 그즈음에 처음으로 내 작품을 썼다. 변변찮은 비극이었는데, 초보자들이 다 그렇듯이 등장인물은 모두 죽었다. 피라모스와 티스베(피라모스는 오비디우스의 〈변신 이야기〉에 등장하는 바빌론 청년이다. 이웃에 사는 티스베와 함께 자라 서로 사랑하는 사이가 되는데, 양쪽 집안에서 두 사람의 결혼을 허락하지 않았다. 두 사람은 집안사람들의 눈을 피해 양쪽 집 담벼락에 생긴 틈새로 아쉬운 사랑을 속삭이다가 결국 함께 야반도주를 결심하지만 비극적인 결말을 맞이한다 – 옮긴이)를 다룬 옛 노래를 참고했지만, 은둔자와 그의 아들이라는 인물을 등장시켜 사건을 더 만들어냈다. 은둔자와 그의 아들 두 사람 다 티스베를 사랑했는데, 티스베가 죽자 두 사람 다 자살하는 걸로…. 은둔자의 대사 가운데 많은 부분은 교리문답서 속 이웃에 대한 의무 부분에서 따왔다. 이 작품의 제목을 〈아보르와 엘비라〉라고 지었다.

"제목을 〈횃대와 횃대에 말리는 생선〉이라고 해야 할 거 같아."(아보르Abor에서 횃대라는 뜻의 Aborre를 연상한 것이다 – 옮긴이)

이웃 사람들 가운데 하나가 내 첫 작품을 읽고서 동네 사람들에게 우스갯소리로 한 말이다. 이 말을 듣고 맥이 빠지고 말았다. 나와 내 시를 한낱 우스갯거리로밖에 보지 않는다고 생각하니 마음이 너무 아팠다. 그 얘기를 어머니에게 했다.

"그 여잔 그냥 그런 거야, 자기 아들은 그런 거 못 쓰거든."

어머니의 말을 들으니 위로가 되었다. 그리고 다음 작품을 쓰기 시작했다. 왕과 왕비가 등장하고 극적인 사건에 휘말린다는 그런 내용이었다. 한데, 왕과 왕비 같은 고귀한 사람들이 보통 사람들과 똑같은 말을 해서는 안 될 것 같다는 생각이 들었다. 어머니와 이웃 사람들에게 왕은 어떻게 말하는지 물어보았지만 정확하게 아는 사람은 아무도 없었다. 오덴세에 왕이 없어진 지도 오래되어 잘 모르겠지만, 아마 외국어를 쓰지 않았을까 하고 추측할 뿐이었다. 그래서 독일어와 프랑스 어 그리고 영어를 덴마크 어로 풀이해놓은 일종의 어휘집을 어렵게 구해놓고, 여기에서 외국어를 따다가 왕과 왕비의 대사를 만들었다. 문법 체계와 전혀 상관없이 뒤죽박죽이었지만 그래도 이런 말이라야 고귀한 신분에 걸맞다고 생각했다.

모든 사람들에게 내 작품을 들려주고 싶었다. 내 작품을 큰 소리로 낭송하는 게 내겐 큰 기쁨이었지만, 사람들은 별로 기뻐하지 않았다.

이웃집 아이 하나는 옷 만드는 공장에서 일을 했는데 일주일마다 돈을 가지고 왔다. 나는 하는 일도 없이 그냥 그렇게 빈둥거리고만 있었다. 이제는 공장에 일하러 가야 했다. 어머니는 말했다.

"돈을 벌러 가라는 게 아니다. 네가 어디에 있는지 그리고 네가 무얼 하는지 내가 알아야 할 거 아니니?"

할머니는 나를 공장에 데려다주면서 무척 좋아했다. 내가 공장에서 일하며 다른 사람들과 함께 어울리는 걸 볼 때까지 살 수 있을까 하고 얼마나 걱정을 했는지 모른다는 말을 몇 번이나 했다.

공장에서 일하는 숙련공들은 독일인들이 많았다. 그들은 떠들썩하게 노래를 부르기도 하고 시시한 우스갯소리를 떠들어대거나 음담패설로 낄낄거리는 걸 좋아했다. 그들이 하는 얘기는 아직 어리고 순진한 나로서는 도무지 알아들을 수 없는 내용이었다. 그 따위들은 내게 흥미가 없었다. 그 당시 나는 고음의 소프라노 목소리를 낼 수 있었고 내 목소리가 아름답다는 사실을 알고 있었다. 내가 우리집 작은 정원에서 노래를 부르면 길 가던 사람들이 발길을 멈추고 내 노래를 들었고, 또 이웃한 의회 의원 집에 모인 손님들도 담장에 붙어 서서 내 노래를 들었기 때문이다. 그래서 공장 사람들이 나한테 노래 부를 줄 아느냐고 했을 때 나는 조금도 주저하지 않고 노래를 불렀다. 내가 노래를 부르면 사람들은 공장 직기들의 가동을 모두 멈추고 내 노래에 귀를 기울였다. 나는 몇 번이고 계속 불렀고, 노래를 부르는 동안 내 몫의 일은 다른 아이들이 대신했다. 홀베르크와 셰익스피어의 연극에 나오는 모든 장면을 알고 있고, 연극도 직접 해보일 수 있다고 얘기했다. 사람들은 모두 나를 좋아했다. 공장에 다니는 시간은 유쾌하게 흘러갔다. 그러던 어느 날, 그날도 나는 열심히 노래를 불렀고 늘 그랬듯이 사람들은 내 아름다운 목소리에 감탄했다. 그런데 숙련공 하나가 불쑥, 내가 남자가 아니라 여자라고 했다. 그러더니 나를 콱 붙잡았다. 나는 울면서 비명을 질렀다. 다른 사람들도 내가 정말 여자일지 모른다며 달려들더니 내 팔과 다리를 옴짝달싹 못하게 붙들었다. 나는 더 큰 소리로 비명을 질렀고 진짜 여자아이처럼 부끄러워했다. 필사적으로 그들의 손을 뿌리치고 곧바로 집으로 달려갔다. 어머니는 그 따위 공장에 다시는 보내지 않겠다고 했다.

나는 다시 분케플로드 부인 집을 찾았고, 부인의 생일날 바늘겨레를 선물했다. 그리고 이 집에서 다른 성직자 미망인도 알게 되었다. 이들은 이동도서관에서 빌린 책을 나더러 큰 소리로 읽어달라고 했다. 그 가운데 어떤 책은 이렇게 시작했다.

> 폭풍우가 몰아치는 밤이었다. 빗줄기가 유리창을 세차게 두들겨댔다.

"참 이상한 책이네…."

노부인이 첫 부분만 듣고도 이렇게 말했다. 이상한 책이란 걸 어떻게 아느냐고 물었다.

"첫 부분만 보면 이상한 책이란 걸 알 수 있어."

노부인의 통찰력에 무한한 존경심을 느꼈다.

어느 해의 추수기였다.(1815년의 일로 그때 안데르센은 열 살이었다 – 옮긴이) 어머니는 오덴세에서 꽤 멀리 떨어진, 어머니가 태어난 보겐세에 이웃한 어느 귀족의 영지로 나를 데리고 갔다. 그곳에 사는 아주머니 한 분이, 그 아주머니의 부모와 어머니가 한때 함께 살았다고 했다. 어머니에게 언제 한번 오라고 했던 것이다. 나로서는 처음 가보는 먼 길 여행이었다. 이틀 동안 걸었다. 그곳의 시골 풍경이 얼마나 인상적이었던지, 나는 어머니에게 거기에서 농부로 사는 게 소원이라고 말했다. 마침 우리가 갔을 때가 홉(hop)을 줍는 철이었다. 사람들은 쪼그리고 앉아 일을 하면서 각자 경험했거나 보았던 신기한 일들을 얘기했다. 나는 이야기가 재미있어 귀를 기울이고 열심히 들었다. 어느 날 오후에 한 노인이 말하길, 하나님은 지나간 일뿐만 아니라 앞으로 일어날 일까지 모두 다 안다고 말했다. 노인의 이 말이 나를 온통 사로잡았다. 해가 기울어 저녁이 되자 나는 혼자 연못으로 갔다. 연못 속의 커다란 바위에 서서 정말로 하나님은 앞으로 일어날 모든 일을 다 알고 있을까 골똘하게 생각했다.

'그래, 만일 내가 오래오래 살 거라면 내가 연못에 몸을 던진다 하더라도 내가 죽는 건 하나님이 원하는 게 아니니까 그냥 내버려두시지 않을 거야….'

생각이 거기까지 이르자, 나는 물에 뛰어들기로 결심했다. 가장 깊어 보이는 쪽으로 갔다. 그 순간, 다른 생각 하나가 뇌리를 스쳤다.

'이건 악마의 유혹이야!'

나는 비명을 지르며 도망쳤다. 마치 악마의 손끝이 목덜미에 닿기라도 한 것처럼 눈물을 흩뿌리며 죽어라 달려가 어머니의 품에 뛰어들었다. 어떻게 된 일이냐고 아무리 물어도 입을 굳게 다물고 아무 말도 하지 않았다.

"유령을 봤나 봐요."

어떤 여자가 말했다. 나는 진짜 유령에 홀렸었다고 생각했다.

어머니는 재혼을 했다.(1818년의 일이다-옮긴이) 남자는 젊은 수공업자였고, 남자 집에서는 자기들보다 계급이 낮다는 이유로 어머니나 내가 인사하러 가는 걸 원치 않았다. 새아버지는 엄한 사람이었고 내 교육 문제에는 전혀 신경을 쓰지 않았다. 그래서 나는 인형극 놀이를 하면서 시간을 보냈다. 내가 제일 좋아했던 일은 밝은 색깔 천 조각을 모으는 것이었다. 이걸 자르기도 하고 바느질을 해서 이어붙이며 행복해했다. 어머니는 이걸 보고 내가 장차 재단사가 되기 위해 연습을 한다고 생각했고, 나중에는 재단사가 내 천직이라고 확신했다. 하지만 나는 극장에 들어가 배우가 될 거라고 말했다. 어머니는 결사적으로 반대했다. 어머니가 알고 있는 배우라고는 줄타기를 하거나 장바닥을 떠돌아다니는 광대뿐이었기 때문이다.

"똑똑히 알아둬, 채찍으로 얼마나 많이 두들겨 맞는지 아니? 자기들 말을 잘 듣게 하려고 밥도 안 줘. 게다가 몸이 엿가락처럼 부들부들 잘 휘어지라고 기름을 얼마나 먹이는지 알기나 하고 그런 소릴 하니?"

나는 재단사가 되어야 했다. 그건 어머니의 확고한 신념이었다.

"재단사 디크만 씨가 얼마나 잘사는지 보고도 모르니?"

그는 오덴세에서 제일 잘나가는 재단사였다.

"그 사람은 십자가 거리에 살고, 그 집 창문들이 얼마나 큰지 너도 알잖니! 자기 밑에 숙련공을 얼마나 많이 데리고 있니! 너도 디크만 씨처럼 될 수 있잖아!"

어머니의 완강한 고집을 꺾을 수가 없었다. 하지만 나는 마음속으로 생각했다.

'어머니 말대로 재단사 밑에 견습공으로 들어가면, 내 인형들에게 입힐 천 조각을 더 많이 모을 수 있을 거야.'

우리집은 몽크밀 문[*] 바깥으로 이사를 갔다. 거기엔 정원이 있었다. 정원은 작고 좁았다. 까치밥나무와 구즈베리 나무 등이 한 줄로 길게 늘어섰을 뿐, 강으로 내려가는 좁은 길이 정원의 전부였다. 강을 향해 난 좁은 길을 내려가면 몽크밀이라는 방앗간이 있었다. 방앗간에는 수차 세 개가 떨어지는 물을 받아 돌아갔고, 수문이 닫히면 수차도 멈추었다. 수문이 닫히면 강물이 뚝 끊어져 강바닥이 드러났다. 그러면 물고기들이 얼마 남지 않은 물웅덩이에서 펄떡펄떡 뛰어올라 손으로도 잡을 수 있었다. 커다란 수차 아래에서 살진 물쥐가 물을 찾아 나오기도 했다. 그러다 수문이 열리면 거대한 물줄기가 거품을 일으키며 쏟아져 내려오고 강바닥은 금방 물에 잠겼다. 그러면 놀라 헐레벌떡 강 바깥으로 달려나오곤 했다. 어머니가 빨래판 대용으로 쓰던 커다란 바위에 올라가 내가 아는 노래를 하나도 빼놓지 않고 다 부르기도 했다. 온힘을 다해 노래를 불렀다. 어떤 때는 정해진 곡조도 없고 가사도 없이 불렀다. 돌이켜보면, 그때 나는 노래를 만들고 있었다.

우리 정원 옆에 붙은 정원은 팔베 씨 소유였다. 욀렌슐레게르(1779~1850년. '스칸디나비아의 시왕詩王'으로 불리는 대시인 – 옮긴이)가 자서전에서 언급한 내용을 빌리자면, 그의 아내는 이전에 배우였는데 〈헤르만 폰 운나〉의 이다 뮌스터처럼 예뻤고 처녀 적 이름은 벡이었다. 팔베 씨 부부는 늘 정원에서 내 노래를 들었다. 내 목소리가 아름답다며 언젠가는 내 목소리가 행운을 불러 출세할 거라고 했다. 나는 그 행운이 어떻게 나에게 다가올지 상상하곤 했다. 여태껏 나에게 멋진 일들이 일어났듯 미래에도 멋진 일이 일어날 것이고 행운이 찾아와 마침내 출세하리란 사실을 믿었고, 그 믿음엔 조금의 의심도 없었다.

강에서 빨래를 하던 나이 든 여자가 어느 날 오덴세를 가로지르는 강 아래쪽 지구 반대편에 중국이란 나라가 있다는 얘기를 했다. 그 얘기를 들은 뒤, 보름달이 뜬 어느 날 밤 강가에서 노래

안데르센이 유년기를 보낸 몽크밀 가의 집.

(1836년. J. T. 한크의 수채화)

를 부르고 있을 때 중국의 왕자가 땅 속에서 불쑥 튀어나와 내 노랫소리에 반했다며 나를 자기 나라로 데려가 부자로 만들어줄 지도 모른다는 상상을 했다. 만일 그렇게만 된다면 오덴세에 다시 돌아와 커다란 성을 짓고 살아야지…. 수많은 밤을 그런 상상을 하며 강가를 서성였다. 그때는 그게 불가능한 공상이란 생각은 조금도 하지 않았다.

나는 여전히 어린아이였다. 한참 뒤 나이를 더 먹었을 때도 그랬다. 코펜하겐에서 내가 사람들 앞에서 시를 낭송할 때조차도 내 시를 듣는 사람 가운데 어떤 나라의 왕자가 있어 내 재능을 알아보고 도와줄지 모른다는 상상을 했다.

내가 달달 외우는 수많은 극적인 장면들을 소리 내어 낭송하기를 좋아하고 또 내 목소리가 워낙 아름다웠던지라, 이 소문은 시내 전역에 퍼져 오덴세의 내로라하는 사람들이 호기심을 가지고 나를 불렀다. 그 사람들에게 나는 흥미를 끌기에 충분할 만큼 특이했다. 굴베르그 대령도 이들 가운데 한 사람이었다. 그는 내게 진심으로 따뜻한 친절을 베풀었다. 나중에 크리스티안 8세가 된 크리스티안 왕자를 소개시켜준 사람도 바로 굴베르그 대령이었다.

"만일 왕자님께서 너한테 뭘 갖길 원하느냐고 물으시면, 문법 학교에 가는 게 소원입니다, 라고 대답해라."

왕자는 정말 그렇게 물었고, 나는 준비한 대로 대답했다. 그러자 왕자는 말했다. 내가 시를 낭송하고 노래를 부르는 게 정말 아름답고 훌륭하지만 재능이 썩 뛰어나 보이지는 않고, 또 공부를 한다는 건 매우 긴 시간을 들여야 할 뿐 아니라 비싼 수업료까지 부담해야 한다는 걸 생각하면, 차라리 지금이라도 기술자 밑에 들어가 기술을 배우는 게 낫지 않겠느냐고…. 난 그럴 생각이 조금도 없었다. 왕자가 한 말은 틀린 게 하나도 없었지만, 나는 실망한 가슴을 안고 발길을 돌렸다. 하지만 그후에 내 재능이 보다 뚜렷이 드러났을 때, 크리스티안 왕자는 죽을 때까지 나에게 친절과 호의를 베풀면서 변함없이 나를 사랑하고 아껴주었다. 뒤에서 다시 언급하겠지만, 그는 내 기억 속에 가장 부드러운 성정을 가진 사람으로 남아 있다.

나는 빠르게 성장했다. 키도 많이 컸다. 어머니는 이제 나도 인생의 목표를 분명히 세워야지 아무 생각 없이 빈둥거릴 나이가 아니라며 가난한 사람들을 위한 자선학교에 나를 보냈다. 거기서 종교와 글쓰기와 수학을 배웠다. 이 가운데 나는 수학을 제일 못했다. 게다가 단어의 철자를 정확하게 쓰지도 못했다. 그렇다고 집에서 따로 공부를 하지도 않았다. 그저 학교 가는 길에다 외워버리곤 했다. 이런 나를 보고 어머니는 죄 없는 옆집 아이까지 끌어들여 사람들에게 내 자랑을 했다.

"아무개는 외울 때까지 몇 번이고 읽어야 하지만 우리 아들은 머리가 좋아 책을 펼치기도 전에 벌써 다 외워버리더라구요."

선생님의 생일에 꽃목걸이와 내가 지은 시를 선물하곤 했는데 마지막에는 그가 꾸짖었다. 그의 이름은 베르하벤이고 노르웨이 사람이었다. 그는 좋은 사람임에는 틀림없지만 폭력적인 기질이 있고 어쩐지 불행해 보였다. 그는 종교에 대해 솔직하게 말했다. 언젠가 한번 성서역사 시간이었는데, 선생님이 얼마나 열정적이었던지 그의 말을 듣고 있자니, 벽에 걸린 구약성서의 내용을 담은 그림들이 갑자기 현실로 생생하게 되살아나는 듯한 느낌이었다. 후에 라파엘(1483~1520년. 이탈리아의 화가이자 조각가 - 옮긴이)과 티치아노(1488?~1576년. 이탈리아의 화가 - 옮긴이)의 장엄한 그림들에서 느꼈던 그 놀라운 아름다움과 진실과 신선함에 압도당하는 느낌을 교실 벽에 걸린 그림에서 경험했다. 나는 얼룩덜룩한 벽을 꿈꾸듯 물끄러미 바라보곤 했다. 그러면 선생님은 정신을 어디다 두느냐고 꾸중을 했다. 나는 아이들에게 내가 늘 주인공으로 등장하는 신기한 이야기들을 해주었다. 이 때문에 '아이들한테 놀림을 받기도 했다. 학교에 다니지 않는 아이들도 내가 이상한 행동을 한다는 것과 부자들 집을 드나든다는 사실을 다들 알고 있어, 내가 그들 앞을 지나칠라치면 "저기 극작가 선생 지나간다!" 하고 고함을 지르며 쫓아왔다. 그때마다 나는 집에 틀어박혀 울었고, 신에게 기도했다.

어머니는 내가 재단사가 되려면 먼저 교회에서 신앙심 확인과정을 거쳐야 한다고 말했다. 어머니는 진심으로 나를 사랑했다. 하지만 내 열정이 어디로 향하고 있는지는 알지 못했다. 그걸 알지 못한 건 나도 마찬가지였다. 어머니 주변에 있는 사람들은 내 이상한 행동을 꼬집고 비웃으며 재미있어 했다.

우리는 성 크누드 교구에 속해 있었다. 교회의 신앙심 확인 과정을 거치고자 하는 사람은 교구의 주임 목사나 일반 목사에게 이름을 올려야 했다. 소위 상류층 집안의 아이들이나 문법학교 학생들은 교구의 주임 목사를 찾았고 가난한 집 아이들은 일반 목사를 찾았다. 나는 교구 주임 목사에게 등록하겠다고 했다. 주임 목사는 내가 허영심에 사로잡혀 있다고 생각하더라도 거부할 권리는 없었고, 자기 밑에 있는 교리문답 전도사에게 나를 맡길 수밖에 없었다. 내가 속한 교리문답반은 출신 성향으로 볼 때 상류층 가운데서도 제일 아랫반이었다. 내가 굳이 교구 주임 목사에게 등록하겠다고 고집을 부린 건 허영심 때문만은 아니었다. 나는 가난한 집 아이들이 무서웠다. 내 꽁무니를 따라다니며 놀려댈까 두려웠던 것이다. 또 하나 이유가 있다면, 문법학교 학생의 수준으로 나 자신을 끌어올리고 싶은 욕망이 마음속에 머리를 치켜들고 있었기 때문이다. 문법학교에 다니는 아이들이 교회 마당에서 뛰어놀 때 나는 울타리 바깥에 우두커니 서서 바라보며, 나도 그들 속에 낄 수 있으면 얼마나 좋을까 부러워하곤 했다. 함께 놀고 싶어서가 아니었다. 그들이 곁에 두고 있는 수많은 책들과 그들이 나중에 어른이 될 때 누릴 수 있는 사회적 지위가 부러웠다. 나도 그들과 어울릴 수 있었고 그들이 하는 모든 행동을 다할 수 있었다. 하지만 난 그러지 못했고, 지금 그들 가운데 단 한 명도 기억하지 못한다. 사람들은 내가 겉돈다고 생각했지만 나는 단 하루도 내가 그들과 다른 공기를 마신다고 생각하지 않았다. 나 자신은 그들과 같은 울타리에 있다고 굳게 믿었다. 이때 한 소녀를 만났다. 그 소녀 역시 문법학교 학생이었고 상류층 집안이었다. 뒤에서도 이 소녀 얘기를 하겠지만, 소녀는 언제나 내게 부드럽고 친절한 미소를 지어주었다. 그리고 한번은 내게 장미꽃을 주었다. 그날 나는 가슴 가득 행복을 안고 집으로 달려갔다. 상류층의 울타리를 기웃거리는 나를 비웃으며 울타리 바깥으로 밀어내지 않고 따뜻하게 대해준 사람이 내게도 있었다!

어떤 나이 든 여자 재단사가 아버지가 입던 코트를 줄여주었다. 교리문답반 졸업식 때 입을 옷이었다. 내가 입어본 옷 중에서 제일 멋진 옷이었다. 그리고 난생 처음으로 구두를 사서 신었다. 하늘을 날듯이 기뻤다. 사람들이 새 구두를 알아보지 못할까봐 그게 제일 걱정이었다. 그래서 바지를 구두 안으로 우겨넣었다. 그런 차림으로 교회 안을 뚜벅뚜벅 걸었다. 발밑에서 찌그럭거리는 소리가 났다. 그게 좋았다. 그래야 교회에 모인 사람들이 내 새 구두를 알아볼 테니까…. 하지만 기대와 달리 사람들은 내 구두에 전혀 관심을 보이지 않았다. 그제야, 구두에 신경을 쓴만큼 하나님에게도 신경을 썼어야 하는데 그러지 못했던 내 얕은 신앙심에 양심의 가책을 느꼈다. 하나님에게 기도했다. 내 죄를 용서해달라고 진심으로 빌었다. 그런 다음에도 구두에 대한 아쉬움과 뿌듯함은 지워지지 않았다.

교리문답반에 다니던 마지막 한 해 동안 나는 약간의 돈을 모았다. 세어보니 대략 십삼 릭스달러였다. 내게 그만큼 많은 돈이 있다는 게 너무 좋았다. 나는 그때 그 돈의 힘을 믿었다. 어머니가 이제 재단사 밑에 견습생으로 들어가야 한다고 못을 박을 때, 세상에서 가장 큰 도시인 코펜하겐으로 여행을 떠나고 싶으니 허락해달라고 했다.

"거기 가서 뭐하려고?"

"유명해질 거예요."

나는 책에서 읽은 대로 특별한 사람들이 성공한 얘기를 하나도 빼먹지 않고 다 했다.

"사람들은 처음엔 한결같이 고난에 빠지지만 결국은 이 모든 고난을 헤치고 유명해졌다구요."

말로 설명할 수 없는 어떤 충동이 나를 그렇게 몰아갔다. 울기도 하고 빌기도 했다. 어머니는 나를 데리고 용하다는 점쟁이를 찾아갔다. 이 점쟁이는 커피 찌꺼기와 카드로 점을 쳤다.

"당신 아들은 훌륭한 사람이 될 거예요. 오덴세의 모든 사람들이 당신 아들을 위해 오덴세를 환하게 밝힐 테니 걱정 말아요."

그 말을 듣자 어머니는 울음을 터뜨렸다. 그리고 허락했다. 이웃 사람들은 모두 열네 살 어린아이를 어떻게 혼자 아는 사람 하나 없는 그 먼 코펜하겐에 보내느냐며 난리를 쳤다. 어머니의 대답은 이랬다.

"알아요. 하지만 날 가만 놔둬야 말이죠. 내가 두 손을 들 수밖에 없는걸요. 그렇지만 뉴보르까지밖에 못 갈 거예요. 거기서 스토레벨트의 넓은 바다를 보기만 해도 깜짝 놀라서 돌아올 테니까요."

교리문답반 졸업식이 있기 전 여름에 왕립극단의 가수와 배우들이 오덴세에 와서 오페라와 희극을 공연한 적이 있었다. 이 공연은 오덴세 전체가 들썩거릴 정도로 대단했다. 공연 홍보지를 나누어주던 사람과 잘 알고 지내던 나는 그 사람 덕분에 무대 뒤에서 공연을 보는 행운을 누렸다. 뿐만 아니라 시동이나 양치기 등의 단역으로 잠깐씩 출연도 했다. 대사도 몇 마디 했다. 이때 내 열정이 얼마나 지극했던지, 다른 배우들이 의상을 챙겨 입으려 할 때 나는 진즉에 머리부터 발끝까지 의상을 챙겨 입고 기다리고 있었을 정도였다. 그 바람에 배우들이 내게 관심을 가졌고, 내 순진함과 열정에 호의를 보이고 친절하게 대해주었다. 나는 마치 신을 대하듯 그 사람들을 존경했다. 이전에 내가 노래를 부

를 때나 시를 낭송할 때 사람들이 해주던 평가며 지적들을 그제
야 제대로 이해할 수 있었다. 나는 극장에서 새로 태어났다. 내
가 유명해질 곳도 바로 극장이었다. 이런 이유로 코펜하겐은 내
노력과 열성의 목표가 되었다. 코펜하겐에 있는 커다란 극장에
대해선 얘기를 많이 들어서 잘 알고 있었다. 오페라나 연극보다
훨씬 멋지다는 발레라는 게 있다는 것도 알고 있었다. 특히 발레
리나인 샬 부인이 그중에서 최고라는 것도 잘 알고 있었다. 그래
서 샬 부인은 내게 모든 것을 이룰 수 있는 여왕으로 비쳤고, 샬
부인이 나를 위해 모든 걸 다 해줄지도 모른다며 내 멋대로 좋아
했다. 이런 즐거운 상상을 하며 출판업자인 이베르센 씨를 찾아
갔다. 그는 오덴세에서 존경받는 사람이었고, 왕립극단이 오덴
세에 왔을 때 배우들과 상당한 교분을 나누었다고 들었기 때문
이다. 그렇다면 당연히 그 유명한 샬 부인을 모를 리 없을 터이
고 소개장을 부탁해서 받기만 하면 나머지는 신의 뜻에 맡기면
된다, 그런 생각을 했다.

그는 처음 보는 나에게 친절을 베풀어 내가 하는 이야기를 끝
까지 들어주었다. 하지만 다 듣고 나서는, 배우가 되려고 애쓰기
보다 상업을 배우는 게 더 낫다며 내 고집을 꺾으려고 애썼다.
하지만 나는 단호하게 말했다.

"그건 죄악입니다."

내 말에 그는 깜짝 놀랐고 내 결심을 꺾을 수 없다는 걸 깨달
았다. 그는 할 수 있는 데까지 도와주겠다고 했다. 그리고 그제
야 고백하는 사실이지만, 발레리나 샬 부인을 알지 못한다고 했
고, 그래도 필요하다면 소개장을 써주겠다고 했다. 그가 써준 소

개장을 손에 넣고 나자, 내가 꿈꾸는 성공의 문이 바로 눈앞에 보이는 듯했다.

어머니는 작은 짐 보퉁이에 옷을 꾸렸다. 우편마차 마부와 코펜하겐까지 나를 데려다주는 대가로 삼 릭스달러를 지불하는 걸로 흥정을 마쳤다. 출발 시간이 다가왔다. 오후였다. 어머니는 오덴세 문이 있는 곳까지 따라 나와 배웅했다. 할머니도 거기 서 있었다. 지난 몇 년 동안, 아름답던 할머니의 머리카락이 어느새 모두 회색으로 변해 있었다. 할머니는 내 목을 붙잡고 울음을 터뜨리느라 말은 한마디도 하지 못했다. 마음이 아팠다. 그렇게 우리는 작별을 했다. 그뒤로 다시는 할머니를 볼 수가 없었다. 내가 오덴세를 떠난 다음해에 할머니가 세상을 떠났기 때문이다. 할머니의 무덤이 어디 있는지 나는 모른다. 가난한 사람들이 묻히는 공동묘지에 있다는 것 외에는….

마부가 나팔을 불었다. 햇살이 찬란한 오후였다. 유쾌하고 천진한 내 마음 안에 햇살이 가득 들어차다. 눈에 비치는 모든 풍경이 기쁨이었다. 나는 내 영혼이 원하는 목표를 향해 가고 있던 것이다. 하지만 뉴보른에 도착해 배를 타고 내가 태어난 핀섬을 뒤로하고 떠날 때는 이 세상에 의지할 데라고는 하나님밖에 없다는 절박한 외로움에 떨어야 했다.

셸란 섬에 내리자마자 해변에 무릎을 꿇고 하나님께 기도했다. 부디 나를 도와 옳은 길로 이끌어달라고…. 그날 하루 종일 그리고 밤을 새워 마을을 지나고 도시를 지났다. 우편마차에 외롭게 서서 빵을 씹었다. 그제야 나는 드넓은 세상 한가운데 섰음을 깨달았다.

1819년 9월 5일 월요일 아침, 프레데릭스베르그 언덕에 서서 코펜하겐을 바라보았다. 이 언덕에서 우편마차와 작별한 뒤 작은 보따리를 손에 들고 성채의 정원을 가로지르는 긴 오솔길을 따라 코펜하겐으로 들어갔다.

내가 도착하기 전날 저녁 유태인들이 소동을 일으켰고, 이어 다른 유럽 여러 나라로 소동이 확산되었다. 시내는 온통 쏟아져 나온 사람들로 들썩거렸다. 이때 본 코펜하겐의 소음과 소동은 오덴세에서 자란 나로서는 직접 눈으로 보지 않고는 결코 상상도 할 수 없을 만큼 대단했다.

주머니에는 십 릭스달러밖에 없었다. 작은 여인숙을 찾아 들어갔다. 그리고 나서 맨 먼저 찾아간 곳은 극장이었다. 극장 주변을 몇 번이고 빙빙 돌았다. 건물을 올려다보면서 나는 그곳을 마치 내가 사는 집처럼 생각했다. 부근에 있던 사람이 다가와 표한 장 줄까 하고 물었다. 당연히 받았다. 그리고 진심으로 고맙다는 인사를 했다. 그 사람은 놀리느냐며 화를 냈다. 나는 세상을 몰라도 너무 몰랐다. 그건 공짜로 주는 게 아니라 돈을 받고 파는 것이었다. 깜짝 놀라서 황급히 도시의 사막 같은 그 자리를 피했다. 그때는 십 년 뒤에 내 최초의 작품이 그 극장에서 공연되리라고는 상상도 하지 못했다.

다음날 나는 교리문답 졸업식 때 입었던 옷으로 차려입었다. 물론 구두도 잊지 않았다. 이번에는 바지를 구두 밖으로 드러나게 입었다. 지난번에는 바보같이 왜 구두 안으로 바지를 집어넣을 생각을 했을까, 반성하면서…. 내가 보기에 최고의 옷차림이었다. 게다가 이번엔 모자까지 썼지 않은가. 모자는 눈이 보일락 말락 할 정도로 깊게 눌러 썼다. 어서 빨리 발레리나 샬 부인에게 소개장을 보이고 싶어 애가 탔다. 그 여자의 집 문 앞에서 무릎을 꿇고 하나님에게 기도했다. 부디 내가 그토록 원하던 도움을 얻을 수 있기를…. 초인종을 누르자 하녀가 계단을 내려왔다. 하녀는 나를 보고 친절하게 미소 지었다. 그리고는 동전 하나를 던져주고 다시 올라갔다. 깜짝 놀랐다. 최고로 멋지게 차려입었는데 거지로 보다니…. 도무지 이해할 수가 없었다. 나는 여자를 불렀다.

"알았어, 알았어."

그러더니 안으로 들어가버렸다. 한참 동안 실랑이를 한 끝에 마침내 발레리나 앞에 설 수 있었다. 그녀는 재미있다는 눈으로 나를 바라보았다. 그리고 내가 간절하게 하고 싶었던 말들을 모두 들어주었다. 하지만 그녀는 소개장을 써준 사람이 누군지 전혀 몰랐다. 게다가 내 외모나 행동이 이상하게 보인 모양이었다. 나는 내 소원이자 희망이 배우가 되는 것이라고 했다. 배우가 아니면 인생의 목표도 없다고 했다. 그러자 내게 어떤 역할을 하면 가장 잘할 수 있겠느냐고 물었다. 나는 신데렐라라고 대답했다. 지난번 오덴세에서 왕립극단이 공연할 때 내 마음을 가장 사로

잡았던 등장인물이 바로 신데렐라였다. 난 신데렐라의 모든 연기와 대사를 다 기억하고 있었고 연기할 수 있었다. 나는 발레리나에게 구두를 벗어도 괜찮겠냐고 물었다. 무거운 구두를 신고는 신데렐라 연기를 제대로 할 수 없었기 때문이다. 그러라고 했다. 나는 구두를 벗고 모자를 탬버린 삼아 춤을 추며 노래를 부르기 시작했다.

"여기 보세요. 귀족도 없고 부자도 없어요.

이리 오세요. 고통도 없고 슬픔도 없어요."

내가 너무 격정적이었던지 발레리나 샬 부인은 나를 미친 사람으로 생각하고 하녀를 불렀다. 나는 밖으로 쫓겨났다.

다음엔 극장 관리자를 찾아가 배우로 취직시켜달라고 했다. 그 사람 대답이, 연극을 하기엔 너무 말라서 안 되겠다고 했다.

"월급으로 백 릭스달러만 주시면 금방 뚱뚱해지겠습니다!"

하지만 남자는 일찌감치 포기하라고 했다. 짓궂은 장난이 아니라 진지한 얼굴이었다. 그리고 덧붙이기를, 자기들은 제대로 교육받은 사람만 쓴다고 했다.

나는 너무도 큰 상처를 받았다. 코펜하겐에서 내게 도움의 손길을 내밀거나 따뜻한 위로의 말을 건네줄 사람은 아무도 없었다. 이 절망의 나락에서 헤어날 길은 오로지 죽음밖에 없을 듯했다. 나는 하나님을 찾았다. 어린아이가 아버지에게 매달리듯 한 줌의 의심도 없이 하나님의 손을 잡고 매달렸다. 비통하게 울었다. 그런 다음 나 자신에게 이렇게 말했다.

"그래, 아무리 힘들고 어려운 일이 있더라도 신은 도움의 손길을 내리신다. 늘 그렇게 생각하고 살아오지 않았니? 처음부터 쉬운 일은 없는 거야. 성공하는 사람은 늘 처음엔 이겨낼 수 없을 것 같은 시련과 고통을 겪잖아."

나는 극장으로 가 오페라 〈파울과 비르지니아〉 입장권을 샀다. 사랑하는 연인이 헤어져야 하는 장면에서 마음이 찢어질 듯 아파 눈물을 쏟고 말았다. 나중엔 소리 내어 엉엉 울었다. 곁에 앉았던 몇몇 부인들이 그냥 연극일 뿐이라며 나를 위로하고 소시지 샌드위치를 줬다. 나는 사람을 잘 믿는 편이었다. 그래서 정말 솔직하게 얘기했다. 연인의 이별 자체가 슬퍼서 운 게 아니라 오페라 속의 비르지니아가 극장이라고 생각하니 비르지니아와 헤어져야 하는 파울의 비참한 처지가 나하고 똑같아 그게 서러워 울었다고…. 그래도 부인들은 내 말을 알아듣지 못했다. 그래서 내가 왜 코펜하겐에 왔는지, 내가 왜 의지할 데 하나 없이 외로움에 울어야 하는지 모두 다 얘기했다. 그러자 부인 가운데 한 명이 버터 바른 빵을 주었다. 그리고 과일과 케이크도.

다음날 아침 숙박비를 계산하고 나자 남은 재산이라곤 일 릭스달러뿐이었다. 집으로 돌아갈 교통편을 알아보거나 취직을 하는 것 둘 중 하나를 선택해야 했다. 오덴세로 돌아가기는 싫었다. 오덴세로 돌아간다 해도 여기서 취직해서 하게 될 일과 비슷한 일을 할 게 뻔하니 그럴 바에야 코펜하겐에 남는 게 나았다. 게다가 아무것도 이룬 것 없이 빈손으로 돌아가면 사람들이 얼마나 비웃을 텐가. 어디에 취직해서 무슨 일을 할 건지는 중요하지 않았다. 중요한 건 코펜하겐에서 살아갈 수 있을 돈만 벌면 어떤 일이라도 상관없었다. 신문을 사서 광고란을 뒤졌다. 장식장을 만드는 사람이 견습공을 구한다는 광고가 있었다. 그 사람을 찾아가자 친절하게 맞아주었다. 하지만 그 가게에서 일을 하려면 세례를 받았다는 증명서와 신앙심 확인 과정을 마쳤다는 증명서가 있어야 한다고 했다. 그래서 이 증명서들이 오덴세에서 올 때까지 그 사람 집에 있으면서 일이 나한테 맞을지 시험적으로 해보기로 했다.

다음날 아침 여섯 시에 작업장으로 나갔다. 숙련공이 여러 명 있었고 견습생이 두세 명 있었다. 하지만 장인匠人이 나오지 않아 그를 기다리며 이런저런 잡담을 하기 시작했다. 나는 여자아이처럼 수줍음을 탔고, 사람들은 곧 눈치를 채고선 무자비하게 나를 골려대기 시작했다. 옛날 공장에서 독일인 숙련공에게 당했던 기억이 되살아났다. 난 이 작업장에 단 하루도 더 머물지 않겠다는 결심을 하고선 작업장을 박차고 나가 장인을 찾았다. 그는 나를 달래보려고 애를 썼지만 허사였다. 내 결심은 그만큼 확고했다.

그냥 길을 터벅터벅 걸었다. 아는 사람이라곤 한 사람도 없었다. 나는 외톨이였다. 그때, 오덴세에 있을 때 신문에서 본 이탈리아 이름 시보니가 문득 떠올랐다. 그는 코펜하겐의 음악원 원장이었다. 내 노래를 들어본 사람은 하나같이 내 목소리가 아름답다고 칭찬했다.

'그가 내 노래를 듣기만 하면 어쩌면 나를 구원해줄지도 몰라. 만일 그래도 안 된다면, 그때 가서 고향으로 돌아갈 교통편을 알아보리라…'

집으로 돌아가야 한다는 생각을 하니 다시 감정이 격하게 타올랐다. 이 고통 속에서 나는 시보니의 집을 찾아갔다.

마침 그날 그의 집에서는 성대한 디너 파티가 열리고 있었다. 존경받는 작곡가 바이세가 거기 있었고 시인 바게센도 있었다. 나이 많은 하녀가 문을 열어 나를 맞았고, 나는 가수로 성공하고 싶다는 내 소원뿐만 아니라 내가 살아온 삶까지 다 얘기했다. 그 여자는 지극한 동정심으로 내 얘기에 귀를 기울였다. 그리곤 나를 남겨두고 안으로 들어갔다. 한참을 기다렸다. 아마도 내가 한 얘기를 사람들에게 그대로 전하고 있을 터였다. 얼마 후 문이 열리고 모든 손님들이 다 나와서 나를 바라보았다. 그들은 내게 노래를 하라고 했고 시보니가 지켜보았다. 나는 홀베르크 연극 가운데 몇 장면을 노래했다. 그리고 시도 몇 편 낭송했다. 그러던 중 갑자기 내 불행한 처지가 서러워 왈칵 눈물이 쏟아졌다. 더 이상 노래도 낭송도 할 수 없었다. 박수 소리가 들렸다. 모든 사람들이 박수를 치고 있었다. 시인 바게센이 말했다.

"감히 예언하건대, 이 청년은 성공할 것입니다. 미래에 언젠가 모든 사람들이 자네에게 환호와 박수를 보내더라도 자만하지는 말게."

그리고 또 순수함과 진실한 성정에 대해서도 얘기하고 이런 것들이 얼마나 소중한지도 얘기했다. 무슨 소린지 하나도 알아들을 수가 없었다. 나는 사람들이 하는 말을 무조건 다 믿었다. 사람들은 내 미래를 축복했고, 나는 내가 느끼고 생각한 걸 마음에 담아두지 못하고 곧바로 다 얘기했다.

시보니는 내 목소리를 다듬어주겠다고 약속했다. 이제 왕립극장에서 가수로 성공하는 건 시간문제였다. 행복했다. 웃고 또 울었다. 나이 많은 하녀가 나를 정원으로 데리고 나갔다. 그녀는 나로 인해 빚어진 떠들썩한 흥분의 도가니를 보여주며 내 뺨을 톡톡 쳤다. 그리고 다음날 바이세 교수를 찾아가라고 일러주었다. 그가 나를 위해 어떤 준비를 해놓을 것이며, 그가 앞으로 내 후원자 역할을 할 것이란 말도 했다.

바이세 교수를 찾아갔다. 그는 나를 가난에서 구원했다. 그는 내 처지가 얼마나 딱한지 깊이 공감하고 이해했다. 그가 칠십 릭스달러를 주었다. 곧바로 어머니에게 편지를 썼다. 코펜하겐에 와서 처음 쓰는 편지였다. 이 세상의 모든 행운이 한꺼번에 나에게 쏟아져 내려 얼마나 기쁜지 모른다고 썼다. 어머니는 너무 좋아 편지를 사람들에게 보여주며 자랑했다. 사람들은 깜짝 놀라며 함께 좋아했다. 하지만 비웃는 사람들도 있었다. 그래서 어떻게 됐다고? 그런다고 달라지나?

시보니가 하는 말을 알아들으려면 독일어를 배울 필요가 있었다. 오덴세에서 코펜하겐으로 올 때 함께 왔던 여자가 있었는데 나를 기꺼이 도와주겠다고 나서서 아는 사람을 소개했다. 덕분에 독일어를 공짜로 배웠다. 독일어 구문도 제법 많이 외웠다. 시보니는 나를 집으로 불러서 함께 밥을 먹기도 하고 노래도 가르쳤다. 그 사람 집에는 이탈리아 요리사와 시중드는 처녀 둘이 있었는데, 이들 가운데 한 사람이 이탈리아 어를 할 줄 알아 그의 시중을 들었다. 나는 하루 종일 이 처녀들과 시간을 보내며 이들이 하는 얘기도 듣고 심부름을 하기도 했다. 그러던 어느 날, 이들이 시킨 대로 접시를 들고 식당으로 들어서는 나를 본 시보니가 자리에서 일어나 주방으로 가 처녀들에게 말했다.

"안데르센은 일을 하러 이 집에 온 게 아니니까 앞으로는 일을 시키지 마라."

그 일 이후로 나는 더 자주 응접실을 드나들었다. 응접실에서는 시보니의 조카 마리타가 오페라에 나오는 아킬레스의 모습으로 시보니의 초상화를 그리고 있었다. 내가 시보니 대신 모델이 되었다. 키가 크고 건장한 시보니에겐 맞았지만 깡마르고 빈약한 나한테는 터무니없이 긴 토가(toga: 고대 로마 사람들이 입었던 긴 겉옷 – 옮긴이)를 걸친 채 자세를 취하고 서 있어야 했다. 그 우스꽝스런 모습에 쾌활하고 생동감 넘치던 이탈리아 아가씨는 깔깔대고 웃으면서도 아주 빠른 솜씨로 그림을 그렸다.

오페라 가수들이 날마다 연습을 하러 왔고, 때때로 시보니는 그들의 연습 광경을 지켜봐도 된다고 허락했다. 그는 가수들의 노래가 마음에 들지 않으면 불같은 이탈리아 피로 뺨을 시뻘겋게 물들이며 독일어나 이상한 덴마크 어로 길길이 날뛰며 화를 내기도 했다. 나하곤 아무 상관이 없었지만 사지가 후들후들 떨릴 정도로 무서웠다. 내 인생의 모든 걸 의지하고 있는 사람이 나를 공포로 몰아넣었던 것이다. 나를 가르칠 때도 그는 얼마나 엄격했던지 내 목소리는 덜덜 떨렸고 눈에 눈물이 고이기도 했다. 그러면 그는 문법이 맞지 않는 덴마크 어로 괜찮으니 나가 있으라고 했다. 하지만 곧 다시 불러서 얼굴 가득 부드러운 미소를 지으며 내 손에 돈을 쥐어주고 이렇게 말하곤 했다.

"자, 이거 가지고 가서 기분 풀어라."

나중에야 깨달은 사실이지만 그는 오페라 가수를 가르치는 데는 정말 훌륭한 선생이었다. 그에 걸맞게 존경을 받아야 마땅했지만 사람들은 그를 그다지 존경하지 않았다. 대부분은 덴마크 사람이 먹어야 할 빵을 축내는 외국인으로만 보았다. 덴마크 사람 가운데는 시보니만큼 능력 있고 훌륭한 사람이 없다는 사실을 알지 못했다.

그때는 이탈리아 오페라가 유럽 전역을 휩쓸고 있었다. 코펜하겐에서도 시보니가 이탈리아 오페라를 무대에 올렸다. 하지만 사람들은 이탈리아 오페라라는 이유로, 또 이탈리아 사람인 시보니가 연출한다는 이유로 적대적이었다. 〈가차 바드라〉가 실패했고 〈라 스트라니에라〉 역시 실패했다. 또 시보니가 선택한 독일 오페라 〈아킬레스의 복수〉도, 여기에서 그는 직접 중요한 배역을 맡기도 했는데, 역시 외면당했다. 그가 부당한 대우를 받았다는 사실은 그가 죽은 뒤에야 인정을 받았다. 한데 이렇게 그를 인정해준 사람들이란 게, 그 당시에 롯시니와 벨리니를 무시했다가 몇 년 뒤에 베르디(1813~1901년. 이탈리아의 작곡가. 〈리골레토〉, 〈라 트라비아타〉, 〈아이다〉 등의 오페라를 남겼다 - 옮긴이)에게 갈채를 보내고, 급기야 이탈리아 인이 아니면 작곡가든 가수든 별것 아니라는 식으로까지 간 바로 그 사람들이었다. 하지만 시보니는 이렇게 바뀌는 세태를 다 보지 못하고 죽었다.

그는 제자들에게 노래하는 법뿐만 아니라 무대 위에서 연기해야 하는 배역을 이해하고 배역과 하나가 되는 걸 가르쳤다. 이 일에 그는 실로 영혼을 바쳤다. 그는 독일어로 의사 표시를 하기엔 어휘가 부족했다. 그가 아는 덴마크 어는 더 형편없었다. 그에게 배우는 가수들 대부분은 덴마크 어 아니면 독일어 둘 중 하나밖에 몰랐다. 그러다 보니 때로 우스꽝스런 상황이 벌어지기도 했다.

여섯 달쯤 뒤, 내 목소리가 갈라졌다. 변성기라 그랬던지 아니면 변변한 속옷도 입지 못하고 겨울을 버티느라 몸이 망가졌던 탓인지, 목소리가 차츰 변해갔다. 훌륭한 가수가 되겠다는 꿈은 물거품이 되고 말았다. 시보니는 그런 사실을 솔직하게 얘기했다. 그리고 오덴세로 돌아가 상업을 배우라며 나를 위로했다.

무지갯빛 환상에 사로잡혀 어머니에게 내가 얼마나 행복한지 구구절절하고 장황하게 편지를 썼던 내가 이제 고향으로 돌아가 사람들의 조롱거리가 되어야 한다. 이런 생각을 하니 미칠 것만 같았다. 머리를 쥐어뜯었다. 하지만 이 절망 속에 더 나은 행운을 향해 딛고 올라설 디딤돌이 숨어 있을 줄이야….

다시 버림받은 신세가 되어 이제 어떻게 하는 게 좋을까 곰곰이 생각하는데 문득 오덴세의 굴베르그 대령 생각이 났다. 그의 동생인 시인 굴베르그가 코펜하겐에 살고 있다고 했던 것이다. 그는 당시 그의 시에서 아름다움을 찬양한 교외의 새로 지은 교회 부근에 살고 있었다. 나는 그에게 편지를 썼고, 이윽고 찾아갔다. 그는 수많은 책과 담배 파이프에 둘러싸여 있었다. 강하면서도 인정이 많았던 그는 나를 따뜻하게 맞아주었다. 내가 보낸 편지가 너무 엉터리였던지라 그는 덴마크 어를 가르쳐주겠다고 약속했다. 독일어로 몇 가지 나를 시험해보곤 독일어도 가르쳐주겠다고 했다. 이것 말고도 막 출판한 자기 시집으로 받을 인세도 나에게 주겠다고 약속했다. 나중에야 알게 된 사실이지만, 그건 백 릭스달러도 넘는 돈이었다. 바이세 교수를 비롯한 몇몇 사람들도 돈을 모아서 도와주었다. 시보니 씨 집의 두 처녀도 일년에 네 번 자기들이 받는 급료에서 얼마씩 돈을 떼어서 주겠다

고 했다. 이들의 약속은 단 한 차례로 끝나버렸지만 그들이 내게
보여준 선의는 결코 잊을 수가 없다. 그후로 그 처녀들을 다시는
만나지 못했다.

한 번도 얘기를 나눈 적이 없는 작곡가 쿨라우도 나를 도와준
사람 가운데 하나다. 그 역시 어릴 때 가난을 뼈저리게 겪으며
자란 사람이었다. 추운 겨울날 돈 몇 푼 벌기 위해 먼 길 심부름
도 마다하지 않았다. 어느 날 저녁에는 술병을 가지고 오라는 심
부름을 하다 넘어져 술병을 깨뜨리고 말았는데, 이때 한쪽 눈이
실명되는 불운을 겪었다는 얘기를 나중에 들었다.

여인숙에 들기에는 너무 비싸다는 생각이 들어 가정집을 찾기
로 했다. 세상을 너무 몰랐던 나는 코펜하겐에서도 제일 질이 낮
은 동네의 한 과부가 사는 집을 찾아갔다. 그녀는 나를 자기 집
에 들이고 싶어 했다. 나는 세상과 내 주변 사람들을 조금도 의
심하지 않았다. 그 여자는 붙임성은 없었지만 활동적인 사람이
었다. 그 여자는 자기에게 오길 정말 잘했고, 만일 다른 집으로
갔다면 못된 사람을 만나 정말이지 큰일 날 뻔했다며 사람들이
얼마나 교활하게 사기를 치고 순진한 사람들을 등쳐먹는지 자세
하게 얘기했다. 그 얘기를 듣고 나니 정말 안전하고 편안한 곳을
잘 찾아왔다는 생각에 안도의 한숨이 나왔다. 창문도 없고 불빛
도 없는 휑뎅그렁한 창고방 하나에 한 달에 이십 릭스달러를 내
라고 했다. 응접실은 자기와 함께 써도 좋다고 했다. 나는 이틀
을 있어본 뒤에 결정하겠다고 말했다. 하지만 다음날 그 여자는
계속 있을 건지 어쩔 건지 결정을 하라고 재촉했다. 만나는 사람
마다 좋아하던 나는 어느새 그 여자가 좋아졌고, 그 여자와 함께

있는 게 편했다. 하지만 바이세 교수는 십육 릭스달러 이상은 절대로 내지 말라고 충고를 했었다. 그리고 그건 바이세 교수와 시인 굴베르그에게서 받은 돈을 다 합친 액수였다. 그 돈을 방값으로 내고 나면 빈털터리가 되고 말 처지였다. 이러지도 저러지도 못할 일이었다. 그 여자가 나간 뒤 소파에 앉아 죽은 그 여자 남편의 초상화를 손에 들고 가만히 바라보았다. 나는 여전히 어린아이였던지라 눈물이 저절로 솟아올라 뺨을 타고 흘러내렸다. 눈물은 초상화로 떨어졌다. 내 눈물이 초상화 속 남자의 눈을 적셨다. 이렇게 하면 혹 죽은 남편이 내가 얼마나 비참한 처지인지 알고 감동해서 아내의 마음을 움직여줄지도 모른다는 상상을 하면서…. 그 여자는 내게서 더 이상 우려낼 돈이 없다는 사실을 알았던지 다시 돌아와 십육 릭스달러에 해주겠다고 했다. 나는 신과 초상화 속 죽은 남자에게 감사했다.

다음날 나는 그 여자에게 돈을 갖다주었고, 편안한 보금자리를 얻었다는 사실에 행복했다. 하지만 옷이나 신발 혹은 그밖에 필요한 물건을 살 돈은 단 한 푼도 남지 않았다.

나는 코펜하겐의 미로를 헤쳐나가야 했지만, 도무지 길을 찾을 수가 없었다. 내가 세 들어 사는 집에 아가씨 하나가 혼자 세 들어 살고 있었다. 이 아가씨는 무슨 영문인지 모르지만 가끔 울었다. 그리고 저녁마다 늙은 아버지가 아가씨를 찾아왔다. 아가씨 방에 함께 있던 내가 가끔 문을 열어주었다. 그 남자는 남루한 코트를 입은데다 넥타이를 바짝 졸라맸으며 모자는 눈까지 푹 눌러 썼다. 그는 언제나 딸과 함께 차를 마셨고 다른 사람은 아무도 함께하지 못하게 했다. 그는 누구와 함께 있는 걸 싫어했다. 아가씨는 아버지가 찾아오는 걸 좋아하지 않았다. 여러 해가 지난 뒤, 내가 인생의 사다리를 제법 높이 올라가 내 앞에 펼쳐진 인생의 멋진 지평을 흐뭇하게 바라보던 어느 날 저녁, 환하게 불 밝혀진 홀에서 훈장을 가득 단 정중한 신사를 보았다. 남루한 코트를 입었던, 그리고 내가 문을 열어 안으로 맞아들였던, 그 아가씨의 아버지였다. 내가 방문을 열어줄 때 그 남루하던 아버지는 내가 문을 열어준다는 사실에 전혀 개의치 않았다. 손님으로서 딸을 만나는 게 그의 관심일 뿐이었다. 나 역시 마찬가지였다. 내 관심은 인형을 데리고 연극을 하는 것뿐이었다. 그때도 나는 여전히 어린아이여서 인형극을 하고 인형에게 옷을 만들어 입히는 것 말고는 아무 생각도 하지 않았다. 좀더 화려한 색깔로 인형 옷을 만들어주고 싶어 가게로 가 천 조각을 얻는 게 유일한 즐거움이었다. 내게는 단 한 푼도 없었다. 집주인은 한 달 치 방세를 선불로 받았다. 가끔 심부름을 해주고 주인 여자에게 돈을 받곤 했다. 그러면 그 돈으로 신문이나 헌 희곡집을 샀다. 그때 나는 대학교 도서관에서 책을 많이 빌려다 보았다. 어느 날, 딘 대학교에 라스무스 뉴루프란 나이 든 교수를 찾아간 게 계기였다. 그는 농부의 아들이었고 오덴세 문법학교에서 공부를 한 사람이었다. 그에게 나도 오덴세에서 왔다고 했다. 그는 내가 신기했던지 여러 가지로 도와주었다. 도서관에서 책을 볼 수 있게 해준 일도 그 가운데 하나였다. 책을 읽고 제자리에 꽂아두기만 하라고 했다. 그가 시킨 대로 잘 따랐다. 나중에는 책을 빌려가서 집에서 읽어도 된다고 허락했다. 거기서 수많은 그림책을 빌려다 보았다.

행복했다. 행복한 가운데 더 행복한 일이 생겼다. 굴베르그 교수가 최고의 희극배우인 린그뢴을 소개시켜 나를 가르치게 해준 것이었다. 그는 나에게 홀베르크의 희곡에 나오는 여러 인물들의 연기를 시켜보았다. 헨드릭이나 바보소년 같은 것이었는데, 이런 역에 나는 어느 정도 재능을 보였다. 하지만 내 소망은 〈코레조〉(윌렌슐레게르가 독일어로 쓴 비극으로 1811년 작품이다. 코레조는 이탈리아 르네상스 전성기를 대표하는 북이탈리아파 화가―옮긴이)를 연기하는 것이었다. 웃으면서 그는 위대한 화가를 닮고 싶으냐고 물었다. 하지만 진심이 담겨 있었다. 마침내 그는 〈코레조〉를 내 방식대로 연기해도 좋다고 허락했다. 나는 감정을 풍부하게 살려 화랑에서의 독백 부분을 여러 번 반복해 보였다. 늙은 배우는 내 어깨를 두드리며 말했다.

"감정이 있군…. 하지만 자넨 배우가 아니야, 하나님은 다르게 생각하실지 모르지만. 굴베르그 교수한테 라틴 어를 배우고 싶다고 얘기하게. 학생이 되는 길은 열려 있으니까."

내가 학생이 된다고?

여태까지 단 한 번도 해보지 않은 생각이었다. 극장은 내게 가까이 있었고 또 익숙했다. 하지만 라틴 어 역시 늘 배우고 싶었다. 이 얘기를 굴베르그 교수에게 하기 전에 독일어를 공짜로 배울 수 있게 주선해주었던 여자에게 먼저 물어보았다. 그 여자는, 라틴 어는 이 세상에서 제일 배우기 비싼 언어라 공짜로 배울 수는 없을 거라고 했다. 하지만 굴베르그 교수는 여기저기 알아본 뒤 어렵게 사람을 찾아냈다. 그의 친구인 벤치엔 교수가 호의를 베풀어 일주일에 두 번 가르쳐주기로 한 것이다.

아내가 당시 덴마크 미술계에서 손꼽히는 작가였던 무용가 다렌이 자기 집 문을 내게 활짝 열어주었다. 나는 그 집에서 수도 없이 많은 저녁 시간을 보냈고, 마음씨 부드럽고 따뜻하던 그의 부인도 친절하게 대해주었다. 다렌은 나를 무용학교로 데리고 갔다. 내 인생의 목표인 극장으로 한 발 더 가까이 다가간 것이다. 오전 내내 다리를 뻗고 빙글빙글 돌며 춤을 추었다. 하지만 내 기대에도 불구하고 다렌 씨는 잘해야 단역밖에 못하겠다고 했다. 그래도 극장에 넣어준 게 어딘가.(안데르센은 다렌의 주선으로 왕립극단의 견습 배우가 된다 - 옮긴이) 저녁이면 막이 내려진 텅 빈 무대에 올라가보았다. 대배우가 된 듯한 느낌이었다. 하지만 아직은 멀고 먼 길이었다.

어느 날 밤, 〈두 명의 어린 사보이 사람〉이라는 오페레타(희가극喜歌劇 또는 경가극輕歌劇으로 소규모 오페라를 가리킴 - 옮긴이)를 공연하고 있었다. 시장 장면에서 무대를 가득 채우기 위해 단역 배우들까지 모두 올라가야 했다. 나는 간단하게 분장을 하고 다른 배우들과 함께 무대 위로 뛰어올라갔다. 늘 입던 옷차림 그대로였다. 고리문답 졸업식 때 입었던 바로 그 코트… 늘 솔질을 하고 수선을 했지만 너무 초라했다. 터무니없이 큰 모자는 얼굴까지 덮었다. 나는 내 복장이 썩 좋지 않다는 걸 잘 알고 있었다. 될 수 있으면 숨기고 싶었다. 한데 그러면 그럴수록 동작은 자꾸만 이상해졌다. 몸을 똑바로 치켜세우지도 못했다. 왜냐하면, 그랬다가는 훌쩍 커버린 내 몸에 비해 턱없이 짧은 조끼가 관객 눈에 그대로 드러날까 봐 그게 싫었던 것이다. 사람들이 나를 보고 낄 낄댈까 봐 싫었다. 하지만 내 발은 나도 모르게 나를 무대 앞쪽으로 이끌었다. 심장이 마구 뛰었다. 그때 가수 하나가 내 곁으로 다가왔다. 한때 잘나갔지만 지금은 잊혀진 가수였다. 그는 내 손을 잡고 데뷔한 기쁨이 어떠냐며 빙글거렸다.

"자넬 덴마크 관객에게 소개해 올려야지."

그는 나를 이끌고 무대 맨 앞으로 나섰다. 사람들은 나를 보고 박장대소했다. 비웃음이었다. 눈물이 뺨을 타고 흘러내렸다.

이 일이 있은 지 얼마 뒤, 다렌은 발레극 〈아르미드〉(프랑스 고전주의 극작가 키노의 작품 - 옮긴이)를 수정해서 무대에 올렸다. 여기서 나는 요정이라는 작은 역할을 맡았다. 이 발레극을 하면서 지금은 위대한 시인의 아내이자 덴마크 연극계에서 크게 존경받는 배우가 된 하이베르그 부인을 처음 알게 되었다. 그녀는 그때 아직 어린 소녀였고 그녀 역시 그 발레극에 배우로 참가했다. 우리 이름이 공연 팸플릿에 실렸다. 그건 내 인생에서 극적인 한 순간이었다. 내 이름이 배우로서 세상 사람들에게 알려지다니! 나는 공연 팸플릿을 집으로 가지고 가서 촛불 아래 밤새 내 이름을 읽었다. 팸플릿의 내 이름에서 영원불멸의 후광을 보았다. 행복했다!

코펜하겐에 온 지 이 년이 지났다. 나를 위해 사람들이 모아준 돈은 다 써버렸다. 하지만 난 내가 궁핍하다는 사실이 사람들에게 알려지는 게 부끄러웠다. 무역선 선장이던 남편이 죽은 뒤 혼자 사는 어떤 부인의 집으로 거처를 옮겼다. 그 집에서 잠을 자고 아침을 먹었다. 힘들고 우울한 날들이었다. 그 부인은 내가 저녁은 다른 집에서 잘 얻어먹는 줄로 알았지만 나는 그 시각에 왕립공원 벤치에 앉아 작은 빵 하나로 끼니를 때웠다. 아주 드물

게 코펜하겐에서 가장 싼 식당에서 가장 싼 음식을 사먹기도 했다. 그것도 큰 용기를 내야 할 만큼 가난했다. 외로움에 떨었다. 하지만 내 삶의 무게를 순전히 나 혼자 힘만으로 버틴 건 아니었다. 내게 친절을 베푼 모든 사람들은 모두 나의 진실한 친구였다. 또 하나님은 내 작은 방에 늘 함께 있었다. 수많은 밤 기도를 할 때마다 나는 어린아이처럼 하나님에게 물었다.

"언젠가 곧 좋아지겠죠?"

새해가 다가오는 줄도 몰랐다. 그렇게 다시 한 해가 지나가고 있었다.

새해 첫날, 극장 문은 닫혔고 눈이 거의 먼 남자가 무대로 통하는 입구를 지키고 있었다. 나는 두근거리는 가슴을 누르며 그 남자 몰래 이동 무대와 커튼 사이로 들어가 무대 위로 올라갔다. 무릎을 꿇었다. 시를 낭송하고 싶었지만 한 구절도 기억나지 않았다. 그래서 주기도문을 큰 소리로 외웠다. 새해 첫날 무대에서 주기도문을 외웠으니 올해에는 확실한 역을 맡아 잘 해낼 것임은 물론이고, 모든 일이 다 잘 풀릴 거라는 확신이 들었다. 한결 가벼워진 마음으로 새해 첫날을 보냈다.

코펜하겐에 머문 이 년 동안 시내 바깥 시골로는 거의 나가지 않았다. 딱 한 번 공원에 간 적이 있는데 거기에서 사람들이 얼마나 각양각색인지, 또 그들이 일으키는 소동들이 얼마나 다양한지, 오랫동안 몰두해서 지켜본 적이 있다. 삼 년째 되는 해 봄, 봄날 아침의 신선한 푸르름을 헤치고 교외로 나갔다. 내가 간 곳은 프레데릭 6세의 여름 별장인 프레데릭스베르그의 정원이었다. 첫 번째 커다란 너도밤나무 아래에 섰다. 태양빛에 나뭇잎이 투명하게 변했다. 향기가 났다. 어떤 신선함 같은 것…. 새들이 노래를 불렀다. 나는 그 광경에 압도되었다. 기쁨에 겨워 고함을 질렀다. 그리고 팔을 벌려 나무를 안고 입을 맞추었다.

"미친 건가?"

바로 뒤에서 어떤 남자가 말했다. 성에서 일하는 사람이었다. 그 말에 충격을 받고 있는 힘껏 달렸다. 그리고 생각에 잠겨 조용히 도시로 돌아왔다.

내 목소리는 언제부턴가 다시 예전 같은 풍성함을 회복했다. 음악학교의 교장이 내 목소리를 듣고 합창학교에 들어오라고 했다. 합창대에서 노래를 하면 무대 위에서 연습할 수 있는 기회도 더 많아지리란 생각이 들었다. 어쩌면, 그의 제안이 내 앞에 열린 또 하나의 문일지도 모른다는 생각에 무용학교를 나와 음악학교로 옮기고 합창대에 들어갔다. 연극에서는 목동 배역을 맡기도 하고 전사 배역을 맡기도 했다. 극장은 내 세상이었다. 오케스트라 석에도 갈 수 있었다. 하지만 내 라틴 어 실력은 여전히 엉망이었다. 많은 사람들이 라틴 어 따위 몰라도 합창대에서 얼마든지 노래를 잘 부를 수 있다거나 대배우로 성공할 수 있다고 했다. 맞는 말 같았다. 그후로 라틴 어 공부를 소홀히 했다. 이 사실이 굴베르그 교수의 귀에 들어갔다. 나는 처음으로 호되게 꾸중을 들었다. 그때 아마 내가 뭐라고 반발을 했던 것 같다. 왜냐하면 그가 이렇게 말했기 때문이다.

"이제 희극 연기는 더 이상 하지 마라."

하지만 그건 나에게 희극이 아니었다.

나는 더 이상 라틴 어를 배우지 않았다. 그제야 나는 내가 다른 사람들의 친절에 얼마나 많이 기대고 있는지 깨달았다. 때때로 미래의 내 인생에 대해 우울한 상상을 하기도 했고 절실하게 돌파구를 생각하기도 했다. 하루하루 살아가기가 벅찰 만큼 힘들었기 때문이다. 나는 여전히 철없는 어린아이였다.

고인이 된 덴마크 의회 의원의 부인인 콜비욘센 부인과 그녀의 딸은 진심으로 가난한 청년의 친구가 되어준 최초의 상류층 사람이었다. 이들은 나를 자주 불러 동정 어린 마음으로 내 얘기를 들어주었다. 콜비욘센 부인은 여름 동안 바케후스에 머물렀다. 거기에는 시인 라흐베크 부부가 살고 있었다. 라흐베크는 나한테 한마디도 한 적이 없다. 하지만 그의 부인은 친절한 마음씨와 생기 넘치는 성격을 가지고 있었는데 나와 함께 있는 걸 즐거워했다. 그 당시 나는 다시 비극 작품을 쓰고 있었다. 이걸 그녀에게 큰 소리로 읽어주었다. 첫 장면을 듣자마자 그녀는 고함을 질렀다.

"욀렌슐레게르와 잉게만(1789~1862년. 덴마크의 시인 – 옮긴이) 작품에서 다 베꼈잖아요!"

"예, 아름다운 문장이니까요."

나는 솔직하게 얘기했다. 그리고 계속 읽어나갔다.

어느 날, 그녀의 집에 있다가 콜비욘센 부인 집으로 가려고 일어서자 그녀가 장미꽃을 한 다발 내밀었다.

"이걸 갖다드리세요. 시인이 주는 꽃이라 좋아하실 거예요."

농담으로 한 말이었지만, 난생 처음 시인으로 불리던 순간이었다. 그 말은 내 몸과 영혼을 감동시켜 내 눈에서 눈물이 흘렀다. 이 순간에 비로소 내 마음은 시와 극작에 눈을 떴다. 이전에는 그저 내 인형극 놀이를 더 재미있게 하기 위한 수단에 지나지 않았는데….

콜비욘센 부인에게서 푸른색의 멋진 연미복을 얻었다. 내가 입고 있던 옷보다 훨씬 좋았다. 하지만 나한테 너무 컸다. 특히 가슴 쪽이 그랬다. 옷을 고쳐 입을 여유가 없었기 때문에 그냥 입기로 하고 단추를 목까지 다 채웠다. 새 옷처럼 보였고 단추도 반짝반짝 빛났다. 하지만 가슴 쪽이 너무 커 모양새가 나지 않았다. 이 모양새를 고쳐보려고 오래된 공연 홍보지를 구겨서 옷 속에 채워넣었다. 낙타의 혹처럼 가슴이 불룩 튀어나왔다. 이런 차림으로 나는 콜비욘센 부인과 라흐베크 부인 앞에 나타났다. 그들은 날씨도 더운데 코트의 단추를 풀라고 했다. 하지만 그럴 수가 없었다. 게다가, 코트 속에 들어 있는 공연 홍보지가 떨어지지 않도록 무척 조심해야 했다.

당시 젊은 대학생이었던 티엘 교수도 바케후스에 살았다. 그는 그때 이미 〈덴마크 전설문학〉의 편집자였고 아름다운 시를 쓰는 시인으로 알려져 있었다. 그에겐 진실한 영감과 열정이 있었고 감상적인 면도도 있었다. 그는 나와 친구가 되기 전까지는 내가 마음을 열어 보이는 걸 조용히 그리고 조심스럽게 지켜보기만 했다. 그는 당시 내게 진실을 애기해주는 몇 안 되는 사람 가운데 하나였다. 대부분의 사람들은 나를 제물로 삼아 즐거워만 할 뿐이었다. 사람들은 농담 삼아 나를 웅변가라 부르며 호기심의 대상으로만 보았다. 그들은 내 안에서 즐거움을 찾았고, 나는 그들이 짓는 미소를 갈채로만 받아들였다. 나중에 친구가 된 많은 사람들 가운데 한 명은 나를 처음 본 게 이즈음이었다고 말했다. 그때 나는 어느 부유한 상인의 응접실에 있었고 사람들은 나를 가운데 두고 무척 즐거워했다고 한다. 그들은 나에게 내가 쓴 시 가운데 하나를 낭송해보라고 했고, 내가 풍부한 감정으로 시를 낭송할 때 그들의 즐거움은 나에 대한 동정심으로 바뀌었다고 한다.

이런 표현을 써도 될지 모르겠지만, 이즈음에 안락한 피난처를 발견했다는 사실은 꼭 언급하고 싶다. 그 피난처는 어린 시절의 내 목소리를 마음속에서 들을 수 있었던 작은 방이었다. 지금은 고인이 되고 없지만 그때 막 새로 사귀었던 유르겐센의 어머니 집에 있던 방이었다. 유르겐센의 어머니는 망설이는 법이 없이 딱 부러지는 성격이었고, 교육도 훌륭하게 잘 받은 사람이었다. 하지만 그녀는 그녀가 살던 세상의 마지막 세대에 속한 사람이었다. 그녀의 아버지는 안트보르스코브 성의 성주였다. 소뢰에 살던 홀베르크가 일요일이면 성으로 놀러오곤 했다고 한다. 홀베르크와 그녀의 아버지는 마루를 서성이며 정치에 대해 얘기했는데, 어느 날 물레 앞에 앉아 있던 그녀의 어머니가 두 사람 얘기에 끼어들자 홀베르크가 이렇게 말했다고 한다.

"물레가 말을 하는군요."

그녀의 어머니는 신사가 내뱉은 말을 죽을 때까지 잊지 않았다고 한다. 그때 어머니 무릎에 앉아 있었던 어린아이가 늙은 할머니가 되어 내게 이런 얘기들을 해주었다.

시인인 베셀도 그녀의 집을 자주 찾았는데, 불에 관한 놀라운 얘기는 모두가 다 잘 알고 있을 만큼 경박한 신사 라이세르 씨를 무척 골려먹으며 재미있어 했다. 베셀은 불쌍한 라이세르 씨를 어느 날 맨발에 양말만 신고 더러운 거리를 걸어 집으로 돌아가게 만든 적도 있었다.

그녀는 날마다 그녀의 고전인 코르네유(1606~1684년. 프랑스의 시인·극작가. 고전 비극의 선구자이자 완성자 – 옮긴이)와 라신(1639~1699년. 프랑스의 시인·극작가. 코르네유, 몰리에르와 함께 프랑스 3대 고전주의자로 꼽힘 – 옮긴이)의 비극을 읽고는 그들의 위대한 사상과 그들이 이끌어낸 거대한 인물들에 대해 내게 얘기했다. 그녀는 현대의 낭만적인 시에는 조금도 관심이 없었다.

그녀의 아들은 스스로 아이슬란드의 왕임을 선포했다가 추방당해 덴마크로 돌아오지 못하고 있었다. 그녀는 모성의 따뜻한 정을 담아 추방당한 아들 얘기를 했다. 그 아들의 성격과 의지가 어릴 때부터 어땠는지까지 귀에 쏙 들어오게 설명했다.

그녀와 함께 있는 시간이 얼마나 재미있었는지 모른다. 그녀가 보고 생각하고 읽은 모든 것들을 들었다. 그녀가 가까이 두고 사랑하는 착한 아기처럼 나는 그녀 곁에 있었다. 내가 쓴 최초의 시와 비극 〈숲 속의 예배당〉을 그녀에게 낭독했다. 어느 날 그녀가 진지하게 말했다.

"자네는 시인이야. 아마도 욀렌슐레게르만큼이나 위대한 시인이 될 거야. 십 년쯤 지나면 나도 이 세상에 없겠지…. 위대한 시인이 되거든, 나를 기억해줘."

그때 내 눈에서 흘러내리던 눈물을 기억한다. 엄숙한 그녀의 말에 감동했다. 하지만 난 그때, 감히 욀렌슐레게르란 이름을 들먹거릴 것도 없이, 사람들이 나를 시인으로 불러줄 만큼 높은 자리에 도달하지 못할 것이라 생각했다.

"자네가 공부를 하면 참 좋을 텐데…. 하지만 로마로 통하는 길은 여러 갈래가 있으니까 뭐…. 자네가 가는 길을 가다 보면 틀림없이 거기가 나올 거야."

공부를 하면 참 좋을 텐데…. 그런 얘기를 늘 들었다. 사람들은 내게 학문에 몸을 던져보라고 충고했다. 하지만 아무도 내가 실제로 그렇게 할 수 있게끔 해주진 않았다. 내가 육체와 영혼을 함께 소유할 수 있는 건 공부가 아니라 노동을 했기 때문이다. 나는 제대로 된 비극 작품을 써서 왕립극단에 팔아 그 돈으로 공부를 시작하리라 생각했다. 굴베르그 교수는 덴마크 어로 나를 가르쳤지만 나는 독일인의 소설을 토대로 비극 〈숲 속의 예배당〉을 썼다. 이건 단순히 독일어 공부 삼아 써본 것이기도 했거니와, 굴베르그 교수가 아주 단호한 어조로 발표하지 말라고 했기에 그의 말을 따르기로 했다. 다른 사람의 글을 베끼는 게 아니라 나 자신의 글을 써야 했다. 다시, 14일 만에 덴마크 어로 비극 〈비센베르그의 도둑들〉을 썼다. 비센베르그는 핀 섬에 있는 작은 마을 이름이다. 이 작품에서는 제대로 쓴 단어가 거의 없을 정도였다. 도와주는 사람이 없었기 때문이다. 난 그걸 익명으로 둘 생각이었다. 한데 이 비밀을 다른 사람에게 누설하고 말았다. 오덴세의 교회에서 유일하게 내게 호의와 친절을 베풀었던 바로 그 여자아이였다. 내가 콜비욘센 가족을 소개받은 것도 그 소녀를 통해서였다. 그래서 다시 이 사람으로, 이 사람이 또 저 사람으로, 꼬리에 꼬리를 물고 사람들을 알게 된 게 모두 그 소녀 덕분이었다. 그녀는 돈을 주고 사람을 시켜 내 원고를 읽기 쉽도록 다시 쓰게 했다. 그리곤 다른 사람의 평을 들어봐주겠다고 했다. 여섯 주가 지난 뒤, 원고를 돌려받았다. 원고에 편지가 들어 있었는데 이런 내용을 담고 있었다. 아무리 그럴듯해도 사람들은 기본적인 지식과 교양이 없는 작품은 원하지 않는다고….

1822년 5월, 극장이 문을 닫을 철이었다. 나는 극장으로부터 편지를 받았다. 내가 음악학교와 무용학교에서 쫓겨났음을 알리는 내용과 함께, 아무리 재능이 있어도 제대로 교육받지 못하면 재능이 발휘될 수 없어 아무 소용이 없으니, 나를 도와주는 사람들의 도움을 받아 정식 교육을 받기를 원한다고 씌어 있었다. 나는 다시 한번 버림을 받고 동정심 없는 거친 세상으로 내몰렸다. 극장에서 공연할 수 있는 작품을 써야만 했다. 그리고 극장에서 내 작품을 받아주어야 했다. 구원받을 수 있는 유일한 길이었다. 역사에 나오는 이야기로 비극 작품을 썼다. 제목을 〈알프솔〉이라 붙였다. 1막이 썩 마음에 들어 뛸 듯이 기분이 좋았다. 이걸 들고 셰익스피어 작품을 덴마크 어로 번역한, 지금은 이미 고인이 되고 만, 해군대장 불프를 찾아갔다. 그는 내가 읽는 걸 사람 좋게 끝까지 들어주었다. 그의 집에서 가족들이 오순도순 함께 있는 걸 보니 이런 게 집이고 가정이구나 하는 생각이 들었다. 여러 해가 지난 뒤 그는 우리가 처음 만났을 때를 얘기하면서 내가 자기 집 문을 들어서면서 이렇게 말했다고 한다.

"선생님이 셰익스피어 작품을 번역하신 분이죠? 저도 셰익스피어를 굉장히 존경합니다. 제가 비극 작품을 하나 썼는데, 읽어드릴 테니 들어주시겠습니까?"

그는 아침 식사에 나를 초대했다. 하지만 나는 아무것도 먹지 않고 그 시간 내내 내 원고를 다시 읽었다. 그리고 다 읽고 나서 말했다.

"저는 좋은 작품을 쓰고 싶습니다. 제가 잘 쓸 것 같습니까?"

나는 내 원고를 주머니에 집어넣고, 그가 다음에 또 찾아오라고 할 때 이렇게 대답했다.

"그럼요, 와야죠. 새 작품을 쓴 다음에 오겠습니다."

"시간이 오래 걸릴 텐데, 그전에라도…."

"이주일이면 다 쓸 수 있습니다."

이 말을 남기고 나는 문 밖으로 나왔다. 여러 해가 지난 뒤, 나는 그의 집에 초대를 받았다. 그때 존경받는 물리학자 H. C. 외르스테드(1777~1851년. 덴마크의 물리학자이자 화학자. 1820년 자유로이 움직일 수 있도록 한 자침이 전류에 의해 흔들리는 것을 발견했는데 이를 외르스테드의 법칙이라고 한다 - 옮긴이)가 거기 있었고 우리는 인사를 나누었다. 불프의 집은 따뜻한 사랑이 깃들인 평온한 가정으로 내 기억에 남아 있다. 지금도 그의 집에 가면 언제나 변함없는 옛 친구들을 만날 수 있다.

그 당시 내가 좋아하던 구트펠트 목사는 내가 쓰는 비극에 깊은 관심을 보이며 어떻게든 나를 도와주려고 애썼다. 비극 작품이 완성되자 그는 추천장을 써서 왕립극단의 관리자에게 보냈다. 회신이 올 때까지 나는 희망과 절망 사이를 시계추처럼 오갔다. 그 여름 내내 나는 절박한 가난에 시달렸다. 하지만 그걸 몇몇 사람을 빼곤 아무에게도 얘기하지 않았다. 수치가 아닌 걸 수치스러워하며 내 고통을 사람들에게 털어놓지 못했다. 하지만 내 사정을 잘 아는 사람들은 힘이 닿는 대로 도와주었다. 이즈음 나는 월터 스콧(1771~1832년. 영국의 시인이자 소설가. 전기 낭만주의 3

대 시인 가운데 한 사람 - 옮긴이)의 작품을 처음 읽었다. 새로운 세상이 열리는 것 같았다. 나는 현실의 세상을 잊고, 따뜻한 저녁을 보장해주었을 시간과 돈을 순회도서관에 갖다 바치며 스콧의 세상에 빠져들었다.

지금 의회의 의원으로 활동하는 요나스 콜린은 덴마크에서 가장 뛰어난 사람들 가운데 한 명이다. 그는 엄청난 능력과 품위 있고 따뜻한 마음씨를 함께 갖춘 사람이고, 모든 일에 무한한 신뢰를 가지며 내가 존경하는 사람이다. 그는 내게 아버지나 다름없다. 그 집에서 그의 아들과 딸들을 볼 때마다 나는 형제애를 느꼈다. 이런 훌륭한 사람을 그즈음에 처음 만났다. 그는 당시에 왕립극장의 감독이었고, 사람들은 하나같이 입을 모아, 만일 그가 나를 조금이라도 눈여겨보고 도와주면 그보다 더 힘이 되는 게 없을 거라고 했다. 한데 콜린에게 다리를 놓아준 사람이 있었다. H. C. 외르스테드인지 구트펠트 목사인지 확실히 기억나진 않는다. 그의 집을 찾아갔다. 카를 베른하르트가 소설 〈크리스티안 2세 시대의 연대기〉에서 콜린의 오래된 집을, 맨 처음 지어졌을 때부터 콜린이 살며 마지막 최고의 영광을 누리던 시기까지 묘사한 바 있다. 코펜하겐의 성벽이 밖으로 확장되기 전에 그 집은 성 바깥에 있었고 스페인 대사의 여름 별장으로 쓰였다. 하지만 지금 그 집은 가장 존경받는 동네에 구부러지고 삐죽 튀어나온 구조로 당당하게 서 있다. 옛날 양식의 목조 발코니가 현관쪽으로 나 있고 커다란 나무가 푸르른 가지를 마당으로 뻗치고서 있다. 그 집은 지금 나에게 아버지의 집이다. 그러니 어떻게여러 줄에 걸쳐 자세하게 묘사하지 않을 수 있겠나.

나는 처음 콜린에게서 실무자적인 기질밖에 보지 못했다. 그의 입은 무거웠고 말수도 적었다. 더 기대할 것도 없다는 생각을 하고 그의 집을 나왔다. 하지만 내 장점과 가능성을 파악해내고 그것이 발현되게끔 소리 없이 힘을 써준 사람이 바로 콜린이었다. 그는 평생을 통해 나를 돕고 지도했다. 그는 나뿐만 아니라 다른 사람들에게도 이런 도움과 지도를 베풀었다. 하지만 그 당시에는, 내 딴엔 절실한 마음으로 열심히 얘기하는데 아무 말도 하지 않고 표정 변화도 없이 묵묵히 듣기만 하던 그의 태도를 이해할 수가 없었다. 그는 고통 받는 사람들과 함께 아파했고 그들을 위해 열과 성을 다했으며, 그것도 지속적으로, 또한 어떻게 해야 할지를 정확하게 알고 있었다.

며칠이 지난 뒤, 극장에서 나를 불렀다. 극장 관계자들이 여럿 기다리고 있다가, 내 작품을 무대에 올리기엔 적합하지 않다며 원고를 돌려주었다. 진부한 게 너무 많다고 했다. 내가 만일 학교에 가서 열심히 공부하고 필요한 지식을 쌓는다면, 언젠가는 덴마크의 무대에서 공연할 수 있는 훌륭한 작품을 쓸 수 있을 거라고 위로했다.

공부를 하려면 학비며 기숙사비가 있어야 했다. 누군가 나를 도와주어야 했다. 이 문제를 해결하기 위해 콜린은 국왕 프레데릭 6세에게 나를 추천했다. 국왕은 몇 년에 걸쳐 일 년에 얼마씩 지원금을 하사하겠다고 약속했다. 콜린이 노력한 덕분에, 고등학교 교장 모임에서도 나를 슬라겔세의 문법학교에 입학시켜주고 학비를 면제해줄 것을 약속했다. 그 학교에 최근 활동적인 교장이 새로 부임했다는 말도 했다. 나는 놀라서 입을 다물지 못했다. 내 인생의 행로가 이렇게 바뀔 줄은 꿈에도 생각하지 못했다. 그리고 또, 이제 내가 걸어가야 할 그 길을 따라가면 어디가 나오는지 그때는 알지도 못했다. 첫 우편마차를 타고 슬라겔세로 가기로 되어 있었다. 코펜하겐에서 십이 덴마크마일 떨어진 곳에 있었다. 그곳은 바게센과 잉게만이 다니던 학교이기도 했다. 콜린은 일 년에 네 번 돈을 보내주기로 약속했다. 나는 모든 걸 그와 상의해야 했고 그는 나의 모든 걸 지켜보기로 했다.

고맙다는 인사를 하려고 두 번째로 그의 집을 찾아갔다. 그는 내게 따뜻하고 친절한 미소를 지었다.

"필요한 게 있으면 어려워하지 말고 곧바로 나한테 편지를 쓰게나. 그리고 어떻게 지내는지 나한테 늘 얘기하는 것도 잊지 말고."

그때 이후로 그를 내 아버지라 생각했다. 어떤 아버지라도 자식에게 그렇듯 따뜻하고 자상한 배려를 하진 못할 것이다. 마음 깊은 곳에서 행복을 느꼈다. 이 세상의 그 누구보다도 내 마음의 슬픔을 따뜻하게 나누어가졌던 사람이다. 덴마크가 자랑하는 가장 훌륭한 사람들 가운데 하나로 꼽히는 사람이 그때부터 지금까지 나를 친자식처럼 보살펴왔다는 사실이 자랑스럽다. 그는 선행을 베풀면서도 행여 말이나 표정으로 내 마음을 다치게 할까 봐 조심했다. 내 인생에 행운이 깃들게끔 도와준 고마운 사람들이 수없이 많지만, 콜린에 비할 사람은 없다. 가난 속에서도 나중에 누릴 상상할 수 없이 커다란 행복을 생각하라고 그는 충고했다. 그의 말엔 아버지의 따뜻한 정이 듬뿍 담겨 있었다. 내가 그에게 진 모든 빚은 거기에서 비롯되었다.

여행은 서둘러 결정되었다. 하지만 정리해야 할 일이 제법 있었다. 오덴세에서부터 알고 있었고 인쇄업에 종사하던 사람에게 〈알프솔〉을 출판해달라고 부탁했다. 그 작품을 팔아서 돈을 마련하려고 했다. 하지만 그 작업에 들어가기 전에 먼저 인쇄비를 대줄 사람을 구해야 했는데, 단 한 사람도 구하지 못했고, 결국 내 원고는 세상에 빛을 보지 못했다. 다음에 내가 원고를 가지러 갔을 때는 문이 닫혀 있어 발걸음을 돌려야 했다. 그후 원고는 인쇄소의 사무실 책상에서 뒹굴게 되었다. 몇 년 뒤, 내가 전혀 알지도 못하고 또 원하지도 않았는데, 그 원고가 내가 쓴 그대로 하나도 바뀌지 않고 책이 되어 세상에 나왔다. 하지만 내 이름은 아니었다.

내가 작품을 발표하면서 처음 사용했던 가명은 대단한 허영심의 표현이 아니었나 싶다. 하지만 그때는 그게 아니었다. 그건 사랑의 표현이었다. 어린아이처럼 유치한 사랑, 예컨대 새로 생긴 인형의 이름을 자기가 가장 좋아하는 사람이나 사물의 이름으로 붙이는 것과 같은…. 나는 윌리엄 셰익스피어를 사랑했고 월터 스콧을 사랑했다. 그리고 나 자신도 사랑했다. 그래서 나는 내 최초의 가명으로 윌리엄 크리스티안 스콧이란 이름을 썼다. 그 책은 지금도 있다. 이 책에는 비극 〈알프솔〉과 소설 〈팔나토케 무덤의 유령〉이 실려 있다. 〈팔나토케 무덤의 유령〉에서는 제목처럼 팔나토케와 유령이 별 역할을 하지는 않는다. 이 작품은 월터 스콧을 아주 조악하게 모방한 것이다. 프롤로그에서 화자인 다나가, '열일곱 살밖에' 되지 않은 내가 '너도밤나무 뿌리와 덴마크의 꽃으로 만든 화관'을 바친다고 말한다. 처음부터 끝까지 형편없는 작품이다.

어느 아름다운 가을날, 슬라겔세에서 학교 생활을 시작하기 위해 우편마차를 타고 코펜하겐을 떠났다. 곁에는 젊은 대학생이 타고 있었다. 한 달 전에 치른 시험에 합격해 고향인 유틀란트로 간다며 부모와 친구를 만날 생각에 들떠 있었고, 자기 앞에 펼쳐진 새로운 인생에 가슴 벅차했다. 만일 자기가 지금의 내 처지가 되어 문법학교를 처음부터 다시 새로 시작해야 한다면, 이 세상에 그것만큼 불행한 일은 없을 것이며 미쳐버릴 것이라고 했다. 하지만 나는 즐거운 마음으로 질란드의 작은 도시로 향했다. 어머니는 기쁨으로 가득 찬 내 편지를 받아보았을 것이다. 하지만, 아버지와 할머니가 살아있어 내가 문법학교에 다니게 됐다는 걸 알고 기뻐하는 걸 볼 수만 있다면 얼마나 좋을까, 그런 생각을 했다.

1822. 10 ~ 1828. 12

저녁 늦게 슬라겔세의 여인숙에 도착해서 주인에게 슬라겔세에서 구경할 만한 명물이 뭐냐고 물었다.

"명물이 있지요. 영국제 소방차가 새 걸로 한 대 있는데 그게 볼 만하고, 또 바스톨름 목사의 도서관이 있고…"

그런 것들이 명물이었다. 그곳에서는 관리 몇 명이 상류층 신사 행세를 하고 있었다. 모든 사람들이 이웃집에 무슨 일이 있는지 속속들이 다 꿰고 있었다. 누구 집 아이는 이번에 시험을 잘 봐서 반이 올라갔다거나 혹은 시험을 못 봐서 내려갔다거나 하는 것까지도…. 사설극장에서 시연회를 할 때는 문법학교 학생들이나 하녀들이 자유롭게 구경했고, 이게 이들 사이에선 한동안 큰 애깃거리가 되곤 했다. 나중에 〈그림 없는 그림책〉을 쓰면서 네 번째 밤 부분에 이 풍경을 묘사했다.

존경받는 미망인의 집에 하숙을 정했다. 내 작은 방에서 정원과 들판이 내다보였다. 학교에서 내가 속한 반은 가장 낮은 반이었고 모두 나보다 한참 어린 꼬마들이었다. 나는 정말 아는 게 별로 없는 무식쟁이였다.

나는 새장에 갇힌 새 신세가 되었다. 배우고자 하는 열망으로 가득 찼지만, 동시에 바다에 내던져진 것처럼 버둥거렸다. 덮쳐오는 파도에 잠겼다 힘겹게 버둥거려 겨우 머리를 물 밖으로 내밀면 또 다른 파도가 덮쳐왔다. 문법과 지리, 수학, 이런 것들에 짓눌렸고, 과연 이중 하나라도 제대로 해낼 수 있을까 두려웠다. 모든 걸 조롱거리로 만들어버리는 데서 특이한 기쁨을 찾았던 교장 선생은 나라고 예외로 봐주지 않았다. 내 앞에 교장 선생은 마치 신처럼 우뚝 서 있었다. 그가 하는 말 한마디 한마디를 무조건 다 믿고 따라야 했다. 어느 날, 그가 질문을 했고 내가 틀리게 대답하자 바보멍청이라고 했다. 이 얘기를 콜린에게 했다. 나를 도와준 사람들이 나한테 기대하는 만큼 잘 해내지 못할까 봐 두렵다고 했다. 콜린은 나를 위로했다. 하지만 때로 좋은 점수를 받기도 했고, 교사들은 나를 진심으로 친절하게 대했다. 그렇다고 해서 내가 뛰어났던 건 결코 아니다. 점점 자신감을 잃었다. 한데, 첫 시험을 치른 뒤 교장 선생의 칭찬을 받았다. 교장 선생은 내 생활기록부에도 칭찬한 내용을 기록했다. 며칠 후 행복한 기분에 젖어 코펜하겐을 방문했다. 굴베르그 교수는 내가 이룩한 성과를 전해듣고는 따뜻하게 맞아주었다. 그리고 내 열정에 칭찬을 아끼지 않았다. 그리고 이런 당부를 했다.

"친구로서 충고하는데, 더 이상 시는 쓰지 말게."

시를 쓰지 말라는 충고는 그러고도 여러 번 들었다. 나는 더 이상 시를 쓰지 않았다. 대신, 내가 해야 할 일과 대학생이 될 수 있을지 모른다는 불확실한 희망 앞에서는 늘 반성했다. 그즈음, 슬라겔세에 있는 바스톨름의 집을 방문했다. 그는 〈웨스트 질란드〉라는 신문의 편집자였고 은퇴한 후에는 집에서 공부만 하고 있었다. 내가 이전에 썼던 작품 두 편을 보여주자 그가 내게 관심을 가졌다. 그는 학교 공부를 열심히 하라고 충고했다. 나중에 편지도 보냈다. 그의 편지에 담긴 세련된 감정과 진실한 충고는 그 당시 내게 그랬던 것처럼 지금도 세상 사람들 가슴에 오래 새겨질 것이다.

젊은 친구, 자네의 서막을 잘 읽었네. 하지만 이 얘기는 꼭 해야겠네. 신이 자네에게 살아 숨쉬는 상상력과 따뜻한 마음을 주셨지만, 아직은 부족하니 더 갈고 닦아야 할 걸세. 자네는 잘 해낼 수 있을 거네. 지금 좋은 기회를 잡아 학교에 다니니 얼마나 다행인가. 자네가 지금 해야 할 일은 공부를 마치는 일이네. 그러니 공부 이외에는 모두 손을 끊게.

자네의 그 덜 익은 글들을 출판하지 않았으면 하는 바람이 있네. 불완전하고 설익은 글로 사람들을 성가시게 해서는 안 되네. 그걸 출판한다면 자네를 지원해주는 사람들 몇몇이 좋아할지는 모르지만, 그건 결코 온당한 선택이 아니네. 젊은 시인은 허영이라는 전염병을 조심해야 하네. 자기 감정이 순수한지 그리고 얼마나 호소력이 있는지 끊임없이 감시해야 하네. 자네는 지금 공부를 해야 할 시기이니 시를 쓰긴 쓰되 아주 가끔, 꼭 써야 할 때만 썼으면 하네. 마치 사냥꾼처럼 단어와 생각을 좇으며 모든 걸 다 시로 쓰겠다는 생각을 버리게. 진정한 감정이 벅차올라 가슴이 뜨거워지고 영혼이 생기를 얻어 마구 춤을 출 때, 그때 시를 쓰게.

자연과 인생과 자네 자신을 자세히 관찰하게. 그러면 자네의 시가 될 심상이 떠오를 걸세. 자네 주변에 있는 사물들 가운데 하나를 선택하게. 자네가 바라보는 사물을 모든 관점에서 다 바라보아야 하네. 그때 비로소 펜을 들어 시를 쓰게. 마치, 이 세상에 자네 이전에는 그 어떤 시인도 없었던 것처럼, 그리고 또 마치 그 누구에게도 시를 배운 적 없는 사람처럼 그렇게 시를 쓰게. 고상한 마음을 간직하고, 순수하고 숭고한 영혼을 간직하게. 이런 게 없다면 자네의 시는 결코 불멸의 화환을 받지 못할 걸세.

따뜻한 애정을 담아,
1823년 2월 1일, 슬라겔세에서, 바스톨름.

이 직전에도 비슷한 얘기를 오덴세의 굴베르그 대령, 아니 장군에게서 들었다. 그는 내가 문법학교에 들어갔다는 소식을 듣고는 뛸 듯이 기뻐하며 내게 자주 편지를 해 용기를 북돋아주곤 했다. 처음 맞는 여름방학이 다가오자 그는 고향 오덴세에 한번 들르라며 여행 경비까지 부쳐주었다. 내 인생의 행운을 찾아 오덴세를 떠나온 이후 한 번도 가보지 않았던 그곳…. 그 사이에 할머니가 세상을 떠났고 할아버지도 세상을 떠났다.

어릴 적에 어머니는 내가 출세할 운을 타고났단 말을 종종 했다. 그리고 언젠가 할아버지 집을 물려받을 거란 얘기도 했다. 그 집은 나무로 만든 작은 집이었다. 할아버지가 죽은 뒤 곧바로 팔렸고, 또 헐렸다. 노인이 가지고 있던 현금은 대부분 세금과 연체금을 내는 데 썼다. '황동판이 달린 커다란 난로'는 소장 가치가 있다는 시 당국의 판단에 따라 시청에서 가져갔다. 짐마차에 가득 실을 만큼 동전이 많았지만 화폐 개혁 이전 것이라 값어치도 없었다. 1813년 화폐 개혁이 있을 때 정신이 온전하지 않던 노인은 옛날 돈은 더 이상 쓸모가 없다는 말을 듣고 이렇게 말했다고 한다.

"국왕의 돈을 누가 받지 않는다는 거야! 국왕이 만든 돈을 국왕 스스로 받지 않는다는 게 말이 되나?"

내가 물려받은 유산은 모두 합쳐 이십 릭스달러 정도밖에 되지 않는다고 했다. 하지만 그때 내 머릿속에 돈 생각은 없었다. 고향집을 다시 본다는 생각뿐이었다. 그 생각만으로도 부자였고 행복했다. 내 마음은 기대로 설레었다.

스토레벨트를 건넌 다음 걸어서 오덴세로 갔다. 멀리 낯익은 교회 탑이 보일 때 심장이 쿵쾅거리며 뛰기 시작했다. 신의 가호에 다시금 감사하며 눈물을 쏟았다. 어머니는 나를 끌어안고 좋아했다. 이베르센과 굴베르그 가족들도 나를 따뜻하게 맞아주었다. 작은 거리 양쪽에 늘어선 집에서 사람들이 창문을 열고 나를 바라보았다. 사람들은 모두 내가 얼마나 잘 되었는지 알고 있었다. 그때 나는 행운의 뾰족탑 위에 서 있는 내 모습을 상상했다. 나는 높은 탑이 있는 커다란 집을 지은 뒤 그 탑에 올라가 온 시내를 내려다보았고, 병원에서 거리에서 그리고 이삭을 줍던 들에서 어릴 때부터 알던 모든 사람들이 나를 우러러보는 그런 즐거운 상상에 빠졌다. 어느 날 오후 굴베르그 가족, 주교와 함께 강에서 배를 타면서 어머니는 기뻐 눈물을 흘리며 말했다.

"내 아들이 백작처럼 자라주다니 내가 복을 받았나 봐요…."

하지만 슬라겔세로 돌아오자마자 이 모든 영광은 거품처럼 사라져버렸다. 그 기억조차 흔적도 없이 지워져버렸다. 솔직하게 고백하자면, 나는 열심히 공부했다. 그리고 가장 빠른 기간 내에 한 단계 높은 반으로, 다시 또 한 단계 높은 반으로 올라갔다. 하지만 그에 비례해 내게 가해지는 압력은 더 무거워졌다. 열심히 노력했지만 노력한 만큼 생산적이지 못했다. 수많은 밤을 잠을 쫓으려고 혼자 학교 운동장을 달리기도 했다. 쏟아지는 잠을 얼음처럼 차가운 물로 털어내며 공부에 열중했다. 교장 선생은 자기가 맡은 시간을 농담과 익살스런 얘기들로 채웠다. 그가 교실에 들어설 때마다 온몸에 힘이 쑥 빠지는 걸 느꼈다. 그러다 보니 내가 하는 대답은 내 생각과 정반대로 불쑥 튀어나오기도 했다. 걱정과 불안은 점점 더 커져갔다. 도대체 어떡해야 한단 말인가?

우울하고 불안할 때 주임 선생에게 편지를 썼다. 친근하게 대해주던 선생들 가운데 한 사람이었다. 편지에서, 나는 타고난 재능이 별로 없는데다 공부를 끝까지 마치지 못할 것이고 코펜하겐에서 나를 위해 돈을 쓰는 사람들이 쓸데없이 돈을 낭비하는 것 같다는 얘기를 썼다. 그러니 제발 내가 어떻게 하면 좋을지 조언을 해달라는 말도 덧붙였다. 주임 선생은 나를 불러 따뜻한 말로 힘을 불어넣어 주었다. 그리고 가장 친한 친구의 얘기처럼 위로가 되는 편지도 썼다. 그는 교장 선생이 나한테 잘해주려고 하는데 원래 성격이나 습관이 그래서 그러니 이해하라고 했다. 사람들이 기대하는 만큼 내가 잘 해나가고 있다고도 했다. 또, 내가 가진 능력을 의심하지 말라고 했다. 자기 역시 농부의 아들이며, 처음 공부를 시작한 게 스물세 살 때로 당시의 내 나이보다 훨씬 많았다고 했다. 하지만 내가 겪어야 하는 불운은 교장 선생이 나를 다른 학생들과 차별한다는 사실이었다. 어쨌거나 시간은 흘렀고 교사들은 물론이고 동료 학생들과도 잘 지냈다. 종교와 성서역사 그리고 덴마크 어 과목에서는 늘 칭찬을 받았다. 제일 잘하는 반을 포함해 모든 반 아이들이 나에게 덴마크

어 숙제를 부탁하곤 했다.

"너무 잘하면 눈치 채니까 적당히만 해줘."

덴마크 어 숙제를 해주는 대신 친구들에게 라틴 어를 배웠다. 한 달에 한 번 치르는 시험에서 모든 선생들에게 '두드러지게 잘함'이라는 평가를 받았는데, 한번은 딱 한 과목에서 '아주 잘함'이란 평가를 받고는 성적이 떨어졌다는 생각에 괴로워하다가 콜린에게 편지를 썼다. 한 과목에서 '아주 잘함'이라는 평가를 받았는데 '두드러지게 잘함'이라는 평가를 받지 못해서 속이 상한다고 했다. 얼마 후, 교장 선생이 나한테 얘기한 것과 다르게 한단계 높은 평가를 내렸다는 걸 알았다. 나는 가끔 교장 선생에게서 친절의 희미한 빛을 발견하곤 했다. 그는 일요일마다 학생들을 집으로 초대했는데 나를 한 번도 빼놓은 적이 없었다. 그럴때 그는 전혀 다른 사람으로 변했다. 아이들과 즐겁게 장난을 치고 장난감 병정을 내놓기도 했다. 그는 자기 자식들과 우리 학생들 사이에서 함께 유쾌하게 놀 줄도 아는 사람이었다.

일요일이면 우리는 교회에 모여 늙은 목사의 설교를 들었다. 따로 수학과 과학을 공부하는 학생들도 있었다. 나는 종교 공부를 게을리 하지 않았다. 그렇게 함으로써 조금이라도 죄를 덜 짓는다고 생각했다. 사설극장에서 시연회를 구경하는 일은 학교 생활을 환하게 밝혀주는 빛이었다. 시연회는 건물들 뒤쪽에 있는 공터에서 했고, 멀리서 소 울음소리가 들리기도 했다. 시장 거리를 그린 그림이 무대 배경으로 뒤에 걸렸다. 사람들이 모두 잘 아는 풍경이라 친근감을 주었고, 그것이 연출 의도이기도 했다. 시장 거리에 사는 사람들은 그림 속에서 자기 집을 찾으며 즐거워했다.

　토요일 오후면 안트보르스코브 성에 가는 게 즐거움이었다. 한때 수도원으로 쓰이기도 했던 성은 그때 반쯤 무너진 상태여서 폼페이의 유적을 발굴하는 고고학자처럼 부서지고 무너진 지하실을 더듬고 다녔다.

　작은 오두막에 상류층 출신인 듯한 젊은 부부가 살고 있었다. 부모의 반대를 무릅쓰고 결혼해서 사는지 그들은 무척 가난했다. 하지만 행복해 보였다. 벽을 하얗게 색칠한 천장 낮은 방에는 안락한 기운이 흘렀고 아름다움이 느껴졌다. 싱싱한 꽃이 탁자에 놓여 있었다. 탁자에는 꽃 말고도 호화롭게 제본된 책들이 널려 있었다. 그리고 금방이라도 고운 선율을 들려줄 것 같은 하프도 함께 놓여 있었다.

　아주 우연하게 이들과 알게 되었고, 그들은 늘 나를 친절하게 맞아주었다. 언덕 위에 외로이 서 있는 성 아래의 그 작은 집 주변으로는 소박한 아름다움이 흘러 넘쳤다. 나는 가끔 슬라겔세의 가장 높은 곳에 서 있는 성 안데르스의 십자가상이 있는 데까지 어슬렁거리며 걸어가곤 했다. 이 십자가상은 덴마크 사람들이 가톨릭교를 믿을 때 세워진 목조 십자가상들 가운데 하나이다. 안데르스는 원래 슬라겔세의 수도사였다. 성지에 갔다가 돌아오는 마지막 날 기도를 너무 오래 하는 바람에, 함께 갔던 다른 사람들이 그가 배에 탄 줄로만 알고 그를 내버려두고 그냥 가버렸다. 안데르스는 배가 떠난 뒤에야 이 사실을 알고 깜짝 놀랐지만 어쩔 도리가 없었다. 그가 한숨을 쉬며 해변을 걷는데 갑자기 당나귀를 탄 사람이 나타나 그를 따라갔다. 그러다 갑자기 잠이 들었는데, 잠에서 깨어나니 귀에 익은 슬라겔세의 종소리가 들렸다. 그는 '휴식의 언덕'에 누워 있었던 것이다. 바로 그 자리에 십자가상이 서 있다. 그가 슬라겔세로 돌아온 뒤 일 년하고 하루가 지난 날, 성지에서 그를 두고 떠났던 배가 돌아왔다. 천사가 안데르스를 집으로 데려다주었던 것이다. 성 안데르스의 전설과 그가 잠에서 깨어난 곳 모두 내가 좋아하는 얘기고 장소였다. 이 언덕에 앉아 저녁 내내 목장과 옥수수밭을 굽어보곤 했다. 옥수수밭 쪽으로 바라다보이던 코르소에르는 시인 바게센이 태어난 곳이다. 바게센 역시 슬라겔세의 문법학교 학생일 때 이 자리에 앉아 스토레벨트 건너 핀 섬을 바라보았을 것이다. 오랜 세월이 지난 뒤에도 마차를 타고 지나갈 때마다 나의 온갖 공상을 모두 껴안아주었던 이 언덕을 멀리서 바라보며 내 인생의 한 부분을 차지했던 문법학교 시절을 되돌아보곤 한다.

하지만 가장 행복했던 때는, 숲이 초록으로 싱그럽던 어느 일요일 소뢰에 갔을 때다. 소뢰는 슬라겔세에서 이 덴마크마일 떨어져 있었고 호수로 둘러싸인 숲 한가운데 있었다. 여기에 홀베르크가 설립한 귀족들을 위한 아카데미가 있었다. 모든 게 수도원처럼 적막했다. 나는 시인 잉게만을 방문했다. 그는 얼마 전에 결혼을 했고 아카데미의 교사로 있었다. 그는 코펜하겐에 있을 때도 나를 반갑게 맞아주었지만, 여기서는 그때보다 더 반가워했다. 소뢰에서의 그의 삶은 아름다운 동화 같았다. 온갖 꽃들과 덩굴이 그의 창을 감아 올라갔다. 훌륭한 시인들의 초상화를 비롯한 멋진 그림들이 그의 집 벽을 장식하고 있었다. 우리는 돛대에 매단 에올리언 하프(바람을 받으면 저절로 울리는 하프 - 옮긴이)의 아름다운 소리를 들으며 배를 타고 호수를 거슬러 올라갔다. 잉게만은 생기가 도는 목소리로 얘기했고, 그의 아내는 마치 누이처럼 다정했다. 나는 이런 사람들을 좋아했다. 우리들의 우정은 해가 갈수록 깊어갔다. 그후로 나는 해마다 여름이면 거의 빼먹지 않고 그곳을 찾았고, 그때마다 환대를 받았다. 잉게만 부부를 알고 난 뒤, 함께 있으면 온갖 시름이 사라지고 삶이 저절로 유쾌해지며, 세상이 온통 밝은 햇살로 가득 차게 되는 그런 사람들이 있다는 사실을 깨달았다.

　귀족들이 다니는 아카데미 학생 가운데 시를 쓰는 사람이 둘 있었다. 그들은 나 역시 시를 쓴다는 사실을 알고 나와 친하게 지내려고 했다. 그 가운데 나중에 내 책을 여러 권 번역한 페티트가 있었다. 번역을 할 때 페티트의 의도와 열정은 최고였지만 정확하지는 않았던 것 같다. 그는 내 전기를 판타지 소설처럼 쓰기도 했다. 이 전기에서 그는 아버지를 비롯한 우리 가족을 〈미운 오리 새끼〉에 빗대 묘사하기도 했다. 그는 전기 속에서 나의 어머니를 성모 마리아로 만들었고, 내가 붉은 발로 석양 아래로 달려가는 것처럼 묘사했다. 그는 재능이 있었고 마음이 따뜻하고 고결했다. 삶이 그에게 슬픈 날들을 살게 했지만, 그는 지금 우리와 헤어져 죽은 사람들과 함께 있다. 아마도 그의 활기찬 정신은 이 세상에서보다 더 평온한 휴식을 취하고 있을 것이다. 페티트 외에 또 한 사람은 덴마크가 낳은 가장 재능 있는 시인들 가운데 한 사람임에도 정당한 평가를 받지 못하는 인 카를 바거였다. 그의 시는 신선함과 독창성으로 가득하다. 그의 소설 〈내 형제의 인생〉은 뛰어난 책이다. 〈덴마크 문학월평〉에 실린 이 소설의 비평을 보면, 오히려 비평가가 소설을 어떻게 평가해야 할지 모르고 있다는 사실을 알 수 있다. 페티트나 바거는 나하고 전혀 달랐다. 그들의 핏속으로는 인생이 유쾌하게 흐르고 있었지만, 나는 이들보다 나이가 더 많았음에도 여전히 감상적이고 유치했다. 아무튼 숲 속의 고독으로 고요했던 소뢰는 나에게 시와 우정의 고향이었다.

스켈스쾨르에서 범죄자 세 사람을 공개 처형한다는 소식으로 슬라겔세가 발칵 뒤집어진 적이 있었다. 풍족하게 살던 농부의 딸이 사랑하는 남자와 공모해서 결혼을 반대하던 아버지를 살해한 사건이 벌어져 두 사람을 사형한다고 했다. 덤으로 함께 사형되는 남자가 있었는데, 그는 그 집의 하인으로 농부의 아내와 정을 통했다고 했다. 사람들은 모두 공개 처형을 보러 간다고 했고, 그날은 마치 휴일 같았다. 교장 선생도 교육적으로 나쁘지 않다며 상급반 수업을 취소하고 단체로 구경을 가게 했다.

밤새 마차를 타고 해가 뜰 무렵에 스켈스쾨르에 도착했다. 그날 눈앞에서 펼쳐진 장면은 내게 지울 수 없는 인상을 남겼다. 죄수들이 처형장으로 끌려 나오던 모습을 결코 잊지 못할 것이다. 처녀는 죽은 듯이 창백한 얼굴로 사랑하는 남자의 건장한 가슴에 머리를 기댔다. 뒷머리가 헝클어지고 얼굴이 흙빛이 된 하인은 아는 사람들이 작별 인사를 외치면 일일이 고개를 끄덕였다. 그들은 자기 시체가 담길 관 옆에 서서 목사와 함께 찬송가를 불렀다. 처녀의 목소리는 세 남자의 노랫소리를 삼킬 정도로 컸다. 나는 다리가 후들후들 떨려 서 있을 수가 없었다. 정작 사형이 집행되는 그 순간보다 노래를 부르던 그때가 더 끔찍했다.

사형이 집행된 후, 병색이 완연한 청년 한 명이 죽어라 달리고, 그 뒤를 청년의 부모가 쫓았다. 부모는 죽은 사람의 피를 담은 그릇을 들고 있었다. 후딱 마시고 얼른 병에서 나으라고 고함을 지르는 부모를 피해 도망을 치던 청년은 얼마 못 가 기진해 쓰러졌다. 사람이 많이 모이는 곳이면 으레 나타나는 노래 파는 장사꾼이 감상적인 멜로디를 뿌리고 다녔다. 이런 풍경들이 내 뇌리에 얼마나 강하게 자리 잡았던지 그뒤로 오랫동안 그 생각만 하면 저절로 몸서리가 쳐졌다. 오랜 세월이 흐른 지금도 그때의 풍경은 바로 어제 일처럼 눈에 선하다.

이런 특별한 사건들은 그야말로 아주 가끔 있었을 뿐, 평범한 날들이 하루 또 하루 미끄러지듯 흘러갔다. 특별한 사건이 덜 일어날수록 그리고 삶이 적막하고 단조로울수록 사람들은 지나간 것들을 오래 기억하려 한다. 아마도 그래서 사람들이 일기를 쓰는 것 같다. 그 당시 나도 일기를 열심히 썼다. 그때 썼던 일기 가운데 두 장이 남아 있는데, 그 안에 당시 나의 이상하고 유치했던 모습이 고스란히 담겨 있다. 그 일기의 일부를 글자 하나 고치지 않고 여기다 끼워넣는다. 나는 그때 위에서 두 번째 반이었고, 내 유일한 행복과 존재의 이유는 다가오는 시험을 잘 봐 제일 높은 반으로 올라가는 것이었다.

수요일 – 내 영혼이 우울해. 앞에 놓인 성서를 집어들었다. 신의 계시를 좇아, 아무 장이나 펼치고 읽었다. "오 이스라엘아, 너는 너 자신을 망가뜨리고 말았구나, 하지만 내가 너를 도와주마."(호세아 서) 예, 아버지시여, 저는 약한 존재이옵니다. 당신께서 제 마음을 열어보고 저에게 구원의 손길을 뻗어주십시오, 그리하여 제가 제일 높은 반에 올라갈 수 있도록…. 히브리 어 시간에 대답을 잘 했다.

목요일 – 잘못해서 거미 다리를 뽑았다. 수학은 멋지게 통과했다. 오 신이시여, 신이시여, 충심으로 감사드립니다.

금요일 – 오 신이시여, 도와주십시오! 밤은 너무도 황량하다. 시험은 잘 끝났다. 내일이면 결과가 나온다. 오오 달아! 내일 너는 창백하게 절망에 빠진 사람 아니면 이 세상에서 가장 행복한 사람을 볼 것이다. 실러*의 〈음모와 사랑〉**을 읽다.

토요일 – 오 신이시여! 이제 내 운명은 결정되었다. 하지만 난 아직 그 운명을 알지 못한다. 무얼까? 신이시여, 나의 하나님이시여! 저를 버리지 말아주소서! 제 피는 너무도 빠르게 혈관을 달리고 제 신경은 공포에 떨고 있습니다. 오 신이시여, 전능하신 신이시여, 도와주십시오! 비록 제가 자격은 없지만 자비를 베풀어주십시오, 신이시여! (나중에 추가) 드디어 상급반으로 올라갔다. 근데 왜 이럴까? 좋아서 펄쩍펄쩍 뛰고 춤이라도 출 줄 알았는데 그렇진 않다. 일곱 시에 굴베르그 장군님과 어머니에게 편지를 썼다.

* 1759~1805년. 괴테와 함께 독일 고전주의 문학의 대표자.
** 계급을 초월한 사랑이 귀족 사회의 음모로 인해 무너지는 모습을 그려 독일의 현실을 준엄하게 비판하는 내용이다.

그 당시 나는 침묵 속에 신에게 약속했다. 만약 나를 가장 높은 반으로 올려준다면 돌아오는 일요일 성찬식에 참가하겠다고…. 나는 약속을 지켰다. 이 일기를 읽으면 내가 경건한 신앙 속에서도 무엇 때문에 고통스러워했는지, 그리고 비록 그때 이미 스무 살도 넘은 나이였지만, 내 학업 성취 정도가 얼마나 되었던지 알 수 있을 것이다. 내 또래의 다른 청년들이 그 나이에 썼을 성숙한 일기를 생각하면 마음이 아프다.

교장 선생은 슬라겔세에 사는 걸 지겨워했다. 그래서 마침 공석이던 헬싱괴르의 문법학교로 자리를 옮겨달라고 청원을 했고, 곧 허락을 받았다. 그는 내게 이 사실을 말하고, 콜린에게 편지를 써 자기와 함께 가도 되느냐고 물어보라고 했다. 숙식은 자기 집에서 책임질 테니 지금 당장 자기 집으로 들어오라고 했다. 자기와 함께 있으면 일 년 반 만에 나를 대학생으로 만들어주겠다는 것이었다. 슬라겔세에 계속 있으면 꿈도 못 꿀 일이었다. 라틴 어와 그리스 어 개인 교습도 해주겠다고 약속했다. 당연한 일이지만 콜린이 허락했고, 나는 교장 선생 집으로 짐을 옮겼다.

이제 슬라겔세를 떠나야 했다. 동료들과 그동안 사귄 사람들 그리고 그 가족들에게 작별 인사를 하기란 참으로 어려웠다. 앨범을 만들어 그 안에 사랑하는 사람들이 써주는 작별의 인사말을 담았다. 내 오랜 스승인 스니켈 선생도 몇 글자 적어주었다. 그분은 잉게만과 폴 묄러가 문법학교 학생일 때 그들의 스승이기도 했다.

카를 베거가 시를 보내주었다. 그건 새 학교로 전학하는 어린 학생에게 주는 시가 아니라 젊은 동료 시인에게 바치는 헌사 같았다. 하지만 그때는 암울하고 쓰라린 날들이 나를 기다리고 있을 줄은 꿈에도 몰랐다.

교장 선생을 따라 헬싱괴르로 갔다. 여행은 즐거웠다. 수많은 배들, 쿨렌 산맥, 그리고 아름다운 전원 풍경, 이 모든 것들이 즐거웠다. 나는 이 풍경을 자세하게 적어 라스무스 뉴루프에게 편지를 부쳤다. 그리고 그 편지에 쓴 글이 무척 마음에 들어, 똑같은 내용을 다른 사람들에게도 보냈다. 그런데 문제가 발생했다. 뉴루프가 내 편지를 읽고는 내용이 너무 좋다며 〈코펜하겐 화보〉지에다 실은 것이다. 그래서 내 편지를 받은 사람 가운데 그 신문을 본 다른 사람은 자기가 받은 편지가 신문에 실린 줄로만 알았다.

환경이 바뀌자 교장 선생도 새로운 사람을 만나고 새로운 일을 하며 전과 다르게 쾌활해졌다. 하지만 잠시뿐이었다. 나는 곧 버림받은 느낌이 들었다. 나는 우울해졌고 정신적으로 매우 힘들었다. 교장 선생은 당시 콜린에게 나를 평가하는 편지를 보냈는데, 이 편지는 지금 내가 가지고 있다. 이 편지에서 그는 나나 다른 사람이 생각하는 것과 전혀 다르게 나를 평가했다. 평소에 하던 말과 완전히 달랐다. 이 사실을 조금이라도 알았더라면 나는 정신적으로 훨씬 더 강해졌을 것이다. 그리고 나라는 존재를 훨씬 더 존중했을 테고, 건강하게 행동했을 것이다. 그는 거의 매일 나의 지적인 수준을 꼬집고 욕했다. 나를 바보멍청이라고 불렀다. 나는 콜린에게 교장 선생이 나와 내 형편없는 능력에 만족하지 못한다고 편지에다 자주 썼다. 콜린은 교장 선생에게 어떻게 된 거냐고 물었고, 교장 선생이 콜린에게 편지를 보내 내 능력에 대해 얘기해준 것이다.

H. C. 안데르센은 1822년 말에 슬라겔세 문법학교에 입학했지만, 기초 지식이 너무도 부족해 나이가 많음에도 불구하고 아래

에서 두 번째 반에 배정되었습니다.

활달한 상상력과 따뜻한 마음씨를 천부적으로 타고난 안데르센은 열심히 노력을 했고, 덕분에 수업시간에 가르치는 여러 과목을 거의 완벽하게 이해하고, 마침내 제일 높은 반까지 차례차례 올라갔습니다. 그리고 슬라겔세에서 헬싱괴르로 학교를 옮긴 뒤에는 다음과 같은 변화를 보이고 있습니다.

공부를 하는 과정에 다른 학생들을 친절하게 배려하는 건 변함없이 여전합니다. 그는 정말 완벽합니다. 뛰어난 재능도 타고났습니다. 그는 늘 부지런하고 성정이 따뜻해 행동 또한 다른 학생들의 모범이 됩니다. 남다른 끈기가 있어 지금처럼 열심히만 한다면 1828년 10월에는 아카데미에 진학할 수 있으리라 확신합니다.

교사가 학생들에게 바라지만 늘 아쉬운 세 가지 덕목, 즉 능력과 부지런함과 바른 품행을 H. C. 안데르센은 확실히 가지고 있습니다.

이런 것들을 고려할 때, 이 학생이 계속 공부를 할 수 있게 해주는 후원자들의 성원이 헛되지 않을 거라고 판단합니다. 아울러, 그가 공부를 계속하는 데 나이가 많은 건 전혀 문제가 되지 않음을 말씀드립니다. 그의 따뜻한 성정과 성실한 노력 그리고 의심할 바 없는 재능으로 보건대, 그는 잘 해낼 것임을 믿어 의심치 않습니다.

S. 마이슬링,
의사, 헬싱괴르 문법학교 교장.
1826년 7월 18일, 헬싱괴르에서.

이 편지에 나타난 애정과 선의를 나는 전혀 알지 못했다. 당시 나는 자신감을 완전히 잃어버린 상태에서 극도로 우울한 상태였다. 콜린은 편지를 보내 나를 격려했다.

> 용기를 잃지 마라, 안데르센! 마음을 가다듬고 평정과 이성을 되찾아라. 모든 게 잘 될 거라는 사실을 너도 알게 될 것이다. 교장 선생님은 너에게 많은 기대를 하고 계신다. 그분은 애정 표현을 보통 사람과 다른 방식으로 하는 것 같다. 하지만 결과는 마찬가지일 것이다.
>
> 다음에 또 더 쓰마, 오늘은 이만.
> 신의 가호를 빌며, 콜린.

헬싱괴르의 풍경에서 깊은 인상을 받았다. 하지만 감히 눈을 돌려 몰래 훔쳐볼 수가 없었다. 수업이 끝나도 집에는 보통 자물쇠가 채워져 있었다. 어쩔 수 없이 찜통 같은 교실에서 혼자 라틴 어 공부를 하거나 아니면 아이들과 놀거나, 또 아니면 내 작은 방에 틀어박혀 있어야 했다. 누구를 만나러 바깥으로 나간 일은 한 번도 없었다. 교장 선생 집에서 지냈던 이 시기는 내 기억속에 가장 끔찍한 악몽으로 남아 있다. 깨어 있어도 가위 눌린 상태였고, 밤마다 차라리 나를 죽여 이 잔인한 운명에서 구원해 달라고 기도했다. 내 가슴 혹은 내 육체 어디에도 자신감은 털끝 만큼도 남아 있지 않았다. 교장 선생은 나를 학대하고 내 감정을 조롱하는 데서 즐거움을 찾았다.

내가 얼마나 힘든지 편지에 쓰지 않았다. 하지만 나중에 콜린에게 들은 얘기지만, 그 당시 콜린에게 보낸 편지에서 내 감정은 무뎌져 있었고 자포자기한 느낌이 배어나와 마음이 아팠다고 했다. 하지만 콜린도 어쩔 수가 없었다. 그는 학업 성취에 대해 내가 과도하게 기대하고 초조해하는 바람에 중압감을 느끼는 걸로만 여겼다. 아니, 여겼던 것 같다. 일 년에 한 번 방학을 이용해 며칠간 코펜하겐에 다녀갈 때만 겨우 이런 중압감에서 잠시나마 벗어날 수 있었다.

비록 며칠간이지만 교장 선생의 집을 벗어나 모든 게 우아하고 말끔하고 인생의 안락함으로 가득 찬 코펜하겐의 해군대장 불프의 집을 찾는 기쁨이 얼마나 컸는지 상상도 못할 것이다. 불프 부인은 어머니처럼 나를 따뜻하게 맞았고, 그의 딸들과 아들들은 나를 형제처럼 좋아했다. 그들은 아말리엔부르그 성에 딸린 집에 살았다. 내 방에서는 광장이 내려다보였다. 거기서 맞은 첫날밤을 기억한다. 알라딘(《아라비안나이트》에 나오는 마술 램프의 주인 – 옮긴이)의 말이 내 머리를 스치고 지나갔다. 그는 눈부신 성에서 광장을 내려다보며 이렇게 말했다.

"나 여기 가난한 청년이 서 있노라!"

내 영혼은 감사하는 마음으로 가득했다.

슬라겔세에 머무는 동안 시를 대여섯 편밖에 쓰지 못했다. 이 가운데 두 편 〈영혼〉과 〈어머니에게〉는 작품 모음집으로 출판될 책에서 볼 수 있을 것이다. 헬싱괴르에서 학교에 다닐 때는 단두 편밖에 시를 쓰지 못했다. 〈새해의 밤〉과 〈죽어가는 아이〉다. 〈죽어가는 아이〉로 인해 나는 최초로 사람들의 주목과 인정을 받았다. 그것은 최초로 출판되고 번역된 작품이기도 하다. 나는 그 시를 코펜하겐에서 친지들에게 읽어주었다. 어떤 사람들은 감동을 받았다고 했지만 대부분은 모든 단어에서 'd'를 빠뜨리고 발음하는 핀 섬 사투리에 대해서만 얘기했다. 많은 사람들이 내 시를 좋다고 했다. 하지만 훨씬 더 많은 사람들이 겸손에 대해 길게 얘기하며, 자기 자신을 너무 대단하게 생각해서는 안 된다고 했다. 하지만 당시 나는 나 자신을 아무것도 아닌 존재로 생각했을 뿐이다.

나를 지켜주던 친절한 숙녀 한 분이 편지를 보내 이렇게 충고했다.

> 제발 바라건대, 몇 줄 쓸 수 있다고 해서 당신이 시인이라고 생각하지 마세요. 내가 만일 나 스스로 브라질의 황제라고 생각한다면, 바보 같은 생각 아닐까요? 당신이 시인이라 생각하는 것도 마찬가지 아닐까요?

내 생각은 그렇지 않았다. 내가 만일 그런 생각을 했다면, 그건 나 자신을 위로하기 위한 것이었으리라.

코펜하겐에 머무는 내내 나는 행동이 어색할 뿐만 아니라 머릿속에 떠오르는 것들을 곧바로 입 밖으로 내뱉는다는 비난을 들었다.

해군대장 불프의 집에서 뛰어난 재능을 가진 사람들을 많이 만났다. 그 가운데서도 딱 한 사람, 아담 욀렌슐레게르에게는 내가 할 수 있는 마음속 최대의 경의를 바쳤다. 내 주변 모든 사람들이 그에게 바치는 찬사를 들었다. 나는 가장 존경스런 마음으로 그를 올려다보았다. 어느 날 밤이었다. 환하게 불 밝혀진 넓은 응접실에 있는 수많은 사람들 가운데 어쩐지 내가 가장 초라하게 느껴져 커튼 뒤로 몸을 숨겼다. 남루한 옷 때문만이 아니었다. 그런데 윌렌슐레게르가 다가와 손을 내밀었다. 그의 발 앞에 무릎이라도 꿇고 싶었다. 그후로도 우리는 그 집에서 자주 만났다. 그리고 그때마다 바이세 교수도 자리를 함께했다. 피아노를 즉흥적으로 연주하곤 했던 바이세는 내게 매우 친절했다. 방금 덴마크로 돌아온 브론스테드가 그의 피아노 연주에 낭송을 보태 멋진 감동을 주었다. 불프는 자기가 번역한 바이런(1788~1824년. 영국의 낭만파 시인 - 옮긴이)의 시를 큰 소리로 낭송했다. 크리스티안 8세의 친구이자 세련된 신사인 아들러까지 그 모임에 참석했다. 윌렌슐레게르의 아름다운 딸 샤롯테도 유쾌하고 즐거운 유머로 나를 놀라게 했다. 코펜하겐에서 보낸 그 나날들은 얼마나 아름다웠던가!

즐거운 나날들을 보내고 다시 헬싱괴르의 교장 선생 집으로 돌아왔다. 교장 선생도 코펜하겐에 있다 막 돌아와 있었다. 그는 거기서 내가 사람들과 어울리며 그들 앞에서 자작시들을 낭송했다는 얘기를 소문으로 들어 알고 있었다. 그는 나를 뚫어져라 쏘아보더니 시를 가지고 오라고 했다. 만일 그가 내 시를 읽고 어떤 감동을 받을 수만 있다면 나를 용서해주리라, 그런 생각을 하며 〈죽어가는 아이들〉을 떨리는 손으로 건네주었다. 그는 시를 다 읽고 나서 감상적인 쓰레기라며 있는 대로 화를 냈다. 만일 그가 시를 쓰느라 내가 귀중한 시간을 허비했다고 믿었거나 혹은 나를 제대로 교육하려면 엄격하게 다루는 수밖에 없다고 믿었다면, 적어도 그의 의도는 선한 것이었다. 하지만 그런 것 같지 않았다. 그뒤로 교장 선생은 나를 더욱 가혹하게 몰아세웠다.

깊은 물 속에 잠겨 숨이 막히는 듯한 정신적 고통을 받았다. 이 때가 내 인생에서 가장 암울하고 불행한 시기였다.

이걸 보다 못한 교사 한 명이 코펜하겐으로 가서 콜린을 만나 내가 처한 상황을 자세하게 일러주었다. 콜린은 즉각 교장 선생과 교장 선생의 집에서 나를 구원해주었다. 학교를 떠나면서 교장 선생에게 그동안 베풀어준 친절에 고맙다고 인사를 했다. 그러자 그는 욕을 하고 저주를 퍼붓는 걸로 작별 인사를 대신했다. 나는 결코 대학생이 못 될 것이며 또한 내가 쓴 시는 헌책방 한구석에서 곰팡내를 풍기며 먼지를 두껍게 뒤집어쓸 것이며, 그리고 또 정신병원에서 비참한 최후를 맞이할 것이라고…. 나는 몸과 마음의 가장 깊은 곳까지 떨었다. 그리고 그를 떠났다.

여러 해 뒤, 사람들이 내 시를 즐겨 읽고 〈즉흥시인〉(로마, 나폴리, 베니스 그리고 캄파니아의 황야 등을 배경으로 펼쳐지는 괴롭고 아름다운 청춘 이야기. 로마에서 태어난 안토니오는 마차 사고로 어머니를 잃고 고아가 되는데, 타고난 즉흥시 창작의 재능을 유일한 미끼로 방황을 거듭하며 아름다운 가수 아눈치아타를 둘러싸고 친구 베르나르와 결투를 벌이는 등 파란을 일으킨다 – 옮긴이)이 처음으로 세상에 나왔을 때 코펜하겐에서 교장 선생을 만났다. 그는 화해의 뜻으로 손을 내밀며 그때는 잘못했노라고 말했다. 하지만 지나간 일을 놓고 화해를 한들 무슨 소용이 있을까? 그렇지 않았다 하더라도 결과는 마찬가지였을 것이다. 암울하고 쓰라렸던 날들 역시 내 인생에 축복이었으니까.

후에 북유럽의 언어와 역사학 분야에 쏟아부은 열정과 성과로 덴마크 사람들의 추앙을 받게 될 젊은 청년이 내 개인 교사가 되었다. 내 거처로는 다락방을 마련했다. 이 다락방은 나중에 〈어느 바이올리니스트〉에서 자세하게 묘사했다. 또 〈그림 없는 그림책〉을 보면 내가 달을 자주 내 다락방으로 초대했다는 사실도 알 수 있을 것이다. 사람들이 모아준 돈이 조금 있긴 했지만 교습비를 내야 했기 때문에 다른 방법으로 돈을 벌어야 했다. 몇몇 사람들은 나를 집으로 불러 식사를 제공하기도 했다. 말하자면 나는, 지금도 코펜하겐에서 가난한 학생들이 그러는 것처럼, 일종의 하숙생인 셈이었다. 내게 친절을 베푼 사람들은 다양했다. 나는 이들의 가족을 보면서 가정의 다양한 유형들을 깨달았다. 이런 깨달음이 내게 영향을 주었음은 말할 필요도 없다. 나는 열심히 공부했다. 여러 과목들 가운데 특히 수학은 헬싱괴르에 있을 때 이미 상당한 수준에 올라가 있었다. 이때 공부한 것들을 나는 아직도 잊지 않고 있다. 라틴 어와 그리스 어는 지금도 내게 도움이 된다. 하지만 한 가지 분야, 즉 종교에 관해서는 개인 교사가 내게 가르쳐줄 게 많았다. 그는 특히 성서의 문학적 의미를 깊이 파고들어 나한테 가르치려고 애썼다. 난 이런 것에 익숙했다. 왜냐하면 맨 처음 학교에 들어갔을 때부터 이 부분 수업 내용을 착실하게 잘 이해했기 때문이다. '하나님은 사랑이다'라는 교리를 가슴과 머리로 기꺼이 받아들였다. 이것과 배치되는 건 절대로 인정할 수 없었다. 딱딱한 문법학교의 의자와 갑갑한 교실에서 놓여난 나는 훨씬 자유롭게, 마치 자유인처럼 내 생각을 표현했다. 하지만 고상하고 붙임성 있던 개인 교사였지만 글자 하나까지 엄격하게 따지는 사람이라 나에 대해 적잖이 답답해했다. 어떤 주제를 놓고 다투기도 했지만, 우리 가슴속에는 순수의 촛불이 타고 있었다. 때 묻지 않고 재능 많은, 하지만 나만큼이나 특이했던 이 청년을 개인 교사로 만난 건 나로서는 다행이었다.

하지만 잘못한 게 있었다. 물론 내 잘못이었다. 그 잘못은 시간이 갈수록 더욱 두드러졌다. 그것은 내가 사물을 이해하거나 내 감정을 처리하는 방식 때문이었다. 가볍게 농담처럼 넘어갈 수 있는 것도 지나치게 정색을 하고 따질 듯이 달려들고, 그게 세상에서 제일 중요한 일인 것처럼 강박적으로 집착하는 경향이었다. 교장 선생도 솔직하고 민감하게 반응하는 내 태도를 놓고 오해했었다. 그래서 툭하면 흥분하는 내 감정을 조롱하고 무참하게 짓밟았던 것이다. 한데 내가 자유롭게 내 길을 가게 되자 이런 경향이 더욱 두드러지게 나타났던 것이다. 나는 과거의 내가 아닌 다른 모습으로 새로 태어나려고 노력했다. 하지만 방향이 잘못되었다. 나는 나 자신의 감정을 조롱하고 무시했다. 그리고 이것들을 다 벗어던졌다고 생각했다. 예전에 내가 눈물로 썼던 모든 시들을 익살스런 후렴구를 넣어 새로 고쳐 썼다. 이렇게 해서 나온 게 〈아기 고양이의 탄식〉과 〈병든 시인〉이다. 그때 썼던 몇몇 시들의 등장인물들은 모두 익살스럽다. 내 시에 엄청난 변화가 생긴 것이다. 발육이 시원찮았던 나무를 뽑아버리고 새로 씨를 뿌려 싹을 틔운 것이다.

불프의 큰딸은 영리하고 쾌활했는데 내 시 속에 뚜렷하게 자리를 잡은 유머를 이해하고 격려했다. 그녀는 내게 자신감을 불어넣었다. 누이처럼 나를 보호했고 내게 커다란 영향을 주었다. 그녀는 내 안에 잠들어 있던 희극에 대한 감정을 일깨웠던 것이다.

이때 덴마크 문학에 새로운 흐름이 등장해 사람들을 사로잡았다.

하이베르그가 그 흐름을 주도했다. 〈프시케〉와 〈도공 발터〉란 뛰어난 작품으로 명성을 얻은 그는 덴마크 무대에 희가극을 도입했다. 그것은 덴마크 식 희가극이었고 사람들은 열광했으며, 이 희가극이 다른 것들을 모두 몰아냈다. 탈리아(희극의 여신 – 옮긴이)가 덴마크 무대에서 축제를 이어갔고, 하이베르그는 그녀의 비서나 마찬가지였다. 나는 그를 외르스테드의 집에서 처음 만났다. 그날의 주인공이었던 하이베르그는 세련되고 열성적인 태도로 나를 맞아주었다. 그날 그는 내게 가장 친절했고, 나는 나중에 그의 집을 방문하기도 했다. 그는 내가 쓴 익살스런 시들 가운데 한 편 정도는 자신의 주간지 〈비행 통신〉에 당연히 실려야 한다고 했다. 숱한 어려움 끝에 〈죽어가는 아이〉가 신문에 실리고 난 직후의 일이었다. 잡지나 출판사에서는 아직 문법학교에 다니는 학생이 쓴 시를 싣기가 쉽지 않았음은 당연했다. 당시 내 시를 지면에 실은 신문사는 그로 인해 톡톡히 곤욕을 치러야 했다. 어쨌거나 하이베르그는 그 신문에서 내 시를 보았고, 두 편의 익살스런 시를 'H'라는 가명으로 〈비행 통신〉에 실었다.

내 시가 실린 〈비행 통신〉이 발행되던 날 밤을 기억하고 있다. 나는 나를 아끼고 사랑하였지만 내게 시적 재능이 없다 생각하고 늘 비난만 하던 사람의 집에서 그의 가족과 함께 있었다. 한데 그 사람이 신문을 들고서 집으로 들어왔다.

"오늘 멋진 시가 두 편 실렸어. 하이베르그 시가 틀림없어. 그 사람 아니면 이렇게 멋진 시를 쓸 수가 없어."

사람들은 내 시를 읽고 환호했다. 한데 은밀한 내 편이었던 그 사람의 딸이 기뻐서 외쳤다. 그 시를 쓴 사람이 바로 안데르센이라고. 사람들은 갑자기 입을 다물었고, 침묵이 흘렀다. 그 일로 나는 깊은 상처를 받았다.

상류층 사람이지만 별로 주목을 받지 못하던 작가 하나가 어느 날 나를 초대했다. 그는 이번 '새해 선물'(우리의 신춘문예 공모와 같은 것이다 - 옮긴이)은 자기 것이라며 응모할 것이라고 했다. 나 역시 출판업자의 뜻에 따라 같은 곳에 응모하겠다고 했다.

"뭐? 그렇다면 이 사람 저 사람 아무나 다 응모한단 말인가? 그 사람들이 나한테 얻을 게 없겠구만, 나도 그 사람들한테 줄 게 없긴 하지만."

개인 교사가 사는 곳은 내가 있는 데서 꽤 멀리 떨어져 있었다. 하루에 두 번 나는 그곳으로 갔다. 갈 때는 공부할 내용으로 머리가 복잡했지만, 올 때는 자유롭게 숨을 쉴 수 있어 밝고 활기찬 시적 상상이 내 머릿속에서 일곤 했다. 하지만 이것들은 단한 줄도 종이 위에 씌어지지는 못했다. 그해에는 대여섯 편 정도의 익살스런 시밖에 쓰지 못했다. 이 시들은 내 머릿속에서 맴돌 때보다 차라리 종이 위에 내려앉아 있는 게 나로선 훨씬 편안하고 자유로웠다.

1828년 9월, 나는 대학생이 되었다. 당시 코펜하겐 대학교의 학장이던 욀렌슐레게르가 내 손을 잡고는 대학생이 된 걸 축하하네, 하고 말했다. 대학생이 된 일은 내 인생에서 매우 중요한 전환점이었다. 나는 그때 이미 스물세 살이나 되었지만 말하는 거나 행동은 여전히 어린아이였다. 이때의 일화 하나를 소개하면 내 말을 이해할 수 있을 것이다. 입학 시험 전날 나는 H. C. 외르스테드의 집 식탁에서 젊은 사람 하나를 보았다. 그는 내성적이었고 안절부절못하는 것 같았다. 게다가 한 번도 본 적이 없는 얼굴이라 시골에서 막 올라온 사람인 줄 알았다. 격식도 생략한 채 나는 그에게 물었다.

"이번 시험에 나가시나 보죠?"

"예, 거기 나갈 겁니다."

그는 웃으면서 대답했다. 나도 그렇다고 말했다. 중대한 일을 함께 앞둔 동지로 생각하고 시험에 대해 많은 이야기를 나누었다. 한데 그 사람은 내가 볼 수학 시험에서 문제를 낼 시험관이었고 교수였다. 이름이 폰 슈미텐이었는데, 재능이 많고 뛰어난 사람이었다. 그의 외모는 나폴레옹과 비슷했다. 장담하건대, 프랑스에 가면 누구든 그를 나폴레옹으로 착각했을 것이다. 시험장에서 만났을 때 우리는 둘 다 당황했다. 그는 가능한 한 잘해주려고 애를 썼다. 나를 격려하려고 했지만 어떻게 해야 할지 잘 모르는 것 같았다. 그는 내게로 몸을 기울여 숙이곤 이렇게 속삭였다.

"시험을 마치고 난 뒤에, 우리에게 보여줄 첫 작품이 뭐죠?"

나는 놀라서 그를 바라보았다. 그리고 걱정스런 얼굴로 대답했다.

"잘 모르겠습니다, 교수님. 수학 문제로는 너무 어렵습니다. 쉬운 문제로 내주시면 안 될까요?"

그러자 그는 목소리를 낮추어 말했다.

"아… 그렇겠죠… 근데 무슨 말인지…?"

"예 교수님, 저는 수학을 꽤 합니다. 헬싱괴르 문법학교에서 다른 학생들과 함께 보충 교재도 풀었고, '두드러지게 잘함'이라는 성적도 받았습니다만, 솔직하게 말씀드려 지금 많이 떨립니다."

이런 식의 대화가 시험관과 응시자 사이에 한동안 이어졌다. 그리고 대화가 끝난 뒤, 시험 시간 내내 그는 더 말을 하지 못하고 자기 펜 여러 자루를 잘게 부수기만 했다. 내 점수를 기록할 펜 하나만 옆에 따로 치워두고서.

입학 시험이 끝난 뒤, 개인 교사와 나 사이에 오갔던 내 머릿속 수많은 관념과 논리들이 벌 떼처럼 한데 뭉쳐 세상 속으로, 내 첫 여행기 〈홀름 운하에서 아마크 동쪽 끝까지 가는 도보 여행기〉(이하 〈도보 여행기〉 - 옮긴이) 속으로 들어갔다. 이것은 다소 이상하고 익살스러운 작품으로 일종의 판타지 모음집 같은 거였다. 하지만 당시의 내 개인적인 생각을 비롯하여 모든 것과 함께 즐겁게 놀려 하고 또 나 자신의 감정까지도 조롱하려던 내 기질을 솔직하게 드러낸 것이었다. 밝은 색의 환상적인 태피스트리(여러 가지 색실로 그림을 짜 넣은 직물 - 옮긴이) 같은 작품이었다.

이 유치한 작품을 출판하겠다고 나서는 용기 있는 출판업자는 없었다. 그래서 내가 직접 나섰다. 이 책이 나온 지 며칠 뒤, 출판업자인 라이첼이 후속 작품의 판권을 사겠다고 나서서 그가 원하는 대로 했다. 그리고 얼마 뒤에는 세 번째 작품까지 판권을 미리 사겠다고 했다. 스웨덴의 팔룬에서는 덴마크 어로 새 판을 찍었다. 욀렌슐레게르의 주요 작품 말고는 유례가 없던 일이었다. 몇 년 뒤에는 함부르크에서 독일어 번역본이 출간되었다.

코펜하겐의 모든 사람들이 내 책을 읽었다. 나는 끝없이 이어지는 칭찬을 들었다. 기득권을 지키려는 단 한 사람만이 내게 지루한 강연을 늘어놓았다. 그는 폴 묄러였다. 그는 나의 〈도보 여행기〉에서 왕립극장을 풍자하는 글을 발견하고서 볼썽사나울 뿐만 아니라 배은망덕하다고 했다. 볼썽사나운 건 왕립극단을, 그의 표현을 빌리자면 감히 왕의 집을 풍자했기 때문이고, 배은망덕한 건 내가 자유로이 극장에 드나들 자유를 하사받았음에도 불구하고 감히 풍자의 칼날을 휘둘렀기 때문이다.

어떻게 보면 합리적인 사람임에도 이런 비난을 하고 나선 건 내 책이 예상 밖으로 좋은 평을 받았기 때문이었다. 나는 내가 원하던 가장 높은 목표를 달성했다. 하이베르그는 〈월간 문학저널〉에서 이 책을 매우 친절하고 아름답게 소개했고, 이미 그 이전에 〈비행 통신〉에 책 내용을 요약해서 싣기도 했다. 이 책은 노르웨이에서도 많이 읽혔다. 이 사실은 폴 묄러를 초조하게 만들었고, 결국 그는 내 책을 냉혹하게 비평했다.

나는 내 책에 대한 혹평을 이해할 수 없었다. 그 누구도 〈도보 여행기〉를 즐겁게 읽을 수 없을 거라는 주장을 믿을 수가 없었다.

이해에, 약 이백 명이나 되는 젊은이들이 대학생이 되었다. 이들 가운데 시를 쓰는 사람이 여럿 있었고, 시를 지면에 발표한 사람들도 있었다. 그래서 이해에, "네 명의 위대한 시인과 열두 명의 덜 위대한 시인들이 대학생이 되었다"는 우스갯소리가 나돌 정도였다. 위대한 시인에 속하는 네 사람은 이랬다. 처음 쓴 희가극 〈인민극장의 음모〉를 왕립극장에 올린 아르네센과, 〈상류 사회를 위한 읽을거리〉를 펴낸 F. J. 한센, 그리고 홀라드 닐센과 나 H. C. 안데르센이었다.

열두 명의 덜 위대한 시인 가운데는 후에 덴마크 문학계의 위대한 인물로 꼽는 데 아무도 부정하지 못할, 〈아담 호모〉의 시인 팔루단 뮐러가 포함되어 있었다. 그는 아직 아무것도 발표하지 않았음에도 친구들 사이에서는 시를 잘 쓴다고 소문이 나 있었다. 어느 날 그가 보낸 편지를 받았다. 편지에서 그는 우리 둘이서 주간지를 발간하면 어떻겠냐고 제의했다.

이 편지를 받고 제가 제안하는 내용을 읽고는 깜짝 놀라실 줄 압니다. 왜냐하면 저에 대해서 아는 게 없어 제가 당신과 함께 그런 일을 할 수 있을지 판단을 할 수 없을 테니까요. 하지만 저는 감히 자신 있게 말씀드릴 수 있습니다. 저는 결코 뮤즈의 사생아가 아니며, 원하신다면 나 혼자 그냥 쓰는 게 즐거워서 썼던 시들을, 이 시들은 지금 저희 집 책상 서랍에 들어 있습니다, 보여드릴 수도 있습니다.

그리고 그가 생각하는 계획과 조건이 이어졌다. 번역물이나 이미 발표된 작품은 다루지 않고 오로지 신작新作만 싣자는 게 그의 계획이었다. 이 편지에 그의 시 〈미소〉가 맛보기로 동봉되어 있었다. 나는 신문에 얽매일 생각이 전혀 없었기에 그의 제안을 거절했다.

카를 바거와 나는 〈도보 여행기〉가 출간되기 전에 공동으로 시집을 내기로 약속했었다. 그랬는데 내 책이 예상 밖으로 큰 성공을 거두자 그는 이전에 한 약속을 지킬 수 없다고 선언했다.

두 사람의 시가 나란히 나가면 자기 시는 뒷전으로 밀려날 것이 란 게 그 이유였다. 공동 시집 이야기는 없었던 얘기가 되고 말 았지만 이 일로 우리의 우정이 다치는 일은 없었다.

동료 학생들은 나를 존중해주었다. 나는 시적 도취와 기쁨의 소용돌이 속에서 이번엔 모든 사물의 부정적인 면만을 찾아 나 섰다. 이런 상태에서 내 최초의 운율 비극 〈성 니콜라스 탑에서 의 사랑〉을 썼다. 그러나 이 작품은 근본적인 결점을 안고 있었 고, 〈덴마크 문학월평〉도 "우리 시대에 더 이상 존재하지 않는 것, 즉 중세 시대의 운명적인 비극을 풍자하고 있다"는 표현으로 이 점을 지적했다.

동료 학생들은 무대 위에서 공연되는 내 작품을 보고 환호하 며 이렇게 외쳤다.

"작가에게 축복을!"

나는 기쁨을 주체할 수 없었다. 나는 내 작품을 실제 가치보다 훨씬 더 과대평가했다. 극장에서 거리로 뛰쳐나갔고, 콜린의 집 으로 달려갔다. 집에는 콜린의 부인만 있었다. 나는 녹초가 되어 의자에 몸을 던지고 격정적으로 울었다. 아무것도 모르는 부인 은 어쩔 줄 몰라 하며 나를 위로했다.

"너무 슬퍼하지 말아요. 욀렌슐레게르도 한때는 사람들이 몰 라보고 외면했잖아요. 또 얼마나 많은 위대한 시인들이 그랬는 데…"

"사람들이 절 외면한 게 아니에요. 갈채를 보내고 만세를 외 쳤어요!"

흐느끼면서 그렇게 말했다. 나는 행복했다. 내겐 시인의 용기와 청춘의 열정이 있었다.

모든 집들이 내게 문을 열기 시작했다. 나는 이 모임에서 저 모임으로 자리를 옮겨가며 기쁨을 만끽했다. 이런 떠들썩함 속에서도 나는 공부에 열중했고, 개인 교사 없이도 아카데미에서 치른 문헌학 전공 진입 시험에 높은 점수를 받았다.

H. C. 외르스테드가 시험관이던 화학 시험 시간이었는데 아주 특이한 장면이 연출되었다. 나는 그가 한 질문에 모두 잘 대답했고, 그도 만족했다. 시험이 끝났을 때 그가 나를 불러 세웠다.

"한 가지만 더 물어보겠는데… 전자기電磁氣에 대해 아는 걸 얘기해봐요."

"교수님께서 쓰신 화학 책에서 그런 말은 본 적이 없습니다."

나는 정확성을 기해서 말했다.

"나도 아네, 하지만 강의 시간에 얘기한 적이 있네!"

"저는 교수님의 강의를 딱 한 번만 빼고 다 들었습니다. 아마도 제가 빠졌을 때 그 말씀을 하셨나 봅니다. 좌우지간 전 그런 말은 한 번도 들어본 적이 없습니다."

그는 그 황당한 변명에 미소를 짓고는 고개를 끄덕였다.

"그걸 모르다니 안됐구나, 최고점을 받을 수도 있었는데… 나머지 문제는 대답을 아주 잘 했네."

그날 밤 늦게 외르스테드의 집에서 나는 전자기에 대해서 얘기해달라고 부탁해, 생애 처음으로 그 말을 이해했고, 또 그가 전자기와 무슨 관련이 있는지도 알게 되었다.

십 년 뒤, 코펜하겐에 있는 과학기술 아카데미에서 전자기장이 전시된 걸 보고 외르스테드의 급한 부탁으로, 아카데미의 앞

건물에서 뒤 건물로 전송된 자기 전신술에 대해 〈코펜하겐 포스트〉에 'Y'라는 이름으로 칼럼을 썼다. 이걸로 시민들의 관심을 그 발명품으로 유도했다.

크리스마스에 쓴 시들을 묶어 시집을 출판했고, 큰 호응을 얻었다. 나는 칭찬의 종소리를 듣는 걸 좋아했다. 내 인생의 청춘에 행복이 넘쳐흐르던 때였다. 인생은 내 앞에서 눈부신 햇살처럼 빛났다.

1830 - 1833. 4

그때까지 나는 여행을 가본 데가 거의 없었다. 가본 데라곤 핀 섬과 질란드의 몇몇 곳이 전부였다. 그 가운데 묀스클린트는 정말 아름다운 곳이다. 해변 백악白堊의 절벽에 푸른 숲이 화관花冠처럼 걸려 있고, 이 숲에 서면 멀리 발트 해가 바라보인다. 1830년 여름, 나는 유틀란트와 내 고향땅인 핀 섬의 구석구석을 돌아보리라 마음먹었다. 이 여행이 내 문학적 상상력을 넓혀주리라 기대는 했지만, 이로 인해 나의 내면에 어떤 변화가 일어날지는 전혀 알지 못했다.

유틀란트의 황야를 바라보는 건 특별한 기쁨이었다. 가능하다면 거기서 집시 가족을 만나보고 싶었다. 사람들이 들려준 이야기, 특히 스텐 블리허의 소설이 흥미와 호기심을 자극했다. 그때만 해도 유틀란트를 찾는 사람은 지금처럼 많지 않았다.

증기선이 도입된 지 얼마 되지 않은 때였다. 다니아 호가 스물네 시간 만에 항해를 마쳤는데, 당시로선 유례가 없이 빠른 것이었다. 사람들은 아직 증기선을 미더워하지 않았다. 한 해 전에 나는 이미 덴마크 최초의 증기선인 칼레도니아 호를 타보았다. 바닷사람들은 모두 이 증기선을 비웃으며 멍텅구리라 불렀다.

과학자인 H. C. 외르스테드는 당연히 이 놀라운 신발명품에 찬사를 보냈다. 그의 친척이었던 늙은 선원은 그때 외르스테드 옆자리에 앉아 있었는데 이 '연기 뿜는 배'를 경멸했다. 당연히 두 사람 사이에 입씨름이 벌어졌다. 늙은 선원은 말했다.

"세상이 창조된 이후로 풍력으로 가는 배에 만족하고 이제껏 살아왔는데, 새삼스럽게 더 나은 배를 만들었다고 난리를 친다 이 말이야. 난 연기 뿜는 멍텅구리가 지나가는 걸 볼 때마다 내가 지를 수 있는 제일 큰 소리로 욕을 해주지, 참을 수가 없거든."

당시엔 증기선을 한번 타보는 게 대단한 사건이었다. 지금 생각하면 아무것도 아니지만 그때만 해도 상당히 귀했고, 사람들은 이걸 먼 다른 나라의 발명품으로만 여겼다. 예를 들면, 나폴레옹이 영국으로 피신할 때 처음 증기선을 보았다는 얘기를 듣고, '아 그런 게 있구나' 하던 때였다.

이 신기한 배를 타고 카테가트 해협에서 보냈던 하룻밤은 잊을 수가 없다. 날씨가 좋지 않아 나는 멀미를 했다. 오르후스에 도착한 건 다음날 저녁이었다. 유틀란트의 작은 마을에 사는 사람들도 내 〈도보 여행기〉와 시들을 널리 읽고 알고 있었던 터라 친절하게 맞아주었다. 나는 황무지로 나갔다. 모든 게 신기했다. 옷을 얇게 입어, 바다에서 불어오는 축축하고 차가운 바람에 몸이 오슬오슬 떨렸다. 어쩔 수 없이 계획을 바꾸어 서쪽 해안은 완전히 포기하고 며칠 머물렀던 비브오르그에서 남동쪽으로 향했다. 나중에, 한 번도 본 적이 없지만 다른 사람들이 해준 얘기를 듣고 〈환상적인 서쪽 바다〉와 〈유틀란트 서쪽 연안의 풍경들〉을 썼다.

나는 스칸데르보르그와 바일, 콜딩을 둘러보고, 거기서 전원 생활을 즐기며 핀 섬으로 향했다. 인쇄업자 이베르센의 미망인이 나를 귀한 손님으로 극진히 대접해 오덴세 근처에 있는 메리 힐에서 여러 주를 보냈다.

그녀의 집은 내 청춘기에 가장 이상적이던 시골 풍경이었다. 작은 정원은 온갖 감정을 일깨우는 수많은 글귀와 시들로 가득 차 있었다. 배가 지나가는 운하 가까이에 포대砲臺가 있었고, 전시용 목제 대포가 구경꾼을 위해 놓여 있었다. 나무 병정과 감시탑, 그리고 초소도 있었다. 모두 어린아이의 마음처럼 아름다웠다. 이런 풍경 속에서 지적이고 친절한 부인 그리고 매혹적이고 사랑스런 그녀의 손녀들과 함께 오랜만에 유쾌하고 즐거운 시간을 보냈다. 손녀들 가운데 가장 나이가 많았던 헨리에테는 나중에 소설 〈숙모 안나〉와 〈여류 작가의 딸〉을 발표했다.

여기 머물면서 익살스런 시 몇 편을 썼다. 그 가운데 하나가 〈심장을 훔치는 도둑〉이다. 그리고 소설 〈크리스티안 2세의 징병〉을 쓰는 데 몰두했다. 이 소설을 쓰기 위해 베게센 부근의 엘베고르드에 살던 학식이 많은 골동품 수집가 베델-시몬센에게서 특별히 역사적 지식에 관해 많은 도움을 받았다. 열여섯 장쯤 썼을 때 잉게만에게 읽어주었더니 무척 좋다고 했다. 후에 내가 국왕으로부터 여행 지원금을 보조받으려고 청원서를 넣을 때 잉게만이 기꺼이 응해준 것도 바로 이때 그가 내게서 좋은 인상을 받았기 때문이다.

시가 샘물처럼 쏟아져 나왔다. 하지만 희극은 전혀 소득이 없었다. 내게 그토록 풍성하던 감정은 말라버렸다. 여행을 하는 도중에 작은 마을의 어느 부잣집에서 하루를 묵었다. 이때, 갑자기 새로운 세상이 내 앞에 열렸다. 그 세상은 거대한 것이었고, 그럼에도 네 줄의 시에 담을 수 있었다. 그때 나는 이렇게 썼다.

검은 눈동자 두 개 내 시야를 사로잡더라
나의 세상, 나의 집, 나의 기쁨이어라
어린아이와 같은 영혼의 평화로움이여
그 기억은 영원히 지워지지 않으리

  인생을 새로이 계획하는 데 몰두했다. 다시는 시를 쓰지 않으리라. 시가 도대체 우리에게 무얼 가져다줄 수 있단 말인가? 신학을 공부하리라, 그래서 목사가 되리라…. 내게는 오로지 단 한 가지 생각밖에 없었다. 그 여자만 생각했다. 하지만 그건 내 환상이었다. 그녀는 다른 남자를 사랑했고 그와 결혼했다. 그 일이 있고 채 몇 년의 세월이 흐르기도 전에, 그렇게 끝나버린 게 그 여자를 위해서나 나를 위해서나 참으로 잘된 일이란 걸 깨달았다. 아마도 그녀는 자기를 향한 내 감정이 얼마나 깊고 뜨거웠는지, 그리고 그 감정 때문에 기쁨 속에서도 얼마나 고통스러웠는지 몰랐던 것 같다. 그녀는 좋은 남자의 훌륭한 아내가 되었고 행복한 어머니가 되었다. 그녀에게 신의 축복이 있기를!(안데르센이 사랑한 이 여자의 이름은 리보이고, 안데르센 친구의 누나였다. 안데르센은 실연의 아픔을 달래기 위해 그녀가 보낸 편지를 작은 가죽주머니에 넣어 목에 걸고 다녔다 – 옮긴이)
  〈도보 여행기〉와 내가 쓴 대부분의 글에서 풍자가 기본적인 특징으로 자리를 잡았다. 이로 인해 많은 사람들이 언짢아했다. 그들은 나의 이런 풍자가 결국 악의 구렁텅이에 빠지고 말 것이라 생각했다. 평론가들은 풍자가 내 글에 들어오면서 밀어내버린 소중한 것들을 지적하며 나를 비판했다. 그건 맞는 말이었다. 새로운 시 모음집 〈상상과 묘사〉를 새해에 내놓았다. 이 책은 그간 내가 겪은 감정들을 만족스럽게 드러냈다. 〈이별과 만남〉이라는 가볍지 않은 희가극을 통해 역사를 내 마음대로 바꾸는 시도를 해보았다. 이 작품은 오 년이 지난 뒤에야 무대에 올랐다.

그 당시 코펜하겐의 친구들 가운데 오를라 레만이 있었다. 그는 나중에 정치적인 노력 덕분에 덴마크의 다른 어떤 사람들보다 대중적인 호응을 많이 받았다. 열정과 용기가 가득했던 그의 성격에 이끌려 나도 그에게 관심을 가졌다. 그는 자기 아버지로부터 독일어를 많이 배웠다. 그는 하이네(1797~1896년. 독일 최고의 시인으로 1830년대 후반부터는 사회시와 혁명시를 썼다 – 옮긴이)의 시를 접하고 그 매력에 사로잡혔다. 그는 프레데릭스베르그 성 부근의 교외에 살았다. 그를 만나러 갔을 때 그는 하이네의 시를 노래하고 있었다.

"테티스!(그리스 신화에 나오는 티탄 족의 여신. 하늘의 신 우라노스와 땅의 여신 가이아 사이에서 태어난 티탄 12신 가운데 하나. 친오빠인 물의 신 오케아노스와 결혼해 온 세계의 바다와 강을 관장하는 삼천 명의 아들과 삼천 명의 딸을 낳았다 – 옮긴이) 테티스! 너 영원한 바다여!"

우리는 함께, 저녁이 오고 밤이 이슥해질 때까지 하이네의 시를 읽었다. 그러다 그 집에서 잤다. 그날 나는 하이네를 알았다. 하이네는 영혼으로 노래 부르는 것 같았다. 하이네는 결국 내게

서 호프만(1776~1822년. 독일의 소설가로 음악과 미술에도 조예가 깊었다 – 옮긴이)을 밀어내고 그 자리를 대신했다. 〈도보 여행기〉를 읽어보면 알겠지만 호프만은 그때까지도 내게 커다란 영향을 주었다. 내 청춘 시절, 세 명의 시인이 한데 뒤섞여 내 핏속에 흐르고 있었다. 월터 스콧과 호프만 그리고 하이네가 그들이었다.

점차 건강하지 못한 기질이 내 글쓰기 속에 드러나기 시작했다. 나는 삶의 우울한 부분을 찾아 나서고 사물의 어두운 부분에 집착했다. 예민해졌고, 내게 쏟아지던 칭찬보다 비난에 더 많이 마음이 쏠렸다. 적지 않은 나이에 떠밀리다시피 학생이 된 나는 공부를 하지 않을 수 없을 만큼 지식이 부족했음에도 불구하고 무작정 작가가 되고 싶은 충동 때문에 첫 작품 〈도보 여행기〉를 발표했었다. 당연한 결과지만, 〈도보 여행기〉에는 문법적인 오류가 수없이 많았다. 출판하기 전에 돈을 들여 교정 작업을 거쳤더라면 이런 일은 없었을 것이다. 하지만 난 그런 일엔 익숙하지 않았다. 사람들은 내가 한 실수들을 찾아내 비웃으며, 이 책이 가지고 있는 장점들엔 일부러 눈을 감았다. 오로지 오류를 찾아내기 위해 내 책을 읽었던 사람들이 누군지 난 알고 있다. 그들은 내가 '아름다운'이라는 단어를 몇 번이나 사용했는지 꼼꼼히 세고 따지는 성가신 일까지 마다하지 않았다. 당시 희가극 작가였고 비평가였던 어떤 신사는 사람들이 모인 자리에서, 그 자리에는 나도 있었다, 몇 번이고 이런 식으로 내 작품을 찢어발겼다. 모든 게 다 엉터리이고 틀렸다는 그의 얘기를 듣고 있던 여섯 살짜리 여자아이가, 책을 집어 들고 접속사 '그리고'를 가리키며 이렇게 말했다.

"이건 말씀 안 하셨는데요? 이거 말고도 선생님이 틀렸다고 말씀 안 하신 단어들이 많이 있는데요?"

그는 그제야 부끄러워하며 아이에게 키스를 했다. 이 모든 일들이 내게 상처를 주었다. 나는 문법학교에 다니면서부터 소심했고 그랬기 때문에 그 모든 것들을 말없이 받아들였다. 나는 병적으로 민감했다. 모든 사람들이 그걸 알았다. 그랬기 때문에 어떤 사람들은 더욱 잔인하게 굴었다. 거의 모든 사람들이 날 가르치려고 들었다. 그들이 말하길, 칭찬이 나를 버려놨으니 있는 그대로의 진실을 얘기해야 한다고 했다. 그들로부터 내가 저질렀다는 잘못을 끊임없이 반복해서 들어야 했다. 결국 내 감정이 폭발하고 말았다. 나는 말했다. 너희들이 무릎 꿇고 존경심을 표할 수밖에 없는 위대한 시인이 되겠노라고. 하지만 이건 다시 내게 돌아오는 화살이 되었다. 사람들은 이걸 역겨운 허영심이 드러난 것이라고 했고, 내 말은 다시 이 집에서 저 집으로 옮겨 다니며 사람들 입에 오르내렸다. 허영심이라는 이 한 가지만 빼고 보면 괜찮은 인간이라고 사람들은 말했다. 당시에 나는 내 능력에 절망했다. 문법학교에 다닐 때 그랬던 것처럼, 내가 가진 재능이란 게 사실은 착각이나 자기기만이 아닐까 하는 생각까지 했다. 나는 거의 그렇게 믿었다. 자신감을 완전히 잃어버렸다. 하지만 온갖 사람들이 때로는 엄격하게 또 때로는 비웃으며 그렇게 말하는 걸 참고 들어야 한다는 사실은 참을 수 없는 고통이었다. 하지만 뭐라고 반박할 경우에 쏟아질 비난의 채찍은 더 무서웠다. 독이 있는 전갈보다 더 무서운 것이었다.

이런 이유로 해서 콜린은 내게 여행을 권했다. 마음을 느긋하게 하고 새로운 생각들로 머리를 채워보라고 했다. 나는 부지런히 일하고 또 절약하는 편이어서 돈을 조금 모아두고 있었다. 그래서 북독일로 여행을 가기로 결심했다. 이주일 계획이었다.

1831년 봄, 난생 처음 덴마크를 떠났다. 뤼베크와 함부르크를 보았다. 모든 게 나를 놀라게 했고 내 마음을 사로잡았다. 그때는 아직 철도가 놓이지 않았던 때라, 넓고 깊은 모랫길이 뤼네부르크의 황야 위에 끝없이 이어졌다. 바게센이 〈미로〉에서 찬양하던 모습 그대로였다.

브라운슈바이크에 도착했다. 나는 처음으로 산을 보았다.(덴마크는 국토의 64퍼센트가 농경지이고 대부분 평탄하다. 덴마크에서 제일 높은 곳이라고 해봐야 해발 173미터이다 – 옮긴이) 하르츠게비르게(산)였다. 걸어서 고슬라에서 브로켄을 지나 할라까지 갔다.

세상은 내 앞에 놀랍게 펼쳐졌고 기분은 한결 좋아졌다. 하지만 내가 본 참새 떼의 비행은 여전히 슬픔으로 남아 나를 따라다녔다.

브로켄 정상에서 수많은 여행자들이 감상을 적어놓은 방명록에 나도 짧은 시 하나를 남겼다.

구름 위에 내가 서 있네
내 마음이 고백하기를
하늘에 조금만 더 가까이 다가가면
그녀의 손을 잡을 수 있을 것 같아

다음해, 한 친구가 브로켄에서 내가 쓴 시를 보았다고 했다.

그리고 덧붙이기를, 어떤 사람이 내가 쓴 시 아래에다 이런 글을 달아놨다고 했다.

변변치도 않은 안데르센 씨, 시는 당신 일기에나 쓰시지요. 제발 외국까지 와서 우리를 짜증나게 하지 마시고요.

드레스덴에서 티크(1773~1853년. 독일의 소설가이자 극작가. 주요 작품으로 〈프란츠 슈테른발트의 여행〉이 있으며 동화 〈장화 신은 고양이〉의 작가이기도 하다 - 옮긴이)를 처음으로 만났다. 잉게만이 그에게 전하라며 편지를 맡겼던 것이다. 어느 날 저녁, 그가 셰익스피어를 소리 내어 읽는 걸 들었다. 작별할 때 그는 내가 시인으로 성공하기를 기원한다며 포옹하고 키스했다. 그때 받은 깊은 인상은 잊을 수가 없다. 나를 바라보는 그의 눈빛에서 많은 걸 읽을 수 있었다. 나는 눈물로 작별하며 돌아서, 신에게 내 영혼이 갈구하는 그 길을 찾을 수 있는 힘을 달라고 간절하게 기도했다. 그 힘을 가질 수만 있다면 내 영혼이 느낀 걸 온전하게 표현해낼 수 있으리라 믿었다. 그리고 티크를 다시 만날 때, 그가 나와 내 시와 내 시의 가치를 알아보리라 믿었다. 그리고 몇 해 지나지 않아 내 작품들이 독일어로 번역되어 호응을 받을 때 나는 다시 티크를 만났다. 그는 내 손을 힘주어 잡았다. 내 두 번째 조국에서 정화淨化의 키스를 받았다.

베를린에서 H. C. 외르스테드의 편지를 전해주느라 차미소를 알게 되었다. 긴 머리에 정직한 눈을 가진 그 진중한 사람은 직접 문을 열어주었다. 그리고 외르스테드의 편지를 읽었다. 그후 곧바로 우리는 서로를 이해할 수 있었다. 그에게 무한한 신뢰를 느꼈고, 독일에서는 좋은 방식이 아니었음에도 불구하고, 그런 내 마음을 솔직하게 얘기했다. 차미소는 덴마크 어를 알고 있었다. 나는 내 시를 주었다. 그는 내 시를 처음 독일어로 번역해 소개한 사람이다. 그는 〈조간신문〉에 나를 이렇게 소개했다.

위트와 상상력과 유쾌한 정서를 타고난 안데르센의 시는 깊은 울림을 자아낸다. 그는 몇 개의 표현만으로도 수많은 작은 모습들과 전체적인 풍경을 아주 쉽게 드러낼 줄 안다. 그의 표현은 때로 덴마크 정서에 너무 밀착해 있어 거기에 익숙하지 않은 사람들은 그의 시가 얼마나 훌륭한지 알지 못한다. 그렇기 때문에 그의 시를 온전하게 번역하는 게 어쩌면 불가능한 일일지도 모른다.

차미소는 그뒤 나와 평생을 함께한 친구가 되었다. 그가 이후의 내 작품에서 발견한 즐거움은, 내게 보낸 편지에서 찾아볼 수 있다. 이 편지들은 그의 작품집에 실려 있다.

독일 여행은 짧았지만 나는 적지 않은 영향을 받았다. 이건 코펜하겐의 내 친구들도 인정했다. 나는 여행에서 받은 인상을 곧바로 글로 써 〈그림자 그림들〉이라는 제목으로 출간했다. 내가 〈도보 여행기〉 때보다 나아졌는지 어쨌는지 모르겠지만, 내 글에서 결점을 찾아내고 나를 가르치는 데서 즐거움을 찾으려는 사람들의 행태는 여전했다. 나는 그 쓸데없는 참견을 묵묵히 지켜볼 만큼 충분히 기가 죽어 있었다. 결코 반박하지도 않았고,

농담으로 되받아넘기지도 않았다. 만일 그랬다면, 거만과 허영으로 비추어졌을 테고 이성적이고 합리적인 충고를 받아들이지 않는다는 말을 들어야 할 게 뻔했기 때문이다. 이들 가운데 한 사람은, 내가 쓴 글 가운데서 '개'의 첫 글자가 대문자가 아니라 소문자인 걸 발견하고는 일부러 그렇게 했느냐고 물었다. 그건 출간 과정의 오류였다. 하지만 나는 이렇게 대답했다.

"네, 맞습니다. 왜냐하면 난 작은 개를 말하고 싶었거든요."

이런 비판은 사소한 게 아니냐고 할지 모른다. 맞다. 하지만 이 사소한 비난이 바위에 구멍을 뚫는 한 방울의 물이란 걸 왜 알지 못할까. 이 말은 여기서 꼭 해야겠다. 지금까지도 허영심이 내 목에 개목걸이처럼 달려 있지만, 내가 허영에 사로잡혀 있다는 비판의 근거가 도대체 무엇이란 말인가? 내 사생활에서도 허영은 단 한 번도 없었다고 생각한다.

나는 내가 방문한 사람들에게 최근에 쓴 글들을 기꺼이 읽어 주었다. 난 그게 즐거웠다. 이렇게 하는 작가들이 적어도 덴마크 안에서는 무척 드물다는 사실을 나중에야 깨달았다. 피아노를 칠 줄 알거나 노래를 부를 줄 아는 신사숙녀가 사람들과 어울리는 자리에서 자기 곡을 연주하거나 노래하는 건 지극히 자연스러운 일이다. 그걸 놓고 이러쿵저러쿵하지는 않는다. 한데, 어째서 유독 작가와 시인은 자기 작품이 아닌 다른 사람의 작품만 읽어야 한단 말인가? 난 그게 허영이라고 생각한다.

욀렌슐레게르는 사람들과 어울릴 때 기꺼이 자기 시를 낭송했다는, 그것도 매우 아름답게 낭송했다는 말을 여러 번 들었다. 하지만 이걸 두고 욀렌슐레게르에게 시비를 거는 사람을 보진 못했다. 그런데 내가 그러면 왜들 들고일어나 난리를 치는지 알수가 없다.

때론 내 주변의 이런 쓰라린 느낌이 말끔하게 걷힐 때가 있었다. 다른 사람들의 약점을 발견할 때였다. 그때 나는 짧은 시 〈주절주절〉을 썼다. 이 시가 발표되자 일간지와 주간지, 월간지 등 온갖 지면에서 나를 비난하는 글들이 쏟아졌다. 내가 자주 방문하곤 했던 숙녀는 편지로 이렇게 물어왔다. 그 시를 좋게 평가하는 사람이 있는지, 그리고 그 시가 자기 집에서 있었던 모임에 참석한 사람들과 관련이 있는지, 또 그 시가 풍자하는 게 자기집이 아닌지, 아니라고 하더라도 사람들이 그렇게 받아들이지는 않을지 등등… 이런 질문 끝에 그녀는 길고 지루한 강의를 했다.

어느 날 저녁 극장 입구에서 잘 차려입은 낯선 숙녀가 내 곁에 바짝 다가왔다. 그리곤 내 얼굴을 뚫어져라 바라보더니 '주절주절' 지껄여댔다. 나는 모자를 벗어 정중하게 인사했다. 무슨 말이 더 필요한가, 그저 그게 대답이었다.

1828년이 끝나갈 무렵부터 1839년 초까지 나는 오로지 글을 통해서만 내 생각을 얘기했다. 버티는 게 힘들었다. 참석하는 모임의 성격에 따라 옷을 맞춰 입어야 했기에 두 배로 힘들었다. 작품을 쓴다는 것, 그것도 늘 쓴다는 건 불가능했다. 극장에 올릴 목적으로 〈사십대〉와 〈열여섯 살 왕비〉를 번역하고 오페라 대본 몇 개를 썼다.

호프만의 글들을 읽으면서 고치(1720~1806년. 이탈리아의 극작가. 당시 계몽주의적이던 풍토에 반대하여 의식적으로 반사실주의적인 '몽환극夢幻劇 운동'을 전개했다. 주요 작품으로 〈투란도트〉가 있다 – 옮긴이)

의 가면극들이 내 관심을 끌게 되었고, 이들 가운데 〈일 코르보〉가 오페라 대본으로 가장 적합하다는 걸 알았다. 마이슬링이 번역한 대본을 읽고는 거기에 완전히 사로잡히고 말았다. 그리고 몇 주 뒤에 〈갈까마귀〉라는 오페라 대본을 완성했다.

나는 그걸 당시에는 거의 알려지지 않았지만 재능 있고 생기가 넘치던 젊은 작곡가에게 주었다. 그는 〈크리스티안 왕이 높고 높고 높은 돛대 옆에 섰다〉라는 노래(요절한 천재 시인 J. 에발이 쓴 대표작 희곡 〈어부〉에 나오는 합창으로 지금 덴마크 국가이다 – 옮긴이)를 작곡한 사람의 손자였다. 이때의 이 젊은 작곡가가 지금의 J. P. E. 하르트만이다.

자랑으로 들릴지 모르지만, 나는 그때 연출자에게 그를 소개하면서 재능이 있는 사람이라 나중에 틀림없이 훌륭한 곡을 쓸 거라고 했다. 그는 지금 덴마크에서 몇 손가락 안에 꼽히는 유능한 작곡가가 되어 있다.

내가 쓴 대본 〈갈까마귀〉는 신선함과 시적인 멜로디가 부족했다. 그래서 내 작품 모음집에 넣지 않았고 합창과 독창 한 곡만 시집에 따로 넣었다.

월터 스콧의 〈무어 인 처녀〉를 오페라 대본으로 만들었을 때도 브레달이라는 젊은 작곡가에게 맡겼다. 이 두 편의 오페라는 무대에 올랐고, 나는 인정사정 보지 않는 냉혹한 비평의 제물이 되었다. 더할 나위 없이 훌륭한 외국 시인의 작품을 망쳐놓았다고 했다. 이즈음 내가 경험한 욀렌슐레게르의 인상은 잊을 수가 없다. 그는 성마른 성격을 보였을 뿐만 아니라 존경할 수밖에 없는 고결한 성품까지 동시에 드러내 보였다.

무대에 오른 〈무어 인 처녀〉는 관객의 갈채를 받았다. 나는 인쇄한 대본을 들고 윌렌슐레게르를 찾아갔다. 그는 미소를 지으며 내가 받은 갈채를 축하했다. 그리고 이렇게 말했다. 아마도 원작자가 월터 스콧인데다 작곡 역시 썩 훌륭했기에 어렵지 않게 갈채를 받았을 거라고…. 그의 말이 나를 슬프게 했다. 나는 눈물을 흘렸다. 그러자 그는 나를 안고 내게 키스했다. 그리고 이렇게 말했다.

"나도 욕은 많이 먹고 산다네, 지금도."

정말 마음이 따뜻한 시인이었다. 그는 자기 시집에 내 이름과 자기 이름을 적어 내게 선물했다.

어린 시절 나를 도와주었던 작곡가 바이세는 내가 오페라 부문에서 발휘한 재능을 높이 평가하며 크게 만족했다. 그는 오래전부터 월터 스콧의 〈케닐워스〉를 오페라로 작곡하고 싶었다며 대본을 써달라고 했다. 내게는 돈이 필요했다. 게다가, 내 결정에 더 중요하게 작용한 것이기도 하지만, 가장 추앙받는 작곡가인 바이세와 함께 작업할 수 있다는 사실이 무엇보다 기뻤다. 초라했던 어린 시절 시보니의 집에서 우러러보았던 바로 그 사람이 나를 예술가로 대접하고, 나아가 나와 함께 작업을 하고 싶다고 하니 이보다 기쁜 일은 없었다. 그 대본을 반쯤 썼을 때 잘 알려진 소설을 표절했다는 비난이 일었다. 오페라 대본 작업을 포기하고 싶다고 바이세에게 말했다. 그는 나를 위로하며 계속 작업하라고 격려했다. 나중에 그가 작곡을 다 마치기 전에 내가 외국 여행을 가게 되어 대본의 마지막 작업은 바이세에게 전적으로 맡겼다. 결국 그 마지막 부분의 시를 모두 바이세가 썼다. 바뀐 마지막 부분도 전적으로 그가 한 것이다. 애미 롭사르트는 라이세스테르와 결혼했다. 그는 말했다.

"우리가 펜으로 몇 자만 써도 행복해질 수 있는데, 굳이 이들을 불행하게 만들 이유가 어디 있나?"

"그렇게 하면 역사와 다르지 않습니까? 그럼 엘리자베스 여왕은 어떻게 하구요?"

"이렇게 말하겠지. 자랑스런 잉글랜드여, 나는 너의 것이니라!"

내가 손을 들었고, 결국 오페라의 마지막 대사는 그렇게 되었다.

〈케닐워스〉가 공연이 되었지만 대본은 노래 몇 곡을 빼고는 출간되지 않았다. 이 공연에 나왔던 노래 가운데 두 곡은 멜로디가 아름다워 많은 사람들에게 퍼졌다. 이 공연을 놓고 나를 비난하는 글들이 익명으로 실리기 시작했다. 그해 나는 새로운 시집 〈그해의 열두 달〉을 발표하고 지독한 악평을 들어야 했다. 하지만 이 시집은 나중에, 내 최고의 서정적인 시들이 대부분 실린 시집으로 높은 평가를 받았다.

그때 〈덴마크 문학월평〉은 지금과 다르게 전성기의 영향력을 행사하고 있었다. 이 잡지가 처음 등장했을 때는 내로라하는 사람들의 쟁쟁한 이름들이 뒷받침했지만 이들 가운데는 미적인 작품에 대해 솜씨 있게 얘기해줄 사람이 없었다. 하지만 불행하게도 이들은 모두 자기들에게 그런 능력이 있다고 생각했다. 물론 외과 수술이나 교육학 분야에서는 자기들 이름에 걸맞게 그럴 수 있었을지 모르지만 시에 대해선 그렇지 않았다. 이러한 사실은 나중에 드러났다. 이 지면에서 시 작품을 다루는 공간은 점차 줄어들었다. 비범한 열정으로 당장이라도 글을 쓰고 토론을 할수 있었던 사람은 역사가이자 의회 의원이던 몰베흐였다. 그는 덴마크 비평사에서 중요한 위치를 차지하는 만큼 좀더 자세히 얘기해야겠다. 그는 부지런하게 읽었고 누구보다 정확하게 덴마크 어를 구사했다. 그가 가지고 다니던 덴마크 어 사전은 그가 어떤 비난을 받는다 하더라도 비난을 뚫고 일어설 수 있는 유용한 도구였다. 하지만 예술적인 작품에 대해서는 편협했고, 심지어는 열광적으로 당파적이었다. 불행하게도, 그는 시인 집단의 64분의 1밖에 되지 않으며 동시에 예술적인 작품을 판단하는 데가장 적절하지 못한 과학자 집단에 속한 사람이다. 잉게만의 소설을 비평한 글을 통해, 그가 비난하는 대상을 전혀 알지 못하고 있었으며 그보다 한참 떨어진 수준에 놓여 있다는 사실이 드러났다. 그는 시집을 발표하기도 했다. 구닥다리 화려한 문체로 쓴〈덴마크 산책〉이라는 그렇고 그런 책이었다. 〈독일, 프랑스, 이탈리아 여행기〉라는 책도 썼는데, 자기 삶에서 나온 애기가 아니라 남의 책에서 옮긴 내용으로 가득 찬 것이었다. 그는 왕립도서관에 있다가 어느 날 갑자기 극장의 감독이 되고 검열관이 되었다. 그는 병적으로 편파적이었고 또 화를 잘 냈다. 이런 사람이 예술 작품을 판단한다고 할 때 그 결과를 상상할 수 있을 것이다. 그는 내 첫 작품을 매우 우호적으로 평했다. 하지만 나는 곧 팔루단 뮐러라는 젊은 서정시인에게 자리를 내주어야 했다. 나대신 그가 몰베흐의 별이 되었다. 하지만 그 역시 사람들의 인기를 잃자 버림을 받았다. 역사라면 이것이 간략한 역사이다. 〈덴마크 문학월평〉에서 동일한 비평가가 한 작품을 칭찬했다가 시간이 흐른 뒤 그 시들이 시 모음집 형식으로 나타날 때에는 저주하는 일이 벌어졌던 것이다. 누가 짐을 끌고 가면 모든 사람들이 달라붙어 뒤에서 잡아당긴다는 덴마크 속담이 있다. 그 속담이 맞다. 사람들은 내 결점만 말한다. 잘 차려입은 사람들조차 거리에서 나와 마주치면 얼굴을 찌푸리고 빈정거렸다. 비난을 받고 기분이 좋을 사람은 아무도 없다. 인간인 이상 당연하다. 덴마크 사람들은 남을 조롱하는 데는 특별한 솜씨가 있다. 특히 공손한 표현을 써서 남을 조롱하는 데는 탁월한 기술과 위대한 솜씨를 발휘한다. 덴마크에 희극 작가가 많은 것도 바로 이런 이유 때문이다.

이즈음에 덴마크 문학계에 새로운 별이 나타났다. 헨리크 헤르츠가 익명으로 〈죽은 자가 보낸 편지〉를 발표한 것이다. 이 작품은 모든 걸 불결한 사원寺院 밖으로 말끔하게 몰아내자는 그런 분위기였다. 죽은 바게센이 천국에서 부친 편지 형식이었는데, 하이베르그를 신격화하고 욀렌슐레게르와 하우흐를 공격하는 내용이 담겨 있었다. 오래전 철자법상의 내 오류를 물고 늘어지던 그 악몽이 되살아났다. 성 안데르스와 관련해 내 이름을 들먹였고 슬라겔세에서의 내 생활도 끄집어냈다. 나는 조롱당했고, 그들이 원하는 표현을 쓰자면, 죽도록 매질을 당했다.

헤르츠의 책은 덴마크에서 잘 나갔다. 사람들은 헤르츠 얘기만 했다. 저자가 누구인지 밝혀지지 않았다는 사실이 더욱 흥미를 자극했다. 하이베르그가 〈비행 통신〉을 통해 몇몇 미적인 가치들을 지켜내려고 애를 썼지만, 거기에 나는 포함되지 않았다.

당시에 대중매체를 통해 공공연하게 조롱당한다는 사실은 지금과 비교도 안 될 만큼 큰 충격이었다. 그 이전에 출간되었던 마티아스 빈터의 〈해적〉과 〈로케트〉는, 일종의 조롱거리로 전락하고 말았는데, 활자화된 것은 무엇이든 다 믿는 대중을 적으로 둘 때 얼마나 큰 희생을 치러야 하는지를 일깨워준 셈이었다. 한데 딱 한 사람, 드레제레라는 학생이 다비에노라는 가명으로 나를 지지하고 나섰다. 어느 식물학자의 동생이었던 그는 재능이 있는 시인이었다. 시와 전기를 출간하기도 했지만, 내가 보기에 이들보다 훨씬 더 가치가 있는 〈질란드 백작에게 보내는 시로 쓴 편지〉는 출간되지 않았다. 이 시는 내 편이 되어 나를 옹호하기 위해 쓴 작품이다. 이들 형제는 지금 모두 죽고 없다.

  나는 그때 아무 말도 할 수 없었다. 커다란 파도가 나를 때리고 지나간 뒤 다시 다른 파도가 덮칠 때까지 손을 놓고 기다릴 수밖에 없었다. 사람들은 그때 모두 내가 파도에 휩쓸려 완전히 사라져버렸다고 믿었다. 나는 날카로운 칼로 난자당한 상처의 고통 속에서 모든 걸 포기하기 직전까지 내몰렸다. 사람들은 이미 모두 나를 버렸다. 〈죽은 자가 보낸 편지〉의 저자만이 유일한 신이었다. 그리고 하이베르그는 그가 예언한 선지자로 떠받들어졌다. 하지만 난 얼마 뒤에 〈시인에게 바치는 비네트〉라는 작은 책을 출간했다. 여기서 나는 죽은 저자와 살아있는 저자를 몇 행에 걸쳐 묘사하며 그들에게서 발견할 수 있는 장점만을 얘기했다. 그리고 그즈음, 내게 날아온 〈좋았던 시절〉이라는 짧은 시를 핀 섬의 백작이라는 이름으로 발표했다. 처음에 사람들은 내가 발굴한 새로운 시인에게 관심을 가지려 하지 않았다. 하지만 그 시를 쓴 사람이 〈기숙사 친구〉를 출간한 사람이며, 교사들을 위한 연구 모임을 주관하고 있는 존경받는 노신사 베게너였다는 사실을 알았다면 사정은 달랐을 것이다. 그는 모든 계층의 사람들이 폭넓게 존경하는 사람이었다. 〈좋았던 시절〉이 독자들의 흥미를 끌었다. 사람들은 그 책을 내가 쓴 줄로만 알았다. 그 책을 모방하는 책이 나오기 시작했다. 하지만 그래도 비평가들은 입을 열지 않았다. 그때 다시 한번 확인한 사실이었지만, 비평가들은 내 작품이 성공을 거둘 때는 일체 입을 열지 않았다.

내가 처한 조건은 최악이었다. 여행 지원금을 똑같이 신청했음에도 불구하고 헤르츠만 지원금을 받았고 나는 퇴짜를 당했다. 나는 국왕 프레데릭 6세를 진정으로 존경하던 사람이었다. 그런 분위기 속에서 성장했던 것이다. 내 생각을 표현하고 싶었다. 내가 할 수 있는 유일한 표현 방식은 책을 보내는 것이었다. 마침내 국왕은 〈그해의 열두 달〉을 바칠 수 있게 허락했다.

늘 나를 도와주었고 이런 쪽의 일을 잘 아는 사람이, 여행 경비를 지원받으려면 왕에게 책을 건네줄 때 짧고도 분명하게 내가 누군지 기억하게 해야 한다고 일러줬다. 그의 말로는, 학생이 된 이후로 누구의 도움도 받지 않고 혼자 힘으로 학업에 정진하고 있다는 것과, 만일 국왕의 지원을 받아 여행을 할 수만 있다면 학업에 더없이 좋은 기회가 될 것이라는 얘기를 줄줄이 하고 나면, 왕이 아마도 청원할 게 있으면 하라고 말을 할 것이고, 이때 내가 필요한 걸 얘기하면 들어줄 거라고 했다.

"국왕은 자네가 책을 바치면서 뭔가를 청원하려 한다는 사실을 이미 잘 알고 있네."

내가 그렇게까지 해야 하나? 절망적이었다. 그러자 그가 말했다.

"그게 유일한 길이네."

그가 시키는 대로 했다. 옆에서 지켜본 사람들이 아마 속으로 많이 웃었을 것이다. 가슴이 두려움으로 쿵쾅쿵쾅 뛰었다. 국왕이 그만의 독특한 동작으로 갑자기 내 앞에 불쑥 나서면서 무슨 책을 주려 하느냐고 물었다.

"시의 순환입니다."

"순환? 순환이라… 그게 무슨 뜻이지?"

갑작스런 질문에 당황해서 쩔쩔매다가 이렇게 대답했다.

"덴마크에 바치는 시입니다."

그러자 그는 미소를 지었다.

"좋아 좋아, 아주 좋군, 고마워!"

국왕은 고개를 끄덕이고는 알았다며 가보라고 했다. 하지만 난 아직 할 얘기가 남아 있었다. 그러자 얘기를 해보라고 했다. 나는 내가 대학생이란 얘기와 내가 어떻게 해서 여기까지 오게 됐는지 등 준비해간 것들을 모두 말했다.

"칭찬받아 마땅할 만큼 훌륭하군."

드디어 여행 지원금 이야기가 나올 차례였다. 국왕은, 내게 지도를 해준 사람이 예측했던 말을 정확하게 그대로 했다.

"그래, 내게 청원할 게 있으면 해보게."

나는 기뻐서 소리를 질렀다.

"예, 폐하! 청원할 게 있습니다! 하지만 청원을 하려고 일부러 책을 바친 것 같아 황공할 뿐입니다. 하지만 사람들이 이렇게 해야 한다고 말해서 여기까지 왔습니다만, 저는 이런 경험이 없어서 황공하고 죄송할 뿐입니다, 폐하!"

갑자기 눈물이 왈칵 쏟아졌다. 왕은 껄껄 웃고는 친근하게 고개를 끄덕였다. 그리고는 내 청원에 귀를 기울였다. 나는 절을 하고, 꽁지가 빠져라 도망쳐 나왔다.

당시 내 주변 사람들의 일반적인 의견은 내가 더 올라가려야 올라갈 데가 없는 최고점에 도달했다는 것이었다. 그리고 만일 여행을 한다면 그때가 적당한 시기라고 했다. 나 역시 여행이 내게 큰 도움이 되리라 생각했다. 그리고 얼마 후, 여행 지원금을 확실하게 따내려면 명성이 높은 시인이나 과학자들로부터 추천장을 받아야 한다는 말을 들었다. 그해에는 워낙 뛰어난 청년들이 여행 지원금을 받으려고 많이들 청원을 한 바람에 가만히 앉아서 순번이 오기를 기다렸다가는 어려울 거라고 했다. 일단 자천서부터 썼다. 내가 아는 한, 덴마크에서 자기를 시인으로 추천할 수 있는 유일한 사람이 나라고 믿었다. 또 여러 사람들이 추천장을 써주었다. 욀렌슐레게르는 나의 서정적인 힘과 솔직함을 미덕으로 꼽았고, 잉게만은 일상적인 삶을 묘사하는 기술을 장점으로 얘기했으며, 하이베르그는 베셀 이후 나만큼 익살스런 재능을 가진 사람이 없다고 추켜세웠다. 그리고 외르스테드는 나를 미워하는 사람이나 나를 지지하는 사람 모두 내가 진정한 시인이라는 사실에는 동의한다고 했고, 티엘은 내게서 압제와 비참한 삶에 대항해 싸우는 힘을 보았다는 내용을 따뜻하고도 열성적으로 표현했다. 결국 나는 여행 지원금을 받았다. 헤르츠가 나보다 많이 받았지만, 당연한 것이라 생각한다.

친구들이 말했다.

"이제 행복한 시간이 시작되는군. 이번 외국 여행이 마지막이 될지도 모르니까 매 순간을 최대한 즐기며 매 순간 자네에게 다가올 행운을 놓치지 않도록 하게. 아마 여행을 하는 동안에도 사람들이 자네에 대해 얘기하는 걸 듣게 될 걸세. 그리고 우리가 자네를 막아주는 얘기도 물론 들을 걸세. 어쩌면 우리 역시 입을 다물어야 할 때도 있을지 모르겠지만."

이런 말을 듣는 게 고통스러웠다. 사라져버리고 싶은 영혼의 충동을 느꼈다. 가능하다면 영혼만 멀리 사라져 자유롭게 호흡하고 싶었다. 하지만 내가 호흡하는 내 주변의 공기 중에 슬픔은 이미 녹아 있어 피할 수가 없었다. 슬픔은 내 마음을 짓눌렀다. 세상을 향해 열려 있던 내 마음의 문을 모두 닫아걸었지만 이미 슬픔은 내 안에 들어와 있었다. 여행을 시작하자마자 내가 한 기도는 내가 덴마크에서 가장 먼 곳에서 죽게 해달라는 것이었다. 그게 아니면 돌아올 때쯤이면 내가 왕성한 창작력으로 무장해 있어 나와 나를 사랑하는 사람들의 기쁨과 명예를 드높일 수 있는 작품을 쓸 수 있게 해달라고 빌었다.

여행을 떠나는 바로 그 순간, 사랑하는 사람들의 모습이 눈앞에 떠올랐다. 이미 언급한 사람들 외에 특별히 일러둘 사람이 있다. 이들은 내 인생과 내 글쓰기에 커다란 영향을 준 사람들이다. 사랑하는 어머니 같던 사람, 비범하게 자유주의적인 성향을 가졌으며 훌륭한 교육을 받은 라소외 부인이 그중 한 사람이다. 그는 나를 자기 친구들 모임에 소개해주었고, 내가 곤란을 겪을 때 가장 깊은 동정심을 보여주었다. 부인은 내가 늘 자연의 아름다움과 삶의 구체적인 시적 형상에 깨어 있게 했다. 만일 내가 쓴 글 가운데서 부드러움과 순수함을 읽을 수 있다면 그건 라소외 부인 덕분이다. 그리고 또 한 사람, 내가 아버지로 생각하는 콜린의 아들 에드바르드 콜린이다. 유복한 환경에서 자란 그는 내게 없는 용기와 결단력을 가지고 있었다. 그가 충심으로 나를 사랑한다는 사실을 난 알고 있었다. 나 역시 모든 정성과 애정으로 내 영혼을 그에게 던졌다. 그는 조용하게, 그러나 실용적으로 자신의 삶을 이끌어왔다. 나는 그가 내게 가장 깊이 동조할 때 그리고 자신의 일부를 내 영혼 안으로 기꺼이 던져넣으려 할 때조차도 가끔 그를 오해했다. 나는 흔들리는 갈대였다. 나의 시나 다른 사람의 시를 낭송하는 건 내게 기쁨이고 행복이었다. 에드바르드도 함께한 어떤 가족 모임 자리에서, 나는 종종 시 낭송을 해달라는 청을 받곤 했다. 나는 기꺼이 그렇게 하겠다고 했다. 하지만 이들이 원한 게 무엇인지 진즉에 알았어야 했다. 그들 앞에서 시를 낭송하는 나는 그저 그들에게 유쾌한 웃음거리를 선사하는 한낱 우스꽝스런 광대에 지나지 않았다. 난 그걸 몰랐다. 시를 낭송하려고 자리에서 일어선 나에게 에드바르드가 다가와, 단 한 줄이라도 시를 낭송하면 자기는 자리를 박차고 나가버리겠다고 말했다. 나는 낙심했고, 모임에 참석한 숙녀들은 시를 낭송하지 않는다고 나를 비난했다. 에드바르드가 왜 그랬는지는 한참이 지난 후에야 알았다. 그가 한 얘기를 듣고 눈물을 흘렸다. 그는 나에게 가장 정직한 친구였다. 현실의 삶을 살아가는 데서도, 나보다 나이가 적음에도 불구하고, 내가 라틴 어를 공부할 때 나를 도와준 일에서부터 내 작품을 출판하는 일에 이르기까지 늘 내 곁에서 나를 지켜주었다. 그는 늘 이런 모습으로 내 곁에 있었다. 내가 친구들의 이름을 열거한다면 그의 이름을 맨 앞에 놓아야 할 것이다. 여행을 떠나는 사람은 산맥을 하나 넘고 나서야 주변 사람들의 모습을 제대로 보는 법이다. 친구들도 마찬가지다.

수많은 저명한 사람들이 시를 적어준 앨범은 내게 보물이었다. 여행을 하는 동안 내내 그 앨범을 손에서 놓지 않았다. 그 앨범은 날이 갈수록 더욱 소중해졌다.

1833년 4월 22일 목요일 코펜하겐을 떠났다. 나는 코펜하겐의 첨탑이 아스라이 시야에서 사라지는 걸 보았다. 우리는 묀 갑을 향해 항해했다. 그때 선장이 내게 편지 한 통을 건네주며 미소 지었다.

"방금 바람이 전해주고 갔습니다."

에드바르드 콜린의 미처 다 하지 못한 애정 어린 작별 인사였다. 팔스테르를 떠날 때 다시 다른 친구의 편지를 받았다. 자려고 침대에 들어갈 때 또 한 통의 편지를 받았고, 다음날 아침 트라베뮨데 부근에서 네 번째 편지를 받았다. 모두 바람이 전해주고 간 편지였다. 주머니 속에 불룩하게 우정 어린 편지를 넣고 다녔을 친구들을 생각하니 다시 눈물이 났다.

1833. 4 ~ 1833. 9

　왕립극장에서 공연을 본 적 있는 비극 〈에젤린〉, 〈미망인〉, 〈수도원〉의 작가 라르스 크루세가 함부르크에 살고 있었다. 그가 쓴 〈칠 년〉도 많이 읽히는 소설이었다. 실러의 〈연간시집〉이 해마다 그의 소설을 가지고 거대한 볼거리를 만들어내곤 했다. 지금은 거의 잊혀지고 말았지만…. 그는 붙임성이 있고 호의적이었으며 마음씨 좋고 뚱뚱한 사람이었다. 그는 자기 조국에 대한 사랑을 얘기했고 내 앨범에 짧은 시를 적어주었다. 그건 내가 외국에서 나눈 최초의 시적인 교류였기에 내 머리에 잊혀지지 않고 각인되어 있다.

　여행 중에 두 번째로 강한 인상을 받은 곳은 카셀이었다. 길모퉁이에서 반쯤 지워진 글자들 속에서 그 이름을 읽었다. 나폴레옹… 그 이름을 따서 길 이름이 나폴레옹으로 명명되었던 모양이다. 나폴레옹은 내 청춘과 열정의 영웅이었다.

　카셀에서 슈포어(1784~1859년. 독일의 작곡가 · 바이올리니스트 · 지휘자. 생전에는 베토벤을 능가하는 위대한 작곡가로 칭송받았으며, 파가니니와 견줄 만한 바이올리니스트로도 손꼽혔다 - 옮긴이)를 처음 만났다. 그는 나를 친절하게 맞아주었다. 그는 내게 덴마크의 음악과 작곡가에 대해 많은 걸 물어보았다. 그는 바이세의 작품과 쿨라우의 작품을 조금 알고 있었다.

하르트만이 앨범에 적어준 '갈까마귀'라는 제목이 그를 사로잡았다. 여러 해 뒤에(20여 년 뒤인 1855년의 일이다 – 옮긴이) 그는 하르트만과 교류하며 〈갈까마귀〉를 카셀에서 공연하려고 시도했다. 결국 성사되지는 못했지만…. 그는 자기 작품에 대해서 이야기하곤 그 가운데 코펜하겐에서 공연된 게 있는지 물었다. 하나도 없다, 고 대답해야만 했다. 그의 대표작은 오페라 〈제미르와 아조르〉라고 했다. 그는 덴마크 문학에 대해 아주 조금 알고 있었고, 바게센과 욀렌슐레게르 그리고 크루세를 알고 있었다. 그는 토르발센(1768~1844년. 덴마크의 신고전주의 조각가 – 옮긴이)을 가장 높이 평가하고 존경했다.

그와 헤어질 때, 세대를 거쳐 사랑과 존경을 받을 작품을 쓴 작곡가와 영원히 헤어진다는 생각이 들어 갑자기 감정이 북받쳐 올랐다. 다시는 그와 만나지 못할 거라고 생각했다. 하지만 몇 년 뒤 우리는 우연히 런던에서 다시 만났다. 그때 우리는 이미 오랜 친구가 되어 있었다.

요즘에는 독일을 지나 프랑스로 가는 게 그리 먼 거리가 아니지만 1833년에는 그렇지 않았다. 아직 기차가 없던 때였다. 우리를 구겨넣은 역마차는 느리게 기어갔다. 무미건조한 역마차 여행이 지루한 산문이라면 괴테의 고향인 프랑크푸르트에 도착한 건 내게 황홀한 시나 마찬가지였다. 로트실트(1744~1812년. 영어식 이름은 로스차일드이다. 프랑크푸르트 유태인 집단 거주지의 유태인 대금업자로 출발하여 로스차일드 은행을 창설, 오늘날 국제 금융 자본의 바탕을 마련하였다 – 옮긴이)가 어린 시절을 보낸 곳도 바로 프랑크푸르트였다. 이곳에서 태어나 이곳에서 튼실하고 행복한 아이들을 낳고 기른 어머니들은, 나중에 아이들이 훌륭하게 자라고 또 부자가 되었어도 유태인 마을의 작은 집을 떠나려 하지 않았다. 벽을 중세의 고딕식 박공(합각머리나 맞배지붕의 양쪽 끝머리에 'ㅅ' 모양으로 붙인 두꺼운 널 또는 그 벽 – 옮긴이)으로 장식한 집들이 마치 화첩처럼 아름답게 펼쳐졌다.

오페라 〈발레리아〉로 알려진 작곡가 알로이스 슈미트는 내게 오페라 대본을 써달라고 부탁한 최초의 외국인이다. 차미소가 번역한 몇몇 시들을 보건대, 나야말로 자기가 찾던 바로 그 시인이라는 것이다.

라인 강을 보았다! 강둑의 풍경은 봄에는 볼품이 없다. 앙상한 포도나무 가지가 폐허의 성벽을 기어 올라가 있을 뿐이다. 너무 대단할 걸 기대하고 상상한 바람에 실망이 컸다. 이런 실망은 나뿐만이 아닌 것 같았다. 가장 아름다운 건 역시 생 고아 가까이에 있는 로렐라이 강이다. 다뉴브 강의 강둑은 훨씬 운치가 있다. 론 강도 라인 강보다 풍경이 좋은 데가 여러 군데 있다. 라인 강의 매력은 뭐니 뭐니 해도 굽이마다 품고 있는 수많은 이야기와 노래들이다. 독일의 수많은 시인들이 노래해온 바다처럼 푸르른 강물의 영광이 바로 라인 강의 가장 큰 아름다움이다.

라인 강에서 우리는 사흘 밤과 사흘 낮 동안 여행을 계속해 자르브뤼켄을 지나고 백악白堊 지역 샹파뉴를 지나 파리로 향했다. 나는 파리를 도시 중의 도시라 불렀다. 파리가 목이 타게 보고 싶었다. 그래서 언제쯤이면 도착할 수 있느냐고 끊임없이 물어댔다. 너무 많이 물어 미안한 마음에 입을 다물었는데, 그 바람에 이미 파리 시내에 들어선 줄도 모른 채 가로수가 심어진 순환 대로를 보았다.

코펜하겐을 떠나 파리까지 가는 여행 중에 느낀 인상은 여기에 쓴 게 전부다. 너무 급하게 이동하는 바람에 이렇게 되고 말았다. 고향 사람들은 벌써 내가 소식을 보내오지 않을까 기대하고 있었다. 막이 오른다고 해서 연극 내용이 금방 다 드러나는 게 아니란 걸 잘 알 텐데….

파리에 도착했다. 하지만 피곤하고 졸렸다. 나는 팔레 르와얄(파리에 있는 옛 궁전 건물 – 옮긴이) 가까이 있는 토마 거리의 릴 호텔로 갔다. 두 다리 뻗고 푹 자야겠다는 생각밖에 없었다. 하지만 무지막지한 소음에 놀라 잠에서 깼다. 창 밖은 온통 환하게 밝혀져 있었다. 우르릉거리는 소리가 들렸다. 나는 창문으로 달려갔다. 우리가 든 호텔과 좁은 길을 사이에 두고 건너편에 커다란 건물이 서 있었는데, 그곳에서 사람들이 무리 지어 왁자하게 떠들며 계단을 내려오는 게 보였다. 쏟아져 내려오는 사람들이 그렇게 많고 소란스러울 수가 없었다. 비몽사몽간에 파리에서 혁명이 일어났구나 하는 생각이 퍼뜩 들었다. 허둥지둥 벨을 누르고 웨이터를 불러 어떻게 된 거냐고 물었다. 그가 대답했다.

"세 르 토네르!"

알아들을 수가 없었다. 옆에 있던 여종업원이 거들었다.

"르 토네에르!"

내가 무슨 말인지 알아듣지 못하는 얼굴을 하자 두 사람은 혀를 더 돌돌 말아 고함을 질렀다.

"토네에에에르르르!"

알고 보니 천둥번개였다. 난 천둥 소리에 놀라서 깨어 일어났던 것이고, 사람들이 나오던 건물은 희가극 극장이었고, 내가 창문을 열고 바라보았을 때 마침 연극이 끝나 그곳에서 사람들이 우르르 몰려나왔던 것이다. 내가 파리에서 겪은 첫 번째 소동이었다.

파리 시내에서 극장을 구경하려고 나섰다. 이탈리아 오페라는 이미 끝났지만, 쟁쟁한 스타들이 출연하는 오페라가 공연중이었다. 다모로 부인과 아돌프 누리트가 노래하고 있었다. 누리트는 그때 전성기였고, 파리 시민이 가장 좋아하던 가수였다. 누리트는 용감하게 싸웠고, 바리케이드 앞에서 영혼의 힘을 모두 모아 애국적인 노래를 불러 전사들의 투쟁심에 불을 질렀다. 한데, 사년 뒤에 그가 죽었다는 소식을 들었다.

그는 1837년 나폴리로 갔다. 그러나 거기서는 기대했던 대접을 받지 못했다. 관객들이 그를 외면했던 것이다. 늘 칭송만 받았던 누리트로서는 받아들이기 힘든 현실이었다. 심장병을 앓고 있었음에도 그는 다시 한번 오페라 〈노르마〉로 무대에 섰다. 하지만 또다시 외면당했고, 누리트는 큰 상처를 받았다. 그는 밤새 괴로워하다가 아침에 삼층 난간에서 아래로 몸을 던졌다. 3월 8일에 일어난 일이었다. 아내와 여섯 명의 아이들이 그의 죽음을 슬퍼했다. 내가 파리에서 구스타프 3세로 열연하던 누리트의 모습을 보던 때가 그의 전성기였다.

프랑세즈 극장에서 비극 〈에두아르의 아이들〉을 보았다. 늙은 마르스 부인이 젊은 아들의 어머니 역을 맡았는데, 그녀보다 아름다운 목소리를 그전에는 물론 그후로도 들어본 적이 없다. 프랑스 어를 잘 알아듣지 못했지만 그녀의 훌륭한 연기 덕분에 거의 모든 걸 다 이해할 수 있었다. 내가 처음 코펜하겐에 간 지 얼마 되지 않았을 때 그 유명한 아스트루프 양이 덴마크 무대에 섰었다. 그때 코펜하겐의 관객들은 그녀의 변치 않는 젊음을 찬양했다. 나는 그녀가 비극 〈알제리 왕자 셀림〉에서 경건하고 비장한 애국심을 가진 어머니 역을 연기하는 걸 보았지만, 내가 보기에 그녀는 별 매력이 없었다. 목소리는 듣기 싫을 정도로 거슬렸고, 움직임이 뻣뻣해 연기도 그다지 훌륭한 편이 아니었다. 하지만 이번에 파리에서 본 마르스 부인은 진정한 젊음이 어떤 건지 생생하게 보여주었다. 생동감 넘치는 활발한 동작과 아름다운 목소리는 관객을 압도했다. 그녀에겐 진정한 예술가라는 말 외엔 다른 표현이 있을 수 없었다.

그해 여름 파리에 우리 덴마크 사람이 여럿 있었다. 모두 같은 호텔에 묵었기 때문에 함께 어울려 레스토랑으로 카페로 극장으로 몰려다녔다. 덴마크 어 대화가 우리 곁을 떠나지 않았고, 고향에서 날아온 편지를 돌려 읽었기에 외국에 나와 있다는 생각이 거의 들지 않았다.

우리는 하루 종일 돌아다니면서 보고 또 보았다. 외국 풍물을 구경하려고 외국에 왔으니 당연한 일이었다. 일행 중 하나가 어느 날 박물관과 왕궁을 구경한 뒤 녹초가 되어 돌아와 이렇게 말하던 게 기억난다.

"힘들어도 어쩔 수가 없어. 우리는 봐야 해. 고향으로 돌아갔을 때, 이건 어떻더냐 저건 어떻더냐 물어보면 대답을 해줘야지. 그거 못 봤는데, 그것도 못 봤는데, 이런 얘기를 창피하게 어떻게 하겠냐구. 이제 몇 군데 안 남았으니까 부지런히 봐야지."

그러자 누가 이렇게 위로했다.

"다 보고 나면, 그 다음엔 여행이 훨씬 재밌을 거야."

파리를 여행하는 사람들은 지금도 이렇게 녹초가 되어 있을 것이다. 사람들과 어울려 밖으로 나가서 보고 또 보았다. 하지만 얼마 후, 내가 본 건 대부분 기억에서 지워졌다.

수많은 커다란 방들과 그림들로 가득 찬 장엄한 베르사유 궁전의 기억은 영원히 잊을 수 없을 것 같았다. 하지만 트리아농 (베르사유 궁전의 숲 속에 있는 작은 궁 - 옮긴이)에 들어선 순간 베르사유 궁전은 잊혀지고 말았다. 나폴레옹의 침실로 들어갈 때는 경건한 마음에 저절로 고개가 숙여졌다. 모든 게 그가 살아있을 때처럼 그대로 놓여 있었다. 벽에는 노란색 태피스트리가 걸려 있었고 침대에도 노란색 커튼이 드리워져 있었다. 디딤판 두 개가 침대 앞에 놓여 있었다. 그의 발이 닿았을 디딤판에 손을 대어보았다. 베개도 만져보았다. 나 혼자였다면 아마 무릎을 꿇었을 것이다. 나폴레옹은 내 젊은 시절의 영웅이었고 또 아버지의 우상이기도 했다. 가톨릭 신자가 성인을 우러러보듯, 나는 그를 우러러보았다. 트리아농의 정원에 있는 작은 농장을 찾았다. 이 농장에서 마리 앙트와네트(오스트리아 여왕의 딸로 열네 살 때 루이 16세와 정략 결혼했다. 프랑스 대혁명은 그녀의 일생을 바꿔놓았고 1793년 단두대의 이슬로 사라졌다 - 옮긴이)는 시골 아낙의 옷을 입고 젖소의 우유 짜는 일을 해야 했다. 인동덩굴이 불행한 왕비의 방 창문으로 기어오르고 있었다. 나는 덩굴을 잡아 뜯었다. 그때 본 작은 데이지 꽃 하나가 웅장한 베르사유와 대조를 이루며 내 기억 속에 남아 있다.

파리의 명사 몇몇을 보았다. 아니, 그들과 얘기를 나눴다. 그들 가운데 한 사람은 덴마크의 발레 선생인 부르노빌이 써준 편지를 통해 소개받은 사람인데, 희가극을 쓰는 폴 뒤포르였다. 그의 연극 〈퀘이커 교도와 무희〉는 코펜하겐의 왕립극장에서 성황리에 공연된 적이 있다. 노신사는 이 얘기를 듣고는 무척 좋아했다. 하지만 곧 웃지 않을 수 없는 상황이 우리 둘 사이에 벌어졌다. 나는 프랑스 어를 잘 못했고, 그는 독일어를 제법 한다고 생각했던 모양이지만 그가 하는 말을 전혀 알아들을 수가 없었다. 그는 독일어 사전을 가지고 와 무릎 위에 올려놓고 끊임없이 단어를 찾았다. 하지만 그렇게 해서 무슨 대화가 이루어졌겠나.

내가 만난 또 다른 명사는 바이세의 심부름으로 찾아간 케루비니(1760~1842년. 이탈리아의 작곡가. 대표작인 오페라 〈아나크레옹〉은 베를리오즈와 베토벤의 오페라에 커다란 영향을 끼쳤다 - 옮긴이)였다. 바이세는 재능이 있는 작곡가였음에도 불구하고 덴마크에서 오페라로는 이렇다 할 평가를 받지 못하고 있었다. 그의 오페라 작품 가운데 멜로디가 뛰어난 작품은 〈독약 한 모금〉과 〈루드람의 작은 동굴〉이었다. 그는 결코 대중적인 인기에 영합할 생각은 없었다. 오로지 교회 음악 작곡가로서 최선을 다했고 발자취를 남겼다. 특히 〈신에게 바치는 음식에 대한 찬송〉이 높은 평가를 받았다. 바이세는 바로 이 작품을 〈이틀〉의 작곡가이자 수없이 뛰어난 레퀴엠을 작곡한 케루비니에게 전해달라고 했던 것이다. 내가 찾아간 그 시기에 이 작곡가는 파리 시민들의 관심을 한 몸에 받고 있었다. 얼마 전 고령에도 불구하고 오랜만에 오페라 〈알리바바와 40인의 도둑〉을 작곡했기 때문이었다. 오페라는 성공을 거두지 못했지만, 파리 시민들은 그에게 애정 어린 경의를 보였다.

케루비니는 언젠가 한 번 본 적이 있는 그의 초상화처럼, 양어깨에 고양이를 한 마리씩 올린 채 피아노 앞에 앉아 있었다. 그는 바이세의 음악은 물론이고 이름도 들어본 적이 없다고 했다. 그가 아는 덴마크 작곡가는 클라우스 샬뿐이었다. 그는 갈레오티의 발레에 곡을 작곡한 사람이었다. 그후 바이세는 케루비니에게서 연락을 받지 못했고, 나 역시 그를 다시 만나지 못했다.

어느 날 나는 폴 뒤포르가 소개해준 '유럽 문학'이라는 파리식의 아테네 신전(문학 작품을 토론하는 일종의 모임을 의미한다 – 옮긴이)에 가보았다. 유태인인 듯한 키 작은 남자가 내게 다가왔다.

"덴마크 분이라고 들었는데 나는 독일인입니다. 덴마크 사람과 독일 사람은 형제 아닙니까, 제 손을 받아주시죠."

악수를 나누면서 이름을 물었다.

"하인리히 하이네, 입니다."

내가 그토록 찬양하고 닮고 싶어 하던 바로 그 시인이었다. 내 생각과 내 감정을 대신 노래해주며 나를 사로잡았던 바로 그 시인을 이렇게 만날 줄이야! 하이네만큼 내가 간절히 만나고 싶었던 사람은 없었다. 이런 얘기를 그에게 했다.

"무슨 말씀을…."

그는 미소를 지었다.

"내가 그토록 보고 싶었다면 왜 진작 찾지 않았습니까?"

"그럴 수가 없었죠. 내가 만나고 싶다고 해도 당신이 생판 모르는 덴마크 사람을 만나주기나 했겠습니까? 설사 만나주었다

하더라도, 난 당신 앞에서 바보같이 굴었을 게 뻔하고 그걸 보고 당신은 속으로 비웃거나 나를 당황하게 만들었을 테고, 그 일로 나는 깊은 상처를 입었겠지요. 내가 그토록 우러러보는 사람한 테 말입니다. 이보다는 차라리 멀리서 그리워하는 게 더 낫다고 생각했죠."

내 말에 그는 깊은 감명을 받았다. 그는 친절하고 붙임성 있는 사람이었다. 다음날, 그는 내가 머물던 호텔로 찾아왔다. 그후로 도 우리는 자주 만났다. 때때로 가로수가 심어진 넓은 순환도로 를 따라 함께 산책도 했다. 하지만 그때는 그를 진심으로 신뢰하 지 않았다. 또한 마음에서 우러나오는 애정을 느낄 수도 없었다. 하지만 몇 년 뒤 파리에서 다시 만났을 때는 그걸 느낄 수 있었 다. 그때 그는 〈즉흥시인〉과 내가 쓴 소설을 다 읽었다. 파리를 떠나 이탈리아로 향할 때 하이네가 쓴 작별 인사다.

시를 써 드렸어야 하는데 웬일인지 요즘 잘 안 되는군요. 잘 가시오! 이탈리아에 머무는 나날들이 즐거움으로 가득하길 빕니 다. 독일어로 독일인을 사귀어보십시오. 그리고 덴마크로 돌아 가시거든 이탈리아에서 보고 느낀 걸 독일어로 써보시지요. 그 걸 읽을 생각을 하니 벌써 설렙니다.

H. 하이네.
1833년 8월 10일, 파리에서.

프랑스에서 읽으려던 첫 번째 프랑스 책은 빅토르 위고의 소 설 〈노트르담의 꼽추〉였다. 나는 날마다 대성당을 찾아가 그 작 품에 나오는 풍경을 바라다보곤 했다. 나는 그 감동적인 수많은 장면과 극적인 인물 성격에 완전히 사로잡혔다. 나는 작가를 만나보리라 마음먹었다. 그의 집 방들은 모두 조각과 목판화, 노트르담 성당 그림 등으로 장식된 고전풍이었다. 그는 잠옷과 속바지 그리고 우아한 모닝부츠 차림으로 나를 맞았다. 그의 집을 나설 때 종이를 내밀면서 기념으로 삼을 수 있게 서명을 해달라고 부탁했다. 그는 종이의 맨 위 가장자리에 이름을 적었다. 기분이 좋지 않았다. 그가 나를 잘 몰랐기 때문에, 혹시라도 자기 이름 위에 다른 사람의 이름이나 다른 글자들이 놓이길 원치 않았기 때문에 그랬으리라 생각했다. 하지만 나중에 다시 파리에 머물 때 이 작가에 대해서 더 많은 걸 알 수 있었다.

파리에서 머문 한 달여 동안 고향 소식을 한 자도 받아보지 못했다. 우체국에 알아보았지만 배달사고는 아니었다. 혹시 나쁜 소식들뿐이라서 친구들이 편지를 보내지 않는 걸까? 친구들이 나 혼자 여행하는 걸 부러워하고 시기하는 걸까? 무척 우울했다. 그러던 차에 마침내 편지가 도착했다. 고향에서 온 최초의 편지였다. 내 심장은 기쁨으로 마구 뛰었다. 크고 두툼한 편지 뭉치는 적지 않은 돈을 지불해야 하는 수신자 부담이었다. 봉투를 뜯고 보니, 인쇄된 신문기사였다. 1833년 5월 13일자 〈코펜하겐 포스트〉였고, 거기엔 나를 풍자한 글이 익명으로 실려 있었다. 정체를 밝히지 않은 누군가가 나를 골려주려고 그 기사를 썼고, 또 착신자 부담 우편으로 내게 보낸 것이었다.

그게 내가 고향에서 받은 첫인사였다. 누군가 이 편지로 내게 상처를 주려고 한 것이라면, 그 사람은 성공했다. 이 혐오스러운 악의가 의도한 대로 나는 깊은 상처를 받았다. 편지를 보낸 사람이 누군지는 영원히 알아내지 못했다. 세련된 글 솜씨로 봐서 아마도 그 일 이후에도 나를 '친구'라 부르고 악수도 나누었을 사람임에 틀림없다. 누구든 아무에게나 자기 속마음을 드러내지는 않는다. 그런 점에서 보자면, 나 역시 마찬가지다.

6월의 축제가 끝날 때까지 파리에 머물렀다. 6월의 축제에서 파리 사람들은 비로소 신선한 생동감을 드러내었다. 축제가 이어지던 어느 날, 방돔 광장에서 나폴레옹 기념주記念柱의 제막식을 보았다.

제막식이 있기 전날, 천으로 덮인 기념주 주변에서 일꾼들이 마무리 작업을 했고, 수많은 사람들이 몰려 구경을 했다. 나도 그 구경꾼들 가운데 한 명이었다. 이때, 이상하게 생긴 마르고 늙은 여자가 내게 다가와 미친 듯한 얼굴로 말했다.

"사람들이 나폴레옹을 저기 데려다놨지, 내일이면 아마 다시 바닥으로 끌어내릴걸? 하하하하하! 나는 프랑스 인들을 잘 알아!"

나는 슬픈 생각이 들어 그 자리를 떴다.

다음날 나는 거리 모퉁이의, 기념주가 잘 보이는 높은 곳에 자리를 잡았다. 아들들과 장군들을 대동한 루이 필립이 모습을 드러냈다. 〈가르드 나시오날〉(프랑스 대혁명 당시의 국민 병사를 기념하는 노래 – 옮긴이)이 울려 퍼지고 포신砲身에는 꽃다발이 걸렸다. 사람들은 환호성을 질렀다. 환호성 속에 "힘센 놈을 처단하자"라는 고함소리도 들렸다.

드비유 호텔은 눈부시게 차려입은 사람들의 거대한 무도회장으로 변했다. 왕족에서 어부까지 모든 사람들이 다 모여들었다.

군중이 얼마나 빽빽하게 들어찼던지, 루이 필립과 아밀리에 여왕이 자기들 자리를 찾아가는 데만도 적지 않은 시간이 걸릴 정도였다. 오케스트라가 오페라 〈구스타프 3세〉의 무곡을 연주하는 걸 듣고 있자니 왠지 슬펐다. 여왕의 얼굴에서도 내가 느낀 것과 비슷한 감정이 엿보였다. 여왕은 창백한 얼굴로 루이 필립에게 바짝 붙어 있었다. 루이 필립은 시종 유쾌한 미소를 지으며 사람들을 맞았고 또 몇몇 인사들과는 악수를 나누었다. 도를레앙 백작 같은 우아한 사람이 볼품없게 차려입은 최하층 계급 아가씨와 춤추는 모습도 보았다.

이 소란스런 축제는 여러 날 동안 계속되었다. 혁명에서 희생된 시민들의 무덤은 모두 화환으로 장식되었고 저녁에는 그 무덤에 불이 밝혀졌다. 센 강에서는 보트 경주가 펼쳐졌다. 샹젤리제에서는 덴마크 운동회도 볼 수 있었다. 파리의 모든 극장이 시민들에게 낮부터 문을 활짝 열었다. 모든 공연이 무료였고 누구든 원하는 공연을 볼 수 있었다. 극장 안에서 〈파리의 여성〉과 〈라마르세즈〉(프랑스 대혁명 당시 혁명가로 불린 지금의 프랑스 국가 - 옮긴이)를 소리 높여 부르는 사람들도 있었다. 저녁에는 지축을 흔드는 불꽃놀이가 펼쳐져 밤하늘을 화려하게 수놓았다. 그 빛은 교회 건물과 우뚝 솟은 공공건물들도 붉게 물들였다.

이렇게 내 첫 번째 파리 여행이 끝을 맺었다. 웅장하고 화려한 대단원이었다.

근 세 달이나 파리에 머물렀음에도 내가 구사하는 프랑스 어는 여전히 엉망이었다. 덴마크 사람들은 자기들끼리 몰려 사는 게 문제이다. 이 문제를 나도 피해가지 못했으니 프랑스 어가 늘

리가 없었다. 프랑스 어를 좀더 배워야 할 필요를 느꼈다. 그래서 스위스 같은 조용한 곳에 머물면서 프랑스 어를 배우기로 마음먹었다. 하지만 이렇게 하려면 돈이 많이 든다고 했다.

"선생님이 쥐라 산맥에 있는 작은 마을에 계실 수만 있다면, 거긴 가을에도 눈이 옵니다, 싼 집을 구하실 수 있습니다. 친구도 많이 사귀실 수 있구요."

스위스 사람이 내게 해준 말이다. 그의 가족 중 하나가 코펜하겐에 살고 있어 그를 통해 알게 된 사람이었다. 번잡한 파리를 떠나 외딴 산중에 머무는 것도 기분 전환에 좋을 것 같았다. 거기 머물면서 머릿속에 떠오른 시상詩想을 정리하고 마무리해야겠다고 마음먹었다. 그리고 여행 계획을 잡았다. 제네바와 로잔을 거쳐서 쥐라 산맥의 작은 도시 르로클로 가기로 했다.

파리에 살던 덴마크 사람들 가운데 유명한 사람이 둘 있었는데 둘 다 나를 친절하게 맞아주었다. 한 사람은 페테르 안드리스 하이베르그란 시인이었다. 그는 정치적인 문제로 덴마크에서 추방됐는데 파리를 제2의 고향 삼아 살고 있었고, 그에 대해서는 덴마크 사람들이 모두 다 알고 있었다. 나는 그를 찾아냈다. 그는 조그마한 호텔에서 기거했고 나이가 들어 눈도 잘 보이지 않았다.

현재 왕립극장의 감독이자 시인인 그의 아들 J. R. 하이베르그는 당시 조안느 루이제와 막 결혼한 직후였다. 감히 말하건대, 조안느 루이제는 당시 세상에서 가장 높이 평가받던 배우 가운데 한 명이었다. 아버지 하이베르그는 며느리에 관한 애기를 무척 좋아했다. 그는 며느리가 극장 감독의 지시를 받아야 한다는

1833년 안데르센의 스케치.

사실을 못마땅하게 여겼다. 그가 보기에 극장 감독은 폭군이나 다름없는 존재이기 때문이었다. 하지만 그럼에도, 자기 며느리가 덴마크 사람들이 모두 존경하는 재능 있는 배우란 사실에 무척 기뻐했고, 나는 몇 번이고 그 얘기를 반복해야 했다. 그가 살아서 단 한 번도 그녀의 진정한 재능과 덴마크 연극계에서 차지하는 비중과 또 그녀의 고아한 개성을 볼 수 없었다는 사실이 안타까울 뿐이다. 그는 무척 외로워 보였다. 눈 먼 늙은 시인이 파리의 회랑을 더듬어 걸어가는 모습을 상상하자 처량하기 이를데 없었다. 작별할 때 그는 내 앨범에 이렇게 적었다.

눈 먼 남자의 우정 어린 작별 인사를 받아주시길!

P. A. 하이베르그.
1833년 8월 10일, 파리.

또 한 사람의 유명인사는 불프의 집에서 처음 알게 된 사람으로, 의회의 고문인 브뢴스테드였다. 그는 런던에 있다가 왔는데, 그전에는 내 작품을 하나도 읽은 적이 없었고 런던에서 〈그해의 열두 달〉을 읽고서 내게 관심을 가지게 되었다고 했다. 이 사람은 지적인 영역에서 내게 길을 안내해준 좋은 친구였다. 파리를 떠나기 며칠 전 어느 아침, 그는 자기 시를 몇 편 보내주었다.

나를 구겨넣은 승합마차는 여러 날을 밤낮으로 덜컹거리며 달렸다. 이때의 자잘한 여행담은 나를 유쾌하게 했고, 기억에 오래 남아 있다. 그 가운데 하나를 소개하겠다.

우리는 프랑스의 평탄한 지형을 뒤로하고 드디어 쥐라 산맥에 도착했다. 늦은 저녁 작은 마을에서 마부가 농부의 딸 둘을 태웠다. 그때 마차에 손님은 나 혼자뿐이었다.

"우리가 태워주지 않으면 이 불쌍한 아가씨들은 밤길을 두 시간이나 걸어가야 하니 태워줍시다."

처녀들은 자기들끼리 뭐라고 소곤거리며 낄낄거렸다. 이들은 마차에 신사가 타고 있다는 걸 알고 있었지만 나를 볼 수는 없었다. 마침내 용기를 냈던지 내게 프랑스 사람이냐고 물었다. 내가 덴마크 사람이라고 하자 덴마크에 대해 조금 안다고 했다. 그들은 덴마크와 노르웨이가 한 나라였던 때의 지도를 알고 있었고 여전히 그런 줄로만 알고 있었다.(덴마크는 나폴레옹의 프랑스와 손잡고 영국, 러시아, 스웨덴 등과 싸우던 전쟁에서 패하자 1814년 킬 조약에 의해 4세기에 걸쳐 지배하던 노르웨이를 스웨덴에 할양했다 - 옮긴이) 처녀들은 코펜하겐이란 발음을 제대로 못해 자꾸만 '꽁프랄'이라고 했다.

그들은 내가 젊은지 물었고 결혼했는지도 물었다. 그리고 내가 어떻게 생겼는지도 물었다. 나는 구석진 자리의 어둠 속에 꼼짝도 하지 않고 앉아만 있었다. 가능한 한 가장 멋진 인상을 주고 싶었기 때문이다. 이번엔 내가 물었다. 얼굴을 보여줄 수 없느냐고. 그랬더니 아름다운 얼굴을 보여주었다.

다음 역에 도착하자 처녀들은 나도 얼굴을 보여줘야 한다고 우겼다. 하지만 난 처녀들의 바람에 굴복하지 않을 작정이었다. 처녀들은 손수건으로 얼굴을 가리고 마차에서 내렸다. 그리곤 유쾌하게 웃으며 내게 손을 내밀었다. 그들의 자태가 아름다웠다. 이름도 모르는 이 쾌활한 처녀들만 생각하면 지금도 저절로 미소가 번진다.

　길은 깊은 절벽을 따라 이어졌다. 계곡 아래 보이는 농가는 장난감 같았고 멀리 보이는 숲은 토마토 밭 같았다. 갑자기 두 개의 바위 사이로 새로운 풍경이 열렸다. 마치 안개 속에 둥둥 떠 있는 것 같은, 몽블랑을 이고 있는 알프스 산맥이었다. 처음으로 알프스 산맥을 바라보는 순간이었다. 길은 다시 절벽을 따라 아래로 이어졌다. 마치 허공에 둥둥 떠서 내려오는 느낌이었다. 모든 게 하늘을 나는 새의 시점으로 바라보였다. 두꺼운 연기가 저 멀리 아래에서 우리를 향해 올라왔다. 나는 그곳이 석탄 광산인 줄 알았다. 하지만 그건 구름이었다. 구름이 우리를 감싸 안았다가 위로 올라가자 제네바가 호수와 함께 내려다보이고, 알프스의 전경이 눈에 들어왔다. 가장 낮은 부분은 푸른 안개 속에 싸여 있었고, 산은 날카롭고 빙하는 햇살을 받아 반짝였다. 그날은 일요일이었다. 이 거대한 자연의 교회는 성스러운 신앙심으로 내 가슴을 잔뜩 부풀렸다.

　나는 퓨라리가 가족과 함께 제네바에 산다는 사실을 알고 있었다. 그는 코펜하겐에서 여러 해 동안 산 적이 있어서 덴마크 사람들이 찾아가면 늘 반가이 맞아준다고 들었다. 나는 거리에서 행인을 붙잡고 퓨라리의 집을 물었다. 마침 그는 퓨라리를 잘 아는 사람이라 나를 직접 그 집까지 데려다주었다. 딸들도 함께한 우리의 대화는 덴마크에서 시작해, 퓨라리가 프랑스 어를 가르친 학생이었던 헨리크 헤르츠와 그가 쓴 저 유명한 〈죽은 자가 보낸 편지〉로 이어졌다. 퓨라리는 코펜하겐에서 살던 시절의 추억을 얘기했다. 거기서 그는 장사를 했으며 프랑스 어를 가르치기도 했다. 그는 또 루이 필립이 식물학자로 노르 곳을 가던 길에 코펜하겐에 들러 상인이던 드 코닝의 집에 뮐러란 이름으로 머물렀던 얘기도 했다. 퓨라리는 어느 날 왕궁으로 초대되어 루이 필립과 저녁을 먹은 적도 있었는데, 시중을 드는 사람도 없었고 루이 필립이 직접 그릇을 날랐다는 얘기도 했다.

알프스 산맥은 아침 산책 삼아 걸으면 금방 올라갈 수 있을 것처럼 가깝게 보였다. 실제로 아침 산책 겸해서 가보았더니 알프스 산맥은 내가 가는 만큼 자꾸만 뒷걸음질쳐 물러났다. 그래도 계속 걷고 또 걸었다. 첫 번째 봉우리 기슭에도 못 미쳤는데 정오가 지났다. 하는 수 없이 발길을 돌렸더니 제네바에 들어오기도 전에 벌써 해가 떨어져버렸다.

로잔과 브베를 지나 시용에 도착했다. 바이런의 시 〈시용의 죄수들〉을 읽은 적 있어 시용의 그림 같은 고성古城이 눈길을 끌었다. 시용의 전체적인 풍경은, 내 앞에 사보이 산맥이 눈을 이고 반짝였음에도 불구하고, 마치 남국에 온 것 같은 인상을 주었다. 발아래 깊고 푸른 호수에 고성의 그림자가 일렁이고, 호수 옆으로 포도밭과 옥수수밭이 펼쳐졌기 때문이다. 그리고 굵은 밤나무는 호수의 수면 위로 풍성한 가지들과 함께 그림자를 늘어뜨렸다. 도개교(큰 배가 밑으로 지나다닐 수 있도록 위가 열리는 구조로 된 다리 — 옮긴이)를 건너 성 안으로 들어갔다. 벽에 작은 구멍들이 난 게 보였다. 옛날엔 그 구멍을 통해 펄펄 끓는 기름이나 물을 침입자의 머리 위로 쏟아부었을 것이다.

성에 있는 방에는 함정 문이 장치되어 있어 그 위에 올라서는 순간 문이 아래로 벌컥 열리고 밑으로 떨어지게 되어 있었다. 가여운 희생자는 깊은 물에 빠지거나 바닥에 심어놓은 쇠못에 찔려 죽을 수밖에 없는 구조였다. 지하실에는 죄수들의 쇠사슬을 걸었던 동그란 쇠고리가 벽에 박혀 있었다. 침상으로 썼을 듯싶은 평평한 돌도 있었다. 기둥 하나에 바이런이 자기 이름을 새겨놓은 게 보였다. 1826년이라고 적혀 있었다. 안내했던 여자가 그러지 말라고 아무리 말려도 말을 듣지 않았다고 했다. 바이런이 어떤 사람인지 모르는 눈치였다. 하지만 안내인이 의미심장하게 고개를 끄덕이며 이렇게 말한 것도 틀린 얘기는 아니었다.

"그 신사분 정말 특이한 사람이었어요."

시용에서 쥐라 산맥을 올라가기 시작했다. 계속 끝없이 올라가 드디어 나의 새로운 집이 있는 전망 좋은 도시 르로클에 다다랐다.

이 작은 도시는 쥐라 산맥의 한 계곡에 위치해 있다. 이곳은 융기하기 전에 바다였던지 물고기 화석이 심심찮게 발견되는 곳이다. 구름이 가끔 우리 발아래에서 떠다녔다. 검은 소나무 숲에는 늘 평온한 정적이 감돌았고, 풀들은 신선한 초록색으로 반짝거렸으며, 윤기 있는 보랏빛 크로커스는 지천으로 널렸다. 농가들은 희고 깨끗했으며, 붉은 열매를 달고 있는 월귤나무는 아이들 그림책에 나오는 그림 같았다. 그 모든 것들이 잊고 있었던 고향을 생각나게 했다.

르로클은 작지만 중요한 도시다. 여기서 호우리에 씨 가족을 만났다. 그는 부유한 시계 제조업자였으며, 이미 고인이 되어버린 내 친구 유르반 유르겐센의 친척이었다. 나는 가까운 친척처럼 환대를 받았다. 내가 하숙비 얘기를 하자 손을 내저으며 들으려고도 하지 않았다.

"우리가 초대하는 건데 하숙비는 무슨!"

이렇게 말하며 부부는 내 손을 꼭 쥐었다. 나는 이들 부부와 친구가 되었다. 물론 아이들도 곧 내 친구가 되었다.

그 집에는 늙은 숙모 두 분이 함께 살았다. 로잘리에와 리디아였다. 이들과 프랑스 어로 덴마크 얘기를 많이 했는데, 프랑스 어를 공부하는 데 이보다 더 좋은 게 없었다. 이들은 덴마크 얘기 말고도 여동생 얘기를 자주 했다. 여동생은 젊었을 때 남편을 따라 멀리 떠난 이후로 한 번도 보지 못했다고 했다. 이들은 프랑스 어만 알았지 다른 말은 할 줄 몰랐다. 내가 아무리 서툴러도 이들은 나의 프랑스 어를 다 알아들었다. 나 역시 마찬가지였다.

8월인데도 내 방 난로에선 아침저녁으로 장작불이 피어올랐다. 어떤 날은 눈이 오기도 했다. 하지만 쥐라 산맥 아래쪽은 아직 따뜻하고 유쾌한 여름 날씨임에 틀림없었다. 불과 두 시간 거리인데 그렇게 차이가 난다는 게 신기했다. 밤이 되면, 그 외딴 곳은 성스러운 느낌이 들 정도로 고요했다. 날이 밝으면 강 건너 멀리 프랑스 국경에서 종소리가 들렸다. 르로클에서 제법 떨어진 곳에 희고 깨끗하게 색칠한 건물 하나가 외롭게 서 있었다. 그 건물의 지하실로 내려가면, 방앗간의 수레바퀴 돌아가는 듯한 소리와 땅 속에서 물이 콸콸 소리를 내며 흘러가는 소리가 들렸다. 나는 가끔 여기를 찾았고, 또 여기서 좀 떨어진 곳에 있는 도우브 폭포에도 자주 갔다. 르로클에 머물던 때의 추억과 풍경은 소설 〈O. T.〉에서 많이 되살렸다.

정치적인 선동도, 산맥 높은 곳에 숲으로 둘러쳐진 이곳을 비켜갔다. 이곳은 내 평온한 휴식의 보금자리였다. 뇌샤텔은 프러시아에 속해 있다. 농부들 사이의 프러시아 당과 스위스 당은 서로를 적대시하며 피하고, 각자 자기들의 노래를 불렀다. 때로 작은 충돌이 일기도 했다. 스위스 사람한테서 이런 얘기를 들었다. 아들의 머리에 놓인 사과를 쏘아 떨어뜨리는 윌리엄 텔 그림이 있었는데, 프러시아 당 사람 하나가 팔꿈치로 짓눌러서 액자 유리를 부수고 그림까지 망쳐놓고선 고의로 그런 게 아니라고 했다며 흥분했다.

"고의가 아니라는 게 말이 됩니까?"

모든 정치적인 구름들은 나하곤 상관없이 스쳐 지나갔다. 행복한 가정에서 극진한 대접을 받으며 행복한 시간을 보냈다. 보통 여행자들과 다르게, 외국에서 산다는 게 어떤 건지 그리고 외국의 관습과 생활 방식이 어떤 건지 속속들이 알 수 있었다.

나는 여기서 새로운 시를 썼다. 고향을 떠나 파리에 머무는 동안 시에 대한 생각은 내 마음속에 보다 뚜렷하고 확실한 형상으로 자리를 잡았다. 처음에는 어렴풋했지만, 시를 씀으로써 나의 적을 달래어 내가 진정한 시인임을 인정받고 싶었다. 덴마크 민요 〈아그네테와 인어〉(여기서 인어는 남성이다 – 옮긴이)가 내가 다루려던 이야기였다.

파리에서 나는 이 시의 첫 부분을 썼고, 르로클에서 완성해 서문과 함께 덴마크로 보냈다. 지금이라면 서문을 그렇게 쓰지도 않을 것이고 또 아그네테 역시 그때처럼 쓰지도 않겠지만, 아무튼 이 서문은 당시 내 심정을 정확하게 드러내고 있다.

육지와 바다의 두 세계를 다루는 '아그네테와 인어' 이야기는 아주 어릴 때부터 이미 나를 사로잡았습니다. 어른이 된 뒤, 그 이야기에서 결코 채워지지 않는 욕망의 열정과 또 다른 존재를 갈망하는 이상한 동경심이라는 인생의 어떤 모습을 발견했습니다. 이것은 오랫동안 내 머리를 떠나지 않고 숙제로 남아 있었습니다. 어린 시절 고향 마을에서 들었던 이 노랫가락이 파리의 그 떠들썩한 흥분의 도가니 속에서 문득 내 귀에 들렸습니다. 이 소리는 파리의 가로수 길을 유쾌하게 걸어갈 때도 불쑥 나타났고, 루브르 박물관의 보석 같은 그림들 사이에서도 나타났습니다. 내가 깨닫기 전에 이미 그 소리는 나를 압도하고 있었습니다.

파리에서 한참 떨어진, 쥐라 산맥 높은 곳 죽음처럼 고요한 검은 소나무 숲 사이, 그곳이 아그네테가 태어난 곳입니다. 하지만 아그네테는 영혼과 마음 모두 덴마크 사람입니다. 내 귀여운 아이를 아버지의 땅으로 보냅니다. 이 아이를 따뜻하게 맞아주십시오. 이 아이 편에 모든 분들에게 인사를 전합니다.

외국에 있으면 덴마크 사람들은 모두 친구가 되고 형제가 됩니다. 이제 아그네테도 피붙이와 친구를 찾아 그곳으로 갑니다. 창문 밖에 눈이 내립니다. 겨울 구름이 무겁게 숲을 뒤덮고 있습니다. 하지만 산 아래엔 아직 여름이라 포도와 옥수수가 익어갈 겁니다. 내일 알프스 산맥을 넘어 이탈리아로 떠나려 합니다. 거기에서 아마 아름다운 꿈을 꿀 수 있겠지요. 이 꿈 이야기는 다음에 꼭 보내드리지요. 어린아이가 꿈을 꾸고 일어나면 엄마에게 꿈 얘기를 하듯 말입니다. 안녕….

H. C. 안데르센.
1833년 9월 14일, 쥐라 산맥 르로클에서.

내 시는 코펜하겐에 도착했고, 책으로 만들어져 팔렸다. 사람들은 〈아그네테와 인어〉의 서문에 나오는 "내가 깨닫기 전에 이미 그 소리는 나를 압도하고 있었다"는 부분을 비웃었다. 사람들은 내가, 한때 외국에서 대작의 원고를 덴마크로 보냈던 욀렌슐레게르를 흉내 냈다고 말했다. 〈아그네테와 인어〉가 출간된 바로 그 시점에 팔루단 뮐러가 시집 〈아모르와 프시케〉를 세상에 내놓아 모든 사람들을 사로잡았다.

〈아모르와 프시케〉와 나란히 놓고 보니 내 책의 약점이 더 뚜렷하게 드러났다. 〈덴마크 문학월평〉에서 내 작품을 다루었지만 칭찬이 아니었다. H. C. 외르스테드에게 기대를 했지만 아그네테는 그를 움직이지 못했다. 1834년 4월 8일, 그는 내게 길고 친절한 편지를 보내, 그 편지를 나는 이탈리아에서 받았다, 내 시에서 무엇이 잘못되었는지 지적해주었다. 그러고도 많은 시간이 지난 뒤에야 그가 옳았다는 사실을 깨달았다.

〈아그네테와 인어〉는 많은 결점에도 불구하고 한 걸음 전진했다. 늘 주관적이었던 나의 시적 태도가 여기에서는 객관적으로 바뀐 것이다. 말하자면 나는 전환기에 서 있었던 셈이다. 그리고 이 시집이 나의 순수 서정을 막았던 것이다. 최근의 비평을 보면, 〈아그네테와 인어〉가 다른 작품들처럼 출간되자마자 인구에 회자되며 인기를 끌지는 못했지만, 순수하게 시적인 관점에서 보자면 내가 그때까지 써온 어떤 작품들보다 더 깊고 풍성하고 힘 있는 인물 성격을 창조했다는 사실을 강조하고 있기도 하다.

이 작품을 줄이고 일부 수정해서 무대에 올린 건 순전히 여름 공연 때 더 많은 관객을 끌기 위한 목적으로 실험적이었다. 이 작품은 두 번 공연되었고 그때 나는 외국에 있었다. 하이베르그 부인이 아그네테 역을 맡아 섬세하고 감동적인 연기를 보여주었고, 닐스 가데(1817~1890년. 덴마크의 작곡가. 스칸디나비아 국민악파의 기초를 닦았다 - 옮긴이)가 아름다운 독창곡과 합창곡을 작곡했다. 그럼에도 장기 공연으로 이어지지 못했다. 아그네테는 고향으로 돌아갔다. 그녀는 나에게 아름다운 여인상이었다. 그녀는 나와 신의 눈에만 보였다. 내 희망과 꿈이 걸린 이 시는 쥐라 산맥에서 덴마크가 있는 북쪽으로 날아갔다. 다음날 나는 남쪽 이탈리아를 향해 떠났다. 거기에서 내 인생의 새로운 장이 열리리라….

르로클의 사랑하는 사람들을 뒤로하고 떠날 때 아이들이 울었다. 나는 아이들이 하는 말을 알아듣지 못했다. 아이들은 내가 안 들려서 못 알아듣는 줄 알고 귀에다 대고 소리를 질렀다. 일꾼들까지 섭섭해하고 눈물을 훔치며 작별의 악수를 나누는 손길에 힘을 주었다. 늙은 숙모 두 분은 생플롱을 넘어갈 때 추위를 막아줄 거라며 털실로 짠 토시를 선물했다.

〈아그네테와 인어〉 그리고 르로클 유숙留宿이라는 내 인생의 한 국면이 마감되는 순간이었다.

1833년 9월 15일, 생플롱을 넘어 이탈리아로 향했다. 14년 전 가난하고 의지할 데 하나 없던 내가 처음 코펜하겐에 발을 디뎠던 바로 그날, 내가 늘 동경하고 내 시가 행복해하는 이탈리아에 첫발을 디뎠다.

자연의 위대함이여! 말 여러 필이 끄는 우리의 무거운 마차는 거대한 건축물의 벽에 달라붙은 한 마리 파리 같았다. 우리는 나폴레옹의 명령에 따라 바위 사이로 난 꼬불꼬불한 길을 따라 기어갔다. 유리처럼 투명하게 푸른 빙하가 우리의 머리 위에서 반짝였다. 날씨가 점점 차가워졌다. 목동들은 쇠가죽을 몸에 감고 있었고, 여인숙에서는 난로에 장작을 넉넉히 넣고 불을 피워놓았다. 그곳은 완전히 겨울이었다. 하지만 몇 분 후, 우리가 탄 마차는 따뜻한 햇살 아래 길고 푸른 잎을 반짝이는 밤나무 숲 사이로 지나갔다. 도모 도솔라의 시장과 거리 풍경은 이탈리아의 작은 모형이었다.

라고 마기오레는 검푸른 산 사이에서 빛났다. 아름다운 작은 섬들이 마치 꽃다발처럼 호수에 떠 있었다. 하지만 구름이 많이 끼어 하늘은 덴마크처럼 회색이었다. 저녁이 다가오자 구름이 모두 바람에 날려갔다. 공기는 청명하고 투명했다. 덴마크보다 하늘이 세 배는 더 높아 보였다. 포도덩굴은 축제일의 장식물처럼 길을 따라 길게 늘어져 있었다. 이탈리아가 그렇게 아름다웠던 적은 그때 이후로 한 번도 본 적이 없다.

밀라노의 대성당은 이탈리아에서 내가 본 최초의 예술 작품이다. 거대한 대리석을 조각해 만든 아치와 수많은 탑과 조각상들이 맑은 달빛을 받아 눈앞에 떠올랐다. 멀리 만년설을 머리에 인 알프스가 보였고, 푸르고 비옥하게 펼쳐진 롬바르디아가 보였다. 라 스칼라에서 공연되는 오페라와 발레를 나는 하나도 빼놓지 않고 보았다. 하지만 밀라노 대성당의 아름다운 교회 음악만은 못했다. 그 음악에 귀를 기울이고 있자면 마음이 경건함으로 충만해 저절로 눈물이 흘러내렸다.

이 장엄한 도시를 떠날 때 덴마크 사람 두 명과 동행했다. 우리는 롬바르디아를 가로질렀다. 롬바르디아는 덴마크의 푸르른 섬들만큼이나 평탄하고 비옥하고 아름다웠다. 옥수수밭과 아름다운 소리로 우는 버드나무는 처음 보는 것이라 새로웠다. 하지만 우리가 지나쳐 가는 산들은 알프스를 이미 보고 난 뒤라 그런지 심상했다. 마침내 우리 눈앞에 제노바가 보였고 덴마크를 떠나온 이래 한 번도 보지 못했던 바다가 펼쳐졌다. 덴마크 사람들은, 산사람이 산을 바라볼 때 느끼는 감정을 바다를 바라볼 때 느낀다. 숙소의 발코니에 서서, 처음 대하지만 낯설지 않은 검푸른 수평선을 오래 바라보았다.

저녁때, 제노바에서 유일하게 큰 거리인 중앙로의 극장으로 갔다. 극장은 큰 공공건물이라 금방 찾을 줄 알았다. 하지만 그게 아니었다. 웅장한 건물 옆에 더 웅장한 건물들이 줄지어 서 있었다. 그리고 마침내 커다란 대리석의 아폴론이 새하얀 눈처럼 흰빛을 발산하며 서 있는 게 보였다. 거기가 극장이었다.

마침 도니체티(1797~1848년. 이탈리아의 작곡가 – 옮긴이)의 새로운 오페라 〈사랑의 묘약〉이 초연되는 날이었다. 오페라가 끝난 뒤에는 코믹 발레 〈마술 피리〉가 이어졌다. 플루트의 선율이 모든 걸 춤추게 만들었다. 나중에는 시청 벽에 붙은 오래된 그림까지 모두 일어나 춤을 추었다. 여기서 얻은 아이디어를 훗날 〈잠의 신, 올레 루코이에〉를 쓸 때 활용했다.

해군 당국의 허가증을 받아 우리는 병기 제조 공장을 방문했다. 거기에는 약 육백 명쯤 되어 보이는 갤리 선(양쪽 뱃전에 아래위 두 줄로 노가 많이 달려 있는 배 – 옮긴이) 죄수들이 살면서 일을 했다.

우리는 감옥 안으로 들어갔다. 벽을 따라 길게 넓은 침상이 늘어서 있었다. 침상에는 쇠사슬이 붙어 있어 잠을 잘 때 죄수들은 이 쇠사슬을 차야 했다. 병에 걸린 죄수들도 쇠사슬을 차긴 마찬가지였다.

이글거리는 눈빛과 꿈틀거리는 얼굴을 하고 있던 죄수 세 명은 지울 수 없는 무서운 인상을 남겼다. 그들은 내 감정을 관찰했다. 그 가운데 한 명이 냉소적인 얼굴로 나를 보았다. 나는 그를 이해했다. 나는 단지 호기심에서 그들의 고통을 구경하러 온 것뿐이었으니…. 갑자기 그 죄수가 침상에서 몸을 반쯤 일으키더니 악마 같은 눈동자로 나를 집어삼킬 듯이 쏘아보며 미친 듯이 웃어댔다. 그리고 또 한 명, 은발의 눈 먼 노인이 쇠사슬에 묶여 내팽개쳐져 있었다.

마당에는 또 다른 작업 공간이 있었다. 여러 명의 죄수들이 두 명씩 쇠사슬로 묶여 있었다. 죄수 한 명은 다른 사람과 똑같이 흰색 바지와 붉은색 상의를 입었지만 천의 재료가 훨씬 고급스러워 보였다. 그는 젊었고 쇠사슬도 차지 않았다. 도시에서 사업을 크게 하던 사람인데 엄청난 액수의 돈을 빼돌린 혐의로 갤리선에서 이 년 동안 노동할 것을 선고받았다고 했다. 하지만 그는 일을 하지 않았고 낮에는 쇠사슬에 묶이지도 않았다. 밤에만 다른 죄수들과 함께 침상에 쇠사슬로 묶여 있을 뿐이었다. 아내가 자주 돈을 보냈고 그는 감옥에서도 호화롭게 생활했다. 하지만 밤마다 쇠사슬에 묶인 채 흉악한 범죄자들과 같은 침상에 누워 온갖 상스러운 말을 들어야 하는 그의 심정이 어땠을까?

제노바에서 해변을 따라 남쪽으로 여행하는 경로는 최상이다. 제노바는 산맥이 펼쳐져 내려오는 경사면에 위치하여 푸른 올리브 숲으로 둘러싸여 있다. 집집마다 정원에 오렌지와 석류가 달려 있었다. 풀빛처럼 푸르게 빛나는 레몬은 아직도 봄임을 알렸다. 북쪽 나라에 사는 사람들은 이제 겨울을 맞이하려는데….

아름다운 풍경 뒤에 또 아름다운 풍경이 이어졌다. 모든 것이 새로웠고 잊을 수 없었다. 아이비로 뒤덮인 오래된 다리, 카푸친의 수도사들, 그리고 빨간 모자를 쓴 제노바의 어부들은 지금도 눈을 감으면 떠올릴 수 있다.

해안을 따라 아름다운 별장이 자리했고, 바다에는 증기선이 지나가고 선원들이 손을 흔들었다. 바다 멀리 푸르스름하게 빛나는 산들이 보였다. 나폴레옹의 요람 코르시카 섬이었다.

커다란 그림자를 드리우는 나무 아래 오래된 탑이 있었고, 그 아래 늙은 여자 셋이 앉아 있었다. 그들은 긴 은발을 어깨에 드리운 채 실패에 실을 감았다. 길가에 거대한 알로에가 자라고 있었다.

인생 이야기를 하면서 별다른 이유도 없이 이탈리아 풍광을 너무 지루하게 나열하는 것 아니냐고 비난할지도 모르겠다. 하지만 내가 사물보다 사람에 관심이 더 많았다는 걸 곧 알게 될 것이다. 그리고 자연과 예술은 이탈리아를 처음 방문했던 이 기간에 나를 사로잡았던 가장 큰 관심사였다.

아아! 세스트리 디 레반테에서 보았던 환상적인 저녁 풍경이여! 여인숙은 바다 가까이 있었다. 바다는 커다란 파도를 해변으로 연이어 밀어보냈다. 하늘에는 구름이 붉게 타올랐고, 산들도 붉게 물들어갔다. 나무들은 포도덩굴이 얽혀 커다란 과일 바구니처럼 포도송이를 무겁게 주렁주렁 매달고 있었다. 산 위로 좀더 높이 올라가자 갑자기 풍경이 바뀌었다. 모든 게 메마르고 추했다. 마치 환상 같았다. 이탈리아를 그토록 아름답게 보이도록 한 게 환상이었을까? 지금 그 환상이 깨져버린 걸까? 버려진 듯한 몇 그루의 나무들은 이파리 하나 달고 있지 않았다. 바위도 없고 부드러운 흙도 없이 모든 게 자갈과 채석장 돌뿐이었다. 그러더니 갑자기, 다시 모든 게 아름답게 변했다. 우리 앞에 스페지아 만이 펼쳐졌다.

매혹적인 푸른 산들이 비옥하고 아름다운 계곡 위에 걸렸고, 계곡은 커다란 나팔처럼 고함을 질렀다. 포도송이가 거대한 그림자를 드리우는 나무들 위에 매달려 있었다. 오렌지 나무와 올리브 나무는 서로 가지를 섞었고, 포도나무는 길고 풍성한 가지를 이 나무에서 저 나무로 다시 또 저 나무로 걸쳤다. 검은색으로 빛나는 새끼 돼지는 양들과 까불며 뛰놀다가 커다란 초록색 우산을 쓴 카푸친의 수도사가 몰고 가던 당나귀에 한 대 걷어차였다.

카라라에 도착하니 마침 그날이 데나 공작의 생일이었다. 집집마다 꽃들로 장식하고 병사들은 은매화나무 가지를 모자에 꽂았으며, 예포禮砲의 포성이 울려 퍼졌다. 하지만 우리가 보고 싶었던 건 대리석 채석장이었다. 채석장은 도시 외곽에 있었다. 길가의 시냇물이 눈처럼 희게 반짝이는 대리석 위로 흘러갔다.

채석장에서는 수정이 함유된 흰색과 회색 대리석이 나왔다. 채석장을 바라보며 나는 마법에 걸린 신들을 상상했다. 수많은 태고의 신들이 바위산에 갇혀 있다가 어느 마법사의 힘을 빌려, 토르발센이나 카노바(1757~1822년. 프랑스 신고전주의를 대표하는 조각가─옮긴이)가 이 마법사가 아닐까, 자유의 몸으로 풀려나 다시 세상의 빛을 보는 상상을….

자연은 숭고할 정도로 아름다웠지만, 여행은 우리가 생각했던 것과 딴판이었다. 여인숙에서는 끊임없이 바가지를 씌우려 했고, 관리들은 성가실 만큼 자주 여권을 검사했다. 며칠 만에 쉰 번도 넘게 사인을 받았다면 어느 정도였는지 알 만할 것이다. 게다가 안내인은 자주 길을 잃었고, 그러다 보니 피사에는 한밤중에야 도착했다. 횃불도 없어서 마부가 피사 입구에서 산 커다란 양초에 의지해 길을 더듬어야 했다. 마침내 우리는 목적지 알베르고 델 우사로에 도착했다.('알베르고'는 여관을 뜻한다─옮긴이)

"어느 날은 똥 더미 위에 누워 잠을 잤고, 다음날은 남작의 성에서 잤습니다."

고향으로 보낸 편지 가운데 일부다. 이 편지는 남작의 성에서 썼다.

피사에서 교회며 세례장이며 공동묘지며 사탑斜塔을 구경하며 호기심을 채우기 전에, 우리에겐 휴식이 필요했다. 진정한 안락함이 필요했다.

우리 극장의 화가는 〈악마 로베르트〉에 나오는 수도원 강당 장면을 자주 공동묘지로 표현하는데, 피사 공동묘지의 아치 회랑에 기념비들이 서 있었고, 그 가운데는 토르발센이 〈토비아스의 치료〉(토비아스는 로마 가톨릭에서만 정경正經으로 인정하는 종교적 민담 〈토비트〉에 나오는 인물. 일곱 번 결혼을 할 때마다 첫날밤에 악마에게 남편을 잃은 사라라는 여자와 결혼하고, 굳건한 신앙심과 천사 가브리엘의 도움으로 아버지 토비트의 눈을 뜨게 한다 – 옮긴이)를 표현한 기념비도 있었다. 이 기념비에서 토르발센은 자신을 젊은 토비아스로 묘사했다. 피사의 사탑은 올라가기가 썩 내키진 않았지만 그래도 올라가보았다. 여러 개의 기둥으로 둘러싸인 원통형 건물의 꼭대기에는 난간이 없었다. 바다 쪽을 향한 면은 해풍의 영향으로 황폐했다. 쇠는 부스러졌고 돌도 견고함을 잃은 지 오래였다. 색깔도 누렇고 더러운 느낌이었다. 사탑의 꼭대기에서 멀리 레그혼까지 펼쳐진 수평선을 바라보았다. 피사에서 레그혼까지 지금은 기차로 금방 갈 수 있지만 당시만 해도 안내인을 따라 덜그럭거리는 마차를 타야 했다. 안내인은 아는 게 없는데다 우리가 전혀 알고 싶지 않은 것들만 가르쳐주었다.

"저 사람은 터키 상인인데 오늘은 그의 가게가 문을 열지 않았습니다. 저 교회에는 아름다운 그림들이 많이 있는데 지금은 다른 데로 가지고 가서 하나도 없습니다. 방금 지나간 저 사람은 피사에서 제일 돈이 많은 사람입니다."

그가 흥미롭다고 일러주는 건 모두 이런 식이었다. 그리고 우리를 "유럽에서 제일 아름답고 볼거리가 풍성하다"는 유태 교회로 데리고 갔다. 하지만 거기에선 종교적인 느낌 말고는 별다른 감흥을 느낄 수 없었다. 내부는 시장바닥 같았고, 모자를 쓰고 기도하는 사람들이나 고음으로 대화를 나누는 사람들의 모습 등 한결같이 불쾌한 것뿐이었다. 지저분한 유태교 어린이들이 의자에 서 있었고, 나이 많은 랍비 몇 명이 헤브루 어로 얘기하면서 이를 드러내고 웃었다. 설교단 위로 올라가려고 사람들이 서로 밀치며 때리기도 했다. 신앙심은 찾아볼 수 없었다. 여자들은 넓은 회랑 위의 닫힌 창틀 안에 거의 숨어 있다시피 했다.

레그혼에서 본 가장 아름다운 풍경은 석양이었다. 구름은 불꽃처럼 반짝였다. 바다도 빛났고 산도 빛났다. 마치 이 경건한 도시를 감싸고 있는 이탈리아 식 광채가 빛나는 액자 같았다. 이 광채는 피렌체에 가자 곧 장엄한 예술로 바뀌었다.

나는 조각 작품을 보는 안목이 없었다. 덴마크에서는 조각품을 접할 기회도 거의 없었다. 파리에서 많은 조각상을 보았지만 내 눈은 닫혀 있었다. 하지만 여기서 여러 박물관과 기념비적인 작품을 소장한 교회를 드나들면서 조각의 아름다움에 눈을 떴다. 〈메디치의 비너스〉 앞에 섰을 때는 살아있는 눈빛으로 나를 바라본다는 느낌을 받았다. 새로운 예술 세계에 눈을 떴고, 거기서 빠져나올 수가 없었다.

매일같이 박물관을 찾을 때마다 새로운 세상이 열렸다. 웅장한 대리석 기념비들이 있는 산토크로체 교회에 제일 많이 갔다. 조각과 그림 그리고 건축을 상징하는 세 인물이 미켈란젤로의 무덤 주위에 서 있었다. 단테의 시신은 라벤나에 있지만 그의 기념비는 산토크로체 교회에 있다. 하프와 월계관으로 장식된 알피에리(1749~1803년. 이탈리아의 비극 작가. 자유를 위한 싸움, 자유로운 인간의 찬미, 이러한 인간이 최후의 승리를 거둔다는 것이 그의 작품의 주제였다 – 옮긴이)의 기념비도 여기에 있다. 이 비문은 카노바가 썼다. 갈릴레오와 마키아벨리의 무덤은 금방 눈에 띄지 않았지만 그렇다고 해서 성스러움이 덜하진 않았다.

어느 날, 우리 일행 셋은 덴마크 조각가 손네를 찾아나서 그가 산다는 곳으로 갔다. 우리가 큰 소리로 떠들고 있는데 앞치마를 두른 남자가 다가와 덴마크 어로 물었다.

"신사 여러분, 누구를 찾으시는지요?"

그는 코펜하겐 출신 자물쇠 제조공이었는데 프랑스 여자와 결혼해 구 년째 덴마크를 떠나 살고 있었다. 그는 자기 이력을 얘기했고, 우리는 그에게 고향 소식을 들려주었다. 아름다운 피렌체에 살면서도 그는 여전히 코펜하겐의 뢴테르 거리를 그리워하고 있었다.

피렌체를 떠나면서 우리는 폭포를 구경하러 테르니로 향했다. 로마로 가는 길이었고 아주 조금 돌아갈 뿐이었다. 이 여행에서 이때가 제일 힘들었다. 낮에는 뜨거운 햇살에 녹초가 되었고 저녁과 밤에는 파리와 모기 때문에 죽을 맛이었다. 게다가 안내인도 마음에 들지 않아 끊임없이 갈등이 일었고 짜증이 가시지 않았다.

이탈리아의 아름다움을 찬양하는 글은 여인숙의 문이나 창틀할 것 없이 빼곡이 적혀 있었다. 한데 그 글이 어쩐지 과장돼 보여 우스꽝스러웠다. 그때는 그 아름다운 나라가 이토록 오랫동안 내 마음을 사로잡으리라곤 미처 생각지 못했기 때문이리라. 피렌체에서 마차에 오르자마자 고통이 시작되었다. 마차를 타기 전, 어떤 남자가 우리가 탈 마차의 문 앞에 서서 마치 욥(구약성서 〈욥기〉의 주인공으로 신앙을 위해 가혹한 시련을 참아냈다 - 옮긴이)이 그랬던 것처럼 사금파리로 자해를 하며 마차 손잡이를 만지작거렸다. 우리는 고개를 저었다. 그러자 이 남자는 반대편으로 돌아가서 다시 자해를 하고 손잡이를 잡았다. 그러더니 다시 돌아와 같은 행위를 반복했다. 그러거나 말거나 우리는 거절했다. 이때 안내인이 와서 하는 말이, 그 사람도 로마에서 온 여행객이고 귀족이라고 했다. 그 말에 마음이 돌아서서 남자를 마차에 태워주기로 했다.

하지만 남자의 옷과 몸에서 나는 냄새가 하도 지독해 안내인에게 도저히 함께 여행할 수 없다고 얘기했다. 남자와 안내인은 한참 동안 얘기를 주고받았고, 결국 그 '귀족'은 마차의 지붕 위로 올라갔다. 한데 갑자기 비가 억수같이 쏟아졌다. 남자에게 미안한 생각이 들었지만 그렇다고 해서 다시 마차 안으로 들일 수도 없었다. 비가 그 남자를 깨끗하게 씻어주도록 내버려두었다.

길은 낭만적으로 아름다웠다. 하지만 태양은 불타듯 뜨거웠다. 윙윙거리며 달려드는 파리를 은매화나무 가지를 흔들어 쫓았다. 말들도 파리에 얼마나 시달렸는지 시체나 다름없었다. 우리는 그날 밤 레반의 어떤 지독한 집에서 악몽 같은 밤을 보냈다. '귀족'은 불 가에서 옷을 말린 뒤, 안주인이 우리가 먹을 닭을 잡아 털을 뽑을 때 옆에서 도와주며 우리 욕을 해댔다. 우리를 고약한 이교도 영국놈들이라 불렀고, 당장이라도 천벌을 받을 거라고 저주를 퍼부었다. 그날 밤 우리는 남자가 저주한 대로 기어코 천벌을 받았다. 시원한 공기를 쐬며 자고 싶어 창문을 열어뒀는데 파리와 모기가 밤새 얼마나 성화를 부렸던지, 자고 일어나 보니 얼굴이며 손이 온통 퉁퉁 부어 있었다. 내 한쪽 팔만 해도 자그마치 쉰일곱 군데를 물렸다. 지독한 고통과 열에 시달려야 했다.

다음날 우리는 카스틸리오네를 가로질렀다. 카스틸리오네는 올리브 나무와 포도나무가 풍성한 아름다운 곳이었다. 웃통을 벗어젖힌 아이들은 석탄처럼 검게 빛났다. 한니발이 로마 군을 무찔렀던 타라시메네 호수 옆의 길가에 월계수가 서 있었다. 우리는 파팔로 들어가 여권과 짐 검사를 받은 뒤 아름다운 석양을 즐겼다. 그렇게 화려한 석양빛은 결코 잊지 못할 것이다. 하지만 우리가 들어간 여인숙은 지독했다. 마룻바닥은 부서졌고 문 밖에서 거지들이 몰려들어 우당탕거렸다. 때에 전 잠옷을 입은 안주인은 못생긴 마녀처럼 찌푸린 얼굴이었다. 그녀는 우리 식탁에 접시를 들고 올 때마다 바닥에 침을 뱉었다.

이 여인숙의 정경과 거기서 받은 느낌을 〈운명의 덧신〉에서 묘사했다. 다음날 오전 우리는 페루자에 도착했다. 페루자는 라파엘이 페루지노(1450~1523년. 본명은 피에트로 바누치로 이탈리아의 화가 – 옮긴이)를 스승으로 모시고 공부하던 곳이었다. 여기서 우리는 이들 스승과 제자를 묘사한 그림들을 보았다.

광활한 올리브 숲이 아름답게 펼쳐졌다. 라파엘이 보았을, 그리고 아우구스투스 황제가 자신을 찬양하며 승리의 아치를 세울 때 보았을 바로 그 풍경이었다.

저녁에 폴리뇨에 도착했다. 폴리뇨는 폐허나 다름없었다. 중심가의 거의 모든 집들은 무너지지 않게 지지대로 받쳐놓고 있었다. 지진이 일어났던 것이다. 건물 벽은 커다랗게 금이 갔고, 이미 무너져내린 집들도 있었다. 비가 오기 시작했다. 여인숙이라고는 해도 비를 피할 만한 곳은 못 되었다. 오랜 시간 굶었는데도 고기는 먹을 수가 없었다.

"네가 이 나라를 아느냐?"

비바람이 창문을 두드려대는 걸 보고 독일 청년이 부른 노래다. 만일 지진이 한 번 더 찾아오면 온 시내가 폭삭 내려앉을지 모른다며 두려워했다. 하지만 다행히 그런 일은 일어나지 않았고, 무사히 아침을 맞았다.

다음날 오후, 테르니에서 월계수와 로즈마리 사이로, 바위틈에서 작은 물줄기가 쏟아져나오는 걸 보았다. 그게 다였다. 하지만 이탈리아에서만 볼 수 있는 장엄한 풍경이 있었다. 물안개가 피어 허공으로 올라갔다. 햇살이 물안개를 붉게 물들였다. 그러더니 갑자기 어두워졌다.

일행과 헤어져 한밤중에 젊고 쾌활한 미국인 신사와 함께 어두운 올리브 숲을 헤매고 다녔다. 이 미국 청년은 내게 나이아가라 폭포와 쿠퍼(1789~1851년. 미국의 소설가 – 옮긴이)와 넓은 초원에 대해 이야기했다.

다음날은 비가 와서 길이 엉망이었다. 볼거리도 더 없는데다 우리는 무척 지쳐 있었다. 더러운 안내인이 더러운 호텔로 안내했다. 저녁때 어슬렁거리며 산책을 하다 우연히 교외의 한 폐허에서 작은 폭포를 보았다. 폭포수는 거품을 일으키며 깊은 구렁 아래로 떨어졌다. 나는 이 광경을 〈즉흥시인〉에서 되살렸다.

드디어 로마를 볼 날이 다가왔다. 우리는 비를 뚫고 진흙길을 헤쳐 달렸다. 호라티우스(기원전 65~8년. 고대 로마의 시인 – 옮긴이)가 찬양한 몬테소라크테를 지났고 로마 부근의 넓은 평원인 캄파니아를 지났다. 하지만 일행 가운데 이 장엄한 풍경에 감동하는 사람은 아무도 없었고, 산들의 아름다운 색과 곡선에 오래 눈길을 두는 사람도 없었다. 우리는 언제쯤이면 로마에 도착할지만 생각했고, 거기에서 취할 달콤한 휴식만 기다렸다. 솔직히 고백하면, 드디어 라스토르타 언덕에 도착해 처음으로 로마를 보았을 때 무한한 행복을 느꼈지만, 그건 시인으로서 행복이 아니었다. 그때 나는 이렇게 외쳤다.

"신이여, 감사합니다! 드디어 우리에게 음식을 주시는군요!"

로마!

10월 18일 정오에 나는 도시 중의 도시인 로마에 도착했다. 그리고 곧, 마치 내가 로마에서 태어난 것처럼, 그리고 거기 내 집이 있기라도 한 것처럼 편안한 느낌이 들었다. 마침 라파엘의 두 번째 장례식이라는 드문 볼거리가 우리를 기다리고 있었다. 성 루카 아카데미가 라파엘의 것으로 추정되는 유골을 오랜 세월 보관해오고 있었다. 한데 나중에 밝혀진 사실이지만, 그 유골의 진짜 주인이 누군지는 알 수가 없다고 했다. 교황 그레고리 16세가 판테온 혹은 지금 이름으로 하자면 산타마리아 델라 로

툰다에 있는 그의 무덤을 발굴해도 좋다는 허락을 했었다. 죽은 사람은 온전했고, 다시금 교회에 묻힐 참이었다.

무덤을 발굴할 때 화가 카무치니가 내부의 전경을 독점적으로 그릴 수 있는 권리를 허락받았다. 로마에 있던 C. J. 베르네(1714~1789년. 프랑스의 풍경화가. 19세기 프랑스 풍경화의 발전에 선구적인 역할을 하였다 - 옮긴이)는 이런 사실을 알지 못하고 연필로 스케치를 했다. 그러자 교황의 경찰이 나타나 그리지 말라고 했다. 그는 놀라서 그들을 바라보다가 조용히 말했다.

"그럼 기억을 해놨다가 집에 가서 그리는 건 괜찮구요?"

아무도 더 말을 하지 못했다. 정오부터 저녁 여섯 시까지 그는 무덤의 내부 전경을 매우 아름답고 정확하게 그렸다. 그리고 그걸 나무판에 새기기 시작했다. 그런데 경찰이 다시 나타나 목판을 압수해버렸다. 베르네는 격렬한 항의 편지를 써서, 무덤의 전경은 소금이나 담배처럼 누가 독점할 수 있는 게 아니니 스물네 시간 안에 목판을 돌려줄 것을 요구했다. 결국 그는 목판을 돌려받았다. 하지만 그는 목판을 부수고 편지를 동봉해 카무치니에게 부쳤다. 이 편지에서 그는 카무치니를 격렬하게 비난하며 자기가 카무치니에게 금전적인 손실을 입혀가며 그림을 이용할 생각이 전혀 없었음을 밝혔다. 카무치니는 부서진 목판을 다시 붙인 뒤, 그 무덤 그림의 독점 출판권을 포기하겠다는 선언을 담은 편지와 함께 베르네에게 보냈다. 이 사건 이후로 모든 사람이 자유롭게 무덤을 그릴 수 있었다고 한다.

우리 덴마크 동포 일행은 라파엘의 장례식 입장권을 구했다. 로마 입성 후 첫 일정이 라파엘의 장례식에 참가하는 것이었다.

평평한 대 위에 금박을 입힌 마호가니 관이 검은 천에 덮여 있었다. 성직자들이 찬송가를 부르는 가운데 관이 열리고, 읽고 난 축문祝文을 안에 넣었다. 합창이 울려 퍼지는 가운데 교회 안에서부터 장례 행렬이 시작되었다. 보이지 않는 곳에서 흘러나오는 합창 소리는 기이한 아름다움이었다. 저명한 예술가들과 상류층 인사들이 그 뒤를 따랐다. 이때 토르발센을 로마에서 다시 만났다. 토르발센도 다른 사람들처럼 작은 초를 들고 한 걸음 한 걸음 발을 맞추어 걸었다. 장례 행렬에서 하나 아쉬웠던 건, 관을 들고 움직일 때 안에 든 유골이 서로 부딪쳐 덜그럭 소리가 났던 일이다. 그 바람에 엄숙한 분위기가 조금 깨지는 듯했다.

내가 로마에 와 있다니…. 나는 행복했다. 덴마크 동포인 조각가 크리스텐센이 따뜻하게 맞아주었다. 우리는 이전에 한 번도 본 적이 없었지만 내 서정시 덕분에 금방 친해졌다. 그는 곧바로 나를 비아 펠리체에 살던 토르발센에게 데려갔다. 토르발센은 그때 라파엘의 부조 작업에 몰두해 있었다. 라파엘은 폐허 위에 앉아 있었는데 폐허 속에서도 신의 자비를 엿볼 수 있었다. 라파엘에게 자연은 그림의 원천이었다. 사랑의 신이 라파엘에게 서판書板을 주며 또한 동시에 양귀비를 준다. 이는 요절의 상징이다. 햇불을 든 천재의 상징은 라파엘을 슬픈 눈으로 굽어보고, 승리의 신은 그의 머리 위로 화관을 내리는 풍경이었다.

토르발센은 자기 생각과 그 전날 있었던 장례식, 그리고 라파엘과 카무치니, 베르네트에 대해 정열적으로 얘기했다. 그는 내게 장엄한 그림들을 여러 개 보여주었다. 그는 이걸 스승이 살아 있을 때 사 모았다는데 자기가 죽으면 덴마크에 기증할 것이란 말도 했다. 이 위대한 예술가가 내게 보여준 소박함과 솔직함에 깊은 감동을 받았다. 헤어질 때는, 비록 그가 이젠 날마다 만날 수도 있을 거라고 했지만, 눈물을 흘릴 뻔했다.

나와 교류를 맺었던 덴마크 사람들 가운데 루드비히 뵈드처란 사람이 있었다. 그는 자기가 쓴 시를 내게 여러 편 주었는데, 정서적으로는 이탈리아 사람이나 다름없었다. 은퇴한 후에 로마에서 예술과 자연과 지적인 휴식에 파묻혀 살고 있었다. 그는 로마에서 여러 해를 살았고, 흥미 있고 아름다운 모든 걸 알았다. 그에게서 나는 지성과 지식을 안내하는 안내자의 면모를 보았다.

나와 중심으로 교류했던 한 사람이 더 있었는데, 화가 쿠홀러였다. 그는 몸도 마음도 젊었고 유머가 있었다. 당시로서는 그가 나중에 실레지아의 수도원에서 탁발 수도사로 죽을 줄은 생각지도 못했다. 여러 해가 지난 뒤 로마를 두 번째 방문했을 때 발랄하던 젊음은 사라지고 없었다. 그런데 1841년 세 번째로 로마를 찾았을 때는 그에게 다시 유머가 돌아와 있었다. 신기하고 놀라운 일이었다. 그는 제단의 성물만 그리는 종교화가가 되어 있었다. 그리고 이 년 뒤 피오 노노에게서 수도사 서품을 받고 독일 전역을 맨발로 고행했고 프러시아의 작은 수도원까지 갔다. 그는 더 이상 화가 알베르트 쿠홀러가 아니라 수도사 피에트로 디산테 피오였던 것이다. 혼돈 속에서 신을 잘못 이해한 채 그가 맨발로 찾아 헤매던 평화와 행복이 영원히 그와 함께하기를!

덴마크의 아름다운 여름 같은 날씨였다. 로마가 뿜어내는 모든 광채가 새로웠다. 우리 일행은 산에 오르기로 했다. 쿠홀러와 블룬크, 페른레이 그리고 뵈드처는 모두 로마 사람들이라 이들이 앞장을 섰다. 이들이 이탈리아 사람들의 사고방식과 생활 태도와 관습 등을 잘 알고 있어서 모든 것들을 명쾌하고도 속속들이 이해할 수 있었고, 게다가 여행하는 데 돈도 훨씬 적게 들었다. 이때 이탈리아의 자연과 삶에 대한 이미지의 씨앗이 내 속에 뿌려졌고, 〈즉흥시인〉에서 싹을 틔우고 피어났다.

어슬렁거리며 돌아다니던 이때의 일주일이 그 매력적인 나라에서 가장 행복하고 유쾌한 시간이었다. 캄파니아를 가로지르며 고분과 유물을 보았으며 양떼를 몰고 가는 양치기도 보았다. 우리는 알바니아 산맥을 향했다. 푸르고 매력적인, 물결치는 듯한 산맥의 능선이 청명한 공기 속에서 손에 잡힐 듯 가까웠다.

프라스카티에서 아침을 먹었다. 이때 나는 처음으로, 농부들과 성직자들로 떠들썩하게 붐비는 이탈리아의 진짜 대중적인 음식점을 보았다. 바닥에는 닭들이 날개를 파닥이며 돌아다니고, 벽난로에는 장작이 탔다. 우리는 다시 당나귀를 타고 여행을 계속했다. 빠르게 걷게도 했다가 느릿느릿 걷게도 했다. 당나귀들도 그걸 좋아했다. 가는 길에 키케로(기원전 106~43년. 고대 로마의 철학자 – 옮긴이)의 별장이 있던 폐허가 보였다. 월계수와 밤나무 속에 무너져버린 벽과 포장된 길만 보일 뿐 아무것도 없었다.

우리는 몬테포지오를 방문했다. 몬테포지오에는 소리 울림이 좋은 우물이 있었다. 음악의 원천이 거기가 아닐까 싶을 정도로 울림이 깊었다. 그 샘에서 롯시니(1792~1868년. 이탈리아의 작곡가로 대표작은 오페라 〈세비야의 이발사〉 – 옮긴이)는 호탕하고 의기양양한 멜로디를 건져 올렸고 벨리니(1430~1516년. 이탈리아의 화가. 〈피에타〉, 〈게세마네의 기도〉 등의 작품이 있다 – 옮긴이)는 우울하고 감상적인 눈물을 뿌렸을지도 모른다.

오늘날 로마를 여행하는 사람들보다 현지인의 일상적인 삶의 풍경을 더 많이 볼 수 있다는 게 우리에겐 행운이었다. 조수들을 데리고 시끄러운 소리로 연설을 하는 둘카마라(도니체티의 오페라 〈사랑의 묘약〉에 등장하는 남자 – 옮긴이)를 보았다.

강도를 만나 소가 끄는 수레에 묶이기도 했고, 관대 위에 시체를 덮어놓지도 않은 장례식도 보았다. 해가 넘어가면 종이를 든 소년들이 수도사의 촛불에서 떨어진 밀랍을 모으러 뛰어다녔다. 종이 울리고 노래가 울려 퍼지고, 남자들은 모라(손을 들어 편 손가락 수를 상대방이 알아맞히는 놀이 – 옮긴이)를 하며 놀고 여자들은 탬버린 장단에 맞춰 살타렐로 춤을 추었다. 이탈리아가 이때보다 더 활기차고 아름다운 걸 본 적이 없다. 피넬리의 그림을 자연 그대로 현실 속에서 보았다.

우리는 다시 로마로 돌아와 장엄한 교회와 화려한 화랑 그리고 이들 속에 있는 온갖 보물들을 보았다. 11월 중순인데도 여전히 매력적인 여름 날씨는 우리로 하여금 다시 산을 찾아가게 만들었다. 이번엔 티볼리에 가기로 했다.

해가 뜨기 전 캄파니아의 아침은 가을처럼 서늘했다. 농부들은 불을 피우고 몸을 따뜻하게 데웠다. 넓고 검은 양털 코트를 입고 말을 타고 가는 사람들을 만났다. 마치 호텐토트 족이 사는 나라에 온 듯한 착각이 들었다. 해가 뜨자 다시 여름 날씨였다. 작은 폭포들의 도시인 티볼리 주변은 신선한 초록 물결이었다. 사이프러스와 포도 잎사귀가 수많은 꽃다발처럼 올리브 숲을 덮고 있었다.

거대한 물줄기가 초록의 숲 속으로 구름인 양 쏟아져 내렸다. 한낮엔 무척 뜨거워, 이탈리아에서 가장 큰 사이프러스가 있는 빌라데스테의 샘물에서 물을 끼얹으며 더위를 식혔다. 해가 지고 어둠이 깔린 가운데 우리는 가장 큰 폭포의 발치에 다다랐다. 햇불의 불빛이 월계수 울타리에 일렁거렸고, 내리꽂히는 물줄기는 천둥 같은 소리를 냈다. 폭포수가 떨어지는 바로 밑의 깊은 웅덩이는 실제보다 더 깊어 보였다. 우리는 잔가지와 지푸라기를 모아 불을 피웠다. 그 불빛에 아폴로 신을 모신 오래된 사원이 드러났다. 사원의 늘어선 기둥은 불꽃이 일렁일 때마다 그림자를 바꾸었다.

로마 사람들은 괴테가 있던 때만큼이나 활달했고 여기서 만난 예술가들은 다른 어느 곳에서보다 친절하고 부드러웠다. 예술가들은, 스칸디나비아 반도 쪽 사람들과 독일 사람들이 한 집단을 이루었고, 회가 베르네가 지도하는 자기들만의 아카데미를 가지고 있던 프랑스 사람들이 또 다른 집단을 이루었다. 대중식당 레프레에서 저녁을 먹을 때면 각 나라별로 자리가 정해져 있었다. 스웨덴 사람과 노르웨이 사람 그리고 덴마크 사람과 독일 사람이 한데 어울렸다. 지금도 그렇지만 이전엔 이런 지역성이 훨씬 더 두드러졌다. 이 모임에서 늙은 풍경화가 라인하르트와 코흐 두 사람을 새로 만났다.

크리스마스는 우리들의 가장 아름다운 축제였다. 이 풍경은 〈어느 시인의 시장〉에서 묘사하기도 했는데, 1833년 로마에서 보낸 크리스마스처럼 유쾌하고 신선했던 적은 여태까지 한 번도 없었다. 시내에서는 떠들고 놀 수가 없었기 때문에 빌라 보르헤세의 정원에 있는 널찍한 집을 빌렸다. 꽃을 그리는 화가 젠센, 메달 조각가 크리스텐센과 함께 아침 일찍 그리로 가 따뜻한 햇살 아래에서 꽃목걸이와 화관을 만들었다. 열매를 주렁주렁 달고 있던 오렌지 나무가 우리의 크리스마스 트리였다. 우승자에게 줄 은잔에는 '로마에서 보낸 크리스마스 이브, 1833'이라고 새겼다. 그리고 참가하는 사람은 모두 선물을 준비했다. 나는 그때 파리에서 축제 때가 아니면 쓸 수 없는 노란색의 커다란 깃을 두 개 사서 가지고 있었다. 난 이걸 선물로 내놓기로 했다. 난 그때, 우리 모임의 가장 뛰어난 예술가로 토르발센을 꼽는 데 누구도 이견이 없을 줄로만 알았다. 그래서 나는 당연히 토르발센이 화관을 받아야 한다고 생각했다. 질투의 색깔인 노란색 깃으로는 아무도 모르게 장난을 준비했다. 한데 장난을 친다는 게 하마터면 얼굴 붉히는 싸움이 될 뻔했다. 지금은 티엘의 〈토르발센의 일생〉을 통해 누구에게나 다 알려진 사실이지만, 그때는 비스트룀과 토르발센 사이에 예술적인 역량이 누가 더 우월한지 다툼이 있었다는 걸 전혀 몰랐던 것이다. 토르발센은 비스트룀이 자기보다 낫다고 하자 흥분해서 이렇게 고함을 질렀다고 한다.

"그래, 내 손을 묶어라! 나는 이빨로 해도 네가 찍어대는 대리석보다 더 잘 만들 수 있다구!"

크리스마스 파티에 두 사람 다 참석했다. 나는 위대한 동포 예술가 토르발센을 위해 화관을 만들었고 그에게 바칠 짧은 시도 썼다. 하지만 노란색 깃은 따로 빼두어 제비뽑기로 임자를 정하게 했다. 내가 준비한 제비를 뽑았고, 노란색 깃을 차지할 제비는 비스트롬이 뽑았다. 그가 뽑은 제비에는 이런 글이 적혀 있었다. "질투의 노란색 깃은 가져도 좋소. 하지만 화관을 토르발센에게 씌워주시오." 순간 분위기가 어색해졌다. 사정을 잘 아는 사람이 고의로 이런 일을 꾸몄다면 분명 악의적인 행동이었을 것이다. 하지만 문제의 제비를 우연히 비스트롬이 뽑았고 게다가 그 장난을 친 게 나였기에 아무 일도 아닌 걸로 끝났다.

고향에서 오는 편지는 거의 없었다. 한두 통 있긴 했지만 모두날 '제대로 가르쳐놓겠다'는 의도의 비난 일색이었다. 로마에서 사귄 덴마크 사람들은 한결같이 분통을 터뜨리며 말했다.

"다른 편지는 없소? 화가 나서 이런 편지는 더 이상 보고 싶지 않소! 나 같으면 고통을 주고 괴롭히기만 하는 이따위 친구들하곤 상종도 않겠어!"

나도 내가 더 배워야 한다는 건 알고 있었다. 하지만 그들은 인정이 없었고 배려가 없었다. 생각 없이 마구 던진 말들이 나를 얼마나 아프게 하는지 그들은 알지 못했다. 적이 휘두르는 채찍은 쓰라릴 뿐이지만 친구가 휘두르는 채찍은 전갈의 독처럼 치명적인 법이다.

〈아그네테와 인어〉에 대해 아무런 반응도 없었다. 첫 통신은 '좋은 친구'가 보내왔다. 그가 내린 평가를 읽으면 당시 내가 어땠는지 잘 알 수 있을 것이다.

감히 얘기하지만, 당신의 비정상적인 예민함과 어린아이 같은 성격이 나와 다르다는 걸 잘 알고 있을 겁니다. 나는 솔직히 좀 더 다른 어떤 걸 기대했습니다. 정신의 다른 영역, 다른 이미지와 다른 관념 같은 것 말입니다. 하지만 간단히 말해, 여행을 한 덕분인지 부분적으로 지적인 변화들이 엿보이긴 하지만, 〈아그네테와 인어〉는 다른 작품들과 비교해볼 때 전체적으로 크게 다르지 않았습니다.

이걸 가지고 다른 친구와 얘기를 해보았습니다. 그는 당신의 친구일 뿐만 아니라 당신에게 멘토르*이기도 한 사람입니다. 그역시 나와 같은 생각이었습니다. 그가 보낸 편지를 받으면 내 충고에서 놓여나겠지요.

친구여, 돈 문제나 여기 덴마크 생각은 모두 던져버리십시오. 오로지 지금 하는 여행만 마음껏 즐기십시오. 좀더 어른스러워지고 좀더 힘을 갖추십시오. 괴벽과 감상주의는 벗어던지십시오. 더 많이, 더 깊이 생각하고 공부하십시오. 안데르센이 돌아올 날을, 덴마크가 다시 시인을 맞게 된 것을 친구들과 함께 기뻐할 날을 기다리고 있습니다.

* 율리시즈가 아들의 교육을 부탁했던 선도자. 여기서는 좋은 선생이란 뜻.

이 편지는 나와 친한 사람이 보낸 것이다. 그는 내 소중한 친구들 가운데 하나이고, 나보다 나이는 어리지만 좋은 환경에서 살고 능력이 있는 사람이었다. 또한 내가 너무도 민감하게 반응하고 어린아이 같은 성격을 가지고 있어 최대한 부드럽게 자기 의견을 표시하는 사람이기도 하다. 앞에서도 언급한 바 있지만, 이 친구나 이성적인 판단을 하리라 생각했던 많은 사람들이, 여행을 통해서 나와 내 시가 크게 변하고 그걸 〈아그네테와 인어〉 속에서 발견하리라 기대했다는 사실을 깨닫곤 적잖이 놀랐다. 증기선을 타고 코펜하겐을 떠나 킬을 거쳐 부지런히 파리로 갔다가 다시 스위스까지…. 불과 넉 달이었다. 넉 달이란 시간은 여행의 효과가 나타나기엔 너무 짧았다. 일 년이 지난 뒤에야 비로소 여행의 결과가 담긴 〈즉흥시인〉을 내놓을 수 있었는데….

이 편지와 뒤이어 여러 통의 편지를 받고 고통스러웠다. 나는 절망에 빠져 신을 잊고, 아니 버리고, 모든 인류까지 다 버리고 싶은 순간에 내몰렸다. 신앙에 어긋나는 죽음까지도 생각했다. 당시 내 가슴에서 격정적으로 분출된, 그들의 표현을 빌리자면, '미친 듯이 휘갈겨 쓴' 〈아그네테와 인어〉를 읽고 격려하거나 칭찬하는 사람은 한 명도 없었는지 궁금해 할지도 모르겠다. 있었다, 한 사람. 라소에 부인이었다.

〈아그네테와 인어〉가 큰 성공을 거두지 못했음은 나도 인정합니다. 하지만 당신도 듣고 있을 이런 방식으로 그 작품을 폄훼하는 건 악의에 찬 행동입니다. 이 작품에는 매우 아름다운 부분이 많이 있습니다. 하지만 당신이 이 소재를 다루면서 커다란 실수를 했다고 생각합니다. 아그네테는 나비입니다. 볼 수는 있지만 만질 수는 없는 나비 말입니다. 아그네테를 보다 경쾌하게 처리하셨어야 합니다. 하지만 당신은 아그네테 주변을 꼴사나운 것들로 가득 채워버렸고, 또한 아그네테가 날갯짓해 들어갈 공간을 너무도 좁게 만들어 들어갈 수 없게 만들어버렸습니다.

덴마크에서 받은 혹평으로 우울해 있을 때 콜린에게서 어머니의 부고를 받았다. 처음 그 소식을 듣고 내가 한 말은 이랬다.

"오 하나님, 감사합니다! 저는 어머니를 가난에서 구하지 못했는데 하나님께서 어머니를 구하셨습니다! 이제 어머니의 가난이 끝났습니다!"

나는 소리 내어 울었다. 그리고 이제 이 세상에 피붙이라는 이유로 나를 사랑하는 사람은 단 한 사람도 남지 않았다는 사실을 받아들였다. 어머니의 죽음은 어머니에게 어쩌면 가장 잘된 일일지도 모른다는 생각이 들었다. 나는 어머니의 마지막 날들을 찬란하게 빛내주지 못했고 슬픔을 벗겨주지도 못했다. 어머니는 내가 이미 유명해졌고 앞으로 더 성공하리라는 행복한 믿음 속에 눈을 감았다.

헨리크 헤르츠는 나보다 늦게 파리에 도착했다. 그는 〈죽은 자가 보낸 편지〉로 나를 무지막지하게 공격했던 사람이다. 콜린은 편지로 헤르츠가 파리에 온다는 걸 알려주었고, 우리가 친구가 되었다는 사실을 알고는 무척 기뻐했다.

어느 날, 카페 그라코에 앉아 있는데 헤르츠가 카페 안으로 들어와 내게 손을 내밀었다. 그와 대화를 나누는 게 무척 즐거웠다. 그는 내가 슬퍼하는 걸 알고는 내 고통을 이해하고 나를 위로했다. 그는 내 작품에 대한 자기 생각을 얘기했다. 그리고 전혀 뜻밖에, 내가 파고 들어간 낭만적 요소가 사람들이 지적하는 바로 그곳으로 나를 몰고 간다며, 다른 사람의 가혹한 비판을 무시하지 말라고 했다. 그는 내 유머를 가능하게 해주는 내 성격과 기질을 장점으로 꼽으며, 나머지 다른 것들은 진정한 시인이 되기 위해서 모든 사람들이 다 겪어야 하는 위기이자 통과의례이며, 이 징벌을 거친 후에는 예술이라는 영역에서 무엇이 진실인지 알 수 있을 거라고 했다. 그의 말은 내게 큰 위안이 됐다.

헤르츠는 내가 읽어주는 〈아그네테와 인어〉를 토르발센과 함께 들은 뒤, 전체적인 그림은 잘 잡히지 않지만 서정적인 구절이 매우 아름답다고 하고, 덴마크의 비평가들이 지적하는 건 낭만적인 요소를 극적으로 처리했기 때문에 비롯된 것이라 추측했다. 토르발센은 내가 읽는 동안 진지한 얼굴로 주의 깊게 듣기만 할 뿐 많은 이야기를 하지 않았다. 나와 눈이 마주치자 그는 친절하고도 쾌활하게 고개를 끄덕였다. 내 손을 힘주어 잡고 멜로디를 높이 평가했다. 그리고 이렇게 말했다.

"자네의 시는 정말 덴마크야. 거기선 봄이 숲에서 오고 바다에서 오지."

내가 토르발센을 처음 알게 된 건 로마에서다. 여러 해 전, 내가 코펜하겐에 온 지 얼마 되지 않았던 가난한 소년 시절, 터덜터덜 걸어가던 그 거리에 토르발센이 있었다. 그가 처음 귀국했던 때였다. 우리는 거리에서 만났다. 나는 그가 미술계의 거장이란 사실을 알고 있었기에 꾸벅 머리 숙여 인사했다. 인사를 받고 걸어가던 그가 갑자기 걸음을 멈추고 돌아서서 내게 걸어왔다.

"내가 자네를 어디에서 봤던가? 어디서 본 것 같은데 누군지 모르겠어."

"아닙니다. 한 번도 뵌 적이 없습니다."

이때 얘기를 로마에 와서 토르발센에게 했더니 웃으며 내 손을 잡고 이렇게 말했다.

"그때 난 느꼈어, 우리가 언젠가는 좋은 친구가 될 거라고 말이네."

〈아그네테와 인어〉를 읽어준 뒤, 무엇보다 나를 기쁘게 했던 건 그의 평이었다.

"마치 덴마크의 숲을 걷는 느낌이군. 덴마크의 호수에서 듣던 소리가 들려."

그러면서 그는 내게 키스했다.

어느 날, 내가 맥이 빠져 있는 모습을 그가 보았고, 결국 난 그에게 파리에서 받았던 나에 대한 신랄한 풍자까지 다 얘기했다. 그러자 그는 격렬한 어조로 분노했다.

"그래, 그런 인간들은 나도 잘 알지. 코펜하겐에 머물러 있었다면 나도 그런 꼴을 당했을 거야. 아마 내 앞에 모델을 세우는 것도 허락하지 않았을 거야. 그런 인간들을 보지 않아도 된다는 사실에 난 하나님께 감사한다네. 어떻게 하는 것이 사람을 가장 가혹하게 괴롭히고 고문하는 건지, 그것만 연구하고 줄줄이 꿰는 인간들이야."

그는 나더러 착한 심성을 잃지 말라고 충고했다. 그러면 언젠가는 제대로 풀릴 거라는 말도 잊지 않았다. 그러면서 자신의 어두웠던 시절을 얘기했다. 지난날의 그도 내가 당했던 것과 똑같은 방식으로 비난과 모욕을 받았고 다시 일어설 수 없을 정도로 상처를 받았다.

크리스마스 파티를 끝내고 로마를 떠나 나폴리로 갔다. 이때 헤르츠와 동행했다. 그와 나눈 교류는 내게 매우 소중한 가치가 있다. 나는 그때 내게 또 한 명의 너그러운 비평가가 생겼구나, 하는 생각을 했다. 우리는 알바니아 산맥을 넘어 폰티네 습지를 지나 오렌지 나무가 자라는 테라키네에 도착했다. 거기서 우리는, 길가 정원에 심어진 야자나무를 처음 보았다. 길을 따라 늘어선 무화과나무가 무거운 잎을 늘어뜨리고 있었다. 그러다 폐허가 된 테오도라 성을 보았다. 키클롭스 풍의 벽과 은매화나무와 야자나무는 곧 심상한 풍경이 되고 말았다. 우리는 몰라 디가에타에 있는 시저의 별장에서 헤스페리데스(그리스 신화에 나오는, 황금 사자밭을 지킨 네 자매 – 옮긴이)의 정원을 보았다. 따뜻한 공기를 맞으며 레몬 나무와 오렌지 나무의 넓은 숲을 한가로이 거닐며, 노랗게 빛나는 과일을 따서 매력적인 파란색 바다에 힘껏 던졌다. 반짝이는 빛이 부드러운 파도 속으로 잠겼다.

우리는 거기서 하루 낮과 밤 동안 머물렀다가, 나폴리로 향했다. 우리가 나폴리에 도착했을 때 베수비오 화산이 용암을 뿜고 있었다. 우리는 그 절정의 광경을 보았다. 붉은 용암이, 마치 소나무의 긴 뿌리처럼 검은 산 아래로 흘러내렸다.

나는 헤르츠 및 다른 덴마크 사람들과 함께 용암 분출을 가까이에서 구경하려고 길을 나섰다. 길은 포도밭을 지나 외로이 서 있는 집들을 끼고 이어졌다. 그날 밤은 무한하게 아름다웠다.

산 아래 외딴집이 한 채 서 있었고 거기서부터는 발목까지 빠지는 화산재를 밟으며 걸어서 올라갔다. 나는 기분이 좋아 바이세의 노래를 큰 소리로 불렀다. 봉우리 정상에 맨 먼저 올라간 사람도 나였다. 달은 분화구 바로 위에서 빛났고, 분화구에서는 새까만 연기가 올라왔다. 이글거리는 돌덩이들이 허공을 날아 거의 수직에 가깝게 떨어졌다. 산은 우리 발아래에서 흔들렸다. 용암이 분출될 때마다 달은 연기에 가렸고, 그때마다 우리는 깜깜한 어둠 속에서 커다란 화산암 덩어리를 잡고 가만히 서 있어야 했다. 우리 발밑에 있는 땅이 점점 따뜻해지는 걸 느꼈다. 그러더니 새로운 용암이 분출해 바다 쪽으로 향했다. 그쪽으로 가고 싶었다. 그러려면 굳은 지 얼마 되지 않은 용암 지역을 가로질러야 했다. 공기층에 닿은 표면만 굳었을 뿐 안은 아직 굳지 않은 상태였다. 여기저기 틈이 갈라져 벌건 불빛이 이글거리는 게 보였다. 안내인을 따라 표면을 빠르게 밟으며 지나갔다. 신발로 뜨거운 열이 느껴졌다. 만일 표면이 으스러지고 뭉개지기라도 했다면 우리는 시뻘건 불길의 심연 속으로 빨려 들어갔을 것이다. 우리는 조용히 전진했고, 마침내 내던져진 커다란 용암 덩어리 옆까지 다다랐다. 다른 여행객도 많이 와 있었다. 분화구에서 불덩어리가 뿜어져 나와 오트밀처럼 아래로 흘러 내려가는 게 보였다. 유황 냄새가 지독했다. 발바닥도 참을 수 없을 정도로 뜨거웠다. 이삼 분도 더 못 견딜 것 같았다. 우리 주변은 온통 불의 심연이었다. 분화구에서는 수백, 아니 수천 마리 새떼가 일제히 숲을 박차고 날아오르며 지르는 듯한 거대한 휘파람 소리가 들렸다.

검붉은 뜨거운 돌들이 우박처럼 쏟아져 분화구 가까이로는 갈 수가 없었다. 올라갈 때는 한 시간 이상 힘들게 기어올라 갔지만 내려갈 때는 십 분밖에 걸리지 않았다. 우리는 날듯이 달렸다. 채 굳지 않은 용암 표면이 부서지기 전에 얼른 발을 떼서 옮겨야 했기 때문이다. 푹신한 화산재 위로 굴러 넘어지기도 했다. 날씨는 매력적이리만큼 평온했다. 검은 하늘을 배경으로 용암이 거대한 별처럼 붉은 빛을 뿜었다. 달빛은 덴마크의 흐린 가을날 정오의 태양보다 더 맑은 빛이었다.

아래로 내려왔을 때 마을의 집과 가게가 모두 문을 닫았고 사람은 찾아볼 수가 없었다. 마차도 없었기에 우리는 모두 걸어서 숙소로 돌아가야 했다. 헤르츠는 내려올 때 다리에 타박상을 입어 자꾸만 뒤처졌다. 나는 헤르츠와 보조를 맞추어 천천히 걸었고, 곧 우리 둘 외에는 아무도 보이지 않았다. 지붕이 평평한 하얀 집들이 맑은 달빛을 받아 반짝였다. 돌아오는 길에 우리는 단 한 사람도 만나지 못했고 보지도 못했다. 헤르츠는 우리가 마치, 〈아라비안나이트〉에 나오는 사라져버린 도시를 걸어가는 것 같다고 했다.

우리는 시를 얘기하고 음식을 얘기했다. 너무너무 배가 고팠지만 식당 문이 모두 닫혀 있어 나폴리에 도착할 때까지는 굶는 수밖에 다른 도리가 없었다. 멀리 보이는 희미한 도시의 윤곽이 달빛 아래 보였다 안 보였다 했다. 베수비오 화산이 하늘로 불기둥을 뿜었고 용암은 조용한 바다 위에 검붉은 줄무늬를 선명하게 그렸다. 그 장엄한 광경에 여러 번 걸음을 멈추고 서서 찬탄했다. 그러다 다시 도시를 향해 걸음을 떼는 순간 우리의 대화는 맛있는 음식으로 이어졌다. 그날 밤은 화산의 장관과 음식 이야기가 온통 뒤죽박죽이었다.

그뒤 폼페이와 헤르쿨라니움을 방문하고 파에스툼에 있는 그리스 신전을 구경했다. 거기서 누더기를 걸친 가여운 소녀를 만났다. 아직 어린 그 소녀는 살아있는 조각상 같았다. 아름다움 그 자체였다. 검은 머릿결에 파란 바이올렛을 꽂았는데, 그게 유일하게 멋을 부린 것이었지만, 그 소녀가 어쩌면 아름다움의 나라에서 온 요정일지도 모른다는 강렬한 인상을 받았다. 거지에게 하듯 돈을 줄 수가 없었다. 그냥 가만히 서서 경외의 눈으로 바라보기만 했다. 소녀는 야생 무화과나무들 사이 계단에 앉아 있다가 우리를 발견하고 다가왔다. 소녀는 마치 신전의 여신 같았다.

3월 중순이었지만 덴마크의 아름다운 여름 같은 나날이었다. 바다는 우리를 유혹했고, 나는 사람들과 어울려 덮개 없는 배를 타고 살레노에서 아말피와 카프리까지 갔다. 카프리에서는 작은 천연 동굴이 몇 해 전에 발견되어 관광객들에게 인기가 좋았다. 거기 사람들은 '마법사의 구멍'이라고 불렀다. 이걸 묘사한 작가는 아직 없었고 아마 내가 처음이 아니었던가 싶다. 그후에도 로마를 다시 방문할 때마다 찾아갔지만 폭풍과 높은 파도로 번번이 발길을 돌려야 했다. 한 번만 봐도 평생 잊혀지지 않는 풍경이라 다행이었다. 그리고 타이버 강의 작은 섬도 빼놓을 수 없는 곳이었다. 그 섬은 나무 신발 모양의 카프리였다.

오페라 가수 말리브란이 나폴리에 있었다. 〈노르마〉와 〈세비야의 이발사〉, 〈라 프로바〉에서 그녀의 노래를 들었다. 음악의 나라 이탈리아에서 알지 못했던 경이로운 세계에 눈을 떴다. 울었다. 그리고 웃었다. 내 감정이 흥분의 절정으로 치닫는 경험을 했다. 열광적인 박수갈채 속에서 야유를 들었다. 단 한 사람만이 야유를 보냈다. 라블라셰는 오페라 〈잠파〉에서 잠파로 등장했다. 하지만 그는 피가로가 제격이었다. 그 피가로의 생기발랄한 생동감이여!

3월 20일, 우리는 부활절 주간을 맞으러 로마로 돌아왔다. 산맥은 겨울옷을 입고 있었다. 우리는 카세르타에 가서, 뮤라 (1767~1815년. 프랑스의 군인·기병대 지휘자로서, 중요한 싸움에서 나폴레옹을 도와 활약했다. 나폴레옹의 누이 카롤린과 결혼했고 1808년 나폴리의 왕이 되었다 – 옮긴이) 때부터 내려온 그림들과 화려하게 치장된 수많은 방들이 있는 거대한 왕성을 구경했다. 또 카푸아로 가서 원형 경기장을 둘러보았다. 경기장에는 지하실로 통하는, 기관 장치로 작동되는 통로가 있었다.

부활절 축제가 우리를 로마에 붙잡아두었다. 어느 날 밤, 대성당을 비추는 휘황한 조명에 한눈을 팔다 군중 속에 휩쓸려 일행과 헤어졌다. 안젤로 다리까지 떠밀려갔다. 다리 중간쯤 갔을 때 갑자기 현기증이 났다. 한 차례 전율이 흐른 뒤 다리가 후들후들 떨렸다. 더는 서 있을 수가 없었다. 군중이 덮쳐왔다. 덮쳐오는 사람들의 발들을 마지막으로 시야가 깜깜해졌다. 사람들이 나를 밟고 지나가는 걸 느꼈다. 그 순간 육체와 영혼의 힘을 모두 모아 나를 일으켜 세웠다. 불과 몇 초 동안이었지만, 화려하고 장엄했던 축제보다 내 머릿속에 더 깊은 인상을 심어준 악몽 같은 순간이었다.

다리 반대편에 이르자 기분이 한결 나아졌다. 안젤로 성을 정면으로 바라보는 그곳에 서서, 여태까지 보아왔던 것과는 비교할 수도 없을 만큼 놀라운 불꽃놀이를 구경했다. 이날 로마의 밤 하늘에서 쏟아지던 불꽃의 폭포에 비하면 파리에서 본 불꽃놀이는 초라한 것이었다.

식당에서 덴마크 동포들이 나를 위해 작별의 술잔을 높이 들었다. 그리고 여행을 찬양하는 노래를 불렀다. 토르발센은 나를 껴안고 로마에서든 덴마크에서든, 언젠가 다시 만날 수 있을 거라고 했다. 덴마크를 떠난 뒤 해가 바뀌어 다시 맞는 4월을 몬테

피아스코네에서 보냈다. 친근한 성격의 이탈리아 인 부부가 내 여행의 동행자였다. 그곳에 강도가 자주 나타난다는 말을 듣고 젊은 아내는 혹시 강도가 불쑥 나타나 마차를 가로막지나 않을까 겁을 냈다. 불타버린 숲이며 검게 남은 그루터기의 살풍경은 금방이라도 강도가 나타남직했다. 산길은 좁았고 길 아래로는 깜깜한 절벽이었다. 게다가 갑작스럽게 거센 폭풍우가 몰아치는 바람에 노벨라의 여인숙에서 폭풍우를 피해야 했다. 바람은 더욱 거세졌고 쏟아붓는 듯한 굵은 빗줄기가 계속 이어졌다. 이 모든 게 강도 이야기에 나오는 배경이었다. 이제 강도가 들이닥칠 순서였다. 하지만 강도는 다른 일로 바빴던지 나타나지 않았고, 우리는 계획했던 일정대로 시에나에 무사히 도착했다. 젊은 아내가 상상한 강도 이야기는 그렇게 싱겁게 끝이 났다. 이어서 피렌체로 갔다. 피렌체는 이미 나와 구면이었다. 금속 돼지며 교회들과 화랑들까지 모두….

십육 년 전 덴마크에 온 적이 있었고 그때 여류 작가 브룬 부인의 집에서 기거했던 사람을 우연히 알게 되었다. 그는 욀렌슐레게르와 바게센에 대해, 그리고 코펜하겐에서 살던 시절에 대해 애기했다. 외국에서 고향 애기를 들으면 그제야 고향이 얼마나 그리운 존재인지 깨닫게 된다. 하지만 난 향수병 같은 건 없었다. 여태까지 숱한 여행을 해봤지만 단 한 번도 향수병에 걸린 적이 없다. 나는 오히려 덴마크로 돌아갈 시간이 점점 다가오는 걸 두려운 눈으로 지켜보았다. 덴마크에 발을 디디는 순간, 아름다운 꿈은 깨지고 암울한 현실, 고통과 인내만 존재하는 현실에 눈을 떠야 한다고 생각했기 때문이다. 나로서는 그 피할 수 없는

1834년 안데르센의 스케치.

예정된 순간을 조금이라도 늦출 수만 있다면 하는 생각뿐이었다. 봄이 흘러가고 있었다. 피렌체 시내에 월계수들이 무성한 잎을 드리웠다. 봄은 내 주변을 맴돌았지만 내 영혼에는 숨결을 불어넣지 못했다. 북쪽으로 산을 넘어 볼로냐로 갔다. 말리브란은 거기서도 노래를 불렀다. 나는 라파엘의 〈성 세실리아〉를 보았다. 그리고 페라라를 거쳐 베니스로 갔다.

제노바에서 장엄한 사적지를 보고 로마에서 기념비를 보고 또 유쾌한 나폴리의 햇살 아래 거닐어본 사람이라면, 베니스가 눈에 차지 않을 것이다. 다른 도시에 비하면 베니스는 이탈리아의 의붓자식이다. 베니스는 이탈리아의 다른 도시들에 비하면 너무도 특이하기 때문에 이탈리아 여행을 하려면 꼭 베니스부터 시작하는 게 좋다. 이탈리아와 작별 인사를 나누기엔 적합하지 않은 도시다. 괴테는 베니스의 곤돌라에서 죽음과 관과 무덤의 이미지를 발견했다. 베니스의 곤돌라는 검은 술 장식이 달렸고 검은 커튼이 쳐진, 빠르게 헤엄쳐 나가는 시체 안치소의 관대棺臺다. 푸시나에서 우리는 이 곤돌라를 타고 끈적거리는 물과 깨끗한 물을 번갈아 헤치고 나가 침묵의 도시 베니스로 들어갔다. 동양적 건축 양식으로 지어진 교회와 감옥과, 한숨과 죽음이라는 암울한 기억의 총독 관저만이 사람들로 생기가 있을 뿐, 도시 대부분은 고요한 침묵에 잠겨 있었다. 그리스 사람들과 터키 사람들이 긴 담뱃대를 물고 앉아 있었고, 수백 마리 비둘기가 전승 기념비 주위를 날아다녔다.

마치 난파된 유령선을 타고 있는 듯한 느낌이었다. 특히 낮에는 더 그랬다. 저녁이 되면 달빛 아래 도시가 새로 일어나는 것 같았다. 건물이 달빛을 받아 당당하게 모습을 드러내자 고귀한 느낌마저 들었다. 아드리아 해의 여왕인 베니스는 낮이면 진흙탕 속에 죽은 백조 같다가도 밤이 되면 생명을 얻어 아름다움을 발산한다.

전갈의 독침에 손이 찔리는 바람에 베니스 여행은 고통이었다. 팔의 모든 혈관이 부풀어 올랐고, 고열에 시달렸다. 하지만 날씨가 서늘해 전갈의 독이 그다지 강하지 않았던 게 다행이었다. 나는 미련 없이 베니스를 떠나 또 다른 무덤의 도시, 로미오와 줄리엣의 무덤이 있는 베로나로 향했다.

화가인 덴마크 사람 벤츠는 나와 마찬가지로 오덴세에서 태어났다. 그는 청년 시절 고국을 떠나 일찌감치 재능을 인정받았고, 성실한 아내를 맞았으며, 서둘러 이탈리아 여행을 떠나 알프스 산맥에 올라 자기 앞에 놓인 예술의 성지를 보았다. 그리고 비첸자에서 갑작스럽게 죽음을 맞았다. 고향 오덴세에 사는 그의 동생을 나는 알고 있었다. 그의 무덤을 찾아보았지만 어디 있는지 아무도 몰랐다. 그의 운명이 더할 나위 없이 행복하게 느껴졌다. 나도 그 화가처럼 살다가 죽을 수 있다면! 알프스 산맥을 올라가 멀리 고향 쪽을 바라보자 기분이 더욱 침울해졌다.

나는 에딘버러에서 온 젊은 스코틀랜드 인 제임슨과 동행했다. 그는 티롤 산맥이 고향에 있는 산과 비슷하다며 눈물을 흘렸다. 향수병이었다. 하지만 난 향수병이 어떤 건지 몰랐다. 이제 곧 덴마크로 돌아가 피할 수 없이 들이켜야만 하는 쓰디쓴 잔을 생각하며, 침울한 기분 속으로 점점 더 깊이 빠져들었다. 게다가, 이제 이 아름다운 나라를 떠나면 내 생애에 다시는 못 보리라 확신했기에 우울함은 더했다.

알프스 산맥을 뒤로하자, 바이에른 고원이 우리 앞에 펼쳐졌다. 5월의 마지막 날 나는 뮌헨에 도착했다. 카를 광장에 있는 어느 정직한 빗 제조공의 집에 방을 잡았다. 아는 사람이 하나도 없었지만, 곧 생겼다. 거리에서 비르히를 만난 것이다. 나는 예전에 비르히를 시보니의 집에서 자주 본 적이 있었다. 그는 나를 알아보고 친절을 베풀었다. 그는 솔직하고 사교적인 사람이었고, 우리는 자주 만났다. 그의 아내는 작가이자 배우로 유명한 샤롯테 비르히였는데, 그때 취리히의 시립극장 감독으로 가 있는 바람에 그녀와 사귀지는 못했다.

철학자 셸링(1775~1854년. 독일 관념론과 낭만주의 철학을 대표하는 독일 철학자 - 옮긴이)이 당시 뮌헨에 살았다. 그에 대해서는 H. C. 외르스테드를 통해 많은 얘기를 들어서 알고 있었다. 다른 경로를 통해서도 이 사람과 끈이 닿았다. 코펜하겐에서 하숙을 할 때 여주인이 말하길, 셸링이 코펜하겐에 왔을 때 내가 쓰던 바로 그 방에서 내가 쓰던 침대를 썼다고 했다. 하지만 나는 추천장 하나 없었고, 나를 그에게 소개시켜줄 사람도 없었다. 무작정 찾아가 문을 두드리는 수밖에 없었다. 내가 누구인지 밝히자, 노신사는 반가이 맞아주었다. 그와 이탈리아를 화제로 많은 대화를 나누었다. 나는 독일어가 서툴러 덴마크 어 관용구를 하나하나 들려주었다. 하지만 이게 오히려 노신사를 즐겁게 만들었다. 낯설기도 하고 친숙하기도 한 것이 덴마크만의 수사적 특징이 빛난다는 것이었다. 그는 가족이 함께한 자리에도 초대해 친절하게 많은 얘기를 들려주었다. 나중에 내가 독일에서 명성을 얻은 뒤,

우리는 베를린에서 오랜 친구로 다시 만났다.

뮌헨에 머무는 동안은 즐거웠다. 하지만 코펜하겐으로 돌아갈 날이 점점 다가오고 있었다. 알뜰하게 여행 경비를 아껴 조금이라도 그 시기를 늦추려고 애를 썼다. 코펜하겐에 발을 들여놓는 순간 거대한 파도가 나를 덮쳐 다시는 일어나지 못하게 만들 것만 같았다.

편지를 통해 내가 덴마크에서 시인으로서는 거의 잊혀진 존재가 되어버렸다는 사실을 알았다. 〈월간 문학저널〉에서는 이걸 공공연한 사실로 적시하기도 했다. 시인으로서 내가 죽음을 맞이하고 말았다는 증거로, 그들은 내가 덴마크를 떠나 있을 때 출간되어 부분적으로 성공을 거둔 〈시 모음집〉과 〈그해의 열두 달〉을 내세웠다. 여행을 하던 친구가 내게 〈월간 문학저널〉을 전해주었다. 내 눈으로 직접 확인하길 잘했다는 생각이 들었다.

뮌헨을 떠났다. 마차에는 활기 넘치는 남자가 함께 타고 있었다. 가스타인 온천에 간다고 했는데, 시인 사피르가 가스타인의 검문소까지 나와 그를 맞이했다. 동행은 재미있는 남자였다. 이런저런 얘기 끝에 극장 얘기가 나왔다. 최근 공연된 〈괴츠 폰 베를리힝겐〉(16세기 농민 봉기가 일어났을 때 주도적인 역할을 한 기사 프랑켄의 자서전에서 소재를 차용한 괴테의 5막 희곡 – 옮긴이) 얘기도 했다. 여기에서 에슬러가 주인공을 맡았고, 관객으로부터 뜨거운 박수갈채를 받았다. 하지만 난 그가 별로였다. 동행에게 그렇게 말하고 셸비츠를 연기한 베스퍼만이 최고라고 했다. 그러자 그가 말했다.

"감사합니다!"

그가 바로 베스퍼만이었다. 그를 알아보지 못했던 것이다. 그런 멋진 예술가와 나란히 앉아 여행을 한다는 게 무척 즐거웠고 그가 더욱 친숙하게 느껴졌다. 이 여행이 우리를 친구로 만들어 주었다.

오스트리아 국경에 도착했다. 내 여권은 프랑스 어로 되어 있었다. 국경 경비원이 그걸 보고 내 이름을 물었다.

"한스 크리스티안 안데르센!"

"이름이 여권하고 다르군요. 당신 이름은 장 크레스텡 안데르센입니다. 다른 사람 여권으로 여행하는 거 아닙니까?"

시험이 시작되었다. 시험은 점점 재미있어졌다. 담배나 그밖에 금지 물품은 하나도 없었지만 그들은 내 짐을 샅샅이 뒤졌다. 덴마크에서 온 편지들까지 모두 검사했다. 그들은 관광 이외에 다른 어떤 목적도 없다는 사실을 맹세하라고 했다. 맹세했다. 한데 내 가방에서, 로마에서 크리스마스 파티 때 선물 받은 덩굴나무 화관이 나왔다. 그러자 경비원의 눈초리가 다시 올라갔다.

"이건 뭐죠?"

"어떤 모임에서 받은 겁니다."

"모임? 무슨 모임?"

비밀 결사 모임이 아니었음을 장황하게 설명해야 했다.

"파리에도 계셨죠?"

"예."

그들은 내게, 자기들은 프란츠 황제에 만족하고 아무런 문제를 느끼지 않으며, 이런 현재의 상황을 바꾸려는 어떠한 혁명적인 시도도 반대한다는 말을 다시 장황하게 늘어놓았다. 나도 같은 생각이라고, 혁명을 증오한다고 하자 비로소 안심했다. 그제야 길고 긴 구술 시험이 끝났다. 다른 사람과 달리 나만 유독 이렇게 길고 까다로운 검문을 받은 이유는 코펜하겐의 여권 담당 관리가 내 이름 한스 크리스티안을 장 크레스텡으로 바꾸었기 때문이다.

잘츠부르크에서 내가 묵었던 집 가까이에, 조각상과 비명碑銘이 있는 오래된 집이 있었다. 원래 테오파라스투스 봄바스투스 파라셀수스란 의사가 살던 집이고, 그 의사는 이 집에서 죽었다. 여인숙에서 시중을 들던 늙은 여자가 말하길, 자기도 그 집에서 태어났으며 그 의사에 대해 좀 안다고 하고선 이런 얘기를 들려주었다. 그는 부자들이 잘 걸리는 통풍을 특별히 잘 고쳤는데, 이를 시기한 다른 의사들이 음식에 몰래 독약을 넣었다. 독약을 마신 뒤에야 이 사실을 알아차린 그는 자기 몸 속에 들어온 독을 제거할 줄도 알았다. 그는 방문을 잠그고, 자기가 문을 열라고 하기 전에는 절대 문을 열지 말라고 하인에게 일렀다. 한데 하인이 궁금증을 이기지 못하고 문을 열고 말았다. 몸 속의 독을 이제 막 목구멍까지 끌어올린 찰나였는데 하인이 문을 여는 순간, 의사는 바닥에 쓰러져 죽고 말았다. 재미있는 이야기였다. 파라셀수스는 그후로 오랫동안 내게 낭만적이고 매력적인 인물로 남아 있었다. 그의 얘기는 덴마크의 시에서도 등장했다. 그가 떠돌아다닌 여러 나라 가운데 덴마크도 포함되어 있었기 때문이다. 그가 프랑스와 덴마크 동맹군의 외과 의사였다는 소문이 있다. 그리고 크리스티안 2세 때는 코펜하겐에서 수녀원장에게 유리병에 든 설사약을 줬는데, 이때 손이 미끄러져 유리병이 바닥에 떨어져 깨졌는데, 내용물이 쏟아져 나오며 천둥 같은 소리를 내며 폭발했다고 한다. 수녀원장이 얼마나 기겁을 하고 놀랐을까? 불쌍한 파라셀수스! 그는 돌팔이 의사라 불렸다. 하지만 그는 시대를 앞서간 천재였다. 시간이라는 마차보다 앞서가는 사람은 말에 채이고 밟히는 법이다.

잘츠부르크에 가면 할라인에 가서 소금 공장을 보고 소금을 끓이는 거대한 쇠 가마의 덮개 위를 걸어보아야 한다. 골링의 폭포는 바위 위에 물줄기를 쏟아내려 거대한 거품을 만들어낸다. 그때의 골링 폭포에 대한 인상은 모두 지워져 남아 있지 않지만 단 하나, 우리를 안내한 어린 소년의 미소만은 기억에 남아 있다. 소년은 어른처럼 진지했다. 어린아이에게서 가끔 발견할 수 있는 진지함을 시종일관 유지했고, 마지막 순간까지 얼굴에 미소 한번 띠지 않았다. 그런데 굉음을 내며 떨어진 물줄기가 바위 위에서 거품으로 흘러넘치는 그 앞에 우리를 데려다놓고 돌아설 때, 소년의 눈은 어린아이의 눈으로 돌아가 반짝였다. 그러곤 행복하게 미소 지으며 자랑스럽게 말했다.

"여기가 골링 폭포예요!"

폭포는 지금도 거품을 일으키고 있을 테지만 난 그 광경을 잊어버렸다. 하지만 소년의 미소는 결코 잊지 못할 것이다. 명승지나 유적지를 둘러본 뒤 오랜 시간이 지나고 나면 이 기억들이 완전히 사라져버렸음에도 불구하고, 그때 그 상황에서 일어났거나 느꼈거나 혹은 본질적인 것과 상관없는 어떤 사소한 것들이 오래 기억에 남을 때가 종종 있다. 다뉴브 강에 있는 묄크의 어떤 장엄한 수도원에 대한 기억이 그런 경우다. 이 수도원에는 대리석 장식과 전경이 압권이지만 내 기억에 선명하게 남아 앞으로도 영원히 잊지 못할 것은 마룻바닥에 남아 있던 시커멓게 불에 탄 흔적이다. 1809년, 오스트리아 군대가 다뉴브 강의 북쪽 강둑에 진을 치고 나폴레옹이 수도원을 접수해 지휘본부로 쓰고 있을 때 일이다. 나폴레옹이 보고서를 읽고선 화가 나서 불을 붙여 던져버렸는데 그게 마룻바닥에 옮겨 붙었고, 그 흔적이 지금까지 남아 있는 것이라고 했다.

마침내 성 슈테판 교회의 첨탑이 눈에 들어왔다. 드디어 제국의 도시(오스트리아의 수도 빈을 말함 - 옮긴이)에 들어선 것이다. 소넨라이트너의 집은 당시 모든 덴마크 사람들의 집이었다. 거기 가면 늘 동포를 만날 수 있었고, 저녁마다 유명인사들이 모여들었다. 체르닝 선장, 벤츠 박사와 튜네 박사, 노르웨이 인 슈바이고르드 등이 그런 인물들이었다. 나는 거기 자주 가지 못했다. 극장에 가는 게 더 좋았기 때문이다. 보르크 극장은 훌륭했다. 나는 〈미국인〉에서 괴츠 폰 베를리힝겐 역을 맡은 안쉬츠와 헤르프 부인 역을 맡은 폰 바이센트후른 부인을 보았다. 너무 심했다! 당시 아가씨였던 마틸데 빌다우어가 그때 〈영국의 인디언들〉에서 구를리로 무대에 첫선을 보였고, 이 작품으로 명성을 얻었다. 코체부(1761~1819년. 독일의 극작가. 독일의 급진파로부터 러시아의 간첩으로 몰려 살해당했다 - 옮긴이)의 여러 희극들도 멋지게 무대에 올랐다. 코체부는 재치가 있었지만 상상력은 부족했다. 그는 단지 당대의 작가일 뿐이었다. 그의 작품은 운율을 무시했지만, 그의 재치 덕분에 대사는 찬탄하지 않을 수 없을 만큼 생동적이었다.

히칭에서는 슈트라우스(여기서는 '왈츠의 왕'으로 불렸던 요한 슈트라우스가 아니라, 그의 아버지 슈트라우스, 즉 '왈츠의 아버지'를 가리킨다 - 옮긴이)를 보았고 그의 음악을 들었다. 그는 오케스트라의 한가운데에 마치 오케스트라의 심장처럼 서 있었다. 아름다운 선율이 그의 몸을 통해 쏟아져 나오는 것 같은 착각이 들었다. 폰 바이센트후른 부인은 히칭에 별장을 두고 있었는데 이 매력적인 부인과 우연히 알고 지내게 되었고, 〈어느 시인의 시장〉에서 이 귀엽고 재능 있는 숙녀를 부분적으로 묘사했다. 그가 출연한 〈누가 신부일까〉와 〈스텐베르크의 별장〉은 덴마크에서 대단한 갈채를 받았다. 젊은 세대는 아마도 요한 폰 바이센트후른 부인을 잘 모르겠지만, 그녀는 배우의 딸이었고 아주 어릴 적부터 무대에 올랐다. 1809년 쇤브룸에서 나폴레옹을 위해 페드라(그리스 신화에 등장하는 인물로, 크레타 왕 미노스의 딸이자 아테네의 영웅 테세우스의 두 번째 아내. 어머니가 아들에게 연정을 품어 비극적인 결말을 맞는다는 이야기는 페드라 콤플렉스라는 정신분석 용어로 남게 되었다 - 옮긴이)를 연기했고, 이 일로 삼천 프랑을 선물 받았다. 그녀는 또 스물다섯 살 때 내기를 소재로 한 〈선線〉이라는 작품을 여드레 만에 써냈다. 그후로 그녀는 육십 편 이상의 작품을 썼다. 사십 년 동안의 정력적인 활동을 높이 평가한 프란츠 황제는, 여배우에게는 단 한 차례도 수여하지 않았던 관례를 깨고, 그녀에게 '황금 시민 메달'을 하사했다. 그녀는 1841년 연극을 떠났고, 1847년 5월 18일 히칭에서 죽었다. 그녀가 쓴 희극은 열네 권의 책으로 묶여 출판되었다. 나는 처음으로 그녀의 별장에서 그녀와 얘기를 나누었다. 그녀는 욀렌슐레게르를 대단히 존경했다. 그를 부를 땐 꼭 '위대하신 분'이라는 호칭을 썼다. 그가 청년 시절 빈에 있을 때 처음 알았고 그때부터 존경해왔다고 했다. 그녀는 내가 이탈리아에 대해 얘기하는 걸 좋아했다. 내 얘기를 듣고 있으면, 마치 나와 함께 이탈리아에 가 있는 듯한 느낌이 든다는 것이었다. 내가 사물을 딱 꼬집어 정확하게 느낌을 전달한다고 했다.

소넨라이트너의 집에서 〈여성 조상〉과 〈황금 양털〉을 쓴 그릴파르처(1791~1872년. 오스트리아의 극작가 - 옮긴이)를 알게 되었다. 그는 진짜 빈 식으로 내 손을 잡았고, 나를 시인으로 맞아주었다.

나는 카스텔리와도 자주 만났다. 그는 성격이 좋은데다 쾌활한 유머를 알았고 황제에 대한 충성심으로 가득 차, 의심할 바 없는 빈 사람이었다. 그가 한 말을 들으면 금방 이해할 수 있을 것이다.

"황제 폐하께 시를 써서 청원을 올렸습니다. 우리 빈 시민이 폐하께 인사를 드릴 때, 이렇게 추운 날씨에는 일부러 모자를 벗어 대답해주시지 않아도 된다고 말입니다."

그는 내게 자기 '보석'을 모두 보여주었다. 그는 담배통을 수집하고 있었다. 그 가운데 하나는 달팽이 모양이었는데, 볼테르(1694~1778년. 프랑스의 계몽 사상가이자 시인 - 옮긴이)의 것이라고 했다! 그가 말했다.

"절을 하고 입을 맞추시오."

〈어느 바이올리니스트〉에서 나오미가 빈에 나타나는데, 나는 카스텔리를 빈의 배우들 가운데 한 명으로 만들었다. 그리고 그 장 맨 앞에 있는 시는 헤어지기 전에 카스텔리가 내게 써준 것이다.

빈에서 한 달을 보낸 뒤 프라하를 경유해, 사람들이 말하는

'여행하는 삶의 시'를 즐기며 고향 덴마크로 향했다. 덜컹거리는 마차 안은 수많은 사람들로 비좁았다. 하지만 덕분에 재미있는 사람들의 재미있는 모습을 볼 수 있어서 지루하지 않았다. 모든 것에 대해 짜증스러워하는 노신사가 한 명 있었다. 그가 하는 말을 들으면, 그는 착취와 강탈의 희생자였다. 그는 자기가 쓴 돈을 끊임없이 계산했고 그때마다 바가지를 썼다고 한숨을 쉬었다. 하지만 내가 보기에 그건 커피 한 잔 값도 안 되는 돈이었다. 그는 또 요즘 젊은 사람들이 너무 타락했다고 한숨을 쉬며 걱정했다. 젊은 사람들은 세상 모든 걸 다 자기 편한 대로 간섭하려 들고, 심지어 이 세상의 운명까지도 제멋대로 책임지겠다고 나서는 판이니 이래서 되겠느냐며 투덜거렸다. 이 노신사 옆자리에 앉은 유태인도 만만치 않았다. 가는 동안 내내 더듬거리며 열 번 이상 떠들어댄 얘기의 내용인즉, 달마시아에 있는 라구사로 가는 자기 여행 얘기였다. 그는 또 아무도 물어본 사람이 없는데도, 자기는 결코 왕이 되고 싶은 욕심은 없다고 했다. 하지만 왕의 시중드는 사람은 되고 싶다고 했다. 자기가 아는 사람 중에 그런 사람이 있는데, 제대로 걷지도 못할 만큼 뚱뚱해서 시중을 들어주는 사람을 따로 두고 있다고 했다. 그는 머리부터 발끝까지 지저분하고 더러웠는데 끊임없이 청결에 대해 주절주절 늘어놓았다. 그는 또 헝가리에서는 소똥으로 밥을 짓는다는 얘기를 듣자 분개했다! 그리고 온갖 얘기를 다 했다. 그러더니 갑자기 깊은 생각에 잠겨 주머니에서 종이를 꺼내곤 눈을 이리저리 굴린 다음에 뭔가를 써내려갔다. 그리곤 나더러 읽어보라고 했다.

마차에는 지정석이 따로 없어서 각자 자기 편한 자리에 앉으면 되었다. 한데 우리가 앉았던 제일 좋은 자리를, 이글라우에서 너무 피곤하고 배가 고파 잠깐 요기를 하고 오는 사이에 새로 마차에 탄 사람들에게 뺏기고 말았다. 그들은 젊은 부부였다. 우리가 마차로 돌아왔을 때 남자는 이미 잠들어 있었고 여자는 잠든 남편의 몫까지라 할 만큼 많은 말을 하며, 전혀 잠들 기미를 보이지 않았다. 여자는 미술과 문학을 얘기했고, 훌륭한 교육을 얘기했고, 시를 읽는 것과 시인을 이해하는 것에 대해 얘기했고, 음악과 조형미술을 얘기했고, 칼데론(1799~1867년. 스페인의 시인이자 소설가 – 옮긴이)과 멘델스존을 얘기했다. 때때로 그녀는 말을 끊고, 자기에게 머리를 기대고 자는 남편을 바라보며 한숨을 쉬었다.

"천사의 머리, 잠깐만 들어주세요, 가슴이 눌리잖아요."

이제 그녀는 자기 아버지의 도서관에 대해 얘기했고 얼마 후에 아버지를 만날 거라는 얘기도 했다. 보헤미아 문학에 대해 물어보자 자기가 알고 있는 모든 작가들의 이름을 줄줄이 꿰었다. 그 작가들이, 현대문학의 모든 작품들을 완벽하게 갖추고 있는 자기 아버지의 도서관을 직접 방문했다는 얘기도 덧붙였다. 날이 밝은 뒤, 나는 이들 부부가 유태인이란 걸 깨달았다. 남자는 일어나 커피를 한 잔 마시고 다시 여자에게 머리를 기대고 곯아떨어졌다. 남자가 딱 한 번 입을 연 건 누구나 다 아는 형편없는 얘기를 위트라고 말할 때였다. 그 말을 한 뒤 다시 여자에게 머리를 기대고 잠들었음은 물론이다. 아, 천사여!

여자는 마차 안에 탄 모든 사람들에 대해서 알고 싶어 했다. 직업이 뭐며 직책이 뭐며 등등…. 내가 작가란 사실을 알고는 특히 관심을 보였다. 프라하의 검문소에서 승객들이 각자 자기 이름을 댈 때였다. 귀먹은 노신사가 자기 이름을 '짐머만 교수'라고 하자, 여자가 고함을 질렀다.

"짐머만! 짐머만의 〈고독〉, 선생님이 그 짐머만이십니까?"

그녀는 자기가 알고 있는 작가는 이미 오래전에 고인이 되었다는 사실을 모르고 있었다. 귀가 들리지 않는 노신사는 계속 자기 이름만 외쳐댔다. 여자는 갑자기 안타까움의 눈물을 쏟았다. 밤새 함께 있으면서도 몰랐다가 헤어질 시간이 되어서야 그 사실을 알았다는 걸 너무도 안타까워했다.

나는 그녀에게 다음날 아침 일찍 드레스덴으로 갈 예정이라고 얘기해주었다. 여자는 그렇지만 않아도 나를 초대해서 자기 아버지를 소개하고 아버지의 도서관을 보여주고 또 도서관에 모인 사람들과 마음을 열고 친구가 될 수 있을 텐데 하면서 아쉬워했다. 남자는 명함을 내밀었다. 받아서 호주머니에 넣었다.

"우리는 동네에서 제일 큰 집에 살아요."

여자는 제일 큰 집을 내게 가리켜 보였다. 나는 그 부부가 그 집으로 들어가는 걸 보았다. 그들이 떠날 때 나는 다음날 아침 프라하에서 이틀을 더 머물기로 하고, 수다스럽던 내 여행 친구를 방문해 보헤미아 문학으로 가득한 도서관을 보리라 마음먹었다.

나는 그 부부가 들어갔던 집으로 갔다. 일층에서 물어보았지만 그 가족을 아는 사람은 아무도 없었다. 이층에서도 마찬가지였다. 삼층에서 커다란 도서관에 대해 물어보았지만 아는 사람이 없었다. 사층으로 올라갔다. 마찬가지였다. 사람들이 말하길, 내가 말한 가족은 거기 살고 있지 않다고 했다. 옥상에 있는 방 두 개짜리 옥탑방에 유태인 노인이 한 명 살고 있긴 하지만 내가 찾는 사람은 아닐 거라고 했다. 그래도 난 계단을 올라가보았다. 계단 옆의 벽은 거친 판자였고, 커다란 문이 달려 있었다. 문을 두드렸다. 더러운 잠옷을 입은 노인이 문을 열었다. 안으로 들어가니 마루 한가운데 책이 가득 들어 있는 커다란 옷가방이 보였다.

"내가 찾던 가족이 여기 없나 보군요."

그렇게 말하며 돌아서는데, 어머나! 하는 여자의 비명 소리가 옆방에서 들렸다. 그쪽으로 고개를 돌렸다. 네글리제를 입은 나의 수다스런 친구가 거기 있는 게 아닌가! 여자는 고급 소재의 검정 비단 외출복을 막 입으려던 참이었다. 반대편 방에는 남편이 졸린 얼굴로 입을 딱 벌리고선 '천사의 머리'를 끄덕여 보였다. 난 놀라 멍하니 서 있을 수밖에 없었다. 여자가 드레스의 뒤쪽을 채우지도 않고 보닛의 끈을 묶지도 않은 채 내 앞으로 다가왔다. 그녀의 볼은 빨갛게 물들어 있었다.

"폰 안데르센!"

그녀는 용서를 구했다. 아버지의 도서관은 노인의 가방이었다. 여자가 마차에서 떠들어댄 허풍의 실체는 옥탑방과 여행 가방이었던 것이다.

프라하에서 나는 토플리츠와 드레스덴을 거쳐 덴마크로 향했다. 복잡한 감정을 안고 바다를 바라보았다. 눈물이 흘렀다. 내가 흘린 눈물은 기쁨의 눈물만은 아니었다. 하지만 신은 나와 함께 있었다. 나는 독일에 대해선 애정도 없었고 이성적으로도 끌리지 않았다. 내 마음은 이탈리아뿐이었다. 이탈리아는 내게 잃어버린 낙원이었다. 다시는 돌아가지 못하리라… 두려움과 걱정을 안고 고향 쪽 미래를 바라보았다.

이탈리아의 풍경과 그곳 사람들의 삶에 내 영혼은 푹 빠져버렸고, 이탈리아를 향한 타는 듯한 목마름을 느꼈다. 그전의 삶과 내가 이탈리아에서 본 것들이 한데 뒤섞여 시가 되었다. 나는 이 시를 써내려갈 수밖에 없었다. 덴마크에선 생활고 때문에 이 시를 발표할 것이다. 그렇게 되면 시를 쓰는 기쁨보다 성가신 문제와 그에 따른 고통이 더 크다는 걸 뻔히 알면서도 말이다. 나는 이미 로마에서 제1장을 썼다. 그리고 나머지는 뮌헨에서 썼다. 이것이 〈즉흥시인〉이다. 로마에서 J. L. 하이베르그의 편지를 받았는데, 그 편지에서 그는 나를 즉흥시인처럼 여겼다. 이때 내 시의 제목을 즉흥시인으로 하기로 마음먹었다.

어린 시절 오덴세에 있는 극장에 처음 갔을 때, 앞에서도 언급한 바 있지만, 〈도나우의 처녀〉가 독일어로 공연되었다. 그때 관객은 여주인공 역을 맡은 배우에게 아낌없는 갈채를 보냈다. 저 배우는 얼마나 행복할까, 그런 생각을 했던 기억이 지금도 생생하다. 여러 해가 지난 뒤 대학생이 되어 다시 오덴세에 갔을 때, 가난한 미망인들이 사는 병원의 어떤 방에, 그 방에는 침대들이 나란히 붙어 있었는데, 금박 액자에 담긴 여자의 초상화가 한 침대에 걸려 있었다. 그 초상화는 가난한 병실과 전혀 어울리지 않았다.

"저 여자는 누구죠?"

오오, 하면서 늙은 여자 하나가 대답했다.

"독일 여자라우. 한때는 배우로 이름을 날렸지만, 딱하지…."

그제야 나는, 색 바랜 검정색 낡은 비단 가운을 걸치고 있는 주름투성이 노파를 보았다. 그 여자는 젊은 시절 '도나우의 처녀'로 관객의 갈채를 독차지했던 바로 그 배우였다. 결코 잊으려야 잊을 수 없는 인상이었고, 지금도 가끔 그녀의 늙은 모습이 떠오른다.

나폴리에서 말리브란이 노래 부르는 걸 처음 들었다. 그녀의 노래와 연기는 그때까지 내가 듣거나 본 것 중 최고였다. 그리고 오덴세 병원의 비참한 늙은 여배우가 생각났다. 이 두 가지 이미지가 하나로 합쳐져 〈즉흥시인〉의 아눈치아타가 탄생했다. 그리고 이탈리아는 이 소설의 모든 사건이 일어나는 배경이 되었다.

여행은 끝났다. 내가 덴마크로 돌아온 건 1834년 8월이었다. 소뢰의 잉게만의 집 라임 향기 진한 작은 방에서 쓰기 시작해 코펜하겐에서 마무리한 내 책의 헌사는 이랬다.

콜린 의원님과 그의 아름다운 부인은 내게 부모님이나 마찬가지였고, 그의 아들과 딸은 내게 형제나 마찬가지였으며, 그의 집은 내게 따뜻한 가정이었습니다. 그 두 분께 내가 가진 모든 걸 드립니다.

사람들이 책을 사서 읽기 시작했고, 초판이 매진되어 재판을 찍었다. 비평가들은 침묵했고 신문에서는 아무것도 쓰지 않았다. 하지만 나는 내 작품에 흥미를 느끼는 사람이 많고, 많은 사람들이 내 작품을 좋아한다는 사실을 들었다. 마침내 카를 바거가 자신이 편집자로 있던 〈일요신문〉에 내 작품과 관련된 글을 실었다. 그 기사는 이렇게 시작된다.

"안데르센의 글이 예전과 달라졌다. 그는 완전히 지쳐서 나가 떨어졌다. 나는 오래전부터 이렇게 될 걸 예상했었다." 거만한 비평가들이 이런저런 지면을 통해 안데르센을 평하는 말이다. 공교롭게도, 안데르센이 처음 등장했을 때 그의 머리를 쓰다듬고 뺨을 톡톡 두들겨주던 바로 그 지면이다. 하지만 그는 결코 지치지도 않았고 나가떨어지지도 않았다. 그는 〈즉흥시인〉으로 화려하게 덴마크 문학계에 복귀했다.

사람들은 웃을지 모르지만 솔직히 나는 소리 내어 울었다. 기뻐서 고함을 질렀다. 그리고 하늘에 계신 하나님과 땅 위의 모든 사람들에게 감사했다.

적이었던 많은 사람들이 입장을 바꾸었다. 그 가운데 친구가 된 사람도 있다. 바라건대 내 평생 친구가 될 것이다. 그는 시인 하우흐다. 내가 알고 있는 그 어떤 사람보다 고매한 인격을 가지고 있는 사람이다. 그는 여러 해 동안 외국에 살다가, 하이베르그의 희가극이 코펜하겐을 뒤흔들던 때이자 〈도보 여행기〉로 내 이름이 막 알려지기 시작하던 그 무렵에 이탈리아에서 덴마크로 돌아왔다. 그는 하이베르그와 논쟁을 시작했고, 나를 경멸했다. 내 시의 서정성은 그의 눈에 차지도 않았다. 그는 나를 막돼먹고 변덕 심한 운 좋은 애송이로 묘사했다. 그러던 그가 〈즉흥시인〉을 읽고 내 시에 있는 어떤 장점을 발견하고는, 내게 진심이 가득한 편지를 보냈다. 나를 잘못 평가한 데 대해 사과하고 싶다는 내용이었다. 인품이 훌륭하지 않다면 결코 이러지 못했을 것이다. 그때부터 우리는 친구가 되었다. 그는 최대한의 열정과 영향력을 발휘해 나를 보호했고, 진정한 우정으로 내 앞길을 열어주었다. 하지만 그의 장점과 우리의 우정을 이해하는 사람은 많지 않았다. 그가 허영에 가득 찬 시인이 결국 미치광이가 되는 내용의 소설을 썼을 때, 덴마크 사람들은 그 미치광이 시인이 바로 안데르센이며, 하우흐가 안데르센을 그렇게 평가하는 줄로만 받아들였다. 그 소설에서 나의 약점을 상세하게 묘사했기 때문이었다. 이것은 나를 잘못 이해한 것이란 사실을 알아야 한다. 하우흐는 오해를 바로잡기 위해 결국 내 시를 대상으로 논문을 썼고, 다른 사람들이 알고 있는 것과 달리 내 시를 어떻게 이해하는지 밝혔다.

다시 〈즉흥시인〉 얘기로 돌아와서, 이 작품은 바닥에 가라앉았던 내 운명을 건져 올렸다. 내 주변에 다시 옛 친구들이 모여들었다. 새 친구까지 포함해 더 많은 친구들이 모였다. 처음으로 정당한 평가를 받는다는 느낌이 들었다. 크루세가 이 책을 독일어로 번역했다. 제목은 〈한 이탈리아 시인의 젊은 꿈〉으로 무척 길었다. 나는 이 제목에 반대했지만 크루세는 사람들의 관심을 끌려면 이렇게 해야 한다고 우겼다.

앞에서도 말했듯이 바거가 내 작품을 맨 처음 평가했다. 그후 얼마간 시간이 지난 뒤 두 번째 비평이 나왔다. 익숙하던 어투보다는 훨씬 정중했지만, 그럼에도 불구하고 장점은 가볍게 지나쳐버리고 부족한 것들과 잘못 사용한 이탈리아 어 용례들을 구구절절 조목조목 장황하게 늘어놓는 건 변함이 없었다. 그 당시 니콜라이의 〈있는 그대로의 이탈리아〉가 막 출간되었는데 사람들은 입을 모아 이렇게 말했다.

"니콜라이의 책을 읽으면 이탈리아에 대해서 제대로 알 수 있을 테니까, 안데르센이 무슨 말을 하려고 했는지 이제 제대로 알겠군."

〈즉흥시인〉을 크리스티안 왕자(십오 년 전 오덴세에서 안데르센에게, 배우의 재능이 없으니 기술을 배우라고 했던 사람이며, 훗날 국왕 크리스티안 8세가 될 사람이다 - 옮긴이)에게 바쳤는데, 그때 대기실에서 후배 시인 한 명을 만났다. 그는 상류층 신분이었으며 내게 겸손했다. 우리는 둘 다 시인이었고 동업자인 셈이었다. 한데 이 시인이 방에 모인 저명한 인사들에게 '콜로세움(Collosseum)'이라는 단어를 놓고 자기 딴엔 내 편을 들어준답시고 장광설을 늘어놓았다. 바이런이 그 단어를 '콜리세움(Coliseum)'으로 쓴 걸이 시인이 보았고, 내가 잘못 쓴 줄 알았던 것이다. 내 책에서 콜로세움은 여러 군데에서 등장했고, 이로 인해 결국 내 책이 가지고 있던 장점은 깡그리 묻혀버리고 말았다. 게다가 젊은 시인은 그 얘기를 방에 있던 사람들이 다 잘 들을 수 있게 얼마나 큰 소리로 떠들었던지…. 나는 바이런이 잘못 썼고 내가 제대로 썼음을 밝히려고 무진 애를 썼다. 그러자 신사 한 명이 미소를 지으며 어깨를 으쓱하더니 내 책을 건네주며 말했다.

"이렇게 아름답게 만들어진 책에 안타깝게도 그런 실수가 있었군요."

〈덴마크 문학월평〉은 지금은 흔적도 없이 잊혀져버린 수많은 책과 작품에 대한 평을 실었지만 〈즉흥시인〉에 대해서는 단 한마디도 언급하지 않았다. 아마도 이미 독자들에게 커다란 호응을 얻고 있었기 때문이리라. 〈즉흥시인〉 2판이 나왔을 때였다. 1837년이었다. 그때 나는 확고한 발판을 마련하고 다음 작품〈O. T.〉를 썼는데, 〈덴마크 문학월평〉에서 〈즉흥시인〉을 지독하게 비난하는 글을 실었다. 어떻게 이런 식으로 모욕을 줄 수 있을까?

〈즉흥시인〉의 장점을 제대로 인정해주는 평가는, 지금 생각해도 과찬이지만, 독일에서 처음 나왔다. 나는 태양을 바라보는 병든 사람처럼 감사하고 기뻐했다. 〈덴마크 문학월평〉이 나를 비평하면서 지적한 것처럼, 나는 작품을 통해 은혜를 베푼 사람에게 감사할 줄 모르는 그런 배은망덕한 사람이 아니었다. 나는 내 어깨의 무거운 짐을 버텨야 했던 불쌍한 안토니오(〈즉흥시인〉의 남자 주인공 - 옮긴이)였고, 동정 어린 눈물의 빵을 먹었던 사람이다. 스웨덴의 신문이 내 작품에 대한 평을 실었고 스웨덴에서도 내 작품을 칭찬하는 소리가 울려 퍼졌다. 여류 시인 메리 호위트가 번역한 영국판도 출간 이래 이 년 동안 변함없이 좋은 반응을 얻었다. 외국에서는 모두 소리를 높여 〈즉흥시인〉을 인정했다.

"시에 〈해롤드 차일드의 편력〉(바이런의 장편 서사시. 귀공자 해롤드가 세계를 유랑하며 풍광을 노래하고 지난날의 역사와 인물을 회고하는 내용 - 옮긴이)이 있다면 소설에는 〈즉흥시인〉이 있다."

이것은 영국에서 나온 평이다. 그리고 십삼 년 뒤, 내가 처음으로 영국에 갔을 때 〈외국문학 리뷰〉에 내 작품에 대한 관대한 평이 실렸다는 얘기를 들었다. 나는 당시 영어를 몰라 그 내용은 알 수 없었지만, 평을 쓴 사람은 월터 스콧의 사위인 유능한 비평가 록하트였다. 〈외국문학 리뷰〉는 코펜하겐에서 가장 많이 읽히고 잘 알려진 지면이었지만 덴마크에서는 여기에 대해 단한 줄도 언급이 없었다.

미국에서도 영어 번역판이 출간되었고, 1844년에는 상트페테르부르크에서 스웨덴 번역본이 러시아 어로 번역되었으며, 또 보헤미아 어로도 번역 출간되었다. 〈즉흥시인〉은 네덜란드에서도 호평을 받았다.

1847년에는 르브랭 부인이 프랑스 어로 번역해서 좋은 평을 받았다. 특히 〈즉흥시인〉의 순수성이 높은 평가를 받았다.

독일에서는 일고여덟 개의 다른 번역판이 나왔다. 차미소가 번역한 잘 알려진 번역판을 특별히 언급해야겠는데, 이 번역판에서 차미소는 내 책을 높이 평가해 〈노트르담의 꼽추〉와 〈불도마뱀〉보다 높은 자리에 놓기도 했다.

이 시기에 나는 진정으로 높이 인정을 받았고 내 정신은 한껏 고무되었다. 덴마크가 진정 내 안에서 시인의 면모를 인정한다면, 내가 보다 더 성장할 수 있게 격려했어야 했다. 사람들은 어린 싹이 훌륭하게 잘 자라줄 거라 기대하며 온실 속에 싹을 심어 두고 부지런히 돌보면서 내게는 그런 정성을 조금도 쏟질 않았다. 내가 성장하지 못하게 방해만 했을 뿐이다. 하지만 신은 내 편이었다. 그는 나와 내가 쓴 글들이 잘 자라나 자기 길을 갈 수 있게 따뜻한 햇볕을 내렸다.

일반 독자들이 비평가와 비평보다 더 큰 힘을 가지고 있는 법이다. 나는 그때도 내가 선 덴마크 땅이 단단하다는 걸 느꼈고, 내 정신은 새로운 비상의 날개를 펼치고 있었다.

〈즉흥시인〉이 발표되고 불과 몇 달이 지나지 않아 '놀라운 이야기들'(우리가 익히 아는 '동화집'을 의미한다. 안데르센이 '동화' 대신 '놀라운 이야기' 혹은 '작은 이야기'라는 표현을 쓰고 있어 거기에 따른다. 그 이유는 330쪽에서 안데르센이 설명한다 - 옮긴이)의 앞부분을 내놓았다. 하지만 비평가들은 나를 조금도 격려하지 않았다. 그들은 여전히 편견에 사로잡혀 있었다. 〈덴마크 문학월평〉에서는 내 '놀라운 이야기들'을 언급도 하지 않았고, 또 다른 비평지인 〈단노라〉는 쓸데없는 글쓰기에 시간을 낭비하지 말라는 매정한 충고만 던졌다. 내게는 평범한 시의 형식이 부족했다. 그들이 보기에, 나는 이상적인 틀을 배우려 하지 않았다. 난 진즉에 그걸 포기했다. 유쾌함과 우울함이라는 양극단을 오가면서 나는 다음 소설 〈O. T.〉를 썼다. 나는 그 당시 글쓰기에 대한 강한 충동을 느끼고 있었고, 소설을 쓰는 데 진정한 재능이 있다고 믿었다.

1835년에 〈즉흥시인〉, 1836년에 〈O. T.〉, 그리고 1837년에 〈어느 바이올리니스트〉를 잇달아 발표했다. 많은 사람들이 〈O. T.〉를 좋아했다. 특히 H. C. 외르스테드는 내 유머를 아주 높이 평가해주었다. 그는 이쪽으로 계속 나가라고 격려했다. 그와 그의 가족은 나를 제일 친절하게 인정해주었다.

당시 개인적인 친분을 쌓고 있던 시베른의 집에서 사람들이 모인 가운데 〈O. T.〉를 큰 소리로 낭독했다. 나의 〈도보 여행기〉를 좋아하지 않던 파울 묄러는 그때 노르웨이에서 방금 돌아와 그 자리에 있었는데, 내 목소리에 귀를 기울이고 흥미롭게 들었다. 그는 특히 유틀란트와 황무지 그리고 서부 연안에 관한 부분이 좋다며 따뜻한 칭찬을 보냈다. 〈O. T.〉는 독일어로 옮겨졌고 이것이 다시 스웨덴 어, 독일어 그리고 영어로 번역되었다. 수많은 사람들이 〈O. T.〉를 읽었고 열광하는 사람들도 나타났다. 신문이나 문학잡지는 여전히 침묵을 지켰다. 그들은 세월이 흐름에 따라 소년이 자라서 어른이 되고, 대중은 그들의 지면을 통하지 않고서도 지식을 얻을 수 있다는 사실을 알지 못했다.

최근의 내 책들을 읽지도 않았을 사람들이 나를 가장 혹독하게 비판했다. 하지만 이들 가운데 하이베르그처럼 정직한 사람은 단 한 명도 없었다. 내 책을 읽기나 했느냐고 물었을 때 하이베르그는 이렇게 대답했다.

"나는 위대하고 훌륭한 책은 읽지 않는다네."

〈어느 바이올리니스트〉가 출간된 다음해인 1838년, 나의 시와 나를 둘러싼 가혹한 환경 사이의 끔찍한 투쟁을 통해 내 정신의 꽃은 보다 활짝 피어났다. 분명 한 걸음 전진이었다. 나는 나 자신과 세상을 좀더 잘 이해할 수 있었다. 하지만 나는 신이 내려준 능력을 사람들로부터 인정받고자 하는 기대를 이제 버려야 했다. 세상이 많이 달라지면 그땐 나를 인정해주겠지, 그런 생각을 했다. 만일 〈즉흥시인〉이 진짜 즉흥시인이었다면, 〈어느 바이올리니스트〉는 투쟁과 고통의 산물이었다. 난 모든 걸 염두에 두고 아주 조심스럽게 썼다. 대중의 어리석음과, 무지, 불의와 가혹함에 대항하는 내 마음속의 열정은 나오미와 라디슬라우스라는 인물을 통해 분출되었다.

이 작품은 덴마크에서 꿋꿋하게 자기 길을 걸어갔다. 하지만 감사와 격려는 단 한 마디도 들을 수 없었다. 비평가는 내가 본능을 잘 따른 게 행운이라는 말만 했다. 이건 동물에게나 할 소리였다. 인간 세상 특히 시의 세상에서는 천재성이라고 해야 옳을 것이다. 내 본능은 충분히 훌륭하다고 할 수 있다. 내게 존재하는 장점을 깎아내리는 시도는 끊임없이 계속되었다. 알 만한 어떤 사람이 한번은 비평가들이 나를 부당하고 가혹하게 대한다는 걸 잘 알고 있다고 말했다. 하지만 그걸 바로잡겠다고 나서지는 않았다. 그런 사람은 찾아볼 수가 없었다.

소설 〈어느 바이올리니스트〉는 짧은 시간에 덴마크의 재능 있는 청년 쇠렌 키르케고르(1813~1855년. 덴마크의 철학자. 실존주의 철학의 창시자로 불린다 – 옮긴이)에게 강한 인상을 심어주었다. 거리에서 처음 만난 그는 내게 이렇게 말했다. 자기가 내 책 리뷰를 쓸 것이며, 리뷰를 통해 사람들이 오해하고 있는 나의 진면목을 밝히겠다고. 그러면 나도 대단히 만족할 것이란 말을 덧붙였다. 하지만 걱정이 앞섰다. 어쩌면, 그가 책을 한 번 더 읽는다면 처음의 좋은 인상이 지워질지도 모른다. 내 소설을 자세히 살펴보면 볼수록 더 많은 실수와 오류가 눈에 띌 것이다. 그래서 결국 그가 쓴 글은 나를 만족시키고 기쁘게 하기는커녕 내게 상처만 줄 것이다, 는 생각이 들었다. 키르케고르가 쓴 글이 나왔다. 그 글은 한 권의 책이라고 해도 될 만큼 많은 분량이었다. 아마도 내 글에 대한 가장 긴 평이 아니었나 싶다. 그의 글은 헤겔 식의 난해하고 무거운 표현으로 가득 차 있어 읽기가 매우 어려웠다. 그 글을 다 읽은 사람은 키르케고르와 안데르센밖에 없을 거라는 조롱이 나돌았다. 그가 쓴 글을 읽고서, 내가 시인이 아니라 내 집단에서 뛰쳐나온 시적 초상이라는 사실을 알았다. 내 집단에서 내가 차지하는 위치는 미래의 다른 어떤 시인이 차지할 수도 있고, 혹은 미래의 다른 어떤 시인이 나를 자신의 시 속에서 하나의 인물로 사용할 수도 있다는 사실도 알았다. 이런 과정을 통해 새로이 창조되고 보충되는 시적 초상이 바로 나라는 사실을 깨달았다. 그후로 나는 키르케고르를 더 잘 알게 되었고, 그는 나에게 친절과 통찰력을 보여주었다. 하지만 그의 책을 사람의 손길이 닿지 않는 구석으로 밀어버린 건, 마침 그즈음에 출간된 하이베르그의 〈모든 나날의 이야기들〉이었다. 이 책은 정확한 문장으로 쓰여진데다 읽기가 쉬웠고 진실을 담고 있었다. 이 책이 가지고 있는 장점 외에도, 문단의 찬란한 별이었던 하이베르그란 시인이 썼다는 이유 하나만으로도 높은 평가를 받고 가장 높은 자리를 차지했다.

하지만 나도 이미 많은 성취를 이루었기 때문에 나의 시적 능력에 대해 시비를 걸거나 의심을 품는 사람들은 거의 없었다. 하지만 이탈리아 여행 이전에는 나의 시적 능력을 전적으로 부정했다. 덴마크 비평가 가운데 내 소설들에 나오는 등장인물에 대해 이러저러한 평을 한 사람은 하나도 없었다. 내 작품들이 스웨덴 어로 출간되고 스웨덴의 비평가들이 내게 호의와 존경을 보이며 내 작품을 깊이 있게 분석할 때에야 비로소 입을 열었다. 독일에서도 호평이 이어졌다. 이런 호평이 나를 더욱 강하게 만들었다. 덴마크에서 영향력 있는 사람이 논문을 통해 이즈음의 내 작품들에 등장하는 인물들을 조금이나마 언급한 것도 최근의 일이다. 그는 시인 하우흐였다. 그는 이렇게 얘기했다.

환상이 넘쳐흐르는데다 깊은 감정이 꿈틀대고 시정신이 살아 있는 안데르센 최고의 작품들에서 중요한 건 그의 재능이다. 혹은, 적어도 고결한 성격이라고 할 수 있다. 그의 이 덕목들은 주변 환경이 아무리 편협하고 암울해도 이들과 싸워 자기 갈 길을 꿋꿋하게 갈 것이다. 그의 세 작품*이 그랬다. 이런 점에서 그 덕목들은 중요하다. 그건 바로 그가 묘사하는, 다른 누구보다도 그가 잘 알고 있는 그의 내면세계이기도 하다. 그는 고통과 절망의 쓴잔을 마시고 고통스럽지만 깊은 울림이 있는 감정을 끌어올린 작가이다. 이 감정은 안데르센 자신의 경험과 기억에서 비롯되었다. 기억은 시상詩想의 어머니라고 했다. 안데르센은 고통과 절망의 기억을 최고의 작품으로 일구어냈다. 그의 작품들 속에서 안데르센이 세상과 관련짓는 게 무엇인지 주의 깊게 살펴보아야 한다. 그것은 개인의 가장 비밀스런 내면세계일 수도 있고, 재능과 천재성을 갖춘 사람들이면 누구나 거쳐야 하는 운명일 수도 있기 때문이다. 적어도 지금 우리가 바라보는 사람들처럼 우호적이지 않은 환경에 놓인 사람들일 경우는 더욱 그렇다. 〈즉흥시인〉에서나 〈O. T.〉에서 그리고 〈어느 바이올리니스트〉에서 안데르센은 자신의 독립된 개성을 드러낼 뿐만 아니라, 많은 사람들이 겪어야 하는 힘든 투쟁까지도 표현하고 있기 때문이다. 안데르센은 이 투쟁을 잘 알고 있다. 왜냐하면 이 투쟁을 통해 자신을 성장시켜왔기 때문이다. 그러므로 그가 독자를 공상과 망상의 세계로 이끌었다는 평을 인정할 수 없다. 그는 다만 진실만을 말했을 뿐이다. 그렇기에 그의 작품은 보편적인 가치를 가지고 있으며, 이 가치는 세월이 흘러도 변치 않으리라 믿는다.

안데르센은 재능과 천재성의 수호자일 뿐만 아니라 부당한 대우를 받는 모든 사람들의 수호자이기도 하다. 라오콘의 뱀**에 물려가면서 벌인 치열한 전투에서 깊은 상처를 받았는데도, 또 차가운 피의 거만한 인간들이 불행에 처한 사람들만 보면 들이미는 쓴잔을 끊임없이 들이켜야 했음에도 불구하고, 안데르센은 진실과 솔직함, 나아가 비극적이며 고통스런 애절함까지도 충실하게 묘사했다. 이 애절함은 고통 받는 사람의 마음에 늘 따뜻한 위로가 되었다. 〈어느 바이올리니스트〉에서 '혈통 좋은 개'가, 가여운 청년이 구호품으로 받는 음식이 싫증난다고 머리를 젓는 장면을 읽은 사람이면 누구나 다, 이 애기는 단지 허영에 관한 애기가 아니라 내면에 깊은 상처를 받은 사람이 자신의 고통을 소리쳐 알리는 애기라는 걸 깨달을 수 있다.

* 〈즉흥시인〉, 〈O. T.〉, 〈어느 바이올리니스트〉를 가리킨다.
** 그리스 신화에서 라오콘은 아폴론을 섬기는 트로이의 사제였다. 그가 목마의 계략을 알아내자, 아테네가 바다뱀을 보내 그를 죽였다.

이렇게 해서 근 팔구 년 만에 덴마크 비평가들도 내 작품에 대해 말하기 시작했다. 그것도 아주 우아하고 고상한 목소리로. 어떻게 보면 나와 비평가들 사이의 관계는, 오래 묵을수록 향기가 빛나는 포도와 미식가 간의 관계와 비슷하다.

〈어느 바이올리니스트〉를 발표한 그해 난생 처음으로 스웨덴을 방문했다. 나는 고타 운하를 거쳐 스톡홀름으로 갔다. 당시에는 지금의 소위 스칸디나비아 정서란 걸 이해하는 사람은 아무도 없었다. 덴마크와 스웨덴 사이에는 오랜 불신의 앙금이 가로놓여 있었다.(가까이는 1814년 킬 조약에 따라 4세기에 걸쳐 지배하던 노르웨이를 스웨덴에 할양한 일이 있고, 그 이전으로 거슬러 올라가면 합병과 독립을 둘러싸고 덴마크와 스웨덴, 노르웨이 간에 전쟁이 끊임없이 이어졌다 – 옮긴이) 스웨덴 문학은 덴마크에 알려진 게 거의 없었다. 하지만 덴마크 사람이 마음만 먹으면 스웨덴 문학을 쉽게 읽고 이해할 수 있다. 그런데도 사람들은 번역서가 아니면 테그너의 〈프리티오프와 악셀〉을 거의 알지 못했다. 나는 제법 많은 스웨덴 작가의 작품들을 읽었는데, 스웨덴의 시인을 대표하는 테그너보다 이미 고인이 된 불운한 스타그네리우스가 더 좋았다.

독일과 남쪽 여러 나라들을 여행하기 위해 코펜하겐을 떠날 때는 마치 어머니의 품을 떠나는 듯한 느낌이었지만, 스웨덴으로 갈 때는 아무렇지도 않았고 덴마크처럼 편안했다. 하긴, 두 나라는 언어도 거의 비슷해 두 나라 사람이 각자 자기 나라 말을 해도 통할 정도이지 않은가. 나는 스웨덴도 덴마크로 느껴졌다. 친밀감이 다양한 방식으로 점점 더 많이 표출되었다. 스웨덴 사람과 덴마크 사람과 노르웨이 사람이 이렇게나 비슷할 수 있을까, 그런 생각을 했다.

진심으로 대해주는 친절한 사람들을 만났고 이들과 교류를 나누었다. 이때의 여행이 가장 행복했던 것 같다. 나는 스웨덴의 풍광이 어떤지 보기 전에는 전혀 알지 못했는데, 트롤라타를 여행하면서 그리고 스톡홀름의 그림 같은 풍경 앞에서 입을 다물 수가 없을 정도였다. 누군가 곁에서, 우리가 탄 증기선이 호수를 거슬러 올라가 산 위로 올라간다고 얘기할 때 난 농담인 줄 알았다. 여러 개의 수문이 열렸다 닫히면서 우리 배는 천천히 숲속으로 들어갔다. 스위스와 이탈리아의 수많은 폭포들을 보았을 때도 트롤라타만큼 인상적이진 않았다. 스웨덴은 그처럼 강렬했고 깊은 인상을 남겼다.

이 여행중에 트롤라타에서 한 사람을 알게 되어 스웨덴 여행 내내 친하게 지냈다. 그는 스웨덴의 여류 작가인 프레드리카 브레메르였다. 나는 선장과 증기선에 대해서, 또 스톡홀름에 사는 스웨덴 작가들에 대해서 얘기를 나누었다. 그리고 브레메르와 얘기를 나눠보고 싶다고도 했다. 그러자 선장이 말했다.

"못 만나실 겁니다. 지금 노르웨이에 가 있거든요."

"내가 스톡홀름에 가 있을 때 돌아올 겁니다."

그리고 농담 삼아 이렇게 말했다.

"난 여행을 할 때면 늘 운이 좋거든요. 내가 간절히 원하면 늘 이루어졌습니다."

"하하하, 하지만 이번엔 어렵겠습니다."

한데 몇 시간 뒤에 선장이 웃으며 다가왔다. 배를 탈 승객 명단을 들고 있었다. 그가 큰 소리로 말했다.

"역시 운이 좋으시군요. 브레메르 양이 여기 있습니다. 우리와 함께 스톡홀름까지 가게 됐습니다."

그가 승선자 명단을 보여줘도 농담인 줄로만 알았다. 명단에는 여류 작가와 닮은 이름을 찾을 수가 없었다. 해가 저물어 저녁이 되고, 한밤중에는 우리 배가 베네른 호를 지나고 있었다. 해가 뜰 시간에 이 넓은 호수를 한번 봐두고 싶었다. 아마도 끝이 보이지 않으리라⋯. 그런 생각을 하며 선실을 나섰다. 한데 바로 그 순간, 다른 승객 하나가 나처럼 선실을 나서는 게 보였다. 여자였다. 어리지도 늙지도 않은. 그녀는 외투 위에 숄을 감싸고 종종걸음을 쳤다. 만약 브레메르가 배에 탔다면 바로 저 여자가 틀림없겠다 싶었다. 말을 걸어보았다. 여자는 공손하게 대꾸했다. 하지만 여전히 거리를 두고 있었다. 게다가 그녀는 내가 생각하는 바로 그 존경받는 작가인지 아닌지 물어봤지만 직접적으로 대답하지 않았다. 그녀는 내 이름을 물었다. 이름을 밝혔더니 내 이름을 들어서 알지만 작품은 읽어보지 않았다고 털어놓았다. 그러더니 내 작품 가운데 지금 가지고 있는 게 있느냐고 물었다. 그래서 〈즉흥시인〉을 빌려주었다. 그녀는 오전 내내 모습을 보이지 않았다.

다시 만났을 때 그녀의 표정은 빛이 났고 나를 대하는 태도도 따뜻한 진심이 가득 차 있었다. 그녀는 내 손을 힘주어 잡고는, 1권을 다 읽었으며 나를 잘 알겠다고 말했다.

우리를 실은 배는 내륙의 호수와 숲을 지나 산을 가로질러 나아갔다. 그리고 마침내 발트 해에 다다랐다. 바다에는 수많은 섬들이 점점이 흩어져 있었고, 풀 한 포기 없는 깎아지른 절벽이던 풍경이 한순간 무성한 풀과 집과 나무가 있는 섬으로 바뀌었다. 회오리바람과 쇄탄기 때문에 노련한 도선사를 태우려고 배는 잠시 한 섬에 정박했다. 그동안 승객들은 섬의 푹신한 잔디에 앉아 휴식을 취했다. 다시 배에 올랐을 때 사람들은 모두 자연의 원기로 충만했다. 배는 다시 바다로 나갔다. 브레메르 양은 지나쳐가는 수많은 섬들에 얽힌 전설과 역사를 들려주었다.

스톡홀름에서 그녀와의 교류는 한층 깊어졌고, 해가 가면서 우리가 나눈 편지는 우정을 더욱 돈독하게 해주었다. 그녀는 우아한 여성이다. 종교에 대한 진실과 조용한 삶의 환경이 가꾸어 놓은 그녀의 시는 그녀의 삶에 고스란히 스며들어 있다.

그녀가 내 소설을 번역한 것은 내가 스톡홀름을 방문한 이후의 일이다. 서정시 몇 편과 〈도보 여행기〉만이 몇몇 작가들에게 알려져 있을 뿐이었다. 이 작가들은 나를 지극히 친절하게 맞아주었다. 최근에 고인이 된 달그렌은 나를 위해 시를 쓰기까지 했다. 간단히 말하자면, 나는 환대를 받았고, 나를 맞아주는 얼굴들은 일요일의 기쁨 같은 환한 빛으로 가득했다.

H. C. 외르스테드가 써준 소개장을 들고 존경받는 학자 베르셀리우스(1779~1848년. 스웨덴의 화학자 – 옮긴이)를 찾아갔다. 스톡

홀름 북쪽의 오래된 도시 웁살라에 살던 그는 나를 기꺼이 맞아 주었다. 그리고 다시 스톡홀름으로 돌아왔다. 도시며 시골이며 모든 사람들이 나를 반겼다. 마치 내 조국의 국경이 스칸디나비아 반도 전체로 확장된 것 같았다. 덴마크와 노르웨이와 스웨덴이 한 핏줄이라는 느낌을 강하게 받았다. 이런 느낌 속에서 〈스칸디나비아의 노래〉를 지었다. 이 시에는 정치적인 견해가 없다. 정치와 나는 아무런 관계가 없다. 시인은 정치에 복무해서는 안 된다. 시인은 예언자처럼 멀리 앞서가야 한다. 그 시는 각 나라의 가장 큰 자랑거리 하나씩을 들어 세 나라를 찬양하는 송가였다. 이 노래에 대해 덴마크에서 들은 최초의 언급은 다음과 같은 말이었다.

"스웨덴이 안데르센을 잘 이용했다는 걸 누구나 다 알 수 있을 것이다."

세월이 흘러 이웃하는 나라들이 서로를 더 잘 이해하게 되었고, 욀렌슐레게르, 프레드리카 브레메르 그리고 테그너가 서로의 작품을 읽었다. 또 서로를 알지 못했을 때만 가능했던 쓸데없는 증오가 사라졌다. 스웨덴과 덴마크 사이에는 이제 진심에서 우러나오는 이웃간의 정이 아름답게 오간다. 스칸디나비아 클럽이 스톡홀름에 만들어졌다. 이제 내 노래도 명예로운 대접을 받게 되었다. 예전에 누군가가 이런 말을 했다.

"안데르센이 쓴 건 그 어떤 것보다 오래 남을 것이다."

이 말을 놓고 사람들은 단지 허영심을 채워주는 아부에 지나지 않는다고 했다. 어쨌거나 지금 내 노래는 덴마크에서뿐만 아니라 스웨덴에서도 많은 사람들이 부르고 있다.

덴마크로 돌아온 뒤 역사 공부를 열심히 했다. 외국 문학도 부지런히 섭렵해 어느 정도 익숙해졌다. 하지만 여전히 나를 가장 기쁘게 하는 건 자연이었다. 그리고 여름 한철 핀 섬의 시골, 특히 숲 속의 낭만적인 운치가 좋았던 리케솔름과 글로루프에 머물면서 이곳에 사는 교수에게서 받은 가르침은, 내가 다닌 어떤 학교에서 배운 것보다 소중한 것이었다.

콜린 의원의 집은 아버지의 집이나 마찬가지였다. 거기에 내 부모가 있었고 형제자매가 있었다. 〈O. T.〉의 여러 곳에서 묘사한 삶의 아름다움과 따뜻함도 그 집에서 내가 보고 느끼고 함께했던 것이다. 그리고 이즈음에 쓴 희곡 소품들, 예를 들어 〈스프로괴에서 보이지 않는 사람〉과 같은 작품이 그 집에 뿌리를 두었으며, 내게 일어난 수많은 좋은 일들이 모두 그 집에서 비롯되었다. 그토록 괴롭히던 우울증이 결코 나를 거꾸러뜨리지 못한 것도 바로 이 집이 있었기 때문이다. 콜린의 큰딸 잉게보르그 드레브센은 늘 유쾌하고 재치 있는 모습을 보임으로써 특히 내게 큰 영향을 주었다. 마음이 드넓은 바다처럼 여유로워질 때 바다처럼 주변의 환경을 반영하는 법이다.

나는 열심히 글을 썼고, 내 글은 적어도 내가 사는 땅에서는 사람들이 늘 사서 읽는 축에 끼었다. 그래서 새 작품을 쓸 때마다 원고료가 조금씩 올라갔다. 하지만 덴마크의 독자라고 해봐야 다 합해도 얼마 되지 않았으며, 하이베르그나 〈덴마크 문학월평〉의 눈으로 볼 때 나는 여전히 당대의 시인으로 인정받지 못하고 있었다. 때문에 당시 내가 글을 써서 받는 돈 역시 얼마 되지 않았을 거란 사실은 누구나 잘 알 수 있을 것이다. 하지만 나는 살아야 했고, 글을 써야 했다. 〈즉흥시인〉을 써서 받은 돈이 그 것밖에 안 되느냐며 놀라던 찰스 디킨스의 얼굴을 지금도 잊을 수가 없다.

"얼마나 받았습니까?"

"십구 파운드."

"장당?"

"아니요, 전부 다."

"뭔가 오해가 있는 듯한데, 〈즉흥시인〉으로 십구 파운드를 받 았다고 하셨는데, 그러니까 그게 한 장당 십구 파운드란 말이 죠?"

있는 그대로 말하기가 민망할 정도였다. 하지만 장당으로 치 면 0.5파운드밖에 못 받는 게 내 현실이었다.

"어떻게 그럴 수가 있지요? 선생이 직접 팔았다면서…."

디킨스는 덴마크 사정을 전혀 모르고 자기가 영국에서 받는 원고료만 생각했다. 아마도 영국에서 내 작품을 번역한 사람이 작가인 나보다 더 많은 돈을 받았을 것이다. 어쨌거나, 나는 그 렇게 살았고 늘 궁핍했다.

살기 위해서 쓰고, 또 쓰고, 늘 썼다. 이러다 언젠가 파국에 이 르리란 생각이 들었다. 그래서 직장을 알아보기도 했지만 그것 도 여의치 않았다. 이때 얘기를 자세히 하면, 나는 왕립도서관에 취직을 하려고 했다. 고맙게도 H. C. 외르스테드가, 안데르센이 '시인으로서의 장점'을 갖추고 있다는 걸 충분히 설명하고 서명 한 청원서를 도서관 관장이던 하우흐 장관에게 올렸다. 그 내용 가운데 일부가 이랬다.

그는 성격이 곧고, 시인은 다 그렇지 않다고 생각하지만, 시간을 잘 지키며 매사가 철저하고 정확합니다. 이건 그를 알고 있는 모든 사람들이 다 인정하는 사실입니다.

하지만 외르스테드의 열성적인 추천서는 효과를 발휘하지 못했다. 장관은 나를 왕립도서관에 취직시켜달라는 부탁을 정중하게 거절했다. 그렇게 훌륭한 시인에게 도서관 일을 시킬 수 없다는 게 그 이유였다.

나는 다른 일을 모색했다. '출판자유위원회'와 계약을 맺고, 당시 구비츠가 만든 독일 달력처럼 대중적인 덴마크 달력을 만드는 것이었다. 당시는 덴마크에 대중적인 달력이 없던 때였다. 〈즉흥시인〉에 나오는 자연 풍광 그림이 내가 이런 일을 잘할 수 있다는 사실을 입증했고, 또 그때 발표하기 시작한 〈놀라운 이야기들〉 역시 내가 이야기를 재미있게 꾸며낼 수 있는 능력을 입증했다고 믿었기 때문이다.

외르스테드는 나의 계획에 대해 기뻐하며 기꺼이 도와주겠다고 나섰다. 하지만 위원회는, 집단에 개입하기에는 문제가 너무 많고 크다고 했다. 다른 말로 하면 내 능력을 믿지 못하겠다는 것이었다. 나의 제안을 거부한 위원회는 얼마 후 어떤 출판사 편집자와 함께 내가 얘기했던 그런 달력을 만들었다.

나는 언제나 내일을 걱정하며 살아야 하는 상황으로 내몰렸다. 그즈음에는 이제는 고인이 되고 만, 처녀 적 성이 아드젤인 뷰겔 부인의 자선단체 신세를 많이 져야만 했다. 콜린 의원도 당시 나의 구원자이자 후원자였고, 늘 약속한 것보다 더 많은 걸

주었던 사람이다. 나는 가난에 시달렸다. 여기서는 자세한 걸 말하고 싶지 않다. 하지만 어린 시절에 그랬듯이, 힘들 때는 항상 하나님이 내 옆에 함께 있어 구원의 손길을 내밀리라 믿었다. 나는 내 운을 믿었고, 그건 바로 하나님이었다.

어느 날, 내 작은 방에 앉아 있는데 누군가 방문을 두드렸다. 우아하고 붙임성 있어 보이는 낯선 남자였다. 그는 바로, 지금은 고인이 되고 만 홀슈타인 출신의 란하우-브라이텐부르크 백작, 덴마크의 수상이었다. 나중에 알게 된 사실이지만, 그는 시를 사랑했고 이탈리아의 아름다움에 빠져 〈즉흥시인〉을 읽고는 저자를 무척이나 만나고 싶어 했다. 〈즉흥시인〉에 완전히 매료되어 공석과 사석을 가리지 않고 가장 따뜻한 어조로 〈즉흥시인〉 얘기만 했다. 그는 인품이 고귀할 뿐만 아니라 훌륭한 교육을 받았고 예의도 갖춘 사람이었다. 젊었을 때 그는 여행을 자주 했고 스페인과 이탈리아에서 많은 날을 보냈다. 따라서 그의 판단은 나에게 매우 중요했다. 그는 여기서 멈추지 않고 나를 찾아 나섰다. 그는 내 작은 방으로 조용히 들어와서는 책을 아주 잘 읽었다며 고마워했다. 그리고 자기가 도움이 될 수 있는 길이 없겠느냐고 물었다.

나는 단지 살기 위해서 글을 써야 한다는 게, 또 여행을 하며 정신과 사상을 더 깊이 있게 넓히고 싶어도 할 수 없는 게 얼마나 참기 어려운 고통인지 얘기했다. 그는 친구의 손을 잡듯 내 손을 힘주어 잡고, 힘이 되는 친구가 되겠노라고 약속했다. 그는 약속을 지켰다. 콜린과 외르스테드가 아무도 몰래 그를 만나 국왕 프레데릭 6세에게 청원을 넣었던 것이다.

프레데릭 6세 때 이미 몇 년 전부터, 문학청년이나 예술가들을 해마다 선발해 여행 경비를 대주는 제도 외에도, 이들 가운데서 이렇다 할 소득이 없는 사람들을 골라 많지 않은 돈이지만 연금을 주는 제도가 있었다. 대부분의 유명한 시인들이 모두 이 보조를 받고 있었다. 욀렌슐레게르, 잉게만, 하이베르그, 카를 빈터 등이 그런 사람들이었다. 헤르츠도 얼마 전부터 이걸 받고 있어, 그의 미래는 생계가 탄탄하게 보장되어 있었다. 나도 그럴수 있으면 얼마나 좋을까, 이것이 내 희망이자 소원이었다. 그꿈이 이루어졌다. 프레데릭 6세는 내가 일 년에 이백 릭스달러를 받을 수 있도록 허락했다. 나는 기쁘고 고마운 나머지 펄쩍펄쩍 뛰었다. 나는 이제 더 이상 단지 살기 위해서 억지로 글을 쓰지 않아도 된다! 몸이 아프거나 병에 걸려도 마음 놓고 기댈 수있는 확실한 버팀목이 생긴 것이다. 늘 신세를 지는 주변 사람들로부터 조금 더 자유로워졌다.

바야흐로 내 인생의 새로운 장이 시작되었다.

1839 ~ 1841

이때부터 내 인생에는 햇살만 가득했던 것 같다. 안정과 평온함을 느꼈다. 되돌아보면, 인정 많은 신이 보살펴주어 그분의 뜻에 따라 그 자리까지 인도된 게 틀림없었다. 이런 신념이 굳을수록 사람은 더 큰 자신감을 갖게 되는 법이다. 어린 시절을 뒤로하고 이제 바야흐로 청년 시절이 시작되었다. 여태까지는 거센 물살을 힘들게 거슬러 헤엄쳤지만, 이제 내 인생의 봄이 시작되었다. 그러나 비록 봄이지만 여름이 오기까지는 어둡고 흐린 날들과 폭풍우가 기다리고 있었다. 하지만 이것들이 지나가고 여름이 오면 열매가 익기 시작할 것이다.

존경하는 친구들 가운데 한 명이 내가 외국 여행을 하고 있을 때 보낸 편지를 소개하면서 이야기를 시작하는 게 좋을 것 같다. 그는 자기만의 독특한 문체로 이렇게 썼다.

자네가 덴마크에서 멸시당한다는 생각은 자네가 멋대로 상상해서 지어낸 것일 뿐이네. 그건 전혀 사실이 아니네. 자네와 덴마크는 생각이 다르지 않네. 만일 덴마크에 극장이 없다고 가정해보면 내 말이 맞다는 걸 잘 알 수 있을 거네. 그렇지 않은가? 자네는 그저 극장에서 공연할 연극의 대본을 쓰는 사람일 뿐이라고.

여기엔 부인할 수 없는 진실이 담겨 있다. 내게 불어닥친 대부분의 사악한 폭풍우는 극장이라는 동굴에서 시작된 것이었다. 내가 본 최초의 팬터마임 배우에서부터 내 첫사랑에 이르기까지 모든 사람들이 다 그랬다. 극장은 내가 속한 세상의 전부다. 신문의 비평은 저 먼 우주의 별이다. 갈채가 울려 퍼지고 찬사가 이어진다 하더라도 그건 곧 쓸데없는 종알거림이 되고 다른 누군가가 한 말을 의미 없이 되풀이한 것에 지나지 않을 뿐이다. 그러니, 현실에서 실제로 명성의 종소리가 울려 퍼지는 걸 들을 때 현기증이 나는 것도 당연한 걸로 용서받을 수 있지 않을까?

정치는 당시 일상적인 삶에서 큰 비중을 차지하지 못했다. 대화의 소재는 대부분 극장과 공연이었다. 덴마크 왕립극장은 전 유럽의 극장과 비교해도 최고 수준에 꼽힐 만큼 손색이 없었다. 재능 있는 사람들이 많았다. 닐센은 당시 젊은 열정으로 타올랐고 예술가로서의 능력뿐만 아니라 탁월한 말솜씨로도 사람들을 매혹시켰다. 그때 덴마크의 무대에는 리게도 있었다. 그는 개성과 천재성과 아름다운 목소리로 욀렌슐레게르의 비극을 연기했다. 프라이덴달이 무대에 오르면 재치와 유머가 흘러 넘쳤다. 무대에는 완벽한 기사騎士가 있었고 진정한 신사가 있었고, 또 그에게는 희극을 연기할 재치가 늘 준비되어 있었다. 이들 외에도, 아직 살아있는 여러 재능 있는 배우들이 있었다. 하이베르그 부인, 닐센 부인, 로젠킬데, 그리고 피스터 등이 그들이다. 우리에겐 그때 오페라가 있었고, 부르노빌의 지도 아래 발레가 꽃을 피우기 시작했다.

앞에서도 얘기했듯이, 우리 극장은 유럽에서도 첫손에 꼽혔다. 하지만 그렇다고 해서, 이 훌륭한 극장의 극장장들이 모두 진정으로 훌륭한 지도자였다고 말할 수는 없다. 물론 일부는 그랬겠지만 그야말로 일부였을 뿐이다. 적어도 나는 그렇게 생각한다. 왜냐하면 그들은 작가를 그다지 중요하게 생각하지 않았기 때문이다. 덴마크의 극장에는 오랜 세월 동안 군대의 규율 같은 게 없었다고 나는 믿는다. 수많은 사람들의 이해관계가 얽힌 가운데 힘을 모아 하나의 공통된 작업을 해나가야 하는 이런 종류의 작업 현장에서 규율은 절대적으로 필요하다. 관객이 극장장을 향해 이런 종류의 불만을 터뜨리는 걸 나는 줄곧 봐왔다. 작품 선택에도 문제가 있었고 배우와 감독 간에도 문제가 있었다. 달리 방법이 없었다. 시간이 흐르고 세월이 간다고 해서 더 나아질 것도 없는 나 같은 젊은 작가들은, 변하지 않는 환경과 조건 아래에서 앞으로도 신음해야 하고 싸워야 할 것이다. 욀렌슐레게르마저 고통 받고 무시당하는 현실이었다. 대시인조차도 마땅한 대접을 받지 못했던 것이다. 배우들은 갈채를 받았지만 그는 야유를 받았다. 물론 다른 나라에서도 이럴지 모른다. 하지만 이런 현실은 너무 슬프다. 욀렌슐레게르는, 아들이 학교에서 아버지의 직업 때문에 친구들에게 놀림을 받았다는 말을 들어야 했다. 그 아이들이 무얼 알고 그런 소리를 했을까? 모두 부모가 하는 얘기를 듣고 따라했을 뿐이다. 부모가 욀렌슐레게르를 '글쟁이'로 부르면, 그 아들은 욀렌슐레게르의 아들을 '글쟁이 아들'이라고 부르는 게 당연하지 않나 말이다.

재능이 있거나 인기가 있는 배우들이 제일 대접받는다. 연출을 한 사람이나 작가보다 배우를 더 높이 쳐준다. 이런 풍조가 배우들에겐 나쁘지 않을 것이다. 하지만 이건 작품 자체를 망가뜨린다. 게다가 그 작품에 대한 잘못된 평가는 외국으로까지 퍼져나간다. 이런 풍조는 또 어떤 사람이 한 작품의 미덕을 깨닫기도 전에 커피 하우스(당시 커피 하우스는 문인과 정객의 사교장이었다 - 옮긴이) 비평을 그대로 받아들이게 만든다. 코펜하겐 사람들은 특히 더 그렇다. 새 작품이 공연되면 사람들은, "난 그 작품이 마음에 들어"라고 말하는 게 아니라 이렇게 말한다.

"그 작품이 좋긴 하지만 좀 모자라. 야유를 받고 막을 내릴 거야."

사람들이 쾌감을 위해 던지는 야유는 연극에 치명적이다. 하지만 야유를 받고 쫓겨나는 건 실력 없는 배우가 아니다. 오로지 작가와 작곡가만이 죄인이 되어 야유를 받는다. 야유 속에 막을 내리는 건 공연이 시작되고 오 분이면 충분하다. 사랑스런 귀부인들은, 마치 피를 흘리는 투우와 투우사의 싸움을 바라보는 스페인 귀부인들처럼 미소를 지으며 쾌락을 즐긴다.

11월과 12월은 새 작품을 무대에 올리기에 가장 위험한 시기라는 말이 공공연한 정설이 되었다. 그 이유는 다른 게 아니다. 이 시기에 문법학교 학생들이 대학생이 되고, 이들이 어떻게든 특출하게 보이려고 가혹한 비평의 칼날을 무지막지하게 휘둘러대기 때문이다. 우리의 가장 뛰어난 희곡 작가들이 야유를 받고 도중에 막을 내리는 종소리를 들어야 했다. 욀렌슐레게르가 그랬고, 하이베르그와 헤르츠, 그외에 숱한 사람들이 그랬다. 몰리에르 같은 외국의 고전 작가는 말할 것도 없다.

옛날이나 지금이나 마찬가지지만, 덴마크의 작가에게 있어 극장은 그나마 돈벌이가 되는 공간이다. 내가 누구의 도움 없이 혼자 힘으로 서야 할 때, 다시 말해 돈을 벌어야 할 때, 극장은 내게 오페라 대본을 쓰게 했다. 희가극에서 내 글쓰기 역량을 입증하고야 말겠다는 충동에 떠밀려 덥석 그 일을 맡았다. 앞에서도 말했지만, 이 작품으로 나는 호된 비평의 매를 맞았다. 콜린이 극장장으로 오고 나서는 작가들 사정이 조금 나아지긴 했지만, 그래도 손에 쥐는 돈은 그야말로 푼돈이었다. 그때 있었던 일 가운데 잊을 수 없는 일화가 있다. 그 얘기를 좀 해야겠다. 사업가적인 기질이 있는 사람이 극장장으로 왔다. 이름만 대면 누구나 알 수 있을 만큼 잘 알려진 사람이다. 그는 꽤 영민한 회계원이었기 때문에 극장 경영과 관련해 여러 부분에 손을 대고 정리했다. 또 음악을 들을 줄 아는 귀가 있는데다 음악 모임에서 직접 노래를 부르기도 했기 때문에 많은 사람들이 왕립극장에 오페라가 융성하게 빛을 볼 거라고 기대했다. 그는 정열적으로 여러 가지 것들을 바꾸어나갔다. 이 가운데는 작품 제작에 필요한 급료 조정도 포함되어 있었다. 각 개인이 작품에 기여하는 가치를 정확하게 판단하기 어렵기 때문에, 공연 시간에 따라 급료를 지불한다는 원칙을 세웠다. 그래서 초연初演 때 직원이 시계를 들고 공연 시간을 쟀다. 그의 임무는 십오 분 단위로 연극이 몇 단위나 되는지 측정하는 것이었다. 급료는 이 측정 단위에 따라 지불되었다. 그리고 마지막 십오 분을 다 채우지 못하는 부분의 급료는 극장에 귀속되는 걸로 했다. 정말 합리적이고 멋진 발상이 아닌가? 하지만 함정이 있었다. 공연은 다 한 편이라고 생각했지 두 편 이상의 공연이 동시에 무대 위에서 진행되리라고는 아무도 생각하지 못했다. 한 푼이 아쉬운 때였는데, 내 희가극 〈이별과 만남〉 공연 때 달라진 계산 방식 때문에 적지 않은 손해를 감수해야 했다. 왜냐하면 이 작품은 각기 다른 제목을 붙인 2막짜리 공연이었는데 극장장의 의견에 따라 한 편이 아니라 두 편으로 쳐서 따로 급료를 계산했기 때문에, 십오 분이 채 안 되는 부분이 (2막이니까 당연히!) 두 개였고, 이 둘을 합치면 십오 분이 넘는데도 불구하고 그 부분의 급료는 극장에 귀속되었던 것이다. 하지만 '높은 사람을 욕해서는 안 된다'는 원칙을 지키겠다. 다만, 그가 스스로 입을 열어 그때 일을 얘기해주길 바랄 뿐이다.

콜린의 뒤를 이어 몰베흐가 극장장이 되었다. 그는 독재의 칼날을 휘둘렀고 상황은 더욱 나빠졌다. 몰베흐는 작가가 쓴 원고를 검열했다. 이때의 관례에 따라 지금까지도 검열이 계속된다. 몰베흐는 검열을 하면서 어떤 작품을 인정할 것인지 혹은 퇴짜를 놓을 것인지 그 판단의 근거를 모두 기록해놓았을 것이다. 이 기록을 공개한다면 상황을 보다 분명하게 알 수 있을 것이다. 이때 내 작품도 퇴짜를 맞았다. 내 작품을 무대에 올릴 수 있는 길은 단 하나뿐, 그건 자기 돈을 투자해서 공연을 하는 배우들에게 주는 것이었다. 1839년 여름, 나는 희가극 〈스프로괴의 보이지 않는 사람〉을 썼다. 이 작품은 유쾌함과 즐거움으로 가득 채워져 있어 관객들에게 대단한 호응을 받았고, 결국 몰베흐도 작품을 인정하지 않을 수 없었다. 이 작품은 해외에서도 공연되었는데, 수많은 공연 횟수를 기록하며 기대하지 않았던 대성공을 거두었다.

그러나 이 작품이 성공을 거두었어도 나아진 건 없었다. 그후에 내가 쓴 작품들을 몰베흐가 연속적으로 퇴짜 놓으며 나를 굴욕과 궁핍의 구렁텅이로 몰아넣었다. 하지만 난 이 와중에서도 프랑스 소설 〈낙오자〉의 설정과 분위기에 매료되어 이걸 희곡으로 만들어야겠다고 마음먹었다. 작품을 잘 다듬어내는 깊이 있는 끈기가 부족하다는 말을 자주 들어왔던 터라, 이번 작품만은 제대로 써보리라 결심하고 처음부터 끝까지 끈질기게 달라붙었다. 그리고 당시의 유행을 따라, 운韻 두 개가 교대하는 방식으로 운율을 구성했다. 비록 소재가 외국 이야기이긴 하지만, 시가 음악이라면 내 음악을 최대한 줄거리에 적합하게끔 구성하고, 이 음악을 통해 내 정신의 피가 작품에 스며들게 하고 싶었다. 이렇게만 할 수 있다면 무대에 맞추느라 운율이 엉망으로 잘려지고 틀어져버렸다는 얘기는 듣지 않을 것이다. 그런 생각을 하며 온 힘과 정성을 다 쏟았다. 이 작품이 〈뮬라토〉이다.

작품이 완성되자 주변의 안목 있는 사람들, 오랜 친구들, 그리고 작품에 출연하기로 한 몇몇 배우들에게 읽혔다. 이들은 한결같이 재미있다고 하고 최고라고 했다. 특히 주인공 역을 맡아주었으면 했던 빌헬름 홀스트가 좋아했다. 나를 친절하고 관대하게 받아준 배우들 가운데 한 사람이었던 그에게 감사한다는 말을 여기에 적어두고 싶다. 프레데릭 6세를 알현하기 위해 대기실에서 기다리고 있을 때의 일이다. 서인도에서 온 정부 관료 한 사람이 말하길, 내 작품 〈뮬라토〉가 서인도의 흑인들에게 나쁜 영향을 끼칠 수 있다는 이유로 왕립극장에서 거절당할 게 뻔하다는 소문을 들었다면서 내 작품을 나쁘게 얘기했다. 나는 이렇게 대답했다.

"죄송합니다만 이 작품을 서인도에서 공연할 계획은 없습니다."

나는 이 작품을 몰베흐에게 보냈고 곧 거절당했다. 몰베흐가 극장에 올린 꽃들은 그날 밤이면 모두 곧바로 시들어버렸다. 하지만 그가 잡초라며 내던진 것이 정원에서 예쁜 꽃을 활짝 피웠다는 사실은 이미 소문이 날 만큼 나 있었다. 이 소문이 나에겐 적지 않은 위로가 되었다. 또 관대한 스타일의 아들러가 내 작품을 밀었다. 게다가 이 작품을 여러 사람들에게 보인 뒤라 작품을 좋게 평가하는 여론이 지배적이었고, 이런 이유로 〈뮬라토〉는 마침내 왕립극장 무대에 오를 수 있게 되었다.

이 작품이 무대에 오르느냐 오르지 못하느냐 하는 기로에 놓인 상황에서 빚어진 재미있는 장면이 하나 더 있어 소개한다. 예술적인 지식은 없고 그저 용감하기만 한 남자를 만났다. 하지만 그의 판단에 따라 내 작품의 운명이 결정될 수 있을 만큼 영향력이 큰 사람이었다. 이 사람이 말하길, 자기는 나를 우호적으로 생각하고 있지만 아직 내 작품을 읽지 못했고, 내 작품을 좋다고 하는 사람이 많지만 몰베흐는 내 작품을 아주 나쁘게 평가한다고 했다. 그리고 이렇게 덧붙였다.

"그래서 하는 말인데, 내 생각엔 이 작품이 소설을 베낀 거라서 그렇다 이거죠. 그러니 선생도 직접 소설을 쓰십시오. 선생이라고 재미있는 얘기를 왜 못 만들어냅니까? 소설을 쓰는 것과 희극을 쓰는 것은 전혀 다른 겁니다. 이걸 아셔야 합니다. 희극에서는 연극적인 장치와 연극적인 효과가 있어야 합니다. 〈뮬라토〉에 이런 게 있습니까? 있다면, 참신합니까?"

나는 그 남자의 사고방식 안으로 들어가 적절한 대답을 찾았다.

"있습니다."

"뭡니까?"

"무도횝니다."

"무도회요? 그거 아주 좋습니다. 그렇지만 〈신부〉에서 이미 써먹었는데… 뭐 다른 참신한 건 없습니까?"

"노예시장이 있습니다."

"노예시장? 그런 건 한 번도 없었습니다! 좋아요, 아주 좋습니다! 난 선생 편입니다. 노예시장, 아주 좋습니다!"

막 유골상자 안으로 들어가려던 〈뮬라토〉를 노예시장이 마지막 순간에 구해낸 셈이다.

나는 그때 현재의 왕(크리스티안 8세 - 옮긴이)과 왕비 앞에서 〈뮬라토〉를 낭송하는 영광을 누렸다. 그때 두 분은 나를 따뜻하게 맞아주었고 그후로 여러 차례 내게 우정 어린 호의와 충심을 베풀었다. 홍보지가 뿌려지고, 공연이 하루 앞으로 다가왔다. 나는 흥분과 기대감에 뜬눈으로 밤을 새웠다. 표를 구하려는 사람들이 극장 앞에 길게 줄지어 섰다. 이때 국왕의 전령이 거리를 질주해와 극장 앞에 섰다. 금세 군중이 모여들었다. 그리고 분시포(조난이나 장례식 때 일 분 간격으로 연속해서 쏘는 대포 - 옮긴이)의 포성이 울렸다. 그날 아침, 프레데릭 6세가 서거했던 것이다!

서거 발표는 아말리엔부르그 궁 발코니에서 행해졌다. 이어 크리스티안 8세의 즉위를 축하하는 만세 소리가 거리를 메웠다. 코펜하겐으로 들어오는 문이 닫혔고 군대는 충성을 맹세했다. 프레데릭 6세의 시대는 갔다. 그의 세대에는 국왕을 잃는 고통을 겪지 않았다. 그랬기에 그를 잃은 슬픔과 상처는 애절하고도 깊었다.

극장은 두 달 이상 문을 닫았다. 문을 연 첫 작품이 〈뮬라토〉였다. 관객은 우레와 같은 박수갈채를 보냈다. 하지만 나는 전혀 기쁨을 느낄 수 없었다. 단지 흥분 상태에서 놓여나 좀더 자유롭게 숨을 쉰다는 느낌이 들었을 뿐이다.

〈뮬라토〉는 여러 차례 공연되었고 그때마다 갈채를 받았다. 많은 사람들이 칭찬했고 이 작품을 통해 내가 비로소 진정한 시인으로 대우받을 거라고 했다. 이 작품은 곧 스웨덴 어로 번역되어 스톡홀름의 왕립극장에서 공연되었다. 순회 극단은 이웃 나라의 작은 마을들을 돌며 이 작품을 공연했다. 스웨덴의 말뫼에서는 덴마크 어로 공연되었는데 룬드의 대학생들이 몰려와 열광적인 갈채와 찬사를 보냈다. 이 공연이 있기 직전에 스웨덴의 시골 마을에 일주일쯤 머문 적이 있는데 거기서 얼마나 친절하고 융숭한 대접을 받았던지 지금도 그때의 기억이 새롭다. 룬드의 대학생들이 나를 초대했다. 여럿이 함께 어울리는 즐거운 만찬이었다. 끝없이 이어지는 축하 인사를 받고 쉼 없이 축배를 들었다. 그리고 밤에 스웨덴 친구의 집에 있었는데, 대학생들이 내게 공식적으로 경의를 표하고 세레나데를 부르겠다고 알려왔다.

그 소식을 듣고 깜짝 놀랐다. 파란 모자를 쓴 대학생들이 줄지어 팔짱을 끼고 집으로 다가오는 걸 보았을 때 내 가슴은, 내가 떼 지어 몰려오는 군대를 묘사한 것처럼, 열병을 앓듯이 고동쳤다. 어쩐지 쑥스럽다는 느낌이 들었다. 내게 부족한 부분이 갑자기 더 크고 또렷하게 보였다. 그래서 고개를 숙였는데, 그때 날

일으켜 세우던 친구들은 내가 땅에 입이라도 맞추려는 줄 알았을지 모르겠다. 앞으로 나서자 학생들이 전부 모자를 벗었다. 눈물이 쏟아지려 해 억지로 참았다. 고맙고 기쁘면서도 내가 과연 이런 경의를 받을 자격이 있나 하는 생각뿐이었다. 혹시라도 나를 놀리는 걸까? 고개를 들어 학생들을 둘러보았다. 다들 진지한 얼굴이었다. 만일 몇 명, 아니 단 한 명이라도 치기 어린 장난으로 그런 행동을 했고, 그걸 내가 알았다면 아마도 돌이킬 수 없는 상처를 받았을 것이다.

환호성이 울린 뒤 대학생 하나가 나서서 인사말을 했다. 그 연설의 앞부분을 지금도 생생하게 기억하고 있다.

"당신의 조국과 유럽의 모든 나라들이 당신에게 경의를 표할 때, 맨 처음 당신에게 공개적으로 경의를 표한 사람은 룬드의 대학생들이었다는 사실을 꼭 기억하시길 바랍니다."

마음이 따뜻할 때는 표현의 강도도 무겁지 않은 법이다. 난 그걸 깊이 느꼈다. 대학생의 인사말에 답해, 학생들이 내게 보내준 깊은 경의가 욕되지 않도록 나 자신을 단련해야겠다는 것을 깨달았노라고 말했다. 그리고 가까이 있는 학생의 손을 힘주어 잡았다. 다시 한번 그들에게 마음 깊이 감사했다. 그 고마움을 어떻게 글로 표현할 수 있을까…. 학생들이 돌아간 뒤 내 방으로 돌아와 주체할 수 없는 흥분을 감격의 눈물로 가라앉혔다.

"자, 이제 그만 우리끼리 즐기자구."

스웨덴 친구들이 팔을 당겼다. 하지만 그때 이미 나도 모르는 사이, 내 영혼 깊은 곳에 삶과 시의 진정성이 각인되었다. 지금도 이때의 기억이 자주 난다. 마음이 좁은 어떤 사람이 이 부분을 읽는다면, 그 시기 내가 그토록 오랫동안 거만하게 어슬렁거리고 다녔으면서 무슨 허영에 찬 소리냐고 할지 모르겠다. 하지만 그건 내 자존심의 뿌리를 불태워 없애는 것이었지 결코 자존심의 뿌리에 영양을 주거나 열매를 따먹는 행위가 아니었다.

앞서 얘기했듯이 〈뮬라토〉가 말뫼의 무대에 덴마크 어로 올려질 예정이었지만, 그 극장에 앉아 있으면 불편할 것 같아서 서둘러 그곳을 떠났다. 스웨덴 신문에서 학생들이 내게 보낸 경의를 언급했다. 그러면서 내가 정작 덴마크의 비평가로부터 박해를 받고 있다는 내용과 함께, 그럼에도 불구하고 내 이웃들은 내가 받아야 할 정당한 경의를 기꺼이 표했다는 말을 덧붙였다.

스웨덴에서 내가 얼마나 인정을 받았는지 처음 깨달은 건 코펜하겐으로 돌아와 친구들을 만났을 때였다. 내가 전적으로 신뢰하는 친구들의 눈에서 감격의 눈물이 흘렀던 것이다. 그것은 스웨덴 대학생들이 내게 표한 경의를 축하하고 함께 기뻐하는 눈물이었다. 그리고 자신들을 맞이하는 내 모습이 보기 좋아 기뻐서 흘리는 눈물이라고도 했다. 나는 구름 속을 날며 신에게 감사했다.

내 주변의 열광에 미소 짓는 사람도 있었지만 조롱거리로 만들고 싶어 안달난 사람도 있었다. 하이베르그가 그랬다.

"다음에 스웨덴에 갈 때 꼭 함께 갑시다. 그래야 나도 시선을 좀 받지."

난 이렇게 대꾸했다.

"아마도 부인을 데리고 가시는 게 더 빠를 겁니다."

스웨덴에서는 열광적인 찬사가 날아왔지만 덴마크에서는 〈뮬라토〉와 관련해 나를 비난하는 목소리가 들리기 시작했다. 프랑스 소설에서 내용을 빌려왔으면서도 그걸 제목을 쓰는 면에 밝히지 않았다는 것이었다. 그건 우연한 실수였다. 그런 내용을 원고 맨 마지막 장에다 썼는데, 대본을 만드는 과정에서 그만 빠져버린 것이다. 이걸 밝히기 위해서는 인쇄를 새로 해야 했다. 이 문제에 대해 시인 친구에게 자문을 구했더니, 프랑스 소설 〈낙오자〉를 워낙 많은 사람들이 읽어서 알고 있는데 굳이 그럴 필요가 있겠느냐고 했다. 하이베르그도 티크의 〈요정들〉을 다시 쓰면서 원전에 대해 단 한마디도 언급하지 않았다. 그랬던 그가 나를 비난하고 나선 것이다. 그는 〈낙오자〉를 꼼꼼하게 분석하고 연구해서 〈뮬라토〉와 비교했다. 그리고 〈낙오자〉의 번역 원고를 신문사에 보내 급히 실어달라고도 했다. 그 신문사의 편집자가 내게 이 사실을 알려왔다. 나는 상관없으니 알아서 하라고 했다. 〈뮬라토〉는 극장에서 여전히 인기를 끌고 있었지만 비평가들은 내 작품을 헐뜯었다. 분에 넘치는 칭찬을 듣고 있던 터라 나는 이런 비난에 민감해졌다. 예전에는 쏟아지는 비난도 잘 참았지만, 그때는 그렇지 못했다. 그리고 그런 비난이 단지 흥미와 관심에서 비롯된 게 아니라, 오로지 나를 밟고 내게 굴욕감을 주려는 의도에서 비롯된 악의에 찬 도발 행위라는 사실을 분명히 깨달았다. 〈모든 나날의 이야기들〉을 쓴 저자는 새로 쓴 소설에서 〈뮬라토〉를 찬양하는 사람들을 비웃었다. 또 내가 천재는 언제나 이긴다고 표현한 걸 놓고서는 게으른 환상이라며 빈정댔다.

이 문제를 제외하고는 내 마음은 신선했고 여유가 넘쳤다. 정확하게 이 시기에 나는 〈그림 없는 그림책〉을 구상하고 완성했다. 이 작은 책에 쏟아진 평가와 출판된 양으로 볼 때 특히 독일에서 큰 인기를 얻었다. 이 책에 대한 최초의 평 가운데 하나는이렇게 표현했다.

이 책 속의 수많은 풍경들은 소설에서 쓸 수 있는 풍성한 재료가 된다. 그렇다, 재능 있는 사람이라면 이 책이 담고 있는 환상을 빚어 훌륭한 소설을 만들어낼 수 있을 것이다.

실제로 폰 괴렌 부인이 〈그림 없는 그림책〉에서 소재를 빌려처녀작으로 소설 〈수양딸〉을 썼다. 스웨덴에서도 내 책을 옮겨서 번역본을 내게 헌정했다. 덴마크에서는 그다지 높은 평가를받지 못했는데, 〈코펜하겐 아침신문〉의 기자 시스비가 유일하게좋은 평을 해주었던 걸로 기억한다. 번역본이 두 종 나온 영국에서는 이 책을 "호두껍데기 속의 일리아드"라며 칭찬을 아끼지않았다. 영국과 독일에서 화려한 장정을 한 교정지를 보냈는데,이건 그림이 있는 〈그림 없는 그림책〉이었다.

덴마크에선 〈그림 없는 그림책〉에 대해서는 그다지 관심을 보이지 않았고 〈뮬라토〉만 얘기했다. 그것도 내용을 고스란히 빌려왔다는 그런 얘기만…. 오기가 발동했다. 내용이나 형식 모두순수하게 내가 생각해낸 걸로 새 작품을 써야겠다고 마음먹었다. 이미 생각해둔 게 있었다. 비극 작품 〈무어 인 처녀〉를 썼다.이 작품을 통해 나를 욕하는 모든 사람들의 입을 막아버리고 작가로서의 입지를 확실하게 굳히겠다는 기대에 들떠 있었다. 또한 이 작품을 통해 벌어들일 돈과 한창 잘 되고 있는 〈뮬라토〉가

가져다줄 돈을 합쳐서 이탈리아뿐만 아니라 그리스와 터키까지 여행할 수 있으면 좋겠다는 희망에 한껏 부풀었다. 첫 번째 외국 여행은 내 지적인 발달의 커다란 디딤돌이었다. 그랬기에 더욱 여행을 열망했다. 자연과 인간을 더 많이 알고 싶은 욕망으로 가득 차 있었던 것이다.

새 작품은 하이베르그를 기쁘게 하지 못했다. 무대에 올리려는 모든 노력이 물거품이 되고 있었다. 일찌감치 주인공 역을 맡을 배우로 생각하고 일부러 수정까지 해서 찾아간 하이베르그의 아내는 출연을 거부했다. 그것도, 친구라면 할 수 없는 가장 쌀쌀맞고 인정 없는 태도로…. 나는 깊은 상처를 받았다. 이 얘기를 몇 사람에게 했다. 이런 얘기를 떠들고 다닌 게 잘못일지도 모른다. 혹은 대중이 좋아하는 배우에 대해 불평불만을 하는 건 범죄일 수도 있다. 하지만 어쨌거나 끝났다. 그날 이후로 하이베르그 부부는 나의 적이 되었다. 물론 나는 하이베르그의 지적 수준을 높이 인정했다. 그가 하는 일이라면 무엇이든 기꺼이 그의 편을 들었다. 물론 그 역시 나한테 마찬가지로 그렇게 했겠지만…. 나는 그를 만날 때 신뢰를 저버린 적이 없었다. 그의 아내에 대해서도 늘 뛰어난 배우라고 얘기해왔다. 물론 이건 지금도 변함이 없어, 만일 덴마크 어가 독일어나 프랑스 어처럼 유럽 전역에 알려져 있다면 그녀가 유럽 최고의 배우로 꼽힐 것이란 사실을 조금도 주저하지 않고 말할 수 있다. 비극을 연기할 때 그녀가 이해하고 창조하는 온화함의 정신세계는 볼 때마다 찬탄을 불러일으킨다. 희극 연기에서도 그녀와 경쟁이 될 만한 여배우는 없다.

아무튼… 내가 잘못했을 수도 있고 아닐 수도 있었다. 상관없었다. 나를 적대시하는 모임이 만들어졌다. 그즈음 나는 동시다발적으로 일어난 수많은 성가신 사건들로 인해 상처를 받았고 쉽게 흥분했다. 불편하고 불안하고 성가셨다. 모든 게 다 그랬다. 그래서 새 작품 〈무어 인 처녀〉가 저 혼자 자기 운명과 고통의 길을 찾아가게 손을 놓아버렸다. 그저 허둥지둥 서둘러 서문을 썼다. 〈무어 인 처녀〉는 내 기대를 무참하게 배신했다. 만일 내가 이 시기의 내 인생을 보다 분명하게 표현하려면, 극장을 둘러싼 알 수 없는 수수께끼들을 꿰뚫어보아야 하고, 우리를 둘러싸고 있던 파벌들을 분석해야 하며, 당시 명성을 얻지 못했던 사람들까지 모두 확실하고 분명하게 드러내야만 할 것이다. 그 모든 사실이 드러나면 내 편에 서 있던 많은 사람들이 앓아눕거나 격렬한 어조로 분통을 터뜨렸을 것이다. 내가 선택할 수 있는 최선의 방법은 떠나버리는 것이었다. 친구들도 그걸 권했다.

기운 내게나. 그따위 쓸데없는 것들 다 때려치우고 떠나게. 떠나기 전에 여기 한번 와줬으면 하네만. 어떨지 모르겠네. 만일 못 보면 로마에서 만나세!

니쇠에 있던 토르발센이 내게 보낸 편지다. 나의 고통을 잘 알고 있는 진실한 친구들도 입을 모아 말했다.

"제발, 떠나게!"

H. C. 외르스테드와 콜린이 내 결심을 도와주었고, 욀렌슐레게르는 시를 써서 내 여행에 행운이 있기를 빌어주었다.

내 친구이자 시인인 H. P. 홀스트 역시 막 외국 여행을 떠나려던 중이었다. 그의 시 〈오 나의 조국, 그대가 잃은 게 무엇인가!〉는 모르는 사람이 없었다. 그는 따뜻하고 평범한 단어들만으로 모든 사람의 감정을 시로 썼다. 국왕 프레데릭 6세의 죽음으로 온 나라가 슬픔에 빠졌을 때, 그 슬픔을 너무도 자연스럽게 표현한 이 아름다운 시가 모든 덴마크 사람들의 마음을 사로잡았다. 홀스트는 때를 타고난 행복한 시인이었다. 별 어려움 없이, 그리고 큰 시련도 겪지 않고 여행 지원금을 받았으니 말이다. 이 말에는 그를 모욕하거나 흠집을 내려는 의도가 전혀 없음을 밝혀둔다. 대학생 조합에 속한 수많은 친구들이 작별 만찬을 하러 모였고, 내게도 참석해주길 청했다. 나를 위해 이 자리에 참석해준 사람들 가운데 나이가 많은 사람들을 꼽자면 콜린과 욀렌슐레게르와 외르스테드였다. 이 저녁 모임은 고행과 굴욕 속에서 느끼는 밝은 햇살이었다. 사람들이 욀렌슐레게르와 힐레루프의 노래를 불렀다. 우울하게 덴마크를 떠나면서도 나는 진심 어린 우정을 느꼈다. 이때가 1840년 10월이었다.

두 번째로 나는 이탈리아를 찾았고 로마로 갔다. 그리고 그리스와 콘스탄티노플(터키의 최대 도시인 이스탄불의 옛 이름. 동로마 제국의 수도이기도 했다 – 옮긴이)에도 갔다. 이 여행은 나중에 〈어느 시인의 시장〉에서 내 나름의 방식으로 묘사했다.

홀슈타인에서 처음 방문한 란하우-브라이텐부르크 백작의 성에서 그와 며칠 동안 함께 지냈다. 여기서 나는 홀슈타인의 풍요로운 경치와 황무지를 비로소 제대로 보았다. 늦가을이었지만 날씨는 좋았다. 어느 날인가는 〈지그프리트 폰 린덴베르크〉의 저자 뮐러 폰 이체호가 묻혀 있는 이웃 마을 뮌스터도르프를 찾기도 했다.

마그데부르크와 라이프치히 사이에 지금은 철도가 놓여 있다. 내가 기차를 보고 또 직접 탄 건 이때가 처음으로, 내 인생 일대 사건이었다. 〈어느 시인의 시장〉에서 이때 내가 받은 놀라운 인상을 읽을 수 있을 것이다.

멘델스존(1809~1847년. 독일의 피아니스트이자 작곡가 - 옮긴이)이 라이프치히에 살았는데 그를 꼭 만나보고 싶었다. 그 전해에 콜린의 딸과 사위가 멘델스존으로부터 안부를 전해준 적이 있었다. 부부가 라인 강을 오가는 증기선을 탔는데 그 배에 이들이 좋아하는 작곡가 멘델스존이 함께 타고 있다는 사실을 알고는 찾아가서 인사를 했다. 한데 이 부부가 덴마크 사람인 걸 알고는 그가 던진 첫 번째 질문이 안데르센을 아느냐는 것이었다고 했다. 콜린의 딸은 이렇게 대답했다.

"저는 그를 친형제로 생각하고 있습니다."

그게 계기가 되었던 것이다. 멘델스존이 아파서 몸져누웠을 때 주변 사람이 〈어느 바이올리니스트〉를 읽어주었다. 이 작품이 마음에 들었던 그는 작가에 대해 관심을 가지게 되었다. 그래서 헤어질 때 내게 안부를 전해달라고 했고, 라이프치히를 지나갈 때는 무슨 일이 있더라도 꼭 들러달라고 부탁했다는 것이다. 라이프치히에 도착하긴 했지만 딱 하루만 머물 계획이었다. 곧바로 멘델스존을 찾아 나섰다. 그는 게반트 하우스(양복업자 조합 건물이라는 뜻 - 옮긴이)에서 리허설을 하던 중이었다. 나는 이름을 밝히지 않고, 여행객 한 사람이 그를 꼭 만나고 싶어한다는 말만 전해달라고 했다. 그가 나왔다. 짜증스런 기색이 역력했다. 나중에 안 사실이지만, 준비하던 작품 때문에 골머리를 앓고 있었기 때문이었다.

"난 바쁜 사람입니다. 여기서 낯선 사람하고 얘기 나눌 시간이 정말 없다구요!"

"선생님은 저를 초대하셨습니다. 이 도시를 지나갈 때 꼭 들르라고 말씀하셨다고 들었습니다."

그의 눈이 휘둥그레졌다. 그리고 고함을 질렀다.

"안데르센! 안데르센 맞지요?"

그의 얼굴이 환하게 펴졌다. 그는 나를 포옹하고 연주회장으로 데리고 갔다. 베토벤의 7번 교향곡 리허설 중이라며 앉아서 들으라고 했다. 멘델스존은 저녁을 함께 먹자고 했지만 오랜 친구인 브록하우스와 이미 약속을 해놓았던 터라 그러진 못했다. 저녁을 먹자마자 승합마차는 뉘른베르크를 향해 출발했다. 멘델스존에게는 돌아오는 길에 라이프치히에 이틀간 머물겠다고 약속했다. 그리고 그 약속을 지켰다.

뉘른베르크에서 난생 처음으로 은판銀板 사진을 보았다. 사람들이 말하길 이 초상화는 십 분이면 완성된다고 했다. 내가 보기엔 꼭 마술 같았다. 그 사진 기술은 당시로서는 신기한 것이었지만 요즘과는 비교도 되지 않는다. 은판 사진과 철도는 당대의 꽃이었다.

기차를 타고 옛 친구들을 만나러 뮌헨으로 향했다. 거기서는 덴마크 사람들을 많이 만났다. 블룬크, 키엘레루프, 베게너, 동물화가 홀름, 마르스트란드, 스토르크, 홀베크, 그리고 시인 홀스트 등등…. 홀스트와는 함께 이탈리아로 갈 예정이었다.

뮌헨에 이주일간 머물면서 홀스트와 같은 방을 썼다. 홀스트는 사근사근한 성격이었고 나와 죽이 잘 맞았다. 홀스트와 둘이서 가끔 예술가들이 북적대는, 로마 생활의 야만적 반영인 커피 하우스에 가곤 했다. 거기엔 포도주는 없고 유리잔에 거품이 부글부글 이는 맥주뿐이었다. 뮌헨에서는 별 재미가 없었다. 덴마크 사람들 가운데 흥미를 끄는 사람도 없었던데다, 이들 역시 코펜하겐 사람들과 별반 다르지 않은 태도로 나를 대했기 때문이다.

하지만 홀스트는 이들에게 제대로 대접을 받았다. 나는 혼자 외로운 산책을 할 때가 많았다. 때때로 몸과 마음에 힘을 주어보기도 했지만 내 힘의 한계에 절망할 때가 더 많았다. 나는 나 자신을 고문하는 법을 잘 알고 있었다. 인생의 어두운 면에 집착해 거기에서 쓴 술을 짜서 마셨다. 취하지는 않았고 그저 맛만 보았을 뿐이지만….

뮌헨에 머무는 이주일 동안 내 동포들은 내게 거의 관심을 보이지 않았지만, 독일 사람들은 그렇지 않았다. 〈즉흥시인〉과 〈어느 바이올리니스트〉를 알고 있는 사람이 여럿 있었다. 유명한 초상화가인 스틸러가 나를 찾았고, 내게 자기 집 문을 활짝 열었다. 그 집에서 코르네유와 라흐너 그리고 전부터 알고 있던 셸링을 만났다. 그후엔 더 많은 집들이 내게 문을 열었다. 그리고 내이름은 극장장 탈베르크의 귀에까지 들어가 그와 나란히 걸어가기만 하면 극장도 공짜로 드나들 수 있었다.

카울바흐를 방문한 일은 〈어느 시인의 시장〉에서도 적었다. 그는 당시엔 별로 인정을 받지 못했지만 지금은 온 세상이 알아주는 위대한 화가이다. 나는 그때 신문 만화로 그의 장엄한 〈황폐한 예루살렘〉과 〈훈 족의 전투〉 스케치들을 보았다. 그는 또한 매력적인 그림 〈라이네케 여우〉(중세 유럽에 널리 유포된 '여우 이야기'를 소재로 하여 13세기 네덜란드의 시인이 〈레이네르트〉라는 서사시를 썼다. 이 시를 여러 사람이 수정하고 가필하여 유럽 각국의 언어로 퍼져나갔다. 이 번역본을 바탕으로 괴테가 쓴 것이 〈라이네케 여우〉란 작품이다 - 옮긴이)와 괴테의 〈파우스트〉도 보여주었다.

H. P. 홀스트와 함께 이탈리아로 갈 생각을 하니 어린아이처럼 행복했다. 홀스트에게 이탈리아의 아름다운 풍광과 그 모든 장엄한 것들을 보여주고 싶었다. 하지만 뮌헨에 있는 덴마크 사람들이 그를 붙잡고 놓아주지 않았다. 그의 초상화를 그려야 한다는 것이었다. 그리고 다음엔 또 다른 이유가 생기고, 다시 또 다른 이유가 생겨 출발이 자꾸만 미루어졌다. 나중엔 언제 출발할지 알 수도 없는 상황이 되어버렸다. 결국 혼자 출발했다. 아쉬웠지만 내가 사랑하는 아름다운 예술의 나라 이탈리아를 그와 동행하는 즐거움은 포기할 수밖에 없었다. 나중에 홀스트가 로마에 오면 방을 구해 함께 있자고, 또 나폴리 구경을 함께 가자고 약속하고 작별 인사를 나누었다.

10월 2일, 뮌헨을 떠났다. 티롤을 지나고 인스부르크를 지나, 내 영원한 동경의 나라이자 그리움의 나라인 이탈리아로 들어갔다. 이탈리아를 처음 여행할 때 사람들은 그게 내 인생의 유일한 기회로 다시는 이탈리아를 보지 못할 거라고 했다. 하지만 나는 다시 이탈리아로 돌아왔다.

행복에 떨었다. 순간, 내 마음을 짓누르던 슬픔이 사라졌다.

신 앞에 무릎 꿇고 간절한 마음으로 기도했다. 진정한 시인으로 살 수 있게 나에게 건강한 육체와 힘을 달라고…. 10월 19일 로마에 도착했다. 이때의 풍경과 사건들은 〈어느 시인의 시장〉에 담았다. 조만간 로마에 올 홀스트와 함께 쓰기 위해 한 층 전체를 쓰기로 하고 집을 빌렸다.

많은 날들이 지났지만 홀스트는 오지 않았다. 나는 하릴없이 혼자 그 넓고 텅 빈 방을 서성일 수밖에 없었다. 방은 넓고 큰 데 비해 매우 싸게 빌렸다는 사실이 그나마 위안이었다. 그 겨울에는 로마에 외국인도 많지 않았다. 날씨도 아주 고약해서 나는 악성 열병에 시달렸다.

집에 딸린 작은 정원에 오렌지 나무가 있었고 과일이 주렁주렁 달려 있었다. 달마다 피는 장미는 벽을 타고 풍성하게 기어올랐고, 카푸친의 수도원에서는 엄숙한 노랫소리가 울려 퍼졌다. '즉흥시인'이 소년기를 보낸 바로 그 풍경이었다. 나는 예전에 가보았던 교회와 화랑을 다시 찾았다. 옛 친구들을 여럿 만났고, 함께 크리스마스 이브를 보냈다. 그전만큼 즐겁고 유쾌하지는 않았지만, 그래도 로마에서 보낸 크리스마스였다. 나는 사육제(가톨릭교에서 부활절을 준비하는 사순절 직전에 벌이는 축제 - 옮긴이)를 맞았을 때까지 그렇게 시간을 보냈다. 하지만 아픈 건 나뿐만이 아닌 것 같았다. 내 주변의 자연과 살아있는 모든 것들이 다 아파 보였다. 처음 로마에 왔을 때 보았던 평정도 볼 수 없었고 신선함도 없었다. 땅이 흔들렸고, 타이버 강이 범람해 거리를 덮었고, 사람들은 배를 타고 다녔다. 열병은 수많은 사람들의 목숨을 앗아갔다. 보르헤세 왕자는 아내와 세 아들을 잃었다. 바람이 심하게 불고 진눈깨비가 날렸다. 음산한 날씨였다.

수많은 밤을 넓은 방에 멍하게 앉아서 보냈다. 차가운 바람이 창문과 문틈을 뚫고 들이닥쳤다. 벽난로에 관목 가지를 넣고 태웠다. 그나마도 많이 때지 못해 불을 향하고 있으면 등이 시렸고 돌아서면 가슴이 서늘했다. 실내에서도 외투를 입고 여행할 때나 신는 신발을 신었다. 게다가 여러 주일 동안 치통에 시달렸다. 나중에 이때의 이야기를 동화 〈내 구두〉에서 묘사했다.

홀스트는 2월이 되어도 오지 않았다. 그가 도착한 건 사육제가 시작되기 얼마 전이었다. 육체적으로도 정신적으로도 고통스러웠다. 하지만 홀스트는 내게 따뜻한 마음을 열어주었다. 그게 나에겐 축복이었다.

바람이 불고 비가 오는 날이 계속되었다. 고향에서 여러 통의 편지가 날아왔다. 편지는 〈무어 인 처녀〉가 여러 차례 공연되었다가 소리 없이 막을 내렸다고 알려주었다. 관객의 호응이 좋지 않아 극장장이 이 작품을 공연 목록에서 빼버렸다는 것이다. 로마에 있는 덴마크 사람들이 코펜하겐으로부터 받은 편지는 모두 한결같은 목소리로, 하이베르그의 새 작품인 풍자시 〈죽음 이후의 영혼〉이 대단한 인기를 끈다며 열을 올렸다. 코펜하겐이 하이베르그의 작품으로 들썩이고, 안데르센이 이 작품에 등장한다고 했다.

하이베르그의 책이 선풍을 일으키고, 나는 그 책 속에서 조롱을 받는다… 그게 내가 알 수 있는 전부였다. 그 책이 나를 어떤 방식으로 어떻게 조롱하는지 아무도 알려주지 않았다. 이유도 모른 채 조롱을 받을 때는 두 배나 고통스러운 법이다. 이 불

완전한 정보는 아물지 않은 상처에 펄펄 끓는 납 물을 들이붓는 듯한 잔인한 고통을 주었다. 나중에 덴마크로 돌아가서야 비로소 이 책을 읽고 내용을 알 수 있었다. 하이베르그가 책 속에 나를 등장시킨 것 자체는 아무것도 아니었다. 그건 그저 내가 누리는 명성을 희롱의 대상으로 삼은 것 이상도 이하도 아니었다. 〈뮬라토〉와 〈무어 인 처녀〉를 지옥으로 보내서, 죄를 지은 사람들에게 하룻밤에 이 두 작품을 모두 보여주는 형벌을 내린다는 식이었다. 재미있는 발상이었다. 그 책의 다른 부분도 아주 좋았다. 하이베르그에게 좋은 시를 읽게 해줘 고맙다는 편지를 써야겠다는 생각이 들었다. 자기 전까진 그랬다. 한데 잠에서 깨어나, 그리고 감동에서 깨어나 곰곰이 생각해보니, 잘못하면 엉뚱한 오해를 살지도 모를 일이었다. 그래서 감사 편지는 쓰지 않기로 했다.

앞에서도 얘기했듯이 로마에서는 하이베르그의 〈죽음 이후의 영혼〉을 읽지 못했다. 단지 수많은 화살들이 바람을 가르며 날아와 내 가슴에 꽂히는 걸 눈으로 보고 피부로 느낄 뿐이었다. 하지만 화살에 어떤 독이 발라져 있는지는 알지 못했다. 로마는 내게 즐거움을 주는 도시가 아닌 것 같았다. 지난번에도 로마에서는 우울하고 쓰디쓴 나날들을 보내지 않았던가. 내 생애 처음으로 몸과 마음이 심하게 아팠다. 로마를 떠나야겠다 생각하고는 서둘렀다.

홀스트가 로마에 도착한 것은 사육제가 시작되기 얼마 전이었다. 홀스트와 함께 우리 두 사람 모두에게 친구인, 지금은 코펜하겐 성모 마리아 교회의 성직자로 있는 콘라드 로테가 왔다. 우리 셋은 나폴리로 여행을 떠났다. 그때가 2월이었다.

외국인이 로마를 떠날 때 '여행자의 샘물'로 가서 그 물을 마시면 언젠가는 꼭 다시 로마로 돌아온다는 말이 있다. 지난번 처음 로마에 갔을 때는 다른 일 때문에 로마를 떠나기 전날까지 그 샘물을 마시지 못했다. 그게 마음에 걸려 밤새 그 생각만 했다. 아침에 짐꾼이 왔고, 그 사람을 따라서 우연히 '여행자의 샘물' 곁을 지나게 되었다. 그때 손가락 하나를 샘물에다 찍어 맛을 보았다. 그리고 마음속으로 이렇게 외쳤다.

'나는 다시 로마에 돌아올 것이다!'

정말 다시 돌아왔다. 하지만 이번엔 그 미신을 무시하기로 했다. 다시 출발을 했는데, 갑자기 수도원에서 성직자 한 분을 모셔야 했기에 마차를 돌렸고, 우연히도 다시 '여행자의 샘물' 곁을 지나게 되었다. 그 때문이었는지 어쨌는지, 그후 다시 로마 땅을 밟았다. 아무튼 작은 교회의 담임목사였던 콘라드 로테는 쾌활한 사람이었는데, 알바노에서 성직자 옷을 벗어던지고는 유쾌한 신사로 변신했다. H. P. 홀스트는 이탈리아 스케치를 하면서 이 사람을 소개했다.

나폴리는 추웠다. 베수비오 화산과 주변 봉우리들에 눈이 덮여 있었다. 내 몸을 흐르는 피는 열로 들끓었고, 육체와 영혼이 모두 고통스러웠다. 여러 주일 계속되는 치통 때문에 내 신경은 극도로 예민해져 있었다. 가능한 한 평온을 유지하려고 노력하며, 일행을 헤르쿨라니움으로 데리고 갔다. 이들이 관광을 하는 동안 나는 내내 열에 시달렸다. 게다가 기차를 잘못 타는 바람에 폼페이로 가야 하는데 나폴리로 되돌아오고 말았다. 그때 내가 얼마나 고열에 시달렸던지, 열로 들끓는 피를 모두 몸 밖으로 뽑아버리는 것만이 내가 구원받을 수 있는 길이라 생각할 정도였다.

한 주가 지나자 상태가 한결 나아진 것 같았다. 그래서 프랑스 기선 레오니다스 호를 타고 그리스로 향했다. 해변에서는 사람들이 인생의 기쁨을 소리 높여 노래하고 있었다. 그래, 기쁨이여 영원하라, 만일 우리가 그 기쁨을 누릴 수만 있다면….

마치 새로운 삶이 시작된 것 같았다. 이러한 사실이 그 이후의 내 글쓰기에 드러났을 것이다. 그렇지 않았더라도, 적어도 내 인생관이나 내면의 삶에는 분명히 반영되었을 것이다. 내 뒤에 놓인 유럽을 돌아볼 때, 망각의 강물이 과거의 쓰디쓴 기억을 말끔히 덮어버린 것 같았다. 내 피가 다시 건강해졌음을 느꼈고 내 생각들 역시 다시 신선해졌음을 느꼈다. 용기를 내어 다시 머리를 들어올렸다.

나폴리는 햇살 속에 누웠고, 베수비오 화산에 걸린 구름은 산 아래까지 뻗어 있었다. 바다는 잔잔했다. 그날 밤, 자다 일어나 화산이 불을 뿜는 모습을 물에 비친 모습과 함께 보았다.

아침에 우리는 카리브디스를 지나며 시칠리아의 파도를 보았다. 높지 않은 바위 봉우리와 연기를 뿜는 에트나 화산이 눈을 맞으며 우리를 맞아주는 장관을 보았다.

해안을 따라가던 이때의 항해와 몰타 섬에 머물렀던 일, 그리고 조용한 지중해에서 보냈던 그 화려한 낮과 밤의 이야기들을 〈어느 시인의 시장〉에서 모두 기록했다. 밤이면 별빛 아래 반짝이던 지중해의 긴 파도를 잊을 수가 없다. 점점이 빛나던 밤하늘의 별들은 찬탄과 놀라움 없이는 볼 수 없었다. 시칠리아에서 금성이 내뿜던 빛은 덴마크에서 보던 달빛 같았다. 땅 위의 모든 물체에 그림자를 드리울 만큼 밝았다. 수면에서는 돌고래들이 텀벙거리며 춤을 추었고, 배 위의 모든 것들이 다 흥겨웠다. 우리는 장난을 쳤고, 노래를 불렀고, 춤을 추었다. 카드놀이도 하고 수다도 떨었다. 미국인도 있었고, 이탈리아 인도 있었고, 아시아 인도 있었다. 주교도 있었고, 수도사도 있었고, 여행객도 있었다.

바다에서 며칠을 함께 보내면 누구나 친구가 된다. 고향에 있는 것처럼 편안했기 때문에 시라쿠사에서 내려야 한다는 게 아쉬웠다. 마르세유에서 콘스탄티노플을 항해하는 프랑스 기선의 항로가 시라쿠사에서 알렉산드리아와 피레에프스 사이를 항해하는 뱃길을 만나기 때문에, 여기서 이집트를 떠난 배로 갈아타야 했다. 시라쿠사에서 내린 사람은 페르시아 인 한 명을 빼고는 나뿐이었다.

시라쿠사에서는 뜨거운 햇빛을 막는 천막이 한 집에서 다른 집으로 계속 이어져 있어 마치 천막의 도시 같았다. 해변에는 붉은 재킷과 흰 푸스타넬라(그리스의 남성용 민속 치마로 주름이 잡혀 있다–옮긴이)를 입은 그리스 사람들이 몰려 있어 마치 흰 돌과 붉은 돌들을 점점이 박아놓은 것 같았다. 시라쿠사와 피레에프스를 연결하는 그리스 증기선이 수리중이어서 알렉산드리아에서 방금 도착한 배에 올랐다. 그 배는 피레에프스에서 검역을 받는 동안 사흘 이상은 머물지 않는다고 했다. 〈어느 시인의 시장〉에서 피레에프스까지 가는 항해 풍경을 묘사했으니 그 부분은 건너뛰겠다.

우리가 탄 배는 피레에프스 항구에서 닻을 내렸다. 검역을 받던 중에 작은 배 하나가 덴마크 사람과 독일 사람을 가득 싣고 우리 배로 다가왔다. 〈알게마이네 차이퉁〉이 내가 도착한다고 보도했기 때문에 이 소식을 듣고 나를 환영하려고 온 것이었다. 검역이 끝난 뒤 이들의 초청을 받아 피레에프스에 내렸다. 전통 복장을 한 그리스 인의 시중을 받으며 올리브 나무 숲을 지나 아테네로 향했다. 아테네의 리카베토스와 아크로폴리스는 오래전부터 꼭 보리라 마음먹고 있었다. 이곳의 네덜란드 영사 트라베르스는 덴마크 영사이기도 했다. 국왕을 모시고 예배를 보던 루트 목사도 홀슈타인 출신으로, 덴마크의 프레덴스보르그 출신 처녀와 결혼한 사람이었다. 이들은 모두 그때 내가 새로 사귄 친구들이다.

루트는 〈즉흥시인〉을 읽으며 덴마크 어를 배웠다고 했다. 여기서 건축가인 쾨펜, 그리고 한센 형제, 로스 교수 등의 덴마크 사람들도 여럿 만났다.

아테네에서 한 달을 머물렀다. 4월 2일 내 생일을 위해 친구들이 선물을 준비했다. 파르네스 산 등정이 그 선물이었다. 하지만 여전히 겨울이었고 눈이 많이 내려, 어쩔 수 없이 아크로폴리스에서 내 생일을 축하했다. 아테네에서 사귄 사람들 가운데 가장 친절하게 대해줬고 마음이 끌렸던 사람은 오스트리아 외교관이었던 프로케쉬-오스텐스였다. 그는 그때 이미 〈이집트와 소아시아 추억〉과 〈성지 여행〉을 통해 작가로도 이름이 알려져 있다. 트라베르스 영사는 그리스 국왕과 왕비를 알현하게 해주었다. 아테네 주변으로 여행도 몇 차례 다녀왔다. 그리스 부활절도 아테네에서 보냈고, 자유 축제를 즐긴 곳도 아테네였다. 이때 내가 본 풍경은 나중에 내 작품 속에서 다시 살아난다.

스위스에서 그랬던 것처럼 이탈리아보다 더 높고 맑은 하늘이 그리스에도 있었다. 그리스의 자연은 내게 깊고 엄숙한 인상을 남겼다. 그리고 나라와 나라가 싸우고 멸망해간 위대한 전쟁의 현장에 서 있다는 감상에 젖어들기도 했다. 모든 봉우리와 마른 강바닥 그리고 돌멩이 하나에도 그 위대한 역사가 담겨 있으리니, 어떤 시인도 혼자서는 그 위대함을 다 가슴에 안지 못하리라. 여기에 비하면 일상의 변화란 얼마나 보잘것없는가! 온갖 생각들이 거센 물결로 머릿속을 흘렀지만, 그 흐름이 너무나 도도해 단 하나도 글로 표현할 수 없었다. 신의 뜻으로 이 땅에서 끊임없이 경연이 반복되었음을 표현하고 싶었다. 모든 시대 그리고 모든 세대를 통해 신의 뜻이 관철된다는 사실을…. '방랑하는 유태인' 전설에서 이 신의 뜻을 발견했다. 그후 열두 달 동안, 이 전설이 내 머릿속 생각의 바다에 떠다녔다. 어떤 때는 연금술사처럼 금방이라도 보물을 만들어낼 수 있을 것만 같은 환상에 사로잡히기도 했다. 하지만 내가 만들어낸 보물은 곧 깊은 바다 속으로 흔적도 없이 가라앉았다. 여러 분야에 걸쳐 방대한 지식을 쌓아야겠다는 강박관념에 사로잡히기도 했다. 사람들이 나더러 지식과 교양이 부족하다고 비난할 때 헤겔의 〈역사 철학〉을 읽으며 밤을 새곤 했다. 어떤 귀부인은 내가 지식이 모자라기 때문에 사람들이 불만스러워한다며 이렇게 권한 적이 있다.

"당신의 시에는 신화가 없어요. 신이 한 명도 등장하지 않잖아요. 신화를 아셔야 해요. 라신과 코르네유를 읽으세요."

그녀는 그걸 지식이라고 했다. 사람들은 이와 비슷한, 하지만 각자 독특한 어떤 걸 지식이라며 내가 배우고 익히길 원했다. 시 〈아하수베루스〉를 쓰기 위해 나는 엄청나게 많은 독서를 하고 메모를 했다. 하지만 그래도 부족했다. 그리스에서 그 모든 게 선명하게 저절로 드러나리라 생각했다. 그 시는 아직 준비되지 않았다. 하지만 장담하건대, 머지않아 완성될 것이다. 마치 어린 아이가 잠을 잘 때 크는 것처럼, 내 시도 그렇게 성장한 모습으로 나타날 것이다.

4월 21일 피레에프스를 떠나 시라쿠사로 향했다. 거기서, 마르세유에서 콘스탄티노플로 가는 프랑스 기선 람세스 호를 탔다. 파도가 거칠었다. 배가 난파되고 죽음을 맞는 상상을 했다. 모든 게 끝났다고 인정하고 포기하자 갑자기 마음이 평온해지는 이상한 느낌이 들었다. 다른 사람들이 기도를 하거나 욕을 하고 소리 높여 울며 난리를 치는 통에도 나는 선실 침대에 가만히 누워 있었다. 배가 부서지는 듯한 요란한 소리를 들으면서 나는 잠에 빠져들었다. 다시 깨어났을 때는 모든 게 평온하고 안전했다. 스미르나였다. 지구의 또 다른 사분의 일이 내 앞에 펼쳐졌다. 그 순간, 어릴 적 오덴세의 성 크누드 교회에 처음 들어갈 때 느꼈던 그 느낌이 선명하게 되살아났다. 이 땅에서 피를 흘린 그리스도를 생각했다. 또 전 세계에 울려 퍼지는 자기 노래를 듣고 있을 호머를 생각했다. 아시아의 해변에서 나는 그들의 설교를 들었다. 그것은 내가 들었던 그 어떤 설교보다 인상적이었다.

스미르나는 북쪽의 여러 나라들처럼 뾰족한 붉은 지붕들로 장엄한 느낌을 주었다. 이슬람 사원의 첨탑은 그다지 많지 않았다.

거리는 마치 베니스처럼 비좁았다. 타조와 낙타가 이 길을 걸어 다녔고, 이들에게 길을 내주기 위해 사람들은 길가의 열린 집 안으로 잠시 몸을 피해야 할 정도였다. 거리는 사람들로 넘쳐났다. 터키 여인들은 눈과 코끝만 내놓고는 얼굴을 가렸다. 유태인과 아르메니아 인은 희고 검은 모자를 쓰고 다녔다. 이 모자들 가운데 어떤 것들은 주전자를 뒤집어놓은 것 같은 모양이었다. 만에는 터키 증기선이 초록색 바탕에 초승달이 그려진 국기를 날리며 연기를 내뿜었다.

저녁때 우리는 스미르나를 떠났다. 트로이 평원에 있는 아킬레스의 고분 위로 초승달이 떴다. 아침 여섯 시에 우리가 탄 배는 다르다넬스 해협으로 들어섰다. 해협의 유럽 쪽으로는 풍차와 성채가 있고 지붕이 붉은 건물들이 들어찬 마을이 있었다. 아시아 쪽 마을의 성채는 좀더 작아 보였다. 이 두 마을 사이의 거리는 작은 해협을 사이에 놓고 마주보고 선 헬싱괴르와 헬싱보르그만큼 가까웠다. 마르마라 해로 들어서자 갈리폴리가 나타났다. 북유럽의 우울한 풍경과 무척 비슷했다. 발코니와 목재 테라스가 있는 오래된 집들이 보였고, 주변의 바위산들은 낮고 풀 한 포기 없이 황량했다. 바다는 사나웠고 저녁이 되면서 비가 오기 시작했다.

다음날 아침, 바다에서 솟아오른 베니스, 장엄한 도시 콘스탄티노플이 우리 앞에 나타났다. 화려한 이슬람 사원이 나타나더니 그 뒤에 더 화려한 사원들이 계속해서 이어졌다. 옛 궁전 세라글리오가 마치 우리 앞에서 헤엄을 치듯 떠 있었다. 태양은 아시아의 해변과 난생 처음 본 사이프러스 숲과 스쿠타리의 첨탑

위로 햇살을 쏟아부었다. 놀라운 광경이었다! 우리가 탄 배에 놀라움과 찬탄의 고함소리가 울려 퍼졌다. 위엄이 넘치는 건장한 터키 인이 우리 짐을 날랐다.

콘스탄티노플에서 열하루 동안 환상적인 나날을 보냈다. 여행을 할 때마다 늘 따라다니는 행운이 여기서도 함께해, 내가 머문 그 기간에 마호메트의 생일이 끼어 있어 〈천일야화〉의 환상을 현실에서 경험했다.

덴마크 대사는 콘스탄티노플에서 제법 떨어진 곳에 살고 있어서 그를 만날 기회는 없었다. 하지만 오스트리아 사람인 슈틸머 남작으로부터 우정 어린 대접을 받았다. 그와 함께 있으면서 독일 친구들도 많이 사귀었다. 콘스탄티노플에서 덴마크로 돌아가는 길을 어떻게 잡을까 고민했다. 흑해를 거쳐 다뉴브 강을 거슬러 올라가고 싶었지만, 거기로 가다간 살해당할지도 모른다며 말리는 사람들이 많았다. 기독교인 수천 명이 이미 살해됐다는 것이었다. 호텔에 함께 묵었던 동행들은 이 경로를 포기하자고 했지만 꼭 가보고 싶었다. 이 길을 포기하면 다시 그리스와 이탈리아를 지나가야 했다. 갈등이 되었다.

나는 용감한 편이 못 된다. 아주 조금만 위험해도 겁을 먹는다. 하지만 굉장히 위험할 때, 그리고 그 위험의 대가가 클 때는 남다른 의지가 생긴다. 나이를 먹어감에 따라 더 그렇다. 무서워 떨기도 하지만 당연히 해야 할 일이라면 주저하지 않는다. 이런 내 약점을 고백하는 게 부끄럽지 않다. 내가 확신하는 일일 경우 아무리 두려운 일이라도 한다. 당시 나는 다뉴브 강을 거슬러 올라가면서 그곳의 풍경을 속속들이 들여다보고 싶은 열망에 사로

잡혀 있었다. 나 자신과 싸워야 했다. 내 상상력은 내가 닥칠 수 있는 가장 위험한 광경을 보여주며 나를 말렸다. 불안하게 밤을 보냈다. 아침에 슈틸머 남작의 조언을 구했다. 그는 위험하다고 소문난 그 경로가 사실은 안전하다는 정보를 가지고 있었다. 남작의 의견에 따라 운명에 몸을 맡기기로 했다. 결정을 내리고 나니 마음이 그렇게 평온할 수가 없었다. 5월 4일, 옛 궁성 세라글리오의 정원 옆에 정박해 있던 배에 올랐다.

이른 아침 내가 탄 배가 닻을 올릴 때, 우리가 만나기로 한 오스트리아 기선이 간밤에 발트 해의 안개 때문에 바위에 좌초되어 거의 침몰할 위기에 처했다는 슬픈 소식을 들었다. 보스포러스 해협을 통과할 때는 높은 파도와 안개 때문에 트라야뉴스(고대 로마의 황제 – 옮긴이)의 무너진 성벽 가까이 있는 루마니아의 콘스탄자에서 하루를 묵을 요량으로 배에서 내렸다. 황소 여러 마리가 끄는 수공예품을 실은 커다란 마차를 타고 주인 없는 개들이 어슬렁거리는 황량한 시골길을 따라갔다. 묘지와 무너진 비석들만이 한때 이곳이 마을이었음을 알려주었다. 이 마을은 1809년 전쟁 때 러시아 인들이 불태워버렸다고 했다. 다시 배를 탄 우리는 이틀 동안이나 러시아와 터키 사이에 벌어졌던 전쟁의 폐허들을 지나쳐갔다. 다뉴브 강 연안의 무너진 성채와 폐허가 된 마을들을 기억의 창고에 남겼다. 수많은 첨탑을 자랑하는 루스트추크(불가리아 북부의 고대 도시 – 옮긴이)에 도착할 때까지 다행히 위험한 일은 한 번도 없었다. 루스트추크의 다뉴브 강 연안이 사람들로 붐볐다. 사람들이 프랑크 족 옷을 입은 청년 둘을 다뉴브 강에 던지는 게 보였다. 두 청년은 필사적으로 헤엄을 쳤고 한 명은 반대편 강둑에 다다랐다. 하지만 다른 한 명은 돌에 묶여 있어 우리 쪽을 향해 살려달라고 고함을 질렀다.

"살려주세요! 날 죽이려고 해요!"

강 한가운데 서서 그를 끌어올렸다. 대포를 쏘는 걸로 여러 번 신호를 주고받은 뒤, 그 지역의 군사령관이 우리 배에 올라 불쌍한 프랑크 족 청년을 데리고 갔다.

다음날 배에서 눈으로 덮인 발칸 산맥을 보았다. 산맥과 우리 배 사이 지역에서는 폭동이 벌어지고 있었다. 위딘에서 콘스탄티노플로 편지와 공문서를 나르는 무장한 타타르 인이 공격을 받고 살해됐다는 얘기를 한밤중에 들었다. 모두 세 명이었는데 한 명은 현장에서 즉사하고 나머지 두 명이 도망을 쳤고, 그 가운데 한 명이 다뉴브 강까지 빠져나와 우리 배가 지나갈 걸 알고 갈대숲에 숨어서 기다렸다가 구조되면서 밝혀진 사실이었다. 나머지 한 사람은 잡혀서 죽었을 게 틀림없다고 배에 탄 사람들이 추측했다. 양가죽을 몸에 걸친 그 남자는 이빨까지 무장하고 있었는데, 이건 배에 탄 사람들 표현이다. 우리가 배에 태웠을 때는 공포에 완전히 질려 있었다.

상류로 계속 거슬러 올라가던 우리 배는 마침내 터키의 강력한 성채인 위딘에 상륙했다. 하지만 배에서 내리기 전에 콘스탄티노플에서 병균을 옮겨왔을지 몰라 훈증 소독을 받아야 했다. 그곳의 군사령관이 우리에게 〈알게마이네 차이퉁〉의 최근호를 보내주었다. 독일의 관점에서 상황이 어떻게 돌아가는지 우리가 알 수 있게 해주려는 배려였다. 세르비아는 원시 삼림지대 같았다. 우리는 작은 배에 나누어 타고 거품을 일으키며 사납게 흘러

내리는 다뉴브 강을 수 마일 거슬러 올라갔다. 그리고 그들이 '철의 문'이라 부르는 곳도 통과했다. 〈어느 시인의 시장〉에서 이 풍경을 묘사했다.

　오스트리아의 구舊 오르소바에서 다시 검역을 받았다. 검역을 받는 동안 머문 곳은 원래 여행객이 아닌 농부들을 대상으로 지어진 건물이라, 방이란 방은 모두 포장이 되어 있고 음식도 조악하고 포도주도 엉망이었다. 쿠르디스탄 고원지대에서 영국으로 가던 중이던 영국인 아인스워스와 한 방을 썼다. 〈어느 시인의 시장〉이 영국에서 번역 소개될 때, 이 사람이 1846년 10월 10일자 〈문학신문〉에 편집자 제언을 통해, 검역을 받는 동안 함께 머물렀던 이때의 일을 친절하게 소개했다. 그는 나를 낯간지러울 만큼 부풀려서 소개했는데 일부를 소개하면 이렇다.

　　(그는) 종이를 오려서 형상을 만드는 재주가 탁월했다. 나의 아시아 여행기에 소개된 수도승들이나 여러 인물들의 형상이 모두 그가 종이로 오려서 만든 것들이다.

　검역을 거친 뒤 우리는 커다란 너도밤나무 아래를 지나 군사경계선을 통과했다. 까마득한 고대 로마의 유물로 남은 무너진 다리와 탑과 바위 절벽에 새겨놓은 글들을 보았다. 우리 눈에 보이던 사람들이 농부에서 오스트리아 병사로 바뀌었다. 집시들은 바위굴에서 야영을 하고 있었다. 하나의 신기한 풍경이 지나가면 또 다른 신기한 풍경이 기다리고 있었다. 우리가 다시 배에 올랐을 때는 사람들이 너무 많아 움직이기도 힘들 정도였다. 전염병에 걸리기 안성맞춤인 환경이었다. 잠도 제대로 잘 수 없는 여행이 길고 힘들게 이어졌다. 하지만 헝가리 사람들이 사는 모습은 질리도록 자세히 보았다. 땅은 점차 평탄해졌고, 경치도 이전처럼 다채롭지 않고 단조로운 풍경만 이어졌다. 그러다 프레스부르크 가까이 오자 다시 다채로워졌다. 테벤은 우리가 지나갈 때 화염에 휩싸여 있었다. 그리고 여행을 시작한 지 스무하루 만에 빈에 도착했다. 빈에서 옛 친구들을 만난 뒤 프라하와 드레스덴을 거쳐 덴마크로 돌아왔다.

신기한 일이 하나 있었다. 이탈리아에서 그리스 그리고 터키를 거쳐 함부르크까지 여행하는 동안 짐 수색을 단 두 번 당했다. 오스트리아 국경과 독일 국경에서였다. 한데 함부르크에서 코펜하겐의 내 방까지 오는 데 가방을 다섯 번이나 열어야 했다. 처음은 홀슈타인에서, 그리고 아로조운트에서, 핀 섬에 도착해서, 슬라겔세에서 마차를 타고 떠날 때, 마지막으로 승합마차를 타고 코펜하겐으로 들어올 때, 이렇게 정확하게 다섯 번이었다. 그땐 그걸 당연한 걸로 받아들여야 했다.

함부르크에 도착했을 때 대규모 음악 축제가 열리고 있었다. 그곳에서 덴마크 사람들을 많이 만났다. 그들에게 그리스의 아름다운 풍광과 동양의 이국적인 풍경을 얘기하는데, 코펜하겐에 사는 노부인이 이렇게 물었다.

"안데르센 씨, 여행을 오랫동안 많이 하셨는데, 우리 작은 덴마크만큼 아름다운 데가 또 있던가요?"

"그럼요! 훨씬 아름다운 데가 얼마나 많다구요!"

"어머! 애국자가 아니시네요!"

성 크누드 축제 때를 맞춰 오덴세를 지나갔다. 오덴세에서 존경받는 부인 하나가 이렇게 말했다.

"당신이 우리 축제에 맞춰서 여행 일정을 잡아주다니 얼마나 기쁜지 모르겠군요. 사람들한테 늘 그랬답니다. 당신이 꼭 축제 때를 맞춰서 오덴세에 올 거라구요!"

거기서는 또 애국자로 통했다.

문법학교 시절을 보냈던 슬라겔세에 도착해서는 옛 친구들을 만나면서 많이 놀라기도 하고 이상한 느낌이 들기도 했다. 그 시절 바스톨름 목사 부부를 찾아가곤 했고 저녁이면 함께 산책을 했다. 우리 산책길은 늘 같았다. 이들 부부의 집 뒷문으로 나가 오솔길을 따라서 옥수수밭이 있는 데까지 걸어갔다가 큰길을 따라 집까지 돌아오는 길이었다. 그후로 많은 세월이 흘렀는데, 그리스와 터키에서 돌아와 슬라겔세의 큰길을 지나가면서, 그때의 그 노부부가 옛날과 다름없이 산책을 하며 막 옥수수밭을 돌아 큰길로 접어드는 광경이 내 눈에 들어왔다. 그 익숙한 광경이 낯선 감정을 불러일으킨 것이다. 많은 세월이 흘러도 그들은 여전히 그 자리를 걷고 있었지만, 나는 이들이 한 번도 가보지 않은 아주 먼 곳을 다녀왔고, 이렇게 다시 만난 것이었다. 이 묘한 대조가 불러일으킨 인상은 오랫동안 머릿속에 남았다.

1841년 8월 중순, 다시 코펜하겐으로 돌아왔다. 이탈리아에서 돌아왔을 때처럼 아무 걱정도 고통도 없었다. 사랑하는 친구들을 다시 만나니 기쁘기 그지없었다. 그리고 〈어느 시인의 시장〉이라는 제목으로 내가 방문한 나라별로 여러 장을 나누어 여행담을 쓰기 시작했다. 외국의 여러 곳에서 마치 덴마크에 있을 때처럼,

마음이 깊이 끌리는 사람들을 수없이 많이 만났다. 시인은 새와 같다. 시인은 자기가 가진 걸 아낌없이 주려고 노래를 부른다. 나는 내가 좋아하는 사람들에게 노래를 들려주고 싶은 욕망에 사로잡혀 있었다. 감히 말하자면 그것은 고맙고 반가운 마음에서 비롯된 일시적이고 덧없는 생각이었다. 이탈리아에 살고 있었고 그 땅을 사랑했으며 〈즉흥시인〉이 계기가 되어 내 친구이자 든든한 후원자가 되었던 란하우-브라이텐부르크 백작은 이탈리아를 묘사한 부분을 좋아할 게 틀림없었다. 최고의 우정을 보여준 리스트와 탈베르크를 위해서 다뉴브 강을 거슬러 올라가는 부분을 바쳤다. 한 사람은 헝가리, 또 한 사람은 오스트리아가 조국이었기 때문이다. 이런 것들을 보고 독자들은 각각의 헌정에 대해 내가 어떤 사람 혹은 어떤 풍경에 깊은 인상을 받았는지 쉽게 알 수 있을 것이다. 하지만 이런 헌정이 덴마크에서는 내 허영심을 아주 잘 드러내주는 증거물로 취급된다. 내가 사실은 이런 말을 하고 싶었다고 주장하는 것이다.

"나는 이러이러하게 유명하고 훌륭한 사람들을 친구로 두고 있습니다. 굉장하지 않습니까?"

〈어느 시인의 시장〉은 여러 나라 언어로 번역되었다. 물론 각국 번역서마다 헌정사가 들어갔다. 외국에서 이 책이 어떤 대접을 받았는지 나는 모른다. 만일 외국에서도 덴마크처럼 평가했다면, 지금의 이 설명으로 잘못된 걸 바로잡고 싶다. 덴마크에서 나는 이 책으로 이전보다 훨씬 많은 돈을 벌었다. 말하자면, 덴마크에서도 드디어 내 책이 많이 읽힌다는 증거였다. 늘 빈정거리던 비평도 이번엔 따라붙지 않았다. 단 한 사람 예외가 있었다. 그는 일 년 전 내가 쓴 작품을 옹호하는 걸로 덴마크 문단에 첫발을 들여놓은 사람이었다. 그랬던 그가 이제 친구를 표적으로 풍자시를 썼다. 나는 개인적으로 이 청년을 좋아하고 앞으로도 그럴 것이다. 아마도, 비록 나에게 상처를 주어 약간은 마음이 아프지만 그래도 하이베르그가 지나간 길을 따라가는 게 대중적인 명망을 얻는 데 훨씬 유리하다고 생각했을 것이다.

코펜하겐의 신문 비평은 더할 나위 없이 멍청했다. 스미르나에서 초승달이 뜰 무렵에 온전하게 둥근 푸른 달을 보았다고 쓴 걸 지적하며, 눈을 크게 뜨면 어린아이도 알 수 있는 터무니없는 과장이거나 말도 안 되는 헛소리라고 했다. 하지만 초승달은 검푸른 빛으로 완벽하게 둥근 원판임을 다시 한번 얘기하고 싶다.

덴마크 비평가들은 너나 할 것 없이 자연을 바라보는 눈이 없다. 세련되었다고 누구나 인정하는 〈월간문학〉도 달빛에 비친 무지개를 묘사했다고 해서 환상이 너무 지나치다며 내 시를 비난했다. 〈어느 시인의 시장〉에서 "내가 만일 화가라면 이 다리를 그림으로 그릴 것이다. 하지만 난 화가가 아니라 시인이므로, 나는 이렇게 얘기할 수밖에 없다"라고 한 부분을 두고, 어떤 비평가는 말했다.

"그는 허영이 심하다. 자기 스스로 시인이라고 주장한다."

이런 평밖에 할 줄 모르는 사람들이 불쌍할 뿐이다. 하지만 아무리 마음이 넓은 사람이라 하더라도, 진흙탕에 뒹굴던 개가 방에 들어와 제일 좋은 자리에 몸을 누인다면 발로 걷어차고 싶은 마음이 들 것이다. 내가 처음 문단에 발을 들여놓은 이래로 내가 들어야만 했던, 부끄러운 줄도 모르는 엉터리 비평들을 순서대로 한데 모으면 영락없는 바보들의 행진이 될 것이다.

〈어느 시인의 시장〉은 많은 사람들이 읽었고 소위 히트작이 되었다. 이 책과 관련해 덴마크의 정신세계 및 각 분야에서 내로 라하는 사람들로부터 많은 격려와 인정을 받았다.

여러 쇄가 출판되었고, 독일어와 스웨덴 어, 영어로도 번역되 었다. 모두 그 나라에서 호평을 받았다. 리처드 벤틀리가 런던에 서 내 초상화와 함께 세 권으로 출판한 영어판은 신문과 문학지 서평란을 통해 좋은 평을 들었다. 출판업자는 이전에 나온 내 책 과 함께 아름답게 장정된 이 책을 크리스티안 8세에게 보냈다. 독일에서도 그랬다. 국왕은 외국에서 내가 높은 평가를 받는 걸 보고 흡족해했다. 국왕이 H. C. 외르스테드와 다른 작가들에게 이런 소감을 밝히는 한편, 어째서 내가 덴마크에서는 정반대의 평가를 받고 있으며, 또 어째서 비평가들이 나의 장점보다 약점 을 더 크게 들추어내며, 또 무슨 까닭으로 사람들이 나를 조롱하 고 내 활동을 헐뜯는 걸로 즐거워하는지 놀랍다고 말했다는 걸 H. C. 외르스테드를 통해서 들었다. 이런 얘기를 들을 때 나는 행복하다. H. C. 외르스테드는 내가 친하게 지내고 내 편을 들어 주는 친구들 가운데서, 나의 시적 재능에 대한 자기 생각을 분명 하고도 명쾌하게 밝히며 언제나 나를 격려해준 유일한 사람이었 다. 또한 그는 언젠가 내가 외국에서처럼 덴마크에서도 인정을 받을 거라고 예견한 사람이기도 하다.

H. C. 외르스테드와 나는 가끔, 내가 그렇게나 오랜 기간 악 의적인 비평의 제물이 되어 그들과 싸워야만 하는지, 내가 뭘 어 떻게 잘못했기에 그토록 나만 가지고 들볶아대는지, 그 이유가

도대체 뭘까 토론을 하기도 했다. 그때 내린 결론은 이랬다. 내가 가난한 티를 낸 게 가장 큰 이유가 아닐까…. 그들은 내 작품을 평가하기 전에 아마도, 가난한 어린 소년이 뭘 해보겠다고 우는 소리를 하며 천방지축 뛰어다니며 성장해온 모습을 늘 먼저 떠올렸을 것이다. 내 전기 〈덴마크의 판테온〉의 저자가 지적했듯이, 어쩌면 내가 가진 결점 가운데 일부분은, 사교성하곤 아예 담을 쌓고 살아왔다는 사실에 있을지도 모른다. 나도 대부분의 다른 작가들처럼 사교적인 태도로 자기 앞가림을 했어야 했다. 높이 존경받던 〈문학월평〉이 내게만 유독 가혹했고 또 호의를 베풀지 않았던 것이다. 〈죽은 자가 보낸 편지〉는 노골적인 경멸이었다. 이어 신문 비평도 마치 유행인 듯 이걸 따라했다. 간단하게 말해서, 대중적인 활자 매체가 권력의 채찍을 휘둘러 나를 자기 권위 앞에 무릎 꿇리려 했던 것이다. 게다가 우리는 모두 익살스러운 걸 좋아하는데, 엉터리였지만 잘 계산된 비평이 불행하게도 나를 조롱의 대상으로 삼았던 것이다.

그 당시 내가 태어난 곳 오덴세의 신문들이 나를 '우리 도시의 자랑스런 아이'라 부르며, 대중이 전혀 관심을 보이지 않는데도 끊임없이 나에 관한 정보를 쏟아냈다. 내가 외국 여행을 하고 있을 때는 내가 보낸 사적인 편지가 신문에 실리기도 했다. 그러니 웃음거리가 될밖에…. 한번은 로마에서 고향으로 편지를 보냈다. 교황 식스터스의 예배당에서 크리스티나 여왕을 보았다는 내용과 함께, 여왕을 보는 순간 작곡가 하르트만의 아내가 생각났다는 걸 덧붙였는데, 그걸 가지고 핀 신문은 이렇게 기사를 만들었다.

크리스티나 여왕은 코펜하겐의 어떤 부인을 닮았다.

사람들이 나를 비웃었음은 당연하다. 바보 같은 우정 때문에 얼마나 많은 고통을 당했는지 모른다. 그때 이후로 지금까지 지각없는 기자들에게 혹시 말실수를 하지 않을까 늘 두렵고 조심스럽다. 하지만 그러면서도 늘 당해왔다. 내 잘못이 손톱만큼도 없을 때조차 조롱 받고 웃음거리가 되었다. 한번은 여행중에 오덴세의 우체국에 들렀다. 삼십 분쯤 머물렀을까? 거기서 기자를 만났고, 기자가 내게 물었다.

"외국 여행 가시는 길입니까?"

"아닙니다."

"가실 생각 없습니까?"

"내가 돈을 얼마나 버느냐에 달렸죠. 지금 극장 무대에 올릴 작품을 쓰는 중입니다. 이게 성공하면 아마 가게 되겠죠."

"가시면 어디로?"

"글쎄요…. 스페인이나 그리스… 그쯤 되겠죠."

이날 저녁 나는 다음과 같은 내용의 기사를 신문에서 읽었다.

안데르센이 무대에 올릴 작품을 집필중이다. 만일 이 작품이 성공하면, 그는 스페인이나 그리스로 여행을 떠날 계획이라고 한다.

당연히 야유를 받았다. 코펜하겐 신문은 아마도 내가 여행을 가지 못할 것이라고 꼬집었다. 나는 그 작품을 썼고, 공연을 했고, 성공했다. 그러자 사람들은 이제 내가 그리스로 갈지 스페인으로 갈지를 놓고 입방아를 찧었다. 사람들은 근거도 없이 조롱하고 웃었다. 늘 이런 식이었다. 우울했다. 아이들이 강물을 거슬러 헤엄치는 불쌍한 개에게 돌을 던지는 것은 사악해서 그런게 아니다. 단지 재미로 그럴 뿐이다. 사람들은 재미로 나를 조롱했다. 나는 어느 파벌에도 속하지 않았기에 나를 막아주는 사람이 없었다. 신문기자 친구도 없었다. 그냥 속수무책으로 당할수밖에 없었다. 안데르센은 자기를 칭송하고 찬양하는 사람들하고만 어울린다고 얘기했다. 이 따위 기사들을 쓰고 쓰고 또 썼다. 이렇게 말하고 쓴 사람들이 도대체 진실을 얼마나 알고 있을까? 이건 불평불만이 아니다. 나를 진정으로 사랑하는 수많은 사람들을 원망하고 싶은 마음은 눈곱만큼도 없다. 장담하건대, 이들은 내가 물질적인 곤경에 처하면 나를 위해 온갖 노력을 다할 사람들이다. 하지만 시인에게는 특별한 관심이 필요하다. 이관심이 시인의 앞길을 열어준다. 이런 관심이 내게는 늘 부족했다. 가장 친한 친구들조차 내가 외국에서 높이 평가받는 걸 보고는, 나를 노골적으로 경멸했던 비평가만큼이나 설마 그럴 줄은 몰랐다면서 깜짝 놀랐다. 프레드리카 브레메르는 이 사실을 알고는 무척 의아해했다. 그녀가 나와 함께 코펜하겐의 어떤 집 저녁 모임에 자리를 했는데, 이 자리에서 누가 나를 '버릇없는 아이'라 표현하는 걸 들었다. 브레메르는 자기가 알고 있는 사실을 알려야겠다는 생각에 이렇게 말했다. 물론 나를 옹호하는 말이었다.

"스웨덴에서는 도시고 시골이고 할 것 없이 사람들이 안데르센을 얼마나 좋아하는지 몰라요. 집집마다 안데르센의 책이 없는 집이 없거든요."

하지만 그녀에게 돌아간 대답은 이랬다.

"그만하시죠, 자꾸 그러시면 정말인 줄 압니다."

나를 사랑하는 친구들이었으니까 당연히 경멸은 아니었다. 그들은 진심으로 아주 진지하게 나를 위해서 그런 말을 했던 것이다. 신분이 높다거나 가문이나 출신이 좋다는 건 더 이상 의미가 없는 세상이 되었다고 입을 모아 말한다. 천만의 말씀이다. 능력이 뛰어나지만 가난한 대학생이 공무원의 자제나 귀족 집안의 잘 차려입은 어린애만큼 정중하고 친절한 대접을 받는 그런 자리가 있는가? 단언하지만 없다. 셀 수도 없을 만큼 많은 사례가 있지만 그중 하나만 얘기하겠다. 아마도 이게 그 모든 것들을 대표할 수 있으리라 생각한다. 물론 내가 겪은 일화다. 높이 존경받는 어떤 사람 이야긴데, 이 사람 이름은 생략하겠다.

크리스티안 8세가 국왕으로는 처음 왕립극장을 방문했을 때 극장에서는 내 작품 〈뮬라토〉가 공연되고 있었다. 나는 아래층 앞자리에 토르발센과 나란히 앉아 있었다. 공연이 끝난 뒤 토르발센이 내게 속삭였다.

"국왕 폐하께서 자네한테 고개를 숙이시네!"

"제가 아니라 선생님한테 하시는 거겠죠."

"나야 여기서 경의 받을 일이 없잖나."

귀빈석을 올려다보았다. 왕이 다시 한번 고개를 숙였다. 나한테 하는 게 틀림없었다. 하지만 내가 뭐라고 반응을 보였다가 혹 그게 오해로 드러나면 사람들의 비웃음을 살지도 모른다는 생각이 들어 조용히 자리에 앉았다. 그리고 다음날 국왕을 찾아가, 전례 없는 행동으로 격려해준 것에 깊이 감사한다고 말했다. 그러자 왕은 왜 그 자리에서 곧바로 자기한테 답례하지 않았느냐며 소리 내어 껄껄 웃었다. 며칠 뒤 크리스티안보르그 성에서 모든 계급 사람들이 다 참가할 수 있는 성대한 무도회가 열릴 예정이었는데, 나도 초청장을 받았다.

이 무도회 얘기를 사람들로부터 존경받는 그 어떤 사람에게 하자 그가 물었다.

"당신이 거기 가서 뭐하시게? 당신이 그런 데 드나들 이유가 없을 텐데요?"

슬그머니 화가 나서 농담 삼아 대꾸했다.

"무슨 말씀을요, 그런 자리라면 늘 초대를 받는걸요."

"당신 같은 사람이 올 자리가 아니잖소!"

그가 화를 내며 소리쳤다. 그런 신랄한 말을 한두 번 들은 게 아니라 충격 받을 일은 전혀 아니었다. 도리어 웃으면서 짓궂게 나갔다.

"국왕 폐하께서 극장을 찾아 공연을 보시고는 저에게 경의를 표하셨거든요. 국왕 폐하께서 마련하신 자린데 저도 마땅히 참석을 해야죠."

"뭐라구? 폐하께서 경의를 표하셨어? 하지만 아무리 그래도 당신 같은 사람이 갈 자리가 아니야!"

"제가 속한 계급도 거기 참석할 수 있습니다! 대학생들도 참가하지 않습니까!"

내 목소리도 커졌다.

"대학생? 대학생 누구 말이오?"

내게 목소리를 높이는 그 신사 집안의 한 대학생 이름을 댔다.

"그건 경우가 다르지요! 그 학생은 의회 의원의 아들이잖소! 당신 아버지 직업은 뭐였소?"

그 순간 피가 거꾸로 솟구쳤다.

"예! 내 아버지는 구두 수선공이었습니다! 하지만 나는 신의 도움과 나 자신의 노력으로 지금 이 자리까지 왔습니다. 당신도 내가 충분히 존경받을 만한 시인이라는 사실은 부정할 수 없을 테지요?"

더 말하고 싶지도 않은 어처구니없는 상황이었다. 그 신사는 무례하게 굴었던 데 대해 결코 사과하지 않았다. 지금까지도….

누가 어떤 잘못을 저질렀는데 거기에 악의가 없었다고 치자. 그 잘못으로 인해 고통 받는 사람이 잘못을 저지른 사람에게 빙 돌려서 얘기해 그 사실을 일깨워주기란 쉽지 않다. 이 책을 쓰면서도 이런 어려움을 느낀다. 내게 쓴잔을 내민 사람들에게 내가 받은 만큼 쓴 술을 가득 채워 돌려주고 싶은 마음은 조금도 없다. 다만 몇 방울로 맛이라도 보게 하고 싶을 뿐이다. 여행은 나를 단련시켰고, 그즈음 나는 내 의도와 목표 그리고 판단과 소신을 보다 분명히 밝히기 시작했다. 거친 파도는 여전히 나를 덮쳐왔다. 하지만 그때부터 나는 험한 바다를 지나 조금씩 평온한 바다로 다가가고 있었다. 그 평온한 바다에 온전히 도달하는 순간, 내가 그토록 열망하던 대로 덴마크에서도 나를 인정해줄 것이다, H. C. 외르스테드가 나를 위로하며 예견했던 말이다.

당시 덴마크에서 정치는 선과 악의 두 가지 열매를 동시에 맺으며 높은 수준으로 발전했다. 마치 자갈을 입 안 가득 넣고 왈그락거리듯 애국적 열변을 토하던 이전의 모습은 이제 보다 흥미 있는 주제를 놓고 이전보다 더 자유롭게, 더 시끄럽게 왈그락거렸다. 하지만 정치는 나를 부르지 않았다. 나 또한 그런 시끄러운 데다 몸을 던질 필요성을 전혀 느끼지 못했다. 우리 시대의 정치는 수많은 시인들에게 다만 불행일 뿐이라고 믿었기 때문이다. 정치는 그리스 신화의 아테네다. 그녀가 성으로 끌어들인 사람들은 모두 비명횡사하지 않았던가. 그럼에도 이 방면으로 글을 쓰는 사람이나 신문기자들은 잘나간다. 사람들은 이들의 글을 읽고 박수를 친다. 그러나 곧 잊어버린다. 요즘에는 누구나다 어떤 대상 위에 군림하려 한다. 앞장서서 목소리를 높이는 권력을 가장 소중한 가치로 여긴다. 하지만 사람들은 모든 게 생각한 대로 이루어지지 않는다는 사실, 그리고 나무 꼭대기 위에 서서 볼 때와 나무뿌리의 눈으로 볼 때 많은 게 너무도 다르다는 사실을 잊고 있다. 고귀한 신념에 따라 행동하는 사람과 오로지 선한 것만을 일구어내려는 사람이 있다면, 그가 왕자든 평민이든 상관없이, 나는 그 사람 앞에서 머리를 숙일 것이다. 정치는 내 일이 아니다. 신은 내게 다른 의무를 내렸다. 난 그때 그렇게 생각했고, 지금도 마찬가지다.

소위 상류층에 속한 시골 가정에 머물면서 따뜻한 마음으로 친절한 우정을 베푼 수많은 사람들을 만났다. 이들은 내 안에 있는 선한 것의 가치를 높이 평가하며 자기들만의 모임에 나를 받아주었고, 그들만의 풍요로운 여름 별장에서의 행복을 나누어주었다. 누군가에게 얹혀 있어 온전히 독립하지 못했다는 약간의 자괴감은 있었지만, 자연이 주는 즐거움과 숲의 고독과 전원 생활의 즐거움 안에 나를 완전히 놓아버렸다. 처음으로 덴마크의 자연 풍광에 흠뻑 젖어 생활했다. 그리고 거기에서 수도 없이 많은 동화를 썼다. 숲으로 둘러싸인 조용한 호수의 둑에 앉아 있기도 했고, 연초록 풀들이 싱그러운 목초지를 걷기도 했다. 가까운 데서 오리 떼가 후드득 날아가고 황새는 붉은 다리로 성큼성큼 걸어다녔다. 거기에 정치나 논쟁은 없었다. 헤겔의 문체처럼 복잡하고 난해한 말로 떠벌리는 얘기는 들어보려야 들을 수가 없었다. 내 주변에서 그리고 내 안에서 오로지 자연만이 내가 청하는 대로 아름다운 노래를 불렀다.

과거에 수도원이었던 기셀펠트의 오래된 집에서 행복한 나날을 보냈다. 그 집은 호수와 언덕으로 둘러싸여, 숲에서도 가장 조용한 고독 속에 서 있었다. 이 멋진 곳의 주인은 아우구스텐부르크 공작 부인의 어머니인 단네스콜드 백작 부인으로, 매우 상냥한 사람이었다. 나는 거기서 자선의 대상인 가난한 소년으로 있었던 게 아니라 진심으로 대접받는 귀한 손님이었다. 지금은 너도밤나무가 길게 가지를 뻗어 그녀의 무덤 위에 그림자를 드리웠다. 그녀의 마음을 즐겁게 적셔놓았을 풍경의 한 장면이다.

기셀펠트 바로 옆 더 좋은 자리, 더 넓은 지대 브레겐베드에 덴마크의 재무장관 몰트케 백작의 사유지가 있다. 덴마크의 시골 풍경 가운데 가장 아름답고 풍성한 곳으로 꼽히는 이곳에서, 백작이 보여준 환대와 이곳에서 여러 사람들과 나눈 행복한 교류는 내 인생에 밝은 햇살이었다.

어쩌면 마치 내가 허영심에서 쟁쟁한 명사들의 이름을 나열하는 것처럼 보일지도 모르겠다. 혹은 이런 지면을 통해 나를 도와준 사람들을 굳이 부풀려서 좋게 얘기하는 것처럼 보일지도 모르겠다. 그렇게 보인다면 오해다. 그 사람들에겐 아부가 필요없다. 게다가 만일 내가 그럴 생각이라면 훨씬 더 많은 사람들의 이름을 열거해야 할 것이다. 하지만 난 단지 위의 두 곳과 니쇠만 언급할 생각이다. 니쇠는 스탐페 남작의 사유지인데 토르발센을 통해 유명해졌다. 여기서 나는 위대한 조각가와 함께 살았고, 장차 이곳의 주인이 될, 내 젊은 친구들 가운데 한 명을 새로 사귀었다.

다양한 계층 사람들의 삶을 접하고 느끼면서 많은 영향을 받았다. 내가 사귄 사람들 가운데는 왕자도 있고 귀족도 있고 또 더없이 가난하게 사는 사람들도 있었지만, 이들 모두에게서 나는 고귀한 인간의 참모습을 보았다. 우리 인간은 선하고 좋은 건 서로 닮는 법이다.

덴마크의 겨울은 갖가지 다양한 얼굴로 나름의 매력을 발산한다. 이 매력에 빠져 시골에서 겨울을 보내는 동안 덴마크의 겨울만이 줄 수 있는 독특한 즐거움을 누렸다. 하지만 대부분의 시간을 코펜하겐에서 보냈다. 콜린의 결혼한 아들딸들 그리고 이들의 아이들과 함께 있으면 마치 내 집에 있는 것처럼 편안했다. 그리고 고귀한 재능을 타고난 작곡가 하르트만과의 우정은 해가 갈수록 깊어졌다. 그의 집에서는 늘 자연의 신선함과 예술이 넘쳐흘렀다. 콜린은 내게 현실의 모든 부분을 챙겨주는 훌륭한 조언자였고, 외르스테드는 문학적 삶을 챙겨주는 조언자였다. 그리고 극장은, 이렇게 말해도 된다면, 내 사교장이었다.

저녁마다 극장에 갔고, 무대 바로 앞자리의 일등석도 받았다. 작가면 당연히 극장을 위해 일해야 한다. 작가가 처음 작품을 인정받고 나면 일층 뒷자리에 들어갈 수 있다. 그리도 두 번째로 보다 큰 작품이 성공하면 배우들 자리가 있는 무대 바로 앞자리에 앉을 수 있다. 그리고 세 번째로 큰 작품을 성공하거나 소품들이 계속 성공하는 경우 가장 좋은 자리에 앉을 수 있다. 토르발센이나 욀렌슐레게르 같은 사람들을 이런 자리에서 볼 수 있다. 그리고 나 역시 1840년 일곱 번째 작품을 마친 뒤에 여기에 내 자리를 마련했다. 토르발센이 살아있을 때는 그의 청에 따라 그의 옆자리에 앉았다. 욀렌슐레게르의 자리도 내 옆이었다. 수많은 날들의 저녁시간에 위대한 이 두 거장을 양옆에 두고 앉았다. 내 생에 이런 일들이 있으리라 그 누가 상상이나 했을까. 내 생애의 다른 모습들이 머리를 스치고 지나갔다. 여성 단역들의 자리인 제일 뒤쪽의 긴 의자에 앉았던 때의 내 모습, 그리고 텅 빈 무대에 혼자 무릎을 꿇고 배우로 성공하길 갈망하며 기도문을 몇 번이고 소리쳐 외우던 어린 시절의 내 모습…. 하지만 나는 이제 가장 성공한 사람만이 앉을 수 있는 자리에 앉았다. 어린 시절의 나를 알던 사람이 이런 내 모습을 보고 뭐라고 할까?

"이봐, 안데르센이 저기 앉았잖아, 위대한 두 거장 사이에 말이야. 저 거만하게 구는 꼴 좀 보라구."

아마 이렇게 말할지도 모른다. 하지만 이건 나를 잘못 평가하는 것이다. 신을 향한 내 기도는 늘, 내가 누리는 행복을 놓치지 않도록 내게 힘을 달라는 것이었다. 앞으로도 이 행복한 느낌, 이 감정이 계속되도록 해주소서! 나는, 북유럽의 지평선 위에서 가장 밝게 빛나는 별인 이 두 사람과의 우정을 사랑하고 즐겼다. 이 두 사람과 얽힌 얘기를 좀더 해야겠다.

욀렌슐레게르는 여러 사람들이 모인 자리에서 늘 조용히 있어 두드러지게 드러나 보이지는 않지만, 그의 성격은 너무도 개방적이고 어린아이처럼 솔직해, 누구든 그와 함께 있으면 그의 매력에 빠져들고 만다. 그는 덴마크에서 아니 북유럽 전체에서 중요한 인물이었다. 그리고 잘 알려진 사실이지만, 그는 타고난 시인이었고 좌중에서 가장 나이가 많았음에도 늘 젊어 보였다. 그는 내가 처음 쓴 서정시를 우정이 듬뿍 깃들인 태도로 듣고 조언을 아끼지 않았다. 비평가들이 나를 인정사정없이 몰아붙일 때, 내 편이 되어 함께 분노하며 그들과 맞섰다. 거듭되는 악평과 노골적인 경멸 속에 풀죽어 있던 어느 날, 욀렌슐레게르가 말했다.

"그딴 소리에 신경 쓰지 말게. 진심으로 하는 말인데, 자네는 진정한 시인이네."

그는 내 시가 가진 미덕과 장점을 열정적이고도 따뜻하게 펼쳐놓았다. 그리고 덴마크 문단의 비평 풍토를 비난하고, 마지막으로 자기는 내 편이라는 말로 나를 위로했다. 한번은 이런 일이 있었다. 누군가가 내 작품을 비평하면서 '철자법 틀린 죄'의 심각성을 알지 못한다며 나와 내 작품을 깎아내리자, 그가 흥분해서 고함을 질렀다.

"그게 뭐 어때서! 그럴 수도 있는 거고, 그게 안데르센인데! 그런 걸로 시인을 평가하지 말라구! 위대한 시인 괴테가 자기 작품에 철자 틀린 걸 누가 지적하자 뭐라고 했는지 아나? '그 귀여운 녀석을 그냥 그 자리에 있게 합시다', 이러고서 고치질 않았단 말이야! 얼마나 멋지냐구!"

그의 인생 마지막 부분에서 나와 함께 나누었던 몇몇 이야기들을 더 해야겠다. 내 전기 〈덴마크의 판테온〉을 쓴 전기 작가는 나와 욀렌슐레게르를 놓고 이렇게 적었다.

요즘에는, 애초에 예술가가 되겠다는 뚜렷한 자각이 없었음에도 불구하고 영혼의 충동에 맹목적으로 이끌려 한 걸음씩 앞으로 나아가다 보니 시인이 되고 화가가 되는 경우가 점점 더 드물어지는 것 같다. 한 사람의 인생행로가 그 사람의 순수한 감정 혹은 대자연에 의해 결정되기보다 자잘한 주변 환경에 의해 결정되고 마는 게 요즘 현실이다. 우리 시인의 절대 다수가, 최초에 느꼈던 어떤 열정이나 내적인 경험 혹은 외부적인 환경 요인에 고착되어 거기서 한 발자국도 빠져나오지 못한다. 결국 인간의 타고난 본성에 따라, 변화하는 감정에 충실하지 못하는 결과를 맞는 것이다. 우리 문학에서 욀렌슐레게르와 안데르센을 보면, 충실한 것이 얼마나 소중한지 그리고 동시에 얼마나 배척당할 수 있는지 잘 알 수 있다. 욀렌슐레게르가 그렇게 자주 비평가의 공격 대상이 되었던 사실과, 안데르센이 외국에서 먼저 시인으로 인정받은 사실도 덴마크 문단의 이러한 풍토로 설명할 수 있다. 외국에서는 이미 오래전에, 강제 규정이나 형식에 얽매이지 않고 가장 자연스럽고 참신한 걸 더 나은 덕목으로 받아들였다. 하지만 덴마크에서는 학파와 파벌, 다수결로 결정된 낡아빠진 지혜를 경건하게 떠받들고 있다.

토르발센은 앞에서도 언급했듯이 1833년과 1834년 로마에서 만나 친분을 쌓았다. 1838년 가을, 그가 덴마크에 오던 날 그를 환영하는 성대한 축제가 마련되었다. 꽃과 깃발로 장식한 배들이 항구를 가득 메우고 그가 탄 배가 나타나길 기다렸다. 화가와 조각가 그리고 각 단체나 집단은 자기들 고유의 문장紋章이 그려진 깃발을 준비했다. 대학생들의 문장은 미네르바(로마 신화에 등장하는 지혜와 전쟁의 여신으로 그리스 신화의 아테네에 해당한다 – 옮긴이)였고, 우리 시인의 문양은 페가수스였다. 코펜하겐의 높은 탑에서 멀리 바다를 바라보고 있다가 그가 탄 배가 시야에 들어오면 큰 깃발을 휘둘러 이를 알리게 되어 있었다. 하지만 그날은 안개가 끼어서 배가 시야에 들어왔을 때는 이미 너무 가까이 다가와 있었다. 항구에 모인 사람들과 배가 한꺼번에 그를 맞으러 몰려들었다. 시인들은, 내 기억이 맞다면 하이베르그가 작성한 명단에 따라 초청장이 발부되었는데, 페가수스 깃발을 들고서 시인들이 타고 나갈 배 옆에 서 있었다. 한데 욀렌슐레게르와 하이베르그만이 도착하지 않았다. 토르발센이 탄 배가 예포를 울리며 닻을 내렸다. 우리가 맞으러 가기도 전에 토르발센이 작은 배로 옮겨 탈까 봐 걱정이었다. 노랫소리가 바람을 타고 우리 귀에까지 들렸다. 환영식이 이미 시작돼버렸다.

나는 그를 보고 싶어 사람들에게 큰 소리로 외쳤다.

"우리도 빨리 갑시다!"

"월렌슐레게르 선생님과 하이베르그 없이 그냥 가자구요?"

누군가가 내게 물었다.

"아직 안 왔으니 할 수 없잖아요. 식이 곧 끝나버릴 텐데!"

이들 두 사람이 없는 상황에서 내가 페가수스 깃발을 들고 갈 수는 없다고 말했다.

"그럼 깃발을 내립시다!"

나는 깃발을 내렸다. 그제야 사람들은 내 말을 따르기로 했고, 토르발센이 막 작은 배로 옮겨 타는 순간에 맞춰 도착할 수 있었다. 월렌슐레게르와 하이베르그는 다른 배에 타고 있다가 우리를 발견하고는 우리 배로 옮겨 탔다. 세계적인 명성을 가진 대조각가를 맞이하는 함성이 바다와 항구에 울려 퍼졌다.

사람들이 토르발센의 짐을 들고 거리를 행진했다. 거리에는 그와 조금이라도 친분이 있는 사람들과 그들의 친구들, 그 친구들의 친구들까지 모두 모여들었다. 밤에는 화가들이 그에게 경의를 표하는 세레나데를 불렀고, 커다란 나무 아래 정원은 일렁거리는 횃불로 가득 찼다. 진정한 환희와 기쁨이 넘쳐났다. 열린 문으로 젊은 사람 늙은 사람 할 것 없이 자유롭게 토르발센을 찾았고, 기쁨에 넘친 토르발센은 그들을 가슴에 안고 키스를 하고 손을 잡았다. 그의 주변에는 영광이 넘쳐흘렀다. 그게 오히려 나를 뒷걸음치게 만들었다. 토르발센을 보자 가슴이 뛰었다. 그는 이탈리아에서 내게 친절과 위안을 베풀었고, 나를 가슴에 안고 죽을 때까지 우리는 친구라고 말했었다. 하지만 이 들뜬 분위기의 군중 속에서 수많은 눈들이 그의 일거수일투족을 살펴보는 가운데 그의 발 앞에 나서고 싶지 않았다. 사람들은 그런 나를 보고 또 짓궂게 입을 놀릴 게 틀림없었다. 허영심 가득한 사나이가 위대한 예술가와 공연히 친한 척한다고…. 결국 나는 뒤로 돌아서 빽빽하게 들어찬 군중을 뚫고 나와 그의 눈이 미치지 않는 곳으로 물러났다. 며칠 후 아침 일찍 그를 만나러 갔다. 그는 나를 친구로 맞아주었고, 왜 이렇게 늦게 왔느냐며 의아해했다.

토르발센을 기려 문학 아카데미가 설립되었고, 하이베르그의 의뢰를 받은 시인들이 그의 귀국을 찬양하는 시를 쓰고 낭독했다. 나는 황금 양털을 가지고 온 그리스 신화의 이아손을 노래했다. 토르발센 역시 이아손처럼 먼 여행 끝에 예술의 황금을 구해 왔으니까…. 그날 축제는 대규모 만찬과 무도회가 마지막을 장식했다. 덴마크에서 최초로 비일상적인 예술 세계의 정신을 가장 대중적인 형식으로 담아낸 자리였다.

이날 이후로 나는 거의 매일 그의 작업실에 갔다. 니쇠에서 여러 주 동안 함께 지내기도 했다. 니쇠는 그가 깊게 뿌리를 내린 곳이었다. 이건, 덴마크에서 만든 작품들 가운데 압도적으로 많은 작품의 고향이 니쇠라는 사실만 봐도 알 수 있다. 그는 건강했고 유머가 많지 않은 단순한 성격이었다. 그래서 그런지 홀베르크를 특히 좋아했고, 세상의 잡다한 문제에 발을 들여놓지 않았다.

어느 날 아침 일찍 니쇠에서, 그의 작업실 문을 열고 들어가 아침 인사를 했다. 당시 그는 자기 자신의 조각상을 만들고 있었는데, 방해받고 싶어 하지 않는 눈치라 살그머니 빠져나왔다. 아침을 먹는 자리에서 그는 말을 극도로 아꼈다. 그래서 누군가가 무슨 일이 있었는지 얘기를 해달라고 하자, 건조한 말투로 이렇게 대답했다.

"오늘 아침 무척 많은 얘기를 했는데 아무도 듣는 사람이 없었어. 작업실에 있는데, 안데르센이 내 뒤에 와서 서는 것 같더군. 그가 아침 인사 하는 소리를 들었거든. 그래서 나 자신에 관한 얘기며 바이런에 관한 얘기를 길게 늘어놓았지. 근데 안데르센이 적어도 한마디 대꾸는 해줘야 하는데 아무 소리도 없기에 돌아봤지. 아무도 없더군. 그러니까 한 시간 동안 나 혼자 벽을 보고 떠들었던 거지."

우리는 그가 길게 늘어놓았다던 그 얘기를 다시 한번 해달라고 부탁했다. 그는 아주 짧게 얘기했다.

"로마에 있을 때였어. 바이런의 조각상을 만들 때였는데, 바이런이 내 앞에 서더니 익히 보던 표정이 아닌 전혀 다른 표정을 짓고 자세를 잡더군. 그래서 내가 앉는 게 어떨까요? 했더니 이 표정을 잡아주셔야 합니다, 이게 내 표현입니다, 그러더라구. 해서 그래요? 하고 말한 다음에 내가 하고 싶은 대로 했지. 작업이 끝난 뒤 사람들이 이구동성으로 바이런과 꼭 닮게 만들었다는데 바이런은 뭐라고 했느냐 하면, 나를 전혀 닮지 않았습니다, 나는 좀더 불행해 보입니다, 이러더군. 그 사람은 불행하게 보이길 원하는 것 같았어."

위대한 조각가는 저녁을 먹은 뒤 눈을 뜬 듯 만 듯 느긋하게 누워서 음악을 듣는 게 큰 즐거움이었다. 그리고 로또 게임이 시작되는 날 저녁을 무척 기다렸다. 이 시간도 그의 큰 기쁨이었다. 토르발센 때문에 니쇠의 거의 모든 이웃이 로또를 배웠다. 한데 특이한 건, 토르발센은 다른 사람들처럼 재미로 하기보다는 게임에 이기기 위해 정말이지 온갖 노력과 정성을 다 기울였다. 위대한 조각가의 또 다른 면모였다.

그는 자신의 작품을 부당하게 평가한 사람조차도 따뜻하게 포용했다. 그는 자신을 어린아이 같은 순진함으로 무조건 따르고 좋아하는 여성들, 그리고 어떻게 하면 그를 즐겁게 해줄 수 있을까만 생각하는 여성들이 가끔 자기들도 모르게 저지르는 무례함이나 조롱도 아무렇지 않게 받아넘겼다.

그와 함께 있으면서 어린이를 위한 이야기를 여러 편 썼다. 〈잠의 신, 올레 루케이아〉 같은 경우 토르발센은 아주 재미있다며 내 낭독에 귀를 기울였다. 저녁 어스름에 그의 가족과 함께 정원에 앉아 있을 때, 토르발센이 살그머니 뒤로 다가와 내 어깨를 움켜잡으며 이렇게 묻곤 했다.

"오늘밤에도 우리 어린이들에게 재미있는 이야기를 들려줄 거지요?"

토르발센은 그만의 독특하고도 자연스러운 어투로 내 소설들의 진실성을 아낌없이 칭찬하고, 내가 읽어주는 이야기를 즐겨 들었다. 위대한 작품을 만드는 동안에도 그는 내가 읽어주는 〈미운 오리 새끼〉에 귀를 기울이며 얼굴 가득 미소를 짓곤 했다. 내게는 즉석에서 시나 노래를 짓는 재능이 있다. 이 재능을 그는 무척 재미있어 했다. 그가 니쇠의 작업실에서 진흙으로 홀베르크의 조각상을 만들고 있을 때 옆에 있던 내게 그걸 보고 즉흥시를 지어보라고 했다. 그때 나는 이런 시를 지었다.

> 죽음이 말하길, "홀베르크는 더 이상 살지 못하리.
> 진흙을 으깨듯 영혼의 인연을 으깬다네."
> "생명 없이 차가운 진흙으로 형체를 만들지니
> 다시 살아나라 홀베르크여" 토르발센의 외침이네.

토르발센이 위대한 부조 작품 〈골고다 언덕의 행렬〉의 진흙 모형을 완성한 직후의 어느 날 아침에 있었던 일이다. 그의 서재로 들어간 내게 그가 물었다.

"자네가 보기에 빌라도(예수의 처형 명령을 내린 사람 – 옮긴이)가 입은 옷이 제대로 된 것 같나?"

그러자 늘 토르발센과 함께 있던 남작 부인이 말했다.

"아무것도 묻지 마세요, 좋아요 아주 훌륭해요, 그렇게 가시면 되겠어요."

그래도 토르발센이 다시 묻기에 이렇게 대답했다.

"글쎄요, 물어보시니 솔직히 말씀드리자면, 빌라도가 입은 옷을 보니까 로마 사람이 아니라 이집트 사람처럼 보입니다."

"맞아, 나도 그렇게 생각해."

토르발센은 말을 마치자마자 진흙 덩어리를 집어 빌라도를 뭉개버렸다. 그러자 남작 부인이 웃으면서 나를 나무랐다.

"이제 어떡해요, 선생 때문에 불멸의 작품을 부숴버리셨잖아요."

"그럼 이제 새 작품을 만들어야지, 진짜 불멸의 작품을!"

토르발센은 유쾌한 얼굴로 이렇게 말했다. 그리곤 다시 빌라도의 모형을 만들었는데, 이렇게 해서 완성된 빌라도가 지금 코펜하겐의 성모 마리아 교회에 서 있다.

그의 마지막 생일 파티는 시골에서 있었다. 나는 짧고 유쾌한 시를 한 편 바쳤다. 이른 아침 그의 방문 앞에서 내가 바친 시로 노래를 불렀고, 이어 한바탕 신나는 타악기 연주가 펼쳐졌다. 난로와 부삽과 주전자를 두드리고 온갖 병들을 바구니에 비벼대는 소리가 요란하면서도 흥겨웠다. 그 소리에 토르발센은 잠옷 바람으로 방에서 나오더니 이내 연주에 맞춰 빙글빙글 돌며 춤을 추었다. 늙었지만 강인한 한 인간의 삶의 환희를 볼 수 있었다.

그의 생애 마지막 날 나는 그와 함께 저녁을 먹었다. 그는 평소와 다르게 들뜬 사람처럼 무척 기분이 좋아 보였다. 코펜하겐에서 가장 잘 알려진 신문인 〈해적선〉에서 막 읽은 우스갯소리를 몇 번이고 반복했다. 다가올 여름에 떠날 예정이던 이탈리아 여행 얘기도 했다. 그리고 헤어져 그는 극장으로 갔고, 나는 호텔로 갔다. 다음날 아침, 호텔 종업원이 방문을 두드렸다.

"토르발센 선생님한테 큰일이 났습니다."

"뭐라구?"

"선생님께서 어제 돌아가셨답니다."

"선생님이 돌아가시다니, 그게 무슨 말이야? 어제 나랑 저녁까지 같이 하셨는데!"

"사람들이 그러던데, 선생님께서 어젯밤 극장에서 돌아가셨답니다."

설마 그런 일이 일어났으리라고는 생각도 못 했다. 갑자기 아파 몰겨누웠거니 생각하면서도, 그의 집으로 달려가는 동안 내내 혹시나 하는 불안감에 떨었다. 그의 침대 위에는 시신이 누워 있었다. 방안엔 낯선 사람들이 가득했다. 마룻바닥은 눈 녹은 물로 흥건했다. 공기가 숨 막힐 듯 답답했다. 그 누구도 입을 열어 말하지 않았다. 한마디도 없었다. 스탐페 남작 부인이 침대 앞에서 비통하게 울었다. 나는 깊은 절망과 허망함에 그저 떨고만 있었다.

그의 장례는 국장國葬으로 치러졌다. 모든 사람들이 상장喪章을 달고 운구 행렬이 지나가는 거리에 그리고 창가에 섰다. 운구 행렬이 지나가자 누가 억지로 시킨 것도 아닌데 사람들이 모자를 벗었다. 철없이 시끄럽게 떠들 꼬마 녀석들까지 입을 다물고 조용히 지켜보았다. 길 양쪽에 늘어선 소년들이 손을 잡아 긴 통로를 만들어 길을 열어주었고, 이 길을 따라 운구 행렬은 카로텐보르그에서 성모 마리아 교회로 향했다. 크리스티안 8세도 교회로 직접 나왔다.

오르간이 하르트만이 작곡한 장송곡을 연주했다. 장송곡의 음조가 너무도 강렬해 마치 눈에 보이지 않는 수많은 영혼들이 장례식에 함께한 것 같았다. 내가 가사를 쓰고 하르트만이 작곡한 영면가永眠歌를 대학생들이 그의 관 앞에 서서 불렀다.

1842 ~ 1843

1842년 여름에 극장에서 공연할 〈배나무 위의 새〉를 탈고했다. 사람들이 대작을 기대하거나 혹은 새로운 인물상을 기대할까 봐, 나는 일부러 이 작품을 가벼운 소품이라 불렀다. 몇 차례 시험 공연을 거치면서 관객들이 너무도 열렬히 갈채를 보내자 왕립극장의 감독들이 공연 목록에 정식으로 올렸다. 관객들의 우상인 하이베르그 부인까지도 작품의 배역을 맡고 싶다고 밝혔다. 관객들은 즐거워했고, 음악 선곡이 절묘하다고 입을 모았다. 마지막 리허설까지 잘 마쳤는데, 공연 도중에 야유가 터져 나왔다고 했다. 그들에게 이유를 물었더니, 가벼운 소품에 너무 큰 행운이 따라붙는 바람에 잘못하면 안데르센의 영향력이 지나치게 커지지 않을까 해서 그랬다는 것이었다.

당시 나는 극장에 없었고 야유를 받았는지 어쨌는지 전혀 알지 못했다. 다음날 나는 친구 집에 들렀다. 그때까지도 내 작품이 야유를 받았으리라고는 전혀 생각지 못했었다. 하필이면 그때 두통에 시달리고 있던 터라, 사람들 보기에 내가 무척 침울해 보였던 것 같다. 주인 여자가 내 손을 잡고 걱정스런 눈으로 말했다.

"그걸 가지고 이렇게 신경 쓰실 거 있나요? 극장에서 야유를 보낸 사람은 둘밖에 없었답니다. 나머진 다 선생님 편이었구요."

"야유? 내 편이라니요? 내 작품이 야유를 받았습니까?"

놀라서 소리쳤다. 그때부터 우스꽝스런 희극이 현실에서 벌어졌다. 다른 사람에게 물어보았더니, 단 한 사람만이 야유를 보냈을 뿐이고 나머지는 모두 갈채를 보냈으니, 이번 작품은 명백한 나의 승리라고 했다.

그후 곧바로 다른 사람을 만나 야유를 보낸 사람이 몇 명이었는지 물었다. 두 명이라고 했다. 다시 다른 사람을 만나 물었더니 셋이라며 더 이상은 없었다고 했다. 그리고 얼마 후, 내 친구들 가운데 가장 정직한 사람으로 손꼽히는 하르트만이 나타났는데, 그는 다른 사람들이 내게 한 말을 모르는 상태였다. 가슴에 손을 얹고 솔직히 야유를 보낸 사람이 몇 명이었느냐고 묻자, 가슴에다 손을 대고는 다섯 명밖에 안 된다고 큰 소리로 대답했다.

"됐습니다. 물어볼 때마다 한 사람씩 늘어나니 이제 아무한테도 물어보지 않을 겁니다. 야유를 보낸 사람이 한 사람밖에 없었다고 한 사람도 있거든요."

하르트만은 놀라더니 상황을 수습하려고 곧 말을 바꾸었다.

"맞아, 그랬을 수도 있겠군요. 하지만 한 사람이었다면 목소리가 엄청나게 큰 사람이었나 봅니다."

신문들이 벌 떼처럼 들고 일어나 〈배나무 위의 새〉를 조롱거리로 삼았다. 그리곤 〈어느 시인의 시장〉도 새삼스럽게 다시 꺼내 조롱했다. 욀렌슐레게르가 두 작품 모두 칭찬했던 일을 기억하고 있다. 하지만 하이베르그는 내 소품을 좋게 보지 않았다. 그는 비평을 통해 이렇게 말했다.

새장의 창살은 파리나 나방이 드나드는 걸 막을 수 없다. 이처럼 〈배나무 위의 새〉는 너무도 작아서 우리 극장의 창살 안으로 쉽게 들어왔다. 이 작품은 너무도 작아서 아무 의미가 없다. 좋지도 않고 해롭지도 않다. 극장에서 공연 레퍼토리가 부족하던 차에 한여름 밤의 오락거리는 충분히 되었기에 사람들이 좋아했고, 또한 그 누구에게도 해를 끼치지 않았다. 물론 순박하고 서정적인 아름다움이 전혀 없지는 않은 작품이다.

왕립극장의 책임자이자 퇴짜를 맞은 작품의 소유자로서 하이베르그는 십 년 뒤 이 작품을 카지노 극장에서 공연할 수 있게 허락했다. 그때 나는 이미 열 살이나 더 나이를 먹은 뒤라 투쟁보다는 타협과 친절함에 더 익숙한 세대가 되어 있었기에 이걸 가지고 시비를 걸지는 않았다. 그때 공연에서도 내 작품은 열렬한 갈채를 받았고, 그후 지금까지도 종종 무대에 오른다.

1842년 10월 8일, 바이세가 죽었다. 그는 맨 처음 나를 도와준 사람이다. 오래전에 우리는 불프의 집에서 자주 만나곤 했다. 〈케닐워스〉를 놓고 함께 작업을 하긴 했지만 우리는 친한 친구가 되진 못했다. 그의 삶 역시 나만큼이나 외로웠다. 감히 이런 말을 할 수 있을지 모르겠지만, 사람들은 나를 보고 싶어 하던 만큼이나 그를 보고 싶어 했다. 나는 철새처럼 멀리 여행을 떠나는 기질이 있어 유럽 구석구석을 다녔지만, 그가 가장 멀리 여행한 곳은 로에스킬데였다. 그곳의 어떤 집에서 가정의 평온함을 느끼고 성당의 대형 오르간으로 환상곡을 연주하곤 했다. 그의 무덤도 그곳에 있다. 그는 여행하는 걸 못 참았다. 그리스와 콘스탄티노플에서 돌아온 직후 그를 찾아갔을 때 그가 던진 유머를 아직도 기억한다.

"이것 보게, 그래봐야 자네는 나보다 멀리 못 갔네. 왕세자 거리에서 궁정의 정원을 봤겠지? 나도 마찬가지야. 근데 자넨 돈만 쓰고 왔잖아. 그래도 여행을 할 텐가? 그럼 로에스킬데에 가게, 그럼 충분하지 뭐, 달나라나 금성에 갈 게 아니라면 말일세."

〈케닐워스〉가 맨 처음 무대에 오를 때 그가 편지를 보내왔다. 그 편지는 이렇게 시작되었다.

Carissime domine poeta(시인의 지배를 위하여)! 감각이 둔한 코펜하겐 사람이라면 우리 오페라 2막의 마지막 장면에서 우리가 의도하는 주제를 이해하지 못한다네.

〈케닐워스〉가 장례 행사의 하나로 극장에서 공연되었다. 오페라 〈케닐워스〉는 그의 마지막 작품이자 그가 가장 좋아했던 작품이다. 그는 주제를 자기가 직접 골랐고 대본의 어떤 부분은 직접 쓰기도 했다. 만일 다른 세상에서 그의 영혼이 살아 이승의 일을 생각한다면, 자기 앞에 명예롭게 바쳐지는 이 공연을 바라보며 흐뭇해할 게 틀림없었다. 한데 갑자기 이 작품이 취소되고, 그가 작곡한 셰익스피어 원작의 오페라 〈맥베스〉가 공연되었다. 나는 지금도 그의 대표작은 〈케닐워스〉이지 〈맥베스〉가 아니라고 생각한다.

장례식 날이었다. 이상하게도 죽은 지 며칠 지난 사람답지 않게 시신의 심장 부분에 온기가 있었다. 장례식장에서 그 얘기를 들고 의사에게 제발 정말 죽은 게 맞는지 확인해달라고 부탁했다. 그들은 세밀하게 살펴본 뒤 죽은 게 틀림없으며 앞으로도 달라지지 않을 거라고 말했다. 하지만 나는 관 뚜껑을 덮기 전에 마지막으로 혈관의 피가 흐르는지 잘라보자고 했다. 그들은 자기들 생각이 틀리지 않다는 걸 확신하고서 내 의견을 무시했다. 윌렌슐레게르가 이 말을 듣고 달려왔다.

"자네가 죽은 사람을 해부해야 한다고 했나?"

"예, 무덤 속에서 깨어 일어나는 것보단 낫지 않겠습니까? 선생님께서 눈을 감으셨는데 만일 이런 일이 있다면, 선생님께서도 그렇게 해주길 원하시지 않겠습니까?"

"내가?"

윌렌슐레게르는 더 이상 할 말이 없었다. 하지만 아아, 바이세는 죽어 있었다.

지독하게 절약을 한데다 〈배나무 위의 새〉가 성공한 덕분에 약간의 돈이 모였다. 파리 여행을 하기엔 충분한 돈이었다. 1843년 1월말, 코펜하겐을 떠났다. 계절의 변화를 생각해서 핀 섬을 거쳐 슬레스비히와 홀슈타인을 지나는 길을 선택했다. 브라이텐부르크까지는 지루하고 힘든 여행이었다. 란하우 백작이 브라이텐부르크에서 친절하고도 열렬하게 맞아주었다. 고성古城에서 그와 함께 즐거운 며칠을 보냈다. 봄에 부는 태풍이 거셌지만 해는 따스한 햇살을 골고루 뿌렸고, 습지의 초록색 물결 위로 종달새가 노래를 부르며 날아다녔다. 주변에 내가 전부터 알고 있던 곳들을 찾아다녔다. 낮과 밤이 모두 끊이지 않고 이어지는 축제였다.

나는 정치나 정당을 머릿속에 담지 않고 살았는데, 처음으로 공국公國과 왕국 사이에 가로놓인 차이를 깨달았다. 이 나라들 사이의 관계에 대해 거의 생각해보지 않았고, 따라서 〈어느 시인의 시장〉에서 로스 교수에게 바친 헌정사를 이렇게 썼다.

나의 동포이자 홀슈타인 사람인 로스 교수께.

하지만 내가 생각하던 게 틀렸다는 걸 깨달은 것이다. 어떤 숙녀가 국왕을 가리키면서 '우리의 공작'이라고 표현하는 걸 들었다. 그 숙녀의 말에 국왕에 대한 적의가 담겨 있다는 걸 전혀 모른 채 어리석은 질문을 던지고 말았다.

"왜 국왕이라 부르지 않죠?"

"그는 우리의 왕이 아닙니다. 그냥 공작일 뿐이죠."

숙녀의 대답이었다. 차갑고 어색한 바람이 감돌았다. 국왕을 사랑하고 덴마크와 덴마크 사람을 사랑하던 란하우 백작은 매우 사려 깊은 사람이라 곧바로 매끄럽게 화제를 바꾸었다.

"바보들이죠."

그가 내 귀에다 대고 속삭였다. 하지만 전혀 모르고 있다가 처음 알게 된 지역간 감정의 골이 그렇게 깊다는 사실에 무서움을 느꼈다.

함부르크에 큰 화재가 일어나 알스터 인근의 도시 전체가 폐허로 변했다는 사실은 나중에 듣고야 알았다. 집들을 새로 짓긴 했지만 대부분은 폐허 그대로 방치되어 있었다. 융페른스티크와 에스플라나데에서는 벽돌로 지은 작은 가게들이 들어섰고, 화재로 큰 피해를 본 상인들이 거기서 다시 장사를 시작했다. 외국인이 숙소를 찾기가 쉽지 않았다. 다행히 운 좋게도 가장 편안하고 안전한 잠자리를 찾을 수 있었다. 덴마크 우체국장인 홀크 백작 가족이 귀한 손님으로 맞아주었던 것이다.

마음이 따뜻한 오토 슈펙터와 함께 즐거운 시간을 보냈다. 그는 내가 쓴 동화에 막 그림을 그리기 시작하고 있었다. 그의 그림은 너무도 매력적이고 유머가 넘쳤다. 이 그림들은 영어 번역판과 다른 것들에 비해 행운이 덜 따랐던 독일어 번역판에 선보일 예정이었다. 독일어 번역판에서는 〈미운 오리 새끼〉가 〈초록색 오리〉로 번역되었다.

당시는 뤼네부르크 황무지에 아직 철도가 놓이지 않았던 때였다. 덜컹거리는 길 위를 천천히 달리는 마차에 몸을 싣고, 밤낮을 쉬지 않고 하르부르크를 지나고 오스나브뤼크를 넘어 뒤셀도르프까지 갔다. 우리가 도착한 날이 사육제의 마지막 날이라, 지난번 이탈리아에서 보았던 축제의 독일판을 볼 수 있었다. 날씨가 좋아 축제는 한층 훌륭했다. 재미있는 거리 행렬도 보았다. 소년 기병대 행렬이었는데 걸어가면서 마치 말을 타고 행진하는 것처럼 행동하는 게 무척 재미있었다. '발할라(북유럽의 신 ─ 옮긴이) 이야기'를 패러디한 연극도 방문객에게 개방되었다. 이 축제는 화가인 아첸바흐가 연출했다고 했다. 이 축제의 환호성 속에서, 뒤셀도르프의 교장 선생들 가운데서 처음 로마에 갔을 때 사귀었던 옛 친구들을 여럿 만나기도 했다.

오덴세 출신의 고향 사람 벤존도 만났다. 그는 덴마크에서 내 초상화를 그린 사람이었다. 난생 처음 내 초상화를 보았는데, 끔찍했다. 사람이 아니라 사람의 그림자 같았다. 오랜 세월 물기와 기름기가 빠진 미라 같기도 했다. 출판업자인 라이첼이 이 그림을 사서 가지고 있는 걸로 알고 있다. 벤존은 뒤셀도르프 화단에서 자리를 잡고 있었다. 그는 〈성 크누드〉라는 아름다운 그림을 막 끝낸 뒤였다. 크누드는 오덴세에 있는 세인트 알바니 교회에서 살해된 성직자이다.

나는 마차와 기차로 조용히 여행을 계속했다. 철도는 당시 쾰른과 류티히를 경유해 브뤼셀까지 일부만 건설되어 있었다. 류티히에서 도니체티의 오페라 〈파보리테〉에 알리자드가 출연해 노래하는 걸 들었다. 루벤스의 화랑에서는 못생긴 코에 빛바랜 옷을 입은 뚱뚱한 금발 여자를 지겨울 정도로 보았다. 장엄한 교회 건물 안에서는 엄숙함을 느껴보기도 했고, 에그몬트(1522~1568년. 네덜란드의 독립운동 지도자로 브뤼셀의 대광장에서 참수형을 당했다. 괴테는 그를 테마로 하여 5막의 비극 〈에그몬트〉를 썼다 – 옮긴이)가 목이 잘려나간 역사의 현장 드비유 호텔 앞을 서성이기도 했다.

류티히에서 다시 기차를 타고 가던 중에 창밖을 내다보려고 문에 기댄 채 목을 밖으로 빼는 순간, 문이 왈칵 열렸다. 문에 걸쇠가 풀려 있었던 것이다. 만일 내 곁에 사람이 있어 나를 보지 못했거나, 봤다 하더라도 곧바로 나를 잡아주지 않았더라면 기차 밖으로 내팽개쳐졌을 것이다. 식은땀만 흘렸을 뿐 다행히 그런 험한 꼴은 당하지 않았다. 프랑스는 이미 봄이었다. 들판은 푸르렀고 태양빛은 따뜻했다. 생 드니를 보았고 새로 쌓은 파리의 성채도 보았다. 그리고 얼마 후, 왕립도서관 맞은편에 있는 호텔의 내 방에 피곤한 몸을 뉘었다.

마르미에는 이미 〈파리 리뷰〉에서 나에 대한 기사 〈한 시인의 일생〉을 썼다. 그는 또한 나의 시 여러 편을 프랑스 어로 번역했고, 〈파리 리뷰〉에 시를 써 나에게 경의를 표하기도 했다. 프랑스 문단의 몇몇 사람들이 내 이름을 알고 있었던 덕분에 상상도 못한 놀라운 환대를 받았다.

나는 빅토르 위고의 집을 자주 방문해 그가 베푼 친절을 감사하게 즐겼다. 월렌슐레게르는 자서전을 통해 자기는 이런 환대를 받지 못했다고 불만을 털어놓기도 한 터라, 나는 특별히 그에게 고마움을 느낀다. 빅토르 위고의 초대를 받고 프랑소와즈 극장에서 그의 비극 〈뷔르그라브〉를 보았다. 이 작품은 공연 때마다 야유를 받았고, 작은 극장들은 이 작품을 패러디한 연극으로 또 한번 그를 조롱하고 있었다. 위고의 아내는 예뻤다. 프랑스 여성들에게서는 좀처럼 찾아보기 어려울 만큼 친근하고 사근사근했다.

앙슬로 부부도 자기 집 문을 활짝 열었고, 거기서 마르티네즈 드 라 로자와 당대의 명사들을 만났다. 나는 드 라 로자가 어떤 사람인지 알기 훨씬 전부터 그에게 마음을 빼앗겼다. 그의 외모와 그가 대화하는 모습에서 풍기는 느낌에 강한 흡인력을 느낀 나머지 앙슬로 부인에게 그가 누구인지 물을 수밖에 없었다.

"제가 아직 소개를 안 시켜드렸던가요? 저분은 정치가이자 시인이신 마르티네즈 드 라 로자입니다."

그녀는 나를 그에게 소개했다. 그는 코펜하겐의 욜디 노백작의 안부를 물었다. 그리곤 좌중의 모든 사람들에게, 자기가 어떤 정당에 가입해야 좋을지 조언을 구하자 프레데릭 6세가 스페인 사람들을 얼마나 친절하게 대했는지 자세하게 설명하고, 또 그가 속한 정당이 힘을 잃었을 때는 그에게 덴마크의 정부 관료직과 집을 하사했다고 했다. 대화의 주제는 덴마크로 옮겨갔는데, 얼마 전에 크리스티안 8세의 대관식에 참가하고 돌아온 젊은 외교관은 프레데릭 성과 대관식 축제를 자세하고도 생생하게 들려주었다. 하지만 그가 하는 얘기는 덴마크 사람이 듣기에는 영 이상했다. 그는 너도밤나무 숲이 얼마나 크고 장관인지 얘기했고, 물 한가운데 세워진 옛날 고딕 양식의 성과 금박으로 장식된 교회를 얘기했다. 한데 우스꽝스러운 건, 이 젊은이는 덴마크 사람들은 평소에도 그렇게 사는 것처럼 말을 했는데, 장관급 공무원들은 모두 머리에 깃털을 꽂은 베레모를 쓰고, 노란색과 흰색이 섞인 비단옷에 땅에 질질 끌리는 우단 망토를 걸치는데, 거리를 걸어갈 때는 이 망토를 팔에 걸친다고 했다. 자기가 직접 보았다는데 더 할 말이 없었다. 대관식 때라서 그런가 보다 하고 그가 한 얘기를 모두 인정할 수밖에….

알퐁스 드 라마르틴(1790~1869년. 프랑스의 낭만주의 시인이자 정치가. 1848년 2월혁명 당시 임시정부 외무장관에 취임했고, 대통령 선거에서 나폴레옹 3세에게 패해 1851년 정계에서 은퇴했다 - 옮긴이)은 모든 사람들 가운데서 왕자처럼 두드러져 보였다. 프랑스 어가 서툴러 미안하다고 하자, 덴마크 어를 할 줄 모르는 자기가 오히려 더 미안해야 할 사람이라고 했다. 그는 또 최근 북유럽의 문학계에서 신선함과 활력이 넘친다는 것을 깨달았으며, 이곳에서는 시적 토양이 너무도 독특해 단지 허리를 굽히기만 해도 황금뿔(그리스·로마 신화에서 풍요의 상징 - 옮긴이)을 주울 수 있는 것 아니냐고 했다. 트롤라타 운하에 대해서 물었고, 덴마크와 스톡홀름

안데르센이 존경했던 프랑스 문학의 거장 빅토르 위고.

을 꼭 방문할 것이라고도 했다. 또한 크리스티안 8세가 아직 왕자의 신분으로 카스텔라마레에 살 때부터 그를 존경했으며, 그와 함께 했던 일들을 추억했다. 그는 프랑스 사람으로서는 놀라울 정도로 덴마크 사람들을 많이 알고 덴마크의 곳곳을 알고 있었다. 헤어질 때 그가 써준 짧은 시를 지금도 내 보물 상자에 잘 간직하고 있다.

성격이 명랑하고 유쾌한 알렉상드르 뒤마(1802~1870년. 프랑스의 극작가이자 소설가로 〈삼총사〉, 〈몽테 크리스토 백작〉의 지은이. 아들과 구분해서 뒤마 페르라 부른다 – 옮긴이)를 방문하면 그는 주로 침대에서 종이와 펜과 잉크를 들고 집필을 하고 있을 때가 많았다. 이때의 어느 하루 풍경을 묘사하면 이렇다. 내가 그의 방으로 들어가면, 뒤마는 고개를 끄덕이고는 말한다.

"잠깐만 앉아 기다리십시오. 방금 뮤즈의 여신이 찾아왔거든요. 이 여자는 금방 가버리니까 그전에 빨리 써야 합니다."

그리곤 계속 써내려간다. 이윽고 펜을 내려놓고 큰 소리로 만세를 외친 뒤 침대에서 뛰어내려 와서는 이렇게 말한다.

"3막, 끝!"

그는 리슐리외 거리에 있는 호텔에서 숙식을 했고, 아내는 피렌체에 있었으며, 아버지의 뒤를 이어 작가가 된 뒤마 주니어(1824~1895년. 극작가이자 소설가로 뒤마 페르의 아들. 〈춘희〉의 작가 – 옮긴이)는 시내에 있는 자기 집에서 살았다.

"아직도 이렇게 어린애처럼 산답니다. 그러니 선생 보시기에 많이 흥해도 참아주셔야지요!"

어느 날 저녁 그는 프랑스 무대 뒤 풍경을 보여주려고 나를 여러 극장들로 데리고 다녔다. 우리는 팔레 르와얄에서 드자제 및 아네와 대화를 나누었고, 손을 잡고 생 마르탱 극장까지 걸었다.

"여배우들이 아마 속치마만 입고 있을걸요? 들어갑시다!"

뒤마를 따라 무대 뒤를 어슬렁거리며 다녔다. 마치 〈천일야화〉의 바다를 걷는 느낌이었다. 수많은 사람들이 있었다. 기술자들, 합창단원들, 그리고 무용수들…. 뒤마는 나를 그 소란스러운 군중 속으로 데리고 들어갔다. 가로수가 심어진 순환대로를 따라 집으로 돌아오는 길에 젊은 사람 하나가 우리 앞을 막아섰다.

"내 아들입니다. 이 녀석이 태어날 때 내가 열여덟 살이었는데, 이 녀석은 그때 내 나이가 됐는데도 아직 아이가 없답니다."

그 청년이 바로 아버지 뒤마의 아들 뒤마 피스였다.

뒤마 덕분에 여배우 라셀(1820~1858년. 프랑스 여배우로 본명은 펠릭스. 시들어가던 고전주의 비극을 부활시켰다 – 옮긴이)도 사귀었다. 그가 그녀를 소개해줄까 물었지만 나는 그녀가 연기하는 걸 본 적이 없었다. 어느 날 저녁, 그녀가 우리 앞에 페드라로 나타나던 날, 그는 나를 프랑소와즈 극장의 무대로 데리고 갔다. 공연이 시작되었다. 무대 뒤 막이 접혀 마치 작은 방 같은 공간이 만들어진 곳에 다과가 놓인 테이블과 의자 몇 개가 마련되어 있었고, 젊은 여배우가 앉아 있었다. 뒤마는 그 여배우야말로 라신과 코르네유가 던져준 대리석 덩어리로 생명감 넘치는 인물을 조각해낼 줄 아는 뛰어난 배우라고 했다. 그녀는 호리호리했으며 어려 보였다. 그때 받은 그녀의 인상은, 나중에 그녀의 집에서 볼 때는 더 그랬지만, 슬퍼서 흐느끼는 그런 이미지였다. 울음으로 슬픔을 다 씻어내고 이제 막 조용히 자신의 생각을 담담한 어조로 털어놓으려고 마주앉은 그런 소녀의 이미지…. 그녀는 친절하게 말을 붙여왔다. 깊고 힘 있는 목소리였다. 뒤마와 애기하는 동안 그녀는 나를 잊었다. 나는 꿔다놓은 보릿자루처럼 서 있어야 했다. 뒤마가 나중에야 이 상황을 깨닫고 내게 재미있는 뭔가를 얘기했고, 그 말에 용기를 얻어 그들의 대화에 끼어들었다. 하지만 프랑스 사람들 가운데 가장 우아하고 아름다운 프랑스 어를 구사하는 두 사람 앞에서 주눅이 들 수밖에 없었다. 그래도, 아름답고도 훌륭하고 관심을 끄는 배우들을 수없이 많이 보았지만 그녀만한 사람은 여태 만나보지 못했다고 했고, 최근에 성공한 작품으로 모은 돈을 다 털어서 일부러 그녀를 만나러 파리까지 왔다고 했다. 사실 이건 조금 전 뒤마가 내게 일러준 대사였고, 나는 그 대사를 충실하게 소화했다. 그리고 마지막으로 프랑스 어가 서툴러 미안하다고도 했다. 그러자 그녀는 웃으며 말했다.

"방금 저한테 하신 것처럼 그렇게만 말씀하시면, 모든 프랑스 여자들이 다 선생님께서 프랑스 어를 잘하신다고 생각할 거예요."

그녀의 명성이 북유럽의 여러 나라까지 자자하다고 했더니, 언젠가는 상트페테르부르크와 코펜하겐에 갈 거라고 했다.

"제가 코펜하겐에 가면 선생님께서 제 보호자가 되어주셔야 해요. 거기서 제가 아는 사람은 선생님뿐이거든요. 그러려면 우리가 서로를 더 많이 알아야겠죠. 특히 선생님은 저 때문에 파리까지 오셨다고 하니 말이에요. 저와 제 집은 선생님을 환영할 준비가 되어 있어요. 목요일마다 제 집에서 친구들을 만나니까 그때 뵙죠. 지금 곧 나가봐야 해서…."

그녀는 손을 내밀었고, 친절하게 고개를 끄덕여주었다. 그리고 잠시 후, 우리가 앉은 곳에서 몇 발자국 떨어진 무대 위에 그녀가 나타났다. 그녀는 키가 훨씬 커 보였고, 좀 전과 전혀 다른 느낌이었다. 마치 비극의 여신이 그녀의 몸을 빌려 무대에 선 것 같았다. 나와 뒤마는 큰 박수를 보냈다.

북유럽 사람이라 그런지 나는 도무지 프랑스 식 비극 연기에 적응이 되지 않는다. 라셀도 그런 식이지만, 그녀에게는 자연스러운 어떤 게 있다. 다른 배우들이 모두 라셀을 모방하는 것처럼 보인다. 그녀는 프랑스 비극의 여신 그 자체이고, 다른 배우들은 그저 가여운 인간일 뿐이다. 라셀이 연기하는 걸 보면 비극은 바로 저렇게 하는 거야, 라는 생각이 절로 든다. 나중에 우리가 덴마크에서 다시 만났을 때 그녀에 대해 더 많이 깨달은 사실은, 그녀가 타고난 천성과 그 천성에 자리한 진실이었다.

그녀 집은 모든 것이 풍요롭고 장엄하기까지 했다. 가장 안쪽에 있는 방은 연두색 벽지에 갓을 씌운 등이 있었고 프랑스 작가들의 조각상이 놓여 있었다. 거실의 카펫이나 커튼 그리고 책장은 모두 진홍색이었다. 그녀는 검정 옷을 입고 있었다. 마치 영국의 강철 조각으로 빚어낸 인물 같았다. 손님은 모두 신사분들이었고 대부분이 화가와 작가 그리고 학자였다. 이들 가운데 들어본 이름들도 몇 있었다. 잘 차려입은 하인들이 새로 들어오는 손님들의 이름을 소리 높여 외치고 다과를 더 날랐는데 프랑스 식이라기보다는 독일식이었다.

빅토르 위고가 라셀이 독일어를 할 줄 안다고 나한테 일러줬다. 내가 물어보자 그녀가 독일어로 대답했다.

"저도 독일어를 읽을 수 있어요. 로트링겐에서 태어났거든요. 보세요, 독일어 책을 가지고 있잖아요."

그녀는 그릴파르처의 〈사포〉를 보여주곤 다시 프랑스 어로 말했다. 사포 역을 하는 게 무척 기쁘다고 했다. 그리고 실러의 〈마리아 슈투아르트〉를 얘기했다. 이 작품에서 그녀는 배역을 완벽하게 소화해 작품을 프랑스 식으로 바꾸었다. 내가 본 걸로 얘기하자면, 마지막 막에서 그녀는 너무도 침착하고 냉정하게 비극적 감정으로 연기해 마치 독일 배우 같았다. 하지만 사실 바로 이런 연기 때문에 프랑스 사람들은 그녀를 덜 좋아했다. 그녀는 말했다.

"파리 사람들은 이런 식의 연기에 익숙하지 않거든요. 슬픔으로 심장이 찢어질 듯할 때, 혹은 사랑하는 친구들과 영원히 헤어져야 할 때, 미친 듯이 날뛰는 사람은 아무도 없잖아요."

그녀의 거실은 거의 대부분의 공간이 책으로 장식되어 있었다. 장정이 고급스런 책들은 유리가 달린 책장에 가지런히 꽂혀 있었다. 벽에 그림이 하나 걸려 있었다. 공연이 끝난 런던의 한 극장 풍경을 묘사한 것으로, 무대 위에 그녀가 서 있고 관객들이 꽃다발과 화환을 던지는 그림이었다. 오케스트라 위로도 관객이 던진 꽃다발이 날았다. 이 그림 아래로 작고 예쁜 책장이 있었고, 그 안에 내가 '시인 가운데 가장 높은 귀족'이라 부르는 시인들의 작품이 담겨 있었다. 괴테, 실러, 칼데론, 셰익스피어….

그녀는 많은 걸 물어보았다. 독일과 덴마크에 대해서, 그리고 그림과 연극에 대해서…. 내가 프랑스 어로 적절한 단어를 찾지 못해 잠시 말을 멈추거나 더듬거리면 그녀는 입가에 미소를 지으며 친절하게 격려했다.

"그냥 말씀하세요, 선생님이 프랑스 어를 잘 못 하시긴 하지만, 프랑스 어를 유창하게 구사하는 외국인들을 많이 봤어도 선생님보다는 재미없었어요. 저는 선생님이 구사하시는 단어의 의미를 완벽하게 이해해요. 흥미롭기도 하고 저한텐 그게 중요하거든요."

그녀를 마지막으로 만나고 헤어질 때, 그녀는 내 앨범에 프랑스 어로 이렇게 적었다.

예술은 진실이다! 나는 이 격언이 안데르센 선생만큼 탁월한 한 작가에게서도 역설적이지 않기를 바랍니다.

알프레드 드 비니(1797~1863년. 프랑스의 낭만파 시인이자 극작가 – 옮긴이)는 온화한 성격을 가지고 있었다. 그는 영국 여자와 결혼했는데, 그의 집은 두 나라의 좋은 점만 따서 모아놓은 것 같았다. 프랑스에서 보낸 마지막 날 밤, 지적인 용모에 세속적인 부자인 그가 한밤중에 리슬리외 거리에 있는 내 숙소의 수많은 계단을 걸어 올라왔다. 그의 팔에는 자기 작품들이 한 아름 안겨 있었다. 그의 눈은 진심과 우정으로 빛났다. 그와 헤어질 때에야 비로소 그가 나를 얼마나 친절하게 대하려 했던지 알 수 있었다.

조각가 다비드(1789~1856년. 다비드 당제로도 불리는 프랑스의 조각가. 작품으로 〈파르테논의 박공〉이 있고 괴테 등 유명인사의 초상도 만들었다 – 옮긴이)와도 친분을 쌓았다. 그의 말과 행동 그리고 직선적인 태도는 어쩐지 토르발센과 비센을 닮았다. 특히 비센 쪽을 더 닮았다. 우리는 내가 파리를 떠나기 직전에 만났다. 그는 짧은 만남을 아쉬워하며 내가 조금만 더 파리에 머물면 내 흉상을 만들겠다고 했다.

"하지만 시인으로서의 내 모습은 잘 모르지 않습니까? 그리고 과연 내가 흉상을 만들 만한 사람인지도 모르겠습니다."

그는 내 얼굴을 뚫어져라 바라보더니 내 어깨를 치며 말했다.

"선생의 작품을 읽기 전에 선생을 먼저 읽었습니다. 선생은 시인이 틀림없습니다!"

보카르메 백작 부인의 집에서 한 노부인을 만났다. 그녀의 용모가 내 눈길을 붙들고 놓아주지 않았다. 생기와 진실이 넘쳐 보였고, 모든 사람들이 그녀 주변에 모여들었다. 백작 부인은 나를 그 노부인에게 소개했다. 그녀가 바로 〈뮬라토〉의 원작인 〈낙오자〉의 저자 레보 부인이었다. 이런 얘기를 하자 그녀는 무척 좋아했고, 이날 밤의 만남 이후로 그녀는 기꺼이 나의 특별한 지지자가 되어주었다. 어느 날 저녁 우리는 함께 산책하며 얘기를 나눴다. 그녀는 나의 잘못된 프랑스 어를 지적한 뒤 친절하게도 몇 번이나 반복하게 했다. 그녀는 세상을 바라보는 통찰력을 타고난 사람이었고, 내게 어머니 같은 친절을 베풀었다.

발자크(1799~1850년. 프랑스의 소설가로 '사실주의 문학의 아버지'라 불린다 – 옮긴이)를 만난 것도 보카메르 백작 부인의 집에서였다. 그는 우아하고 깔끔한 신사였다. 그의 치아는 붉은 입술 사이에서 하얗게 빛났다. 매우 유쾌해 보였지만 사람들이 많이 모인 자리에서는 말수가 적었다. 어떤 부인이 시를 한 편 써서 우리들을 모두 소파로 데리고 가, 나와 발자크 사이에 앉았다. 나와 발자크 사이에 앉으니 자기가 너무 작아 보인다고 했다. 고개를 돌려 그녀의 등 너머로 발자크의 웃는 얼굴을 보았다. 입을 반쯤 벌리고 있다가 이상한 모양으로 입술을 오므렸다. 그게 우리의 첫 만남이었다.

루브르 박물관을 찾아가던 어느 날, 걸음걸이나 모습이 발자크와 꼭 닮은 사람을 발견했다. 하지만 그 사람은 차림새가 남루한데다 옷도 더러웠다. 구두도 닦지 않았고 바지는 진흙이 튀어 있었으며 모자는 찌부러지고 너덜너덜하게 낡았다. 놀라서 걸음을 멈추었다. 남자는 나를 보고 빙그레 웃었다. 남자를 지나쳐 걸어갔지만, 너무도 똑같이 닮았다는 생각이 들어 쫓아가서 물었다.

"발자크 선생님이 아니신가요?"

남자는 하얀 이를 드러내며 웃음을 터뜨리고는 이렇게만 말했다.

"발자크 선생님은 내일 상트페테르부르크로 가신답니다."

남자는 내 손을 잡았다. 부드럽고 섬세한 손길이었다. 그리고 고개를 끄덕여 보인 뒤 자기 갈 길을 갔다. 발자크임에 틀림없었다. 아마도 작품에 필요한 취재를 할 요량으로 그런 차림을 하고 파리의 뒷골목으로 들어갔으리라⋯. 혹은 발자크가 아니었을 수도 있다. 자기가 발자크를 꼭 닮았다는 사실을 알고선, 낯선 사람에게 신비감을 주는 걸로 즐거움을 찾는 사람이었을 수도 있다. 며칠 뒤 백작 부인을 만났는데, 발자크가 내게 남긴 메시지를 전해주었다. 그는 상트페테르부르크로 떠난다고 했다.

하이네도 만났다. 지난번 파리에 왔을 때 그는 이미 결혼을 한 상태였다. 그의 건강 상태는 좋지도 나쁘지도 않았고, 늘 열정이 넘쳤다. 그는 나를 친구처럼 다정하게 대해주어, 나도 주저하지 않고 내 얘기를 있는 그대로 털어놓을 수 있었다. 어느 날 그는 아내와 함께 내가 쓴 동화 〈충성스런 장난감 병정〉을 놓고 이야기를 한 적이 있었는데, 내가 그 책의 저자란 사실을 알고는 아내를 소개해주었다.

"먼저, 이번 여행의 기록을 책으로 출판하실 생각입니까?"

하이네가 물었다.

"아닙니다."

"그렇다면 제 아내를 소개해드리죠."

그녀는 생기가 넘치는 예쁜 여자였다. 많은 아이들이 자기 방에서 놀고 있었다. 하이네가 설명했다.

"우리한테 아이가 없어서 이웃에서 빌려온 아이들입니다."

나와 하이네의 아내는 아이들과 함께 놀았고, 그동안 하이네는 내게 주려고 자기 시를 따로 종이에다 옮겨 적었다. 하이네의 미소에는 다른 사람을 비꼬거나 해서 고통을 주는 그런 건 없었다. 독일인의 노래를 들으면 언제나 느낄 수 있는 독일인의 심장 고동을 들었을 뿐이다.

이들 외에도 프리드리히 칼크브렌너(1788~1849년. 독일의 작곡가 - 옮긴이)와 가티 등 수많은 사람들을 만나고 사귀었던 파리 생활은 날마다 유쾌하고 즐거웠다. 파리가 전혀 낯설지 않았다. 최고의 명사들로부터 뜨겁고도 극진한 대접을 받았다. 내가 가진 재능을 담보로 돈을 빌리는 느낌이었다. 내게 친절을 베풀고 예상치도 않게 뜨겁게 맞아준 사람들은 아마, 언젠가 내가 명성을 날릴 것이고 그리하여 자기들이 베푼 환대가 헛되지 않을 거라 기대했음에 틀림없다.

파리에 머무는 동안, 내 작품 여러 편이 번역되어 읽히던 독일에서 깜짝 놀랄 만큼 즐거운 우정의 선물이 날아왔다. 파리에서 사귄 사람들과 친분이 있는 독일 상류 사회의 한 가정이, 내 작품들 특히 〈어느 바이올리니스트〉 앞부분에 간략하게 쓴 자전적 내용을 흥미롭게 읽은 뒤 나를 무척 좋아하게 되었다고 했다. 그들은 편지에서 좋은 글을 읽게 해줘 고맙다며 돌아가는 길에 시간을 내서 꼭 들러주면 좋겠다고 덧붙였다. 진심이 담긴 편지였다. 덴마크에서 이런 편지를 종종 받긴 했지만, 파리에서는 처음 받아보는 편지였다. 1833년 처음 파리에 왔을 때 덴마크에서 날아왔던 수신자 부담의 그 황당한 편지가 생각났다. 십 년이라는 세월을 사이에 두고 극명하게 대비되는 두 통의 편지를 파리에서 받아본 것이다.

나는 나를 알아준 사람들을 기꺼이 만났고 이후로도 그런 관계를 유지했다. 그러면서 내가 시인으로서뿐만 아니라 한 사람의 인간으로서도 사랑받는다는 사실을 깨달았다. 외국의 수많은 가정이 나에게 친절을 베풀었다. 그 가운데 특이한 경우를 하나 소개하겠다.

독일 작센 지방에 부유하고 인정 많은 집이 있었는데, 이 집 부인이 〈어느 바이올리니스트〉를 읽고 감명을 받아, 만일 음악적 재능과 열정이 있지만 가난해서 누군가의 도움이 없으면 결국 내 작품의 주인공처럼 불행한 결말을 맞이하고 말 그런 소년을 만난다면 기꺼이 도와 꿈을 이룰 수 있게 해주리라 맹세했다.

이 얘기를 전해들은 음악가가 재능이 뛰어나지만 가난한 소년 둘을 그녀에게 데려다주었다. 그녀는 약속을 지켜 두 소년을 자기 집으로 받아들이고 공부를 시켰다. 이들은 지금 음악학교에 다니며 재능을 꽃 피우고 있다. 이 둘 가운데 어린 소년이 연주하는 걸 본 적이 있는데, 그의 얼굴에 기쁨과 행복이 넘쳤다. 내 책이 없었다 하더라도 부유하고 인정 많은 사람과 재능은 있지만 가난한 소년 사이의 이런 아름다운 관계는 얼마든지 있을 수 있다. 하지만 그럼에도 불구하고 내 책은 세상과 사슬처럼 이어져 있었고, 그 사슬 가운데 하나가 바로 나였던 것이다.

프러시아 왕이 연금을 하사한 시인 프라이리그라트가 라인 강 연안의 한 도시에 산다는 얘기를 듣고, 그를 만날 생각에 라인 강을 따라 덴마크로 향했다. 그의 그림 같은 시구에 반한 나머지 꼭 한번 만나보고 싶었다. 라인 강을 따라 있는 여러 도시를 지나갈 때마다 그가 거기 사는지 물었다. 마침내 그가 생 고아에 산다는 걸 알아내고 집을 찾아갔다. 그는 작품을 집필중이었다. 낯선 사람이 방문해 작업을 방해하자 짜증이 난 듯 보였다. 나는 내 이름을 밝히지 않았다. 다만 시인 프라이리그라트에게 존경을 표하지 않고 생 고아를 그냥 지나칠 수 없었다고만 했다.

"고맙군요."

그의 대답은 무뚝뚝했다. 그리곤 내가 누군지 물었다.

"우린 둘 다 같은 사람을 친구로 두고 있습니다, 차미소란 사람을요."

그러자 그가 갑자기 눈을 반짝이며 기쁨에 넘쳐 소리쳤다.

"안데르센이군요!"

그는 팔을 벌려 내 목을 껴안았다.

"여기 오래 머무실 거죠?"

함께 여행할 일행이 기다리고 있어 두 시간밖에 여유가 없다고 했다.

"생 고아에도 당신을 좋아하는 사람이 많습니다. 얼마 전에 내가 당신 소설 〈O. T.〉를 여러 사람이 모인 자리에서 읽었죠. 그 사람들 중에 한 명은 꼭 만나보셔야 합니다. 금방 가서 데리고 오지요. 물론 내 아내도 보셔야 합니다. 잘 모르시겠지만, 우리가 결혼하게 된 것도 따지고 보면 당신 덕이니까요."

그들 부부는 내 소설 〈어느 바이올리니스트〉로 인해 편지를 주고받았고, 이게 계기가 되어 사귀다가 마침내 결혼에까지 이르렀다고 했다. 그는 아내를 불러서 내가 누군지 일러주었다. 우리는 금세 오랜 친구 사이가 되었다.

본에서 밤을 보냈는데 거기서 모리츠 아른트(1769~1860년. 독일의 반프랑스 애국 시인이자 저술가. "라인은 독일의 강이지, 국경이 아니다"라고 외친 것은 유명하다 – 옮긴이)의 집을 방문했다. 그는 나중에 덴마크 사람을 무척 싫어하게 되었다. 그때 나는 그를 단지 아름답고 힘 있는 노래 〈무엇이 독일의 대지인가?〉를 지은 사람으로만 알았다. 그는 은발의 혈색 좋은 노신사였다. 그는 스웨덴 어로 말했다. 나폴레옹의 편에 섰다가 나중에 스웨덴으로 망명해 거기서 얼마 동안 살면서 스웨덴 어를 배웠다고 했다. 그는 나이가 많아도 청년처럼 민첩하고 활발했다. 그도 나를 알고 있었는데, 내가 스칸디나비아 사람이란 사실 때문에 더욱 깊은 관심을 가진 듯했다. 대화를 나누는 도중에 낯선 사람의 이름이 들렸다.

우리 둘 다 모르는 사람이었다. 그는 젊고 잘생겼으며 햇볕에 탄 얼굴이었다. 그는 문 옆에 조용히 앉아 있더니 모리츠 아른트가 나를 배웅할 때 비로소 일어났다. 아른트가 소리쳤다.

"엠마뉴엘 가이벨!"

그랬다. 그는 참신하고 아름다운 노래들을 지어 단시일 내에 독일 전역에 메아리치게 했던 바로 그 젊은 시인, 뤼베크에서 온 가이벨(1815~1884년. 독일의 시인으로 감상적인 서정시를 많이 썼다 – 옮긴이)이었다. 가이벨은 생 고아에 프라이리그라트를 만나러 가려던 참인데 그와 몇 달을 함께 보낼 예정이라고 했다. 그는 막무가내로 나를 붙잡고 자기와 함께 있자고 했다. 그는 잘생기고 힘이 넘치는 청년이었다. 청년 시인 가이벨과 노장 시인 아른트가 나란히 선 모습을 바라보며, 언제나 활짝 피는 시의 꽃을 떠올렸다.

어느 영국 작가가 나를 '행운아'라고 한 적이 있다. 그 말이 맞다. 나는 내 생애에 내가 누린 온갖 축복에 감사해야 한다. 나는 내 당대의 가장 고귀한 사람들과 훌륭한 사람들을 만나고 사귀는 소중한 경험을 했다. 비참하고 굴욕적이며 우울했던 때의 일들을 다 말한 것처럼, 나는 이 모든 축복을 말하려 한다. 이건 허영이나 자만심이 아니다. 내 영혼의 진실한 고백이다. 내가 인정을 받고 경의를 받은 건 덴마크가 아닌 외국에서이다. 덴마크의 누군가가 이렇게 반문할지도 모른다. 그렇다면, 덴마크가 아닌 외국에서 단 한 번도 비평가의 공격을 받은 적이 없단 말인가? 내 대답은 이렇다.

"한 번도 없다!"

적어도 덴마크에서처럼 내 귀에 들릴 정도의 공격은 단 한 차레도 없었다. 그러니 덴마크에서와 같은 집중적이고 집요한 공격은 단 한 번도 없었다고 자신 있게 말할 수 있다. 독일에서 한 차례 있긴 했지만 그 뿌리는 덴마크였다. 그때 나는 파리에 있었다.

보아즈라는 사람이 당시 스칸디나비아를 여행하고 책을 한 권 냈다. 이 책에서 그는 덴마크 문학을 나름대로 정리하고 평가했는데 이 내용을 〈국경의 심부름꾼〉이라는 잡지에도 실었다. 한데 이 기사가 나를 시인으로서나 한 인간으로서 매우 가혹하게 평가한 것이다. 나뿐만 아니라 크리스티안 빈테르를 비롯한 몇몇 시인들도 불평할 만한 내용이었다. 그는 말도 안 되는 일상의 온갖 뒷공론과 험담에서 평가와 판단의 근거를 뽑아냈다. 그가 쓴 책은 코펜하겐을 발칵 뒤집어놓았다. 하지만 보아즈에게 정보를 제공했다는 사람은 아무도 없었다. 심지어 보아즈와 함께 스웨덴을 여행하고 코펜하겐의 자기 집에 그를 불러들여 함께 생활했던 홀스트조차, 그가 낸 책 내용과 관련해 그에게 어떤 말도 한 적이 없다고 코펜하겐의 유력한 신문을 통해 해명했다.

보아즈는 코펜하겐에서 몇몇 젊은 사람들로 구성된 어떤 특정한 파벌과 특히 친하게 지내며 이들에게서 덴마크의 작가들에 관한 얘기를 들었다. 그리곤 독일로 돌아가 자신이 들은 얘기를 정리해 책으로 낸 것이다. 이건, 매우 부드러운 표현을 써서 말하면, 적절치 못했다. 〈즉흥시인〉이나 〈어느 바이올리니스트〉가 그를 만족시키지 못했다는 사실은 기호나 취향의 문제이니 그럴 수도 있다고 인정한다. 하지만 전체 독일 사람들을 상대로, 게다가 그가 쓴 내용을 독일 사람들은 무엇이든 다 진실이라고 믿을 수밖에 없는 상황에서, 내가 덴마크에서 좋은 평을 듣지 못한다는 사실을 확대해 전 세계적으로도 그렇다고 단정하는 건 명백한 폭력이다. 그가 모든 독일 사람들 앞에서 내가 오만하기 그지없는 인간이라고 말할 때, 그는 자신이 상상하는 것보다 내게 훨씬 깊고 큰 상처를 남긴다는 사실을 알아야 했다. 그는 덴마크 내에서 내게 적의를 가진 파벌의 목소리를 외국으로 충실하게 날랐다. 하지만 그가 밝힌 내용은 전혀 사실이 아니다. 가능성을 사실로 포장했지만, 그건 결코 사실이 아니었다.

그가 쓴 내용은 덴마크에서는 내게 상처를 주지 않았다. 많은 사람들이 보아즈나 보아즈가 들었다는 얘기를 지면에다 다시 옮겨 쓴 사람과 아무런 관련이 없다고 해명하기에 바빴다. 그가 쓴 책을 독일 사람들이 읽었지만, 지금 그들은 모두 내 편이다. 그러므로 여기서 분명히 말할 수 있다. 덴마크 문학과 덴마크 시인에 관한 그의 견해는 전적으로 잘못된 것이라고. 하지만 나는 보아즈에게 기꺼이 손을 내민다. 그가 다시 한번 덴마크를 방문할 때 그 누구도 그를 받아들이지 않겠지만, 나는 기꺼이 그를 받아들일 것이다. 우리가 서로를 잘 알게 된다면, 나에 대한 그의 판단도 달라질 것이라 믿는다. 만일 그가 일 년만 늦게 덴마크에 왔더라도 판단은 달라졌을 것이다. 일 년이란 세월은 변하고 바뀌기에 충분한 시간이다. 일 년 전이 썰물이었다면 일 년 후는 밀물이다. 그때 어린이를 위한 이야기책을 새로 냈고 그후로 이 책에 대한 찬사가 덴마크 전역에 울려 퍼졌다. 어린이를 위한 이야기책이 1843년 크리스마스에 맞춰 출간되자, 반응이 즉각 나타났다. 드디어 내 장점을 인정하기 시작했고, 덴마크에서도 소위 '내 편'이 생겼다. 그때 이후로 나는 불평할 일이 없어졌다.

내가 받아야 마땅한, 아니 그보다 훨씬 더 많은 걸 그때부터 지금까지 줄곧 받고 있기 때문이다.

지금부터는 덴마크 사람이면 누구나 망설이지 않고, 여태까지 써온 어떤 작품들보다 더 높은 위치에 올려놓는 그 작은 이야기들에 관해 말해야겠다.

〈하르츠 산맥에서〉의 〈브룬스윅〉이라는 장에서 내가 쓴 최초의 '놀라운 이야기'는 〈거울 세상 속의 사흘〉이라는 희곡에서 아이러니의 형태를 띠고 나타났다. 이 책에서는 또 〈인어공주〉의 설정이 처음 등장하기도 했다. 〈즉흥시인〉이 나온 몇 달 뒤, 최초의 〈어린이들에게 들려주는 놀라운 이야기들〉을 내놓았다. 1835년의 일이다. 하지만 당시엔 주목을 받지 못했다. 어떤 월간 문학 비평지는 〈즉흥시인〉으로 놀라운 진전을 이룩한 작가가 어떻게 그렇게 유치한 이야기로, 그것도 아주 짧은 시간 안에 퇴보할 수 있는지 모르겠다고 했다. 〈어린이들에게 들려주는 놀라운 이야기들〉로 엄청난 비난을 받아야 했다. 하지만 나를 비난하던 근거로 삼았던 바로 그 지점이 사실은 내가 중요하게 한 걸음 앞서 나가기 시작했다는 사실을 평가했어야 했다. 내가 중요한 판단 기준으로 삼는 몇몇 친구들의 판단 역시 나를 욕하던 사람들과 크게 다르지 않았다. 이쪽 분야는 재능이 없으니 일찌감치 그만두라는 것이었다. 또 어떤 사람들은 그런 글을 쓰려면 먼저 프랑스 동화를 연구하라고 충고했다.

〈덴마크 문학월평〉은 이 책을 거들떠보지도 않았다. 지금까지도 마찬가지다. J. N. 회스트가 편집과 출판을 맡고 있던 〈단노라〉만이 1836년에 소개 글을 실었다. 지금은 편한 마음으로 읽을 수 있지만 그때는 참을 수 없을 만큼 쓰라렸고, 나를 슬프게 한 글이었다. 그중 일부를 소개하면 이렇다.

〈어린이들에게 들려주는 놀라운 이야기들〉은 어린이들을 즐겁게 할 것이다. 하지만 건설적이고 창조적인 내용이 거의 없어 어린이들에게 해롭지 않은 읽을거리로 추천하기에는 망설여진다. 예를 들어, 꿈에서 개의 등에 올라탄 공주가 병사에게 달려가고 병사의 키스를 받은 뒤 잠에서 깨어 이 멋진 모험담, 즉 꿈 얘기를 한다는 내용이 아이들의 품행에 도움이 된다고 주장할 사람은 아무도 없을 것이다.

평자評者가 선택한 〈공주와 완두콩〉은 위트가 부족하다. 그래서 평자로 하여금 다음과 같은 생각이 들게 했다.

상스러울 뿐만 아니라, 높은 신분의 여자는 늘 지나칠 정도로 세련되었다는 생각을 어린이들의 머리에 주입시킬 만큼 반사회적이다.

이어서 평자는 내가 더 이상 '어린이들을 위한 놀라운 이야기'를 쓰는 데 시간을 낭비하지 않는 게 좋겠다는 충고로 글을 맺었다. 그러잖아도 그럴 참이었지만, 그들은 억지로 그 작은 이야기들을 내게서 떼어놓았다.

처음 낸 이 책에서 나는 어릴 때 들었던 옛날이야기를 나만의 방식으로 새로 엮어내려고 했다. 어릴 적 들었던 그 음조는 당시 내 귀에 여전히 생생하고 자연스럽게 울렸다. 하지만 학식이 깊은 비평가들이 이야기하듯 펼쳐내는 나의 구어체 문장을 놓고 얼마나 비난해댈지 그것도 예상했다. 그래서, 비록 내 의도는 어린이뿐만 아니라 성인들까지 독자 대상으로 삼았음에도 불구하고, 일부러 제목을 〈어린이들에게 들려주는 놀라운 이야기들〉이라고 붙였다. 이 책의 마지막 이야기는 〈꼬마 이다의 꽃밭〉이었는데, 이것이 독자들에게 커다란 즐거움을 주었던 것 같다. 이 이야기는 호프만의 이야기와 아주 조금 닮기는 했지만 실질적으로 〈도보 여행기〉에서 이미 그 주제를 언급한 바 있다. 어린이들을 위한 이야기에 이끌리면서 나는 이야기를 점점 더 내 마음대로 창조했다. 다음해에 두 번째 〈어린이들에게 들려주는 놀라운 이야기들〉을 냈고, 이어서 곧바로 세 번째 책을 냈다. 세 번째 책에 수록된 가장 긴 이야기 〈인어공주〉는 순수하게 내가 창작한 것인데 큰 호응을 받았다. 이어서 새로운 책이 나올 때마다 내 이야기의 인기는 점점 올라갔다. 크리스마스 때마다 새로운 책이 나왔고, 마침내 내 이야기책이 없으면 크리스마스도 없다는 말이 나올 정도가 되었다.

희극 배우들은 이 작은 이야기들을 무대에 올리려고 했다. 싫증날 정도로 들어온 연설조의 대사와는 전혀 다른 구어체 발성법으로 새로운 변화를 시도하는 것이었다. 그래서 〈충성스런 장난감 병정〉과 〈돼지치기 소년〉 등이 왕립극장과 여러 사설극장들에서 구연되었고 호평을 받았다. 내가 그 이야기들을 어떻게 꾸몄는지 독자들이 보다 생생하게 이해할 수 있도록 설명을 하자면 이렇다. 이야기를 읽는 사람이 감정 표현을 보다 잘 할 수 있게끔 구어체로 적어나갔다. 그리고 마침내 다양한 연령층의 모든 사람들이 이 '듣는 이야기'를 좋아한다는 확신이 들었다. 어린이들은 배우가 연기를 하는 것 같은 읽는 행위 자체를 즐거워했고, 어른들은 이야기에 담긴 의미를 재미있어 했다. 이 이야기들은 어른 아이 할 것 없이 모두에게 훌륭한 읽을거리가 되었다. 하지만 어린이를 위한 이야기를 쓰는 건 확실히 어려운 작업이다. 아무튼 이제 덴마크의 모든 사람들이 나의 '놀라운 이야기'들을 읽었다. 제목에서 '어린이들에게 들려주는' 부분을 떼어버리고 세 권의 〈놀라운 이야기들〉을 발표했다. 여기 들어간 이야기들은 모두 내가 새로 만들어낸 것들로서, 덴마크 독자들로부터 최고의 갈채를 받았다. 더 이상 나아질 수 없을 만큼 좋은 상황이었다. 그때, 다시 걱정이 되기 시작했다. 다음 작품은 최소한 이보다 못하진 않아야 할 텐데, 과연 그만한 찬사를 다시 받을 수 있을까 하는 두려움 때문이었다.

신선한 햇살이 내 가슴으로 물결쳐 들어왔다. 용기와 기쁨을 느꼈다. 더 재미있는 작은 이야기들을 만들어내야겠다는 욕망이 용솟음치는 걸 느꼈다. 이쪽 분야의 글쓰기를 더 많이 연구하고 또 내가 창조하는 이야기의 뿌리인 주변 세상을 더 자세하게 관찰해야 했다. 내 이야기의 구성 원리를 주의 깊게 살펴보면, 이야기는 점진적으로 발전하고, 명확하지 않은 것들은 점차 명확해짐을 알 수 있을 것이다. 또한 힘 혹은 권력을 휘두르는 데도 분별이 있고, 감히 말하지만, 보다 건강하고 밝은 분위기와 자연에 대한 예찬도 찾아볼 수 있을 것이다.

가파른 언덕을 한 걸음씩 힘겹게 기어올라 마침내 정상에 올랐다. 이제 나는 덴마크에서 인정받고 존경받는 작가로 문학계에 나만의 뚜렷한 자리를 차지하기에 이르렀다. 내 조국 덴마크가 보여준 따뜻한 친절은 지난날 비평가들이 내게 퍼부었던 독설과 모욕의 아픔을 보상하고도 남았다. 청명한 햇살뿐이었다. 마음이 편안하고 평온했다. 지난날의 그 모든 쓰라렸던 일들이 없었다면 내게 이런 행운과 성공이 오지도 않았으리란 생각이 들었다.

〈어린이들에게 들려주는 놀라운 이야기들〉은 유럽의 거의 모든 나라에서 번역되었다. 독일과 영국 그리고 프랑스에서 여러 번역본이 쏟아져 나왔고 지금도 새로운 번역본이 나오고 있다. 스웨덴 어와 플라망 어(프랑스 어와 함께 벨기에의 공용어 – 옮긴이) 그리고 네덜란드 어로도 번역되었다. 비평가들이 인도한 대로 '프랑스 동화를 공부하라'는 충고를 따랐으면 도달하지 못했을 자리지만, 신이 인도한 길을 따랐기에 지금 나는 이 자리에 섰다. 만일 비평가의 조언을 따랐더라면, 내 책은 결코 프랑스 어로 번역되지 못했을 것이다. 또한 〈놀라운 이야기들〉의 프랑스 어 번역판과 라퐁텐(1621~1695년. 프랑스의 시인이자 우화 작가 – 옮긴이)의 〈우화시집〉에 대한 다음과 같은 비교도 없었을 것이다.

새로운 라퐁텐, 그는 짐승에게 인격과 정신을 부여한다. 그는 짐승의 고통과 즐거움을 함께하며, 그들의 친구이자 대변자이다. 짐승들의 입을 통해서 신랄하지만 순진하고 자연스러운 언어를 창조한다. 그는 자기가 인식한 걸 진정으로 충실하게 이해하고 표현했다.

또한 내가 그토록 희망하던 덴마크 문학계에 대한 영향력도 결코 얻지 못했을 것이다.

놀라운 이야기들은 그후 분량이 바뀌기도 하고 출판사가 여러 번 바뀌기도 했지만 1834년에서 1852년까지 계속 발표되었다. 한 가지 덧붙일 말은, 나중에 제목이 〈이야기들〉로 바뀌었다는 사실이다. 물론 아무 의미 없이 제목을 바꾼 건 아니었다. 이 얘기는 나중에 다시 하겠다.

1840 ~ 1844

이 시기 내 인생에 도덕적으로 그리고 지적으로 중요한 영향을 끼친 사람을 만났다. 시인으로서의 내 인생에 영향을 준 여러 사람들을 앞에서 이미 언급했다. 하지만 지금 얘기하려는 이 여자는 앞에서 언급한 그 어떤 사람들보다 내게 더 많은 영향을 주었다. 그녀를 통해서 나는 자아를 잊을 수 있었고, 예술의 성스러움을 깨달을 수 있었고, 신이 천재에게 내린 의무가 무언지 깨달을 수 있었다.

1840년으로 다시 돌아간다. 어느 날 코펜하겐의 내가 머물던 호텔에서, 스웨덴에서 온 낯선 사람들의 명단 가운데 예니 린드라는 이름을 보았다. 그것은 스톡홀름에서 첫손가락에 꼽히는 오페라 가수의 이름이었다. 그해에 스웨덴에서 얼마간 머무는 동안 본 적이 있어서 그녀를 방문한다고 해서 큰 허물은 되지 않을 거라 생각했다. 당시 그녀는 스웨덴 밖의 다른 세상에 대해서는 아무것도 몰랐으며, 따라서 코펜하겐에서 그녀의 이름을 아는 사람도 극히 소수일 거라 확신했다. 그녀는 나를 정중하게 맞아주었지만 어쩐지 거리를 두었다. 냉담했다는 표현이 더 정확할지도 모른다. 그녀는 아버지와 함께 스웨덴 남쪽을 여행하다가 문득 코펜하겐이 보고 싶어 며칠 머물 생각으로 건너왔다고 했다. 헤어질 때도 우리 사이의 거리가 조금도 좁혀지지 않은 서먹한 느낌이었다. 얼마 지나지 않아 금방 기억이 지워져버릴 평범한 사람이라는 느낌이 그때 그녀에게서 받은 인상이었다.

1843년 가을, 예니 린드가 다시 코펜하겐에 왔다. 내 친구이자 덴마크 발레의 대가인 부르노빌이 스웨덴 처녀와 결혼했는데, 그 처녀가 예니 린드의 친구였다. 그녀가 코펜하겐에 왔다는 소식도 이 발레 선생을 통해서 알았다. 그리고 예니 린드가 지난번에 내가 보여준 친절을 잊지 않고 있으며, 그동안 내 책들도 읽었다더란 말도 전했다. 발레 선생은 내키지 않아 하는 내 팔을 붙잡고 그녀 앞으로 데리고 갔다. 내가 그녀를 설득해 왕립극장에서 공연할 작품에 출연하겠다는 승낙을 받아내야 한다는 게 그의 생각이었다. 그렇게 하지 않으면 큰 실수를 저지르는 것이란 말까지 하며 나를 마구잡이로 떠밀었다.

예니 린드에게 나는 낯선 사람이 아니었다. 그녀는 진심으로 반가운 마음을 드러냈다. 내 작품에 대해서 이야기하고 또 그녀의 친한 친구인 프레데리카 브레메르에 대해서도 이야기했다. 화제는 곧 코펜하겐 무대에 그녀가 서는 문제로 옮겨갔다. 그녀는 두려워서 감히 시도할 생각도 없다고 말했다.

"저는 단 한 번도 스웨덴 아닌 다른 나라 무대에 선 적이 없습니다. 스웨덴에서는 다들 애정과 친절을 베풀어주는데, 만일 코펜하겐 무대에 섰다가 야유를 받기라도 하는 날에는… 전 못 하겠습니다."

나는 사실대로 얘기했다. 그녀가 노래를 부르거나 연기하는 걸 한 번도 본 적이 없기 때문에 판단을 내릴 수는 없지만, 당시 코펜하겐에서는 어느 정도 노래에 자신이 있고 또 연기를 해본 경험이 있다면 그것만으로도 충분히 성공할 수 있다고 확신했다. 그녀가 모험을 감행한다면 모험은 성공할 것이다, 그렇게 믿었다.

부르노빌의 설득으로 마침내 코펜하겐 사람들은 여태까지 한 번도 경험하지 못했던 기쁨을 맛볼 수 있게 되었다. 예니 린드는 〈악마 로베르〉의 알리스 역으로 처음 코펜하겐 무대에 섰다. 마치 예술의 새로운 영역을 펼쳐 보이는 것 같았다. 활기차고도 신선한 그녀의 목소리는 사람들의 가슴을 파고들었다. 그녀의 목소리에는 진실이 담겨 있었고 그 자체로 자연이었다. 그녀의 목소리가 인도하는 세상에는 모든 게 새 생명을 얻어 지적으로 살아 움직였다. 어떤 연주회에서는 스웨덴 노래들을 불렀다. 너무도 독특하고 매력적이었다. 사람들은 모두 예니 린드 얘기만 했다. 누구나 인정할 수밖에 없는 천재성과 순수함이 빚어내는 멜로디가 코펜하겐을 뒤흔들었다. 예니 린드는 덴마크의 대학생들이 세레나데를 불러 경의를 표한 최초의 가수가 되었다. 횃불이 일렁이는 가운데 세레나데가 울려 퍼지고, 예니 린드는 감사의 뜻으로 다시 몇 곡의 스웨덴 노래를 불렀다. 노래를 마친 뒤 그녀는 불빛이 닿지 않는 어두운 곳으로 달려가 격한 감정을 주체하지 못하고 눈물을 흘렸다. 그리곤 이렇게 말했다.

"예, 한번 해볼 거예요! 다음에 다시 코펜하겐에 올 때는 더 나아져 있을 거예요!"

무대 위에서 그녀는 주변의 모든 것들을 압도하고 지배하는 위대한 예술가였다. 하지만 거실의 안락의자에 앉아 있을 때는 그저 겸손하고 신앙심 깊고 감수성 예민한 처녀일 뿐이었다.

예니 린드의 등장은 코펜하겐의 오페라 역사에 한 획을 그었다. 그녀는 예술의 경건함을 일깨웠다. 그녀에게서 나는 성처녀의 모습을 보았다. 그녀가 다시 스톡홀름으로 돌아간 뒤, 스톡홀름에서 프레데리카 브레메르가 다음과 같은 편지를 보냈다.

가수 예니 린드는 우리 시대의 어떤 예술가보다 높은 자리에 서 있습니다. 이 점에선 우리 두 사람의 의견이 다르지 않습니다. 하지만 당신은 아직 린드가 얼마나 위대한지 모르고 있습니다. 린드와 음악을 놓고 대화를 나눠보세요. 린드의 얼굴이 영감으로 반짝이는 걸 볼 수 있을 겁니다. 린드의 마음이 얼마나 먼 곳까지 확장되는지 알고는 놀랄 겁니다. 그런 다음 신과 성스러움에 대해 얘기를 나눠보세요. 그 순수한 눈에 눈물이 흐르는 걸 볼 수 있을 겁니다. 린드는 예술가로서 위대합니다. 하지만 순수한 한 인간으로서는 그보다 더 위대하답니다.

다음해에 나는 베를린에 있었다. 마이어베어(1791~1864년. 독일의 작곡가. 유태계 은행가의 아들로 태어났으며, 살리에리의 권유로 이탈리아에 건너가 오페라를 공부했다. 대표작으로는 〈귀신 로베르〉, 〈위그노〉 등이 있다 - 옮긴이)와 대화하던 중에 화제가 예니 린드로 옮겨갔다. 그는 예니 린드가 스웨덴 노래를 부르는 걸 듣고 황홀경에 빠졌던 적이 있다고 했다.

"한데, 예니 린드의 연기는 어떻습니까?"

그의 물음에 나는 입에 침이 마르도록 린드의 연기를 칭찬하고는 그녀를 독일 무대에 알리스로 등장시켜 보는 게 어떻겠냐고 물었다. 그러자 마이어베어는 어쩌면 예니 린드를 베를린으로 불러올 수 있을지도 모르겠다고 했다.

예니 린드가 베를린 무대에 서자 모든 사람들이 놀라움과 찬탄으로 입을 다물지 못했다. 그녀가 독일은 물론 전 유럽에 이름을 알렸다는 사실은 누구나 잘 아는 이야기다. 지난 가을 그녀는 다시 코펜하겐에 왔고, 그녀를 향한 열광과 환호는 그야말로 믿을 수 없을 정도였다. 사람들이 극장 앞에 장사진을 쳤다. 그들은 입장권을 사려고 노숙도 마다하지 않았다. 예니 린드는 이전보다 훨씬 더 위대한 모습으로 나타났다. 그녀는 여러 장면에서 각기 다른 모습으로 등장해 자신의 진가를 훨씬 더 많이 발휘할 수 있었다. 그녀가 연기한 노르마(이탈리아 작곡가 벨리니의 오페라 〈노르마〉에 등장하는 주인공. 로마의 총독이 여제사장인 노르마를 사랑하다가 변심하지만 노르마의 깊은 사랑을 알고는 끝내 그녀와 함께 죽음을 택한다는 내용 – 옮긴이)는 완벽한 조각품이었다. 그녀의 동작 하나하나는 조각가에게 가장 완벽하고 아름다운 모델이 되었다. 사람들은 그런 동작들이 순간순간의 영감에 따른 것이지, 결코 연습을 통해서 학습한 게 아니라는 것을 느꼈다. 그녀가 연기한 노르마는 미친 듯 날뛰는 성질 급한 이탈리아 인이 아니었다. 그녀는 고통 속에 슬퍼하는 여자였다. 불행한 경쟁자를 위해 자신을 희생하는 따뜻한 마음을 가진 여자였으며, 부정한 연인의 아이를 죽여버릴까 생각했다가도 순진무구한 아이의 눈빛을 바라보는 순간 잔인한 폭력을 상상했던 걸 눈물로 뉘우치는 그런 여자였다.

노르마, 그대 성스러운 여사제여!

코러스가 울려 퍼지고, 예니 린드가 아리아에서 성스러운 여사제의 모습을 보여주었다. 코펜하겐에서 그녀는 자기 노래를 모두 스웨덴 어로 불렀고, 다른 배우들은 모두 덴마크 어로 불렀는데, 사촌 사이인 이 두 언어가 매우 아름답게 하나로 섞였다. 어색한 부분은 한 군데도 없었다. 심지어 대사가 많은 〈연대의 아가씨〉에서도 스웨덴 어는 감칠맛 나게 덴마크 어와 맞물려 돌아갔다. 연기 역시 자연스러움 그 자체였다. 그 어떤 공연보다 자연스러웠다. 그녀는 군영軍營에서 성장한 어린아이의 본성과 그럼에도 천성적으로 타고난 고귀함이 모든 동작에 배어 있는 어린아이의 모습을 완벽하게 보였었다. 연대의 아가씨와 몽유병자 노르마 역은 그녀의 위대함을 가장 잘 보여주었다. 사람들은 일 초도 눈을 떼지 못한 채 웃고 울었다. 그녀의 연기는 교회에서 예배를 하는 것만큼 성스러웠다. 사람들은 그녀의 예술 속에 존재하는 신을 보았다. 신이 사람들과 얼굴을 마주하는 곳, 그곳이 바로 성스러운 교회였다. 멘델스존은 내게 말했다.

"예니 린드 같은 천재를 다시 보려면 백 년을 더 기다려야겠지요."

내 생각도 그랬다. 사람들은 무대 위에 모습을 드러낸 그녀를 보고 성스러운 생명의 물을 담는 그릇을 생각한다. 그녀가 바로 그 그릇이고, 사람들은 그 그릇에 담긴 성수를 마시는 것이다.

무대 위 예니 린드의 위대한 인상을 지우는 건 단 하나, 집에 있을 때의 개인적인 성격뿐이다. 지적이고도 어린아이 같은 성

'스웨덴의 나이팅게일'이라 불리던 예니 린드.

정이 놀라운 힘을 발휘한다. 그녀는 마치 이 세상을 초월한 존재처럼 행복하다. 그녀는 조용하고 평화로운 것만을 생각한다. 또 영혼을 바쳐 예술을 사랑하고 예술 속에서 안식을 느낀다. 그녀의 우아하고 신앙심 깊은 성정은 주변 사람이 아무리 경의를 표해도 결코 우쭐해하는 일이 없다. 단 한 번, 그녀가 자신에게 재능이 있다는 사실에 기뻐하는 걸 본 적이 있다. 그녀가 마지막으로 코펜하겐에 머물 때였다. 그녀는 거의 매일 밤 오페라나 콘서트에 등장했고, 단 한 시간도 자유롭지 못했다. 한데 부모에게 학대받거나 등을 떠밀려 거리에서 구걸하는 어린이들이 부모의 손에서 벗어나 좀더 나은 환경에서 살 수 있게 하자는 목적으로 활동하는 단체에 대해 들었다. 후원자들이 해마다 돈을 모아주곤 했지만 충분하지 않았다.

"지금 일정으로는 하룻밤도 뺄 수 없다는 걸 알고 있습니다. 하지만 이 불쌍한 아이들을 위해서 딱 하루만 공연을 하게 해주세요. 입장료를 두 배로 받으면 되잖아요!"

마침내 불우 아동을 위한 공연이 펼쳐졌고, 수많은 어린이들을 여러 해 동안 도울 수 있을 만큼 많은 돈이 모였다. 그녀의 얼굴이 환하게 밝아졌고, 눈에서는 눈물이 흘렀다. 이때, 그녀는 자기 재능을 자랑스러워하고 기뻐했다.

"내가 노래할 수 있다는 사실이 정말 아름다워요! 그렇지 않나요?"

예니 린드를 보면 마치 내 여동생 같다는 느낌이 든다. 내 인생에 예니 린드가 나타난 건 행운이고 행복이다. 그녀가 바라는 대로 그녀에게 언제나 평화와 행복이 가득하길 빈다.

예니 린드를 통해 나는 처음으로 예술의 경건함에 눈을 떴다. 그녀를 통해 하나님을 섬길 때 개인적인 모든 걸 잊어야 한다는 것도 배웠다. 어떤 책이나 어떤 사람도 예니 린드만큼 내게 깊고 따뜻한 영향을 준 사람이 없다. 그렇기에 이토록 길게 그녀 얘기를 하는 것이다.

따뜻한 햇살이 내 영혼 속으로 물결쳐 들어왔다. 불안하고 우울했던 지난날은 모두 가고 없다. 언제까지나 깨지지 않을 평온함만이 가득했다. 이 평온함은 여행의 활기찬 생활을 그리워하는 법이다. 나는 어디를 가든 집에 있는 것처럼 편안하다. 사람들과 쉽게 어울릴 수 있고, 사람들 역시 나를 믿고 우정 어린 마음을 열어준다.

1844년 여름, 다시 한번 북독일로 여행을 떠났다. 올덴부르크의 지적이고 사교적인 가정이 자기 집에서 얼마 동안 함께 있기를 바란다며 초대했고, 란하우 백작도 여러 번 편지를 보내 나를 불렀기 때문이다. 이 여행은 일정으로만 보자면 그다지 길지 않은데도 가장 흥미로웠던 여행 가운데 하나가 되었다.

여름의 풍성함을 한껏 뽐내는 습지를 보았다. 그 풍경에 마음을 빼앗겨 란하우 백작과 여러 번 이곳으로 소풍을 갔다. 브라이텐부르크는 스퇴르 강의 숲 한가운데 있다. 함부르크로 가는 기선 여행은 그 작은 강에 활력을 불어넣는다. 그림 같은 풍경과 성에서 보내는 안락하고 즐거운 생활이여…. 내게 주어진 시간을 온전히 책을 읽고 시를 쓰는 데만 바쳤다. 나는 하늘을 나는 새처럼 자유로웠고, 나를 초대한 가정은 혈육처럼 따뜻한 사랑을 베풀었다. 아아! 하지만 그건 내 마지막 방문이 되고 말았다.

란하우 백작은 이미 그때 가까이 다가오는 죽음을 기다리고 있었다. 어느 날 우리는 정원에서 만났다. 그는 내 손을 힘주어 잡고선, 내 재능을 외국에서도 인정한다는 사실이 얼마나 기쁜지 모르겠다고 했고, 또 나를 향한 우정이 얼마나 깊은지도 얘기했다. 그리고 마지막으로 이렇게 덧붙였다.

"내 사랑하는 젊은 친구여, 하나님만이 아시겠지만, 나도 어렴풋이는 알고 있다네. 지금이 우리의 마지막 순간이 될 것임을… 내게 남은 날들이 머지않아 끝나고, 마침내 종점에 다다르겠지."

그의 표정은 진지했다. 나는 마음이 아팠다. 무슨 말을 해야 할지 몰랐다. 우리는 근처에 있는 교회로 갔다. 그가 두꺼운 울타리 사이에 있는 작은 문을 열고 들어가 정원에 섰다. 잔디가 덮인 무덤 곁에 의자가 놓여 있었다.

"자네가 다음에 브라이텐부르크에 올 때면 난 여기 누워서 자넬 기다릴 걸세."

란하우 백작의 슬픈 예언이 맞아떨어지고 말았다. 그는 그해 겨울 비스바덴에서 세상을 떠났다. 나는 친구를 잃었고, 내 보호자를 잃었고, 고귀한 영혼을 잃었다.

처음 독일 땅을 밟았을 때 나는 하르츠에 갔다. 괴테를 만나보는 게 당시 나의 가장 큰 소원이었고 하르츠에서 괴테가 있던 바이마르까지는 먼 거리가 아니었다. 하지만 소개장도 없는데다 내 시는 단 한 줄도 독일어로 번역되어 있지 않아 그가 날 알 턱이 없었다. 게다가 많은 사람들이 괴테를 매우 거만한 사람으로 얘기했기 때문에 과연 날 만나주기나 할까 의심스러웠다. 그래서 그때, 내 이름이 독일에 알려지기 전에는 바이마르를 찾지 않겠다고 마음먹었다. 그리고 마침내 내 이름을 독일 사람들이 알아주게 되었지만, 이럴 수가, 괴테는 벌써 죽고 없었다.

대신 콘스탄티노플에서 돌아오는 길에, 멘델스존의 집이 있는 포그비치에서 태어난 괴테의 며느리를 만났다. 그녀는 따뜻한 친절로 나를 맞아주었다. 그녀는 자기 아들 발터가 아주 오랫동안 나를 좋아했다고 말했다. 그는 소년 시절에 〈즉흥시인〉으로 희곡을 썼으며, 이 작품은 괴테 하우스에서 공연되기도 했고, 또 언젠가는 코펜하겐에 가 나를 만나는 게 꿈이었다고 했다. 이렇게, 바이마르에도 내 친구들이 적어도 두 명은 있었다.

괴테와 실러, 빌란트(1733~1813년. 독일의 소설가이자 시인. 유머나 위트의 요소를 독일 문학에 도입하였고, 이국 취미나 역사 소설을 개척함으로써 후일 낭만파로 통하는 길을 열었다 – 옮긴이), 그리고 헤르더가 살면서 문명과 예술의 광명을 전 세계로 떨친 이곳을 꼭 방문하고 싶은 강한 충동에 사로잡혔다. 그래서 나는 마르틴 루터(1483~1546년. 독일의 종교 개혁자 · 신학자 – 옮긴이)와 바르트부르크 서정 시인들의 투쟁, 그리고 이밖의 수많은 고귀하고 위대한 기억들로 인해 성스럽기까지 한 도시 바이마르를 향해 다가갔다.

6월 24일, 대공大公의 생일날, 코펜하겐의 이방인이 우정 어린 도시에 들어섰다. 도시는 축제 분위기로 들떠 있었다. 새 오페라를 무대에 올리는 극장에서는 젊은 왕자를 떠들썩한 환호성으로 맞았다. 극장 안 내 주변에서 보았던 그 많은 사람들이 얼마나 내 마음을 강하게 사로잡을지, 그리고 그들 가운데 얼마나 많은 사람들이 미래에 내 충실한 독자이자 친구가 되어줄지, 그리고 이 도시가 내게 얼마나 소중한 도시가 될지, 당시에는 전혀 알지 못했다. 괴테의 절친한 친구이자 대법관인 뮐러의 초대를 받아 극진한 대접을 받았다. 이 자리에서 또 우연히 올덴부르크에서 알았던 궁중 관리 볼리외 드 마르코니를 만났다. 그는 지금 바이 마르에 살고 있었고, 자기 집에 와서 지내라고 했다. 단 몇 분 만에 나는 그의 손님이 되었다.

사람들 가운데는 단 며칠만 함께 있어도 온전히 이해하고 사랑할 수 있는 그런 사람들이 있다. 볼리외가 그런 사람이었고 우리는 친구가 되었다. 평생을 함께할 친구라 믿었고, 그 믿음은 지금도 변치 않았다. 그는 나를 자기 친구들에게 소개했고, 이들 역시 나를 따뜻하게 대해주었다. 처음 바이마르에 도착해서 폰 괴테 부인과 그의 아들 발터가 비엔나에 가 있다는 말을 듣고는 외톨이가 된 느낌이었지만, 전혀 그게 아니었다.

공국을 지배하는 대공과 공작 부인은 기대하지도 않았던 자비롭고 친절한 만찬을 베풀어 깊은 감동을 주었다. 며칠 뒤에는 사냥 모임에도 초청했다. 에테르스부르크에 있는 그의 별장은 높은 지대에 있었고 빽빽한 숲이 가까이 있었다. 집안에 놓인 옛날 가구와 멀리 하르츠 산맥이 바라다보이는 풍경이 주던 묘한 인상은 지금도 잊을 수가 없다. 농부들이 젊은 공작의 생일을 축하하기 위해 성에 모였다. 손수건과 리본을 단 장대가 세워졌다. 풍성하게 꽃을 피운 라임 나무가 넓은 가지를 드리웠고, 그 아래에서 사람들이 바이올린 연주에 맞춰 춤을 추었다. 안식일의 찬란한 행복과 만족감이 모든 사람들 위에 뿌려졌다.

갓 결혼한 왕자 부부는 서로를 향한 뜨거운 마음으로 진정 행복에 겨운 얼굴이었다. 궁정에서 오래 그리고 행복하게 살기를 원하는 사람이라면 가슴에 달린 훈장을 잊어야만 한다. 이런 사람 가운데 가장 고귀하고 훌륭한 사람이 작센-바이마르의 칼 알렉산더다. 그는 이런 믿음을 가질 만큼 충분히 오래 머물 수 있는 행복을 누렸다. 난생 처음이지만 이 지역에 머무는 동안 여러 번 이 행복한 에테르스부르크를 찾았다. 젊은 공작은 정원을 구경시켜주었고, 또 괴테와 실러와 빌란트가 이름을 새겨놓은 나무를 보여주었다. 이 나무의 큰 가지 하나가 벼락을 맞고 부러져 있었는데, 아마 주피터도 자기 이름을 새기고 싶었던 모양이다. 에테르스부르크에서는 폰 그로스 부인과 대법관 뮐러 그리고 어린아이 같은 마음을 가진 엑케르만이 모임을 가지고 있었다. 특히 뮐러는 괴테가 살던 시대를 자세히 묘사할 수 있었을 뿐만 아니라 〈파우스트〉를 가장 잘 설명할 수 있었기에 특별히 중요한 사람이었다. 사람들은 큰 소리로 책을 낭독했다. 나도 외국어로는 처음으로 내가 쓴 동화 〈충성스런 장난감 병정〉을 소리 내어 읽었다. 이들과 함께한 밤들은 꿈처럼 흘러갔다.

뮐러가 기념 묘지로 안내했다. 그곳은 칼 아우구스트(1757~1828년. 작센 바이마르 대공. 1775년 이후 직접 정치를 시작하며 괴테를 장관으로 초청, 학문과 예술의 보호에 힘써 바이마르가 독일의 문화 중심이 되는 데 기여했다 - 옮긴이)가 아내와 함께 잠든 곳이다. "태양과 폭포 사이에 선 왕자는 무지개와 같은 영광의 주인공이 되었다"라고 썼을 때는 그가 실러와 괴테 사이에 묻힌 줄로만 알았는데 그게 아니었다. 이 왕자 부부의 무덤 가까이에, 그들이 위대하다고 믿었던 불멸의 친구인 괴테와 실러의 무덤이 있었다. 이들의 무덤 앞에는 시든 월계수 화환만이 덩그러니 놓여 있었다. 살아있을 때 왕자와 시인은 나란히 함께 걸었고, 죽어서는 같은 곳에 함께 묻혔다. 이때 내가 본 풍경은 결코 잊을 수가 없다. 그런 곳에서 기도를 하면, 하나님이 주변을 물리고 혼자서만 그 기도를 들어주는 법이니까.

바이마르에서 여드레 동안 머물렀다. 하지만 떠날 때는 마치 고향 마을을 떠나는 것 같았다. 도시를 빠져나와 다리를 건너고 방앗간을 지나 마지막으로 한 번 더 돌아보았다. 멀어지는 도시와 성을 바라보는 순간, 내 인생의 아름다웠던 한 부분이 끝난다는 생각이 들어 가슴이 뭉클했다. 바이마르를 떠나면서, 남은 여정에서 더 이상 기쁨은 없겠구나, 생각했다. 편지를 전해주는 비둘기를 얼마나 자주 날렸는지, 그리고 내 마음이 얼마나 자주 바이마르로 달려갔는지 모른다. 바이마르의 햇살이 내 시와 인생에 폭포처럼 쏟아지던 날들의 기억이다.

바이마르에서 라이프치히로 향했다. 라이프치히에서는 시가 가득한 밤이 로베르트 슈만(1810~1856년. 독일의 낭만파 작곡가 - 옮긴이)과 함께 나를 기다리고 있었다. 이 위대한 작곡가는 한 해 전에 나의 시 네 편에 곡을 붙여 내게 헌정함으로써 나를 깜짝 놀라게 했다. 영혼의 떨림이 느껴지는 목소리로 수천의 청중을 사로잡았던 프레제 부인이 노래를 불렀다. 청중은 작곡가와 그의 아내 클라라 슈만과 시인인 나, 오로지 셋뿐이었다. 함께 저녁을 먹고 서로의 생각을 나누기에는 밤이 너무도 짧았다.

옛 친구인 브록하우스의 집에서도 융숭한 대접을 받았다. 독일의 도시에서 친구들과의 모임은 점점 더 많아졌다. 하지만 맨 처음 의기투합했던 그 느낌은 여전히 우리에게 가장 기쁜 추억이다.

드레스덴에서 옛 친구들을 만났다. 거품을 일으키며 떨어지는 폭포수를 캔버스에 그릴 줄 아는 재능 있는 노르웨이 화가 달, 그리고 영예롭게도 내 초상화를 그려준, 이 초상화는 왕립 초상화 소장 목록에 들어 있다. 보겔 폰 보겔스타인 등이 그들이었다. 그리고 극장 감독관인 헤르 폰 뤼티하우는 저녁마다 감독관석에 내 자리를 마련해주었다. 그리고 드레스덴에서 최고로 꼽히는 모임에서 데켄 남작 부인은 마치 아들을 대하듯 따뜻한 모성애로 나를 받아주었다.

세상은 너무도 밝고 아름다웠다! 사람들도 너무 선했다! 산다는 게 기쁨이라는 사실은 당시 하루하루 점점 더 명확해지던 진실이었다.

볼리외의 남동생 에드문트는 군대의 장교였는데, 그가 어느 날 여름 동안의 몇 달을 보냈던 타란트에서 드레스덴으로 나를 찾아왔다. 그와 함께 여기저기 다니며 언덕이 있는 풍경들 속에서 즐겁고 행복한 나날들을 보냈다. 물론 저녁에는 다양한 계층 사람들의 초대를 받았다.

데켄 남작 부인과 함께 처음으로, 괴테와 셰익스피어 등의 스케치 작품을 출판하기도 한, 존경받는 화가 레치를 방문했다. 그는 포도밭 속에서 전원 생활을 하고 있었다. 해마다 그는 아내의 생일날 아내를 그린 그림을 선물했다. 이렇게 모인 그림들이 상당히 쌓이자, 그의 아내는 만일 남편이 자기보다 먼저 죽으면 그 그림들을 출판할 거라고 했다. 그가 그린 수많은 그림들 가운데 하나가 갑자기 내 눈길을 끌었다. 〈이집트로의 도피〉였다. 배경은 밤이다. 그림 속에서 사람들은 모두 잠들어 있다. 마리아, 요셉, 꽃들, 관목들, 그리고 당나귀까지. 하지만 단 한 사람, 둥근 얼굴의 아기 예수만이 깨어서 모든 걸 내려다보며 빛을 비춘다. 나는 내 '놀라운 이야기들'에 대해 레치와 대화를 나누었다. 그는 내게 예쁜 그림 하나를 그려주었다. 젊고 아름다운 소녀가 노파의 얼굴 가면 뒤에 자기 얼굴을 숨기는 그림이었다. 그러니까 활짝 핀 사랑으로 영원토록 젊은 영혼이, 동화라는 노인의 가면 뒤에 숨어서 세상을 바라보며 얘기를 한다는 뜻이다. 그의 그림은 관념이 풍부하고, 아름다움과 온화한 기운이 가득하다.

제레 소령 그리고 그의 아름다운 부인과 함께 막센에 있는 이들 부부의 멋진 집에서 독일의 전원 생활을 즐겼다. 지금은 그 누구도 이 부부처럼 나를 따뜻하게 맞아주지 못할 것이다. 이 집에서도 지적이고 관심을 끄는 사람들이 모였다. 이 집에서 여드레를 머물면서 여행가인 콜과 여류 작가인 한-한 백작 부인을 알게되었다. 한-한 백작 부인은 성정이 따뜻한데다 자신감도 넘쳐흘렀다. 그녀가 쓴 소설과 여행기들은 많이 읽히는 편이었다. 하지만 가톨릭으로 개종을 하고 〈바빌론에서 예루살렘까지〉라는 여행기를 출간한 이후로는 사람들의 비난에 시달리고 있었다. 그녀의 아버지는 소문날 정도로 연극을 사랑했다고 한다. 그래서 집에 있는 경우가 거의 없었고, 늘 자기 배우들을 데리고 다니며 순회공연을 했다고 한다. 그녀는 돈 많은 사촌 한-한 백작과 이혼한 뒤부터 시와 소설 그리고 여행기를 쓰고 책으로 냈다. 많은 사람들이 그녀의 소설에 등장하는 인물들의 특징, 특히 우월감을 놓고 그녀를 비난하고, 또 그녀가 자신의 개성을 소설에 그대로 옮겨놓았다며 비난했다. 하지만 내가 받은 인상은 그렇지 않았다. 그녀는 여행을 했고, 친근함이 넘치는 신사인 비스트람 남작과 늘 함께 있었다. 이들은 결혼을 한 사이라고 모든 사람들이 말하고 또 그렇게 믿었다. 상류 사회에서는 두 사람의 관계를 실제 그런 걸로 인정하고 받아들였다. 다 아는 결혼 사실을 그들은 왜 굳이 비밀로 하는지 알 수가 없었다. 그래서 한번은 어떤 사람에게 물었더니 대답이 이랬다. 만일 재혼을 하면 전남편에게서 받은 재산을 모두 빼앗기게 되는데, 이렇게 되면 부인은 살아갈 수가 없기 때문이라고 했다. 작가로서 그녀는 심한 공격을 받는다. 글을 쓰는 수녀 혹은 가톨릭 선교사라는 게 너무도 바람직하지 않을뿐더러 해롭기까지 하다는 것이다. 하지만 그녀는 성정이 우아한데다 천부적인 재능을 가지고 있다. 신이 내린 재능을 충분히 꽃피울 수 있음에도 불구하고 편견 때문에 꽃을 피우고 열매를 맺지 못한다는 사실이 안타까울 뿐이다. 그녀는 친절하고 자상했다. 그녀가 처음 나를 시인으로 인정해준 건 〈어느 바이올리니스트〉와 〈놀라운 이야기들〉에서 엿보이는 우울하면서도 삶의 깊은 통찰을 주는 검은 유리 때문이라고 했다.

대접을 잘 해주는 집에는 자주 가서 서성이는 법이다. 독일을 여행하면서 말로 표현할 수 없을 만큼 행복했다. 그리고 독일에서 내가 결코 이방인이 아니라는 확신이 들었다. 사람들이 내 글에 대해 높이 평가하는 부분은 자연에 대한 열정과 진실이었다. 바깥으로 드러나는 게 아무리 뛰어나고 아름답다 하더라도, 그리고 아무리 이 세상의 지혜를 재치 있게 많이 드러낸다 하더라

도, 세월이 지나도 변함없이 모든 사람들이 쉽게 이해하는 건 열
정과 자연뿐이다.

덴마크로 돌아오는 길에 베를린에 들렀다. 여러 해 동안 가보
지 못했기 때문이다. 하지만 그곳의 내 가장 친한 친구 차미소는
죽고 없었다.

> 아름다운 야생오리는 대지 위로 멀리 날아가
> 먼저 가 기다리던 친구의 가슴에 머리를 포갰나

아이들을 만나보았다. 아이들은 이제 어머니도 아버지도 없는
고아였다. 내 주변의 젊은이들을 보면 나도 이제 나이가 들었다
는 생각이 든다. 이것은 내 주변에서만 발견하는 사실이 아니다.
지난번에 보았을 때 벌거숭이처럼 정원에서 뛰놀던 차미소의 아
이들이 제복을 입고 칼을 찬 모습으로 내 앞에 섰다. 아이들은
프러시아 군대의 장교였다. 얼마나 많은 세월이 흘러가버렸나,
얼마나 많은 것들이 변해버렸나, 얼마나 많은 것들을 잃어버렸
고 또 잃어버릴까. 잠시 그런 생각이 들었다.

> 사람들 생각처럼 그렇게 가혹한 것은 아니라네
> 그렇게 사랑했던 영혼들이 떠나가면 보내야지
> 하나님이 사랑하시어 이들을 데려간다네
> 다리를 놓아 천국으로 이들을 인도하는 거지

사비니 장관의 집에서 극진한 대접을 받았다. 그 집에서 명석

한데다 운명을 예언하는 천부적인 재능을 지닌 베티나와 그녀의 사랑스러운 세 딸을 만났다. 막내딸은 시로 쓴 동화 〈진흙왕의 딸〉을 쓴 작가였다. 딸들은 자기 어머니에게 나를 소개하며 이렇게 말했다.

"자, 얘기 좀 해드리세요."

베티나는 나를 찬찬히 훑어보더니 손을 들어 내 얼굴을 만졌다.

"나쁘지 않군!"

그리곤 입을 다물어버렸다. 그러다 잠시 후 다시 입을 열었다. 그녀는 애정이 깊고 창의성이 풍부했다. 한 시간 가까이 대화하는 동안 주로 그녀가 말했고 나는 그저 그녀의 불꽃놀이 같은 재치와 열변에 벙어리처럼 듣기만 했다. 밤이 되어 사람들이 돌아가자, 그녀는 마차를 그냥 돌려보내고 나와 세 딸들 그리고 그녀에게 팔을 내밀어준 부르템베르크 왕자와 함께 밤길을 걸었다. 그녀가 왕자와 함께 걷는 동안 나는 세 딸들과 함께 걸었다. 내가 머물고 있던 마인하르트 호텔 앞에서 우리는 걸음을 멈추었다. 베티나가 계단 앞에 서더니 군인처럼 거수경례를 하며 말했다.

"안녕, 동지여! 잘 자시오!"

며칠 뒤, 그녀의 집을 방문했을 때 그녀는 전혀 다른 사람으로 바뀌어 있었다. 조용하고 심오한 느낌을 주는 인상이었다. 세상 사람들은 그녀가 쓴 글을 알고 있지만 또 다른 재능이 있다는 건 모르고 있다. 그녀는 그림에도 남다른 재능이 있다. 깜짝 놀랄 만한 일화를 소개하겠다. 그녀는 얼마 전에 일어난 사건, 즉 한 청년이 포도주의 증기를 맡고 살해된 사건을 스케치했다. 반라의 청년이 지하실로 내려가고, 지하실에는 포도주 통들이 괴물처럼 나뒹굴고, 술의 신 박카스의 남녀 사제들이 그를 향해 미친 듯이 춤을 추고, 마침내 불쌍한 남자를 꼼짝 못하게 한 다음 살해한다! 예전에 그녀가 토르발센에게 자기 그림들을 보여주었는데 그 발상에 토르발센도 깜짝 놀랐다고 한다.

외국에서 어떤 집을 찾아들어 갔는데 축제 때의 불꽃놀이처럼 갑자기 눈이 부시다거나, 조용하고 행복한 고향 풍경을 엿볼 수 있는 그런 집이라면 매우 기분이 좋아진다. 바이즈 교수의 집이 그런 경우다. 새로운 친구를 얼마나 많이 만들고 옛 친구들을 얼마나 많이 만났는지 얘기하지 않을 수 없다. 로마에서 사귀었던 코르넬리우스를 만났고, 뮌헨에서 사귀었던 셸링(1775~1854년. 독일의 철학자 - 옮긴이)을 만났고, 그리고 스스로를 덴마크 사람으로 생각하는 노르웨이 사람 스테펜스, 그리고 처음 독일에 왔을 때 만나고 그동안 한 번도 보지 못한 티크를 다시 만났다. 티크는 많이 변해 있었다. 하지만 부드럽고 지혜가 넘치는 눈빛은 예전 그대로였다. 손을 잡고 흔드는 것도 마찬가지였다. 그가 나를 사랑하고 그리워했다는 걸 느낄 수 있었다. 그는 포츠담에서 편안하게 잘 살고 있다고 했다. 그러고 보니 그를 만나러 포츠담에 가야 하는데 아직도 못 가고 있다. 저녁때 나는 티크의 동생인 조각가를 만났다.

티크로부터 프러시아 국왕 부처가 내게 깊은 관심을 가졌다는 말을 들었다. 그들은 〈어느 바이올리니스트〉를 읽고 티크에게 내가 누군지 물었다고 했다. 아쉽게도 내가 도착하기 전날 그들은 베를린을 떠났다.

스테틴을 경유해 폭풍우가 몰아치는 날씨 속에 코펜하겐으로 돌아왔다. 나는 생의 기쁨으로 충만했다. 다시 친구들을 만났고, 며칠 후 몰트케 백작이 있는 핀 섬으로 갔다. 이때 푀르 섬의 온천장에서 덴마크 국왕 부처와 함께 있던 란하우 백작으로부터 편지를 받았다. 자비롭게도 폐하가 나를 푀르 섬의 온천장으로 초대했다는 소식을 알리게 되어 말할 수 없이 기쁘다는 내용이었다. 이 섬이 북해의 슬레스비히 연안에서 그리 멀지 않은 곳에 있다는 건 다 잘 알 것이다. 슬레스비히 이웃에는 수많은 작은 섬들로 이루어진 할릭스가 있는데, 이곳은 비에르나츠키가 소설에서 매우 아름답게 묘사하기도 했다. 그래서 뜻밖에, 덴마크에서도 풍경이 특이하기로 소문난 곳을 구경하게 되었다.

국왕 부처가 나를 인정한다는 사실이 기뻤다. 게다가 다시 한 번 란하우 백작과 가까이 있을 수 있다는 사실이 더욱 기뻤다. 하지만, 아아, 그것이 마지막이었다니!

가난한 소년이 혈혈단신 코펜하겐에 간 지 정확하게 이십오 년 만이었다. 그 이십오 주년 기념식을 국왕 부처가 마련해준 셈이었다. 영혼을 바쳐 이들을 사랑한다는 걸 그때서야 비로소 깨달았다. 나를 둘러싼 모든 것, 자연과 사람들 모두가 내 영혼 속에서 거울처럼 뚜렷이 모습을 드러내었다. 지금의 나를 있게 한 모든 행복과 행운의 지난 이십오 년 세월을 보다 뚜렷한 모습으로 되돌아볼 수 있는 곳, 그곳은 바로 푀르 섬이었다. 현실이 상상 속의 가장 아름다운 꿈보다 더 황홀할 때가 있다. 그때가 그랬다.

핀 섬에서 플렌스부르크로 갔다. 이곳은 만 안에 위치한 항구로 숲과 언덕으로 그림 같은 정경이 펼쳐지다가 곧바로 황량한 황무지로 이어진다. 밝은 달빛 아래 황무지를 넘었다. 황무지를 가로지르는 여행은 단조롭고 지루했다. 하늘의 구름만이 빠르게 달려갈 뿐이었다. 깊이 빠지는 모래는 단조롭게 이어졌고, 히스(철쭉과에 속하는 관목 - 옮긴이) 덤불 사이에서 우는 새 울음소리조차도 단조로웠다. 히스만 끝없이 이어지던 황무지가 끝나자 습지가 나타났다. 오랫동안 계속된 비로 목장과 옥수수밭이 거대한 호수가 되어 있었다. 둑길은 습지처럼 변해버려 말의 다리가 푹푹 빠졌다. 잘못해서 마차가 둑 아래의 오두막으로 곤두박질치지 않도록 농부들이 나와 마차를 들어야 했던 곳이 한두 군데가 아니었다. 겨우 일 덴마크마일 나아가는 데 몇 시간씩이나 걸렸다.

고생 끝에 마침내 바다가 수많은 섬들과 함께 시야에 나타났다. 드디어 북해였다. 연안에는 거대한 둑이 만들어져 있었다. 큰 파도가 마을로 들이치는 걸 막기 위해 짚을 짜서 수 마일이나 벽을 만들어놓았다. 만조가 되길 기다렸다가 배를 타고 나갔다. 바람은 적당했고 한 시간도 되지 않아 푀르 섬에 도착했다. 워낙 힘든 여행길이라 그랬던지 그곳은 마치 동화에 나오는 섬 같았다.

푀르 섬에서 온천이 있는 가장 큰 도시인 비크는 마치 독일의 도시 같다. 집은 모두 단층이고 경사진 지붕에 거리를 향해 박공이 되어 있었다. 관광객들로 인해, 특히 국왕 부처가 머물면서 거리에 활기가 넘쳤다. 유명인사들이 집집마다 머물고 있었고, 깃발이 펄럭였으며 음악이 울려 퍼졌다. 마치 축제가 벌어지는 것 같았다. 내가 타고 간 배의 선원들이 호텔로 짐을 들고 갔다. 호텔은 선착장에서 그다지 멀지 않은 커다란 단층 목조 건물로 국왕 부처가 머무는 곳이기도 했다. 열린 창문으로 귀부인들이 내다보며 소리쳤다. 아우구스텐부르크의 공주와 그의 어머니, 그리고 공작 부인이었다.

"어서 오세요, 안데르센 선생님! 환영합니다!"

짐을 나르던 선원들이 모자를 벗고 고개를 숙였다. 그들에게 나는 오랫동안 알려지지 않은 손님이었다가 이제 중요한 인물로 대접받았다. 국왕의 시종이 만찬에 오라는 초대장을 가지고 왔다. 만찬은 이미 시작되었지만 내가 온다는 소식을 듣고 국왕 부처가 내 자리를 마련해놓고 기다렸던 것이다.

거기 머무는 동안 나는 국왕의 가족과 란하우 백작과 함께 아침 점심 저녁을 함께했다. 내겐 너무도 아름답고 시적인 나날들이었다. 내 인생에 다시는 이런 날들이 없을 것이다. 왕관과 붉은 망토밖에 보지 못할 자리에서, 물론 이것도 영광이지만, 왕관과 붉은 망토 안에 감춰진 따뜻한 인격을 가까이서 본다는 건 너무나도 기분 좋은 일이다. 사적인 생활 혹은 사적인 자리에서 당시 덴마크 국왕만큼 친근하고 자상한 사람은 그다지 많지 않을 것이다. 국왕 부처가 내 가슴에 기쁨과 밝은 햇살을 가득 채워준 것처럼, 꼭 그만큼, 신께서 그들에게 축복과 기쁨을 내려주시길 빈다! 거기 머무는 동안, 밤의 모임마다 내 작은 이야기를 큰 소리로 읽었다. 왕은 〈나이팅게일〉과 〈돼지치기 소년〉을 제일 좋아하는 듯했다. 그래서 이 이야기들은 여러 번 반복해서 읽었다. 어느 날인가는 즉흥시를 짓는 내 재주에 사람들이 놀라기도 했

1845년 T. W. 게르트너가 그린 안데르센의 모습.

다. 아우구스텐부르크의 젊은 왕자가 어떤 한 나라를 꼬집어, 시 형식을 빌려 농담을 했다. 그때 마침 내가 옆에 있다가 장난삼아 한마디 했다.

"너무 정확하게 하시면 시가 재미없습니다. 더 재미있게 하시려면, 이렇게 한번 해보십시오."

그리곤 내가 즉흥적으로 수정해주었다. 그러자 갑자기 왕자를 비롯한 모든 사람들이 폭소를 터뜨렸다. 그 소리는 옆방에서 카드놀이를 하던 왕의 귀에까지 들렸고, 왕이 무슨 일이냐고 물어 그 즉흥시를 다시 한번 읊었다. 그러자 갑자기 다들 즉흥시 짓는 분위기로 바뀌었고 나는 이 사람 저 사람 돌아다니며 도왔다.

"그러고 보니 즉흥시를 안 지은 사람은 저뿐인 것 같은데…."

왕과 카드놀이를 하던 에발드 장군이었다.

"안데르센 선생이 내 시 가운데서 가장 좋은 걸로 한 편 골라서 그걸로 즉흥시를 지어서 낭송해주시겠습니까?"

"선생님의 시야 폐하는 물론이고 덴마크에서 모르는 사람이 없죠."

이렇게 말하고 돌아섰다. 이때 왕비 캐롤린 아멜리아가 말했다.

"내가 좋아하고 감동을 받은 어떤 것… 기억나시죠?"

나는 적당한 걸 생각해서 낭송하고 싶었다.

"그럼요 폐하, 방금 다 지었습니다."

"기억하고 계셨군요, 그러실 줄 알았어요!"

사람들이 재촉했고, 나는 다음과 같은 시 한 절을 지었다. 이건 내 시집으로 묶여 발표되기도 했다.

기도

오 신이여, 우리의 바위여, 태풍 속에 살피소서
당신은 우리의 태양, 우리 인생은 그림자라오
폭풍우 치는 이 험한 세상, 폐하를 도우소서
덴마크의 희망은 폐하에게 달려 있다오
그의 손이 꽃으로 깃발을 장식하게 하소서
모든 명예와 사랑과 목적은 그를 위한 것이라오
심판의 날에도 이 위대한 땅을 잊지 마소서
언제나 백합처럼 순수한 덴마크라오

할릭스의 여러 섬들을 둘러보았다. 대륙 가까이 점점이 뿌려진 섬들을 보노라면, 땅이 가라앉았다는 학설이 틀리지 않은 것 같았다. 사나운 바다는 대륙의 땅을 섬으로 만들어버렸다. 그리고 또다시 일어나 사람과 집을 삼켜버렸다. 바다는 해마다 조금씩 뭍을 잠식한다. 이대로 가면 오십 년 뒤에는 모두 바다로 변해버릴지도 모른다. 할릭스는 이제 가축들이 풀을 뜯는, 검은 잔디로 덮인 몇 개의 작은 섬뿐이다. 바다가 솟아오르면 이 가축들은 집의 가장 높은 데로 대피한다. 그리고 파도는 해변에서 수 마일이나 안쪽으로 침범해 섬을 덮는다. 우리가 방문한 올란드에는 작은 마을이 있다. 추워서 떠는 사람들끼리 몸을 밀착해 온기를 유지하듯, 집들은 바짝 붙어 서로 연이어 있다. 집들은 모두 높은 대(臺) 위에 섰고, 선실처럼 창문이 작다. 그 작은 방에서 아내와 딸들은 외롭게 실을 자으며 고기잡이 나간 가장을 여섯 달 이상 기다린다. 하지만 이 고단하고 누추한 방에도 책이 있었다. 덴마크 어로 된 책은 물론이고 독일 책과 프랑스 책도 있었다. 사람들은 책을 읽고 일을 한다. 그리고 파도는 좌초한 선박 같은 이 작은 섬을 끝없이 넘본다. 밤이 되면 가끔 집에 켜둔 불빛을 항구의 불빛으로 오인한 배가 섬으로 돌진해 좌초하기도 한다.

1825년, 해일이 일어 사람과 집을 쓸어갔다. 가까스로 살아남은 사람은 역시 가까스로 서 있는 집 지붕에 올라가 알몸으로 여러 낮과 밤을 버티었다. 푀르나 본토 어디에서도 구조의 손길은 나타나지 않았다. 교회 마당은 반이나 쓸려나갔다. 밀물과 썰물이 반복되면서 파도에 밀려온 시체들이 연안 여기저기에 나뒹굴었다. 얼마나 참혹했을까. 하지만 할릭스 사람들은 자기 땅을 버리지 않았다. 육지로 떠났다가도 고향이 그리워 기어코 다시 돌아왔다.

우리가 갔을 때 섬에 남자라고는 단 한 사람뿐이었다. 병석에 누웠다가 얼마 전에 일어난 그를 빼고는 모두 먼 바다로 고기잡이를 나가고 없었다. 여자들만이 나와서 우리를 맞았다. 교회 앞에는 승리의 아치가 서 있었다. 하지만 얼마나 작은지 덩치 큰 어른은 아치를 통과할 수 없었다. 아치는 꽃 장식을 달고 있었다. 푀르 섬에서 가지고 온 꽃이라고 했다. 우리를 맞이하는 소박한 호의였다. 왕비는 자신이 습지를 건널 수 있도록 주민들이 섬에 있는 유일한 관목인 장미를 잘라 바닥에 깐 걸 보고 깊은 감명을 받았다. 소녀들은 예뻤고, 동양적인 옷을 입고 있었다. 이들의 조상은 그리스에서 왔다고 했다. 소녀들은 얼굴을 반 가렸고, 그리스 식 터키 모자를 썼으며 머리를 땋았다.

저녁은 돌아오는 길에 왕실 기선에서 먹었다. 다도해의 눈부신 석양 속을 항해하는 배의 갑판은 무도회장으로 바뀌었다. 늙은 사람 젊은 사람 할 것 없이 모두 춤을 추었다. 하인들은 다과와 술을 나르느라 정신이 없었다. 선원들은 외륜 덮개 위에 서서 수심을 쟀다. 이들의 목소리는 깊고 굵었다. 크고 둥근 달이 떠올랐다. 달빛 아래 멀리 바라보이는 암론 갑岬이 마치 눈을 인 알프스 산맥처럼 보였다.

나중에 모래 언덕의 암론 갑을 찾았다. 왕이 토끼사냥을 나간 것이었다. 여러 해 전에 배 한 척이 여기서 좌초했는데 그 배에 토끼 두 마리가 있었고, 이들이 살아남아 남긴 후손이 수천 마리가 넘는다고 했다. 간조 때 물이 빠지면 암론과 푀르 섬 사이가 완전히 드러나 사람들은 이 섬에서 저 섬으로 마차를 타고 다닐 수 있다. 하지만 물이 들어오는 시간을 잘 알아야지 잘못하다간 갑자기 들이닥치는 물로 낭패를 당할 수가 있다. 물이 들어오는 건 순식간이고, 금세 배들이 오갈 수 있을 정도로 깊어진다. 푀르 섬에서 암론까지 긴 마차 행렬이 이어졌다. 푸르른 수평선을 배경으로 한 흰 모래사장은 실제보다 두 배나 더 넓어 보였다. 종이처럼 평평한 해수면이 모래사장을 움켜쥐듯 잡았다. 마치 조금만 더 있으면 모래사장을 다시 삼켜버리리란 걸 알고 있는 듯했다. 옛날 베수비오 화산에서 보았던 화산재 무더기가 생각났다. 여기에서도 발을 옮겨놓을 때마다 마치 그때 화산재를 밟을 때처럼 모래 속으로 발이 푹푹 빠졌다. 흰 모래 언덕 사이로 태양빛이 불타는 듯 뜨겁게 내리쬐었다. 마치 아프리카 사막을 걷는 느낌이었다.

모래 언덕 사이에서 특이한 종류의 장미와 히스가 꽃을 피우고 있었다. 다른 곳에선 식물이라곤 찾아볼 수 없었다. 젖은 모래는 파도가 들이친 흔적이었다. 바다는 상형문자를 남겨놓고 물러났다. 북해의 가장 높은 곳에 서서 멀리 바라보았다. 물이 들어오고 있었다. 물은 일 마일쯤 앞까지 다가왔다. 배들은 죽은 물고기처럼 배를 드러내놓고 모래 위에 얹혀 물이 들어오기만을 기다리고 있었다. 모래 언덕에서 내려간 선원들 몇몇이 배를 향해 흰 모래 위를 점점이 걸어가는 모습이 마치 보리밭에 깜부깃병 걸린 보리 같았다. 바닷물이 물러나간 곳에 기다란 모래 둑이 드러나 있었다. 만조가 되어 물이 들어차면 수면 아래로 숨어버려 그곳에서 배가 여러 번 좌초했다고 누가 일러주었다. 높이 솟은 목조 탑이 있었다. 혹 있을지 모르는 좌초 사고에 대비해 물을 가득 채운 물통과 빵과 술 등 비상식량을 챙겨두는 곳이었다. 불쌍한 조난자는 파도가 넘실거리는 바다 한가운데서 비상식량에 의지해 구조해줄 사람이 나타날 때까지 며칠을 버틸 수 있을 것이다.

이런 풍경에 이은 왕실 식탁과 매력적인 왕실 악단의 연주, 그리고 온천장에서의 무도회. 그리고 달빛 아래의 산책은 마치 동화 속의 장면들 같았다. 너무도 대조적인 풍경이라 지금도 그 느낌이 생생하다.

9월 5일, 앞에서 언급했던 내 이십오 주년 기념식으로 왕실 만찬에 자리를 잡고 앉았을 때, 지나간 세월이 빠르게 스쳐 지나갔다. 터져 나오려는 눈물을 간신히 참았다. 그 순간 문득 신이 이 모든 걸 마련했음을 깨달았다. 그에 비하면 나는 얼마나 보잘것없는 존재인가. 모든 건 그의 뜻에서 비롯된 것이지 나의 것이 아니었다. 란하우 백작은 이날이 내게 어떤 의미가 있는지 잘 알았다. 만찬이 끝난 후 국왕 부처는 내가 행복하길 기원했다. 말로 다 할 수 없는 그 자비로움과 진심 어린 우정을 어떻게 표현해야 할지 모르겠다. 왕은 내가 처음 어떻게 세상에 발을 들여놓게 되었는지 물었다. 그래서 몇몇 상징적인 사건들을 들려주었다.

대화 도중에 왕이 내게 일 년 수입이 얼마나 되는지 물었다. 그래서 얼마라고 대답했다.

"많지는 않군."

"그럭저럭 만족합니다. 글을 열심히 쓰면 충분히 살 수 있습니다."

왕은 또 내가 처한 환경과 상황을 친절하게 물어보더니 마지막으로 이렇게 말했다.

"내 도움이 필요하다 싶으면, 언제든 망설이지 말고 찾아오시오."

저녁 연주회 중에 이 대화가 화제에 올랐고, 내 주변에 있던 사람들이 좋은 기회였는데 붙들지 않고 왜 그랬느냐며 나무랐다.

"폐하께서는 선생이 먼저 말을 꺼내길 기다리셨단 걸 아셔야지!"

하지만 난 그런 청을 내 입으로 할 수 없었고, 하고 싶지도 않았다.

"만일 폐하께서 내가 도움이 필요하단 걸 깨달으시면, 내가 아무 말 안 해도 도움을 주실 겁니다."

내 생각은 틀리지 않았다. 다음해 왕은 내 연금을 올려주었고, 이 연금과 글을 써서 버는 돈으로 궁하지 않게 그리고 걱정 없이 살 수 있었다. 그는 마음에서 우러나온 순수한 뜻으로 도움을 주었다. 그랬기에, 내 삶과 내 운명에 따뜻한 연민이 되어주었던 그의 도움은 두 배로 고맙고 유쾌했다. 국왕 크리스티안 8세는 마음이 따뜻한데다 통찰력이 있었으며, 과학 기술에 대해서도 마음이 열린 분이었다.

9월 5일은 나에게 축제일이나 마찬가지였다. 온천을 하러 온 독일 관광객조차 광천수가 든 잔을 들어 축하해주었다. 칭찬을 많이 하면 사람을 버린다고들 한다. 그러나 그렇지 않다. 오히려 그 반대다. 칭찬은 사람의 마음을 정화시킨다. 그래서 칭찬을 받은 사람은 자기가 즐기는 모든 걸 유지하고 싶은 소망과 충동으로 더 열심히 잘하는 법이다. 헤어지는 자리에서 왕비는 퇴르 섬에 함께 있었던 기념으로 반지를 하사했다. 왕은 다시 한번 따뜻한 마음을 열어보였다. 신이여, 이 고귀한 두 분에게 축복을 내려주소서!

아우구스텐부르크의 공작 부인도 큰딸과 작은딸을 데리고 퇴르 섬에 함께 있었는데, 나는 날마다 이들을 만나는 즐거움을 누렸다. 그리고 돌아가는 길에 꼭 아우구스텐부르크에 들르라는 당부를 여러 번 들었다. 이들을 만나려고 퇴르 섬을 출발해, 발트 해 연안에서 아름답기로 손꼽히는 섬 알스로 향했다. 그 작은 섬은 꽃이 활짝 핀 정원 같았다. 옥수수밭과 토끼풀이 지천으로 깔린 벌판을 개암나무와 들장미가 울타리처럼 둘러싸고 있었다. 농부들의 집 주위를 사과가 주렁주렁 달린 사과나무들이 에워싸고 있었다. 숲 아니면 언덕이었다. 드넓은 바다가 나타났다가 다시 폭이 좁은 레제르벨트가 나타났다. 바닷길이 아니라 마치 강 같았다. 아우구스텐부르크의 성은 어마어마했다. 꽃들이 만발한 정원이 뱀처럼 구불구불한 해안선까지 이어져 있었다. 공작의 성에서 융숭한 대접을 받았고, 이들의 모임에서 가정의 따뜻함을 맛보았다. 거기서 두 주일을 보내는 동안 백작 부인의 생일 파티에도 참석했다. 파티는 사흘 동안 이어졌는데, 온 성과 마을이 사람들로 시끌벅적했다. 생일 파티의 행사로 열린 경마도 구경했다.

제 나라에서 행복하게 사는 건 한가하게 아름다운 여름날 저녁을 보내는 느낌이다. 마음에 평화가 가득하고, 주변에 있는 모든 것들이 영광으로 빛난다. 이때 마음의 소리는 이렇게 말한다.

'여기, 참 좋구나…'

아우구스텐부르크에서 내가 느낀 감정이었다.

1844 - 1846. 7

　1844년 봄, 희곡 〈운명의 꽃〉을 탈고했다. 이 작품의 주제는, 사람을 행복하게 하는 건 예술가의 명성이나 왕관의 권위에 있지 않고, 작은 사랑에 만족할 줄 알고 또 그런 사랑을 베푸는 것에 있다는 것이다. 내가 묘사한 풍경은 따뜻한 햇살이 비치는 덴마크의 전형적인 목가적 삶이다. 한데 여기에 두 개의 검은 그림이 꿈에서 겹쳐진다. 하나는 덴마크의 시인 에발드에 관한 이야기고 또 하나는 덴마크 사람들이 늘 비극적인 인물로 노래하는 부리스 왕자에 관한 이야기다. 수많은 시인들이 아름답게만 그리는 중세 시대의 삶이 사실은 얼마나 어둡고 참혹했는지 드러내는 게 내 의도였다. 바꾸어 말하면, 우리가 지금 살고 있는 시대를 찬양하기 위한 것이었다.

　검열관으로 위촉된 하이베르그 교수는 이 작품을 왕립극장에서 공연할 수 없다고 했다. 그가 속한 파벌은 언제 한번 내 작품을 흔쾌하게 받아준 적이 없었다. 개인적인 악감정으로밖에 볼 수 없었다. 그랬기에 퇴짜를 당할 때의 고통은 훨씬 더 클 수밖에 없었다. 내가 존경하는 시인이자 어떻게든 늘 우정을 쌓으려고 노력해온 사람에게서 정당한 대우를 받지 못한다는 건 참을 수 없이 힘든 일이다. 무슨 수를 내야만 했다. 나는 하이베르그에게 편지를 써 이런 내 마음을 솔직하게 말하고, 무슨 까닭으로 내게 악감정을 품고 있는지, 그리고 내 작품에 퇴짜를 놓는 이유가 무엇인지 분명히 해명해달라고 했다. 그는 곧바로 나를 방문했다. 그런데 마침 내가 집에 없어서 만나지 못하고, 다음날 내가 그를 찾아갔다. 그는 친절하게 맞아주었다. 우리가 만나서 대화를 나누는 것은 이례적인 일이었지만, 대화를 통해 상황이 좀 나아지리라 기대했기 때문에 나는 감정을 떠나 진지하게 임했다.

그는 내 작품에 대한 견해와 퇴짜를 놓은 이유를 명쾌하게 설명했다. 그의 입장에서 보면 그의 견해가 전적으로 옳았다. 하지만 그의 견해일 뿐이었다. 우리 사이의 이견은 좁혀지지 않았다. 그는 개인적인 악감정은 전혀 없다고 잘라 말했다. 오히려 나의 재능을 인정한다고 했다. 〈정보제공자〉의 지면을 통해 나를 집요하게 공격했던 경우를 예로 들어 따졌다.

"방금 얘기했듯이 당신은 이 작품을 한 줄도 읽지 않았다면서요!"

"예, 맞습니다. 아직 안 읽었지만, 읽을 생각입니다."

"그때 이후로 당신은 나와 〈어느 시인의 시장〉을 당신의 시 〈덴마크〉를 통해서 조롱하고, 내가 다르다넬스 해협을 아름답다고 노래했다며 유아적인 환상주의라 비난했습니다. 하지만 나는 다르다넬스 해협을 아름답게 묘사하지 않았습니다. 내가 아름답다고 한 건 보스포러스 해협이었지요. 그걸 모르시는 것 같은데… 혹시 〈어느 시인의 시장〉도 안 읽으신 거 아닌지요?"

"보스포러스 해협이었나요?"

그는 특유의 미소를 지었다.

"아, 그걸 깜박 잊었군요. 사람들은 그런 걸 기억하지 않습니다. 아시잖아요, 이때의 유일한 목적은 당신에게 칼을 꽂는 것이었거든요."

그 고백은 너무도 자연스러워 나도 모르게 웃고 말았다. 그의 명석한 눈을 들여다보았다. 그 눈을 통해서 얼마나 많은 아름다운 글을 썼던가. 나는 화를 낼 수가 없었다. 대화는 점점 생기를 띠며 자유롭게 이어졌다. 그는 친절한 것들을 애기했다. 예를 들어, 내 '작은 이야기들'을 높이 평가했고, 이후에도 부담 없이 자기를 방문하라고 했다. 대화하는 시간이 길어지면서 그의 시적 기질을 더 많이 알게 되었다. 어쩌면 그 역시 나를 보다 많이 이해했으리라 믿었다. 우리 두 사람은 무척 달랐다. 하지만 동일한 목표를 추구하지 않는가…. 헤어지기 전에 그는 자기 실험실을 보여주었다. 그곳은 당시 그를 사로잡고 있던 또 하나의 세상이었다. 그는 시와 철학을 위해 사는 듯 보였는데 여기에 하나가 추가되었다. 그에게 별로 어울리지 않아 보였지만, 천문학이 그것이었다. 수많은 보상과 행복을 경험한 최근에 와서 돌이켜보면, 과거에 나 역시 하이베르그란 천재 시인을 정당하게 평가하지 못했던 게 아닐까 하는 생각도 든다.

시간이 흐른 뒤, 〈운명의 꽃〉은 무대에 올랐고 공연 철에 일곱 차례나 공연되었지만, 극장장의 판단과 결정에 따라 뒤로 밀렸다. 나는 종종 나 자신에게 묻곤 했다. 내가 작품을 낼 때마다 호된 비판을 받는 게 내 작품만이 가지고 있는 특이한 약점 때문일까, 아니면 단지 이 작품들을 쓴 사람이 안데르센이라는 것 때문일까? 이 의문을 해결할 수 있는 길은 하나뿐이었다. 내가 쓴 작품을 익명으로 발표하고 이 작품의 운명을 지켜보는 것, 그것뿐이었다. 하지만 내가 비밀을 지킬 수 있을까? 주변의 친한 친구들은 모두 아니라고 답했다. 하지만 그들의 생각은 오히려 내 비밀 작전에 도움이 되었다. 니쇠에 잠시 가 있으면서 〈왕의 꿈〉을 써서 이 작전을 결행했다. 내가 저자라는 사실을 아는 사람은 나와 콜린 두 사람뿐이었다. 〈정보제공자〉 지면을 통해 나를 신랄하게 비난했던 하이베르그가 〈왕의 꿈〉을 무척 좋게 평가한다는 소문이 들려왔다. 그리고 내가 잘못 안 게 아니라면, 하이베르그가 직접 그 작품을 무대에 올렸다고 했다. 그는 또 〈정보제공자〉에 이 작품을 매우 관대하고 따뜻하게 평하는 비평을 실었다. 그리고 또 하나, 그는 이 비평을 쓴 시기가 내가 〈왕과 꿈〉을 썼을지도 모른다는 생각을 한 이후라고 했지만 믿을 수가 없었다.

나는 또 하나의 실험작을 냈고, 일은 점점 더 재미있게 흘러갔다. 당시 나는 〈운명의 꽃〉을 어떻게 하면 무대에 올릴 수 있을까 고심하면서 〈신新 분만실〉을 써서 역시 익명으로 발표했다. (홀베르크의 희극 가운데 〈분만실〉이란 작품이 있다. 덴마크의 여성이 아기를 낳으면 곧 산모의 친구들이 몰려와서 축하를 해주는 풍습이 있는데, 이 작품은 이 풍습을 소재로 삼고 있다 - 지은이) 이 작품은 더없이 훌륭하게 성공했다. 하이베르그 부인도 이 작품에서 크리스티나 역을 멋지게 연기했고, 비평가들도 칭찬을 아끼지 않았다. 이 비밀을 아는 사람은 콜린과 나, 그리고 초고 낭독을 들었던 H. C. 외르스테드뿐이었다. 외르스테드는 이 작품에 쏟아지는 찬사를 지켜보며 무척 좋아했다. 세 사람 외에는 그 누구도 그 작품의 작가가 나라는 사실을 알지 못했다. 초연이 끝난 다음날, 명석한 젊은 비평가 한 명이 내 방으로 찾아와, 〈신 분만실〉 공연을 보았는데 희극 소품인데도 그렇게 재미있을 수가 없다고 열을 올렸다. 나는 당황해서 잘못하다간 내가 먼저 비밀을 누설해버릴까 두려웠다. 그래서 선수를 쳤다.

"난 누가 썼는지 안다네."

"그 사람이 누구죠?"

"자네잖아! 자기가 써놓고선 좋다고 입에 침이 마르게 칭찬하는 거 다 알고 있네! 그 작품을 그렇게 열렬하게 칭찬하는 사람은 자네 말고는 본 적이 없네. 어때, 들켰지?"

그는 깜짝 놀라 얼굴이 벌게지더니 가슴에 손을 얹고 절대 자기는 아니라고 맹세했다.

"알아, 다 안다구!"

그렇게 말하고는 먼저 실례한다고 하고 나와버렸다. 그 친구의 얼굴을 더 바라보고 있다간 터져 나오는 웃음을 참지 못할 것 같아서였다.

어느 날, 〈운명의 꽃〉 공연 문제를 의논하기 위해 극장 감독인 아들러를 찾아갔다.

"시적 운율이 좋은 작품이긴 하지만 공연에서 살릴 수 있어야 하는데 그게 힘들 것 같습니다. 선생이 〈신 분만실〉 같은 작품을 쓸 수만 있다면 참 좋을 텐데…. 얼마나 좋습니까? 하지만 선생의 글쓰기와는 전혀 다르니까 뭐…. 선생은 서정적이다 보니 유머가 없을 수밖에 없죠."

"그러게 말입니다, 저도 안타깝습니다."

그렇게 대꾸한 뒤 〈신 분만실〉에 대해 최고의 찬사를 아끼지 않았다. 이 소품은 일 년 이상 공연되는 대성공을 거두었고, 그 누구도 저자의 이름을 알아내지 못했다. 사람들은 호스트루프가 아닐까 추측했다. 호스트루프로서는 나쁠 게 없었다. 한두 사람이 나를 지목하기도 했지만, 믿는 사람은 없었다. 나를 지목했던 사람들의 생각을 바꾸어놓은 말을 나는 잘 알고 있다. 단 한마디면 충분했다.

"만일 그 작품을 안데르센이 썼다면, 이렇게 크게 성공했는데 자기가 썼다고 안 나설 리가 있나요? 그럴 위인이 아닙니다."

나는 침묵을 지켰다. 이 작품이 더 이상 대중의 관심을 끌지 않을 때까지 기다렸다. 내가 〈신 분만실〉의 저자란 사실을 밝힌 건 작년(1845년 - 옮긴이)이다. 희곡집을 출간하면서 〈왕의 꿈〉은 물론이고 〈신 분만실〉을 함께 수록했던 것이다. 〈O. T.〉에 등장하는 여러 인물이나 〈어느 바이올리니스트〉에 등장하는 페테르 비에크 같은 인물에 조금만 관심을 가졌어도 〈신 분만실〉을 쓴 사람이 나라는 걸 금방 알아차릴 수 있었을 것이다. 내가 쓴 다른 여러 작품 속에서 사람들이 유머를 발견하리라 생각했지만 그렇지 않았다. 오직 〈신 분만실〉에서만 그랬을 뿐이다.

〈신 분만실〉의 성공을 바라보며 가장 좋아했던 사람은 H. C. 외르스테드다. 맨 처음 내 글에서 유머를 발견한 사람이 바로 그였고, 내게 자신감을 심어준 사람도 그였다. 1839년 처음으로, 각기 따로 발표된 시들을 모아 시 모음집을 낼 때 책 전체를 일관하는 하나의 중심 주제를 찾으려 했지만 딱히 마음에 드는 걸 찾을 수 없었다. 그래서 이렇게 했다.

잊혀진 시는 새롭다. ─장 파울*

* 1763~1825년. 독일의 소설가. 1904년에 출판된 그의 〈미학 입문〉은 독일 낭만주의 해명에 있어서 귀중한 문헌이다.

그후 박학다식하다는 사람들이 내가 인용했던 문구를 똑같이 인용하는 걸 보는 것도 심심찮은 재미였다.

한때 비평가들에게 너무도 신랄한 공격을 받아 고통 속에 헤매며 모든 걸 포기해버릴까 하는 생각을 한 적도 있었다. 하지만 그때, 슬픔과 절망에서 허우적거리던 나를 건져올린 건 유머였다. 나는 내 약점을 명확하게 보았다. 또한 학식을 자랑하며 알아듣지도 못하는 얘기를 빠르게 지껄여대는 무미건조한 비평 속에서 터무니없는 엉터리 역시 명확하게 보았다.

바로 그 순간 나 자신이 비평가가 되어 작가 안데르센에 대한 비평문을 썼다. 매우 예리한 글이었고, 공부를 열심히 하라는 것과 현재의 안데르센이 있게끔 교육시켜준 모든 사람들에게 감사하라는 말로 끝을 맺었다. 나는 그 원고를 가지고 H. C. 외르스테드를 찾아갔다. 한 무리의 사람들이 모여 저녁을 먹으려던 중이었다. 그들에게 나를 원색적으로 비난하는 비평문을 베껴왔다고 말하고 큰 소리로 읽었다. 내가 왜 그런 비평을 베껴서 들고 다니는지 의아해하면서, 그들 역시 내가 읽은 비평에 욕을 퍼부었다. 듣고 있던 H. C. 외르스테드가 입을 열었다.

"다들 맞는 말입니다. 안데르센에게 너무 가혹하고 지나칩니다. 하지만 이 글에는 뭔가 받아들여야 할 핵심이 있다고 생각합니다. 안데르센도 인정해야 할 통찰력이 번뜩이는 것 같은데…."

말끝에 그는 나를 바라보았다.

"그럼요, 왜냐하면 제가 썼으니까요."

사람들은 깜짝 놀랐고, 이어서 웃으며 박수를 쳤다. 어쨌든, 그 자리에 모인 사람들 대부분이 나도 그런 글을 쓸 수 있다는 사실에 놀란 건 분명했다.

"유머 작가가 탄생하셨군!"

외르스테드가 한 말이다. 내게 그런 재능이 있다는 사실을 나도 그때 처음 알았다.

사람들은 나이를 먹어가며 세상 속에서 이리저리 흔들리지만 어떤 한 장소를 자기 집으로 생각하고 그곳에 있으면 가장 편안해진다. 새장에 갇힌 새도 횃대 위에 즐겨 앉는 자리가 있다. 내게는 내 친구 콜린의 집이 그랬고, 지금도 그렇다. 난 마치 그의 자식처럼, 그의 자식들과 함께, 그의 그늘 아래에서 성장했다. 나는 그의 가족 가운데 하나가 되었다. 그와 나 사이의 관계는 죽음이 아니면 갈라놓을 수 없을 것이다. 나는 그의 아들이었다.

남편과 아이들을 위해 자신의 모든 걸 기꺼이 희생한 주부 가운데 가장 고결한 사람을 내가 아는 사람 가운데 한 명 꼽으라면 주저 없이 콜린의 아내를 꼽을 것이다. 그녀는 내게도 모성의 따뜻한 정을 아낌없이 쏟았고, 내가 슬플 때 마음 아파했고 내가 기쁠 땐 함께 좋아했다. 황혼으로 접어들면서 그녀는 귀가 먹기 시작했고 시력도 극도로 나빠져 거의 장님이나 마찬가지였다. 다행히 수술을 해서 시력은 되찾을 수 있었다. 편지를 읽을 수 있어 얼마나 좋은지 모르겠다며 그녀는 환하게 웃었다. 그러면서 어서 빨리 봄이 와 연초록빛 풀며 나뭇잎을 보고 싶다고 했다. 다행히 그 소망은 이루어졌다.

어느 일요일 밤, 그녀와 함께 있다가 즐겁고 유쾌한 기분으로 헤어져 집으로 돌아왔다. 한데 밤중에 문을 두드리는 소리에 잠에서 깼다. 하인이 콜린의 편지를 가지고 왔다.

아내가 위독하네. 다들 모여 있네.

그게 무슨 뜻인지 알았다. 서둘러 달려갔다. 그녀는 고통 없이 조용히 잠들어 있었다. 그냥 자고 있을 뿐이었다. 하지만 죽음이 부드럽게 다가오고 있었다. 사흘 뒤, 그녀는 영원히 잠들었다. 그녀의 얼굴은 점점 창백해져갔고, 마침내 죽음이 찾아왔다!

아무리 불러도 감은 눈을 뜨지 않는 건
그대 영혼의 축복을 하나님께 기도함이니
어린아이처럼 깊고 평온한 잠에 빠져드는
죽음이여! 그대는 어둠이 아니라 빛이리니.

이 세상과의 작별이 그토록 고통 없이 찾아오고, 또한 그토록 축복 받을 수 있으리라곤 상상도 하지 못했다. 임종을 지킨 건 난생 처음이었다. 신과 영원에 대해 새로이 경이로움을 느꼈다. 내 생애에 굵은 획이 그어지는 듯한 느낌이었다. 어머니의 자식들이 모였고, 손자들이 모였다. 우리를 감싸고 있는 모든 것이 성스러웠다. 그녀의 영혼은 사랑이었고, 그녀는 사랑으로 그리고 신의 품으로 갔다!

유틀란트 중앙에 있는 스칸데르보르그는 덴마크에서도 가장 아름다운 지역에 있다. 너도밤나무 숲이 우거진 언덕들과 이 언덕 사이로 길게 밀고 들어온 넓은 호수···. 시내에서 벗어난 곳, 옛 성의 폐허 위에 세워진 교회 가까이에 토르발센이 제작한 프리데릭 6세의 기념비가 서 있다. 7월의 마지막 날, 스칸데르보르그에서 이 기념비 제막식이 있었다. 나도 제막식 행사에 초대를 받아 갔는데, 마치 여름 소풍 같았다. 나는 부탁을 받아 행사에 쓰일 칸타타를 썼고, 하르트만이 곡을 붙여 대학생들이 노래를 불렀다.

제막식 축제에서 가장 아름다웠던 순간은 행사가 끝난 뒤 밤이었다. 주변을 빙 둘러 밝혀진 횃불들의 불빛이 호수의 수면에 비쳐 일렁거렸다. 숲 속에서도 수천 개 불빛이 반짝였고, 커다란 천막 아래에서는 춤곡이 울려 퍼졌다. 숲 사이 우뚝 솟은 언덕위 가장 높은 곳에 여기저기 커다란 화톳불을 붙였다. 그 불빛은 밤하늘에 박힌 붉은 별 같았고, 넓게 펼쳐진 호수와 땅 위로는 아름다운 여름밤의 향기가 퍼져나갔다. 기념비와 교회 사이를 지나가는 사람들의 그림자가 교회의 붉은 벽 위에서 거대한 형상으로 미끄러졌다. 마치 영혼이 있어 축제에 함께 참가해 즐거워하는 것 같았다.

왕실 기선이 학생들을 고향에 데려다주기로 예정돼 있었고, 나도 이들과 동행할 계획이었다. 한데 우리가 떠나기 전 오르후스의 시민들이 성대한 행사를 준비했다고 했다. 우리는 긴 마차행렬을 이루어 시내로 향했다. 하지만 시민들의 준비가 미처 끝나지 않아 우아한 환송식을 받기 위해서는 다소 시간이 필요했다. 뜨거운 태양 아래 긴 행렬을 이룬 채로 한참을 기다렸다. 마침내 시내로 들어가자 우리를 기다리고 있는 건 '인간시장'이었다. 시민들이 학생을 한 명씩 선택해서 오르후스를 떠날 때까지 대접할 것이라고 했다. 나도 학생들 틈에 끼었다. 시민들이 차례로 학생들에게 다가와 이름을 묻고 데려갔다. 내 앞에서도 시민이 이름을 물었다. 그래서 한스 크리스티안 안데르센이라고 하면, 재차 물었다.

"시인 안데르센 말씀이십니까?"

"그렇습니다."

"아, 예!"

그리곤 다시 한번 고개를 숙이고 가버렸다. 다른 시민들도 마찬가지였다. 결국 나를 데려가는 사람은 아무도 없었다. 시인을 원하는 시민이 없었거나, 아니면 자기보다 더 나은 사람이 나를 데려가길 원했을 것이다. 어쨌거나 나는 노예시장에서 아무도 사려 하지 않는 노예 같은 신세가 되어 혼자 멀뚱하게 서 있다가 결국 호텔을 잡아야 했다.

우리는 노래를 부르고 웃고 떠들며 카테가트 해협을 지나 고향으로 향했다. 덴마크 해변은 너도밤나무 숲으로 산뜻한 초록색이었다. 음악가와 시인에게 더할 나위 없이 좋은 여행이었다.

다시 문학 세상이라는 집으로 돌아왔다. 이해에 내 소설 〈즉흥시인〉이 유명한 여류 작가 메리 호위트의 번역으로 영국에서 출간되어 영국 독자들로부터 커다란 호응을 받았다. 〈O. T.〉와 〈어느 바이올리니스트〉 역시 번역되어 그와 같은 호응을 받았다. 그 후에 이탈리아 번역본과 러시아 번역본이 잇달아 출간되었다. 감히 꿈도 꾸지 못했던 일들이 일어난 것이다. 내 작품들은 행운의 별이 되어 전 세계로 퍼져나갔다. 기분 좋은 일이었다. 하지만 동시에, 한 사람의 생각이 그렇게나 멀리, 또 그렇게나 많은 사람들에게 퍼진다는 게 끔찍한 일이기도 했다. 어떤 생각을 그렇게나 많은 사람이 동시에 공유한다는 건 무서운 일이 아닐 수 없다. 선하고 고귀한 것이라면 얼마나 좋은가. 그건 축복이다. 하지만 그 사람의 실수로, 선하고 고귀한 줄로만 알았던 악하고 천한 것이 그렇게 멀리 많은 사람들에게 퍼진다면, 어떻게 책임질 것인가! 신이여, 당신께 설명할 수 없는 건 단 한 줄도 쓰지 않게 해주옵소서! 친구들이 내 작품을 외국으로 내보낼 때마다 나는 기쁨과 불안이 뒤섞인 혼란스런 감정에 떨었다.

여행은 마법의 물약처럼 마음을 정화하고 육체에 원기와 젊음을 불어넣는다. 다시 여행을 떠나고 싶은 충동이 일었다. 비평가들이 〈어느 시인의 시장〉을 비난하면서 상상했듯 작품 소재를 찾기 위해서가 아니다. 작품 소재로 따지자면, 나의 내면에 보석 같은 소재들이 수도 없이 많다. 하지만 이 보석들을 제대로 다듬기에는 인생이 너무 짧다. 이 보석들을 정력적으로 그리고 조금이라도 더 다듬어 종이에 옮겨놓기 위해서는, 정신을 신선하게 재충전할 필요가 있다. 내게 있어서 여행은 정신을 정화하는 것이나 다름없다. 여행에서 돌아오면 나는 늘 더 젊어졌고 더 강해졌다.

지독하게 절약하고 글을 많이 쓴 덕분에 다시 여행을 할 수 있는 여유가 생겼다.

이탈리아를 세 번째로 여행하며 거기서 여름을 보내고 싶었다. 따뜻한 계절의 남쪽 나라를 경험한 뒤 스페인과 프랑스를 거쳐서 돌아올 계획이었다. 예전에는 여행을 떠나기 전에 하나님에게 이렇게 물었다.

'하나님, 이번 여행에는 저에게 무슨 일이 일어나도록 허락하실 예정입니까?'

하지만 이번에는 달랐다.

'하나님, 제가 여행하는 동안 덴마크에 있는 제 친구들에게 무슨 일을 계획하십니까?'

정말 걱정이 되었다. 일 년이면 숱하게 많은 장의 마차가 내 친구들 집에서 머물 수 있는 기간이었다. '갑자기 한기를 느끼면 죽음이 내 무덤을 지나간다'는 옛말이 있다. 친구들에게 그런 일이 닥칠까 봐 진심으로 걱정이 되었다.

글로루프에 있는 몰트케 백작의 집에서 며칠을 보냈다. 가까운 지방 소도시에서 순회 공연단이 내 작품을 공연했지만 보지 않았다. 가을은 시적으로 아름답다. 나뭇잎이 떨어지고 햇살이 푸른 잔디 위에 반짝이고 새들이 지저귀는 걸 보면 마치 따뜻한 어느 봄날의 하루 같다. 나이 든 사람은 확실히 봄을 꿈꾸는 경향이 있는 것 같다.

오덴세에서는 단 하루만 머물렀다. 독일의 도시보다 오덴세가 더 낯설었다. 아이 적에 나는 혼자 놀았던 편이어서 오덴세에는 친구가 없다. 알고 지내던 집안사람들도 거의 대부분 죽고 없다. 새로운 세대에 속한 사람들이 거리를 오가고, 거리 또한 옛날과 많이 달랐다. 부모님의 무덤도 새로 생긴 무덤에 묻혀버렸다. 모든 게 변했다. 어릴 때 혼자 자주 찾곤 했던 마리안 언덕에 가보았다. 그 언덕에 앉아 얼마나 많은 상상을 했던가, 옛 생각이 더 했지만, 그 언덕의 주인이었던 인쇄업자 이베르센 집안사람들은 다들 어디 갔는지 사라지고, 낯선 얼굴이 창문 밖으로 고개를 내 밀었다.

슬라겔세의 문법학교 시절 여름방학을 맞아 오덴세에 왔을 때 내 곁에 얌전히 앉아 눈빛을 반짝이며 내가 쓴 최초의 시를 들어 주던 소녀들 가운데 하나였던 헨리에테 한크가, 시끄러운 코펜 하겐에서 옛날보다 더 조용하게 앉아 자신의 첫 작품 두 편을 세 상에 내놓았다. 소설 〈안나 숙모〉와 〈작가의 딸〉이 그것이었다. 둘 다 독일어로 출간되었는데, 독일인 출판업자가 내 소개 글이 도움이 되리라 생각했는지 원고를 부탁해왔고 나도 도움이 되길 기대하며 기꺼이 응했었다. 오덴세 운하 옆 그 아이가 살던 집을 찾아가보았다. 모든 게 낯설었다. 나는 이방인이었다. 그리고 다 음해 여행에서 돌아오면서 다시 들렀을 때 1846년 7월 그녀가 죽었다는 소식을 들었다. 그녀는 부모에게 다정한 딸이었고, 시 적 감수성이 깊고 풍부했다. 그녀의 죽음으로 어린 시절의 일부 가 내게서 분리되어 사라지는 것 같았다. 악마 같기도 하고 천사 같기도 했던 어린 시절은 영영 다시 돌아올 수 없는 곳으로 사라 지고 있었다.

아우구스텐부르크의 공작 집안은 그라벤스텐 성에서 거주했 는데, 내가 도착한 걸 알고는 예전보다 훨씬 더 친절하고 따뜻하 게 맞아주었다. 여기서 두 주일 동안 머물렀다. 이때 받은 환대 는 독일에서 받을 환대의 전주곡에 지나지 않았다. 이곳의 주변 풍경은 그야말로 그림 같다. 넓게 펼쳐진 숲, 정경이 끊임없이 변하는 고지대의 경작지, 만薄의 구불구불한 해안선, 그리고 수많은 호수들…. 가을날 호수 위를 둥둥 떠다니는 안개는 섬에만 살던 사람에겐 잊을 수 없는 풍경이 될 것이다. 바깥에서 보면 아름답고 안에서 보면 경이로운 풍경이다. 여기서는 모든 게 섬보다 규모가 크다. 여기서 작은 이야기 한 편을 새로 썼다. 〈성냥팔이 소녀〉였고, 이번 여행에서 쓴 유일한 작품이었다. 그라벤스텐과 아우구스텐부르크에 자주 들러달라는 우정 어린 초대에 감사하며, 아름답고 행복한 나날을 보냈던 곳을 뒤로하고 다시 길을 떠났다.

이제 더 이상 히스만 자란 황무지에 발이 푹푹 빠져가면서 달팽이처럼 느리게 걸어갈 필요가 없다. 기차를 타면 불과 몇 시간만에 알토나와 함부르크까지 갈 수 있게 되었다. 이곳에서 나와 내 작품을 좋아하는 친구들은 꾸준하게 늘어났다. 많은 시간을 오랜 친구들과 함께 보냈다. 홀크 백작, 주재 공사인 빌레, 그리고 내 〈놀라운 이야기들〉을 뛰어난 솜씨로 번역해준 자이제가 그들이었다. 천재성이 번뜩이는 오토 슈펙터는 번역본에 들어갈 대담하고 활달한 삽화로 나를 놀라게 했다. 그는 대가족을 꾸리고 있다. 인정받은 아버지와 재능 있는 여동생들, 이들은 모두 그를 진심으로 사랑하는 사람들이다. 어느 날이었다. 오페라를 보러 갈 참이었는데, 오페라가 시작되기 채 이십 분도 남지 않은 시간이었다. 슈펙터는 나를 데리고 어느 우아한 집 앞에 섰다.

"이 집을 먼저 들렀다 가야 합니다. 내 친구들 집이기도 하고, 선생의 이야기 작품을 좋아하는 선생 친구들의 집이기도 합니다. 아이들이 무척 좋아할 겁니다."

"하지만 오페라는…?"

"이 분이면 됩니다."

그렇게 말하곤 나를 데리고 집 안으로 들어가, 내가 누군지 얘기했다. 그러자 한 무리의 아이들이 우르르 내게로 달려왔다.

"이야기 하나만 해주세요, 네?"

"하나만요!"

하는 수 없이 이야기 하나를 들려주었다. 그리고 서둘러 극장으로 달려갔다.

"전혀 예상치 못했던 특별한 방문이었습니다."

"그렇죠?"

그는 무척 좋아했다.

"생각해보세요. 아이들은 안데르센과 안데르센이 지은 이야기에 푹 빠져 있는데, 갑자기 안데르센이 불쑥 나타나서 자기들에게 동화를 들려주고는 다시 사라져버린다, 이 얼마나 놀라운 일입니까? 아이들에겐 이것 자체가 동화나 마찬가지죠. 아마 평생토록 소중한 추억이 될 겁니다."

나도 기분이 무척 좋았다.

올덴부르크에 내 집처럼 편안한 작은 방이 기다리고 있었다. 외국 친구들 가운데서도 나를 가장 염려해주고 자상하게 보살펴주는 호프라스 폰 아이젠데켈스와 그의 부인이 마련해준 공간이었다. 이들에게 두 주일 동안 머물겠다고 약속했지만 약속보다 훨씬 더 오래 머물렀다. 그의 집엔 도시의 명사들과 최고 지성인들이 모였고, 나는 그게 좋았다. 작은 도시였지만 사회적 교류가 활발했다. 오페라와 발레를 공연하는 극장은 독일에서도 빠지지 않는 수준이었다. 독일 고전 작품 가운데 하나인 〈현자 나단〉(이스라엘의 다윗·솔로몬 왕 시대의 선지자 - 옮긴이)을 볼 수 있게 해준 극장 감독 갈에게 특별히 고마움을 표하고 싶다. 이 작품에서 카이저가 주연을 맡았는데, 그는 자기 역을 충분히 연구해 비극적인 주인공의 운명을 뛰어나게 연기했다.

시인 모젠은 알렉상드르 뒤마와 어쩐지 좀 닮았다. 번뜩이는 갈색 눈을 가졌으며 아프리카 사람 같은 외모였다. 그는 비록 육체적 고통에 시달렸지만 삶과 영혼이 활기에 넘쳤다. 우리는 만나자마자 금방 서로를 이해했다. 또한 그의 아들이 나를 감동시켰다. 〈놀라운 이야기들〉을 읽어줄 때 아이는 진지하게 귀를 기울여 들었다. 그리고 거기 머물던 마지막 날 아이의 어머니가 내게 말하길, 아이가 작별의 악수를 하고 싶어한다고 말했다. 아이는 얼마나 오랜 세월이 지나야 다시 만날 수 있느냐며 울음을 터뜨렸다. 저녁때 극장에서 만난 모젠이 내게 말했다.

"우리집 꼬마 에릭이 장난감 양철 병정을 두 개 가지고 있는데, 하나를 선생에게 선물로 드리겠답니다. 여행하시는 동안 기념으로 간직하십시오."

아이의 부탁대로 장난감 터키 병정을 늘 간직하고 다녔다.

모젠은 〈오스트리아의 요한〉이라는 시집의 헌정사 가운데 나와 관련된 부분을 이렇게 썼다.

오래전에 작은 새 한 마리가 날아왔네
북해의 황량한 해변에서 날아왔네
유쾌하게 노래 부르며 내게로 날아왔네

대지를 가르는 행진곡을 부르며 날아왔네
잘 가시오, 하지만 언젠가 다시 날아오리니
그대 인정 많은 노래를 부르며 날아오리니.

여기서 나폴리와 나폴리 사람들을 그토록 매력적으로 묘사했던 시인 마이어도 만났다. 그는 내 작은 이야기들을 무척 재미있게 읽었던지 독일 사람들을 위해 작은 논문을 쓰기도 했던 사람이다. 카펠마이스터 포트와 덴마크 사람인 예른도르프는 초기에 만난 친구들이었고, 나는 날마다 새로운 사람을 만났다. 거의 모든 집과 모임이 내게 문을 열어주었기 때문이다. 대공조차 내가 도착한 다음날 연주회가 열리는 궁으로 초대했고, 나중에는 영광스럽게도 만찬에까지 초대했다. 외국 땅에서 전혀 기대하지 않았던 융숭한 대접을 받았다. 아이젠데켈스의 집과 볼리외의 아버지의 집에서는 내 작은 이야기들을 독일어로 읽는 걸 여러 번 보았다.

덴마크 어로는 나도 낭독을 아주 잘할 수 있다. 감정을 어디에서 어떻게 실어야 할지 알기 때문에 감정 표현도 완벽하게 할 수 있다. 덴마크 어에는 다른 나라 말로 번역할 때 놓칠 수밖에 없는 강력함 힘이 있다. 덴마크 어는 특히 구어체 동화 같은 글에 딱 맞다. 한데 독일어로 읽거나 혹은 읽는 걸 들을 때는 어쩐지 낯선 느낌이 든다. 덴마크의 영혼을 독일어로 담는다는 게 내겐 무척 어렵다. 내 독일어 발음은 분명하지 않다. 몇몇 단어를 발음할 때는 특별히 신경을 쓰고 의식적으로 노력을 해야 하는 수준이다. 하지만 독일 어디를 가도 사람들은 내가 큰 소리로 읽는 걸 좋아했다. 이런 종류의 글을 읽을 때는 서툰 발음이 큰 허물이 되지 않는다는 걸 알고 있었다. 왜냐하면 어린이들에겐 이국적인 동화의 세상과 잘 어울리기 때문에 오히려 자연스럽게 들린다. 여러 모임에서 최고의 명사와 지성인들이 작은 이야기들의 낭독을 원했다. 나는 기꺼이 응했다. 올덴부르크의 대공도 나에게 부탁을 해와 그의 궁에서 큰 소리로 읽었다.

곧 겨울이 왔다. 물 아래 잠겨 커다란 호수로 변했던 목초지가 두꺼운 얼음으로 덮였다. 그 위로 얼음을 지치는 사람들의 즐거운 목소리가 울려 퍼지는 걸 바라보며 올덴부르크의 친구들과 함께 있었다. 낮과 밤이 빠르게 지나갔다. 크리스마스가 다가왔다. 베를린에서 크리스마스를 보내고 싶었다. 세상이 바뀌어 증기 기차를 타면 하노버에서 베를린까지 한 시간이면 충분했다. 어린이에서 노인까지 내가 사랑하고 나를 사랑하는 사람들과 헤어져야 했다. 하지만 이들은 늘 가까이 있었다, 내 가슴속에.

대공과 헤어질 때 기념으로 삼자며 그가 소중한 반지를 선물해서 깜짝 놀랐다. 그렇게 큰 호의를 베풀 줄은 생각도 못한 일이었다. 소중한 친구들이 있는 이곳의 모든 추억과 함께 이 선물을 평생 소중하게 간직할 것이다.

지난번 베를린에 있을 때 〈즉흥시인〉의 저자로서, 이탈리아를 가본 사람들만이 참석할 수 있는 이탈리아 클럽에 초대받은 적이 있다. 여기서 라우흐를 처음 만났는데, 은발에다 강한 인상이 어딘지 모르게 토르발센과 닮은 듯했다. 아무도 나를 소개해주지 않았고 나도 감히 나설 수가 없어서 그의 작업실 주변을 낯선 사람처럼 서성였다. 하지만 나중에 코펜하겐의 프러시아 대사 집에서 그와 인사를 나누었던 터라 서둘러 그의 집으로 달려갔다.

그는 나를 와락 끌어안으며 내 작은 이야기들을 매우 좋아한다고 말했다. 라우흐 같은 천재가 해주는 칭찬을 들으면 마음속 어둠이 흔적도 없이 사라지곤 했다. 라우흐에게서 받은 환영은 베를린에서 맨 처음 받은 극진한 환영이었다. 그는 프러시아의 수도에 나를 좋아하는 사람이 무척 많다고 일러주었다. 이들 가운데는 왕실 사람들도 있었고 예술 및 과학 방면에서 가장 뛰어난 사람들도 있었다. 알렉산더 폰 훔볼트(1769~1859년. 독일의 지리학자이자 자연과학자 – 옮긴이)와 라드츠빌 왕자가 그런 사람들이다.

지난번 베를린에 들렀을 때 그림 형제(형은 야코프, 동생은 빌헬름으로 독일의 언어학자이자 문헌학자. 우리가 익히 알고 있는 〈그림 동화〉로 세계적인 명성을 얻었다 – 옮긴이)를 방문한 적이 있지만 그때는 이들과 그다지 친분을 쌓지 못했다. 그때는 소개장을 가지고 가지 않았는데, 사람들이 말하길, 베를린에서 나를 알아주는 사람들이 있다면 아마 그 가운데서도 그림 형제가 가장 앞줄에 설 것이라 했기 때문이다. 솔직히 내 생각도 그랬다. 그래서 그림 형제가 사는 곳을 물어물어 찾아갔다. 하녀가 두 사람 가운데 누구를 만나고 싶으냐고 물었다. 한 사람을 만나야 한다면, 글을 많이 쓰는 사람을 만나겠다고 했다. 왜냐하면 그때 동화에 누가 더 많은 관심을 가지고 있는지 몰랐기 때문이다.

"야코프가 더 유명하지요."

하녀가 말했다.

"그럼 야코프에게 데려다주시오."

그의 방에 들어서자, 빈틈없이 강한 인상을 풍기는 야코프 그림이 서 있었다.

"선생님께서 제 이름을 알고 계실 것 같아서 소개장도 없이 그냥 찾아온 무례를 범했습니다."

"누구시지요?"

내 이름을 말하자 야코프 그림은 조금 당황하는 듯했다.

"미안합니다만 그런 이름을 들어본 기억이 없어서…. 무슨 책을 썼지요?"

그도 당황했지만, 당황한 걸로 치면 내가 더했다. 내가 쓴 작은 이야기들의 제목을 하나하나 일러주었다.

"모르겠군요…. 그것 말고 다른 것들도 말씀해주시죠, 한번은 들어본 게 있을 테니까요."

내가 쓴 시와 희곡과 소설을 여러 편 댔지만 그때마다 그는 고개를 저었다. 비참한 느낌이 들었다.

"저를 모르시다니요. 제가 쓴 모든 작품을 다 말씀드렸는데도 저를 모르시는군요. 덴마크에서 전 세계의 설화를 모아 동화로 꾸민 책이 출판되었는데, 이 책은 선생님께 헌정되었습니다. 그리고 그 속에 제가 쓴 것도 들어 있는데…. 저를 모르시겠습니까?"

"네, 모르겠습니다."

말은 부드러웠지만 이제 그도 나만큼이나 당황했다.

"미안하게도 그 작품들을 하나도 못 읽었지만 선생을 알게 되어 기쁩니다. 내 동생 빌헬름을 소개해드릴까요?"

"괜찮습니다."

그냥 돌아가겠다고 했다. 그림 형제 가운데 한 명과는 엉망이

돼버렸다. 그와 악수를 나누고 서둘러 밖으로 나왔다.

같은 달에 야코프 그림이 내가 있는 코펜하겐으로 왔다. 그는 도착하자마자 여행한 차림 그대로 친절하게도 나를 찾아왔다. 하지만 공교롭게도 하필 그때 나는 시골로 여행을 떠나려고 짐을 꾸려 막 집을 나서려던 참이었다. 불과 몇 분밖에 시간을 낼 수가 없었다. 결국 내가 베를린에서 그를 찾았던 때와 비슷하게 아주 짧은 만남으로 끝나버리고 말았다.

하지만 이제 우리는 베를린에서 오랜 친구 사이로 다시 만났다. 야코프 그림은, 누구든 그와 한번이라도 얘기를 나누면 그를 사랑할 수밖에 없게 만드는 흡인력을 가진 사람이었다.

어느 날 비스마르크-볼렌 백작 부인의 집에서 내 작은 이야기들을 읽고 있을 때, 모임에 참석한 사람들 가운데 특히 한 사람이 우정 어린 눈으로 귀를 기울이고, 주제에 관해 감각적이고 특이한 의견을 내놓았다. 그 사람이 바로 야코프 그림의 동생 빌헬름 그림이었다.

"지난번에 왔을 때 나를 찾았으면 더 좋았을 걸 그랬습니다."

나는 이 재능 있고 자상한 두 사람을 거의 날마다 만났다. 내가 초대받은 모임에는 이들도 거의 빠지지 않았다. 그들이 내가 쓴 작은 이야기에 귀를 기울이는 건 내가 바라던 큰 소망이자 기쁨이었다. 이 두 사람의 이름은 독일인들이 〈어린이와 가정의 동화집〉(우리에게 〈그림 동화〉로 알려진 그림 형제의 민화집 - 옮긴이)을 읽는 한 결코 잊혀지지 않을 것이다.

베를린에 처음 갔을 때 야코프 그림이 나를 몰라봤기에 난 적잖이 당황했다. 그래서 사람들이 베를린에서 어땠느냐고 물을

안데르센과 교유했던 아동문학계의 최고봉 빌헬름 · 야코프 그림 형제.

때면, 숱하게 많은 사람들이 나를 극진하게 대접하고 내 작품을 칭찬했음에도 불구하고, 난 고개를 저었다.

"그림 형제가 날 모르던걸요, 뭘…."

티크가 아파서 아무도 만나지 못한다는 소식을 들었다. 그래서 편지만 보냈는데 얼마 후 라우흐의 생일 파티가 열리던 어떤 친구의 집에서 티크의 동생인 조각가 티크를 만났다. 그가 하는 말이, 그의 형이 만찬에 나를 초대하고 두 시간이나 기다렸지만 오지 않더란 것이었다. 티크에게 곧바로 달려갔다. 알고 보니, 그가 보낸 초대장이 엉뚱한 곳으로 배달된 모양이었다. 다시 초대를 받았고, 그 자리에서 역사학자인 라우머와 스테펜스의 미망인 그리고 그 딸들과 함께 유쾌한 시간을 보냈다. 티크의 목소리에는 음악이 있고, 지성이 넘치는 그의 눈에는 정신적인 숭고함이 넘쳐흘렀다. 그의 아름다운 목소리와 예리한 지성은 해가 지나도 퇴색하지 않았다. 오히려 반대였다. 우리 시대의 가장 아름다운 작품 〈요정들〉 하나만으로도 그의 이름은 불멸의 시인으로 남을 것이다. 나는 그를 존경하고 그 앞에서 머리를 숙이지 않을 수 없다. 그는 오래전 내가 회의에 빠져 허우적거릴 때 나를 꼭 끌어안고 자기와 같은 길을 함께 걸어갈 수 있게 용기와 힘을 불어넣어준 최초의 독일인이자 선배 시인이기 때문이다.

옛 친구들을 모두 방문했다. 하지만 나를 초대하는 모임은 계속 이어졌고, 날마다 새로 사귀는 친구들이 늘어났다. 체력이 약했으면 아마도 그 많은 호의를 다 받아들이지 못했을 것이다. 베를린에서는 삼주일 정도 머물렀는데, 그들의 친절에 압도되는 느낌이었다. 휴식을 취하려면 기차를 타고 그곳을 벗어나는 것 말고는 다른 방법이 없었다.

　나를 향한 관심과 열정으로 끝없이 이어지던 파티와 모임 속에서 딱 하룻밤 아무 약속도 없던 때가 있었다. 크리스마스 이브였다. 그날 나는 갑자기 찾아든 고독감에 짓눌렸다. 내 작은 이야기는 크리스마스 트리와 함께 아이들을 기쁘게 했고, 어른들 역시 기꺼이 아이가 되어 내 작은 이야기를 찾았다. 이들과 함께하며 그 모습을 바라보는 게 나의 기쁨이었다. 그런데 정작 나는 불러주는 사람 하나 없이 외로운 밤을 보내야 했다. 나중에야 알게 된 사실이지만, 나를 반기고 좋아하던 사람들 모두 내가 누군가의 초대를 받아 즐거운 시간을 보내고 있으리라 생각한 나머지 초대할 생각을 못 했다는 것이었다. 나는 여인숙에 홀로 앉아 고향을 생각했다. 창문을 열고 밤하늘의 별들을 바라보았다. 그날 밤, 내겐 그 별들이 크리스마스 트리였다. 나는 아이처럼 손을 모아 기도했다.

　"하늘에 계신 아버지여, 저에겐 무슨 선물을 주실 겁니까?"

　내가 크리스마스 이브를 외롭게 보냈다는 걸 안 친구들이 다음날 수많은 크리스마스 트리에 불을 밝혔다. 그해의 마지막 날에는 나를 위해 나무 한 그루를 심었고, 그 나무에 불을 밝히고 아름다운 선물들을 가지에 달아주었다. 이 눈물겨운 친절을 베푼 사람은 예니 린드였다. 이날 함께한 사람은 예니 린드와 그녀의 시중을 드는 사람 그리고 나, 이렇게 셋이었다. 북쪽 나라에서 온 우리 세 어린이는 그해의 마지막 밤을 함께 보내며 새해를 맞았고, 나를 위해 크리스마스 트리에 다시 한번 불을 밝혔다. 그녀는 내가 베를린에서 환영받는 걸 보며 누이처럼 기뻐했다.

그리고 나는 그토록 순수하고 우아한 여성과 함께 있다는 사실이 너무도 기쁘고 자랑스러웠다. 어느 곳에서건, 가수로서 또 여성으로서 예니 린드를 칭송하지 않는 데가 없었다. 예니 린드는 모든 사람의 동경과 열정의 대상이었다.

아름다운 것을 함께 이해하고, 함께 사랑한다는 것을 확인하는 건 무척 기분 좋은 일이다. 사람들이 예니 린드를 얼마나 좋아했는지 베를린에 머물던 당시 내게 있었던 일화 하나를 소개하면 잘 알 수 있을 것이다.

어느 날 아침 무심코 창밖을 보는데, 남루한 차림의 남자가 나무 뒤에서 반쯤 몸을 가리고 서서 주머니에서 빗을 꺼내 머리를 빗고 넥타이를 단정하게 한 다음 손바닥으로 코트를 툭툭 터는 것이 보였다. 남루한 자기 처지를 부끄러워하는 게 분명했다. 곧 방문을 두드리는 소리가 들렸고, 그 남자가 들어왔다. 그는 W. 아무개로 자연을 노래하는 시인이었는데, 지금은 단지 가난한 재단사일 뿐이지만 시심詩心을 가지고 있는 사람임에는 틀림없다. 베를린에 있던 렐스타프와 다른 사람들이 그를 높이 평가할 정도였다. 그의 시에는 건강함과 신성함이 있다. 내가 베를린에 와 있다는 얘기를 듣고 나를 만나고 싶어 찾아온 것이었다. 우리는 소파에 앉아 대화를 나누었다. 그는 때 묻지 않은 착한 성품을 가지고 있었지만, 안타깝게도 난 그를 위해 뭔가 해줄 수 있을 만큼 넉넉하지 않았다. 내가 줄 수 있는 돈이 너무 적어서 부끄러웠다. 하지만 그의 마음을 다치지 않도록 내가 할 수 있는 한 최선을 다해 정중하게 내놓았다. 그리고 예니 린드를 불러서 노래를 듣지 않겠냐고 물었다. 그는 웃으면서 대답했다.

"이미 들어보았습니다. 솔직히, 노르마를 연기하는 예니 린드를 보고 싶었지만 표를 살 돈이 없어서 단역 배우를 지휘하는 사람을 찾아가 단역으로 써달라고 했습니다. 다행히 채용이 되었고, 긴 칼을 찬 로마 병사의 복장으로 무대 위에 올랐습니다. 예니 린드가 노래하는 걸 그 누구보다 가까이서 보았죠. 그녀 바로 곁에 서 있었거든요. 그녀가 연기하는 걸 보고 노래하는 걸 듣자 나도 모르게 울고 말았습니다. 근데 연출자가 무대에서는 아무도 울지 못하게 했거든요. 결국 된통 혼이 났고, 다시는 얼씬거리지도 말라는 소릴 듣고 쫓겨났습니다."

예니 린드는 나를 비르히-파이퍼에게 소개했다.

"나에게 독일어를 가르쳐주신 분인데, 내겐 어머니나 마찬가지세요. 그분을 꼭 만나셔야 해요!"

기꺼이 그러겠다고 했다. 우리는 지붕 없는 마차를 타고 거리를 달렸다. 그 유명하고도 고결한 예니 린드가 지붕 없는 마차를 타다니! 만일 누가 코펜하겐에서, 예니 린드가 지붕 없는 마차를 타고 가는 걸 봤다면 이렇게 말할 것이다.

"세상에 어떻게 이런 일이 있나? 지킬 건 지켜야지!"

사람들의 생각이 이토록 다를 수가 있다. 언젠가 니쇠에서 내가 승합마차를 타고 갈 생각이라고 하자 토르발센이 자기도 나와 함께 그걸 타고 가겠다고 했다. 그러자 사람들이 소리쳤다.

"선생님께서 승합마차를 타시다니, 말도 안 됩니다, 그러실 순 없습니다!"

"안데르센도 나랑 같이 타고 가잖나."

토르발센은 아무렇지도 않은 듯 말했다.

"저하곤 전혀 다른 얘기지요."

토르발센이 승합마차를 탄다면 스캔들이 될 것이다. 예니 린드가 지붕 없는 마차를 타는 것도 마찬가지다. 하지만 그녀는 거리마다 볼 수 있는 지붕 없는 마차를 타고 비르히-파이퍼 부인댁까지 갔다.

이 부인이 배우로서 가진 능력에 대해 들어서 익히 알고 있었다. 비평가들이 이 재능 있는 배우를 얼마나 혹독하게 평했는지도 알고 있었다. 첫 만남에서 그녀가 내게 보낸 미소 속에서 그 씁쓸함을 엿볼 수 있었다. 인사를 나눈 후 내게 한 말에서도 그걸 느낄 수 있었다.

"미안하게도 아직 선생의 책은 읽지 못했습니다만, 비평가들이 좋은 평을 많이 하더군요. 허나 난 그렇지 못하답니다."

"이분은 제게 오빠나 마찬가지예요."

예니 린드가 그렇게 말하고 두 손으로 내 손을 감싸쥐었다. 비르히-파이퍼 부인은 그제야 나를 따뜻하게 받아들였다. 그녀는 활기와 유머 그 자체였다. 다음번에 부인을 방문했을 때 그녀는 〈즉흥시인〉을 읽고 있었다. 그걸 보고, 또 한 명의 여성 친구가 늘었구나, 하는 생각이 들었다.

연극 이외의 예술 장르를 섭렵하는 데는 거의 시간을 투자하지 않았다. 하지만 박식하고 친절한 박물관장 올퍼스 덕분에, 박물관에 전시된 그림과 조각품 등을 아주 짧은 시간에 훑어보면서도 많은 교양을 쌓을 수가 있었다. 그는 중요하거나 흥미로운 작품 앞에서는 설명을 길게 해주었다. 그의 설명은 내 머릿속에서 빛이 되었다. 이런 점에서 그에게 많은 빛을 졌다.

행복하게도 프러시아 공주를 여러 번 방문했다. 공주가 사는 성의 날개 부분은 너무도 편안해서 마치 동화 속에 나오는 성 같았다. 온실의 식물은 활짝 꽃을 피웠고, 조각상의 발치에 샘이 솟아오르고 주변에는 이끼가 끼어 있었다. 어느 날 오전, 공주에게 내 작은 이야기 여러 편을 읽어주었다. 공주의 남편인 퓌클러-무스카우 왕자도 함께 듣고 있었다. 작별을 할 때, 영광스럽게도 공주는 두툼한 앨범을 선물로 주며, 궁의 그림이 그려진 아래쪽에 서명을 했다. 그 우정 어린 태도에 감동하지 않을 수 없었다. 나는 이 선물을 내 영혼의 보물로 간직할 것이다.

베를린에 도착한 며칠 뒤, 왕실 식탁에 초대받는 영광을 안았다. 다른 누구보다도 훔볼트와 친하기도 했고 그 역시 내게 깊은 관심을 가지고 있었기에 훔볼트 옆에 자리를 잡았다. 그의 고고한 지성과 사교적이며 정중한 태도, 그리고 베를린에 머무는 동안 내게 보여준 무한한 친절과 배려로 인해 그에게 빠졌고, 그는 내가 가장 존경하는 친구 가운데 한 사람이 되었다.

국왕은 나를 자비롭게 맞아주었고, 코펜하겐을 방문해서 내 안부를 물었더니 여행을 떠나고 없더란 얘기를 들었다고 했다. 국왕은 〈어느 바이올리니스트〉에 깊은 관심을 보였다. 왕비 역시 내게 자비롭고 따뜻한 마음을 보였다. 그후 포츠담에 있는 왕궁에서 만찬을 함께하는 행복한 영광을 누렸다. 결코 잊지 못할 아름다운 추억의 밤이었다. 수많은 신사 숙녀들이 국왕을 알현하려고 기다렸지만, 그 가운데서 국왕의 초대를 받은 사람은 훔볼트와 나 둘뿐이었다. 자리 배정 역시 놀랍게, 국왕 부처와 함께하는 테이블이었다. 내가 앉은 자리는 바로 옛날 욀렌슐레게르가 앉아서 〈디나〉를 읽던 자리라고 왕비가 일러주었다. 나는 〈전나무〉와 〈미운 오리 새끼〉, 그리고 〈돼지치기 소년〉 등의 작은 이야기를 읽었다. 국왕은 깊은 관심을 보이며 들었다. 그리고 덴마크의 자연 경관이 무척이나 아름답다는 얘기와, 홀베르크의 희극 공연을 보았는데 썩 훌륭하더란 얘기를 했다.

궁정 생활에서 우아한 즐거움을 맛보았다. 나를 바라보는 부드러운 눈빛은 한결같이 나를 편안하게 하려고 애를 썼다. 밤에 혼자 누워서 저녁때 있었던 일들을 생각하느라 한숨도 잘 수가 없었다. 모든 게 꿈만 같고 동화 같았다. 밤새 시계탑의 종소리를 들었다. 차가운 공기를 타고 퍼져나가는 음악 소리를 타고 동화 속의 세상을 날아가는 내 생각은 끝없이 이어졌다.

프러시아 국왕은 또 하나의 은혜를 베풀었다. 베를린을 떠나기 전날 밤 붉은 독수리 훈장을 하사한 것이다. 영예로운 칭호에 기쁨을 감출 수가 없었음을 솔직하게 고백한다. 국왕이 나를 얼마나 아끼고 사랑하는지 보여주는 증거였다. 이 영예의 표시를 받은 날은 공교롭게도 내 영원한 후원자 콜린의 생일인 1월 6일이었다. 이제 이날은 내게 두 배로 기쁜 날이 되었다. 나에게 기쁨을 주신 국왕 폐하에게 언제나 영광과 즐거움이 가득하기를!

베를린에서 보낸 마지막 밤에 함께한 모임은 구성원 대부분이 젊은이들이었다. 그들은 나를 위해 건배를 외쳤고, 시 〈동화의 왕〉을 낭송했다. 밤늦게 숙소로 돌아왔고, 아침 일찍 기차를 탔다. 바이마르에서 다시 예니 린드를 만났다.

베를린에서 내가 받은 호의와 친절의 증거를 여기 일부분 적었다. 하지만 수많은 사람들에게서 분에 넘치게 많은 기부금을 한꺼번에 받은 느낌이다. 그래서 어떤 식으로든 설명을 해야 할 것 같다. 위에서 언급하지 않은 사람들 가운데 특별히 테오도르 뮈게와 가이벨 등 수많은 사람들이 호의로 베풀어준 기부금을 받은 지금, 신이 내게 준 힘을 발휘해 내가 당연히 해야 할 일을 해나갈 것이다.

하루 낮과 밤 동안 가서 다시 바이마르를 보았다. 그리고 대공의 융숭한 접대를 받았다. 이 젊은 왕자의 마음은 선의로 가득하다. 내가 머무는 동안 대공의 가족이 보여준 무한한 친절과 따뜻한 마음씀씀이를 어떻게 글로 다 표현할 수 있을까? 잘 아는 가정의 소모임에서뿐만 아니라 궁정의 파티에 이르기까지 분에 넘칠 만큼 많은 존경의 표시를 받았다. 볼리외는 형제와 같은 따뜻한 정으로 돌봐주었다. 마치 한 달 동안의 안식일 축제와 같았다. 그와 함께한 시간들을 결코 잊을 수 없을 것이다.

옛 친구들도 변함없었다. 숄과 쇼버도 옛 친구가 되었다. 젊은 시절 장 파울의 친한 친구이자 지성이 넘치고 덕망 있는 폰 슈빈들러 부인은 어머니처럼 맞아주었다. 그녀는 나를 보니 장 파울이 생각난다고 했고, 내가 전혀 알지 못했던 장 파울의 일화를 들려주었다.

장 파울 혹은 그의 본명인 프리드리히 리처는 어릴 때 얼마나 가난했던지 작품을 쓸 종이를 사기 위해 돈을 마련하려고 농부들에게 신문을 필사해서 팔았다고 했다. 시인 글라임이 처음으로 그를 알아보고 재능 있는 젊은이를 만났다며 그녀에게 편지를 썼고, 그녀는 장 파울을 집으로 초대해 오백 탈러(독일의 옛 삼마르크 은화 - 옮긴이)를 주었다고 했다. 슈빈들러 부인은 영광의 시기 내내 바이마르에서 살았다. 그녀는 저녁마다 빌란트, 헤르더 그리고 뮤제우스와 함께 궁정을 출입했는데, 이들뿐만 아니라 괴테 및 실러와도 교유를 나누었다고 했다. 부인은 장 파울의 편지 가운데 하나를 직접 보여주기도 했다.

예니 린드가 바이마르에 왔다. 그녀의 노래를 궁정 연주회에서도 들었고 극장에서도 들었다. 폰 뮬러의 안내로 그녀와 함께 괴테와 실러가 묻힌 곳을 찾았다. 그곳에서 처음 만난 오스트리아의 시인 롤레트는 이곳을 소재로 감미로운 시를 썼다. 이 시를 읽을 때마다 나는 그때의 추억에 잠기곤 한다. 사람들이 두 대가의 무덤에 꽃을 바치듯, 나는 이 시를 바친다.

장미꽃이 피었다 무덤가에
그대의 향기로운 숨결이 유혹하누나
왕자와 두 시인이 영원히 잠든 곳
그대 죽음의 저택을 화관花冠으로 장식하누나

관마다 옆에 함께한 그대여
죽음처럼 창백하게 입을 다문 방
황홀한 슬픔에 젖은 나이팅게일
달콤하게 꿈을 꾸는 그대를 본다

적막 속에 느끼나니
가슴을 스치고 지나가는 기쁨이여
우울한 시인의 관이 어느새
시인의 극장이 되는 마술이여

그대 장미의 여름 향기 떠도누나
창백한 죽음의 방을 휘감고 돌아
부드러운 우울함에 젖어
슬픔에 입을 다문 나이팅게일

1846년 1월 29일, 바이마르에서

내가, 그때 우연히 바이마르에 머물고 있던 아우어바흐를 처음 만난 건 프로리프의 집 저녁 모임에서였다. 그의 〈마을 이야기들〉을 무척 재미있게 읽었기 때문에 특별히 관심이 끌렸다. 나는 이 〈마을 이야기들〉을 젊은 독일 문학이 내놓은 가장 시적이며 가장 건강하고 유쾌한 작품이라고 생각한다. 아우어바흐 역시 그의 시만큼이나 멋진 인상을 풍겼다. 그의 외모와 언행을 보면 어딘지 모르게 솔직하고 직선적이며 민첩하다. 그의 작품만큼이나 몸과 마음이 건강하고, 눈빛은 맑고 정직하다. 우리는 금방 친구가 되었다. 앞으로도 그럴 수 있으면 좋겠다.

바이마르를 뒤로하고 떠나기는 너무도 힘들었다. 결국 계획보다 더 오래 머물렀다. 바로 이때가 대공의 생일이었고, 나를 초대한 모든 파티에 다 참석한 후 바이마르를 떠났다. 부활절은 무슨 일이 있어도 로마에서 맞을 생각이었다. 아침 일찍 대공을 찾아가, 진심에서 우러나오는 이별의 슬픔과 충정을 모아 작별을 고했다. 대공의 타고난 고결한 성품은 결코 잊지 못할 것이다. 하지만 이 말만은 분명히 할 수 있을 것 같다. 나를 가장 잘 이해해주는 친구 가운데 한 사람으로 그를 사랑한다고. 신이여, 그에게 기쁨과 축복을 내려주소서!

볼리외가 제나까지 동행했다. 출판업자 프롬만의 집이 따뜻하게 맞을 준비를 하고 기다렸다. 프롬만은 집에 없었고, 그의 누이가 친절하게 맞았다. 그의 집은 괴테의 아름다운 추억으로 가득했다. 제나에서 교수로 있는 홀슈타인 사람 미헬젠은 어느 날 저녁 많은 사람들을 모임에 불러서 내게 경의를 표하며, 덴마크 문학에서 넘쳐흐르는 건강한 자연 정신을 들어 덴마크 문학이 얼마나 소중한지 얘기했다.

마이켈센의 집에서 하제 교수와 인사를 나누었다. 그는 내 작은 이야기들을 듣고는 특별한 관심과 친절을 보였다. 그는 이때의 느낌을 앨범에 다음과 같이 적었다.

셸링은 지금 베를린에 살고 있지 않습니다. 하지만 그는 전 세계 사람들의 마음속에 불멸의 영웅으로 살아 있습니다. 셸링이 이렇게 말한 적이 있습니다. "자연은 눈에 보이는 정신이다." 이 정신, 이 보이지 않는 자연을 지난밤 당신의 이야기들을 통해 나는 눈으로 보았습니다. 만일 당신이 자연의 신비로움을 깊이 꿰뚫는다면, 새가 지저귀는 소리를 알아듣고 전나무나 데이지가 무얼 느끼는지 이해한다면, 그리하여 그들이 거기에 존재하는 이유를 나나 우리 아이들이 이해하고 그들과 함께 기쁨과 슬픔을 나눈다면, 이 모든 건 바로 심상心象이라 할 수 있겠지요. 이 속에서 우리의 마음은 무한한 즐거움으로 뛸 것입니다. 신께서 당신에게 빌려준 시인의 마음과 시인의 샘물이 이 아름다운 것들을 신선하게 뿜어내기를 빌겠습니다. 그리고 이 아름다운 이야기들이 독일인들의 추억을 담아 세상의 전설이 되길 빌겠습니다!

내 작은 이야기들의 여러 독일어 번역판들을 정리해 통합 번역판이 나온 것은 이 하제 교수와 재능 있는 즉흥시인이자 교수인 볼프 덕분이다.

라이프치히에 도착해서 이 모든 것들을 정리했다. 여행자의 삶에서 몇 시간을 떼어 사업하는 데 썼다. 출판의 도시가 내게 선물을 한 아름 안겼다. 판권과 관련된 돈이었다. 다시 브록하우스를 만났고, 천재성이 거룩하게 빛나는 멘델스존과 행복한 시간을 보냈다. 그가 연주하는 걸 듣고 또 들었다. 영혼으로 가득한 그의 눈은 마치 내 존재의 깊은 곳을 꿰뚫어보는 것 같았다. 내면의 불꽃이 멘델스존보다 강렬한 사람은 드물 것이다. 잘 갖추어진 그의 집은 격의 없이 상냥한 그의 아내와 아름다운 아이들로 축복과 즐거움이 가득했다. 멘델스존은 툭하면 나를 황새라고 놀렸는데, 이 위대한 예술가에게는 어린아이 같은 귀여운 구석이 있었다.

덴마크 작곡가 가데도 만났는데 그의 작품은 독일에서 좋은 평가를 받고 있었다. 내가 쓴 새 오페라 대본을 그에게 주었다. 독일 무대에 그걸 올리고 싶었다. 가데는 이전에 내 희곡 〈아그네테와 인어〉에 곡을 썼는데 대단히 성공적이었다. 라이프치히에서 다시 만난 아우어바흐는 내게 여러 모임들을 소개했다. 작곡가 칼리보다와 퀴네도 만났다. 퀴네의 귀여운 아들에겐 마음을 빼앗겨버렸다.

드레스덴에 도착하자마자 내겐 어머니 같은 데켄 남작 부인에게 달려갔다. 부인은 기쁘게 웃으며 맞아주었다. 달도 진심으로 반가워했다. 또 로마에서 사귄 언어와 색채의 시인 라이네크를 다시 만났고 마음씨 좋은 벤데만도 만났다. 그랄 교수는 내 초상화를 그렸다. 하지만 옛 친구 가운데서도 시인 브루노가 그리웠다. 지난번에 우리가 그의 방에서 대화를 나눌 때 사랑스런 꽃이 활짝 피어 있었다. 그 꽃들을 이제 그의 무덤에서 보았다. 우리는 모두 인생이라는 여행을 함께 한다. 여행중에 만나고, 서로 이해하고 사랑하며, 그리고 두 사람의 여행이 모두 끝날 때 헤어진다.

유례가 없을 정도로 친절을 베푼 왕실 사람들과 매우 흥미 있는 저녁을 함께했다. 공주 가운데 가장 어린 막내가, 내가 〈전나무〉를 쓴 사람이란 얘기를 듣고는 자신 있게 말했다.

"우리도 지난 크리스마스 때 전나무가 있었어요, 이 방에 서 있었다구요!"

나중에 공주는 잠자러 가기 전 부모인 국왕 폐하 부처에게 인사를 하고 돌아서서 가다가 반쯤 닫힌 문틈으로 얼굴을 내밀었다. 그러고는 친한 친구에게 하듯 고개를 끄덕여 보이고, 내가 자기의 동화 속 왕자라고 말했다.

국왕 부처와의 화제는 내가 쓴 〈덴마크 사람 홀거〉에서 북쪽 여러 나라들이 가지고 있는 수많은 전설로 옮겨갔다. 나는 덴마크의 멋진 풍경과 특이한 정신세계를 설명했다. 대화를 나누는 동안 무거운 격식 따위는 조금도 느낄 수 없었다. 내가 본 건 부드러운 눈빛들뿐이었다. 드레스덴에서의 마지막 밤은 폰 쾨너리츠 장관의 집에서 보냈다. 여기서도 우정 어린 대접을 받았다.

햇살이 따뜻했다. 드디어 봄이었다. 내 주변도 봄이었고 내 마음도 봄이었다.

프라하에는 아는 사람이 없었다. 하지만 드레스덴의 카루스 박사가 써준 소개장이 틴 백작 저택의 문을 열고 환대를 이끌어 내었다. 스테판 대공도 자비롭게 맞아주었다. 그에게서는 지성과 열정이 가득한 청년의 모습을 보았다. 흐라드친과 발렌슈타인의 왕궁을 방문했다. 하지만 이 화려한 왕궁을 차지한 건 유태인들이었다! 끔찍했다. 여자들과 노인들, 아이들이 빽빽하게 들어차 웃고 울고 떠들고 고함을 질러댔다. 발을 내디뎌 앞으로 나갈수록 거리는 좁아졌다. 예루살렘의 성전을 모방한 고대의 유태 교회가 집들 사이에서 옴짝달싹 못하는 형상으로 서 있었다. 교회의 벽은 세월의 흐름을 말해주듯 흙이 여러 층으로 더께가 져 있었다. 안으로 들어가려면 계단으로 내려가야 했다. 천장과 창과 벽은 모두 연기로 그을려 있었다. 양파 냄새를 비롯한 온갖 역겨운 냄새가 코를 찔러 안에 있을 수가 없었다. 밖으로 나오니 공동묘지였다. 히브리 어가 음각된 묘비는 왜소하고 물기 없는 나무들 아래 무질서하게 흩어져 있었다. 죽은 자 사이로 거미줄이 상장喪章처럼 매달려 있었다.

프라하를 떠날 때는 마침 수년 동안 프라하에 주둔해 있던 군대가 서둘러 폴란드로 향할 때였다. 폴란드에 소요가 일어났기 때문이었다. 도시 전체가 군대를 환송하느라 들썩거렸다. 기차역으로 가려면 길을 가로질러야 했는데 그게 힘들 정도였다. 수천 명의 병사들이 기차에 올랐고, 마침내 기차가 움직이기 시작했다. 언덕마다 사람들이 빼곡이 들어차 손수건과 모자를 흔들었다. 그건 마치, 사람들의 머리를 촘촘히 엮어서 짠 고급스런 터키 산 카펫 같았다. 그렇게 많은 군중이 모인 건 난생 처음이었다. 그런 장관은 그림으로도 그려내지 못할 것이다.

기차는 밤새 드넓은 보헤미아를 가로질러 달렸다. 마을마다 사람들이 서 있었다. 주민들이 한 명도 빠짐없이 모두 나온 것 같았다. 이들의 갈색 얼굴과 누더기 같은 옷 그리고 이들이 든 횃불과 알아들을 수 없는 말들이 내겐 신기하기만 했다. 기차는 터널을 지나고 고가다리 위를 달렸다. 창문이 덜커덕거렸고, 신호를 주고받는 경적이 울렸고, 기관차는 뜨거운 콧김을 뿜었다. 나는 머리를 기대고 모피어스(그리스 신화에 나오는 잠의 신 - 옮긴이)가 지켜주는 가운데 잠에 빠져들었다.

올뮤츠에서 승객들이 더 탔다. 이때 내 이름을 부르는 소리가 들렸다. 위대한 작가 괴테의 외손자 발터 괴테였다. 같은 기차를 타고 밤새 달렸음에도 서로를 몰랐던 것이다. 빈에서 우리는 자주 만났다. 괴테의 손자들 가운데는 작곡가도 있고 시인도 있으며, 이들 역시 번뜩이는 천재성을 가지고 있었다. 하지만 할아버지의 위대함에 짓눌려 있는 것 같았다. 빈에 있는 리스트(1811~1886년. 헝가리의 피아니스트이자 작곡가 - 옮긴이)가 자기의 연주회에 나를 초대했다. 그의 연주는 폭풍이 몰아치는 듯했다. 그는 사람이 상상할 수 있는 모든 걸 놀라움으로 가득 채우는 소리의 마법사다. 에른스트도 빈에 있었다. 내가 방문했을 때 그는 바이올린을 연주하고 있었다. 그의 바이올린은 인간의 내밀한 감정을 눈물로 노래했다.

그릴파르처를 다시 보았다. 그리고 친절한 카스텔리와 자주 함께 다녔다. 그는 당시 덴마크 국왕으로부터 막 단네브로그 기사 훈장을 받았던 터라 기쁨에 들떠서, 덴마크 사람이면 무조건 자기가 융숭하게 대접하겠다며 덴마크 사람들에게 소문을 내달라고 했다. 훗날 어느 여름, 그가 시골에 있는 대저택으로 초대했다. 카스텔리는 솔직한데다 성정이 모나지 않고 유머가 많아 누구든 그와 만나면 자기도 모르게 좋아하게 된다. 내가 보기에 그는 전형적인 빈 시민이다. 그는 자신의 초상화를 나에게 주며 초상화 아래에다 즉흥시 한 편을 썼다. 그만의 독특한 솜씨다.

> 이 초상화는 언제나 사랑하는 눈빛으로 그대를 바라보니
> 멀리 떨어져 그리워하는 친구의 미소를 떠올리게나
> 그대 사랑하는 덴마크 사람이여, 그대를 보는 건 내 즐거움이니
> 죽는 날까지 그대를 사랑하고 존경하는 마음 알아주게나

카스텔리는 자이들과 바우어른펠트를 소개했다. 덴마크 대사인 폰 뢰벤스테른 남작의 집에서 체들리츠를 만났다. 오스트리아 문학의 빛나는 별들이 내 눈앞에서 미끄러지듯 스쳐 지나갔다. 마치 기차를 탔을 때 빠르게 스쳐 지나가는 교회의 탑들을 보는 것 같았다. 콘코르디아 회솝에서 나는 그 별들을 모두 보았다. 젊은 지성들이 있었고 명사들이 있었다. 호의를 베풀어 나를 초대한 셰헤니 백작의 집에서 페스트에서 온 그의 동생을 만났다. 그와의 만남은 짧았지만, 빈에 머무는 동안 일어난 수많은 일 가운데서도 가장 흥미로웠다. 그는 자신의 개성을 있는 그대로 드러냈다. 그의 눈을 바라보면 그를 믿지 않을 수가 없었다. 묘한 매력의 소유자였다.

드레스덴을 떠날 때 작센의 왕비가 내게, 빈 궁정에 아는 사람

이 있느냐고 물었다. 없다고 하자 왕비는 자비롭게도 자신의 동생인 오스트리아의 대공녀 소피아에게 편지를 써주었다. 덕분에 황실로 초대되어 자비로운 대접을 받았다. 황제 프란시스 1세의 미망인인 황녀가 직접 나를 맞아 친절과 우정을 베풀었다. 바자 왕자와 헤세-다름스타트 대공녀도 자리를 함께했다. 이들 앞에서 나는 내 작은 이야기 여러 편을 소리 내어 읽었다. 물론 이 이야기를 쓸 때는 미래의 어느 날 황궁에서 낭독하게 되리라곤 상상도 못했던 일이다. 이날 밤의 추억은 영원히 잊지 못할 것이다.

빈을 떠나기 전에 지성이 넘치는 여류 노작가 프라우 폰 바이센투른을 방문했다. 그녀는 병으로 누워 있다가 막 기운을 차린 상태였는데, 아직 몸이 완쾌되지 않았는데도 불구하고 나를 만나고 싶어 했다. 어둠의 세계로 들어가는 문턱을 막 넘어서는 사람처럼 그녀는 내 손을 힘주어 잡았다. 그리곤 얼굴을 마주보는 건 이번이 마지막이 될 거라며 슬퍼했다. 어머니처럼 부드러운 눈빛으로 바라보던 그녀에게 작별의 말을 하고 돌아서자, 아쉬워하는 그녀의 눈길이 문 앞까지 따라 나왔다.

기차와 마차를 번갈아 타고 트리에스테로 향했다. 바위산 아래 구불구불한 강을 따라 난 좁은 길을 따라 기차가 달렸다. 기차에 탄 사람들은 하나같이 기차가 탈선해 암벽에 부딪히지나 않을까, 혹은 으르렁거리며 흘러가는 강물에 처박히지나 않을까 두려움에 떨다가, 목적지에 무사히 도착해서는 행복하게 웃었다. 하지만 느리게 가는 마차를 타면 다시 기차를 타고 빨리 내달리고 싶은 욕망에 사로잡히며, 과학의 발전을 찬양했다.

마침내 트리에스테와 아드리아 해가 눈앞에 나타났다. 이탈리아 어가 들리기 시작했다. 하지만 그곳은 아직 내 소망의 땅 이탈리아가 아니었다. 여러 시간 동안 나는 그저 아는 사람 하나 없는 이방인이었다. 덴마크 영사와 프러시아 영사가 친절하게 맞아주었고, 이 자리에서 여러 사람을 만났는데, 특히 오도넬 백작과 발트슈타인 백작이 관심을 끌었다. 발트슈타인 백작은 불운한 코르피츠 울펠트와 크리스티안 4세의 딸이자 덴마크 여성 가운데 가장 고귀한 엘리아노레 사이에 난 후손이기에 더욱 각별한 느낌이 들었다. 이 두 사람의 초상화가 발트슈타인 백작의 방에 걸려 있었다. 그는 또 그 시기의 기념품들을 보여주었다. 엘리아노레 울펠트의 초상화를 본 건 처음이었다. 우수에 젖은 그녀 입술의 미소는 마치 이렇게 말하는 것 같았다.

"노래하라 시인이여, 그리고 고단한 시대가 채운 족쇄에 신음하는 사람을 해방시켜라. 그것이 내가 살고 또 고통 받으면서 기대하는 행복이니라!"

욀렌슐레게르가 울펠트의 삶을 다룬 〈디나〉를 구상하기 전에 내가 먼저 이 주제에 매달려 상당한 양의 역사 자료를 수집했었다. 이 작품을 무대에 올리고 싶었다. 하지만 공연 허락을 받을 수 없을 것 같아 두려웠다. 작품에서 다룰 사건의 시기가 너무 가까웠기 때문이다. 게다가 결정적으로, 프레데릭 6세는 크리스티안 4세 이후의 자기 조상을 소재로 한 연극은 절대 허락하지 않았다. 란하우 백작이 이 사실을 확인해주었다. 하지만 당시 왕자이던 크리스티안 8세는 나를 격려하고 용기를 북돋아주었다.

"언젠가는 읽히게 될 테고, 무대에도 오르지 않겠나?"

하지만 난 포기하고 말았다.

크리스티안 8세가 왕위를 계승하자 모든 제약이 풀렸고, 어느 날 욀렌슐레게르가 말했다.

"자네가 하려던 걸 내가 썼네, 〈디나〉 말일세."

〈디나〉는 내가 구상했던 것과 구성이나 인물의 성격이 완전히 다르다. 독자는 이제 내가 왜 울펠트나 그의 후손인 발트슈타인 백작에 대해 각별한 느낌을 받았는지 알 수 있을 것이다. 그는 헝가리 혹은 보헤미아에 있는, 아쉽지만 정확하게 기억나지 않는다, 자기 아버지의 성에 코르피츠와 엘레아노레에 관한 편지와 문서들이 남아 있다고 했다. 울펠트의 또 다른 후손을 스웨덴에서 만났다. 그는 벡-프리스 백작이다. 가문의 시조인 크리스티안 4세의 초상화가 그의 식당에 걸려 있었다. 벡-프리스 백작이나 발트슈타인 백작은 자기 가문에 관해 내가 알고 있는 것과, '푸른 탑'과 울펠트 광장의 기념비에 이르는 코펜하겐의 모든 기념물에 대해 오히려 내게 물었다. 울펠트 광장의 기념비는 국왕의 명령으로 철거되었다.

아드리아 해에서 울펠트 시대와 덴마크의 섬들을 생각하며 사색에 잠겼다. 발트슈타인 백작과 울펠트의 초상화가 나를 시의 세계로 이끌었고, 다음날이면 이탈리아 한가운데에 도착한다는 것도 까맣게 잊어버렸다. 날씨는 아름다웠고 나를 태운 기선은 안코나로 향하고 있었다.

별이 빛나는 밤이었다. 너무도 아름다워 선실의 침대에 누울 수가 없었다. 이른 아침, 이탈리아 해안과 반짝이는 눈을 인 아름답고 푸른 산이 눈앞에 펼쳐졌다. 햇살은 따뜻했고 풀과 나무는 모두 눈부신 초록이었다. 어젯밤은 트리에스터, 오늘은 교황령

(1870년까지 교황이 지배하던 이탈리아 중부 지역 – 옮긴이)의 안코나, 놀랍고 매혹적인 여행이 아닐 수 없다! 그림처럼 화려한 이탈리아가 다시 한번 내 앞에 있었다. 봄 햇살을 받은 나무는 활짝 싹을 틔웠고 들판의 풀들은 햇살을 받아 번뜩였다. 느릅나무는 여성의 형상을 조각한 기둥처럼 서 있었다. 느릅나무를 감고 있는 포도 넝쿨은 푸른 싹을 내밀었고, 이 잎들 위로 멀리 눈을 이고 있는 산맥의 푸른 능선이 보였다. 여행을 숱하게 다녀봤지만 그 어떤 사람보다 훌륭한 동반자가 되어주었던 빈 출신의 파르 백작, 그리고 헝가리에서 온 젊은 신사와 함께 닷새 동안 여행했다.

보헤미아 사람들은 처음 이탈리아에 발을 디디면 맨 먼저, 나도 처음엔 그랬지만, 강도를 만나지 않을까 그것부터 걱정하며 무기를 챙긴다.

"두 발씩 장전해놨습니다!"

하지만 총은 보이지 않았다.

"총은 어디에 있습니까?"

"여행가방 속에 넣어놨지요."

그 가방은 내 좌석 밑에 놓여 있었다. 만일 강도가 나타난다면, 그들이 과연 내가 자리에서 일어나 가방을 꺼내서 연 다음 무시무시한 무기를 꺼내 자기들을 겨눌 때까지 기다려줄까? 우리는 로레토를 방문해, 천사들이 내려준 성스런 집에 경건히 무릎 꿇은 신앙심 깊은 사람들을 보았다. 그리고 아펜니노의 외롭고 낭만적인 시골 정경을 가로질렀다. 강도를 만나지는 못했지만 그 대신 병사들이 쇠사슬에 묶인 죄수들을 호송하는 광경은 보았다. 아펜니노 산맥의 외로운 여인숙에서 하루를 묵었다. 그리고 마침내 광활하게 펼쳐진 캄파니아 평원 앞에 섰다.

다시 로마를 본 건 1846년 3월 31일이었다. 내 생애 세 번째로 로마를 찾은 것이다. 내가 받은 첫인상은, 이걸 어떻게 말로 표현할 수 있을까, 숭고한 신앙심이었다. 행복했다. 신을 향한 감사와 기쁨으로 온몸에 전율이 일었다. 신은 나에게 다른 사람보다 천 배 아니 수천 배나 많은 걸 주셨다! 가장 슬플 때 신이 내 곁에 있었듯이, 가장 기쁠 때도 신은 내 곁에 있었다. 헤어날 수 없을 것 같은 절망에 빠졌을 때 유일하게 기댈 수 있는 존재가 신이듯, 무한한 기쁨을 함께 나눌 수 있는 유일한 존재도 신이다. 내 사랑하는 로마에 대한 그때 감정은, 당시 친구에게 보낸 편지에 적었던 것보다 더 잘 설명할 수 없을 것 같아서 직접 인용한다.

나는 이곳에서 곤드레만드레 취한 신들과 함께 살고 있네. 장미는 늘 활짝 피어 있고 교회 종소리가 울려 퍼진다네. 하지만 지금 로마는 십삼 년 전 처음 보았던 로마가 아니라네. 모든 게 현대화된 것 같아. 폐허는 물론이고 풀과 관목들까지 모두 깨끗하게 치워버렸다네. 모든 게 말끔해졌고, 사람들이 살아가는 모습도 퇴보해버린 것 같다네. 거리에서 탬버린 소리를 들을 수가 없고, 살타렐라*를 추는 소녀의 모습도 볼 수 없다네. 심지어 캄파니아에도 보이지 않는 철도가 현대의 지성을 실어다놓은 것 같다네. 부활절 축제 때 캄파니아에서 온 수많은 사람들이, 교황이 축복을 내리는 순간에도, 마치 오래전부터 신교도였던 것처럼 뒤돌아서서 성 베드로 앞에 서 있는 걸 보았다네. 참을 수가 없었다네. 보이지 않는 성자에게 무릎을 꿇고 싶었네. 십삼 년 전 여기 처음 왔을 때는 모든 사람들이 무릎을 꿇었지만, 이제 이성이 신앙심을 정복하고 그 위에 올라섰네. 십 년쯤 뒤, 철도가 도시들을 더 가깝게 연결하면 로마는 훨씬 더 많이 변하겠지. 하지만 이 모든 일이 일어난다 하더라도, 모든 건 언제나 최상이라네. 사람은 늘 로마를 사랑할 테니까. 마치 동화책 같은 거지. 동화책을 읽을 때마다 경이로움이 늘 새롭지 않은가. 그리고 우리는 현실과 상상의 세계에 동시에 사는 거지.

* 이탈리아의 3박자 춤곡.

로마에 처음 왔을 때 내게는 조각을 보는 안목이 없었다. 파리에서도 그림에 눈을 빼앗겨 조각을 보지 못했었다. 그랬다가 피렌체에서 〈메디치의 비너스〉 앞에 섰을 때, 토르발센이 표현했듯 '내 눈에서 눈이 녹아내렸다'. 새로운 세상에 눈을 뜬 것이다. 로마를 세 번째 방문해서는 바티칸을 여러 번 들락거린 덕분인지 그림보다 조각에 더 마음이 끌렸다. 로마에서만큼, 비록 나폴리가 어느 정도 따라가긴 하지만, 조각이 삶 속으로 깊이 파고든 도시는 세계 어디에도 없을 것이다. 로마에 오면 누구나 조각 작품을 보고 자연을 찬양한다. 요컨대 형상이 가져다주는 아름다움은 로마를 찾는 사람의 정신이 된다.

젊은 미술가들의 작업실에 전시된 숱한 아름다운 작품 가운데 두 점이 가장 깊은 인상을 남겼다. 나와 같은 고향 출신인 조각가 예리코의 작업실에서 〈헤라클레스와 헤베〉(그리스 신화에 등장하는 신이며, 헤베는 제우스와 헤라 사이에서 태어난 딸로 청춘의 여신이다. 불사不死의 몸이 되어 천상 세계로 올라온 헤라클레스와 결혼하였다 – 옮긴이)라는 군상을 보았다. 이것은 〈알게마이네 차이퉁〉과 독일의 여러 일간지에서 높이 평가한 작품으로, 고전적인 안정감과 화려한 조형미로 단번에 나를 사로잡았다. 그걸 보고 있노라면 내 상상력에 날개를 단 것 같은 느낌이 들었다. 또 하나는 역시 예리코의 작품인 〈싸우는 사냥꾼〉이었다. 이 작품은 마치 자연 속에서 튀어나온 형상이 그대로 조각으로 굳어버린 것 같은 느 낌이었다. 그 속에는 진실이 있고 아름다움이 있고 위대함이 있 다. 이 덕목들이 그의 이름을 전 세계에 알릴 것을 믿어 의심치 않는다.

예리코와 나는 모두 핀 섬이 고향이다. 나는 오덴세에서 태어 났지만 그는 아센스라는 작은 마을에서 태어났다. 우리는 소년 시절 코펜하겐에서 만났다. 아무도 그의 재능이 무엇인지 몰랐 다. 모르긴 그도 마찬가지였다. 농담 반 진담 반으로 그는 자신 과 싸우고 있다고 했다. 미국에 가서 야만인이 될 것인가, 아니 면 로마에 가서 화가나 조각가, 미술가가 될 것인가. 그는 연필 대신 진흙을 들었다. 그리고 내 흉상을 만들었다. 그의 첫 작품 이었다. 내가 알기로, 마음씨 고운 부인이 있었는데, 그녀 역시 미술가였고 그의 천재성을 알아보고 그를 도와, 마침내 그는 무 역선을 타고 이탈리아로 갔다. 그는 처음에 토르발센 밑에서 일 했다. 여러 해 동안 힘들게 고생하면서 궁핍이라는 성가신 족쇄 와 천재성 사이에서 투쟁했다. 하지만 행운의 별은 그를 비추었 다. 내가 로마에 갔을 때 그는 육체적 정신적 고통 속에서 우울 증에 시달렸다. 이탈리아의 뜨거운 여름은 그에게 참기 어려운 것이었다. 그때 여러 사람들이 말하길, 북쪽의 차가운 공기를 쐬 고 차가운 바다에 몸을 담그지 않고는 절대 낫지 않을 거라고 했다. 한데 그의 작품을 향한 칭찬의 목소리가 울려 퍼지기 시작했다. 하지만 칭찬만 먹고 살 수는 없었다. 어느 날 러시아 공주가 그를 방문했고, 두 사람은 〈싸우는 사냥꾼〉에 관한 계약을 맺었다. 같은 날, 두 명의 의뢰인이 더 그를 방문했다. 예리코는 기쁨에 들떠서 내게 이런 얘기를 했다. 며칠 뒤 그는 재능 있는 화가인 아내와 함께 덴마크로 여행을 떠났고, 거기에서 육체와 정신을 강하게 단련한 뒤 겨울에 다시 로마로 돌아왔다. 로마에 울려 퍼지는 그의 정 소리를 세상 모든 사람들이 들을 수 있으면 좋겠다. 그의 정 소리에 내 심장도 기쁘게 박동한다.

로마에서 역시 조각가인 덴마크 사람 콜베르그도 만났다. 그는 지금 덴마크에서만 이름이 알려져 있지만 토르발센이 그를 높이 평가하고 있어 머잖아 외국으로도 이름을 날릴 것이다. 그는 내 흉상을 만들어 경의를 표했다. 쿠흘러의 화실을 찾아 캔버스 위에서 자연이 스스로 형상을 만들어나가는 걸 보기도 했다.

인형극을 공연하는 극장에서 로마 사람들과 함께 앉아 아이들의 즐거운 웃음소리를 들었다. 스웨덴과 덴마크 사람뿐만 아니라 독일 사람도 나를 중심으로 맞아주었다. 생일 파티도 기분 좋게 치렀다. 프라우 폰 괴테가 당시 로마에 머물고 있었다. 그가 머물던 집은 어린 시절 처음 로마를 방문했을 때 몇 년간 머물던 집인 동시에 우연히도 내가 〈즉흥시인〉을 세상에 내놓은 바로 그 집이었다. 그가 커다란 꽃다발을, 진짜 로마 식 꽃다발을 보냈다. 스웨덴 화가인 쇠데르마르크는, 덴마크 사람과 스웨덴 사람 그리고 노르웨이 사람이 함께 모인 자리에서 나를 위해 건배를 외쳤다. 친구들로부터 예쁜 그림들과 우정이 담긴 기념품들을 받았다.

한순간도 놓치기 아까워 끊임없이 움직이고 돌아다니며 구경하고 구경한 걸 머릿속에 채워넣었다. 그러던 어느 날, 마침내 몸 상태가 좋지 않다는 걸 깨달았다. 사하라 사막에서 지중해 연안으로 불어오는 열풍을 너무 많이 맞았던 것이다. 로마의 공기는 내게 맞지 않았다. 그래서 둥근 지붕을 화려하게 비추는 조명과 불꽃놀이의 부활절 축제가 끝나는 대로 서둘러 테라시나를 지나서 나폴리로 향하는 여정에 올랐다. 파르 백작이 나와 함께 동행했다. 우리는 산타루치아 교회로 들어갔다. 바다가 우리 앞에 펼쳐졌다. 베수비오 화산이 붉게 타올랐다. 찬란한 밤, 달빛이 눈부신 밤들이 이어졌다. 하늘이 한층 높아지고 별들은 뒤로 멀리 물러나 앉은 것 같았다. 북쪽 나라에서는 수면에 뿌려지는 달빛이 은색이지만, 로마에서는 금색이었다. 등대는 어지러운 빛줄기를 쏘아댔다. 고깃배들이 밝힌 횃불은 수면에 뾰족한 불꽃 그림자를 일렁거리며 앞으로 나아갔다. 과일가게와 생선가게가 늘어선 거리에도 수천 개의 불이 밝혀졌다. 한 떼의 아이들이 손에 불을 밝혀들고 줄지어 산타루치아 교회로 향했다. 많은 아이들이 불을 든 채로 넘어지기도 했지만, 저 멀리 이 불의 제전의 주인공처럼 우뚝 선 베수비오 화산이 피같이 붉은 불꽃을 토하며 검은 연기를 붉게 물들였다.

태양의 열기가 점점 더 무거워졌고 사하라 사막에서 불어오는 열풍은 건조하고 뜨거웠다. 북쪽 나라에서 태어나 사는 사람에겐 그런 열기가 약이 되리라 생각했다. 하지만 그 위력을 몰랐던 게 잘못이었다. 나폴리 사람들이 현명하게도 집에 틀어박혀 나오지 않거나 나온다 하더라도 처마 끝의 그늘을 찾아 기어다닐 때 나는 대담하게도 몰로와 무제오 부보니코로 돌아다녔다. 하지만 어느 날, 라르고 디 카스텔로 한가운데서 갑자기 숨이 막히며, 태양이 내려앉아 내 눈 안으로 들어오는 걸 느꼈다. 강렬한 태양빛이 내 머리를 뚫고 등뼈를 타고 내렸다. 그리고 정신을 잃었다. 깨어나 보니 커피 가게에 누워 있었다. 사람들이 내 이마에 얼음을 놓아주었다. 팔다리를 제대로 놀릴 수가 없었다. 그런 꼴을 당하고 나니 낮 시간에는 감히 밖으로 나다닐 수가 없었다. 마차를 타고 카말달리를 찾거나, 프러시아 대사인 브록하우스 남작과 함께 해변의 탁 트인 테라스에서 저녁 시간을 보내는 게 고작이었다.

이스키아와 카프리의 섬들을 다시 찾았다. 동포 발레리나인 펠스테드 양이 그곳에서 온천욕을 하고 저녁에는 오렌지 나무 밑에서 그곳 아가씨들과 함께 살타렐로를 추었다. 춤을 얼마나 잘 추었던지 청년들이 그녀에게 경의를 표하며 세레나데를 불렀다. 많은 여행객들이 이스키아의 매력에 젖어 추억을 안고 돌아갔지만 난 전혀 그런 걸 느낄 수 없었다. 태양이 너무 뜨거웠다. 사람들은 내게 타소(1544~1595년. 이탈리아의 시인 - 옮긴이)의 도시인 소렌토로 가라고 충고했다. 그곳의 공기는 한결 나은 것 같았다.

로마에서 알게 된 영국인 가족과 함께 소렌토를 벗어난 곳 카멜로에 방 두 개를 잡았다. 바다가 가까워서 정원 바로 아래에 있는 자연 동굴로 파도가 들이쳤다. 뜨거운 태양의 열기 때문에 낮에는 꼼짝없이 방에 갇혀 있어야 했다. 여기서 나는 〈내 인생의 동화〉를 썼다.(여기서 안데르센이 말하는 자서전 〈내 인생의 동화〉는

이 책 433쪽까지의 내용이다 - 옮긴이) 로마에서, 나폴리의 만灣 옆에
서 그리고 피레네 산맥에서, 독일어판에서 내 글의 주석으로 쓰
일 이 원고들을 썼고 마침내 완성했다. 이 원고들을 한 장씩 편
지로 코펜하겐에 부치면 거기 있는 내 친구가 원고를 검토한 후
다시 라이프치히의 출판업자에게 부쳤다. 다행히 이 과정에서
단 한 장의 편지도 잃어버리지 않았다.

카멜로에 머무는 동안은 좋았다. 창문과 한쪽이 트인 복도 모
양의 방에서 바라보는 전망도 막힘이 없어 마음에 들었다. 베수
비오 화산과 지중해도 바로 앞에 있었다. 하지만 바위로 된 정원
을 금방이라도 덮어버릴 듯 높이 솟은 절벽 사이로 난 좁고 긴
길을 제외하고는 변변한 산책로 하나 없었다. 시원한 바람 한 줄
기 불지 않는 열기를 견뎌내려면 차라리 도마뱀이 되어야 했다.
그래서 도시인 소렌토로 거처를 옮겼다. 소렌토에는 스웨덴 작
곡가 야코브 악셀 요셉손과 네덜란드 작곡가 베르훌스트가 있었
다. 둘 다 내 친구였는데 여름 별장용 오두막을 지키고 있었다.
소렌토로 옮겨온 바로 그날, 부유한 상인의 세 딸이 한꺼번에 수
녀원에 들어간다고 커다란 축제가 벌어졌다. 한껏 화려하게 장
식한 교회 앞에서 오케스트라가 음악을 연주했다. 진짜 오페라
의 어릿광대 음악도 들었다. 〈세비야의 이발사〉에서 돈 바질리
오가 우스꽝스럽게 거짓말과 욕을 하는 노래도 들었다. 그리고
천둥처럼 울리는 예포 소리도 들었다. 한데, 볼거리와 들을거리
가 어찌나 많았던지 처음의 경건한 마음이 오히려 다 사라져버
렸다. 늙고 뚱뚱한 관리는 무릎을 꿇으려고 무진 애를 썼는데,
경건한 분위기를 만들 생각이었으면 차라리 나서지 않는 게 훨

씬 더 나았다. 하지만 미사를 올리던 세 딸 중 하나의 목소리가 부드러우면서도 날카로운 긴장감을 불러일으켜 흩어져버린 성스러운 감정이 되살아나는 걸 느꼈다.

요셉손의 오두막에서 우리 셋이 더욱 가까워질 수 있었던 것은 그의 성격이 특별히 사교적이기도 했지만, 무엇보다 모두 예니 린드를 친구로 두고 있다는 사실 때문이었다. 요셉손이 유태교에서 기독교로 개종할 때 대모가 되어준 사람이 바로 예니 린드였고, 그후로 그녀는 요셉손에게 변함없는 관심과 우정을 보여주었다. 그가 외국을 여행할 때는 베를린으로 일부러 찾아가, 날마다 그녀의 집을 방문했다. 거기서 그는 '스웨덴의 이론파 대학생'이라는 별명으로 불렸는데 나중에는 '교구 사제'로 바뀌었다. 예니 린드의 집을 자주 방문했기 때문이다. 소문은 돌고 돌아 나중에는 요셉손이 스웨덴에서 날아온 나이팅게일의 약혼자라는 말까지 나왔다. 모든 사람들이 그 허무맹랑한 기사를 읽었다. 우리는 소문의 천재적인 창의성과 놀라운 힘을 보며 배꼽이 빠져라 웃기도 했다.

성모 마리아 축제 때문에 다시 나폴리로 갔다. 시내 중심가의 톨레도 거리 가까이 있는 호텔에 숙소를 정했다. 주인이 아주 좋은 사람이었다. 겨울이었지만 이 호텔에 머문 적이 있었다. 이번엔 겨울이 아닌 한여름 뜨거운 열기 속의 나폴리, 온갖 소란과 소동 속의 나폴리를 경험할 참이었다. 하지만 만만하게 생각한 게 잘못이었다. 발코니 문이 있는 쪽의 좁은 거리 위로 태양은 모든 것을 불태워버릴 듯한 기세로 열기를 토했다. 모든 문을 닫아걸지 않고는 견딜 수가 없었다. 신선한 공기가 모자라 숨이 막힐 듯 답답했다. 손바닥만한 그림자가 생기는 모퉁이마다 장사하는 사람들이 바글바글 모여들어 큰 소리로 얘기하고 떠들고 웃고 축하도 했다. 마차가 덜거덕거리며 지나가고, 마부는 고함을 질렀다. 거리마다 사람들의 소동이 거센 파도처럼 으르렁거렸다. 교회 종소리는 일 분마다 울렸고, 내 방 맞은편 객실 손님은 아침부터 밤까지 갈라지는 목소리로 노래를 불러댔다. 미쳐버리기에 충분한 환경이었다.

사막에서 불어오는 열풍 때문에 거의 질식 상태였다. 다른 데 방을 구할 수도 없었다. 해수욕을 할까 생각도 해봤지만 기운이 나기는커녕 더 괴로울 것 같았다. 다시 시골로 갔다. 거기서도 태양은 똑같이 이글거렸다. 비록 공기가 조금은 더 호흡할 만했지만, 그래도 독 묻은 헤라클레스의 망토(헤라클레스는 자신이 죽인 네소스의 저주가 담긴 피 묻은 옷을 입고 온몸이 타들어가는 고통 속에서 죽음을 맞이한다 – 옮긴이)처럼 내게서 힘과 정신을 조금씩 빼앗아 갔다. 나 자신을 태양의 아들로 생각하고 그렇게도 남쪽 나라를 열망했지만 내 몸 속에는 북쪽 나라의 눈이 쌓여 있었고 그 눈이 녹아버려 점점 더 비참한 몰골이 되어간다는 사실을 인정하지 않을 수 없었다.

이방인은 말할 것도 없고 나폴리 사람들도 이번 여름이 전례 없이 무덥다고 했다. 이방인들은 대부분 나폴리를 떠났다. 나도 그럴 생각이었지만 신용장이 올 때까지 며칠을 더 기다려야 했다. 신용장이 오기로 한 날에서 스무하루가 더 지났다.

"선생님한테 온 편지는 없습니다!"

편지 받는 일을 담당하는 남자는 그렇게 말했다. 어느 날, 똑같은 질문을 받고 똑같은 대답을 하는 게 지겨웠던지 남자가 고함을 질렀다.

"보세요!"

남자는 은행과 신용거래를 하는 외국인에게 온 편지를 넣어두는 서랍을 있는 힘껏 뽑았다.

"보세요! 없잖아요!"

남자가 화를 내며 서랍을 잡아 빼는 순간, 편지 한 통이 바닥에 떨어졌다. 편지를 봉인한 왁스 때문에 서랍의 보이지 않는 부분에 달라붙어 있다가 충격을 받고 떨어진 것이었다. 내게 온 편지였고 안에는 신용장이 들어 있었다. 한 달도 넘는 기간 동안 서랍 안에 처박혀 있던 편지였다. 만일 그 남자가 화를 내며 서랍을 힘껏 잡아 빼지 않았더라면 어떡할 뻔했을까? 이제 나폴리를 떠날 수 있다! 하지만 아직도 나폴리에서 볼 것이 많이 남았다. 게다가 여러 집에서 내게 문을 열어놓고 있었다. 나는 내 의지가 정말 나폴리의 폭염보다 약한지 시험해보았다. 하지만 결과는, 뜨거운 방에 조용히 틀어박혀 출발 날짜를 손꼽아 기다리는 것이었다. 방 안의 열기는 밤이 되어도 조금도 식지 않았다. 새벽부터 밤까지 종소리는 쉬지 않고 으르렁댔다. 그뿐인가, 사람들 고함 소리와 돌로 포장된 거리를 따가닥거리며 지나가는 말발굽 소리, 그리고 예의 그 남자가 질러대는 노랫소리… 견딜 수 없는 고문이었다. 스페인 여행을 포기할 수밖에 없었다. 한 가지 위안이라면, 스페인도 여기처럼 무지막지하게 뜨거울 것이란 추측이었다. 의사도 이런 날씨에 여행을 하는 건 무리라고 했다.

마르세유로 향하는 기선 카스토르 호를 탔다. 정원보다 많은 승객을 태웠던지 갑판은 승객의 짐들이 모두 차지해버렸다. 이 짐 가운데 하나를 침대 삼아 누웠다. 다른 사람들도 나를 따라했고, 갑판은 곧 매트리스와 카펫으로 뒤덮였다. 바덴의 공주와 결혼한 영국의 더글라스 후작도 아내와 함께 배를 타고 있었다. 우리는 대화를 나누었다. 그는 내가 덴마크 사람인 건 알았지만 내 이름은 몰랐다. 우리는 이탈리아에 대해 얘기하고 이탈리아를 소재로 한 책에 대해 얘기했다. 스타엘-홀슈타인 부인이 쓴 〈코리나〉에 대해 얘기하자 그가 내 말을 자르고 나섰다.

"선생님 동포 가운데 이탈리아에 대해 훨씬 더 잘 쓴 사람이 있는데 그걸 모르십니까?"

"덴마크 사람들은 그렇게 생각하지 않습니다."

그러자 그는 〈즉흥시인〉에 찬사를 보내고 이 작품을 쓴 저자에게 경의를 표했다.

"안데르센이 그 책을 쓸 때 이탈리아에 불과 몇 달밖에 머물지 않았다는 게 아쉽습니다."

"무슨 말씀이십니까? 그는 이탈리아에 여러 해 살았던 사람입니다!"

"아닙니다, 열 달밖에 머물지 않았습니다. 내가 정확하게 잘 압니다."

"그 사람을 한번 만날 수 있으면 참 좋겠습니다만⋯."

"그건 어려운 일이 아닙니다. 그 사람이 이 배에 타고 있거든요."

그리고 내 이름을 그에게 알려주었다.

바람이 강하게 불었다. 바람은 점점 더 거세져, 둘쨋날 밤과 셋쨋날 밤은 거의 폭풍으로 변했다. 망망대해에 던져진 물통처럼 배가 좌우로 심하게 흔들렸다. 높은 파도가 배의 옆구리를 치고 올라와 난간 너머로 안을 들여다보았다. 우리가 깔고 누운 짐들이 우리를 깔아뭉갤지도 몰랐고, 어쩌면 파도에 다 쓸려가버릴지도 몰랐다. 절망의 탄식이 들렸다. 나는 가만히 누워 몰려오는 구름을 바라보며 신과 사랑하는 사람들을 생각했다.

제노바에 도착하자 승객 대부분이 내렸다. 나도 제노바에 내려서 밀라노를 거쳐 스위스로 갔어야 했지만, 신용장은 마르세유와 스페인의 몇몇 항구에서 나를 기다리고 있었다. 다시 배를 탈 수밖에 없었다. 바다는 잔잔했고 공기는 신선했다. 사르디나 섬의 연안을 따라가는 항해는 매우 아름다웠다. 마르세유에 도착했을 때는 새로운 활력과 생기를 회복했다. 호흡이 자유로워지자 스페인을 보고 싶은 열망이 되살아났다. 여행의 마지막을 스페인으로 장식하기로 계획을 짰다. 몸과 마음이 고통스러워 어쩔 수 없이 포기하려고 했지만, 몸과 마음은 이제 괜찮았다. 마르세유에서 다시 스페인 여행을 결심하게 된 건 하늘의 뜻이라 생각했다. 바르셀로나로 가는 기선이 방금 출발했기 때문에 다음 배편을 타려면 며칠을 기다려야 했다. 그래서 차라리 남프랑스를 지나 피레네 산맥을 넘기로 했다.

마르세유를 떠나기 전에 우연히도 나처럼 북쪽 나라에서 온 올레 불을 만났다. 그는 미국에서 왔는데, 프랑스에서 세레나데로 경의를 받는 걸 내 눈으로 직접 본 적이 있었다. 함께 숙소로 정하고 있던 호텔에서 우리는 서로에게 이끌렸다. 그는, 미국에도 내 작품을 좋아하는 사람이 많고, 나를 아느냐는 질문을 한두 번 받아본 게 아니며, 내 소설들의 영어 번역본이 값이 싼 대중판으로 재출간되어 미국 전역에 퍼졌다고 했다. 내 이름이 대서양을 건너갔다니! 전혀 생각지도 않았던 일이었다. 멀리 미국에까지 내 이름이 알려졌다는 사실에 좋아하는 나 자신이 잠시 천박하게 느껴졌지만, 어쨌거나 기분 좋고 행복했다. 하지만 도대체 내가 무엇 때문에 이런 행운을 누리는 걸까? 그때까지도 여전히, 나는 거리의 불쌍한 부랑인일 뿐이고 지나가던 왕이 불쌍히 여겨 망토를 덮어준 것 같다는 생각을 떨쳐버리지 못했다.

올레 불은 지중해의 아프리카 도시 알제로 갔고, 나는 피레네 산맥을 향했다. 내 눈엔 마치 덴마크 땅처럼 보이던 프로방스를 지나 님에 도착했다. 거기에서 본 로마식 원형 경기장의 장관이 단번에 나를 이탈리아로 되돌려 보냈다. 남프랑스의 고대 유물들이 마땅히 받아야 할 찬탄을 지금까지도 충분히 받지 못하는 게 안타깝다. 메종 카레는 아테네의 제우스 신전처럼 지금도 화려한 위용을 자랑하며 서 있다. 로마에는 이렇게 잘 보존된 유물이 없다.

님에는 제빵사인 르불이 살고 있다. 르불은 누가 봐도 매력적인 시를 쓰는 사람이다. 그의 시를 모른다 하더라도 라마르틴의 〈동방 여행기〉를 읽은 사람이면 그가 어떤 사람인지 잘 알 것이다. 아침에 그가 사는 집을 찾아갔다. 빵집 문을 열고 들어가 밀가루 반죽을 막 오븐에 넣고 돌아서던 남자에게 내 이름을 밝히고 르불을 찾았다. 손을 툭툭 털면서 남성미 넘치는 우아한 얼굴로 미소를 짓던 그 남자가 바로 르불이었다! 그는 내 이름을 〈파리 리뷰〉를 통해서 들었다며, 오후에 다시 방문해주면 훨씬 더 즐겁게 해줄 수 있다고 했다. 오후에 다시 갔을 때 그는 작은 방에서 기다리고 있었다. 그의 작은 방은 우아했고, 그림이며 조각과 책으로 가득했다. 책은 프랑스 문학뿐만 아니라 그리스 고전의 번역본이 눈에 많이 띄었다. 벽에 걸린 그림 하나는 그의 대표작 〈죽어가는 아이〉를 표현한 것이었다. 그는 내가 같은 주제로 시를 쓴 사실을 알고 있었다. 문법학교 학생 시절에 썼다고 일러주었다. 아침에 보았던 그가 부지런한 제빵사였다면, 지금 그의 모습은 누가 봐도 완벽한 시인이었다. 그는 프랑스 문학에 대해 이야기했고, 북유럽의 풍경과 지성인들의 삶을 보고 싶어 했다. 그에게 깊은 경의를 표하며 음악의 여신이 천부적인 재능을 부여한 시인에게 작별을 고했다. 그는 자신에게 쏟아지는 찬사에도 불구하고 정직한 직업을 택했다. 또한 파리에서의 짧은 승리 이후 수백 명 시인 가운데 한 사람으로 묻혀 자기 자신을 잃기보다는 차라리 님의 가장 유명한 제빵사가 되는 걸 택한 사람이다.

우리가 탄 기차는 몽펠리에를 지나 세트로 향했다. 마치 돈을 걸고 경주라도 하는 듯 무지막지한 속력으로 달렸다. 과연 프랑스 기차였다. 문득 하나의 기억이 떠올랐다. 바젤의 한 거리였다. 이 거리에서 〈죽음의 춤〉이라는 그림이 탄생했다. 기차역을 알리는 표지판에 '죽음의 춤'이라는 커다란 글자가 씌어 있었다. 한데 그 반대편 독일 쪽에는 '철도로 가는 길'이라는 글자가 씌어 있었다. 국경에서 본 이 대조는 묘한 상상을 불러일으켰다. 죽음의 춤이라…. 무지막지한 속도로 달리는 게 죽음의 춤이란 말인가, 아니면 기적 소리가 춤을 추자는 신호란 말인가? 아무튼 독일의 기차는 그런 상상을 허락하지 않는다.

산사람이 산을 사랑하듯, 섬사람은 바다를 사랑한다. 아무리 작은 항구라 하더라도 곁에 바다가 있기 때문에 항구는 늘 매력적이다. 세트가 어쩐지 내게 고향의 항구 같다는 느낌이 든 건 바다가 있기 때문이었을까? 남프랑스가 아니라 마치 덴마크에 와 있는 듯한 느낌이었다. 고국에서 멀리 떨어진 어느 나라의 어떤 집으로 들어갔는데, 만일 그 안에 있는 사람들이 남자건 여자건 아이건 노인이건 할 것 없이 모두 모국어로 말을 한다고 생각해보라. 이때 듣는 모국어는 얼마나 매력적일까? 내가 그랬다. 마치 파우스트의 망토(파우스트는 악마 메피스토펠레스의 망토를 타고 시공을 뛰어넘어 여행을 다닌다 – 옮긴이)처럼 한순간에 나를 덴마크에 데려다놓았다. 하지만 이곳의 여름은 덴마크의 여름이 아니었다. 나폴리의 뜨거운 태양이 여기서도 이글거리고 있었다. 파우스트의 모자도 타버렸을 것이다. 강렬한 태양은 모든 힘을 파괴했다. 여기에서도 최근에 이만큼 더운 적은 없었다고 했다. 더위로 죽은 사람들이 한두 명이 아니라고 했다. 밤이 되어도 뜨겁긴 마찬가지였다. 내가 스페인 여행을 해내지 못할 거라고들 얘기했다. 나도 그걸 느꼈다. 하지만 스페인으로 여행의 마지막을 장식하고 싶었다. 이미 피레네 산맥도 보았다. 푸르른 산봉우리가 나를 유혹했다. 어느 이른 아침, 나는 기선을 탔다.

해는 훨씬 높이 떠서 여전히 불타올랐다. 젤리 같은 해파리가 수면을 가득 메웠다. 한 번도 본 적이 없는 광경이었다. 마치 뜨거운 태양 광선이 바다를 통째로 끓여놓은 것 같았다. 랑그독 운하에서 배를 갈아탔다. 배는 승객용이라기보다 화물용이었다. 난간도 없는 갑판은 상자와 큰 가방들로 뒤덮였다. 하지만 여기도 양산을 받쳐 든 사람들이 점령했다. 움직일 수가 없었다. 긴 줄 하나에 말 서너 마리씩 붙어서 배를 끌었다. 선실도 사람들로 붐비긴 마찬가지였다. 마치 설탕 묻은 컵에 파리들이 달라붙어 있듯, 사람들이 다닥다닥 붙어 앉았다. 열기와 담배 연기로 숙녀 하나가 기절해, 유일하게 비어 있던 바닥에 뉘어졌다. 신선한 공기를 마시게 하면 좋아질 것 같아 그리로 옮겼지만 수없이 많은 환풍기에도 불구하고 공기는 별반 다르지 않았다. 먹거나 마시고 기운을 차릴 만한 것도 없었다. 물 한 모금 마실 수조차 없었다. 오로지 운하에서 퍼올릴 수 있는 황토색의 뜨뜻한 물뿐이었다. 선실에 달린 창문은 오히려 빛의 밝기를 빼앗아 무거운 공기를 더욱 무겁게 만들었다. 이런 공간에 갇혀, 나름대로 재치 있는 얘기랍시고 증기 기관이라도 단 것처럼 쉬지 않고 떠들어대는 사람을 보고 있는 건 고문이었다. 나는 사람들과 상자들과 양산들을 뚫고 나와, 뜨겁게 끓는 공기 속에 섰다. 운하 양쪽의 풍경은 가도 가도 똑같았다. 푸른 풀, 푸른 나무, 그리고 수문. 푸른 풀, 푸른 나무, 그리고 수문…. 미쳐버릴 것만 같았다.

베지에에서 삼십 분 거리에 있는 곳에서 뭍에 내렸다. 기절하기 일보 직전이었다. 하지만 마차가 없었다. 우리가 이렇게 빨리 도착하리라 생각을 못 했기 때문이었다. 태양은 지옥처럼 이글거렸다. 사람들은 남프랑스가 천국이라고 얘기한다. 하지만 내가 경험한 그때의 남프랑스는 지옥이었다. 베지에에서 마차가 기다리고 있었다. 하지만 좋은 자리는 다른 사람들이 다 차지해버려 난생 처음, 마지막이 되길 기도하면서, 마차 뒤쪽으로 기어올랐다. 일 미터 가까이 되는 머리 장식을 한 못생긴 여자가 내 옆자리에 앉았다. 이어서 술 취한 뱃사람이 올라타 노래를 불러 댔다. 그리고 더러운 남자 두 명이 올라타 신발과 코트를 벗고 그걸 깔고 앉았다. 풀썩거리는 먼지가 마차 안으로 끝도 없이 들어왔다. 태양은 여전히 뜨거웠고 마침내 눈을 멀게 했다. 이 모든 걸 참으며 가까스로 나르본에 도착했다. 휴식이 필요했다. 우선 쉴 곳을 찾았다. 그런데 그때 검문을 담당하는 관리가 나타났고, 길고 지루한 여권 검사가 시작되었다. 막 어두워지기 시작하던 때였는데 이웃 마을에 불이 났는지 화재 경보가 울리고 소방차들이 달려갔다. 이런 풍경들이 고문의 강도를 조금 낮추어주는 듯했다. 여기서 피레네 산맥까지 검문을 네 번이나 받아야 했다. 이탈리아에서도 이런 일은 없었다. 이유는 많았다. 스페인 국경이 가까워서 그랬고, 탈옥수가 있어서 그랬고, 근처에 살인 사건이 나서 그랬다고 했다. 이 모든 것들이 그때의 내 건강 상태에서는 참을 수 없는 악랄한 고문이었다.

페르피낭에 도착했다. 태양은 여기서도 거리의 사람들을 쓸어버렸는지 아무도 보이지 않았다. 밤이 되어서야 사람들이 거리로 나왔다. 거리로 몰려나온 사람들은 마치 온 도시를 부숴버릴 듯 한 기세로 몰려다녔다. 운집한 사람들의 무리가 내 방 창문 밑에서 파도처럼 일렁거렸다. 커다란 고함 소리들이 내 예민한 신경을 날카롭게 자극했다.

"안녕하세요, 아르고 씨!"

끝도 없이 반복되는 이 인사말이 도대체 무슨 뜻일까, 하필이면 왜 내 창문 앞에서 '아르고'를 외칠까? 알고 보니 아르고는 내 바로 옆방에 머무는, 그곳에서 존경받는 사람의 이름이었다.

이 길을 지나가는 사람들은 그에게 경의를 표하기 위해 그가 듣거나 말거나 상관없이 큰 소리로 그의 이름을 불러댔던 것이다. 아르고가 드디어 발코니에 서서 몰려든 사람들에게 연설을 했다. 환호성이 거리를 메웠다. 이날 밤처럼 많이 아팠던 날은 내 인생에서 그렇지 많지 않았다. 너무 아파서 스페인 여행을 포기해야만 했다. 그때의 내 건강 상태로는 불가능해 보였다. 아, 스위스로 돌아갈 힘만이라도 회복할 수 있으면 얼마나 좋을까! 돌아갈 길을 생각해도 까마득한 공포가 밀려왔다. 차가운 산 공기를 마시면 나아질 거라며 가능한 한 빨리 피레네 산맥으로 가라고 누군가 충고했다. 베르네에서 온천욕을 하는 것도 시원하고 좋을 거라며 그곳 책임자에게 추천장을 써주기도 했다. 밤새 마차를 타고 아침에도 몇 시간 더 달려서 마침내 베르네에 도착했다. 여러 달 동안 호흡하던 공기와 달리 서늘했고 힘이 생기는 것 같았다. 여기서 며칠 머무르자 원기가 완전히 회복되었다. 내 펜은 다시 종이 위를 달렸고, 내 생각은 다시 스페인을 향해 달려갔다.

베르네의 온천은 지금까지도 잘 알려지지 않았지만 특이한 매력을 가지고 있어 일 년 내내 찾는 사람들의 발길이 끊이지 않는다. 터키의 군사령관 이브라힘이 그곳을 다녀갔다고 했다. 지난 겨울의 일이었지만 종업원들의 입에서 그의 이름이 떠나지 않았다. 그가 머물렀던 방을 사람들이 구경하기도 했다. 그가 '메르씨(감사합니다)'와 '트레 비엥(잘됐군)'을 완전히 틀리게 발음했다는 이야기는 전설이 되어 있었다.

베르네는 모든 점에서 다른 온천보다 아직은 순수하다고 할 수 있다. 이 온천을 유럽의 다른 일류 온천 수준으로 억지로 끌어올릴 수 있는 건 가격을 올리는 길밖에 없다. 유럽의 다른 온천과 차원이 다르다. 여기에서는 세상의 간섭을 받지 않고 조용히 지낼 수 있다. 손님을 즐겁게 하기 위해 따로 온천에서 베풀어주는 건 아무것도 없다. 이곳에서 찾을 수 있는 즐거움은 당나귀를 타거나 아니면 걸어서 산을 올라가는 것뿐이다. 하지만 이곳에서는 너무도 독특하고 다양한 온천욕을 경험할 수 있기 때문에 인위적인 즐거움을 느낄 겨를이 없다.

이곳에는 정반대의 자연물이 한데 섞여 있다. 북쪽과 남쪽의 초목이 섞여 있고, 산의 초목과 계곡의 초목이 섞여 있다. 한쪽으로는 포도밭과 멀리 옥수수밭처럼 보이는 산, 그리고 건초 더미가 쌓여 있는 초록색 목초지가 보인다. 하지만 뒤돌아서서 바라보면, 풀 한 포기 없는 금속성의 바위들과 거기에서 울퉁불퉁하게 돌출한 바위들, 그리고 가늘고 길게 잘라놓은 듯 서 있는 바위들밖에 보이지 않는다. 그러다가 어느 곳에서는, 마치 질란드의 한곳을 옮겨다놓은 것 같은, 박하향 가득한 작은 목초지를 가로질러 포플러 나무들 아래를 걸어가는 자신의 모습을 발견하고 놀란다. 또 어느 곳에서는 바위 지붕 아래 서 있는 자신의 모습을 발견할 수 있다. 그곳에는 포도나무 사이로 사이프러스와 무화과나무가 자라고 있고, 이들 사이로 이탈리아의 한 조각을 바라볼 수도 있다. 하지만 이 모든 것의 영혼, 산맥 전체를 통틀어 우리 귀로 또렷이 들을 수 있는 수백만의 맥박 소리는 바로 샘물이 흘러가는 소리다. 쉼 없이 흘러가는 물은 생명이 있고 재잘거릴 줄 안다. 샘물은 어디에서도 솟아난다. 이끼 속에서 중얼거리기도

하고 바위 위로 우당탕 장난을 치기도 한다. 말로 다 할 수 없는 운동이 있고 생명이 있다. 수백만 개의 현이 동시에 울리는 합주를 들어본 적이 있는가? 내 위로 그리고 아래로, 아니 주변의 모든 곳에서 강의 요정들이 재잘거리는 소리를 들었다.

깎아지른 듯한 절벽 높은 곳에 무어 인의 성 유적이 남아 있다. 성의 발코니에 구름이 걸려 있었다. 당나귀가 가는 대로 좁은 길을 따라가면 성이 나온다. 여기에서 계곡 전체를 막힘없이 굽어볼 수 있다. 길고 좁은 계곡은 마치 나무로 이어지는 강처럼 보인다. 강은 붉게 그을린 바위들 사이를 휘감아 흐른다. 이 초록빛 계곡 한가운데의 높은 지대에 베르네가 들어서 있다. 여기에 이슬람 사원의 첨탑만 몇 개 있다면 불가리아의 어느 한 마을로 착각할지도 모른다. 두 개의 커다란 구멍이 창문처럼 나 있는 초라한 교회가 있고, 그 곁에 무너진 탑이 있다. 그 아래쪽으로는 흑갈색 지붕을 인 회색의 더러운 집들이 창문 대신 문을 열어젖힌 채 줄지어 늘어서 있다. 그야말로 그림 같은 풍경임에는 틀림없다.

마을로 들어서면 약국도 있고 책방도 있지만 궁핍만이 유일한 인상으로 다가온다. 거의 모든 집들이 다듬지 않은 돌을 쌓아올려 지었고, 군데군데 뚫어놓은 구멍은 창문이 되기도 하고 현관문이 되기도 한다. 제비도 이곳을 통해 자유롭게 들락거린다. 아무 집이나 들어가봐도 풍경은 똑같아, 닳은 마룻바닥에 물건들이 어지럽게 널려 있다. 벽에는 대개 털과 가죽이 그대로 붙어 있는 고깃덩이가 걸려 있다. 이 털로 신발을 닦는다고 했는데 농담인지 진담인지 알 수가 없었다. 침실은 성자들과 천사들, 화환, 왕관 등의 그림들이 마치 고대인의 벽화처럼 한껏 자유롭고 화려하게 장식되어 있다.

사람들은 대부분 못생겼다. 아이들은 난쟁이 같다. 아이의 귀염성도 이런 느낌을 지우게 하진 못했다. 하지만 몇 시간만 걸어 스페인 영토인 산 반대편으로 가면 아름답고 명랑한 갈색 눈의 미인이 있다. 베르네에서 느낀 유일한 시적 영상이었다. 화려하고 큰 나무 밑에서는 보따리장수가 손수건이며 책이며 그림 등 온갖 물건들을 땅바닥에 펼쳐놓고 손님을 불러 모았다. 새까맣게 탄 못생긴 마을 아이들이 이 신기한 물건들을 구경했다. 늙은 아낙네들이 멀찌감치 서서 바라보았고, 온천욕을 하러 온 신사 숙녀 관광객들이 말과 당나귀를 타고 긴 행렬을 이루어 지나갔다. 판자를 쌓아놓은 곳 뒤에서는 어린아이 둘이 수탉놀이를 하는지 연신 "꼬끼오오오! 꼬끼꼬, 꼬끼오오오!" 하고 외쳐댔다.

비유프랑세라는 군대 주둔지 마을이 여기보다 잘 갖추어져 있고 살기도 좋았다. 이곳에 루이 14세 시대의 성이 있고, 베르네에서 몇 시간만 걸어가면 되는 거리이다. 올레테를 지나 스페인으로 가려면 이곳을 지나야 하는데, 그래서 그런지 가게와 여인숙도 있다. 대리석으로 조각된 무어 풍의 아름다운 창문은 특히 관광객의 눈길을 끈다. 교회도 반은 무어 양식이고, 제단은 스페인 교회에서 본 것과 다르지 않았으며, 아기를 안은 성모 마리아는 금과 은으로 된 옷을 입고 서 있다. 나는 베르네에 도착한 직후에 비유프랑세를 방문했다. 모든 관광객들이 나와 함께 이곳으로 움직여 베르네의 말과 당나귀들을 전부 동원해야 했다. 우리가 타고 온 말들은 주둔군 사령관의 마차에 투입되었고 마차의 안과 밖에 사람들이 타기도 하고 매달리기도 했다. 홀슈타인 사람으로 알렉상드르 뒤마의 친구이기도 한 유명한 화가 도자가 일행 가운데서는 마차를 가장 잘 몰았기에 그가 임시 마부가 되었다. 요새와 막사 그리고 동굴을 구경했다. 눈길을 끄는 교회가 있는 작은 마을 코르넬리아도 그냥 지나치지 않았다. 어딜 가든 무어 인의 힘과 예술이 남긴 흔적이 없는 곳이 없었다. 여기 사람들은 프랑스 어보다 스페인 어를 더 많이 썼다. 이곳은 두 언어가 섞이는 완충 지대였다.

이곳의 아름다움과 약점에 어느새 익숙해져버렸다. 이 신선한 산간 마을에서, 여기까지 달려온 인생의 장을 마무리하리라 생각했다. 내 인생의 한 장을 마무리하는 이 마지막 페이지는 아름다움과 약점 모두를 간직한 채, 새로이 다가오는 인생과 구분되리라. 이제 미지의 장이 열릴 것이고 나는 묵묵히 그 길을 따라갈 것이다. 과연 어떤 일이 일어날까? 나는 알지 못한다. 하지만 감사하는 마음으로 그리고 기대하는 마음으로 앞으로 나아갈 것이다. 밝은 날만 아니라 어두운 날까지 포함한 지금까지의 내 인생은 최상이었다. 항로를 선택한 것도 나였고 키를 잡은 것도 나였다. 앞으로도 그럴 것이다. 하지만 신이 폭풍과 바다를 주관한다. 그가 어떤 명령을 내리든, 그리고 무슨 일이 일어나든, 그보다 더 나은 일이 없을 것이다. 이런 믿음이 내 가슴에 깊이 심어져 있었고, 그랬기에 행복했다.

지금까지의 내 인생 이야기는, 일부러 지어낼 수 없을 만큼 풍성하고 아름답게 내 뒤에 펼쳐져 있다. 나는 운이 좋은 아이였다는 생각이 든다. 모든 사람이 나를 사랑과 솔직함으로 대해주었고, 인간 본성에 대한 믿음을 배신당한 적도 거의 없었다. 왕자에서부터 가난한 농부에 이르기까지 많은 사람을 만났고 그들에게서 고귀한 인간의 맥박 소리를 들었다. 신과 인간을 믿는다는 것과 산다는 것은 기쁜 일이다. 친한 친구들이 둘러앉은 자리에서 하듯 거리낌 없이, 내 인생의 슬픔과 기쁨을 모두 이야기했다. 그리고 나를 인정해주고 갈채를 보낼 때 얼마나 기뻐했는지도 부끄러움 없이 다 이야기했다. 그 자리에 신이 앉아 있었다해도 그랬을 것이다. 이게 과연 허영일까? 모르겠다. 내 가슴은 감동으로 떨렸고, 그런 내가 천박하게 느껴지기도 했지만, 무엇보다 신에게 감사하는 마음뿐이다. 지나간 내 인생을 자전적으로 묘사해서 내 작품 모음집에 실어야 한다는 말에 설득되었기 때문이기도 하지만, 앞에서도 언급했듯이 내가 살아온 역사가 내 모든 작품에 대한 가장 좋은 주석이 될 것이기에 기꺼이 이 작업을 했다.

며칠 후면 피레네 산맥에 작별을 고할 것이다. 그리고 스위스를 거쳐 그리운 독일로 돌아갈 것이다. 독일은 내 인생에 수많은 기쁨을 안겨준 곳이다. 또한 나를 이해하는 친구들이 있는 곳이고, 내가 쓴 글들을 기꺼이 받아주고 격려하는 사람들이 있는 곳이다. 지금 쓰는 이 글도 따뜻하게 받아줄 것이다.

크리스마스 트리에 불을 밝힐 때면, 신의 뜻에 따라 가슴에 여행의 장미꽃을 한 아름 안고서 몸과 마음이 예전보다 훨씬 더 강해져서 다시 덴마크로 돌아갈 것이다. 그때 다시 새 작품들을 쓸 것이다. 이들에게 신의 축복이 가득하길! 행운의 별이 나를 향해 반짝인다. 행운을 차지할 자격을 나보다 더 많이 갖춘 사람은 수천 명도 넘을 것이다. 나는 가끔, 내가 이런 과분한 기쁨을 누릴 자격이나 있을까 의심한다. 하지만 앞으로도 이런 기쁨이 계속되길 진심으로 기도한다. 앞으로도 더 이상 좋을 수 없는 일들만 일어날 것이다. 하나님과 사람들에게 감사하며, 사랑을 전한다.

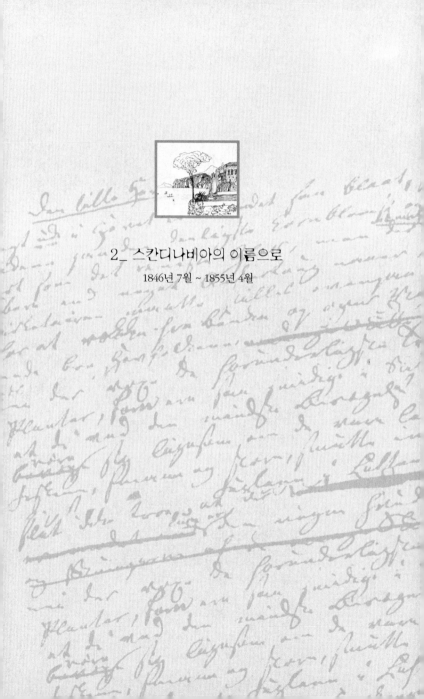

2_ 스칸디나비아의 이름으로

1846년 7월 ~ 1855년 4월

1846. 7 - 1847. 12

9년이 흘렀다. 그 사이 역사적인 일이 많았다. 힘들었지만 덴마크의 위대한 나날들이었다. 슬펐지만 행복한 나날들이었다. 9년이란 세월이 흐르면서 덴마크의 비평가와 독자들이 나를 인정했다. 세월은 나이를 먹게 했지만, 나는 여전히 청년이다. 세월은 나에게 평온과 휴식을 주었다. 이제 이 기간의 인생을 펼쳐보일 생각이다.

피레네 산맥에서 시원한 산 공기를 호흡하고 고향으로 돌아갈 원기를 회복했다. 베르네에서 스위스를 경유해 덴마크로 가는 걸로 여정을 잡았다. 밤에만 마차를 타고 이동했고, 특히 더울 때는 페르피낭과 나르본에 한동안 머무르기도 했다. 그럼에도 여전히 나를 둘러싼 공기에는 육체를 건강하게 유지하는 데 꼭 있어야 할 뭔가가 빠진 듯했다. 무겁고 우울한 공기가 나를 휘감았다. 고통스러웠다. 고통은 점점 커져, 온몸의 신경에 불이 붙은 듯했다. 뜨거운 태양이 지고 밤이 되어도 새롭게 힘을 얻는 건 파리들뿐이었다. 파리 떼가 모여들어 원무를 추며 힘을 과시했다. 이틀 동안, 아니 이틀 밤 동안 세트에서 별이 빛나는 하늘이 올려다보이는 발코니에 매트리스를 깔아놓고 잠을 자며 휴식을 취했다. 몽펠리에의 아름다움은 몽펠리에가 뜨거운 태양을 견디고 있다는 게 전부다. 태양은 나를 완전히 태워버렸다. 덧문이 꼭 닫히는 내 방은 모든 여행자들의 방이 되었다. 이들은 모두 금방이라도 목욕탕에 들어갈 듯한 차림이었다. 나도 마찬가지였다.

놀라운 속도로 달리는 기차 안에서 프랑스 북쪽 지역에서 일어난 끔찍한 열차 참사 소식을 들었다. 다른 때 같으면 이 소식에 상상력이 발동해 온갖 상상을 했겠지만, 남프랑스의 불타는 태양에 너무도 가위눌려 있던 터라 먼 나라 애기로만 들릴 뿐이었다. 주변에 무슨 일이 일어나든 전혀 무관심한, 일종의 우울증 상태에 빠져 있었다. 철도는 님에서 끝났다. 아비뇽으로 가려면 복잡하고 먼지 나는 마차를 이용할 수밖에 없었다.

아몬드 나무는 잘 익은 열매를 달고 있었다. 나는 거의 아몬드와 무화과만을 먹었다. 덧창이 늘 닫혀 있는 폐쇄된 공간에 갇혀 여행한다는 게 얼마나 서글픈가! 이곳에서 본 교황의 성은 주둔군의 요새 같았다. 오랜 세월을 거치는 동안 막사처럼 변형되었고, 대성당은 거기에 붙은 날개, 다시 말해 뒷간 같았다. 박물관에는 토르발센이 제작한 베르네의 조각상이 있었다. 어떤 똑똑한 사람이 조각상에 붙은 그의 이름에서 'danois(덴마크 사람)'를 연필로 지워놓았다. 베르네가 '아비뇽을 위하여' 기증한 그림 두 점이 걸려 있었다. 마제파(1644~1709. 우크라이나 카자크 족의 수장. 1708년 스웨덴의 카를 12세와 함께 러시아 군과 싸웠으나 폴타바 전투에서 패배했다 - 옮긴이)를 그렸지만 조각 작품과는 어쩐지 달라 보였다. 저녁이 되자 거리에 생기와 활력이 돌았다. 말을 탄 떠돌이 약장수가 북을 치며 큰 소리로 손님을 불렀다. 또 다른 둘카마라의 등장이었다. 포도 덩굴이 창문 위로 타고 올라가 풍성한 포도 잎이 창문을 덮은 모습이 마치 창문 위에 차일을 친 것 같았다. 보클루즈가 손에 잡힐 듯 가까웠지만 내겐 거기에 갈 힘조차 남아 있지 않았다. 내가 바라는 유일한 소망은 스위스에 가는 것뿐이었다. 거기에만 가면 서늘한 산맥의 정기를 받아 옛날처럼 건강을 회복할 수 있을 것 같았다. 보클루즈에는 유명한 샘물이 있다. 샘물의 물길이 라우라의 이미지를 닮았다는 페트라르카(1304~1374년. 이탈리아의 시인이자 인문학자. 1327년 아비뇽의 생클레르 교회에서 라우라를 처음 만나 연애 서정시를 쓰기 시작해서 평생 그녀의 모습을 노래했다 – 옮긴이)의 시로 세상에 이름을 날린 그 유명한 샘물을 볼 수 있었지만, 조금도 망설이지 않고 고개를 돌렸다.

론 강의 물살이 워낙 빨라, 기선을 타고 물살을 따라 리옹에서 마르세유까지 가는 데는 하루밖에 걸리지 않지만, 거꾸로 마르세유에서 리옹으로 거슬러 올라가려면 나흘이 걸린다. 나흘씩이나 걸리는 기선을 타느니 차라리 레오노레의 시처럼 "미친 말들처럼 달리는" 마차를 택했다. 오랑제의 로마 극장은 새로 지은 건물들 위로 우뚝 솟아 있었다. 셉티미우스 세베루스(146~211년. 로마 황제로 세베루스 왕조의 시조. 기사騎士 출신이며, 황제 마르쿠스 아우렐리우스의 신임을 받아 판노니아 및 알제리 주둔군 사령관으로 있다가 병사들에 의해 황제로 추대됨. 로마로 들어와 정적인 디디우스 줄리아누스를 굴복시켰다 – 옮긴이)가 세운 '승리의 아치'와 론 강의 강둑을 따라 늘어선 로마 시대의 장엄한 작품들을 대하니 다시금 이탈리아가 생각났다. 이전에는 남프랑스에 로마의 유물이 있다는 사실조차 몰랐는데, 놀라운 풍경이었다. 론 강의 강둑을 따라가며 바라보는 풍경이 점차 다양해졌다. 고딕 양식의 아름다운 교회가 있는 마을들과, 산 위에 박쥐처럼 엎드려 있는 오래된 성을 보았다. 아름다운 현수교 아래로 론 강의 빠른 물살이 흘렀고 더러운 기선이 힘겹게 물살을 헤쳐나갔다. 마침내 리옹에 도착했다. 멀리 북동쪽으로 하얗게 빛나는 구름이 평평한 초록의 평원 위로 올라가는 게 보였다. 몽블랑, 거기가 스위스였다. 스위스가 코앞에 있었다! 거기에서 몸과 마음의 새로운 자유를 마시고 느끼리라! 하지만 스위스 영사는 리옹의 경찰이 여권에 사인을 하기 전에는 비자를 줄 수 없다고 했다. 게다가 여권이 유효하지 않다고 했다. 여행을 할 때마다 나는 여권과 비자에 대해 지나치리만큼 신경을 쓰는 편이다. 한데 이런 노력이 아무 소용없게 되어버렸다. 주의를 하고 조심을 했는데도 여행할 때마다 번번이 여권 때문에 낭패를 당했다. 글자를 알아볼 수 없다거나 담당 직원이 숫자 하나를 잘못 기입했다거나 하는 일들이 꼭 일어나곤 했다. 이탈리아 국경에서는 내 이름 '크리스티안'이 잘못 기입된 걸 발견했지만, 다행히 종교적인 관행으로 인정해 그냥 넘어가기도 했다. 리옹의 경찰은, 여권을 프랑스 국경에서 곧바로 파리로 보내 내무부 장관의 승인을 받았어야 했다며 나를 힐난했다. 나는 하루 종일 여기저기 뛰어다니다가 마침내 경찰 고위직 인사의 동정심을 불러일으키는 데 마지막 기대를 걸었다. 그에게, 프랑스 국경의 어떤 직원도 내게 여권을 파리로 보내야 한다고 일러주지 않았으며 또한 지금 파리로 갈 생각이 전혀 없다고 말했다. 그러자 그는 스위스로 가려면 다시 마르세유로 돌아가 덴마크 영사에게 내 여권을 보여야 한다고 했다. 하지만 여행을 계속할 기력도 의지도 없으며, 또한 뜨거운 리옹에도 더 이상 머물 생각이 없고 내가 원하는 건 오로지 스위스의 산이라며 한 발짝도 물러서지 않고 우겼다. 나를 상대한 사람은 정중하고 교육을 잘 받은 관리였다. 그는 내 여권을 들고 내가 여행한 장소와 시간을 꼼꼼히 살폈다. 그리고 결국 내 여권에 어떤 악의적인 불법도 없다는 사실을 인정했다. 나머지 절차는 일사천리로 진행되었고, 다음날 리옹을 떠날 수 있었다.

저녁때 편안한 마음으로 극장에 가서 오페라를 보았다. 독일 작품이었다. 취리히에서 온 극단이 하룻밤에 플로토(1812~1883년. 독일의 작곡가 - 옮긴이)의 〈알렉산드로 스토라데라〉와 베버의 〈마탄의 사수〉 두 편을 공연했다. 두 편을 보는 데 어려움은 없었다. 〈마탄의 사수〉에서는 대사는 생략하고 노래와 음악만 보여줬기 때문이다. 아마도 프랑스 사람들은 어차피 대사를 알아듣지 못할 거라 생각했던 것 같다. 하지만 카스파르가 축배의 노래를 부른 뒤에 곧바로 맥스가 그의 모자를 잡고 고개를 끄덕여 보이고 나가는 건 어쩐지 우스웠다. 아무튼 카스파르는 자신의 노래가 공연을 성공으로 이끈다는 확신을 가지고 기운차게 노래를 불렀다.

스위스에 도착했다. 하지만 여기서도 더위가 나를 짓눌렀다. 몽블랑에 길고 검은 줄들이 세로로 나 있는 게 보였다. 눈이 녹아내리는 것이었다. 몽블랑의 처녀봉에 쌓인 눈도 몇 년 전보다 많이 줄어든 것 같았다. 하지만 공기는 훨씬 청명했고, 밤이 되면 서늘한 기운이 느껴졌다. 나는 곧바로 브베로 갔다. 호숫가 사보이의 눈 덮인 산을 바라보며 숨을 쉬는 건 축복이었다! 밤이 되자 양치기와 숯꾼들이 피워놓은 불빛이 검은 바위 언덕 위로 붉은 별처럼 빛났다. 시용을 다시 찾았다. 바이런이 기둥에 직접 새겨놓은 그의 이름은 지난번에 본 후로 숱한 수난을 겪었다. 영국인 하나가 그의 이름을 지우려고 그 부분을 긁어내다가 제지당했다고 했다. 비록 그가 바이런의 이름을 지웠다 하더라도 이 세상에 떨친 그의 이름은 영원히 지워지지 않을 것이다. 바이런의 이름 외에 두 사람의 이름이 더 새겨져 있었다. 빅토르 위고와 로버트 필(1788~1850년. 영국의 정치가 - 옮긴이)이었다.

프라이부르크에서 여태까지 본 것 중 가장 대담하고 장엄한 현수교를 보았다. 계곡과 강이 까마득히 아래로 내려다보일 만큼 높은 곳에 걸린 다리는 마차가 움직일 때마다 흔들거렸다. 만일 중세 시대에 이런 다리가 있었다면 아마도 그건 동화의 세상이었을 것이다. 이전에는 상상으로만 존재했던 세상을 과학이 현실로 만들어냈다는 사실에 새삼 놀라울 뿐이다.

마지막으로 바게센이 오래 살며 결혼을 하고 행복한 나날들을 보냈던 베른에 다다랐다. 석양의 알프스는 타오르는 불빛이었다. 바게센도 이 알프스의 석양을 보았겠지…. 나는 베른에서 며칠 머문 뒤, 라우터브룬넨과 그린덴발트로 향했다. 슈타웁바흐의 폭포에서 바람에 실려 날아온 서늘한 안개와 그린덴발트의 빙하 동굴의 서늘한 공기는, 뜨거운 지옥을 경험하고 온 나에게 천국의 선물이었다.

바젤로 갔다. 그리고 거기서 철도로 스트라스부르까지 갔다. 거기가 라인 강을 따라 운항하는 기선의 출발점이었다. 공기는 강 위로 무겁고 따뜻하게 내려앉았다. 우리가 탄 배는 하루 종일 물살을 헤쳐나갔다. 나중에는 사람들이 많아져 무척 붐볐다. 대부분이 독일인이었다. 그들은 노래하며 웃고 즐겼다. 그들은 덴마크와 덴마크 사람들에게 감정이 좋지 않았다. 크리스티안 8세가 선전 포고를 했기 때문이다. 그 소식을 나는 그 배에서 처음들었다. 바덴을 거쳐가는 그 여행길은 전혀 즐겁지 않았다. 아무도 나를 알지 못했고, 나 역시 그들에게 관심이 없었다. 여행하는 동안 내내 아팠고 고통에 시달렸다.

프랑크푸르트를 지나 마침내 바이마르에 도착했다. 바이마르에선 뵐리외의 집에서 처음으로 편안한 휴식을 취했다. 에텐부르크의 여름 별장용 성에서 아름다운 나날들을 보냈다. 대공의초대도 받았다. 제나에서는 볼프 교수와 함께 내 서정시들을 독일어로 번역하는 작업을 했다. 하지만 여전히 건강이 좋지 않았다. 그토록 남쪽 나라를 사랑하던 나였지만, 내 살과 뼈와 신경은 눈과 폭풍 속에서 생겨난 북쪽 나라의 자손이라는 사실을 인정하지 않을 수 없게 했다. 나는 천천히 고향 덴마크로 향했다.함부르크에서 크리스티안 8세가 보낸 단네브로그 훈장을 받았다. 사람들 얘기로는 내가 여행을 떠나기 전부터 예정되어 있던거라고 했다.

킬에서 란그라베 가족과 크리스티안 왕자와 그의 아내를 만났다. 왕실 기선이 이들을 데려왔고 나는 초대를 받아 이들과 함께가는 기쁨과 안락함을 누릴 수 있었다. 하지만 안개와 폭풍 속에서 이틀 밤낮으로 계속된 항해는 편안하지 못했다. 힘든 항해 끝에 코펜하겐에 도착했고 세관원의 검문을 받았다.

내가 대본을 쓴 하르트만의 오페라 〈꼬마 크리스티네〉가 내가 없는 동안 무대에 올려져 큰 성공을 거두었다. 성공의 공이 나에게 돌아왔다. 하르트만의 음악도 높은 평가를 받았다. 덴마크 사람의 취향에 딱 맞는 독특하고 감동적인 선율이었기에 당연히 높은 평가를 받아야 했다. 하이베르그조차 좋다고 할 정도였으니…. 그 소품을 직접 보고 또 듣고 싶었다. 코펜하겐에 도착한 바로 그날 〈꼬마 크리스티네〉의 공연이 있었다.

"자네도 대단히 만족할 걸세!"

하르트만이 말했다.

"사람들이 음악과 대본 둘 다 아주 마음에 들어한다네."

극장에서 공연을 보면서 그의 말이 사실임을 알았다. 공연이 끝나자 박수가 터져 나왔다. 한데, 야유도 있었다. 결코 적지 않은 야유였다. 하르트만이 놀라서 눈을 휘둥그렇게 떴다.

"한 번도 이런 적이 없었는데… 이해할 수가 없군!"

"나는 이해가 됩니다. 선생님을 향한 야유가 아니니까 초조해하시지 않아도 됩니다. 제가 덴마크에 돌아온 걸 알고 사람들이 저에게 인사를 하나 봅니다."

나는 여전히 건강이 좋지 않았다. 남쪽 나라에서 보낸 뜨거운 여름의 후유증에 시달리고 있었던 것이다. 차가운 겨울바람만이 나를 건강하게 되돌려놓을 수 있을 것 같았다. 무척 신경질적이고 육체적으로 쇠약해 있었지만, 내 영혼은 생기가 넘쳐나 그즈음에 〈아하수에루스〉를 완성했다.

나는 내가 쓴 모든 작품을 H. C. 외르스테드에게 읽어주었고, 그는 내 정서와 감정을 꿰뚫는 날카로운 판단으로 내게 점점 더 많은 영향을 끼쳤다. 그의 심장은 아름다운 것과 선한 것에 강력하게 박동했고, 그의 머리는 늘 냉정하게 진실을 더듬었다. 한번은 이런 적이 있었다. 바이런이 시 〈어둠〉에서 쏟아놓은 장대하고 환상적인 풍경에 완전히 사로잡혀, 덴마크 어로 번역해서 그에게 가지고 갔는데, 외르스테드는 그 작품은 진실성이 담겨 있지 않아 엉터리에다 완전한 실패작이라고 했다. 나는 깜짝 놀랐다. 그는 조목조목 그 이유를 설명했고 나는 반박할 수 없는 그의 말을 인정할 수밖에 없었다.

"시인은 해가 하늘에서 사라져버렸다고 생각할 수는 있다. 하지만 이렇게 말할 때조차도 시인은 그 어둠과 차가움 뒤에 전혀 다른 결과들이 필연적으로 이어지리란 사실을 알아야만 한다. 하지만 이 결과들이란 건 말도 안 되는 헛소리일 뿐이다."

그의 말에 담긴 진실을 깨달았다. 그의 글 〈자연의 정신〉에서 그가 시인에게 말하려 했던 진실을 진작에 인정했던 터이다. 현대의 지식을 대표하는 존재로서 시인은 이미지와 표현을 과학에서 끌어와야지 지나간 시대의 유물에서 찾아서는 안 된다. 물론, 지나간 시대를 묘사할 때 등장인물의 성격을 가장 잘 드러낼 수 있는 친숙한 사상이나 사물을 채용할 수도 있고, 또 그래야만 할 때도 있다. 외르스테드가 나중에 어떤 글에서 명쾌하게 표현했지만, 그의 생각에 나는 적잖이 놀랐고, 심지어 주교이자 그의 친구인 민스테르조차 이해하지 못했다. 당시 외르스테드가 내게 읽어주었던 글에는 문학 작품뿐만 아니라 논문도 많이 있었다. 다 읽고 난 뒤에는 그걸 놓고 얘기를 나누었다. 그는 내가 가끔 반론을 제기하면 가만히 들었다. 외르스테드 앞에서 내가 한 유일한 주장은 대사가 너무 구닥다리라는 것이었다. 아마도 캄페

의 〈로빈손〉을 두고 그런 말을 했던 것 같다. 그 작품에서는 등
장인물의 성격을 설명하는 부분이 거의 없었다. 화자話者의 이름
정도만 필요했을 뿐이고, 심지어 그게 없어도 전체 내용을 이해
하는 데 어려움이 없었다.

"자네 말이 맞을지도 몰라. 하지만 오랫동안 당연한 걸로 인
정해오던 걸 하루아침에 바꿀 수는 없다고 보네."

그는 지식과 경험이 마르지 않는 샘물이었다. 늘 사려 깊었고,
어린아이처럼 순수했다. 이런 성정은 어쩌면 신성함의 표현일지
도 모른다. 그는 신앙심이 깊었다. 유리를 만들어내는 과학 기술
에서도 그는 신의 위대함과 기독교인의 아름다움을 보았다. 우
리는 종교적인 진실이 과연 무엇인지에 대해서도 많은 이야기를
나누었다. 우리는 마주앉아 모세 5경(구약성서 맨 앞의 다섯 권으로
창세기, 출애굽기, 레위기, 민수기, 신명기를 말함 - 옮긴이)의 첫 번째
책을 꼼꼼하게 읽기도 했다. 어린아이처럼 경건한 신자이자 생
각이 깊은 철학자였던 그는 지나간 시대의 설화와 세계 창조의
신화를 자세하게 설명했다. 그를 만나 얘기를 나누고 돌아설 때
마다 내 머리는 명쾌했고 가슴은 부풀어올랐다. 여러 번 말하지
만, 가장 힘들고 낙담하고 갈피를 잡지 못할 때 나를 잡아주며
더 나은 날들이 올 거라고 격려하며 약속했던 사람이 바로 H. C.
외르스테드다.

어느 날 내가 부당하고 모욕적인 공격을 받고 상처를 입은 채
비통한 심정으로 그의 위로를 뒤로하고 헤어졌는데, 이 노신사
는 밤늦은 시간에도 내 집까지 찾아와 다시 한번 나를 위로하고
어루만졌다. 나는 너무도 깊이 감동해 슬픔을 모두 잊고 그의 위

대한 친절에 감사의 눈물만 흘렸다. 그러고 나니 다시 힘과 용기가 솟아 새 작품을 쓸 수 있었다.

〈작품 모음집〉이나 다른 여러 단행본을 통해 내 이름은 독일에서 점점 더 많이 알려졌고 찬사도 받았다. 내 동화들과 〈그림 없는 그림책〉도 많이 팔렸다. 심지어 내 작품을 모방한 책까지 등장했다. 수많은 책과 시집이 감동적인 글과 함께 내게 배달되었다. 독일에서 온 격려 편지 하나를 소개하겠다.

> 독일의 어린이들이 따뜻한 정을 담아 모든 덴마크 어린이들의 친구인 H. C. 안데르센에게 인사를 보냅니다.

〈어느 시인의 시장〉과 〈어린이들에게 들려주는 놀라운 이야기들〉 그리고 〈그림 없는 그림책〉이 영국에서 번역 출간되었다. 이전에 〈즉흥시인〉이 받았던 만큼의 큰 찬사를 독자와 비평가로부터 받았다. 남녀노소 할 것 없이 수많은 사람들이 편지를 보내왔다. 국왕 크리스티안 8세는 런던의 유명한 출판업자 리처드 벤틀리로부터 고급스럽게 장정을 한 내 작품들을 받았다. 국왕이 이 선물을 받고 무척 기뻐하더란 얘기와, 외국에서는 그토록 찬사를 받는데 왜 덴마크에서는 끊임없이 공격을 받고 폄훼되는지 놀라워하더란 얘기를 어떤 명사를 통해 전해들었다. 나중에 왕이 내 자서전(1846년에 발간된, 이 책 1부의 내용 – 옮긴이)을 읽었다는 말을 들었을 때는 그 친절한 마음 씀씀이에 감동하지 않을 수 없었다.

"이제야 비로소 선생을 알 수 있겠소."

내가 가장 최근에 쓴 책을 전달하려고 알현실에 갔을 때 왕이 그렇게 말했다.

"요즘 들어 얼굴 보기 힘든데, 좀더 자주 보아야겠소."

"그건 폐하의 뜻에 달렸습니다. 불러만 주시면 언제건 달려오겠습니다."

"그렇군, 그래…."

왕은 내가 독일 그리고 특히 영국에서 환대를 받았다는 사실에 크게 기뻐했고, 또 내가 쓴 내 인생 이야기에 대해서도 이야기했는데 꼼꼼하게 읽은 것 같았다. 헤어지기 전에 왕이 물었다.

"내일 저녁 식사는 어디에서 하시오?"

"식당에서 합니다."

"그렇다면 이리 들어와서 같이 합시다. 나와 내 아내와 함께…. 우리가 저녁을 먹는 시간은 네 시요."

프러시아의 공주가 친필 서명을 해서 선물한 아름다운 앨범을 국왕 부처가 흥미 있게 보고는, 앨범을 돌려줄 때 자비롭게도 친필로 다음과 같은 글을 써주었다.

끊임없이 노력해 존경받는 위치에 오른 것은, 천부적인 재능이나 누군가의 도움으로 그 자리에 오른 것보다 훨씬 값지다. 이 글을 읽을 때마다 나를 기억하길….

크리스티안 R.

4월 2일로 거슬러 올라간다. 그날이 내 생일이란 걸 왕이 알았다. 왕비 아멜리아가 자비롭게도 내게 축하 편지를 써 보냈다.

그녀의 정신과 따뜻한 말에 담긴 보석은 그 어떤 물질적인 선물보다 값진 것이었다.

어느 날, 왕이 자기와 함께 영국으로 가지 않겠느냐고 물었다. 가겠다고 했다. 그렇지 않아도 다가오는 여름에 갈 생각이었다.

"여행 경비는 내가 마련해줄 테니 그리 아시오."

고마웠지만 이렇게 대답했다.

"그러실 필요 없습니다. 독일 출판업자한테서 책의 인세로 팔백 릭스달러를 받은 게 있어, 제가 가진 걸로 충분합니다."

왕은 미소를 지었다.

"하지만 선생은 개인 자격이 아니라 덴마크 문학을 대표해서 영국에 가는 겁니다. 그러니 좀더 풍족하게 가지고 가야지요."

"물론 저도 그렇게 생각합니다. 돈을 다 쓰고 나면, 품위를 지켜 곧바로 돌아오겠습니다."

"필요한 게 있으면 내일이라도 나한테 편지를 하시오."

"아닙니다 폐하, 지금은 그럴 필요가 전혀 없습니다. 나중에 폐하의 도움이 절실하게 필요할 때를 대비해서 폐하의 성의를 저축해둘까 합니다. 행운이 언제나 나와 함께하지는 않을 테니까요. 행운이 나를 외면할 때, 그래서 구차하게 돈 얘기를 해야 할 때, 그저 안부 편지를 올릴 테니 그때 제가 구차한 사정에 처했다는 걸 짐작해주십시오."

왕은 내 청을 들어주었다. 그는 도움을 거절하고 청하는 내 방식에 기뻐했다.

1847년 5월 중순 코펜하겐을 떠났다. 아름다운 봄날이었다. 둥지를 떠난 황새 한 마리가 날개를 활짝 펴고 하늘로 날아올랐다. 성령 강림절은 옛 글로루프에서 보냈다. 오덴세에서 명사수를 떠받들고 행진하는 걸 보았다. 그 풍경은 어린 시절 내 추억이 담긴 장면이기도 했다. 내가 아직 꼬마일 때 한 무리의 소년들이 화살로 구멍이 숭숭 뚫린 과녁판을 들고 지나갔다. 군중들이 초록색 가지를 흔들며 이들을 맞았다. 그때처럼 사람들이 모여 흥겹게 떠들었다. 똑같은 풍경임에도 지금은 왠지 다르게 느껴졌다. 창밖으로 바라보이는 좀 모자란 듯한 청년이 내게 깊은 인상을 남겼다. 그는 용모가 수려했고 눈도 위엄 있게 번뜩였다. 하지만, 뒤쫓아가며 놀리는 아이들이 없었다 하더라도, 한눈에 봐도 어딘가 문제가 있다는 사실을 금방 알 수 있었다. 내 어린 시절이 떠올랐다. 정신이 온전치 못했던 할아버지…. 만일 내가 오덴세를 떠나지 않고 어느 장인의 문하생으로 들어가 기술을 익히고 그 기술을 살려 계속 오덴세에 살았다면 난 지금 어떻게 되어 있을까? 만일 어린 시절 내가 가지고 있었던 상상력의 힘이 시간과 환경 속에서 무뎌졌다면 지금 난 어떻게 되었을까? 만일 내가 세상 속으로 들어가 다른 사람들과 어울려 사는 법을 익히지 못했다면 어떻게 되었을까? 모르겠다…. 하지만 아이들에게 쫓겨다니는 그 불행한 청년을 보는 순간 가슴이 마구 뛰었다. 신이 내게 베풀어준 자비와 사랑에 무한한 감사를 느꼈다.

함부르크에서 작가인 글라즈베른너와 그의 아내이자 천재성 넘치는 뛰어난 배우인 페로니-글라즈베른너를 사귀었다. 이 만남을 두고 코펜하겐의 신문은 경쾌한 풍자 작가가 소설가 안데르센의 명성을 깎아내렸다고 썼다. 하지만 그가 쓴 시를 볼 때 결코 나를 깎아내리는 게 아니었다.

올덴부르크에서 옛 친구들을 만난 뒤 네덜란드 국경을 넘었다. 마차는 벽돌로 포장된 길을 따라 달렸다. 마치 버터를 바른 마룻바닥을 달리는 것처럼 부드럽게 미끄러졌다. 집과 마을이 모두 풍요롭고 깔끔해 보였다. 데벤테르의 성채 마을에 들어섰을 때는 마침 그날이 장날이었다. 말쑥하게 차려입은 사람들이 북적거렸다. 시장에는 간이 상점들이 들어섰다. 예전에 코펜하겐에서 사슴 사냥터였던 곳에 장이 벌어진 걸 본 적이 있는데 그것과 비슷했다. 네덜란드 국기가 펄럭이는 교회 탑에서는 차임벨 소리가 울려 퍼졌다.

위트레호트에서 암스테르담까지 기차를 탔다. 한 시간쯤 걸렸다. "암스테르담에서는 사람들이 마치 양서류처럼 반은 물에서 반은 땅에서 살았다." 하지만 그다지 나빠 보이지 않았다. 베니스를 떠올렸지만, 죽은 왕궁과 비버의 도시인 베니스에 비할 수는 없었다. 길에서 처음 만난 사람에게 길을 물었더니 알아듣기 쉽게 또박또박 길을 일러주었다. 네덜란드 어가 무척 알아듣기 쉬운 언어구나, 그런 생각을 했다. 하지만 그 사람이 한 말은 네덜란드 어가 아니라 덴마크 어였다! 그는 도제 수업을 막 끝낸 프랑스 인 이발사였는데, 코펜하겐의 이발사 카우제 밑에서 오랫동안 있으면서 덴마크 어를 배웠고, 내가 프랑스 어로 길을 묻자 내 얼굴을 알아보고 덴마크 어로 대답했던 것이다.

운하 양쪽에 그늘을 만들기 위한 나무들이 줄지어 서 있었다. 온갖 색깔로 얼룩덜룩한 맵시 없는 예인선은 한 부부와 온 가족이 함께 운영하고 있었다. 내가 올라타자 배는 미끄러지듯 부드럽게 물을 헤치고 나갔다. 아내는 키를 잡았고 남편은 긴 파이프로 연기를 뿜었다. 복잡한 거리에서 눈에 띄는 풍경을 보았다. 사내아이 둘이 있었는데, 이들의 웃옷이 뒤쪽은 검은색이고 앞쪽은 붉은색이었다. 바지도 두 다리 부분의 색이 달랐다. 계집아이 몇 명이 달려왔는데 이들 역시 옷 색깔이 그런 식이었다. 덴마크에서는 죄수들에게 그런 옷을 입혀 일반인과 구분을 하는데, 어린아이들이 왜 그런 옷을 입고 있는지 도무지 알 수가 없었다. 옆에 있는 네덜란드 사람에게 물었더니 고아들이라고 했다. 고아들에게는 모두 그런 옷을 입힌다는 것이었다.

내가 머무는 동안에는 국립극장이 문을 열지 않았다. 네덜란드의 풍속을 엿볼 수 있는 기회였는데 무척 아쉬웠다. 사설극장에서는 프랑스 어로 공연을 했다. 극장에서는 공연이 진행되는 동안 사람들이 담배를 피웠다. 뿐만 아니라 웨이터 '잔'은 끊임없이 객석 사이를 돌아다니며 손님의 파이프에 불을 붙여주고 차를 날랐다. 네덜란드에서는 거의 모든 웨이터가 '잔'으로 불렸다. 차도 컵으로 마시는 게 아니라 냄비처럼 큰 용기에 마셨다. 희극은 여전히 계속되고, 시는 기분 좋을 만큼 노곤하고, 파이프는 끝없이 연기를 뿜어댔다. 연기가 객석은 물론 무대까지 뽀얗게 퍼져나갔다. 이전에 네덜란드 사람에게서 이런 얘기를 듣고는 과장이라 생각하고 믿지 않았는데, 이제 보니 조금도 과장이 아니었다.

암스테르담에서 나를 남에게 처음 소개한 자리는 서점이었다. 네덜란드 어로 된 책과 플라망 어로 된 시집을 사러 서점을 찾았는데, 나와 몇 마디 얘기를 나누던 주인이 갑자기 실례한다며 나가버렸다. 도대체 왜 그러는지 알 수가 없어 나도 나가려는데,

주인이 다른 사람을 하나 데리고 들어와서는 둘이 함께 나를 뚫어져라 쳐다보았다. 그러더니 한 명이 혹시 덴마크의 시인 안데르센이 아니냐고 물었다. 그리곤 벽에 걸린 내 초상화를 가리켰다. 초상화로 나를 알아봤던 것이다. 게다가 네덜란드 신문에서 내가 네덜란드에 온다는 사실을 이미 알려놓았으니….

네덜란드에 여러 해 동안 살았던 덴마크 신사 니에고르드가 내 소설을 모두 네덜란드 어로 번역했다. 내가 가기 얼마 전에는 〈내 인생 이야기〉와 몇몇 소설들이 암스테르담에서 재출간되기도 했다. 최근 고인이 된 〈데 티야〉의 편집자 반 데르 블리에가 내 작품들을 특별히 소개했고, 내 초상화도 〈주간 문학〉에 실렸었다.

이런 일을 겪고 나서 네덜란드에도 내 친구들이 많다는 사실을 알았다. H. C. 외르스테드가 암스테르담에 있는 프리리히 교수에게 소개장을 써주었고, 이 사람을 통해 네덜란드 문학에서 가장 뛰어난 작품으로 꼽히는 소설인 〈방 안의 장미〉과 〈하를렘의 해방〉의 작가인 반 레네프를 소개받았다. 그는 잘생긴데다 친절했으며 안락하고 비싸 보이는 집에서 살았다. 이방인이 아니라 귀한 손님으로 나를 맞았다. 예쁘고 귀여운 아이들이 나에게 몰려들었다. 아이들은 내가 쓴 작은 이야기들을 알고 있었다. 특히 사내아이 하나는 〈빨간 구두〉에 깊은 인상을 받았다고 했다. 아이는 처음 한동안은 가만히 서서 나를 바라보기만 했다. 그러더니 책을 펼쳐 그 이야기가 나오는 부분을 보여주었다. 구두만 빨갛게 채색되어 있었고 나머지는 검은색이었다. 붙임성이 많은 큰딸 사라는 코펜하겐의 아가씨들이 예쁘냐고 물었다.

"그럼 예쁘지! 아마 네덜란드 아가씨만큼이나 예쁠걸?"

그 아이는 내가 덴마크 어로 말하는 걸 좋아했다. 나는 그 아이가 제일 좋아할 만한 글을 써주었다. 저녁을 먹는 자리에서 반 레네프는 내게 독일어를 읽을 줄 아느냐고 묻고는 종이 한 장을 내밀었다. 나를 위해 지은 시였다. 그는 그 시를 그 자리에 모인 사람들이 전부 들을 수 있게 큰 소리로 읽었다.

암스테르담에서 기차를 타고 하를렘으로 갔다. 북해와 하를렘 해 사이에 일종의 둑 같은 게 놓여 있어 그곳을 건넜다. 호수에서 물을 퍼내고 있었다. 이미 상당히 내려앉아 있는데 그렇게 물을 퍼낸다고 효과가 있을까 의심스러웠다. 세상에서 제일 큰 오르간이 팔천 개의 금속관을 울려서 내는 소리도 들었다.

사람들 말이 묘하게 들렸다. 덴마크 어 같기도 하고 독일어 같기도 했다. 또 이상한 건 여러 집에 똑같은 글귀가 씌어 있다는 사실이었다.

사람들을 깨우러 나가고 없습니다.

멀리 있는 교회 탑에서 아까부터 차임벨 소리가 들려왔다. 이 모든 정경이 마치 내가 벌써 영국의 한 공원에 와 있다는 착각이 들게 했다.

쉴라겔 교수 부부 그리고 질 교수와 함께, 앵글로색슨 족이 바다에서 건져올린 땅인 레이덴의 신기한 볼거리를 보러 나갔다. 기차역 대합실에는 사진과 현수막들이 어지럽게 걸려 있었다. 이 가운데 가장 큰 게 반 데르 블리에의 〈데 티야〉를 광고하는 것이었다. 한데, 내 이름이 붙은 초상화도 거기 걸려 있었다. 사람들은 초상화를 보고 나를 알아보았다. 당혹스러운 나머지 서둘러 객차 안으로 올라탔다. 헤이그로 가는 기차표를 샀는데 '그라벤헤이그'라는 네덜란드 식 지명이 적힌 표를 주었다. 난 처음에 그게 헤이그가 아닌 다른 도시인 줄로만 알았다. 기차가 출발하자 나는 내가 가기로 했던 도시가 아닌 전혀 다른 곳으로 간다는 생각에 약간의 흥분에 휩싸였다. 잠시 후 전혀 엉뚱한 기대였다는 게 밝혀지고 말았지만…. 헤이그의 거리에서 창문을 사이에 두고 처음 만난 아는 사람은 네덜란드 작곡가 베르홀스트였다. 그와는 로마에서 만나 친구가 되었는데, 나와 외모뿐만 아니라 걸음걸이와 동작까지 꼭 닮았다고 주변 사람들이 놀라곤 했다. 창문을 사이에 두고 대화는 하지 못하고 눈으로만 인사를 주고받았다. 한 시간 후, 낯선 외국 도시를 느긋하게 산책하는데 또다시 그를 만났다. 이런 우연이 있을 수 있나! 우리는 우리가 함께했던 로마 얘기를 하고 코펜하겐 얘기를 했다. 그가 알고 있는 작곡가 하르트만 얘기도 했다. 그는 덴마크가 자기들만의 오페라를 제작하고 공연한다는 점을 들어 덴마크를 높이 추어올렸다. 베르홀스트는 시내에서 제법 떨어진 곳에 있는 자기 집으로 나를 데리고 갔다. 마차의 창을 통해 신선한 초록빛 들판을 보며 네덜란드가 아니면 맛볼 수 없는 정취를 느꼈다. 멀리 있는 여러 교회들이 동시에 차임벨을 울렸다. 황새 떼가 우리 곁을 빠르게 날아갔다. 네덜란드도 그들의 고향이었다. 헤이그 사람들의 문장紋章도 황새였던 것이다.

나는 반 데르 블리에를 개인적으로는 알지 못했다. 하지만 그는 내게 여러 번 편지를 했고, 번역한 걸 보내줬고, 내 번역본의 근황에 대해 알려주었다. 그의 집을 불쑥 찾아갔을 때, 그는 깜짝 놀라 어쩔 줄을 몰라 했다. 그는 젊고 마음이 따뜻한 사람이었으며, 어린아이 같은 성정으로 내가 쓴 모든 작품에 박수를 보내던 사람이었다. 내가 네덜란드에 온 걸 알고 나를 맞을 계획까지 세워놓고 있었는데, 예고도 없이 들이닥쳤으니 놀랄 만도 했다. 그는 아내를 불렀다. 그의 아내 역시 젊고 친절했다. 하지만 그녀는 네덜란드 어밖에 할 줄 몰랐다. 하지만 우리는 눈짓으로 마음이 통했고 서로의 손을 따뜻하게 잡았다. 내게 선한 일을 베풀고 나를 도와준 사람들은 자기가 한 일을 모두 기억하지 못했다. 이 젊은 부부의 외아들 이름이 크리스티안이었다. 나와 '바이올리니스트'의 이름을 따서 그렇게 지었다고 했다. 사랑이 넘치는 행복한 가정이었다. 나를 보자 이 젊은 부부는 더없이 좋아하고 행복해 했다. 내가 누구에게 행복을 줄 수 있다는 사실에 나 자신도 감동했다. 헤이그에 며칠밖에 머물 수 없었던데다가 이들 부부의 집이 시내에서 제법 멀리 떨어진 곳에 있었기 때문에 나는 시내 중심가의 호텔에 머물기로 했다. 부부는 호텔까지 따라왔다. 조금이라도 더 함께 있고 싶어 하는 마음이 과분하게 느껴질 만큼 고마웠다. 낯선 외국에서 이런 친절을 받는 게 얼마나 즐거운 일인지 모른다. 우리들의 정겨운 대화는 끝없이 이어졌다.

블리에 부부와 헤어지며 호텔 계단에서 손을 흔들고 돌아서는데, 검은 옷을 입은 신사가 내 앞을 가로막고 자기 이름을 밝혔다. 하지만 이름을 밝히지 않아도 그를 알아볼 수 있었다. 마음이 통하는 친구와 즐겁게 웃고 떠들며 얘기하다가 막 배웅을 하고 돌아선 내 앞에서 그는 굵은 눈물을 흘렸다. 그는 멘델스존의 매제인데 막 베를린에서 왔다고 했다. 그리고 그의 아내가 죽었다고 했다. 짓누르는 슬픔을 툭툭 털어버리기 위해서라도 어디 먼 곳으로 여행을 다녀오라는 의사의 충고에 따라 여행길에 나섰다는 것이었다. 오빠 멘델스존의 외모와 성격뿐만 아니라 음악적 재능까지 닮았던 그의 아내가 갑작스럽게 죽었던 것이다. 베를린에서 이들 부부를 자주 만났었다. 그녀가 참석하면 모임에 생기가 돌았다. 그녀는 오빠의 정신과 대담성을 그대로 가지고 있었으며, 건반 위를 뛰는 민첩한 손놀림과 표현력으로 청중을 압도했다. 화가인 그녀의 남편은 죽은 아내의 초상화를 그렸다. 그리곤 여행길에 초상화를 들고 와 호텔 방의 탁자에 놓아두었다. 즐거움으로 들떠 있던 나는, 그렇게나 강인했던 남자가 깊은 슬픔 속에 눈물을 흘리는 걸 보자 마음이 뭉클해졌다. 몇 년 뒤, 멘델스존도 갑자기 누이 곁으로 따라가고 말았다.

헤이그에 나흘 동안 머물렀다. 그날은 일요일이었고, 프랑스 오페라를 보러 갈 생각이었다. 한데 프랑스에서 사귄 사람들이 몰려와 오페라는 포기하고 델유로페 호텔에 사람들이 많이 모였으니 거기로 가자고 했다.

"오늘밤 여기서 무도회가 있나 보죠?"

계단을 오르면서 내가 말했다. 나를 안내하던 사람이 빙그레 웃으며 대답했다.

"파티가 벌어졌답니다."

문을 열고 들어간 나는 엄청나게 모인 사람들을 보고 깜짝 놀랐다.

"선생님의 네덜란드 친구들이 좀 모였습니다. 모두 오늘밤 선생님과 함께 있게 된 걸 무한한 즐거움으로 여기고 있습니다."

헤이그에 머문 짧은 기간 동안 나에게 온 편지는 모두 반 데르 블리에가 받을 수 있도록 해놓았고, 내가 초대를 받아들이고 싶을 때는 그를 통해서 그 사실을 알렸다. 네덜란드에도 화가와 배우는 물론이고 뛰어난 작가들이 많이 있다는 사실을 깨달았다. 한번은 식사중이었는데, 식탁은 꽃으로 화려하게 장식되어 있었고, 음식과 건배와 연설이 이어졌다.

"안데르센을 아들로 받아준 코펜하겐의 콜린 의원을 위하여!"

반 데르 블리에의 건배 제의였고, 나는 그의 말에 가장 큰 감명을 받았다.

"두 분 국왕, 크리스티안 8세와 프러시아의 프리드리히가 선생님에게 훈장을 수여하였습니다. 이 훈장이 선생님의 관 위에 놓일 때, 신께서도 선생님의 경건한 작품들을 높이 사 세상 그 어떤 것보다 아름다운 훈장을 달아주실 겁니다. 그 훈장은 바로 영원히 사라지지 않고 영원히 잊혀지지 않을 불멸의 왕관일 것입니다."

어떤 사람은 네덜란드와 덴마크의 친밀한 관계를 두 나라의 언어와 역사를 들어 역설했다. 〈그림 없는 그림책〉을 위해 아름다운 그림을 그려준 화가는 예술가로서 내가 거둔 성공에 대해 축배를 들자고 제안했다. 크네펠하우트는 형식과 상상력의 자유를 프랑스 어로 역설했다. 사람들은 노래를 불렀고, 재미있는 시를 낭송했다. 내가 네덜란드의 희극과 비극에 대해 전혀 몰랐기에 헤이그의 유명한 비극 배우인 페테르가 〈타소〉에 나오는 감옥 장면을 연기했다. 나는 한 마디도 알아듣지 못했지만 그의 멋진 연기 속에서 진실을 느낄 수 있었다. 그의 뺨은 점점 창백해졌다가 다시 점점 붉어졌다. 그는 뺨의 핏기까지도 조절하는 것 같았다. 참석한 모든 사람들이 떠들썩한 갈채를 보냈다. 아름다운 노래들을 끝도 없이 불렀다. 네덜란드의 국가 〈누구를 위하여 네덜란드의 피를 흘리는가?〉의 멜로디와 정서가 묘하게 내 감정을 흔들었다. 내 생애에 잊을 수 없는 밤이었다. 지금 생각해보면, 가장 큰 찬사와 환대를 스웨덴과 네덜란드에서 받았던 것 같다. 감사와 기쁨의 눈물을 흘릴 수 있다는 게 얼마나 큰 축복인지 모른다.

다음날은 크네펠하우트가 나를 산책로와 음악이 있는 야외로 데리고 나갔다. 우리는 한가한 도로를 따라 아름다운 초록빛 목초지를 지나고 장엄한 대저택도 지나갔다. 우리 앞에 펼쳐진 레이덴도 보았다. 우리는 레이덴을 향해 쉐베닝겐 마을로 마차를 몰아갔다. 해변을 끼고 있는 이 마을에는 바다 쪽으로 거대한 모래 언덕이 형성되어 있어, 북해의 파도가 아무리 거칠게 몰아쳐와도 끄떡없을 것 같았다. 이 마을에 있는 온천 호텔에도 내 작품을 좋아하는 사람들이 있어서 덴마크와 네덜란드의 문학을 위해 함께 건배를 했다. 고깃배가 해안선을 따라 느리게 나아가고, 바다는 출렁거리고, 음악 소리는 울려 퍼졌다. 고향에 온 듯 편안하고 아름다운 밤이었다. 다음날 아침 헤이그를 떠나려고 할 때 여주인이 신문을 한 아름 안고 왔다. 신문들마다 내가 참석한 파티 기사가 실려 있었다. 몇몇 친구들이 역으로 배웅을 나왔다. 어느새 우리는 오래 사귄 친구가 되어, 이 세상에서 다시는 못 만날지도 모를 작별을 하려니 슬픔이 밀려왔다.

로테르담은 암스테르담보다 훨씬 더 생기가 도는 도시였다. 넓은 해협에 수많은 배들이 오가고, 밝게 칠한 네덜란드의 작은 요트들도 부지런히 오갔다. 여기서도 부인들이, 노래 〈청년 페데르센〉에서처럼 슬리퍼를 신지는 않았지만 키를 잡고 있었고, 남편들은 느긋하게 누워 파이프로 담배 연기를 뿜었다. 배들과 사람들 모두 장사와 무역으로 바빠 보였다.

다음날 아침 네덜란드의 가장 오래된, 그래서 가장 느린 기선으로 꼽히는 바타비에르 호가 런던을 향해 출항했다. 배는 화물을 잔뜩 싣고 있었다. 체리를 가득 담은 커다란 바구니가 수도 없이 많았다. 갑판 위의 승객들 대부분은 영국을 거쳐 미국으로 이민을 가려는 사람들이었다. 아이들은 갑판에서도 쾌활하게 놀았다. 한데 뚱뚱한 독일인 한 명이 갑판을 불안하게 서성이고 있었다. 그의 깡마른 아내는 벌써 멀미로 고통스러워했는데, 우리가 탄 배가 강을 벗어나 북해의 넓은 바다로 나갈 순간을 두려워했다. 그녀가 데리고 있는 개도, 두꺼운 담요를 두르고도 벌벌 떨고 있었다. 간조를 향해 바닷물이 빠지는 중이었다. 우리가 탄 배가 북해로 들어선 건 출발한 지 여덟 시간이나 지나서였다. 평평한 땅 네덜란드가 회색빛 도는 노란 바다 아래로 점점 가라앉는 듯했다. 석양을 본 뒤, 선실로 가 잠을 잤다.

다음날 아침 갑판에 나가니 영국 해안이 눈에 들어왔다. 템스 강 하구에서는 고깃배 수천 척을 보았다. 마치 거대한 병아리 떼 같기도 하고, 발기발기 찢어놓은 종이조각 같기도 하고, 좌판이 벌어진 커다란 시장 같기도 하고, 천막이 펼쳐진 야영지 같기도 했다. 템스 강은 영국이 바다의 지배자임을 보여주기라도 하는 듯, 셀 수도 없이 많은 크고 작은 배들을 거느린 거대한 위용을 자랑했다. 기선이 일 분마다 한 대씩 드나들었고 그때마다 안내선이 다가와 이들을 유도했다. 이들 바다의 안내자는 모자 위로 붉은 불꽃을 뿜어냈다.

거대한 기선들이 커다란 너울을 우리 쪽으로 밀어 보내며 스치듯 지나갔다. 젊은 신사들이 탄 화려한 유람선도 보았다. 배들은 끝임없이 오갔다. 템스 강 상류로 올라가자 배가 점점 더 많아졌다. 기선이 도대체 몇 척이나 될까 세어보았지만, 세다가 지쳐 포기하고 말았다. 그레이브센드에서 상류 쪽을 바라보니, 우리가 향하는 곳에 거대한 불이 난 듯 연기가 자욱했다. 그것은 기선이 내뿜는 연기와 공장 지대에서 내뿜는 연기였다. 폭풍우가 다가왔다. 칠흑같이 검은 하늘에 푸른 섬광이 뻗쳤다. 기차가 지나갔다. 뜨거운 수증기가 일렁거리며 풀어지고, 그 속에서 벼락 치는 소리가 들렸다. 배에 힘께 타고 있던 영국 청년이 내게 말했다.

"선생께서 이 배에 탄 줄 알고 사람들이 환영 행사를 벌이나 봅니다."

그의 농담을 들으며 속으로 생각했다.

'예, 신께서도 알고 계시나 보지요.'

템스 강은 갖가지 종류의 크고 작은 배들로 어지러웠다. 보지 않은 사람은 도무지 상상도 할 수 없을 만큼 혼란스러웠다. 이렇게 많은 배들이 어떻게 부딪치지 않고 다들 제 갈 길을 갈 수 있는지 의아했다. 조수가 빠지고 있었다. 물이 빠지자 제방이 진창처럼 끈적끈적한 바닥을 드러냈다. 찰스 디킨스(1812~1870년. 영국의 소설가 - 옮긴이)의 소설 〈골동품 가게〉의 한 장면이 생각났다.

항구의 세관에서 마차를 잡아타고 가는데, 아무리 달려도 끝이 없었다. 런던이란 도시는 끝없이 이어진 도시일지 모른다는, 갑자기 떠오른 이 황당한 생각이 사실일지도 모른다는 더 황당한 생각에 사로잡혔다. 사람들은 점점 더 많아졌고, 오가는 두 방향으로 꼬리에 꼬리를 문 마차 행렬이 이어졌다. 온갖 종류의 마차들을 다 볼 수 있었다. 승합마차는 안팎으로 사람들을 가득 태웠고, 커다란 왜건은 선전용 현수막을 붙이고 다녔다. 팔려는 물건이나 보여주려는 구경거리 내용을 적은 걸 긴 막대기에다 붙이고서, 사람 많은 곳에서 눈에 잘 띄게 올렸다 내렸다 하는 사람도 있었다. 모든 게 움직였다. 마치 런던의 반이 다른 반과 가장 빠른 시간 안에 골고루 섞이게 모든 사람들이 노력하는 것 같았다. 두 개의 길이 교차하는 곳에는 커다란 돌로 둘러싸 약간 높게 조성한 공간이 있는데, 한쪽 보도에서 한쪽 방향으로 향하는 마차 행렬의 길을 건너 달려온 사람들이, 반대 방향으로 향하는 마차 행렬의 길을 건너 다른 방향의 보도로 가기 전에 잠시 쉬는 피난처이다.

런던은 도시 중의 도시이다. 그렇다. 난 그걸 금방 느꼈다. 런던은 파리보다 더 힘이 있다. 런던에는 나폴리의 삶이 있지만 나폴리 같은 떠들썩하고 부산한 소동은 없다. 승합마차가 줄을 이어 달려갔다. 런던에는 승합마차가 사천 대나 있다고 했다. 말 두 마리가 끄는 이인승 마차, 한 마리가 끄는 이인승 마차, 네 마리가 끄는 우아한 마차, 짐마차 등등 온갖 마차들이 덜커덕거리고 딸랑거리며, 모두 중요한 일이 있는 듯, 도시의 한쪽에서 반대쪽으로 끊임없이 달렸다. 마차의 흐름은 종일 계속되었다! 끊이지 않았다! 지금 이곳 바쁘게 움직이는 사람들이 모두 무덤으로 들어간다 하더라도, 역시 바쁘게 움직이는 다른 사람들이 그 자리를 채울 것이다. 승합마차와 이륜마차와 온갖 마차들이 거리를 달릴 것이고, 사람들은 알림판과 광고판을 들거나 몸에 두르고, 혹은 장대에 높이 달아서 들고 있을 것이다. 부시맨을 구경하라고 떠들고, 복스홀(영국제 자동차 – 옮긴이)을 사라고 떠들고, 주마등을 구경하라고 떠들고, 또 예니 린드의 연주회를 선전할 것이다.

이윽고 H. C. 외르스테드가 추천해준 레스터 광장의 사브로니엘 호텔에 도착했다. 방 안 침대의 베개까지 햇살이 비쳤다. 런던에 안개만 있는 게 아니었다. 런던의 햇살은 마치 맥주병을 통해서 비치는 것처럼 붉은빛을 띤 노란색이었다. 해가 지자 공기는 맑았고, 가스등이 빛나는 거리로 별빛이 내려앉았다. 밤이 되어도 거리는 여전히 바쁘게 움직이는 사람들과 마차로 붐볐다. 너무 피곤해서 아무도 만나지 않고 곧바로 잠들었다.

나는 추천장을 한 장도 받아오지 않았다. 런던에 도착한 뒤 유일하게 단 한 사람에게 추천장을 청했는데, 신분이 높은 그 사람을 통해서 영국 상류층으로 이어지는 끈을 마련해 런던의 상류 사회를 조금이라도 엿볼 생각이었다. 하지만 그 사람은 말했다.

"선생은 여기서 추천장이 필요 없습니다."

다음날 아침 찾아간 덴마크 대사 레벤틀로 백작의 말이었다.

"선생의 작품들이 이미 선생을 추천했다고 보면 됩니다. 오늘

밤에 팔머스톤 경이 몇몇 사람들만 초청해서 파티를 여는데, 내가 그분한테 선생이 런던에 왔다는 편지를 쓰겠습니다. 내 생각엔, 선생 앞으로 초청장이 틀림없이 날아올 겁니다."

몇 시간 뒤에 정말 초청장이 왔다. 레벤틀로 백작과 함께 그의 마차를 타고 파티가 열리는 곳으로 갔다. 영국의 최상류층 귀족들이 모였다. 여자들은 비단과 레이스, 그리고 눈부신 다이아몬드와 꽃으로 화려하게 치장을 하고 있었다. 팔머스톤 부부가 친절하게 맞아주었다. 바이마르의 젊은 공작 부부가 나보다 먼저 와 있다가 나를 보고는 반가이 맞았다. 그리고 서포크 공작 부인에게 나를 소개했다. 공작 부인은 매우 예의바른 태도로 〈즉흥시인〉을 좋게 평가했다. 나는 곧 영국의 귀부인들에게 둘러싸였다. 이들은 모두 덴마크의 시인 안데르센과 〈미운 오리 새끼〉를 알고 있었다. 나는 그들에게 낯선 사람이 아니었다. 케임브리지 공작은 크리스티안 8세에 대해 이야기했다. 이전에 로마에 있을 때 덴마크 사람들에게 친절을 베풀었던 프러시아 대사 분센은 레벤틀로와 친구 사이였는데, 그 역시 나를 친절하게 대했다. 많은 사람들이 명함을 주었고, 이들 대부분이 나를 초대했다.

"선생은 오늘밤 단숨에 런던의 상류 사회 사교 모임에 들어갔습니다. 다른 사람 같으면 몇 년이 걸릴지 모르는데 말입니다. 너무 겸손해하지 마십시오. 여기서는 점잔 빼지 말고 그냥 앞으로 치고 나가셔야 합니다."

레벤틀로의 말이었다. 그도 기분이 좋은지, 다른 사람들이 알아듣지 못하는 덴마크 어로 빠르게 말했다.

"내일 아침에 그 명함들을 꺼내놓고 제일 나은 걸로 하나만

고르자구요. 그리고 그 사람과 충분히 애기를 나누면 됩니다. 그 사람하고 친해놓는 게 아마도 선생에게 큰 도움이 될 겁니다. 그 사람이 주최하는 최고의 사교 모임에 선생을 빼놓지 않을 테니까요."

그의 말은 끝없이 이어졌다. 마침내 광택이 나는 마루를 여기 저기 걸어다니는 것도 힘들었고 온갖 언어들을 넘나들어야 하는 것도 너무 힘들어, 도대체 내가 여기서 무얼 하고 있나 하는 생각이 들었다. 열기와 답답한 공기에 숨이 막힐 것 같아 사람들을 피해 복도로 나갔다. 심호흡을 하면서 쉬었다. 적어도 계단 난간에 기댈 수 있으니 좋았다. 이런 일을 밤마다 겪었고, 이런 밤이 삼 주 동안 계속되었다. 마침 또 그 시기가 사교 모임이 왕성한 철이었다. 덴마크에서는 겨울에만 사교 모임이 왕성한데 영국에서는 따뜻한 계절의 한철도 있었다. 나는 날마다 만찬에 초대를 받았다. 만찬이 끝난 후 사교 모임이 이어지고, 밤에는 무도회가 펼쳐졌다. 아침에는 조찬 약속이 빠지지 않고 잡혀 있었다. 그러니까 '아주 긴 밤과 낮'을 소화해야 했고, 이런 일정이 일주일치나 늘 밀려 있는 가운데 벌써 삼 주째 그런 생활을 계속하고 있었다. 더 이상 견뎌낼 수가 없었다. 그때를 돌이켜 생각하면, 특별하게 기억나는 사건이나 에피소드가 없다. 어느 모임이든 똑같은 사람들이 옷과 모자와 보석과 꽃만 바꾼 채 참석했기 때문이다. 영국인들은 방을 장식할 때 특히 장미를 선호했다. 창문과 탁자, 계단, 벽감壁龕(장식을 위해 벽면을 오목하게 파서 만든 공간 - 옮긴이)은 늘 장미로 뒤덮였다. 이때 장미는 물이 채워진 투명한 유리잔이나 컵, 꽃병 등에 꽂혀 있는데, 그 솜씨가 교묘해 자세히 보지 않으면 장미꽃만 보이고, 전체적으로 그저 향기롭고 신선한 카펫처럼 보일 뿐이었다.

앞에서도 언급했듯이 나는 레스터 광장의 사브로니엘 호텔에 머물렀다. 자기가 머문 적이 있다며 H. C. 외르스테드가 추천한 호텔이었다. 그런데 레벤틀로 백작 말이, 런던의 상류 사회에서는 유행을 따르는 게 철칙인데, 이런 호텔을 숙소로 하는 건 유행이 아니라는 것이었다. 육칠 년 전에 유행하다가 지금은 유행이 지났다고 했다. 그의 충고를 받아들여 그와 함께 있기로 했다. 하지만 그럼에도 내 방은 여전히 피커딜리 옆 드넓은 광장의 푸른 나무들 사이로 레스터 백작의 대리석 동상이 바라보이는 곳이었다.

분센과 레벤틀로 그리고 여러 나라의 대사들이 이곳으로 나를 찾아왔다. 하지만 사실 그것도 예의에 어긋나는 것이라고 했다. 영국에서는 무조건 예의를 지켜야 한다. 심지어 여왕도 자기 집에서조차 예의를 지켜야 한다. 들은 얘기인데, 여왕이 어느 날 공원으로 산책을 나갔다가 그날따라 그곳 풍경이 아름다워 좀더 있고 싶었지만 여덟 시 저녁 시간을 지키기 위해 서둘러 돌아와야만 했다고 한다. 안 그랬다간 온 영국이 들고일어나 예의 없음을 비난할 것이기 때문이었다. 자유의 땅인 영국에서 사람들은 모두 예의에 죽어난다. 그럼에도 영국은 멋진 게 많은 나라이다. 영국은 아마도 우리 시대에 유일하게 종교적인 나라일 것이다. 이 나라에는 선한 것을 존중하는 도덕이 있다. 그렇기에 단 하나의 결점을 너무 크게 얘기할 필요는 없다. 거리에 나가 경찰에게 길을 물어보면 친절하게 목적지까지 데려다준다. 아무 가게나

들어가도 늘 친절한 미소를 대할 수 있는 게 영국이다. 런던의 공기가 석탄 연기로 더럽다는 말도 과장이다. 런던의 일부 인구 밀집 지역이 조금 그렇긴 하지만, 대부분의 새로 형성된 도시 지역은 파리만큼이나 공기가 좋다. 런던에서 나는 밝게 내리쬐는 햇살과 별빛이 맑은 날들을 수도 없이 보았다.

외국인이 오래 머물러 살아보지도 않고서 시골과 도시의 삶을 온전하게 알기란 매우 힘들다. 외국인이 덴마크의 풍경과 사람 사는 모습을 보고 난 후에 쓴 책을 읽어보면 뻔하게 알 수 있는 사실이다. 잠깐 스쳐 지나가는 관광객은 개인적인 관심사 중심으로 바라볼 뿐이다. 그것도 실제 현실과 동떨어질 수밖에 없는 이방인의 관점으로 말이다. 그가 기차나 마차를 타고 달리면서 바라보는 거리 풍경이나 사람들의 사는 모습이 실제 현실과 다를 수밖에 없다는 건 너무도 당연한 사실이다.

런던은 도시 중의 도시다. 물론, 살아있는 역사이자 하나의 작은 우주인 로마를 제외하고 말이다. 런던에서 그때 화제의 초점이었던 사람은 단연 예니 린드였다. 그녀는 번잡하고 귀찮은 방문객을 줄이고 또 런던에서도 가장 신선한 공기를 호흡하기 위해 옛 브롬프톤에 집을 한 채 빌려서 쓰고 있다고 했다. 그게 내가 호텔에서 얻을 수 있었던 유일한 정보였다.

그녀의 집을 알아내기 위해 그녀가 노래하는 이탈리아 오페라 공연장을 찾았다. 여기서도 경찰이 훌륭한 안내자가 되어주었다. 경찰은 극장 경리 담당자에게 나를 데리고 갔다. 하지만 누구도 그녀에 대한 정보를 줄 처지가 못 되었거나 혹은 줄 생각이 없었다. 메모를 남기면 전하겠다고 할 뿐이었다. 내가 런던에 왔다는 사실과 내가 머무는 곳의 주소, 그리고 메모를 보는 즉시 어디에 사는지 알려달라는 내용으로 메모를 남겼다. 다음날 아침, '오라버니에게'로 시작되는 그녀의 답장을 받았다. 그렇게 기쁠 수가 없었다. 브롬프톤이 나오는 지도를 들고 마차를 탔다. 마부는 예니 린드를 '스웨덴의 나이팅게일'이라 부르며 브롬프톤의 어느 길에서 꺾어져야 그 주소의 집을 찾을 수 있는지, 그리고 거기까지 가려면 얼마나 걸리는지 친절하게 가르쳐주었다. 며칠 뒤 우연히 탄 마차가 그때 그 마차였다. 마부가 나를 알아보고 '나이팅게일 예니 린드'를 찾아냈는지 물었다.

예니 린드가 사는 집은 도시의 끝에 있었다. 길 쪽으로 울타리가 쳐져 있는 작고 깨끗한 집이었다. 집 앞에는 수많은 사람들이 모여 있었다. 그렇게 마냥 기다리다 운이 좋으면 예니 린드를 조금이라도 볼 수 있을까 기대하는 사람들이었다. 이날 기다리던 사람들은 운이 좋은 셈이었다. 내가 탄 마차가 종을 울리자, 창문을 통해 나를 알아본 예니 린드가 마차까지 뛰어나와 나를 맞이하는 모습을 볼 수 있었기 때문이다. 그녀는 내 손을 잡고, 주변으로 사람들이 몰려와 지켜보는 것도 잊어버린 채 누이처럼 따뜻한 눈으로 한동안 나를 바라보았다. 그녀의 집은 예쁘고 모든 것이 잘 갖추어진데다 편안했다. 작은 정원에는 잔디가 깔려 있었고 잎 많은 나무들이 서 있었다. 털북숭이 갈색 개 한 마리가 그녀 주변을 맴돌다 예니 린드의 품으로 뛰어들었다. 예니 린드는 개를 쓰다듬고 안았다.

우아하게 장정된 책이 여러 권 탁자에 놓여 있었다. 메리 호위트가 그녀에게 헌정한 〈내 인생의 진실한 이야기〉 영어 번역본도 거기 있었다. 탁자에는 또 그녀를 나이팅게일에 빗대어 그린 커다란 만화도 놓여 있었다.

우리는 덴마크와 희가극과 콜린에 대해 얘기했다. 나는 네덜란드에서 받은 환대와 파티를 얘기하며, 콜린을 위해 얼마나 많은 건배를 했는지도 얘기했다. 그녀는 손뼉을 치며 고함을 질렀다.

"술을 많이 드시면 안 되잖아요!"

그녀는, 자기가 출연하는 오페라 입장권이 터무니없이 비싸니 절대로 돈 내고 표를 사지 말라며, 입장권은 빠짐없이 챙겨주겠다고 약속했다.

"저는 선생님을 위해서 노래 부를 테니까, 선생님은 저를 위해 선생님이 쓴 작은 이야기를 읽어주세요."

하지만 수많은 초대에 응하다 보니 그녀가 챙겨준 입장권을 두 장밖에 쓸 수 없었다. 몽유병자가 런던에서 첫 번째로 본 그녀의 배역이었다. 이 배역은 그녀에게 최고임에 틀림없었다. 그녀의 육체를 통해 순수한 처녀성이 발산되자 무대에 성스러운 기운이 감돌았다. 마지막 막에서 잠을 자며 걸어가는 몽유병자의 모습을 연기할 때였다. 가슴의 장미를 집어 허공에 높이 들었다가 아무런 의식도 없이 툭 떨어뜨리는 장면에서 전혀 예상하지 못했던 아름다움을 발견하고는 나도 모르게 감동의 눈물을 흘리고 말았다. 객석에서 갈채와 환호가 터져 나왔다. 다혈질의 나폴리 사람들에게서도 본 적이 없는 어마어마한 울림이었다. 그녀의 머리 위로 꽃다발이 비처럼 쏟아졌다. 축제의 절정 같은 분위기였다. 런던의 오페라 극장에서 정장을 차려 입어야 한다는 건 다들 알고 있을 것이다. 하지만 객석이나 돌출된 박스의 신사들은 하얀 크러뱃(목에 감는 스카프 모양의 남성용 입을거리 - 옮긴이)을 입고 숙녀들은 무도회에 참석할 때처럼 드레스를 차려입은 채 손에 꽃다발까지 들고 있을 줄은 상상도 못할 것이다.

여왕과 알버트 왕자, 그리고 바이마르의 대공 부처도 오페라를 보았다. 예니 린드의 입술을 통해 들리는 이탈리아 어는 어딘지 이상했다. 하지만 사람들은 예니 린드의 이탈리아 어가 이탈리아 사람보다 더 정확하다고 했다. 독일어도 마찬가지였다. 어떤 외국어라도 예니의 입에서 나오면 그녀가 스웨덴 어를 할 때처럼 자연스러웠다. 작곡가 베르디는 예니를 위하여 실러의 〈도적들〉을 대본으로 오페라 〈마즈나디에리〉를 만들었다. 나도 이 오페라를 본 적이 있다. 하지만 예니 린드의 연기와 노래로도 이 오페라의 단조로움은 어떻게 할 수가 없을 만큼 안타까웠다. 아멜리아 부분은 그녀가 숲에서 무어 인 카레에게 살해당함으로써 끝이 나고 도적 떼는 포위당한다. 라블라쉐가 늙은 무어 인을 연기했는데, 뚱뚱한 남자가 탑에서 걸어나오며 배가 고파 죽을 지경이라고 말하는 장면은 지나치다 싶을 정도였다. 그 대사에 객석의 모든 사람들이 웃음을 터뜨렸다. 하지만 바로 이 작품에서 나는 그 유명한 무용가 타글리오니를 처음 보았다. 그녀는 〈여신들의 발걸음〉 속에서 춤을 추었다. 그녀가 등장하기 직전에 내 심장은 쿵쾅거리며 마구 뛰었다. 기대가 클 때는 늘 이랬다.

그녀는 늙고 작았지만 기운차고 예쁜 여성으로 등장했다. 그녀의 우아한 춤을 중립적인 눈으로 냉정하게 보았다. 젊음이 넘쳐흘렀다. 다른 어떤 것과 비교할 수 없는 그녀만의 아름다움이 있었다. 제비가 춤을 추는 것 같았고, 프시케가 뛰노는 것 같았다. 덴마크의 젊은 무용가로 런던에 머물던 그란도 사람들의 찬사를 한몸에 받고 있었다. 하지만 당시 그녀는 발이 아파서 춤을 추지 못했다. 어느 날 저녁 〈사랑의 묘약〉이 공연될 때, 그녀가 내게 사람을 보내 함께 보자고 청했다. 그녀의 박스석에서 나란히 앉아 공연을 보았다. 그녀는 무대에 올라온 배우들을 하나하나 자세하게 설명했다. 그녀는 예니 린드를 그다지 높이 평가하지 않았다. 그날의 공연이 끝나고 예니 린드는 환호 속에 적지 않은 야유를 받기도 했지만, 그건 모든 위대한 것들에 늘 따라다니는 장식일 뿐이었다. 예니 린드가 상처받은 우아한 여성 노르마로 등장해서 보여준 연기는 나에게 깊은 감동을 주었지만, 예니 린드 이전에 이미 그리시를 최고의 모범으로 생각하고 있던 영국인들을 모두 만족시키지는 못했다. 〈오베론〉을 비롯한 몇몇 오페라를 쓴 플랑쉐가 예니 린드를 공격하는 데 앞장섰다. 하지만 그녀의 대중적인 인기를 꺾을 순 없었고, 그녀는 나무 그림자가 지는 조용한 집에서 늘 평온했다. 계속되는 초대에 녹초가 된 몸을 이끌고 어느 날 그녀의 집을 찾아갔다. 그녀가 말했다.

"이제 아시겠죠? 하루도 빠짐없이 파티에 참석한다는 게 어떤 건지 잘 아시겠죠? 누구든 지쳐 나가떨어지죠. 내용도 없고 알맹이도 없고, 그저 끝없이 말장난만 하는 껍데기들뿐이죠."

그날 그녀의 마차를 타고 내 숙소로 돌아오는데, 그녀의 마차를 알아본 사람들이 몰려들었다. 마차에서 예니 린드 대신 모르는 남자가, 그것도 혼자 내리자 무척 실망스러워했다. 노신사 함브로가 나를 통해서 예니 린드를 시골에 있는 저택으로 초대했다. 예니 린드는 거절했다. 파티 참석자를 직접 정하라고 해도 거절했고 파티 참석자를 나와 예니 린드 그리고 함브로 세 사람으로 한정해도 거절했다. 그녀는 자신의 생활방식을 바꾸려 하지 않았다. 내가 함브로를 그녀의 집으로 데리고 가는 것만 겨우 승낙했을 뿐이다. 예니 린드와 함브로는 재미있게 잘 어울렸고, 온갖 이야기를 다 한 끝에 돈 이야기까지 나왔다. 두 사람은 내가 돈 관리를 잘 못하고 재능을 돈으로 바꿀 줄도 모른다며 놀렸다.

젊은 조각가 듀햄은 예니 린드와 나의 흉상을 만들고 싶어 했다. 하지만 우리 둘 다 시간을 낼 수가 없었다. 우여곡절 끝에 그는 예니 린드에게서 삼십 분이라는 시간을 얻어냈다. 무대에서 본 그녀의 신체를 기억해서 진흙으로 본을 뜬 걸 삼십 분 안에 수정했다. 나는 한 시간을 허락했다. 이렇게 짧은 시간에 마음에 드는 흉상을 만들어내리라고는 생각도 하지 않았다. 하지만 그는 멋진 흉상을 만들었다. 내 것뿐만 아니라 예니 린드의 흉상도 마찬가지로 훌륭했다. 우리의 흉상은 나중에 코펜하겐에서 전시되었는데, 두 작품이 비슷한 데가 있고 종교적 착상이 너무 뚜렷하다는 이유를 들어 비평가들이 혹독한 평가를 내렸다. 이들에게 묻고 싶다. 과연 덴마크의 조각가 가운데 한 시간 삼십 분이라는 제한된 시간 안에 듀햄만큼이나 할 수 있는 사람이 과연 몇이나 되느냐고. 세월이 흐른 뒤 다시 한번 예니 린드를 만났다. 그리고 우리 모두 잘 알고 있듯이, 그녀는 대중의 인기를 뒤로하고 승리의 행진곡을 들으며 영국을 떠나 미국으로 갔다.

레벤틀로 백작이 나를 모건이라는 노부인에게 소개했다. 그녀는 나를 초대했다. 그 날짜가 임박했을 때 노부인은 내 작품을 하나도 읽지 않았다고 털어놓으며 초대 날짜를 한 차례 연기했다. 그리곤 〈즉흥시인〉과 내가 쓴 작은 이야기들을 급히 읽었다. 노부인의 집 방들은 장식을 요란하게 하지 않았지만 고가구와 골동품이 가득했고, 이 모든 것에서 프랑스 느낌이 묻어났다. 특히 노부인 자신이 그랬다. 유쾌하고 생기 넘치는 노부인은 프랑스 어로 말했고 프랑스 그 자체였다. 그녀는 내 책에서 매우 정중하게 몇몇 부분을 인용했는데, 내가 보기에 너무 서둘러 읽은 것 같았다. 벽에는 토르발센의 연필 스케치가 걸려 있었다. 〈밤과 낮〉의 한 부분이었고, 로마에서 받았다고 했다. 그녀는 나를 위해서 런던의 모든 유명 작가들을 초대하겠다고 했다. 찰스 디킨스와 불워 리턴(1803~1873년. 영국의 정치가이자 소설가. 가장 널리 알려진 작품으로 〈폼페이 최후의 날〉이 있다 – 옮긴이)을 꼭 만나야 한다고 했다. 이날 밤 노부인은, 여류 작가인 제인 오스틴의 딸이자 〈인어공주〉를 번역한 사람인 두프 고든에게 나를 데리고 갔다. 그곳에서 명사들을 많이 만나리라 생각했는데 예상한 대로였다. 한데 여기서, 〈문학신문〉의 편집자 젤단이 소개한 영국의 여류 작가 블레싱턴 부인이 그야말로 '엄선된' 모임에 나를 초대했다.

그녀는 런던에서 제법 떨어진 곳에 있는 고어 하우스에 살았다. 그녀는 지독하게 뚱뚱했고, 손가락에는 번쩍거리는 반지들을 잔뜩 끼고 있었다. 우아하게 차려입은 그녀는 마치 오래 사귄 친구를 맞이하듯 내 손을 잡았고, 〈어느 시인의 시장〉에는 다른 어떤 작품들에서도 볼 수 없는 귀한 보석이 들어 있더라며 최근에 쓴 자기 소설에도 그 얘길 썼다고 했다. 우리는 커다란 아이비와 포도 덩굴로 뒤덮인 정원의 발코니로 나갔다. 지빠귀 한 마

1909년 코펜하겐 왕립극장에서 공연된 발레 〈인어공주〉.

리와 앵무새 두 마리가 있었다. 지빠귀가 나를 보고 소리를 질렀다. 발코니 아래에는 장미가 자라고 있었다. 초록으로 아름다운 풀밭이 있었고 가지를 늘어뜨린 버드나무 두 그루가 서 있었다. 조금 더 먼 곳에는 작은 관상용 목초지와 소 한 마리가 있었다. 시골을 연상케 하는 풍경이었다. 우리는 정원으로 걸어 들어갔다. 그녀는 내가 처음으로 깊이 알게 된 영국 부인이었다. 그녀는 나를 배려해 일부러 말을 천천히 했다. 내 손목을 잡기도 하고, 또 한 마디 한 마디 할 때마다 나를 바라보며 자기 말을 알아듣겠느냐고 물었다. 또, 자기보다는 내가 쓰면 좋을 이야깃거리가 있다고 했다. 이런 내용이었다. 가진 거라곤 희망밖에 없는 가난한 사람과 가진 건 많지만 희망이 없는 사람이 있는데, 결국 가난하지만 희망을 가졌던 사람이 행복하게 되고 희망이 없는 사람은 불행해진다는 그런 내용….

그녀의 사위이자 런던에서 가장 우아한 신사인 도르세 백작이 들어왔다. 그는 옷차림을 영국식으로 완전히 바꾸었다고 했다. 우리는 그의 작업실로 갔다. 진흙으로 만든 블레싱턴 부인의 흉상이 서 있었다. 거의 완성 단계였다. 예니 린드를 그린 유화도 있었다. 노르마를 연기하는 예니 린드였다. 그가 기억에 의존해서 그린 것이라고 했다. 그는 재능이 무척 많아 보였고, 정중하며 사교성이 있는 사람이었다.

블레싱턴 부인은 자기가 쓰는 방들을 보여주었다. 나폴레옹의 흉상이나 초상화가 방마다 갖추어져 있었다. 마지막에 부인의 집필실로 갔다. 수많은 책들이 펼쳐져 있었는데, 모두 앤 볼린(1507~1536년. 영국 헨리 8세의 두 번째 왕비. 왕비 캐서린의 시녀였다가,

왕비에게서 아들을 얻지 못하여 왕가가 단절될 것을 염려한 헨리의 눈에 들었다. 헨리는 그녀와의 결혼을 결심하고 교황에게 캐서린과의 결혼 무효를 신청하였으나 교황이 이를 인정하지 않음으로써 왕과 교황이 대립하여 영국 종교 개혁의 발단이 되었다. 1533년 1월 헨리는 그녀와 비밀 결혼을 하였고, 부활절에 이 사실을 공포하였다. 9월에 공주 엘리자베스 1세를 낳았으나 그후로 계속 왕자를 사산하자, 왕자를 열망한 헨리에 의해 간통과 근친상간의 오명을 쓰고 처형되었다 – 옮긴이)과 연관이 있는 책들이었다. 우리는 시와 예술에 대해 얘기를 나누었다. 그녀는 내 작품 여러 곳에 매력적인 부분이 있다며 칭찬했다. 그리고 예니 린드의 원기 왕성한 모습을 칭찬했다. 예니 린드가 몽유병자 노르마를 연기할 때 그녀의 모습은 순수성 그 자체라고 했다. 예니 린드를 얘기하는 블레싱턴 부인의 눈에 눈물이 고이는 걸 보았다. 부인의 딸인 듯한 아가씨 둘이 장미꽃 한 다발씩을 내게 안겼다. 부인은 젤단과 나를 다른 날 다시 초대해 디킨스와 불위를 소개하겠다고 했다.

약속한 그날 부인의 집을 다시 찾았다. 온 집이 축제 분위기였다. 비단 양말에다 머리에 분을 바른 웨이터들이 복도에 서 있었고, 블레싱턴 부인은 놀라울 정도로 화려하게 차려입었다. 불위는 못 온다고 했다. 그는 요즘 온통 선거에 정신이 팔려 그날도 득표 활동 때문에 참석하기 힘들다는 것이었다. 그러면서 부인은, 그가 사실은 허영이 심해 함께 있기가 불쾌할뿐더러 가는귀가 먹어 대화를 나누기 어렵다는 말도 덧붙였다. 부인은 그 시인을 별로 좋아하지 않는 눈치였다. 그녀가 색안경을 끼고 있었던 건지 지금도 잘 모르겠다. 하지만 찰스 디킨스에 대해서는 처음부터 끝까지 따뜻하게 얘기했다. 디킨스는 온다고 약속했고, 그 날 나는 디킨스를 만날 희망에 부풀어 있었다.

〈내 인생의 진실한 이야기〉(번역본이라 제목이 달라졌다 - 옮긴이) 에 서명을 하는데 디킨스가 들어왔다. 젊음이 넘치는 잘생긴 얼굴이었다. 표정은 침착하고 친절해 보였으며, 길고 아름다운 머릿결을 얼굴 양옆으로 늘어뜨려 멋을 부렸다. 우리는 악수를 나누고 서로의 눈을 바라보며 서로의 이름을 새겨들었다. 발코니로 나갔다. 살아있는 사람 가운데 내가 가장 사랑하는 영국의 작가를 바라보며 이야기를 나눌 수 있다는 사실이 너무 행복해 눈물을 흘릴 뻔했다. 디킨스는 내가 바치는 사랑과 찬사를 이해하고 받아들였다. 그는 두프 고든 부인이 번역한 〈인어공주〉에 대해 이야기했다. 〈어느 시인의 시장〉과 〈즉흥시인〉도 알고 있었다. 식탁에서도 나와 디킨스는 가까이 앉았다. 우리 사이에는 블레싱턴 부인의 어린 딸밖에 없었다. 그는 나와 함께 포도주를 마셨다. 식탁 맨 끝에는 여러 개의 램프로 환하게 조명을 밝힌 나폴레옹의 전신 초상화가 놓여 있었다. 부유하고 존경받는 사람들의 사교 모임이었다. 우체국장이 있었고 기자와 귀족이 있었고 다른 시인이 있었지만 그 가운데서 내겐 디킨스가 단연 돋보였다. 파티는 블레싱턴 부인과 두 딸을 제외하면 모두 남자였다. 이런 점이 분위기를 더욱 자유롭게 했다. 레벤틀로 백작과 몇몇 사람들이 내게 블레싱턴 부인의 집에 갔다는 얘기는 하지 않는 게 좋다고 했다. 왜냐고 물었더니 유행이 아니기 때문이라는 게 그 이유였다. 말하자면 따돌림을 당한다는 얘기였다. 이 말이 사실인지 아닌지는 지금도 모르겠다. 하지만 그들이 하는 얘기대로라면, 블레싱턴 부인의 사위인 도르세 백작이 자기 아내보다 장모와 함께 있는 걸 더 좋아하며, 또 이런 이유로 해서 그의 아내는 남편과 집과 고향을 버리고 멀리 다른 데서 친구들과 함께 산다고 했다. 그의 아내는 블레싱턴 부인의 친딸이 아닌 게 틀림없다고 했다.

블레싱턴 부인에게서는 즐거운 인상만 받았다. 다른 모임에서 어떤 귀부인이 나더러 최근 누구의 집을 방문했느냐는 질문을 할 때 망설임 없이 블레싱턴 부인의 이름을 말했다. 그럴 때면 갑자기 분위기가 썰렁해졌다. 왜 그 부인 집에 가면 안 되고 그 부인에게 도대체 무슨 문제가 있는지 물었지만, 되돌아오는 대답은 늘 좋지 않은 여자라는 짧은 한마디뿐이었다. 어느 날 블레싱턴 부인이 내게 보여준 친근한 성격과 유머 그리고 예니 린드의 순수성을 얘기하면서 얼마나 감동을 받았던지 눈물까지 흘리더란 얘기를 귀부인들 앞에서 했다.

"오오! 세상에!"

한 늙은 귀부인이 분개했다.

"블레싱턴 부인이 예니 린드의 순수성에 눈물을 흘렸다구요? 말도 안 돼!"

몇 년 뒤, 블레싱턴 부인이 파리에서 죽었다는 소식을 신문을 통해 알았다. 도르세 백작이 그녀의 임종을 지켰다고 했다.

런던의 여류 작가들 가운데 특히 메리 호위트에 대해 언급하고자 한다. 퀘이커 교도인 그녀는 〈즉흥시인〉을 번역함으로써 나를 영국에 소개한 사람이다. 그녀의 남편인 윌리엄 호위트 역시 유명한 작가였다. 이들 부부는 내가 영국을 방문할 즈음에 〈호위트의 여행기〉를 책으로 냈는데, 내가 런던에 도착하기 정확하게 일주일 전이었다. 이는 내 방문을 환영하는 걸로 소개되었고, 내 초상화도 가게 유리창에 나붙었다. 런던에 도착한 첫날 그 사실을 알고 초상화를 사러 가게로 들어갔다.

"이게 정말 안데르센과 닮은 겁니까?"

"물론입니다. 아주 똑같습니다. 손님께서도 그분 사진 보셨지요?"

점원은 자기가 파는 초상화가 실물과 꼭 닮았다는 사실을 길게 설명하면서도 정작 실물인 나는 알아보지 못했다.

영국으로 가기 얼마 전에 롱맨이, 독일어로 쓴 〈내 인생의 동화〉의 영어 번역본 〈내 인생의 진실한 이야기〉를 출간했다. 이 책 역시 메리 호위트가 번역한 것으로 예니 린드에게 헌정되었고, 나중에 미국에서도 출간되었다. 내가 런던에 도착하자마자 메리 호위트와 그녀의 딸이 찾아와 클랩톤으로 초대했다. 나는 승합마차를 타고 그곳으로 향했다. 승합마차는 안팎이 사람들로 빽빽했다. 거리가 최소한 이 덴마크마일은 되는 것 같았다. 가도 가도 끝이 없었고, 영원히 끝날 것 같지 않은 여행이었다. 호위트는 매우 안락하게 살고 있었다. 집은 수많은 그림과 조각으로 장식했고, 작은 정원도 아름다웠다. 가족 모두가 친절하게 대해 주었다. 몇 집 건너에 독일 시인 프라이리히그라트가 살았다. 그와는 라인 강 연안의 생 고아에서 내가 찾아가 만난 적이 있었다. 프러시아 왕이 그에게 연금을 지급했는데 헤르베크가 '연금 시인'이라고 놀려대자 연금을 거부했다. 그리고 자유를 그리는 노래를 썼고, 스위스를 거쳐 영국으로 건너간 것이다. 영국에서 그는 회계사 사무실에서 일을 해 가족을 부양하고 있었다.

런던 시내의 군중 속에서 우연히 그를 만났다. 그는 나를 알아보았지만 나는 처음에 몰라보았다. 덥수룩하게 길렀던 수염을 말끔하게 깎아버렸기 때문이었다.

"날 모르시겠소? 내가 프라이리히그라트요!"

이렇게 말하곤, 오가는 사람들 밖으로 나를 끌어내가며 농담으로 말했다.

"여러 나라의 왕들과 친구로 지낸다고 해서 사람 많은 데서 일부러 날 모른 척하는 건 아니시겠죠?"

그가 사는 작은 방은 어쩐지 친숙했다. 벽에는 내 초상화가 걸려 있었다. 그라벤스타인에서 그 초상화를 그렸던 화가 하르트만이 방으로 들어왔다. 우리는 라인 강과 시와 추억을 얘기했다. 런던 생활에 지친데다 프라이리히그라트를 따라 클랩톤까지 간 게 힘들었던 모양이었다. 한기가 느껴졌다. 밤공기가 차서 그렇다고 믿고 싶었지만, 문제는 나에게 있었다. 돌아오는 길에 승합마차를 탔는데 클랩톤을 채 벗어나기도 전에 팔다리가 저리고 떨어져나가는 것 같았다. 나폴리에서만큼 몸이 약해져 있었다. 정신이 혼미했다. 시간이 흐를수록 마차 안은 사람들로 붐볐고 답답했다. 마차 위에도 사람으로 가득 차, 열린 창문으로 구두를 신은 발들이 덜렁거렸다. 온몸에서 땀이 나고 덜덜 떨렸다. 끔찍했다. 마차는 천천히 움직였다. 그러다 어느 순간엔가 내 주변의 모든 사물이 희미해지기 시작했다. 승합마차에서 내려 일인용 마차를 잡아탔다. 혼자 있으니 공기도 신선하고 살 것 같았다. 겨우 정신을 차려서 숙소로 돌아왔다. 내 생애에 그때만큼 힘들었던 여행도 많지 않다.

　다시 찾겠노라고 약속을 했던 터라 클랩톤의 친구 집을 찾아 이틀을 머물렀다. 몸이 회복되자 다시금 지난번처럼 승합마차를 이용하는 똑같은 경로의 여행에 도전하고 싶었다. 애초 생각으로는 클랩톤에서 조용한 시간을 갖고 싶었지만, 친구들이란 원래 너무나 많은 걸 끊임없이 해주고 싶어 하는 존재라 내 기대와는 다르게 전개되었다. 그들은 찾아온 친구를 위한다는 생각에 늘 먼 곳으로 친구를 데려가려 한다. 나를 맞이한 친구들도 내가 도착한 첫날 점심을 먹기 무섭게, 나를 데리고 어느 처녀 노부인의 저택을 향하는 여행길에 나섰다. 말 한 필이 끄는 마차였는데 안에는 다섯 명이 탔고 밖에 세 명이 탔다. 뜨거운 열기가 무섭게 짓눌렀다. 이때의 여행은 디킨스 소설에 나오는 한 장면만큼이나 고통스러웠다.

　마침내 노부인의 집 앞에 도착했다. 집 앞 잔디밭에 한 무리의 아이들이 놀고 있었다. 노부인이 맡아 키우는 아이들 같았다. 아이들은 커다란 너도밤나무 주위를 돌며 춤을 추었다. 모두 너도밤나무 줄기와 덩굴나무로 화관을 만들어 머리에 쓰고 있었다. 아이들은 노래를 부르며 내달렸다. 아이들을 불러모아 내가 바로 아이들이 좋아하는 이야기를 쓴 한스 크리스티안 안데르센이라고 말해주었다. 우르르 몰려들어 내 손을 제각기 한 번씩 잡아 흔들고선 다시 잔디밭으로 달려가 하던 놀이를 계속했다. 주변은 아름다운 언덕과 넓은 과수원이었다. 그림 같은 정경이었다. 귀가 먼 안주인이 나타났다. 그녀는 정치적인 글과 시를 썼다고 했지만 내가 읽은 건 하나도 없었다. 나는 점점 힘이 빠지고 지처갔다. 쉬어야만 했다. 오후 내내 꼼짝도 하지 못하고 방에 혼자 가만히 누워 있었다.

석양 무렵에 공기가 선선해지자 살 것 같았다. 클랩튼으로 돌아오는 길에 바라본 런던은, 스스로 발산하는 불빛을 받아 마치 투명체의 거대한 모형 같았다. 가스등에 비친 불타는 윤곽선 속에서 이리저리 얽히고 뻗은 거리들이 보였다. 어떤 거리들은 수평선 쪽으로 아스라이 사라졌고, 도시 너머 바다에는 수천 개의 인광이 화염처럼 번뜩였다. 다음날 나는 다시 런던에 있었다.

'상류 사회의 생활'과 '가난'을 모두 보았다. 그것은 양극단이었다. 이 두 개의 극단은 내 기억 속에 고스란히 남아 있다. 걸레처럼 해진 옷을 입고 승합마차의 한구석에 몸을 숨긴 창백하고 굶주린 계집아이의 모습으로 나타난 가난을 보았다. 참혹한 모습이었다. 아이는 가여운 모습으로만 존재했고 단 한 마디도 말을 하지 않았다. 말로 하는 구걸은 금지되어 있었다. 거지들은 남녀 할 것 없이 "배가 고파요! 자비를 베푸세요!"라고 쓴 판지를 가슴에 달고 있었다. 그들은 감히 그 말을 입 밖으로 내지 못했다. 다만 그림자처럼 우리 주변을 미끄러질 뿐이었다. 그저 가만히 서서 창백하고 수척한 얼굴로 슬픈 눈을 들어 사람들을 바라볼 뿐이었다. 카페나 제과점 밖에 서서 손님 가운데 한 사람을 선택해 마냥 바라보기만 했다. 아기를 안은 여인은 손으로 아기를 가리키고 또 목에 건 판지를 가리켰다. 판지에는 이런 글귀가 씌어 있었다.

"이틀 동안 물만 마셨습니다."

이런 거지들을 많이 보았다. 사람들이 말하길, 부자 동네에 가면 거지는 한 명도 보이지 않는다고 했다. 그곳은 최하층 부랑자 계급의 출입금지 구역이었다.

런던 사람들은 모두 부지런하다. 거지도 마찬가지다. 거지에게는 사람의 관심을 얼마나 많이 그리고 집중적으로 *끄*느냐가 돈벌이와 직결된다. 사람의 관심을 확실히 *끄*는 데 성공한 거지를 보았다. 도로 모퉁이에 말쑥하게 차려입은 남자와 다섯 아이들이 서 있었다. 만일 이들이 도로 가운데나 인도에 서 있었다면 마차나 사람의 통행에 방해가 되었을 테지만, 도로 모퉁이는 아무런 방해도 되지 않는다는 점에서, 위치 선정부터 뛰어난 셈이었다. 이들은 모두 말쑥한 복장을 하고 장례식 때 쓰는 베일을 머리에서부터 아래로 늘어뜨린 채 성냥 묶음을 들고 있었다. 물론 돈을 달라거나 하는 말은 입 밖에 내지 않는다. 지나가는 사람은 누구든 이들에게 돈을 줄 수 있다. 부지런함이라는 점에서 볼 때 또 다른 존경할 만한 거지는 빗자루를 든 부류였다. 빗자루를 들고 거리를 청소하는 이 거지들은 거리 곳곳에서 보인다. 이들은 교차로나 거리의 한 구역을 끊임없이 비질을 해 깨끗하게 유지한다. 물론, 지나가는 사람은 누구든 이 거지에게 돈을 줄 수 있다. 잘만 하면 이것도 상당한 돈벌이가 된다. 거리 청소 구걸로 상당한 돈을 모았다는 사람 얘기를 아마도 불워가 했던 것 같다. 그의 주변 사람들은 그가 뭘 해서 돈을 버는지 아무도 몰랐다. 그는 지체 높은 귀족 집안의 딸과 결혼해서 자식들도 낳고 살았다. 그는 날마다 일하러 나갔고 토요일이면 반짝거리는 은제품을 들고 왔다지만 가족들도 그가 어디서 무슨 일을 하는지 몰랐다. 그래서 그들은 가장이 혹시 범죄와 관련된 일을 하는

지도 모른다고 생각하고 걱정과 근심 속에서 하루는 그를 미행했는데, 알고 보니 거리를 청소하는 거지였다고 했다.

그게 바로 런던의 삶이었다. 화려한 살롱에서 그리고 거리의 군중 속에서 상류 사회도 보았다. 극장에 울려 퍼지는 갈채와 국가의 한 부분인 교회에서도 상류 사회를 보았다. 런던의 세인트 폴 대성당은 안에서 볼 때보다 밖에서 볼 때 더 인상적이다. 이 성당은 로마의 성 베드로 성당과는 비교도 안 되며, 마리아 마기오레 혹은 델 안젤리보다 덜 엄숙하다. 세인트 폴은 대리석 기념물로 가득 찬 판테온 신전 같은 느낌이었다. 런던의 모든 조각상은 검은 상장喪章으로 덮여 있었다. 석탄 연기의 장막이 그 안까지 들어와 모든 조각을 비단처럼 덮고 있었다.

그에 비해 웨스트민스터는 훨씬 강렬한 인상이었다. 안과 밖 모두 진실로 위대하다는 느낌이 절로 들었다. 하지만 이 큰 교회에 정작 예배를 보는 공간이 적다는 건 어쩐지 아쉬웠다. 옆문으로 웨스트민스터 성당에 처음 들어갔을 때 나는 '시인의 방'에 섰다. 내 눈을 사로잡은 첫 번째 기념비는 셰익스피어의 것이었다. 잠시, 그의 육신이 내 앞에서 평온한 휴식을 취하고 있다는 착각이 들었다. 마음이 경건함으로 가득 차는 듯했다. 톰슨의 기념비와 무덤이 있었고, 그 왼쪽에 사우디(1774~1843년. 영국의 시인 - 옮긴이)의 기념비가 있었다. 바닥의 거대한 석판 아래쪽에는 개릭과 셰리던 그리고 사무엘 존슨(1709~1784년. 영국의 시인이자 사전 편찬자 - 옮긴이)이 영원한 휴식을 취하고 있었다. 하지만 바이런의 기념비는 없었다. 바이런이 들어오는 걸 성직자들이 허락하지 않았던 것이다.

"바이런을 여기에서 보고 싶었습니다."

어느 날 저녁 영국의 주교에게 그렇게 말했다. 하지만 바이런을 웨스터민스터에 들어오지 못하게 막은 이유가 궁금했다.

"토르발센이 제작한 영국의 위대한 시인의 기념비가 어째서 웨스트민스터에 들어오지 못합니까?"

주교는 대답했다.

"더 좋은 데가 많으니까요."

웨스트민스터에 있는 수많은 기념비와 조각상 가운데 갈 때마다 발걸음을 멈추게 하고 시선을 잡는 흉상이 하나 있었다. 그 어떤 조각가나 화가도 이보다 더 닮게 만들거나 그릴 수는 없을 것이다. 그랬다, 그건 내 흉상과 그렇게 닮을 수가 없었다. 어느 날인가, 한 무리의 관광객이 그 흉상을 바라보고 있었다. 마침 나도 그 앞에 있었는데, 사람들이 흉상을 보고 나를 보더니 깜짝 놀라서 뒤로 움찔했다. 아마도 그 사람들은, 대리석 속의 위인이 사람의 육체를 빌려서 성당 안을 어슬렁거리는 줄 알았을 것이다.

내가 런던에 있을 때가 마침 선거철이었고 그 때문에 불워를 만나지 못했다는 얘기는 앞에서도 잠깐 언급했다. 온갖 협정이 난무하고 무절제가 판을 치는 선거철은, 덴마크에서도 곧 알게 되겠지만, 처음 보면 천태만상의 풍경이 무척 재미있다. 런던의 광장과 거리마다 연단이 세워졌다. 가슴과 등에 출마자의 이름을 써 붙인 사람들이 군중 속을 걸어다녔다. 출마자의 이름을 알리기 위해서였다. 깃발을 흔들기도 하고 줄지어 행진을 하기도 했다. 달리는 객차에서 사람들이 거리의 군중을 향해 손수건을 흔들기도 했다. 가난한 사람의 옷차림을 한 출마자가 화려하게 차려입은 하인들과 함께 우아한 마차를 타고 돌아다니며 고함을 지르고 노래를 불렀다. 자기를 뽑아주면 가장 천한 자의 모습으로 일을 하겠다는 뜻이었다. 주인이 노예를 섬기는 어떤 이교도의 축제 같았다. 연단 주변으로 물결치듯 군중이 몰려들었다. 이때 어떤 사람들은 자기를 선택해달라고 목소리를 높이는 연사에게 오렌지를 던지기도 하고 심지어 썩은 고기를 던지기도 했다. 상류층의 발길이 잦은 런던의 한 거리에서 직접 본 광경인데, 신사답게 잘 차려입은 두 청년이 연단으로 다가갔다. 이들 중 한 명이 연단에 올라가려고 하는데 여러 사람들이 달려들어 두 사람을 밀쳐냈다. 그들은 모자가 찌그러져 얼굴을 덮은 채로 사람들에게 떠밀렸다. 군중은 공을 패스하듯 두 사람을 차례로 밀쳐냈고 마침내 두 사람은 거리 바깥까지 밀려났다. 두 사람은 연단으로 다가갈 생각을 포기하고 돌아섰다. 런던에서 몇 마일 떨어진 곳에서 목격한 일인데, 그곳의 열기는 한층 더 뜨거웠다. 서로 다른 당에 속한 두 대열이 격렬하고 자극적인 문구가 적힌 커다란 깃발을 앞세우고 행진했다. 깃발에 적힌 내용도 "호제스여 영원하라!", "가난한 사람의 친구, 로스차일드!" 뭐 이런 식이었다. 호제스란 사람을 지지하는 대열이 더 컸다. 한쪽 깃발은 군청색이었고 다른 쪽은 밝은 청색이었다. 양쪽 다 악대가 선두에 섰고 그 뒤를 온갖 잡동사니들로 무장한 군중이 뒤따랐다. 나이든 중풍 환자가 손수레를 타고 투표장에 나와 투표를 했다. 투표지는 시장으로 모두 수집했고 거기에서 개표를 했다. 이날은 장날이 아니어도 그 어떤 장날보다 떠들썩한 장이 서고, 가설 극장도 들어섰다. 가설 무대를 세우려고 목재를 들고 복잡한 거리를 뛰어가는 사람들의 모습은 런던이 아니면 볼 수 없을 것이다. 또 하나 인상적인 건 행상인이 타고 다니는 마차였다. 한마디로 그 마차는 두 개의 바퀴 위에 놓인, 말 한 마리가 끄는 집이었다. 지붕도 있고 굴뚝도 갖춘 완벽한 집이었다. 이 집은 두 개의 공간으로 크게 나뉘는데, 뒤쪽은 식기와 냄비를 갖춘 부엌인 동시에 방이었다. 자그마한 붉은 커튼이 걸린 창가에 여자가 앉아 실패에 실을 감고 있었다. 남편과 아들은 이동 주택 앞 말 잔등에 올라앉아 있었다.

함브로 남작은 그때 에든버러 외곽 시골에 저택 한 채를 빌려서 아내와 함께 여름을 보내고 있었다. 병약한 아내가 해수탕 목욕을 쉽게 할 수 있도록 하는 게 목적이었다. 그는 자기 아버지에게 편지를 써, 스코틀랜드에도 안데르센을 좋아하는 사람들이 많고 또 보고 싶어 하니 안데르센이 에든버러의 여름 별장을 방문하게끔 설득해달라고 부탁했다. 그 얘기가 나에게까지 왔다. 하지만 나는 영어도 서툰데 그렇게 멀리까지 여행을 할 수 있을지 두려웠다. 다시 한번 편지와 초대장이 날아오고 아버지 함브로가 나와 동행하겠다기에 결심을 하고 승낙했다. 런던에서 에든버러까지 기차를 타고 갔다. 이틀이 걸렸고 요크에서 하룻밤을 잤다. 우리가 탄 급행열차는, 요크까지 딱 한 번밖에 서지 않고 날아가듯 달렸다.

〈계곡을 가로지르고 산을 넘어서〉라는 옛날 노래가 있다. 하지만 우리는 계곡을 넘고 산을 가로질렀다. 영국의 시골 풍경이 우리 앞에 그리고 우리 아래로 펼쳐졌다. 덴마크의 핀 섬이나 알프스와 어딘지 닮은 듯했다. 우리는 때로 땅 속을 달렸다. 끝이 없는 어두운 터널이었다. 터널에는 환풍을 위해서 구멍이 뚫려 있었다. 가는 길에 반대편에서 달려오는 기차를 수없이 많이 만났다. 스쳐 지나갈 때는 무시무시한 바람 소리가 났다. 가다 보니 산이 나타나기 시작했고, 험준한 지형이 이어졌다.

요크 역에서 신사 하나가 인사를 하더니 숙녀 두 사람을 내 앞에 세웠다. 그는 지금의 웰링턴 공작이었고, 숙녀 가운데 한 명은 그의 아내였다. 요크는 아름다운 성당이 있는 고도古都였다. 요크의 집들은 모두 박공에 대리석으로 조각 작품을 만들어놓았고 아름다운 발코니가 달려 있었다. 이렇게 그림 같은 집들은 한 번도 본 적이 없었다. 한 무리의 제비 떼가 휘파람 소리를 내며 하늘을 날았다. 나의 새 황새도 하늘 높이 날고 있었다. 다음날, 우리를 태운 기차는 짙은 스모그에 싸인 뉴캐슬에 다다랐다. 그곳의 고가 철교와 다리가 아직 공사중이라 기차에서 내려 승합마차를 타고 중심가를 지난 뒤에 기차를 갈아타야 했다. 이곳은 모든 게 소란스러웠고 무질서 그 자체였다.

영국에서는 기차를 탈 때 유럽의 다른 나라들과 달리 짐에 대해서는 따로 표를 끊지 않는다. 그래서 승객이 자기 짐을 챙겨야 하기 때문에 기차를 갈아타거나 할 때 무척 성가신 일이 아닐 수 없다. 우리가 갔을 때는 여행자들이 워낙 많이 붐볐다. 사냥개를 데리고 스코틀랜드로 사냥을 떠나는 신사들이 일등칸을 모두 차지해버려 우리는 어쩔 수 없이 이등칸에 탔다. 이등칸은 의자도 나무고 창문 블라인드도 나무였다. 다른 나라에서는 사등칸밖에 되지 않는 게 영국에서는 이등칸이었다.

깊은 계곡을 가로지르는 철길은 아직 완공되지 않았어도 지나갈 수는 있었다. 강력한 지주들이 목재 다리를 지탱했고 그 위에 철로가 놓여 있었다. 다리의 뼈대를 이루는 틀 구조 사이로 까마득한 아래쪽 강둑에서 일을 하는 사람들이 보였다. 마침내 잉글랜드와 스코틀랜드를 가르는 강에 다다랐다. 월터 스콧과 로버트 번즈(1759~1796년. 스코틀랜드의 시인 – 옮긴이)의 영역이 우리 앞에 펼쳐졌다. 여기는 산이 훨씬 많고 높았다. 바다가 보였다. 어디선가부터 기차는 해안을 따라 달렸다. 수많은 배들이 보이더니 드디어 에든버러에 도착했다. 물이 말라버린 깊고 좁은 계곡으로 신 에든버러와 구 에든버러로 나뉘었다. 신 에든버러는 길들이 곧고 건물들도 새것이었다. 하지만 어딘지 단조로운 느낌이었다. 신 에든버러의 길들은 스코틀랜드의 특징인 격자무늬처럼 직각으로 교차하거나 평행하게 달렸지만 스코틀랜드 고유의 느낌은 찾아보기 어려웠다. 반면에 구 에든버러는 그림처럼 장엄했고, 역사의 숨결을 느낄 수 있을 만큼 고풍스러웠으며 독특하게 우울한 느낌이었다. 중앙로에 위치한 삼사층짜리 집들은 신 에든버러로 접어들면서 십일이층으로 바뀌었다. 밤이 되어 모든 방에 불이 켜지고 거리마다 가로등이 켜지면 온 도시가 축제를 벌이는 것 같았다. 기차를 타고 가면서 이런 풍경을 바라보노라면 마치 하늘에서 불빛이 내려앉는 듯한 착각이 들었다.

아버지 함브로와 함께 에든버러에 도착한 건 밤이 다가오는 시각이었다. 아들 함브로는 마차를 몰고 와 우리를 기다리고 있었다. 마차는 곧 도시를 벗어나 저택 '마운트 트리니티'를 향해 달렸다. 그곳에는 이미 많은 편지들이 환영의 꽃다발처럼 나를 기다리고 있었다. 모든 사람들이 친절하고 따뜻하게 맞아주었다.

그날 밤은 내 인생에서 가장 행복한 밤 가운데 하나였다. 집은 낮은 울타리가 쳐진 정원 한가운데 있었다. 에든버러에서 바다로 이어지는 철길이 가까이 지나갔다. 스코틀랜드 여자들의 옷은 덴마크 여자들보다 훨씬 화려했다. 넓은 줄무늬가 쳐진 치마는 알록달록한 속치마가 보이도록 단정하게 단을 접어 올렸다.

다음날 일어났을 때, 이 집 가족과 오랫동안 함께 산 것 같은 느낌이 들었다. 마치 내 집처럼 편안했다. 아버지 함브로가 그토록 예뻐하던 그의 손자들도 귀엽고 붙임성이 있었다. 오랜만에 느껴보는 가정적인 느낌이었다. 집안의 풍습과 예절은 전형적인 영국식이었다. 저녁에는 가족과 하인들이 모두 기도를 하고 성경을 한 구절 읽었다. 이런 풍경은 다른 집에서도 마찬가지였다. 아름다운 모습이었다. 날마다 새로운 즐거움이 이어졌다. 내 육체는 휴식을 간절하게 원했지만, 할 일이 너무도 많았다.

에든버러로 연결되는 기차역이 그 집에서 단 몇 분 거리에 있었다. 꼭대기에 서면 신 에든버러의 여러 거리들이 한눈에 내려다보이는 언덕이 있었고, 그 언덕을 뚫고 지나가는 터널 앞에서 기차가 멈춰 서고, 승객 대부분이 내렸다. 안내인에게 물었다.

"우리도 내려야 하나요?"

"아닙니다. 터널이 무너질까 봐 내리는 겁니다. 제 생각에는 우리가 지나가는 동안에는 무너지지 않을 것 같습니다."

우리가 탄 기차는 무서운 속도로 어두운 터널을 통과했다. 다행히 터널은 무너지지 않았다. 하지만 유쾌한 기분은 아니었다. 그럼에도 불구하고 기차를 타고 에든버러로 나갈 때는 한 번도 언덕 앞에서 내리지 않고 늘 이 터널을 지나갔다.

신시가에서 바라보는 구시가의 풍경은 콘스탄티노플이나 스톡홀름에 견줄 만큼 아름답다. 길게 이어진 길을 따라, 만일 철도가 관통해서 달리는 이 지역을 해협이라고 친다면 이 길은 방파제라 할 수 있을 것이다. 성城과 헤리엇 병원 등의 구시가가 파노라마처럼 펼쳐진다. 도시가 바다 쪽으로 이어진 부분은, 월터 스콧의 소설 〈미들로시언의 심장〉에 나오는 '아더의 영지'이다. 에든버러 구시가 전체가 월터 스콧의 소설을 설명하는 주석이자 해설서다. 그러므로 월터 스콧의 기념비가 구시가의 파노라마를 볼 수 있는 곳에 서 있는 것도 당연한 일이다. 기념비는 뾰족한 탑 모양으로 기념비 아래 월터 스콧이 앉아 있고, 그의 발아래 애견 마이다가 휴식을 취하고 있다. 그리고 탑에는 그의 소설에 등장하는 불멸의 인물들 이름이 적혀 있다.

유명한 의사 심슨 박사가 구시가를 안내했다. 중앙로는 산등성이와 나란히 나 있었다. 중앙로로 이어지는 도로들은 좁고 지저분했으며 양쪽으로 칠층 건물들이 서 있었다. 가장 오래되어 보이는 건물은 돌로 지어진 것 같았다. 이탈리아의 더럽고 육중한 건물들이 생각났다. 궁핍한 가난이 창문으로 쓰는 구멍 바깥으로 얼굴을 내밀었다. 햇볕에 말리려고 널어놓은 넝마 같은 누더기들이었다. 그 수많은 좁은 길 안에 칙칙한 건물 하나가 견고한 느낌으로 서 있었다. 한때 에든버러의 유명하고도 유일한 호텔이었던 건물, 이 도시를 찾은 왕들이 머물렀고 사무엘 존슨이 오랫동안 살았던 바로 그 건물이다. 버크가 시체를 팔기 위해 수많은 사람들을 유인해서 목을 졸라 죽인 집을 보았고. 황폐하게 변해버린 존 녹스(1505~1572년. 스코틀랜드의 종교 개혁가 - 옮긴이)의 작은 집도 보았다. 그의 집에는 설교단에서 설교하는 그의 모습이 담긴 조각 작품이 한 점 있었다. 월터 스콧의 소설 속에 생생하게 살아있는 에든버러의 옛 감옥은 겉모습만으로는 지나가는 사람의 시선을 끌지 못했다. 우리는 도시의 서쪽 끝자락에 있는 홀리루드까지 갔다. 이곳에는 보잘것없는 초상화들이 있는 긴 강당이 있었는데, 옛날에 찰스 10세가 살던 곳이라 했다. '메리 스튜어트가 잠자는 방'에 이르자 새로운 흥미가 일었다. 〈파에톤의 추락〉(그리스 신화에 등장하는 파에톤은 태양신 헬리오스의 아들이다. 그가 아버지의 태양마차를 잘못 몰아 인간 세상에 커다란 화재를 불러일으키자 제우스가 번갯불로 파에톤을 죽인다 – 옮긴이)에서 묘사하는 것처럼, 이 방에서 그녀는 교수형을 바라보며 즐기곤 했는데, 아마도 이건 그녀 역시 똑같은 운명에 처해질 거라는 암시였는지도 모른다. 그 옆에 있는 작은 방에서는 리치오가 살해되었다. 그때 흘린 피의 흔적이 아직도 바닥에 남아 있었다. 그리고 그 양쪽에는 어두운 탑방이 있었다. 교회는 아름다운 폐허가 되어 있었다. 풀꽃들이 묘비 주위를 가득 덮었고, 아이비는 교회의 벽을 가득 덮었다. 고급스런 카펫 같았다. 아이비는 영국과 스코틀랜드에 특히 많은데 나는 이탈리아에서 처음 보았다.

에든버러의 풍경을 이렇게 자세하게 설명하는 걸 너무 탓하지 말기 바란다. 이것은 단순한 풍경 묘사가 아니라, 실로 내 인생 이야기의 한 부분이기 때문이다. 이 풍경들은 내 마음과 정신에 너무도 생생하게 살아있고, 내 자신이 되어 있기 때문이다.

이때의 여행에서 이 도시와 건물들이 특히 내게 강한 인상을 심어준 순간이 있었다. 조지 헤리엇 병원을 방문했을 때이다. 월터 스콧의 소설 〈나이젤의 운명〉에 나오는 금 세공인이 설립한 이 병원은 마치 궁전 같았다. 낯선 사람은 반드시 서면 허락을 받아야 하고 그러기 위해선 입구의 방명록에 자필로 이름을 써야 했다. 나는 영국과 스코틀랜드에서 늘 불리던 대로 '한스 크리스티안 안데르센'이라고 적었다.(독자들은 내가 덴마크에서 늘 'H. C. 안데르센'으로 썼다는 사실을 눈치 챘을 것이다 – 지은이) 방명록에서 내 이름을 발견한 늙은 문지기가 이걸 보고는 인상 좋은 은발의 아버지 함브로에게 다가가, 멈칫거리면서 그의 주의를 끌고는 마침내 덴마크에서 온 시인이냐고 물었다.

"저는 늘 선생님이 온화한 미소를 띤 은발의 노신사라고 상상했는데, 제가 맞았군요, 그렇죠?"

"아니요, 저분이오."

아버지 함브로는 나를 가리켰다.

"저렇게 젊은 분이오?"

문지기가 깜짝 놀랐다. 이 얘기를 나중에 전해듣고 문지기를 찾아가 그의 손을 잡았다. 그의 아들들 모두 〈미운 오리 새끼〉와 〈빨간 구두〉를 잘 알고 있었다. 스코틀랜드의 가난한 사람과 가난한 아이들까지 나를 알고 있다니 한편으로는 놀라우면서 또 한편으로는 감동이 밀려왔다. 눈물을 감추려고 한 발 옆으로 돌아섰다.

〈문학신문〉의 편집자 젤단이, 디킨스가 소설 〈화롯가의 귀뚜라미〉를 헌정한 〈에든버러 리뷰〉의 유명한 편집자 로드 제프리 앞으로 편지를 한 통 써주었다. 그 편지를 들고 아이비가 창문과 벽을 덮은 그의 낭만적인 고성古城을 찾아갔지만 그는 에든버러에 없었다. 하지만 그 집에서 융숭한 대접을 받았다. 화톳불이 켜지고 어른 아이 할 것 없이 온 가족이 나를 둘러쌌다. 그들이 내미는 내 책에 사인을 했다. 그리고 큰 공원을 걸어서 에든버러 구시가를 내려다보았던 그 언덕으로 갔다. 그곳은 어쩐지 아테네 같았다. 거기에서도 리카베토스와 아크로폴리스를 보았다. 이틀 뒤에 로드 제프리를 포함한 이들 가족이 전부 '마운트 트리니티'로 나를 찾아왔다. 헤어질 때 로드 제프리가 말했다.

"스코틀랜드를 다시 한번 찾아주시오. 난 살 날이 얼마 남지 않은 것 같은데, 그전에 선생을 또 한번 만나고 싶소."

그러나 죽음이 이미 그의 이름을 불렀고, 우리는 살아서 다시 볼 수 없었다.

코펜하겐을 방문하고 그 여행기를 책으로 출간한 여류 작가 릭비의 집에서 유명인사들을 많이 만났고, 의사인 심슨 박사의 집에서도 다양한 사람들을 만났다. 늘 유머가 넘치고 활기차던 비평가 윌슨도 이때 만났는데, 그는 나를 '형제'라 불렀다. 반대 입장에 서 있던 비평가 집단들이 경쟁적으로 내게 호의를 베풀기도 했다.

많은 사람들이 덴마크의 월터 스콧이라는 표현으로 나를 치켜세웠다. 여류 작가 크로에 부인은 〈수잔 호플리〉라는 자기 소설에 나를 등장시켰다. 이 소설은 나중에 덴마크 어로 번역되었다. 크로에 부인과는 심슨의 집에서 만났다. 심슨의 집에서는 이런 일도 있었다. 한 파티에서 실험이라는 이름으로 에테르를 흡입하는 것이었다. 숙녀들이 약에 취해 눈이 풀린 채 킬킬거리며 비몽사몽간을 헤매는 광경은 결코 보기 좋은 게 아니었다. 내가 나서서, 그건 신의 뜻을 거역하고 신을 시험하는 어리석은 짓이라고 했다. 노신사도 한 명 나서서 나와 같은 요지의 말을 했다. 아마도 이때 내가 한 말이 이 노신사의 마음을 사로잡았던 모양이다. 며칠 뒤 거리에서 우연히 이 노신사를 만났다. 마침 책방에서 에든버러에 온 기념으로 아름다우면서도 값이 싼 성경 한 권을 사는 걸 이 노신사가 본 것이다. 그는 내게 다가와 뺨을 어루만지며 내 경건한 신앙심을 높이 치하했다. 우연히 나를 비춘 불빛이 그가 보기에 그토록 아름다웠던 모양이다.

'마운트 트리니티'에 온 지 여드레가 지났다. 하이랜드를 보고 싶었다. 함브로는 가족과 함께 스코틀랜드의 서쪽 연안으로 여행을 떠날 계획이라면서, 원한다면 나를 손님으로 모시고 하이랜드의 일부 지역을 지나며 월터 스콧이 〈호수의 여인〉과 〈롭 로이〉에서 묘사한 장소들을 보여주겠다고 했다. 덤바턴까지 동행했다가 거기서 헤어지면 되니 거절할 이유가 없었다.

에든버러가 있는 데서 포스 만灣 반대편에 커콜디가 있다. 이 커콜디의 숲이 울창한 산 위에 굉장히 멋진 폐허가 있다. 성 위로 갈매기들이 날아다니고 날카로운 소리를 내며 포스 만의 수면으로 곤두박질쳐 물고기를 낚아챘다. 처음에는 이 폐허가 라벤스우드의 성이라고 들었다. 한데 그곳 출신이라는 노신사 하나가 앞으로 나서더니, 그 얘긴 〈람머무어의 신부〉를 통해서 라벤스우드란 이름이 사람들에게 점점 많이 알려지면서 관광객에게 해주려고 지어낸 말이며, 라벤스우드란 사람은 작가가 지어낸 가공의 인물이라고 했다. 애쉬톤이라는 이름도 지어낸 것이었고, 실제의 가족은 스타라는 이름으로 여전히 거기 살고 있었다.

폐허에는 어두컴컴한 지하 감옥이 있었다. 또 그곳의 울창한 상록수는 마치 카펫처럼 유적을 덮고 그것도 모자라 절벽 바깥으로 툭 튀어나왔다. 다른 곳에서는 결코 볼 수 없는 독특한 광경이었다. 여기서 바라보는 에든버러 역시 잊을 수 없을 만큼 장관이었다.

우리는 기선을 타고 포스 만으로 나갔다. 음유시인이 스코틀랜드의 발라드를 불렀다. 노래가 끝나자 바이올린을 연주했다. 연주 실력은 별로였지만 진지했다. 그렇게 우리는 하이랜드로 다가갔다. 하이랜드의 바위들은 군대의 전초 기지처럼 서 있었다. 안개가 바위 위를 떠다니다 어느 순간 말끔히 사라졌다. 마치 오시안(스코틀랜드의 전설적인 시인 – 옮긴이)의 땅을 참모습 그대로 보여주려는 누군가의 배려 같았다. 바위 위에 우뚝 선 스털링의 거대한 성은 바위로 만든 거인의 조각상 같았다. 그 아래로 오래된 마을이 있었고, 마을 길은 시간이 먼 옛날에 정지해버린 것처럼 더럽고 포장도 엉망이었다.

스코틀랜드 사람들은 자기 나라 역사에 관해 얘기하는 걸 좋아한다고 했다. 아니나 다를까,'댄리(스코틀랜드의 영웅 – 옮긴이)의 집'에서 나오는데 구두 수선공 하나가 다가오더니 댄리와 메리 스튜어트와 스코틀랜드 사람들의 영웅담을 길게 설명했다.

에드워드 2세와 로버트 1세가 전투를 벌였던 역사의 현장(13세기 말의 스코틀랜드는 잉글랜드에 종속되어 있었으나, 노르만 계 귀족 출신인 로버트 1세가 경쟁자를 쓰러뜨리고 스코틀랜드 왕을 자처하며 잉글랜드에 대항했다. 처음에는 잉글랜드의 에드워드 1세 군에 패하여 아일랜드로 망명하였으나 세력을 회복하여 에드워드 1세를 이은 에드워드 2세의 군대를 배넉번에서 격파하였다. 로버트 1세는 스코틀랜드를 해방시킨 영웅으로서 많은 일화를 남겼다-옮긴이)을 성에서 내려다보는 풍경은 장관이었다. 우리는 에드워드 왕이 진을 쳤던 곳으로 마차를 몰았다. 후손들이 유물의 돌조각을 너무도 많이 떼어내 간 바람에 훼손된 흔적이 역력했고, 이걸 막으려고 격자창으로 바위를 막아놓았다. 초라한 대장간이 옆에 있었다. 안으로 들어가보았다. 제임스 1세가 몸을 피한 곳이 여기였다. 그는 사람을 보내 신부를 불러와 고해성사를 했는데, 신부가 왕임을 알고는 칼로 심장을 찔러서 죽였다. 대장장이의 아내가 방을 보여주었다. 구석에 침대가 놓여 있었는데, 바로 그 자리가 살인이 행해진 곳이었다. 시골 풍경은 덴마크와 별반 다르지 않았다. 오히려 더 가난해 보였다. 덴마크에서는 벌써 열매를 맺을 시기인데 린덴 나무에 꽃이 활짝 피어 있었다.

영국과 스코틀랜드를 여행하려면 돈이 많이 든다. 하지만 비싼 만큼 값어치가 있다. 모든 것이 다 훌륭하기 때문이다. 시골의 작은 여인숙에서도 친절한 접대를 받고 편안하게 쉴 수가 있다. 최소한 내가 경험한 바로는 그랬다. 칼란더는 작은 마을에 불과하다. 하지만 우리는 백작의 성에서처럼 지낼 수 있었다. 부드러운 카펫이 입구에서 계단을 따라 복도까지 깔려 있었고, 불은 따뜻하게 타올랐다. 햇볕이 따뜻했지만 그럴 필요가 있을 것 같았다. 스코틀랜드 사람들은 겨울에도 무릎을 내놓고 다니기 때문이다. 이들은 여러 색이 격자무늬로 섞인 천으로 몸을 감싸고 다녔다. 거지 아이도 비록 누더기이긴 하지만 그걸 감싸고 다녔다.

내 방 창문 밖으로 강이 오래된 언덕을 휘감아 흐르는 게 보였

다. 강 위에 아치형의 다리가 놓여 있었다. 다리는 온통 상록수로
덮여 있었다. 그리고 하이랜드가 우리 앞에 놓여 있었다. 기선 카
트린 호를 타기 위해 아침 일찍 길을 나섰다. 길은 점점 더 험해
졌다. 양골담초(콩과의 상록 소관목 – 옮긴이)의 활짝 핀 모습이 보이
기 시작했다. 지나가는 길에 돌로 지은 집들이 드문드문 보이기
도 했다. 깊고 검은 물의 카트린 호수가 초록색 산등성이 사이로
좁고 길게 뻗어 있었다. 호수의 제방은 시야가 닿는 데까지는 모
두 히스와 잡목이 뒤덮었다. 유틀란트의 히스가 고요한 바다라
면, 카트린 호수의 히스는 폭풍의 바다였다. 풀과 잡목이 무성한
초록의 산등성이가 희미한 윤곽을 드러내고 있었다. 우리 왼쪽으
로 호수 안에 울창한 나무로 뒤덮인 작은 섬이 있었다. 〈호수의
여인〉에 나오는 '엘렌의 섬'이었다. 호수 반대편, 우리가 내린 호
수 맨 끝에 작은 여인숙이 있었다. 여인숙이라기보다 잠자는 장
소라 부르는 게 맞을 듯싶다. 엄청나게 넓은 방에 침대가 나란히
붙어 있는데 거의 쉰 개 가까이 되었다. 침대에는 짚으로 만든 매
트리스가 깔려 있고 벽에는 작은 창문들이 뚫려 있었다. '레드
로빈의 땅'에서 로몬드 호수를 넘어온 관광객들이 카트린 호수
로 기선이 지나가는 다음날 아침까지 의지할 수 있는 일종의 피
신처인 셈이었다. 여기서 오래 머물지 않았다. 대부분의 사람들
은 걸었고 어떤 사람들은 말을 탔다.

함브로는 나와 자기 아내를 위해 작은 마차를 준비했다. 우리
두 사람은 걸어서 히스 숲을 헤치고 나갈 수 있을 만큼 건장하지
못했기 때문이다. 길이 따로 있는 게 아니었다. 발자국 흔적을
찾아서 가면 그게 길이었다. 마부는 마차가 갈 수 있는 가장 좋

은 길을 골라서 갔다. 둔덕을 넘기도 하고 자갈밭을 달리기도 했다. 마부는 말 옆에서 걸었다. 오르막길도 있었고 내리막길도 있었다. 그때마다 마부는 죽어라 달리기도 하고 천천히 발을 놀리기도 했다. 우리가 가는 길에 집은 한 채도 보이지 않았다. 사람도 보이지 않았다. 정적뿐이었다. 검은 산은 안개 속으로 사라져버렸다. 어디가 어딘지 분간이 되지 않았다. 회색의 격자무늬 천으로 온몸을 감쌌지만 추위로 꽁꽁 얼어버린 외로운 안내인만이 몇 시간 동안 우리가 본 유일한 생물체였다. 눈앞에 펼쳐진 전경에는 평온한 정적만이 감돌았다. 이때 가장 높은 봉우리인 벤 로몬드가 안개를 뚫고 모습을 드러냈다. 그리고 곧 우리 아래 펼쳐진 로몬드 호수를 볼 수 있었다. 호수로 내려가는 길은 경사가 급해 마차를 타고 가기는 위험했다. 설령 좋은 길이 나 있다 하더라도 위험하긴 마찬가지일 것 같았다. 결국 걸을 수밖에 없었다. 마침내 시설이 잘 갖추어진 기선을 탔다. 배에서 처음 만난 사람은 덴마크의 유명한 지질학자 R. 푸고르드였다. 우리는 모두 스코틀랜드의 격자무늬 천을 뒤집어썼다. 비가 오는데다 안개가 끼고 바람까지 불어 배는 호수의 가장 북쪽으로 곧바로 나아갔다. 이곳에서 호수가 작은 강으로 물을 흘려보내는 걸 볼 수 있었다. 승객들이 내리고 또 탔다. 바야흐로 우리는 〈롭 로이〉의 한 장면 속으로 들어갔다.

갈색 히스와 잡목 숲의 땅이여,
산과 호수의 땅이여!

호수 아래쪽으로 내려가는 길에 롭 로이의 동굴이 있었다. 배에 승객들이 새로 탔는데, 그 가운데 웬 젊은 부인이 나를 뚫어지게 바라보았다. 그러더니 얼마 후에 신사 하나가 다가와, 자기 일행 중 한 명이 유명한 덴마크 시인의 초상화를 본 적이 있는데, 혹시 내가 한스 크리스티안 안데르센이 아니냐고 물었다. 그렇다고 했더니, 아까의 그 부인이 행복한 얼굴로 달려와서는 마치 옛 친구를 대하듯 내 손을 잡고, 나를 만난 기쁨을 자연스럽고 아름답게 표현했다. 부인이 롭 로이의 바위산에서 따온 산꽃들을 한 아름 안고 있기에 그 가운데 한 송이만 줄 수 있느냐고 물었다. 부인은 가장 크고 아름다운 꽃을 골라 주었다. 그녀의 아버지와 온 가족이 나를 둘러싸고 함께 자기 집으로 가자고 했다. 최고의 손님으로 모시겠다는 것이었다. 하지만 나는 일행이 있어 그럴 수 없다고 정중하게 거절했다. 그러자 함브로가 무척 기뻐했다. 어쨌거나 그 일로 배에 탄 승객들이 모두 내게 관심을 기울였다. 내 소설과 동화를 읽은 사람이 이렇게 많다는 사실에 새삼 놀랍고 기뻤다. 고향에서 멀리 떨어진 곳의 산꼭대기 호수 배 위에서 내 작품을 알아주는 사람들에게 둘러싸여 찬사를 듣는 기분은 누구나 경험할 수 있는 행복이 아니다.

발로크에서 내려 스몰렛(1721~1771년. 영국의 소설가 – 옮긴이)의 기념비가 있는 작은 마을을 지나, 밤이 다가올 무렵에 클라이드 만 가까이 있는 진짜 스코틀랜드 마을 덤바톤에 도착했다. 밤에 폭풍이 거세게 불었다. 밤새 바다가 우는 소리와 파도가 부서지는 소리를 들었다. 창문도 밤새 덜커덩거렸다. 병든 고양이까지 울음을 그치지 않아 눈을 감아도 잠이 오지 않았다. 날이 샐 무렵에야 폭풍이 조금씩 잠잠해졌다. 그리고 무덤처럼 조용한 정적이 이어졌다. 그날은 일요일이었다. 일요일은 스코틀랜드에서 특별한 걸 의미한다. 모든 게 다 쉬는 날이 일요일이다. 기차역도 문을 닫고, 런던에서 에든버러까지 오는 기차를 제외하고는 모든 기차가 움직이지 않는다. 가게도 문을 닫아걸고 사람들은 하루 종일 집에서 성경을 읽거나 술을 마시고 집 바깥으로는 나오지 않는다. 하루 종일 집안에 틀어박혀 있는 건 내 성격에 맞지 않아 산책을 나가기로 했다. 잘못하다간 돌팔매질 당하는 수가 있으니 그러지 않는 게 좋을 거라는 충고를 받았지만, 저녁이 다가올 무렵 우리 일행은 산책을 할 생각으로 모두 밖으로 나갔다. 마을은 조용했다. 그렇게 조용할 수가 없었다. 사람들이 창문 밖으로 우리들을 지켜보는 게 영 께름칙했다. 어쩔 수 없이 집으로 돌아올 수밖에 없었다. 프랑스 청년이 얘기하길, 최근에 영국인 둘과 일요일 오후에 낚싯대를 들고 나갔다가 어떤 노신사에게 혼이 났다고 했다. 집에 조용히 앉아 성경을 읽을 일이지 바깥으로 돌아다니는 사악한 짓을 해 마을 분위기를 흐린다는 이유로 온갖 험한 말을 다 들었다는 것이다. 하지만 이 정도로 지나친 경건함은 사람 사는 사회에서 있을 수 없는 일이 아닐까? 나도 그런 관습을 존중이야 하지만, 그야말로 관습일 뿐이라 생각한다. 습관적인 경건함이 가면으로 딱딱하게 굳어버리면 위선이 될 수도 있다.

함브로와 함께 책과 지도를 사려고 작은 서점에 들어갔는데, 그가 장난을 쳤다.

"덴마크 시인 한스 크리스티안 안데르센의 초상화가 있습니까?"

"예, 물론입니다! 한데, 그분이 스코틀랜드에 있다던데요?"

다시 함브로의 계속되는 장난.

"그 사람을 알아볼 수 있습니까?"

주인은 함브로를 바라보았다. 그리고 내 초상화를 집었다. 그리고 다시 함브로를 바라보았다. 그러더니 외쳤다.

"선생님이시군요! 선생님이 안데르센이시죠?"

그러고 보니 내 초상화가 함브로와 닮았다. 하지만 함브로는 굳이 내가 누군지 밝혔다. 그러자 서점 주인은 나더러 자기 아내와 아이들을 데리고 올 때까지 조금만 기다렸다가 몇 마디 얘기를 나눠달라고 했다. 조금 뒤 그가 아내와 아이들을 데리고 다시 나타났다. 나를 만난 데 대해 모두 행복해했고, 내가 한 일은 그저 그 가족들과 악수를 나누는 것뿐이었다. 나 자신은 아니라 하더라도 적어도 내 이름은 스코틀랜드에 알려져 있었다.

"이런 일을 덴마크에서는 아무도 믿지 않을 겁니다."

내가 함브로에게 한 말이다.

"하지만 어쩔 수 없죠. 사실 이런 것도 나한테는 과분한 행복입니다."

나는 감동을 받았다. 눈물이 절로 나왔다. 기대하지 않은 뜻밖의 즐거움을 발견할 때나 사람들이 내 시에서 내가 생각한 것보다 더 많은 걸 느낄 때, 나는 늘 눈물을 흘린다. 젊은 시절 감히 꿈꾸고 소망하던 것보다 훨씬 많은 걸 이루어냈다. 내가 누리는 행복은 어린 시절 내가 기대했던 것보다 훨씬 크다. 때로 이 모든 게 꿈이 아닌가 의심했다. 너무도 허황한 꿈이라 아무에게도 말할 수 없는 그런 꿈….

덤바톤에서 함브로의 가족과 헤어졌다. 그들은 바닷가 해수욕장으로 갔고 나는 기선을 타고 클라이데 강을 거슬러 글래스고로 갔다. 함브로는 내게 친절하고 자상한 형제 같았다. 그는 내가 소망하는 게 이루어지길 빌었고, 그의 아내는 언제나 따뜻한 마음으로 나를 편안하게 해주었다. 아이들 역시 내게 기쁨을 주는 친구였다. 그후로 그들을 다시 만나지는 못했다. 신의 품으로 돌아가는 날, 아마도 사랑하는 이들을 세상에 두고 먼저 떠난 그의 어머니를 만날 수 있을 것이다. 지상과 천상에 사랑하는 친구가 있다는 사실은 얼마나 다행스럽고 좋은 일인가.

덤바톤을 떠나기 전에, 런던으로 돌아가야 할지 아니면 스코틀랜드 여행을 연장해서 북쪽의 라간 호수까지 올라갈 것인지 결정을 못하고 고민했다. 그곳에 빅토리아 여왕과 알버트 왕자가 살고 있었는데, 이들로부터 융숭하게 대접하겠다는 편지를 받았기 때문이다.

스코틀랜드 여행은 기대한 만큼 훌륭한 휴식이 되지는 못했다. 삼주일이라는 시간이 지나갔지만 건강은 이전보다 나아지지 않았다. 게다가 현지 사정을 잘 아는 사람들 말이, 근방의 수 마일 안에는 잠을 잘 만한 여인숙이 없다고 했다. 그리고 여행을 계속하려면 짐꾼을 한 명 구해야 할 것이라고 했다. 간단히 말해, 내 주머니 사정이 허락하는 것보다 더 많은 지출이 필요한 상황이었다. 친절한 원조의 손길을 내밀었던 크리스티안 3세에게 편지를 쓸까? 하지만 불과 몇 달 전에 호의를 정중하게 거절했던지라 도저히 그럴 용기가 나지 않았다. 그렇게 고민하는 사이에 다시 몇 주가 지났다. 고문이었다! 그래서 덴마크로 편지를 썼다. 사정을 설명하고 나서 덴마크로 돌아가는 게 최상의 선택이라 생각한다고 썼다. 그리고 덴마크로 향했다. 그 바람에 자기 집을 방문해달라는 스코틀랜드 여러 귀족들의 초대도 어쩔 수 없이 거절해야 했다. 소개장까지 가지고 있었는데 아보츠포드를 만나지 못하고 돌아서기가 아쉬웠다. 글래스고에서는 월터 스콧의 사위인 록하트가 친절하고 따뜻하게 맞아주었다. 그는 런던에 있을 때 나를 초대했던 사람이다. 록하트의 딸이 자기는 외할아버지의 사랑을 특히 많이 받았다며 그 얘기를 했다. 그녀의 집에서 위대한 시인이 남긴 유물을 보았다. 마치 살아있는 듯한 초상화도 보았다. 애견 마이다를 데리고 앉아 있는 월터 스콧은 나를 바라보며 미소를 지었다. 그녀에게서 대시인의 친필 복제품을 선물로 받았다. 아보츠포드와 라간 호수는 포기해야 했다. 낙심해서 에든버러를 향해 글래스고를 떠났다. 고향 덴마크로 향하는 길이었다.

여기서 꼭 들려주고 싶은 일화가 있다. 이것 자체로는 큰 의미가 없지만, 나를 비추는 행운의 별이 어떻게 빛났는지 잘 보여주는 일화다. 마지막으로 나폴리에 머물 때의 일이다. 종려나무로 만든 지팡이를 하나 샀다. 그저 평범한 지팡이였는데 늘 들고 다니다가 스코틀랜드에 갈 때도 가지고 갔다. 카트린 호와 로몬드 호 사이에 펼쳐진 히스 숲을 함브로의 가족과 함께 헤치고 나갈 때 아이가 내 지팡이를 가지고 장난을 치며 놀았다. 로몬드 호가 눈앞에 들어왔을 때, 그 아이가 지팡이를 번쩍 들고서 말했다.

"종려나무야! 너는 스코틀랜드에서 가장 높은 저 산이 보이니? 저 산 속에 바다처럼 넓은 호수가 있다는 걸 아니?"

그때 나는 지팡이와 약속했다. 다음에 나폴리를 방문할 때 지팡이를 꼭 데리고 갈 것이고, 그때 지팡이는, 오시안의 정신이 살고 있는 안개의 땅이자 붉은 엉겅퀴를 사랑하는 사람들(엉겅퀴는 스코틀랜드의 국화이다 – 옮긴이)의 땅에 대해 이탈리아 친구들에게 꼭 이야기해주어야 한다고…. 곧 기다리던 기선이 도착했고 서둘러 배에 올랐다. 한데, 내 지팡이가 없었다.

"내 지팡이가 어디 있죠?"

지팡이는 여인숙에 있었다. 배가 우리를 호수 반대편에 내려놓고 돌아갈 때, 푸고르드에게 여인숙에 들르게 되면 지팡이를 덴마크로 가지고 와달라고 부탁했다. 그리고 돌아오는 길에 에든버러 역 플랫폼에서 런던으로 가는 기차를 기다렸다. 우리 기차가 출발하기 불과 몇 분 전에 북쪽에서 내려오는 기차가 멈추어 섰다. 승무원이 기차에서 내리더니 내게로 왔다. 나를 알아보는 눈치였다. 한데 그가 내 지팡이를 내미는 게 아닌가! 지팡이에는 이런 쪽지가 붙어 있었다.

덴마크 시인, 한스 크리스티안 안데르센!

여러 사람 손을 거쳐 지팡이는 다시 내게 돌아왔다. 처음에 로몬드 호수의 기선을 탔고, 그 다음엔 승합마차를 탔고, 그후에 다시 기선을 탔고, 마지막으로 기차를 타고 내게 돌아온 것이었다. 단지 그 작은 쪽지 하나만으로…. 지팡이를 손에 들고 이리저리 흔들어볼 때 출발을 알리는 호각 소리가 울렸다. 나와 지팡이의 약속은 여전히 유효하다. 언젠가 나도, 지팡이가 혼자서 여행을 했듯, 그렇게 해낼 것이다.

뉴캐슬과 요크를 지나 남쪽으로 달렸다. 기차 안에서 영국 작가 후크와 그의 아내를 만났다. 이들이 나를 알아보고 손을 내밀어 잠시 대화를 나누었다. 한데 그들이 하는 말이, 스코틀랜드의 모든 신문이 내가 여왕과 함께 있었던 사실을 기사로 실었다고 했다. 내가 여왕과 함께 있으면서 내 작품을 큰 소리로 낭송했는데 어쩌고저쩌고…. 전혀 사실이 아닌, 터무니없는 소리였다. 나는 맨 처음 멈춰선 역에서 〈펀치〉 최근호를 샀다. 거기에 그런 기사가 실려 있었다. 외국 작가에 대한 짧은 동정 기사였다. 외국에서 온 작가가 영광스럽게도 여왕의 초대를 받았는데, 영국 작가에게는 단 한 번도 이런 전례가 없었다는 말과 함께…. 이 신문뿐만 아니라 다른 신문들이 실은 엉터리 기사가 나를 괴롭혔다. 함께 여행하던 사람이 말했다.

"〈펀치〉에 기사가 실렸다는 건 선생님 인기가 굉장히 높다는 뜻입니다. 영국인들이 거기에 이름 한번 내보려고 돈을 얼마나 많이 쓰는 줄 아십니까?"

그러니 차라리 인기가 없는 게 나았다. 신문의 장삿속에 모욕을 당해 우울한 기분으로 런던에 도착했다. 몸까지 몹시 아팠다.

런던에서 며칠 머물렀다. 거기서 영국의 가장 유명한 사람들과 상류 사회만을 보았다. 하지만 화랑과 박물관으로 발길을 돌릴 겨를이 없었다. 심지어 터널을 방문할 시간도 없었다. 원래는 아침 일찍 그걸 보러 가기로 했다. 템스 강을 따라서 런던을 헤집고 다닐 수 있는 작은 기선을 타는 게 좋을 거라는 조언을 들은 바 있어 그러리라 마음먹었다. 한데 숙소를 나서자마자 갑자기 몸 상태가 좋지 않았다. 그런 상태로는 여행을 감당할 수 없을 것 같았다. 결국 포기하고 말았다. 천만다행이었다! 죽을 뻔하다가 살아난 것이었다. 내가 배를 타고 템스 강을 운항할 바로 그 시각에, 내가 탈 수도 있었을 기선 크리켓 호가 폭발해 배에 타고 있던 백여 명이 모두 사망하는 참사가 벌어진 것이다. 물론 내가 갑자기 아프지 않았다 하더라도, 폭발한 배를 타지 않았을 수도 있다. 하지만 그 가능성은 분명히 존재했고, 위험은 코앞까지 닥쳤다. 배를 타기 직전에 내게 암시를 준 신에게 감사할 따름이다.

런던의 사교 모임 철이 끝나고 극장도 문을 닫았다. 친구들 대부분은 제각기 온천장이나 대륙으로 떠났다. 덴마크와 덴마크의 사랑하는 사람들이 그리웠다. 하지만 영국을 떠나기 전에, 내 책의 영어 번역본을 펴낸 출판업자 리처드 벤틀리가 세븐 오크스에 있는 자기 집에서 며칠 더 묵어 가라고 초대를 했다. 그 작은 마을은 영국 해협으로 가는 철도에서 그다지 멀지 않은 곳에 있었다. 나로서는 그 방향이 덴마크로 가는 길이라 크게 부담되지 않았다. 툰브리지까지 기차를 타고 가, 거기서 기다리던 벤틀리의 마차를 탔다. 마차를 타고 가면서 바라보는 시골 풍경이 마치 덴마크 같았다. 여기저기 솟아 있는 아름다운 언덕이며, 그 언덕에 드문드문 서 있는 커다란 나무, 그리고 경계를 짓고 있는 나무 울타리와 철책이 공원 같은 정경을 연출했다. 방은 우아하고 안락했으며 정원에는 장미와 상록수가 가득했다. 근처에 나울 공원이 있는데, 이곳의 오래된 성은 암허스트 백작 소유였다. 그의 조상 가운데 시인이 한 명 있어서, 그를 기리기 위해 방 가운데 하나를 '시인의 방'으로 꾸몄다. 여기에는 그 시인의 늙은 모습을 담은 전신 초상화가 걸려 있었고, 나머지 벽에도 다른 여러 시인들의 초상화가 걸려 있었다. 마치 주인과 초대받은 손님들이 한자리에 모여 대화를 나누는 것 같았다. 이웃에는 옷가게가 있었다. 디킨스가 〈험프리 주인님의 시계〉에서 묘사한 골동품 가게 같았다. 축제 같은 나날이 흘러가는 가운데, 나는 영국식 가정에 익숙해졌다. 이곳에서는 나에게 베풀어지는 부와 친절의 모든 안락함을 다 누려보았다.

영국과 스코틀랜드 여행 후유증으로 내게는 안정과 휴식이 절실하게 필요했다. 진이 빠질 만큼 지쳤지만, 그렇게나 큰 기쁨과 선행을 베풀어준 사람들과 작별하기란 여전히 슬픈 일이었다. 내가 사랑했고 또 앞으로 얼마 동안 만나지 못할 사람 가운데 찰스 디킨스가 있었다. 블레싱턴 부인의 집에서 처음 만난 후에 그가 나를 찾아왔지만 내가 없어서 헛걸음을 하고 돌아간 적이 있었다. 그리고 런던에서는 다시 만나지 못하고, 그가 보낸 편지만 몇 통 받았다. 그후 그는 자기가 쓴 책들 가운데 아름다운 삽화가 들어 있는 판을 골라서 보냈다. 책에는 모두 다음과 같은 서명이 들어 있었다.

한스 크리스티안 안데르센에게, 그의 친구이자 추종자인 찰스 디킨스.

사람들에 따르면 그는 가족과 함께 영국 해협의 어느 바닷가로 갔다고 했다. 거기가 정확하게 어딘지는 몰랐다. 람스게이트에서 벨기에의 오스탕드를 경유해서 덴마크로 가기로 결심하고 디킨스에게 편지를 썼다. 편지를 다행히 받아보면 좋겠다는 말과 함께 내가 람스게이트에 도착할 날짜와 시각을 적고, 그의 주소를 내가 묵을 호텔에 알려달라고 했다. 그가 람스게이트에서 그다지 멀지 않은 곳에 있다면 내가 직접 찾아가서 만나볼 생각이었다. 그가 보낸 편지가 호텔에서 기다리고 있었다. 그는 거기서 약 일 덴마크마일 떨어진 곳에 있었고, 함께 저녁을 먹자고 했다. 마차를 타고 그가 머물고 있는 바닷가 마을로 달렸다. 디킨스 부부는 나를 친절하게 맞아주었다. 디킨스 가족은 집을 통째로 빌려서 쓰고 있었다. 작지만 깨끗하고 안락했다. 저녁 시간은 즐거웠다. 식탁 옆에 있는 창문으로 바다가 보였다. 파도가 창문 아래까지 밀려왔다. 저녁을 먹을 때 물이 빠지기 시작했다. 물이 빠르게 빠져나가자 좌초된 선박의 잔해와 함께 모래 해변이 드러났다. 그 위로 등대의 불빛이 훑고 지나갔다. 우리는 덴마크와 덴마크 문학에 대해 이야기하고, 독일과 독일어에 대해서 이야기했다. 디킨스는 독일어를 배워야겠다고 말했다. 이때, 우연히 오르간 수리공이 왔다. 이탈리아 사람이었다. 디킨스가 이탈리아 어로 말하자 모국어를 들은 수리공은 좋아서 얼굴이 환하게 밝아졌다. 저녁을 먹은 후에 아이들을 부르자 다섯 명이 우르르 몰려왔다. 한 명은 아직 돌아오지 않았다.

"우린 아이들이 좀 많습니다."

디킨스의 말이었다. 아이들이 모두 내게 키스를 했다. 가장 나이가 어린 아이는 자기 손에 키스를 한 뒤에, 내게 그 키스를 던졌다. 커피가 들어올 때 젊은 아가씨가 함께 들어왔다.

"이 아가씨도 선생님 추종잡니다."

그녀는 디킨스의 처제였다. 그의 말이, 내가 오면 부르마고 약속했다는 것이었다. 시간은 빠르게 흘러갔다. 디킨스 부인은 남편과 거의 같은 나이로 보였고, 살이 통통한 편이었으며, 인상이 좋아 누구든 금방 믿을 수 있는 그런 얼굴이었다. 부인은 예니 린드의 열렬한 팬이었고 그녀의 서명이 들어 있는 친필을 받는 게 소원이라고 했다. 하지만 예니 린드의 친필을 어떻게 받는단 말인가. 다행히 내게 예니 린드의 편지가 제법 있었다. 그중에서도, 내가 처음 런던에 도착했을 때 예니 린드가 환영한다는 인사와 함께 자기 집 주소를 일러준 짧은 편지가 있어, 기념으로 간직하라며 주었다. 우리는 밤늦게 헤어졌다. 디킨스는 덴마크로 편지를 띄우겠다고 약속했다. 하지만 다음날 아침 일찍 내가 람스게이트를 떠나기 전 우리는 다시 만났다. 놀랍게도 디킨스가 람스게이트의 선창에서 나를 기다리고 있었던 것이다.

"작별 인사를 한번 더 하고 싶어서 나왔습니다!"

디킨스는 나를 따라 배에 올랐다가, 배가 떠난다는 신호를 할 때에야 비로소 내 손을 놓고 배에서 내렸다. 그는 배가 움직일 때까지 선창 끝에 꼼짝도 않고 서서 내 쪽을 바라보았다. 강하고 젊음이 넘치며 잘생긴 디킨스가 모자를 벗어 흔들었다. 디킨스는 영국에서 우정 어린 작별 인사를 맨 마지막으로 나눈 친구였다.

오스탕드에 도착했다. 거기서 처음 만난 사람은 벨기에 국왕 부처였다. 그들은 내 인사에 친절하게 답했다. 나는 벨기에에 아는 사람이라곤 한 명도 없었던 터라, 그날 곧바로 기차를 타고 겐트로 갔다. 그리곤 이른 아침에 쾰른으로 가는 기차를 기다리

안데르센이 무한한 동료애를 가졌던 영국 소설가 찰스 디킨스.

고 있는데, 여행자 여러 명이 오더니 초상화를 봐서 내가 누구인지 안다며 모자를 벗고 인사를 했다. 영국인 가족도 내게 다가왔다. 부인이 하는 말이, 자기도 작가인데 런던의 사교 모임에서 여러 번 나를 보았다고 했다. 부인 말이, 그때는 다른 사람들이 나를 독점하고 있는 바람에 나와 인사할 기회를 잡지 못했다는 것이었다. 레벤틀로에게 자기를 내게 소개시켜달라고 했더니 그가 이렇게 말했다고 했다.

"보시다시피, 불가능할 것 같지 않습니까?"

그 말을 들으니 웃음이 나왔다. 사실 그 말이 맞았다. 거기에서 나는 '유행'을 따르고 있었던 것이다. 하지만 이제는 그녀가 나를 독점했다. 그녀는 격식에 얽매이지 않는 성격이었고 친절했다. 나를 이렇게 유명하게 해준 행운의 별에 감사했다. 그 영국인 가족을 뒤로하고 돌아서며 이런 생각을 했다.

'이 행운의 별이 얼마나 오래 빛을 발할까?'

다행히 그 별은 지금까지도 나를 비추고 있다. 사람들이 나를 너무 높은 곳으로 올려놓아 나중에는 내가 어디 있는지 아무도 모르면 어떡할까 하는 마음에 늘 불안했다. 하지만 내게 주어진 영광과 행복에 감사했다. 내가 영국에서 받은 환대에 관해 전해 들은 독일인들 역시 깊은 존경과 친절을 베풀었다. 함부르크에서 만난 덴마크 사람들은 이렇게 말하며 반갑게 나를 맞았다.

"세상에! 안데르센 선생님 아니십니까! 선생님이 영국에 가계시는 동안에 〈해적선〉이 얼마나 큰 성공을 거두었는지 모르시죠? 선생님은 월계관과 두둑한 지갑을 함께 받으신 겁니다. 정말 재미있게 봤습니다!"

코펜하겐에 도착한 몇 시간 뒤 나는 내 방 창가에 섰다. 잘 차려입은 신사 두 명이 지나가다가 나를 알아보고는 낄낄거리며 웃었다. 그중 하나가 손가락으로 나를 가리키며 큰 소리로 말했다. 그 소리는 내게도 다 들렸다.

"보라구, 저기 전 세계적으로 유명한 오랑우탄이 서 있잖아!"

무례한 말이었다. 사악한 말이었다. 내 심장에 박힌 그 말을 영원히 잊지 못할 것이다.

나를 이해하는 친구들도 물론 만났다. 그들은 내가 영국에서 받은 경의를 함께 기뻐했다. 늙은 작가 한 사람은 내 손을 잡고 이렇게 말했다.

"나는 여태 당신의 작품을 제대로 읽지 못한 것 같소. 앞으로 제대로 읽어볼 생각이오. 사람들은 당신에 대해 나쁘게 얘기하지만, 당신은 아마, 아니 틀림없이, 덴마크 사람들이 생각하는 것보다 훨씬 훌륭한 사람인 것 같소."

솔직하고 아름다운 고백이었다.

친한 친구 하나가 영국에서 발행된 신문들을 영향력 있는 편집자들에게 보냈다. 〈내 생애의 진실한 이야기〉를 호의적으로 평한 기사들과 영국에서 내가 수없이 환영받은 사실을 보도한 신문들이었다. 하지만 내가 영국에서 환영받은 일을 기사로 쓰겠다는 편집자는 단 한 명도 없었다. 심지어 이렇게 말한 사람도 있었다.

"사람들은 아마 영국인들이 안데르센을 가지고 놀았다고 생각할걸?"

그는 사실을 믿지 않고, 신문을 사서 볼 사람들도 그럴 거라고 생각했다. 어떤 신문은 내가 나라에서 돈을 받아서 그 돈으로 여행을 다닌다고 했다. 그렇지 않으면 어떻게 해마다 해외여행을 갈 수 있냐고 했다. 이 얘기를 크리스티안 8세에게 했다.

"선생은 돈을 주겠다는 내 제의를 거절하지 않았소. 내 생각엔 과연 그럴 사람이 얼마나 될까 싶은데…. 아무튼 덴마크 사람들은 선생한테 너무 심하군요. 선생을 잘 모르는 것 같소."

여행에서 돌아와 처음 쓴 〈놀라운 이야기들〉을 영국으로 보냈고, 크리스마스에 맞춰서 출간되었다. 이 책은 찰스 디킨스에게 헌정했다.

나는 다시 조용한 덴마크에 돌아왔습니다. 하지만 내 생각은 날마다 사랑하는 영국에 가 있습니다. 몇 달 전 영국에 있으면서 수많은 친구들을 통해 매력적인 이야기를 듣고 또 보았습니다.

보다 큰 대작을 구상하는 와중에도, 마치 숲에서 꽃이 피어나듯 그렇게 일곱 개의 작은 이야기들이 꽃을 피웠습니다. 내 꽃들을 맨 먼저 영국의 정원에다 옮겨 심고 싶었습니다. 이것이 아름다운 크리스마스 인사가 되길 바랍니다. 나는 이 꽃들을 사랑하고 존경하는 사람, 처음 만난 순간부터 내 가슴에 영원히 뿌리내린 사람 찰스 디킨스에게 바칩니다.

당신의 손은 영국에서 내가 마지막으로 잡은 우정의 손이었습니다. 당신의 손을 통해서 영국이 내게 보낸 마지막 작별 인사를 받았습니다. 그러므로 덴마크에서 영국으로 보내는 내 첫인사를 진심과 우정을 담아 당신에게 맨 먼저 보내는 게 당연하지 않겠습니까.

한스 크리스티안 안데르센.
1847년 12월 6일, 코펜하겐에서

이 책은 열광적인 호응을 받았다. 하지만 무엇보다 내 마음과 영혼을 환하게 밝혀준 건 디킨스가 보낸 편지였다. 그의 편지는 우정으로 빛나는 보석이었다. 내가 받은 보석을 여러 사람들에게 자랑하고 싶다. 디킨스도 오해하지 않을 것이다.

　　형의 크리스마스 책에 내 이름을 넣어준 친절함에 백번 천번 감사의 인사를 띄웁니다. 형의 천재성이 나를 인정했다는 사실이 자랑스럽습니다. 영광으로 생각하고 있습니다.

　　형이 보내준 책 덕분에 우리집의 난로는 더욱 따뜻해졌고 나는 진심으로 행복에 젖어 있습니다. 우리는 모두 형이 쓴 아름다운 이야기들에 푹 빠져 있습니다. 꼬마, 노인, 그리고 장난감 병정은 특히 내 마음을 사로잡았습니다. 나는 지금 그 이야기들을 읽고 또 읽으며 말로 다할 수 없는 즐거움을 누립니다.

　　얼마 전에 에든버러에 다녀왔습니다. 거기서 만난 형 친구들이 형 얘기를 무척 많이 했습니다. 다시 한번 영국으로 오십시오, 꼭! 하지만 형은 지금 무얼 하든 글 쓰는 걸 멈추지 마십시오. 형이 생각하는 것 단 하나도 놓치고 싶지 않기 때문에 드리는 말씀입니다.

　　우리 가족은 우리가 작별 인사를 나누었던 그 바닷가 선창에도 가보았습니다. 그리고 지금은 집에 돌아와 있습니다. 아내가 꼭 안부를 전해달라고 하는군요. 아내의 동생도 안부를 전해달라고 합니다. 그리고 우리 아이들 모두 안부를 전해달라고 합니다. 멀리 떨어져 있지만 우리의 마음은 한 가지라 믿으며, 이만 인사를 줄이겠습니다.

　　　　　　　　　　　　형의 성실한 친구이자 추종자인, 찰스 디킨스

내 시 〈아하수에루스〉가 크리스마스 때 덴마크와 독일에서 출간되었다. 여러 해 전에 이 시를 구상하고 있을 때 욀렌슐레게르가 말했다.

"사람들이 자네가 모든 시간대를 통틀어 전 세계의 역사를 희곡으로 쓴다고 하는데, 난 도무지 이해할 수가 없네!"

이 책의 앞부분 어딘가에서도 언급한 내용을 그에게 설명했다. 그러자 그가 물었다.

"그렇다면 말일세, 도대체 그걸 무슨 형식으로 담겠다는 건가?"

"서정시와 서사시 그리고 희곡, 때로는 시로 때로는 산문으로 쓸 생각입니다."

"말이나 되는 소린가 그게?"

노시인은 버럭 고함을 질렀다.

"나도 시를 어떻게 써야 하는지는 좀 아는 사람이네! 형식이라는 게 있고 형식을 깨는 것도 한계가 있는 법이야, 기본적인 건 지켜야지! 초록빛 숲이 있어야 할 자리가 따로 있고, 검은 석탄이 있어야 할 자리가 따로 있다는 말일세! 이래도 할 말이 있나? 자네 대답 좀 들어보세!"

"물론 드릴 말씀이 있죠."

그 문제에 대한 비유가 노시인을 화나게 할지 모른다는 생각을 하면서도, 나는 최대한 공손하게 말했다.

"드릴 말씀이 있습니다만, 선생님께서 화를 내실지도 모르는데…."

"좋아, 화 내지 않을 테니까 얘기해보게."

"좋습니다, 그럼 말씀드리죠. 선생님은 초록빛 숲이 있어야 할 자리가 따로 있고, 검은 석탄이 있어야 할 자리가 따로 있다고 말씀하셨죠? 하지만 유황과 초석을 예로 들어보겠습니다. 이들도 각기 있어야 할 자리가 다릅니다. 하지만 이 둘을 합치면 어떻게 됩니까? 화약이 됩니다. 내 시도 이렇게 되길 원합니다."

"안데르센! 화약이라니, 자네가 어떻게 그런 말도 안 되는 소리를 하나? 자네는 나쁜 사람은 아니네, 하지만 많은 사람들이 얘기하듯이, 자네는 좀 허황하고 그게 쌓여서 허영이 되는 거야!"

"허황하다니요? 화약을 발명해서 돈을 번 사람들도 있지 않습니까?"

"돈? 돈을 벌어?"

그는 내가 하는 말을 전혀 이해하지 못했다. 〈아하수에루스〉가 출판되었을 때 욀렌슐레게르도 그 시를 읽었다. 시를 읽은 뒤에 그의 생각이 바뀌었는지 궁금했는데, 그가 편지를 보내왔다. 늘 그랬듯이 그는 나에 대해 여전히 애정을 감추지 않았다. 하지만 그는, 솔직히 내 시가 재미없다고 했다. 다른 사람들도 비슷한 견해를 보였다. 욀렌슐레게르의 생각과 판단을 숨기고 싶은 생각은 전혀 없다. 그 내용을 공개하면 이렇다.

친애하는 안데르센, 나는 언제나 독창적인 이야기들을 자연스럽고도 교묘하게 엮어내는 자네의 재능을 높이 평가하고 인정해왔네. 또 자네가 만나는 세상 사람들의 삶의 모습을 소설이나 여행기를 통해 묘사하는 솜씨가 일품이라는 것도 역시 높이 평가해왔네. 또한 희곡에서 자네의 재능을 발견하고는 정말 기뻤다네. 예를 들어 〈뮬라토〉가 그런 경우네. 비록 주제가 이미 다른 사람이 다룬 적이 있다는 점과 연극적인 아름다움보다 서정적인 아름다움이 더 도드라져 보인다는 점이 약점이긴 하지만 말일세. 하지만 몇 년 전에 자네가 내게 어떤 걸 읽어줬을 때, 난 그 시의 구상과 형식이 마음에 들지 않는다고 솔직하게 얘기했네. 한데 자네는 내 반응에 놀라면서 나의 지적을 전혀 받아들이려 하지 않았네. 심지어 이렇게까지 말했지, 다 쓰고 나면 그때 읽어보라고…. 그래서 이번에 완성된 자네의 시를 꼼꼼하게 다시 읽었네. 다 읽고 나서도 내 생각은 지난번과 달라지지 않았네. 즐거운 기분이 드는 게 아니라 불쾌한 느낌이더군. 이런 표현을 용서해주게, 하지만 솔직한 내 느낌을 얘기하는 거네. 자네가 내 의견을 물으니, 난 이렇게밖에 말할 수가 없네. 사탕 발린 말을 해서 자네가 잘못된 길로 들어서는 걸 원치 않기 때문일세. 극적 구성에 관해 내가 아는 한, 〈아하수에루스〉의 주제는 결코 희곡에 맞지 않는다고 생각하네. 그래서 괴테도 이걸 포기하지 않았나? 얼마나 현명한가.

놀라운 전설은 자네의 그 놀라운 이야기들처럼 유머 속에서 다루었어야 했네. 그는 구두 수선공이었지만 구두 수선공의 길을 벗어났네. 게다가 너무나 거만해서 자기가 이해하지 못하는 건 전혀 믿으려 하지 않았단 말이지. 그가 사색적인 시의 관념을 추상적으로 이해하는 존재로 만듦으로써, 그는 시적 인물이 될 수 없었던 걸세. 희곡의 극적 인물이 될 수 없었던 건 말할 필요도 없고…. 희곡은 필연적으로 압축적이고 완결되는 행동을 필요로 하네. 그게 등장인물을 통해서 표현되고, 그의 극적 성격에 따라 그 행동들이 펼쳐지는 것 아니냔 말일세. 하지만 자네의 이번 시는 그렇지 못하단 말이네. 〈아하수에루스〉는 처음부터 끝까지 한 발 물러나 사색만 하는 관찰자 입장이란 얘기네. 다른 배역들도 극적인 행동이 없기는 마찬가지네. 시 전체가 서정적인 아포리즘의 독립적인 단편들로 구성되어 있고, 전체를 하나로 엮어내는 이야기 구조가 아주 느슨하다는 사실은 인정하는가? 내가 보기에 겉치레만 요란할 뿐, 시적 구조로 보자면 알맹이가 없고 시적 효과도 느껴지지 않네. 역사를 심오하게 공부한 사람들이, 아무리 장대한 장면이 나오고 등장인물이 그럴듯하다 해도, 장난꾸러기 꼬마 귀신이나 제비, 나이팅게일, 인어 따위로 구성된 서정적인 아포리즘을 재미있어할 것 같은가?

물론 서정적으로 아름답고 또 묘사가 뛰어난 부분도 있네. 예를 들어 '검투사', '훈 족', '야만인' 같은 부분이 그런 경우라고 할 수 있네. 또 자네의 글이 가지는 어떤 환상적인 경향이 이 시에서도 드러난다네. 모든 이미지들이 거의 대부분 환상적이고 놀라운 모습으로 표현되고 있기 때문이지. 역사의 진수는 다양성을 통해서 드러나는 게 아니네. 사상이나 관념과 관련된 부분을 더 많이 다루었어야 했네. 게다가 이미지도 참신하지 않고 독창성도 부족하네. 가슴을 적시거나 두드려주는 감동적인 부분이 없다는 얘기지. '바르나바스'에서는 그가 죄를 저지른 다음에 영예와 존엄성을 획득하기 위해 나아가는 길에 마땅히 극적인 성격의 변화나 행동이 뒤따라야 했음에도 그런 게 전혀 없었네. 우리 관객은 그저, 그가 이전에 노파를 죽인 적이 있는데, 이제 신의 품으로 돌아왔고 하늘에는 기쁨이 넘친다, 라는 말을 귀로 들을 뿐이란 말이지.

이게 지금 내 의견이네. 내 생각이 잘못되었을 수도 있겠지. 하지만 신념에 따라 의견을 밝혔네. 내가 자네에게 아부할 필요는 없으니까 말일세. 내 편지가 자네를 슬프게 한다면 용서해주

게. 하지만 맹세컨대, 이 시를 제외하고 다른 것들만 놓고 얘기
한다면, 자네는 누가 뭐래도 독창성과 천재성이 넘치는 진짜 시
인이라네.

자네의 벗, A. 윌렌슐레게르.
1847년 12월 23일

그의 편지에 많은 진실과 정당한 판단이 담겨 있다는 점은 인
정한다. 하지만 나는 〈아하수에루스〉를, 위대한 노시인과 다른
시각으로 바라본다. 나는 이 작품을 희곡으로 규정하지 않았다.
시의 위치에 놓을 생각도 전혀 없다. 극적인 사건이나 극적 성격
을 부여해가는 과정도 없다. 맞는 말이다. 하지만 이 작품은, 인
류가 신성을 부정하지만 완벽함을 향해 끊임없이 나아간다는 걸
변화하는 형식 속에서 드러낸다. 나는 형식을 바꿈으로써 주제
를 가장 잘 드러낼 수 있다는 믿음을 가지고 간결하고, 명쾌하
게, 그리고 보다 많은 이야기 속에 담고자 했다. 역사적인 사건
이라는 거대한 산들은 그저 희미한 배경으로만 작용하면 된다.
이 작품을 희곡이나 서사시와 단순 비교를 해서는 안 된다. 격언
체의 단순성은 말하자면 모자이크 효과를 노린 것이다. 조각 하
나하나의 의미보다는 전체적인 이미지가 중요하다. 우리가 어떤
건물을 바라볼 때 건물을 구성하는 돌 하나하나를 따로 떼어내
서 보지는 않는다. 각 부분이 전체로 결합된 어떤 형상을 보는
것이다.

그후 이 작품에 관해 수많은 사람들이 의견을 발표했는데, 이
들이 〈아하수에루스〉가 내 시적 삶에서 중요한 전환점이 될 거

라고 보았다는 점에서, 내 믿음과 다르지 않다. 이 작품을 읽고 최초로 감동을 받은 사람은, 어쩌면 유일한 사람일지도 모르겠지만, 역사가 루드비히 뮐러였다. 그는 덴마크 문단에 내 위치를 확고하게 해준 두 개의 작품으로 〈어린이에게 들려주는 놀라운 이야기들〉과 〈아하수에루스〉를 꼽았다.

이 작품을 인정한다는 목소리가 외국에서도 들려왔다. 히브리의 찬송가와 아라비아의 민요에서 우리 시대의 음유시인뿐 아니라 고대 음유시인의 노래까지 모두 포함해 전 세계의 문학 작품을 총망라한 〈세계 문학의 전람회〉라는 책의 스칸디나비아 부분에 덴마크의 여러 시인과 몇몇 장면들을 수록했는데, 거기에 〈하콘 자를〉, 〈레네 왕의 딸〉, 〈타이버 강〉에서 뽑은 장면과 〈아하수에루스〉의 몇 장면이 들어 있다.

이 시집이 출간된 지 팔 년이 지난 뒤, 내 작품 전체를 평하면서 이 작품을 이전과 다른 시각으로 다루는 글이 〈덴마크 문학월평〉에 나타났다. 내가 처음 의도했던 대로 이 작품을 본 것이다. 이 시는 시인으로서 내가 나아가야 할 미래의 방향을 가리키고 있다.

1848. 1 ~ 1851. 3

1848년의 막이 올랐다. 그해는 잊을 수 없는, 화산처럼 격렬한
해였다. 세월의 격랑이 우리나라를 전쟁의 피로 쓸어버린 해였
다. 그해 1월이 되자마자 크리스티안 8세가 몸져누웠다. 그를 마
지막으로 본 건 어느 날 저녁이었다. 차를 함께 마시자는 초대를
받았는데 읽을거리 몇 개를 들고 오라고 했다. 국왕 옆에 왕비가
앉아 있었다. 왕은 아주 부드러운 목소리로 나를 맞았다. 하지만
소파에 누워야 할 만큼 몸이 쇠약했다. 나는 당시 미완성이던 소
설 〈두 명의 남작 부인〉 두세 장章을 읽었다. 그리고 또 작은 이야
기 두세 편을 읽었다. 왕은 매우 즐거워하며 큰 소리로 웃고 얘기
했다. 내가 물러나올 때 그는 소파에서 부드럽게 미소 지으며 고
개를 끄덕였다. 내가 들은 그의 마지막 말은 이것이었다.

"곧 다시 봅시다."

하지만 그게 마지막이었다. 다시는 볼 수 없었다. 그의 병이
악화되자 나는 혹시라도 그를 잃을까 걱정되어 안절부절못하고,
날마다 용태를 물으러 아말리엔부르그로 나갔다. 얼마 후, 그의
죽음이 임박했다는 말을 들었다. 그 슬픈 소식을 들고 욀렌슐레
게르에게 달려갔다. 놀랍게도 그는 왕의 병세가 위독하다는 사
실을 전혀 모르고 있었다. 소식을 들은 욀렌슐레게르는 울음을

터뜨렸다. 누구보다도 왕과 가까웠던 그의 눈에서 눈물이 하염 없이 쏟아졌다.

　다음날 오전 아말리엔부르그에서, 크리스티아니에게 몸을 의 지한 채 대기실에서 나오는 욀렌슐레게르를 만났다. 그의 얼굴 은 창백했다. 내 손을 잡곤 한 마디도 하지 않았다. 그의 눈에서 눈물이 흘러내렸다. 모두들 왕의 죽음을 기정사실로 받아들이고 마지막 순간을 기다렸다. 1월 20일, 나는 몇 번이고 아말리엔부 르그로 달려갔다. 눈 내리는 밤, 왕이 죽어가는 창문을 올려다보 며 서 있었다. 그리고 10시 15분, 우리의 왕은 떠났다. 다음날 아침 사람들이 왕궁 앞으로 몰려들었다. 크리스티안 8세가 이미 죽어서 누워 있는 왕궁 앞으로…. 나는 집으로 돌아와 그를 잃은 아픔에 비통하게 울었고, 내가 그토록 사랑했지만 이제 이 세상 을 떠난 그를 위해 따뜻한 눈물을 흘렸다.

　코펜하겐 전체가 들썩거렸다. 새로운 질서가 자리를 잡아가 고 있었다. 1월 28일, 율령이 공포되었다. 크리스티안 8세는 '화려한 침대'에 누워 있었다. 그를 보고 너무나 가슴이 아파 쓰러지고 말아 옆방에서 얼마간 누워 있어야 했다. 2월 28일 왕 의 시신은 로에스킬데로 옮겨졌다. 나는 집에 가만히 앉아 교회 의 종소리를 들었다. 거대한 변화의 물결이 유럽에 소용돌이쳤 다. 파리에서 혁명이 일어났다. 루이 필립과 그의 가족은 프랑 스를 떠났다. 파리를 삼킨 폭동은 거대한 파도처럼 독일의 도시 들을 휩쓸었다. 덴마크에서는 이런 소식들을 신문으로 읽고만 있었다. 덴마크만이 유일하게 평화로웠다! 여기에서 우리들만 여전히 자유롭게 호흡하며 연극과 문학과 모든 아름다운 것들을 즐길 수 있었다. 하지만 평화는 오래가지 못했다. 거대한 파도는 덴마크까지 밀려왔다. 홀슈타인에서 소요가 발생했다. 소문은 불꽃처럼 여기저기서 타올랐고, 모든 게 흔들렸다. 대규모 군중이 '카지노'(577쪽에서 자세하게 언급이 된다 - 옮긴이)에 모였고, 다음날 아침 군중 대표가 왕을 만났다. 나는 왕궁 앞의 개방된 공간에 서서 군중을 바라보았다. 왕의 답변은 곧 도시에 알려졌고, 내각이 해산되었다. 일련의 사건들에 대한 해석이 모임마다 달랐다. 수많은 사람들이 밤이고 낮이고 거리에 모여 국가를 불렀다. 파괴 행동은 없었지만, 마치 하늘에서 떨어진 것처럼 예전에 볼 수 없었던 전혀 다른 인종 같은 낯선 얼굴들을 마주하기가 불편하고 불쾌했다. '질서와 평화'의 여러 친구들이, 군중이 나쁜 길로 빠지지 않게 인도하려고 군중 속으로 합류했다. 나는 평화위원회의 위원 가운데 한 사람으로 선정되었다. 가끔 군중 가운데 어떤 사람들이 과격한 행동을 할 가능성이 있는 장소로 가자고 고함을 지르고 선동할 때면, 위원회 위원들 가운데 한 사람이 "똑바로 앞으로!"라고 외치기만 하면 군중은 흐트러짐 없이 똑바로 앞으로 움직였다. 사람들은 극장에서도 노래를 불렀고, 오케스트라는 국가를 연주했다. 도시 전체에 불을 밝히자는 얘기가 와서 그렇게 결정이 났다. 새 내각을 못마땅해하는 사람들도 자기 집 유리창이 박살나는 게 두려워 기꺼이 불을 환하게 밝혔다.(당시 덴마크에는 절대 왕정에 반대해 입헌 대의 정치를 주장하는 국민자유당이 1842년에 결성되어 있었다. 그리고 1849년에 프레데릭 7세는 전제 정치를 포기하고 자유 헌법하의 입헌 군주제를 받아들이게 된다 - 옮긴이)

슬레스비히의 대표단이 코펜하겐으로 왔다. 이들을 향한 분노가 들끓었지만 왕은 포고령을 내렸다.

> 덴마크 국민의 명예를 걸고 우리는 슬레스비히-홀슈타인 대표단을 신뢰한다!

대학생들은 평화를 지켰다. 그들은 군중 속을 돌아다니며 설득했다. 대표단이 안전하게 기선에 오를 수 있도록 병사들이 거리에 배치되었다. 수많은 사람들이 기선 앞에서 그들을 기다렸다. 대표단은 왕궁에서 왕궁 뒤편의 운하로, 거기서 다시 세관으로 인도된 다음 사람들 눈을 피해 배에 오를 수 있었다.

전쟁 준비는 바다와 육지에서 진행되었다. 모든 사람들이 힘을 보탰다. 관리 한 명이 내게 와서, 영국 신문을 통해 우리의 대의를 밝히는 게 좋겠다고 했다. 영국에 내 이름이 많이 알려져 있기 때문이었다. 나는 곧바로 〈문학신문〉의 편집자인 젤단에게 편지를 썼다. 덴마크가 처한 상황과 입장을 설명하는 내 편지는 지체 없이 〈문학신문〉에 실렸다.

> 친애하는 친구여, 불과 몇 주 전에 편지를 썼는데, 그 짧은 시간의 역사 속에 워낙 큰 사건들이 많이 일어나다 보니 마치 몇 년이라는 긴 세월이 지난 것 같습니다. 나는 정치에 대해 아무것도 몰랐습니다. 모르는 건 지금도 마찬가지입니다. 그건 내 일이 아니었습니다. 신께서 시인에겐 다른 임무를 주셨으니까요. 하지만 격동의 물결이 온 나라를 뒤덮고 있는 지금, 시인이라고 해서 발

이 젖고 물이 무릎까지 차올라오는 걸 느끼지 못한 채로 덴마크에 두 발을 디디고 서 있을 수 없습니다. 지금 덴마크의 상황이 얼마나 위중한지 잘 아실 겁니다. 우리는 전쟁을 치릅니다! 덴마크 국민 전체가 치르는 전쟁입니다. 귀족이든 농부든 모두 옳은 일을 해야 한다는 정의감 하나로 아무도 등을 떠밀지 않았음에도 자발적으로, 전선으로 가는 군대의 대열에 합류합니다. 지금 덴마크에는 시골 도시 가리지 않고 애국심이 끓어오릅니다. 슐레스비히-홀슈타인 당黨의 지도자들은 독일 신문들을 통해 여러 해 동안 잘못된 생각을 심어왔습니다. 노에르 왕자는 덴마크 국왕을 무시하고 조롱하며 렌스보르그*를 멋대로 차지했습니다. 이런 행위에 덴마크 국민은 격분했고 한마음으로 들고일어난 것입니다. 대의 아래 일상의 작고 사소한 것들을 기꺼이 포기했습니다. 지금 덴마크에서는 모든 게 움직입니다. 하지만 국왕을 중심으로 결코 질서를 잃지 않고 있습니다. 모든 계급과 모든 계층으로부터 기부금이 줄을 잇고 있습니다. 가난한 상인이나 하녀들조차 기꺼이 자기 몫을 다하고 있습니다. 전쟁 물자 가운데 특히 말이 부족하다는 얘기가 나오자 전국의 도시와 시골에서 올라오는 말의 행렬이 길게 늘어섰습니다. 국방장관이, 말은 더 이상 필요하지 않다는 성명을 발표해야 했습니다. 모든 가정에서 여자들은 붕대를 만들고 있습니다. 상급반 어린이들은 탄약통을 만듭니다. 무기를 다룰 힘이 있는 사람들은 모두 무기를 들고 훈련을 합니다. 청년 귀족들은 중위 계급장을 달고서 병사들과 함께 대열을 이루고 있습니다. 사랑하는 조국을 지킨다는 한마음으로 뭉칠 때, 군대의 사기는 하늘을 뚫는다는 걸 잘 아실 겁니다. 우리 병사들과 장교들은 용기와 열정으로 불타오릅니다.

　군인으로 자원한 사람 가운데는 노르웨이 장관의 아들도 있습니다. 그는 노르웨이의 상류층 가문의 아들이지만 기꺼이 총을 잡았습니다. 지난겨울 덴마크를 방문했다가 우리의 순수한 대의에 감동해, 덴마크를 위해 싸우겠다고 했습니다. 하지만 그는 외국인이라 받아들여지지 않았습니다. 그러자 그는 곧바로 덴마크에 집을 사고 덴마크 국민이 된 다음 다시 지원해 군인이 되었습니다. 그는 군복에 소위 계급장을 달고 연대의 일원이 되어 행진해갔습니다. 하루에 십이 실링을 받으며 딱딱한 빵으로 하루를 때우는, 그러면서도 전우와 운명을 함께하는 군인이 되어 전장으로 행진해간 것입니다. 모든 계급의 덴마크 남자들이 다 이렇게 총을 잡았습니다. 신사와 대학생, 부자와 빈자 모두 함께 손을 잡고 마치 축제처럼 노래를 부르며 행진합니다. 우리 국왕 폐하께서도 군대의 지휘본부로 달려가셨습니다. 그분 역시 덴마크 사람이고 옳은 일을 위해 싸울 줄 아는 정직한 마음을 가지고 계시기 때문입니다. 국왕을 경호하는 사람들 가운데는 홀슈타인 출신들도 있습니다. 국왕이 처음 진중으로 달려갈 때 이들은 제외되었습니다. 동포끼리 싸우게 할 수는 없었기 때문입니다. 하지만 이들은 모두 함께 가게 해달라고 애원을 해 국왕 경호단으로 남았습니다.

이 순간까지 하나님은 우리와 함께하셨고, 앞으로도 그러실 겁니다. 우리 군대는 신속하게 전진하고 있습니다. 알스 섬을 회복했고, 플렌스부르크와 슬레스비히를 회복했습니다. 우리는 지금 홀슈타인의 경계선에 서 있습니다. 벌써 천 명 이상을 포로로 잡았습니다. 포로는 대부분 코펜하겐으로 후송했는데, 이들은 노에르 왕자에게 분노하고 있습니다. 자기 목숨과 피를 그들과 함께하겠노라고 약속해놓고선, 덴마크 군대가 총검으로 플렌스부르크로 밀고 들어간 첫 전투에서 달아나버렸기 때문입니다.

지금, 변화의 물결이 모든 나라에서 출렁이고 있습니다. 하지만 단 하나 변하지 않는 게 있습니다. 그건 하나님의 뜻입니다. 하나님은 덴마크와 함께하십니다. 하나님의 뜻은 언제나 옳습니다. 모든 인민과 국가를 승리로 이끌어주는 힘은 진실이고, 하나님의 뜻입니다.

"국가와 그들의 권리를 위하여! 정직하고 선한 사람들을 위하여! 이 모든 것들의 번영을 위하여!"

이것이 유럽의 구호가 되어야 합니다. 이것이 우리의 구호일 때, 나는 우리의 미래를 낙관합니다. 독일 국민은 정직하고 진리를 사랑합니다. 그들은 우리의 상황과 결의를 제대로 알게 될 것입니다. 그리고 그들이 품고 있는 적의는 존경과 우정으로 바뀔 것입니다. 그날이 머지않았습니다! 하나님이 모든 나라에 자비와 평화의 빛을 뿌려주시길 간절히 기도합니다.

한스 크리스티안 안데르센.

1848년 4월 13일, 코펜하겐에서

* 현재는 렌츠부르크로 독일의 영토이다.

이 편지는 외국의 여러 신문에 게재되었다. 내가 덴마크 땅에서 나서 자랐고 내 몸에 덴마크의 피가 흐른다는 사실을 보다 절실하게 느꼈다. 나도 병사들 틈에 끼어 그들과 함께 총을 잡고 승리와 평화를 위해 기꺼이 생명을 바칠 수도 있었다. 하지만 그때, 독일에서의 즐거운 추억과, 나와 내 작품을 인정해준 내가 사랑하는 수많은 사람들이 떠올랐다. 말할 수 없이 고통스러웠다. 사람들이 독일과 독일인들을 저주하고 욕할 때, 나도 함께 가슴에서 분노가 치미는 것을 발견하고 놀랐다. 그런 감정을 다스리기란 너무도 힘들었다. 지금 나는, 그때의 모든 나쁜 말들이 사라지고 이웃사촌인 두 민족 사이의 상처가 빨리 치유되기만을 희망할 뿐이다. H. C. 외르스테드가 다시 나를 정신적으로 이끌었다. 그는 내가 새로운 이념과 사상을 갖게 될 것이라고 예견했다. 그의 예견은 맞았다. 그리고 새로운 이념과 사상은 화합과 사랑이었다.

내 주변 친구들 가운데서도 젊은이들은 기꺼이 군대에 자원했다. 이들 가운데는 발데마르 드레브센과 헨리 스탐페 남작도 있었다. 외르스테드는 이런 모습들을 보고 깊은 감명을 받아 일간지에 〈전투〉, 〈승리〉, 〈평화〉라는 세 편의 시를 발표했다.

예전에는 붉은 군복을 입는다는 건 절망 속으로 발을 들여놓는다는 뜻이었다. 군인은 단지 가여운 존재일 뿐이었다. 하지만 붉은 군복이 존경과 명예의 상징으로 변했다. 비단옷을 입은 숙녀들이 붉은 군복을 입은 군인과 나란히 걸었다. 내가 본 최초의 상류층 출신 군인은, 노르웨이 정부 고관의 아들 뢰벤스콜드였다. 그리고 아담 크누드 백작도 붉은 군복을 입었다. 아담 크누드 백작은 총알에 다리 하나를 잃었다. 뢰벤스콜드도 쓰러졌고, 화가 룬드비에도 쓰러졌다. 룬드비에가 죽는 장면을 목격한 사람에게서 그 얘기를 직접 들었다. 그는 우수에 젖어 머스켓 총에 기대고 서 있었다. 다른 머스켓 총들이 놓여 있는 그 곁으로 농부 몇 명이 지나갔다. 한데 농부들이 총을 집어서 만지작거리는데 갑자기 총성이 울렸다. 룬드비에가 바닥으로 무너져 내렸다. 총알이 턱을 관통했고, 입은 찢어진 채 벌어졌다. 수염이 붙어 있는 살들이 사방으로 튀었다. 한숨처럼 가늘게 뭐라고 말을 했지만 알아들을 수가 없었고, 곧 숨을 거두었다. 그의 시신은 단네브로그(붉은 바탕에 하얀 십자가가 있는 덴마크의 국기 – 옮긴이)에 싸여 땅에 묻혔다.

젊은이들의 열정과 죽음을 바라보며 나는 눈물을 흘렸다. 어느 날, 험한 일이라곤 한 번도 해보지 않은 젊은 신사들이 물집 잡힌 붉은 손으로 참호를 파며 자기들끼리 농담을 주고받는 걸 보았는데, 나도 모르게 그들에게 달려가 이렇게 외쳤다.

"당신들 손에 키스를 해야겠소!"

날마다 청년들의 행진이 전쟁터로 이어졌다. 친구를 전쟁터로 배웅하고 돌아오는 길에 〈머물지 않으리, 쉬지 않으리〉라는 시를 썼다. 이 시는 곧 가장 인기 있는 노래가 되었다.

부활절의 종소리가 울려 퍼졌다. 슬레스비히의 불운한 부활절이었다. 적의 군대는 우리 군대를 쪼개놓았다. 무거운 슬픔이 온 나라를 짓눌렀다. 하지만 용기는 사라지지 않았다. 힘과 결속력은 더욱 강고해졌다. 프러시아 군대가 유틀란트로 진주했다. 우리 군대는 알스 섬에서 저항했다. 5월 중순, 나는 핀 섬으로 갔다. 글로루프의 전 영지를 군인들이 채우고 있었다. 지휘본부는 오덴세에 있었다. 헤데만 장군이 야전에서 작전을 수행했다. 군인들은 비가 오나 폭풍이 몰아치나 시가지의 거리에서 잠을 잤다. 때로는 작은 방에서 여러 명이 구겨지듯 자기도 했다. 서랍이나 상자가 침상이 되기도 했지만, 누적된 피로 속에서 이들은 단잠을 잤다. 젊은 의사 한 명이 병사들과 함께 황무지를 넘어 행군하던 얘기를 했다. 교회를 야전병원으로 사용했는데 촛불을 밝히긴 했지만 어두컴컴했다. 멀리서 총성이 울렸다. 적이 다가

온다는 신호였다. 그날 밤의 숨막히는 정경이 마치 내가 그 자리에 있는 듯이 생생했다. 프러시아 군대는 유틀란트를 압박하며 올라왔다.

우리의 희망은 스웨덴이었다. 스웨덴 군대가 니보르그에 상륙했고, 우리는 그들을 엄숙하게 맞았다. 열여섯 명의 스웨덴 장교와 이들의 부하들, 그리고 스무 명의 군악대 및 하급 장교들을 글로루프 장원莊園이 맞아들였다. 이들 스웨덴 사람 가운데는 아우구스텐부르크의 공작이 지원한, 정확하게 말하면, 주인인 그의 뜻에 반해 그의 영지가 지원한 네 사람도 포함되어 있었다. 스웨덴 군대는 기쁨을 몰고 왔다. 글로루프의 여집사인 늙은 처녀 입센이 스웨덴 군인들에게 보여준 열정은 아름답기까지 했다. 한데 스웨덴 군인들의 잠자리가 문제였다. 위에서 내려온 지시는 이랬다.

이들을 헛간의 짚더미 위에서 자게 할 것!

하지만 그녀는 이 명령에 저항했다.

"그렇게 할 순 없습니다! 침대를 만들어줘야 합니다! 그들은 우리를 도와주러 왔고, 우리는 그들에게 최선을 다해야 합니다!"

그녀는 목재를 장만해 열 개 혹은 열두 개의 방을 만들었다. 깃털로 만든 침대도 마련했고, 거칠지만 깨끗하게 세탁한 침대보도 깔았다. 나는 이런 상황을 내가 본 그대로 〈북유럽 통신〉에 실었다. 다음은 그때의 기사 전문이다.

1848년, 핀 섬의 스웨덴 군대.

핀 섬의 스웨덴 군대에 대해서 말씀을 드려야겠습니다. 이들의 모습은 이번 여름의 가장 아름답고 유쾌한 장면이라 생각합니다. 작은 마을이 이들을 얼마나 기쁘게 맞이했는지 내 눈으로 직접 보았습니다. 이들을 환영하는 깃발이 펄럭였고 사람들의 얼굴은 환하게 빛났습니다. 멀리 떨어진 시골에서도 농부들이 달려왔고, 남녀노소를 가리지 않고 군중이 길가에 늘어섰습니다. 그들은 기대에 차서 물었습니다.

"아직도 안 오나요? 언제 온답니까?"

마침내 스웨덴 군대가 도착했습니다. 사람들은 먹을 것과 마실 것 그리고 꽃과 악수로 이들을 맞았습니다. 잘 훈련된 군대였습니다. 그들이 아침저녁으로 올리는 기도는 엄숙했습니다. 그리고 구스타부스 아돌푸스* 시대 이후로 관습이 된 듯한, 일요일마다 야외에서 드리는 예배도 경건했습니다. 이 일요 예배는 오래된 저택에서 거행되었는데, 장교들과 군악대가 모두 참가했습니다. 군악대가 연주를 시작하면 군대가 넓은 마당으로 행진해 들어와 정렬했습니다. 군악대 연주에 이어 군인들이 부르는 찬송가가 울려 퍼졌습니다. 이어서 커다란 카펫이 깔린 단상으로 목사가 올라갔습니다. 나는 지난 일요 예배를 똑똑하게 기억합니다. 예배를 보는 도중에 갑자기 구름이 시커멓게 끼고 바람이 거세게 불기 시작했습니다. 목사는 하나님의 따뜻한 햇살을 내리는 평화의 천사 이야기를 했습니다. 한데 바로 그 순간, 태양을 가렸던 구름이 걷히고 밝은 햇살이 경건한 얼굴들 위로 쏟아졌습니다. 하지만 무엇보다 엄숙한 건 아침저녁으로 하는 짧은 기도 시간이었습니다. 기도 시간이 되면 그들은 길가의 한곳으로 모였습니다. 하급 장교가 기도문 한 구절을 읽으면, 나머지 사람들은 음악에 맞춰 찬송가를 불렀습니다. 노래가 끝나면 다 같이 엄숙한 목소리로 외쳤습니다.

"신이여! 왕을 보살피소서!"

우리의 늙은 농부들도 도랑 가나 울타리 뒤에서 모자를 벗어 두 손에 경건히 모아 쥐고 이 성스러운 의식을 함께하곤 했습니다.

스웨덴 군인들은 날마다 하는 군사 훈련을 끝낸 다음 들판으로 나가 수확을 도왔습니다. 장원에서는 군악대가 날마다 해질녘까지 음악을 연주했습니다. 보리수나무가 늘어선 긴 오솔길은 이웃에서 온 사람들이 가득 늘어섰습니다. 밤에는 '하인의 방'에서 바이올린을 연주했고 작은 무도회가 열렸습니다. 놀랍게도, 덴마크 농부들과 스웨덴 군인들은 서로가 하는 말을 알아들었습니다. 이들은 서로에게 호의를 베풂으로써 기뻐했습니다. 이런 모습을 바라보는 게 여간 즐겁지 않았습니다.

"스웨덴 군대는 싸우려고 여기 온 거 아닌가?"

물론 이렇게 말하는 사람도 있겠죠. 칼을 휘둘러 적에게 타격을 주는 것만이 능사가 아닙니다. 최근에 특히 대학생들 사이에서 덴마크와 스웨덴 간에 존경과 우정과 화합의 분위기가 만들어졌습니다만, 스웨덴 군대가 핀 섬에 주둔하면서 이런 분위기는 일반 사람들에게로 빠르게 퍼져나갔습니다. 핀 섬의 농부나 스웨덴의 농부가 서로에게서 이런 친밀함을 발견하리라고 과연 생각이나 했을까요? 증오의 기억은 여전히 남아 있습니다. 하지만 이 기억은 점점 희미해져 갑니다. 두 이웃은 서로에게 더욱 가깝게 이끌리고 서로를 이해하게 되었습니다. 스웨덴 군대가 떠날 때, 장원에서뿐만 아니라 농부의 집과 사제관에서도 눈물을 흘렸습니다. 스웨덴 국기와 덴마크 국기가 나란히 펄럭이는 니보르그의 선창에서, 머지않아 다가올 평화로운 시절에 서로 더 자주 방문하자고 굳게 약속했습니다. 덴마크 사람들은 스웨덴의 친절을 결코 잊지 않을 것입니다. 우리는 스웨덴 사람들의 따뜻한 가슴을 느꼈습니다. 스웨덴의 수많은 마을에서 덴마크의 형제들을 위해 모금을 했다는 사실을 잘 알고 있습니다. 슬레스비히 전투에서 패했다는 소식이 온 나라에 퍼지고 스웨덴의 한 교회에까지 퍼졌을 때, 목사가 국왕과 조국을 위해 기도하자 늙은 농부가 이렇게 외쳤다는 사실도 잘 알고 있습니다.

"목사님! 덴마크 사람들을 위해서도 기도해주십시오!"

이러한 사례는 일부일 것입니다. 북유럽의 나라들은 서로를 이해하고 존중하고 사랑합니다. 이 사랑과 통합의 정신은 국경선 없는 하늘 위에서 우리를 지켜줄 것입니다.

* 1594~1632년. 스웨덴의 왕.

여름은 거의 글로루프에서 보냈다. 거기에 봄부터 가을까지 있으면서 스웨덴 군대가 오는 것도 보았고 떠나는 것도 보았다. 나는 전투에 직접 참가하지는 않았고 글로루프에만 머물렀다. 날마다 사람들이 찾아왔다. 어떤 사람들은 호기심으로 찾아왔고 어떤 사람들은 군복을 입은 사랑하는 가족 혹은 친척을 만나려고 왔다. 내가 보고 들은 전쟁터의 영웅적인 행위와 명예로운 모습들은 하나도 빠짐없이 내 기억의 창고에 잘 갈무리되어 있다. 그 가운데 하나, 할머니가 손자와 함께 길가에 서서, 행군하는 군인들에게 모래와 꽃을 뿌리며 말했다.

"신이여, 덴마크 사람들에게 축복을 내리소서!"

슬레스비히에 있는 농부의 집에서 일어난 신의 놀라운 계시도

입에서 입으로 전해졌다. 붉은 양귀비꽃에 점차 하얀 십자가 형상이 나타나기 시작했는데, 그건 바로 단네브로그의 색깔이라고 했다. 친구 가운데 한 명이 알스 섬으로 갔다가 디펠로 갔는데, 거기에는 모든 집들이 포탄과 산탄 총탄으로 구멍이 뚫려 있었다고 했다. 그런데 유일하게 단 하나 온전하게 남아 있는 집이 있었다. 그 집은 황새의 둥지였다. 아직 날지 못하는 새끼들을 어미 새가 지키고 있었다. 고막을 찢는 포성과 불길, 그리고 자욱한 포연도 이들을 쫓아낼 수는 없었던 것이다.

여름이 끝나갈 무렵, 낯선 독일인으로부터 편지를 받았다. 편지를 읽고서 나는 감동을 받았고, 또한 독일에서는 이 전쟁을 어떻게 생각하는지 생생하게 알 수 있었다. 편지를 보낸 사람은 독일의 고위 공무원이었다. 나를 본 적은 없지만 내 글을 통해서, 특히 〈내 인생의 진실한 이야기〉를 통해서 나를 잘 알고 이해하게 되었다는 말을 글머리에서 한 뒤 본론으로 들어갔다. 어느 날 덴마크 사람들이 킬을 공격해 불을 질렀다는 소식이 전해지자 특히 젊은 사람들이 흥분을 했고, 그의 막내아들은 친구들과 함께 재난을 당한 킬 주민들을 도우러 달려갔다. 그런데 바우 전투에서 포로로 잡혀 기선 퀸 메리 호를 타고 코펜하겐으로 압송되었다. 아들은 배에 오랫동안 갇혀 있다 가까스로 내렸는데, 일행 가운데 일부가 배에서 내리자마자 과격한 행동을 하는 바람에 전체가 다시 억류되었고, 코펜하겐 시민으로 건전하게 행동할 것이라고 보증을 서주는 사람이 있는 경우에만 보석으로 풀어준다고 했다. 한데 편지를 쓴 사람은 코펜하겐에 직접적으로 아는 사람이라고는 아무도 없고, 그나마 아는 사람이 나라고 했다. 내가 쓴 글을 읽고 나를 신뢰해도 된다는 확신을 가졌다는 말과 함께 자기 아들의 보증인이 되어달라고 부탁했다. 거기다 코펜하겐에서 자기 아들이 하숙할 수 있는 집을 알아봐달라는 부탁도 함께 했다. '독일인을 지나치게 미워하지 않는' 집으로 해달라는 말을 덧붙여….

나에 대한 신뢰에 감동해 그의 부탁을 들어주기로 마음먹고, 곧바로 코펜하겐에서 상당한 영향력을 행사하는 친구에게 편지를 써 독일인의 편지를 동봉해서 보냈다. 하지만 기다리는 한 시간 한 시간이 그 독일 청년에게는 답답한 구금의 시간이라는 사실을 생각하자, 마냥 기다릴 수가 없어서 다시 속달로 편지를 보냈다. 편지 배달이 있던 날 내게 날아온 답장은 그런 수고를 하지 않아도 된다는 내용이었다. 포로들을 모두 기선에 태워 킬로 보낸다고 했다. 마치 내가 그 청년의 아버지라도 된 듯 기뻤다. 그리고 마음이 일러준 대로 내가 곧바로 행동에 옮겼다는 사실에 기뻤다. 하지만 독일의 그 사람에게는 답장을 보내지 않았다. 그럴 필요가 없었다. 많은 날들이 흐르고 평화로운 축복의 시기가 왔을 때 맨 처음 그 사람에게 밀린 숙제처럼 안고 있던 인사 편지를 보냈다. 편지에서 나는 그가 보낸 편지를 읽고 깊이 감동했다는 말과 함께 그 편지를 받은 후에 내가 취한 행동을 설명했다. 공치사를 하려는 게 아니었다. 그가 보여준 신뢰에 따른 당연한 결과로 해석해주길 바랐다. 그런 신뢰를 나 아닌 다른 어떤 덴마크 사람에게 보여줬다 하더라도 나와 똑같은 행동을 했으리란 걸 말해주고 싶었다.

겨울이 다가오면서 휴전 협정이 맺어졌다. 갑자기 찾아온 평화는 사람들을 전쟁 이전으로 되돌려놓았다. 잠시 동안이지만 사람들은 예전에 하던 생각을 했고 예전에 하던 일들을 했다. 나는 글로루프에서 여름 동안 〈두 명의 남작 부인〉을 썼다. 섬 풍경을 묘사하는 부분에서는 이 작품이 참신하기도 하거니와 사실에 충실하다고 자부했다. 글로루프에 머문 경험이 많은 도움이 되었다. 작품을 마치고 난 뒤, 가을에 글로루프를 떠났다.

〈두 명의 남작 부인〉 영국판은 영국의 존경받는 출판업자 리처드 벤틀리에게 헌정했다. 이 책은 당시의 상황과 환경을 고려한다면 꽤 많이 팔린 셈이었다. 하지만 덴마크의 어떤 신문은 소설과 현실 속 시간의 흐름을 한데 묶어서 바라보느라 상당한 혼란에 빠진 듯했다. 이 어렵고 힘든 전쟁 상황에서 영국이 덴마크에 아무것도 해준 게 없는데, 남작 부인이 영국을 위해 축배를 드는 게 지금 상황에서 온당치 못하다고 했던 것이다.

하이베르그가 이 책을 읽고 호의적인 편지를 보냈다. 그리고 나와 내 친구들을 초대해 저녁을 함께 먹었다. 하이베르그는 다음과 같은 아름다운 말로 나를 위해 건배했다.

"이 책을 읽고 나면, 마치 봄날의 숲을 걷고 난 다음처럼 정신이 신선해집니다."

하이베르그와는 실로 오랜만에 느껴보는 연대감이었다. 나도 변했다. 내가 그 책에서 썼듯, 쓰라린 기억은 잊혀지고 달콤한 미래가 기다렸다.

덴마크 왕실극장의 백년제 기념식이 12월 8일에 거행되었다. 하이베르그와 콜린은 축제의 도입 부분 집필을 내게 맡기기로 합의했다. 부르노빌은 발레 작품을 맡기로 하고, 〈옛 기억들〉을 냈다. 여러 발레 작품에서 최고의 명장면들을 뽑아서 구성했는데 마술처럼 아름다웠다. 축제 도입 부분에 대한 내 구상을 듣고 감독들이 모두 찬동했다. 내 구상은 현재의 시기를 배경으로 하는 것이었다. 나는 사람들이 무슨 생각을 하며 극장에 오는지 알았다. 극장은 더 이상 예전처럼 사람들의 관심을 끌지 못했다. 당시에는 모두 전쟁과 병사들만 생각했기 때문이다. 그래서 나는 내 시를 그들 곁으로 가져갈 생각이었다. 말하자면, 당시의 분노와 고통과 희망을 무대 위에 올릴 생각이었다. 당시 나는, 우리의 힘은 칼에 있는 게 아니라 지적인 역량에 달려 있다고 확신했다. 그래서 쓴 게 〈덴마크의 예술 작품〉인데, 내 작품 모음집에도 실려 있다. 축제가 시작되던 날 밤, 내 작품은 뜨거운 갈채를 받았다. 하지만 기자들이 몰려들게 하고 축제 기간 내내 도입부 작품으로 공연한 게 실수였다. 첫날 공연이 성공적이었다는 소식을 듣고 다음날 기자들이 몰려왔다. 다음날 신문에 기자하나가, 덴마크와 덴마크 국기 단네브로그에 대해 쓸데없는 말들이 너무 많으며, 다른 사람들이 우릴 칭찬하도록 해야지 우리가 우리 스스로를 칭찬하는 꼴이 우습다고 했다. 그리고 홀베르크의 〈야코프 폰 티보〉와 비슷하다는 말도 덧붙였다. 다른 신문은 기자가 무식한 건지 아니면 일부러 악의를 가지고 쓴 건지 분간이 안 되게끔 교묘하게 내용을 왜곡했다. 덕분에 네 번째 공연때 〈덴마크의 예술 작품〉은 이미 낡은 이야기가 되어버렸다. 관객들은 박수도 치지 않았다. 그 공연 이후부터 〈남과 북〉에 비평이 실리기 시작했는데, 평자들은 한결같이 기대에 미치지 못한다고 평했다. 하지만 그 작품은 적절한 시기에 적절한 인상을 남겼다. 지금도 나는 이 작품의 구성과 착상이 성공적이었으며, 민족적 감정에 사로잡혔던 당시에 유일하게 올바른 것이었다고 생각한다.

1월에 〈코모 호수에서의 결혼식〉이 무대에 올려졌다. 오랫동안 비평가의 관심을 끌지 못하고 부당한 평가까지 받았던 작곡가 글라세르가 좋은 평가를 받았고, 그의 음악도 큰 갈채를 받았다. 신문 비평은 매우 호의적이었다. 그의 음악과 부르노빌의 연출이 높은 평가를 받았지만 대본을 쓴 나는 언급조차 되지 않았다. 하지만 글라세르는, 내가 경의를 보내자 모두 내 덕분이라며 겸손해 했다.

프레드리카 브레메르가 크리스마스에 코펜하겐을 처음 방문했다. 그녀가 개인적으로 아는 사람은 코펜하겐에 나밖에 없었고, 그나마 일면식이 있는 사람들은 모두 현재의 주교인 마르텐센의 초대를 받고 있었다. 그래서 내가 그녀를 독점하는 즐거움을 누릴 수 있었다. 나는 그녀와 함께 코펜하겐의 이곳저곳을 산책하며 많은 이야기를 나누었다. 그녀는 겨우내 그리고 여름이 끝나갈 무렵까지 코펜하겐에 머물렀다. 그동안 그녀는 소뢰에 있는 잉게만을 방문했고, 스벤보르그를 다녀오기도 했다. 그녀는 확실히 덴마크 편이었다. 이것은 그녀의 책 〈북쪽 나라의 삶〉에서도 분명하게 드러난다. 이 책은 그녀가 코펜하겐에 머물면서 피운 꽃이라고 할 수 있는데, 스웨덴과 영국, 독일, 그리고 덴마크에서 출간되었다. 덴마크를 향한 강한 애정을 담고 있는 그녀의 이 책에 대해 덴마크 사람이라면 당연히 감사해야 했지만, 어쩐 일인지 그런 감사의 표현은 어디에도 없었다. 그녀는 덴마크 땅과 사람들의 운명에 깊은 감동을 받았다. 덴마크를 이야기할 때 그녀의 눈에 연민과 공감의 눈물이 맺히곤 했다는 사실을 아는 사람은 아마도 나밖에 없을 것이다.

4월의 어느 날 저녁, 군인들을 태우고 크리스티안 8세 항로를 운항하던 배가 폭발했다는 소식이 날아들었다. 나는 극장에서 그 소식을 들었다. 관객들은 술렁거렸고, 곧 밖으로 뛰쳐나갔다. 극장은 텅 비었지만 거리는 사람들로 넘쳐났다. 모두들 깊은 충격 속에서 흐느꼈다. 극장들이 모두 문을 닫고 온 나라가 슬픔에 잠겼다. 실종자 가운데 단 한 명이라도 살아 돌아온다면 얼마나 좋을까 하는 게 모든 사람의 바람이었다. 단 한 명이라도 살아서 돌아온다면….

거리에서 친구인 대령 Chr. 불프 선장을 만났다. 그는 눈을 반짝이며 내 손을 잡고 말했다.

"내가 덴마크에 누굴 데려왔는지 아십니까? 울리크 중위를 살려 왔습니다! 폭발해서 가라앉는 배에서 탈출해 우리 전초 기지까지 헤엄쳐 온 울리크 중위를 내가 데리고 왔단 말입니다!"

나는 울리크 중위를 개인적으로 알지 못했다. 하지만 기쁨의 눈물이 왈칵 쏟아졌다.

"그 사람 지금 어디 있소? 만나야겠소!"

"지금 해군성 장관을 만나러 갔습니다. 그 다음에 어머니를 만나러 가겠죠, 죽은 줄로만 알고 있을 테니까요!"

나는 잡화상에 가서 선물을 사고 거기서 안내해줄 아가씨도 구한 다음, 울리크의 어머니가 사는 곳을 찾아갔다. 한데 집을 찾고 보니, 아들이 살아 돌아왔다는 소식을 아직 듣지 못했을지도 모른다는 생각이 들었다. 어쩌면 아들이 탄 배가 폭발했다는 소식조차 듣지 못했을지도 몰랐다. 그래서 안내하는 아가씨에게 먼저 들어가서 집안 분위기를 살펴보라고 했다. 아가씨가 들어갔다 나왔다.

"어떻든? 슬퍼하더니 아니면 기뻐하더니?"

"기뻐서 난리죠! 죽었던 아들이 하늘에서 뚝 떨어진 것 같을 텐데요!"

나는 격식이나 인사도 없이 곧장 집 안으로 들어갔다. 온 가족이 한 방에 모여 있었다. 모두 상복을 입고 있었다. (나중에 안 일이지만, 그날 아침에 상복을 입었다고 했다) 한데, 그 가운데 죽음의 문턱에서 살아 돌아온 늠름한 아들이 앉아 있지 않은가! 나는 팔을 벌려 그의 목을 끌어안았다. 다른 말도 다른 행동도 생각나지 않았고, 그저 눈물만 펑펑 쏟았다. 내 행동이 이상할 법도 했지만, 그들은 나를 이해하고 가족처럼 대했다. 이 이야기를 브레메르에게 하자 그녀 역시 나만큼이나 깊이 감동했다. 그리고 이 이야기를 그녀의 책에다 썼다. 그녀의 영혼은 우아하고 위대하기도 하지만 부드럽기도 했다.

마음의 병에 걸려 육체와 영혼이 모두 아팠다. 나는 주변 사람들의 분위기에 젖어 있었다. 브레메르는 아름다운 자기 고향 이야기를 했다. 나 역시 스웨덴에 친구들이 있었다. 그 친구들이 보고 싶었다. 다가오는 여름 한철 동안 스웨덴을 여행하기로 마음먹었다. 달라르네로 들어가거나 하파란다 둘 중 하나를 목적지로 삼았다. 브레메르의 여름 여행이 내 결심을 굳혔다. 그녀는 나를 위해 스웨덴 전역에 있는 자기 친구들에게 편지를 썼다. 스웨덴에서는 이런 사람들의 도움이 특히 필요하다. 여인숙을 찾지 못할 때가 많고 이럴 때는 수도원이나 장원莊園의 신세를 져야만 하기 때문이다. 여행을 떠나기 전에 브레메르는 스웨덴 식으로 작별 파티를 열어주었다. 코펜하겐에 사는 우리에게는 낯선 파티였다. 이 부분은 뒤에서 얘기할 기회가 있을 것 같다. 많은 사람들이 파티에 참석했는데 H. C. 외르스테드와 마르텐센, 그리고 하르트만도 있었다. '프레드리카 브레메르가 드리는 선물'이라는 글귀와 짧은 시가 음각된 아름다운 은잔을 선물로 받았다.

예수 승천일에 덴마크를 떠나 헬싱보리에 도착했다. 봄은 아름다웠다. 어린 자작나무의 냄새가 싱그러웠고 햇살은 알맞게 따뜻했다. 여행은 전체가 하나의 시가 되었다. 이 내용은 내 책 〈스웨덴에서〉에 자세히 묘사했다.

반은 영국이고 반은 네덜란드 같은 도시 고타보르그가 반짝이는 가스등 불빛과 함께 내 앞에 장엄하고 생기 넘치게 펼쳐졌다. 고타보르그는 스웨덴의 다른 도시보다 훨씬 앞서 있었다. 하지만 도시의 유일한 극장에서는 창작극을 공연하고 있었는데 끔찍한 수준이었다. 대본을 쓴 사람이 주인공 역할을 맡아 연기한다고 했다. 신기한 건 이 연극이 살아있는 사람을 소재로 하고 있다는 사실이었다. 대가의 반열에 오른 늙고 깡마른 화가가 주인공이었다. 이 화가의 이름은 아랍인데 동양에 관한 지식을 과시하려고 굳이 이런 이름을 붙인 게 아닐까 의심스러울 정도였다. 아무튼, 이 화가가 젊은 아가씨와 결혼하려고 안달하는 게 연극의 내용이었다. 화가의 삶을 소개하는 일화들을 보여주며 연극이 시작되는데, 극적인 행동이나 극적인 성격은 드러내지 않고 일상적인 일화들을 평면적으로 늘어놓았다. 여기 등장하는 주인공의 실제 모델은 스톡홀름의 허름한 집에서 살고 있다고 했다. 배우는 화가를 실제와 아주 비슷하게 묘사했고, 여기에 관객들은 우레와 같은 박수를 보냈다. 2막이 끝나자 더 이상 볼 수가 없어 나와버렸다. 멀쩡하게 살아있는 사람을 조롱거리로 삼아놀리고, 또 그걸 보고 박수를 친다는 사실이 참을 수 없을 만큼 불쾌했다.

시설이 잘 갖추어진 항구와 대리석 욕조를 갖춘 장엄한 목욕탕은, 두뇌가 명석한 고타보르그의 상업 고문 비에크 덕분이라고 굳게 믿었다. 그의 부유하고 안락한 집에서 비록 짧은 시간이지만 고타보르그의 명사들을 만났다. 이 자리에서 역량 있는 여류 소설가 롤란데르도 만났다.

트롤라타의 장대한 폭포를 다시 보았다. 폭포가 주는 인상은 지난번과 달리 새로웠다. 베네레스부르그에서도 재회가 이루어졌다. 배에서 내리는 곳에 피리를 부는 소년이 있었다. 그는 지난해 핀 섬에 스웨덴 군대가 왔을 때 군악대에 소속되어 함께 있던 바로 그 소년이었다. 그는 반갑고 친숙한 얼굴로 인사를 하면서도 내가 거기 모습을 나타낸 게 뜻밖인 듯 무척 놀라워했다. 그들이 글로루프에 있을 때 바깥으로 훈련을 받으러 나가곤 했는데, 그 소년은 제대로 잘 하지 못했다. 그래서 장원의 여집사는, 소년이 훈련을 받다가 호되게 혼이 날 게 뻔했으므로 내보내지 않으려고 했다. 장교가 아무 일 없을 거라며 데리고 가려 하자 그녀가 고함을 질렀다.

"여기선 내가 이 애 엄마니까, 안 된다면 안 돼요!"

소년은 여집사의 안부를 물었다.

스톡홀름에 도착했다. 도착하자마자 곧바로 정장으로 갈아입었다. 대사를 만나서 당시 내 머리를 온통 점령하고 있던 전황에 대해서 물어볼 생각이었다. 대사를 만나러 가는 길에 불행하게도 레오 박사를 만났다. 그는 덴마크 어를 할 줄 아는 독일인인데 코펜하겐에서 처음 만났다. 나는 그를 친절하게 맞아주었고 마침 코펜하겐에 와 있던 브레메르를 소개하기도 했다. 한데 그는 〈소설 신문〉의 문예란에 기사를 쓰면서 나와 브레메르를 공정하지 못한 잣대로 평가했었다. 이런 사람을 우연히 거리에서 만나는 게 찜찜했지만, 이 만남이 불행한 결과를 낳으리라고는 생각지도 못했다. 정장에 흰 장갑을 끼고 지팡이를 든 내 모습을 풍자한 그의 그림이 다음날 신문에 났다. 그리고 그가 쓴 기사는, 마치 내가 다음날 스톡홀름의 신문에 내 기사가 나오는 걸 보고 싶어, 일부러 정장을 차려입고 배에서 내리자마자 시내를 산책한 것처럼 되어 있었다. 그가 나에게 그렇게 해선 안 되었다. 나는 호의를 베풀었지만, 그는 내게 두 번이나 고통을 주었다. 이 일을 잊지 못하겠지만, 그가 내 책을 여러 권 아름다운 독일어로 번역했으며, 다른 시간 다른 장소에서 내게 친근하게 손을 내밀었던 사실도 함께 기억할 것이다.

예니 린드가 전 세계에 퍼뜨린 아름다운 선율의 작곡가 아돌프 린드블라드(1801~1878년. 스웨덴의 작곡가 ─ 옮긴이)를 스톡홀름에서 만났다. 그는 예니 린드와 오누이처럼 닮았다. 외모에서 풍기는 느낌도 예니 린드처럼 여려 보였다. 하지만 표정은 훨씬 힘이 넘쳤다. 그는 오페라 대본을 써달라고 부탁했다. 나도 그러고 싶었다. 그렇게 되면 내 대본은 그의 천재성이 발휘한 대중성의 날개를 달고 전 세계로 날아갈 수 있으리라⋯. 극장에서는 이탈리아 극단이 〈퀸 크리스티나〉를 공연했다. 대본은 가수인 카사노바가 썼다고 했다. 선율보다는 장엄한 화음이 매력적이었다. 그리고 음모를 꾸미는 행동은 가장 훌륭했다. 아름다운 장식과 의상도 빼놓을 수 없었다. 크리스티나와 옥센스체르나를 사실적으로 그리려고 애썼다는 걸 알 수 있었는데, 무엇보다 특이한 건, 크리스티나의 고향인 스웨덴의 수도에서 크리스티나를 무대 위의 등장인물로 만났다는 사실이다.

출판업자인 마기스테르 바게를 통해 문학회를 소개받았고, 이 모임의 한 파티에서 시인 베스코브의 옆자리에 앉았다. 레오 박사도 손님으로 파티에 참석했다. 파티의 주인이 나와 레오 박사를 위해 잔을 높이 들었다.

"이 자리를 빛내주시는 두 분의 외국인, 코펜하겐에서 오신 〈즉흥시인〉과 〈아이들에게 들려주는 놀라운 이야기들〉의 작가 안데르센 씨와 라이프치히에서 오신 〈북유럽 통신〉의 편집자 레오 박사를 위해 건배합시다!"

밤늦은 시각, 마기스테르 바게는 나와 덴마크를 위해 특별한 연설을 했다. 이 연설의 말미에서 그는, 모든 스웨덴 사람들이 덴마크의 고통과 아픔을 함께 나누고 있음을 덴마크 사람들에게 전해달라고 했다. 나는 내가 쓴 노래 가운데 하나로 답례를 했다.

칼처럼 날카롭게 무엇이 이토록
이웃하는 두 땅을 갈라놓았나

어느 날 아침 장미 덤불을 보았네
두 개의 가지가 원래는 한 몸이었던 걸
가지마다 핀 장미 제각기 시를 노래하고
옛 상처가 아물기를 열렬히 기도하니
누가 이 놀라운 마술을 부렸던가?
기억하라, 테그너와 욀렌슐레게르를!

그리고 이렇게 덧붙였다.

"수많은 음유시인들이 덴마크에 그리고 스웨덴에 있었습니다. 이들이 있었기에 두 나라 사람들은 서로를 더 잘 이해하고, 서로의 심장 박동을 더 잘 느낄 수 있었습니다. 그리고 그 어느 때보다 지금, 우리 덴마크 사람들은 스웨덴 사람들의 깊고 따뜻한 형제애를 절실하게 느끼고 있습니다. 바로 이 순간에도 말입니다!"

나도 모르게 눈물이 흘렀고, 환호성과 박수 소리가 울려 퍼졌다.

베스코브가 나를 스웨덴의 국왕 오스카에게 데려갔다. 왕은 친절하게 맞아주었고, 자비롭게도 북극성 훈장을 내렸다. 처음 만난 사이였지만 오래전부터 대화를 나누고 사귀어온 듯한 느낌이었다. 왕은 스톡홀름이 나폴리를 닮았다는 얘기며, 록센 호수가 로몬드 호수의 남쪽 부분과 닮았다는 얘기, 그리고 스웨덴 병사들이 훈련이 잘 되어 있으며 신앙심도 깊다는 얘기를 했다. 또 스웨덴 군대가 핀 섬에 주둔한 것에 대해 내가 쓴 글을 읽었고, 고통받는 덴마크 사람들에 대한 연민과 덴마크 국왕에 대한 우정을 느꼈다는 얘기도 했다. 우리는 전쟁 이야기도 나누었다. 난 옳은 길을 가고 있다는 생각으로 모든 덴마크 사람들이 똘똘 뭉쳤다고 말했고 왕이 덴마크에 보여준 우정과 선행에 모든 덴마크 사람들이 고마워한다는 얘기도 전했다. 우리는 바이마르의 대공 이야기도 했다. 국왕 역시 대공을 좋아했다. 이 모든 이야기 끝에 국왕은, 내가 목적지로 삼고 있는 웁살라에 갔다가 돌아오는 길에 다시 한번 스톡홀름에 들러서 자기와 저녁을 같이 먹자고 했다.

"왕비도 선생이 쓴 책들을 잘 알고 있고, 선생과 개인적인 친분을 쌓고 싶어 하니 꼭 들러주시오."

돌아오는 길에 왕실 식탁에 앉았다. 왕비는 자기 어머니를 꼭 닮았다. 왕비의 어머니는 리히텐부르크 공작 부인으로 예전에 로마에서 만난 적이 있었다. 그때 공작 부인은 나를 따뜻하게 맞았고, 그전부터 내 작품들을 읽어서 나를 알고 있다고 했다. 다시 왕실 식탁으로 돌아와, 내 옆자리에는 베스코브가, 맞은편에는 왕비가 앉았다. 구스타부스 왕자는 시종 활기차게 나와 대화했다. 저녁을 먹은 뒤, 그들에게 〈아마亞麻〉, 〈미운 오리 새끼〉, 〈엄마 이야기〉 그리고 〈잘못된 칼라〉를 읽어주었다. 〈엄마 이야기〉를 읽고 있을 때, 국왕 부처의 눈에 눈물이 고인 걸 보았다. 자비롭고도 인정 많은 두 분에게 축복이 함께하기를! 작별의 시간, 왕비가 내게 손을 내밀었다. 나는 그 손에 입술을 댔다. 국왕 부처는 자비롭게도 한번 더 오라며 초대를 했다. 붙임성 있는 구스타부스 왕자에게 특별히 마음이 끌렸다. 왕자의 크고 푸른 눈은 친절했으며, 그가 타고난 음악적 재능은 놀라웠다. 그에겐 사람을 끌어들이고 금방 친구로 만들어버리는 묘한 매력이 있었다.

우리에겐 바이마르의 대공을 존경한다는 공통점이 있었다. 함께 바이마르 대공 이야기를 하고 전쟁을 이야기하고 음악과 시를 이야기했다.

다음번 왕궁 방문 때 베스코브와 동행했는데, 왕비가 저녁을 먹기 전 우리를 자기 방으로 불러 한 시간쯤 이야기를 나누었다. 에우제니에 공주와 왕세자 그리고 구스타부스 왕자도 자리를 함께했고, 얼마 후 국왕도 왔다. 방으로 들어서면서 국왕은 말했다.

"시를 듣고 싶어 일을 젖혀두고 왔습니다."

나는 〈전나무〉, 〈감침질 바늘〉, 〈성냥팔이 소녀〉를 읽었다. 그리고 몇 사람의 청에 따라 〈아마亞麻〉를 다시 읽었다. 왕은 이 작은 이야기들 속에 들어 있는 시의 깊은 맛이 좋다고 했다. 그리고 헤어질 때, 7월 4일 자기 생일 때 베스코브와 함께 꼭 오라고 다시 한번 초대를 했다.

스톡홀름 사람들은 공식적인 자리를 통해 내게 경의를 표하고자 했다. 하지만 이럴 경우 덴마크 사람들이 나를 얼마나 시기하고 공격할지 잘 알고 있었다. 그래서 파티장에서 내가 집중적으로 화제의 인물이 되거나 사람들이 나를 위해 건배할 때 마치 죄지은 사람처럼 두려워했다.

스톡홀름의 여러 파티장과 저녁 모임에서, 재능 있는 유명한 작가 카를렌 부인을 만났다. 그녀는 덜 유명한 '빌헬미나'라는 가명으로도 작품을 쓰고 있었다. 카를렌 부인이 함께 산책하자고 했다. 보는 사람이 많지 않아 나도 그러고 싶었지만, 감히 두려워 정원으로 나서지 못했다. 사람들이 내게 경의를 표하려 한 건 선의의 배려였지만 뒤이어 닥칠지 모르는 비난과 조롱이 두려웠다. 상상만으로도 그 모든 걸 예상할 수 있었기 때문이다. 사람들이 경건하게 올려다보는 욀렌슐레게르가 스톡홀름을 방문했을 때 스웨덴의 귀부인들이 그를 둘러쌌던 사실을 잘 알고 있었다. 한데, 산책길에서 한 무리의 아이들이 꽃다발을 들고서 기다리고 있었다. 아이들은 꽃을 뿌리며 내 주위를 둘러쌌다. 지나가던 어른들도 모여들더니 모자를 벗어 경의를 표했다. 그때 이런 생각이 들었다.

'코펜하겐 사람들이 또 나를 조롱해대겠군!'

그 생각을 하니 기분이 좋지 않았다. 하지만 다시 아이들의 얼굴을 보는 순간 행복해졌다. 나는 한 아이의 뺨에 키스를 하고, 한 명 한 명과 얘기를 나누었다. 저녁 식탁에서 시인 멜린이 나를 위해 건배하며, 내 시를 찬양하며 '빌헬미나'가 쓴 시를 낭송했다. 카를렌의 아름다운 시가 그 뒤를 이었다.

내게 베풀어준 그들의 친절을 언젠가는 갚아야 할 빚으로 생각한다고 답했다. 신이 내게 힘을 준다면, 스웨덴에 대한 나의 애정을 표현할 수 있는 그런 작품을 쓰겠노라고 했다. 나는 이 약속을 지키려고 노력했다. 배우이자 작가인 졸린이 〈달라르네의 농부 이야기〉를 달라르네 방언으로 읊었다. 왕립극장의 가수들인 스트란드베르그와 발린 그리고 귄터가 스웨덴 노래를 불렀고, 관현악단이 덴마크 선율로 〈아름다운 땅〉을 연주했다. 일곱 시에 숙소로 돌아갔다. 친구들의 호의에 진심으로 기뻤고, 또 쉴 수 있다는 사실에 행복했다.

얼마 후 달라르네로 갔다. 프레드리카 브레메르의 편지 한 통이 웁살라에 사는 시인 팔크란츠를 소개했다. 〈안스가르〉와 〈노아의 방주〉라는 시로 명성을 얻은 시인인 동시에, 유명한 풍경화가의 동생이기도 했다. 또 테그너의 딸 디사와 결혼한 시인 뵈티처도 만났다. 이 행복한 부부의 집은 아름다운 햇살과 시로 가득했다. 호텔의 내 방 옆에 커다란 홀이 있었는데, 거기에서 파티를 즐기던 대학생들이 내가 옆방에 있다는 걸 알고는 나를 초대해 자기들이 노래를 부를 테니 누가 제일 잘하는지 심사를 부탁했다. 그들의 노래는 흥겹고 발랄하고 아름다웠다. 한 명을 뽑아야 했지만 쉽지 않았다. 결국 키가 크고 얼굴이 창백해 보이는 청년을 뽑았다. 나중에 그가 시인 베네르베르그라는 사실을 알았다. 또 프레펙트의 집에서 수많은 작가들과 명사들을 만났다. 그 가운데 특히, 〈꽃들〉을 노래한 음유시인 아테르봄을 처음으로 만났다. 그는 〈행복한 섬〉을 노래한 바로 그 사람이었다.

스웨덴에서 여행을 하려면 자기 마차가 있어야 한다. 스웨덴을 여행하는 동안 쓰라며 프레펙트가 선뜻 마차를 내주지 않았다면 아마 내 돈으로 마차를 사야 했을 것이다. 슈뢰데르 교수는 채찍과 동전을 수북이 주었다. 이제까지 한 번도 경험하지 못했던 독특한 여행이 시작되었다. 철도가 놓이지 않은 미국의 변방을 더듬어가는 여행이 이와 비슷하지 않을까 싶다. 백 년 전에 했음직한 그런 여행이었다. 한여름 밤, 나는 실리얀 호수 앞에 도착했다. 5월제의 기둥(꽃과 리본으로 장식한 기둥으로, 5월제에 이 주위를 돌며 춤을 춘다 – 옮긴이)은 꽃으로 장식되어 있었다. 커다란 버드나무들이 물살 빠른 달 강 위로 가지를 드리웠고, 강에는 백조들이 유유히 노닐었다. 멀리 노르웨이 국경 쪽으로 스칸디나비아 산맥이 푸르스름한 빛으로 이어져 있었다. 이곳의 소란스런 삶과 화려한 옷들 그리고 여름의 열기는 내가 상상하던 것과 전혀 달랐다. 나는 차갑고 정적에 싸인 땅을 생각했던 것이다. 그들은 한여름의 축제를 한창 즐기고 있었다. 잘 차려입은 사람들을 태운 수많은 배가 호수를 떠다녔다. 남녀노소가 따로 없었다. 심지어 어린 아기들까지 있었다. 생기가 넘치는, 글로는 다 표현하기 어려운, 장엄하기까지 한 풍경이었다. 마르스트란드 교수가 〈스웨덴에서〉를 통해 내가 묘사한 이 풍경 부분을 읽고는 깊은 감명을 받고 나중에 나를 만난 자리에서 이 풍경에 관심을 보였다. 자세하게 설명을 했더니 곧바로 짐을 꾸려 그곳으로 달려갔다. 그는 두 해 연속 여름이면 이곳을 찾아 화려한 색들로 활기 넘치는 풍경을 화폭에 옮겼다.

레크 산에는 그래도 여인숙이 있지만 더 높이 올라가면 없다. 여인숙이 없는 라트베크에서 나는 풍습에 따라 수도원에서 신세를 졌다. 뭐라고 나를 소개하고 뭐라고 얘기를 해야 하나 잠시 고민하기도 했지만, 전혀 그럴 필요가 없었다. 거기서는 내 이름을 말하기도 전에 팔을 벌리고 환영했다. 다음날 부근에 있는 온천장을 가려고 나서는데, 한 무리의 아이들이 다리에 서 있었다. 아이들은 모자를 벗어 나를 향해 흔들었다. 그들은 내가 누군지 알고 있었다. 안데르센이 달라르네에 왔다, 는 이미 전날 아이들에게 퍼진 기쁜 소식이었다. 그 순간 에든버러에 있는 헤리엇 병원의 불쌍한 아이들과 스코틀랜드의 아이들이 생각났다. 그리고 지금 달라르네에서 나를 반가이 맞이하는 아이들에게 둘러싸여 있는 걸 생각하니, 신에게 감사하는 마음이 절로 솟아났다.

역사나 전통과 관련된 기억이 아름다운 풍경보다 훨씬 오래 기억될 때가 있다. 이곳을 여행하면서 내 기억의 창고에 단단히 자리 잡은 건 달레칼레르네 사람들의 신앙심과, 스웨덴의 옛 국왕 구스타부스의 도피와 그의 행적이다. 그의 삶 한 부분은 조금도 변하지 않은 채 여기 고스란히 남아 있다. 나는 그 흔적들을 〈스웨덴에서〉에 가능한 한 담으려고 했다. 거대한 숲과 그 속에 있는 석탄 채굴장들, 맑고 깊은 숲 속의 호수, 바위산에 뿌리를 박고 자라는 풀과 나무들, 그리고 백조의 둥지들… 이 모든 것들이 내겐 신비하고 새로웠다. 마치 수백 년 전의 세상에 온 것 같았다. 구리 광산과 주변이 모두 절경인 팔룬을 방문했다. 이곳에서 나는 재미있는 경험을 했다. 우연이라고 하기에는 너무도 이상한 사건이었다. 〈스웨덴에서〉에서는 '풀줄기가 일러준 것'이라는 제목을 달았는데, 지어낸 이야기가 아니고 실제로 있었던 일이다.

팔룬의 한 정원에 한 무리의 소녀들이 앉아 있었다. 그들은 풀줄기 네 개를 뽑아서 손에 쥐고, 양쪽으로 나와 있는 네 개의 줄기를 두 개씩 묶는 걸로 점을 치는 장난을 했다. 만일, 이렇게 묶은 다음 손을 폈을 때 줄기 네 개가 하나로 묶여 커다란 원을 만들면 그 사람의 소원이 이루어진다고 했다. 소녀들 가운데서는 성공한 사람이 아무도 없었다. 그러자 나더러 한번 해보라고 했다.

"난 그런 거 안 믿는데…."

소녀들이 억지로 권해서 풀줄기 네 개를 집어 손에 쥐었다. 그리고 만일 성공하면 내 소원이 무언지 들려주겠노라고 했다. 위쪽과 아래쪽을 두 개씩 묶었다. 그리고 손을 펴고 풀줄기를 펼쳤다. 한데 이게 웬일인가, 풀줄기 네 개가 커다란 원을 만들고 있지 않은가! 얼굴이 화끈 달아올랐다. 갑자기 나는 내가 믿던 합리적 이성 대신 미신의 신봉자가 되었다. 내가 간절히 바라는 게 있었기 때문이다. 소녀들이 물었다.

"소원이 뭐예요?"

내 소원을 말했다.

"덴마크가 전쟁에 이기고, 평화가 찾아오기를 간절히 빕니다!"

"신이여, 허락하소서!"

소녀들이 합창했다. 신이 내 소원을 들어주었다. 그 풀줄기의 예언이 맞아떨어질 줄이야! 얼마 후에 프레데리키아 전투의 승전보가 스웨덴까지 날아왔던 것이다.

예블레를 경유해서 다시 광산이 어지럽게 내려다보이는 단네모라와 웁살라로 돌아왔다. 나는 바우만의 동굴도 보았고 할라인의 제염소製鹽所도 보았으며 로마와 몰타 섬의 지하 묘지도 보았다. 하지만 이런 것들은 전혀 즐겁지 않았다. 우울하고 뭔가 답답한 느낌이었으며, 심지어 악몽 같았다. 나는 내 죽은 몸뚱이가 땅에 묻히기 전까지는, 땅 속으로 들어가는 게 싫다.

한 차례 발굴 작업이 끝난 구 웁살라의 유적지 동산을 보려고 마차를 돌렸다. 이 동산에는 오딘(지식과 문화와 군사를 맡아보는 북유럽 최고의 신 ─ 옮긴이), 토르(천둥과 전쟁과 농업을 주관하는 북유럽의 신 ─ 옮긴이), 그리고 프레이야(사랑과 미와 풍요의 북유럽 여신 ─ 옮긴이) 등의 이름이 적혀 있다. 십삼 년 전에 왔을 때는 수천 년 동안 그래왔던 것처럼 현실 너머의 신화 속에 잠들어 있었지만, 이들은 그새 관광객의 구경거리가 되고 말았다. 동산 아래로 들어가는 출입구 열쇠를 가지고 있는 늙은 여자는, 십삼 년 전 그녀의 숙모가 내게 꿀을 가득 따라주던 일을 얘기하고 내 이름을 댔더니 반가워했다. 그리곤, 스톡홀름에서 지체 높은 사람이 올 때늘 그러는 것처럼 나를 위해서도 불을 밝히겠다고 했다. 그녀가준비를 하는 동안 나는 동산으로 올라가 기도했다. 십삼 년 전여기 왔을 때부터 지금까지 내게 베풀어준 은혜에 깊이 감사했다. 다시 내려왔을 때 여자는 입구 주변에 작은 초들을 밝혀놓고기다렸다. 그녀는 재를 담은 항아리를 들고 있었다. 오딘의 뼈라고 했다. 그녀는 동물의 뼈를 태운 재를 주변에다 뿌렸다.

움살라의 친구들에게 다시 한번 작별 인사를 하고 스톡홀름가까이 왔다. 브레메르의 어머니인 브레메르 부인은 나를 아들처럼 맞아주었다. 그때는 브레메르의 여동생인 아가테가 아직살아있을 때였다. 브레메르가 미국에 가 있을 때 주로 편지를 보낸 상대가 바로 이 아가테였지만, 그녀가 다시 스웨덴으로 돌아왔을 때 아가테는 이미 저세상으로 떠나고 없었다. 늙은 어머니의 집은 안락하고 모든 게 풍족했다. 이 집의 대가족은 모두 스웨덴 상류 사회의 인사들이었다. 덴마크나 스웨덴이 아닌 다른나라에서 브레메르의 집안과 환경을 둘러싸고 온갖 소문이 돌았는데, 그 터무니없는 소문들이 재미있었다. 브레메르가 대중 앞에 처음 나타났을 때 그녀가 어느 귀족 집안의 가정교사일지도모른다고 쑥덕거렸고, 그녀가 영지 오르스타의 모든 걸 상속하고 실질적인 주인이 되었을 때는, 혼자 자유롭게 독립해서 산다고 쑤군거렸다.

외국을 여행할 때면, 살아있는 훌륭한 사람에게만 존경심을 표시하고 싶은 게 아니다. 나는 꼭 내가 알던 사람이나 존경하는 사람, 혹은 유명한 사람의 무덤을 찾아간다. 갈 때는 늘 꽃 한 송이를 들고 가거나 무덤에 핀 꽃을 뽑는다. 웁살라에서도 가이어의 무덤을 찾아갔다. 그의 기념비는 아직 세워지지 않았다. 토르네로스의 무덤엔 쐐기풀이 너무 많이 자라 있었다. 스톡홀름에서는 니칸더와 스타그네리우스의 무덤을 찾았다. 스톡홀름 가까이 있는 솔나의 교회 마당에는 베르젤리우스와 잉겔만과 크루셀이 묻혀 있었다. 이보다 더 넓은 또 다른 교회 마당에는 발린의 무덤이 있었다.

스톡홀름에서 내 집은 주로 베스코브 남작 집이었다. 그는 카를 요한에게서 작위를 받았는데, 그의 삶을 바라보면 마치 부드러운 광채가 나는 듯하다. 그는 마음이 따뜻하며 시뿐만 아니라 그림과 음악에도 재능이 넘쳐흐른다. 목소리는 부드러우면서도 상쾌하다. 시인으로서의 그의 재능은 확고하며, 욀렌슐레게르의 번역으로 독일에서도 잘 알려져 있다. 그는 스웨덴 국왕의 사랑을 받고 있으며, 모든 사람들의 존경을 받고 있다. 게다가 그는 교양도 높다.

스톡홀름에서 보낸 마지막 날은 국왕 오스카의 생일이었다. 영광스럽게도 생일 파티에 초대를 받았다. 국왕 부처와 왕자들이 친절하게 맞아주어 떠날 때는 사랑하는 친구와 헤어질 때처럼 마음이 아팠다.

여기서 다음으로 넘어가기 전에 살차 백작에 대해 얘기를 해둘 필요가 있을 것 같다. 욀렌슐레게르는 자서전에서 살차 백작에 대해 길게 설명하면서도 끝까지 그의 이름을 밝히지 않다가 맨 마지막 줄에 가서야 비로소 그의 이름을 밝힌다. 그 부분을 인용하면 다음과 같다.

언젠가, 주교 뮌테르가 알고 지내는 사람 가운데 한 명이 나를 찾아왔다. 그는 키가 크고 덩치가 좋은 스웨덴 사람이었는데, 들어오자마자 자기 이름을 말했지만 내가 그걸 놓치고 말았다. 다시 한번 이름을 묻기가 뭣해서, 대화를 나누는 도중에 자기 이름을 얘기할 수도 있겠거니 생각하고 다시 묻지 않았다. 이름을 얘기하지 않더라도 그가 얘기하는 걸 듣고 내용을 종합해보면 그가 누구인지 알아낼 수도 있으니까…. 그는 자기가 지금 쓰려고 하는 희가극의 주제에 대해 내가 어떻게 생각하는지 물어보려고 왔다고 했다. 그러면서 자기가 구상하는 내용을 들려주었다. 나쁘지 않았다. 그러면서 생각했다. 아, 이 사람은 희가극을 쓰는 시인이구나. 그런데 이 사람이 이번엔 뮌테르 얘기를 하면서 자기와는 오랜 친구라고 했다.

"이 말씀을 드려야겠군요, 저는 신학을 공부했습니다. 그래서 요한계시록도 번역을 했습니다."

난 생각했다. 아, 이 사람은 희가극을 쓰는 시인인 동시에 신학자구나.

"뮌테르도 프리메이슨* 단원입니다. 프리메이슨 규약을 내가 다 가르쳤지요. 왜냐하면 제가 단장이거든요."

난 또 생각했다. 아, 이 사람은 희가극을 쓰는 시인이며 신학자인 동시에, 프리메이슨 단장이구나. 한데 이번엔 이 사람이 카를 요한에 대해서 얘기했다. 카를 요한을 찬양하면서 이런 말을 하는 것이다.

"나는 그를 잘 알고 있습니다. 그와 함께 술도 많이 마셨지요!"

난 다시 생각했다. 아, 이 사람은 희가극을 쓰는 시인이자 신학자이며 프리메이슨 단장인 동시에, 카를 요한과 절친한 친구구나. 그가 계속 말을 이었다.

"여기 덴마크 사람들은 훈장을 달고 다니지 않더군요. 내일 저는 교회에 가면서 훈장을 달고 갈 생각입니다."

"그럼요, 그러셔야죠!"

영문을 모르지만 어쨌든 맞장구를 쳤다.

"내가 받은 훈장을 모두 달고 가야겠습니다."

난 다시 생각했다. 점점 복잡해졌지만 잘 정리했다. 이 사람은 희가극을 쓰는 시인이자 신학자이며, 프리메이슨 단장이자 카를 요한과 절친한 친구인 동시에, 훈장을 많이 받은 기사구나. 마지막으로 남자는 아들 이야기를 하며, 자기 조상이 예루살렘을 맨 처음 정복한 사람이라는 걸 아들에게 가르쳤다고 했다. 그제서야 그 사람이 누군지 알 수 있었다. 그는 바로 살차 백작이었다.

* 중세 시대 회원 상호간의 부조와 우애를 목적으로 한 결사 단체.

윌렌슐레게르답다.

베스코브는 국왕 오스카를 알현하기 위한 대기실에서 나를 늙은 살차 백작에게 소개했다. 그러자 그는 곧바로 스웨덴 사람의 친절을 발휘하여 덴마크로 가는 길에 맴에 있는 자기 영지에 들러달라며 정식으로 초대했다. 만일 그가 거기 있으면 기선이 지나갈 것이고, 거기 있지 않으면 린쾨핑 가까이 있는 사에비의 영지에 있을 거라고 했다. 린쾨핑이면 운하에서 그다지 멀지 않은 곳이었다. 난 그의 초대를 인사치레로 생각했다. 그런 인사치례는 늘 듣는 것이어서 곧 잊어버렸다. 그리고 얼마 후, 나는 덴마크로 향했다. 내가 탄 배가 록센 호수를 떠나, 레타 교회 부근에 있는 열세 개의 수문을 지나가려고 할 때, 작곡가 요셉손이 갑자기 내가 탄 배에 올라왔다. 앞에서도 언급했지만, 그는 소렌토와 카프리에서 얼마간 나와 함께 있었고, 최근에는 움살라에서도 만난 적이 있었다. 한데 그가 갑자기 내가 탄 배에 다짜고짜 올라타다니 영문을 알 수가 없었다. 하지만 그는 살차 백작의 손님으로 사에비의 영지에서 머물며, 내가 어느 배로 이 운하를 지나갈지 그것만 지켜보고 있었던 것이었다. 살차 백작의 자상한 배려였다. 나는 서둘러 짐을 챙겨서, 하필이면 그때 비가 억수같이 쏟아졌는데, 그 비를 뚫고 백작이 내준 마차에 몸을 싣고 사에비에 있는 백작의 성으로 갔다. 이탈리아 풍으로 지어진 성에서 살차 백작은 교양 있고 상냥한 딸인 포크 남작 미망인과 함께 살고 있었다. 나를 보자 백작은 말했다.

"우리 사이에 지적인 어떤 교감이 있는 것 같습니다. 처음 볼 때 그걸 느꼈지요! 아, 이 사람은 내 친구구나!"

그는 나를 친절하게 맞았고, 처음엔 이상하게 보였던 그가 점점 친숙해졌다. 그는 여러 왕들 왕자들과 사귀었던 일들을 얘기했다. 그는 괴테와 융 슈틸링(1740~1817. 독일의 시인으로 본명은 하인리히 융. 친구 괴테에게서 자극을 받고 정리한 청년기의 자서전 〈하인리히 슈틸링의 청년시대〉는, 원고를 일독하고 감격한 괴테가 무단으로 출판하였다는 에피소드로 유명하다 - 옮긴이)과도 교분을 나누었다고 했다. 또 자기의 먼 조상은 노르웨이 출신의 농부고 어부라고 했다. 이들이 베니스로 가서 기독교도 포로들을 구해왔는데, 이 일로 찰스 대왕이 그들을 살차의 왕자로 봉했다는 것이었다. 지금의 상트페테르부르크가 그의 조상이 고기잡이를 하며 살던 데라는 애기도 했다. 한번은 러시아 황제가 스톡홀름에 와 있을 때 농담으로 상트페테르부르크가 조상의 땅이라고 했더니, 러시아 황제가 웃으면서 말했다고 한다.

"그럼, 와서 빼앗아 가시오!"

러시아의 여제女帝 카타리나 1세가 원래 스웨덴 사람이라는 이야기가 있다. 한데 살차 백작의 설명에 따르면 그게 사실이다. 그는 카타리나 1세의 어린 시절부터 러시아의 여제가 되기까지의 역사를 자기 조상의 역사와 함께 엮어냈다. 그가 들려준 이야기는 무척 흥미로웠다. 그의 아버지가 어느 날 러시아 역사 요약본을 읽다가 곧 덮어버리며, 이렇게 말했단다.

"이건 사실이 아니야."

그때 그의 아버지가 카타리나 이야기를 들려주었고, 그 이야기를 나에게 했다.

그때 내 직계 할아버지는 한스 아브라함 크루제란 분으로 그린 기병대의 연대장이었는데, 이 할아버지의 시중을 드는 장 라베란 사람이 크루제 부인의 하녀인 카타리나 아름파와 결혼을 하고 싶어 했습니다. 안니케 싱클레어에게서 태어난 크루제 부인은 화려한 결혼식을 준비했습니다. 혼례용 침대 모서리를 황금 레이스로 장식할 만큼 화려했지요. 이 레이스는 찰스 10세의 아내인 안니케 부인이 주홍빛 원피스에 달았던 레이스와 똑같은 거라고 했으니까요. 나중에 이건 그 집안만의 속담이 되었습니다. 무슨 애기냐 하면, "장 라베의 혼례용 침대만큼 품위 있게"

라는 말을 했다고 하니까요. 장은 엘프스보르그 연대의 하사관이 되었습니다.

하지만 장은 죽고 말았습니다. 얼마 후에는 아내도 죽었고요. 한데 이들이 딸을 하나 남겼는데, 이 딸이 카타리나였습니다. 크루제 부인이 이 아이를 데려다 이 년을 키웠답니다. 어느 날 안니케 부인의 사촌인 티센후센 공작 부인이 이 집을 방문했다가 그때 여덟 살이던 카타리나가 예쁘고 똑똑해서 스톡홀름의 자기 집으로 데리고 갔습니다. 거기서 겨울을 보내고 봄이 되자 포메라니아(발트 해 연안에 있는 옛 독일의 주州. 지금은 독일과 폴란드로 나뉘었다 - 옮긴이)로 건너갔는데, 티센후센 공작 부인이 이곳에서 엄청난 유산을 물려받았습니다. 그리곤 뤼겐 섬을 방문하려고 찾아갔더니, 그곳을 지키던 경비선이 아무도 상륙하지 못한다고 했답니다. 섬에 무서운 전염병이 돌았거든요. 그래서 다시 스톡홀름으로 돌아왔답니다.

그리고 다시 겨울이 오고 봄이 왔는데, 공작 부인의 숙모 한 분이 레발에서 세상을 떠나 5월에 레발로 건너갔답니다. 당시 러시아는 시시때때로 에스트란드를 습격하고 약탈했지만 위험을 무릅쓰고 갔죠. 에스트란드는 공작 부인이 태어난 고향이기도 했답니다. 그래서 공작 부인은 늘 독일어로 말했지요. 그러니 카타리나도 독일어를 배워야 했겠죠. 그들은 순조로운 항해를 했고, 거기서 사흘을 머물렀습니다. 그리고 카타리나는 다른 곳으로 심부름을 갔습니다. 제법 많은 날이 흐른 뒤에 다시 집으로 돌아와서 보니까, 문에 전염병이 돌기 때문에 아무도 못 들어간다고 씌어 있더라 이겁니다. 카타리나는 큰 소리로 울었습니다.

안에서 문지기가 나와서 하는 말이 공작 부인을 포함해서 벌써 열 명이 죽었으며 자기 역시 갇혀서 나가지 못한다고 했습니다. 카타리나는 울면서 거리를 달렸답니다. 그때 목사 글뤽을 만났습니다. 글뤽은 방금 젖을 뗀 아들을 돌봐줄 유모를 구하려고 시내로 나왔다가 카타리나를 만난 것입니다. 카타리나에게 왜 우느냐고 물었고, 카타리나는 여차저차 사정을 이야기했답니다. 그 얘기를 듣고 글뤽은 카타리나에게 자기 아들 유모가 되어달라고 했습니다. 약간의 교양도 있어 보이고 또 건강해 보였기 때문이죠. 유모라는 직업보다 훨씬 나은 환경에서 살던 카타리나였지만 그의 제안을 받아들일 수밖에 없었습니다.

카타리나는 성실하고 부지런해 인정을 받았고, 글뤽의 아내도 카타리나 없이는 아무 일도 못할 정도가 되었다고 합니다. 한데 어느 날, 직계 할아버지 살차 백작이 그 지역 어디에서 사냥을 하다가 밤에 그 목사의 집에서 하룻밤을 묵었답니다. 그때가 찰스 12세 때였는데, 노라 전투 후 에스트란드가 아에신 라푸트친이 지휘하는 러시아 군에게 약탈을 당하던 때였답니다. 아에신 라푸트친은 글뤽의 교회에 불을 지르고 살차 백작의 영지에 있는 소작인들을 모두 잡아들이고, 백작과 백작의 충성스런 가신들은 시베리아로 보내버렸지요. 한편, 교회와 집이 불타는 걸 바라보던 라푸트친은 울고 있던 카타리나를 잡아 전리품으로 자기 집에 데려갔답니다. 카타리나는 그 집에서 시중을 들며 살았습니다. 한데 차르의 총애를 받던 멘쉬코프가 라푸트친의 집에서 카타리나의 미모를 알아보았답니다. 그러자 라푸트친이 카타리나를 다음날로 멘쉬코프의 집으로 보냈습니다. 이제 그 집의 노예가 된 거지요. 하지만 멘쉬코프는 여자를 그다지 가까이하지 않았고, 카타리나를 그저 예쁜 하녀 정도로만 생각했답니다.

어느 날, 카타리나가 마루를 닦고 있는데, 황제가 들어왔지요. 마침 멘쉬코프가 없어서 그냥 돌아가려 하는데, 식탁에 과자가 차려져 있는 걸 보았답니다. 멘쉬코프가 밖에 나갔다 들어오면 꼭 과자를 찾기 때문에 늘 그렇게 차려놓아야 했답니다. 황제는 과자를 먹었습니다. 카타리나는 그가 황제란 걸 몰랐기 때문에 그냥 마루만 계속 닦았습니다. 황제는 카타리나를 보고, 손으로 그녀의 이마에 흘러내린 머리카락을 쓸어 올렸습니다.

"너, 아주 예쁘구나!"

카타리나는 얼굴을 붉혔습니다. 황제는 카타리나를 안고, 키스를 했습니다. 그리고 돌아갔습니다.

카타리나는 기분이 별로 좋지 않았고, 멘쉬코프가 돌아오자 낯선 군인이 와서 과자를 다 먹어치우고 자기에게 키스까지 했다는 이야기를 했죠. 그 남자가 어떻게 생긴 사람인지 설명을 하자, 멘쉬코프는 황제가 다녀갔다는 사실을 깨달았습니다. 그리고 카타리나를 이용하기로 마음을 먹었습니다. 그는 카타리나에게 좋은 옷을 입히라고 했습니다. 옷은 잘 어울렸습니다. 게다가 고귀한 기품까지 느껴졌습니다. 머리 장식은 네덜란드 농부의 장식과 같았습니다. 이렇게 차려입은 카타리나는 과자 접시를 들고서, 주로 과일들을 튀긴 과자였는데, 차르 앞으로 갔습니다.

카타리나가 나중에 차르의 부인이 되는 데까지 이야기는 계속 이어졌다. 한편 시베리아에 끌려갔던 백작의 조상은 카타리나

재위 시절에 시베리아의 포로에서 풀려나 고향으로 돌아왔다. 자그마치 십육 년이란 세월을 거기에서 보냈던 것이다. 한데, 모스크바에 있는 '황제의 정원'에서 커다란 축제가 있었다. 그도 초대를 받았다. 그는 이 파티에 기사 가가린과 함께 갔다. 그는 살차가 포로로 잡혀 있던 시절에 각별히 잘 대해준 사람이었다. 하지만 그는 멘쉬코프를 늘 못마땅하게 생각하던 사람이었다. 가가린이 정원에 들어서면서 멘쉬코프에게 인사를 했는데 멘쉬코프는 본 체 만 체하며 무시했다.

"내가 인사하는 걸 못 보셨습니까?"

멘쉬코프는 대꾸도 하지 않고 경멸하는 듯한 미소만 지었다. 그러자 가가린이 멘쉬코프에게 험한 말을 퍼붓기 시작했다. 멘쉬코프는 부하들을 불렀고, 부하들은 가가린을 마구 짓밟았다. 이걸 본 살차가 달려들어 가가린을 도우려 했지만 오히려 두들겨 맞기만 했다. 그때 발코니에서 아주 옛날 자기 친구의 목소리를 알아듣고 누군가 멘쉬코프에게 고함을 질렀다.

"만약 살차의 몸에 털끝 하나라도 건드렸다간 크렘린의 감옥에 처박힐 것이니 그렇게 아시오!"

그렇게 해서 싸움은 끝이 났다.

나중에 살차는 무역국의 국장이 되었고, 늘 여제의 보호를 받았다. 그의 가족은 아직도 러시아에 남아 있다. 내가 만난 살차 백작은 유령을 보고 유령과 대화를 나누는 사람으로 통했다. 카를 요한은 살차를 대단히 신뢰했다. 게다가 놀라운 건, 왕이 죽는 날짜까지 살차가 정확하게 알아맞힌 것이다. 사에비의 거대한 '기사의 방'에 살차 백작과 내가 자리를 잡고 앉은 게 신기했다. 그 방은 국왕 카를 요한과 왕비 에우제니에가 자주 와서 식사를 하던 곳이기도 했다. 주변엔 백작의 조상들 초상화가 걸려 있었다. 가구며 집기들이 모두 옛날풍이었다. 난로는 두 개가 갖추어져 있었다. 살차 백작과 나는 인간의 정신에 대해 얘기를 나누었는데, 그는 매우 진지하게, 자기 할아버지가 밤에 나타났던 이야기를 했다. 물론 유령으로 말이다. 유령은 신을 만나러 함께 가지 않을 테냐고 물었다고 했다.

"그리곤, 이런 말을 덧붙이셨습니다. 그러려면 먼저 죽어야 하는데…. 그러면서 나를 만지셨는데, 그 순간 난 기절한 것처럼 쓰러졌습니다. 그래서 물었죠, 이게 죽은 겁니까? 아니라고 하셨습니다. 눈을 떠 보니 신의 궁전에 서 있었습니다. 내가 본 것 중 가장 아름다운 정원이었죠."

그가 묘사하는 하늘의 궁전은 내가 보기엔 지상의 어떤 곳 같았다. 아무튼, 그는 거기서 형제와 누이를 만났다고 했다. 그의 누이는 아이 적에 죽어서 백작은 처음에 누이를 알아보지 못했다.

"잘 왔어 오빠, 이랬습니다. 그러더니, 오늘은 세례명을 축하하는 기념일이고, 어린이의 나라에서 하나님의 나라로 들어가는 날이야, 라고 했습니다."

"하지만 성경에 씌어 있는 대로 왜 곧바로 하나님의 나라로 들어가지 않았던 겁니까?"

"그러게 말입니다! 하지만 내가 본 건 그랬습니다."

전적으로 다 믿을 순 없었지만, 그가 말한 하나님은 정말 아름다웠다.

"그렇게 천국에 서 있는데, 갑자기 빛이 번쩍 했습니다. 놀랍기도 하고 무섭기도 해 몸을 웅크렸습니다. 한데 한 번도 들어본 적이 없는 음악 소리가 들리기 시작했습니다. 행복하다는 느낌이 들었습니다. 말할 수 없는 기쁨을 느꼈지요! 이게 뭐지? 혼자 중얼거리는데, 방금 지나가신 분은 하나님이시다, 하는 목소리가 들렸습니다. 할아버지셨습니다."

늙은 살차 백작은 이 모든 이야기를 진지하게, 확신을 가지고 했다.

"거기에서 나는 앞으로 일어날 모든 일을 다 알았습니다. 그때 내 나이 열다섯이었습니다."

사에비에 머무르는 기간에 '프레데리카의 축일'이라 부르는 늙은 백작의 기념일이 있었다. 스웨덴 식의 축일 의식이 흥미로웠다. 아래층에 있는 방 하나에 너도밤나무 잎으로 만든 아치를 세우고, 그의 이름 첫 글자들을 하나로 합쳐서 만든 글자 위에, 역시 너도밤나무 잎으로 만든 왕관을 두었다. 왕관은 보석 대신 장미꽃으로 장식했다. 우리는 커피 탁자에 앉아 있었는데, 바깥의 호수에서 포성이 들렸다. 하인이 들어와서 큰 소리로 외쳤다.

"북극성호가 바깥에 정박했습니다! 배에는 외국 선원들이 타고 있습니다!"

하인은 그런 식으로 그런 말을 하는 게 자기도 우스웠던지, 입가로 새어나오는 미소를 어쩌지 못했다.

백작은 그들을 안으로 들어오게 하라고 일렀다. 곧, 다시 배에서 쏜 듯한 예포 소리가 들렸다. 집사와 백작의 아내와 두 딸이 안으로 들어왔다. 이들은 호수의 다른 쪽에 있는 그의 영지에서 온 외국 선원들이었다. 만찬 석상에는 다른 집사들과 영지의 관리들 그리고 이웃 영지의 가족들이 함께했다. 성 밖에서는 어린이들이 작은 가지를 들고 줄을 맞추어 행진했다. 어린이들을 인솔한 교사는 백작 앞에서 시. 형식으로 연설을 했다. 그 행사가 끝난 뒤, 교사는 돈을 받았고 어린이들은 커피와 고기를 선물로 받았다. 그 다음 농부가 바이올린을 켜는 커다란 방에서 춤을 추었다. 백작의 딸인 남작 부인은 친히 농부들을 성의 여러 방으로 안내하며 구경시켰다. 먹을 것과 마실 것을 직접 챙겨주기도 했다. 바로 그때, 우편배달부가 편지와 신문을 들고 나타났다.

"덴마크에서 온 소식입니다! 프레데리키아에서 이겼답니다!"

승리의 함성이 울려 퍼졌다. 그 전투에 관해 우리가 최초로 접한 확인된 정보였다. 나는 사상자 명단을 살폈다.

덴마크의 승리를 축하하며 살차 백작은 샴페인 한 병을 개봉했다. 딸은 급히 덴마크 깃발을 만들어 샴페인 병을 감쌌다. 옛날 스웨덴과 덴마크 간의 증오를 이야기하며 녹슨 총알 세 개를 간직한 남자가 있었다. 그 총알 하나하나가 각각 그의 아버지와 할아버지와 증조할아버지의 목숨을 앗아갔다고 했다. 이 남자가 덴마크를 위해 술잔을 높이 들었다. 이제 형제의 시대가 왔고 덴마크의 승리와 영광은 자기들의 승리이자 영광이라고 했다. 감동의 눈물을 흘리지 않을 수가 없었다. 그 자리에는 나이 든 독일인 가정교사도 초대를 받고 와 있었다. 브라운슈바이크 출신이고, 스웨덴에서 오래 살았다고 했던 걸로 기억한다. 살차 백작이 독일과 독일인들에 대해 나쁜 말을 하자 그녀는 울음을 터뜨리며 내게 솔직한 심정을 털어놓았다.

"더 이상 이 자리에 앉아 있을 수가 없어요!"

살차의 연설이 끝나고 내가 답례를 할 차례였다. 답례를 하면서 나는 그 가정교사에게 손을 내밀고 이렇게 말했다.

"이제 곧 좋은 날들이 올 겁니다. 독일인들과 덴마크 인들은, 우리가 지금 손을 잡은 것처럼, 다시 옛날처럼 손을 잡을 겁니다. 평화를 위해 잔을 듭시다."

우리는 잔을 마주쳤다.

덴마크와 덴마크 사람들을 위한 공감과 연대의 기운은 전 세계에 퍼졌다. 린최핑에 있는 오만 교수의 집을 들렀는데, 거기에 수많은 사람들이 나를 맞으려고 모인 걸 보고 깜짝 놀랐다. 시인 레데르스타드는 세 곡의 아름다운 노래를 썼다. 첫 번째는 〈아름다운 땅〉의 선율에 부친 걸로 〈덴마크에 보내는 인사〉였다. 이들이 이 노래를 부를 때 창공에 아름다운 무지개가 걸렸다. 하늘이 보내주는 평화의 약속 같았다. 감동적이었다. 이어서 노래 〈단네브로그〉가 울려 퍼졌다. 노래와 노래 사이에, 덴마크에 대한 사랑과 덴마크의 승리에 대한 기쁨을 열렬하게 토로하는 연설들이 이어졌다. 그 가운데 하나는 프레데리키아에서 전사한 사람들의 명복을 비는 내용이었다. 내 마음속의 덴마크가 다시 한번 눈물을 흘렸다. 스웨덴 국기와 덴마크 국기가 나부꼈다. 다음날, 베르그를 향해 떠나려고 기선에 오르는데 리데르스타드를 비롯한 수많은 친구들이 노래를 부르며 배웅했다.

모탈라에 며칠 머무를 생각이었다. 린최핑에서 모탈라까지의 뱃길 풍경은 '고타 운하의 정원'이라 불러야 옳을 것이다. 이곳의 아름다운 풍경은 스웨덴과 덴마크의 정경이 절묘하게 섞여 있다. 너도밤나무 숲이 호수와 바위산과 세차게 흐르는 물살을 덮었다. 공장 근처 여인숙에 사는 미혼의 젊은 남자가 내게 안락한 잠자리를 제공하고 자기는 친구 집으로 갔다. 그것이 C. D. 니그렌과의 첫 만남이었다. 그는 지금 죽고 없지만, 시적인 성정을 갖춘 사람으로서 프레드리카 브레메르의 친구이기도 했다. 내 방의 창문 아래로 모탈라 강이 흘렀다. 소나무들과 또 잎 많은 나무들 사이를 흘러가는 모탈라 강의 물살은 빨랐고, 물은 초록빛으로 투명했다. 얼마나 투명한지 물 속의 돌과 물고기들이 훤하게 다 보였다. 운하 반대쪽에는 플라텐(1796~1835년. 독일의 시인 - 옮긴이)의 무덤이 있어, 지나가는 배들이 예포를 쏘아 경의를 표했다. 그곳에서 디킨스가 보낸 친절한 편지를 받았다. 〈두 명의 남작 부인〉을 받아서 잘 읽었다는 내용이었다. 마음이 새로워지는 느낌이었다. 그날은 행운의 날이었다. 아름다운 장미가 한 아름 내 식탁에 올려져 있었다.

여기에서 바드스테나 성으로 소풍을 갔다. 한때 위용을 자랑했을 커다란 성은 곡물 창고로 쓰이고 수도원은 정신병원으로 변해 있었다. 모탈라를 떠나기 직전에는 다리 옆에 있는 작은 여인숙에 묵었다. 다음날 아침 일찍 출발하려고 일부러 이른 시각에 잠자리에 들었다. 곧바로 잠이 들었는데, 여러 사람이 부르는 아름다운 노랫소리에 잠이 깼다. 자리에서 일어나, 일하는 아이에게 누구를 위해 부르는 세레나데냐고 물어보았다.

"그야 물론 선생님이죠!"

"나?"

깜짝 놀랐다. 이해할 수가 없었다. 그들은 〈아름다운 땅〉을 노래하고 있었다. 그 노래는 나를 위한 것이었다. 나는 시인 안데르센이 아니라 덴마크 사람 안데르센이었다. 내게 쏟아지던 꽃다발은 덴마크 사람들에게 바치는 그들의 사랑이었다. 다음날 내가 모탈라를 떠난다는 걸 알고 존경과 공감의 증거를 내게 보여주고 싶었던 것이다. 밖으로 나가 제일 가까이 있는 사람의 손을 잡았다. 깊은 애정과 사랑을 느꼈다. 그날 밤 한숨도 자지 못했음은 물론이다.

내가 가는 곳 어디에서나 축제 같은 열기가 달아올랐다. 어디에서나 덴마크에 대한 공감과 사랑이, 덴마크 사람들은 상상도 못할 만큼 뜨겁게 펼쳐졌다. 가는 곳마다 환대를 받았다. 작은 마을에서도 나를 붙잡고 놓아주지 않았다. 집집마다 나를 손님으로 초대했다. 마차를 제공하고 말을 제공했다. 한마디로 그들은 자기들이 할 수 있는 모든 친절을 베풀었다. 해밀턴 백작이 마련한 모임에 참가하며 여러 날을 보냈다. 블룸베르그의 집에서도 며칠을 묵었다. 그의 아들 가운데 한 명이 가이어의 딸과 결혼을 했는데, 이 젊은 아내는 예니 린드와 무척 닮았다. 심지어 목소리까지도 빼닮았다. 그녀는 아버지가 지은 노래들을 매우 아름답게 불렀다. 이 집의 외동딸 안나는 낯을 가려 낯선 사람에게 잘 가지 않는다고 했는데 나한테는 보자마자 달려왔다. 우리에겐 서로를 알아보는 눈이 있었던 모양이다. 베네르스보르그 역시 모임의 친구들을 소개했다. 트롤라타에서는 예정보다 더 오래 머물렀다. 트롤라타 운하 부근의 숲에서 행복하게 사는 바르베르그 중령과 그의 아내를 만났다. 그들 역시 나를 편안하고 친절하게 맞아주었다.

고타보르그에서는 마르스트란드 섬으로 소풍을 갔다. 이곳에는 프레드리카 브레메르가 온천을 하러 온 아가타를 만나려고 와 있었다. 스웨덴 연안의 수많은 바위섬은 수심이 깊어 선착장을 마련하기가 좋았다. 뜨거운 햇살이 내리쬐는 바위 사이에 들장미가 피어 있었다. 스톡홀름에서 온 이탈리아 오페라 공연단이 오전에 연주회를 열었다. 프레드리카 브레메르는 미국에 간다고 했다. 그녀와 함께 고타보르그로 돌아오는 배 위에서 사람들이 우리 주변에 모여 덴마크 노래와 스웨덴 노래를 불렀다. 〈아름다운 땅〉은 스웨덴 사람들이 가장 좋아하는 노래가 되어 있었다. 헤어질 때 사람들은 나를 위해 〈아름다운 땅〉을 다시 한번 불렀다.

며칠 후, 덴마크로 돌아왔다. 내가 가장 공을 들여서 쓴 책 〈스웨덴에서〉는 이번 여행의 결과물이었다. 이 책은 내 글쓰기의 특징이 다른 어떤 작품에서보다 잘 드러난다고 생각한다. 스웨덴 신문 〈보레〉가 이 책에 대해 맨 처음 비평을 했다.

덴마크에서도 내 작품에 대한 최근의 비평들이 점잖아졌을 뿐만 아니라 내 작품에 옛날보다 더 많은 관심을 보이고 더 호의적이라 〈스웨덴에서〉를 높이 평가했다. 특히 '어떤 이야기'라는 부분이 많은 찬사를 받았다.

영어 번역본 〈스웨덴에서〉는 영국에서 덴마크 어 원본과 동시에 출간되어, 대부분의 다른 내 작품들이 그랬던 것처럼 호의적인 비평을 받았다. 한데 뜻밖의 공격을 받았다. 전혀 예상치도 않았던 사람이 나를 공격했다. 메리 호위트였다. 그녀는 내 작품들을 영어로 번역했고 영국 여행 때 내게 지극한 호의와 우정을 베풀었던 바로 그 사람이다. 놀랍고 슬펐다. 정말 예상 밖의 일이라 믿어지지가 않았다. 앞에서, 런던에서 그녀를 만났던 일을 적은 바 있다. 그렇게나 내 작품을 칭찬하고 나와 좋은 얘기만을 나누었던 그녀가 나를 신랄하게 공격하고 나선다는 사실을 도무지 이해할 수가 없었다.

〈스웨덴에서〉도 리처드 벤틀리가 출간했다. 나는 코펜하겐에서 그에게 영어 원고를 넘겼다. 이렇게 되면서 메리 호위트는 〈두 명의 남작 부인〉과 〈스웨덴에서〉 어느 것도 번역할 기회가 없었다. 하지만 단지 이런 이유만으로 그녀가 앙심을 품을 줄은, 더 나아가 남편인 윌리엄 호위트와 함께 저술한 〈북유럽의 문학과 소설〉에서 나를 가혹할 정도로 매도할 줄은 몰랐다. 그 책에서 덴마크의 모든 시인들을 크든 작든 호의적으로 언급하면서도 유독 나만은 예외였다. 자기가 번역한 내 작품들에 대해서는 그래도 호의적인 평가를 한 뒤, 다음과 같이 이어갔다.

하지만 안데르센이 그후에 내놓은 작품들은 모두 실패작이다. 영국에서 출간된 그 작품들은 언론에서 거의 언급도 하지 않을 정도이다. 이렇게 된 이유는 명백하다. 안데르센의 특징은 작품이 단순하다는 것과 그의 이름이 여러 나라에 잘 알려져 있다는 데 있다. 그의 작품들에 생기를 불어넣는 어린아이 같은 성정은 왕자와 공주만을 좇는 허망한 꿈이라는 구조 속에서 놀라운 상상력으로 우리 앞에 다가온다. 시인은 자기중심주의 혹은 자존주의에 빠져 있는 것이다. 이런 사실만 파악하고 나면 독자는 그의 작품이 발산하는 매력이라는 게 과연 무엇인지 쉽게 알 수 있다. 그는 늘 자기 자신을 얘기한다. 자신의 생애를 이야기하고 자기 느낌을 얘기한다. 이런 그의 특징은 처음엔 무척 커다란 즐거움을 준다. 하지만 두 번째 다시 만나면 신선함을 느낄 수가 없다. 그리고 세 번째 만나면 정말 가당치도 않다는 걸 깨닫게 된다. 그것은 단순한 변주의 반복에 지나지 않기 때문이다. 영국에서 안데르센이 누리는 인기는 아마도 우리가 덴마크의 위대하고 창의성 많은 작가들을 알지 못하기 때문일 것이다. 안데르센은 우리가 전혀 모르는 덴마크에서 어느 날 불쑥 나타난 작가이다. 하지만 실제로 그는 덴마크에 수없이 많은, 고만고만한 평범한 작가들 가운데 한 사람일 뿐이다.

몇 년 전 내가 런던에 갔을 때, 〈호위트 저널〉을 통해 덴마크 최고의 시인이 영국 땅을 밟았다 호들갑을 떨며 환영하던 바로 그 사람이 이런 글을 썼다는 게 과연 믿어지는가? 브레메르가 미국에서 돌아오는 길에 런던에서 메리 호위트를 만났다는 말을 듣고 그녀의 근황을 물어보았다.

"메리 호위트는, 선생님이 다시는 자기를 만나려 하지 않을 거라면서 눈물을 흘리더군요. 자기가 잘못했다고 말했습니다."

도무지 이해할 수 없는 또 하나의 극단이었다. 물론 격한 감정에 잘못 휩쓸려 일시적인 기분에 나를 비난했을 수도 있다. 사람은 누구나 그런 경향이 있으니까 그러려니 할 수 있다. 그녀 말대로 순전히 일시적인 감정에 휩쓸려서 그랬을 수도 있고, 잘못 판단했다가 생각을 바꾸었을 수도 있다. 아무튼 지금 그녀가 나와 내 작품에 예전처럼 호의적인 태도를 가지고 있다고 하니 나로선 다행한 일이 아닐 수 없다. 그 일로 나는 마음속에 분노를 담아놓고 있지 않다. 나는 화해를 원하는 친구의 입장으로 그녀에게 손길을 내밀고 있다.

이런 곡절이 있긴 했지만 〈두 명의 남작 부인〉은 좋은 평가를 받았고 〈스웨덴에서〉 역시 그에 못지않았다. 메리 호위트가 신랄한 비평을 가한 그해에 〈스웨덴에서〉는 오히려 놀랄 만큼 대중적인 인기를 끌었다. 〈내 인생의 진실한 이야기〉와 함께 소위 '일 실링짜리 책'이라 불리는, '대중도서관'이라는 문고판으로 출간되어 수천 부가 팔렸던 것이다. 번역이 워낙 훌륭하기 때문이기도 했다. 번역을 한 케네스 맥켄지가 역자 후기에서 워낙 겸손하게 자신을 낮춘 바람에, 칼을 품은 메리 호위트의 날카로운 비판이 오히려 무색하게 되어버렸다. 영국에서 출판된 가장 최근의 책인 〈어느 시인의 백일몽〉은, 〈아이들에게 들려주는 놀라운 이야기들〉의 영국식 제목이다, 라고 비평한 〈아테네 신전〉의 기사 역시 내 편이 되어주었다.

　디킨스에게 헌정된 이 작은 책은 크리스마스 및 새해 선물로 받아들여지길 원하는 듯하다. 하지만 이 책은 꽃이 피는 계절이든 수확을 하는 계절이든 상관없이 어느 때라도 환영을 받을 만하다. 어쩌면 기도를 해야 할 시간에도 환영을 받을지 모른다. 혹은 이 책에 나오는 한 구절처럼, "벽에 고드름이 달릴 때"라도…. 시인과 시인의 아들들이 이 책을 읽고 기억할 것이다. 감상주의에 대한 반감을 새로이 언급할 필요는 없을 것 같다. 그릇되고 병약한 것은 아무리 우아하고 매혹적이라 하더라도, 우리는 보려고 하지도 않고 들으려 하지도 않으며, 또한 보고 듣는다 하더라도 아무런 감동을 느끼지 못한다. 하지만 감상주의는 다르다. 피 끓는 감정보다는 덜 뜨겁고, 열정적인 신념보다는 덜 깊고, 천재성이 눈부시게 번쩍거리는 그 광활함보다는 덜 넓은 어떤 정서 체계인 이 감상주의에는 누구나 조금씩은 이끌린다. 감상주의에 기초한 기묘함과 익살스러움에 대해서는 안데르센의 작은 이야기들이 독보적이다. 이 말을 믿지 못하거나 보다 확실한 증거를 원하는 사람은 이 책에 실린 〈쓸모없는 여자〉, 〈큰 슬픔〉, 〈버드나무 아래에서〉 그리고 〈그건 정말이야〉를 읽으면 원하는 걸 찾을 수 있을 것이다. 이 작품들이 소품이라고 흠을 잡는 사람이 있다면, 이보다 더 완벽하고 미묘하며 암시적인 작품으로 어떤 걸 생각하는지 묻고 싶다. 이 작품들이 소품인 건 사실이다. 또한 사소한 신변잡기와 케케묵은 사랑 이야기를 다루는 것도 사실이다. 그럼에도 이것들은 진정한 예술 작품이다. 이 작품들은 예술을 사랑하는 모든 사람들에게 따뜻한 환대를 받을 것이다.*

* 여기에 언급된 작품들은 1853년 크리스마스 때 발표된 것들이다. 즉, 이 비평문의 시기는 1854년이라는 얘기다.

1850년 새해는 내게 커다란 슬픔을 안겨주며 시작되었다. 이 슬픔은 나 혼자만의 슬픔이 아니라 덴마크의 슬픔이자 모든 아름다움의 슬픔이다. 바이마르에 띄운 그해의 첫 편지로 설명을 대신한다.

윌렌슐레게르가 죽었습니다. 그는 1월 20일, 이 년 전 국왕 크리스티안 8세가 돌아가시던 바로 그날에 죽었습니다. 그렇습니다, 죽은 시각도 전 국왕과 비슷했습니다. 나는 밤중에 윌렌슐레게르의 집을 두 번 찾았고 그때마다 아말리엔부르그 궁 앞을 지나쳤습니다. 그의 죽음이 임박했음은 의사에게서 들어 알고 있었습니다. 하지만 고개를 들어 왕궁의 불 꺼진 창문을 올려보면서 이 년 전 사랑하는 국왕의 죽음을 걱정하던 때를 생각했습니다. 그리고 이 년이 지난 후에는 또 한 명의 왕, 시의 왕이 죽을까 걱정했습니다. 그는 고통 없이 죽었습니다. 그의 아이들이 곁에서 지켜보았습니다. 그는 아이들에게 자기가 쓴 비극 〈소크라테스〉의 한 구절을 큰 소리로 읽어달라고 했습니다. 영원과 불멸을 이야기하던 바로 그 장면이었습니다. 그는 죽음의 고통이 크기 않기를 조용히 기도하면서 고개를 떨구었고, 그게 죽음이었습니다. 그의 시신을 보았습니다. 황달 때문에 마치 구리로 만든 동상 같을 뿐, 죽음은 어디에서도 찾아볼 수 없었습니다. 이마는 아름다웠고 표정도 우아했습니다. 1월 26일, 사람들이 그를 무덤으로 옮겼습니다. 그렇습니다. 사람들이었습니다. 사회장으로 치러져 코펜하겐의 모든 사람들이 그의 행진을 지켜보았습니다. 대학생, 선원, 병사, 그리고 모든 계급 모든 계층의 사람들이 번갈아 그의 관을 메고, 그가 태어난 곳이자 또 묻히고 싶어 했던 프레데릭스보르그까지 걸었습니다. 장례식은 성모 마리아 교회에서 거행되었습니다. 장례위원회는 시인 두 사람에게 칸타타를 부탁했습니다. 그룬트비* 선생님과 제가 그 일을 맡았습니다. 시란드 주교가 장례 예배를 집전했습니다. 극장에서는 그를 추모해 그의 비극 작품 〈하콘 자를〉과 임종 직전 그에게 들려주었던 〈소크라테스〉의 한 장면을 공연했습니다.

* 1783~1872년. 덴마크의 신학자이자 시인이며 계몽운동가. '덴마크 중흥의 아버지'로 불린다.

윌렌슐레게르가 말년에 성격이 부드러워지고 내게 늘 친절을 베풀고 내 작품에 대해 따뜻한 평가를 해주었던 일은 나에게 큰 기쁨이었다. 어느 날, 신문에 나와 내 작품을 모욕한 기사가 실려 그 일로 의기소침해 있는데, 그가 자신의 북극성 훈장을 내게 주었다. 그 훈장은 나도 스웨덴 국왕에게서 받아 가지고 있었다. 훈장을 주며 그는 말했다.

"난 이제 질렸으니까 자네가 가지게. 나를 기억해달라는 뜻으로 자네에게 주는 걸세. 자네야말로 진정한 시인이니까 누가 재잘거리거나 말거나 신경 쓰지 말고 내버려두게."

그가 준 훈장은 아직도 잘 간직하고 있다.

'궁수弓手 회관'에서 그를 기리기 위한 축제가 열렸다. 그리고 이 축제 직후에 장례 기념일 행사가 치러졌다. 정작 고인은 자기가 쓴 비극 〈소크라테스〉를 공연해주길 원했지만, 그게 받아들여지지 않았다. 대시인이 죽어가면서 자기가 죽은 뒤에 사람들이 자기에게 바칠 경의의 형식을 생각한다는 게 나로선 이상하다. 나는 차라리 라마르틴의 〈죽어가는 시인〉처럼 그렇게 가고 싶다. 아마도 그 시인은 지상에 남기고 가는 위대한 명성에 대해 이렇게 말했을 것이다.

"당신 생각에는, 태양을 향해 하늘을 날아가는 백조가 자기 날갯짓이 호수 수면에 어떻게 비칠지 생각이나 할 것 같소?"

아무튼, 극장은 상복을 입은 사람들로 빽빽이 들어찼다. 박스석의 첫 번째 줄은 상장喪章으로 덮였고, 일층 앞자리의 고인 자리에 월계관이 놓였다.

"하이베르그는 정말 훌륭한 분이셔. 고인이 이걸 볼 수 있다면, 감동하실 거야!"

어느 부인의 말이었다. 참을 수가 없어서 한마디 했다.

"예, 아마 그러실 겁니다. 자리 하나는 남겨줬으니까요."

하이베르그가 극장 책임자로 왔을 때, 그는 시인과 작곡가 그리고 이전 극장 책임자 등이 차지하고 있던 공짜 좌석의 수를 대폭 줄였고, 좌석의 위치도 일층 앞자리 구석으로 몰아버렸다. 게다가 가수와 배우들도 이 자리에 배정을 해, 사람들이 많이 올 때는 서서 볼 자리도 없게 만들어버렸다.

고인은 날마다 극장에 갔다. 하지만 시간을 제대로 못 맞춰 자리도 놓치고 겸연쩍게 서 있을 때가 있었다. 그에게 자리를 양보하는 사람은 아무도 없었다. 그러면 서서 보는 수밖에 없었다. 이럴 때 그는 나를 돌아보며 우스갯소리였지만 참담한 어조로 말했다.

"내가 왜 여기 있지?"

그날 밤, 고인은 다행히 자리를 잡고 앉았다. 그 자리는 고인이 극장의 감독일 때 앉던 바로 그 자리였다. 토르발센에게도 그런 자리가 있었다. 공짜 좌석을 줄이라고 한 건 의회의 결정이라고 항변할지 모르겠지만, 그래도 하이베르그는 일말의 미안함을 느껴야 했다. 덴마크의 대시인 욀렌슐레게르에게는 예외를 적용했어야 마땅하다. 공연을 지켜보는 동안 내내 씁쓸한 기분을 털어낼 수가 없었다. 하지만 덴마크의 이 왕실극장에서 씁쓸함을 맛본 건 그때뿐만이 아니었다.

다른 극장 얘기를 해야겠다. 그 극장은 '카지노' 극장이다. 코펜하겐 사람들이 인민극장을 갖게 된 것이다. 이 극장이 이렇게 성장하리라고는 아무도 생각지 못했다. 처음 오베르스코가 이런 극장이 있어야 한다고 생각해 여기저기 얘기하고 다니고 또 글을 썼지만 말처럼 쉬운 게 아니었다. 한데 당시 젊고 유능한 사람이 있었다. 본인이 수단이나 재주가 많진 않았지만 어떤 일을 성사시키는 추진력은 확실하게 갖춘 사람이었다. 그는 어렵거나 심지어 불가능해 보이는 일도 성사시키는 사람이었다. 그가 카지노 극장을 만든 것이다. 이곳에서 사람들은 훨씬 싼 가격에 음악과 연극을 즐겼다. 마침내 이곳은 가장 대중적인 공연장이 되었다. 이 모든 일을 해낸 사람이 바로 게오르게 카르텐센이다. 그의 명성은 최근 미국에서도 들려왔다. 저 유명한 '뉴욕의 수정궁'을 세운 사람들 가운데 하나가 바로 카르텐센이라고 한다. 그는 매우 선한 사람이다. 이 선한 성격이 그의 약점이라고 생각한다. 그는 종종 '쾌락 선생'이라 불리며 조롱을 받았다. 그럼에도 불구하고 그는 늘 우리에게 뭔가 유용한 걸 내놓았고, 지금도 그렇다. 카지노 건물을 지을 당시에는 극장을 주된 공간으로 생각하지 않았다. 란게가 있었기에 지금의 카지노가 될 수 있었다. 카지노 지분에 대한 배당이 너무 적어 지분이 헐값으로 매매되던 때도 있었다. 하지만 그리 길지 않은 시간에 카지노는 눈부시게 성장했다.

처음에 카지노 극장에서 공연되는 작품은 형편없었다. 유명 작가는 아무도 이 극장에 올릴 작품을 쓰려고 하지 않았다. 이때 란게가 내게 작품을 의뢰했다. 이에 응해 발표한 작품은 예상을 훨씬 뛰어넘을 만큼 성공적이었다. 나는 처음 〈천일야화〉 가운데서 〈유령의 왕, 제인 알라스남 왕자 이야기〉를 읽고서 오페라로 만들기 좋겠다고 생각했다. 하지만 포기했다. 덴마크에서 마법과 관련된 내용의 오페라를 아무리 좋은 음악으로 공연해봐야, 사람들이 제대로 이해하지도 못할뿐더러 정당하게 평가해주지도 않는다는 걸 알고 있었기 때문이다. 〈갈까마귀〉가 그랬다. 고치(오페라 〈투란도트〉를 쓴 이탈리아의 극작가―옮긴이)는 이 소재를 희극으로 다루었다. 하지만 이보다 나을 뿐 아니라 무대에 올리기에도 훨씬 적합한 게 있었다. 라이문트(1790~1836년. 오스트리아의 극작가이자 배우. 요정희극妖精喜劇의 완성자로서, 가난한 민중에게 공감을 주는 희곡을 썼다―옮긴이)가 쓴 〈유령왕의 다이아몬드〉였다. 예전에도 이런 종류의 희극을 시도한 적이 있었다. 왕실극장에서 공연한 〈운명의 꽃〉이 그 작품이다. 이 작품은 일곱 번의 공연을 마친 뒤 공연 목록에서 밀려나버렸다. 하지만 관객은 이 작품에 갈채를 보냈다. 내겐 확신이 있었다. 내가 지닌 이 분야의 재능이 반드시 화려한 꽃을 피우리라… 나는 라이문트의 작품을 다시 썼다. 이 작품이 〈진주와 황금보다 더 귀중한 것〉이다. 이 작품은 카지노 극장의 품격을 높였다. 이 작품을 보려고 상류층에서 하류층까지 모든 사람들이 극장을 찾았다. 이천오백 석의 좌석이 있었지만 연일 매진을 기록했다. 내게 많은 찬사가 쏟아졌고, 나는 만족했다. 이 작품을 쓰면서 받기로 한 돈은 백 릭스달러였는데, 당시 작가에게 작품료를 지불하는 극장은 왕실극장을 제외하고는 카지노 극장이 유일했다. 따라서 내가 돈을 받고 작품을 썼다는 사실 자체가 특별했다. 게다가 내 작품이 꾸준하게, 극장 관련자의 표현을 빌리자면, '꽉꽉 채웠기' 때문에 추가로 백 릭스달러를 더 받았다. 이 작품 이후로 젊은 작가들이 내 뒤를 이어 카지노 극장의 공연 목록을 늘려갔다. 호스트루트, 오베르스코, 에릭 뵈그, 렉케 그리고 키비츠 등이 그런 작가들이다.

배우들도 해마다 나아졌다. 관객의 요구가 점점 더 까다로워져 그에 맞게 세련되어야 했기 때문이다. 배우가 아무리 노력해도 관객은 늘 한 걸음 앞서가기 마련이라 배우들은 그만큼 더 노력해야 했다. 이런 결과가 쌓여 나중엔 이런 말까지 나왔다.

"카지노 극장만한 데가 없어!"

하지만 고귀한 체하는 작가들은 카지노 극장 근처에도 가지 않았다. 심지어 〈백 년〉의 작가는 카지노 극장에서 공연되는 작품을, 자기가 쓴 시를 통해 경멸하기까지 했다.

신비한 이야기를 다룬 새 작품 〈잠의 신, 올레 루코이에〉를 카지노 극장에 발표했다. 올레 루코이에는 북유럽의 잠의 신으로, 예전에 내 작은 이야기를 통해 형상화한 바 있는데, 이 인물을 무대에 올려 그의 모습을 눈으로 보게 하고, 그가 하는 말을 귀로 듣게 하고 싶었던 것이다. 그의 입을 빌려 건강함과 유쾌함 그리고 영혼의 평화로움이 돈보다 더 가치 있다는 진실을 말하고 싶었다. 이 작품은 큰 무대가 필요했지만 연출을 한 란게는 카지노의 좁고 제한된 무대에서 내 의도를 최대한 살리기 위해 지극한 사랑을 쏟아부었다. 내 작품을 이해하는 배우들과 일하는 게 즐거웠다. 그들은 작가를 존중했다. 자기 뜻대로 해야만 성이 차는 '매우 중요한' 왕실극장의 배우들이 아니었다. 〈잠의 신, 올레 루코이에〉가 첫 무대에 올랐고, 관객들이 객석을 채웠다.

그날, 객석을 가득 채운 관객들이 내 작품에 어떻게 반응하고 또 어떻게 평가할지 궁금해 객석에 앉아 있던 나는 천당과 지옥을 동시에 경험했다. 관객들은 내 의도를 전혀 이해하지 못했다. 1막에서 킬킬거리며 비웃었다. 화를 내는 사람도 있었다. 2막이

무한한 상상력의 세계를 엿볼 수 있는 안데르센의 스케치.

끝나자 노골적으로 비웃고 조롱했다. 자리를 박차고 나가는 사람도 여럿 있었다. 이들은 공연장 바깥 로비에서 말했다.

"이런 말도 안 되는 엉터리가 어디 있냐구! 갑자기 왜 중국이 나와? 다음에 또 어디로 갈지 아는 사람은 하나님밖에 없을 거야!"

하지만 3막이 시작되면서 객석이 조용해졌다. 큰 소리로 떠들던 사람들이 입을 다물고 무대 위의 대화에 귀를 기울였다. 객석은 곧 정적이 감돌았고, 사람들은 연극 속으로 빨려 들어갔다. 그리고 막이 내려갈 때, 관객들은 우레와 같은 박수갈채를 보내며 좋아했다. 1막과 2막 때 받았던 오해와 비웃음은 그 어떤 공연에서보다도 깊은 슬픔을 안겨주었다. 그건 부당한 것이었고, 참을 수 없을 만큼 분노가 치밀었다. 나중에 받은 갈채는 내게 아무 의미도 없이 공허하기만 했다. 공연장 밖으로 나가자 사람들이 내게 다가와 고마움을 표시했다. 하지만 난 그걸 받아들이지 않았다.

"사람들이 날 비웃고 조롱했습니다. 우선 그것부터 잊어야겠습니다."

이 작품은 매일 저녁 공연되었다. 커다란 관심 속에 수많은 사람들이 관람했다. 가난한 계급이라는 사람들로부터 감사하다는 말을 들었지만, 다른 계층 사람들이나 어떤 신문의 비평도 내게 그런 인사를 하지 않았다. 한번은 공연이 끝난 뒤였는데, 가난한 수공업자가 나를 기다리고 섰다가 내 손을 잡으며 말했다. 그의 눈에는 눈물이 그렁그렁 맺혀 있었다.

"고맙습니다, 안데르센 선생님. 정말 훌륭합니다. 축복 받은 희극입니다!"

내겐 이런 인사가 화려한 비평보다 훨씬 더 소중하다. 비슷한 일화를 하나 더 얘기해야겠다. 어떤 가정이 있었는데, 내가 자주 방문하는 집이었다. 이 집의 부인이 어느 날 내게 말하길, 아침에 자기 남편과 대화를 하는데 남편 얼굴이 전과 다르게 기쁨에 넘친 걸 보고 깜짝 놀랐다고 했다. 부인은 딸에게 물어보았다.

"아버지한테 무슨 좋은 일이 생겼는지 혹시 아니? 네 아버지가 그렇게 행복해한 적이 없었잖니."

부인은 딸을 통해 남편이 전날 공짜 연극 표를 얻어서 연극을 보았다는 사실을 알았다. 그는 그저 그렇게 사는, 소위 말하는 시골뜨기였던 것이다.

"완전히 바뀌었습니다."

딸의 말이다.

"어젯밤에 〈잠의 신, 올레 루코이에〉를 보고 집에 왔을 때 아버지는 무척 행복해하셨습니다. 뭐라고 하셨는지 아세요? 부자나 지위가 높은 사람만 행복한 줄 알았는데 우리처럼 가난한 사람도 얼마든지 행복할 수 있다는 걸 오늘 알았어. 이걸 어디서 알았는지 아니? 극장에서 연극을 보고 깨달았지. 그건 마치 목사님의 설교 같았어, 눈이 부시게 아름답고 행복했어, 이러셨거든요."

어떤 비평가의 호의적인 비평이나 찬사 혹은 아첨보다 더 듣기 좋은 말이었다.

여름을 글로루프 그리고 팔스테르에 있는 아름다운 코르셀리체에서 보내며 〈스웨덴에서〉를 완성했다. H. C. 외르스테드는 이 작품을 무척 좋아했다. 안타깝게도 이 작품은 외르스테드에게 읽어준 마지막 작품이 되고 말았다. 이 책에서 '신앙과 과학' 그리고 '시의 캘리포니아' 부분은 그와 나눈 대화 및 그가 쓴 〈자연 속의 정신〉에 크게 도움을 받았는데, 책이 나오고 난 후에도 우리는 이 주제를 놓고 수많은 대화를 나누었다.

"사람들이 자네더러 툭하면 교양이 없고 아는 게 없다고 했는데, 그 말에 자극을 많이 받긴 받았나 보구만. 이제 자네가 과학을 찬양하는 시인으로 나서겠어!"

그즈음 그가 한 농담이었다. 여름에 글로루프에 머물 때 그가 〈자연 속의 정신〉 두 번째 부분과 함께 다음과 같은 글을 보냈다.

지난번 글을 읽고 자네가 얼마나 기뻐했는지 잘 알고 있기에, 이번에 보내는 것도 전에 읽었던 첫 번째 부분만큼 깊은 인상을 줄 수 있으면 좋겠다는 기대를 하지만 그 정도는 못 될 것 같아 아쉬운 생각이 든다네. 이번 글에선 지난번 글의 주제를 보다 선명하게 설명하는 걸 주된 목표로 삼았지만, 전처럼 신기한 부분이 완전히 없지는 않을 걸세. 이번 글의 사고 체계도 지난번과 다르지 않다고 나는 믿고 있네.

그가 보낸 책은 무척 흥미로웠다. 책을 읽으면서 느꼈던 기쁨을 긴 편지에 적어 보냈는데, 그 가운데 일부를 뽑아서 공개한다.

이번 원고가 큰 감명을 주지 못하리라고 하셨지만 그렇지 않았습니다. 지난번 글과 큰 차이를 느끼지 못했습니다. 내겐 똑같이 거대한 물줄기였습니다. 무엇보다 기뻤던 건, 내 생각과 똑같다는 것입니다. 저의 믿음과 신념이 아주 쉬운 말로 설명되어 있었습니다. 저 혼자서 읽었을 뿐만 아니라, '물리학과 종교의 중요한 여러 문제들 사이의 관계' 부분은 몇몇 사람들에게 큰 소리로 읽어주기도 했습니다. 그 부분은 특히 소리 내어 읽기에 좋더군요. 할 수만 있다면 세계의 모든 인류에게 큰 소리로 읽어주고 싶습니다. 나는 수많은 사람들의 맹목적인 신앙과 믿음을 높이 평가합니다. 하지만 그들이 자기가 믿는 게 무엇인지 알 때 더 큰 축복이 함께하리라 생각합니다. 우리의 하나님도, 당신이 우리에게 내리신 이성과 지성을 통해 당신을 바라볼 것을 허락하실 것입니다. 저는 눈을 가린 채 하나님에게 가지 않을 겁니다. 눈을 크게 뜰 것입니다. 눈으로 보고 배울 것입니다. 만일 내가 맹목적인 믿음을 가진 사람에 미치지 못한다 하더라도, 내 생각과 사상은 훨씬 더 커지겠지요. 선생님의 책을 읽고 기뻤습니다. 책의 내용이 내가 생각하는 그대로이고, 또 훨씬 이해하기 쉬웠기 때문입니다. 마치 제가 쓴 책 같았습니다. "그래! 나도 그때 이렇게 얘기했어야 하는데!" 혼자 중얼거리며 무릎을 쳤습니다. 진리가 내 몸으로 들어와 내 일부가 되었습니다. 하지만 아직 반밖에 읽지 못했습니다. 전쟁 소식 때문에 책이 손에 잘 잡히지 않습니다. 제 마음은 끊임없이 전쟁터로 달려갑니다. 다 읽지 못했지만 궁금해하실 것 같아, 그리고 다 읽을 때까지 아직도 많은 시간이 걸릴 것 같아, 이렇게 편지를 씁니다. …(중략)…

여드레 동안 아무것도 할 수 없었습니다. 전 지금 무기력한 상태입니다. 젊은 사람들의 희생을 생각하면, 우리의 용감한 병사들이 싸워 얻은 승리도 아무 의미가 없는 것 같습니다. 제 주변에 이번 전쟁으로 목숨을 바친 친구가 여럿 있습니다. 라소에 대령은 선생님도 잘 아실 겁니다. 저는 그가 생도였던 시절부터 알

앉고, 그가 위대한 사람이 될 거라고 늘 생각해왔습니다. 언제나 명확하게 판단하고 확고한 의지와 많은 지식을 가지고 있으며 높은 교양도 갖춘 사람이었습니다. 그는 제게 너무도 가까운 사람이었습니다! 나이는 비록 저보다 어리지만, 대담하고도 굳건한 생각으로 나를 이끌었습니다. 제가 쓴 작은 이야기들이나 소설에서 쓸데없는 곁가지를 발견하면 그걸로 저를 짓궂게 놀리기도 했습니다. 그의 어머니 집으로 함께 걸어가면서 우리는 이 세상에 대해서 그리고 오늘날의 삶과 미래의 삶에 대해서 수많은 얘기를 나누었습니다. 하지만 이제 그는 가고 없습니다! 가여운 어머니는 마음에 깊은 상처를 받았을 겁니다. 슬픔을 이겨내야 할 텐데 걱정입니다. 라소에는 쉴레페그렐과 트레프카가 죽은 바로 그날 이드스테드 근처에서 죽었습니다. 얘기를 들어보니, 그 마을에 맨 처음 들어간 병사들에게는 마을 주민이 먹을 거며 마실 거를 대접했다고 하더군요. 그 뒤를 따르던 병사들이 안심하고 마을로 들어서 이윽고 마을 한가운데 다다르는 순간, 사방에서 폭도와 주민들이 남녀 할 것 없이 문을 박차고 나와 우리 병사들에게 일제 사격을 가했다고 합니다. 하지만 우리 병사들은 놀라우리만치 침착하게 대응했습니다. 우리 병사들은 적의 화력에 굴복하지 않고 깊은 습지를 헤쳐 전진했습니다. 포도탄* 에 파리처럼 쓰러지면서도 기어코 적들을 멀리 쫓아내었습니다. 이 전투가 마지막이면 얼마나 좋을까요. 하지만 이런 전투를 얼마나 더 치러야 하고 얼마나 많은 목숨들을 잃어야 할지 모릅니다. 오, 신이시여! 진리가 진리로 자리 잡고, 평화의 빛이 다시 온 대지를 비추게 해주소서! 모든 이들의 집에 슬픔이 깃들어 있습니다. 너무도 힘들고 침울한 나날입니다. 전쟁터로 달려가 그 비참한 모습을 내 눈으로 직접 봐두고 싶은 마음도 있지만, 그렇게 하지 않으려고 합니다. 거기에서 맞닥뜨릴 참상을 견디지 못하리란 걸 알기 때문입니다. 무언가를 할 수 있다면 좋을 텐데, 고통을 덜어주고 죽어가는 사람을 살릴 수만 있다면 좋을 텐데…. 하지만 제가 할 수 있는 게 없습니다! …(중략)…

안녕히 계십시오. 당신의 진실한 친구,
H. C. 안데르센.

* 옛날 대포의 한 종류. 한 발에 쇠구슬이 아홉 개 들어 있다.

이드스테드 전투 소식을 들었을 때 승리의 기쁨에 취할 수가 없었다. 라소에의 죽음은 감당하기 힘든 충격이었다. 밤에 그의 어머니에게 편지를 썼다. 그 무거운 고통을 견뎌낼 힘을 하나님은 과연 어떻게 마련해주셨을까?

오랜 투쟁과 승리 끝에 평화의 햇살이 대지를 비추었다. 장병들이 돌아오고 축제 같은 나날이 이어져 내 마음의 무거운 그림자도 사라졌다. 이때의 일들은 아직도 아름다운 기억으로 남아 있다. 덴마크 사람들은 프레데릭스보르그 거리에 있는 '철의 문'에서 스웨덴과 노르웨이 자원병들을 맞았다. 나는 이들을 위해 노래를 지었다. 코펜하겐의 서문西門에는 다음과 같은 현수막이 내걸렸다.

우리의 용감한 병사들이 약속을 지켰구나!

모든 단체와 직장이 자기들만의 깃발과 문장紋章을 들고 나와 흔들었다. 극장에서만 보던 장면이 거리에 펼쳐졌다. 가난한 사람들도 자기 계급이 사회의 한 부분을 당당히 차지한다는 걸 확인하고 한껏 고무되었다. 음악이 울려 퍼졌다. 〈황금사과〉가 구시장 거리의 분수대 앞에서 연주되었다. 보통 때 같으면 일 년에 한 번, 국왕의 생일에만 있는 일이었다. 덴마크와 노르웨이, 스웨덴 국기가 집집마다 내걸렸다. 깃발이나 현수막에 쓴 문구들은 한결같이 아름다웠다. 그 가운데는 이런 것도 있었다.

승리 – 평화 – 화해!

모든 사람들의 표정이 축제였다. 나는 사람들 마음속의 덴마크를 느낄 수 있었다. 맨 처음 귀환한 장병들을 보는 순간 눈물이 뺨을 타고 흘렀다. 개선병을 맞이하는 승마학교는 깃발과 꽃으로 물결쳤다. 장교들을 위한 탁자는 황금색 열매를 주렁주렁 달고 있는 세 그루의 종려나무 아래 마련되었고, 병사들을 위한 탁자는 그 앞으로 길게 마련되었다. 대학생과 청년들이 팔을 걷어붙이고 나서서 일을 했다. 음악이 연주되고, 애국적인 승리의 노래가 합창되고, 환영 연설이 이어졌다. 꽃다발과 화환이 우리 영웅들의 머리에 비처럼 쏟아졌다. 자기가 영웅인지도 모르는 평범하지만 용감한 병사들과 이야기를 나누는 건 말할 수 없는 기쁨이었다.

슬레스비히 출신 병사에게, 참호에서 고생이 많지 않았느냐고 물어보았다. 그는 이렇게 대답했다.

"재미있었지요 뭘, 모든 게 너무 좋아서 첫날은 잠을 못 이룰 정도였습니다. 우리는 담요가 깔린 매트리스 위에서 잤습니다.

세 달 동안 그렇게 지냈습니다. 막사가 안 좋았던 건, 물에 젖은 나무라서 연기가 많이 나서 고생을 좀 했지요. 솔직히, 여기 있으니까 좋습니다. 코펜하겐 사람들도 좋고요."

그는 플렌스부르크가 진짜 덴마크의 도시라고 찬사를 늘어놓았다.

"사람들이 거기서 슬레스비히까지 와 포도주와 물을 갖다 주었습니다! 우린 아주 신났죠!"

병사들, 특히 보병들은 겸손했다. 자기들 가운데서 가장 용맹했던 사람을 늘 손으로 가리켰고, 꽃다발이 날아오면 그에게 전해주었다. 승마학교에서 맞이한 장병의 수는 보병과 경기병을 다 합해 천육백 명이었다. 카지노 극장의 감독 랑게는 그날 저녁 공연을 볼 수 있는 입장권을 병사들에게 나누어주었다. 병사들이 극장으로 몰려왔다. 대기실과 로비는 푸른 잎사귀와 깃발들로 장식되었다. 나는 병사들에게 자리를 안내하고 연극에 대한 얘기를 나눔으로써 그들에게 조금이라도 도움이 된다는 사실에 말할 수 없는 즐거움을 느꼈다. 병사들 대부분은 한 번도 연극을 본 적이 없었고 연극이 무엇인지도 몰랐다. 막간을 이용해 로비에서 병사 두 명과 얘기를 나누었다.

"어떤가, 재미있던가?"

"예, 그럼요! 환상적입니다!"

"연극이란 거… 선생님도 보셨습니까?"

"이거 말고 다른 것도 또 보여주나요?"

두 병사는 로비에 남아서 거리의 가스등과 깃발들, 그리고 그 아래로 걸어가는 시민들과 전우들을 바라보았다.

이런 축제의 날들이 이어지던 어느 날, 개인적인 축제도 맞이했다. 가족 축제라는 말이 맞을 것이다. 이 년 전에 공직에서 은퇴한 콜린의 희년禧年 파티를 가족끼리만 모여서 조용히 치렀다. 1851년 2월 18일이었다.

우리 병사들이 귀환하는 바로 그 시각, 기쁨의 노랫소리가 울려 퍼지는 바로 그 시각에, 나는 큰 슬픔을 맞이했다. 엠마 하르트만 부인과 H. C. 외르스테드가 세상을 떠난 것이다. 그것도 같은 주에. 하르트만 부인은 유머와 활기가 넘치는, 허식이라곤 찾아볼 수 없는 사람이었고, 또한 천재성과 따뜻한 마음을 가진 사람들에게 나를 처음 소개해준 사람 가운데 하나다. 그녀에게서 샘솟았던 기쁨과 부드러움을 어떻게 말로 다 설명할 수 있을까? 그녀의 미소와 따뜻한 마음이 나를 키웠다. 나에게 그녀는 식물을 키우는 태양빛과 같은 존재였다. 시인 보예가 그녀의 시신 앞에서 이런 말을 했다.

"그녀의 마음은 신이 사는 집이었다. 그곳은 무한한 사랑으로 가득 차 있었다. 그녀는 이 사랑을 가족에게뿐만 아니라 가난하고 병들고 슬픔에 찬 사람들에게, 그 사랑이 닿을 수 있는 사람에겐 누구나 다, 조건 없이 나누어주었다."

그녀의 무덤 앞 묘비명엔 이렇게 씌어 있다.

그녀의 육체는 행복한 생각과 유쾌한 감정이 사는 집이었다.
그녀의 생각과 감정은 날개 달린 새처럼 수시로 그녀 주변을 날아다니며 노래를 불러, 그녀 곁에 가기만 하면 누구든 신선하고 유쾌한 봄날을 느낄 수 있었다.

다른 사람의 입에서는 우아하지 않던 말도 그녀의 입에서 나오면 우아하게 변했다. 그녀는 어린아이처럼 때문지 않고 순수했다. 수없이 많은 재치 있는 말들이 그녀의 입술에서 나왔던 걸 기억한다. 순수한 마음이 아니면 도저히 품을 수도 없었고 할 수도 없었던 그런 말들을 사람들은 종이에 받아 적느라 수선을 떨었다. 심지어는 그걸 무대에 올리기도 했다. 그녀가 한 말들은,〈진주와 황금보다 더 소중한 것〉에서 요정의 왕이 하는 대사와 그레테가 황새에게 하는 대사, 그리고 그레테가 '황새의 생각'을 풍자하는 대사로 무대 위에 올랐다. 그녀는 어떻게 그런 말들을 무대에 올리는지 모르겠다고 했다. 하지만 그녀가 이 작품과〈잠의 신, 올레 루코이에〉를 본 계기는 전혀 엉뚱했다.

눈이 많이 오던 어느 날이었다. 학교가 끝나고 큰아이 둘은 집으로 돌아왔는데 막내가 돌아오지 않았다. 길을 잃어버린 것이었다. 그녀는 걱정과 두려움으로 안절부절못했다. 우연히 내가 그 집을 들렀다가 막내를 찾아오마고 약속하고 아이를 찾아 나섰다. 하지만 나라고 해서 뾰족한 수가 있었던 게 아니다. 그건 그녀도 잘 알고 있었다. 그녀는 내가 온 동네와 산길을 헤매고 다녀야 한다는 사실에 무척 미안해했다. 내가 아이를 찾아 눈길을 헤맨 데 대해 그녀는 감동했다. 나중에 그녀의 말을 들으니, 내가 나간 후에 불안하게 거실을 서성이다가 내가 너무 고마워서 이렇게 외쳤다고 한다.

"정말 고마운 분이야! 꼭〈진주와 황금보다 더 소중한 것〉을 봐야지! 아이를 찾아오시면〈잠의 신, 올레 루코이에〉도 볼 거야!"

내가 집에 돌아갔을 때 그녀는 말했다.

"나 약속했어요, 아무리 재미없다고 해도 선생님 연극을 보기로 했어요!"

그녀는 정말 약속을 지켰다.

그녀는 또한 음악적 재능을 타고나서, 비록 자기 이름은 아니지만 여러 편의 곡을 발표했다. 그녀는 영혼을 바쳐 하르트만을 사랑하고 이해했던 사람이었다. 외르스테드의 〈자연의 정신〉을 놓고 그녀와 마지막 대화를 나누었다. 우리는 특히 영혼의 불멸성에 관해 많은 이야기를 했다.

"그건 너무 거대해요, 현기증이 날 정도로요! 우린 인간이 감당하기엔 너무 큰 문제에요!"

그녀의 말이었다.

"하지만 믿을 거예요. 아니, 믿어야 해요!"

그녀의 눈이 빛났다. 바로 그 순간, 한마디 농담이 그녀의 입술에서 새어나왔다. 유머는 늘 반드시 사라질 우리 인간과 함께한다. 유머가 없다면 아마 우리는 스스로를 신으로 생각할지도 모른다.

너무도 슬픈 아침이었다. 하르트만은 내 목을 끌어안고 눈물을 흘렸다.

"아내가 죽었네! 우리 집을 지키는 요정처럼, 아내는 나와 아이들과 친구들에게 미소를 짓곤 했는데, 집안에 가득 뿌려지는 햇살처럼 기쁨을 주던 아내가 죽고 없다네! 이제 이 집엔 슬픔뿐이네!"

엄마가 죽은 바로 그 시각에, 귀여운 막내딸 마리아가 갑자기 쓰러졌다. 내가 쓴 작은 이야기 〈오래된 집〉에 나오는 소녀는 이 귀여운 막내딸을 생각하며 만들어낸 인물이다. 세 살밖에 안 된 이 아이는 엄마가 노래를 부르거나 음악을 들을 때면 늘 앞에서 춤을 추었다. 어느 일요일, 언니들이 찬송가를 부르는 방에서 이 아이가 춤을 추기 시작했다. 찬송가의 곡조가 매우 느렸다. 한참을 한 발만 디딘 채 손동작을 했고, 발을 바꾸어서 또 한참을 한 발로만 서 있어야 했다. 아무렇게나 할 수도 있었지만 음악적 감수성이 있었기에 긴 찬송가가 끝날 때까지 그렇게 경건한 춤을 추었다. 엄마가 죽는 시각에 그 아이의 목이 자꾸만 늘어졌다. 마치 엄마가 신에게 이렇게 기도하는 듯했다. 제 아이 하나만 데려가게 해주세요. 우리 막내, 나 없이는 못 사는 애랍니다!

신은 그녀의 기도를 들어주었다. 엄마의 시신이 교회로 옮겨지던 바로 그날 마리아는 죽었고 며칠 뒤 엄마 곁에 묻혔다. 관대棺臺에 놓이자 아이는 처녀처럼 보였다. 그건 천사의 느낌이었다. 문득, 아이의 목소리가 귓가에 울렸다. 어느 날 저녁, 아이가 막 목욕을 하려던 참이었다. 내가 장난스럽게 물었다.

"아저씨도 같이 할까?"

"싫어요! 난 너무 어리잖아요. 나중에 어른이 되면 그때 같이 해요!"

죽음도 사람의 얼굴에서 아름다운 흔적을 지우진 못한다. 죽음은 때로 그 아름다움을 더욱 숭고하게 만든다. 추하게 변하는 건 육체뿐이다. 죽은 사람 가운데서 그토록 아름답고 또 우아한 모성을 드러내는 얼굴은 본 적이 없다. 하르트만 부인의 얼굴에는 평온함이 숭고하게 깃들어 있었다. 마치, 하나님 앞에 선 사람처럼 경건한 얼굴이었다. 꽃향기가 둘러싼 그녀의 관 위로, 살아 있는 사람의 떨리는 음성이 울려 퍼졌다.

"그녀는 세상을 평가할 때 그 누구에게도 마음의 상처를 주지 않았고, 옳은 일에 대해서는 찬사와 경의를 보냈으며, 나쁜 말을 들었을 때는 꾸짖지 않고 넘어간 적이 단 한 번도 없었습니다. 그녀는 자기가 한 말에 늘 솔직하고 당당했기에 후회할 일도 없었고 오해할까 봐 걱정할 일도 없었습니다."

거리에 면한 집들 가까이, 나지막한 철책으로 둘러싸인 공동 묘지에 엠마 하르트만과 그녀의 딸 마리아의 무덤이 있다. 언제가 보아도, 이들의 묘비명 앞에는 늘 꽃이 놓여 있었다.

그리고 나흘 뒤 H. C. 외르스테드를 잃었다. 견디기 어려운 시련이었다. 두 사람의 죽음으로 난 너무도 많을 걸 잃었다. 엠마 하르트만은 내가 상처 받고 우울할 때 유머와 생기 있는 즐거움으로 나를 위로하고 어루만졌다. 그녀는 내게 햇살이었다. 식물이 해를 찾듯 나는 그녀를 찾았다. 그리고 외르스테드… 이 두 사람이 생의 마지막 날들을 보내는 동안 나는 두 사람의 집을 번갈아 오갔다. 외르스테드는 내가 코펜하겐에 있는 동안 늘 함께 있었던 사람이며, 내 인생의 행복과 불행을 함께 기뻐하고 함께 슬퍼했던 사람이다. 또 내 앞에 시련이 닥칠 때마다 정신적으로 나를 지켜주던 사람이다. 마음은 늘 청년이었으며, 죽기 전까지도 다가오는 여름을 프레데릭스보르그의 정원에서 보낼 거라고 기대했다. 그가 죽기 한 해 전 늦가을에 그의 희년 파티를 치렀고 도시의 모든 사람들이 그를 축복했다. 그때, 욀렌슐레게르가 살았던 바로 그 여름 별장에 있었다.

"나무가 싹을 틔우고 그늘을 만들면 밖으로 나가야지!"

하지만 5월의 첫날, 그는 쓰러졌다. 그럼에도 그는 용기를 잃지 않았고 죽을 때까지 낙관적이었다. 5월 6일 하르트만 부인이 죽었고, 나는 비통한 마음으로 외르스테드에게 갔다. 그때, 그가 확실히 죽을 것이란 말을 들었다. 그의 폐 하나가 심각하게 망가졌다는 것이었다.

'외르스테드가 죽는다!'

이런 생각에 머리가 터질 것 같았지만 정작 그는 태연했다.

"일요일엔 일어날 거야."

하지만 약속했던 일요일, 그는 하나님 앞에 일어서고 말았다.

내가 갔을 때 그는 죽음과 싸우고 있었고, 아내와 자식들이 곁에 서 있었다. 나는 옆방에서 쏟아지는 눈물을 주체하지 못했다. 그리고 그는 죽었다.

장례는 5월 18일에 치러졌다. 육체적으로 기진했다. 대학교에서 교회까지 얼마 되지 않는 거리도 내게는 온힘을 다한 투쟁이었다. 무려 두 시간이나 걸렸다. 민스테르 주교가 아닌 주임 사제 트리데가 설교를 했다. 사람들은 그를 욕했지만, 친구의 장례식에 사제 자격으로 참석해 설교를 하는 건 쉬운 일은 아니었을 것이다. 나는 목이 터져라 울고 싶었지만 울음이 나오지 않았다. 가슴만 터질 듯이 아팠다.

외르스테드 부인과 막내딸 마틸데는 집에 남았다. 그들은 장례식이 치러지는 오랜 시간 내내 차임벨이 울리는 소리를 들었다. 바순의 깊은 음조에 가슴의 통증이 좀 덜어졌다. 장례식이 끝난 후 부인에게 가, 장례식 때 연주되었던 장송곡에 대해서 이야기했다. 그 장송곡은 하르트만이 토르발센을 위하여 작곡한 것이었다. 이 음악을 장례식 전에 마지막으로 들었을 때 외르스테드도 그 자리에 함께 있었다. 내가 스웨덴으로 여행을 떠나기 전에 브레메르가 나를 위해 열었던 송별 파티 자리였다. 그때, 지금은 죽고 없는 어린 마리아 하르트만이 천사처럼 차려입고서 사람들을 대표해 내게 화관을 씌워주며 은잔을 주었다. 하르트만이 음악을 연주하자 브레메르가 자리에서 일어나 장송곡을 요청했다. 하르트만이 그때 연주한 곡이 바로 이 장송곡이었다. 브레메르는 내 손을 잡고 결코 슬픈 의미가 아니라고 했다.

"이건 더 위대한 어떤 곳으로 나아가는 걸 의미해요."

그 음악이 이번엔 외르스테드의 머리 위에서 울려 퍼졌던 것이다.

외르스테드는 더 위대한 어떤 곳으로 갔을 것이다.

1851 ~ 1855. 4

평화가 유럽의 모든 나라에 퍼졌고, 봄날의 햇살은 따뜻했다. 여행을 떠나고 싶었다. 다시 한번 생생하게 살아있는 느낌을 맛보고 싶어 도시를 벗어나, 프라에스토 만에 있는 연초록 '크리스티나의 숲'으로 친구들을 찾아갔다. 그곳의 젊은 사람들은 황새가 와서 둥지를 틀길 원했지만 아무도 그 소망을 이루지 못하고 있었다. 그래서 내가 편지에 이렇게 썼다.

기다리게, 내가 가면 황새가 찾아와 둥지를 틀 걸세.

내가 말한 대로, 내가 가기로 한 바로 그날에 황새 두 마리가 찾아와 둥지를 짓기 시작했다. 내가 마당으로 들어섰을 때 황새 두 마리가 둥지를 짓느라 여념이 없었다. 황새가 날아가는 걸 보았다. 이건 내가 멀리 날아간다는 것, 다시 말해 여행을 한다는 걸 의미했다. 그해 여름 내 여행은 길지 않았다. 프라하의 뾰족탑이 내가 가장 남쪽에서 본 풍경이었으니까. 이해의 여행기는 분량이 많지 않다. 하지만 그 첫 장은 둥지를 짓는 황새 두 마리를 그린 삽화로 꾸몄다. '크리스티나의 숲'에서 봄은 들판의 도랑 가에 사과꽃을 피우며 한껏 깊어가고 있었다. 작은 이야기 〈차이가 있어〉도 바로 이 풍경에서 비롯된 것이다. 내가 쓴 시나 이야기들은 대부분 계기나 뿌리가 있다. 주변의 자연 풍경과 사물을 시적인 감성으로 곰곰이 살펴보기만 하면, 굳이 시인이 아니더라도 누구나 다 아름다움을 발견할 수 있다. 그게 바로 시다. 이런 예 몇 가지를 언급하고자 한다.

국왕 크리스티안 8세가 세상을 뜨던 날, 백조 한 마리가 로에 스킬데 대성당 첨탑에 자기 몸을 세게 부딪혀 스스로 상처를 냈던 일은 다들 알고 있을 것이다. 욀렌슐레게르가 국왕을 추모하는 글에서 이 사건을 인용한 사실도 알고 있을지 모르겠다. 욀렌슐레게르의 묘지에 꽃다발을 바치며 시든 꽃다발을 치우려 할 때마다 작은 새 한 마리가 둥지를 틀고 있다는 사실을 아는 사람은 그다지 많지 않을 것이다. 언젠가 크리스마스 때였는데, 아침에 눈이 조금 내렸다. 나는 정원에 있는 넓은 돌에 쌓인 눈 위에 아무 생각 없이 지팡이로 다음과 같이 썼다.

눈은 불멸의 존재가 아니다
내일이면 아무 흔적도 남지 않으리

그리고 잊어버렸다. 날씨가 따뜻했다 추웠다 했다. 그리고 다시 우연히 그 자리를 지나갔는데, 모든 눈이 다 녹고 없어졌지만, 유독 '불멸'이란 글자만 남아 있었다!

"오! 신이시여! 결코 의심하지 않았나이다!"

그해 여름은 글로루프에서 노백작 게하르트 몰트케-휘트펠트와 함께 보냈다. 우리가 거기서 만난 건 한 해 전이었지만, 그와 함께 보낸 그해 여름이 글로루프에서 보낸 날들 중에서 최고였다. 그는 자기 영지에서 전쟁에 나간 병사들을 위해 축제를 열 계획을 가지고 있었다. 나는 앞에서 이 노신사의 애국심과 글로루프에 머물던 덴마크 군인과 스웨덴 군인에 대해 얘기한 바 있다. 승리의 종소리가 울려 퍼진 지금, 그는 병사들을 불러 즐거운 시간을 갖게 해주고 싶어 했다. 병사들에게는 그럴 권리가 있다고 했다. 남들이 권하고 나도 굳이 마다하지 않아 내가 그 축제를 주관하게 되었다. 축제는 성공적이었고 이 과정을 준비하고 지켜보면서 나도 커다란 보람을 느꼈다. 정원의 물웅덩이 양쪽으로 린덴 나무가 늘어선 오솔길이 길게 나 있었다. 그 오솔길에 길이 삼십오 미터에 폭이 십이 미터인 천막을 칠 미터 높이로 쳤다. 바닥에는 춤을 출 수 있게 평평한 판을 깔았다. 벽걸이 융단으로 사용하다가 창고에 처박아놓았던 붉은 다마스크 천으로 오솔길의 나무 몸통을 감싸 열주列柱처럼 보이게 했다. 그리고 기둥의 머리는 알록달록한 색깔의 방패들과 커다란 꽃다발로 장식했다. 또 천막의 지붕은 꽃다발과 단네브로그 방패로 장식했다. 이렇게 꾸며진 커다란 공간에 샹들리에 열두 개를 달았다. 양쪽 출입구에는 대형 덴마크 국기 아래 오케스트라가 자리 잡도록 했다. 양쪽 끝에 칸막이를 한 좌석을 약간 높이 마련했고, 홀 가장 높은 곳은 활짝 핀 물망초와 상장襄章과 최초의 전사 장교와 마지막 전사 장교의 이름을 넣은, 그 이름은 헤게르만 린덴크로네와 달가스이다, 검은색의 작은 방패들로 장식했다. 이것 말고 다른 두 개의 방패에는 '시골 병사들'이란 글귀를 넣었다. 승리를 상징하는 다른 방패들보다 조금 높은 곳에는 시골 병사들에게 바치는 시를 적은 방패들을 놓았다. 그 위는 핏빛처럼 붉은 너도밤나무 잎으로 만든 화관으로 장식했다. 근사했다.

"국왕 폐하가 보셔야 하는데!"

한 농부가 말했다. 다른 사람이 이 말을 받았다.

"수천 릭스달러가 들었을 거야!"

"백만 릭스달러는 될 거예요!"

그의 아내였다. 술 취한 노인도 거들었다.

"무슨 소리! 천국의 왕궁도 이것만 못할 거야!"

여태까지 수없이 많은 시를 쓰고 이야기를 쓰고 희곡을 썼지만 이때만큼 한목소리로 찬사를 받아본 적은 한 번도 없었다. 사실 이건 별로 어려운 일이 아니었다. 부르노빌 그리고 나중에는 카르스텐센이 이런 작업을 하는 걸 옆에서 수도 없이 많이 보았기 때문이다.

축제일은 7월 17일이었다. 날씨도 아름다웠다. 한 시에 병사들이 행진해서 들어왔고, 성의 마당에서 이들을 환영하는 연설이 이어졌다. 〈용감한 시골 병사들〉이 연주되는 가운데 병사들은 열을 지어 음식이 풍성하게 차려진 무도회장으로 행진해갔다. 작은 섬에서 예포가 발사되고 깃발이 펄럭였다. 오케스트라의 화려한 연주가 이어지고 모든 사람들 얼굴에 기쁨이 넘쳐흘렀다. 노백작은 국왕을 위해 건배를 했고, 나는 시골 병사들을 위해 큰 소리로 시를 낭송했다. 병사들의 연설이 이어졌는데, 이렇게 훌륭한 무도회장을 꾸민 사람에게 돈을 많이 줘야 한다는 순진하고 솔직한 내용도 있었다. 저녁때 처녀들이 왔다. 초대받은 병사들은 각각 한 명씩 여자를 초대할 수 있게 했던 것이다.

드디어 무도회가 시작되었다. 오솔길을 따라 길게 펼쳐진 무도회장에 불이 밝혀졌다. 온갖 색깔의 등불을 실은 돛 세 개짜리 작은 배가 물 위에 띄워졌다. 등불에 사용한 종이 문양은 대부분 내가 가위로 오려서 만들었다.

"다음해에도 축제를 열겠습니다!"

노백작이 약속했다.

"여러분들에게 이런 즐거움을 선사할 수 있어 나 또한 무한하게 행복합니다. 우리 영지에 여러분들처럼 용감하고 존경스런 사람이 있다는 사실에 나는 행복합니다!"

하지만 그것은 노백작의 마지막 축제가 되고 말았다. 다음해 봄, 그는 신의 부름을 받았다. 하지만 그해에 다른 축제가 열렸다. 그의 아들이 은혼식을 맞아서 준비한 축제에 영지의 농부들이 초대를 받았다. 이 축제에서도 병사들이 주인공이었다. 이곳에서는 한동안 여름만 되면 병사들의 축제로 한껏 들떴다. 이 축제들을 위해 노력과 정성을 쏟은 그 많은 시간들은 내 인생 이야기에 한껏 밝은 미소로 남아 있다.

전쟁이 끝난 후에는 아직 한 번도 독일에 가지 않았다. 전쟁의 포화가 휩쓸고 간 현장도 아직 가보지 않았다. 많은 사람들이 전쟁의 상흔을 씻어내려고 애쓰는데, 어쩐지 호사스런 호기심으로만 이끌리는 것 같아서였다. 평화는 이미 틀을 잡았다. 독일에 가려면 갈 수도 있었다. 하지만 내 머릿속은 온통 전쟁중에 일어난 사건들로만 가득했다. 가장 가보고 싶었던 장소는 우리 병사들이 싸우고 또 죽어갔던 현장이었다. 나는 한 청년과 동행했다. 우리는 스벤보르그에서 만나 기선을 타고 알스 섬에 갔다. 참호와 병사들이 임시로 사용했던 막사가 아직도 남아 있었다. 배를 타고 만을 거슬러 올라가면서 만난 모든 풍경에 전쟁 이야기가 담겨 있었다. 전사한 우리 병사들의 무덤을 보려고 플렌스부르크로 갔다. 죽음의 정원은 마을 높은 곳에 있었다. 여기에서 프레데릭스 라소에의 무덤을 찾았다. 그는 쉴레페그렐과 트레프카 사이에 누워 있었다. 그의 무덤에서 그의 어머니에게 줄 풀잎을 하나 땄고, 또 내가 간직하려고 하나를 더 땄다. 짧지만 활발했던 그의 삶과 내게 보여준 그의 사랑을 기억하기 위해서였다. 조금 더 걸어가 치열한 전투 현장에 섰다. 불타버린 폐허에 새 집들을 짓고 있었다. 주변은 온통 황무지였고, 총알만이 수북하게 굴러다녔다. 라소에의 얼굴과 그의 마지막 순간을 떠올렸다. 여기서 스러져간 수많은 사람들을 생각했다. 내가 서 있는 곳은 거룩한 땅이었다.

슬레스비히는 아직 계엄 상태였다. 헬게센이 이 지역 사령관이었다. 전에 한 번도 만난 적이 없지만 우연히도 그는 슬레스비히에서 내가 만난 첫 번째 사람이 되었다. 호텔에 들어가자 그의 강렬한 인상이 눈길을 끌었다. 그의 얼굴에서 문득 이전에 본 어떤 초상화가 떠올랐다. 프레데리키아 전투의 영웅을 그린 초상화였다. 그에게 다가가 혹시 이 지역 사령관이 아니냐고 물었다. 그렇다고 했다. 내 이름을 밝히자 반가워했다. 그가 장교 한 명을 딸려주어 그와 함께 단네비르케로 갔다. 장교는 고맙게도 내가 궁금해하는 것들에 대해 설명해주었다. 원하는 정보를 모두 얻을 수 있었다. 막사도 둘러보았다. 장교 막사는 유리로 된 창문이 달려 있었다. 그 가운데 하나는 위병소로 사용되고 있었다.

그날 밤, 헬게센과 만나 이야기를 나누었다. 그는 친근하면서도 직선적인 사람이었다. 그의 표정과 몸짓은 어딘지 모르게 토르발센과 닮은 데가 있었다. 그는 내 작은 이야기들 가운데 〈충성스런 장난감 병정〉이 가장 감동적이었다고 했다. 렌스보르그 입구의 검문소에 덴마크 병사들이 서 있었다. 그들에게 고개를 끄덕여 인사를 했다. 정직한 병사들은 마차에 덴마크 사람들이 타고 있다는 걸 알고선 미소로 대답했다. 하지만 렌스보르그를 통과해 지나가는 길은 기분이 좋지 않았다. 마치 죽음의 동굴을 달려가는 것 같았다. 이곳이 폭동의 진원지였던 것이다. 반갑지 않은 기억들이 머릿속에 떠올랐다. 이곳은 내게 늘 곰팡내가 나고 답답한 느낌이었다. 확실히 덴마크 사람이 오기엔 불쾌한 지역이었다. 기차에서 어떤 노신사 옆에 앉았는데, 내가 오스트리아 사람인 줄 알고 오스트리아 사람을 추어올리는 덴마크 사람을 욕했다. 내가 덴마크 사람이라고 하자 입을 다물곤 다시는 열지 않았다. 주변에 있던 사람들도 표정이 싸늘하게 변했다. 함부르크에 와서야 자유롭게 숨을 쉴 수가 있었다.

하노버를 달리는 기차 안이었다. 옆 객차에서 덴마크 여자가 덴마크 노래를 부르는 소리가 들렸다. 그 소리는 마치 내게 무수한 꽃다발을 던져주는 것 같았다. 내가 받은 꽃다발을 그 아가씨에게 되돌려주었다, 말로써…. 덴마크와 덴마크에 관한 것만 온통 머리를 차지하고 있었다. 엘베 강을 건너도 마찬가지였다. 독일을 수없이 여행했지만 이때만큼 덴마크가 머리와 가슴으로 새겨지던 때는 없었다. 라이프치히와 드레스덴에 도착해서야 친구들과 아는 사람들을 만날 수 있었다. 그들은 변함없이 따뜻하게 맞아주었다. 재회의 시간은 달콤했다. 어둡고 우울한 시간을 지나온 내 마음에 좋은 약이 되었다. 모든 사람들이 입을 모아 덴마크 사람들의 단결된 힘을 인정했다. 어떤 이들은 덴마크 사람들이 옳다고 했다. 다르게 생각하는 사람들도 분명 있었지만 아무도 내색을 하지 않았다. 그렇다고 해서 불평할 이유는 없었다. 나를 둘러싼 독일인들에게서 우정과 공감을 느꼈기 때문이다. 여기서 아주 우연한 사건을 또 하나 얘기해야겠다.

폰 제레로부터 환대를 받은 지 벌써 칠 년이란 세월이 흘렀다. 폰 제레는 드레스덴에서 몇 마일 떨어진 아름다운 막센에서 살고 있었다. 칠 년 전 이곳을 떠나기 전에 영지의 부인과 산책을 하다가 버려진 작은 낙엽송을 주웠다. 뿌리가 부러져 있었다.

"불쌍하게도⋯."

심을 데를 찾으려고 주변을 둘러보았다. 온통 바위뿐이라 심을 데가 없었다. 하지만 그 가운데서도 작은 나무가 숨을 쉴 만한 공간이 있었다. 바위의 경사면이 끝나는 데였다.

"사람들은 내 손을 보고 행운의 손이라고 부른답니다. 아마 잘 자랄 겁니다."

거기에다 나무를 심고, 까맣게 잊고 있었다. 한데 몇 년 후, 코펜하겐에서 만난 화가 달이 이렇게 말했다.

"막센에 있는 선생님의 나무가 아주 잘 자라고 있습니다."

드레스덴에서 코펜하겐에 오자마자 그 얘기를 하려고 곧바로 나를 찾아왔다고 했다. 칠 년이 지난 지금, 막센에서 그 낙엽송은 '덴마크 시인의 나무'로 불리며 실제로 나무 앞에는 '덴마크 시인의 나무'라는 명판이 서 있다고 했다. 나무는 잘 자라 있었다. 키가 크고 뿌리도 잘 내렸다. 폰 제레 부인이 그동안 돌봐주었다고 했다. 나무가 자라면서 나무 주변의 바위도 떨어져 나갔으며, 최근엔 나무 옆으로 오솔길이 났다고 했다. 전쟁이 벌어지는 동안에도 나무를 훼손하는 사람은 없었다. 하지만 나무는 그동안 한 번 위기를 맞았다. 사람들은 다 나의 낙엽송이 죽을 것이라고 했다. 전쟁이 한창이던 때였다. 커다란 자작나무가 바로 옆에 붙어서 넓은 가지를 낙엽송 쪽으로 드리우고 있어 누가 봐도 말라죽을 게 뻔했다. 한데 어느 날, 자작나무에 벼락이 떨어져 나무를 쪼개버렸고, 결국 '덴마크 시인의 나무'는 무사히 살아남았다고 했다. 나는 막센에 가서 나의 낙엽송과 자작나무의 찢겨져나간 그루터기를 보았다. 그날은 폰 제레의 생일이어서 드레스덴의 모든 명사들이 모였다. 영지에 있는 대리석 채석장과 벽돌 가마에서 일하는 사람들이 꽃을 들고 노래를 부르며 들어왔다. 이처럼 여행을 할 때면 내게는 늘 뜻하지 않은 행운이 따랐는데, 라이프치히와 드레스덴 사이를 오가는 기차를 탔을 때도 그랬다.

내가 앉은 객실 칸막이에 커다란 시장바구니를 무릎에 올린 노부인이 앉아 있었다. 옆자리에는 앙리라 불리는 열두 살 정도의 사내아이가 있었다. 아이는 밤낮으로 이어지는 여행이 힘든지 차창 밖 드레스덴의 뾰족탑만 세는 것 같았다. 내 맞은편에는 젊은 아가씨가 앉아 있었다. 여러 해 동안 영국에 있었다고 했는데, 미술과 문학, 그리고 음악에 대해 정통한 듯 거리낌 없이 얘기했다. 이들은 모두 브레다에서 기차를 탔다고 했다. 기차가 잠깐 멈춰선 동안 나는 일행 둘과 함께 기차에서 내려, 그 젊은 여자가 도대체 어떤 사람일지 함께 추측을 해보았다. 난 처음에 배우라고 생각했다. 다른 사람은 영국 귀족 가문의 가정교사일 거라고 했다. 한데, 함께 앉았던 노부인이 불쑥 끼어들면서 하는 얘기가 이랬다.

"저이가 그 유명한 사람이라우!"

"누군데요?"

내가 다그쳐 물었다.

"거 왜, 프랑스의…."

갑자기 노부인이 말을 끊었다. 그 젊은 숙녀가 창문 밖으로 고개를 내밀고 우리에게 말을 걸었기 때문이다. 나는 점점 더 궁금해졌다. 이때 함께 앉았던 사내아이가 그 아가씨에게 소리쳤다.

"앙트와네트! 드레스덴이야, 앙트와네트!"

드레스덴에 도착해 기차에서 내릴 때 나는 노부인에게 다가가 속삭였다.

"저 숙녀분이 누구라구요?"

"마드모아젤 부르봉."

나로선 알 수가 없었다. 드레스덴에서 다시 사람들에게 물었다.

"앙트와네트 부르봉이 누구지요?"

사람들이 하는 말이, 그 여자는 제네바의 유명한 시계 명장의 딸인데, 이 시계 명장이 누구냐 하면, 자기 말로는 루이 16세와 마리 앙트와네트 사이에 난 아들이라는 것이었다. 이 남자의 아들과 딸이 영국에 오래 살았는데, 지금은 브레다에 살면서 가끔 드레스덴에 온다고 했다. 늙은 프랑스 부인은 이들을 틀림없는 황태자의 자손이라 굳게 믿고 그들을 위해 그들과 함께 산다는 말도 들었다. 내가 만난 사람들이 방금 들은 그 사람들이 틀림없었다. 얘기를 듣고 보니, 앙트와네트라는 그 아가씨의 얼굴에 어쩐지 왕가의 기품이 서려 있었던 것 같다. 불운한 왕세자의 후손은 아니라 하더라도 왕실의 후손임에는 틀림없었던 것 같다.

바이마르는 황량했다. 바이마르의 친구들은 모두 흩어지고 없었다. 바이마르 방문은 다음해로 미루었다.

1851년 10월 6일 덴마크에서 교수 칭호를 받았다. 다음해 봄, 나무에 잎사귀가 나올 때쯤, 지난번 여행의 끊어진 부분을 다시 이었다. 내 사랑하는 바이마르…. 친구들이 충심으로 맞아주었다. 대공은 예전과 다름없이 친절했고, 그의 궁에서 바이마르의 모든 친구들과 아는 사람들을 만났다. 볼리외는 그 사이에 법원장 및 극장 감독관이 되어 있었고, 결혼을 해서 행복한 가정을 꾸리고 있었다. 귀여운 아이들이 방에서 놀고 있었다. 아이들은 작은 손을 내게 내밀었다. 그의 아내는 가정의 수호천사로서 아이들을 지키고 있었다. 그들의 가정에는 행복과 축복이 가득했다.

이번 바이마르 방문 동안 내게 또 하나의 꽃다발로 기억되는 것은 리스트와 만난 일이다. 리스트는 극장의 악단장 직위에 있으면서 음악 부문에서 커다란 영향력을 행사했다. 그가 당시 고심하던 문제는 작곡에 극적인 부분을 도입하는 것이었다. 리스트의 노력이 없었다면 아마도 독일 연극계에 이런 요소는 발생하지 않았을 것이다. 바이마르에서 베를리오즈(1803~1869년. 프랑스의 낭만파 작곡가로 〈환상교향곡〉 등의 작품이 있다 - 옮긴이)의 가극 〈벤베누토 첼리니〉가 공연되었는데, 괴테의 〈벤베누토〉를 통해 익숙한 등장인물이 나오는 바람에 바이마르 사람들은 특히 큰 관심을 보였다. 리스트는 바그너(1813~1883년. 독일의 낭만주의 작곡가 - 옮긴이)의 음악에 커다란 관심을 가지고 연주를 통해 바그너의 음악을 알리려고 애썼다. 몇몇 음악은 무대에 올리기도 했다. 리스트는 바그너의 〈탄호이저〉와 〈로엔그린〉에 관한 책을 프랑스 어로 출간하기도 했다. 〈탄호이저〉는 튀링겐의 전설을 소재로 하고 있어 바이마르에서 특히 큰 의미가 있었다. 사건은 바르트부르크에서 일어난다. 바그너는 지금, 나의 상식적이고 자연스러운 감정으로 볼 때 받아들이기 어려울 만큼, 가장 훌륭한 작곡가로 손꼽힌다. 내가 보기에 그의 음악은 모두 지적인 과정을 통해 작곡된 것 같다. 〈탄호이저〉의 빼어난 서창敍唱(오페라나 오라토리오에서 가사를 마치 이야기하듯 노래하는 부분 - 옮긴이)을 찬양하지 않을 수 없다. 예를 들어 탄호이저가 로마에서 돌아가 순례기를 말하는 부분이 그렇다. 빠져들 만큼 매력적이다. 그의 음악과 시의 장대하고 그림 같은 요소를 인정한다. 하지만 음악의 꽃인 선율이 부족하다. 바그너는 대본을 직접 썼다. 이런 점에서 볼 때 시인으로서도 높은 자리를 차지한다. 그가 쓴 대본에는 사건이 다양하게 변화하고 극적으로 전개된다. 음악만 놓고 보자면, 처음 그 음악을 들었을 때 나는 거대한 음악의 파도가 내 몸과 마음을 덮쳐오는 듯한 느낌을 받았다.

"지금은 어떻게 생각하십니까?"

바그너가 물었다. 나는 망설이지 않고 대답했다.

"지금도 거의 넋이 나갈 정도입니다."

〈로엔그린〉은 내가 보기에 훌륭하게 잘생긴 나무다. 하지만 꽃과 열매가 없다. 이 말에 대해 너무 심각하게 생각하지 않기 바란다. 나는 영향력 있는 음악 비평가가 전혀 아니기 때문이다. 하지만 내가 감히 이런 평가를 할 수 있는 건, 음악도 문학이나 마찬가지로 지성과 상상력 그리고 정서라는 세 가지 요소가 핵심이라 생각하기 때문이다. 이 가운데서 정서는 무엇보다 선율로 표현되는데, 선율이라는 꽃이 없다는 말이다! 내가 보기에 바그너는 생각하는 작곡가다. 지성과 의지를 가장 큰 무기 삼아 낡은 것들을 깨부수는 작곡가, 그가 바로 바그너다. 하지만 모차르트나 베토벤이 가지고 있는 신성함은 바그너에게서 찾아볼 수 없다. 영향력 있는 사람들이 리스트에게는 그런 요소가 있다고 말한다. 일반 청중도 이들의 말에 동의한다. 바그너도 라이프치히에서는 인정을 받고 있지만, 과거에는 그렇지 않았다. 여러 해 전에, 게반트 하우스에서 있었던 일이다. 여러 작곡가들의 작품이 연주되고 모두 박수를 받았다. 이어서 〈탄호이저〉의 서곡이 연주되었다. 나는 그 음악은 물론 바그너라는 작곡가의 이름도 처음 들었다. 난 그 음악과 시에 넋을 잃고 말았다. 연주가 끝났을 때 나는 미친 듯이 박수를 쳤다. 하지만 박수를 치는 사람은 나 혼자뿐이었다. 사람들은 나를 쳐다보며 야유를 보냈지만 나는 내가 받은 인상과 느낌을 믿었기에, 부끄러워 얼굴이 빨갛게 달아올랐어도 한번 더 박수를 치고 '브라보!'를 외쳤다. 지금은 모든 사람이 바그너의 〈탄호이저〉에 박수를 보낸다. 이걸 리스트에게 얘기했더니, 리스트와 그 주변의 모임 친구들이 내 판단을 높이 샀다. 이들로부터 '브라보!'를 상으로 받았다.

　바이마르에서 뉘른베르크로 갔다. 전자 기선이 철도를 따라 계속 이어졌다. 어떤 부자父子가 나와 같은 칸막이 안에 탔다. 아버지가 손가락으로 전자 기선을 가리켰다.

"저건 덴마크 사람 외르스테드가 발명한 것이란다."

내 심장은 누구보다도 덴마크를 사랑한다. 나도 외르스테드의 조국 덴마크 사람이라는 사실이 무척 자랑스러웠다.

뉘른베르크가 앞에 펼쳐졌다. 유구한 역사를 가진 장엄한 이 도시의 인상을 〈버드나무 밑에서〉란 작은 이야기 속에다 묘사했다. 그래서 스위스와 알프스를 지나가는 이번 여행이 그 작품의 배경이 된 것이다. 1840년 이후로 한 번도 뮌헨을 방문하지 않았다. 그래서 뮌헨은 마치, 〈어느 시인의 시장〉에서 쓴 표현대로, 해마다 새 가지를 내는 장미처럼 서 있었다. 그 장미의 가지 하나하나는 도로이고 잎사귀 하나하나는 교회이고 기념비이고 왕궁 건물이다. 장미는 이제 커다란 나무로 자라 풍성한 꽃들을 활짝 피우고 있었다. 어떤 꽃은 바실리카라 불리고 어떤 꽃은 바바리아로 불린다. 국왕 루드비히가 뮌헨을 보고 어떤 느낌을 받았느냐고 물을 때 그렇게 대답했다. 국왕 루드비히는 토르발센의 죽음을 안타까워하면서 이렇게 말했다.

"덴마크는 위대한 조각가를 잃었지만 나는 소중한 친구를 잃었습니다."

뮌헨은 독일에서 가장 흥미로운 도시다. 이건 특히 예술에 대한 루드비히의 재능이 남다를 뿐만 아니라 끊임없는 그의 활동이 있었기에 더욱 더 그렇다. 뮌헨의 극장은 활기가 넘친다. 독일의 유능한 스태프들이 모두 이 극장에 모인 것 같다. 특히 박사이자 시인인 딩엘슈테트도 여기에 있다. 그는 해마다 독일의 주요한 무대를 옮겨다니며 새로운 걸 배운다. 그는 또 파리로 가서 그곳의 공연 목록을 파악하고 관객이 무얼 원하는지도 알아낸다. 뮌헨에 있는 왕립극장은 조만간에 모범이 될 만한 작품을 선보일 것이다. 이곳에서 중요하게 생각하는 '미장센'을 우리는 전혀 모르고 있다. 예컨대 〈연대의 아가씨〉에서 티롤 장면을 표현하기 위해 우리는 선인장과 야자나무만 달랑 가져다 놓는다. 또 우리는 노르마를 어떤 막에서는 소크라테스의 그리스 식 방에 사는 걸로 했다가 다른 막에서는 생각 없이 로빈슨 크루소의 오두막 같은 데서 사는 것처럼 표현한다. 무대 중앙에서는 대낮 장면을 연출하면서도 뒤쪽의 배경은 열린 발코니 뒤로 별이 반짝이는 검푸른 하늘을 태연하게 걸어놓는다. 이 모든 게 아무 생각도 없고 의도도 없다. 하지만 아무도 신경을 쓰지 않는다. 신문의 비평 기사도 지적을 하지 않는다. 뮌헨의 공연 목록은 아주 다양하다. 그들은 전 세계의 중요한 작품들을 확보하기 위해 노력하고, 전 세계의 중요한 작가들과 관계를 맺고 있다. 나도 이들에게서 정중한 편지를 받았는데, 덴마크의 창작품이 어떤 것들이 있으며 어떤 요소가 참신한지 알고 싶어 했으며, 바이에른의 왕이 내가 쓴 작품들에 깊은 관심을 가지고 있음을 일러주었다. 이런 식으로 작가와 관계를 맺어두는 것이다. 나도 뮌헨에서 제일 먼저 만난 사람이 바로 딘겔스테트였다. 그가 극장의 가장 좋은 박스석을 마련해주었고, 뮌헨에 머무는 동안 그 자리를 마음대로 사용할 수 있었다. 그는 또 내가 뮌헨에 왔다는 사실을 국왕 막스에게 알렸고, 국왕은 다음날 사냥지인 스태른베르크로 나를 초대했다. 추밀 고문관인 폰 되니게스가 나를 데리러 왔고, 우리는 급히 기차를 타고 만찬 전에 왕이 있는 성에 도착했다.

알프스 산맥으로 둘러싸인 호수 위의 아름다운 성이었다.

국왕 막스는 젊고 사교성이 있었다. 그는 내 작품들에 대해 많은 얘기를 했는데, 특히 〈즉흥시인〉과 〈어느 시인의 시장〉, 〈인어공주〉 그리고 〈천국의 정원〉을 읽고 깊은 인상을 받았다고 했다. 그는 또 덴마크의 다른 작가들도 얘기했다. 욀렌슐레게르의 작품을 알고 있었고, 외르스테드의 책도 알고 있었다. 그는 덴마크의 예술과 과학이 신선한 삶의 활기로 가득하다며 찬사를 아끼지 않았다. 노르웨이를 비롯한 북쪽 나라들을 여행한 폰 되니게스를 통해 그는 우리의 아름다운 너도밤나무 숲을 비롯해 북쪽 나라들이 간직하고 있는 보물들을 모두 알고 있었다.

식탁에서 왕은 자비롭게도 술잔을 들어 내 작품에 경의를 보냈고, 다음날 배를 함께 타자고 했다. 날씨는 우중충했지만 구름은 빠르게 흘러갔다. 천막이 쳐진 커다란 배가 호수에 떠 있었다. 노 젓는 사람들은 깔끔하게 차려입었고, 우리는 곧 수면 위를 부드럽게 미끄러져 나갔다. 배 위에서 나는 〈미운 오리 새끼〉를 큰 소리로 낭독했다. 그리고 시와 자연에 대해 이야기를 나누는 사이에 배는 어느새 섬에 도착했다. 섬에 있는 커다란 언덕 가까이에 동굴이 있었는데, 여기에서 고대인의 유골과 돌칼이 발견되었다고 한다. 시종들은 멀찌감치 떨어져 있었고, 왕과 나는 호수 가까이 있는 벤치에 나란히 앉았다. 왕은 내 작품들을 이야기하며 모두 신이 내게 허락한 것이라고 했다. 또 세상 사람들의 운명을 얘기했고, 신에 대한 믿음을 버리지 않을 때 생기는 힘에 대해 얘기했다. 우리가 앉은 곳 가까이에 커다란 딱총나무가 꽃을 피우고 서 있었다. 이 나무를 보고 생각이 나서, 작은 이야기 〈꼬마 딱총나무 어머니〉에 나오는 덴마크의 나무 요정을 이야기했다. 그리고 이걸 다시 희곡으로 고쳐 쓴 것도 얘기했다. 딱총나무의 꽃 한 송이를 꺾어 그 순간을 기념하고 싶다고 했더니 왕이 몸소 한 송이 꺾어서 내밀었다. 그 꽃은 지금도 내 수많은 보물들과 함께 간직하고 있다.

"태양이 밝게 빛난다면, 저기 보이는 산이 얼마나 아름다운지 아실 텐데, 아쉽습니다."

왕의 말이었다.

"저는 운이 좋아서 어딜 가나 행운이 따라다닙니다. 아마 해가 날 겁니다."

그 순간, 정말 구름 사이로 해가 나왔고 알프스의 봉우리들이 장밋빛으로 빛났다. 돌아오는 길에 배 위에서 〈엄마 이야기〉와 〈아마亞麻〉, 〈감침질 바늘〉을 큰 소리로 읽었다. 환희에 찬 저녁 무렵이었다. 수면은 비단결처럼 고왔고, 산은 어느새 군청색으로 바뀌어 꼭대기만 하얗게 반짝였다. 마치 동화 속의 풍경 같았다.

한밤에 뮌헨에 도착했다. 〈알게마이네 차이퉁〉은 '국왕 막스와 덴마크의 시' 라는 제목의 기사를 실었다.

뮌헨에서 스위스를 거쳐 밀라노로 갔다. 밀라노는 계엄 상태였다. 밀라노를 떠나려고 할 때 경찰서에서 내 여권이 없다면서 오라고 했다. 이런 일이 생기면 여행의 즐거움이 완전히 구겨진다. 코펜하겐에서 오스트리아 수상이 내게 명예 시민권을 추천했던 편지 덕분에 낭패를 면할 수 있었다. 경찰서 직원들은 정중했지만 도중에 사라져버린 내 여권은 찾을 수가 없었다. 할 수 없이, 접수된 여권을 날짜와 상관없이 모두 확인한 결과 겨우 내 여권을 찾을 수 있었다. 담당 직원이 접수 번호를 잘못 쓴 바람에 엉뚱한 데 끼어 있었던 것이다. 여행할 때마다 겪는 일이지만, 여권에 관한 한 나는 늘 다른 사람보다 자주 낭패를 봤다. 이걸 알고 있기에 남달리 여권에 신경을 썼지만, 문제는 늘 생각지도 않은 곳에서 터지곤 했다.

돌아오는 길에 스위스 루체른 호수의 매력적인 경치를 보며 며칠을 보낸 뒤, 샤프하우젠에서 스위스와 작별하고 아우어바흐의 〈마을 이야기들〉에 나오는 풍경들을 지나 북으로 달렸다. 검은 석탄 채굴장에서 푸른 연기가 피어오르고, 잘생긴 남자들이 지나가고, 그리고 꼬불꼬불 이어지는 산길…. 이 모든 것들은 알프스에서만 볼 수 있는 풍경이다.

프라이부르크와 하이델베르크 사이에서 감동적인 장면을 목격했다. 미국으로 떠나는 수많은 이민자들이 기차에 오르고 이들을 떠나보내는 친구와 친척들은 비통한 눈물을 흘리며 울부짖었다. 노파 하나가 기차에 매달렸다. 사람들이 떼어내려고 했지만 노파는 결사적으로 매달리며 손을 놓지 않았다. 이윽고 기차가 출발했고, 노파는 바닥에 나뒹굴었다. 떠나가는 사람들은 변화를 꿈꾸었고, 남은 사람들에게는 슬픔과 그리움뿐이었다.

어느 맑은 날, 하이델베르크에 있는 고성을 찾았다. 이미 폐허가 되어 있었다. 화려했을 방과 홀에 지금은 벚나무와 딱총나무만이 무성하게 자라고 있었다. 새들이 그 사이를 재잘거리며 날았다. 그때, 갑자기 내 이름을 부르는 소리가 들렸다. 베르테르가 사랑했던 로테의 아들이자 하노버 왕가의 로마 대사였던 케스트너였다. 그것이 우리의 마지막 만남이었다. 다음해에 그가 세상을 떠났기 때문이다.

7월의 마지막 날, 코펜하겐에 도착했다. 태후 아멜리아가 자비롭게도 소르겐프리로 나를 초대했다. 거기에서 지금은 고인이 된 아들러의 방을 차지하고 여러 날을 보냈다. 어린 시절부터 지금까지의 수많은 추억들을 떠올리며, 새삼 내가 사랑하는 신에게 감사했다. 거기에 머무는 동안 이전에는 스쳐 지나가면서밖에 보지 못했던 풍경들을 자세히 보았다. 슬픔의 시련을 겪은 아멜리아의 경건한 마음도 더 자세히 알 수 있었다.

카지노 극장 무대에 올리려고 희극 〈꼬마 딱총나무 어머니〉를 썼다. 감독과 배우들 모두 훌륭하다고 입을 모았다. 첫 공연 때 대단한 갈채를 받았다. 몇몇 사람의 야유가 없었던 건 아니지만 최근엔 새 작품이 나올 때마다 늘 있는 일이라 상관없었다. 〈매일신문〉은 이 작품에 대해 호의적인 기사를 실었지만, 다른 때는 늘 호의적으로 평했던 〈베를링〉과 〈비행 통신〉이 이번엔 정반대였다. 하지만 많은 시인들이 이 작품을 긍정적으로 받아들였다. 하이베르그와 잉게만은 이 작품을 본 뒤 내게 아름다운 편지를 썼다. 카지노 극장에서 공연된 작품을 본 건 〈꼬마 딱총나무 어머니〉가 유일한 보예조차도 이 작품에 따뜻한 눈길을 보냈다. 하지만 신문들은 한결같이 그 반대였고, 사람들의 관심을 차갑게 식혀버렸다. 나는 그때 덴마크 사람들은 환상적인 이야기를 좋아하지 않는구나, 그들은 높은 산을 애써 오르기보다는 산 아래에 머물러 있는 걸 좋아하는구나, 그리고 또 그들은 책에 씌어진 요리법에 따라 조리된 음식을, 늘 먹던 그릇에 담아 먹는 걸 좋아하는구나, 하는 확신을 가졌다. 란게는 이 작품에 대한 믿음을 가지고 끝까지 밀어붙였다. 점차 사람들이 이 작품을 이해했고, 나중에는 모든 사람들이 갈채를 보냈다. 한번은 이런 일이 있었다. 사람 좋아 보이는 시골 노신사 옆자리에 앉아 공연을 보는데, 순박한 요정들이 등장하는 작품 도입부에서 이 노신사가 나를 바라보며 이렇게 말했다. 그는 내가 누군지 몰랐다.

"어떻게 저럴 수가 있지요? 말도 안 되는데…. 요정이니 뭐니 하는 건 다 빼버려야죠!"

그래서 내가 대답했다.

"예, 좀 어렵군요. 하지만 다음 부분은 쉽습니다. 이발소가 나오는데 거기서 면도를 하고, 아무튼 대단한 연애 장면이 나옵니다."

"아, 그래요? 정말입니까?"

공연이 끝났을 때, 그는 무척 만족스러웠거나 아니면 내가 그 작품의 작가라는 걸 깨달았던 것 같다. 내게 다시 이렇게 말했기 때문이다.

"굉장히 훌륭한 작품이군요, 어렵지도 않고 아주 쉬웠습니다. 앞부분만 조금 고치면 좋겠지만…."

1853년 2월에 〈아그네테와 인어〉가 왕립극장에서 공연되었다. 글라세르 교수가 아름다운 선율로 이 작품에 윤기를 더했다. 그 선율은 사람들이 늘 들어왔고 즐기는 북쪽 나라의 음악이었다.

성령 강림절에 코펜하겐을 떠나 숲이 신선한 시골 잉게만의 집으로 갔다. 그곳은 슬라겔세의 문법학교 학생 시절부터 해마다 여름이면 빼놓지 않고 찾는 내 집이나 마찬가지인 곳이다. 그곳은 하나도 변하지 않고 옛날 그대로였다. 자연뿐만 아니라 사람도 변하지 않았다. 그곳에 사는 백조는 아무리 먼 곳으로 날아가도 잊지 않고 산꼭대기 호수의 자기 둥지를 찾아왔다.

잉게만은 의심할 여지없이 우리 가운데 가장 훌륭한 시인이다. 그가 발표한 소설들은 비평가들이 단명하리라 저주했지만 지금까지도 사람들이 즐겨 읽는다. 그의 작품들은 북쪽 여러 나라로 퍼져 나갔고, 특히 덴마크 농민들이 그의 작품을 즐겨 읽는다. 그는 농민들을 통해 시골을 사랑하게 되었다. 그의 시에는 깊은 울림이 있다. 아무리 짧은 시라 하더라도 그렇다. 그의 시 가운데 잘 알려지지 않은 〈벙어리 소녀〉에 대해 간단하게나마 언급하고자 한다. 이 작품에서, 순식간에 지나가는 빠른 어조가 시의 나무를 흔들어놓는다. 그가 사용하는 어조는 덴마크 사람이면 누구나 느끼는 것이며, 우리 손자들도 요람에서 듣는 어머니의 콧노래처럼 친근하게 느낄 것이다. 잉게만은 또 유머가 있고 시인으로서의 영원한 젊음을 가지고 있다. 자연 그 자체의 존재인 잉게만을 안다는 것은 행복이다. 그리고 그가 내 친구라는 사실은 더 큰 행복이다.

호수는 밝은 청색으로 빛났고, 린덴 나무가 그림자를 드리우는 방 안에는 그림들이 걸려 있었다. 어느 아름다운 일요일, 슬라겔세의 문법학교 학생 시절에 처음 왔을 때와 하나도 달라진 게 없었다. 그때 이후로 내가 보고 느낀 모든 것, 나의 인생 이야기에 대한 기억들이 마치 이곳에서 엮은 화환처럼 느껴졌다.

그렇게 아름답게 시작했던 그해의 봄은 나이팅게일의 노랫소리와 초록빛 숲이 되어 나를 반겼다. 하지만 모든 게 갑자기 회색으로 물들었다. 암울한 시간이 다가왔다. 코펜하겐에 콜레라가 발생한 것이다. 더 이상 시란드에 있을 수 없었다. 끔찍한 소식들이 들려오기 시작했다. 맨 처음 날아온 슬픈 소식은 보예가 죽었다는 것이었다. 보예와는 그즈음에 특히 자주 만나 정을 쌓았기에 아픔이 더 컸다.

가장 즐거웠어야 할 날이 가장 고통스럽고 슬픈 날이 되고 말았다. 글로루프에 있던 어느 날이었다. 그때 글로루프에서는 몰트케-휘트펠트 백작의 은혼식 축제가 한창이었다. 이 초대는 일 년하고도 하루 전에 받아놓은 것이었다. 영지의 모든 농부들이 초대를 받았고, 영지 밖에서 초대 받은 사람은 내가 유일했다. 아마도 천육백 명 이상이 글로루프에 모였던 것 같다. 먹을 거며 마실 것은 풍족했다. 경쾌한 춤이 먼지를 일으켰고 유쾌한 웃음소리가 성 안에 울려 퍼졌다. 떠들썩한 축제가 한창이던 때 나는 친구 두 명이 콜레라의 희생자가 되었다는 소식을 들었다. 죽음의 천사가 집집마다 돌아다녔고, 마침내 수많은 나의 집 가운데 진정한 내 집인 콜린의 집을 두드린 것이다. 편지에는 이렇게 씌어 있었다.

우리는 오늘 모두 다른 곳으로 옮겨가야 한다네. 내일 무슨 일이 일어날지는 하나님만이 아실 걸세.

내 방으로 돌아와 울었다. 바깥에서는 유쾌한 무도곡과 환호성이 울려 퍼졌다. 견딜 수가 없었다. 아는 사람과 친구가 죽었다는 소식이 날마다 날아들었다. 스벤보르그에도 콜레라가 발생했다. 의사나 친구들은 모두 시골에 계속 머물라고 충고했다. 유틀란트에서는 여러 집이 내게 문을 활짝 열어주었다.

여름의 대부분을 실케보르그에 있던 미카엘 드레브센과 함께 보냈다. 이곳의 아름다운 시골 풍경을 묘사한 적이 있는데, 독일의 '검은 숲'(독일 남서부의 삼림 지대 – 옮긴이)과 유틀란트의 장엄하고 쓸쓸한 황무지를 생각나게 하는 풍경이다. 이 아름다운 시골 한가운데의 안락한 집에서 나는 깊은 갈등에 싸였다. 마음은 슬픔으로 가득했다. 신경증적인 증세에 시달렸다. 모든 불확실한 것들이 나를 고문했다. 우편마차의 경적이 울리면 내가 맨 먼저 달려나가 편지와 신문들을 받았다. 그리고 두려움에 떨었다. 내가 아는 그 누가 또 사망자 명단에 올랐을까…. 지독한 고문이었다. 우울증에 시달렸고, 심장에 통증도 느꼈다. 한데, 코펜하겐에서 콜레라가 줄어들고 있다는 소식이 날아들었다. 당장 코펜하겐으로 달려갔다.

내 책을 출판해주던 라이첼은 전염병이 돌기 직전에 사망했다. 내가 작가로 성장해오는 동안 그는 내 책을 출판했고, 이런 관계를 통해 우리는 서로를 이해하는 친구가 되었다. 그가 한 마지막 결정은 내 전집을 독일어 문고판으로 내자는 것이었다. 칠 년 전에 전집이 출판되었고 그후에 〈내 인생의 동화〉가 출간되었다. 간략한 내용이었지만 외국에서는 큰 호응을 얻었던 책이다.

이 책이 메리 호위트의 번역으로 출간된 영국과 미국에서는 좋은 반응을 얻었다. 하지만 그후로 나는 계속 내 인생의 기록들을 새로 정리하고 지나치게 자세한 것들은 가지치기를 해왔다.

온전하게 된 자서전을 내고 싶었다. 내가 느끼고 기뻐했던 모든 걸 담고 싶었다. 내가 걸어온 길에서 만났던 수없이 많은 유명한 사람들에 대한 기억, 그리고 나를 둘러싸고 일어났던 사건들이나 환경에 대한 인상을 담고 싶었다. 그리고 신이 내게 고통을 주고 또 극복할 힘을 주었던 모든 것들을 담고 싶었다. 또, 내가 살았던 시간 속에서 흥미가 있을 법한 역사적인 사건을 기록하고 싶었다.

이 작업은 1853년 가을에 시작되었다. 이십오 년 전의 바로 그 10월에 나는 대학생이 되기 위해 시험을 치렀다. 최근에 이십오 주년 축제를 벌이는 게 유행이 된 듯하다. 유행을 따라, 이십오 년 전에 처음 만났던 우리도 축제를 준비해 스스로 주인공이 되었다. 축제의 꽃은, 커다란 홀에서 그토록 긴 세월 동안 만나지 못했던 친구들을 한꺼번에 만나는 순서다. 어떤 친구들은 살이 많이 붙어 알아볼 수가 없었다. 또 어떤 친구들은 이미 늙어 은발이 되어 있었다. 하지만 그 시절 청춘의 눈빛은 여전했다. 이 축제는 나에게 진정 아름다운 꽃다발이었다. 여러 사람이 연설을 하고, 또 노래를 불렀다. 그 가운데는 내가 쓴 노래도 있었다. 그 노래는 그때의 내 심정을 그대로 표현하는 것이었다. 다른 친구들도 마찬가지였을 것이다.

클라우센 교수가 아름답고 유창한 연설을 했고, 동기들 가운데 덴마크 문학계에 두각을 나타냈다며 나와 팔루단-뮐러를 위해 술잔을 높이 들었다.

며칠 뒤, 나는 다음과 같은 동기회 회보를 받았다.

지난번 동기회 모임에서, 우리가 처음 만났던 1828년이 오래 도록 기억될 수 있게 공동 사업을 추진하면 좋겠다는 의견이 나 왔습니다. 그래서 이 의견을 놓고 동기 몇몇이 몇 차례 모임을 가지며 의논한 결과, 1828년에 제안했던 '네 명의 위대한 시인 들과 열두 명의 덜 위대한 시인들' 계획을 실천에 옮기며, 또한 '안데르센과 팔루단-뮐러의 유산'이라는 이름으로 기금을 마련 해 해마다 돈을 모으고 나중에 어느 정도 제법 큰돈이 모이면 직 업도 없고 수입도 없는 시인을 돕는 데 사용하는 게 어떨까 하 는 결론을 내렸습니다.

　돈이 얼마나 많이 모일지, 그리고 이게 어떻게 발전할지는 아 무도 모른다. 하지만 동기들이 의견을 모아 내 이름을 팔루단- 뮐러와 나란히 걸었다는 사실, 동기들이 나를 인정하고 내게 경 의를 표했다는 사실에 무한한 기쁨과 고마움을 느꼈다.

　여행을 하는 건 정신과 육체를 신선한 물로 정화하는 것과 같 다. 다음해 봄, 몇 주에 걸쳐 빈과 트리에스테 그리고 베니스로 여행을 떠나 봄의 신선함을 즐겼다. 이 여행에서는 기억할 만한 사건이나 느낌이 서너 개밖에 없었다. 막센에는 벚꽃이 한창이 었다. 벽돌을 굽는 가마는 연기를 뿜었고, 쾨니스타인과 릴리엔 스타인 등등의 산들이 나를 손짓해 불렀다. 예전에 다녀간 뒤 다 시 찾았을 때의 느낌이, 마치 콜레라의 악몽으로 한 차례 잠을 설친 긴 겨울밤을 보내고 아침에 다시 똑같은 풍경을 맞는 느낌 이었다. 꽃이 핀 것도 그대로였고 하늘도 그대로였으며, 나를 맞 이하는 친구들의 환대도 그대로였다. 나는 날개를 달고 산과 계곡을 누볐다. 성 슈테판 탑이 보였다. 그리고 빈에서는 예니 린드 골드슈미츠를 몇 년 만에 처음 만났다.

그때 처음 본 예니 린드의 남편은 나를 친절하게 맞아주었다. 튼튼해 보이는 아들이 큰 눈으로 나를 물끄러미 바라보았다. 다시 한번 그녀가 부르는 노래를 들었다. 옛날과 같은 영혼, 옛날과 같은 음악의 샘이었다! 타우베르트의 〈단 한 번 노래를 불러야 하네, 이유도 모른 채〉가 귀여운 새의 재잘거림처럼 그녀의 입술에서 흘러나왔다. 나이팅게일도 그만큼 경쾌할 수 없었다. 어린아이의 영혼이 깃들어 있었다. 예니 골드슈미츠만이 부를 수 있는 노래였다. 노래에 극적인 감정을 싣는다는 점과 진실하다는 점에서 그녀의 위대함을 따를 만한 가수는 없다. 하지만 그녀는 연주회에서만 노래를 불렀다. 무대를 떠난 것이다. 그녀의 선택은 잘못됐다. 그건 그녀에게 주어진 임무를 포기하는 것이다. 그 임무는 신이 그녀를 선택해 내린 것인데….

고생도 많았지만 행복하고 즐거운 마음으로 일리리야로 향했다. 그 마을은 셰익스피어가 비올라(셰익스피어의 희극 〈십이야〉의 주인공 - 옮긴이)에게 행복을 찾아준 바로 그 불멸의 장면에 등장시킨 마을이다. 그곳의 석양은 놀라우리만치 매력적이었다. 산 너머 멀리 불타는 아드리아 해가 보였다. 붉게 빛나는 아드리아 해로 트리에스테는 더욱 어두워 보였다. 가스등에 막 불이 켜지고, 그 불빛에 거리의 윤곽이 드러났다. 마차를 타고 내려가던 우리는 마치 풍선을 타고 하늘을 날며 발아래 도시를 내려다보는 듯했다. 눈부시게 빛나는 바다와 가스등이 켜진 도시의 거리…. 불과 이삼 분 동안의 광경이었지만 여러 해가 가도 잊혀지지 않았다.

트리에스테에서 기선을 타고 여섯 시간 만에 베니스에 도착했다. 이곳에 처음 왔던 1833년, 배가 좌초되었다는 슬픈 소식을 들었던 바로 그 베니스였다. 아드리아 해의 파도가 거세 멀미가 심하게 났다. 육지에 내린다 해도 가라앉지 않을 것 같더니, 아니나 다를까 작은 배에서 큰 배로 갈아탄 것 같을 뿐이었다. 울렁거림은 여전했다. 베니스가 철로로 대륙과 단단하게 연결되어 있다는 사실에 마음이 놓였다. 달빛 아래 바라보는 베니스는 매력적이다. 한밤의 꿈처럼 달콤하다. 수면에 그림자를 늘어뜨린 높은 왕궁들 사이로 곤돌라는 마치 카론(그리스 신화에서 저승으로 건너는 강을 지키는 나루지기 – 옮긴이)의 배처럼 소리 없이 미끄러진다. 하지만 낮에 보는 풍경은 전혀 다르다. 역겨울 뿐이다. 운하의 물은 더럽고, 그 위에는 양배추 꼭지며 상추 따위가 어지럽게 떠다닌다. 물쥐가 건물의 틈새로 들락거리고, 태양은 좁은 벽 사이로 뜨겁게 이글거린다.

그 축축한 묘지를 떠난다는 사실이 기뻤다. 기차는 끝없이 이어진 둑길을 빠르게 달렸다. 베니스를 벗어나자 포도나무가 지천으로 깔렸고 검은 사이프러스는 푸른 하늘을 찔렀다. 베로나가 그날의 목표 지점이었다. 수백 명의 사람들이 원형극장 계단에 앉아 있었다. 빈자리가 많았고 사람들은 희극을 보고 있었다. 무대는 원형극장 한가운데 세워져 있고, 양쪽 벽에 무대 배경이 그려져 있는데, 조명은 이탈리아의 태양이었다. 오케스트라는 춤곡을 연주했다. 전체적으로 어쩐지 우스꽝스러운 느낌이었다. 고대 로마의 유적지에서 벌어지는 비참하기 짝이 없는 공연이었다. 처음 베니스에 갔을 때 전갈의 독침에 손을 찔려 무척 고생을 했었다. 이번엔 베니스의 이웃 도시, 철도가 놓임에 따라 확실히 가까운 이웃이 되었다, 베로나에서 또다시 전갈의 독침에 찔렸다. 이번엔 목과 뺨이었다. 몹시 아프고 심하게 부어올랐다. 고통이 심했지만 그 상태 그대로 가르다 호수와 포도 덩굴이 우거진 낭만적인 리바를 구경했다. 하지만 열이 심하고 아파서 도중에 포기해야 했다. 우리는 밤새 투명한 달빛을 받으며 내가 본 것 중 가장 아름다운 도로를 달렸다. 살바토르 로사(1615~1673년. 이탈리아의 화가이자 시인이며 음악가. 주로 전쟁화와 풍경화를 그렸다. 전쟁화는 그가 개발한 독특한 영역이었으며 로맨티시즘적 풍경화의 선구자이다 – 옮긴이)도 이처럼 아름다운 자연을 그림으로 그려내지 못할 것이다. 밤새 고통에 시달리다 잠깐 잠이 들었을 때 꾸었던 아름다운 꿈처럼 이때의 아름다운 인상을 잊을 수가 없다.

자정이 조금 지나 트리엔트에 도착했다. 이곳은 어떻게 하면 여행자들이 불쾌해할지 보여주는 축소판이었다. 우리는 시 경계선에서 여권을 검문하는 직원이 오기를 마냥 기다려야 했다. 얼마나 지났을까, 게으르게 뒤뚱거리며 나타난 사람은 자기가 담당 직원이라며 여행객에게 여권을 모두 내놓으라고 했다. 여권들은 한데 모아져 낯선 사람 손에 넘어가버렸다. 다음날 아침 일찍 여권을 돌려주겠다는 말 외엔 아무런 약속도 없고 증표도 없었다. 그리곤 다른 사람이 나타나 우리를 길고 어두운 길을 따라 데리고 가더니, 생기라고는 하나도 찾아볼 수 없는 호텔 앞에 세워두고 가버렸다. 한참을 두드리고 악을 쓴 다음에야 호텔 문이 열렸다. 옷을 입다가 만 직원이었다. 그는 차갑고 넓은 계단을 지나 길고 어두운 복도를 꼬불꼬불 돌아서 커다란 방으로 우리를 데리고 갔다. 방에는 침대 두 개가 놓여 있었는데, 침대가 얼마나 큰지 하나만 있어도 온 가족이 다리를 뻗고 자도 남을 정도였다. 희미하게 깜박거리는 등불이 대리석 탁자 위에 놓여 있었다. 문은 아무리 닫으려 해도 닫히지 않았다. 다른 방을 보았지만, 그 방 역시 온 가족이 누울 수 있는 침대가 두 개씩 놓여 있었다. 벽에는 비밀 문이 있었고 뭔가 은밀한 사건과 관련이 있음직한 비밀 계단이 있었다. 마루에는 붉은 포도주가 엎질러져 있었다. 사람의 피가 아닌가 자세히 살펴보았지만 그건 아니었다. 이탈리아에서 보내는 마지막 밤에 걸맞게 인상적이었다. 전갈에 쏘인 상처가 아팠고, 피가 부글부글 끓어오르는 듯 열이 심했다. 잠을 잘 수가 없었다. 누워 있다 뿐이지 전혀 휴식이 아니었다. 마침내 길고 긴 밤이 지나갔다. 우리를 부르는 마차의 종소리가 울렸다. 우리는 트리엔트와 벌거벗은 뽕나무를 뒤로하고 떠났다. 뽕나무가 벌거벗은 이유는, 시장에 가져가 팔려고 사람들이 잎을 다 따버렸기 때문이라고 했다.

인스부르크를 지나 뮌헨에 도착했다. 여기서 친구들을 만나 도움을 받았는데, 국왕의 주치의인 기틀이 친절하게 돌봐주었다. 고통스럽게 이주일을 보내고 난 뒤 가까스로 기력을 회복하고, 국왕 막스의 초대를 받아 국왕과 왕비가 여름 한철을 보내고 있던 호엔슈반가우 성으로 갔다. 에델바이스 요정을 주인공으로 한 이야기는 꼭 써야 한다. 이 요정이 자기 꽃에서 나와 호엔슈반가우 성으로 날아가 그림을 모아둔 방으로 들어가는데, 거기에서 자기 꽃 에델바이스보다 더 아름다운 걸 발견한다는 이야기다. 알프스 산맥과 레흐 강 사이의 비옥한 계곡 양쪽에 짙은 청색으로 투명한 호수가 둘 있다. 이 계곡에 대리석으로 툭 튀어나온 장엄하고도 거대한 바위, 그게 바로 호엔슈반가우 성이다. 슈반스타인 성은 그 앞에 서 있다. 벨펜, 호엔슈타우펜 그리고 쉬르스 등이 한때 이 성의 주인이었는데, 성벽에 이들의 행적이 그림으로 그려져 있다. 국왕 막스가 왕세자이던 시절 성을 복원하고 국가가 관리하는 건물로 만들었다. 라인 강 주변의 성 가운데 이 호엔슈반가우 성만큼 아름다운 성은 없다. 주변 경관을 보더라도, 넓은 계곡과 눈 덮인 알프스의 정경을 따라갈 만한 성은 어디에도 없다. 높은 아치 문이 장엄하게 서 있고, 거기에 두 명의 기사상이 바이에른과 슈반가우의 문장인 다이아몬드와 백조를 들고 서 있다. 성의 정원에는, 성모 마리아의 그림으로 장식된 벽에서 물줄기를 뿜는 분수가 있었다. 그 높은 고도에서도 얼음처럼 차가운 물줄기는 십 미터 이상 하늘로 솟아올랐다. 그 옆에 커다란 린덴 나무 세 그루가 그림자를 드리웠다. 정원에는 아름다운 꽃들이 가득 피어 있었다. 그 가운데 가장 아름다운 장미가 잔디 위에 피어 있었다. 마치 환상의 세계에 들어온 것 같았다. 맨 처음 들어간 방은 중세의 무기와 투구, 창 등을 보관하는 무기고였다. 이어서 호화롭게 장식한 홀들이 이어졌다. 알록달록한 유리창 하나에도 수많은 전설과 역사가 깃들어 있을 듯했다. 모든 방이, 아주 오래전에 사라져버린 사람들과 그들이 살던 때를 얘기해주는 역사책이었다.

> 호엔슈반가우는 내가 산에서 본 것 가운데 가장 아름다운 알프스의 장미, 에델바이스다. 아마 운명의 꽃도 그렇지 않을까 싶다.

　이 말은 내가 독일에서 어떤 앨범에다 적은 글귀다. 내 마음에 남은 것처럼 영원히 그 자리에 남아 있기를 빈다. 동화의 성 같은 호엔슈반가우에서 매력적이고 행복한 며칠을 보냈다. 국왕 막스는, 감히 이런 말을 해도 된다면, 친한 손님으로 나를 맞았다. 바이에른의 공주인 왕비는 보기 드문 아름다움을 갖춘 여성이었다. 첫날 점심을 먹은 뒤, 왕과 함께 지붕이 없는 작은 마차를 타고 오스트리아의 티롤 가까이까지 달렸다. 여권을 검사하려고 마차를 세우는 일은 결코 없었다. 잊지 못할 드라이브였다. 시골 풍경은 그림 같았다. 농부들은 길가에 서서 자기들의 왕에게 인사를 했고, 길에서 마주친 마차들은 우리가 지나갈 때까지 멈춰 서서 기다렸다. 높이 솟은 산들 사이로 석양빛을 받으며 두 시간 이상을 달렸다. 그동안 왕은 〈내 인생의 이야기〉를 최근에 읽었다면서 거기에 등장하는 인물들에 대해서 물었다. 그리고 그 많은 어려움을 극복하고 마침내 사람들에게 인정을 받았을 때 느낌이 어땠는지 물었다. 내가 살아온 이야기는 그 어떤 소설보다도 파란만장한 얘깃거리가 많다고 했다. 가난하고 외로운 게 어떤 건지 그리고 화려한 물건으로 가득 찬 방에 있다는 게 어떤 건지 나는 알았다. 조롱을 받는 것과 존경을 받는 게 어떤 건지도 알았다. 그런 얘기를 왕에게 다 했다. 석양이 비치는 알프스의 산자락에서 국왕과 나란히 마차에 앉아 내 살아온 이야기를 한 것은 정말이지 내 인생의 특별한 장이었다. 우리는, 살로몬 데 카우스와 로베르트 풀톤 그리고 티코 브라헤 등의 작가를 예로 들어가며 최근 스칸디나비아 문학의 동향도 얘기했다. 이곳에서 보낸 시간 가운데 가장 기억에 남는 아름다운 순간들이었다.

저녁때 국왕 부처에게 〈버드나무 밑에서〉와 〈그건 정말이야〉를 낭독했다. 그리고 폰 되니게스를 따라 가장 가까이 있는 산을 올랐다. 매력적이고 장대한 경치였다. 시간은 빠르게 흘러갔다. 왕비는 자비롭게도 자기의 앨범에 몇 자 적을 수 있는 영광을 허락했다. 왕비의 앨범에서 여러 왕들의 이름을 보았다. 그리고 과학이라는 왕국의 왕인 리비히 교수의 서명도 보았다. 리비히 교수와는 뮌헨에서 만났는데, 거기에서 그의 친절함을 느꼈고 그를 존경하게 되었다.

국왕 부처의 따뜻한 환대에 감사하며 작별 인사를 하고, 언제든 다시 오라는 호엔슈반가우를 뒤로하고 떠났다. 에델바이스와 물망초를 마차 가득 선물로 받았다. 마차는 퓌센으로 향했다.

뮌헨에서 고향 덴마크로 돌아가는 길에 바이마르를 들렀다. 카를 알렉산드르의 재위가 이미 시작되었다. 그는 그때 아이제나흐 가까이 있는 빌헬름슈탈 성에 머물고 있었다. 그곳에서 왕자와 함께 튀링어 숲의 아름다운 전원을 며칠 동안 만끽했다.

현재의 대공이 여러 해에 걸쳐 큰돈을 쏟아부어 옛날 그대로의 모습을 재현하려고 애를 써온 바르트부르크 성 공사가 거의 끝나가고 있었다. 벽화는 성에 얽힌 전설과 역사를 묘사했다.

아이제나흐에 있는 작은 성에는 미망인인 오를레앙 공작 부인이 두 아들, 파리 백작과 느무르 공작과 함께 살고 있었다. 이들은 이곳 사람들의 존경과 사랑을 받고 있었다. 사람들이 말하길,

공작 부인은 자기가 할 수 있는 모든 힘과 방법을 다해 따뜻한 마음으로 이웃을 도운다고 했다. 거리에서 가정교사와 함께 있는 두 왕자를 만났다. 그들은 모두 평범한 옷을 입었고 선하고 밝은 표정이었다. 바이마르의 대공이 공작 부인을 내게 소개했다. 그녀가 참고 감당해야 했던 슬프고 힘든 일들이 빠르게 내 머리를 스쳐 지나갔고, 그 순간 나도 모르게 눈물이 나왔다. 그녀는 내가 무슨 생각을 하는지 알아채고는, 마치 친구에게 하듯 내 손을 잡았다. 벽에는 죽은 남편의 초상화가 걸려 있었다. 파리의 드비유 호텔 무도회장에서 보았던 젊은 시절 모습이었다. 내가 그때 이야기를 하자 그녀는 눈물을 쏟았다. 그녀는 죽은 남편 이야기를 하고, 아이들 이야기를 했다. 또, 자기는 물론이고 아이들도 내가 쓴 작은 이야기들을 읽었다고 했다. 그녀의 모습에서 친절함을 떠올렸지만, 슬픔도 묻어났다. 하지만 여성다운 용기와 자신감을 느낄 수 있었다. 그녀는 여행복을 입고 있었다. 기차를 타고 제법 떨어진 어떤 곳으로 간다고 했다.

"오늘 저녁에 함께 식사하실까요?"

그녀의 저녁 초대였다. 그러고 싶었지만 나는 그날 떠날 예정이었다.

"일 년 뒤에 다시 오겠습니다!"

"일 년 뒤에…."

그녀는 내 말을 되풀이했다.

"일 년이면 얼마나 많은 일이 일어나는데요, 단 몇 시간에 모든 게 바뀌기도 하는데…."

그녀의 눈에 눈물이 맺히는 걸 보았다. 작별할 때 그녀는 손을 내밀었다. 그녀가 살아온 삶은 결코 만만치가 않았다. 하지만 그녀의 마음은 신에 대한 믿음과 자신감으로 가득 차 있었기에, 그녀는 여전히 강하다.

다시 덴마크로 돌아왔다. 돌아온 뒤에는 작품집 출판뿐만 아니라 모젠탈의 희극 〈여름 농장〉을 번역하느라 무척 바빴다. 빈에 머물 때 부르크 극장에서 그 작품을 재미있게 보았기 때문이다. 하이베르그 의원에게 이 작품에 대해 얘기했지만 관심을 기울이지 않았다. 란게는 카지노 극장에서 공연하는 게 어떻겠느냐고 했고, 부르크 극장의 감독관을 통해 모젠탈로부터 작품의 원고를 건네받았다. 작품을 내 마음대로 뜯어고쳐도 괜찮다는 허락도 받았다. 아우어바흐의 〈마을 이야기들〉과 연관이 있기에 이 제목을 좀더 쉽게 고쳐 〈어느 마을 이야기〉로 바꾸었다. 이 작품은 커다란 성공을 거두었다. 카지노 극장에서 공연하기에 적합하도록 원래 작품에는 없는 노래도 몇 곡 추가했다. 또 마지막 막에서, 안나가 알프스 산맥의 오두막에서 불 붙은 장작을 들고서 그 불빛으로 마티아스를 알아보는 걸로 바꾸었다. 이전에 대장간에 불이 났을 때 본 적이 있기 때문이다. 모젠탈이 나중에 빈에 있던 덴마크 친구를 통해 내가 번역한 걸 읽은 뒤 곧바로 고맙다는 편지를 보내왔다. 내가 수정한 몇몇 부분에 대해 그는 이렇게 적었다.

선생님이 추가하신 노래는 정말 훌륭합니다. 마지막 장면에서 안나가 불 붙은 장작을 휘두르는 건 더할 나위 없이 훌륭합니다. 여기서 공연할 때도 그렇게 바꿀 생각입니다.

내가 쓴 놀라운 이야기들(이들 가운데 일부는 외국에서 연극으로 공연되기도 했다. 예컨대 〈돼지치기 소년〉은 독일에서 성인 극장과 어린이 극장에서 공연되었고, 〈인어공주〉는 오스트리아의 대극장에서 공연되었다 – 지은이)은 앞에서도 언급했지만 V. 페데르센의 삽화와 함께 출간되었다. 제목도 〈이야기들〉로 바꾸었다. 내가 쓴 환상으로 가득 찬 놀라운 이야기들을 덴마크 어로 나타내기에는 이 제목이 가장 맞을 것 같아서였다. 이런 종류의 글을 보통 옛날이야기 혹은 전설로 부르지만, 나는 '이야기들'로 부르기로 했다.

〈어느 시인의 백일몽〉이라는 제목을 붙인 영어 번역본은 리처드 벤틀리가 출간했다. 1853년 〈아테네 신전〉에 실린 평으로 보건대, 메리 호위트가 내게 등을 돌리고 나쁜 평을 썼음에도 불구하고(570쪽 참조 – 옮긴이) 영국의 비평은 내 편이었다. 내 쉰 번째 생일이 다가오는 가운데 작품 모음집을 펴냈다. 그리무르 톰센이 〈덴마크 문학월평〉에 이 책의 평을 실었다. 그는 내 작품을 깊이 있게 다루었을 뿐만 아니라 따뜻한 애정과 신뢰를 표현했다. 바이런에게 바쳤던 애정을 이번엔 나한테 보낸 것이다. 작가라면 누구나 갈망하는 인정과 격려 대신 조롱과 무관심으로 철저히 외면당하던 그 시절, H. C. 외르스테드는 언젠가 이런 날이 올 거라고 늘 말했었다. 드디어 그날이 온 것이다. 덴마크가 드디어 내게 아름다운 꽃다발을 선사한 것이다!

그리무르 톰센이 내 작품을 평하면서, 내 작품의 의미와 가치를 설명하기 위해 예로 든 부분들이 대부분 내 작은 이야기들이란 사실은 우연이 아니다.

놀라운 이야기들은 사물의 그림자와 본질, 겉을 싸고 있는 껍질과 안에 들어 있는 씨앗을 동시에 파악한다. 이들 작품이 강이라면 이 강에는 두 개의 흐름이 있다. 위대한 것과 변변찮은 것들을 흥미진진하게 교차시키고 대비시키는 게 강물 위쪽의 흐름이라면, 강물 아래쪽 깊은 곳에서는 모든 사물이 자기 자리를 찾아갈 수 있게 인도하는 진실이 도도히 흘러간다. 이게 바로 안데르센의 유머이다.

그는 내가 의도한 걸 가장 명쾌하게 표현했다.

여태까지의 내 인생 이야기를 모두 펼쳐 보였다. 악한 것에서도 선함이 나왔고, 고통 속에서 행복이 나왔다. 내 인생 이야기는 내가 쓴 어떤 시보다 더 깊은 사색의 시다. 나는 운이 좋은 아이였다. 수없이 많은 사람들이 선의와 애정으로 나를 도왔다. 내 믿음을 배신한 사람도 거의 없었다. 쓰라린 고통의 시간들도 돌이켜보면 축복의 열매를 맺기 위한 시간이었다. 내게 고통만 안겨준다고 생각했던 모든 부당한 대우와 평가 역시 내 인생을 살찌우고 나를 자라게 한 어머니의 손길이었다. 이 모든 것들이 있었기에 지금의 내가 존재한다.

우리가 신의 곁으로 다가갈 때는 고통스럽고 쓰라린 것들은 사라지고 아름다운 것만 남는다. 마치 검은 하늘에 아름다운 무지개가 걸리는 것처럼…. 이제, 내 삶의 성스런 고백을 마쳤다. 어떤 두려움도 없고 부끄러움도 없이, 사랑하는 친구들에게 둘러싸여 얘기하듯 내 인생 이야기를 했다.

H. C. 안데르센.

1855년 4월 2일, 코펜하겐에서.

3_ 인생, 가장 아름다운 동화

1855년 4월 ~1867년 12월

1855

작품 모음집과 함께 발표했던 〈내 인생 이야기〉에는 내 쉰 번째 생일인 1855년 4월 2일까지의 일을 담았다. 그후로 다시 십삼 년이 지났다. 그동안 살도 많이 불었고, 더 많은 일을 경험했다. 기쁜 날도 많았고 슬픈 날도 많았다. 지금 내가 하려는 이 이야기들은 뉴욕의 허드와 휴턴이 출판하려고 하는 작품집에 수록할 계획이다.

덴마크의 코펜하겐과 미국의 뉴욕 사이에는 대양이 가로놓여 있지만 지금은 전신선이 있어 이웃이나 다름없다. 내 이야기를 덴마크의 친구들에게 했듯이 덴마크 바깥의 드넓은 세상에 있는 친구들에게 하려 한다. 그들도 내 이야기를 선의로 받아들여, 내가 늘 행운과 함께 다닌다고 말하는 걸 허영이나 오만으로 보지 않으리라 믿는다. 다만, 신이 내게 준 기쁨과 축복을 놀라운 눈으로 바라보고 신 앞에 다시금 겸손해지길 바랄 뿐이다.

최근에 일어난 일보다 아주 먼 옛날 청년 시절 얘기를 하는 게 훨씬 쉽다. 사람이 나이가 들면 코앞에 있는 사물보다 조금 떨어진 사물이 더 잘 보이는 것과 마찬가지다. 지나간 일들 가운데 내 마음을 움직였던 것들을 시간순으로 정리하기란 쉽지 않지만, 가능한 한 시간순으로 적어볼 생각이다.

잉게만이 죽었을 때, 내가 문법학교 학생 시절부터 써서 부친 편지를 그의 부인이 모두 모아 내게 보냈다. 이 편지들을 다시 읽고 부인의 친절한 설명을 들으며, 자서전을 마감했던 1855년 봄부터 지금까지의 내 인생에 일어났던 일들을 연도별로 정리할 수 있었다.

잉게만과 그의 부인 얘기부터 시작해야겠다. 〈숲 속 호숫가에 사는 사람들〉은 잉게만이 소뢰에 있는 자기 집 주변 풍경을 묘사해서 내게 보내준 것이다. 나는 소뢰 주변을 지나칠 때면 늘 그의 집을 들러서 며칠 동안 머무르곤 했다. 단 한 번도 그의 집을 그냥 지나친 적은 없었다. 내가 처음 잉게만의 집을 방문한 건 1855년 봄이었다. 그의 집을 방문하는 사람은 누구나 잉게만 부부의 선한 마음에 반한다. 그들은 거기서 행복하게 살았다. 마치 필레몬과 바우키스처럼 예쁘게 살았다.(그리스 신화에서 제우스와 헤르메스가 누추한 행색을 한 인간으로 변장하고 인간 마을을 방문하지만 문전박대 당한다. 마지막으로 작고 초라한 필레몬과 바우키스 부부의 집을 방문하고, 극진하게 대접받는다. 제우스는 큰 홍수를 일으켜 이 마을을 물에 잠기게 하지만, 필레몬의 누추한 집만은 화려한 신전으로 바꾸어준다. 그리고 부부의 소원을 들어 같은 날 같은 시간에 죽게 해준다. 두 사람은 죽어 참나무와 보리수로 변한다 - 옮긴이) 늘 평온한 삶이었다. 잉게만은 결코 파티를 연 적이 없다. 사람들은 아무 날이고 마음이 이끌리면 그의 집을 방문했다. 그리고 그때 우연히 다른 사람도 와 있다면, 그게 바로 파티가 되었다. 옷차림에 신경 쓸 필요도 없었고, 괜한 오해나 소문을 걱정할 필요도 없었다. 대화는 늘 즐겁고 유쾌했다. 이 모든 걸 마치 보이지 않는 요정이 조종하는 것 같았다. 잉게만은 기민하면서도 남을 웃기길 잘했다. 특히 유령 이야기를 할 때 그 무대는 소뢰의 수도원이나 이웃에 있는 어떤 집 혹은 숲이 배경이었다. 유령 얘기를 할 때 그는 보통 장난스런 미소를 짓곤 했다. 그건, 그를 조금이라도 아는 사람이면 누구나 다 아는 사실이지만, 지금 하는 얘기가 방금 머릿속에서 지어낸 이야기라는 걸 뜻했다. 그는 사람들이 나누는 대화 속에 나오는 말이나 사물에서 곧잘 그럴듯한 유령 이야기를 만들어내곤 했다. 대개는 자기 이야기가 진짜인 것처럼 실제로 존재하는 사람을 등장시키기도 했다. 하지만 그 사람을 골리거나 조롱하려는 의도가 있었던 적은 한 번도 없었다. 잉게만은 일상의 시시한 얘깃거리를 경멸했다. 알맹이 없는 비평가는 쳐다보지도 않았다. 그의 수많은 작품이 지금은 사람들의 애독서가 되었지만, 그전까지 비평가들은 그를 알아보지 못했다. 이 점에 대해서는 나도 불만이 많았다. 어느 날 저녁, 화제가 그 얘기로 옮겨갔다. 그러자 잉게만은 재미있는 얘기 하나를 했다. 재미있을 뿐 아니라 아주 큰 위안이 되었다. 그가 한 이야기를 소개하면 이렇다.

아카데미에 니센이라는 마음씨 착한 늙은 정원사가 있는데 늘 쾌활하고, 누가 자기 일에 대해 이러쿵저러쿵 이야기를 하면 시원시원한 목소리로 이렇게 대답한다고 했다.

"그럼요 선생님, 선생님 말씀이 옳습니다. 고맙습니다."

하지만 말만 그럴 뿐, 자기가 하던 대로 자기가 하고 싶은 대로 한다고 했다.

"이 사람이 왜 이렇게 됐는지 아나?"

그가 소개한 사연은 이랬다.

아주 유명한 이야긴데, 정원사 니센이 처음 아카데미에서 일을 시작할 때, 자기가 하는 일을 사랑했기에 늘 웃는 얼굴이었지. 일도 잘 했고. 한데 어느 날부턴가 이 사람은 웃음을 잃어갔어. 참견하는 사람이 많아진 거야. 어떤 사람은 와서 이렇게 하라고 하고, 또 어떤 사람은 와서 저렇게 하라고 하고, 가운데 낀 정원사는 처신하기가 힘들었던 거지. 그런데 어느 날 그는 정원에서 빨간 모자를 쓴 키 작은 노인을 만났어. 노인이 정원사에게 누구냐고 물었지. 정원사는 니센이라고 대답했어.

"니센? 당신 이름이 니센이라구? 나도 니센인데, 아카데미 선생이오. 근데 얼굴이 왜 그렇게 우거지상이오?"

"예, 나는 열심히 하고 싶은데, 이 사람은 이렇게 말하고 저 사람은 저렇게 말해서 누구 말을 들어야 할지 모르겠습니다. 그래서 마음이 몹시 아프고 슬픕니다."

"어쩌면 내가 도움을 줄 수 있을지도 모르겠군."

"정말이십니까? 제가 어떻게 하면 되죠?"

"일단 여드레 동안 우리 집 일을 좀 해야 하는데 할 수 있겠소?"

"나를 옛날처럼 즐겁게만 만들어주신다면 얼마든지 할 수 있습니다."

"나는 저기 보이는 호수 뒤편에 사는데, 거기 있는 정원을 돌봐주시오. 아, 한 가지 얘기해둘 게 있소. 내 정원에는 원숭이며 앵무새 그리고 수탉 등 온갖 동물들이 있는데, 물진 않을 거요. 물론 우리에 갇혀 있고."

"좋습니다, 하겠습니다!"

정원사 니센은 씩씩하게 대답하고 그날부터 아카데미 선생인 니센의 정원에서 일을 했지. 정원에 있는 동물들이 재잘거리고 짖어대는 소리가 엄청나게 시끄러웠지만 정원사는 꾹 참고서 약속한 대로 꼬박 여드레 동안 일을 했어. 그러자 키 작은 니센이 정원사 니센 앞에 나타나서 물었어.

"동물들이 시끄럽게 떠들었을 텐데 일하기 힘들지 않았소?"

"시끄럽긴 많이 시끄러웠습니다. 그 녀석들이 이렇게 하라 저렇게 하라 말도 많았지만 한 귀로 듣고 한 귀로 흘려버렸습니다. 그냥 껄껄 웃고 고개를 끄덕이면서, '그럼요 선생님, 선생님 말씀이 옳습니다. 고맙습니다' 이 말만 했습니다. 그러곤 제가 할 일만 했죠, 뭐. 아무리 떠들어봐야 신경도 안 썼습니다."

그러자 키 작은 니센이 이렇게 말하는 거야.

"바로 그거요! 아카데미에서도 그렇게 일을 하면 되잖소. 누가 아무리 떠들어대도 신경 쓰지 말고."

정원사 니센은 그 충고를 따랐고, 이윽고 잃어버렸던 웃음과 활기를 되찾았어. 오늘도 그는 '그럼요 선생님, 선생님 말씀이 옳습니다. 고맙습니다'를 반복하고 있어.

이야기를 마친 잉게만은 나를 보며 장난스럽게 씨익 웃고는 이랬다.

"우리도 이렇게 살면 되지 않을까?"

그는 이런 종류의 이야기를 수도 없이 많이 가지고 있었다. 모든 이야기는 한결같이 독창적이고 흥미진진했다. 그는 남들에게 늘 관대했다. 조국에 대한 사랑과 아름답고 선한 것에 대한 그의 사랑은 진정한 시인의 집에 늘 넘쳐흘렀다. 이 집에서 내가 늘 환영받는 손님이었다는 사실이 자랑스럽다. 숲 속 호숫가에 사는 이 사랑스런 노부부와 함께 있는 시간은 너무도 빠르게 흘러갔다. 이들과 함께 유유자적한 삶을 즐길 수도 있었지만, 내 겨드랑이의 날개가 근질거려 참을 수가 없었다. 바스뇌스의 장원莊園과 홀스텐보르그의 장원이 문을 활짝 열어 나를 불렀다. 그곳에 있다가 여름이 시작되자마자 다시 막센으로 갔다. 그곳에 심은 나의 낙엽송은 여전히 잘 자라고 있었다. 그리고 집 앞 정원에 내가 심었던 나무는, 이제 커다란 가지들을 늘어뜨리고 서 있었다. 당시 잉게만에게 보낸 편지를 보면, 그때의 상황과 정경이 생생하게 되살아난다.

친애하는 잉게만 선생님,

제레가 살고 있는 막센의 내 나무를 기억하시겠지요. 내 자서전에도 썼는데. 기억하신다면 아마도 내가 지금 어디쯤 있는지 추측할 수 있을 겁니다. 작센 스위스 지역입니다. 날씨는 아름답고요. 내 나무는 아주 잘 자라고 있습니다. 뿌리도 튼튼하고요. 나무 아래 벤치에 앉으면, 마치 하늘을 나는 새가 된 듯 커다란 마을이며 건초 더미가 쌓인 목초지가 내려다보입니다. 보헤미아의 푸르스름한 산들이 내 앞에 서 있습니다. 그리고 내 주위에는 밤나무와 벚나무들이 서 있습니다. 양들이 떼 지어 방울 소리를 내며 가는 게 보입니다. 마치 알프스의 산자락에 있는 듯합니다. 제레의 영지에는 아치형의 통로와 커다란 탑이 있는 오래된 집이 있습니다. 제레 부인은 늘 그렇듯이 나한테 한없이 잘해줍니다. 음악 소리와 시를 읽는 소리가 들립니다. 유명하고 지체 높은 사람들이 휙 나타났다가 휙 사라집니다. 마치 여인숙처럼 말이지요. 그만큼 여기가 편해서 사람들이 자주 방문한다는 뜻이 겠지요. 나는 지금 완벽하게 자유롭습니다. 이 완벽한 자유를 마음껏 누리고 있습니다. 한데, 지금 나는 다른 어떤 때보다도 가정이 있는 생활이 그립습니다. 사람들과 함께 있고 싶습니다. 그래서 날이 가면 갈수록 이탈리아에 가고 싶은 마음이 줄어듭니다. 다가오는 겨울에는 덴마크에 갈 겁니다. 지금 뮌헨에 가서 여드레 동안 머물 생각입니다. 그 다음에 스위스로 가서 알프스에서 행복한 나날을 보낼 기대에 차 있습니다. 이런 게 바로 여행을 하면서 내가 늘 그리워하고 기다리는 축복입니다. 알프스까지 아무 문제없이 갈 수 있도록 신이 건강을 허락한다면 이 축복을 마음껏 누리겠지요. 함부르크는 태양만 뜨거웠을 뿐 아무런 즐거움도 주지 않았습니다. 베를린으로 가는 길은 찜통처럼 더웠습니다. 게다가 먼지도 목이 아플 정도로 풀풀 날렸고요. 베를린에서는 누구를 만나고 싶은 마음이 조금도 들지 않았습니다. 그래서 서둘러 친구들이 있는 신의 땅 막센으로 왔지요. 여행은 삶입니다. 선생님도 부부가 함께 여행을 한번 해보시는 게 어떻습니까? 스테틴에서 베를린까지 네 시간이면 됩니다. 거기서 또 드레스덴까지는 다섯 시간이면 되고요. 드레스덴에 가면 사모님이 수많은 화랑들을 순례할 수 있어 무척 좋아하실 텐데요. 옛날과 전혀 달라졌습니다. 지금은 파우스트의 망토를 타고 날아다니는 시대입니다. 기차는 우리처럼 뚱뚱한 사람들이 안전하고 편안하게 여행할 수 있는 가장 시적인 도구인 걸 왜 모르십니까.

> 1855년 7월 12일, 드레스덴 가까이 있는 막센에서.

뮌헨에서 잉게만이 보낸 편지를 받았다. 편지에는 그때 막 출간한 〈내 인생 이야기〉에 대한 자신의 논평과 수많은 친구들의 우정 어린 논평이 담겨 있었다. 그 편지는 다음과 같이 끝을 맺었다.

거칠 것 없이 가지를 뻗은 낙엽송과 그 주변에 모인 친구들을 뒤로하고 자네가 막센을 떠났나 보군. 하지만 재미있는 얘기를 들려주는 자네의 아름다운 새는 어디로 날아가든 그곳에서 자네의 나무를 만날 테고, 그 시원한 그늘 아래 빛나는 눈동자들을 만날 걸세. 자네가 파우스트의 망토를 타고 자네의 나무와 빛나는 눈동자들을 찾아다니는 한, 나를 자네의 여행에 꾀어낼 생각을 버리지 않을 것 같네. 하지만 난 여행을 하기엔 몸과 마음이 너무 굳었다네. 사실 세상은 나와 내가 사는 이 시골에서도 우르릉거리는 소리를 내며 급하게 변해간다네. 거역할 수 없는 거대한 흐름이겠지. 이제, 일생을 두고 가고 싶었던 산이 제 발로 걸어서 가까이 다가오는 세상이 됐네. 그러니 굳이 마호메트처럼 바쁘게 산을 쫓아다닐 필요는 없겠지. 사람마다 다 취향이 다르지만, 자네 집은 아마 바퀴 위에다 지어야 할 것 같네. 김을 뿜는 거대한 용의 등이 지금 자네 집일세.

예술의 도시 뮌헨에서 며칠 머물면서, 카울바흐 및 그의 가족과 함께 잊을 수 없는 시간을 보냈다. 리빅 교수의 집에서 가이벨이 자신의 비극 〈브룬힐데〉를 낭독하는 걸 들었는데, 이때 초대된 사람들 가운데는 유명한 여배우 세바흐 양도 있었다. 그녀는 가이벨의 이 작품에 여주인공으로 출연했던 사람이었다. 난이미 그전부터 그녀가 연기하는 여러 작품을 즐겁게 지켜보았고, 그녀를 아는 사람은 누구나 다 존경한다는 걸 알고 있었다. 세바흐 얘기가 나와서 하는 말이지만, 연극 공연과 관련해서 내가 꼭 얘기하고 싶은 게 있는데, 우리 관극 풍토에 아주 나쁜 관습이 하나 있다. 뭐냐 하면, 파국을 끝으로 비극이 대단원의 막을 내리고 나면, 관객들은 방금 전 무대에서 비극적인 죽음을 맞이했던 여배우가 방긋방긋 미소 짓는 걸 보기 위해 기를 쓰고 여배우를 다시 불러낸다. 위대한 여배우가 이런 나쁜 관행을 깨야 한다. 관객이 아무리 큰 소리로 불러도 무대 위에 다시 나오지 말아야 한다. 이런 얘기를 세바흐에게 하자 그녀도 동의했다. 난 그녀가 앞장서서 이런 관행을 깨야 한다고 다시 힘주어 얘기했다.

다음날 저녁 〈음모와 사랑〉이 공연되었다. 세바흐는 루이제로 등장했고, 마지막에 독약을 먹고 죽었다. 연극이 끝나자 관객들은 그녀의 이름을 불렀다. 하지만 그녀는 무대 위로 나오지 않았다. 기뻤다. 그녀를 부르는 함성이 점점 더 커졌다. 그래도 그녀는 나오지 않았다. 그러자 관객들은 폭동이라도 일으킬 듯이 고함을 질렀고, 결국 그녀는 무대로 나와 인사를 했다. 나쁜 관행을 고쳐보려고 했던 내 노력은 결국 아무것도 얻지 못했다.

세상 밖으로 나돌아다니는 건 나에게 기쁨이자 생존의 조건이다. 풍족하진 않았지만 열심히 일하고 아꼈기 때문에 이런 생활을 즐길 수 있었다. 하지만 가끔 이런 생각을 한다. 내게 돈이 엄청나게 많아서, 가난한 친구의 여행 경비를 내가 부담해 함께 여행을 할 수 있다면 얼마나 좋을까 하고. 실제로 이런 적이 있었다. 국왕 부처나 왕족들로부터 브로치나 금반지 같은 값비싼 선물을 여러 번 받았는데, 내게 이런 선물을 준 분들도, 그 선물들을 팔아서 마련한 돈으로 덴마크 바깥으로 한 번도 나가본 적이 없는 가난한 친구에게 가, '이 돈이 다 떨어질 때까지 한 달이고 두 달이고 함께 여행을 하고 오자'라고 말한 걸 용서하고 오히려 기뻐해줄 것이다. 친구가 좋아하던 그 눈빛은 브로치나 반지에 박힌 반짝이는 보석보다 훨씬 아름다웠고, 또한 나에겐 훨씬 큰 기쁨이었다. 이번 여행에서는 뮌헨에서 동행하며 보는 것마다 신기해하던 에드가르 콜린 덕분에 여행이 한층 즐거웠다. 우리는 울름과 뷔르템베르크를 지나 천연 온천장이 있는 가스타인으로 갔다. 그곳 온천장에서는 에드바르드 콜린이 가족과 함께 여름 한철을 보내고 있었다.

아우어바흐의 〈마을 이야기들〉의 고향이기도 한 '검은 숲'을 처음으로 가보았다. 화창하게 갠 날이었고, 잊지 못할 추억이 되었다. 거기에서 다시, 잉게만의 표현대로 '김을 뿜는 용의 등에 올라타고' 독일보다 더 위대한 나라, 깊은 호수와 높은 산이 있는 나라 스위스로 향했다. 루체른에서 젊은 동행인 에드가르 콜린과 함께 기선을 타고 플뤼렌으로 향했다. 콜린이 멀미를 했고, 갈수록 더 심해졌다. 결국 다음번 하선 장소에서 내릴 수밖에 없었다. 거기가 브룬넨 마을이었다. 콜린은 호텔에서 몸을 잘 추슬러 다음날에는 책을 읽을 수 있을 정도로 회복되었다. 주인이 그에게 여러 가지를 많이 선물했는데, 그 가운데 스위스 달력도 있었다. 펼쳐진 달력에 과학자를 대표하는 인물로 폰 훔볼트의 초상화가 보였다.

"여기 선생님 초상화도 있습니다!"

과연, 달력 표지에 동화 작가 H. C. 안데르센의 초상화가 있었다. 옆에 있던 주인이 나와 내 초상화를 번갈아 바라보더니 내게 악수를 청했다. 그와 금방 친구가 되었고, 함께 호텔을 운영하는 그의 두 여동생도 친구가 되었다. 그 가운데 아가타는 오빠처럼 음악에 재능이 있었다. 아가타는 저녁 내내 나를 음악의 세상에 묶어두기도 했다. 이런 만남이 있은 후에는 스위스에 올 때마다 일부러 브룬넨 마을에 들러 이 친구들을 만났는데, 이들은 지금도 그곳에 살고 있다. 이들은 스위스에 있는 내 소중한 재산이라 할 수 있다. 실러의 〈빌헬름 텔〉에도 그들의 모습이 묘사되어 있다.

콜린이 심하게 멀미를 한 바람에 우리 두 사람은 브룬넨에서 예상치 않았던 즐거움을 만끽했다. 내겐 그 즐거움이 그때뿐만이 아니라 그후까지 계속 이어졌기에 더 큰 행운을 만난 셈이다. 최근에 갔을 때는 상상도 못했던 기쁨을 맛보기도 했다. 며칠 동안 머물다가 떠날 날이 다가왔다. 떠나기 전날 밤이었다. 횃불을 밝힌 배 한 척이 호수의 수면 위를 미끄러지듯 달리는 게 보였다. 배에서는 사람들이 노래를 부르고 있었다. 아름다운 풍경이었다. 호텔에 있는 사람들이 모두 나와서 그걸 구경했다. 그들이 무슨 이유로 그러는지 아가타에게 물어보았다.

"선생님한테 작별 인사를 드리는 거랍니다."

"오, 무슨 그런 소릴… 민망하게."

"진짜라니까요, 나가보세요."

"말도 안 되는 소리. 괜히 나가서 고맙다고 했다가 나를 위한 게 아니면 무슨 망신을 당하려고."

"진짜로, 선생님한테 하는 거라니까요!"

아가타가 끝까지 우겼다. 긴가민가하면서 호숫가로 나갔다. 벌써 여러 사람들이 모여 있었고, 그 앞에 배가 멈추어 섰다. 배에서 맨 처음 내리는 사람에게 말했다.

"아주 훌륭한 노래였습니다. 근데, 무슨 특별한 이유라도 있습니까?"

"선생님한테 들려드리고 싶어서요."

그와 악수를 나누었다. 그리고 뒤따라 내리는 몇몇 사람과도 악수를 나누었다. 아가타가 일부러 꾸민 일인지 아니면 그 작은 마을에 정말로 나를 위해 노래를 불러줄 사람이 그렇게 많았던지는 지금도 알 수가 없다. 하지만 스위스에 도시와 마을이 수없이 많이 있지만, 그 가운데서도 브룬넨이 내게 특별히 소중한 마을이 된 것만은 틀림없는 사실이다.

취리히에는 바그너가 망명객이 되어 살고 있었다. 앞에서도 말했듯이 나는 그의 음악을 익히 들어 알고 있었다. 그의 집을 찾아갔더니 따뜻하게 맞아주었다. 덴마크의 작곡가 가운데 바그너가 아는 사람은 가데뿐이었다. 가데와 쿨라우에 대해서 얘기를 나누었다. 하지만 그는 쿨라우가 작곡한 오페라를 한 편도 보지 않았다. 하르트만은 이름만 알고 있을 뿐이었다. 그래서 나는 슐츠와 옛날의 하우젠 그리고 쿤센에서부터 바이세, 쿨란, 하르트만, 가데에 이르기까지, 또한 가수까지 포함해서 덴마크의 음악가들에 대해서 많은 이야기를 해주었다. 이밖에도 여러 작곡가들의 작품을 열거했는데, 바그너는 귀를 기울이고 얘기를 들었다.

"선생님이 커튼을 걷어주시니까, 커튼 뒤에 숨어 있던 엘베 강 북쪽이 마치 동화 속의 음악 세계처럼 펼쳐졌습니다."

오페라 대본을 직접 쓴다는 점에서 바그너와 닮았지만 그외의 나머지 부분에서는 전혀 다른 스웨덴 사람 벨만에 대해서도 이야기했다. 바그너와 나눈 대화는 깊은 인상을 남겼다. 행복한 시간들이었고, 이전에는 결코 느껴보지 못했던 충만함을 느꼈다.

덴마크로 돌아오는 길에 카젤에 들러 슈포어를 만났다. 그는 거리에 접한 오래된 집에서 행복하게 살고 있었다. 1847년 런던에서 자주 만나던 때 이후로 처음 보는 자리였다. 동시에, 그를 마지막으로 보는 자리이기도 했다. 몇 년 뒤에 그는 교회 종소리를 타고 멀리 떠나버렸기 때문이다. 마지막으로 보았을 때 그는 무척이나 쾌활했다. 우리는 그가 높이 평가하는 하르트만의 오페라 〈갈까마귀〉를 놓고 애기꽃을 피웠다. 그는 이 작품을 높이 평가하고 카젤에서 무대에 올리고 싶어 했다. 그래서 그는 하르트만에게 편지를 보내 동의도 받아냈지만, 아르밀라를 연기할 여배우를 구하지 못해, 결국 〈갈까마귀〉의 카젤 공연은 무산되고 말았다.

카젤을 떠나 바이마르로 향했다. 그곳에서도 옛날과 다르지 않은 환대를 받았다. 하르트만의 음악에 대한 대공 칼 알렉산더와 리스트의 관심이 얼마나 컸던지, 내가 대본을 쓴 하르트만의 오페라 〈꼬마 크리스티네〉를 분석하고 연구하는 모임이 꾸려졌는데, 그 일에 참가한 모든 음악 전문가들이 커다란 찬사를 보냈다.

그해의 마지막 날 나는 다시 코펜하겐에 돌아와 있었고, 카지노 극장에서 공연할 작품으로 모젠탈의 희극 〈여름 농장〉을 준비했다. 이 작품 제목을 보다 쉽게 〈어떤 마을 이야기〉로 고치고, 합창곡을 비롯한 노래 몇 곡을 더 만들어 넣었다. 이 작품은 큰 성공을 거두었다.

그해의 마지막 날 밤에 잉게만에게 보낸 편지 가운데 일부로 1855년의 기억을 마무리해야겠다.

지금 바깥은 겨울이라기보다 가을 같습니다. 진눈깨비가 내리는 더러운 거리는 나일 강처럼 황토색입니다. 그래서 방안에 있다는 사실이 무척 편안하고 즐겁습니다. 내가 방안에 틀어박혀 있다는 건 뭔가를 쓰고 있다는 뜻이기도 하지요. 〈내 인생 이야기〉가 출판되면 좋겠습니다. 그럼 새로운 인생을 시작할 수 있겠지요. 작품다운 작품을 정말 한번 써보고 싶습니다. 나도 선생님처럼 늘 신선함을 유지하고 싶고, 선생님처럼 뭔가 중요한 걸 이룩하고 싶습니다.

1856

1월 2일에 잉게만이 보낸 답장 겸 새해 인사 편지를 받았다.

> 한 해가 지는 마지막 날 밤에 자네가 우리가 사는 소뢰에 손길을 뻗은 건 정말 고마운 일이네. 덕분에 새해 아침에 자네의 따뜻한 손길을 느낄 수 있었네. 새삼스레 자네는 정말 끈질기고 지긋지긋할 정도로 애정이 깊은 사람이라고 생각했다네.

잉게만이 축복을 빌어주었지만 1856년에 나는 행복하지 못했다. 모든 불행한 사건들이 한 해에 몰려서 집중적으로 들이닥칠 수도 있다. 바로 그해에 내가 그런 경험을 했다. 온갖 불쾌하고 자잘한 일들이 한꺼번에 일어났다. 짜증스럽고 신경질 나는 그 모든 것들을 일일이 다 말하고 싶지 않다. 지금 돌이켜보면 그 일들이란 게 모두 모래알처럼 하찮다. 이런 것들은 길을 걷다가 갑자기 눈 속으로 날아들어오는 바람에 사람을 성가시게 하고 고통을 준다. 하지만 그걸 눈에서 꺼내는 순간 고통은 흔적도 없이 사라진다. 이때 우리는 손가락 위에 얹힌 날벌레의 시체를 보며 이렇게 말한다.

"아유, 이 날벌레들!"

나는 뭔가 가치 있는 걸 이루기 위해 고민하고 노력했다. 시베른이 굳게 믿으며 말했듯이, 나는 '꿈을 꾸는 경건한 어린 영혼'이 아니었다. 내 믿음과 지식을 지키기 위해 내 마음의 비밀스런 방에서 종교적인 투쟁을 수도 없이 해야 했다. 전쟁 기간 동안의 덴마크 사람들 이야기를 다룬 소설 〈죽느냐 사느냐〉를 썼다. 이 작품을 쓰기 위해 유물론에 관한 자료를 수없이 읽고 연구했다. 유물론에 대해서는 잉게만도 흥미로워했다. 유물론에 대한 에스리히트 교수의 강의도 들었다. 잉게만이 유물론에 대한 자기 생각을 편지로 써서 보냈다.

여유가 있으면 에스리히트 교수가 유물론에 반대하는 논리가 무언지 편지로 가르쳐주게나. 내 생각에 그는 유물론이 마치 살아있는 신의 현신이거나 '자연의 힘' 그 자체, 혹은 이 세상에서 가장 높은 법 제정자인 것처럼 행세한다며 공격하는 걸로 아는데, 내가 잘못 알고 있는 건가? 우리가 아무리 나이를 먹고 늙는다 하더라도 자연이라는 학교에서 학생이 되어 공부한다면 늘 선하고 유익한 어떤 걸 얻을 수 있다고 난 확신한다네.

늦은 봄에 다시 여행을 떠났다. 막센에서 잉게만에게 편지를 썼다.

친애하는 잉게만 선생님, 소뢰 역에서 잠시 기차가 서는 동안 선생님께 안부 편지를 썼습니다. 소뢰는 언제 봐도 정겨웠습니다. 호수는 황금빛과 보랏빛으로 반짝였습니다. 지금은 막센에 있습니다. 여기는 모든 게 여름의 아름다움으로 덮여 있습니다.

벚꽃은 활짝 피었고 장미도 피었습니다. 나의 낙엽송은 바위 절벽 가에 변함없이 굳건하게 서 있고요. 어제는 구초를 방문했습니다. 그가 최근에 쓴 희곡 〈엘라의 성공〉과 유명한 소설 〈정령 기사〉는 선생님도 잘 아시겠죠. 그의 소설이 9부씩이나 되지 않았다면 나도 다 읽었을 텐데…. 일요일에 바이마르에 가볼 예정입니다. 대공의 생일이 5월 24일이거든요. 괴테의 〈파우스트〉 2부가 곧 나올 거라고 하네요. 여기에 오길 정말 잘했다는 생각이 들고, 난 지금 행복합니다.

9월에 다시 코펜하겐으로 돌아왔다. 내 모든 생각과 시간을 〈죽느냐 사느냐〉에 쏟았다. 나는 이 작품을 매우 중요하게 생각했다. 하지만 내가 그토록 정성을 들인 이 작품은 신이 내게 준 선물, 즉 시적인 추상력을 따르지 못하는 것 같았다.

1857

4월에 잉게만에게 편지를 썼다.

최근에 찰스 디킨스로부터 편지를 받았습니다. 무척 반가웠습니다. 편지에서 그는 이 달에 소설 〈어린 도리트〉를 탈고했고 지금은 '자유인'이라고 했습니다. 로체스터와 런던 사이에 있는 시골에 멋진 저택을 가지고 있는데, 6월에 가족들과 함께 거기에 가 있을 거라며 그곳으로 나를 불렀습니다. 디킨스의 초대를 받고 뛸 듯이 기뻤습니다. 거기에서 보낼 가족처럼 편안한 나날들이 벌써 기다려집니다. 물론 가능하다면 소뢰를 거쳐서 갈 생각입니다. 선생님의 생일인 5월 28일에 소뢰의 집에 도착할 수 있게 말입니다. 일주일 뒤에 소설 〈죽느냐 사느냐〉가 출간될 예정입니다. 책이 나오는 날, 이 책을 시인 잉게만과 철학자 시베른에게 헌정한 기쁨을 다시 한번 만끽할 기대에 부풀어 있습니다.

내 책이 나올 때마다 내가 맨 먼저 낭독해주는 사람은 태후 카롤리네 아멜리아였다. 아멜리아와 고인이 된 전 국왕 프레데릭 8세는 늘 내게 관대하고 자비로웠다. 이번에는 꽤 오랫동안 아름다운 소르겐프리에 머물렀다. 소르겐프리의 숲은 내가 머무는 동안에 잎을 내었다. 저녁마다 나는 〈죽느냐 사느냐〉를 몇 장章

씩 읽었다. 이 소설은 침울했지만 유쾌한 전쟁(프러시아와의 1848년 전쟁을 가리킨다-옮긴이) 시절의 사건을 다룬다. 책을 읽으면서 그녀가 깊이 감동 받는 걸 느꼈다. 책을 다 읽자, 그녀는 무척 좋아하고 고마워했다. 태후는 보통 사람들이 감히 가까이하기 어려운 높은 지위에 속하는 사람이지만, 그녀와 함께 있으면 고귀한 인격에 감화되어 그녀가 예전엔 왕비였고 지금은 태후라는 사실을 잊어버리게 된다.

어느 날 저녁 태후는 숲 속에 난 길을 따라 소풍을 나갔다. 나는 궁에서 일하는 여자 둘과 함께 다른 마차를 타고 뒤따랐다. 마을의 어느 모퉁이를 지나가는데 놀고 있던 아이들이 그녀를 알아보고 환호성을 질렀다. 잠시 후 내가 탄 마차가 아이들 앞으로 지나갔다.

"안데르센이다!"

아이들이 환호성을 질렀다. 나중에 궁으로 돌아온 뒤에 태후가 웃으며 말했다.

"아이들이 우리 두 사람을 다 알아보더군요. 아이들 환호성을 나도 다 들었답니다."

거리를 걸어갈 때나 마차를 타고 갈 때 아이들은 나를 알아보고 친근하게 미소 지었다. 어느 날 잘 차려입은 여자가 아이들을 데리고 걸어가는 걸 보았다. 한데 그중 가장 어린 아이가 어머니의 손을 뿌리치고 달려오더니 내 손을 잡았다. 어머니가 아이를 불러서 야단을 쳤다. 일부러 들으려 한 건 아니었지만, 내 뒤에서 어머니와 아이가 나누는 대화가 들렸다.

"낯선 사람한테 그게 무슨 짓이니!"

"낯선 사람 아니에요, 안데르센이잖아요! 아이들도 다 아는데 어른이 그것도 모르세요?"

영국을 다녀온 지 십 년이 지났다. 이 기간 동안 디킨스는 내게 자주 편지를 썼고, 그의 편지를 읽는 건 큰 기쁨이었다. 게다가 이번엔 디킨스가 나를 초대했다! 디킨스의 집에서 그와 함께 보낸 시간은 내 인생에 밝은 빛으로 남아 있을 것이다. 네덜란드를 지나고 프랑스를 지나 5월의 어느 날 밤, 칼레에서 배를 타고 도버 해협을 건넜다.

도버에서 기차를 타고 아침 일찍 런던에 도착했고, 도착한 즉시 하이암으로 가는 기차편을 찾았다. 가방을 들어준 역무원의 도움으로 디킨스의 예쁜 별장이 있는 가즈힐에 도착했다. 디킨스는 나를 반가이 맞았다. 지난번에 봤을 때보다 조금 더 늙어 보였다. 이런 느낌은 그가 기르기 시작한 수염 때문이었다. 눈은 예전과 다름없이 빛났다. 입가에 맴돌던 미소나 울림이 있는 듣기 좋은 목소리도 여전했다. 모든 건 옛날과 마찬가지였지만 나를 맞아준 가슴은 옛날보다 더 뜨거웠다. 디킨스의 나이는 마흔다섯, 젊음과 활기, 풍부한 유머로 인생의 절정기에 서 있었다. 이때 그에게서 받은 인상을 그의 집에 도착한 후에 맨 먼저 쓴 편지에다 적었는데, 이보다 더 적절하게 묘사할 자신이 없다. 그 편지에서 나는 이렇게 적었다.

디킨스가 소설에서 사람들을 묘사한 표현들 가운데 가장 멋진 사람을 묘사한 대목 가운데 가장 멋진 부분을 찾아보십시오. 그게 바로 찰스 디킨스의 모습일 것입니다.

그런 모습으로 디킨스는 내 앞에 서 있었고, 거기 머문 여러 주일 동안 이런 그의 모습은 조금도 변하지 않았다. 늘 삶의 활력이 넘쳤고 행복했으며 인정이 넘쳤다.

디킨스의 집에 도착한 지 얼마 지나지 않았을 때 그의 절친한 친구인 극작가 더글라스 제롤드가 죽었다. 미망인에게 성금을 마련해주기 위해서 디킨스는 불워와 새커리(1811~1863년. 영국의 소설가-옮긴이) 그리고 맥크레디 등과 힘을 합했다. 목표는 수천 파운드였다. 공연을 한 작품 하고 시 낭송을 여러 편 하는 걸로 계획을 세웠다. 발로 뛰어 이 모든 일을 꾸려내는 게 디킨스의 몫이라 그는 다른 사람보다 더 자주 런던을 오갔고, 어떤 때는 거기에서 며칠씩 머물기도 했다. 몇 번은 나도 그를 따라 런던에 가 그의 안락한 겨울 별장에 머물렀다. 디킨스와 그의 가족을 따라 수정궁에서 헨델 축제에 가보았다. 거기에서, 캄마와 맥베스 부인을 연기한 여배우 리스토리의 비할 바 없이 훌륭한 연기를 보았다. 특히 맥베스 부인의 연기에 깊은 감동을 받았다. 그녀의 연기에는 심리학적인 진실이 담겨 있었다. 끔찍할 정도였지만 아름다움의 경계는 결코 넘지 않았다. 아마도 이전까지 리스토리만큼 영혼과 육체가 떨릴 정도로 맥베스 부인을 연기한 사람은 없었을 것이고, 앞으로도 없을 것이다.

유명한 배우의 아들인 키인은 셰익스피어의 작품들을 놀랄 만큼 장엄하고 환상적인 표현 기법으로 연출해 무대에 올렸다. 미장센은 과감한 정도를 넘어 지나쳤다. 조명을 받고 우뚝 선 돌하나가 구구절절한 대사를 대신했다. 대사는 사라지고 관객은 대사에 담긴 영성을 접할 수 없었다. 내용은 사라져버리고, 있지도 않은 내용을 담은 황금 접시만 찬란하게 눈을 사로잡았다.

제롤드 부인을 도우려고 마련된 공연들 가운데, 디킨스가 자기 가족 몇 명과 함께 연기한 작품이 있다. 〈얼어붙다〉라는 작품인데, 작가인 윌키 콜린스와 디킨스가 각각 주요 배역을 맡아 연기했다.

디킨스는 가까운 친구들을 앞에 두고 하는 이런 공연을 자주 했다. 왕비가 디킨스의 공연을 오랫동안 보고 싶어 하다가 마침내 참석했다. 관객은 왕비와 알버트 왕자, 왕실 자녀들, 벨기에 국왕, 그리고 공연에 참가하는 배우들의 가까운 친구들이 다였다. 디킨스의 친구 자격으로 이 공연에 초대받은 사람은 그의 아내와 장모 그리고 나 셋이었다. 디킨스는 이 작은 소극 〈새벽 두시〉에서 놀랄 만한 진실성과 천재성을 보여주었다. 이때 디킨스와 함께 참여한 〈펀치〉지의 편집자인 마크 레몬은 나중에 폴스타프(셰익스피어의 〈윈저의 즐거운 아낙네들〉과 〈헨리 4세〉에 나오는 희극적인 인물-옮긴이) 역을 연기해 대중 공연에서도 성공을 거두었다. 이 공연이 끝난 후 배우와 스태프들과 함께 밤늦도록 즐겁게 놀았다. 몽블랑을 등정한 알버트 스미스의 집에서도 나중에 이런 파티를 열었다. 디킨스의 시골 저택에서 영국에서 제일 부자인 숙녀 버데트 코트 양을 만났다. 사람들은 버데트 코트가 더할 나위 없이 인정이 많고 고귀한 품성을 가지고 있다고 입을 모아서 말했다. 그녀는 교회를 많이 지었을 뿐만 아니라 가장 이성적이면서도 가장 기독교인적인 방식으로 병들고 가난하고 도움이 필요한 사람들을 도왔다. 그녀는 런던에 있는 집으로 나를 초대했다. 그녀의 집에서 영국 최고의 부자들 집이 어떤지 구경했는데,

1856년 안데르센이 자필로 쓴 독일어 시.

가장 기억에 남는 건 무엇보다도 버데트 코트 그녀 자신이었다.

다양하고 화려한 즐거움을 주는 런던 생활이었지만 나는 늘 한 번 더 가즈힐에 있는 집에 가고 싶었다. 디킨스와 그의 아내 그리고 그의 딸들이 피아노 옆에 모여 앉은 모습은 보기만 해도 기쁨이 샘솟았다. 행복한 시간들이었다. 하지만 이 행복 속에도 가끔은 우울하고 답답한 때가 있었다. 이건 디킨스의 집에서 비롯된 게 아니라 바깥에서 비롯된 것이었다. 〈죽느냐 사느냐〉에 대한 좋지 않은 비평들이 쏟아진 것이다. 이 일로 기분이 몹시 상해 있었는데, 어느 순간 문득 디킨스가 내 기분을 풀어주려고 무척이나 애쓴다는 사실을 깨달았다.

디킨스는 가족에게서 내 상태를 전해듣고는 내 기분을 돌려놓으려고, 마치 불꽃놀이처럼 정신없고 화려한, 온갖 재미있는 얘깃거리를 펼쳐보였다. 이게 잘 먹히지 않자 이번에는 진지하고 따뜻하고 솔직한 말로 나를 위로했다. 그의 위로를 들으니 마음 속 검은 구름이 걷혔다. 새로운 힘이 생기는 것 같았고, 어깨가 펴지며 미소가 저절로 지어졌다. 그의 반짝이는 눈을 들여다보며, 내 인생에 가장 소중한 순간을 있게 해준 그 모든 신랄한 비평에 감사했다.

디킨스와 함께한 행복한 날들은 빠르게 흘러갔다. 영국을 떠날 마지막 날이 다가왔다. 원래 예정은 덴마크로 돌아가는 거였지만, 독일에서 갑작스런 초대장이 날아와 덴마크 행은 그 다음으로 미루어졌다. 초대장의 발신지는 바이마르였다. 괴테와 실러와 빌란트, 이 세 시인의 동상 제막식이 예정되어 있었던 것이다. 아침 일찍 디킨스는 나를 작은 마차에 태워 자기가 직접 고삐를 잡고 메이드스톤까지 데려다주었다. 거기서 포크스톤까지 기차를 타고 갈 계획이었다. 디킨스는 내가 거쳐갈 모든 역을 지도로 그려주었다. 디킨스는 가는 내내 쾌활했지만, 나는 작별의 시간이 점점 가까워지자 말을 잃어버리고 말았다. 역에서 우리는 포옹을 했다. 디킨스의 눈은 고귀한 인간의 감정으로 충만해 있었다. 훌륭한 작가로 존경하던 사람의 얼굴에서 작가가 아닌 한 평범하고도 위대한 인간의 면모를 보았다. 악수를 끝으로 그는 마차를 몰아 멀어져갔고, 내가 탄 기차는 벌써 영국을 떠나고 있었다. 모든 이야기에 끝이 있듯이, 그렇게 끝이 났다.

　드레스덴에서 멀지 않은 막센에서 찰스 디킨스에게 편지를 썼다.

　　　가장 사랑하는 친구에게,

　　이제야 편지를 씁니다. 늦어도 너무 많이 늦었습니다. 하지만 헤어진 이후로 단 한시도 형을 생각하지 않은 적이 없습니다. 형과 함께한 시간들 그리고 형의 가족과 함께한 시간은 내 영혼의 일부가 되었습니다. 오랜 세월 형의 작품을 통해서 형을 존경하고 사랑했지만, 지금은 작가가 아닌 한 사람의 인간으로서 또 한 사람의 친구로서 형을 존경하고 사랑합니다. 형이 알고 있는 그 어떤 사람보다 내가 더 형을 깊이 생각하리라 믿습니다. 이번의 영국 방문, 아니, 형 집에 머물렀던 순간은 내 인생의 가장 아름답고 기쁜 순간이었습니다. 그랬기에 더 오래 머물 수밖에 없었고 차마 작별의 인사를 하기가 힘들었습니다. 가즈힐에서 메이드스톤까지 마차를 타고 오는 동안 나는 너무도 우울하고 슬퍼 하마터면 울음을 터뜨릴 뻔했습니다. 그 생각을 하면서, 내가 떠나온 지 얼마 후에 아들과 칠 년이란 세월 동안이나 만나지 못할 작별을 했을 형의 마음을 헤아리면서 마음이 무척 아팠습니다. 형과 함께 있으면서 내가 얼마나 행복했고 또 내가 얼마나 고마워했는지, 덴마크 어가 아니어서 제대로 표현할 수가 없습니다. 형이 나의 진정한 친구라는 사실과 내가 곁에 있어 형이 기뻐한다는 사실을 함께 있는 동안 늘 느꼈습니다. 부인 역시 낯선 이방인인 나를 진심으로 따뜻하게 대해주었습니다. 부인이나 아이들 입장에서 보자면 영어도 변변하게 잘 하지도 못하는 사람을, 그것도 어느 날 갑자기 하늘에서 뚝 떨어진 것 같은 사람을 식구로 받아들여 여러 주일 동안 함께 생활하기가 결코 쉽거나 즐거운 일이 아니었을 겁니다. 하지만 이런 느낌을 조금도 받지 않았습니다. 가족에게 고맙다고 전해주십시오. 내가 처음 갔을 때 "아저씨를 창문 밖으로 밀어버릴 거야"라고 했던 우리 '꼬맹이'는 나중에 나를 "창문 안으로 끌어들일게요"라고 했습니다. 모든 가족의 마음이 이 '꼬맹이'처럼 따뜻했음을 잘 알고 있습니다.

그렇게 즐겁고 행복한 가정에 오래 속해 있다 보니, 파리에 가서도 아무런 흥미를 느끼지 못했습니다. 꿀도 없이 복잡하고 소란스럽기만 한 커다란 꿀벌통에 들어 있는 느낌이었습니다. 날씨도 무척 더웠습니다. 그래서 서둘러 파리를 떠났습니다. 닷새 뒤에 프랑크푸르트에 도착했고, 27일에 드레스덴에 도착했습니다. 제레의 가족이 반갑게 맞아주었습니다. 한데 마침 그날이 당주의 생일이어서 나는 한 여자친구의 집에서 묵었습니다. 유명한 피아니스트이자 작곡가인 아돌프 헨셀트*가 바로 그 사람입니다. 이 사람은 한 해의 대부분을 상트 페테르부르크에서 살지만 여름은 영지인 실레지아에서 보냅니다. 어제 막센에 있는 제레의 집에 왔습니다. 그리고 아침 일찍 일어나 지금 이 편지를 쓰고 있습니다. 내가 이 편지를 직접 들고 가즈힐의 형 집에 가 있는 듯한 느낌이 듭니다. 간 첫날 그랬던 것처럼 창문가에 활짝 핀 장미를 바라보고, 로체스터까지 펼쳐진 들판을 바라보고, 아이들이 크리켓을 하고 노는 마당 뒤로 둘러쳐진, 사과 향기 나는 들장미 울타리를 바라봅니다. 과연 앞으로 그런 장면들을 상상이 아닌 실제로 볼 수 있을는지 모르겠습니다. 하지만 아무리 많은 세월이 흐른다 해도 내 가장 소중한 친구인 형에 대한 감사의 마음은 영원할 것입니다. 형의 답장을 읽을 즐거운 시간을 기다리겠습니다. 〈죽느냐 사느냐〉를 읽은 소감도 듣고 싶습니다. 혹 있었을지 모르는 내 나쁜 점은 모두 잊어주십시오. 나는 형을 친구이자 형제로 사랑하며 앞으로도 그렇게 살고 싶습니다.

진심을 담아서,
한스 크리스티안 안데르센.

* 1814~1889년. 독일의 작곡가.

얼마 후에 디킨스의 답장을 받았다. 그의 편지를 통해 모든 사람들이 내게 안부를 물어왔다. 가즈힐의 기념비와 디킨스의 충실한 개에 대해서도…. 나중에 편지가 점차 뜸해졌고, 지난해에는 한 통도 오지 않았다. 다시 한번 더, '모든 이야기에 끝이 있듯이, 그렇게 끝이 났다.'

바이마르에서는 모든 게 밝았고 들떴다. 연일 축제 분위기였다. 독일 전역에서 사람들이 몰려들었다. 극장 감독관이자 법원장인 친구 볼리외를 다시 만났다. 독일 최고의 배우들이 괴테와 실러가 명성을 얻은 작품을 연기하려고 초대되어 왔다. 괴테의 〈파우스트〉 2부의 몇몇 장면이 공연되었다. 물론 여기에 맞춰서 일부 수정된 서막도 함께 무대에 펼쳐졌다. 연출은 극장의 감독 관이던 딩겔스테트가 맡았다. 마당에서는 왕실 가족과 예술가들이 참석한 화려한 연회가 벌어졌다.

괴테와 실러 그리고 빌란트의 동상 제막식이 있던 날은 아주 화창한 날씨였다. 제막식이 있던 순간, 우연이라고 할 수 없는 어떤 시적인 장면을 목격했다. 하얀 나비 한 마리가 괴테와 실러의 머리 위를 오가며 날고 있었다. 그 모습이 마치 누구에게 앉을까 고민하고 망설이는 듯했다. 이건 바로 거장의 영원 불멸을 상징하는 것이 아니었을까? 그러더니 나비는 맑고 햇살 가득한 하늘로 사라져버렸다. 이 얘기를 바이마르의 대공과 괴테의 부인 그리고 실러의 아들에게 했다. 그리고 또 다른 얘기지만, 사람들이 내가 실러와 닮았다는 얘기를 하도 많이 하기에, 어느 날 실러의 아들에게 내가 실러와 어디가 어떻게 닮았는지 물었다. 그는 자기가 보기에도 전체적인 몸의 형상과 걸음걸이와 태도가 많이 닮았다고 했다. 그러면서 이렇게 말했다.

"돌아가신 아버지의 얼굴은 선생님과 전혀 다릅니다. 머리털도 붉은색이었거든요."

그 얘긴 또 처음 듣는 말이었다.

리스트가 축하 음악을 작곡해 극장에서 연주했다. 청중은 우레와 같은 박수를 보냈다. 하지만 난 전혀 감동을 느끼지 못했다. 물론 내 잘못이었겠지만, 다른 사람들과 동일한 감정을 느끼지 못한다는 사실과 그토록 존경했던 예술가를 대하기가 무척 서먹해졌다는 사실에 당황했다. 다음날 리스트의 저녁 초대를 받아 갔다. 함께 있던 그의 친구들은 모두 그를 칭찬했다. 하지만 나는 그들처럼 박수를 보낼 수 없었다. 이런 사실이 나를 슬프게 했다. 결국 나는 서둘러 바이마르를 떠나기로 결심하고, 그날 바로 바이마르를 떠났다. 하지만 그 일은 두고두고 후회가 된다. 그날 이후로, 당대 최고의 음악가로 꼽히던 리스트를 다시는 만나지 못했다.

덴마크로 돌아오는 길에 함부르크를 지났는데 거기에 콜레라가 돌고 있었다. 킬에 도착했을 때 콜레라가 이미 덴마크에 퍼졌다는 얘기를 들었다. 코펜하겐에 도착하자 주치의는 콜레라 환자가 이미 여럿 발생했는데 왜 코펜하겐에 머물고 있느냐고 나무랐다. 그래서 다시 잉게만이 있는 시골 소뢰에 갔다. 그리고 바스뇌스로 갔는데 근처의 스켈스쾨르에 역시 콜레라 환자가 발생했다. 당시는 그걸 알지 못했다. 어쩐지 기분이 좋지 않다는 느낌만 있었을 뿐이다. 하지만 마음을 다잡고 새로운 집필 작업에 착수했다. '놀라운 이야기'〈마을에 도깨비불이 나타났다〉를 쓰는 일이었다. 잉게만이 처음 이 이야기의 발상이 좋다고 했지만 구상만 해놓은 채로 여러 해 내버려두었다가 나중에 완성을 보았다.(1865년에 탈고한다 – 옮긴이)

왕립극장에서 백년제 기념 공연으로 올릴 작품의 서막을 집필해달라고 의뢰했다. 주인공인 남자 배우가 그 부분을 연기하기로 되어 있었다. 그 배우는 최근 들어 대사를 잘 외우지 못했다. 툭 하면 대사를 잊어먹고 슬쩍 넘어가곤 했던 터라, 내가 쓰는 서막에서도 그러지 않을까 불안했다. 예상대로 그런 일이 일어났다. 그는 멋진 목소리로 서막 부분을 연기했지만, 그가 나름대로 멋지게 흔들어 보인 깃발은 크고 작은 구멍이 숭숭 뚫려 있어 내가 보기엔 누더기를 흔드는 것 같았다. 비평가들은 배우의 연기만 높이 칭찬했을 뿐, 구멍 뚫린 깃발의 어색함에 대해서는 모두 내게 화살을 돌렸다. 나중에 내가 대본을 공개했을 때 그런 비난은 꼬리를 감추었지만, 내가 받은 상처의 흔적은 지워지지 않고 오랫동안 나를 불편하게 했다. 이때 잉게만이 보내준 편지는 내게 커다란 위안이 되었다.

행복하고 축복이 가득한 크리스마스와 새해를 빌며!

새해에는 코펜하겐에서나 하루살이의 거미줄 같은 세상에서 나쁜 일들이 하나도 일어나지 않길 빌겠네. 은하수를 보게나. 자잘하고 가치 없는 모든 것들을 즐겁고 유쾌한 입김으로 혹 불어버리고, 이 세상의 마지막 위대한 날까지 이어질 높고도 높은 순결한 이야기를 생각하게나. 신이 우리에게 허락하고 준비한 불멸의 영광에 감사해야지. 저 잘났다고 떠들어대다가 넘어지고 고꾸라지는 지조 없고 악취 나는 모든 것들은 우리가 가는 길과 다른 길에 놓여 있다네. 자네는 그저 '도깨비불'을 꽉 붙들고 그것이 인도하는 대로 따라가게나. 난쟁이 나라의 거미 따위가 아무리 거미줄로 옭아맨들 자네를 어떻게 하진 못할 걸세. 나는 지금 〈루비 네 개〉에서 이런 것들을 표현하려고 하는데 착상만 있을 뿐 제대로 표현하기가 어렵다네. 나이를 먹으면 감수성도 무뎌지나 봐. 피와 살이 부족해. 이게 있어야 할 텐데 말일세.

루시아가 안부 전하라고 하네. 루시아가 무슨 죄를 범했는지 치통에 시달린다네. 입도 퉁퉁 부었고. 이것 때문에 이번 크리스마스의 기쁨이 조금은 줄어들었다네. 정원사의 아내와 우리집 여자아이*가 크리스마스 트리를 만들어 크리스마스 이브에 우리

두 사람을 깜짝 놀라게 했는데, 그 트리가 지금 거실에 서 있다네. 예리코 부인에게서 예리코의 초상화가 들어 있는 메달을 선물 받았네. 상자를 싼 포장지에 예쁜 크리스마스 천사를 그려주셨더군. 이 세상에는 여전히 우정과 사랑이 드물고, 부끄럽게도 기분이 좋지 않을 때 우리는 감사할 줄 모른다네. 자네는 지금 최악의 상태가 아닐세. 사람들이 아무리 뭐라고 해도 자네는 바닥에 추락한 게 아닐세. 서막 따위 자잘한 것들로 마음 상하지 말게. 자네가 시의 나라를 훨훨 날아간다는 소식이 우리 두 사람을 행복하게 해줄 그 시간을 기다리겠네.

늘 자네의 친구인 잉게만.
1857년 7월 2일, 소뢰에서.

* 일하는 하녀 소피에를 가리킨다.

1858

　최근 들어, 〈놀라운 이야기들〉을 내가 직접 낭독할 때 장점이 가장 빛난다는 얘기를 많이 들었고 또 믿게 되었다. 그것도 많은 사람들이 모일수록 낭독의 효과가 더 크다는 사실을 확신한다. 하지만 많은 사람들 앞에 설 때면 실수를 하지 않을까 늘 두렵고 떨린다. 특별하게 중요한 어떤 한 사람의 인사를 위해서 낭독하는 게 아니라 수많은 대중 앞에서 낭독할 때면, 이 사람들은 마치 안개처럼 나를 짓누른다. 하지만 낭독을 마치고 나면 늘 찬사를 들었다.

　1857년에 코펜하겐에 '기술자 조합'을 준비하는 느슨한 형태의 단체가 결성되었는데, 호르네만 교수와 편집자인 빌레는 이 단체 구성원들에게 강연을 하거나 좋은 책을 낭독해서 들려주는 일에 특히 큰 관심을 가지고 있었다. 이 두 사람이 내게 〈놀라운 이야기들〉을 기술자 조합원들에게 낭독해달라고 청했다.

　당시 코펜하겐은 약동하는 분위기였던 동시에 어딘가 불안하기도 했다.(당시 퍼지기 시작하던 콜레라 때문이 아닐까 싶다 – 옮긴이) 낭독을 하기로 되어 있던 강당에 수용할 수 있는 인원보다 훨씬 많은 사람들이 몰려들었다. 미처 안으로 들어오지 못한 사람들은 창문에 다닥다닥 붙어 서서 들여보내달라고 아우성을 쳤다.

다리가 후들후들 떨리고 침이 말랐지만 강단 위에 올라서는 순간 떨림이 그쳤다.

본격적인 낭독을 하기 전에 난 이렇게 말했다. 그때는 이런 얘기를 꼭 해야 한다고 생각했기 때문이다.

"기술자 조합원 여러분들에게 저의 이야기를 낭독해드리기 전에, 여러분들이 명심하셔야 할 게 하나 있습니다. 그것은 바로, 아름답고 진실하고 선한 것에 우리의 눈과 가슴을 열어줄 예술, 바로 시詩입니다.

영국의 왕실 해군의 배에서 사용하는 크고 작은 모든 줄에는 붉은 실이 섞여 있습니다. 이것은 영국 왕실을 의미합니다. 영국 왕실이 그곳에 함께하고 있다는 뜻이지요. 마찬가지로 우리에게는 눈에 보이진 않지만 우리를 하나로 묶어주는 실이 있습니다. 그 실은 우리가 신과 함께하고 있다는 걸 의미합니다. 이 실은 여러 가지 모습으로 우리 앞에 존재합니다. 우리 주변 그리고 우리의 일상에서 이 숨어 있는 실을 찾아내려면 시인의 눈과 시인의 가슴을 가져야 합니다. 홀베르크는 이 실을 자신의 연극을 통해 사람들에게 보여주었습니다. 그 실은, 그가 살던 시기에 함께 살던 사람의 약한 모습이나 우스꽝스런 모습 속에 함께 들어 있었습니다.

아주 오래전에 시인이 하는 일은 주로 신화나 전설 등의 놀라운 이야기를 하는 것이었습니다. 성경 역시 우화와 풍유 속에 진리와 지혜를 담고 있습니다. 빙 돌려서 얘기하는 걸 돌려서 듣지 않고 곧이곧대로 받아들일 사람은 없겠지요. 빙 돌려서 하는 얘기 속에 담긴 의도와 의미를 통해서 그 안에 숨어 있는 보이지 않는 실을 찾아야 합니다.

벽이나 바위 혹은 높은 산에서 메아리가 들릴 때 벽이나 바위나 혹은 산이 소리를 내는 게 아니라는 사실을 잘 알고 있습니다. 마찬가지로 우리는 우화나 풍유를 곧이곧대로 받아들여서는 안 됩니다. 그 속에서 어떤 의미와 지혜 그리고 행복을 찾아야 합니다. 따라서 시인의 눈과 시인의 가슴을 가진다는 건 합리적인 어떤 결과를 찾아 나선다는 의미가 되고 어떻게 보면 과학적인 태도를 가지는 것일 수도 있습니다. 이걸 통해서 우리는 아름답고 진실하고 선한 걸 접할 수 있으니까 말입니다. 그럼 지금부터 놀라운 이야기 몇 편을 읽어드리겠습니다."

마침내 낭독을 시작했고 모든 이의 시선과 귀가 나에게 모아졌다. 열렬한 박수가 한 차례 강당에 울렸다. 만족스러웠다. 몇 작품 더 읽었고, 그 다음에 다른 작가가 내 뒤를 이었다.

1860년에 '기술자 조합'이 열렬한 환호 속에 설립되었는데, 나는 해마다 겨울이면 이들 조합원 앞에서 낭독을 했다. 이 자리에는 덴마크의 여러 유명한 시인이나 작가뿐만 아니라 인기 있는 배우까지 초대돼 이들 앞에 서서 시를 낭송하고 연극의 한 부분을 구연했다.

한번은 이 조합의 연례 기념식장에 초대를 받았는데, 여러 사람들이 나와서 맨 처음 기술자 조합에 시를 뿌리내리고 대중 낭송과 대중 낭독이라는 새로운 방식을 개척한 사람으로, 지금은 고인이 된 마카엘 비에를 열렬히 찬양했다. 그가 이런 길을 처음 열었으며 다른 사람들은 그 뒤를 따랐다는 것이었다.

1860년에 그가 처음으로 기술자 조합에서 욀렌슐레게르의 시를 낭송한 건 사실이다. 하지만 이미 두 해 전인 1858년에 노동자들이 처음 모이기 시작할 때 내가 대중 낭독을 최초로 시도했다. 이건 내가 결코 놓치고 싶지 않은 명예이다!

대학생 조합에서 젊은 대학생이던 시절 내 최초의 '놀라운 이야기'를 대중 앞에서 낭독한 적이 있다. 그후 많은 세월이 흐른 뒤인 1858년, 다시 대중 앞에서 낭독했고 열렬한 박수와 고맙다는 인사를 받았기에 젊고 뜨거운 심장을 가진 기술자 조합원들 앞에서 뿌듯한 긍지와 보람을 느꼈다.

1857년 크리스마스 혹은 이듬해 봄에, 황새들이 봄을 맞아 둥지로 돌아오는 그림이 실린 노란색 표지의 〈놀라운 이야기들〉을 펴냈다. 여기에는 여태까지 발표했던 것들 가운데 가장 긴 〈늪을 다스리는 왕의 딸〉이 들어 있다. 여기에 관해 잉게만이 편지를 썼다.

친애하는 친구에게,

자네는 정말 행운아네. 자네는 개천에서 돌을 치우다가도 진주를 발견하는 사람이니까 말이세. 늪을 뒤져서 보석을 찾아냈으니 이런 말을 들을 만도 하지 않나. 역겨운 냄새를 풍기는 우리 코앞에 장미를 들이대고 또 늪 속에서 화려한 영광을 보여주다니 정말 자네의 상상력은 인정도 많네. 많은 사람들이 하는 얘기를 들었고 나도 같은 생각이지만, 그녀는 정말 아름답네. 깨끗이 씻은 그녀의 모습을 보는 건 정말 기쁜 일이었네. 선하고 아름다운 게, 그 왕국에서 이루어낼 수 있는 게 무엇인지 자네의 공주가 보여주면 참 좋겠다는 생각을 했네. 논리적인 얘기는 아니지만, 누군가가 모든 삶이 결정되는 조건을 타고났으며 바로 이런 첫출발이 있기에 인생이 살 만한 가치가 있다는 설정이 무척 마음에 든다네. 비록 내가 생일을 크게 신경 쓰지 않고 사는 사람이긴 하지만 말일세.

4월 2일에는 황새를 타고 날아가는 평화로운 4월 2일의 영웅을 생각했다네. 이번 책의 표지 그림인 하늘을 날아가는 황새*를 보며 말일세. 단네브로그 십자 훈장을 그날 받았다네. 인정을 받는다는 건 역시 즐거운 일인가 보네.

극장이 하우흐를 죽이지 않았다는 사실은 그래도 반가운 소식이라네. 내가 지금 그 일을 맡고 있다면 아마 죽었을지도 모를 일이네. 자네라고 해도 마찬가지겠지. 극장 감독으로 있을 때 극장은 내게서 모든 힘과 모든 시간을 앗아갔다네. 지금도 그 후유증을 겪고 있을 정도니까. 그럼 이만, 행복한 사생활과 행복한 시인의 생활을 기원하네. 프시케의 날개를 달고 아름다운 꽃밭 위를 날아가거나, 꽃마차를 타고 늪의 왕국을 달려가길 빌겠네. 그리하여 다시 햇살 가득한 여름 하늘로 날아오르길 바라네.

자네의 친구, 잉게만.

1858년 4월 10일, 소뢰에서.

* 안데르센의 생일이 4월 2일이며, 황새는 자타가 공인하는 안데르센의 새였다.

6월에 나는 여행중이었고, 제레가 있는 막센으로 가려던 참이었다. 하지만 이 여행의 즐거움은 금방 끝나버리고 말았다. 덴마크에서 들려온 소식이 나를 너무도 큰 슬픔으로 몰아넣었기 때문이다. 이 슬픔은 지금도 여전히 커다랗게 남아, 지구 반대편인 미국에 있는 친구들이 나를 초대한다고 할 때마다 되살아난다. 지난번에 펴낸 자서전에서, 코펜하겐의 해군대장 불프와 그의 가족을 소개한 적이 있다.(109쪽 참조 - 옮긴이) 그 가운데서도 큰딸인 헨리에테는 나에 관한 일이라면 뭐든 깊은 관심을 가지고 어두운 시절이든 밝은 시절이든 늘 내 편이 되어주었다. 부모가 죽은 뒤에 헨리에테는 남동생인 크리스티안 불프 해군중위와 함께 살았다. 크리스티안 불프는 누나를 끔찍이도 위하던 막내동생이었다. 헨리에테는 건강 때문에 늘 여행을 했으며 누구보다도 바다를 사랑했다. 그녀는 먼 여행을 하면서 동생을 자주 데리고 다녔다. 이탈리아도 함께 갔고 서인도 제도와 미국에도 함께 갔다. 이 미국 여행이 남매에게는 마지막 여행이 되고 말았다. 미국으로 가던 배에서 황열병이 돌았고 동생이 병에 걸렸다. 그녀는 동생을 극진히 간호했다. 동생의 침대 곁에서 동생의 뜨겁고 끈적한 이마를 닦았고, 그 손수건으로 자기 눈을 닦았다. 병약했음에도 불구하고 그녀는 동생을 끝까지 간호할 만큼 강했다. 그러나 동생은 병마의 손아귀에서 헤어나지 못하고, 죽고 말았다.

큰 슬픔에 넋을 잃은 헨리에테는, 프레드리카 브레메르의 소개로 뉴욕 가까이에 있는 이글우드의 마르쿠스 스프링과 그의 훌륭한 아내 레베카의 집에서 위로를 받았다.

다음해 그녀는 덴마크로 돌아왔다. 덴마크로 돌아온 그녀를 나는 거의 매일 만나다시피 했다. 동생을 잃은 슬픔은 그녀가 감당하기엔 너무나 큰 충격이었다. 그녀는 늘 동생의 유골을 날리고 온 바다 건너 미국을 생각했고, 마침내 다시 한번 미국으로 가려고 마음을 먹었다. 출항 날짜를 초조하게 기다리며 여름을 보냈고 9월에 함부르크 기선 오스트리아 호를 타고 떠났다. 영국에서 그녀는 마지막 편지를 여동생에게 보냈다. 이 편지에서 그녀는 많은 사람들이 배에 함께 타고 있었지만 마음이 이끌리는 사람이 아무도 없었고, 영국에 도착해서는 미국으로 가기가 갑자기 끔찍할 정도로 싫어졌지만 나약한 모습을 보이기 싫어서 배에서 내리지 않고 여행을 계속한다고 썼다.

그리고 얼마 지나지 않아 오스트리아 호가 대서양에서 불에 타 침몰했다는 소식이 전해졌다. 그 끔찍하고 슬픈 소식에 정신을 차릴 수 없었다. 그녀의 동생들과 친척들 그리고 친구들은 그녀가 죽었다는 걸 믿을 수 없었다. 다시 얼마 뒤, 살아남았다는 몇몇 사람들이 갑작스럽게 들이닥친 그 무시무시한 재앙의 상세한 내막을 밝혔다는 말이 돌았다. 살아남은 사람들은 도대체 누구란 말인가? 그 속에 헨리에테도 포함되어 있을까? 헨리에테가 바다 깊이 가라앉았다는 확실한 증거는 어디에도 없었다. 만일 슬픔이 글 속에 자리잡을 수 있다면, 그녀를 안타까이 불렀던 내 글 속에 분명히 자리할 것이다.

헨리에테 불프
1858년 9월 13일, 오스트리아 호에서 죽다

불타는 배에 갇혔구나, 넘실거리는 파도에 잠겼구나
얼마나 무서웠을까, 비명은 우리 귀에 들리지 않네
너는 고통 속에 죽어가며, 너의 무덤을 보았구나
하지만 죽음의 비명은 우리 귀에 들리지 않네

너의 용감하고 강인한 영혼이 깃들었던, 하지만 지금은 아닌
네 연약한 육체, 어디에서도 찾을 수 없지만

너의 따뜻한 심장, 차가운 바다에 설마 싸늘하게 식었을까
어디에 있는지 보았다는 사람이 없구나

너는 내 누이였다, 인정 많은 내 누이
내 영혼이 먼지 속에 짓밟힐 때 일으켜 세웠다
너는 내 보호자였다, 힘이 센 내 누이
내가 나락에 떨어졌을 때 나를 건져 올렸다

이렇게도 허무할 수가, 작은 종들이 소리 내어 우는구나
물살에 쓸려 가라앉던 네가 그렇게 울었을까
너의 운명을 네가 바꾸지 못했구나, 바닷물의 포말처럼
지상의 삶은 끝났구나, 꿈처럼 빠르게 사라졌구나

잘 가라, 철부지 어릴 때부터 우린 친구였네
넌 늘 내가 원하는 것보다 더 많은 걸 주었다
이제 고통은 끝나고, 막내의 얼굴을 보겠구나
온 세상을 다 찾아도 찾지 못했던 그 동생을 찾았구나

너의 무덤은 바다, 저 거친 바다
우리의 심장에 너의 이름을 새겨두마
너의 영혼은 하늘, 주님이 허락하리라
고통보다 몇십 배 더 큰 기쁨을

불타는 배에 갇혔구나, 넘실거리는 파도에 잠겼구나
얼마나 무서웠을까, 비명은 우리 귀에 들리지 않네
너는 고통 속에 죽어가며, 너의 무덤을 보았구나
하지만 죽음의 비명은 우리 귀에 들리지 않네

낮이나 밤이나 헨리에테만 생각했다. 다른 건 아무것도 생각할 수 없었다. 수많은 밤을 새우면서 하나님에게 기도했다. 만일영혼의 세상과 지상의 세상을 잇는 끈이 있다면, 단 한 번만이라도 헨리에테를 만날 수 있게 해달라고, 그게 안 되면 그냥 한 번흘깃 보게만이라도 해달라고, 꿈에라도 나타나게 해달라고 빌었다. 깨어 있을 때 내 머리는 온통 내 오랜 친구인 헨리에테 생각뿐이었지만 그녀를 만날 수는 없었다. 잠을 잘 때 꿈을 꾸어도그녀는 내 앞에 나타나지 않았다. 하루는 거리를 걸어가는데 갑자기 집들이 거대한 파도가 되어 나를 덮쳤다. 하나를 헤치고 나가면 다른 파도가 또 덮쳐왔다. 분명히 파도의 움직임을 보았다.그 순간, 드디어 내가 미쳤구나, 그런 생각이 들었다.

내 마음의 평온은 갑작스럽게 다가왔다. 그건 신에 대한 믿음이었다. 그리고, 슬픔은 탄식과 함께 사라져버렸다. 잉게만이 편지를 보내왔다.

작고 연약한 육체에 깃들인 영혼이 위대하면 위대할수록, 불에 타 가라앉는 배에서 더 쉽게 날아올랐을 걸세. 우리가 진정으로 자유롭게 호흡할 수 있는 위대한 정신의 세계로 훨씬 더 가볍게 날아갔을 걸세. 단 한순간에 모든 게 폐허로 바뀌어버릴 수있는 이 세상에 대해 〈죽어가는 아이〉와 〈죽느냐 사느냐〉를 쓴시인에게 내가 무슨 얘기를 더 할 수 있을까. 이제 할 만큼 했네.기억과 영혼으로만 남은 사람에게 자네가 느끼는 고통과 자네가아직도 간직하고 있는 사랑, 이 모든 것들을 다 표현했지 않은가. 이 편지를 받아볼 때는 이미 슬픔의 마지막 앙금까지 다 털어내었기를 기대하네. 나와 아내는 참사로 인한 자네의 슬픔을 조금이라도 덜어주고 싶네. 우리는 자네가 슬픔을 털고 일어나, 지고지순한 사랑이 허락하는 기쁨을 찾아 나설 테고 곧 찾아내리라 믿네. 신의 축복이 함께하기를 빌며, 아울러 자네가 믿음을 되찾을 힘을 내려주시길, 헨리에테의 동생들에게도 나누어줄 만큼 많은 힘을 내려주시길 빌겠네.

해군대위인 큰 남동생 피터 불프가 참사에서 살아남은 장교에게 편지를 썼고, 이렇게 알아낸 건 다음 사실이 전부다. 아침 식사시간에는 식당에서 보았고, 그후에는 늘 그랬듯이 곧바로 선실로 돌아갔는데, 점심 식사 전에 사고가 일어났다. 불길이 타르통을 쌓아둔 곳으로 옮겨 붙으면서 불꽃과 연기가 배를 뒤덮었다. 헨리에테는 선실에서 연기에 질식해 죽었을 가능성이 높다고 했다. 그녀의 무덤은 대서양 깊은 바다 아래 침몰한 배의 선실이다.

1859

내가 대본을 쓰고 하르트만이 작곡한 아름다운 곡조의 〈꼬마 크리스티나〉가 창고에 오래 갇혀 있다가 무대에 올라 커다란 관심을 불러일으켰다. 내가 쓴 대본도 비평가의 칭찬을 받았다. 〈조국〉에서도 영감이 풍부한 진정한 시의 전범을 이 작품이 보였다고 했다.

아름답고 사랑스런 풍경들이 미끄러지듯 지나간다. 운율은 자연스럽고 소박하지만 언어의 구사는 너무도 환상적이고 유연해 누구든 이 시를 읽는 사람은 감동하지 않을 수 없다. 이 작품은, 과거에 단 한 번도 없었고 미래에도 있을 것 같지 않은 독특한 환상의 세계를 펼쳐 보인다. 환상이라고 탓하지 말자. 너무도 아름다운 세상이며, 우리가 늘 갈망하던 어떤 걸 가슴속 깊은 곳에 심어주니까….

하르트만의 아름다운 음악 역시 많은 찬사를 받았다.

늦은 봄에 '놀라운 이야기'의 새로운 책이 출간되었다. 이 가운데 〈바람이 들려주는 발데마르 다에와 그의 딸 이야기〉가 들어 있다. 이 책은 하르트만에게 헌정했다.

나무들이 잎을 떨구고 있었다. 날씨는 따뜻하고 좋았다. 오래된 프레데릭 성에 머물고 있던 프레데릭 7세가 사람을 보내 새로 나온 작품을 읽어달라고 했다. 크리스티안 4세의 자랑이었으며 하우흐가 〈프레데릭의 성〉이란 시로 생명을 불어넣었던 바로 그 성에서 아름다운 이틀을 보냈다.

성에서 옛날의 영화와 화려함을 모두 보았다. 아름답게 갠 일요일, 정원에 차려진 왕의 식탁에 앉았다. 식사를 마친 뒤 왕은 성 주변에 빙 둘러 있는 호수에 배를 띄웠다. 덮개가 없는 배에서 왕은, 바람이 발데마르 다에와 그의 딸들에 대해 무슨 얘기를 들려주었는지 읽어달라고 했다.

국왕 부처와 내가 탄 배 뒤로 다른 손님들을 태운 배가 따랐다. 불타는 석양이 비친 푸른 수면 위로 배가 미끄러져 갔다. 나는 부와 행복이 어떻게 사라져갔는지 바람이 들려주는 얘기를 읽었다. 읽기를 마쳤을 때, 잠깐 동안의 침묵이 흘렀다. 그 순간, 묘한 슬픈 감정이 일었다. 옛날에도 이런 적이 있었던 걸 독자는 기억할 것이다. 국왕과 함께 탔던 배, 물, 공기, 그리고 기쁨으로 가득했던 성의 풍경들이 생생하게 되살아났다. 그리고 다음해에 들려왔던 슬픈 소식….

여름이 나를 유틀란트로 불렀다. 덴마크에서 가장 아름다운 곳, 유틀란트…. 이때의 이야기는 〈모래 언덕에서 전하는 이야기〉에 자세하게 적었다.

의회 의원 탕의 초대를 받아 그의 소유인 옛 북北 보스보르그에 갔다. 여기에는 한때 기사 부게가 살았던 집이 있고, 부근에 니숨 피요르드가 있다. 이곳의 그림 같은 풍경과 건물 그리고 사람들에 대해서 잉게만에게 쓴 편지가 있다.

　월요일에 실케보르그에서 서쪽으로 여행을 했습니다. 예전에
는 그곳이 황무지이고 사람도 살지 않는 줄 알았는데, 그렇지 않
았습니다. 가는 곳마다 땅은 농경지로 잘 가꾸어져 있고, 사제관
에는 예쁜 정원이 있고, 정원에는 딱총나무와 장미가 활짝 피었
습니다. 사람들도 많이 살고 있었습니다. 교육받은 사람들도 많
고요. 북 보스보르그는 역사가 오래된 곳입니다. 주위로 해자가
깊이 파져 있고 높은 누벽이 둘러서 있습니다. 정원 주변의 잡목
숲은 서풍을 받아 마치 정원사가 가위로 손질한 것처럼 깎여 있
었습니다. 교회는 손님방으로 개조가 되어 있고요. 이 방에 하얀
옷을 입은 여자가 나타난다고 합니다. 하지만 아직은 나를 만나
러 오지 않았습니다. 아마도 내가 농담은 좋아하지만 유령은 좋
아하지 않는다는 걸 아나 봅니다. 수요일인 7월 6일 우리는 여기
에서 프레데리키아 전투*를 기념했습니다. 전쟁에 참가했던 이
곳의 농부 여섯 명을 초대했습니다. 웃고 마시고 얘기하고 우리
의 국기 단네브로그를 흔들었습니다. 나더러 '놀라운 이야기'
하나를 읽어달라고 해서 〈덴마크 사람 홀거〉를 읽었습니다. 탕
의원은 농부들에게 많은 선물을 주었습니다. 그리고 우리는 그
농부들 가운데 한 사람의 집을 방문했습니다. 얼마나 풍족하고
예쁘게 사는지 깜짝 놀랐습니다. 부엌은 마치 어린아이의 방 같
았습니다. 천장에 햄과 소시지들이 주렁주렁 매달려 있더군요.
선한 농부들은 케이크며 과자며 마실 걸 잔뜩 내놓았습니다. 갖
가지 종류의 포도주, 독한 술, 러시아 차 등을 내놓고 초콜릿까
지 내놓았습니다. 마지막에는 맥주를 내왔습니다. 게다가 올 때
는 견방사絹紡絲를 선물로 주었습니다.

어제는 여기서 삼 마일 떨어진, 서해 가까운 곳에 있는 후스비 모래 언덕에 다녀왔습니다. 우리는 마차 여러 대를 나누어 타고 달렸습니다. 마차마다 우리 덴마크 국기를 펄럭이면서요. 우리는 국기를 모래 언덕에 꽂고, 텐트를 쳤습니다. 여기에서 다시 탄착罪着 거리 두 배쯤 떨어진 곳에 후스비 사제관이 있습니다. 여기에는 넓고 편안한 방들이 있고, 도서관이 있고, 또 선생님의 초상화도 걸려 있습니다. 정원에는 큰 나무들이 서 있고, 장미 울타리가 쳐져 있습니다. 저녁이 다가오면서 바람이 매서워져 집으로 돌아왔습니다. 그새 입술이 갈라지고 얼굴이 트고 말았습니다. 어제는 북 보스보르그에 나 때문에 많은 사람들이 모였습니다. 백 명도 넘었고, 거의 대부분이 농민들이었습니다. 우리는 정원에서 차를 마시고, 나중에는 커다란 홀에서 밤늦게까지 노래를 부르고 얘기를 나누었습니다. 이곳 농부들은 강인하고 교양을 갖춘 사람들입니다. 게다가 지식과 지혜에 대한 욕심도 도시인들 못지않습니다. 농부들은 여기에도 철도가 들어와야 한다고 목청을 높였습니다. 머지 않아 그렇게 되겠지요. 그렇게 되면 이곳의 낭만적인 히스 벌판도 사라지고 황량한 외로움과 도깨비불이며 옛 시대의 영광이 모두 사라지고 말겠지요. 여기에서 많은 전설을 새로 들었습니다. 그 가운데는 북 보스보르그에 얽힌 얘기도 많이 있습니다. 하나만 소개합니다. 여기 지하에 집시 여인 롱 마르게테가 있답니다. 이 여자는 어린아이의 따뜻한 심장을 먹으려고 임신한 여자의 자궁에서 태아를 꺼냈는데, 지금까지 이 여자에게 희생된 임산부가 자그마치 다섯 명이나 된다는군요. 일곱 명을 채우면 투명한 인간이 되어 사람 눈에 보이지 않게 된다고 집시 여인이 말했다고 합니다. 바람은 마치 가을처럼 으르렁거리는 소리를 내고, 바다는 그 소리를 가만히 듣고 있군요. 부인에게도 안부 전해주십시오.

영원한 친구, H. C. 안데르센.
1859년 7월 11일.

* 1848년 독일과의 전쟁중에 승리한 전투.

북 보스보르그는 매우 매력적인 곳이었고, 난 그곳에서 충분히 오래 머물렀다. 내가 떠날 때는 모든 가족이 렘비그까지 배웅을 나왔다. 엘시노르가 아니라 림 피요르드가 가까이 있는 이곳이 햄릿의 무덤이다. 서부 유틀란트 사람들은 지금도 '암릿(Amlet)의 무덤'이라고 부른다. 외로운 양치기가 여기 높은 곳에 앉아 딱총나무 가지나 양의 뼈로 만든 피리로 단조로운 곡조를 불어댄다.

렘비그에 도착해 여인숙에 들었다. 한데 얼마 후, 국기가 지붕에서 불쑥 튀어나왔다. 조금 뒤 반대편 집에서도 국기가 걸렸다. 무슨 일인지 알 수가 없었다.

"오늘 무슨 축하할 일이라도 있나 보지요?"

"선생님에게 경의를 표하는 겁니다."

탕 의원이 대답했다. 우리는 함께 거리 구경을 하러 나섰다. 국기를 건 집들이 여럿 있었다. 친절한 눈빛들이 인사를 건네왔다. 이게 다 나를 위해서라니 믿을 수가 없었다. 하지만 다음날 새벽 기선을 타려고 나왔을 때, 렘비그에도 어른에서 어린아이까지 나를 좋아하는 사람들이 많다는 사실을 실감했다.

군중 속에서 한 꼬마가 어른 옷을 둘둘 감고 서 있는 게 보였다. 다가가 말을 걸었다.

"가엾게도… 배를 타려고 잠도 못 자고 이 새벽에 나왔구나."

"그게 아닙니다, 선생님."

옆에 있던 아이의 어머니가 말했다.

"오늘 새벽에 여기 오면 안데르센 선생님이 배를 타고 가시는 걸 볼 수 있다고, 이 아인 어제 한숨도 자지 않고 기다리다가 나왔답니다. 선생님이 쓰신 〈놀라운 이야기들〉은 하나도 빼놓지 않고 다 읽었구요."

나는 아이의 얼굴에 키스를 하고 말했다.

"이제 그만 집에 가서 자렴, 내 꼬마 친구 씨, 안녕… 안녕!"

나는 어린아이처럼 기분이 좋아졌다. 그 새벽에 차가운 바닷바람을 맞으며 서 있던 아이처럼 조금도 춥지 않았다. 기선은 오테순드를 미끄러지듯 지나갔다. 한때 독일 왕들이 덴마크적인 모든 걸 없애버리려고 시도했던 곳이다. 티스테드에 도착했다. 홀베르크가 마법의 도시라고 노래한 바로 그곳이다.

배는 선창에 정박했고 나는 선실에 앉아 있었다. 증기가 씩씩거리며 휘파람 소리를 내는데, 누가 갑판에서 큰 소리로 내 이름을 부르며 나와보라고 했다. 나가보니, 내 작품을 읽고 나를 좋아하는 사람들이 선창에 서서 환호성을 보내고 있었다. 그날 늦게 올보르그에 도착했다. 밝은 눈빛이 나를 반가이 맞았고, 나는 그의 손을 잡았다. 대학 시절부터 친구이자 H. C. 외르스테드의 사랑스런 딸 소피에의 남편인 카멜헤레 달스트롬이었다.

위대한 과학자 H. C. 외르스테드의 남동생인 안데르스 산도 외르스테드도 이곳에 볼일을 보러 왔다가 달스트롬의 집에 머물고 있었다. 그는 법학자이자 영향력 있는 정치가였다. 땅거미가

질 무렵, 저녁을 먹고 거실에 앉았는데 하인이 와서 집 앞에 사람들이 많이 모여 있다고 했다. 곧 대표라는 사람이 안으로 들어와 우리 앞에 섰다. 올보르그 시민 합창대인데 나를 환영하는 노래를 불러주고 싶다고 했다. A. S. 외르스테드가 아니라 나라니, 당황스러웠다. 나는 열린 창가에 서서 노래하는 사람들을 바라볼 수 없었다. 왜냐하면 그 몇 년 동안 A. S. 외르스테드가 그 자리에 서서 사람들의 인사를 받았다는 사실을 알고 있었기 때문이다. 밖으로 나갔다. 내가 나가자 합창대가 노래를 부르기 시작했다. 나는 기쁨과 고마움을 담아 최대한 많은 사람의 손을 하나씩 잡았다. 덴마크에서 처음으로 받아보는 세레나데였다. 근 20년 전인 1840년 룬드를 방문했을 때 스웨덴의 대학생들이 세레나데를 부르며 내게 경의를 표시한 적이 있었는데….

올보르그에서 덴마크의 최북단인 스카겐까지 갔다. 이곳은 북해와 동해가 만나는 곳이다. 한때 왕의 권위보다 더 강력한 권위를 가졌던 옛날의 보를룸 수도원은 로트볼 소유의 장원 저택이 되어 있었다. 로트볼은 여기 머물면서 이곳 시골 풍경을 구경하라고 초대했다. 운이 좋으면 서해의 폭풍도 볼 수 있다고 했다. 역사소설 〈보를룸의 주교와 그의 친척〉에서 이곳의 풍경을 다음과 같이 묘사했다.

우리는 지금 유틀란트의 '습지의 황무지'가 멀지 않은 곳에 있다. 대서양의 파도 소리가 들린다. 우리 앞에는 거대한 모래 언덕이 솟아 있고, 우리는 그곳을 향해 푹푹 빠지는 모래를 헤집고 천천히 나아간다. 오래되고 커다란 건물이 모래 언덕을 왕관처럼 쓰고 있다. 이 건물이 보를룸 수도원이다. 이 건물의 가장 길게 뻗은 날개가 교회이다. 우리가 모래 언덕을 올라갔을 때는 늦은 저녁 시간이었지만 하늘은 맑았다. 그리고 밤은 무척이나 밝아 초지와 습지 너머 멀리 올보르그 피오르드가 있는 곳까지 바라다보였다.

언덕에서 내려와 헛간과 창고를 둘러보고 다시 돌아서서 여러 개의 문을 지나 성의 안뜰로 갔다. 종려나무가 벽을 따라 줄지어 서 있었다. 이 벽을 바람막이 삼아 나무들은 무성하게 자라, 잎 사귀가 많은 가지는 창문을 거의 가릴 정도였다.

돌로 만든 꼬불꼬불한 계단을 올라갔고 목조 천장 아래로 난 긴 복도를 걸어갔다. 바람은 우리 주변에서 이상한 소리로 휘파 람을 불었다. 휘파람 소리는 건물 안에서도 들리고 밖에서도 들 렸다. 우리는 번갈아가며 오싹 소름이 돋고 머리카락이 곤두서 는 무시무시한 옛날이야기를 했다. 갑자기, 살해당한 사람들이 우리 곁을 빠르게 스쳐 지나가는 환영을 보았다. 교회 쪽에서 불 어오는 바람은 죽은 사람들을 위해 찬송가를 불렀다. 우리는 어 느새 옛날로 돌아가, 그들과 마주서서 그들을 바라보고 그들과 함께 숨을 쉰다.

그 다음에 본격적인 이야기가 전개되는 이 역사소설은, 행복 하게 사라져간 중세의 역사적 진실을 우리 시대의 눈으로 올바 르게 바라보고자 한 게 집필 의도였다.

"보를룸에는 유령이 나타납니다. 특히 어떤 방에서는 죽은 수 도사들이 유령이 되어 나타납니다."

올보르그에서 들은 말이다. 주교도 이 유령을 직접 봤다고 말하는 걸 들었다는 사람도 있었다. 나 역시 죽은 사람의 세상과 산 사람의 세상 사이에 교감이 없다고 잘라서 말할 자신은 없지만, 그래도 유령을 믿지 않는 편에 속한다. 우리가 존재하는 이 세상은 온갖 신기하고 놀라운 일들로 가득 차 있다. 하지만 우리는 이런 것에 익숙하기 때문에 그런 것들까지 '자연스러운 것'으로 얘기한다. 나는, 이 세상의 모든 것은 위대한 자연의 법칙, 이성의 법칙, 신의 힘과 지혜와 선의 법칙 아래 유지된다고 믿는다.

첫날 밤 보를룸의 수도원에서 잠을 잔 뒤, 아침 식사 자리에서 집주인 부부에게 주교가 어떤 방에서 잠을 자다가 유령을 보았는지 물어보았다. 너무 궁금해서 확인해보지 않고는 지나칠 수가 없었다. 하지만, 먼저 질문한 사람은 나였는데 대답보다 질문을 더 많이 받았다. 내 방에서 자다가 무얼 보고 놀랐느냐, 죽은 사람들이 유령으로 나타나지 않더냐는 질문들이었다. 주교가 유령을 보았다는 방의 바닥이며 천장을 샅샅이 살펴보았다. 창문도 꼼꼼하게 살펴보았다. 어쩌면 유령 놀이에 재미를 붙인 짓궂은 사람이 장난을 쳤을지도 모를 일이었다. 그런 경우는 나도 몇 번 본 적이 있으니까. 아무튼, 그 다음날도 아무 일 없었다. 여러 밤을 잤지만 아무 일도 일어나지 않았고 편안하고 안전하게 잠자리에 들었다.

한데 어느 날 저녁이었다. 평소보다 일찍 잠자리에 들었다가 한밤중에 이상한 냉기를 느끼고 잠에서 깨어났다. 갑자기 몸에 소름이 돋았다. 순간적으로 유령이라는 느낌이 들었다. 혼잣말로 유령은 없다고 중얼거렸다. 죽은 수도사들이 나한테 나타나서 할 말이 없지 않은가…. 헨리에테 불프가 살았는지 죽었는지 알지 못할 때 나는 신의 이름을 부르며 단 한 번만이라도 헨리에테 불프를 만나게 해달라고, 그게 안 되면 이미 저세상에 가 있다는 얘기만이라도 헨리에테의 입으로 듣게 해달라고 빌어보았지만, 그녀는 끝내 나타나지 않았다. 한데 죽은 수도사들이 나한테 무슨 볼일이 있을까, 그렇게 생각하며 마음을 다잡았다.

그러자 조금 진정이 되었다. 한데 바로 그 순간, 어둠 깊은 곳에서 희미한 사람의 형상이 보이는 게 아닌가! 눈에 온 힘을 집중했다. 하지만 내 눈빛은 희미한 그림자를 번번이 뚫고 지나가버렸다. 견딜 수가 없었다. 내 머리는 공포와 궁금증 사이에서 분열을 일으키며 미쳐버릴 것 같았다. 이판사판의 심정으로 침대를 박차고 일어나 희미한 그림자를 향해 돌진했다. 한데, 거기에는 수도사 대신 반짝반짝 윤이 나는 문이 있었다. 여름밤의 달빛이 열린 창문으로 들어왔고, 그 빛을 거울이 반사해 문을 비추었고, 문에 붙어 있는 세 부분의 금속판이 그 빛을 받아서 사람의 형상으로 비쳐졌던 것이다. 그게 내가 보를룸에서 본 유령이었다.

그후로도 이와 비슷한 경험을 몇 번 더 했는데, 여기에서 풀어놓아야겠다.

이 일이 있은 지 일 년 뒤의 일이다. 이때도 나는 어떤 오래된 집에 머물고 있었다. 그 집에서 이상한 경험을 한 건 밤이 아니라 낮이었다. 커다란 홀을 지나가는데 갑자기 종소리를 들었다. 저녁 식사 종소리 같은 거였는데, 내가 있던 곳에서 볼 때 건물의 반대쪽 날개에서 들려온 것 같았다. 내가 알기로 그곳은 아무도 사용하지 않는 곳이었다. 집주인의 부인에게 물어보았더니, 갑자기 정색을 하며 되물었다.

"선생님이 그 소릴 들었다구요? 이런 대낮에요?"

그러면서 하는 말이, 자기도 그 소릴 여러 번 들었다는 것이었다. 특히 사람들이 자러 들어가는 늦은 시간에 많이 들리는데, 그 소리가 얼마나 큰지 지하실에 있는 사람도 들을 정도라고 했다.

"그럼 한번 살펴봅시다."

종소리를 들었던 그 방으로 갔다. 거기에서 집주인과 그곳의 성직자를 만났다. 이상한 종소리를 들었던 일을 얘기하고는, 창문을 살펴보려고 다가가면서 유령일 리가 없다고 말하는데, 바로 그 순간에 다시 종소리가 울렸다. 아까보다 더 큰 소리였다. 식은땀이 등줄기를 타고 흘렀다. 겁이 났고, 내 목소리는 아까보다 훨씬 작아졌다.

"유령의 존재를 부정하진 않지만, 믿을 수는 없습니다."

우리가 그 홀을 나갈 때 다시 한번 종소리가 울렸다. 바로 그 순간 내 눈은 우연히 천장에 매달린 샹들리에를 바라보고 있었다. 유리로 만든 수많은 샹들리에 장식들이 흔들리는 게 보였다. 사다리를 타고 올라가 머리를 샹들리에에 가까이 대고 아래에 있는 사람들에게 말했다.

"쿵쾅거리면서 빠르게 지나가보십시오."

사람들이 내 말대로 쿵쾅거리면서 지나가자 샹들리에의 장식들이 움직이며 자기들끼리 부딪쳐 종소리를 냈다. 마치 멀리서 들리는 듯한 종소리였다. 그렇게 해서 유령의 정체가 밝혀졌다. 이 얘기를 전해들은 어떤 목사 미망인은 나중에 내게 이렇게 말했다.

"그 종소리 참 재미있는데…. 근데 시인이신 분이 그걸 그냥 두

셨어야지, 어떻게 아무것도 아닌 걸로 만들어버리실 수가 있죠?"

유령 이야기 하나 더, 이게 마지막이다. 코펜하겐에 있을 때였다. 한밤에 잠에서 깼는데, 침대 옆 난로 위에 하얀 흉상이 놓여 있는 게 보였다. 잠자리에 들 때는 분명히 없던 것이었다. 누가 선물했나 보다 생각하며, 대체 누가 갖다놨을까 하고 중얼거리며 침대에서 일어나는 순간, 흉상이 사라져버렸다. 머리카락이 쭈뼛 섰다. 성냥을 켰다. 시계를 보니 막 한 시였다. 야경꾼이 지나가며 고함을 질러 한 시를 알렸다. 거참, 이상한 일도 다 있다 생각하며 다시 자리에 누웠다. 하지만 조금 전에 본 흉상이 눈에 어른거려 좀처럼 잠이 오지 않았다. 그때 이런 생각이 들었다.

'아마 달빛이 창문으로 들어와 흰 벽에 반사돼서 그랬을 거야.'

내 짐작을 확인하려고 다시 침대에서 일어나 바깥을 내다보았다. 공기는 맑았지만 초승달은 진작에 지고 없었다. 거리의 등불은 모두 꺼져 있고 불빛이라곤 찾아볼 수가 없었다.

다음날 아침, 방을 다시 한번 살펴보고 거리를 둘러보았다. 길 건너편에 있는 집에서 등불을 켰을 수도 있다는 생각이 들었다. 아니면 운하를 지나가는 배에서 흘러나온 불빛이 벽에 사람의 머리를 닮은 형상을 만들었을 수도 있었다. 그래도 궁금증이 속 시원하게 풀리지 않아서 날이 어두워진 뒤 거리로 나가 야경꾼에게 거리의 가로등을 몇 시에 *끄느냐*고 물어보았다.

"정각 새벽 한 시요. *끄*고 난 다음에는 큰 소리로 한 시라고 고함을 지르죠."

그러니까 내가 본 건 그 가로등이 만들어낸 형상이었다. 내가 잠시 눈을 돌리는 순간에 야경꾼이 가로등을 껐고, 그 순간 내가 보았던 흥상도 사라져버렸던 것이다.

다시 보를룸 수도원 얘기로 돌아와, 코펜하겐으로 돌아오기 전에 유령을 직접 보았다는 거룩한 분을 만나서 내가 본 유령의 실체에 대해 이야기했다. 그랬더니 그가 말했다.

"아마도 선생의 마음속에는 그걸 보지 못하게 막는 어떤 게 있나 보군요."

그 사람은 오히려 내 신앙심을 의심했다. 그가 유령을 본 건 단지 착시 현상 때문이 아니란 사실을 알았다.

보를룸에서 열흘 혹은 열이틀을 보내면서 작은 어촌 로켄을 방문했다. 이 마을에는 길거리에 유사流砂가 흘러다니며 심지어 집까지 덮치고 있었다. 놀라운 일이었다. 한데 사람들이 말하길, 스카겐에 가면 더 놀라운 걸 볼 거라고 했다. 스카겐으로 가는 길은 이외링으로 이어진 길에 있었다. 거기 도착했을 때 나는 이미 지친데다 날도 어두워져 일찌감치 여인숙을 잡고 일찍 잠자리에 들 준비를 했다. 한데 여인숙 주인이, 밤에 신사 숙녀 여러 명이 나를 찾아올 거라고 했다. 정원에는 불도 켜놓았다.

밤늦게 여인숙 주인이 얘기한 대로 사람들이 찾아왔고 나는 정원으로 나갔다. 거기에서 밝고 예쁜 노래를 선사받았다. 멋진 환영 연설도 들었다. 별이 유난히 반짝이던 그날 밤은 즐거움과 행복으로 가득했다.

스카겐으로 이어지는 철도가 시작되는 플라드스트란드에서 친구들의 배려로 편안한 잠자리를 구했다. 이들은 해변을 따라 마차를 몰 노련한 마부를 한 명 구했다. 마부는 괜찮게 사는 사람이었다. 친구들은 일을 맡기기 전에 그 마부에게 내 초상화를 보여주고 이렇게 말했다고 한다.

"훌륭한 시인이시니 잘 모셔야 하네."

그러자 그가 대답했다고 한다.

"아닙니다. 그분은 위대한 유명인사지요."

해변을 따라 난 길 위로 파도가 넘실거리며 올라왔다. 어디로 가면 안전한 땅이고 어디로 가면 무서운 유사가 기다리고 있는지 마부는 잘 알고 있었다. 그는 마차를 타고 가는 동안 먼저 말을 건네지 않았다. 내가 뭐라고 말을 해도 그냥 웃기만 할 뿐 말이 없었다. 그는 마차를 잘 몰았다. 뿐만 아니라 내게 특별한 친절을 베풀었다. 가는 길에 들른 자기 집에서 그는 구운 병아리 요리와 팬케이크, 포도주, 꿀술 등을 내놓고 내가 다 먹기 전에는 엉덩이를 떼려고 하지 않았다.

우리는 목초지를 지나고 히스가 우거진 곳을 지나고 황무지를 지났다. 해변의 단단하고 뜨거운 모래 위를 지났다. 얼마나 갔을까, 우리 앞에 모래 언덕들이 나타났다. 마치 겨울에 눈이 바람에 휘둘려 한데 모여 쌓인 눈더미 같았다. 해변은 온통 꿈틀거리는 홍갈색 해파리와 커다란 조개, 둥글둥글한 자갈들이 뒤덮고 있었다. 난파한 배들의 잔해도 즐비했다. 우리가 탄 마차는 한때는 세 대박이 돛배였던 잔해 사이를 뚫고 지나갔다. 바닷새가 머리 위에서 시끄럽게 울어댔다. 성 로렌티우스 교회의 탑이 모래에 반쯤 잠긴 게 보였다. 그곳이 바로 스카겐이었다. 스카겐은 세 개의 마을로 이루어져 있는데, 이 가운데 가장 오래된 마을은 다른 두 마을과 반 마일이나 떨어져 있었고, 우리가 가는 곳이 바로 그곳이었다.

거리는 끊임없이 움직이고 있었다. 거리는 모래 위에 박아놓은 막대기에 줄을 연결해 표시해두었는데, 모래가 이 막대기를 끊임없이 이동시키기 때문에 거리가 움직이는 것이었다. 모래 무더기에 반쯤 묻혀버린 집이 한 채 있었다. 갈대로 지붕을 덮은 목조 가옥이 또 한 채 있었고, 붉은 지붕을 한 집이 몇 채 있었다. 작은 감자밭에 돼지 한 마리가 한때 뱃머리를 장식했던 조각상에 묶여 있었다. 그리고 또 하나, 난파선의 잔해에서 떼어낸 거대한 뱃머리 장식 조각이 어떤 집의 박공면에 붙어 있는 것도 보았다. 바로 월터 스콧의 조각상이었다.

이 사막에도 오아시스는 있었다. 초록의 숲에는 너도밤나무와 버드나무, 포플러, 전나무 그리고 소나무가 있었다. 스카겐의 맨 끝으로 갔다. 땅끝은 한 사람이 겨우 설 수 있는 공간이었다. 왼발은 북해의 파도가 적시고 오른발은 카테가트의 파도가 적셨다. 수많은 바닷새의 울음소리가 하늘을 덮었고, 먼바다에서 밀려오는 거대한 파도가 집어삼킬 듯이 으르렁대며 달려들었다. 멀리 바다와 하늘이 맞닿은 곳을 바라보니 어지러웠다. 이곳에 서면 무의식적으로 뒤를 돌아보게 된다. 자기가 선 곳이 섬이 아니라 육지라는 사실을 다시 한번 확인하고 나서야, 날카로운 소리로 먹이를 노리는 수천 마리 바닷새의 사냥물이 아니란 사실을 확인하고 나서야 비로소 마음이 놓인다. 난파선의 잔해가 메머드의 뼈처럼 투명한 물 속에 가라앉아 있었다. 폭풍이 몰아칠 때면, 이 투명한 물은 부글거리는 폭포가 되어 해변의 모래 더미를 무시무시한 기세로 덮치리라.

스카겐에서 모래 언덕의 깊은 구덩이를 지나 구 스카겐으로 갔다. 구 스카겐은 쇠락의 길을 걷고 있었다. 모래 더미에 묻혀 지금은 폐허가 되어버린 오래된 교회가 있었다. 이 교회는 옛날 네덜란드와 스코틀랜드의 선장들이 성 로렌티우스에 봉헌한 것이다. 세월이 지나면서 모래가 교회 담에 쌓이기 시작했고, 이윽고 교회 담을 넘어 묘지와 묘비까지 덮고 교회 벽에 쌓이기 시작해 유리창 아래까지 올라왔다. 하지만 신자들은 여전히 교회에 모여 예배를 드렸다. 어느 일요일, 마을 사람들과 목사가 예배를 보던 중에 커다란 모래 더미가 문 앞에 쌓였다. 그러자 목사는 짧은 기도를 낭송한 다음 이렇게 말했다고 한다.

"주님께서 이 교회의 문을 닫으셨습니다. 이제 우리는 다른 곳에 주님의 새로운 집을 지어야 합니다."

1795년 6월 5일, 왕의 명령으로 교회는 폐쇄되었다. 하지만 탑은 뱃사람들을 위해 철거하지 않았고 지금까지 남아 있다. 스카겐의 노인들은 이 교회의 마당을 끝까지 포기하지 않으려 했다. 그들은 먼저 간 사람들이 누워 있는 이곳에서 영원한 안식을 구하고자 했기 때문이다. 하지만 1810년 교회와 교회 마당이 완전히 모래에 잠겨버리고 새로운 교회를 지은 후에야 비로소 이런 갈등은 끝이 났다고 한다. 교회를 묻어버린 모래 위에 서서 생각에 잠겼다. 스카겐을 묘사했던 다른 글에서 이때의 느낌을 다음과 같이 적었다.

교회를 묻어버린 모래 위에 서자, 폼페이*를 뒤덮은 잿더미에 올라선 듯한 느낌이다. 지붕은 내려앉았고, 이글거리는 태양빛으로 달구어진 하얀 모래 더미가 교회의 아치 창문까지 덮고 있다. 모든 게 어둠 속의 무덤으로 덮여 사람들에게 잊혀졌다. 나중에 언젠가 서쪽에서 불어오는 강한 폭풍이 이 모래 더미를 다 날려버리고 햇살이 다시 아치 창문 안으로 밝게 비친다면 벽에 걸린 의원들이며 시장의 초상화와 그들의 이름이 다시 드러나겠지만, 그날이 과연 언제일까…. 그날이 오면 사람들이 이 스카겐의 폼페이 안으로 들어와 성서가 그려진 제단을 호기심 어린 눈으로 바라보리라. 따뜻한 햇살은 다시 성모 마리아와 아기 예수를 비추리라. 하지만 지금은 생명 없는 모래가 교회를 덮고 있다. 노란 열매를 달고 있는 가시 관목, 그리고 들장미와 찔레만이 자라는 황량한 사막일 뿐이다. 동화 속 숲속의 잠자는 미녀가 생각난다. 빽빽하게 우거진 가시 관목이 성을 뒤덮어 누구도 그걸 뚫고 미녀가 잠자는 성 안으로 들어가지 못하는 것처럼, 스카겐의 옛 교회는 그 누구의 발길도 허락하지 않는다. 높이 솟은 탑은 아직도 삼분의 이를 모래 밖으로 드러내놓고 있다. 머리 위에 맴도는 갈까마귀가 거기다 둥지를 틀었다. 갈까마귀들의 울음소리와 우리가 밟고 지나가는 가시 관목이 부러지는 소리만이 이 황량한 사막에서 내가 들은 유일한 소리였다.

* 베수비오 화산의 폭발로 매몰된 이탈리아 나폴리 부근의 옛 도시.

아리스토파네의 〈새들〉을 연상시키는 거대한 바닷새 떼의 날카로운 울음소리와 이 황량하면서도 장엄한 자연 풍광에 묻혀 며칠 머무른 후, 남쪽으로 발길을 돌렸다. 유틀란트의 친구 한 명과 목사의 처제가 여행에 동행했다. 해변을 따라 난 길을 갈 때, 조약돌 위로는 파도가 너무 거세게 몰아쳐서 깊이 푹푹 빠지는 모래로 마차를 몰아야만 했다. 마차에 탄 사람들에게 내가 본 외국의 여러 나라들에 대해 얘기했다. 이탈리아, 그리스, 스웨덴, 스위스…. 늙은 우편배달부가 듣고 있다가 깜짝 놀라며 물었다.

"이렇게 나이가 많으신 분이 어떻게 그렇게 자주, 그것도 멀리 여행을 다니셨습니까?"

"내가 많이 늙어 보입니까?"

"그럼요, 많이 늙어 보이죠."

"몇 살이나 되어 보입니까?"

내가 물었다.

"글쎄요, 여든…."

"여든!"

나는 고함을 질렀다.

"여행을 많이 하면 확실히 나이가 더 들어 보이긴 하지요. 한데, 내가 그렇게 약해 보입니까?"

"그럼요. 선생님은 너무 마르셨습니다."

그 사람은 통통하게 살이 쪄야 건강하다고 생각하는 모양이었다. 나는 또 스카겐에서 본 새로 지은 아름다운 등대에 대해 이야기했다.

"그럼요, 그건 국왕 폐하께서도 보셔야 하는데…."

난 우편배달부의 말에 별 생각 없이 이렇게 대꾸했다.

"그렇지 않아도 폐하를 뵈면 그 얘기를 할 참입니다."

그러자 우편배달부는 미소를 지으며 나의 동행에게 말했다.

"폐하를 뵈면 얘기를 하신다는군!"

"그럼요, 자주 얘기를 나눕니다. 폐하의 식탁에서 함께 식사도 했습니다."

늙은 우편배달부는 손을 이마에 대고는 머리를 절레절레 흔들었다. 그리고 알 만하다는 듯 미소를 지었다.

"폐하의 식탁에서 밥을 먹었다…."

아마도 그에겐 내가 정신이 오락가락하는 사람으로 보였던 모양이다.

히스가 덮인 벌판과 너도밤나무 숲, 옥수수밭, 그리고 드넓은 해변을 자랑하며 덴마크에서도 주변 경관이 아름다운 곳으로 손꼽히는 프레데릭스하운에서 올보르그로 내려왔다. 그리고 '올보르그 하우스'에서 며칠간 묵었는데 그곳에서 다시 환영 인사와 노래를 선사받았다. 꿈만 같았다. 행복했고, 신에게 감사했다. 이 변화무쌍한 유틀란트의 어디를 가도 친절한 눈빛과 따뜻한 마음 그리고 화창한 날씨가 나를 맞았다. 란더와 비보르그를 지나는 동안 내 가슴에 있던 말들이 튀어나와 〈유틀란트〉라는 시가 되었다. 이 시에 작곡가 페테르 하이세(1830~1879년. 덴마크의 작곡가 - 옮긴이)가 곡을 붙이자, 덴마크 사람이면 모두 부르는 노래가 되었다.

> 유틀란트, 두 개의 바다 사이에
> 마치 비석처럼 서 있구나
> 위대한 거인의 무덤이 거기 있노라
> 두텁게 장막 친 숲 저편에
> 밀물과 썰물을 가르는 히스 벌판 위에
> 위대한 폭풍우의 제왕이 자리하노라

유틀란트, 사랑하는 덴마크의 심장이여
외로운 산처럼 말이 없구나
몰아치는 서풍에 모래가 언덕을 이루어도
높이 솟은 탑은 꺾이지 않는 기상이다
한쪽에 동해 또 한쪽에 북해
스카겐의 땅끝에서 두 바다가 손을 잡노라

비보르그 가까이 있는 아스밀드-클로스테르의 집에서 여러 사람들을 만나고 유쾌한 나날을 보냈다. 그리고 떠나오던 날, 예상치 못했던 즐거움이 기다리고 있었다. 비보르그를 떠나 일 마일이나 갔을까, 길가에 아스밀드-클로스테르의 집에서 보았던 처녀들이 서 있었다. 마부가 고삐를 잡아채 마차를 세웠다. 그러고 보니 여섯 명이나 되는, 아직 소녀 티를 벗지 않은 처녀들이 꽃다발을 들고 서 있었다. 이들은 북적거리는 마을에서는 인사를 제대로 할 수 없을 것 같아 이른 아침에 그 먼 데까지 먼저 가서 나를 기다리고 있었던 것이다. 너무도 놀란데다 큰 감명을 받은 바람에 당연히 했어야 할 고맙다는 인사도 제대로 하지 못했다. 단지 이 말만 했을 뿐이다.

"오오 귀여운 아가씨들, 나를 위해서 이렇게나 멀리 나와 있다니! 신의 축복이 함께하기를! 고마워, 고마워!"

그리곤 숨도 쉬지 않고 마부에게 갑시다! 빨리 가요!, 이렇게 외쳤다. 그때 너무도 놀랐기 때문이다. 내가 느낀 기쁨과 고마움을 표현하려면 그러지 말았어야 했다. 너무도 깜짝 놀라 바보같이 굴고 말았다.

유틀란트 여행의 결과는 크리스마스에 책이 되어 태어났다. 〈모래 언덕에서 전하는 이야기〉를 펴낸 것이다. 호응이 좋았다. 이 책을 평한 사람 가운데 한 명은, 스카겐을 묘사한 이 책을 읽고 나면 내가 묘사한 것처럼 정말 그렇게 시적인 장면이 있는지 실제로 확인하고 싶은 마음에 유틀란트 여행을 감행할 것이라고 했다. 브링크 사이델린 의원이 방문했다. 그의 방문은 또 다른 즐거움이었다. 그는 최근에 이외링 주(州)를 묘사하는 글에서 스카겐을 훌륭하게 표현했을 뿐만 아니라 내가 묘사한 내용의 진위 여부를 가장 정확하고도 신빙성 있게 판단해줄 수 있는 사람이었다. 그는 내 표현과 묘사가 정확하고 아름답다며 고마워했다. 스카겐에 있는 목사 한 사람도 마찬가지 이유로 고맙다는 편지를 보냈다. 그리고 편지 말미에 이런 말을 덧붙였다.

낯선 사람들이 교회를 덮고 있는 모래 더미 위에 서 있을 때 이렇게 말할 겁니다. 나도 이제 그 사실을 믿으니까요. "이요르겐이 저 아래 누워 있습니다"라고요.

크리스마스를 사랑하는 바스뇌스에서 보내기로 했다. 바스뇌스에 가기 전에 늘 그랬던 것처럼 잉게만의 집으로 갔다. 12월 17일 아침 일찍 집을 나섰다. 철도를 타고 슬픈 소식이 달려왔다. 프레데릭스보르그 성이 화염에 휩싸였다는 것이다. 마지막으로 그곳에 갔던 일이 생생하게 기억났다. 그때 나는 왕실 유람선을 탔다. 하늘이 석양으로 붉게 물든 가운데 왕실 유람선을 타고 바람이 들려준 발데마르 다에의 이야기를 읽었는데, 그곳의 아름다운 것들이 불에 타 사라지다니!

잉게만의 집에서 바이에른의 국왕 막스가 보낸 편지를 받았다. 여러 해 전에 스타른베르크 호수의 배 위에서 내가 〈놀라운 이야기들〉을 읽을 때 막시밀리안의 기사로 임명하리라 마음을 먹었었는데 여러 사정이 있어 뒤로 미루다가 마침내 이제 그 훈장을 내린다고 했다. 시인이나 예술가에게 주는 훈장으로 페가수스(그리스 신화에 나오는 날개 달린 천마-옮긴이)가, 과학자에게 내리는 훈장에는 미네르바의 올빼미(미네르바는 그리스 신화에 나오는 지혜의 여신이고, 올빼미는 그녀의 상징이다-옮긴이)가 디자인되어 있었다. 뮌헨에서는 시인 가이벨과 음악가 카울바흐 그리고 학자 리빅이 이 훈장을 받았다. 여태까지 독일인이 아닌 외국인으로 이 훈장을 받은 사람은 프랑스의 아라고(1786~1853년. 프랑스의 물리학자. 열렬한 공화주의자로서 7월혁명 후 하원의원이 되었고, 2월혁명의 성공으로 육해군장관이 되었다. 1820년 전류의 자기작용磁氣作用을 조사했고, 1824년 '아라고의 원판'이라고 하는 맴돌이 전류 현상을 발견했다-옮긴이)와 덴마크의 안데르센 두 사람뿐이라고 한다.

예술을 사랑하는 국왕 막스의 인정을 받았다는 사실에 무척 행복했다. 잉게만과 그의 아내도 자기 일처럼 좋아하며 기쁨을 함께 나누었다. 한데, 그의 집을 떠나기 전에 기쁜 소식이 하나 더 전해졌다. 드디어 덴마크가 나를 인정해준다는 확실한 증거였기에 더할 나위 없이 기뻤다. 이건 잉게만도 그토록 받기를 원했지만 결국 받지 못했던 것이다. 그 영광스런 인정을 내가 받은 것이다. 이야기의 시작은 내가 유틀란트에서 막 코펜하겐으로 돌아왔을 때로 거슬러 올라간다. 그즈음의 어느 날 코펜하

동화적 상상력이 가득한 안데르센의 종이 공작.

겐 근처의 온천장에 간 적이 있는데, 가던 길에 주교이자 종교 장관인 모라드를 만났다. 그와는 대학 시절부터 알고 지내던 사이었고 당시 한 집에 살기도 했다. 그가 팔스테르에서 사제로 있을 즈음에는 코세리테의 장원에서 돌아오던 길에 폭풍 때문에 발이 묶여 그의 집에 머물면서 며칠 동안 즐거운 시간을 보내기도 했다. 그 이후로 한 번도 만나지 못했다가 우연히 만난 것이었다. 이 자리에서 그는, 내가 받는 연금으로 일 년에 육백 릭스달러는 너무 적으며, 적어도 헤르츠나 크리스티안 빈테르, 팔루단 뮐러 등이 받는 만큼인 천 릭스달러는 되어야 하지 않겠느냐고 했다. 놀라우면서도 기뻤다. 하지만 당황스러웠다. 나는 그의 손을 잡고 말했다.

"고맙네. 나도 점점 나이를 먹어가니까 그런 돈이 필요하다네. 자네도 잘 알다시피 우리나라는 작가에게 주는 연금이 그다지 많지 않네. 진심으로 고맙게 생각하지만 말이야, 그렇다고 자네가 일부러 나서서 일을 만들 필요는 없다네. 게다가, 기왕 이렇게 얘기가 나와버린 만큼 자네가 그 얘길 하는 건 내가 내 입으로 그 얘길 하는 거나 마찬가지네. 시인의 자존심으로 그럴 수는 없지 않은가. 그 얘기는 없었던 일로 하세."

그리고 헤어졌다. 그뒤로 아무 얘기도 없었다. 그러다가 잉게만의 집에 머무는 동안, 육백 릭스달러이던 내 연금을 천 릭스달러로 인상하기로 의결했다는 사실을 국회의 소식지를 통해서 알게 되었다. 잉게만도 크게 기뻐하며 나를 위해서 몇 번이고 건배를 했고, 멀리 있는 친구들도 편지로 축하해주었다. 내가 운이 좋은 사람이라는 걸 다시 한번 깊이 느꼈다. 어릴 때부터 늘 행운은 나를 따라다니며 나를 보호했다. 하지만 이럴 때마다 나는 늘 두려움을 느낀다. 도대체 언제까지 이 행운이 나와 함께 있을까, 어느 날 갑자기 이 행운이 나를 떠나버리면, 암울한 나머지 인생을 고통의 바다에서 허우적거려야 하는 게 아닐까?

크리스마스 이브는 바스뇌스에서 보냈다. 이곳의 크리스마스 트리는 이 집을 찾는 손님들을 위한 것일 뿐만 아니라 영지의 가난한 아이들을 위해서 불을 밝히는 것이기도 했다. 스카베니우스 부인이 직접 트리 장식물을 만들고 촛불도 직접 켰다. 나는 종이를 오려서 만든 예쁜 인형들을 가지에 매달았다. 크리스마스 선물도 수북하게 준비했다. 페티코트나 속옷을 만들 옷감 등 특히 가난한 아이의 어머니들이 좋아할 선물이었다. 가난한 아이들과 함께 맛있게 먹고 즐겁게 놀았다. 눈이 내렸고 눈썰매의 종소리가 울렸고 해변에서는 바닷새가 노래를 불렀다. 바깥 풍경은 아름다웠고 실내는 따뜻하고 아늑했다. 젊은 사람들은 동이 틀 때까지 춤을 추었다. 부근에 있는 이웃뿐만 아니라 멀리 있는 친척과 친구들까지 모두 초대를 받아서 왔다. 이웃에 있는 발데마르 다에의 가족과 그 집에 온 손님들까지 모두 모였다. 여기 모인 손님들 가운데 특히 한 사람을 만나 더욱 기쁨이 컸는데, 생 오방이라는 필명으로 널리 알려진 소설가 카를 베른하르트였다. 그가 묘사하는 풍경과 인물의 성격은 덴마크 사람의 정서에 딱 들어맞았고, 바로 이 때문에 그는 덴마크 문단에서 확고한 자기만의 자리를 차지하고 있었다. 게다가 그는 친절했고 늘 남에게 헌신했으며 실제 나이보다 젊어 보였다. 외모로 보나 뭐로 보나 그가 육십대라고 하면 아무도 믿지 않을 정도였다. 그는 춤추는 사람들 속에 있기도 했고 시끄럽게 떠드는 사람들 속에 있기도 했다. 우리는 마음을 터놓고 세상의 인색함과 부질없는 세상에서 발견하는 크나큰 축복들에 대해서 즐겁게 얘기를 나누었다.

1860

　1월 6일 나는 다시 코펜하겐에 와 있었다. 그날은 할아버지 콜린의 생일이었다. 이날은 나뿐만 아니라 그의 도움과 애정을 받아 거친 삶의 여정을 헤쳐온 다른 수많은 사람들에게 거룩한 날이었다. 새해가 시작되면서 전자기를 발명한 위대한 과학자 H. C. 외르스테드의 기념비를 건립하자는 움직임이 있었다. 이는 맨 처음 예리코 부인이 제안했다. 이전에 욀렌슐레게르의 기념비는 헨리에테 불프가 제안해서 그녀의 동생 및 여러 사람들의 도움을 받아 기어코 이루어낸 적이 있다. 외르스테드의 기념비 건립 추진 작업에 서명한 사람들 가운데서 정치가로는 틸리시, 과학계에서는 포크함메르, 상업계에서는 수르가 각각 대표를 맡았고, 시인으로서는 내가 대표를 맡았다. 그리고 기념비 제작은 예리코가 솜씨를 발휘하기로 했다. 외르스테드의 동상을 만들어 코펜하겐의 공공 장소에 세우기로 한 것이다.

　봄과 함께 다시 여행의 계절이 돌아왔다. 이미 신록이었다. 잉게만이 편지를 써서 나를 불렀다. 얼마 뒤 나는 소뢰에 가 있었고, 또 얼마 뒤에는 렌스보르그(1848년 독일과의 전쟁의 기폭제가 된 소요 사태가 처음 발생한 도시다. 지금은 독일 슐레스비히홀슈타인 주에 속하고 이름도 렌츠부르크이다 – 옮긴이)에 가 있었다. 뢴보르그 선장과 그의 부인이 초대한 것이다. 그곳에서 즐거운 나날을 보내며 덴마크를 칭송하는 말들을 들었고, 덴마크 국기 단네브로그가 휘날리는 모습을 보았다. 덴마크를 나쁘게 말하는 완고한 사람들은 거의 찾아볼 수가 없었다. 군대의 장교들은 모두 내게 친절을 베풀며 경의를 표했다. 내가 그곳을 떠날 날을 잡았을 때, 장교들은 장병들 앞에서 내 작품들을 읽어달라는 요청과 함께 하루만 더 머물러달라고 부탁했다. 물론 거절할 이유가 없었다. 장소를 '조화'라는 이름의 널찍한 회관으로 정하고 꽃과 덴마크 국기로 장식했다. 국기를 감은 국왕의 흉상이 국왕을 대신했다. 사병들이 회관을 채운 가운데 장교들과 하사관들도 자리를 함께 했다. 그리고 덴마크를 이해하는 시민 계급에 속한 사람들도 일부 참석했다. 이야기 한 편을 다 읽었을 때마다 연주단이 음악을 연주했다. 행사를 마치고 뢴보르그 선장의 집으로 돌아가는 길에 해는 여전히 눈부신 햇살을 뿌리고 있었다. 뢴보르그의 집에서 만난 친구들이 다들 한마디씩 했다.

"오늘은 덴마크의 날이었어!"

밤에 바깥에서 들리는 시끄러운 소리에 잠을 깼다. 낮에 있었던 일도 있고 해서 독일 사람들이 시위를 하나 보다고 생각했다. 뢴보르그 선장 부부도 나와 같은 생각이었다. 한데 가만히 들어보니 아름다운 목소리의 합창이 이어지고, 그 끝에 안녕히 주무세요, 라고 했다. 그것은 덴마크의 시인에 대한 독일 사람들의 우정 어린 인사였다. 그들은 내 〈놀라운 이야기들〉을 번역을 통해 모두 알고 있었다.

아침에 덴마크 군대가 집 앞에 와서 연주를 했고, 그날 오후

나는 기차를 기다리며 덴마크 국기가 펄럭이는 플랫폼에 서 있었다. 장병들의 대표가 와서 전날의 낭독에 대해 고마워했다. 장병들이 열을 지어 서서 덴마크 노래를 불렀고, 기차가 출발하자 커다란 환호성으로 작별 인사를 대신했다.

이제 이탈리아를 향했다. 내 인생에 다시 한번 로마에 가고 이탈리아에서 겨울을 보내고 싶었다. 독일의 뉘른베르크를 경유했고, 레겐스부르크에도 처음 가보았다. 국왕 루드비히가 바위 절벽 위에 마법을 써서 세운 눈부신 발할라(북유럽 및 서유럽의 신화에 나오는 궁전. 신들의 세계인 아스가르드에서 가장 아름다운 궁전으로, 날마다 산해진미의 잔치가 벌어지는데, 말하자면 고대 북유럽이 생각해낸 일종의 이상향이다 - 옮긴이)에도 가보았다.

뮌헨에서 좋은 친구들이 기다리고 있었다. 뮌헨에서 카울바흐와 즐거운 시간들을 보냈고, 그의 집에서 리비히와 제볼트, 가이벨(1815~1884년. 독일의 시인. 프로이센을 중심으로 하는 독일의 통일을 읊은 시로 말미암아 바이에른 왕의 미움을 사서 연금을 못 받게 되었다. 그러자 프로이센 왕이 대신 연금을 지급했다 - 옮긴이), 코벨을 만났다. 국왕 막스가 자비로운 친절을 베풀었다. 이런 환대를 뒤로하고 뮌헨을 떠나기가 쉽지 않았다.

한데 독일에서 신비한 경험을 했다. 며칠 동안 오버암머가우에서 펼쳐지는 '기적'을 본 것이다. 이곳 사람들은 십 년마다 똑같은 연극을 한다. '그리스도 기적의 연극'이라는 중세 때부터 내려오는 신비한 유산이다. 에드바르드 데브리엔트가 1850년에 이 연극을 보고 세상에 소개를 했는데, 다시 십 년이 흘러 1860년, 그 연극을 볼 수 있게 된 것이다. 연극은 5월 28일 시작되어 일주일에 한 번씩 9월 16일까지 계속된다.

　오버암머가우의 주민들은 대부분 목공예로 생계를 유지하는데, 이 연극을 하는 해는 축제의 해로 정해 일을 하지 않는다. 낯선 사람들도 이 연극에 참가하려고 멀리서 찾아왔다. 행렬을 따르는 사람의 수는 점점 늘어났다. 이곳에 발을 들여놓는 사람은 모두 손님으로 환영받았다. 누구나 약간의 돈을 내기만 하면 되었고, 체력이 허락하는 한 마음껏 즐길 수 있었다. 그곳의 성직자이자 오버암머가우의 역사를 책으로 펴내기도 한 다이센베르거가 나를 극진히 맞아주었다.

　집집마다 활기가 넘쳤다. 거리도 마찬가지였다. 시내에 사는 사람들이나 농부들 모두 부산하게 움직였고 교회의 종소리는 시시때때로 울렸다. 예포가 울리고 순례자들은 줄을 지어 노래를 부르며 꼬불꼬불한 길을 걸었다. 밤새 노래와 음악과 흥분이 계속되었다. 다음날 아침, 다이센베르거가 시내 바깥 푸른 초원에 기둥을 세우고 널빤지를 붙여서 무대를 만들어놓은 곳으로 나를 데리고 갔다. 정각 여덟 시에 '그리스도 기적의 연극'을 시작해 중간에 한 시간만 쉬고는 오후 다섯 시까지 연극을 계속했다. 객석은 따로 없었고, 그냥 아무 데나 앉으면 그곳이 객석이었다. 바람은 살랑거렸고, 새들이 왔다가 다시 날아가곤 했다. 샤쿤탈라(고대 인도의 시인 칼리다사가 고대 인도의 대서사시 〈마하바라타〉와 힌두교 성전 〈파드마 프라나〉 등을 기초로 해서 쓴 7막의 산스크리트 운문 음악극. 아름다운 시문과 구상으로 인도 문학의 최고 걸작으로 꼽힌다 - 옮긴이)를 연행하던 옛 인도의 노천 연극이 생각났고, 그리스의 노천 극장이 생각났다. 무대 위에 합창단이 노래를 부르며 등장했다.

서창敍唱과 대사가 무대 위에서 펼쳐지는 행위들 사이의 연관 관계를 설명했다. 연극은 성서의 내용을 토대로 해서 여러 가지 일화들을 나열하고, 마을 사람들이 배우로 나서 그리스도의 수난기를 재현하는 것이었다. 합창단 뒤로 움직이는 막과 무대 배경이 설치된 본무대가 마련되어 있었다. 무대 양옆에 발코니 형태의 구조물이 있고 각각 빌라도(예수의 처형을 명령한 사람 - 옮긴이)와 대제사장이 자리하고 있었다. 수난을 가하는 측이나 수난을 당하는 측의 중요한 극적인 사건은 이 발코니에서 일어났다. 그리고 이 두 발코니에는 아치형의 문이 달려 있는데, 이걸 통해서 예루살렘을 볼 수 있는 것으로 설정되어 있었다. 하나는 대제사장에, 또 하나는 빌라도에, 그리고 마지막 하나는 손을 흔들며 "예수를 십자가에 못 박아라!"라고 외치는 사람들에게 맞춘 무대 장치의 세 면도 아주 훌륭하게 연출되었다. 쉽고 아름다웠으며 음악 역시 감동적이었다. 성스러운 인물을 맡아서 연기할 사람은 마을 사람들이 만장일치로 정하는데 반드시 흠 없이 깨끗하게 살아온 사람이어야 하며, 특히 예수의 역할을 맡는 사람은 이 수난기의 연극을 시작하기 전에 제단 앞에 서서 성례聖禮 의식을 치러야 한다고 했다. 지난번에 예수 역할을 했던 젊은 목공예꾼은 열정과 정신을 얼마나 쏟아부었던지, 연극이 끝난 뒤에 아무것도 하지 못했다고 한다. 심지어 한동안 다른 사람과 얘기도 할 수 없을 정도여서 꽤 오랫동안 안정을 취한 다음에야 정상적인 생활을 할 수 있었다고 한다.

연극은 하나의 예배 의식이었다. 단지 귀로만 듣는 설교가 아니라 눈으로 보고 귀로 듣고 함께 참여하는 입체적인 설교였다.

확실히 그랬다. 연극을 본 사람은 누구나 성령의 충만함을 느끼며 집으로 돌아갔다. 1870년 오버암머가우에서 이 그리스도 수난기의 연극은 다시 펼쳐질 것이다.

마음씨 착하고 박학한 다이센베르거는 내가 〈놀라운 이야기들〉을 쓴 걸 알지만 이걸 포함해서 내 글은 하나도 읽어본 게 없다며 솔직하게 말했다. 그의 입가에 번지는 미소의 연극을 보았다. 그 연극도 아름다웠다. 난 그에게 독일어로 번역된 책 한 권을 선물하며 가끔 조금씩만 읽으라고 했다. 그는 고맙다며 오버암머가우에 대해 쓴 자기 책을 선물했다. 그 다음날, 우리가 연극을 보려고 집을 나서던 아침에 다이센베르거가 말했다.

"어제 주신 책 벌써 다 읽어버렸습니다. 〈놀라운 이야기들〉이라고 하지 마십시오. 저라면 차라리 '어머니가 들려주는 이야기'로 하겠습니다. 이 이야기를 우리 아기의 무덤 앞에서 들려주고 싶군요."

뮌헨에서 린다우를 거쳐 스위스로 들어가, 쥐라 산맥을 올라 시계 제조공의 마을 르로클을 찾아갔다. 1833년 〈아그네테와 인어〉를 썼던 바로 그 마을이다. 그때는 여기까지 마차로 가파른 산길을 오르는 게 여간 힘들지 않았고 여러 시간이 걸렸지만, 지금은 기차를 타고 느긋하게 앉아 있기만 하면 된다. 기차는 곧바로 르로클까지 올라가는 게 아니었다. 한참 올라가다가 멈춘 다음, 맨 앞에 있던 기관차가 맨 뒤가 되고, 맨 뒤칸이 앞이 되어 새로운 경사로로 올라간다. 그리고 다시 다른 경사로가 시작되는 부분에서 멈춘 다음, 다시 반대 방향으로 끌고 올라갔다.(이처럼 산악 지대의 경사가 심한 구간에서 철도 선로를 지그재그 형으로 부설한

것을 스위치백이라 한다. 기차는 선로 위에서 전진과 후진을 거듭하며 경사면을 올라간다 - 옮긴이)

가장 높은 곳에서는 장장 사천이백 미터나 되는 터널을 지났다. 이 터널을 빠져나와 밝은 햇살 아래 신선한 공기를 한 번 들이마셨다가 내쉬는 순간 다시 터널로 들어간다. 아까의 반 정도 되는 터널을 빠져나오면 예쁜 산간 도시 라쇼데퐁이 나오고, 기차는 곧 까마득한 계곡 위를 지난다. 다시 얼마쯤 가면 산 정상의 르로클이 나온다. 이곳이 오랜 친구이자 시계 제조공인 우르반 유르겐센이 사는 곳이다. 그는 해마다 엄청난 양의 시계를 미국으로 수출하고 있다.

팔십 년 전 이곳에는 시계 제조공이 한 명도 없었지만 지금은 르로클 주변에 약 이만 명이나 되는 시계 제조공이 있다. 팔십 년 전에 우연히 영국인 말 상인이 이곳에 왔는데 마침 시계가 고장 나는 바람에 대장장이인 다니엘 장 리카르도를 찾아가 고쳐 달라고 했다. 대장장이는 한 번도 시계를 분해해본 적이 없었지만 용기를 내어 분해했고, 고장 난 부분을 제대로 맞춘 다음에 다시 조립했다. 시계는 잘 갔다. 이 일을 해본 뒤 그는 직접 시계를 만들어야겠다는 생각을 했고, 마침내 성공했다. 그후로 그는 모든 걸 시계 만드는 일에 바쳤다. 그는 이 기술을 일곱 명의 아들에게 가르쳤고, 마침내 르로클은 최초의 시계 제조 도시가 된 것이다. 다니엘 장 리카르도를 위한 기념비가 있어야 마땅하지 않을까.

내 친구 유레스 유르겐센은 내가 유숙했던 그의 삼촌 호우리에의 집에 살고 있었다. 옛날 내가 썼던 바로 그 방에다 여장을 풀었다. 그리고 옛날처럼 지하에 있는 물방앗간과 도우브 폭포를 가보았다. 또 소나무와 자작나무의 숲을 지나서 너도밤나무가 빽빽이 자라고 있는 프랑스 쪽까지도 소풍을 갔다. 이곳은 르로클보다 훨씬 따뜻했다. 하지만 르로클에는 마음이 따뜻한 사람들이 있었고 나를 이해하고 알아주는 친구들이 있었다.

유르겐센의 장남은 동생과 함께 시계 제조 분야에서 유명한 기술자였는데 문학적인 방면에서도 만만치 않은 '기술'을 가지고 있었다. 그곳에 유일하게 있는 내 책의 프랑스 판 번역 상태가 좋지 못해 할 수만 있다면 자기가 직접 프랑스 어로 번역을 하고 싶어 했다. 그래서 그와 공동 작업으로 프랑스 어 번역을 시작했다. 이 작업을 하면서 깨달은 사실이지만, 섬세한 감정 묘사에 관해서는 덴마크 어가 프랑스 어보다 훨씬 앞서 있다. 우리 말에는 수많은 어휘가 있지만 프랑스 어에는 딱 하나밖에 없는 경우가 많았다. 덴마크 어가 회화적이라면 프랑스 어는 조형적이다. 마치 조각처럼 모든 게 정확하고 명쾌하며 뚜렷하다. 하지만 덴마크 어는 색조가 다양하고 표현이 변화무쌍하다. 말로 표현할 때는 특히 음악적이고 유연하다. 내가 이런 발견을 한 곳은 쥐라 산맥의 르로클이란 사실을 기록해둔다. 유레스 유르겐센이 번역한 〈늪을 다스리는 왕의 딸〉과 그외의 〈놀라운 이야기들〉 몇 편은, 〈덴마크의 동화들〉이라는 제목으로 1861년 제네바와 파리에서 출간되었다.

르로클에서 제네바로 가는 길에 쥐라 산맥의 아름다운 산봉우리에서 알프스 산맥의 전경과, 뇌샤텔 호수와 레만 호수 그리고 제노바의 장엄한 광경을 보았다. 석양에 아름답게 타오르는 알프스와 장엄한 고요함을 보고 또 들었다. 제네바에 도착한 뒤, 그곳에서 한동안 머물렀다. 내가 머문 곳은 멋진 호텔식 하숙집 이었고, 밖으로 레만 호수가 보였다. 난 호수로 나가 프랑스 사람 그리고 미국 사람들과 어울렸다. 또 시내에서는 스위스 시인 인 멋진 노신사 페티트-센을 소개받았다. 그는 교외에 멋진 전원주택을 가지고 있었다. 그와 함께 저녁도 먹었다. 그러면서 발견한 사실이지만, 그는 청년의 열정과 활력, 청년정신의 소유자 였다. 그는 기타를 들고 북유럽의 음유시인처럼 자기 시에 곡을 붙여 노래를 불렀다.

호텔에 머물던 어느 날, 소개받은 사람의 집을 방문하려고 집 앞에서 덮개 없는 마차를 잡아탔다. 그리곤 마부에게 내가 가려고 하는 집의 주소를 보여주었다. 마부는 마차를 몰아 달리고 또 달렸다. 오르막길을 오르기도 하고 내리막길을 곤두박질치듯 달리기도 했다. 폐허가 된 성벽을 지났다. 그리고 마침내 마차가 섰고, 내렸다. 한데 마차를 탔던 곳에서 얼마 떨어지지 않은 곳이었다. 내가 묵는 호텔이 빤히 바라보였다. 엉뚱한 데를 돌고 돌아서 원래 자리로 다시 돌아온 것이었다.

"당신 스위스 사람이오?"

"예, 그렇습니다."

마부가 대답했다.

"그럴 리가 없는데…. 나는 유럽의 북쪽 아주 먼 곳에서 왔는데, 우리가 사는 곳에서도 스위스와 빌헬름 텔에 대해서 잘 알고 있어요. 그리고 스위스 사람들이 고상하고 용감하다는 것도 알고 있구요. 그래서 고향 사람들에게 이 용감한 사람들을 직접 만나보고 뭔가를 얘기해주려고 여기 왔단 말이오. 내가 바로 저기서 마차를 타고 내가 갈 곳의 주소를 보여주었는데, 사실은 그게 여기였단 말이오. 한데 당신은 나를 태우고 삼십 분 동안이나 온 시내를 돌아다니다가 여기에 내려줬으니, 이건 사기 아니오? 스위스 사람은 절대 누구를 속이거나 사기를 치지 않는 걸로 알고 있어서 하는 말인데, 당신은 스위스 사람이 아니오!"

마부는 무척 부끄러워했다. 청년이었는데, 이렇게 말했다.

"돈을 안 주셔도 됩니다. 하지만 주시고 싶은 만큼만 주십시오. 그리고, 스위스 사람은 용감한 민족이 맞습니다."

그의 말과 목소리에 감동했다. 우리는 마부와 손님으로 만났지만 친구가 되어 헤어졌다.

제네바에 머물 때 하이베르그가 죽었다는 소식을 들었다. 지난번에 펴낸 〈내 인생의 이야기〉에서 하이베르그에 대해서, 그리고 그와 나의 관계에 대해 많은 이야기를 했다. 그는 자신의 〈비행 통신〉에 내 초기 작품들을 게재한 사람이다. 또 내가 여행 지원금을 받으려고 추천장을 써달라고 했을 때, 나의 유머가 덴마크에서 익살스러운 시를 가장 잘 쓴다고 정평이 났던 베셀 못지않다고 보증을 해준 사람이기도 하다. 그후에 풍자시 〈죽음 이후의 영혼〉을 발표하면서 나와 감정의 골이 깊어진 적도 있었지만, 곧 신이 내게 허락한 장점을 인정하고 높이 사주었던 사람이다.

그가 죽었다는 예상치 않았던 소식에 한동안 우울한 기분을 떨치지 못했다. 내가 알고 사랑했던 사람들이 하나 둘 차례로 떠나가고 있었다.

제노바에는 9월 하순까지 머물렀다. 쥐라 산맥에서 불어오는 바람이 벌써 차가웠다. 나무들도 노란 잎을 떨구기 시작했다. 이탈리아에서 들려오는 소식도 썩 내키는 게 아니었다. 과연 로마에서 겨울을 유쾌하게 보낼 수 있을 만큼 제대로 된 좋은 집을 구할 수 있을지도 의심스러웠다. 스페인에서는 콜레라가 발생했다는 소식이 들렸다. 덴마크로 돌아가 겨울을 나기로 마음먹었다. 제네바를 떠날 때 겨울 날씨처럼 추웠지만, 바젤을 거쳐 슈투트가르트로 향할 때 거기는 과일이 풍성하게 익어가는 여름이 채 끝나지도 않았다. 뷔르템베르크에 농산물 장이 선 걸 우연히 보았다. 시골에서 온 사람 도시에서 온 사람 할 것 없이 구름 떼처럼 모여서 바글거렸다. 온갖 종류의 과일들이 풍성한 수확의 첫머리를 아름답게 장식했다. 옥수수며 홉 덩굴이 산더미처럼 쌓여 있었고, 배와 포도, 그리고 온갖 과일과 채소가 끝도 없이 화려하게 진열되어 있어 잊지 못할 기억으로 남아 있다. 그후로 뷔르템베르크의 시골을 생각하면 그때의 그 풍성하던 가을 풍경이 늘 맨 먼저 떠오른다.

자벨에서 만난 젊은 화가 밤베르그와 함께 슈투트가르트에 도착했다. 역으로 밤베르그를 마중 나온 서적상 호프만은 나도 함께 자기 집으로 초대했다. 그곳의 극장 감독관은 박스석을 내주었다.

"자넨 정말 여행을 쉽게 하는군!"

여행을 하면서 내게 어떤 행운이 뒤따랐고 또 내가 얼마나 환대를 받았는지 얘기하자 친구들이 한 말이다. 틀린 말이 아니었다. 쥐라 산맥에서도 그랬고, 슈투트가르트와 뮌헨, 막센에서도 그랬다. 잉게만은 예전에, 내 집은 뜨거운 김을 뿜고 달리는 기차 위에 있다고 편지에다 썼다. 틀린 말이 아니었다.

크리스마스 이브를 원래 계획대로 로마에서 보내지 못하고 바스뇌스에서 보냈지만, 행복했다.

〈잘 알려진 속담〉에서 찰스 디킨스는 수많은 아라비아 속담을 소개했다. 그 가운데 이런 게 있다.

'사령관의 말에 편자를 끼우려는데 딱정벌레가 제 발을 쑥 내밀더라'는 속담이 있다. 절묘한 표현이다. 한스 크리스티안 안데르센이면 이걸로 재미있는 이야기를 만들 수 있을 것이다.

디킨스의 추천대로 이걸로 '놀라운 이야기'를 쓰려고 애썼지만 결국 쓰지 못했다. 그러고 해가 바뀌었는데, 바스뇌스에서 그 해가 끝나기 이틀 전에 우연히 디킨스의 〈딱정벌레〉라는 소설을 보았다. 그 다음날 〈눈 처녀〉를 썼다. 이게 1860년의 내 마지막 작업이었다.

철새의 날개는 햇살이 따뜻해지는 걸 느낄 수 있다. 4월이 시작되자마자 날개가 근질거렸다. 내 인생에 다시 한번 로마를 보고 싶었다. 지난해에 포기했던 여행을 다시금 실행에 옮겼다. 이번에는 에드바르드 콜린 의원의 아들인 요나스 콜린과 동행했다. 우리는 제네바와 리옹을 거쳐 니스로 갔다. 여기에서 잠시 휴식을 취했다. 여기서부터는 한 번도 경험하지 않았던 여행을 하기로 했다. 니스와 제노바 사이에 있는 아름다운 코르니치의 길을 천천히 걸어가는 것이었다. 이 길은 기차로 여행하기보다는 걸어가거나 마차로 천천히 가야 한다. 그래야만 절벽과 숲 사이로 난 길과 멀리 넘실거리는 지중해를 제대로 감상할 수 있다. 이 길에는, 이탈리아 밖에서는 볼 수 없었던 시원한 야자나무가 있었다. 그리고 바위로 이루어진 작은 왕국 모나코의 도시와 거리가 마치 물 위에 그려진 지도처럼 놓여 있었다. 모나코는 밝은 햇살 속의 작은 장난감 왕국 같았다. 누구라도 거기서 모나코를 본다면 달려 내려가고 싶은 충동을 느낄 것이다.

니스에서 제노바까지 마차를 타고 밤낮을 쉬지 않고 가면 꼬박 하루가 걸린다. 하지만 경치가 아름다워 밤에 잠을 자면서 스쳐 지나가기에는 너무 아까워 우리는 이 일정을 이틀로 늘렸다.

제노바의 옛 기억이 떠올랐다. 1833년 처음 와본 이후로 근 삼십 년 만이었다. 제노바에서 기선을 타고 아름다운 날씨 속에 치비타베키아까지 갔다.

여행을 하는 동안 우리에게 여권을 보자는 사람은 한 명도 없었다. 한데 교황령으로 들어서자마자 성가신 여권 문제가 시작되었다. 여권을 내지 않은 사람은 누구를 막론하고 배에서 내릴 수가 없었다. 모든 승객은 배에서 내리자마자 곧바로 시청으로 가야 했다. 한데 이게 결코 가까운 거리가 아니었다. 시청에서는 여권을 주는 게 아니라 여권을 받을 수 있는 영수증을 주었다. 이게 있어야 기차를 타고 로마로 들어갈 수 있었다. 기차를 타고 가는 도중에 수시로 있는 검문 때 이걸 보여주어야 한다. 그리고 로마에서 덴마크 영사를 통해 거주자 카드를 발급받아야 한다. 이걸 받으려면 적어도 일주일은 기다려야 했다. 로마는 외국 관광객을 통해 적지 않은 수입을 올리면서도 이런 것들이 관광객들을 얼마나 짜증나게 하는지에 대해서는 전혀 생각하지 않는 것 같았다.

덴마크와 스웨덴 그리고 노르웨이의 영사를 겸하고 있는 내 친구 브라보가 사는 오래된 카페 '그레이스'를 숙소로 정하고, 나와 내 젊은 동행은 내게는 너무도 친숙하고 고향 같은 위대한 도시로 나갔다. 로마의 모든 명소를 다시 찾았다. 많은 세월이 흘렀지만 크게 달라진 건 없었다. 사람들은 생명과 재산을 위협받을 만큼 치안이 엉망이라고들 했지만 나는 전혀 그런 걸 느끼지 못했다. 유적지와 박물관, 교회 그리고 공원들을 찾아다녔고, 옛날 친구들을 찾았다. 이때 찾은 친구가 덴마크 동포 쿠흘러였다. 그는 수도원의 수도사가 되어 이름마저 피에트로로 바뀌어 있었다.(예전에 보았던 쿠흘러의 모습은 188쪽 참조 - 옮긴이) 체발剃髮을 하고 조잡한 갈색의 수도사 옷을 입은 그는 나를 보자 힘주어 포옹하고 키스했다. 그리고 이전부터 늘 즐겨 쓰던 호칭인 '그대'라는 말로 나를 불렀다. 그는 나를 자기 작업실로 데리고 갔다. 그림을 그리는 작업실은 꽤 넓은 공간이었고, 창 밖으로는 오렌지 나무와 장미 덤불이 보였다. 멀리 콜로세움이 보이고 캄파니아 너머 그림 같은 산들까지 바라다보였다. 옛 친구와 함께 있어 행복했고, 그 사랑스러운 풍경에 황홀했다.

"정말 아름답습니다!"

내가 소리쳤다.

"그렇습니다, 그대도 여기에 살면 좋을 것을…. 평화롭게, 주님과 함께."

그는 우정 어린 조용한 미소, 하지만 의미심장한 미소를 지었다. 하지만 나는 즉각 단호하게 대답했다.

"며칠 동안만 머물겠습니다. 그뒤에 나는 또 속세로 돌아가서 살아야지요."

그는 도메니키노(1581~1641년. 이탈리아의 화가 - 옮긴이)의 그림을 베껴 그리고 있었다. 코펜하겐에 사는 사람이 의뢰한 것이라고 했다. 그림값은 물론 수도원으로 지불된다고 했다.

노르웨이 시인 뵈른스테르네 뵈른손(1832~1910년. 노르웨이의 극작가이자 소설가. 고대 북유럽의 가요 연구로 1903년에 노벨상 수상 - 옮긴이)이 로마에 있었다. 그와 인사를 나누었고 그를 알게 되어 무척 기뻤다. 늘 만나고 싶었지만 그전에는 한 번도 그럴 기회가 없었기 때문이다. 코펜하겐에서 그의 작품을 처음 읽은 건 아주 오래 전이었다. 많은 사람들이 그의 작품은 내 취향에 맞지 않을 거라고 했다. 그런 말을 듣자 그의 작품을 읽고 내 작품과 비교를 해보는 게 좋을 것 같았다. 그래서 읽은 작품이 〈행복한 소년〉이었다. 그 이야기를 읽는 순간, 마치 미풍이 부는 너도밤나무 숲 가에 두 팔을 벌리고 서서 맑고 푸른 하늘을 바라보는 듯한 느낌이 들었다. 완전히 뵈른손에게 사로잡히고 말았다. 뵈른손의 작품이 내 취향에 맞지 않을 거라고 한 사람들을 찾아가 이런 얘기를 하고, 또 그들이 나를 잘못 이해했을 뿐만 아니라 나를 모욕한 것이라고 말했다. 내가 진정한 시인을 알아보고 기뻐하며 감사할 줄 안다는 사실을 그들은 믿지 않았고, 난 그 사실에 놀랐고 또 화가 났던 것이다. 누군가가 이렇게 말했다. 나와 뵈른손은 기질이 정반대라서 만나면 곧바로 등을 돌릴 거라고….

로마에서 뵈른손과의 이 첫 만남은 우연하게 준비되었다. 코펜하겐을 떠나온 뒤에 제삼의 인물을 통해서 뵈른손의 아내가 내 편에 책을 남편에게 부치고 싶어 한다는 얘기를 전해들었던 것이다. 뵈른손의 아내를 찾아가서 기꺼이 심부름을 하겠다고 한 뒤에, 한 사람의 시인으로서 뵈른손을 내가 얼마나 존경하는지 얘기하고, 남편에게 편지를 써서 나의 이런 마음을 전해주어 우리가 서로 이해하고 친구가 될 수 있게 해달라고 했다. 그리고 우리는 로마에서 만났다. 그는 나를 기꺼이 환영했다. 그날 이후로 우리는 가장 친한 친구가 되었다.

스칸디나비아 출신 사람들이 한데 모여 로마 교외에서 브라보 영사를 위해 파티를 열었다. 이때의 모습을 '놀라운 이야기' 〈프시케〉에서 묘사했다. 이 파티는 또한 로마를 네 번째 방문한 나를 위한 것이기도 했다. 이 자리에서 뵈른손은 나를 위해 지은 아름다운 시를 낭송했다.

우리 하늘은 자유롭지 못하네
우리 바다는 너무도 차갑다네
우리의 숲에는 야자나무의 흔들림이 없다네
하지만 남국 사람들은 말하지
북국에서는 불빛이 하늘을 가르고
숲 속에선 요정들이 동화를 들려준다고
그리고 파도가 넘실거린다고
그리고 우리 아버지의 아버지
승리의 노랫소리 오래 울려 퍼진다고

환상의 대지에서 온 여행객이여
그대가 고이 접어온 고향 소식은
북국의 해가 꿈꾸는 겨울의 꿈
차가운 숲 속에서 빛나는 흥겨운 속살거림들
그렇다오, 너무도 먼 곳이라오
그곳에선 사람과 동물이 함께 춤추네
순전한 아름다움의 꽃
경건한 종소리가 울릴 때
어린아이도 안다네 무얼 말하는지

하늘에 가득한 성스러운 사랑이여
크리스마스 트리처럼 기쁨으로 드리워라

모든 이가 하나님 앞에 달려가 무릎 꿇을 때
그대가 고이 접어온 고향 소식은
열풍에 짓눌린 로마를 일깨우는구나
고향의 너도밤나무와 자작나무를 호흡하노라
아름다운 곡조로
마법의 동화로
먼 북국 요정의 나라를 그리워하노라

이번에는 로마에 한 달밖에 머무르지 않았다. 로마에서 사귄 사람 가운데 특히 내게 인정을 보인 사람은 미국인 조각가 스토리였다. 그의 작업실에 가보았다. 베토벤의 조각상과 미국을 풍유한 조각 작품이 눈길을 끌었고 기쁨을 주었다. 그의 집에 가서 그의 아내와 아이들도 만났다. 또 어느 날은 미국과 영국의 친구들과 아이들까지 모두 집으로 부른 자리에 함께 어울리기도 했는데, 내 주변에 몰려든 아이들에게 전혀 알지도 못하는 영어로 겁도 없이 〈미운 오리 새끼〉를 읽어주었다. 아이들은 꽃으로 목걸이를 만들어 내게 걸어주었다.

스토리는 또 영국의 여류 시인인 엘리자베스 배렛 브라우닝 (1806~1861년. 병약하고 내성적이었으며, 부친의 반대를 무릅쓰고 시인인 R. 브라우닝과 결혼한 후 평생을 피렌체에서 살았다. 걸작 〈포르투갈 어로 쓴 소네트〉가 있다 - 옮긴이)을 소개했다. 그녀는 몸이 아파 고통에 시달리면서도 내 손을 잡고 반짝이는 눈으로 나를 바라보며 아름다운 글을 읽게 해줘서 고맙다고 했다. 이 년 뒤, 리턴 불워의 아들이, 브라우닝 부인이 생전에 나를 얼마나 따뜻하게 생각했는지 모른다고 귀띔을 해주었다. 1861년 5월 내가 그녀를 방문하던 날에 그녀는 시 〈남국과 북국〉을 썼다. 안타깝게도 이 시는 그녀가 이 세상에 남긴 마지막 시가 되고 말았다. 그녀가 죽은 뒤에 출간된 유고 시집 〈마지막 시들〉의 마지막을 장식하는 시가 바로 〈남국과 북국〉이다. 그녀의 향기로운 꽃을 이 책에 간직하고 싶다.

남국과 북국

Ⅰ.
"우리에게 올리브 나무가 자라는 땅을 주시오!"
북국이 남국에게 소리쳤다
"태양이 황금빛 입을 벌려
푸른 포도송이를 내려주는 땅을 주시오!"
북국이 남국에게 소리쳤다

"태양을 모르는 강인한 사나이를 주시오!"
남국이 북국에게 소리쳤다
"차가운 눈과 궂은 비 속에 단련된
고통과 친하며 강하고 용감한 사나이를 주시오!"
남국이 북국에게 소리쳤다

Ⅱ.
"반짝이는 언덕과 열정적인 바다를 주시오"
북국이 남국에게 말했다
"원색의 빛으로 찬란한 예술이 어린아이처럼
주님의 무릎에 올라앉는 바다를 주시오"

북국이 남국에게 말했다
"믿음과 기도를 아는 불굴의 영혼을 주시오"
남국이 북국에게 말했다
"가장 낮고 어두운 곳에 서 있어도
주님이 언제나 거기 있음을 믿는 영혼을 주시오"
남국이 북국에게 말했다

III.
"더 부드럽고 더 높은 하늘, 없을까요?"
북국이 남국에게 한숨지었다
"꽃이 불타오르고 나무가 솟아오르고
벌레들이 노래하거나 혹은 불꽃이 될 수 없을까요?"
북국이 남국에게 한숨지었다

"매처럼 밝은 눈을 가진 사람 없을까요?"
남국이 북국에게 한숨지었다
"어느 시인의 모국어가 예리하게 빛나
나무의 이름을 부르고 꽃의 이름을 부를 수 없을까요?"
남국이 북국에게 한숨지었다

IV.
북국이 사나이 중의 사나이를 보냈다
신의 은총으로, 남국에게
그리하여 안데르센이 로마에 왔더라
"아아, 근데 다시 데려가신다구요?"
남국이 북국에게 말했다

태양은 이미 뜨겁게 타올랐다. 사람들은 산으로 나갔고, 나와 콜린은 여행을 계속했다. 피사를 방문하고 피렌체에서 일주일을 보냈다. 레그혼에서 기선을 타고 제노바로 갔다. 폭풍이 불어 파도가 높게 일었다. 우리 둘 다 멀미를 심하게 했다. 아침에는 굵은 비가 퍼부었다. 제노바 가까이 왔을 즈음에는 거의 녹초가 되었다. 목적지에서 내린 다음 곧바로 그날로 토리노에 가야 한다는 것 말고는 아무 생각도 할 수 없었다. 육지가 가까워졌을 때, 대포의 일제 사격이 카부르(토리노를 수도로 한 북이탈리아의 소왕국 사르데냐 왕국의 수상으로, 1861년 이탈리아가 통일을 이룩하는 데 중심 역할을 했다 – 옮긴이)가 죽었다는 슬픈 소식을 전했다.

다음날에도 여전히 몸이 좋지 않았지만, 아침에 출발하면 카부르의 장례식에 맞추어 토리노에 도착할 수 있을지 모른다는 생각에 서둘러 짐을 챙겼다. 오후에 토리노에 도착하고 보니 장례식은 전날 끝났다고 했다. 그의 초상화가 그림가게마다 걸려 있었다. 제일 비슷하게 그렸다는 초상화 한 점을 샀다.

그 주가 끝나갈 무렵 우리는 밀라노로 갔고, 대리석으로 조각된 성인들의 아름다운 조각상 한가운데 서서 태양빛에 반짝이는 알프스를 바라보았다. 라고마조레에 있는 이솔라 벨라에서 햇빛 비치는 낮과 달빛 비치는 밤을 여러 번 보낸 뒤, 승합마차를 타고 생플롱을 넘어 스위스로 들어갔다. 스위스에서는 몽트뢰에 가장 오래 머물렀다. 여기에서 〈얼음 아가씨〉를 썼다. 신혼여행 중이던 젊은 신혼부부가 익사한 가슴 아픈 사건이 이 작품을 쓰게 된 계기였다. 스위스를 여러 번 방문하면서 그곳의 자연에 대해 내가 느낀 감정과 생각을 반영한 작품이기도 하다.

로잔에서, 내 동행의 할아버지인 요나스 콜린의 죽음이 임박했다는 편지는 받았다. 편지에는, 우리가 편지를 받았을 때에는 아마도 신이 이미 그를 데려갔을지도 모르겠다며, 아무리 서둘러 온다고 해봐야 어차피 늦을 테니 서둘지 말고 여행을 계속하다가 오라고 적혀 있었다. 우리는 계속 북쪽으로 향했다. 브룬넨의 친구들을 만나 며칠을 함께 보냈다. 거기에서 아인지델른에 있는 수도원의 사서인 갈-모셀 신부를 만났다. 수도원은 스위스에서 가장 많이 찾는 곳으로, 독일이나 프랑스에서 오는 순례자와 관광객은 스위스의 수도원에 꼭 들른다. 아인지델른은 브룬넨과 취리히 호수 사이에 있는 길에서 약 일 마일 정도 떨어져 있다. 콜린과 나는 별로 내키지 않았지만 그 수도원에 들르기로 했다. 우리가 간 날이 마침 수도원을 세운 지 천 년이 되는 날이었고, 이걸 축하하는 의식이 치러지고 있었다.

　　작은 마을은 외부 사람들로 바글바글했고, 이들은 모두 교회로 몰려갔다. 교회는 꽃과 촛불 등으로 환하게 단장을 하고 있었다. 거품이 부글거리는 샘물이 여러 개 있었는데 사람들이 그 샘물을 하나씩 모두 돌아가면서 물을 마셨다. 예수가 옛날에 이곳에 와서 물을 마셨는데 어느 샘의 물을 마셨는지는 알려지지 않았기 때문에 모든 샘의 물을 마신다고 했다.

　　우리는 사서인 갈-모셀을 찾았고, 그는 우리를 친절하게 맞았다. 그곳에서 우리는 수도원을 설립한 사람의 시신을 담고 있는 꽃으로 장식된 석관을 보았고, 도서관의 보물들도 구경했다. 덴마크 어로 된 성경책이 너무 낡았기에 내가 새 책을 구해주겠다고 약속했다. 나중에 나는 이 약속을 지켰다. 아마 그 책은 지금도 그 도서관에 있을 것이다.

아인지델른에서 뉘른베르크로 갔다. 그곳에서도 축제가 열리고 있었다. 거리마다 깃발이 나부꼈다. 음악 축제였다. 옛날 음유시인의 음악이 아니라 현대적인 합창 음악이었다. 바이에른에 있는 모든 도시에서 합창단이 모여 거대한 축제를 벌이고 있던 것이다. 엄청나게 많은 사람들이 뉘른베르크에 몰려들어 호텔을 잡는 게 쉬운 일이 아니었다. 하지만 늘 그랬듯이 나는 운이 좋았다. 우리가 차지한 방은 비록 작긴 했지만 세상에서 가장 안락한 방이었다. 뉘른베르크에서 브룬스비흐로 오니, 여기도 집집마다 깃발이 나부끼고 거리에는 꽃이 뿌려져 있었다. 도시의 탄생 기념일인데 까마득한 옛날부터 내려오는 전통이라고 했다. 덴마크로 돌아오는 길에 들른 마을이나 도시는 한결같이 크고 작은 축제를 벌이고 있었다. 소뢰의 기차역에서 콜린과 헤어졌다. 콜린은 코펜하겐으로 가고, 나는 잉게만의 집으로 갔다. 잉게만의 집에 머물고 있을 때 요나스 콜린의 부고를 받았다.

돌아가시기 며칠 전부터 꼼짝도 하지 않으신 채 조용히 누워만 계셨고, 아무도 알아보지 못하셨습니다. 한 번도 보이시지 않던 모습이었습니다.

나는 이렇게 노래했다.

벽난로에 불은 꺼지고 차갑게 식었네
둘러앉은 가족의 머리에 슬픔이 내려앉네

그대는 예수를 따라 하나님 곁으로 높이 올라가시네
여기 한 줌의 재로 남았나, 저기 불꽃이 타오르네

많은 사람들이 시와 노래를 바쳤지만, 그 어떤 것보다 내가 부른 노래가 더 마음이 아팠다. 그가 했던 수많은 말과 표정과 행동을 어떻게 잊을 수가 있을까, 가슴이 찢어질 듯했다.

장례식에 가려고 잉게만의 집을 나섰다. 마차는 모두 차고, 부인 두 사람이 앉은 마차 하나만 남았다. 그 마차에 탔다. 나이 든 여자는 잠이 든 듯 만 듯 구석에 앉아 있었고, 젊은 여자는 맞은편 좌석을 거의 다 차지하다시피 몸을 눕힌 채 과일을 곁들여 음식을 먹고 있었다. 스페인 사람처럼 보였다. 어디서 본 적이 있었지만, 기억이 나지 않았다. 그녀의 검은 눈이 반짝이는가 싶더니, 프랑스 어로 이렇게 말했다.

"선생님을 어디선가 뵌 것 같은데 기억이 나지 않는군요."

나도 똑같이 얘기하고 이름을 물었다.

"페피타!"

그녀는 스페인 출신의 무용수였고, 몇 해 전에 카지노 극장에서 열렬한 갈채를 받은 적이 있었다. 내 이름을 일러주었더니 아가씨는 동행인 여자에게 내가 시인이며 내가 쓴 작품이 카지노 극장에서 공연될 때 자기도 배역을 맡아서 프랑스 어로 대사를 하고 스페인 춤을 추었다고 얘기했다. 그 작품은 희극 〈잠의 신, 올레 루케이아〉였다. 그녀는 동행하는 여자에게 그 작품을 아주 짧게 요약해서 설명했다.

"굴뚝 청소부 청년이 스페인 무용수와 사랑에 빠졌는데, 알고 보니 그게 다 꿈이었다는 내용이에요."

"재밌겠다!"

동행 여자의 대답이었다. 하지만 난 그런 대화를 계속할 기분이 아니었다. 다음 정류장에 다른 마차가 있기에, 친구가 있어서 마차를 옮겨 타야겠다고 하고 마차에서 내렸다.

마침내 코펜하겐에 도착했고, 내 마음의 집 가운데 하나인 콜린의 집으로 들어갔다. 그의 아들과 아들의 아들들이 죽음이라는 깊은 잠에 든 아버지와 할아버지 곁에 서 있었다. 장례식을 치르고, 잉게만에게 편지를 썼다.

그 그리운 옛집에 콜린의 가족이 모두 모였습니다. 모두 입을 다물었고 깊은 슬픔에 빠져 있었습니다. 내 오랜 친구는 관 속에 누워 있었습니다. 평온해 보였고 마치 잠을 자는 것 같았습니다. 그의 얼굴에는 달콤한 평화가 깃들어 있었습니다. 장례식을 앞두고 나는 무척 두려웠습니다. 교회에서 내가 정신을 잃어버리거나 혹은 너무도 슬픈 나머지 나도 모르게 이상한 행동을 할까봐 말이지요. 하지만 이상하게도 나는 예상했던 것보다 훨씬 강하게 잘 버텼습니다. 빈데스뵐 주교의 설교가 마음에 들지 않았습니다. 주로 정치적인 삶과 국왕 프레데릭 6세에 대해서만 얘기했기 때문입니다. 나중에 묘지에서 블뢰델 목사가 다른 말을 더 했습니다. 한결 나았습니다. 마땅히 했어야 할 얘기들이었습니다. 장례를 마친 뒤에는 줄곧 나 혼자만 있었습니다. 무척이나 슬픈 시간이었습니다. 오랜 세월 동안 함께 있어 익숙했던 존재가 사라지고 나니 무척 그리웠습니다. 날마다 그를 보고 또 그와 이야기를 나누었는데…. 그의 집이 갑자기 낯설어졌습니다. 덴마크에 온 이후로, 내가 아는 사람 가운데 콜린 말고 두 사람이 나 세상을 떠났습니다. 작곡가 글래세르와 장인底人 감스트…. 내 앞에 선 줄들이 무너지는 걸 보니 기분이 이상합니다. 이제 내가 선 줄이 맨 앞이 된 것 같습니다.

　시간은 빠르게 흘러 크리스마스가 다가왔다. 여행을 하는 동안이나 덴마크에 돌아온 이후에 열심히 글을 써서 크리스마스 때 새로운 이야기를 엮어 새 책을 펴냈다. 〈얼음 아가씨〉와 〈나비〉는 스위스에서, 〈프시케〉는 로마에서 썼던 것이다. 이 책은, 1833년에서 1834년까지 처음 로마에 머물던 때 있었던 신비로운 사건이 떠올랐고 그게 계기가 되어 쓰기 시작했다. 신비로운 사건이란, 젊은 수녀가 죽어 무덤에 묻혔는데 나중에 무덤을 파보니 아름다운 바커스(로마 신화에 나오는 술의 신 – 옮긴이)의 조각상이 나왔던 일이다. 〈달팽이와 장미나무〉 역시 로마에서 썼는데, 이 작품은 초기의 〈놀라운 이야기들〉에 속한다. 이 책은 뵈른손에게 헌정했다.
　홀슈타인보르그에서 크리스마스를 보내며 잉게만에게 편지를 보냈다.

　친애하는 잉게만 선생님,
　내 방은 교회와 바로 붙어 있습니다. 방문을 열고 나가면 설교 단으로 곧바로 통합니다. 누가 오르간을 연주하고 있군요. 찬송 가를 부르는 소리가 들립니다. 여기서 맞이하는 크리스마스 파티는 아주 즐겁습니다. 어젯밤에는 아이들이 무척 좋아했습니다. 어린아이들에게는 어떤 날보다 크리스마스가 행복하지요. 나 역시 행복했습니다. 고양이가 잉크스탠드에 앉아 있었고, '니스'는 펜꽂이와 춤을 추었고, 나비들은 서진書鎭 위에 놓인 피렌체 모자이크 위로 날아들었고, 성냥을 파는 소녀도 거기 있었습니다. 내 어린 시절의 크리스마스를 떠올려보았습니다. 행복한 순간이었지요. 비록 방은 좁았고 크리스마스 트리도 없었지만, 밀빵과 거위와 사과 파이는 부족한 적이 없었고, 식탁에는 촛불 두 개가 불을 밝히고 있었지요. 그러고 보니, 오십 년이나 되는 크리스마스의 기억을 가지고 있습니다! 지난번 이틀을 머물렀던 때의 일 고맙습니다. 소피에에게 안부 부탁합니다. 아마 올해도 소피에는 선생님을 위해 크리스마스 트리를 만들고는 지하실에 숨겨놓았었겠죠? "크리스마스 이브는 우리와 함께 보내셔야죠" 하던 그녀의 말이 귓가에 맴돕니다.

내년 크리스마스에는 소뢰에 있게 될지 어떨지 신만이 아시겠죠. 새해에는 스페인으로 여행을 할까 합니다. 크리스마스 때면 나도 소원을 비는데, 늘 여행을 하게 해달라는 소원입니다. 이탈리아나 스페인을 생각하고 있습니다. 거기는 날씨가 따뜻하거든요. 하지만 나는 어쩐지 맑고 차가운 하늘과 공기가 좋습니다. 작년에는 그랬습니다. 반짝이는 눈과 얼음꽃이 핀 나무들, 그걸 보고 〈눈사람〉을 썼지요. 올해에는 더 이상 뮤즈*가 날 찾지 않을 것 같습니다. 전쟁도 없고 콜레라도 없는 행복한 새해가 우리 모두에게 함께하길 기원합니다. 평화와 건강이 가득하길! 건강하십시오.

당신의 충실한 친구, H. C. 안데르센.
1861년 크리스마스, 홀슈타인보르그에서.

* 그리스 신화에 나오는 학예의 신.

1862

　새해가 시작되자마자 기쁨과 유쾌함으로 가득 찬 잉게만의 편지를 받았다. 잉게만과 H. C. 외르스테드 두 사람 다 나를 좋아했지만, 두 사람의 시적인 정서는 정반대였다. 외르스테드는 환상이라는 형식 속에서도 엄격한 진리를 내게 요구했다.

　　이성적인 것 속에 담긴 이성적인 것이 '진리'라네. 환상적인 것 속에 담긴 이성적인 것이 '아름다움'이고, 감정 속에 담긴 이성적인 것인 '선함'이라네.

　언젠가 내게 보낸 편지에서 외르스테드는 이렇게 썼다. 〈월간 문학저널〉에서 외르스테드는 잉게만의 환상시 〈이름 없는 올레〉를 신랄하게 비판했다. 얼마나 신랄하게 비판했는지 마음씨 좋은 철학자 시베른이 〈외르스테드와 잉게만〉이라는 논문으로 잉게만을 보호하고 나섰을 정도였다. 나는 두 사람 사이에서, 이쪽에 가서는 저 사람의 좋은 점을 얘기하고 저쪽에 가서는 이 사람의 좋은 점을 얘기하며 두 사람이 친해지도록 애를 썼지만, 이 두 사람은 한 번도 만난 적이 없었다. 이제 외르스테드도 죽은 지 여러 해가 지났다. 잉게만이 새해 벽두에 내게 쓴 편지에 이런 부분이 있었다.

> 오늘 아침에 기차역에 나갔다네. 전신줄 아래를 지나가는데 전신줄이 웅웅거리는 소리를 내더군. 이게 무슨 말이냐구? H. C. 외르스테드가 나한테 말을 하는 소리였지. 그걸 느낄 수 있었다네. 외르스테드는 오늘 내가 자네에게 편지를 쓸 걸 알고는 안부를 전해달라는 거였네. 그래서 H. C. 외르스테드의 안부도 함께 전하네.

잉게만이 내게 보낸 마지막 편지였다. 이 편지에서 나는 두 사람의 영혼이 교유를 나누고 있다는 걸 깨달았다. 신이 이 두 사람을 만나게 한 것이었다. 1862년은 행복하게 시작되었고, 크리스마스에 맞춰 발간된 작품집은 내게 많은 찬사를 안겨주었다. 이때 있었던 일화 두세 개를 소개한다.

국왕 프레데릭 7세는 내가 '놀라운 이야기'를 낭독하는 걸 좋아했다. 또한 앞에서도 언급했듯이 프레데릭스보르그뿐만 아니라 크리스티안스보르그에도 여러 번 불려갔다. 2월 초에 나는 왕과 왕이 초대한 몇몇 사람들 앞에서 '놀라운 이야기' 네 편을 읽었다. 그 가운데서도 왕은 〈얼음 아가씨〉에 특히 감동을 받았다. 그가 왕자이던 시절에 스위스에서 많은 날들을 보냈기 때문이었다. 며칠 뒤 그가 친필 편지를 보내왔다.

> 좋은 친구 안데르센에게,
> 며칠 전 밤, 선생이 읽어준 이야기를 듣고 무한한 기쁨과 행복

을 느꼈기에 고맙다는 인사를 합니다. 이렇게 인사를 하는 것까지 내게는 기쁜 일입니다. 선생과 같은 시인이 있다는 사실에 나는 덴마크와 덴마크의 국왕에게 아낌없는 축하 인사를 보내고 싶습니다.

당신의 친구, 프레데릭 R.
1862년 2월 13일, 크리스티안스보르그에서.

국왕의 친절한 편지를 받고 뛸 듯이 기뻤다. 이 편지는 지금도 소중하게 간직하고 있다. 국왕은 서명이 음각된 황금 상자를 편지와 함께 선물로 하사했다.

로마에 있던 뵈른손에게서도 편지를 받았다. 책을 자기에게 헌정한 사실을 무척 기뻐했고, 그 책에 담긴 이야기 하나하나를 모두 좋아했다. 그가 특히 마음에 들어했던 작품도 〈얼음 아가씨〉였다. 그의 편지는 이랬다.

〈얼음 아가씨〉는 마치 소나무 숲과 푸른 호숫가의 오두막집에서 기쁨에 겨워 노래를 부르는 것처럼 시작되더군요. 선생님이 묘사하신 소년은 내가 동생으로 삼고 싶을 만큼 호감이 갔습니다. 풍경도 물방앗간 주인 바베트와 너무 잘 어울립니다. 그리고 고양이들도 여행을 하던 중에 언젠가 한번 내 눈으로 직접 본 듯 생생하고 친근합니다. 이 작품을 읽다가 너무도 감정이 격해져 거의 울 뻔했습니다. 몇 번이나 책장에서 눈을 떼고 감정을 추스려야 했습니다. 하지만 선생님, 이 아름답고 사랑스러운 풍경에 어떻게 그렇게 격렬한 결말을 가져다 놓으실 생각을 하셨습니까? 마지막 장면에서는 신성한 어떤 걸 느꼈습니다. 큰 감명을 받았습니다. 행복의 절정에 서 있던 두 사람이 헤어져야만 하는 그 순간…. 잔잔하던 수면 위로 바람이 불어 파문이 일 때처럼, 두 사람의 행복을 그렇게 갑작스럽게 부숴버리시다니! 하지만 선생님은 그런 용기를 가지셨고, 그랬기에 이토록 큰 감동이 이는 것이겠지요.

그의 편지는 다음과 같은 말로 끝을 맺었다.

친애하고 친애하는 안데르센 선생님, 제가 얼마나 선생님을 사랑해왔는지 모르실 겁니다. 하지만 선생님은 절 제대로 이해하시지 않고 계시며 또한 제 생각을 별로 하지 않는다고 믿어왔습니다. 얼마나 바보 같은 생각입니까? 하지만 저는 지금 분명히 알고 있습니다. 내가 얼마나 행복한 잘못을 저질렀는지! 그래서 저는 선생님에게 두 배의 사랑을 바치기로 마음먹었습니다.

뵈른손의 편지를 받고 무척 기뻤다. 그가 각별한 말로써 보여준 우정과 애정에 행복했다.

지방에 있는 어떤 대학생에게서 받은 편지도 소개해야겠다. 한 번도 들어본 적이 없는 이름이 적힌 봉투 속에 바짝 눌려서 말린 네 잎 클로버가 편지지와 함께 들어 있었다. 그는 어릴 적에 내가 쓴 이야기들을 처음 읽었고 무척 즐거워했다고 적었다. 그가 아이였을 때 어머니는 안데르센이 힘든 시기를 맞아 어려운 나날을 보내고 있다는 얘기를 했고, 이 말을 들은 아이는 마음이 슬퍼져서, 곧바로 밖으로 뛰어나가 행운을 가져다준다는 네 잎 클로버를 찾아다녔다. 결국 그걸 찾아냈다. 아이는 네 잎 클로버를 어머니에게 주며 안데르센에게 보내주라고 했다. 네 잎 클로버가 안데르센에게 행운을 가져다줄 것을 굳게 믿었다. 하지만 어머니는 그걸 안데르센에게 부치지 않고, 자기 찬송가 책에 끼워놓았다. 이어지는 편지 내용은 이랬다.

그리고 여러 해가 지났습니다. 나는 대학생이 되었고, 어머니가 돌아가셨습니다. 한데 어머니의 찬송가 책에 그 옛날 내가 주웠던 네 잎 클로버가 있지 않겠습니까. 저는 방금 선생님이 쓰신 〈얼음 아가씨〉를 읽었습니다. 어릴 적 선생님의 '놀라운 이야기'를 읽었을 때처럼 환희를 느꼈습니다. 행운은 늘 선생님 곁에 있었고 이제 네 잎 클로버는 필요없으시겠지만, 그래도 선생님 것이니 보내드리겠습니다.

편지를 잃어버려 그 대학생의 이름도 모르고 고맙다는 말을 전할 수도 없었다. 그때의 그 대학생이 어디에선가 이 책을 읽고서 내 고마운 마음을 받아준다면 얼마나 좋을까.

2월 하순 저녁이었다. 책을 읽는데 신문이 배달되었다. 신문에는 큰 글씨로 이렇게 쓰여 있었다.

베른하르트 세베린 잉게만, 사망!

정신이 아찔했다. 떨리는 손을 들어 복받치는 슬픔을 편지에 옮겼다.

사랑하는 잉게만 부인께,

오늘 저녁 신문을 보고 신께서 행하신 일을 알았습니다. 나는 슬픔에 젖어 있습니다. 내 슬픔은 오로지 부인을 위한 것입니다. 얼마나 외로우신지 저는 압니다. 사랑하는 사람이 당신 곁을 떠났으니까요. 당신에겐 슬픈 꿈이겠지요. 어서 깨어 일어나 곁에 누운 그를 보고 싶겠지요. 우리가 섬기는 신은 선한 분입니다. 신의 뜻에 따라 우리에게 일어나는 모든 일은 언제나 최선입니다. 나는 그렇게 믿습니다. 다만, 그를 한 번만 더 만났더라면, 한 번만 더 얘기를 나누었더라면 하는 아쉬움과 안타까움이 있을 뿐입니다. 우리가 처음 만났을 때는 붉은 뺨의 청춘이었지만 어느덧 세월이 흘러 이렇게 되고 말았습니다. 나도 선배님이 보고 싶습니다. 죽음 뒤에도 삶은 있겠지요. 신이 있듯이 꼭 그런 세상이 있을 겁니다. 그곳은 행복만이 있을 것이기에 내가 슬퍼하는 건 오로지 내 사랑하는 친구, 이렇게 부를 수 있겠지요, 부인 때문입니다. 답장을 하느라 고통을 더하시지 않아도 됩니다. 당신이 나를 얼마나 가깝게 생각하는지 잘 알고 있습니다. 그리고 소피에에게도 안부 전해주십시오. 소피에 역시 마음이 많이 아플 겁니다. 소피에 역시 선배님을 존경했고, 선배님도 소피에를 가족처럼 생각한 걸 저도 잘 알고 있습니다. 신께서 당신을 일으켜 세워주실 겁니다. 그리고 평화로운 날들이 지나면 당신을 당신이 가장 사랑하는, 결코 잊을 수 없는 사람에게 데려다주실 겁니다.

뜨거운 연민의 마음으로,
H. C. 안데르센.

장례식이 있는 날이었다. 나는 소뢰로 갔다. 3월 초순이었지만 들판은 흰 눈으로 덮여 있었다. 하지만 햇살이 밝은 하늘은 시리게 맑았다. 잉게만의 집 앞에 섰다. 슬라겔세의 문법학교 학생 시절부터 초로의 노인이 된 지금까지 헤아릴 수도 없이 많은 즐겁고 행복한 시간을 보낸 곳이었다. 우리가 함께 나누었던 대화는 진지했고, 또 흥겨웠다. 잉게만 부인은 슬픔에 젖은 온유한 얼굴로 조용히 앉아 있었다. 늙고 충실한 하녀 소피에는 나를 보자 울음을 터뜨렸다.

잉게만의 관을 아카데미에서 교회로 옮기는 동안, 그의 죽음을 애도하는 사람들이 길게 줄지어 뒤따랐다. 많은 농민들이 그의 장례 행렬에 함께했다. 잉게만은 그들에게 덴마크의 역사를 들려주었고, 그의 글을 읽고 그의 말을 들은 농민이라면 누구든 그를 좋아하지 않을 수 없었을 것이다.

작은 새들이 지저귀는 가운데 그의 관은 따뜻한 햇살과 함께 깊은 구덩이 속으로 들어갔다. 나는 이런 글을 썼다.

"베른하르트 세베린 잉게만"
천재성을 타고난 그의 요람 곁에는 시의 천사가 서 있었다. 천사는 어린아이의 눈을 통해 나이를 먹어도 늙지 않는 심장을 보았다. 어린아이의 영혼은 결코 우리 곁을 떠나지 않을 것이다. 다만 시의 정원을 지키는 정원사로 우리 곁에 남아 있을 것이다.

그가 둘러보는 곳은 어디든 햇살이 가득했다. 마른 가지도 그의 손길이 닿으면 잎과 꽃을 피웠다. 그는 천상의 새들이 천진한 즐거움으로 노래하듯 시를 쓰고 노래를 불렀다.

그는 이끼가 자란 지나간 시간 속에서 옥수수 종자를 주워 자기 심장과 머리에 심었다. 씨는 싹을 틔우고 줄기를 뻗으며 쑥쑥

자라 마침내 농부의 낮은 오두막에서 위대한 결실을 맺었다. 줄기가 뻗은 이파리 하나하나는 모두 농부의 역사였고, 긴 겨울밤 그의 얘기에 귀를 기울이는 농부들의 가슴에 빛이 되었다. 농부들은 덴마크의 옛 역사와 덴마크의 마음을 배웠고, 그들의 심장은 감사와 사랑으로 따뜻하게 젖어들었다.

그는 오르간 파이프 뒤에도 옥수수 종자를 심었다. 노래하는 천사 케루빔*의 날개는 이파리가 되어 평화와 감사의 노래를 불렀다.

일상의 모든 마른땅에도 그는 환상과 서정의 씨를 뿌렸고, 그것은 싹을 틔워 신기한 아름다움과 경이로운 감정을 일깨웠다. 그는 황새들과 함께 먼 파라오의 땅으로 여행을 하며 황새들이 아침저녁으로 무슨 노래를 부르는지 배웠다. 그가 심은 건 무엇이든 잘 자랐다. 사람의 마음에 씨를 뿌렸기 때문이다. 그는 진정한 덴마크 어인 농부의 말로 이야기하고 시를 썼다. 조국의 영혼은 그가 휘두르는 칼의 힘이었고, 그의 순수한 사상은 시원하게 불어오는 해풍과도 같았다. 그는 마지막 크리스마스를 보내고 갔다. 지상에서의 그의 삶은 끝이 났다. 그의 육체는 그가 벗어버린 옷이 되었다. 하지만 그는 차마 아내의 손을 놓을 수가 없었다. 아내의 손이 눈물로 젖어 있었기 때문이다. 눈물로 젖은 아내의 젖은 손은 그가 거기 있다는 뜻이다.

들어오는 모든 사람을 정화하는 그들의 순결한 방에 아내 홀로 앉아 있다. 그를 그리워하며 앉아 있다. 다시 만날 날을 기다리는 그녀의 시간이 언제까지 계속될지는 신만이 알 것이다. 하지만 그녀는 입술을 열어 감사와 사랑의 기도를 드린다. 덴마크의 모든 젊은이의 마음이 드리는 기도이다.

사라지고 썩는 것은 교회의 종소리와 찬송가를 부르는 노랫소리와 사랑하는 사람의 눈물 속에서 묘지에 놓이지만, 결코 사라지지 않는 것은 신과 함께 영원하다. 그가 심은 것은 우리 안에 기쁨과 축복으로 함께할 것이다.

* 9품 천사 가운데 2위에 속하는 지식의 천사.

5월에 나의 봄이 시작됨과 동시에 장원 생활도 시작되었다. 나는 홀슈타인의 바스뇌스에 있었다. 내 집이나 마찬가지로 편안한 곳이었다. 스페인을 꼭 가고 싶었기 때문에 원대한 여행 계획을 세웠다. 한때 문턱까지 갔지만 여름의 뜨거운 열기와 병 때문에 포기하고 돌아왔던 경험이 있는 바로 그 스페인이었다. 그래서 계절 선택에 신중을 기해야 했다. 일전에, 내 어린 친구인 요나스 콜린(그의 할아버지와 이름이 같다 – 옮긴이)에게 농담으로 이런 말을 한 적이 있다. 만일 내가 복권에 당첨되면 함께 스페인으로 갔다가 아프리카까지 다녀오자고…. 하지만 복권에 당첨된 적은 한 번도 없었다. 하지만 복권에 당첨된 거나 마찬가지인 일이 내게 일어났다. 출판업자인 라이첼이 어느 날 내 작품 모음집이 모두 팔려서 새로 찍어야 한다고 했다. 그리고 얼마 후에 새 판본이 나왔는데, 초판일 때는 단지 삼백 릭스달러밖에 받지 못했다가 이번에는 열 배인 삼천 릭스달러나 받았던 것이다. 복권 당첨만큼이나 기대하지 않았던 일이었다. 신나는 일이었고, 나와 요나스 콜린은 여행을 떠났다.

아침 기차를 타고 소뢰에 가서 잉게만 부인을 만나 한두 시간 이야기를 나눴다. 그녀는 원기를 되찾았고 얼굴도 밝았다. 그녀는 전날 밤에 꾼 꿈 이야기를 했다. 꿈에 잉게만을 만났다고 했다. 잉게만은 젊고 아름다우며 놀랄 만큼 행복해 보였다고 했다. 잉게만 이야기를 할 때 그녀의 눈은 밝게 빛났다. 방은 이전과 하나도 달라진 게 없었다. 잉게만이 가까운 데 산책이라도 나간 듯했고 금방이라도 문을 열고 들어설 것만 같았다. 그녀는 잉게만이 집필하던 책의 출판 문제를 얘기했다. 학생 시절 때부터의 삶을 정리한 그의 자서전이었다. 이 작업은 한동안 내가 거들기도 했던 일이다. 자서전과 관련해서 잉게만 부인이 내게 이런저런 것들을 물었고 내가 그 대답을 하면서 우리의 대화는 자연스럽게 잉게만이 살아생전에 있었던 일들로 이어졌다. 그녀의 눈에 눈물이 고였다.

교회 마당으로 갔다. 묘지 입구에 있는 무덤에 덴마크 문학계에 잘 알려진 '크리스티안 몰베흐'의 이름이 새겨진 묘비가 세워져 있었다. 〈내 인생의 이야기〉에서도 그에 관해서 언급한 적이 있다. 그는 내가 쓴 작품에 대해서 신랄한 비판을 퍼부었던 사람이다. 잉게만의 작품 역시 호되게 비판했다. 시간이 흐르자 모든 게 바뀌었고, 서로를 잘 이해할 수 있게 되었다. 잉게만이 했던 이야기가 생각났다. 몰베흐가 죽은 직후의 어느 날 저녁 잉게만이 소뢰에서 모임을 마치고 느린 걸음으로 집으로 돌아오고 있었는데, 교회의 문이 활짝 열려 있었고 목사가 제례복을 차려입고 서 있었다. 잉게만을 보자 목사가 말했다.

"고인이 된 몰베흐의 장례식을 치르려고 서 있습니다. 조금 있으면 이리로 올 겁니다."

바로 그때 장의마차가 왔고 상장을 단 젊은 사람 둘이 뒤를 따랐다. 그들은 몰베흐의 아들들이었다. 관이 교회 안으로 운구되었고, 그 뒤를 몰베호의 두 아들과 목사와 잉게만이 따랐다. 그게 장의 행렬의 전부였다. 잉게만은 그의 장례식에 참가하게 된 걸 무척 기쁘게 생각한다고 했다. 잉게만이 느꼈음직한 감정을 나도 느꼈다. 잉게만의 무덤은 묘지 안쪽에 있었다. 묘비에는 그의 메달 초상이 들어 있었다. 나중에 들은 얘기지만, 아이들이 자기들끼리 무등을 타고 시인의 입에 키스를 하곤 했다. 화가가 그림을 그리기에 아주 좋은 소재일 듯싶다.

드디어 콜린과 나의 여행이 시작되었다. 플렌스부르크를 지나가기로 했다. 다음날인 7월 25일 전쟁 때 죽은 장병들에게 바치는 기념물 제막식이 그곳 묘지에서 있을 거라는 소식을 들었기 때문이다. 수많은 사람들이 모여들어 덴마크 국기 단네브로그를 흔들었다. 전쟁이 끝난 직후에 그 묘지를 방문한 적이 있는데, 그때와는 달리 평평하게 터가 닦여 있었다. 묘지 한가운데는 높다랗게 단을 쌓아 죽은 이의 이름을 새겨넣은 기념비를 세워놓았다. 이곳에 비센이 만든 기념물이 제막식을 기다리고 있었다. 덴마크의 고등학교 학생들이 모여들었고 노래를 부르기 시작했다. 날씨는 화창했지만 바람이 세게 불었다. 마치 죽은 이들의 한숨처럼 느껴졌다. 스물다섯 발의 예포가 발사되고, 기념물을 덮은 천이 벗겨졌다. 만일 이 자리에 그때의 적이 와서 우리와 나란히 서서 이 광경을 본다면 어떨까, 하는 생각이 머리를 스치고 지나갔다.

프랑크푸르트를 경유해 브룬넨으로 다가갔다. 브룬넨에서는 요나스 콜린의 부모와 누이를 만났다. 이들은 여기서 머물다 이탈리아로 갈 계획이었다. 루체른 호수에서 강력한 스위스의 폭풍을 만나 배가 뒤집힐 뻔했다. 알프스 산맥을 타고 내려온 고온 건조한 공기가 호수를 때려 거대한 파도를 일으키는 것이었다. 파도가 끊임없이 배의 옆면을 때려 노련한 선장이었지만 배를 선창에 댈 수가 없었다. 그래서 선원 여러 명이 노를 젓는 배를 따로 내려 우리를 태우고 마을에서 조금 떨어진 곳, 즉 강이 흘러 들어오는 상류 쪽에 내려주기로 했다. 하지만 너울거리는 파도를 뚫고 노를 저어 상륙하기란 쉬운 일이 아니었다. 거대한 파도가 끊임없이 넘실거리며 우리가 탄 배를 덮쳐 할 수 없이 강 어귀를 향했다. 선원들은 노가 부러질 정도로 온 힘을 다해 저었다. 천신만고 끝에 강으로 들어섰고, 그곳은 파도가 덜했다. 그제서야 육지에 발을 디딜 수 있었다.

아프리카처럼 뜨거운 날들이 이어졌다. 친구들은 호텔을 낯선 사람에게 넘기고 시내 근처에 있는 멋진 집에서 살고 있었다. 다시 한번 아가타가 부르는 노래를 들었다. 그녀의 오빠와 아인지델른의 사서인 갈-모셀 신부가 그녀가 부르는 노래에 맞추어 반주를 했다.

콜린의 가족과 함께 브룬넨을 넘어서 인터라켄으로 갔다. 높은 곳으로 올라가자 공기가 서늘해지고 봄인 듯 연초록의 들판이 나타났다. 기스바흐에 들렀고 그린델발트의 빙하를 보았다.

베른에 덴마크 시인 바게센과 스위스 시인의 딸인 소피에 할러 사이에 난 아들이 살고 있었다. 그는 수도사였는데 베른을 지날 때마다 나는 이 사람의 집에 들렀다. 바게센은 덴마크 어로 아름답고 재치 넘치는 시를 썼지만 이 사람은 덴마크 어를 전혀 할 줄 몰랐다. 하지만 내가 갈 때마다 늘 따뜻하게 반겼다. 스위스에서는 몽트레에서 제일 오래 머물렀다. 이곳의 아름다운 경관을 시로 썼는데, 코펜하겐의 크리스티안 빈테르가 덴마크 시인을 대상으로 신년 기념 시집을 만든다면서 내게도 시를 부탁해와 이 시를 보냈다.

1862년 8월 30일, 몽트레에서.

시를 달라 하지만, 나는 아무것도 줄 게 없다네
대신 내가 가진 것 가운데 가장 좋은 것을 보내드리지
여기 몽트레에선 월계수는 자라도 시는 없다네
바이런이 마지막으로, 시용을 노래했을 뿐
자연이 그대로 시가 되어 약동하는 곳
내 가슴에 자연의 운율이 살아 숨쉬네
어느 시인이 그릴 수 있을까, 호수 위의 저녁노을
수면은 보랏빛과 푸른빛으로 희미하게 반짝여
장미꽃잎이 바람에 날리어 황금빛 땅에 사뿐히 내려앉는 곳
기운찬 합창대 웅장한 소리처럼
울퉁불퉁한 바위 위에 또 바위가 겹쳐져
멀리 숲은 경사진 장막처럼 드리워졌구나
멀리 탑처럼 우뚝 솟은 산
제대포祭臺布 같은 만년설을 덮었구나
이보다 더한 평화 아름다운 저녁 풍경
어느 천상의 화가가 천상의 물감을 뿌려 그릴 수 있을까
이 화려한 영광에 눈을 감았나
내 마음의 하프는 소리를 내지 않네
무엇으로 현을 퉁길까

헛되이 가슴을 치고 또 쳐도 소용없네

그래, 깊은 잠에 빠져 편안히 누웠구나

얼마나 오래 자야 힘을 얻어

힘찬 소리를 낼 수 있을까

이제 곧 저 영광의 땅으로 나 들어갈지니

월계수 잎 사이로 불타는 석류가 반짝이는 곳

남국의 태양 아래 내 노래가 햇살처럼 반짝일지니

시드*의 땅, 세르반테스**의 고향

나 신에게 기도하네, 내 시에 은총을 내리소서

침묵하는 내 마음의 하프를 깨우소서

그리하여 내 노래 고향 땅 푸른 섬에 가 닿게

너도밤나무 축복처럼 풍성한 나뭇잎이 그늘을 만드는 곳

가자, 그라나다의 정원에서 모르가나 선녀***가 부르는구나

* 스페인 어로 '두목', '수령'의 뜻. 11세기경 기독교의 옹호자로서
  무어 인과 싸운 스페인의 전설적인 영웅 루이 디아즈에게 준 칭호.
** 1547~1616년. 스페인의 소설가. 〈돈키호테〉의 저자.
*** 노르만 전설에 기원을 둔 이탈리아의 물의 요정. 이 요정은 신기루
   를 만들어서 배를 좌초시킨다고 한다.

  스페인이 우리의 목적지였다. 프랑스에 들어서자마자 요나스
콜린과 나는 그의 가족과 헤어졌다. 그들은 곧바로 이탈리아로
갔고, 우리는 리옹과 님을 거쳐 스페인으로 갔다. 9월 6일, 소년
시절 내가 처음 코펜하겐에 발을 들여놓던 바로 그날 스페인으로
들어갔다. 특별히 날짜를 계산해서 계획을 한 것도 아닌데 우연
히 이렇게 되었다. 내 인생에서 9월 6일은 길일이 아닌가 싶다.
  내가 보고 느끼고 경험한 건 〈스페인에서〉라는 책에 모두 썼

고, 여기에서는 몇 가지 특히 인상적이었던 것만 간단하게 적겠다. 제노바에서 우리는 기차를 타고 바르셀로나로 갔다. 바르셀로나의 눈부신 카페들은 파리보다 나았다. 커다란 종교재판소 건물은 위압감을 주며 서 있었다. 스페인의 옛날 수도원들은 어딜 가나 모두 창고나 병원으로 바뀌어 있었다. 처음으로 투우를 보았다. 피가 튀는 그런 게 아니었다. 하지만 나중에 스페인 남부에서, 황소가 날카로운 뿔로 말의 배를 푹 찌른 다음 고개를 번쩍 들 때 말의 배에서 창자가 쏟아지는 걸 보고 잠시 정신을 잃었다. 바르셀로나에서 홍수의 위력을 두 눈으로 목격했다. 산더미처럼 거대한 물줄기가 모든 걸 집어삼켰다. 철로와 도로를 쓸어버리고 시내를 물바다로 만들었다. 교회에서는 성직자들이 허리까지 차오르는 물 속에서 찬송가를 불렀다.

커피 빛깔의 황톳물이 강 하구에서 바다로 일 마일 이상이나 번져나갔다. 화창한 날씨 속에 기선을 타고 잔잔한 바다를 따라 발렌시아 외곽에 있는 그라오까지 갔다. 마치 거대한 과수원 안에 있는 것 같았다. 발렌시아 주변의 땅은 레몬 나무와 사과나무 숲이 있어 아름답고 향기로웠다. 또 불그레한 흙의 포도밭에는 굵은 포도송이가 주렁주렁 달려 있었다. 여기서 며칠 머문 뒤 알리칸테로 가서 또 며칠 머물렀다. 그뒤, 낭만적인 종려나무의 도시 엘체로 갔다. 거기에서 우리는 처음으로 집시를 보았다. 이 집시들은 이웃한 무르시아에서도 보았다.

9월의 마지막 날, 해는 마치 들판의 낟알을 모두 익혀버릴 듯이 이글거렸다. 말라가 행 기선을 타려고 기다리던 카르타헤나는 숨이 막힐 듯했다. 공기는 불에 달군 듯 뜨거웠고, 바람 역시 마찬가지였다. 비가 와도 뜨거운 공기와 섞여 미지근할 뿐이었다. 자연과 사람이 시뻘겋게 달군 것처럼 뜨거웠고, 또 아름다웠다. 좁은 길 위에 걸린 발코니는 이웃집과 손이 닿을 듯 붙어 있어, 일부러 볼 생각은 없었지만 그 집의 안까지 훤히 다 들여다보였다. 그리고 그건 시가 되었다.

말라가로 가는 기선을 타기 전날 밤, 무시무시한 바람이 불어 나무들이 뿌리째 뽑혔다. 이런 날씨에 과연 기선을 타고 여행을 할 수 있을까 걱정스러웠지만, 기선의 출발과 도착은 정해져 있는 것이라 선택의 여지가 없었다. 콜린과 함께 기선에 올랐다. 과연 나는 행운아였다. 이 말을 기선을 타기 전에 콜린에게 했는데, 단지 위안 삼아 했을 뿐인데 파도가 거짓말처럼 가라앉았다. 바다는 마치 비단결처럼 잔잔했다. 아름다운 밤 내내 배는 항해를 계속했고, 아침에 일어나니 멀리 말라가가 시야에 들어왔다. 하얀 집들, 대성당, 그리고 그 옛날 무어 인의 성채였던 우뚝 솟은 지브롤터….

바다를 끼고 있는 도시에 가면 나는 늘 고향에 있는 듯 편안해진다. 말라가는 나를 사로잡았다. 무어의 아름다운 기념물들과 영원한 청춘을 자랑하는 매력적인 시골 풍경, 그리고 아름다운 안달루시아의 여인들…. 거리에서 장엄하리만치 아름다운 미美의 딸들을 보고 놀라 나도 모르게 걸음을 멈추었다. 길고 검은 속눈썹 아래 반짝이는 아름다운 눈, 부채를 흔드는 우아하고 섬세한 손…. 그것은 신이 인간의 형상을 빌려 보여주는 아름다움 그 자체였다. 어떤 그림과 어떤 조각품이 이보다 더 고귀한 아름다움을 표현할 수 있을까?

어느 날 덴마크 영사가 콜린과 나를 말라가에 있는 신교도 공동묘지로 데려갔다. 그곳은 천국 같은 곳이었다. 〈스페인에서〉가 약간의 문제를 일으키지 않았더라면 이곳에 대해서는 특별히 언급하지 않을 생각이었지만, 해명할 일도 있고 해서 약간의 설명을 더 해야겠다. 〈스페인에서〉는 그곳을 이렇게 묘사했다.

사방에 초목들이 펼쳐져 있고 그 한가운데 작고 깨끗한 집이 한 채 있었다. 그 안에서 피로를 풀 거리를 구할 수 있었다. 그곳에는 예쁜 아이의 웃는 얼굴들이 여럿 있었다.

〈스페인에서〉가 출간되고 번역본이 영국에서 출간되었을 때 바로 이 부분을 문제 삼고 나선 사람이 있었다. 런던의 정숙한 부인이었는데, "그 안에서 피로를 풀 거리를 구할 수 있었다"라는 부분이 불쾌하게 읽혔던 모양이었다. 이건 물론 정확하게 번역되지 않았기 때문에 빚어진 오해였다. 아무튼 이 부인은 말라가에 있는 친척에게 편지를 써서 어떻게 된 일인지 알아봐달라고 했고, 나도 아는 사람인 이 친척은 편지를 받은 뒤 덴마크 영사를 찾아갔다. 영사는 공동묘지의 그 작은 집 사람들을 찾아가 낯선 사람에게 '어떤 걸' 판 적이 있느냐고 물었다. 그 사람은 아무것도 '판 적이 없다'고 대답했다. 그렇다면 당연히 그 부분은 다음 판에서 삭제해야 하지 않느냐는 요구를 받았다. 물론 내게도 잘못이 있다. 하지만 오해는 풀어야겠다.

나는 지금도 그때 일을 생생하게 기억한다. 날이 제법 더웠으며 나는 많이 지쳤고 목이 말랐다. 그래서 안내인에게 목을 축일 만한 걸 구할 수 없겠는지 물었고, 안내인은 나를 그 작은 집으로 데리고 들어갔다. 그러자 집에 있던 남자가 과일이었던가 아니면 얼음물이었던가, 이 부분은 정확하게 기억나지 않지만, 어쨌든 내게 친절을 베풀었고, 그때 돈을 지불하지는 않았다. 이런 일들을 함께 적었더라면 정숙한 부인을 화나게 하지 않았을 테고, 또 내게 선행을 베푼 사람이 그 일로 성가신 일을 당하지도 않았을 것이다.

콜린과 나는 말라가에서 일주일을 보낸 뒤 지브롤터로 다시 돌아가기로 했다가, 먼저 그라나다에 가보기로 했다. 한데 그라나다는 여왕을 맞을 준비로 온 시내가 부산하고 떠들썩했다. 여왕이 안달루시아(스페인 남부 지역으로 옛 무어 문명의 중심지 - 옮긴이)에 오는 건 처음이라고 했다.

알람브라 궁전(14세기 말에 완성된 이슬람 왕국의 궁전 - 옮긴이)이 있는 그라나다는 이번 스페인 여행의 백미였다. 저녁이 다가올 무렵 그라나다를 향해 출발했다. 우리는 열 마리의 노새가 끄는 승합마차에 탔다. 맵지 않은 채찍이 날고 노새의 목에 걸린 방울이 딸랑거렸다. 바닥이 드러난 강을 따라가다가 이윽고 높은 곳에 올라서서 보니, 멀리 아래쪽으로 수많은 불빛이 반짝이는 말라가가 보였다. 하늘이 갑자기 어두워지더니 천둥번개가 쳤다. 바로 그때, 무장한 남자들 여러 명이 마차를 세우고 문을 열었다. 강도구나, 생각했지만 아니었다. 노상강도로부터 통행인을 보호하는 경비대원들이었다. 이들 덕분에 위험한 지역을 안전하게 지날 수 있었다. 로하를 지나 다음날 아침에 그라나다에 도착했다.

바로셀로나에 있던 덴마크 사람 쉬에르바크가 그의 처남인 스페인 사람 돈 호세 라라멘디 대령에게 편지를 써주었다. 그는 쾌활하고 붙임성이 있었고, 나와 콜린에게 더할 나위 없이 자상하게 편의를 봐주었다. 대령이 아니었으면 보기는커녕 접근도 어려웠을 아름답고 재미있는 구경거리들을 덕분에 모두 볼 수 있었다. 맨 먼저 알람브라 궁전을 찾았다. 하지만 우리가 갔을 때는 시기가 좋지 않았다. 있는 그대로를 볼 수 있었으면 좋았을 텐데, 여왕이 곧 방문한다고 해서 벨벳 깔개를 깔고 전혀 어울리지 않는 장식들을 어지럽게 해놓은 바람에 궁전의 독특한 아름다움을 만끽하는 데 적잖이 방해를 받았다.

10월 9일, 여왕이 그라나다로 들어왔다. 이사벨라 1세(1451~1504년. 남편인 페르난도 5세와 함께 스페인을 통치했으며, 이슬람의 국가 그라나다를 정복했다 - 옮긴이) 이후로 왕이 이곳을 찾은 건 처음이라고 했다. 우리가 여섯 번의 밤과 낮을 보낸 그라나다는 동화 속의 도시였다. 교회의 종들이 맑은 소리를 내고, 캐스터네스를 든 아가씨들은 춤을 추며 거리를 누볐다. 거리 어느 곳에서나 음악이 흘러넘치고, '여왕 폐하 만세!'라고 쓴 깃발들이 펄럭였다. 집집마다 발코니에 선 사람들이 장미꽃잎을 발코니 아래로 지나가는 여왕의 머리 위에 뿌렸다. 마치 꽃눈이 내리는 것 같았다. 여왕은 황금으로 만든 왕관을 썼고 주홍색 옷을 입었다. 어린아이가 봐도 금방 알아볼 수 있을 만큼 화려했다. 노래하는 새 떼가 거리를 뒤덮은 듯 거리는 밤새 흥겨웠다.

여왕이 말라가로 떠나자 축제는 끝이 났다. 콜린과 나는 숙소를 알람브라 궁전 가까운 데로 옮겼다. 숙소에서 보면, 그 옛날 무어 왕 보아브딜이 페르난도와 이사벨라를 맞아 싸우러 나갔던 성문이 보였다.

워싱턴 아이빙의 〈알람브라 궁전〉을 여기에서 세 번째 읽었다. 죽은 자가 살아나고 과거가 현재가 되었다. 나는 날마다 무어 인의 회당을 찾았고 술탄의 궁전을 어슬렁거렸다. 옛날의 영화를 노래하던 잊혀진 시가 궁전을 떠돌면서 장미 향기를 뿜는 것 같았다. 맑은 물은 옛날처럼 변함없이 흘렀고 오래된 사이프러스는 그 옛날의 노래들을 침묵으로 증언하며 햇살 아래 푸른 잎을 드리우고 서 있었다.

처음 로마를 떠날 때처럼, 나는 눈물로 알람브라 궁전과 작별했다. 이곳에서 나는 행복했고 영혼이 흔들릴 만큼 깊은 감상에 젖었다. 그리고 슬픔에 잠겼다. 무엇 때문에? 모르겠다, 그 순간의 기억과 감정은 모두 잊어버렸다. 기억하기보다는 차라리 잊어버리는 게 낫다. 가장 좋은 건, 잊어버린 후 새롭게 이해하는 것이 아닐까.

나는 시를 써 알람브라 궁전과 작별 인사를 했다.

알람브라 궁전

에올리언 하프, 두 개로 부서져
다로의 언덕에 걸려 있네
그대 온갖 장식물을 달고 서 있는
알람브라여! 그대의 위대한 아름다움 비록
까마득한 과거 가슴 아픈 기억일지라도
그대의 연약한 현이 들려주는 희미한 곡조

달콤한 사랑의 노래, 전쟁의 함성에 묻혀버리고
사하라의 열풍에 묻혀버렸구나
아! 하프는 쪼개지고, 누가 노래할 것인가
사이프러스 울음 속의 옛 기억이여
알람브라, 그대는 쇠락 속의 영광이어라

　우리가 떠날 때 라라멘디 대령이 손을 잡고 작별을 아쉬워했다. 내 꼬마 친구 라라멘디의 아이들은 울면서 소리쳤다.

　"아도이스! 바야 우스테드 콘 도이스!(Adois! Vaya usted con dois!)"

　다시 말라가에 와서 떠날 채비를 할 때, 나하곤 좀처럼 인연을 맺지 않았던 불운이 찾아왔다. 나는 내가 받은 훈장을 가지고 다녔다. 그 가운데는 윌렌슐레게르가 선물로 준 북극성 훈장도 있었다. 내가 가혹하고 신랄한 비판과 공격을 받고 의기소침해 있을 때 윌렌슐레게르가 위로하며 내게 주었던 바로 그 훈장이다. 그때 윌렌슐레게르는 이렇게 말했었다.

　"북극성은 절대로 사라지지 않는다네. 나는 곧 신의 부름을 받아서 가고 없을 테니까, 이 훈장은 앞으로 자네 걸세."

　그 훈장을 잃어버린 것이다. 내가 가진 훈장을 모두 잃어버렸다. 말라가와 그라나다 신문에 광고를 했지만 결국 찾지 못했다.

　저녁때 콜린과 나는 기선에 올랐다. 해 뜰 무렵 지브롤터의 바위를 보았고, 그로부터 얼마 뒤 영국령의 땅을 밟았다.(지브롤터는 영국령이었다 - 옮긴이) 덴마크 영사인 마티센이 미리 예약을 해 둔 덕분에 곧바로 시설이 잘 된 호텔에 들어갈 수 있었다. 이곳에서 마티센과 함께 기쁜 나날을 보내며, 바위 위에 지은 난공불락의 요새를 보았다. 이 요새의 서쪽으로는 유럽의 최남단인 테네리페가 보였고 남쪽으로는 아프리카의 세우타가 보였다.

햇살이 유난히 아름답던 11월 2일, 콜린과 나는 대서양을 끼고 있는 아프리카의 탕헤르로 건너갔다. 그곳의 영국 총독인 드루먼드 헤이는 덴마크 여성과 결혼한 사람이었는데, 우리를 극진히 맞았다. 한데, 내가 거기 갈 거란 편지를 여러 날 전에 어떤 어부에게 전해달라고 맡겼는데 편지보다 내가 먼저 도착했다. 세상의 새로운 땅 낯선 도시 사람들이 북적이는 좁은 길을 따라 헤맨 끝에 가까스로 총독의 집을 찾았다. 하지만 그는 가족과 함께 탕헤르에서 멀리 떨어진 라벤스록의 시골 별장에 가 있었다.

다행히 대사의 서기관을 만나 그가 제공해준 말과 노새로 짐을 옮겼다. 우리는 유태교도인 무어 인과 아랍 인, 거지 여자 그리고 벌거벗은 아이들로 북적거리는 좁은 중앙로를 지났다. 시내를 벗어나자 갑자기 우리 눈앞에 베두인(사막에서 유목 생활을 하는 아라비아 인 - 옮긴이)의 야영지가 보였다. 이들이 몰고 다니는 낙타들이 우릴 멀거니 바라보았다.

광활한 시골길을 따라 한참을 간 끝에 초록의 벌판 한가운데 우뚝 선 커다란 성채 라벤스록에 도착했다. 드루먼드 헤이와 그의 아내 그리고 딸이 반갑게 맞아주었다. 콜린이 아닌 다른 사람과 오랜만에 덴마크 말로 대화를 나누는 게 즐거웠다. 그곳에서는 모든 게 즐거웠다. 내 방에서 멀리 탕헤르와 그 너머의 푸른 산이 보였다. 지브롤터의 바위산도 보였고 테르피네도 보였다. 밤이면 트라팔가의 등대도 보였다.

대서양이란 큰 바다 옆에서는 어쩐지 외로운 느낌이 들었다. 하지만 자연 속의 강한 삶을 느낄 수 있었다. 시내에서 사는 사람들의 삶도 보고 싶었다. 드루먼드 헤이가 이런 내 마음을 눈치챘고, 우리는 모두 탕헤르로 다시 돌아왔다.

드루먼드 헤이는 지역 사령관에게 우리를 소개했고, 그가 성채로 우리를 초대했다. 성의 마당은 포장이 되어 있었다. 그걸 보니 알람브라 궁전이 떠올랐다. 차가 나왔다. 우리는 큰 잔으로 두 잔이나 마셨다. 세 번째 잔을 낼 때 우리가 믿는 종교에서는 세 잔을 마시지 않는다고 말을 해, 차는 그걸로 끝이었다. 사령관은 성문까지 배웅을 나와 손을 흔들었다.

드루먼드 헤이의 집에서 우리는 영국적인 안락함을 맛보았다. 일하는 사람들은 잘 훈련되어 있었고 상냥했다. 발코니에 서면, 지중해에 사는 사람들에게 가장 잘 어울리는 종려나무들과 서양협죽도 덤불이 보였다. 여기서 보낸 시간은 너무도 빠르게 흘러갔다.

알제리에서 프랑스 군함이 오기로 되어 있었다. 우리는 그 배를 타고 카디스로 갈 예정이었다. 아프리카에서 친구로 사귄 사람들에게 작별 인사를 하기란 너무도 힘들었다.

해질 무렵에 배에 올랐다. 그리고 곤히 잠이 들었던 한밤에 트라팔가 만灣을 지나던 배가 바닷속 모래 언덕에 좌초했다. 갑판으로 달려 올라갔다. 조금씩이었지만 배가 한쪽으로 기울고 있었다. 내 상상력은 최악의 상황을 떠오르게 했다. 하지만 십오 분쯤 지났을까, 배는 다시 균형을 잡았고 달빛 아래 유유히 바다를 헤쳐갔다. 해가 떴을 때에는 깨끗하기로 소문난 카디스 앞바다에 닻을 내렸다. 항구에는 모든 나라의 배들이 다 있었다. 장관이었다. 하지만 이것 말고는 카디스에선 볼 게 별로 없었다. 유명한 교회나 유적지도 없었고 화랑도 없었다. 낭만을 아는 사람이라면 누구나, 망토 아래에서 반짝이던 안달루시아 여인의 눈빛을 그리워할 것이다.

카디스에서 세비야는 철로로 연결되어 있다. 아름다운 교회들과 불멸의 그림들을 자랑하는 세비야는 스페인에서 가장 낭만적인 도시로 꼽힌다. 지나간 시대의 기억과 거장의 이름은 모두 세비야와 관련이 있다. 우리는 날마다 장엄한 대성당을 찾았다. 여기에는 스페인에서 가장 높은 무어 인 종탑이 있다. 트로엔도 햇살을 받아 반짝이며 날개를 펴고 서 있다. 무어 왕의 성城 알카사르도 가보았다. 영화를 누리던 옛날처럼 여전히 황금과 화려한 색채로 광채를 뿜었다. 정원에는 오렌지 나무와 장미가 가득했다. 여기선 아직도 남국의 여름이 한창이었다. 무리요(1617~1682년. 17세기 스페인 회화의 황금시대를 대표하는 화가. 벨라스케스와 함께 스페인 바로크의 대표적 화가이며, 대표작은 〈원죄 없는 마리아의 발현〉-옮긴이)의 고향에서 그가 그린 수많은 아름다운 그림을 보고 있노라니, 그가 얼마나 위대한지 저절로 고개가 숙여졌다. 그의 그림을 볼 때마다 나는 이렇게 소리쳤다.

"그는 최고 중에 최고다!"

누구든 캔버스에 그린 자기 그림을 제대로 보려면 반드시 스페인 여행을 해야 한다. 특히 세비야와 마드리드를 봐야 한다.

지금은 이미 고인이 된 유명한 풍속화가 존 필립스와 스웨덴 화가인 룬그렌과 함께 세비야의 미술 아카데미에 있는 '무리요의 방'을 처음으로 보았다. 이곳에는 그의 걸작들이 모두 전시되어 있었다. 라카리다드 교회에서는 그의 아름다운 작품 〈파피루스 속의 모세〉를 보았다. 그리고 지금은 병원으로 바뀐, 돈 후안 테노리오가 세운 기도원을 보았다. 이곳의 수도사였던 테노리오는 자기 묘비명을 직접 썼다.

　　　여기 세상에서 제일 나쁜 사람이 누워 있노라.

　돈 후안 테노리오의 이야기는 스페인의 시인 트리소 드 몰리나가 맨 처음 희곡으로 썼다. 그 다음에 몰리에르가 썼고, 다시 모차르트가 불멸의 음악으로 후대에 남겼다.

　세비야에서 기차를 타고 코르도바로 갔다. 한때 무어 왕국의 수도였으며, 코도반 가죽 산업이 번창했을 때는 음악 아카데미 역시 크게 융성했던 곳이다. 무어 인의 사원 가운데 가장 정교한 사원도 바로 이곳 코르도바에 있다. 거기엔 마호메트의 유물도 전시되어 있다. 하지만 지금은 버려진 조용한 도시일 뿐이다. 이 도시의 모든 장대함은 망각의 장막으로 덮여버렸다. 코르도바에서 제일 큰 무어 인의 사원은 지금은 기독교 교회가 되어 코르도바의 유일한 영광으로 남아 있다. 이 사원은 천여덟 개의 기둥이 지붕을 받치고 있다. 마치 그 기둥들이 나무처럼 보여, 이곳은 나무를 심어놓은 조림지造林地 같다. 이 한가운데 번쩍거리는 교회가 있고 예수와 성모 마리아를 찬양하는 노랫소리가 울려 퍼진다. 노랫소리가 들리는 벽면 한 곳에는 아라비아 어로 이렇게 씌어 있다.

신은 단 한 명뿐이고, 마호메트는 그의 예언자니라.

코르도바에서 마드리드까지는 철로가 다 놓이지 못해 어쩔 수 없이 스페인 승합마차를 타야 했다. 저녁때 안두가스에 도착했고 밤늦은 시각에 독일 식민지인 카롤리나에 도착했다. 카롤리나 주변의 시골 풍경은 자연 그대로의 아름다움으로 가득했다. 시에라 모레네의 변화무쌍한 모습을 바라보는 건 큰 즐거움이었다. 여기서도 여행객들은 절도와 강도와 살해 사건을 얘기하며 두려워했다. 하지만 나는 조금도 걱정하지 않았다. 지갑을 열어둔 채 손에 들고 가면 어느 누구도 해를 끼치지 않는다는 걸 오랜 경험을 통해서 터득했기 때문이다. 선인장으로 이엉을 만들어 지붕을 두른 오두막들이 한창 공사중인 철로변을 따라 서 있었다. 여기에는 그래도 소란스런 삶이 있었다.

마차는 너댓 시간쯤 미친 듯이 달렸고, 산타 크루스 드 무델라에 닿았다. 볼품없고 초라한 집들과 포장도 되지 않은 진흙투성이 길이 있는 작은 마을이었다. 하룻밤을 묵어 갈 곳으로 누군가 역 가까이 있는 선술집을 겸한 여인숙을 추천해서 가보았더니, 바닥에는 짚을 깔아놓았고 잠을 자는 방에는 창문이 유리창도 없이 그냥 나무판자로 덮여 있었다. 피곤하긴 했지만 도저히 거기서 잘 수 없을 것 같았다. 마드리드로 가는 기차 시간이 얼마 남지 않았기에 서둘러 기차에 올랐고, 또 마드리드까지 열 시간 가까이 여행을 했기에 마드리드에 도착했을 때는 완전히 녹초가 되었다. 하지만 '폰다 델 오리엔테'라는 좋은 호텔을 잡아, 수줍음 잘 타는 조심성 많은 아가씨가 따라주는 와인과 함께 좋은 음식을 먹고, 좋은 침대에서 편안하게 쉬었다. 마드리드는 추웠다. 눈이 내렸고, 도시는 별 볼거리도 없었다. 특별히 스페인적인 특색이 있는 게 없었고 무어 시대의 위대한 기념물 같은 것도 없었다. 하지만 마드리드가 수많은 도시 가운데 돋보이는 건 유럽의 위대한 화가들, 특히 무리요와 벨라스케스(1599~1660년. 세비야에서 귀족의 아들로 태어난. 스페인의 궁정화가 - 옮긴이)의 걸작들을 감상할 수 있는 화랑들이 있다는 사실 때문이다. 이 그림들을 감상하며 행복한 시간을 보냈다. 그리고 독특한 스페인의 자연 풍광을 보기 위해 톨레도로 향했다.

톨레도로 가는 길 옆에 늘어선 오렌지 나무 숲은 덴마크의 우거진 숲을 생각나게 했다. 톨레도는 지난 시대의 위대한 유적지다. 톨레도 주변을 울퉁불퉁한 바위산이 둘러싸고 있고, 타구스 강이 여러 개의 폭포수를 이루고 그림 같은 작은 물방아를 돌리며 흘러 내려간다. 지금도 여전히 오만하게 늘어서 있는 열주와 폐허가 된 아치문을 갖춘 성채는 주변의 황무지를 비웃기라도 하듯 우뚝 서 옛날의 영광을 간직하고 있었다. 이 성채의 한쪽 날개만이 폐허를 면한 채 남았고, 코르도바 연대의 병사들이 그곳을 숙소로 이용하고 있었다.

대성당과 산 후안 드 로스 레게스 교회를 보았다. 이 교회야말로 진정한 스페인의 교회라 할 만하다. 말라가와 세이바 그리고 코르도바의 대성당을 이미 보았다 하더라도 감동은 조금도 줄어들지 않을 것이다. 솔로몬 왕의 영광을 고스란히 재현하고 있는 이 두 개의 유태 교회는 지금은 기독교 교회로 바뀌어, 각각 누에스트라 세뇨라 델 트란시토 그리고 산타 마리아 라 블랑카라는 이름으로 불릴 뿐이다. 벽을 장식하고 있는 것 가운데 수를 놓아 헤브루 어로 다음과 같이 써놓은 게 있다.

솔로몬의 사원이 여기에 있다. 하지만 율법을 지키는 이스라엘의 백성들은 모두 흩어지고 없다. 우리에게는 오로지 한 분의 하나님밖에 없다.

도시는 쓸쓸하고 조용하다. 도시 바깥의 시골은 더했다. 이곳에는 삶의 기호가 세 개밖에 없다. 사람들을 부르는 교회 종소리와 사라져버린 옛날의 기억을 간직한 다마스커스 검을 만드는 망치 소리, 그리고 기관차다.

너는 달려와 뜨거운 김을 뿜는구나
그때 고요함이 다시 지배하고
주변의 모든 것은 황무지이거나 혹은 위대한 것

다시 마드리드로 돌아와 몇 주일을 머물렀다. 크리스마스도 여기서 보낼 생각이었다. 중국에서 스페인 대사로 있기도 했던 작가 돈 사니발도 드 마스가 마드리드의 한 호텔에서 나를 위해 연회를 베풀었다. 당대의 유명한 스페인 작가들을 만나게 해주려는 배려였다. 이 자리에서 〈엘 로모 데 아르티가스〉의 작가인 돈 라하에 그라시아를 만났다. 스페인의 수도인 이 도시에서 여러 저명인사들의 환대를 받았다. 하지만 내 글에 대해서는 조금밖에 알지 못했다. 스페인 어로 번역된 내 작품은 〈성냥팔이 소녀〉와 〈덴마크 사람 홀거〉뿐이었다. 여기서 나는 스페인에서 태어난 독일 시인 하르첸부시에게 특히 매력을 느끼고 이끌렸다. 그는 극작가이자 동화 작가로 잘 알려진 사람이었다. 그는 자기 작품과 내 작품이 비슷한 것 같다고 했고, 자기가 쓴 동화책에 서명을 해서 기념으로 주었다. 리바스 공작도 만났다. 그는 스페인 정계에서 명망이 높은데 최근에 와서는 문학계에도 이름이 알려진 사람으로, 전에 그가 스페인 대사로 가 있던 나폴리에서 만난 적이 있었다.

크리스마스 전에 마드리드를 떠났다. 날씨가 궂었기 때문이다. 비가 오고 눈이 오고, 게다가 덴마크의 겨울만큼이나 혹독하게 추웠다. 가끔 기온이 올라갈 때도 있었지만, 참을 수 없었던 건 바람이었다. 건조하고 살을 에는 듯 추운 바람을 견딜 수가 없었다. 북쪽으로 올라가기로 마음을 먹었다. 프랑스를 거쳐 덴마크로 가기로 했다. 추운 새벽 호텔을 나섰다. 나를 배웅하려고 기다리는 사람들을 보는 순간, 턱을 덜덜 떨리게 하던 냉기가 사라져버렸다. 스웨덴의 장관 베르그만, 스페인의 젊은 시인들, 거기 머무는 동안 끊임없이 신경을 써주며 자상한 애정을 보여준 하코보 소벨 산그르노이스… 특히 산그르노이스가 만일 이 책을 본다면 그에게 고맙다는 인사를 보낸다.

기차는 폭풍우를 뚫고 달렸다. 바람이 객차 안으로 들이쳤다. 에스쿠리알에서 기차가 섰다. 기차는 거기까지였고, 우리는 승합마차에 구겨 타고 아침까지 달렸다. 함께 여행한 청년 하나는 팔꿈치를 창 밖으로 내놓고 가야 했고, 그 바람에 차가운 눈이 안으로 들이쳤으며, 아이 하나는 쉬지 않고 울어댔다. 마차는 뒤

집어질 뻔한 아슬아슬한 위기를 몇 번이나 넘기면서도 줄기차게 내달렸다. 잠을 자거나 쉬는 건 아예 생각조차 할 수 없었고, 팔이나 부러지지 않고 무사히 목적지에 도착하면 다행이었다.

산치드리안에서 다시 기차를 탔다. 하지만 우리가 타고서도 몇 시간이나 출발하지 않고 멈춰 서 있었고, 그 시간 동안 우리는 꼼짝없이 추위에 떨며 기다려야만 했다. 부르고스에 도착한 건 정오였다. 부르고스는 스페인의 영웅 시드가 살았던 곳이며, 또한 시드와 그의 아내가 쉬었던 베네딕트 수도원 산 페드로 드 카르도냐가 있는 곳이기도 하다. 우리는 대성당에서 시드가 유태인들을 속인 돌멩이들이 가득 담긴 상자를 보았다. 그 시대를 증언하는 유물이었지만 지금은 소중하게 여겨진다는 느낌이 들지 않았다.

콜린과 나는 라파엘로 호텔에 머물렀다. 매우 추운 겨울 날씨였다. 유리창은 성에로 덮였고 땅은 눈으로 덮였다. 호텔에서는 몸을 녹이라며 불 붙은 석탄이 담긴 쇠주전자를 제공했다. 잠자기 전에 이 주전자를 문 밖에다 놓았다. 한데 문이 제대로 닫히지 않는 바람에 석탄이 타면서 나는 연기가 방 안으로 들어왔다. 이 연기 때문에 악몽에 시달리다가 가까스로 눈을 뜨고 일어났다. 비몽사몽간에 눈을 떴지만 마치 담요를 뒤집어쓴 것처럼 답답했다. 소리를 쳐서 요나스 콜린을 깨웠다. 콜린이 대답을 하긴 했지만 알아들을 수 없었다. 잠꼬대를 하는 것 같았다. 다시 소리쳤다.

"일어나보게! 내가 아프단 말이야!"

콜린은 전혀 대답을 하지 않았다. 침대에서 가까스로 일어나

비틀거리며 발코니 문을 열었다. 눈보라가 휘몰아쳐 들어왔다. 나와 콜린은 그 차가운 공기 속에 한 시간 가까이 서 있었다. 그제서야 정신이 들었다. 그날 밤 부르고스에서 우리는 죽음의 문턱까지 갔다 왔다.

부르고스에서 오로사고이티스까지는 기차가 있었고, 거기서 다시 승합마차를 탔다. 사방에 눈이 쌓여 날이 어두워지면 여행을 할 수가 없었다. 그래서 낮에 피레네 산맥을 넘어 세인트 세바스티안에 도착했다. 그 도시는 비스케이 만에 그림처럼 아름답게 자리하고 있었다. 그곳도 여전히 겨울이었지만 프랑스 국경으로 몇 시간을 더 다가가자, 해가 나오고 봄이 이미 와 있었다. 나무는 싹을 틔우고 바이올렛이 활짝 피어 있었다. 국경을 넘어 바욘에 도착했고, 여기에서 크리스마스를 보냈다. 샴페인 병에 꽂은 초에 불을 붙여 크리스마스를 밝혔다. 그리고 덴마크와 우리가 사랑하는 모든 사람을 위해 건배를 했다.

비스케이 만에 있는 유명한 온천장 비아리츠는 바욘에서 멀지 않다. 거기서 스페인의 눈 덮인 산맥을 바라보며 여러 날을 보냈다. 해안의 바위에 와서 부딪혀 부서지는 파도 소리는 마치 대포 소리처럼 요란했다. 바다표범의 형상으로 돌출해 있는 바위에 바다는 고래처럼 물을 뿜어댔다. 눈을 들어 바다 먼 곳을 바라보았다. 바다 건너 가장 가까운 곳은 미국이었다. 1862년의 마지막 밤은 보르도에서 보냈다. 그곳에 있는 덴마크 동포들과 프랑스 친구들이 반갑게 맞아주었다.

1863

　보르도가 아주 마음에 들었다. 특히 극장이 그랬다. 거기에서 공연하는 오페라는 최고였다. 구노(1818~1893년. 프랑스의 작곡가. 1858년에 발표한 오페라 〈파우스트〉는 그의 대표작이다 - 옮긴이)의 〈파우스트〉를 처음 보고는, 몇 번이나 반복해서 자꾸 보았다. 아름다운 목소리와 극적인 음악 그리고 현란한 장식들! 가수들의 이름은 잊어버렸지만 그들에게서 받은 강한 인상은 지금까지도 잊지 못한다. 그리고 아주 매력적인 역할이었음에도 마르가레트 역을 망쳐버린 배우에 대해 속상해했던 기억도 그대로 간직하고 있다. 어떻게 배우가 생각도 없이 그럴 수 있을까, 잠을 자려고 누웠다가도 벌떡 일어나곤 했다. 3막에서 마르가레트가 처녀다운 발랄한 정숙함과 경건함으로 찬송가 책을 손에 들고 교회에서 집으로 돌아와, 물레를 꺼내놓고 앉아 노래 〈땅끝의 왕〉을 부르는 장면이었는데, 이때 마르가레트가 찬송가 책을 마치 걸레 던지듯 옆으로 툭 던져놓는 것이었다. 마르가레트는 아름다움의 왕국에 사는 인물로 결코 찬송가 책을 그렇게 다루어서는 안 된다. 한데 〈파우스트〉를 볼 때마다 그랬다. 그나마 내가 이 인물에 몰입할 수 있었던 건 다른 인물들의 연기와 음악이 있었기 때문이다.

대성당도 가서 보았다. 로마 시대 원형극장의 유적지와 시내에 있는 오래된 우물도 구경했다. 날씨가 점차 따뜻해지고, 목초지에는 바이올렛이 무더기로 피었다. 덴마크 영사는 나와 콜린을 교외의 강가에 있는 예쁜 별장으로 데리고 갔다. 이곳에서 만개한 봄은 우리를 따라 북쪽으로 길을 떠날 채비를 했다.

앙굴렘에서 멈추어 하루를 묵었다. 포에티에에서는 여러 날을 묵었다. 콜린의 친구가 있었기 때문이다. 이곳에는 무어 인의 시대까지 거슬러 올라가는 아름다운 수도원이 있다. 이것뿐만 아니라 오래된 건물들이 많이 있다. 수도원만 해도 이삼십 개나 된다.

날씨는 아직 보르도처럼 따뜻하지 않았다. 결국 우리는 다시 통나무가 난로에서 우지직 소리를 내며 타들어가는 소리를 들어야 했다. 콜린이 탕헤르에서 가지고 온 작은 거북이들도 추위에 떨긴 우리와 마찬가지였다. 그래서 거북이도 몸을 녹이라고 난로에 올려놓았다가 하마터면 구워버릴 뻔했다.

다시 북쪽으로 여행을 계속해 투르에 도착했다. 거대한 현수교, 대성당, 넓은 도로와 활기 넘치는 상점들…. 여기는 다시 봄이었고, 햇살이 내리쬐고 꽃이 피고 초록이 짙은 색을 띠어갔다. 우리는 루이 11세의 악명 높은 사형 집행인이었던 은둔자가 살던 집을 보러 갔다. 정원은 장식물과 안내판 등으로 꾸며져 있었다. 탑 위에 올라가면 시내와 강 그리고 멀리까지 조망할 수 있었다. 교회는 폐허가 되었고, 두 군데만 불경스러운 용도로 이용하고 있었다. 하나는 마구간이었고, 또 하나는 극장이었다.

우리의 여행길은 투르에서 다시 블로아로 이어졌다. 도시도 사람처럼 얼굴이 제각기 다르다. 닮은 사람이 있는 것처럼 닮은 도시가 있고, 또 도시마다 차이가 있다. 누구나 사람들은 자기가 가본 도시의 독특한 특징들을 마음에 새겨놓는다. 프랑스 남부의 작은 도시와 마을들도 모두 내 마음에 새겨져 있다. 구불구불한 좁은 도로며 강둑을 따라서 이어지는 그늘진 산책길…. 블로아의 대성당으로 이어지던 오르막길, 그 가파른 길을 올라갈 때 잡으라고 길옆에 쳐놓은 난간을 아직도 기억하고 있다. 병사들의 막사로 변해버렸지만 잘 보존된 옛 성의 아름다움은 결코 잊지 못할 것이다. 전체 건물과 그 건물에 달라붙어 있는 기억들을 되새기면 어두웠던 시절의 풀리지 않은 수수께끼가 떠오른다. 창문마다 붙어 있는 붉은 칠을 한 발코니의 아치는 마치, 그 건물 안에서 벌어졌던 일들을 발설하지 못하게 혀를 잡아 빼놓은 것 같았다. 귀즈 공작이 여기에서 살해되었다. 우리는 그 방을 보았고, 앙리가 모든 사건을 목격할 수 있었던 태피스트리의 구멍도 보았다.

오를레앙에서 이틀을 머물렀지만 아름다운 건물들과 기념물들을 다 보기엔 너무 짧은 시간이었다. 나폴레옹 3세 광장에 잔 다르크(1412~1431년. 프랑스의 애국 소녀. 영국과의 백년전쟁으로 위기에 빠진 프랑스를 구했다. 하지만 국왕 측근의 질투와 배신으로 영국 포로가 되어 종교 재판을 받고 마녀의 혐의로 화형에 처해졌지만, 1453년에 백년전쟁이 끝난 후 프랑스를 구한 영웅으로 추앙되었다. 1920년 가톨릭 교회는 그녀를 성녀의 반열에 올렸다 - 옮긴이)가 서 있었다. 그녀는 말을 타고 있었고, 주변으로는 그녀가 성모 마리아로부터 계시를 받는 장면에서 마지막 화형을 당하는 장면에 이르기까지, 실러의 비극을 연상시키는 형상들이 청동 부조로 제작되어 받침대 위에 놓여 있었다. 잔 다르크의 동상보다는 작지만, 국왕 루이 필립의 딸 마리아의 동상도 시청 정원에서 보았다. 우리는 잔 다르크가 살았던 집을 보았고, 포에티의 디아네가 살던 집을 보았고, 샤를 7세가 사랑하던 아그네스 소렐을 위해 지은 화려한 저택도 보았다.

　오를레앙에서 파리까지는 금방이다. 파리에서는 두 달 동안 머물렀다. 이방인에게는 더할 나위 없는 기쁨을 주는 이곳에서 애초 기대했던 것보다 훨씬 많은 즐거움을 누렸다. 내 생애에 파리 땅을 밟은 건 그때가 처음은 아니었지만, 언제 다시 이런 기회가 있을까? 스페인에서 아프리카 연안으로, 그리고 다시 스페인을 거쳐 돌아오는 낭만적인 여정을 아낌없이 즐겼듯 파리에서도 내 인생의 즐거움을 마음껏 누렸다. 하지만 모든 날들과 모든 달들이 다 꿀처럼 달고 비단처럼 부드럽고 매끈할 수는 없는 법이다. 하루하루의 삶 속엔 늘 작은 아픔이라도 있기 마련이다. 사람이란 완벽할 수가 없다. 나 역시 마찬가지다. 주기도문에 이런 구절이 있지 않은가, 우리가 우리의 죄를 사하듯 우리를 용서해주시옵소서.

　뵈른스테르네 뵈른손이 이탈리아에서 스웨덴으로 돌아가던 길에 파리에 머물고 있었다. 그가 먼저 말을 꺼내 스칸디나비아 사람들이 모여 나를 위해 파티를 열었다. 테이블은 꽃으로 장식했고, 홀 한쪽에는 〈놀라운 이야기들〉에 나오는 등장인물들이 나를 둘러싸고 있는 커다란 그림을 걸어놓았다. 천사와 백조와 나비가 있었고 꼬마 인어와 깡통 병정도 있었다.

　뵈른손은 인사말에서 나를 바게센과 베셀 그리고 하이베르겐의 옆자리에 놓았다. 나의 대중적인 위트와 풍자를 그만큼 높이 산다는 얘기였다. 답례를 하는 자리에서, 마치 죽어서 관 속에 누워 목사의 설교를 듣는 것 같다고 했다. 죽은 사람에 대해 얘기할 때 그 사람의 모든 걸 가장 아름다운 말로 표현하지 않는가. 하지만 나는 아직 죽지 않았다. 내게는 아직 미래가 남아 있으며, 방금 들은 찬사에 걸맞는 좋은 작품을 쓸 것이다, 그런 말들을 했다.

스웨덴 노래를 불렀고, 파리에서 여러 해 동안 살았지만 몸이 아파 파티에 참석하지 못한 시인 P. L. 묄러가 내게 부친 편지를 누군가가 낭독했다. 나는 친구들을 위하여 〈바람이 들려주는 발데마르 다에와 그의 딸 이야기〉와 〈그건 사실이야〉, 〈아이들의 잡담〉을 읽었다. 돌이켜보면, 이날도 내 인생의 수많은 아름다운 밤 가운데 하루였다.

3월 하순에 파리를 떠나 다시 덴마크로 향했다. 가던 길에 뒤셀도르프에서 노르웨이 화가 티데만트와 며칠 동안 즐거운 시간을 보냈다. 당시 그의 작업실에는 유명한 작품 〈노르웨이 축제에서의 결투〉가 얼추 다 끝난 상태로 놓여 있었다. 한 남자가 죽은 채 늘어져 있고, 다른 남자 역시 살아날 수 없을 만큼 중상을 입은 채 죽은 남자의 할머니로부터 저주를 받고 있는 모습을 묘사한, 박진감 넘치는 그림이었다. 특히 빛을 다룬 솜씨가 일품이었다. 빛은 피워놓은 불 그리고 열린 지붕으로 들어오는 여명에서 비롯되어 비극적인 세 인물의 운명을 비추고 있었다.

4월 2일, 내 생일에 다시 코펜하겐에 돌아왔다. 하지만 곧 나무가 잎사귀를 내었고, 난 다시 바스뇌스와 글로루프로 친구들을 만나러 갔다. 여기에 머물면서 여행 틈틈이 정리해두었던 자료를 바탕으로 〈스페인에서〉를 썼다. 6월 한 달 내내 글로루프에 있는 몰트케 백작의 장원에서 유쾌한 장원 생활을 즐겼다. 이곳의 정원은 지난번 마지막으로 다녀간 이후로 아름답게 꾸며져 있었다. 새로 단장한 부분은 넓은 정원과 무리를 지어 서 있는 나무들로 영국식 공원처럼 꾸며졌다. 커다란 나무들 사이로는 분수가 물을 높이 쏘아 올렸다.

8월이 끝나갈 무렵 다시 코펜하겐의 내 작은 방으로 돌아왔다. 카지노 극장에서는 내가 쓴 희극 〈꼬마 떡갈나무 어머니〉를 공연했다. 재능 있는 젊은 배우 카를 프리세가 젊은 연인 역을 자연스럽고도 멋지게 연기했고 노래 또한 훌륭하게 불렀다. 이 작품과 카를 프리세는 관객들로부터 갈채를 받았고, 이때 이후로 이 작품은 초연 때보다 훨씬 큰 호응을 받으며 정기적으로 공연되는 공연 목록으로 자리잡았다. 초연 때는 비평가가 아닌 하이베르그나 보예, 틸레 같은 시인들만이 작품의 가치를 인정했었는데, 엄청난 변화가 아닐 수 없었다. 가을에는 왕립극장에서 공연할 작품으로 〈그는 잘못 태어났다〉와 카지노 극장에서 공연할 작품 〈긴 다리 위에서〉를 썼다.

코제부(1761~1819년. 독일의 극작가. 독일의 급진파로부터 러시아 간첩으로 몰려 만하임의 학생 잔트에게 살해당했다 – 옮긴이)의 희곡을 읽다가 예전에 알지 못했던 작품을 발견했다. 무제우스가 쓴 잘 알려진 작품 〈아직도 사랑을〉을 토대로 해서 쓴 것이었다. 나는 이 작품을 덴마크식 행동과 정서에 기초해서 새로 썼다. 노래도 여러 곡 집어넣고 전체 이야기를 덴마크적으로 수정했다. 브레멘

교橋는 코펜하겐의 '긴 다리'였다. 모든 게 행복하고 아름답고 화창했다. 하지만 태풍이 몰려오고 있었다. 암울한 날들이 가까이 다가오고 있었다. 태풍은 나 혼자만을 덮친 게 아니라 덴마크 전체를 검은 구름으로 뒤덮었다. 덴마크에 시련의 시기가 닥친 것이다.

국왕 프레데릭 7세는 슐레스비히의 글뤽스보르그 성城에 있었는데, 국왕의 건강이 심상치 않다는 놀라운 소문이 코펜하겐에 퍼졌다. 11월 15일 월요일이었다. 나는 그때 무척 초조해하는 종교장관 몰라드 주교와 함께 있었다. 구름이 잔뜩 낀 날씨였다. 축축한 공기가 무겁게 짓눌렀다. 마치 장례식장에 있는 것 같았다. 몇 시간 뒤, 펜거 장관이 사는 집으로 친구들을 만나러 갔는데, 나보다 먼저 급보를 가져온 전신 책임자가 와 있었다. 나는 초조하게 계단에 서서 그가 나오길 기다렸다가 급보의 내용을 볼 수 있느냐고 물었다. 그는 이렇게만 대답했다.

"우리는 최악의 상황에 대비해야 합니다."

나는 다시 장관에게 갔다. 그가 이렇게 말했다.

"폐하께서 서거하셨습니다."

눈물이 왈칵 쏟아졌다. 거리로 나가자 사람들이 삼삼오오 모여 근심 어린 얼굴로 슬픈 소식을 주고받고 있었다. 감정을 어떻게 주체할 수가 없었다. 그래서 에드바르드 콜린에게 갔다. 콜린의 집에 왕립극장에 있던 친구들도 와 있었다. 극장에서 공연이 막 시작될 무렵, 고함 소리가 터져나왔다고 한다.

"폐하께서 지금 당장이라도 돌아가실지 모르는 급박한 판국인데, 왕립극장에서 희극을 공연하는 건 옳지 않습니다! 관객 여러분은 다들 나가십시오!"

그래도 막이 올라갔다. 배우인 피스테르가 무대로 나와, 연극을 보아도 아무런 즐거움을 느끼지 못할 게 뻔한 이런 상황에서 배우들 역시 즐거운 마음으로 연극을 할 수 없다고 했다. 이렇게 해서 곧바로 막이 내려졌다고 한다.

연극을 공연중이던 카지노 극장에서는 국왕의 서거 소식이 알려지자 흐느낌이 극장 전체에 퍼졌고 관객들은 곧바로 조용히 극장을 빠져나갔다고 한다.

다음날 오전, 공기는 여전히 축축하고 무거웠다. 크리스티안스보르그 성으로 갔다. 사람들이 광장을 메우고 있었다. 의회 의장인 할드가 발코니에 나와 이렇게 선포했다.

"국왕 프레데릭 7세께서 서거하셨다. 크리스티안 9세 국왕 폐하 만세!"

환호성이 광장을 울렸다. 새 왕이 발코니 앞으로 나섰다. 새 왕을 맞는 박수 소리는 오랫동안 계속되었다. 새 왕 크리스티안 9세는, 신이 우리에게 내려준 어두운 시련의 시기를 헤쳐나가야 할 무거운 임무를 지고 있었다. 나는 육체와 영혼에 무력감을 느끼며 쓰러졌다. 그날 밤, 나는 이렇게 썼다.

슬픈 소식이 덴마크 구석구석을 달리는구나
"국왕 프레데릭 7세, 우리 덴마크 왕이 돌아가셨다!"
장송곡이 바다를 건너고 들판을 달리는구나
덴마크의 문장紋章에 그의 심장이 박히는구나
신께서 덴마크의 대지와 인민에 내리신 심장

그 누가 덴마크 어로 이 슬픔을 다 적을 수 있을까

히스 가득한 평원에서 폭풍이 몰아치는 바닷가 마을까지
뉘라서 덴마크를 사랑하는 마음이 그대보다 더 클까
모든 덴마크가 사랑으로 기도하고 축복했건만
덴마크의 모든 눈물을 뒤로하고 기어코 가고 말았구나
그대 덴마크에 베푼 사랑 잊지 않고 감사하리
그대 무덤 가에 서서 슬피 우노라, 언제까지고

　10월 2일 수요일, 왕의 시신이 코펜하겐으로 옮겨졌다. 내가 사는 뉴하벤에서 왕의 석관을 실은 배가 장송곡과 교회 종소리 속에 수면을 미끄러지듯 나아가는 걸 보았다. 크리스티안스보르 그 성에 'Castrom Doloris(고통의 장소)'란 글귀가 새겨졌다. 사람들이 성에서 물결처럼 몰려나왔다. 나는 사람들에게 밀려 꼼짝도 못하고 갇혀버렸다. 행렬의 마지막 사람이 지나갈 때까지 기다렸다. 도저히 그 행렬에 끼어들 수가 없어서 포기하고 말았다. 하지만 입장 제한 시간이 지나자 후회가 되었다. 한번 더 왕을 보고 싶었고 그의 관 옆에 서고 싶었다. 다행히 여러 사람들의 배려로 시신을 모신 의사당 건물로 들어갈 수가 있었다. 실내는 흰색 새틴이 드리웠고, 촛대 위의 촛불들이 불을 밝히고 있었다. 국왕의 관 옆에 섰다. 관을 장식했던 휘장과 훈장은 모두 떼어내었고 왕실의 문장만이 제자리에 놓여 있었다. 관 위로 고개를 숙였다. 관에서 나는 냄새가 코를 찔렀다. 나는 열려 있는 창문 쪽으로 갔다. 바로 곁에 슐레스비히에서 보내온 화관이 놓여 있었다. 어느 가난한 사람이 보낸 듯한, 꽃이 없이 이끼만으로 된 화환을 손으로 만져보았다. 플렌스부르크에서 보내온 갯대추나무(예수의 가시 면류관이 이 나무로 만든 것이다 – 옮긴이)로 만든 화환도 있었다. 거기 있는 모든 화환들은 왕과 함께 무덤 속으로 들어갈 것이었다.

왕이 로에스킬데 대성당의 무덤에 묻힐 때는 코펜하겐의 가수와 합창단들이 단일 합창단으로 모여 작별의 노래를 부르기로 했고, 송별사를 쓰는 일은 나한테 맡겨졌다. 장례일이 다가왔다. 저녁, 장례 행렬이 코펜하겐의 서문에 멈춰 서 있는 동안 노래가 울려 퍼졌다. 각 단체와 조합의 휘장이 펄럭이는 가운데 예포가 발사되었다. 포연이 자욱하게 피어올라 해를 가렸다. 우리의 마음과 머리는 슬픔으로 가득 찼다.

피로 물든 전쟁의 파도가 다시 조국을 덮쳤다.(1862년 프러시아의 수상이 된 비스마르크는 철혈 정책을 전개하며 강력한 힘을 바탕으로 독일 통일 정책을 펼치는데, 이 전쟁도 그 과정의 일부이다. 이후 독일은 1871년 최초의 통일 국가를 세운다 – 옮긴이) 시인의 길은 정치와는 무관하다. 시인은 아름다움을 창조하고 전파할 의무를 지고 있다. 하지만 시인이 딛고 선 땅이 흔들려 죽느냐 사느냐 하는 존망의 위기에 처할 때는 다르다. 시인은 이 사태의 근원과 대책을 정확하게 알아야 한다. 시인도 조국에 심어진 한 그루 나무이다. 거기서 꽃을 피우고 열매를 맺는다. 열매야 얼마든지 다른 나라로 갈 수 있지만 뿌리는 죽는 순간까지 언제까지고 그 자리에 있는 법이다.

아우구스텐보르그 공작 가문의 장남이 홀슈타인 공국과 슐레스비히의 덴마크 공국에 대한 권리를 주장하고 나섰다. 독일은 곧바로 이걸 지지하고 나섰다.(현재 이곳은 독일의 홀슈타인–슐레스비히 주가 되어 있다 - 옮긴이) 세계의 신문들은 덴마크에게 커다란 시련이 될 것이라고 썼다. 사람들은 병사들을 '용감한 존'이라고 부른다. '존'은 여자들 사이에서 인기가 좋은 남자를 의미한다. 그만큼 덴마크 병사들은 용감하고 정직하며 국민의 사랑을 받는다. 병사들은 노래를 부르고 구호를 외치며 덴마크를 지키러, 게르만 족의 침공에 대비해 천 년 전에 쌓았던 성채인 단네비르케로 행진해갔다. 새벽에 병사들이 행진하는 소리에 몇 번이나 깨어 일어났다. 벌떡 일어나 창문을 열고 바라보았다. 눈을 감고 저 젊고 발랄한 병사들에게 축복을 내려달라고 신에게 기도했다. 그리고 시를 썼다.

신뢰의 노래

아무도 모르리 내일 무슨 일이 일어날지
우리의 왕이신 신이 아니고 누가 알겠나
하지만 두려워 마라, 덴마크에 시련이 닥쳐오는 날
신의 군사가 우리를 지키러 내려오리니

적의 총칼과 군화가 우리 땅을 짓밟더라도
덴마크에는 천 년의 용기가 있지 않은가
신께서 우리를 큰길로 인도하시어
덴마크의 하늘은 더욱 푸르리니

검은 바람이 울고 거대한 파도 허옇게 눈 부릅떠
우리의 군함이 태풍 속에 침몰할지라도

신께서 그 소란 속에 함께 계시어
사람보다 더 현명한 지혜로 통솔하시리니

아무도 모르리 내일 무슨 일이 일어날지
우리의 왕이신 신이 아니고 누가 알겠나
하지만 두려워 마라, 덴마크에 시련이 닥쳐오는 날
신의 군사가 우리를 지키러 내려오리니

이 시가 코펜하겐의 신문에 게재되었다. 그 다음날 오후에
'한 여자'라고만 밝힌 사람으로부터 한 통의 편지를 받았다.

적어도 존경을 받는 작가이자 교수라면, 지금의 이 급박한 상
황에서 전선으로 행진하는 형제들에게 용기를 불어넣어야 했습
니다. 선생님은 병사들에게 용기를 주신 게 아니라 오히려 사기
를 꺾었습니다. 선생님의 시로 보자면 현재 우리가 처한 상황은
폭풍 앞에 놓인 촛불입니다. 힘없는 배이고, 바닷속 깊은 곳으로
침몰할 운명입니다. 우리의 정당한 권리를 지키러 기쁨에 넘쳐
자랑스럽게 전선으로 향하는 우리의 전사들은, 우리 앞에 어떤
불행이나 슬픔이 있으리라고는 전혀 생각도 하지 않는다는 걸
왜 모르십니까?

하지만 나는 여전히 암울했고 오로지 신의 도움만을 기다렸
다. 내가 얼마나 조국 땅 덴마크를 사랑하는지도 이때 깨달았다.
독일에서 내가 얼마나 큰 우정과 애정을 받았는지 기억하고 있
었다. 내가 사랑하는 사람들이 얼마나 많이 독일에 살고 있는지

잘 알고 있었다. 하지만 독일과 우리는 칼을 뽑아들고 마주섰다. 나를 사랑하고 나를 도와줬던 친구들을 기억하지만, 내게는 어머니인 내 조국이 우선이다. 하지만 마음이 너무 무거웠다. 견뎌낼 수 있을 것 같지 않았다. 크리스마스가 이토록 우울했던 적은 한 번도 없었다. 이해의 마지막 날 밤, 다음해에 벌어질 일들을 생각하니 슬픔뿐이었다. 신은 전능하시다. 나는 신을 믿었다. 우리 덴마크를 버리시지 않으리라고….

1864

새해 아침은 지독하게 추웠다. 참호와 막사에 있을 우리 병사들을 생각했다. 이제 강이 얼어붙었으니 적들이 쉽게 침공해올 것이다. 주변 사람들은 단네비르케를 호락호락하게 빼앗기지 않을 것이라 확신했지만, 내게는 그런 확신이 없었다. 적들은 우리보다 훨씬 많은 병사들을 투입할 수 있었다. 덴마크의 모든 병사들을 다 불러모아도 모자랄 것임에 틀림없었다. 독일은 마치 폭풍 속의 바다가 끊임없이 파도를 만들어 방파제를 때리듯, 수도 없이 많은 병사들을 끊임없이 기차로 실어나를 게 분명했다. 관청의 높은 자리에 있는 사람에게 물어보았다.

"만일 단네비르케를 빼앗기면, 우리 병사들이 적의 포격을 받지 않고 알스와 디펠로 접근할 수 있는 방법이 있습니까?"

그러자 그가 버럭 화를 냈다.

"덴마크 사람이 어떻게 그런 말을 하실 수 있습니까? 단네비르케를 왜 빼앗긴다고 생각하십니까?"

그는 전지전능한 신에 대한 믿음이, 혹은 우리가 노래 불렀던 우리의 용감한 병사들에 대한 믿음이 너무도 확고했다.

병사들은 날마다 전선으로 행진했다. 젊음을 노래하며 마치 소풍이라도 가는 듯 발걸음도 가볍게 떠나갔다. 몇 주 아니 몇 달 동안 아무것도 할 수 없었다. 일이 손에 잡히지 않았다. 머릿속에는 전선으로 간 젊은이들뿐이었다. 2월 1일, 독일군이 아이더 강을 건넜다는 급보가 날아들었다. 드디어 군사 작전이 시작된 것이다. 그 주가 끝나갈 무렵, 단네비르케를 포기하고 후퇴한다는 슬픈 소식이 들려왔다. 메사 장군은 제대로 싸워보지도 못한 채 전선을 포기하고 북쪽으로 퇴각한 것이다. 악몽을 꾸는 것 같았다. 나뿐만 아니었다. 거리에서는 사람들이 미친 듯이 울부짖었다. 우리 모두에게 잔인한 시련의 날이었다. 하지만 우리는 조국과 병사들에 대한 믿음까지 포기하지는 않았다.

국민들은 부상자들을 위해 성금을 모았고 전사한 장병의 가족, 특히 고아가 된 아이들을 위해 성금을 모았다. 모든 사람들이 자기가 낼 수 있는 것보다 더 많은 돈을 내놓았다. 극장들은 개점 휴업 상태나 마찬가지였다. 누군들 극장에 가고 싶었을까. 카지노 극장에서 공연하던 나의 〈긴 다리 위에서〉는 그래도 소재와 방식이 신기해 관객을 좀 끌 수 있으리라고 사람들이 예상을 했고, 예상대로 되었다.

2월 16일, 적은 킹 강을 건넜고 우리는 여전히 알스와 디펠을 지키고 있었다. 왕비의 어머니가 바로 이때 세상을 떠났다. 국왕의 부탁을 받아 나는 로에스킬데 대성당 묘지에서 거행될 장례식에서 부를 노래의 가사를 지었다. 장례식이 끝나고 얼마 뒤, 왕비는 나를 불러 고맙다고 했다. 그때 우리는 창가에 서 있었고, 연주되는 음악 속에 병사들이 전선을 향해 행진하는 게 보였다. 젊은 피를 뿌리러 나아가는 행진이었다. 왕비의 눈에서 눈물이 쏟아져 내렸다. 덴마크의 청년들에게 보내는 작별의 눈물이었다. 다른 나라에서 일어나는 전쟁을 보면 그저 연민의 느낌뿐이지만 당시 우리는 전쟁 당사자였고, 믿을 것이라곤 오로지 우리 자신과 신뿐이었다. 신은 모욕을 당할 수는 있지만, 반드시 돌아온다.

콜린의 외손자 가운데 비고 드레브센이 있다. 그가 어린아이일 때는 내 팔 위에서 춤을 추었고, 나는 그를 위해서 〈꼬마 비고〉라는 노래를 지었다. 내가 지은 노래 중 가장 많이 알려진 노래에 속한다. 이 비고 드레브센은 디펠에서 중상을 입었다. 그리고 전쟁이 끝날 때까지 거기에서 죽은 자와 함께 있었다.

4월 2일, 쉰데르보르그가 적의 포격을 받았다. 곧 유틀란트 전역이 점령되었다. 적들은 림피오르드와 스카겐까지 밀고 올라갔다. 우리 병사들이 부서진 요새에서 싸우는 동안 나는 믿음과 희망을 버리지 않고 이렇게 노래했다.

최후의 한 사람까지 신을 의지해
신의 힘으로 최후의 순간까지 싸우리라

하지만, 최후의 한 사람은 아니라 하더라도, 얼마 남지 않은 군대로 어떻게 잘 훈련된 대규모의 적과 맞서 싸울 수 있단 말인가? 내 조국은 갈가리 찢겨 피를 흘리며 죽어갈 것이고, 내 조국의 언어도 사라져, 다만 멀리 북쪽의 연안에만 메아리로 남게 되리라. 우리의 옛 노래들은 다시는 사람들 입술에서 듣지 못하리라… 관을 덮는 흙을 삽질하는 소리가 들리는 듯했다.

다시는 노래하지 못하리라
"덴마크에도 목초지는 여전히 푸를까요?"
노래하는 사람의 심장은 이미 죽은 지 오래
잔인한 겨울이 찾아와 우리를 짓누르던 날
그 어떤 사람이 우리를 찾아와 노래할까
그토록 오래 간직했던 친구여

여름날 부드러운 바람이 초목에 일 때
산사나무는 꽃을 피우고 뻐꾸기는 노래하리라
옛날과 다름없이 낯이 익고 다정하리라
새들은 늘 그랬듯이 짹짹거리며 노래할 테고
꽃들도 밝은 빛깔로 우리를 반기리라
하지만 그걸 노래할 심장은 어디 있을까

슬픔에 짓이겨진 마음은 황무지
울고 슬퍼한들 무슨 소용이 있을까
이 땅에 영원히 남을 게 무엇인가
선하고 현명하신 신의 손으로 쓴 약속
백성들은 들이건 강이건 어디로든 따라가리라
위대한 왕 중의 왕, 그의 뜻이 이루어지리라

우리의 배는 아직 가라앉지 않았다
일어서라! 갑판으로, 모두 다!
뱃전이 부서져 떨어지고 없지만
바다의 흰 거품 집어삼킬 듯 부글거리지만
단네브로그 깃발을 돛귀에 달아라
신께서 전능하신 손으로 잡아주시리

믿음은 결코 헛되이 사라지지 않는 법
심장이 슬픔으로 터져버리지 않는 한
신 앞에 무릎 꿇고 기도하는 한
덴마크는 신의 품과 사랑 안에서 안전하리
우리는 그를 믿고 그는 우리를 보호하시리
밝은 해가 비치는 날이 오리라

하지만 해는 밝게 비치지 않았다. 배들은 부상 당하고 난도질 당한 병사들을 코펜하겐으로 실어 날랐다. 후송되는 도중에 죽는 사람들도 많았다. 장교들의 시신도 수없이 코펜하겐으로 돌아왔다. 죽은 자 가운데 내 친구들도 여럿 있었다. 모두 군복을 입고 누워 있었다. 그들의 얼굴에는 평온한 휴식이 깃들여 있었다. 마치, 얼마 동안 그렇게 누워 힘을 얻은 다음 기지개를 켜며 벌떡 일어날 것만 같았다.

무섭고 우울한 날들이 흘렀다. 햇살이 따뜻해지고 초목들이 푸른빛을 띠기 시작했다. 봄이 온 것이다. 모든 게 평화로워 보이는 아름다운 봄이 내 마음속에 슬픔을 더했다. 기쁘고 행복한 날들이 오리라는 생각을 할 수가 없었다. 이 기간 동안에 왕립극장에서는, 전쟁이 발발하기 직전에 탈고한 〈명문가 출신의 그 남자〉를 공연했다. 하지만 아무런 관심도 없었고 보고 싶지도 않았다. 휴전으로 평화가 찾아온 그날은 슬픈 장례일이었다. 열세 명이 땅에 묻혔다. 장교가 열 명이었고 병사가 세 명이었다. 장례 행렬이 길게 꼬리를 물었다. 맨 앞에는 국왕과 영주가 섰다. 나도 대열에 끼었지만, 슬픔이 걸어갈 힘마저 앗아가 도저히 함께 걸을 수가 없었다. 도중에 친구의 집으로 가야 했다. 나는 예전처럼 신에게 기도할 수가 없었다. 그에게 요구하긴 너무도 힘든 일이었다. 저녁때, 내가 쓴 연극을 보러 갔다. 공연은 갈채를 받았다. 특히, 관객들이 사랑했던 뛰어난 배우 미카엘 비에가 혼신의 힘을 다해 주인공 역을 열연했다. 이게 그가 연기한 마지막 역할이었다. 몇 달 뒤 그는 신의 부름을 받아서 이 땅을 떠났고, 그가 죽은 뒤에는 아무도 그가 연기한 배역을 감히 맡으려 하지 않았다. 비에가 자신의 마지막 배역에 실제 인물 같은 생동감을 불어넣었기 때문이었다. 비평가들은 입을 모아 내 작품을 칭찬했다. 하지만 나는 조금도 즐겁지 않았다. 나는 이미 행복한 미래에 대한 희망을 모두 잃어버린 상태였다.

내 이웃과 친구들 그리고 아는 사람들 모두 낙심하긴 마찬가지였다. 조국을 사랑하는 사람이라면 모두가 한마음이었다. 우리 젊은이들은 날마다 전선으로 향했다. 알스가 공격을 받았고, 계속해서 좋지 않은 소식만 들려왔다. 프랑스와 영국은 끝내 중립을 지켰고, 마침내 알스도 빼앗겼다. 울고 싶어도 울음이 나오지 않았다. 최악의 사태가 발생한 것이다. 미델파르트를 버리고 도망쳐 핀 섬에서 적을 기다렸다. 그 순간, 나는 신을 잡은 손을 놓았다. 인간으로서 더 이상 비참할 수 없을 만큼 비참해졌다. 나는 그 누구에게도 도움이 되지 못했고, 그 누구도 내게 도움이 되지 못했다. 그런 참혹한 날들이 흘러갔다. 누구를 만나 얘기를 나눠도 위안을 받을 수 없었다. 하지만 신앙심 깊고 마음이 따뜻한 사람이 내게 다가왔다. 에드바르드 콜린의 아내였다. 그녀는 나더러 작품에 몰두하라고 했다. 니르고르드 노부인도 쇨레로드에 있는 햇살 반짝이고 조용한 호숫가 자기 집으로 나를 불렀다. 부인의 따뜻한 눈이 내게 머물렀고, 그것만으로도 커다란 위안이 되었다. 부인은 한 사람의 시인으로서뿐만 아니라 한 사람의 인간으로서 나를 어머니 같은 사랑으로 안아주었다. 다음해 부인이 신의 부름을 받아 갔을 때 나는 다음과 같은 몇 줄의 시로 그녀를 추억했다.

> 그대 그리스도의 열두 제자 같은 사람이었네
> 가슴 가득한 믿음은 늘 옳은 길로 불을 밝히던
> 진정한 덴마크 인이었던 그대 영혼
> 하늘 높이 날아올라, 신의 발아래
> 그대 무릎 꿇고 덴마크를 위해 기도하리니
> "오, 덴마크에게 지혜를 주시어 옳은 힘으로 성장하게 하소서!"

그녀가 하늘에서 올린 첫 기도는 아마도 '덴마크에 자비를 베푸소서!' 였을 것이다.

장례식에는 많은 사람들이 모였다. 햇불과 등불이 좁은 정원을 밝혔다. 상심한 사람들에게는 가장 좋은 쾌활한 인사였다. 그녀를 위해 모인 인정 많고 생기 넘치는 사람들과 함께 있으니 기분이 좋아졌다. 위대한 철학자 라스무스 닐센을 만난 것도 바로 이 자리에서였다. 니르고르드 부인은 내 머릿속에 든 걸 모두 작품에 쏟으라고 말했다. 오랜 친구인 하르트만 교수도 같은 말을 했다. 그래서 나는 5막짜리 오페라 〈사울〉의 가사를 썼다.

평화가 찾아와 덴마크가 안정을 되찾는 날, 한 번도 가보지 않앉던 노르웨이에 가기로 마음을 먹었다. 우르릉거리는 폭포들을 보고 싶었고, 깊고 조용한 호수들을 보고 싶었으며, 내 모국어가 금속성을 내며 울려 퍼지는 나라를 보고 싶었기 때문이다. 뵈른 스테르네 뵈른손을 만나고 싶었다. 암울한 시련의 나날 속에서도 그가 보내준 따뜻한 편지들은 내게 큰 위안이었다. 뵈른손은 〈시구르드〉(북유럽의 신화에 나오는 영웅적인 인물의 이름 – 옮긴이) 속에 다음과 같이 썼고, 이걸 내게 편지로 보냈었다.

> 상상은 그대에게 날개를 달아주어
> 온갖 신기하고 위대한 나라로 날아다니더니
> 그대의 시는 그대를 나에게 보내
> 비로소 깨닫는다 나의 어리석음을
>
> 내 영혼이 아이로 인해 번잡하고 무거울 때
> 그대 내게 놀라운 지혜로 힘을 주더니
> 이제 아이가 자라 어른이 되고 나니
> 그대 여전한 지혜로 나를 키우고 있구나

　평화는 아직 확신할 수 없었고, 내가 언제 노르웨이에 갈지 혹은 갈 수나 있을지는 신만이 아는 일이었다.

　그해의 마지막 밤은 바스뇌스에서 보냈다. 하지만 그전에 소뢰에 있는 잉게만 부인의 집에 갔다. 텅 비어 있는 잉게만의 의자 말고는 모든 게 옛날과 똑같았다. 하지만 집 바깥은 많이 변해 있었다. 성의 정원사가 그곳을 아름답게 꾸며놓은 것이다. 아카데미의 정원이 바깥으로 개방되면서 아카데미 외부에 있던 몇 구역의 땅들도 정원에 포함되어 꾸며졌다. 이 바람에 잉게만 부인의 집 정원도 반이나 잘려나가버렸다. 그것도 커다란 나무들이 서 있던 작은 동산 부분이 사라져버린 것이었다.

잉게만 부인에게는 남편이 죽은 뒤에도 남편이 살아있을 때와 마찬가지로 그 모든 것에 손도 대지 못하게 할 수 있는 권리가 있었다. 한데 아카데미에서 부탁을 하자 마음씨 착한 부인이 그러라고 해버린 것이었다. 그녀는 이렇게 말했다.

"이 집에서 계속 살 수 있게 해준 것만 해도 얼마나 고마운지 몰라요."

내가 떠날 때 잉게만 부인은 커다란 꽃다발을 선물로 주었다. 이 꽃다발은 하녀인 소피에도 한몫 거들었다고 했다. 소피에의 방 창가 화분의 꽃나무에서 꺾은 꽃 한 송이도 들어 있었던 것이다. 내 인생에서 가장 우울하고 어두웠던 그해의 마지막 밤은 바스뇌스에서 보냈다.

1865

　새해 첫날은 맑았고, 여전히 추웠다. 바스뇌스의 모든 사람들은 교회로 갔다. 하지만 나는 혼자 있고 싶었다. 정원으로 나갔다. 그곳에는 평화로움이 있었고 성스러운 고요함이 있었다. 그해에 일어날 일에 대해서 아무런 걱정도, 아무런 기대도 하지 않았다. 누가 나더러 소원이 무엇이냐고 물었을 때 선뜻 대답할 수 없었던 유일한 새해 아침이 이때였다. 또한 지난해의 기억이 간밤의 악몽처럼 달라붙어 있던 새해 아침이었다.

　우리는 모두 이웃에 있는 에스페스의 장원에 초대를 받았다. 나는 사람들에게 사정을 하고 혼자 집에 남았다. 한데 그때, 나 혼자 있는 그 쓸쓸한 시간이 흐르는 동안 마치 번개가 치듯 극시 〈스페인 사람들이 여기 있었네〉의 구상이 떠올랐다. 사람들이 저녁 모임을 마치고 돌아왔을 때는 놀랍게도 이미 그들에게 이야기의 흐름을 장면별로 설명할 수 있을 정도로 정리가 되어 있었다. 내 머릿속의 관념들은 다시 예전처럼 유연하게 움직였다. 지적인 활동에 몰입했고, 내 영혼은 그 어느 때보다 가볍고 자유로웠다. 연극의 첫 막은 바스뇌스를 무대로 펼쳐지고, 이어지는 다른 두 개의 막은 코펜하겐이 배경이었다. 이 작품에서 주요 등장인물인 스페인 사람을 단 한 번도 실제 등장하지 않게끔 했다.

다른 작품에서처럼 덴마크 어를 쓰게 하지 않았다. 막 뒤에서 스페인 노래를 부르는 걸 듣게만 했고 캐스터네츠도 소리만 들리게 했다. 그가 직접 무대 위에 나타나 모습을 보이지 않고도 그의 개성이 명쾌하게 드러나게끔 했다. 관객은 눈에 보이지 않는 그와 함께, 일 년만 지나면 그가 다시 행운을 만나고 사랑을 이룰 수 있다는 사실을 확신하며, 그의 사랑과 여행과 위기와 갈등을 함께하도록 했다.

이 작품은 왕립극장 무대에서 준비했다. 당시 극장 감독관이었던 크라놀드 의원이 특별히 관심을 가지고 성공하길 빌어주었고, 연극계에 막강한 영향력을 행사하던 호에트 교수도 같은 소망으로 지켜보았다. 마침내 공연날이 다가왔다. 극장 안은 관객들이 가득 찼다. 자비롭게도 국왕 부처도 극장을 찾았다. 한데 공연이 시작되자마자 객석의 분위기가 무겁게 가라앉았다. 마치 장례식장에라도 온 것 같은 느낌이었다. 재능이 넘치는 젊은 배우 란게 양은 전례를 깨고 심한 비난을 받았다. 관객이 좋아하는 강한 개성을 지닌 쇠드링 부인은 궁정의 귀부인 하게나우 역을 맡았지만 호응이 신통치 않았다. 하지만 이후에 공연이 계속되면서 그녀는 찬사를 받기 시작했고, 지금은 이 배역이 그녀의 배우 생애에서 손꼽힐 만큼 유명한 것이 되었다. 하스트라우는 스페인 노래를 멋지게 불렀다. 관객의 갈채를 받곤 하던 그였지만 첫 공연 때는 반응이 신통찮았다. 막이 내린 뒤, 박수와 야유가 반반씩 들렸다.

하지만 두 번째 공연부터는 야유는 사라지고 박수만 남았다. 배우들은 모두 박수를 받을 만했다. 특히 쇠드링 부인이 그랬다.

대중은 때로 물에 젖은 불쏘시개 같아 불이 잘 붙지 않는다. 물론 극적인 구조에 문제가 있을 수도 있다. 내가 쓴 작품이라 뭐라고 말하긴 그렇지만, 경험으로 볼 때 내 작품은 처음엔 혹독한 비난을 받았지만 나중엔 좋은 평가를 받는 경우가 많았다. 이 작품도 그런 경우라고 할 수 있다.

일 년 이상 '놀라운 이야기'를 한 편도 쓰지 못했다. 내 영혼이 그만큼 무거운 짐을 지고 있었다는 뜻이다. 하지만 사랑하는 바스뇌스의 시골, 바닷가의 신선한 숲으로 돌아오자 내 영혼은 짐을 벗어던지고 가벼워졌다. 그리고 〈마을에 도깨비불이 나타났다〉를 썼다. 이 작품 속에도 썼지만, 그토록 오래 '놀라운 이야기'를 쓰지 못했던 까닭은 전쟁 때문이고 또 전쟁이 가져다준 슬픔과 결핍감에 시달렸기 때문이다. 이 작품의 배경은 바스뇌스다. 여기에 한번 와본 사람이라면 누구나 다 그 멋진 오솔길과, 한때 스켈스쾨르에 있었던 한 남자와 여섯 아내의 무덤에 있던 묘비를 잊지 못할 것이다. 이곳을 거닐면서 나는 도깨비불을 생각했었다. 그리고 그 다음주에 숲이 아름다운 프리센보르그에서 새로운 작품을 썼다. 지난번에 내가 다녀간 이후로 적들이 진주해 있었지만, 이번에 다시 갔을 때는 평화롭고 행복했다. 성 전체에, 그리고 새로 지은 날개 부분에 모두 사람이 들어와 있었다. 왕자가 쓰던 방과 아름다운 정원에서 마음씨 따뜻한 사람들에게 둘러싸여 여러 주를 행복하게 보내며, 〈황금으로 만든 보물〉과 〈아이들의 방〉을 썼다.

여름 여행은 질란드의 크리스티네룬드에서 마감했다. 여기서 '놀라운 이야기' 〈폭풍이 이정표를 흔든다〉를 썼다. 이 작품의 원고에 잉크가 채 마르기도 전에 가족에게 읽어주었다. 다 읽고 고개를 드는 순간, 사나운 폭풍이 불어닥쳤다. 나뭇가지가 구부러지고 더러는 부러졌으며, 잎사귀들이 마구 흩날렸다. 마치 자연이, 일부러 내 새로운 작품의 환상적인 분위기를 연출해내는 것 같았다. 며칠 뒤 크리스티네룬드를 떠날 때 본 풍경이지만, 내가 지나가던 길가에는 커다란 나무들이 뿌리째 뽑힌 채 나뒹굴고 있었다. 이정표도 충분히 뽑아버릴 정도로 강력한 폭풍이었다. 시인은 시간을 앞서서 살아가는 사람이라고들 한다. 그래서 그랬던가, 이때 나는 폭풍이 오기 전에 폭풍을 보았다.

얼마 후 나는 다시 코펜하겐의 작은 방으로 돌아왔다. 언제 봐도 정겨운 그림들과 책들과 꽃들이 나를 기다리고 있었다. 집주인은 교양이 있는 부인이었고 그녀와 함께 벌써 열여덟 해를 살았다. 그 집을 떠날 거라고는 한 번도 생각하지 않았다. 크리스티네룬드에서 돌아온 직후에, 포르투갈의 리스본에 있는 덴마크 영사 게오르게 오닐이 보낸 편지 한 통을 받았다. 그와 그의 동생은 어릴 때 해군대장 불프의 집에서 자랐는데, 당시 나는 거의 날마다 불프의 집을 찾았기 때문에 그때부터 그들과도 잘 알던 사이였다. 게오르게 오닐과 나는 최근에 와서 다시 연락을 주고받았는데, 그가 이번에 포르투갈로 나를 초대한 것이었다. 나도 가고 싶었다. 가서 옛 친구를 만나고 싶었지만, 스페인 여행의 경험이 좋지 않아서 망설여졌다. 한데 어느 날 아침 집주인 부인이 하는 말이 방을 비워달라는 것이었다. 그것도 한 달 안에. 자기 아들이 대학 입학 시험에 붙으면 좋은 방을 마련해주겠다고 약속을 했는데, 아들이 정말 시험에 붙어서 대학생이 되었다고

했다. 게다가 젊은 하숙생을 받아들이기로 약속을 해놔서 내가
방을 비워줘야만 한다고 했다. 기분이 썩 좋지 않았다. 나는 그
곳에서 열여덟 해를 보냈고, 날마다 방문하는 작곡가 하르트만
의 집도 바로 이웃에 있었다. 이 모든 걸 바꾸어야 했다. 나는 이
걸 포르투갈로 여행을 가라는 신의 계시로 받아들이기로 했다.
한데 스페인에 콜레라가 발생했다는 소식이 날아들었고 뒤이어
포르투갈에서도 콜레라 소식이 들렸다. 이런 얘기를 게으르게
오닐에게 편지로 썼다. 오닐은 답장을 보내왔다. 정 그러면 서둘
지 말라고 하면서도 조만간 꼭 오라는 당부를 잊지 않았다. 콜레
라는 스페인에서 기세를 떨쳤지만 포르투갈에서는 한 건밖에 발
생하지 않았다. 그 소식에 고무되어 포르투갈 여행을 감행하기
로 마음을 먹었다. 대신 곧바로 가지 않고 여기저기 들렀다 가기
로 했다. 포르투갈에 들어가는 시간을 최대한 늦추기로 한 것이
다. 일단 스톡홀름에 가기로 했다. 오랫동안 가지 못했던 곳이기
도 할뿐더러, 사랑하는 친구 프레데리카 브레메르와 베스코브
남작이 살고 있는 곳이기도 했다. 코펜하겐을 떠나 여행을 시작
한 날은 아름답던 늦여름의 어느 날이었다.

　스톡홀름에 갔을 때 베스코브와 브레메르 두 사람 다 거기 없
었다. 하지만 곧 돌아온다고 했다. 그들이 돌아오는 동안 웁살라
에 가보고 싶었다. 덴마크 사람인 헨리케의 가족과 함께 웁살라
로 갔다. 이들은 스톡홀름에 살고 있었는데 최근에 알게 되었고,
이들의 집에서 나는 그 어떤 집에서보다 안락하게 지낼 수 있었
다. 웁살라에서 테그너의 딸 디사와 결혼한 뵈티처를 만났다. 디
사는 수많은 아름다운 노래의 가사를 쓴 시인이다. 이 가사에 린

드블라드가 곡을 붙였고, 이 노래를 예니 린드가 아름다운 목소리에 담아 유럽 전역으로 퍼뜨렸음은 앞에서도 말한 적이 있다. 또한, 유태교에서 기독교로 개종할 때 예니 린드가 대모가 되었던 작곡가 요셉손도 다시 만났다. 그의 노래를 듣고 있노라면, 선율이 얼마나 독특하고 아름다운지 북유럽의 자작나무 숲에서 개똥지빠귀가 노래하는 것 같은 느낌이 든다. 그는 스위스의 유명한 식물학자인 린네(1707~1778년. 스웨덴의 식물학자로 '식물분류학의 아버지'로 불린다 - 옮긴이)의 집에서 살고 있었다. 요셉손과 함께 아름다운 음악이 있는 밤을 보냈다. 웁살라 대학교의 학생들이 여름 축제에 참석하라며 초청장을 보내왔다. 축제가 열리는 강당은 덴마크 깃발로 장식이 되어 있었다. 고테보르그의 주교의 아들이자 천재 시인으로 불러도 조금도 손색이 없는 뵈르크가 아름다운 시를 읊어 나를 맞아주었다.

노래를 불렀고, 대화는 활기로 가득했다. 나는 〈나비〉와 〈전나무〉와 〈미운 오리 새끼〉를 낭독하고 박수갈채를 받은 뒤, 학생들의 호위를 받으며 호텔로 돌아왔다. 호텔로 돌아오는 길에 학생들은 내내 노래를 불렀다. 별들은 반짝였고 초승달은 깜박였다. 조용하고 사랑스러운 밤이었다. 북쪽으로 난 수평선에는 등대의 불빛들이 번쩍였다. 다음날 스톡홀름에 돌아오자 호텔에 국왕의 초대장이 기다리고 있었다. 스톡홀름에서 제법 떨어진 그의 휴양지인 울릭스달 성으로 오라는 것이었다. 바다로 연결된 만(灣)에 있으면서도 숲과 바위로 둘러싸인 아름다운 성이었다. 하늘이 잔뜩 찌푸렸다가 갑자기 폭우가 쏟아지고 바람이 세게 불어, 가는 길의 아름다운 경치는 다 놓치고 곧바로 성으로 향할 수밖에 없었다. 성에 들어가 멋진 홀에서 혼자 잠시 앉아 있는데, 멋진 신사 한 분이 들어오더니 손을 내밀고는 진심으로 환영한다고 했다. 나도 고맙다고 말하고 대화를 이어갔는데, 알고 보니 그 사람이 바로 스웨덴의 국왕이었다. 국왕은 친히 성을 구경시켜 주었다. 그리고 왕비를 소개했다. 왕비를 보니 이미 고인이 된 바이마르의 대공 부인이 생각났다. 두 사람은 친척이었다. 아직 추인 받지 않은 왕위 계승자인 어린 공주가 우정 어린 손길로 내 손을 잡았다. 그리고선 재미있는 글을 읽게 해줘서 고맙다고 했다. 어린아이처럼 솔직하고 진심이 묻어나는 표정이었다. 공주는 덴마크의 왕세자인 프레데릭과 약혼한 사이로 곧 결혼할 예정이었다. 두 사람에게 축복이 있기를! 식탁에서는 생기 있는 대화가 오갔고, 국왕 부처는 시종 따뜻한 미소를 지었다. 커피가 나오자 국왕은 나를 흡연실로 데리고 갔다. 거기서 자기가 최근에 쓴 책들을 선물했다. 잊지 못할 행복한 날이었다.

며칠 뒤 드로트닝홀름에 있는 태후의 부름을 받아서 갔다. 그곳에는 오스카 왕자와 그의 가족이 함께 살고 있었다. 기선을 타고 갔는데 처음 화려한 성과 아름다운 정원을 보고는 깜짝 놀랐다. 로마의 알바노 호텔이 생각났지만 그보다 훨씬 아름다웠다. 성은 말라르 호수를 끼고 서 있었다. 국왕 오스카가 죽은 이후로는 태후를 한 번도 보지 못했다. 그 사이 오랜 세월이 흘렀지만 그녀는 여전히 상냥하고 활기가 넘쳤다. 우리는 오래 얘기를 나누었다. 식사를 하기 전에 신사 한 명이 정원을 보여주었다. 드로트닝홀름에는 눈이 부시게 밝은 무언가가 있는 듯했다. 식사를 마치고 작별을 할 때 태후가 말했다.

"기선을 타고 오셨지만 기선은 가고 없답니다. 마차를 드릴 테니까 쓰세요. 언제 어디로 가시든지 말만 하면 마부가 모셔다 드릴 겁니다."

그녀는 시종 한 명을 붙여주면서 성 곳곳을 둘러볼 수 있게 해주었다. 시종과 함께 성을 둘러보는데, 오스카 왕자가 와서 자기 개인 정원을 보여주었다. 거기에서 그의 아이들을 보았다. 정원에는 내 키보다 조금 큰 떡갈나무가 한 그루 있었는데, 오스카 왕자 말로는 라인 강변에서 아내와 약혼식을 올리고 일 년 뒤에 다시 가보니 도토리가 싹을 틔워 떡잎 두 장을 내밀었기에 화분에 담아 와서 정원에 심었는데 그게 그렇게 컸다고 했다. 드로트닝홀름에 온 걸 기념하기 위해서 나뭇잎 하나를 따가고 싶다고 하자, 왕자는 손수 나뭇가지를 꺾어주었다. 성 앞에는 말라르 호가 펼쳐져 있었고, 호수 위로 커다란 버드나무가 가지를 드리우고 있었다. 이 버드나무는 왕족과 운명을 같이한다고 했다. 국왕 요한이 병석에 눕자 나무가 거의 말라죽을 뻔했다가 국왕 요한의 손자, 즉 지금의 스웨덴 왕이 태어나자 언제 그랬냐는 듯 다시 생기를 띠고 푸른빛을 되찾았다고 한다. 드로트닝홀름을 떠날 때는 거의 어두운 밤이 다 된 시각이었다. 마차에 올라타자, 곡조로 보나 가사로 보나 명실공히 우리 시대 스웨덴의 국민 작곡가라 할 수 있는 베네르베르그가 왔다. 우리는 악수를 나누었다. 스웨덴 음송시인의 따뜻한 마음과 젊음을 가슴에 담은 채 그와 헤어졌다.

다음날 저녁 스톡홀름에서 '강변 정원'을 찾았다. 다리 아래로 흐르는 강에 형성된 삼각주를 그렇게 부르고 있었다. 이곳에 카페가 있는데 밤이면 불이 환하게 켜지고 음악이 흘렀다. 수많은 작가와 예술가들과 함께 그 자리에 있는데, 재능이 넘치는 희곡 작가 블랑카가 들어왔다. 그는 내가 있는 걸 알고는 대뜸 이렇게 외쳤다.

"그대가 여기 계셨구려!"

그는 환한 얼굴로 나를 껴안고 얼굴에 키스를 했다. 깜짝 놀랐다. 왜냐하면 우리는 이전에 서로를 '그대' 라 부를 만큼 함께 술을 많이 마시거나 친해질 기회가 없었기 때문이었다.

스웨덴에서는 나이를 불문하고 정신적으로 의기투합하면 직위나 직책은 던져버리고 곧바로 '그대' 라는 말로 신뢰를 표현한다. 그래서 파티를 함께 보내고 나면, 비록 오랜 세월이 흐른 뒤에 다시 만난다 하더라도 변함없이 친한 친구로 손을 잡을 수 있다. 블랑카는 나를 친한 친구로 생각했고, 나도 블랑카를 '그대' 라 부르며 건배를 했다. 하지만 이제 다시는 블랑카를 볼 수 없게 되었다. 그가 우리 곁을 떠나버렸기 때문이다. 1868년 찰스 12세의 기념비 제막식이 있던 날 갑자기 쓰러져 영영 일어나지 못했다.

브레메르는 자기의 영지인 오르스타에 있었다. 내가 스톡홀름에 있다는 소식을 듣자마자 오르스타로 와서 될 수 있으면 오래 머무르라는 내용의 편지를 보냈다. 하지만 사정상 그렇게 할 수 없자 그녀가 스톡홀름으로 달려왔다. 미국인 친구인 마르크스 스프링 부부와 함께 그녀가 덴마크를 방문한 이후로는 한 번도 그녀를 보지 못했다. 그 사이에 무척이나 많은 일들이 있었는데…. 우리는 스프링 얘기를 했고 미국으로 가던 뱃길에서 불의의 사고를 당한 헨리에테 불프 얘기를 했다. 또 덴마크가 겪은 시련의 슬픈 나날들을 얘기했다. 고귀하고 동정심 많은 브레메르의 뺨으로 눈물이 흘렀다. 우리는 또 예니 린드 얘기를 했고, 지금은 가버리고 없는 많은 것들에 대해 얘기했다.

"나는 늘 변함없이 당신의 친구에요."

브레메르는 섬세한 손을 들어 내 손을 잡았다. 그것이 마지막이었다. 크리스마스와 함께 슬픈 소식이 날아들었다. 프레데리카 브레메르가 죽었다. 교회에서 감기가 들어 집으로 돌아와 누웠다가 마치 잠든 것처럼 조용하게 죽음을 맞았다고 했다. 가까운 친구 한 명이 또 세상을 떠났다. 그녀가 내게 보냈던 편지들은 모두 소중한 기억이고 보물이다.

베스코브 남작이 파티를 연다고 초대장을 보냈다. 몇몇 사람들만 가려서 뽑은 한정된 파티였다.

친애하는 친구,

어제 만나러 갔지만 못 만났습니다. 내일 있을 작은 저녁 파티에 참석할 사람들 면면을 알려주려고 갔지요. 왕립도서관의 사서인 우리의 야콥 그림*, 골동품 애호가 톰센, 공문서의 수문장인 베게너, 바이런의 시를 번역한 음유시인 스트란드베르그, 아나크레온**의 시를 번역한 C. G. 스트란드베르그, 탄더, 그리고 백삼십 회나 공연한 작품을 쓴 국민 작가이자 칼데론을 번역한 달그렌이 참석할 겁니다. 보시다시피 참석할 사람은 많지 않습니다. 가려서 뽑았지요. 내일 네 시입니다.

당신의 오랜 친구, 베스코브.
1865년 10월 3일 수요일.

* 독일의 그림 형제 가운데 한 사람이 아님.
** 고대 그리스의 서정시인.

안락한 파티였다. 조촐했지만 지적인 자유와 열정이 넘쳐흘렀다.

이십오 년 만에 룬드에 있는 대학교를 찾았다. 1840년 여기에서 난생 처음 공개적인 세레나데를 받았다. 내가 얼마나 감동을 받았는지 예전에 펴낸 자서전에서 언급을 했다.(252쪽 참조 - 옮긴이) 그때는, 세월이 지난 뒤에 감히 다시 룬드에 올 수 있을까 생각했다. 그리고 스물다섯 해가 흘렀다. 한 세대가 가고 그 다음 세대를 만난 셈이었다. 내 젊은 시절에 잊을 수 없는 인상을 주었던 룬드에서 하루나 이틀 머물면서 오래된 교회를 찾아가보고, 또 새로 지은 학교 건물도 보고 싶었다. 룬드에 내가 아는 사람이 하나도 없다는 걸 웁살라에 있던 친구들이 알고는 룬드 대학교의 몇몇 교수들 앞으로 편지를 써주었다.

기차의 차창 밖으로 색의 향연이 펼쳐졌다. 노란색의 자작나무, 군청색의 소나무, 주홍색의 관목, 그리고 검은 지붕에 하얀 굴뚝이 있는 집들…. 그리고 돌이 많은 대지와 깎아지른 듯한 절벽, 끝없이 펼쳐진 바다가 번갈아 차창에 나타났다 사라졌다. 룬드에 도착한 건 저녁이었다. 룬드에는 아는 사람이 아무도 없었다. 호텔을 찾아 들어가 일찍 잠자리에 누웠다. 여행이 적잖이 힘들었고 지쳤기 때문이었다. 얼마 뒤에 노랫소리가 들렸다. 대학생들이 누군가와의 작별을 아쉬워하며 호텔에서 만찬 모임을 가지고 있었던 것이다. 노랫소리는 감미로웠다. 한데 조금 뒤 그 소리는 내 방의 문 옆에서 들렸다. 대학생들이 내가 그 호텔에 들었다는 사실을 안 것이었다. 하지만 내가 피곤해서 이미 잠자리에 들었다는 걸 알고는 그냥 돌아갔다.

월데 교수를 만났고, 린그렌 교수가 주선한 저녁 모임에 초대를 받았다. 저녁을 먹을 때 대학생들의 초청장이 왔다. 이들은 나를 위해 급하게 파티를 마련했던 것이다. 웁살라의 대학생들만큼이나 젊은 열기와 열성을 보였다.

저녁 일곱 시에 린그렌 교수가 파티장으로 데려다주었다. 파티장인 강당은 화려하게 장식되어 있었다. 벽면은 모두 룬드의 문장紋章으로 장식되었고, 벽마다 스웨덴 깃발과 덴마크 깃발이 한 쌍씩 걸려 있었다. 연단에는 코펜하겐의 여성들이 룬드의 대학생들을 위해 만들어준 깃발이 세워져 있었고, 강당은 대학교의 학생들과 직원들로 가득 차 있었다. 다과를 먹은 뒤에 대학생들이 차례로 연단에 올라가 나를 환영하는 연설을 했다. 이들에게 내가 한 연설을 정확하게 기억하지 못하지만, 대충 이랬다.

"스물다섯 해 전 룬드의 대학생들이 저를 따뜻하게 맞아주었습니다. 오늘도 그날과 마찬가지로 여러분들이 저를 따뜻하게 환영해주셨습니다. 하지만 그때와 지금은 완전히 한 세대가 바뀌었습니다. 그 한 세대가 저의 글과 함께 성장했습니다. 내 글이 그들의 정신에 조금이라도 양식이 되었다면, 우리는 서로에게 감사와 사랑의 빚을 지고 있는 셈입니다."

노래가 이어졌고, 젊은 시인 벤델이 나를 위해 아름다운 시를 낭송했다. 나는 보답으로 〈나비〉와 〈행복한 가족〉, 〈그건 정말이야〉를 낭독했다. 한 편씩 읽을 때마다 갈채와 환호성이 터졌고, 낭독이 끝난 다음에는 곧바로 덴마크의 노래와 스웨덴의 노래가 이어졌다. 파티가 끝난 뒤 학생들은 팔짱을 끼고 길게 행렬을 이루어 거리로 나섰다. 행렬은 테그너의 기념비 앞에서 잠시 멈추었다가 텅 빈 조용한 거리를 노랫소리로 뒤흔들며 내가 묵고 있는 호텔까지 계속되었다. 내가 방문 앞에 서자 학생들은 아홉 번이나 만세를 불렀다. 깊은 감명을 받고 고맙다는 인사를 한 뒤 내 방으로 들어왔다. 스물다섯 해 전 나를 위해 열린 파티에서 불렸던 바로 그 노래가 거리에서 들려오고 있었다. 그 학생들이 모두 그날 밤 내가 느꼈던 감사의 기쁨을 누릴 수 있게 되길 진심으로 빌어본다.

코펜하겐으로 돌아오자마자 곧장 호텔로 갔다. 아직도 나는 포르투갈로 여행을 떠날 채비를 갖춘 여행자였기 때문이다. 하지만 프랑스를 경유해서 배를 타고 가는 길은 폭풍이 자주 이는 가을철이라 그다지 내키지 않았다. 스페인도 조용하지 않았다. 바다호스 부근의 국경에서 작전중이라는 소식이 신문에 오르내렸다. 바다호스는 육로로 가려면 반드시 거쳐야만 하는 곳이었다. 그래서 덴마크에서 좀더 머물며 상황을 지켜보기로 했다.(당시 스페인은 1830년대부터 귀족과 부르주아 계층을 기반으로 한 입헌군주제였지만 19세기 중엽부터 카탈루냐의 공업 노동자들에게 바쿠닌의 아나키즘이 소개되어 대토지 소유제 아래의 농민들과 노동자들의 정치 의식을 자극하고 있었고, 1869년에는 카탈루냐·안달루시아에서 반란이 일어나기도 한다 – 옮긴이)

이 시기에 내 기억 가운데 가장 즐거운 부분은 프레덴스보르그를 잠깐 다녀왔던 여행이다. 국왕은 나를 기꺼이 맞아주었다. 성에 있는 방 가운데 두 개나 쓰도록 허락을 받았고, 감히 이런 표현을 쓸 수 있을지 모르겠지만, 우정 어린 대접을 받았다. 국왕 가족은 내가 최근에 쓴 작품들을 낭독하는 걸 듣고 싶어 했다. 나는 국왕의 아이들이 성장하는 걸 모두 지켜보았다. 그들은 어릴 때부터 늘 나를 친구로 대했다. 이들 가족을 안다는 건 바로 이들 가족에게 이끌린다는 말과 마찬가지이다. 정말이지 애정과 온화한 성정이 가득한 사람들이다. 왕비는 그림과 음악에 타고난 재주를 가졌다. 국왕의 고귀한 심성과 친근한 성격은 그만의 아름다운 특징이다. 그리고 국왕의 아이들은 모두 내가 '놀라운 이야기'를 낭송하는 걸 들으며 자랐다. 왕세자 프레데릭이 그랬고, 그의 동생이자 현재의 그리스 국왕이 그랬고, 또 알렉산드라 공주와 다그마르 공주가 그랬다. 그리고 이날은, 아직 어린 티라 공주와 발데마르 공주가 내 낭독을 듣기 위해 잠자리에 들 시간을 삼십 분 늦춰도 좋다는 허락을 받고 앉아 있었다.

다음날, 나는 주변에 있는 몇 사람의 집을 방문했다. 그 모든 게 내게는 잊을 수 없을 만큼 유쾌한 기억으로 남아 있다. 성의 정원에 건물들이 여럿 있는데, 그 가운데 하나에 내 친구인 팔루단 뮐러가 살고 있었다. 이 시인에 대해선 앞에서도 여러 번 언급했지만, 덴마크 어를 구사하는 데는 대가이다. 마치 바이런이나 뤼케르트(1788~1866년. 독일의 시인이자 동양학자. 후기 낭만파의 애국 시인 - 옮긴이)가 자기들 모국어를 구사하는 것만큼이나 훌륭하다. 그의 시는 한결같이 모두 심오한 시적 영혼을 간직하고 있다. 〈아담 하마〉, 〈드리아드의 결혼식〉 그리고 〈아벨의 죽음〉은 세월이 가도 변함없이 사랑을 받으며 읽힐 것이다. 시인이라는 사실을 떠나 한 사람의 인간으로서도 팔루단 뮐러는 솔직하고 심성이 좋아 누구든 만나서 대화를 나누다 보면 금방 끌리게 된다.

프레덴스보르그에는 발레극 작품을 쓰는 작가이자 연출가인 부르노빌도 살고 있었다. 그는 발레극을 덴마크에 처음 도입해서 중요한 예술 장르로 발전시켜온 사람이다. 파리는 덴마크보다 훌륭한 무용가들도 많고 정교한 장치나 시설들도 잘 갖추어져 있지만, 부르노빌 덕분에 코펜하겐의 발레극은 시적인 울림을 보다 풍성하게 갖추고 있다. 그가 선보인 작품을 통해 우리는 고귀한 순수함과 세련된 아름다움에 흠뻑 젖어들 수 있다. 〈나폴리〉, 〈온실〉, 〈민속 설화〉 등을 그의 대표작으로 꼽는 데는 누구도 반대하지 않을 것이다. 하지만 여기에 역사 발레극 몇 작품을 포함하지 않으면 그가 화를 낼지도 모른다. 프뢸리히가 대중적이며 아름다운 음악을 입힌 〈발데마르〉와 J. P. E. 하르트만이 풍성한 선율의 장엄한 곡을 지은 〈발키리엔〉이 그런 작품이다.

발레에 관한 한 우리 시대 덴마크 무대의 창조자이자 최고 지휘자인 부르노빌은 자기 작품에 함께 참여하는 사람들을 아버지와 같은 따뜻한 마음으로 대하고 관심 있게 지켜보았다. 그는 주변 사람들에게 마음이 따뜻하고 애정이 많은 선한 동료였다. 누구든 그의 집에 들러본 사람이라면 그의 집이 밝은 햇살로 가득하고, 그 안에 예쁘고 상냥한 아내와 예의바른 아이들이 살고 있음을 확인할 수 있을 것이다.

국왕의 성과 팔루단 뮐러와 부르노빌의 집에서 따뜻하고 친근한 가정을 맛보았다. 부르노빌에게는 국왕의 가족에게 낭독해준 최근의 '놀라운 이야기' 책을 헌정했다. 내가 친구라 믿었던 사람들이 나를 실망시켰을 때, 말로써 혹은 글로써 내게 자신감을 불어넣고 격려할 때 늘 그랬듯이, 부르노빌은 두 팔로 나를 껴안고 고맙다고 했다.

코펜하겐에 다시 돌아왔지만 갈 곳을 잃은 방랑자처럼 마음이 편하지 않았다. 콜레라는 파리에도 발생했다. 스페인을 경유해서 포르투갈로 간다고 할 때 콜레라가 내 건강과 평화를 해칠지 어떨지는 알 수가 없었다. 새해가 되면 알 수 있을까? 내가 여행을 할 수 있을지 어떨지, 혹은 얼마나 멀리까지 갈 수 있을지는 상황에 따라 달라질 수밖에 없었다. 크리스마스와 새해 아침은 홀슈타인보르그와 바스뇌스에서 보냈다. 그곳에서 바이올렛 향기 가득한 편지를 받았다. 게오르게 오닐이 리스본에서 나를 기다리는 봄소식을 전해준 것이다.

1866

암스테르담에 사는 두 명의 부유한 덴마크 사람을 알고 있다.
브란트 형제다. 이들이 내게 편지를 보내왔다. 암스테르담에 있
는 동안 언제까지고 자기 집에 있어도 좋으니 아무 걱정 말고 오
라는 것이었다. 네덜란드는 1847년 처음으로 영국에 갈 때 잠깐
들른 적이 있을 뿐 다시 가본 적이 없었다. 그때 헤이그에서 받
았던 호의에 대해서는 앞에서도 언급했다.

그때 맨 처음 나를 맞아준 사람은, 지금은 고인이 된 〈데 티야〉
의 편집자 반 데르 블리에였다. 하지만 그때 내가 오기를 기다렸
던 사람들의 이름을 지금도 기억하고 있다. 존경받는 작가 반 레
네프, 뛰어난 작곡가 베르홀스트, 작가 크네펠하우트 그리고 뛰
어난 비극 배우 페테르스… 이제 암스테르담에 가면 이들을 만
나 오랫동안 함께 있을 수 있고, 또 암스테르담의 명물들을 느긋
하게 돌아볼 수 있을 것이다. 그리고 또한 네덜란드의 사람 사는
즐거움도 마음껏 즐길 수 있을 테고….

1월의 마지막 날, 밤 기차를 타고 코펜하겐을 떠났다. 아직 겨
울이었고, 날씨는 추웠다. 코르쇠르에서 핀을 거치고 대공국을
지나 기차는 빠른 속력으로 달렸다. 하데르슬레브(1864년에 독일
과의 전쟁에 지면서 독일 영토로 귀속되었다가 1920년 다시 덴마크의 영토

가 된다 - 옮긴이)에서 프러시아 군인을 보았다. 갑자기 우울해졌다. 내가 앉은 객차 칸막이 안에는 프러시아의 젊은 장교와 그의 부인이 함께 있었다. 나는 그들을 몰랐고, 그들 역시 나를 몰랐다. 밤늦은 시각 기차가 알토나 역에 도착했을 때 객차에서 내렸는데, 소녀와 함께 걸어오던 노인이 나를 보고는 독일말로 소녀에게 이렇게 말했다.

"저분한테 인사드려라. 훌륭한 이야기를 많이 쓰신 안데르센이라는 분이시다."

노인은 나를 보고 미소를 지었다. 소녀가 내게 손을 내밀었다. 나는 소녀의 손을 잡아주고 뺨을 두들겨주었다. 사소한 일이었지만 이 일로 기분이 좋아졌다. 얼마 뒤에 내 고향이나 다름없는 함부르크를 밟았고, 호텔에 여장을 풀었다.

다음날 켈레 가까이까지 갔다. 1831년 내가 처음 여행을 할 때 가본 곳이었다. 이번에는 불행한 왕비 마틸드의 무덤과 그녀가 인생의 마지막을 보낸 성을 찾아보고 싶었다. '프랑스 정원'에 대리석으로 만든 그녀의 기념비가 서 있었다. 그 위에 눈이 들이치는 걸 막으려고 나무로 길게 처마를 늘어놓았는데, 그 모습이 터무니없이 엉성하게 보였다.

성의 한 방에는 마틸드의 커다란 초상화가 걸려 있었는데, 덴마크에서 본 그녀의 초기 초상화하고는 많이 달랐다. 내가 본 초상화는 아름다웠고, 초상화 속의 표정은 프레네릭 6세를 생각나게 했다.

베스트팔리아 문을 지나 하노버를 떠났고, 기차로 라인 강까지 갔다. 네덜란드의 국경이 멀지 않았다. 늦은 밤이었고, 폭풍이 몰아쳤다. 객차 안의 거의 모든 등불이 꺼졌다. 객차 안도 깜깜했고 바깥도 깜깜했다. 마음속으로 이렇게 점을 쳤다. 만일 별일 없이 무사히 끝이 나면 좋은 징조라고…. 우리가 탄 기차는 마치 폭풍에 날리는 것처럼 빠른 속도로 달려갔다. 라인 강 역에 도착하고 보니 그곳에서도 불빛 하나 보이지 않았다. 등불을 든 남자 하나가 비틀거리며 우리 앞에 섰다. 기차에서 내린 사람들이 철로를 안전하게 건널 수 있도록 불을 비춰주려고 나온 사람이었다. 그 등불이 우리 일행의 유일한 눈이었다. 우리는 지정해준 호텔로 들어갔다. 바깥에서 보기에 썩 내키지 않았지만 도리가 없었다. 아니나 다를까, 천장은 낮았고 종업원의 동작은 굼떴으며 검은 빵은 신맛이 났다. 마치 삼십 년 전으로 거슬러올라가 작은 시골 마을을 여행하는 기분이었다. 많은 사람들이 낭만이 있던 시기였다고 말하지만, 나는 현대가 좋고 현대의 편리함이 더 좋다.

다음날, 네덜란드로 들어갔다. 객차 안에는 옷에 장식물을 주렁주렁 단 네덜란드 신사도 타고 있었다. 대화를 나누던 도중에 내가 덴마크에서 왔다는 말을 듣고 그 신사는 말했다.

"암스테르담에 가신다고 했죠? 거기 가시면 아마 훌륭한 동포를 만나시겠군요. 안데르센이 지금 거기 있답니다."

난 안데르센이 거기 있을 리 없다고, 내가 안데르센이라고 말했다.

암스테르담 역에 브란트 형제가 마중 나와 있었다. 그들은 나의 새로운 집, 즉 형 브란트의 집으로 나를 데리고 갔다. 정원이 있고 나무들이 서 있는 크고 좋은 집이었다. 집 옆에는 운하가 있었고, 시내에서도 경치가 가장 좋은 곳이었다. 브란트 형제는 처음 본 사람들이었지만 오랜 친구처럼 대해주었다. 집에 있는 아내와 아들들은 덴마크 어를 썩 잘했다. 깊은 감명을 받았다. 활발하고 쾌활한 집주인은 내게 필요한 게 없을까 자상하게 신경을 썼다. 좋은 사람을 만난다는 게 이렇게 즐거울 수가 있구나 하고 새삼 느꼈다. 여기에서도 영국이나 스코틀랜드에서처럼 일하는 사람들까지 온 식구가 모두 아침저녁으로 종교적인 의식을 치렀다. 온 식구가 모두 모여 성경을 읽고 찬송가를 불렀다. 영혼이 휴식을 취하는 행복한 시간이었다. 여기서도 사교 모임이 활발했다. 저녁마다 음악과 노래와 낭송이 이어졌다. 예상했던 것보다 훨씬 많은 사람들이 덴마크 어로 대화를 나누었다. 나는 거의 매일 저녁 '놀라운 이야기'를 몇 편씩 읽었다. 모임에 모인 사람들이 많을 때는 프랑스 어와 영어 그리고 독일어 번역본을 읽었다. 형 브란트는 집에 가지고 있던 덴마크 어 책을 즉석에서 네덜란드 어로 번역해서 읽는 솜씨가 뛰어났다.

암스테르담에 도착한 직후 스타트 극장의 초대를 받았다. 뛰어난 비극 배우 페테르스를 포함한 세 사람의 탁월한 네덜란드 배우들이, 암스테르담에 머무는 동안 극장에서 연극을 보고 싶을 때면 언제건 자기 자리에 앉아서 보아도 좋다고 친절을 베풀었다. 암스테르담에는 또 내가 꼭 찾아가봐야 하는 오랜 친구들이 있었다. 도시는 지난번보다 훨씬 친숙하게 느껴졌다. 잠시 들렀다 지나가는 게 아니라 여러 주일을 머물며 속속들이 부대낄걸 기대한 방문이었기에 더욱 그랬으리라 싶다.

암스테르담은 네덜란드의 수도가 아니다. 하지만 네덜란드에서 가장 넓고 활동적인 도시다. 도시는 진흙과 물 위에 세워졌다. 저 유명한 에라스무스(1466~1536년. 네덜란드의 인문학자. 아홉 살부터 수도원에서 양육되어 스무 살쯤에 수도사가 되었다 – 옮긴이)는 암스테르담을 이렇게 표현했다.

암스테르담에 왔다. 이 도시에서는 사람들이 나무 꼭대기에 집을 짓고 사는 까마귀처럼 살아간다.

배수 시설이 잘 되어 있지 않으면 침수가 잦은 농경지는 포기할 수밖에 없고, 실제로 많은 농경지가 그랬다. 많은 집들이, 이웃의 보다 튼튼한 집에 의해 지지된 채로 불안해 보일 만큼 도로 쪽으로 기울어져 있었다. 암스테르담도 베니스처럼 운하가 거미줄처럼 구축되어 있는데, 베니스와 다른 점은 운하의 폭이 훨씬 넓고 운하 양쪽으로 마차가 다닐 수 있을 정도의 폭으로 길을 닦아놓았다는 사실이다. 시내의 주요 도로인 칼베르 거리는 암스텔에서 시청이 있는 광장까지 좁고 구불구불하게 이어져 있다. 지난번에도 내 눈을 놀라게 한 사실이지만, 암스테르담의 고아원에서, 덴마크에서는 강제 노역을 하는 범죄자에게나 입힐 법한 옷을 아이들에게 입힌다는 것이다. 덴마크의 범죄자들에게 한 면은 회색이고 다른 면은 갈색인 옷을 입히는데, 네덜란드에서는 고아들에게 남자아이 여자아이 가리지 않고 웃옷은 물론이고 바지건 치마건 한 면은 붉은색이고 다른 면은 검은색인 옷을 입힌다.

가난한 아이들이 다니는 몇몇 학교를 방문해서 아이들이 노래

부르는 걸 들었다. 유태인 거주 지역을 가보았고, 화랑과 박물관도 구경했다. 가장 신기하고 재미있었던 건 동물원이었다. 여름에는 음악도 연주한다고 했지만 겨울이라 그런지 야수들이 울부짖는 소리밖에 들리지 않았다. 갖가지 종류의 앵무새들이 높은 소리로 시끄럽게 떠들었다. 네덜란드 어를 할 줄 아는 새는 똑같은 말을 쉬지 않고 반복해댔다. 늑대와 곰, 호랑이, 하이에나 등이 무리를 지어 어슬렁거렸다. 사자가 왕의 위용을 자랑했고, 거대한 덩치를 자랑하는 코끼리도 있었다. 라마는 구경하는 사람들에게 침을 뱉었고, 독수리는 사람의 지혜를 가진 듯 다 안다는 눈으로 구경꾼을 바라보았다. 새들의 깃털 색은 화려함 그 자체였다. 아무리 뛰어난 염색 기술자라 하더라도 새들의 깃털 색 앞에서는 머리를 숙여야 할 것이다. 흑고니가 물웅덩이에서 헤엄을 쳤고, 바다표범은 물 밖으로 나와 해바라기를 했다. 하지만 가장 신기하고 재미있는 동물은 하마였다. 하마는 암놈이건 수놈이건 모두 물웅덩이 속에 들어가 있었다. 이들은 못생긴 머리를 여러 번 물 밖으로 내밀고는, 듬성듬성 자란 커다란 이빨을 자랑이라도 하듯 입을 벌려 내보였다. 하마의 피부는 털 없는 돼지 피부 같다. 태어난 지 얼마 되지 않은 새끼 하마 한 마리가 있었다. 수놈이 다가와서 새끼를 물어 죽이지 않도록 조련사가 밤낮으로 지켰다. 새끼 하마에게도 자기만의 집이 있었다. 내가 들어갔을 때 새끼 하마가 물 속으로 머리를 처박고 들어가버렸다. 조련사는 녀석을 물 밖으로 나오게 유도했다. 녀석은 살진 송아지만 했고, 눈은 거무스름했으며, 가죽은 붉은 노란색이었는데 비늘을 벗겨낸 물고기 피부 같았다. 이 녀석은 쾰른에 있는 동물원에 이미 팔렸고 머지않아 그리로 옮겨갈 것이라고 했다.

암스테르담에서 보내는 시간은 너무도 빠르게 지나갔다. 볼 것도 많았고, 방문해야 할 사람도 많았다. 가장 오래된 친구 세 명은, 이십 년 전 처음 이곳을 방문했을 때 사귀었던 노작가 반 레네프와 작곡가 베르홀스트 그리고 배우 페테르스였다. 반 레네프는 토르발센처럼 은발의 신사였다. 그는 농담으로 자기 얼굴이 볼테르(1694~1778년. 프랑스의 계몽 사상가이자 시인, 역사가. 루소, 디드로와 함께 백과전서파의 한 사람으로 프랑스 혁명을 사상적으로 준비했음 – 옮긴이)를 닮았지만 볼테르보다 주름이 더 많고 더 웃기게 생겼다고 했다. 그는 완성된 소설 〈묘성昴星〉을 다시 손보고 있다고 했다. 잘 알려진 그의 몇몇 희곡 작품들은 최근에도 공연이 되었는데, 내가 암스테르담에 머무는 동안 자기가 쓴 희곡 〈바덴부르크 부인〉이 무대에서 공연되는 걸 꼭 보여주겠다고 약속했다.

작곡가 베르홀스트는 나를 보고 무척 반가워했다. 그가 제일 궁금해한 건 그의 친구이기도 한 닐스 가데에 관한 소식이었다. 그는 가데를 동시대 작곡가들 중에서 가장 높이 평가했다. 그는 가데의 작품들을 얼마나 완벽하게 연구했는지 나한테 보여주었다. 이 작품들 가운데 하나인 〈햄릿 서곡〉을 내가 암스테르담에 가기 일주일 전에 자기가 감독으로 있는 암스테르담 음악 조합에서 연주했다고 했다. 그전에는 역시 가데의 〈하이랜드에서〉를 연주했다고 했다. 하지만, 다음주에 대규모 연주회가 있을 거라며 가데의 또 다른 작품을 연주하는 걸 기대하고 지켜보라고 했다.

연주회 날이 다가왔고, 연주회장에 가서 앉았다. 가데의 교향곡 가운데 하나가 연주되었다. 특히 큰 박수갈채가 쏟아졌고, 사람들은 모두 나를 바라보았다. 마치 이렇게 말하는 것 같았다.

"덴마크에 가시거든 닐스 가데에게 우리의 열광적인 찬사를 전해주시오."

모두 우아하게 차려입은 청중뿐이었다. 그들 가운데서 평범한 시민들의 얼굴을 발견할 수 없었던 게 유감이었다. 그리고, 오늘날 우리에게 멘델스존과 할레비 그리고 마이어베어를 선사해준 바로 그 평범한 사람들의 모습은 보이지 않았다. 놀랍게도 유태인은 단 한 사람도 보이지 않았던 것이다. 그 얘기를 했더니 더 놀라운 대답이 돌아왔다. 처음엔 내 귀를 의심했다! 유태인은 연주회장에 들어오는 게 금지되어 있다고 하는 게 아닌가? 네덜란드에서는 사회적으로나 종교적으로 그리고 예술적으로 매우 심한 차별이 행해지고 있었다. 이 사실은 이때뿐만 아니라 다른 데서도 여러 번 느꼈다.

덴마크에서는 누구든 무대 위에서 가장 뛰어난 예술가들을 만날 수 있다. 남자든 여자든 사적인 모임과 파티를 통해서 얼마든지 직접 만날 수가 있다. 하지만 암스테르담에서는 그렇지 않았다. 이런 얘기를 하고 내가 만나고 싶었던 사람의 이름을 댔다. 그러자 관습에 어긋난다는 대답이 돌아왔다. 덴마크에서는 그런 차별을 하지 않는다. 국왕이 주최한 파티장에서 유명한 배우가 제외되는 경우는 없다.

암스테르담에 있는 스타크 극장을 자주 찾아가곤 했는데, 여기서는 거의 매일 밤 네덜란드 어로 공연을 했다. 일주일에 한 번 헤이그에 있는 왕립극장이 프랑스 오페라와 발레를 가지고 와서선을 보였다. 마이어베어의 〈아프리카의 여자〉와 발레극 〈숲 속의 사슴〉이 그런 작품들이었다. 오페라는 박력이 있고 가수들의 노래도 좋았다. 하지만 발레는 작곡의 수준과 조형적인 아름다움이라는 측면에서 볼 때 덴마크보다 수준이 낮았다. 비극 작품도 여러 편 보았다. 실러의 〈오를레앙의 처녀〉도 그 가운데 하나였다. 클라이네 가르트만 양이 주인공 역을 훌륭하게 소화했다. 하지만 그녀의 연기는 〈바덴부르크 부인〉에서 더 빛났다. 3막으로 구성된 이 작품에서 처음 그녀는 마을이 습격을 당할 때 앞장서서 마을을 지켜내는 모습을 통해 강인하고 열정적인 면모를 보인다. 다음에는 보다 성숙한 여인의 모습으로 등장하고, 마지막에는 이전의 모든 가치관과 관계들이 완전히 바뀌어버린 시대를 겪는 노년의 여인으로 등장한다. 극중에서 그녀의 외손자는 신교도가 되어 노동자의 딸과 결혼하는데, 그녀는 '기사의 방'에서 신랑 신부를 기다린다. 두 사람을 축복하기 위해서다. 마침내 두 사람이 나타나고, 그녀의 떨리는 손은 외손자의 머리 위에 머문다. 그러나 그녀의 손이 가난과 추함에 절은 신부의 머리에 놓이는 순간, 그녀에게 마지막으로 남아 있던 힘이 그녀의 육체를 떠난다. 죽는 것이다. 매우 강렬한 인상을 주는 장면이었다. 클라이네 가르트만의 연기는 압권이었다. 그녀의 연기는 엘리자베스를 연기한 리스토리를 모방했다는 얘기를 나중에 들었지만, 내가 보지 않았으니 모를 일이다. 어쨌거나 〈바덴부르크 부인〉에서 보여준 그녀의 연기는 천재적이라고 할 수밖에 없었다. 나는 이 작품을 여러 번 보았다. 확실히 네덜란드 무대에서 성공한 대단한 작품임에는 틀림없었다. 하지만 만일 다른 나라에서 공연되었다면 달랐을 수도 있을 것이다. 굉장히 공을 들이고 신경을 많이 쓴 작품임에는 틀림없었지만 막과 막을 연결하는 부분은 어쩐지 좀 이상했다. 오케스트라는 현대의 춤곡을 연주했는데 객석에 있는 사람들은 자기들끼리 시끄럽게 떠들고 오케스트라를 향해 휘파람을 불고 고함을 질렀다. 객석에서 관객들이 차를 마시고 맥주를 마시는 건 아무리 생각해봐도 좋지 않은 관습이다. 하지만 나라마다 관습이 다르다는 걸 인정할 수밖에….

지난번에 네덜란드를 방문했을 때는 텐 카테를 만나지 못했다. 네덜란드의 가장 뛰어난 작가로 꼽을 수 있는 텐 카테와 맺은 인연은 오래전으로 거슬러 올라간다. 그의 사위인 상인 반 헹겔은 여러 해 전에 아내와 함께 덴마크에 왔었고, 그때 나를 찾아와 텐 카테가 안부를 물어봐달라고 했다며 인사를 전했다. 이번에는 이 인사를 텐 카테가 직접 했다. 그의 딸과 사위의 집 식탁에서였다. 이 자리에는 많은 사람들이 함께했는데 대부분 덴마크 어를 할 줄 알았다. 카테는 나와 내 조국 덴마크를 위해 건배를 외쳤다. 그는 또 열정적인 연설로 내게 가장 따뜻한 마음을 열어 보였다. 그의 연설을 듣다 보니 나도 모르게 눈물이 흘렀다. 나는 텐 카테와 네덜란드를 위해 건배를 외쳤다. 그리고 〈세상에서 가장 아름다운 장미〉와 〈나비〉를 덴마크 어로 낭독했다.

텐 카테는 네덜란드 어로 즉흥시를 지어주었다. 나도 덴마크 어로 즉흥시를 지어 화답했다. 우리가 함께 있는 그 작은 방이 활기와 경쾌한 생명력으로 넘쳐흘렀다. 방에는 행운의 여신을 상징하는 장식물이 내 이름이 새겨진 덴마크 국기와 텐 카테의 이름이 새겨진 네덜란드 국기를 들고 서 있었다. 나는 지금도 이 네덜란드 국기를 간직하고 있다. 텐 카테 역시 내 이름이 새겨진 덴마크 국기를 기념으로 간직하고 있을 것이다. 이 국기는 나의 새인 황새가 떼를 지어 날아가는 그림과 헤이그의 문장으로 가득 채워져 있다.

덴마크 영사인 뷜드센이 이와 비슷한 파티를 열었는데, 여기에서 텐 카테는 네덜란드의 어린이들이 보내주는 환영사를 읽었다. 그는 또한 나의 '놀라운 이야기' 〈천사〉를 시 형식으로 번역해서 낭송했다. 나는 답례로 〈돼지치기 소년〉을 덴마크 어로 낭독했다.

브란트 가족과 함께한 어느 날의 저녁 모임에서 은발의 노시인 반 레네프가 네덜란드의 존경받는 시인 반 빌더다이크의 긴 시를 청년의 열정으로 그럴듯한 동작과 연기까지 가미해 낭송하는 모습을 보기도 했다.

암스테르담에 온 지 다섯 주가 지났다. 마침내 떠나야 할 시간이 다가왔다. 브란트 형제가 역까지 배웅을 나왔다. 하지만 레이덴에서 멈춰서야 했다. 거기에서 친구들이 나를 기다리고 있었기 때문이다. 태양은 따뜻했고, 땅을 얇게 덮었던 눈은 곧 녹아버렸다. 여기에서부터 봄이었다. 더 이상 눈도 내리지 않았고 춥지도 않았다.

레이덴 역에서 시인 반 크네펠하우트를 만났는데, 그가 나를 자기 집으로 데려갔다. 그의 집에서 며칠 머무를 수밖에 없었다. 그의 아내가 마련한 따뜻한 저녁 식탁에서 레이덴 대학교의 교수 부부들과 인사를 나누었다. 우리들은 프랑스 어와 영어와 덴마크 어를 섞어서 대화를 나누었다. 반 크네펠하우트는 이날의 모임을 기념하기 위해 자기 책 〈제비와 거머리〉를 손님들에게 한 권씩 선물했다. 레이덴에서 슐레겔 교수를 다시 만났고, 유명한 천문학자인 카이저를 만나 그의 실험실에 가보았다. 태양의 흑점을 관찰하려고 했지만 아쉽게도 구름이 많아서 볼 수 없었다.

어느 화창한 일요일, 지붕이 없는 마차를 타고 반 크네펠하우트 부부와 함께 라인 강 하구의 모래 언덕을 찾아 나섰다. 이곳에서는 새로 만든 커다란 수문이 라인 강의 물을 바다로 흘려보내고 있었다. 학교 다닐 때 배운 것처럼, 강이 모래로 뒤덮이는 걸 막기 위한 장치였다. 수로는 그림처럼 아름다운 마을을 지나가고 있었다. 하상河床에는 크로커스와 히아신스 그리고 튤립이 만발했다.

우리는 모래 언덕 앞에서 내려 젖은 모래 위로 기어올라갔다. 태양이 뜨겁게 내리쬐었다. 바다가 우리 앞에 펼쳐져 있었다. 외로운 배 한 척만이 바다에 떠 있었다. 라인 강이 북해로 흘러 들어가는 수문 쪽으로 갔다. 현대의 과학 기술이 일구어낸 거대한 건축물이었다. 바람이 차가웠다. 가는 모래가 바람을 타고 눈으로 날아들었다. 레이덴의 집으로 돌아온 건 어둠이 깔릴 무렵이었다. 상쾌한 소풍이었다.

아무리 여행을 즐기는 사람이라 하더라도 만났다 헤어질 때는 늘 아픔이 따른다. 레이덴을 뒤로하고 헤이그로 향했다. 헤이그에서 며칠 동안 머무르면서 아는 사람들과 친구들 여럿을 만났다. 덴마크의 대사인 빌레-브뢰헤 남작이 헤이그에 있었다. 그가 학생이던 시절부터 알던 사이다. 프레데리카 브레메르의 친척이자 스웨덴의 대사인 친구 브레데 남작도 헤이그에 있었다.

헤이그로 가는 마차 안에서는 젊은 부부가 나를 보더니 덴마크의 시인 안데르센이 아니냐고 물었다. 암스테르담에서 내 초상화를 보았다고 했다. 지난번 네덜란드 여행 때 묵었던 호텔을 다시 찾아갔더니 주인이 매우 반가워하며 내 손을 잡아 흔들었다.

낯선 도시에 낯선 사람으로 방문했는데 뜻하지 않게 누군가 나를 알아주는 친구가 있고, 또 따뜻한 대접을 받는다는 게 얼마나 기쁘고 축복 받은 일인지 모른다. 헤이그에 도착한 지 얼마 지나지 않아 마치 고향에 온 것처럼 편안해졌다. 헤이그에서 반 브리에넨이 베풀어준 저녁 모임에서 멋진 사람들을 많이 만날 수 있었다. 그리고 다시 헤이그를 뒤로하고 로테르담을 지나 벨기에의 앤트워프로 갔다.

벽난로에서는 장작이 탔고, 햇살이 아늑한 방으로 쏟아져 들어왔다. 맨 먼저 아카데미의 원장인 화가 카이저를 방문했다. 그는 미술관에서 살고 있었다. 그는 서재에 있었고, 나를 오랜 친구 대하듯 맞았다. 그는 당시 작업중이던 작품을 보여주었다. 박물관의 대형 홀 한 면을 다 채울 만큼 거대한 작품이었다. 플랑드르 예술의 역사를 표현한 작품이었는데, 철학과 시와 역사를 대표하는 플라톤과 호머와 헤로도토스는 말할 것도 없고, 실물 크기의 초상화만도 백 개가 넘게 포함되어 있었다.

마음씨 좋은 카이저는 몸소 미술관을 구경시켜주었다. 루벤스(1577~1640년. 플랑드르 바로크파의 대표적인 화가. 주요 작품으로는 〈마리 드 메디시스의 생애〉와 〈최후의 심판〉이 있다 – 옮긴이)와 반 다이크(1599~1641년. 루벤스의 제자이자 플랑드르 회화의 대표적인 초상화가 – 옮긴이) 등 최고 화가들의 최고 걸작들이 소장되어 있었다. 앤트워프에서도 덴마크 사람인 굿 부부로부터 따뜻한 환대를 받았다.

굿은 앤트워프에 있는 교회며 기념비 등의 명물을 구경시켜주었다. 여기서 특히 흥미를 끌었던 건 한 미술가가 남긴 흔적이었다. 그건 루벤스나 반 다이크의 작품도 아니고 그들의 조각상도 아니었다. 그건 대성당 입구 벽에 걸린 현판이었다. 이 현판에는 쿠엔틴 마치스의 초상이 그려져 있고, 그의 사랑과 생애가 담겨 있다. 그는 화가의 아름다운 딸을 사랑한 나머지 망치와 모루를 버리고 붓과 팔레트를 들었다. 그는 사랑의 힘으로 그림을 그렸고 명성을 얻어 사랑하던 여인과 결혼을 할 수 있었다. 그가 그린 위대한 작품 한 점이 루벤스와 반 다이크의 그림과 나란히 미술관에 전시되어 있다. 그 아래에는 라틴 어로 이렇게 적혀 있다.

사랑의 힘이 대장장이를 화가로 만들었다.

브뤼셀을 지나 파리로 갔다. 우리 덴마크의 왕세자 프레데릭이 파리에 와 있었다. 왕세자는 모든 사람들에게 품위와 자비를 보였고, 어딜 가나 그를 칭송하는 말이 들렸다. 왕세자는 타고난 친절함을 나에게도 베풀었다. 뱅센느에서 벌어지는 경마를 함께 보러 가자고 나를 초대한 것이다. 한 시 정각에 우리 일행은 말 네 마리가 끄는 마차 세 대에 나누어 타고 출발했다. 우리는 가로수가 심어진 순환대로를 달렸고, 다른 마차들을 모두 추월했다. 길가에 선 사람들이 왕세자를 보고는 이렇게 외쳤다.

"저기 봐라! 저기 봐라, 그가 온다!"

경마장에 다다르자 관리가 나와 왕족의 특별실로 안내했고 우리도 따라 들어갔다. 실내에는 벽난로가 갖추어져 있고 푹신한 의자와 소파도 마련되어 있었다. 아래쪽에 있는 사람들은 고개를 돌려 왕족의 특별실을 올려다보았다. 나는 왕족의 특별실에 앉아 어린 시절 가난에 찌들었던 오덴세의 작은 집을 생각했다.

돌아오는 길에는, 사람들이 덴마크의 왕세자를 보려고 길가에 줄지어 서 있었다. 그날 저녁을 먹는 자리에서 왕세자는 다음날 4월 2일이 내 생일인 걸 기억하고는 나를 위해 잔을 들었다.

4월 2일은 내 생일이다. 덴마크에 있었다면 늘 그랬듯이 친구들이 꽃과 그림과 책으로 나를 기쁘게 해주었을 것이다. 하지만 여기는 낯선 땅 파리이고, 그런 선물이나 기쁨은 기대할 수도 없었다. 하지만 그게 아니었다. 내 앞으로 수많은 편지와 전보가 와 있었다. 코펜하겐에 있는 콜린의 가족이 보낸 것이었다. 떨어져 있지만 친구들은 여전히 나를 생각하고 있었다. 그리고 그날 오후에는 덴마크의 왕세자가 영광스럽게도 친히 방문했다. 그날 저녁 덴마크 영사의 집에서 식사를 했는데, 그 자리에 모인 사람들 모두 나를 위해 아낌없이 잔을 높이 들었다. 행복했다.

밤늦게 호텔에 돌아와 보니, 파리에 사는 덴마크 사람이 커다란 꽃다발을 들고 나를 기다리고 있었다. 코펜하겐에 있는 멜키오르 부인이 보낸 것이라고 했다. 그는 부인에게 이 심부름을 아침에 들고 서둘러 나섰지만 내가 있는 곳을 몰라 여기저기 헤매다가 저녁에야 비로소 호텔을 찾아왔다고 했다. 나는 어린아이처럼 기뻤다. 기쁨에 들뜬 와중에서, 늘 그랬지만, 갑자기 너무 많은 행복을 누리는 게 아닌가 하는 생각이 들었다. 언젠가 이 행복이 씻은 듯이 사라져버리고 시련의 순간이 닥치고 말리라…. 그때는 어떻게 견뎌낼 수 있을까?

크리스티나 닐손이 부르는 노래를 처음으로 들었다. 그녀는 〈마르타〉(독일 작곡가 F. 폰 플로토의 오페라 - 옮긴이)에 등장했다. 나는 그녀의 목소리에 완전히 사로잡히고 말았다. 그녀를 찾아가 만나고 보니, 우리는 처음 만난 사이가 아니었다. 스웨덴 처녀의 재능에 찬사를 아끼지 않은 그녀의 데뷔 소식을 신문에서 처음 읽었을 때 웬일인지 그녀에게 마음이 이끌려 파리에 있던 친구에게 편지를 썼다. 그가 닐손 양을 만날 때 내 얘기를 꼭 하고, 내가 만나달라고 할 때 거절하지 않도록 미리 당부를 해놓으라는 내용이었다. 한데 그녀는 우리가 이미 만난 적이 있다는 것이었다. 그녀는 파리에서 노르웨이 사람의 어떤 집에 살고 있었는데, 그 집에 나와 뵈른스테르네 뵈른손이 저녁 모임차 갔었고, 그 자리에서 내가 '놀라운 이야기' 몇 편을 낭독했는데 그때 그 집 주인이 장차 무대에 오르기 위해서 음악 공부를 열심히 하고 있는 아가씨라고 자기를 내게 소개했다는 것이었다. 내가 방에 있던 어린아이들을 위해 종이를 접어 가위로 오려 재미있는 형상들을 만들어주고 있었는데 그 가운데 하나를 그녀에게 주었다고 했다. 그 얘기를 듣자 갑자기 어느 날 아침 파리에서 누군가를 방문했던 기억이 났다. 그곳에서 나는 '놀라운 이야기'를 읽었고 종이를 오려 인형을 만들었다. 그리고 언젠가 오페라 가수가 되겠다는 아가씨와 이야기를 나누었던 기억이 났다. 그 기억이 까맣게 사라져버리다니…. 그녀를 기억하지 못했던 것이다. 그녀는 나를 오랜 친구로 반갑게 맞아주었다. 그녀는 자기 초상화에 프랑스 어로 몇 자 아름다운 말을 적어 선물로 주었다.

소개장을 들고 그때까지 한 번도 만난 적이 없는 로시니(1792~

1868년. 이탈리아의 작곡가. 〈세비야의 이발사〉, 〈빌헬름 텔〉 등의 작품이
있다 - 옮긴이)를 찾아갔다. 그는 무척 정중했고, 나를 잘 알고 있
는데 굳이 소개장은 왜 가지고 왔느냐고 했다. 우리는 덴마크 음
악을 화제로 얘기를 나누었다. 닐스 가데의 이름을 들어본 적이
있다고 했다. 그는 시보니를 개인적으로 알고 있었으며, 시보니
의 아들이 자기를 찾아왔었다고 했다. 또, 로시니는 오스트리아
수상이 보낸 신문의 기사를 번역해줄 수 없느냐고 부탁했다. 4
월 15일 빈에서 연주회가 있을 예정이고 그전에 모차르트 기념
비를 세우기 위한 주춧돌을 놓을 예정인데 그 자리에 로시니의
작품 두 곡, 즉 〈크리스마스〉와 기억이 맞는지 모르겠지만 〈거인
들의 전투〉를 연주할 것이라는 내용이었다. 대화를 나누는 도중
에 새로운 방문자가 나타났다. 로시니는 그와 이탈리아 어로 대
화를 나누었는데, 나를 독일 시인이라고 소개하는 게 들렸다. 덴
마크 시인이라고 정정해주었더니 이렇게 말했다.

"덴마크가 독일에 소속된 땅 아닙니까?"

그러자 낯선 방문자가 끼어들어 설명했다.

"두 나라는 최근까지 영토 분쟁을 계속하고 있습니다."

로시니는 빙그레 웃으면서 자신의 무지를 용서하라고 했다.
헤어질 때 로시니는 초상화 카드에 서명을 해서 건네며, 연주회
가 있을 때 초청장을 보내겠다며 내 이름과 주소를 적어달라고
했다.

덴마크 국왕의 생일인 4월 8일을, 이미 고인이 된 덴마크의
해양장관 자르트만의 딸인 로베레다 백작 부인과 함께 보냈다.
백작 부인의 집을 찾아가면서 나는 대도시에서 길을 잘못 들면

얼마나 큰 고생을 하는지 뼈저리게 느꼈다. 내가 가려고 한 지역은 포르트 에트왈르의 왼쪽 옆에 있었다. 샹젤리제를 산책하는 사람들도 구경할 겸 해서 약속 시간을 한 시간이나 남겨두고 일찌감치 콩코르드 광장을 나섰다. 거리는 군중으로 넘쳤고, 마차는 꼬리를 물고 내달리고 있었다. 포르트 에트왈르로 올라갈수록 마차 수가 점점 더 많아져, 나중에는 길을 건너갈 수 없을 정도가 되고 말았다. 길을 건너가려고 하다가는 십중팔구 마차에 치일 게 뻔했다. 하지만 어쨌거나 나는 약속을 지키려면 길을 가로질러 건너가야만 했다. 한 시간 내내 길을 건너갈 곳을 찾느라고 헤맸다. 여기저기에서 파리 사람들은 아슬아슬하게 잘도 길을 건너갔지만 나로서는 도저히 엄두가 나지 않았다. 내가 가기로 한 건물이 빤히 건너다보였지만 길을 건너갈 도리가 없었다. 약속 시간은 이미 지나 있었다. 마침내 기회가 왔다. 여섯 마리 말이 끄는 무거운 짐마차가 느린 속도로 거리를 가로질러 가는 것이었다. 이 마차를 보루 삼아서 길을 건넜다. 그 마차가 오지 않았으면 어떡할 뻔했을까?

　백작 부인의 식탁에 앉았을 때 갑자기 폭풍이 불어대기 시작하더니 천둥번개가 치고 비가 쏟아지면서 집안의 모든 전등이 꺼지고 말았다. 어둠 속에 잠겼다가 갑자기 번쩍 섬광이 비치면서 드러났다 다시 어둠 속에 묻히는 파리를 바라보는 것도 장관이었다. 빗줄기는 좀처럼 수그러들지 않았다. 마차를 잡는 게 불가능해 보였고, 폭풍우는 밤새 계속될 기세였다. 하인이 전하는 말로, 승합마차는 하나같이 모두 승객들로 가득 차 터질 듯하고, 마차를 잡을 수도 없을 것 같다고 했다. 백작 부인은 자고 가라며 하녀에게 손님방을 정리하라고 했지만, 어떻게든 마차를 잡을 수 있을 것 같아서 사양하고 집을 나섰다. 큰길로 나섰지만 마차를 잡기는커녕 빈 마차는 한 대도 보이지 않았다. 승합마차는 한결같이 '만차'라는 팻말을 달고 있었다. 비는 더욱 거세게 쏟아부었고, 그야말로 물에 빠진 생쥐 꼴이 되어 가까스로 호텔에 도착하고 보니 새벽 한 시 반이었다.

그즈음, 프랑스에서도 이미 명망을 쌓은 덴마크 화가 로렌츠 프뢸리히가 최근에 쓴 '놀라운 이야기'들에 필요한 삽화를 그리는 작업을 막 시작했다. 그는 작업을 하면서도 대단히 즐거워했다. 그에겐 좋은 아내와 예쁜 여자아이와 행복한 가정이 있었다. 그의 집에서 극작가인 소바주를 만났는데, 그는 '놀라운 이야기'〈행운의 여신의 덧신〉을 비극으로 각색한 다음 무대에 올려, 옛날이 지금보다 낫다는 생각이 얼마나 잘못된 것인지 보여주고 싶다고 했다. 그는 쥘르 상도에게서 받은 편지를 보여주었는데, 거기에는 이런 내용이 적혀 있었다.

> 안데르센과 함께 식사를 할 수 있다니 당신은 행운아다. 그는 세련된 시인이며 진정한 산문가이다. 그는 음악으로 치자면 하이든* 같은 사람이다. 나는 그를 알고 있다는 사실과 〈인어공주〉를 읽었다는 사실만으로도 기쁘다.

* 1732~1809년. 오스트리아의 작곡가. 독일의 고전음악을 확립했으며, '교향곡의 아버지'라 불린다.

파리를 떠나기 직전에, 신이 내게 커다란 기쁨을 허락했다. 멕

시코에 가 있던 막시밀리안 황제의 명에 따라 노트르담 드 구아델루프 훈장을 받은 것이다. 동봉된 편지에는 창작 활동의 공을 인정해서 훈장을 내린다는 내용이 적혀 있었다. 황제가 나를 기억하고 기쁨을 선물한 것이었다. 오래전, 빈에 있는 황제의 궁전에서 대공비 소피아와 함께 있던 자리에서 '놀라운 이야기'를 낭독했던 날 밤이 떠올랐다. 그 자리에는 두 청년도 함께 있었다. 한 사람은 막시밀리안 왕자였고 또 한 사람은 그의 동생, 즉 지금의 오스트리아 황제였다.

4월 13일 파리를 떠나 오후에 투르에 도착했다. 여행을 하는 동안 내내 봄은 활짝 핀 유실수를 앞세워 인사를 했다. 다음날 보르도에 도착해서는 화려한 자태를 뽐내는 온갖 식물들의 경연을 보았다. 운하에는 금붕어 수백 마리가 유유히 놀고 있었다. 보르도의 호텔에 들어가 덴마크 사람들과 프랑스 친구들을 만났다. 그 가운데서 특히 소설가인 조르주 아메와 연주자인 에르네스트 르당이 큰 친절을 베풀었다. 이들과 함께 며칠 동안 유쾌하게 지냈다. 르당은 슈만의 음악을 연주했다. 아메는 나의 '놀라운 이야기' 여러 편과 〈그림 없는 그림책〉을 프랑스 어로 낭독했다. 그의 낭독을 들은 프랑스 청년은 너무 감동한 나머지 뺨 위로 눈물을 줄줄 흘리곤, 내 손을 잡고 키스를 했다. 깜짝 놀랐다.

조르주 아메를 통해서 아프리카에서 복무한 적이 있는 두마 장군의 초청을 받았다. 그는 〈두 개의 세계〉라는 지면을 통해 알제리와 아랍에 관해 재미있는 글을 쓰기도 한 사람인데 덴마크 병사들의 용기와 용맹을 칭찬했다. 나는 자식의 칭찬을 듣는 부모처럼 흐뭇했다. 그는 극장의 자기 좌석을 언제든 써도 좋다고 했고 그의 호의를 받아 나는 여러 번 그와 함께 오페라를 보았다.

매달 25일 리스본으로 가는 기선이 보르도에서 출항한다. 오닐에게는 이미 4월 28일 도착하는 배에 내가 타고 있을 거라는 편지를 보내놓았다. 하지만 폭풍이 계속되었다. 스페인의 바다가 그다지 재미없을 거란 사실은 알고 있었다. 하지만 육로로 가는 건 콜레라 때문에 내키지 않았다. 게다가 마드리드에서 포르투갈 국경까지 철로가 아직 연결되지 않았다. 그때 리스토리가 보드도에 와 있으며 메디아와 마리 슈트아르트로 무대에 설 것이라는 소식을 들었다. 런던에서 리스토리가 맥베스 부인을 연기하는 걸 보고 내가 얼마나 감동에 떨었는지는 앞에서도 언급했다. 그녀의 연기를 다시 한번 보고 싶었다. 보드로에 며칠만 더 머물기로 했다. 결국, 뱃길을 포기하고 육로로 스페인을 지나 포르투갈로 갈 수밖에 없었다.

출발은 미루어졌다. 나중에 안 사실이지만, 〈라 지롱드〉는 내가 보르도에 머무는 사실을 보도했다. 보르도를 떠날 때 학식이 깊은 프란시스 미셸이 바스크의 민속 설화를 수집한 걸 건네주었다. 덕분에 바스크 지방을 여행할 때 그곳 사람들에게 그들의 설화를 읽어줄 수 있었다. 터널에 이어 다시 터널이 끝없이 이어졌다. 가끔 한두 채의 집들이 보이다가 작고 검은 마을이 나타났다가 금방 사라져버리는 황량하기 그지없는 곳을 달리고 또 달렸다. 부르고스를 경유해 마드리드로 갔다. 처음 마드리드에 갔을 때 그다지 큰 매력을 느끼지 못했는데 이번에도 마찬가지였다. 갑자기 외롭다는 생각이 들고 우울해졌다. 정부의 공권력은 혁명운동을 꺾었지만, 혁명운동은 언제라도 금방 다시 타오를 수 있을 것 같은 기세였다. 실제로 내가 리스본에 도착하고 몇 주 뒤에 다시 스페인에서 혁명운동이 불붙었다. 전보로 날아온 소식은 시내에서 유혈 사태가 벌어졌다는 내용이었다. 아무튼, 스페인을 하루라도 빨리 벗어나고 싶었지만 포르투갈 국경까지 철로가 개통되지 않았던 터라 어쩔 수 없이 우편마차를 타기 위해 닷새를 기다려야 했다.

5월 2일 목요일 아침, 마침내 포르투갈을 향해 출발했다. 동행은 리스본에서 온 젊은 변호사 한 명뿐이었다. 그는 프랑스 어를 제법 잘 했으며 친절하고 사려 깊은 청년이었다. 달빛이 밝은 밤이었다. 우리는 드넓은 평원을 넘어갔다. 결코 잊지 못할 낭만적인 풍경이었다. 새벽에 타구스 강을 건넜다. 그리고 그날 오후 늦게 삼림지대를 지났다. 그리고 프란시스코 피사로(1471~1541년. 스페인의 용병. 잉카 제국을 멸망시켰다 – 옮긴이)가 태어난 트루힐로에서 저녁을 먹었다. 우체국에서는 초콜릿 외에는 사먹을 게 없다는 걸 알고 있었기에 술과 음식을 미리 준비해갔다. 우리에게 필요한 건 밤에 잠을 자는 것뿐이었다. 하지만 말 그대로 그건 꿈도 꿀 수 없었다. 마차는 커다란 돌멩이 위를 지나가기도 하고 구덩이에 빠지기도 했다. 끊임없이 덜컹대고 흔들거렸다. 그리고 마침내 해가 뜨기 전에 메리다에 도착했다. 그곳에는 기차가 있었다.

동행은 나를 데리고 거리로 나가 로마 시대의 유적지를 구경시켜주었다. 하지만 난 녹초가 될 만큼 피곤해서 아무것도 보고 싶지 않았고, 그저 졸린 눈을 가까스로 뜨고 허청거리는 걸음으로 그를 따라다녔다. 기관차의 엔진 소리와 하늘 높이 솟아오르는 증기보다 더 반갑고 신나는 건 없었다. 얼마 가지 않아 국경 도시 바다호스가 나왔다. 여기에서 우리는 좋은 호텔에서 흠잡을 데 없는 아침을 실컷 먹고 몇 시간 쉬었다. 그리고 다시 여행을 시작했다. 하루 밤과 낮을 꼬박 달려서 다음날 아침 리스본에 도착했다.

스페인을 벗어나 포르투갈로 들어가는 건 나에게 중세에서 현대로 시대를 뛰어넘는 것과 마찬가지였다. 눈에 보이는 모든 게 하얗고 깨끗했다. 집과 울타리와 나무 모두 친근하게 느껴졌다. 역에서는 음료수와 과자를 사먹을 수 있었고, 밤에는 침대칸에서 잠을 잘 수도 있었다.

리스본에 도착하자 동행한 젊은 변호사는 내 짐을 마부에게 맡기며 두란드 호텔에 나를 내려주라고 일렀다. 그 호텔이 오닐의 사무실에서 가깝다고 했다. 모든 게 다 잘 끝났다고 생각했는데 그게 아니었다. 호텔에 가보니 방이 없었다. 게다가 오닐의 사무실은 그의 가족이 잠을 자는 데가 아니며 그들이 사는 집은 리스본에서 제법 떨어진 교외에 있다고 했다. 공교롭게도 그날은 일요일이라 사무실에 나온 사람도 없었다. 피곤해서 금방이라도 쓰러질 것 같았지만 마차를 타고 오닐의 집으로 달려갔다. 오닐의 집은 알칸타라 계곡의 높은 봉우리 가운데 하나에 위치해 있었다.

청년 시절의 친구와 그의 아내와 아들들은 나를 반갑게 맞아주었다. 그들은 내가 보낸 편지만 믿고 프랑스 기선을 타고 오는 줄로만 알고 마중 나갔다가 헛걸음을 했다고 했다. 타호 강에 정박해 있던 덴마크 배들은 나를 반겨 단네브로그를 게양했다.

정원에는 장미와 양아욱의 꽃이 만발했다. 시계풀과 덩굴나무가 울타리와 벽을 타고 기어올랐고, 붉은 석류와 대조를 이룬 딱총나무의 하얀 꽃은 덴마크의 색깔이었다.(덴마크의 국기는 붉은 바탕에 흰 줄 십자가이다 – 옮긴이) 붉은 양귀비와 푸른 치커리를 보니 마치 덴마크에 온 것 같았다. 하지만 여기에는 덴마크에서는 찾아볼 수 없는 선인장과 사이프러스가 있다. 바람은 덴마크의 가을처럼 밤마다 윙윙거렸다. 사람들은 말했다.

"포르투갈을 축복하고 건강하게 해주는 건 바다에서 불어오는 바람이다."

리스본의 길이 좁고 구불구불하다는 건 책에서 읽은 적이 있었다. 이 길에서 들개들이 썩어가는 짐승의 시체를 놓고 잔치를 벌인다고 했다. 하지만 시내의 길은 넓고 깨끗했다. 자기磁器로 만든 판을 붙여 예쁘게 장식한 집들이 많았다. 이 넓적한 판은 청명한 햇빛을 받아 아름답게 반짝였다.

포르투갈의 현존 작가 가운데 가장 유명한 사람은, 덴마크 여성 비달 양과 결혼한 안토니오 펠리치아노 드 카스틸뉴(1800~1875년. 포르투갈의 시인. 포르투갈 낭만주의의 창시자이다 – 옮긴이)이다. 게오르게 오닐이 이들 부부에게 나를 소개했다.

카스틸뉴는 금세기 초에 태어났다. 여섯 살이 되던 해에 천연두에 걸렸고 그 때문에 시력을 잃었다. 하지만 공부하고 싶은 열망에 사로잡혔다. 다행히 집이 부유해 이 열망을 채울 수 있었다. 그는 특히 문법과 역사, 철학, 그리스 어에 심취했다. 만 열네 살이 되기 전에 이미 라틴 어로 수준 높은 시를 써 사람들을 놀라게 했고, 그후에는 포르투갈 어로 글을 쓰기 시작했다. 하지만 그는 식물을 연구하는 데 더 많은 시간과 정열을 쏟았다. 그의 눈이 되어주었던 동생과 함께 코임브라 주변의 매력적인 시골을 돌아다니며 자연의 아름다움을 자기 것으로 만들었다. 그래서 나온 게 그의 시 〈봄〉이다. 코임브라에서는 〈에코와 나르시스〉(그리스 신화에 나오는 에코는 공기와 흙 사이에 태어난 숲의 요정으로 나르시스를 사모하다 죽어 소리만 남았다고 한다. 나르시스는 물에 비친 자기 모습을 연모하다 결국 물에 빠져 죽은 뒤 수선화가 된 미모의 청년이다–옮긴이)를 썼다. 이 시는 몇 년 사이에 여러 쇄를 찍어낼 만큼 큰 인기를 끌었다. 그는 또 고대 로마의 시인인 오비디우스의 작품들을 번역해 시인으로서의 위대한 능력을 인정받았다. 마리아 이사벨이라는 아가씨가 있었다. 그녀는 오포르트 근처에 있는 베네딕트 수녀원에서 공부했는데, 공부를 다 마친 후에도 한동안 수녀원에 머무르며 책을 통해서 고금의 시인들과 깊은 대화를 나누었다. 마리아 이사벨이 〈에코와 나르시스〉를 읽은 뒤, 익명으로 카스틸류에게 편지를 썼다.

"에코를 찾을 수만 있다면, 선생님은 나르시스를 닮으시겠습니까?"

이게 계기가 되어 카스틸뉴와 익명의 아가씨 사이에 여러 통의 편지가 오가게 되었다. 마침내 카스틸뉴는 여자의 이름을 물었고 여자는 자기 이름을 밝혔다. 그뒤로 두 사람의 교제는 계속되었고, 마침내 1833년에 결혼했다. 하지만 삼 년 뒤에 여자가 죽고 말았다. 죽은 아내를 그리워하며 쓴 그의 시는 포르투갈 문학계에서 높은 자리를 차지했다. 그리고 나중에 헬싱괴르 영사의 딸인 샤롯테 비달과 재혼했다. 비달의 도움을 받아 카스틸뉴는 바게센이나 욀렌슐레게르 그리고 보예 같은 덴마크 시인들의 시를 포르투갈 어로 번역하기도 했다.

　두 사람은 오래 사귄 친구처럼 나를 맞았다. 시인의 말에는 생동감이 넘쳤다. 시인은 청춘의 신선한 힘으로 충만했다. 그는 당시 고대 로마의 시인인 버질의 작품을 번역하고 있었다. 그의 아들 역시 시인으로 아버지를 돕고 있었다. 딸은 예쁜 눈을 가지고 있었는데 남국의 햇살로 늘 반짝였다. 나는 그들을 위해 즉흥시를 지었다. 그들은 낮에 뜬 별들이었고, 밤하늘의 별보다 더 밝았다. 카스틸뉴와 그의 가족은 고맙게도 답례로 오닐의 집으로 나를 찾아주었다. 내게 큰 기쁨이었다. 카스틸뉴는 내게 편지도 두어 통 보냈는데 모두 프랑스 어로 썼고 서명은 그가 직접 한 것이었다. 나는 덴마크 어로 편지를 썼다. 어느 날인가 그가 말했다.

　"우리는 마치 피라무스와 티스베처럼 대화를 나누는군요. 제 아내가 우리 둘 사이에 가로놓인 벽이자 통로이고 말입니다."(그리스 신화에서 피라무스와 티스베는 사랑하는 사이지만 만나지 못하고 벽에 뚫린 구멍을 통해서만 간신히 사랑의 대화를 나누었다 – 옮긴이)

　카스틸뉴 부인의 도움으로 덴마크의 편지와 문학은 눈 먼 시인의 일부가 되었다.

　오닐의 집에서 여러 주를 머물렀지만 조금도 불편함이 없었다. 오닐의 가족은 나를 한 식구처럼 대했고 나도 내 집인 듯 편안했다. 오닐 부인은 돔미겔 1세(1802~1866년. 포르투갈 왕. 자유주의에 반해 고대 종교 재판을 부활시켜 반동 정치를 시도했다 – 옮긴이) 시대로 거슬러 올라가는 어린 시절 얘기를 재미있게 해주었다. 큰 아들인 게오르게는 피아노를 잘 치는데다 독서를 많이 했으며, 자연 현상과 사물에 특히 흥미가 많았다. 동생인 아르후르는 영리하고 잘생긴 소년이었는데 동작이 민첩해서 말을 잘 탔다. 두 아들 모두 곰살궂게 굴었고 예뻤다. 아버지 게오르게 오닐은 하루 종일 자기 사무실에서 일을 보며 시간을 보냈다. 그는 덴마크 뿐만 아니라 다른 여러 나라의 영사이기도 했다. 저녁때 집에 돌아온 게오르게 오닐은 늘 웃는 얼굴이었다. 우리는 어린 시절 함께했던 덴마크를 화제로 이야기꽃을 피웠다. 게오르게 오닐이 기타를 치기도 했고, 아들 게오르게가 하프시코드(16세기부터 사용된 건반 악기로 피아노의 전신이다 – 옮긴이)를 연주하면 동생이 아름다운 목소리로 〈마르타〉와 〈리골레토〉에 나오는 노래를 불렀다. 나는 그 속에서 가족애를 느꼈다.

한 달이 지났다. 포르투갈의 또 다른 아름다운 풍경을 보고 싶었다. 카를로스 오닐이 세투발 근처에 있는 보네고스의 자기 별장으로 초대를 했다. 게오르게 오닐의 가족이 모두 함께 갔다. 기선을 타고 리스본의 넓은 내만內灣을 건넌 뒤, 다시 기차를 타고 곧바로 세투발로 향했다. 세투발은 오렌지 나무 숲과 동산들 사이에 있었다.

카를로스 오닐의 마차가 기다리고 있었다. 세투발에서 별장까지는 마차로 가야 했다. 우리가 가는 길은 리스본에서 포르투갈 남부까지 이어지는 간선도로였다. 한데 그 길은 스페인에서 보았던 길과 다르지 않았다. 마차 한 대가 겨우 지나갈 수 있을 만큼 좁았다가 갑자기 마차 네 대는 거뜬히 지나갈 만큼 넓어지기도 했다. 바위 절벽을 오르다가도 갑자기 꽃이 활짝 핀 알로에가 있는 모래에 푹푹 빠지기도 했다. 우리 앞에 팔메야 요새가 불쑥 솟아올랐다. 가까이에 황량하고 쓸쓸한 수도원이 있었고, 그 수도원 바로 옆에 카를로스 오닐의 별장이 있었다. 그곳에서 내가 쓰던 방의 발코니에 서면, 종려나무들이 시원한 그늘을 드리우고 선 게 맨 먼저 눈에 들어왔다. 그리고 멀리 펼쳐진 바다는 시시각각 색을 바꾸었다. 후추나무는 바람에 우는 버드나무처럼 연못가에 서 있었다. 연못에는 금붕어들이 수련 사이로 헤엄을 쳤다. 후추나무 뒤로는 오렌지 나무 숲이 있었고, 다시 그 뒤로 포도밭이었다.

세투발이 보였다. 만에 가득한 배들도 보였다. 그리고 푸른 바다를 배경으로 솟은 하얀 모래 언덕들도 인상적이었다. 낮 동안은 따뜻했고, 밤이 되면 시원한 미풍이 불었다. 어둠이 깔리면 별들은 신비로울 만큼 청명한 별빛을 뿌렸고, 셀 수도 없이 많은 개똥벌레들이 춤을 추었다.

카를로스 오닐의 가족들도 모두 나로 하여금 따뜻한 애정을 느끼게 했다. 짙은 푸른색의 눈과 석탄처럼 검은 머리카락의 아들 카를로스는 나의 충실한 안내인이자 보호자가 되어 주변의 여러 곳을 구경시켜주었다. 그는 말을 타고 나는 노새를 탔다. 그에게 여동생이 하나 있었는데, 내가 포르투갈에 가기 불과 몇 달 전에 신의 부름을 받아 떠나고 말았다. 그 아이는 겨우 열네 살이었고, 가족의 즐거움이자 기쁨이었다. 그녀의 죽음으로 인해 마냥 햇살만 가득했던 카를로스 오닐의 집에 구름이 끼고 말았다.

전원에 묻힌 조용한 생활이었지만, 나는 다양한 경험을 했다.

아들 카를로스와 나는 목련과 석류가 활짝 꽃을 피운 레몬 나무 숲을 달렸고, 버려진 수도원들을 구경했으며, 팔멜라에 서서 세투발과 리스본 그리고 신트라 산맥까지 이어진 거대한 코르크 나무 숲을 보았다. 배를 타고 바다로 나가 몽테 아라비다를 구경했고, 지금은 모래 언덕에 묻혀버린 트로이의 옛 시가지를 보았다. 페니키아 사람들이 맨 처음 그곳을 개척했고 나중에는 로마 사람들이 살면서 소금을 만들었다. 그 당시 방법 그대로 지금도 사람들이 소금을 만들고 있다. 모래 언덕 위는 엉겅퀴와 관목들을 비롯한 온갖 꽃들이 뒤덮고 있었다. 해안에는 거대한 돌무더기가 쌓여 있었다. 멀리서 소금을 실어가려고 온 배들이 소금을 실으면서 바닥짐(배에 실을 짐이 없을 때 배의 무게중심을 낮추어 안전하게 항해하기 위해 바닥에 적재했던 돌이나 모래 – 옮긴이)으로 싣고 온 걸 내려놓은 게 무더기로 쌓여 있었던 것이다. 덴마크에서 온 돌들도 있었고 스웨덴과 러시아, 중국에서 온 돌들도 있었다. 이걸 소재로 재미있는 이야기 한 편을 쓸 수 있을 법했다. 우리는 여기저기를 어슬렁거렸다. 모래 언덕에도 올라가 바다를 바라보았다. 수평선 너머는 미국이다. 미국에 있는 친구들, 마르쿠스 스프링과 그의 착한 아내, 그리고 〈에반젤린〉의 위대한 시인 롱펠로(1807~1882년. 미국의 시인 – 옮긴이)를 생각했다. 나는 결코 미국에는 가지 못할 것이다. 나는 바다에 대한 공포가 있다. 하지만 내 마음은 포르투갈의 폼페이인 트로이의 모래 언덕에서 바다를 건너 미국까지 날아가고 있었다.

세투발에서 투우를 보았다. 스페인의 투우에 비하면 순박했다. 성 안토니의 축제도 보았다. 길거리에 횃불들이 늘어섰고 긴 행렬과 노래가 인상적이었다. 이 아름답고 생동감 넘치는 세투발에서 한 달이라는 즐거운 시간을 보냈다. 처음 계획했던 포르투갈 여행 기간이 벌써 반이나 지났다. 포르투갈을 떠나기 전에 코임브라와 신트라를 보고 싶었다. 그러려면 당장 짐을 꾸리거나 아니면 겨울을 거기에서 보내야만 했다.

주위 사람들은 정치 상황이 불안하고, 게다가 날씨가 더운 정도를 지나쳐 불에 달군 듯 뜨거운 스페인을 마차를 타고 통과하는 건 힘들지 않겠느냐고 했다. 편한 걸 생각하면 리스본에서 기선을 타고 보르도로 가는 방법이 제일 나았다. 하지만 추분 때 부는 폭풍이 가라앉기 전에는 여행을 감행할 엄두가 나지 않았다. 그렇다면, 프랑스에서부터는 어떤 길로 갈까? 독일에서 벌어지는 전쟁은 어떻게 전개될까?(1866년 프로이센-오스트리아 전쟁. 7주 동안 벌어진 전쟁으로 독일 통일 과정 중에 일어났다. 프로이센은 오스트리아를 무찌르고 오스트리아와 남독일연방을 제외한 북독일연방을 성립시켰으며 프로이센의 소독일 통일 원칙을 관철시켰다 – 옮긴이) 프랑스가 개입할까? 이런저런 생각을 하니 덴마크로 돌아가는 여정이 만만치 않을 것 같았다. 까딱하다간 포르투갈에서 겨울을 보내게 될지도 모를 일이었다. 반가운 손님도 엉덩이가 무거우면 지겨워진다는 옛날 속담을 떠올리고, 서둘러 짐을 꾸렸다. 바닷길을 선택하기로 했다. 전쟁으로 어수선한 시간들이 어서 빨리 지나가길 고대하는 마음뿐이었다. 8월 중순에 리우 데 자네이루에서 리스본으로 오는 기선이 있었다. 이 기선은 리스본에서 곧바로 보르도로 가는 배였다. 이 배를 타기로 결정하고 그전에 코임브라를 구경한 뒤 신트라에서 한두 주를 머물기로 했다.

보네고스의 아름다운 풍경과 다정한 친구들을 뒤로하고 떠나기란 쉽지 않았다. 카를로스 오닐 부자父子는 리스본까지 배웅을 나왔다. 여기에서 게오르게 오닐 그리고 호세 오닐과 함께 아베이로에 갔다가 다시 포르투갈의 대학 도시인 코임브라에도 들렀다. 도시는 산을 끼고 형성되어 있었고, 거리는 좁고 구불구불했다. 가파른 돌계단이 건물과 건물 사이에 놓였고, 그 건물들을 지나 위로 올라가면 다시 새 길이 나오고 그 위로 다시 돌계단이 이어졌다. 코임브라에는 가게가 많았고 헌책방도 많았다. 어딜 가든 대학생들이 보였다. 길고 검은 가운과 짧은 어깨 망토, 폴란드 식 모자를 늘어뜨린 중세 분위기의 복장이었다. 기타나 총을 어깨에 걸치고 숲과 산으로 소풍을 가는 한 무리의 청년들이 눈에 띄었다.

대학 건물은 무척 컸으며 시내에서 가장 높은 곳에 위치했다. 여기에 서면 발아래 오렌지 나무와 사이프러스 그리고 코르크 나무가 이루는 숲이 내려다보였다. 그 아래로는, 만데고 강 위에 돌로 만든 커다란 다리가 걸쳐 있고, 다리 건너 쪽에는 산타 클라라 수녀원이 있었다. 라 퀸타 도스 라그리마스도 있었다. 아름다웠지만 불운했던 이네츠 데 카스트로와 그녀의 순진한 아이가 살해되었던 성은 반 이상 폐허로 변해버렸다. 이네츠와 그의 남편 돈 페드로가 거닐었을 정원의 샘물에선 아직도 물이 흘러 넘쳤다. 두 사람에게 햇살을 막아주었을 키 큰 사이프러스는 무심한 낯선 관광객에게 그늘을 드리웠다. 카몽이스(1524~1580년. 포르투갈의 시인. 포르투갈의 역사와 신화를 곁들여 영웅의 위업을 찬양한 애국적 대서사시 〈오스 루시아다스〉로 그의 이름은 불후의 시인으로 남아 있다 - 옮긴이)가 쓴 〈오스 루시아다스〉 가운데 이네츠에 관한 부분이 대리석 판에 새겨져 있었다.

코임브라를 방문하는 기간 중에 대학에서는 축제가 벌어졌다. 한 학생이 '박사 모자'를 땄다고 했다. 문학사를 가르치던 교수 하나가 내가 코임브라에 있다는 말을 듣고는 고맙게도 일부러 나를 찾아왔다. 그가 나를 축제에 데려가주었고, 그때 아름다운 교회며 커다란 강당이며 도서관 등 대학의 거의 모든 건물을 다 보았다.

코임브라에서 다시 리스본으로 돌아왔다. 신트라에 가기 위해서였다. 신트라는 포르투갈에서 가장 아름답다고 칭송을 받는 곳이었다. 바이런은 '새로운 천국'이라고 했고, 알메이다 가레트(1799~1854년. 포르투갈의 소설가, 시인, 극작가. 카스틸뉴와 함께 포르투갈 낭만주의 문학의 창시자로 불린다 - 옮긴이)는 '봄의 여왕의 궁전'이라고 노래했다.

리스본에서 신트라까지 가기 위해선 초라한 시골을 지나쳐야 했다. 하지만 그곳을 지나자마자 신트라가 자랑하는 마법의 정원이 우리 앞에 나타났다. 커다란 나무들이 우거지는가 했더니 계곡물이 흘렀고, 또 낭만적인 시골 벌판이 펼쳐졌다. 사람들이 말하길, 어느 나라에서 온 사람이든 간에 여기에 오면 자기 나라의 풍경을 발견할 수 있다고 했다. 그러고 보니 덴마크의 숲에서 느껴졌던 정취가 물씬 풍겼다. 클로버가 그랬고 물망초가 그랬다. 영국 사람들은 푸른 풀밭을 보고 자기 나라를 생각하리라 싶었다. 브로켄의 울퉁불퉁한 바위산도 있었고, 온갖 색깔로 자태를 바꾸는 세투발의 아름다운 꽃들이 있었고, 멀리 북쪽 렉상드의 자작나무 숲이 있었다. 길에서 보면 오래된 성이 있는 작은 마을이 눈에 들어오는데, 그 성에 현재의 국왕 루이가 살고 있었다. 평야가 펼쳐져 있고, 멀리 마프라 수도원도 보였다. 언덕 위 그림처럼 아름다운 곳에 국왕 페르난도의 여름 별장이 서 있었다. 이 별장은 옛날에는 수도원이었다고 했다. 선인장과 너도밤나무와 바나나 나무가 이룬 숲에서 출발했던 길은 자작나무와 바위 틈새에서 자라는 소나무들이 이룬 숲에서 끝이 났다. 이곳에 올라서면 리스본의 내만과 그 너머의 산줄기들, 그리고 멀리 대서양까지 한눈에 바라볼 수 있다.

호세 오닐은 이 천국 같은 신트라에 별장을 가지고 있었다. 그는 나를 반가운 손님으로 맞아주었다. 한데 거기에서 영국인 친구를 만났다. 영국 영사 리턴이었는데, 그는 영국의 작가 겸 정치가 불워 리턴의 아들이었다. 아들 리턴과는 이미 코펜하겐에 있을 때부터 알던 사이였다. 그는 아름다운 글을 쓰는 작가였고, 코펜하겐의 내 집으로 찾아와 자기 아버지의 안부를 전한 적이 있었다. 그랬던 그가 이번에는 포르투갈의 신트라에 머무는 동안 나를 즐겁게 해주었다. 그와 그의 사랑스런 아내와 함께했던 신트라는 잊을 수 없을 만큼 매력적인 기억으로 남아 있다.

여기서 또 덴마크 동포인 로베르다 네 자르트만 백작 부인을 만났다. 여기 올 때 들렀던 파리에서 백작 부인을 방문한 적이 있는데, 그녀가 이번에는 포르투갈에서 아르마이다 백작의 집으로 나를 초대한 것이었다. 시간은 흘러 어느덧 작별을 해야 할 때가 다가왔다. 이제 며칠 후면 보르도 행 기선이 리스본에 도착할 예정이어서 리스본으로 발길을 돌렸다. 하지만 폭풍 때문에 배는 며칠 늦었다. 바다로 가는 여행은 여전히 내키지 않았고 즐거운 기대보다는 두려움이 앞섰다.

8월 14일 수요일 이른 아침, 기선 나바로 호號가 리스본에 도착했다. 엄청나게 큰 배였다. 여태까지 본 배 중에서 가장 컸다. 가히 바다 위의 호텔이라 할 만했다. 게오르게 오닐은 선장과 선원들 몇몇에게 나를 소개하며 잘 부탁한다는 말을 잊지 않았다. 헤어질 시간이 다가왔고, 게오르게 오닐은 내 손을 잡았다. 헤어진다는 게 슬펐다. 하지만 우리는 다시 만날 것이다.

닻이 올라가고 뱃고동 소리가 울렸다. 그리고 배는 곧 대서양을 헤쳐갔다. 파도는 점점 더 거칠어졌고 배는 파도를 따라 울렁거렸다. 폭풍은 멎었지만 파도는 여전히 잠들지 않았다. 식탁에 앉았는데 갑자기 구토를 할 것 같아서 자리를 박차고 일어나 신선한 공기를 마시러 갑판으로 나갔다. 울렁거리는 갑판에서 멀미에 시달렸다. 이상하게도 스페인 바다에서는 늘 이랬다.

곧 밤이 되었고 별들이 모습을 드러냈다. 공기는 차가웠다. 선실에는 들어가지도 못하고 식당으로 갔다. 그곳에서도 마지막까지 남아 있던 사람은 나였다. 전등이 모두 꺼졌다. 갑자기 모든 게 정지해버렸다. 나는 파도가 얼마나 무서운지 알았고, 기관의 움직임이 어떤 소리를 낼 때 정상이고 어떤 소리를 낼 때 정상이 아닌지 알았다. 또, 배가 구조 신호를 보내는 소리가 무엇인지도 알고 있었다. 무시무시한 바다의 힘을 생각하고 불의 힘을 생각했다. 친구 헨리에테 불프가 미국으로 가던 배에서 불의의 참변을 당한 일이 너무도 생생하게 기억났다. 모든 게 정지했고, 증기 기관도 숨을 멈췄다. 아주 짧은 정적의 순간이 지난 뒤, 곧바로 다시 엔진 소리가 들렸고 진동이 느껴졌다. 내 머릿속에는 온갖 무서운 상상들이 뒤죽박죽 엉켰다. 배가 좌초하고, 배의 모든 방마다 차가운 바닷물이 들이닥치고, 마침내 바닷속 깊이 가라 앉을 것이다. 죽음의 고통은 얼마나 오랫동안 계속될까? 죽음의 고통을 잊을 수는 없을까? 이런 상상을 하자 미칠 것만 같았다. 참을 수가 없어 갑판으로 뛰어나가 난간을 붙잡았다. 바다에는 놀라운 광경이 펼쳐지고 있었다. 넘실거리는 파도는 마치 불이라도 난 것처럼 환하게 빛났다. 인이 번쩍거린 것이다. 내가 탄 배가 마치 활활 타오르는 바다를 헤쳐나가는 것 같았다. 너무도 놀라운 장관을 마주하자 나를 사로잡았던 공포가 어디로 달아났는지 사라져버렸다. 내가 느꼈던 위험은 대수로운 게 아니었다. 하지만 이제 나는 다른 생각에 사로잡혔다. 나는 혼잣말로 중얼거리며 나 자신에게 물었다.

"내가 좀더 오래 산다는 게 정말 그렇게 중요한 일일까? 만일 오늘밤 죽음의 신이 나를 찾아온다면, 그를 어떻게 맞이해야 할까?"

모든 걸 체념하고 신의 뜻에 맡기기로 했다. 별이 빛나는 밤하늘 아래 무섭게 넘실거리는 파도를 바라보며 오랫동안 서 있었다. 쉬려고 식당을 다시 찾았을 때, 내 영혼은 힘을 되찾았고 행복했다.

자고 일어나 아침에 갑판으로 나갔다. 멀미는 사라지고 아무렇지도 않았다. 오히려 넘실거리는 파도를 바라보는 게 즐거웠다. 오후가 되고 저녁이 다가올 무렵엔 파도가 수그러들었다. 다음날, 내가 늘 두려워했던 스페인 바다는 바람 한 점 없었고 수

면은 비단을 펼쳐놓은 듯했다. 배는 호수 위를 달리는 것처럼 부드럽게 물살을 헤치고 나아갔다. 확실히 나는 행운을 몰고 다니는 사나이였다. 이런 항해는 상상도 하지 못했던 것이다.

배를 탄 지 나흘째 되던 날 아침, 우리는 지롱드의 바위 언덕에 있는 등대를 보았다. 리스본에 있을 때, 다 믿을 얘기는 아니었지만 어쨌거나 보르도에 콜레라가 퍼졌다는 말을 들었다. 한데 배에 오른 도선사는 전혀 문제가 없다고 했다. 우리가 프랑스에서 받은 첫 인사였고, 아주 유쾌한 인사였다.

보르도를 향해 강을 거슬러 올라가는 데는 꽤 많은 시간이 걸렸다. 저녁 일곱 시가 다 되어서야 보르도에 도착했다. 지난번에 묵었던 호텔의 짐꾼은 나를 알아보았고 마차도 준비되어 있어, 얼마 뒤에 친구들을 만날 수 있었다. 조르주 아메와 에르네스트 르당이 그들이었다. 음악과 낭독과 쾌활한 대화가 즐거웠던 시간들은 너무도 빠르게 지나갔다.

어느 날, 덴마크 사람 한 명과 파리의 뒷골목을 걸어가다가 헌책방에서 〈그림 없는 그림책〉의 프랑스 번역본을 보았다. 가격을 물어보았다.

"일 프랑입니다!"

"그럼 새 책이나 다를 게 없지 않소? 이 책은 헌책이고 닳았는데…"

"맞습니다 선생님, 하지만 절판이 되어서 새 책은 나오지 않거든요. 게다가 선생님, 이 책은 사람들이 많이 찾는 책입니다. 아주 유명한 책이거든요. 안데르센이라고, 지금 스페인에 가 있는 사람인데, 그 사람이 쓴 책이잖습니까. 그저께 발행된 〈라 지롱드)도 안데르센과 이 책을 추천했다는 걸 아셔야지요."

그 말을 듣고 동행한 사람이 입이 근질거리는 걸 참지 못하고 내가 안데르센이라고 일러주었다. 그러자 책방 주인은 머리를 깊숙이 숙여서 인사를 했다. 옆에 서 있던 그의 아내도 남편을 따라서 머리를 숙였다.

친구들은 보르도에 더 머물다 가라고 붙잡았다. 파리는 콜레라가 발생했으니 포기하라고 했다. 하지만 그럴 수가 없었다. 파리는 덴마크로 돌아가려면 반드시 지나쳐야 하는 지름길이었다. 파리에 도착한 뒤 위생 상태가 가장 좋다는 호텔에 들었다. 극장에도 가지 않고 아무도 만나지 않고 호텔에만 조용히 있다가 다음날 저녁 곧바로 기차를 타고 파리를 떠났고 프랑스를 통과했다. 쾰른에 도착해보니 콜레라를 얘기하는 사람은 아무도 없었다. 그곳은 콜레라로부터 안전했다.

함부르크로 갔다. 콜레라로부터 완전히 벗어났다는 생각에 며칠간 머물며 쉬었다. 극장에도 가고 친구들도 만났다. 한데 우연히 알게 된 사실이지만 함부르크에서는 콜레라가 창궐하고 있었다. 콜레라가 무서워 도망치듯 빠져나온 파리도 하루에 열네 명이 죽었지만 쾰른에서는 하루에 무려 백 명씩이나 죽었다. 나는 갑자기 입맛을 잃었다. 음식을 입에 대지도 않았는데 밤새 위통에 시달렸다. 다음날 아침 서둘러 짐을 챙겨 기차를 탔다. 내가 태어난 고향 오덴세에 도착한 건 그날 오후였다.

오덴세에서 맨 처음 찾아간 곳은 오랜 친구인 엥겔스토프트 주교의 집이었다. 주교는 반갑게 맞아주었다. 그와 함께 옛날 내가 어린 시절을 보냈던 집과 교리문답 공부를 했던 세인트 크누드 교회를 찾아가보았다. 그 교회는 아버지가 묻힌 곳이기도 하다. 고향의 많은 친구들이 다음날 역으로 배웅을 나왔다. 다음 행선지를 소뢰로 잡았다. 예고도 없이 불쑥 찾아가 잉게만 부인을 놀래주고, 또 지금은 가고 없는 옛 친구의 추억에 젖어볼 생각이었다. 한데 소뢰 역에서 잉게만 부인이 불과 두 시간 전에 코펜하겐에서 기차를 타고 집으로 돌아왔다는 말을 들었다. 늙고 귀가 먹고 눈이 잘 보이지 않는 잉게만 부인이 코펜하겐에서 눈 수술을 받고 와서 몸과 마음이 무척 피곤할 것이라는 얘기를 들었다. 잉게만 부인을 만날 생각을 포기하고 역 근처에 있는 작은 여인숙에 들었다. 이 사람들은 침대에 매트리스 까는 걸 몰랐다. 침대만 오리털로 푹신하고 따뜻했다. 그래서 침대 위에다 짚을 넣은 자루를 깔고 그 위에다 격자 무늬의 숄을 깔고 누웠다. 그랬더니 안락하고 좋았다. 다음날 아침 일찍 기차를 타고 로에스킬데로 가 하르트만과 그의 아내를 만났다. 다음날, 코펜하겐으로 돌아왔다.

여행은 끝났다. 이제 다시 한번 더 고향의 공기를 마시고 고향의 날카로운 바람을 맞으며 오로지 '놀라운 이야기'의 세계를 헤맬 일만 남았다. 이건 또한 신이 우리 덴마크의 대지에 허락한 선하고 아름답고 진실한 것들과 함께 사는 일이기도 하다.

역에 마중나왔던 멜키오르 가족이 나를 교외에 있는 저택으로 데리고 갔다. 대문에다 꽃으로 '환영합니다!'라는 글자를 꾸며 놓았고 우리 덴마크의 깃발 단네브로그도 펄럭였다. 내 방 발코니에 서서 멀리 해협을 바라다보았다. 형형색색의 배들이 눈에 들어왔다. 오랫동안 만나지 못했던 친구들을 만났다. 밤 공기는 며칠 동안 연이어 마치 남쪽 나라에 와 있는 것처럼 부드러웠다. 그래서 큰 나무들 아래에 식탁을 놓고 촛불을 켰다. 개똥벌레가 수없이 몰려들었다. 순간, 포르투갈의 보네고스에 있는 듯한 착각이 들었다. 세상의 모든 친절과 애정과 행운이 나한테만 몰리는 것 같았다. 아름다운 날들이었고, 예전처럼 원기를 되찾았다.

그곳에서 만난 사람들 가운데 특히 내가 높이 평가하고 존경하는 사람은 천재적인 화가 카를 블로흐였다. 맨 마지막으로 로마에 갔을 때 한 번 만난 적이 있는데, 멜키오르의 집에서 그를 한 사람의 화가로서, 그리고 존경할 만한 한 사람으로 새로이 보았다. 우리의 우정은 깊이 쌓였고, 그해가 끝나갈 무렵에 출간된 나의 새로운 〈놀라운 이야기〉를 그에게 헌정했다. 그에게 보낸 책에 나는 이렇게 썼다.

카를 블로흐

샤롯테스부르그의 전시회였다
모든 게 새롭고 매력적이고 흠이 없었다
내 상상력을 사로잡은 그림 하나, 젊고 명석한 수도사가 서 있었다
그는 결혼한 두 사람을 바라보았다
노새를 타고 고향으로 가는 두 사람은 행복했다
행복한 두 사람을 바라보는 수도사의
영혼과 열정은 점점 슬픔으로 덮이고
누가 알지 못할까, 화가에게 사랑하는 사람이 있었음을
해마다 새롭고 찬란한 작품이 태어나더라

필리스틴 사람들 가운데 있는 삼손을 보았고
〈이발사〉와 〈로마 소년〉을 보았더니
그 안에 삶의 희로애락이 다 있구나
그리고 이제 다시 〈프로메테우스〉를 보니
사람의 눈으로 얼어붙은 눈을 녹이는구나, 위대하도다!
코펜하겐과 함께해온 나의 행복
그 속에서 그대를 만났도다, 그대는
어린아이의 영혼에 어른의 지혜를 갖추었구나
그대, 자신의 힘을 의심하는구나
신이 그대에게 한 말을 믿어도 좋을지니
그렇지 않다면 어떻게 그대의 작품들이 태어날 수 있었을까
그대에게 내 사랑을 전하며 아름다운 몇 송이 꽃을 바치니
들어보시오, 내 호의와 기쁨을 속삭이는 소리를

코펜하겐에 돌아온 직후에 영광스럽게도 왕가의 초대를 받았다. 국왕의 딸인 다그마르 공주가 덴마크를 떠나 러시아의 대공 부인이 되던 바로 그 주였다. 나는 다시 한번 다그마르 공주와 대화를 나눌 수 있었다.

그녀가 국왕 부처와 함께 배에 오를 때 나는 선창의 군중 속에 섞여 있었다. 그녀는 나를 보았고 나를 불렀다. 그녀는 내 손을 잡았다. 내 눈에서 눈물이 흘렀다. 그 눈물은 우리의 젊은 공주를 위한 나의 진심이었다. 그녀의 앞길에 행복만이 있기를 빌었다. 실로, 그녀가 태어나 자란 가문처럼 그녀가 이제 새로 들어가는 가문 역시 훌륭하지 않은가. 다그마르 공주와 그녀의 남편에게 축복이 있기를!

자신의 서재에서 시간을 보내고 있는 말년의 안데르센 모습.

포르투갈 여행을 마치고 돌아왔지만 아직도 잉게만 부인을 보지 못했다. 서둘러 그녀에게 달려갔다. 그녀는 시력을 회복한 일로 무척 좋아하고 있었다. 그녀는 밝은 눈으로 잉게만의 초상화를 볼 수 있다는 사실을 너무도 기뻐했다. 소뢰에서 홀슈타인보르그로 갔다. 어느 날, 그곳의 부인이 하반신이 마비된 가난한 소녀의 집으로 나를 인도했다. 소녀는 길가의 작고 깨끗하지만 가난한 집에 살고 있었다. 그 집은 저지대에 있었고 집 옆의 축대가 무너져 집 앞까지 토사가 밀려와 있었다. 게다가 창이 북쪽으로만 나 있어 방으로는 햇볕 한 줌 들어오지 않았다. 부인은 소녀를 성에 데려다놓고, 벽돌공을 시켜 남으로 창을 내어 햇볕이 들어오게 집을 고쳤다. 몸이 불편한 소녀는 이제 방 안에서도 햇볕을 쬘 수 있었다. 뿐만 아니라 숲도 보고 해변도 볼 수 있었다. 부인이 말했다.

"말을 하긴 쉽지만 행동을 하긴 어렵답니다."

나는 이 이야기를 '놀라운 이야기들' 속에 담았다. 〈마음에 담아두는 건 잊는 게 아니야〉란 작품이다.

다시 코펜하겐에 돌아온 뒤, '국왕의 신시장' 위에 있는 아파트로 이사를 했다. 이곳은 코펜하겐에서 가장 크고 좋은 주거 지역이다. 왕립극장도 가까웠다. 게다가 이 건물에는 시내에서 가장 크고 사람들이 자주 가는 카페가 있다. 일층에는 식당이 있고 이층에는 클럽의 모임방도 있다. 내가 사는 층에는 변호사가 살고 맞은편에는 사진 작업실이 있다. 덕분에 변호사 없이 죽을 일도 없고, 사진사가 후세를 위해 내 사진을 찍어주니 얼마나 든든하고 좋은가. 이사를 아주 잘했다는 생각이 든다. 방 두 개짜리 내 작은 아파트는 아늑하고 햇볕도 잘 든다. 게다가 그림과 책과 조각들로 멋있게 장식되어 있고, 특히 여성 친구들은 싱싱한 꽃이나 식물들을 아낌없이 선물해준다. 왕립극장과 카지노 극장에는 저녁마다 내 자리가 마련되어 있으며, 모든 계층 사람들이 자기들 모임에 기꺼이 나를 받아준다. 이 얼마나 행복한 일인가.

코펜하겐에서는 많은 집에서 일주일 가운데 특정 요일을 정해 친구들을 불러 식사와 함께 저녁 모임을 갖는 게 관습이다. 그러면서 서로 자유롭게 교류한다. 나는 학생 시절부터 거의 매일 저녁 시간을 이런 모임 속에서 보냈다. 여기에 내가 한 주를 어떻게 보내는지 요일별로 적어보겠다. 이걸 통해서 내가 어떤 친구들과 가장 가깝게 만나는지 알 수 있을 것이다.

월요일엔, 좋은 일이든 궂은 일이든 오랜 세월 함께해온 에드바르드 콜린과 그의 가족들과 함께 보낸다. 이들에 대해서는 앞에서도 여러 번 언급했다. 하지만 특별히 프레데리카 브레메르가 한 말을 인용하겠다. 그녀의 말이 정곡을 찌르는 것 같다.

"콜린 부인은 코펜하겐에서 내가 처음 대화를 나눈 덴마크 사람입니다. 내가 보기에 그녀는 덴마크 여성 가운데서도 가장 우아한 최고의 여성입니다."

화요일에는 코펜하겐 시내를 벗어나 근교로 나간다. 예를 들어 해변 가까이에 사는 드레브센 가족의 집에 가는 경우가 많다. 드레브센은 에드바르드 콜린과 처남 매부 사이다. 드레브센의 사위에 대해서는 앞에서도 얘기했고 그때 '꼬마 비고' 얘기도 했다. 잉게보르그 드레브센 부인은 내겐 다정하고 어깨를 기댈 수 있는 누이였다. 그녀의 아버지가 내게 문을 열어준 뒤부터 지금까지 그 모습은 한 번도 변한 적이 없다. 언제나 참신한 정신과 반짝이는 유머 그리고 열정과 깊은 신념은 신이 그녀에게 내려준 고귀한 선물이다.

수요일에는 한스 크리스티안 외르스테드의 집에 간다. 내가 아직 소년 티를 채 벗지 않았을 때부터 나를 받아주고 가르치고 무한한 애정을 아낌없이 나누어주었던 바로 그 사람의 집이다. 내겐 늘 밝고 따뜻한 햇살이었던 그는 가고 없지만, 그의 아내와 재능 많은 막내딸 마틸데가 함께 살고 있다. 아주 오래전부터 나는 쓰고 있는 작품이거나 탈고한 작품은 맨 먼저 그의 집에 가서 큰 소리로 읽었다. 지금은 그렇다. 비록 추억으로 남은 지나간 날들의 흔적이긴 하지만…

목요일은 이미 고인이 된 요나스 콜린, 에드바르드 콜린의 아버지의 집에 가던 날이었다. 이날엔 그의 아들과 딸 그리고 손자들이 모두 모여 시끌벅적하게 떠들곤 했다. 하지만 지난 일이 되고 말았다. 그뒤로는 멜키오르의 집으로 간다. 그 집에서는 부부와 아이들 모두 나를 가족처럼 따뜻하게 대해준다.

금요일 역시 지난날들의 아름다운 기억들이 가득한 집을 찾아 간다. 헨리에테 불프의 동생인 이다 코이트 부인의 집이다. 그녀의 아버지인 해군대장 불프의 집에서 우리는 처음 만났다. 나는 그녀의 아이 적 모습을 보았고, 한 가정의 주부이던 모습을 보았으며, 이제 인자한 할머니가 된 모습을 바라본다. 그녀의 아이들과 손주들도 내게는 모두 친구들이다.

토요일은 니르고르드 부인을 만나는 날이었다. 그녀는 주변 사람들에게 빛을 뿌려준 진정한 덴마크 사람이었고 진실한 기독

교도였다. 신이 그녀를 데려갔고, 나는 바스뇌스에 있는 그녀의
가족들에게서 그녀의 모습을 본다.

일요일은 지혜롭고 재능 많은 연주가 헨리케 부인의 집에 간
다. 웁살라에서 대학생들이 그녀에게 세레나데를 불렀던 걸 기
억할 것이다. 그의 남편은 선하고 가치 있는 모든 것들을 위해
문을 활짝 열었다. 일요일이면 음악과 따뜻한 우정이 그 부부의
집으로 사람들을 불러모았다.

그렇다, 나는 이렇게 일주일을 보낸다. 이걸 보면서 눈치챈 사
람이 있겠지만, 내가 항상 맨 앞에 놓는 사람은 그 집의 어머니
들이다. 다들 내 생각에 동의하리라 생각한다. 어머니는 우리의
식탁을 아름답게 만들고 집안에 따뜻한 햇살을 불러들이는 존재
이기 때문이다.

1867

1월의 어느 날 저녁, 대학생 조합에서 호에트 교수가 〈나비〉와 〈행복한 가족〉을 무대에 올렸다. 대학생 조합에서는 여태까지 내가 직접 낭독한 적은 있어도 내 작품을 다른 사람이 낭독한 적은 없었다. 그의 낭독은 성공적이었고 관객은 갈채를 아끼지 않았다. 호에트가 이 작품에 쏟은 세심한 연출 솜씨와 유머 덕분이었다.(여기에서 낭독은 일종의 구연 형식의 일인극으로 볼 수 있다. 따라서 단순한 낭독이 아니라, 일종의 연극 행위이다 - 옮긴이)

호에트는 대학 시절, 덴마크의 왕립극장 무대에 햄릿과 솔로몬으로 나섰다. 그리고 〈대리인〉에서는 토비 역을 맡았고 하이베르그의 희극 〈보이지 않는 것〉에서는 할리퀸으로 나섰다. 위에서 말한 두 편의 작품을 공연한 대학생 조합의 공식적인 만찬 석상에서 그는 나에게 고맙다는 인사를 하면서 이런 말을 했다. 자기가 처음 배우로 무대에 선 건 대학생 조합에서였으며, 그것도 내가 쓴 학생 희극이라고 했다. 그래서 여전히 대학생 조합의 회원인 내 작품 가운데 하나를 자기가 직접 무대에 올리고 싶었다고 했다.

오랜 기간 동안 대학생들이 공연해온 작품들의 관람권이 전시되었다. 그 가운데는 내가 쓴 희극 〈긴 다리〉도 있었다. 이 작품을 나중에 쓴 〈긴 다리 위에서〉와 혼동하지 마시길. 앞의 작품은, 코펜하겐에서 보낸 오랜 세월 동안의 여러 가지 일들과, 문학과 연극과 예술에 대해 일종의 환상 형식으로 쓴 것이다. 이건 프랑스의 환상 형식과 매우 비슷한데, 내 작품이 나온 이후로 프랑스에서 소개되기 시작했다. 하지만 내가 처음 그걸 쓸 때는 덴마크 문단에서는 그런 형식에 대해 아는 바가 전혀 없었다. 나 역시 아무것도 몰랐으니까. 처음 그건 갑자기 떠오른 생각이었다. 그 작품 속에 나는 내가 살아온 세월 동안 느낀 것과 내가 만난 사람들에 대한 인상들을 자유롭게 쏟아내었다.

호에트 교수는 나를 제외하고는 나의 '놀라운 이야기'를 대학생 조합에서 낭독한 최초의 사람이었다. 하지만 왕립극장과 카지노 극장 그리고 다른 사설 극장들에서 나의 '놀라운 이야기'를 낭독 형식으로 무대에 올려 공연했다. 맨 처음 이 시도를 한 사람은 누구나 좋아하는 배우 유르겐센 양이었다. 그녀의 연기력은 놀라울 정도였다. 욀렌슐레게르의 비극에서 비극적인 주인공 베라 왕비 역으로 관객을 슬픔과 눈물로 적셔놓고선, 그 다음 날 저녁에는 하이베르그의 희극에서 익살스러운 가정교사 트룸프마에르 역으로 무대에 올라 관객들의 배꼽을 잡게 만들었다. 덴마크 연극계에서 가장 훌륭한 희극 배우로 꼽을 수 있는, 우리시대의 프로테우스(그리스 신화에 나오는, 자유자재로 변신하는 능력을 지닌 인물 - 옮긴이)인 피스테르도 〈벌거벗은 임금님〉을 무대에서 낭독하고 연기했다. 그의 낭독 속에서 이 작품은 완벽한 극적인 구조를 갖추었다.

하콘 자르와 맥베스를 연기했던 배우 닐센 역시 개인적인 자리에서나 스웨덴과 노르웨이를 여행할 때 나의 '놀라운 이야기'를 자주 낭독하고 연기했다. 누구나 잘 아는 미카엘 비에도 〈그건 정말이야〉, 〈꼭대기〉, 〈바보 자크〉 등의 작품에 독특한 향기를 불어넣었다. 비에와 비슷하긴 하지만, 카지노 극장의 뛰어난 배우 크리스티안 슈미트도 어린아이 같은 순수한 감성을 내 이야기들에 불어넣었다. 최근에는 왕립극장의 배우 만치우스가 탁월한 재능을 발휘하여 '놀라운 이야기'들을 널리 알리고 있다. 철학자 라스무스 닐센 교수도 학생들과 함께 〈눈사람〉과 〈선한 사람이 하는 일은 늘 옳다〉를 낭독하면서 이 작품들의 철학적 의미를 탐구했다.

4월 2일, 내 방은 생일 선물로 받은 책과 그림과 꽃과 기쁨으로 가득 찼다. 멜키오르 가족의 집에서 나를 위한 작은 파티가 열렸다. 집 밖에서는 봄의 햇살이 따뜻하게 내리쬐었다. 내 마음도 따뜻한 봄이었다. 화살처럼 빠르게 지나가버린 세월들을 돌아보았다. 수도 없이 많은 행복한 일들이 있었지만 나는 늘 불안하고 두렵다. 사람들이 행복에 겨워하는 걸 질투한 신들이 사람들을 모두 죽여버렸다는 옛날이야기를 마음에 새겨야만 한다.

파리에서 박람회가 열렸다. 전 세계 사람들이 파리로 모여들었다. 파타 모르가나의 성이 마르스 벌판에 세워지고, 마르스 벌판은 아름다운 정원으로 꾸며졌다. 그곳에 가고 싶었다. 우리 시대의 동화를 눈으로 확인하고 싶었다. 4월 17일 기차를 타고 핀섬과 대공국과 독일을 지나 파리로 달려갔다.

박람회장은 계속 확장중이었다. 운하와 작은 동굴과 폭포를 갖춘 주변 건물들은 모두 바쁘게 단장되는 중이었고, 하루가 다르게 새로운 모습으로 변했다. 그 모든 게 내 영혼을 사로잡았다. 나는 날마다 박람회장을 찾았고 세계 각지에서 온 친구들과 지인들을 만났다. 마치 큰 회의가 열리는 것 같았다.

어느 날, 박람회장에 갔는데 우아하게 차려입은 부인이 흑인 남편과 함께 나타났다. 그녀는 스웨덴 어와 영어 그리고 독일어가 섞인 말로 내게 말을 걸어왔다. 그녀는 스웨덴에서 태어났지만 최근에는 외국에서 살았으며, 내 초상화를 본 적이 있어 내가 누군지 알았다고 했다. 그녀의 남편은 유명한 배우 아이라 알드리지였는데 오셀로 역을 맡아 공연중이라고 했다. 나는 그와 악수를 나누고 영어로 잠시 대화를 나누었다. 솔직히 고백하자면, 재능 있는 아프리카의 후손이 나를 친구로 인정해준다는 사실이 무척 기분 좋았다. 한때는 이런 내 감정을 감히 입 밖에 내지 못했다. 허영에 들떴다고 비난하는 사람들의 눈이 무서웠기 때문이다. 하지만 이건 허영이 아니다. 신이 내게 허락한 기쁨의 표현일 뿐이다. 이런 내 마음은 아무리 멀리 떨어져 있는 독자라 하더라도 이해하리라 믿는다.

어느 날, 박람회의 영국관에 있는 신사 한 명이 루브르 그랜드 호텔에서 식사를 함께 하자고 초대했다. 그 자리에서 나일 강의 발원지를 발견한 영국인 베이커를 만났다. 그 위험한 탐험에 동행해서 남편에게 신념과 용기와 불굴의 의지를 심어주었던 그의 아내도 함께 있었다. 영광스럽게도 베이커 부인과 함께 식사를 한 것이다.

덴마크의 왕실 출신인 그리스 국왕 게오르게가 파리에 와 있었다. 나는 그가 어린아이일 때부터 알고 있었다. 그는 내가 들

려주는 '놀라운 이야기'에 귀를 기울이며 좋아했었다. 그가 박
람회장에 온다고 했다. 그리스 관은 우연히도 덴마크 관 바로 옆
이었다. 그리스에서 한 발자국만 가면 덴마크였던 것이다. 그러
니 당연히 그리스 국기와 덴마크 국기가 나란히 걸려 있었다. 방
명록에 짧은 시를 썼는데, 이 시는 곧 커다란 천에 옮겨져 깃발
과 현수막 사이에서 나부꼈다.

덴마크 관에는 코펜하겐의 유명한 사람들을 찍은 사진과 석
고로 만든 흉상이 전시되어 있었는데, 덴마크 관을 찾은 사람들
은 왜 안데르센의 사진과 흉상은 없느냐고 문의를 했다. 하지만
이건 준비위원회의 잘못이 아니었다. 준비위원장인 볼프하겐이
말하길, 지금은 고인이 되고 만 위대한 건축가이자 골동품 애호
가인 톰센과 나의 대리석 흉상을 보내달라고 코펜하겐에 여러
번 요청을 했다고 한다. 한데 그가 요청한 대리석 흉상이 없다
는 회신이 날아왔고, 다시 석고 흉상을 보내달라고 했는데 파리
로 날아온 건 톰센의 흉상과 뵈른스테르네 뵈른손의 흉상이라
고 했다.

파리에 있는 덴마크 사람 가운데 로베르트 발이란 젊고 쾌활
한 사람이 있었다. 하지만 그는 어릴 때 힘든 시련을 겪고 그 시
련을 이겨냈는데, 그가 살아온 얘기를 듣고 나니 그가 더욱 친
근하게 느껴졌다. 그의 아버지는 유틀란트에 제법 많은 땅을 가
지고 있었고 넉넉한 살림으로 자식들에게 좋은 교육을 시켰다.
한데 갑자기 가세가 기울어 아버지가 죽자 자식들은 자기 힘으
로 운명을 개척해야만 했다. 어린 로베르트는 오르후스에 있는
어떤 상인에게 고용되어 회계실에서 일을 했다. 한데 오스트레

일리아의 멜버른에 가 있던 삼촌이 편지를 보내와 양자로 삼겠다고 그리로 오라고 했다. 로베르트는 편지를 받자마자 오스트레일리아로 향했고, 그곳에 무사히 도착했다. 한데 그가 도착하자마자 삼촌이 갑자기 모든 재산을 잃고 알거지가 되어버렸다. 그 역시 낯선 땅에서 알거지 신세를 면할 수가 없었다. 하지만 그는 용기를 잃지 않았다. 닥치는 대로 일을 해 돈을 모았고, 뱃삯이 모이자 지체없이 덴마크로 돌아왔다. 덴마크에 돌아온 뒤에 오스트레일리아의 풍물과 여행중에 본 것들을 신문의 문예란에 연재했다. 그에게선 지치지 않는 젊음과 참신한 열정이 마르지 않는 샘물처럼 솟아났다. 그의 앞날이 환한 햇살로 가득하길 빈다.

5월 26일은 국왕의 은혼식이 있는 날이었다. 그날 그 행사에 참석하고 싶었다. 덴마크로 돌아오기로 마음먹고, 돌아오는 길에 스위스의 르로클에 들르기로 했다. 파리를 떠나기 전에 덴마크 사람과 노르웨이 사람 그리고 스웨덴 사람으로 구성된 스칸디나비아 모임에서 나를 초대해 환송 행사를 베풀었다. 지난번 파리를 여행하고 떠날 때 뵈른손이 나를 위해 베풀었던 파티와 똑같은 것이었다. 북쪽 나라의 깃발을 내걸었고, 국왕 크리스티안과 카를의 초상화는 꽃으로 장식했다. 볼프하겐이 국왕의 축복을 빌었고 다함께 노래를 불렀다. 나는 '놀라운 이야기' 몇 편을 낭독했고 스칸디나비아의 시를 위해 건배를 외쳤다.

파리에서 뇌샤텔까지 기차로 하루면 가는 시대가 되었다. 해가 질 무렵 스위스 국경까지 갔다. 떡갈나무와 너도밤나무, 소나무로 뒤덮인 쥐라 산맥이 내 앞에 서 있었다. 끝없이 이어지는 터널이 계속되었다. 깎아지른 듯한 절벽이 이어지는 구간도 한두 군데가 아니었다. 까마득히 아래쪽에 집들이 보였다. 불빛이 깜박였고 별들은 하늘 높이 반짝였다. 어둠이 짙어갈 즈음에 뇌샤텔에 도착했고, 얼마 뒤에는 친구 루이 유르겐센이 있는 르로클에 도착했다.

너도밤나무가 새잎을 내밀고 서 있었다. 관목도 푸르렀다. 눈이 내려 관목은 하얀 왕관을 쓴 것 같았다. 날씨가 점점 더 추워져 여행을 할 수가 없었고, 축제일에 맞추어 코펜하겐으로 돌아갈 수 없을 것 같았다. 축시를 써서 왕세자 앞으로 편지와 함께 보냈다. 왕세자는 고맙게도 나의 소망과 진심이 담긴 축시를 자기 아버지인 국왕에게 전달했다. 유레스 유르겐센은 덴마크 국기를 게양했고, 우리는 유리잔 가득 넘치는 샴페인을 들어 국왕 크리스티안 9세의 은혼식을 축하했다.

며칠 뒤 르로클을 떠났고 얼마 뒤에 코펜하겐에 도착했다. 국왕의 은혼식 행사 때 많은 사람들이 국왕의 자비로운 은혜를 입었다. 나도 의원직을 받았다. 국왕 가족은 프레덴스보르그에 있었다. 러시아의 대공녀가 된 다그마르 공주도 부모를 만나러 거기 와 있었다. 나는 프레덴스보르그로 달려갔고, 국왕의 가족들로부터 따뜻한 환대를 받았다. 국왕은 저녁을 함께 먹자고 청했고, 그 자리에서 다그마르 공주와 대화를 나누었다. 그녀는 러시아 번역본으로 내 '놀라운 이야기'를 읽었다고 했다. 그 이야기들은 그전부터 덴마크 어로 잘 알고 있던 것이었다. 다음날까지 국왕 가족과 즐거운 시간을 보냈다.

더운 여름이었다. 뜨겁게 달구어진 코펜하겐 시내에 머문다는 건 결코 유쾌한 일이 아니었다. 멜키오르 부인의 집에 손님으로 머물면서 〈대부代父의 그림책〉을 썼다. 하지만 내 마음속에는 우리 시대의 놀랍고 멋진 동화인 파리 박람회의 인상을 '놀라운 이야기'로 쓰고 싶은 욕망이 떠나지 않았다. 어떤 식으로든 끝을 내야 했다. 그때 문득 1866년 봄 리스본으로 여행하던 길에 들렀던 파리의 기억이 떠올랐다. 나는 그때 왕립도서관 옆에 있는 호텔에 묵었는데, 거기에는 분수를 가운데 두고 작은 정원이 꾸며져 있었다. 한데 그때 커다란 나무 한 그루가 말라죽어 대지에서 뿌리 뽑힌 채 바닥에 누워 있었고, 곁에는 그 자리에 새로 심으려고 시골에서 가지고 온 커다랗고 싱싱한 나무가 마차에 실려 있었다. 그걸 보고 마음속으로 이렇게 외쳤다.

"가여운 나무야! 가여운 드리아드(그리스 신화에 나오는 나무와 숲의 요정 – 옮긴이)야! 너는 아름답고 공기 맑은 시골에 살다가 이제 매연과 먼지를 마시려고 여기에 왔구나! 그리고 장차 맞이할 너의 죽음까지 목격하는구나!"

그 나무들의 모습에는 시적인 요소가 있었다. 그게 홀슈타인보르그와 바스뇌스, 글로루프까지 나를 따라다녔다. 결국 그걸 쓰기 시작했다. 하지만 만족스럽지 않았다. 파리 박람회는 시작밖에 보지 못했고 박람회의 완전한 모습을 보려면 지금 파리로 달려가야 했다. 가고 싶었지만 여름 한철에 두 번이나 파리로 여행을 하기에는 내 주머니 사정이 넉넉하지 않았다. 어떤 식으로든 여행 경비를 마련해야 했다.

8월에 내가 홀슈타인보르그에 있을 때 프랑스의 기자 여러 명이 코펜하겐을 방문했다. 환영 행사가 성대하고 극진해 프랑스 기자들을 감동시켰다. 신문 기사를 통해서 이런 일들을 알았고 나 역시 코펜하겐으로 달려가 그 파티에 끼고 싶었지만, 모양새로 보나 뭘로 보나 적절하지 않았다.

마지막 방문단이 코펜하겐을 떠날 때 역으로 가서 지금 〈갈리아 인〉의 이사로 있는 에드바르 타르베와 〈오늘날의 덴마크: 한 여행자의 연구와 추억들〉의 저자인 빅토르 투르넬과 얘기를 나누었다. 빅토르 투르넬은 내 작품을 잘 알고 있었고, 나는 그에게 조만간 파리에서 다시 만날 수 있으면 좋겠다고 말했다. 내 소망대로 되었다. 파리 박람회가 끝나버리기 전에 어서 빨리 달려가서 완성된 박람회를 보고 싶은 충동을 억제할 수가 없었던 것이다. 그때가 〈드리아드〉를 막 끝낸 시점이었다.

9월 1일 코펜하겐을 떠났다. 박람회가 시작되었을 때 파리를 방문했던 로베르트 바트 역시 만개한 박람회를 보고 싶다고 해서 그와 동행했다. 천둥번개가 요란한 여행이었다. 코르쇠르에서 배를 탔다. 비와 어둠 속에서 배는 조금씩 나아갔다. 천둥번개는 밤새 계속되었고 새벽에 킬에 닿았다. 킬에서 기차를 타고 독일을 지나 프랑스로 달려갔다. 도중에 스트라스부르에서 휴식을 취하려고 기차에서 내렸다. 저녁이었다. 하지만 폭풍우 때문에 제대로 잠을 자지 못했다. 대성당이 폭풍 대왕과 그의 아내와 아이들의 방문을 받고 밤새 종들을 울려댔던 것이다. 하지만 어쨌거나 다시 프랑스 땅을 밟았다. 날아갈 듯이 기뻤다. 여행을 할 때마다 느끼는 사실이지만, 나는 다시 젊어졌다.

그날은 스트라스부르의 장날이었다. 몰려든 구경꾼 속에서 보르도에서 온 프란시스 미셸을 만났다. 그는 내가 포르투갈로 갈 때 바스크의 민속 설화를 수집해준 사람이다.

파리에 도착해, 파타 모르가나가 실제로 존재하는 현대의 알라딘 성으로 다시 한번 들어갔다. 그곳에는 남쪽 나라와 북쪽 나라의 온갖 꽃들을 다 모아놓은 정원이 있고, 깊은 바다나 호수 깊은 곳으로 내려보낸 수중 탐사용 기구가 놓여 있는 해양관도 있었다. 눈에 보이는 모든 게 신기하고 놀라웠다. 덴마크 신문을 볼 수 있는 카페에서 박람회를 묘사하는 기사를 읽었다. 이 눈부신 세상을 온전하게 그려낼 수 있는 사람은 찰스 디킨스 말고는 이 세상에 아무도 없을 거라는 내용이 있었다. 그건 사실이었다. 나 역시 처음부터 그걸 해보려고 마음을 먹었지만, 점차 자신이 없어졌다. 그리고 얼마 뒤, 파리를 떠나기도 전에 벌써 포기하고 말았다. 할 수 있었다고 믿었지만 그게 아니었다. 예전에는 파리가 편안하지 않았는데 박람회가 세상을 넓혀놓아 이제 기쁨의 도시 파리도 고향처럼 편안하게 느껴졌다.

천재적인 문예 칼럼니스트인 필라르-샤슬르가 망동에 있는 자기 집으로 초대했다. 아담한 정원이 있는 예쁜 시골 저택이었다. 여기에서 코펜하겐을 방문했던 프랑스 기자들 몇몇을 다시 만났다. 거기에는 생동하는 삶이 있었다. 나비가 여기저기 꽃을 날아다니듯 연설이 여기저기서 이어졌다.

코펜하겐을 방문한 기자들이 나를 포함한 덴마크 사람 몇을 저녁 식사에 초대했다. 〈상황〉의 편집자를 비롯한 언론계의 주요 인사들이 그 자리에 함께했다. 특히 〈갈리아 인〉의 책임자인 에드바르 타르베도 그 자리에 있었는데, 그는 기자로서의 능력뿐만 아니라 음악적 재능도 상당했다. 아마도 파리 최고의 작곡가 가운데 한 명으로 꼽히는 그의 어머니에게서 물려받은 게 아닌가 싶다. 그는 〈용감한 소년병〉과 덴마크 사람들이 좋아하는 〈로세 릴〉을 피아노로 연주했다. 이날 모임은 마치 덴마크에서의 모임 같았고 그래서 더욱 즐거웠다.

다음날 저녁 난생 처음으로 마비유의 홍등가에 갔다. 달빛이 부드럽게 내려앉는 작은 연못 위로 드리워진 버드나무 가지에 등불이 매달려 있었고, 수많은 사람들이 북적거렸다. 동행한 젊 은 친구 하나가 마비유의 미녀를 내게 흔들어 보이며 이렇게 물 었다.

"선생님은 이런 풍경을 시로 어떻게 표현하시겠습니까?"

나는 환하게 빛나는 달을 가리켰다.

"나는 변함없는 저게 더 좋다네."

"어머 선생님!"

미녀가 눈을 흘겼다. 나는 십오 분쯤 거기 머물렀다. 그리고 내가 보고 느낀 걸 〈드리아드〉를 수정할 때 집어넣었다.

파리를 떠날 시간이 다가왔다. 9월 말에 파리를 떠났다. 고향 으로 돌아오는 길에 바덴바덴에 있는 도박 마을에서 며칠을 보 냈다. 마비유는 그래도 활기가 있었다. 바덴바덴에는 좋은 볼거 리가 있었지만 어쩐지 불행하고 흉포하다는 느낌을 지울 수가 없었다. 커다랗고 조용한 홀에는 마치 눈에 보이지 않는 사탄이 돌아다니는 듯했다. 도박장에서 호텔로 돌아온 뒤 곧바로 그 느 낌을 짧은 시로 적었다.

도박장

불빛과 그림들이 손짓해 부른다
이렇게 속삭인다, "축제를 함께 합시다!"
화려한 홀에는 침묵이 흐르고
황금이 전하는 유혹의 속삭임뿐
열에 들뜬 호흡의 젊은 여자들
돈을 거네, 가진 걸 모두 털어넣네
그리고 들리는 웃음소리, 죽음의 웃음소리
"나는 너희들의 목숨을 원하노라!"
침묵 속의 화려함, 감추어진 탐욕
황금은 말이 없고 고동치는 맥박 소리뿐

도박장 주변에는 온천장과 마을이 있고 산이 있고 매력적인 숲이 있고 폐허가 된 커다란 성이 있었다. 기사의 방에는 커다란 나무들이 자랐다. 성의 발코니에 서니, 멀리 프랑스의 보주 산맥을 향해 라인 강이 굽이쳐 들어가는 게 보였다.

서둘러서 쉬지도 않고 덴마크로 돌아왔다. 오덴세까지 온 다음에 꼬박 하루 낮과 밤을 쉬었다. 덴마크의 국기가 집집마다 날렸고, 신병들이 도착하고 있었다. 승마학교에서는 이들을 위해 환영 행사를 준비했다. 나도 초대를 받았다. 식탁마다 음식을 풍성하게 차렸다. 마을에 있는 여자들과 아이들이 모두 나와 시중들 준비를 했다. 병사들이 왔다. 이들은 환호성을 지르고 노래를 부르고 연설을 했다. 옛날과 비교하면 얼마나 많이 좋아졌는지 모른다. 아주 오래전, 아이 적에 난 이곳 승마학교에서 병사가 태형을 당하는 걸 본 적이 있다. 그후로 많은 세월이 흘러 이제 내가 노인이 되어 다시 돌아와, 펄럭이는 덴마크 국기 아래에 앉은 우리의 수호천사들인 병사들을 바라보다니…. 우리 사는 시대에 축복이 있기를!

친구 몇몇이 나더러 일 년에 적어도 한 번은 오덴세에 와서 얼마 동안 머물다 가야 하지 않느냐고 했다. 자기가 태어난 고향인데 여행을 한답시고 번번이 차창 밖으로 바라보며 지나쳐버리기만 해서 되겠느냐고 했다. 친구들은 나를 위한 축제를 생각하고 있었다. 11월에 초대를 하겠다고 했다. 그들의 친절에 고맙다는 말을 하면서 이렇게 덧붙였다.

"1869년 9월 4일까지만 기다려주시게. 그날이 내가 오덴세를 떠나 코펜하겐으로 가던 50주년이 되는 날일세. 9월 6일 코펜하겐에 도착했는데, 그날은 내 인생에서 잊을 수 없는 날이긴 하지만 그날을 누가 생각이나 해주겠는가. 내가 오덴세를 떠난 지 50주년이 되는 날 오겠네."

그러자 친구들이 말했다.

"이 년이나 더 기다려야 하지 않은가. 좋은 일은 미루는 법이 아니네. 11월에 보세."

옛날, 어머니와 함께 찾아갔던 점쟁이는 오덴세가 나를 위해 불을 밝힐 것이라고 했는데, 그 예언이 맞았다. 11월 하순 코펜하겐에서 오덴세 평의회가 보낸 편지를 받았다.

오덴세 의회: 귀하를 귀하가 태어난 고향의 명예시민에 임명한다는 소식을 알려드리게 되어 영광입니다. 12월 6일 금요일

이곳 오덴세에서 귀하를 만나뵐 수 있기를 희망합니다. 그날 우리는 귀하에게 명예시민증을 전달해드리고자 합니다.

나는 답장을 보냈다.

　보내주신 서신 지난밤에 잘 받아서 읽고, 이렇게 편지를 드립니다. 내가 태어난 고향에 계신 여러분들이 내가 감히 상상도 하지 못했던 상을 주신다는 말씀에 뭐라고 감사의 말씀을 드려야 할지 모르겠습니다.

　가난한 소년이던 내가 고향을 떠난 지 올해로 마흔여덟 해가 지났습니다. 이제 아버지가 가출한 자식을 받아들이듯 고향 오덴세가 저를 받아준다고 하니, 여태까지의 그 어떤 행복보다 더 큰 행복을 느낍니다. 이런 심정을 이해해주시리라 믿습니다. 결코 허영이 아닙니다. 신이 내리신 수많은 시련의 시간들에 감사하며, 또 신이 내게 허락하신 축복의 나날들에 감사하는 마음뿐입니다. 그리고 아버지의 땅 오덴세의 여러분들에게 감사합니다.

　즐거운 마음으로 말씀하신 12월 6일을 기다리겠습니다. 그리고 신이 내게서 건강을 빼앗지 않으시면, 그날 오덴세에서 사랑하는 사람들을 만나뵙겠습니다.

감사하는 마음으로,
H. C. 안데르센.

12월 4일 오덴세로 갔다. 날씨는 춥고 바람이 많이 불었다. 감기에 걸렸고 치통도 심했다. 우중충했던 날이 곧 개고, 바람도 그쳤다. 엥겔스토프트 주교가 역으로 마중나와 오덴세 강 옆에 있는 자기 집으로 데리고 갔다. 이 집에 대해서는 〈종의 움푹 들어간 곳〉에서 자세하게 묘사했다. 도시의 관리들이 저녁 모임에 초대해 유쾌한 시간을 보냈다.

그리고 내 인생의 가장 아름다운 축제일인 12월 6일이 다가왔다. 흥분으로 간밤에 한숨도 자지 못했다. 가슴에 통증이 심했고 치통도 참을 수 없을 정도였다. 마치, 아무리 하늘을 날 듯한 영광을 안는다 하더라도 언젠가는 죽을 운명의 덧없는 인생을 살고 있다는 사실을 일깨우는 듯했다. 그 고통은 육체에서 비롯된 것뿐만 아니라 영혼에서 비롯된 것이기도 했다. 몸과 마음이 다 짓눌리는 듯한 통증에 시달렸다. 믿을 수 없는 내 행운을 즐긴다는 게 도대체 무슨 의미가 있을까, 나는 고통으로 내내 떨어야 했다.

12월 6일 아침, 온 도시가 아름답게 장식되었다. 학교도 휴일이었다. 벌거벗긴 채 신 앞에 던져지는 것 같았다. 내 안에 있는 모든 사악한 것, 모든 결점들과 사려 깊지 못한 생각과 말과 행동이 모두 까발려지는 느낌이 들었다. 마치 심판의 날처럼 내가 저지른 모든 잘못이 생생하게 떠올랐다. 사람들이 기쁨 속에 내게 경의를 표하는 바로 그 순간에, 내가 나 자신을 얼마나 보잘것없는 존재로 생각했는지 신은 모두 알고 있다.

오전에 경찰국장 코흐와 시장 모리에르가 와서 나를 길드 회관으로 데려갔다. 명예시민증을 받기로 예정된 곳이었다. 우리가 마차를 타고 지나가는 길가의 모든 집들은 우리의 국기 단네브로그를 걸어놓았다. 시내에서뿐만 아니라 시골에서도 수많은 사람들이 몰려왔다. 사람들이 환호성을 질렀다. 길드 회관 앞에 가니 노랫소리가 들렸다. 시민합창대였고, 내가 가사를 쓴 〈구

레〉와 〈나는 그대를 사랑한다, 나의 조국 덴마크여!〉였다. 감격
스러웠다.

강당은 잘 차려입은 부인들과 제복에 훈장을 단 관리들, 시민
들과 농민들이 자리를 가득 채우고 있었다.

〈핀 신문〉에 실린 기사는 이날의 풍경을 다음과 같이 묘사했다.

아침 열 시에 시인 H. C. 안데르센이 길드 회관에 나타났다.
오덴세 의회가 명예시민증을 주려고 그를 부른 것이다. 시인은
지난밤, 오덴세에 올 때면 늘 묵었던 주교의 집에서 잠을 자고,
아침에 주교와 경찰국장의 인도를 받아 회관에 도착했다. 경찰
병력이 길드 회관 앞에 배치되었고, 〈덴마크에 나는 태어났네〉
가 연주되었다.

수많은 깃발과 꽃, 그리고 안데르센의 흉상으로 장식된 강당
안으로 안데르센이 시장과 함께 들어오자 의원들이 그를 맞았
다. 강당 안에 있던 숙녀들도 모두 자리에서 일어났다. 시장인
모리에르가 평의회를 대표해서 그간의 준비 과정을 설명했다.
그리고 평화로운 시기뿐만 아니라 전쟁의 포성이 요란하던 시기
에도, 오덴세의 시민뿐만 아니라 덴마크의 모든 사람들에게 기
쁨과 용기와 힘을 주었으며, 멀리 다른 나라에까지 덴마크의 이
름과 명예를 떨친 시인의 업적을 높이 기려 명예시민증을 수여
한다고 했다.

그리고 또 시장은, 앞으로도 더 많은 작품을 써서 덴마크 문학
을 살찌울 수 있게끔 시인에게 힘을 달라는 기도와 함께 명예시
민증을 수여했다. 강당에 꽉 들어찬 시민들은 만세삼창으로 시
장의 바람과 한마음임을 보여주었다. 이에 대해 시인은 다음과

같은 요지의 연설로 답했다.

"내가 태어난 오덴세가 내게 베푼 영광에 감격하며 또한 무한하게 자랑스럽습니다. 대시인 욀렌슐레게르의 시에 나오는 알라딘이 생각납니다. 알라딘은 마술 램프로 커다란 성을 지은 다음 그 성의 창가에 서서 아래를 내려다보며 이렇게 말했습니다. '저 아래에서 나는 가난한 소년으로 걸어다녔지.' 그렇습니다. 신은 저에게 알라딘의 마술 램프를 허락하셨습니다. 나에게 그 마술 램프는 시였습니다. 내 시가 밝히는 빛이 이웃 나라들에까지 아름답게 빛나고, 사람들이 내 시를 칭찬하며 '이건 덴마크에서 날아온 빛이야'라고 말할 때, 내 심장은 행복으로 고동쳤습니다. 조국 덴마크에서 내 이웃과 친구들에게 무한한 애정과 사랑을 느꼈습니다. 내 요람의 땅 오덴세는 말할 것도 없겠지요. 이게 내가 쓴 시였고, 이 시가 이제 저에게 너무나 큰 기쁨을 내려주었습니다. 감격에 목이 메어 진심으로 감사하다는 말씀밖에 드릴 수가 없습니다."

내 앞에 펼쳐진 감격스러운 장면에 거의 정신을 잃을 지경이었다. 주교의 집으로 돌아오는 길에서야 비로소 정신이 들었고, 인사를 보내는 사람들의 얼굴이 제대로 보였다. 군중이 보내는 축하인사를 들었고 나부끼는 깃발을 보았다. 하지만 마음속에서는 이런 소리가 들렸다. 이런 광경을 놓고 오덴세 바깥에 있는 사람들은 무어라고 할까? 신문은 이 일을 어떻게 보도할까? 내게 가해지는 어떤 비난과 모욕도 참아낼 수 있을 것 같았다. 하지만 내게 경의를 표하는 오덴세와 오덴세 시민들에게 어떤 부당한 비난이 가해진다면 참고 있지 않을 것이다, 그런 생각을 했다.

하지만, 지금 와서 솔직히 고백하자면, 크고 작은 모든 신문들이 내가 태어난 고향에서 나를 위해 베풀어준 축제를 호의적으로 보도했고, 그 기사들을 읽으면서 나 또한 무척 기뻤다. 길드 회관에서 주교의 집으로 돌아오자마자 코펜하겐의 유력한 신문이 발표한 소식을 들었다. 내게 축하 인사를 보내고 오덴세 시민의 행동을 찬양하는 내용이었다. 마음이 한결 놓였다. 덕분에 그날 오후와 밤까지 이어진 축하 모임에도 평온한 마음으로 참석할 수 있었다. 12월 6일자 〈다그블라데트〉는 이렇게 적고 있다.

> 의원 H. C. 안데르센은 오늘 특별한 기쁨을 누렸다. 자기가 태어난 고향 오덴세에서 명예시민증을 받았기 때문이다. 덴마크에서는 이례적인 일이지만, 오덴세는 충분히 가치 있는 일을 했다. 명예시민증을 받은 안데르센은 가난한 구두 수선공의 아들로 태어나 어린 나이에 고향을 떠난 뒤, 혼자 힘으로 온갖 어려움을 극복하고 좁은 덴마크 땅을 넘어 멀리 외국의 여러 나라들에까지 이름을 떨쳐 조국과 고향의 명예를 드높였기 때문이다. 오덴세에서 오늘 있었던 행사를 관심 있게 지켜본 많은 사람들은, H. C. 안데르센이 오덴세 시민과 우리 모두를 위해 이루어낸 것들에 깊이 감사하며 축하 인사를 보낼 것이다. 그리고 이들은 또, 앞으로 이어질 그의 〈내 인생 이야기〉에서 좋은 자리를 차지할 것이다.

아침보다 훨씬 홀가분함을 느끼며 위원회의 초대를 받아 다시 길드 회관으로 달려갔다. 그제서야 강당을 아름답게 장식한 것들이 제대로 보였다. 악대는 내가 가사를 쓴 노래를 연주했다.

핀 섬의 〈카운티 타임스〉는 다음 날짜 신문에서 축하 파티 장면을 정확하고 자세하게 기록했다. 다음이 그 내용이다.

아름답게 장식된 길드 회관의 연단 한가운데 어제 행사의 주인공 흉상이 자리잡고 있었고, 그 주변으로는 메달 초상화들이 걸려 있었다. 거기에는 이런 문구들이 씌어 있었다. '4월 2일'(시인의 생일), '1819년 9월 4일'(오덴세를 떠난 날), '1867년 12월'. 오후 네 시에 회관은 다양한 계층의 사람들로, 수용할 수 있는 최대 인원(약 250명)으로 가득 찼다. 모리에르 시장이 먼저 국왕을 위한 건배를 외쳤다. 이는 모든 축제와 파티에서는 늘 맨 먼저 국왕을 위해 건배하는 훌륭한 풍습이 덴마크에 있다는 사실을 널리 알리기에 충분했다. 이어서 다음과 같은 노래가 이어졌다.

아기새가 기다리는 둥지로 돌아가려
하늘을 날아 힘차게 날갯짓 하는 백조처럼
그렇게 날고 싶어, 회색 옷의 가여운 작은 새
동정 없는 친구들은 거들떠보지도 않았네

언제나 혼자 숨어서 꿈을 꾸는 곳
덤불 속 아무도 보지 못하지
새들 가운데 낯선 녀석 하나, 슬퍼하네
한숨을 쉬네, 친구들이 그런 것처럼

그들은 혈통을 알지 못하고, 상관도 않는다네

언젠가 꿈이 이루어질지 모르는데
머지않아 하늘이 날개를 달아주리라
눈부신 노래 속에 백조는 날아가리라

넓고 넓은 땅을 날아야 한다네 언제까지고
날아갈 수 있는 곳보다 더 먼 곳까지
세상의 모든 이가 그 이름을 알리라
그리고 영광은 고향 땅에 울려 퍼지네

모든 이의 가슴 깊이 음악 소리 흐르네
시민의 가슴에서 농부의 가슴으로
기억 속에 늘 가깝기만 하던 그 시절
작고 초라하던 회색 옷의 그 시절

고맙다네, 마법을 노래하는 가수여
그대 어린 시절 둥지를 잊지 않았구나
자랑스러운 고향의 아들, 고맙고 기쁘구나
소리 높여 부르는 감사의 노래, 받으시오

법원장인 페테르센 씨는 이렇게 말했다.

"약 오십 년 전에 가난한 소년이 고향 땅을 떠나 삶의 투쟁을 시작했습니다. 소년은 조용히 떠났고 그 누구도 소년이 떠난 줄 몰랐습니다. 소년의 어머니와 할머니가 소년을 배웅했습니다. 하지만 두 여자의 소망과 기도는 소년이 긴 인생을 여행하는 동안 늘 함께 있었습니다. 소년의 맨 처음 목표는 덴마크의 수도인 코펜하겐에 가는 것이었습니다. 거기에서 인생의 위대한 성취를 이루고자 했습니다. 코펜하겐이라는 커다란 도시에 소년이 아는 사람은 아무도 없었습니다. 친구도 없었고 친척도 없었습니다. 하지만 소년은 투쟁했습니다. 두 개의 강력한 존재가 그를 도왔습니다. 하나는 신이었습니다. 간절히 원하면 신의 도움이 있으리라 그는 굳게 믿었습니다. 그가 믿었던 또 하나의 존재는 자기 자신이었습니다. 그는 자신의 힘을 믿었습니다. 투쟁은 힘들었습니다. 끝없는 고통에 시달리고 궁핍에 쫓겼습니다. 하지만 불굴의 의지로 앞으로 나아갔습니다. 그의 투쟁과 궁핍한 삶은 놀라운 상상력이라는 열매를 맺었습니다. 소년은 어른이 되었고 지금 우리들 가운데 서 있습니다. 그의 이름은 이제 모든 사람의 입에 오르내리게 되었습니다. 그는 투쟁에서 이겼고 성공했습니다. 그는 국왕들과 왕자들로부터 인정과 존경을 받는 사람이 되었습니다. 하지만 무엇보다 중요한 건 시민들이 그를 사랑한다는 사실입니다. 그랬기에 오덴세 의회에서 그를 명예시민으로 추대한 것입니다. 모든 사람을 대신해서 저는 시인이 세상에 내놓은 작품들과 조국 덴마크를 위해 했던 모든 고귀한 일들에 대해 진심으로 감사하다는 말을 하고 싶습니다. 그는 오랜 시간 덴마크를 떠나 외국을 다녔지만 한 번도 덴마크를 잊은 적이 없었습니다. 그의 요람이었던 오덴세를 잊지 않았고, 덴마크 사람이란 걸 잊지 않았습니다. 그랬기에 우리의 명예시민, 시인 한스 크리스티안 안데르센에게 마음에서 우러나오는 축하와 존경의 인사를 드립니다."

(우레와 같은 박수)

H. C. 안데르센은 깊은 감동을 받았고 감사하다고 했다. 그는

어린 시절의 추억이 있는 이 오덴세로 기꺼이 돌아왔다. 이 길드 회관에 얽힌 추억에 대해서 그는 특히 다음 세 가지를 언급했다. 하나는 이 회관에 밀랍 인형 전시회가 열렸을 때다. 소년이었던 그는 국왕들과 왕자들 그리고 세계의 유명인사들을 보고 깜짝 놀랐다고 한다. 그 다음은 이 강당에서 축제가 벌어졌는데 늙은 연주자가 그를 데리고 와서 축제를 보여주었다. 그날은 국왕의 생일이었는데 환하게 밝혀진 강당의 오케스트라 석에서 춤을 추는 사람들을 바라보던 때가 생생하게 기억난다고 했다. 마지막으로는, 그가 주인공으로 초대 받은 이날 오전에 있었던 행사라고 했다. 이 모든 것들은 마치 동화 속의 놀라운 이야기처럼 그에게 일어났다. 하지만 그는 이렇게 말했다. 인생이 바로 가장 아름다운 동화라고….

시인의 답례가 끝난 뒤에 〈덴마크에 나는 태어났네〉가 사중창으로 강당 안에 울려 퍼졌다. 이어서 주교 엥겔스토프트가 말했다.

"이 노래 속에 있는 시인의 아름다운 가사를 음미하니, 이 자리에 모인 우리들 마음속에 있는 생각들이 스스로 밖으로 나와 하나의 정신으로 연결되는 걸 느낍니다. 그의 노래는 우리의 정신을 하나로 엮어줍니다. 지나간 모든 역사를 돌이켜볼 때 분명히 알 수 있는 건, 개인이든 사회든 삶을 풍성하게 해주는 생명의 원천은 정신이라는 사실입니다. 덴마크라는 이름을 세상에 떨치고 명예를 드높이는 건 바로 이 정신이었습니다. 티코 브라헤와 올레 뢰메르에서 H. C. 외르스테드까지, 그리고 홀베르크에서 우리 시대의 위대한 시인 H. C. 안데르센에 이르는 모든 사람들이 이런 고귀한 정신의 주인공들이었습니다. 이런 정신이 있었기에 우리 덴마크가 가혹한 운명을 이겨내고 침략에 맞서 굳건히 싸웠으며, 폭력으로 강탈당한 우리의 영토를 되찾을 수 있었던 것입니다. 이런 숭고한 정신의 경연이 있었기에 우리 덴마크가 있고 덴마크의 명예가 있는 것입니다. 또한 미래에 우리 머리 위에 내릴 축복을 확신합니다. 우리 과거의 위대한 정신들을 감사하는 마음으로 잊지 않고 기억합시다. 그리고 우리 조국의 아들들이 힘을 내어 떨쳐 일어나 덴마크의 위대한 정신을 더욱 강하게 이어가길 기도합시다. 행운의 여신과 축복은 늘 우리 덴마크와 함께할 것입니다!"

코이트 의원이 H. C. 안데르센의 아내를 위해 축배를 들자고 제안했다. 사람들의 눈이 휘둥그레졌다. 그가 결혼을 하지 않았다는 사실을 다들 잘 알고 있었기 때문이었다. 하지만 그에게는 아내가 있었다. 그의 아내가 어떤 사람이냐는 질문에 어떻게 대답할 수 있을까? 먼저, 그의 아내는 그의 시에서만 존재할 뿐이라는 대답이 있을 수 있다. 옳은 말이다. 하지만 이런 대답도 가능하다. 그의 아내는 수만 아니 수십만 명의 여성 가운데 어떤 사람도 될 수 있다고. 우리의 모든 남편들은 모두 자기 아내가 훌륭한 사람이라고 생각할 것이다. 맞는 말이다. 왜냐하면 아내들은 안데르센이 얘기한 것처럼 '선한 사람이 하는 일은 늘 옳다'고 말하고 그렇게 실천하기 때문이다. 그가 쓴 이야기에서처럼, 우리가 비싼 말을 썩은 사과와 바꾸고 집에 돌아와도 어머니는 바보라고 욕하거나 야단치지 않는다. 우리의 아내이자 어머니는 현명하고 언제나 사물의 좋은 측면만을 바라본다. 안데르센의 아내를 위해 축배를 들었다. 우리가 사는 세상을 천국으로 만들었으며 나날이 늘 새롭게 아름다워지는 그녀를 위해, 축배!

H. C. 안데르센은 축배에 답례를 하고, 잔을 꽃으로 장식하던 옛 풍습을 따라, 참석한 모든 여성들의 이름을 하나씩 자기 책에 적고 꽃으로 장식한 다음 나누어주었다.

반펠 대령은 이렇게 말했다.

"앞에서 말씀하신 것처럼, 지금 이곳에 수많은 여성들이 아름다운 장미 화환처럼 존경하는 시인을 에워쌌다는 건 틀림없는 사실입니다. 하지만 여기에는 어린이들도 많이 있기에 어린이 얘기도 해야 한다고 생각합니다. 우리 군인들은 어린이들을 매우 소중하게 여깁니다. 어린이들 역시 우리를 굉장히 존경합니다. 병영에 있을 때 특히 이런 걸 느낍니다. 하지만 우리는 안데르센의 어린이들을 가장 사랑합니다. 그들은 늘 우리가 옳은 길로 가도록 가르칩니다. 우리가 두려워서 감히 전진하지 못할 때 안데르센은 이렇게 노래했습니다. '나는 머물 수가 없네. 나는 쉴 수가 없네. 나는 전쟁터로 나가야 한다네.' 그는 우리를 방문했고, 북쪽 나라의 친구들을 방문했습니다. 그는 이렇게 노래했던 것입니다. '우리는 하나라네, 스칸디나비아의 이름으로.' 안데르센은 우리가 무엇을 위해 싸워야 하는지 가르쳐주었습니다. 그렇습니다. 그는 우리와 늘 함께하는 친구입니다. 그가 보낸 크리스마스 인사를 받을 때 얼마나 기쁜지 모릅니다. 아이들이 장난감 병정들이 들어 있는 선물 꾸러미를 열며 기뻐하는 것처럼, 우리는 그의 책을 받아들고 두근거리는 마음으로 첫 장을 넘깁니다. 그러면 거기에는 늘 새로운 '장난감 병정들'이 가득 들어 있습니다. 아기를 출산한 산모에게 축하 인사를 하듯 우리는 늘 크리스마스만 되면 기쁜 인사를 나눕니다. 이미 태어난 어린이들을 위하여, 그리고 앞으로 태어날 어린이들을 위해서 건배합시다!"

교장 선생인 뮐러가 안데르센의 동화의 열렬한 독자인 동시에 아이들을 대표하는 입장에서 한마디 하겠다며 일어섰다. 그는 자기 학교의 천육백 명 어린이들에게 시인 역시 그들과 똑같은 의자에 앉아서 공부를 했고 성공했으니 시인의 길을 따라가라고 했다는 일화를 먼저 소개했다. 시인은 신념을 가진다는 게 어떤 것인지 우리에게 보여주었고, 또 자연과 사람들 속의 정신이 어떤 건지 우리에게 가르쳐주었다며, 어린이들을 대신해 시인에게 감사 인사를 했다. 아울러 오늘날의 세상은 물질이 판을 치고 미래가 암담해 보이지만, 그럼에도 '엄지공주'와 '인어공주'와 '아그네테'를 얘기하고 이들을 통해 우리의 귀가 자연이 들려주는 음악 소리를 들을 수 있게 해주는 사람이 있다는 사실이 행복하다고 했다. 안데르센은 일생을 통해 엄격했던 사람이라며 잘난 체하는 사람을 꾸짖고 어리석은 짓과 허영에 매질을 아끼지 않았으며(이 부분은 발언자가 안데르센의 동화를 인용해서 설명했다), 가난 속에도 고귀함이 깃들일 수 있음을 깨우쳐줌으로써, 어린이들에게 가장 아름다운 선물을 했다며 고마워했다.

법원장 페테르센은 안데르센을 위해 시를 한 편 낭송한 뒤, 자기를 시인과 함께 학교를 다녔던 친구라고 소개하고 변함없는 우정을 보여준 데 감사하다는 말과 함께 다시 한번 시인을 위해 건배하자고 제안했다.

스비체르 목사는, 오덴세에서 태어난 안데르센이 오덴세 바깥으로 나갔다 다시 돌아와 오덴세 사람들과 옛날보다 더 튼튼한 끈으로 연결되었다는 사실, 그리고 그가 오덴세의 명예시민이 되었다는 사실과 오덴세가 이런 결정을 하고 이 모든 과정을 축제로 승화시킴으로써 우리가 선한 것과 아름다운 걸 소중하게 여긴다는 걸 모든 덴마크 사람들에게 알렸다는 사실은 오덴세의 자랑이자 영광이라고 했다. 오덴세의 시민이라는 사실이 자랑스럽다고 했다. 오덴세는 앞으로 전진하고 있으며 미래에도 계속 그러하길 바란다며 오덴세 시민 만세를 외쳤다.

그러자 안데르센은 콜린과 H. C. 외르스테드 두 사람의 이름을 거명하며 이 두 사람이 있었기에 현재의 자신이 있을 수 있었다는 말과 함께, 이날의 기쁨을 있게 해준 모든 사람들의 이름을 일일이 거명하며 감사의 뜻을 전했다. 그리고 오덴세 의회와 물질적인 것뿐만 아니라 선함과 아름다움을 모두 활짝 꽃피운 오덴세 시민들에게 다시 한번 고맙다고 했다. 그리고 마지막으로 오덴세 만세를 외치는 걸로 감사 인사를 요약했다.

축하 의식이 끝나자 곧바로 젊은 사람들이 모여들기 시작했다. 무도회가 시작되기 전에 어린이들이 나와 시인 H. C. 안데르센을 위한 환영 노래를 불렀다.

> 꼬부라져 돌아가는 길모퉁이
> 작은 집 하나 서 있네
> 사람들은 말한다네
> 황새가 안데르센을 데리고 왔다고

잘했어, 우리 안데르센이 왔다네
기쁨과 아름다움을 주러 왔다네
아기 주위에 온갖 꿈들이 모여들고
요람도 기뻐 춤을 추었다네

강가에 앉아 있는 소년 하나
인어를 바라보는 줄 아무도 몰랐지
이끼 낀 둑길을 걸어갈 때면
딱총나무 어머니가 말을 걸지
세찬 바람 속 크리스마스가 다가오면
소년은 눈의 여왕을 본다네
그의 눈과 가슴을 적신 아름다움은
우리의 눈과 가슴에도 내려앉는다네

함께했던 시간들 모두 고마워라
그가 함께 하는 자리 언제나 즐거워라
등불은 밝게 타오르고 어머니는 바느질
아버지는 우리의 동화를 읽는다네
왕자와 공주가 우리 안에서 꿈을 꾸고
왕과 왕비가 어리석음을 깨우쳐준다네
요정이 춤을 추고 트롤*이 고함을 지른다네
장난감 병정들이 씩씩하게 어깨 총!

당신의 발은 요정의 신발을 신었지요
요정의 신발은 국왕의 집들을 드나들었지요
아이들은 모두 당신의 이름을 알고 있지요
투크와 아이다가 어디를 가더라도 다 알지요

당신은 어린이의 시 어린이의 친구
우리 어린이의 감사 인사를 받아주세요
어린이는 당신의 큰 손을 잡을 수가 없어요
여기 서서 노래를 바치니 들어주세요

* 북유럽의 신. 지하나 동굴에 사는 초자연적 괴물로, 거인이나 난쟁이
  로 묘사된다.

저녁에 H. C. 안데르센은 참석한 사람들에게 동화 두 편을 낭
독해 커다란 기쁨을 주었다. 무도회가 이어지던 중간에 국왕 폐
하의 축전이 도착했고, 사람들은 끝없는 박수로 축하했다.

시내의 모든 회사와 조합이 자기들의 깃발을 들고 참석했고
횃불이 백오십 개나 되는 거대한 횃불 행렬이 저녁 여덟 시경 길
드 회관 앞에 도착했다. 그들은 기술자 연합의 이름으로 H. C.
안데르센이 오덴세의 명예시민이 된 걸 축하했다. 그들은 또 시
인이 덴마크의 후손과 덴마크의 명예를 위해 앞으로도 더 많은
작품을 써주길 희망했다. 시인은 자신에게 베풀어준 영광에 감
사한다는 인사를 모든 사람에게 전해달라고 기술자 연합의 대표
단에게 말했다. 시인은, 언젠가 오덴세가 자기를 위해 불을 밝힐
것이라고 어릴 때 점쟁이가 예언했다는 사실을 얘기하며 광장을
가득 메운 사람들과 횃불을 둘러보았다. 그 점쟁이의 예언은 맞
아떨어졌다. 노동자들은 자기들의 소망대로 시인에게 노래를 들
려주었다.

노래가 끝난 뒤에 시인을 위한 축복의 노래를 합창했고 만세
가 이어졌다. 그러자 H. C. 안데르센은 열린 창문으로 모습을 드

러내 이날 밤은 자기 인생에서 가장 고귀한 추억으로 남을 거라는 말로 노동자들에게 감사의 뜻을 전했다. 마지막으로 횃불은 포도 위에 한꺼번에 쌓여 커다란 불더미를 이루었고, 행렬은 해산했다.

축제가 이어지는 동안 여러 통의 축전이 안데르센 앞으로 날아왔다. 그 가운데 몇 개를 소개하면 다음과 같다.

- 국왕 폐하: "선생의 고향 시민들이 오늘 선생에게 보여준 경의에 대해 나와 내 가족도 진심으로 축하합니다. 크리스티안 렉스."
- 대학생 조합 졸업생: "대학생 조합이 시인 H. C. 안데르센 선생에게 지난 일에 대한 감사와 미래에 대한 소망을 함께 묶어 오늘의 경사를 축하드립니다."
- 슬라겔세 노동자 조합: "슬라겔세의 노동자 조합은 오늘밤 슬라겔세 라틴 어 학교를 졸업한 위대한 시인에게 경의를 바치는 집회를 가진 뒤, 진심에서 우러나오는 축하 인사를 보냅니다."

이렇듯 나를 위한 축제는 아름다웠고 전국적이었다. 이 모습을 바라보는 내 심정은 단지 기쁘지만은 않았다. 마땅히 내가 즐겨야 할 그 모든 기쁨의 순간들을 지나면서도 내 마음 깊은 곳에서는 불안이 고개를 내밀었다. 사람들이 과연 진심으로 내게 그토록 크고 많은 영광과 찬사를 베풀까? 이런 생각이 축제가 이어지는 동안 내내 머리를 떠나지 않았고, 마침내 화려한 기쁨에 어두운 그림자를 드리웠다. 그때 대학생 조합에서 축전이 도착했고, 마음은 한결 가벼워졌다. 그들이 나를 시기하지 않고 나와 함께 기쁨을 나눈다는 걸 알았기 때문이다. 그 다음에 코펜하겐에 있는 청년들의 사적인 모임에서 보낸 축전이 도착했고, 또 슬라겔세의 조합에서 보낸 축전이 도착했다. 그리고 얼마 뒤에 오르후스의 친구들과 스테게의 친구들이 축전을 보냈다. 연이어 축전이 날아들었다. 거의 십 분마다 한 통씩이었다. 이 가운데 하나를 코호가 큰 소리로 읽었다. 국왕 폐하와 가족이 보낸 축전이었다. 사람들은 박수로 환영했다. 내 영혼에 드리웠던 검은 그림자와 먹구름이 사라졌다. 어린이들이 마련한 축하 행사가 시작되었다. 회관 가운데 나를 위한 안락의자가 마련되었고, 경쾌하게 차려입은 어린이들이 둘씩 짝을 지어 나와선 나를 가운데 두고 원을 그리며 춤을 추고 노래를 불렀다. 얼마나 행복했는지 모른다. 천상에 사는 사람도 나보다 더 행복하진 않았을 것이다. 하지만 그럼에도, 나는 언젠가는 덧없는 삶을 접고 이 세상을 떠나야 할 가여운 인간일 뿐이라는 사실을 뼈저리게 느껴야 했다. 치통이 무시무시한 통증으로 나를 괴롭혔기 때문이다. 열기와 흥분이 더할수록 치통은 더욱 심해졌다. 하지만 어린이들을 위해서 '놀라운 이야기'를 읽었다. 그때 오덴세의 기술자 조합의 대표단이 찾아왔다. 기술자 조합 사람들이 횃불을 흔들고 거리를 행진해 길드 회관 앞까지 온 것이었다.

소년이던 내가 오덴세를 떠날 때 점쟁이가 했던 예언, 즉 오덴세가 나를 위해 불을 밝힐 것이란 예언이 적중했다. 열린 창으로 몸을 내밀었다. 수많은 횃불이 일렁였고 광장은 사람들로 가득 찼다. 그들은 나를 위해 노래를 불렀고, 감동의 물결이 내 영혼까지 압도했다. 하지만 육체적으로 기진해, 인생의 정상에 선 그 기쁨을 제대로 만끽할 수가 없었다. 치통은 참을 수 없을 정도였다. 창문으로 찬 공기가 들이치자 통증은 머리를 후벼파는 듯 날카로워졌다. 두 번 다시 오지 않을 이 기쁜 순간들을 즐기기는커녕, 앞으로 부를 노래와 시들의 제목을 바라보며 얼마나 더 기다려야 찬 공기가 가하는 참을 수 없는 그 고통에서 자유로이 놓여날 수 있을까, 그 생각만 했다. 고통의 절정이었다. 드디어 순서가 모두 끝나고 한데 모은 횃불의 불길이 사그러들자 통증도 가라앉았다. 신에게 얼마나 감사를 드렸는지 모른다. 모든 사람들이 부드러운 눈빛으로 나를 바라보았다. 내게 말을 걸고 싶어 했고 내 손을 잡고 싶어 했다. 녹초가 되어 주교의 집으로 돌아와 잠자리에 들었다. 하지만 흥분과 고통으로 새벽까지 잠을 이루지 못했다.

국왕 폐하에게 고맙다는 편지를 썼다. 대학생 조합에도 편지를 쓰고 노동자 조합에도 편지를 썼다. 그리고 또 많은 사람들의 방문을 받았다. 그 가운데 특히 언급하고 싶은 사람이 있는데, 어린 시절에 아주 짧은 기간 동안이긴 하지만 우리 부모와 함께 살았던 늙은 미망인이었다. 그녀는 나를 보고 기뻐서 눈물을 흘렸다. 그녀는 길드 회관의 광장에서 횃불 행진을 지켜보았고 군중이 해산할 때까지 거기 서 있었다며, 국왕 폐하 부부가 왔을 때만큼 대단했다고 했다. 그리곤 나의 부모와 어릴 때의 나를 회상했다. 그때 이야기를 하면서 그녀는 가난하고 보잘것없던 소년이 왕처럼 고귀하게 되어 돌아왔다며 옆에 선 다른 노인들과 함께 울음을 터뜨렸다.

밤에 주교의 집에서 저녁 모임이 있었다. 참석한 사람이 백 명도 넘는 대규모 모임이었다. 그들에게 '놀라운 이야기'를 낭독했고 젊은이들은 나중에 춤을 추었다.

그 다음날 의원들을 일일이 방문했다. 그들 가운데는 어릴 적에 알았던 사람들도 많이 있었다. 시인 한스 크리스티안 분케플로드의 딸들 가운데 한 명은 아직도 살아 있었다. 어린 시절을 보냈던 집에 갔다. 이곳을 찍은 사진은 축제가 끝난 며칠 뒤 〈삽화 신문〉에 게재되었다. 그리고 또 어릴 적에 다녔던 자선학교도 가보았다.

오덴세 음악협회가 길드 회관에서 개최한 연주회에 초청을 했다. 〈핀 신문〉에 난 기사는 이때의 모습을 이렇게 묘사했다.

오덴세에서 벌어진 H. C. 안데르센 축제의 마지막 행사는 토요일 아침 길드 회관에서 음악협회가 개최한 시즌 첫 연주회였다. 축제의 대미를 장식하는 행사로는 이보다 더 우아한 게 없었다.

회관이 수용할 수 있는 인원을 훨씬 초과해 거의 오백 명이나 되는 청중이 입장했다. 여덟 시에 영광의 주인공이 입장했다. 트럼펫 연주가 그를 맞았으며 참석한 모든 사람들이 자리에서 일어나 시인을 환영하는 노래를 불렀다.

오덴세를 떠나기 전날은 우연히도 '가난한 어린이를 위한 란재단'의 연중 축제가 있는 날이었다. 이 협회는 가난한 어린이가 신앙 확인을 받을 때까지 공부를 가르치고 옷을 제공하는 단체였다. 벽에 걸린 란의 초상화는 꽃으로 장식되어 있었다. 란이 누구냐고 묻는 사람들이 많을지 모르겠다. 란은 오덴세에서 가난하게 태어났다. 가난한 소년 시절 장갑을 만드는 기술을 배운 다음 장갑을 만들어 시골로 다니면서 팔았다. 그러던 게 함부르크까지 진출했고, 오덴세의 란 장갑은 곧 인기 상품이 되었다. 란은 많은 돈을 벌었고 오덴세의 네테르 거리에 집을 짓고 미혼으로 혼자 살면서 선행을 많이 베풀었다. 죽을 때는 전 재산을 가난한 어린이들을 위한 교육과 의복 지원에 써달라고 유언을 남겼으며 그가 살던 집도 재단에 기증했다. 그는 성모 마리아 교회의 묘지에 묻혀 있는데, 그의 묘비명에는 이런 글이 씌어 있다.

자신의 기념비를 네테르 거리에 남긴 란이 여기 잠들다.

교실 벽에는 란의 초상화와 함께 어느 노부인의 초상화가 나란히 걸려 있다. 그녀는 오랫동안 거리에서 사과를 팔았는데 몇 해 전에 죽었다. 어릴 적에 그녀는 란 재단의 도움을 받은 적이 있는데, 그녀가 죽은 뒤에 공개된 유서에는 아끼고 절약해서 모은 수백 릭스달러의 전 재산을 모두 란 재단에 기증한다는 내용이 씌어 있었다. 이렇게 해서 그녀의 초상화가 란의 초상화 옆에 나란히 걸리게 되었다고 한다.

젊고 유능한 교장 뮐러는 란 재단의 축제 때 어린이들에게 연설을 하면서 덴마크의 모든 유명한 사람들을 열거한 뒤에 다음과 같은 말로 마무리를 했다.

여러분들은 지난 며칠 동안 우리 오덴세에서 벌어진 행사가 누구를 위한 축제였는지 잘 알고 있을 겁니다. 여러분들은 우리 고장 사람이 얼마나 열렬한 환영을 받고 경의를 받는지 잘 보았을 겁니다. 그분도 여러분들이 지금 앉아 있는 바로 그 가난한 어린이를 위한 의자에 앉았던 사람입니다. 그는 지금 우리 가운데 있습니다.

나를 바라보는 아이들의 눈이 똘망똘망하게 빛났다. 일어서서 아이들과 거기 모인 손님들에게 인사를 하고, 가까이 있던 몇몇 어머니들의 손을 잡았다. 내 귀에 이런 외침이 들렸다.

"신이여, 그에게 축복을 내리소서!"

그날은 란을 위한 축제였다. 또한 나를 위한 축복이었다. 투명한 햇살 한 줄기가 심장을 관통하는 느낌이었다. 이해할 수 없는 느낌이었다. 신을 찾았다. 혹독한 슬픔이 내 영혼을 찢어놓을 때 늘 그랬던 것처럼….

오덴세를 떠나는 날이 왔다. 12월 11일이었다. 사람들이 몰려와 기차역이 북적거렸다. 여성 친구들이 꽃다발을 안겼다. 내가 탈 기차가 플랫폼으로 들어왔다. 헤르 무리에르 시장이 작별 인사를 했다. 나도 잘 있으라고 말했다. 요란한 만세 소리가 몇 번이나 반복되었다. 기차가 움직이면서 그들의 모습이 뒤로 멀어져 갔다. 다른 한 무리의 사람들이 기다리고 있다가 또 만세를 외쳤다. 이윽고 그들도 멀어져 보이지 않게 되었다. 드디어 온전히 나 혼자만 남게 되자, 비로소 내가 태어난 곳에서 신이 내게 내렸던 모든 명예와 기쁨과 영광의 의미를 깨달았다.

결국, 내가 얻을 수 있었던 가장 크고 위대한 축복은 나 자신이었던 것이다. 나는 생애 처음으로 온 영혼을 바쳐 신에게 감사하며 이렇게 기도했다.

"장차 시련의 날이 닥쳐올 때 제 곁을 떠나지 마시옵소서."

1869년 3월 29일, 코펜하겐에서.

안데르센 연보

1805년 4월 2일 덴마크의 오덴세에서 출생.

1816년 (11세) 학생이 되고 싶은 꿈을 이루지 못하고 구두 수선
공이란 직업에도 만족하지 못했으며 나폴레옹의
열렬한 지지자였던 아버지 사망.

1818년 (13세) 어머니의 재혼.

1819년 (14세) 배우가 되겠다는 일념 하나로 무일푼으로 코펜하
겐으로 감.
이후, 궁핍과 투쟁하며 꿈을 키워감.

1822년 (17세) 당시 왕립극장 감독이던 요나스 콜린과 만남. 그
의 도움으로 슬라겔세 문법학교에 입학.

1826년 (21세) 헬싱괴르 문법학교로 전학.
덴마크의 대시인 욀렌슐레게르와 만남.

1828년 (23세) 코펜하겐 대학에 입학.

1829년 (24세) 〈홀름 운하에서 아마크 동쪽 끝까지 가는 도보여
행기〉를 발표해 재능을 인정받으면서 작가로서
의 발판을 마련.

1831년 (26세) 최초의 해외여행. 2주일 동안 북독일을 여행.

1833년 (28세)	국왕의 후원금을 받아 독일과 프랑스를 거쳐 이탈리아로 여행, 스위스를 거쳐 다음해에 돌아옴. 이탈리아에 머물 때 어머니의 부고를 받음.
1835년 (30세)	소설 〈즉흥시인〉과 최초의 동화집 〈어린이들에게 들려주는 놀라운 이야기들〉을 발표함. 이후 거의 해마다 크리스마스에 맞추어 동화집을 발표했다.
1837년 (32세)	소설 〈어느 바이올리니스트〉 발표. 동화 〈인어공주〉 발표. 처음으로 스웨덴을 여행.
1840년 (35세)	희곡 〈뮬라토〉 발표. 스웨덴 오페라 가수 예니 린드를 처음 만남. 두 번째 이탈리아 여행. 콘스탄티노플과 흑해까지 여행.
1841년 (36세)	여행에서 돌아온 직후 〈어느 시인의 시장〉 발표.
1843년 (38세)	독일과 프랑스를 여행하고, 유틀란트를 여행. 동화 〈성냥팔이 소녀〉를 발표.
1846년 (41세)	세 번째 이탈리아 여행. 여행중에 자서전 〈내 인생 이야기〉를 출간.
1847년 (42세)	네덜란드를 거쳐서 영국으로 가, 스코틀랜드를 여행.
1849년 (44세)	스웨덴 여행.
1850년 (45세)	문학과 인생의 대선배이자 작품의 충실한 조언자였던 욀렌슐레게르 사망.
1851년 (46세)	교수 칭호를 받음.
1854년 (49세)	오스트리아와 이탈리아로 여행.

1855년 (50세)	두 번째 자서전 출간.
	독일과 스위스로 여행.
1857년 (52세)	영국으로 여행.
1858년 (53세)	일생을 함께한 친구였던 헨리에테 불프의 죽음으로 충격과 슬픔에 싸인다.
1859년 (54세)	유틀란트를 여행하고 〈모래 언덕에서 전하는 이야기〉를 발표.
1860년 (55세)	독일, 스위스로 여행.
1861년 (56세)	이탈리아로 여행.
	평생의 후원자이자 아버지 같은 존재였던 요나스 콜린 사망.
1862년 (57세)	프랑스와 이탈리아를 거쳐 스페인으로 여행.
1865년 (60세)	스웨덴으로 여행.
1866년 (61세)	네덜란드와 프랑스를 거쳐서 포르투갈로 여행.
1867년 (62세)	고향 오덴세의 명예시민으로 추대됨.
1869년 (64세)	세 번째 자서전 출간.
1875년 8월 4일	친구인 멜키오르 부인의 별장에서 병으로 사망.

가장 크고 위대한 축복

지금까지의 내 인생 이야기는, 일부러 지어낼 수 없을 만큼 풍성하고 아름답게 내 뒤에 펼쳐져 있다. 나는 운이 좋은 아이였다는 생각이 든다. 모든 사람이 나를 사랑과 솔직함으로 대해주었고, 인간 본성에 대한 믿음을 배신당한 적도 거의 없었다. 왕자에서부터 가난한 농부에 이르기까지 많은 사람을 만났고 그들에게서 고귀한 인간의 맥박 소리를 들었다. 신과 인간을 믿는다는 것과 산다는 것은 기쁜 일이다. 친한 친구들이 둘러앉은 자리에서 하듯 거리낌 없이, 내 인생의 슬픔과 기쁨을 모두 이야기했다. 그리고 나를 인정해주고 갈채를 보낼 때 얼마나 기뻐했는지도 부끄러움 없이 다 이야기했다. 그 자리에 신이 앉아 있었다 해도 그랬을 것이다. 이게 과연 허영일까? 모르겠다. 내 가슴은 감동으로 떨렸고, 그런 내가 천박하게 느껴지기도 했지만, 무엇보다 신에게 감사하는 마음뿐이다. 지나간 내 인생을 자전적으로 묘사해서 내 작품 모음집에 실어야 한다는 말에 설득되었기 때문이기도 하지만, 앞에서도 언급했듯이 내가 살아온 역사가

내 모든 작품에 대한 가장 좋은 주석이 될 것이기에 기꺼이 이
작업을 했다.　　　　　　　　　　　　　　　　　　 ― 본문 중에서

1.

안데르센은 총 세 번에 걸쳐 자서전을 썼다. 처음 자서전을 펴
낸 건 마흔한 살 때인 1846년이었고, 그 다음은 쉰 번째 생일이던
1855년 4월 2일이었다. 1855년 4월부터 1867년 10월까지를 다
룬 마지막 자서전은 1868년부터 작업해 이듬해인 1869년에 완성
해서 출간했다. 이 책의 1부가 첫 번째 자서전 부분이고, 2부가
두 번째 자서전 부분이며, 마지막 자서전은 3부의 내용이다.

2.

안데르센은 이 자서전이 자기 작품에 대한 주석서가 되길 바
란다고 했다. 실제로 그렇다. 그가 쓴 수많은 작품들은 민담과
전설에서 출발하지만 그걸 단순하게 소개하는 데 그치지 않고
자기 경험으로 걸러내어 현실적인 생명감을 생생하게 불어넣었
다. 그랬기에 당대에 수많은 쟁쟁한 작가들이 있었음에도 유독
안데르센만이 전 세계적으로 많이 읽히고 또 감동을 주는 작가
로 남을 수 있었다. 〈빨간 구두〉의 주인공 아가씨 카렌은 빨간
구두에 마음을 빼앗겨 세례를 받을 때와 성찬식 때도 빨간 구두
를 신었고, 예배를 드릴 때도 자기 구두만 바라보았다. 마침내
카렌은 저주를 받아서 구두는 카렌의 의지와 상관없이 춤을 추

었고, 아무리 구두를 벗으려고 해도 벗을 수가 없었다. 결국 그 춤에서 놓여나기 위해서 카렌은 나무꾼에게 부탁해서 자기 발을 도끼로 잘라야만 했다. 목발을 짚고 교회에 나간 카렌은 하나님에게 빨간 구두에 눈이 멀어 신앙을 저버렸다며 잘못을 뉘우쳤고, 그제서야 마음의 평화를 얻을 수 있었다. 이 내용은 안데르센의 어릴 적 경험에서 비롯되었다. 교리문답반 졸업식 때 안데르센은 아버지가 입던 옷을 줄여 입고 처음으로 새 구두를 사 신었다.

난생 처음으로 구두를 사서 신었다. 하늘을 날듯이 기뻤다. 사람들이 새 구두를 알아보지 못할까 봐 그게 제일 걱정이었다. 그래서 바지를 구두 안으로 우겨넣었다. 그런 차림으로 교회 안을 뚜벅뚜벅 걸었다. 발밑에서 찌그럭거리는 소리가 났다. 그게 좋았다. 그래야 교회에 모인 사람들이 내 새 구두를 알아볼 테니까…. 하지만 기대와 달리 사람들은 내 구두에 전혀 관심을 보이지 않았다. 그제야, 구두에 신경을 쓴 만큼 하나님에게도 신경을 썼어야 하는데 그러지 못했던 내 얕은 신앙심에 양심의 가책을 느꼈다. 하나님에게 기도했다. 내 죄를 용서해달라고 진심으로 빌었다.
— 본문 중에서

종교와 상관없이 사는 역자로서야 그게 그렇게 큰 죄악인지 잘 이해가 되지 않지만, 어쨌거나 안데르센의 유년기는 물론이고 그의 전 생애를 통틀어서 아직도 왕권이 살아있었고, 또한 왕권과 함께 중세를 지나온 이데올로기 신권이 시퍼렇게 살아있던 터라 그것은 절실한 현실의 문제였고 존재의 문제였으리라.

3.

하지만 안데르센이 자기 자서전이 자기 작품의 주석이 되기를 바란다고 했을 때는 이런 의미 말고 다른 욕심도 있었다.

가난한 구두 수선공인 아버지와 빨래 일을 하던 어머니 사이에서 태어난 안데르센은 학교 교육도 변변하게 받지 못하고 자랐다. 하지만 오덴세 전체에 소문이 자자할 만큼 고운 목소리로 노래를 잘 불렀다. 열네 살의 어린 안데르센은 자신의 이 특기를 가지고 오페라 가수가 아니면 배우로 출세하겠다는 푸른 꿈을 안고 수도인 코펜하겐으로 갔다. 하지만 세상은 호락호락하지 않았고, 오페라 가수의 꿈도 배우의 꿈도 모두 접어야 했다. 하지만 오로지 성공해야겠다는 집념만은 대단해 물러서지 않고, 새로운 가능성을 붙잡았다. 바로 작가의 길이었다.

주위 사람들의 도움으로 마침내 안데르센은 차례차례 작품을 발표했다. 하지만 기행문과 희곡 등 대중으로부터 찬사를 받은 작품들에 대해 평론가들은 사사건건 트집을 잡았다. 비판의 요지인즉, 교양이 부족하다는 것이었다. 부분적으로 잘못된 것은 인정을 하지만 밑도 끝도 없이 교양이 부족하다거나 철자법과 문법이 엉망이라는 이유 때문에 작품 전체 심지어 모든 작품이 제대로 평가를 받지 못하자 안데르센은 분통을 터뜨린다. 하지만 그래봐야 창작자인 안데르센은 평론가들 앞에선 약자였고, 고양이 앞의 쥐 신세였다. 자기가 잘못되지 않았음이 명백한데도 불구하고 평론가들에게 논리적으로 밀리고 다른 작가들로부터 집단 따돌림을 받자, 안데르센은 자신의 모습을 있는 그대로 보여주어 자기 진심과 진실을 밝히고 싶어 자서전을 썼던 것이다. 말하자면 자서전은 자기 작품을 옹호하기 위한 비장의 무기였던 셈이다. 하지만 안데르센은 다시 비평가들로부터 '허영에 가득 찼다'는 비판을 들어야 했다. 안데르센은 평생을 이러한 비판들과 싸워야 했다. 나중에는 막역한 친구이자 스승인 외르스테드와 함께 자기가 왜 이런 비판을 받아야 하는지 곰곰이 분석한다.

내가 뭘 어떻게 잘못했기에 그토록 나만 가지고 들볶아대는지, 그 이유가 도대체 뭘까 토론을 하기도 했다. 그때 내린 결론은 이랬다. 내가 가난한 티를 낸 게 가장 큰 이유가 아닐까…. 그들은 내 작품을 평가하기 전에 아마도, 가난한 어린 소년이 뭘 해보겠다고 우는 소리를 하며 천방지축 뛰어다니며 성장해온 모습을 늘 먼저 떠올렸을 것이다. — 본문 중에서

사실 안데르센은, 시골 출신에다 제대로 배우지도 못하고 여기저기 밥과 잠자리를 구걸하며 청년기를 살아온 가난한 청년이 지위와 가문이 쟁쟁한 문사들과 어깨를 나란히 하겠다고 나서는 바람에 미운 털이 박히고 말았다는 사실을 진작에 알고 있었을 것이다. 안데르센은 평생 이 콤플렉스에 시달렸고, 그와 가까이 있던 사람들이 지나치게 확대해석하지 말라고 충고하면, 그것까지 섭섭해하며 눈물을 흘렸다.

4.

안데르센은 평생을 바쳐 이 투쟁에 매달렸지만 아마 상대편에 있던 사람은 그걸 의식조차 하지 못했을 것이다. 물론 그랬기에 안데르센은 더욱 약이 올라 복수의 칼을 갈았겠지만, 바로 그런 이유 때문에 그가 휘두른 칼은 번번이 허공을 갈랐고 오히려 상처를 입고 자책하는 건 안데르센 자신이었다. 그럼에도 불구하고 정당한 평가를 받으려고 끊임없이 시도를 했다. 자기만 꼭 찍어서 미워하고 자기 작품을 폄훼한다고 생각한 안데르센은 계책 하나를 생각해낸다. 자기 작품을 익명으로 발표하는 것이었다. 온 힘을 다 쏟아서 쓴 작품에 안데르센이라는 이름을 붙이지 않으면 정당한 평가를 받을 것이고, 그때 가서 짠 하고 자기 이름을 대면 평론가들을 승복시킬 수 있지 않을까 생각한 것이었다. 예상대로 평론가 하나가 걸려들자 안데르센은 좋아서 어쩔 줄을 모른다. 아무리 점잖게 써도, 희희낙락하는 그의 모습이 눈에 선하게 잡힌다. 그의 이런 모습들은 이 책을 읽는 또 하나의 즐거움이 될 것이다.

안데르센이 평생 경쟁심을 느끼며 '숙적'으로 생각했던 사람은 시인 겸 평론가이던 하이베르그였다. 그는 물론 안데르센보다 '교양이 있고 논리적이고 똑똑한' 사람이었다. 안데르센은 작품 면에서나 명성 면에서 자기보다 늘 여러 발 앞서 나가는 하이베르그를 따라잡으려고 애를 썼지만, 생전에는 그 뜻을 이루지 못했다. 안데르센의 동화가 전 세계적으로 확고부동한 인기를 끌 때는 이미 하이베르그가 세상을 떠나고 없었기 때문이다.

재미있는 건, 당시에도 평론가들과 창작자들은 긴장 속에 대립했고, 소위 '말발'이 달리는 창작자들은 자기들끼리 모여서 머리를 쥐어뜯으며 억울해하는 모습들이다. 하지만 억울해할 필요가 없는 게, 세상에 남는 건 작가들의 작품이지 평론가들의 평론이 아니기 때문이다.

5.

그의 자서전이, 그의 작품을 제대로 이해하기 위한 주석서와 '촌스러움과 단순함'으로 똘똘 뭉친 그가 '교양과 똑똑함'에 맞서 평생을 투쟁한 기록물로만 그친다면, 세계적인 전기 작품의 반열에 오르지는 못했을 것이다. 이 책은 일찍이 서양 문학사가들에 의해 세계 5대 자서전의 하나로 평가받아왔다. 그 5대 자서전이란 아우구스티누스의 〈참회록〉, 괴테의 〈시와 진실〉, 루소의 〈고백록〉, 크로포트킨의 〈크로포트킨 자서전〉, 그리고 이 책 〈안데르센 자서전〉이다.

안데르센의 자서전은 그 자체만으로도 완결된 문학작품이다. 그가 벌이는 투쟁의 양 진영에 속한 수많은 조연들의 개성이 생생하게 빛나고 요소요소에서 적절한 사건을 일으키며, 이 사건들 속에서 안데르센이라는 주인공의 개성이 눈부시게 빛난다.

나폴레옹의 등장과 퇴장, 증기기차와 증기선의 출현, 산업의 급속한 발전, 그리고 민족국가가 성립하면서 인근 국가들 사이에서 발생하는 전쟁들, 시민혁명 등이 삶의 방식을 송두리째 뒤흔들어놓던 19세기 초, 가난한 시골 소년이 유럽 각국의 왕과 친교를 나누는 가까운 친구가 되기까지의 투쟁은 결코 만만한 것이 아니었다. 한 개인의 좌절과 눈물과 분투가 거대한 역사의 소용돌이 속에서 문학과 역사의 이름으로 파노라마처럼 펼쳐진다. 또한 안데르센은 왕정의 분위기 속에서 오로지 종교에 의지해서 살았지만, (이런 삶은 그 이전 수백 년 동안 계속되어온 삶의 방식이었다), 한편으로는 과학과 기술문명을 열광적으로 찬양하고 맹목적인 신앙을 거부했다.

나는 수많은 사람들의 맹목적인 신앙과 믿음을 높이 평가합니다. 하지만 그들이 자기가 믿는 게 무엇인지 알 때 더 큰 축복이 함께하리라 생각합니다. 우리의 하나님도, 당신이 우리에게 내리신 이성과 지성을 통해 당신을 바라볼 것을 허락하실 것입니다. 저는 눈을 가린 채 하나님에게 가지 않을 겁니다. 눈을 크게 뜰 것입니다. 눈으로 보고 배울 것입니다.   — 본문 중에서

이런 자기모순을 안은 채 격랑의 19세기를 살았던 그의 모습이 단순한 출세기가 아닌 당대의 삶의 의미까지 깊이 있게 탐구한 것이기에, 안데르센의 개인사는 보편적인 가치를 지닌 문학으로 승화할 수 있었다. 한 사람의 자서전에서 이토록 깊은 향기를 맡을 줄은 몰랐다.

사람들이 몰려와 기차역이 북적거렸다. 여성 친구들이 꽃다발을 안겼다. 내가 탈 기차가 플랫폼으로 들어왔다. 헤르 무리에르 시장이 작별 인사를 했다. 나도 잘 있으라고 말했다. 요란한 만세 소리가 몇 번이나 반복되었다. 기차가 움직이면서 그들의 모

습이 뒤로 멀어져 갔다. 다른 한 무리의 사람들이 기다리고 있다가 또 만세를 외쳤다. 이윽고 그들도 멀어져 보이지 않게 되었다. 드디어 온전히 나 혼자만 남게 되자, 비로소 내가 태어난 곳에서 신이 내게 내렸던 모든 명예와 기쁨과 영광의 의미를 깨달았다. 결국, 내가 얻을 수 있었던 가장 크고 위대한 축복은 나 자신이었던 것이다.   — 본문 중에서

안데르센의 자서전을 통해 인문주의의 뿌리를 더듬어보며, 안데르센과 이백 년이라는 시간을 떨어져 사는 자신이 여전히 인문주의자임을 확인할 수 있다면, 그 기쁨이 적지 않으리라 생각한다.

6.

아름다운 문장을 번역 과정에서 숱하게 훼손한 걸 생각하니 부끄러워 얼굴이 달아오른다. 미리 용서를 빈다. 끝으로 덴마크를 비롯한 북유럽의 지명과 인명 한글 표기를 자문해주신 민족사관고등학교 손은주 · Alexander Ganse 선생님, 프랑스를 비롯한 남유럽의 지명과 인명 한글 표기를 자문해주신 영남대학교 불문과 백찬욱 교수에게 감사드린다. 그럼에도 혹 지명과 인명에 오기가 있다면 그것은 번역자의 잘못이다. 독자 여러분의 질책과 사랑을 바란다.

이경식

서울대 경영학과와 경희대 대학원 국문학과를 졸업했다. 영화 〈개 같은 날의 오후〉〈나에게 오라〉(각색), 연극 〈춤추는 시간여행〉〈동팔이의 꿈〉, MBC 특집 드라마 〈선감도〉 등에서 시나리오를 담당했다. 외화 번역가로도 활동했고, 옮긴 책으로《러시아 문화사》《유전자 인류학》이 있다.

안데르센 자서전

H. C. 안데르센 지음/이경식 옮김

개정판 1판 1쇄 발행/2012.3.5.

발행처/Human & Books
발행인/하응백
출판등록/2002년 6월 5일 제2002-113호

서울특별시 종로구 경운동 88 수운회관 1009호
기획홍보부 6327-3535, 편집부 6327-3537, 팩시밀리 6327-5353
이메일/hbooks@empal.com

값은 표지에 있습니다.

ISBN 978-89-6078-134-4 03840